Von Mörders Hand

Klassische deutsche Kriminalgeschichten

Von Mörders Hand

Klassische deutsche Kriminalgeschichten von Alexis, Brentano, David, Feuerbach, Fontane, Grillparzer, Halm, Hebbel, Heyse, Hoffmann, Kleist, Meißner, Schiller, Spieß, Temme und Wichert mit 140 alten Bildern, teils nach Vorlagen von Ludwig Richter, C. D. Friedrich, Menzel, Runge, Hosemann, Piloty u.a.

KOMET

Lizenzausgabe für Komet Verlag GmbH, Köln
www.komet-verlag.de
Umschlagmotiv: Archiv für Kunst und Geschichte, Berlin
Gesamtherstellung: Komet Verlag GmbH, Köln

ISBN 3-89836-392-9

Inhaltsverzeichnis

Vorwort

Die Spannung allein ist es nicht, die den besonderen Reiz des Kriminalromans, der Detektivgeschichte ausmacht, mit der ja heute ein hoher Prozentsatz des Unterhaltungsbedürfnisses befriedigt wird – wie gleichermaßen ein Blick in die Film- und Fernsehprogramme wie das Taschenbuchangebot zeigt.

Die Teilnahme bei der Lösung des Falles, der Suche nach dem Täter fesseln den etwas anspruchsvolleren Leser für sich allein auch noch nicht. Es ist zweifellos die Faszination des Bösen an sich, der Ausbruch des Dämonischen und der unbezähmten und zerstörerischen Leidenschaft, es sind die Fragen: „Wie konnte es zu einer solchen Tat kommen? Was brachte den Täter dazu? Was für ein Mensch muß das sein?“, die hier bewegen und die gerade auch unsere großen Dichter und bedeutenden Schriftsteller dazu veranlaßten, Verbrecher und Verbrechen in den Mittelpunkt ebenso spannender und handlungsstarker wie unvergänglicher Erzählungen zu stellen.

Der hier vorliegenden Auswahl lag das Bestreben nach Vielseitigkeit unter den verschiedensten Gesichtspunkten zugrunde. So wollten wir zum einen die frühen Meister dieser Literaturgattung ebenso zu Wort kommen lassen wie die klassischen und romantischen Dichter und die vielgelesenen Erzähler des ausklingenden neunzehnten Jahrhunderts und der Jahrhundertwende. Zum anderen sollten die verschiedenen Arten und Gestaltungsformen erkennbar werden. So findet sich zunächst einmal der mit den Mitteln schriftstellerischer Kunst spannend und dramatisch überhöhte Tatsachenbericht, wie er typisch ist für des ehemaligen Gerichtspräsidenten Paul Johann Anselm von Feuerbach „Aktenmäßige Darstellung merkwürdiger Verbrechen“, den von Willibald Alexis herausgegebenen „Neuen Pitaval“ (zusammen mit dem Untersuchungsrichter Eduard Hitzig, wobei der literarische Teil bei Alexis lag), des gewesenen Kriminalkommissars und Juristen Jodocus Hubertus Donatus Temme Sammlung „Dunkle Wege – Schilderungen aus der Wirklichkeit“ – denen wir jeweils die in diesem Band wiedergegebenen Beiträge entnahmen –, aber auch schon für die „Wahre Geschichte“ des am frühesten verstorbenen Meisters auf diesem Gebiet, des 1755 geborenen und bis 1799 lebenden Christian Heinrich Spieß.

Daneben stehen die noch von Gespenster- und Geisterromantik nicht freien Werke etwa August Gottlieb Meißners, des „Ahnherrn der Kriminalnovelle, auf dessen Schultern Schiller mit seinem ’Verbrecher aus verlorener Ehre’ stand“ (wie der Literaturhistoriker Eduard Engel sagt), oder auch noch manche des viel späteren E.T.A. Hoffmann, von dem wir bewußt die weniger bekannte Erzählung um den geheimnisumwitterten Ignaz Denner auswählten. Große Charakterdarstellungen sind Schillers genannte Geschichte um den Sonnenwirt Christian Wolf, Kleists berühmte Novelle um den Pferdehändler Michael Kohlhaas und Fontanes Kurzroman um den Wirt Abel Hradschek aus dem Oderbruch. Als anteilnehmende Schicksalsnovellen ließen sich – wenn wir uns auch vor übertriebener Einordnung in bestimmte Schubladen hüten wollen – die Beiträge Brentanos, Halms (eigentlich des Freiherrn von Münch-Bellinghausen), Hebbels und Wicherts bezeichnen und auch jene von Grillparzer, Heyse und David, die zugleich eindrucksvolle historische Zeitbilder sind.

Ein weiteres Bemühen galt der Vielfalt der Schauplätze (neben verschiedenen deutschen Städten und Gegenden Ungarn, Polen und Italien, Madrid, Venedig und Wien) und der unterschiedlichen deutschen Kulturlandschaften, denen die Verfasser entstammen oder von denen sie geprägt wurden. So steht neben dem Schwaben Schiller der Holsteiner Hebbel, neben den Preußen Kleist, Hoffmann und Fontane die Österreicher Grillparzer und Halm. Sachsen sind Spieß und Meißner (wenn auch beide einen wesentlichen Teil ihres Lebens in Böhmen verbrachten: der erstere als Bibliothekar und Gesellschafter des Grafen Künigl auf dessen Schloß Bezdiekau, der letztere als Professor in Prag), David stammt aus Mähren, Alexis aus Breslau, Wichert mit seinen grandios Stimmung, Bevölkerung und Landschaft schildernden „Litauischen Geschichten" aus Insterburg in Ostpreußen.

Die hier zusammengetragenen Erzählungen (deren Text, soweit notwendig, behutsam heutigem Sprachgebrauch angepaßt wurde – manchmal feststellbare geringfügige Abweichungen in der Schreibweise und vor allem der Zeichensetzung sind, neben der persönlichen Handschrift der Verfasser, vor allem den unterschiedlichen Veröffentlichungszeiten zuzuschreiben) haben wir den Geburtsdaten der Verfasser entsprechend in zeitlicher Reihenfolge angeordnet. Erläuterungen dazu wurden, um den Lesefluß nicht zu stören, in der Reihenfolge der fraglichen Stellen am Schluß des Bandes zusammengefaßt.

Herausgeber und Verlag

August Gottlieb Meißner

Auch einer verstorbenen Frauen Winke soll man nicht verachten

Die Kernische Handlung, eine der vorzüglichsten in Prag und in ganz Böhmen, hatte, unter ihrem vorigen Besitzer, schon seit mehr als zwanzig Jahren einen sogenannten *Hausmeister* in ihrem Dienste, der das Zutrauen seiner Herrschaft vollkommen besaß, und desselben doch äußerst unwert war. Denn schon seit geraumer Frist hatte dieser Nichtswürdige sich Nachschlüssel zu verschaffen gewußt, öffnete damit des Nachts leise die Gewölbe; versorgte sich nicht nur reichlich mit Zucker, Kaffee und andern ähnlichen Waren; sondern tat auch in die Kasse selbst manchen dreisten und derben Griff. Da er immer ziemlich genau wissen konnte, wann diese am besten besetzt und ein Abgang am wenigsten zu spüren sei; da er überdies seine Maßregeln so vorsichtig als möglich nahm, so blieb er immer unentdeckt, ward dadurch nach und nach ein wohlhabender Mann und kaufte sich endlich selbst einen beträchtlichen Weingarten an, wobei er aber immer noch seinen vorigen Dienst behielt.

Auch bei diesem Kauf argwöhnten seine Prinzipalen nichts und wiesen selbst einige freundschaftliche Warnungen lachend von der Hand. Er konnte ihnen verschiedene ehrliche Wege, worauf er sich etwas erworben, angeben; und es war ihnen sogar lieb, einen bemittelten Mann in diesem Posten zu haben, weil sie glaubten, einem solchen mehr als einem ganz Bedürftigen trauen zu können. Doch endlich kam seine Frau, die um alles wußte, auf's Sterbebett, und ihr Gewissen erwachte. Zwar wollte sie auch jetzt noch ihren Mann keineswegs angeben oder verraten. Aber unter vier Augen tat sie ihm die ernstlichste Vorstellung: Es sei endlich Zeit, sagte sie, in sich zu gehen und vom bisherigen Lasterwege abzuweichen. Er sei nun vor allem Mangel auf seine ältern Tage bedeckt; besitze eine eigne Wohnung und bares Geld genug. Eigentlich sollte er beides, als ein geraubtes Gut, wieder erstatten; doch wenn er auch dazu sich nicht entschlösse, so beschwöre sie ihn wenigstens mit Tränen, sich mit dem zu begnügen, was er schon habe; und sie könne nicht ruhig sterben, bevor er dies nicht ihr zugesichert hätte!

Diese Rede wirkte; denn er hatte seine Frau lieb gehabt, und durch ihre jetzige Lage wurden ihre Worte ihm noch wichtiger. Er versprach ihr daher mit Tränen, nie wieder zu stehlen. Sie ließ sich die Hand drauf geben, wiederholte einigemal, daß, wenn er dieses Versprechen bräche, Gottes Langmut müde sein und ihn zuschanden lassen werde; und verschied wenige Stunden nachher. Einige Monate durch hielt unser Witwer sein Wort aufs pünktlichste. Doch nunmehr war sein Vorrat von Zucker und Kaffee aufgezehrt, und er sollte sein eignes Geld für Waren ausgeben, die er bisher überflüßig gehabt, oft selbst verschachert hatte. Dies ging ihm schwer im Kopf. Er war es zufrieden, ehrlich zu sein; selbst wenn er einigen Gewinn verlöre. Doch dabei sogar, wie er es nannte, zuzubüßen, dies, glaubte er, sei allzuviel gefordert. Zudem tröstete er sich mit einem Grunde, der nur allzuoft dem gemeinen Mann den Schritt über sein Gewissen hinweg erleichtert – „Gott sei Dank“, dachte er. „deine Prinzipalen haben es ja! Es ist ja nicht einmal ihr bares Geld; es sind ihre Waren, die ihnen nicht so hoch als andern Menschen zu stehn kommen.“ Kurz, nach einem langen Kampfe mit sich selbst entschloß er sich, seinen alten Gang abermals zu tun und sich nun Vorrat, doch nur Vorrat von Zucker und Kaffee zu holen.

Die Gewölbtüre ging in einen geräumigen Hof. Das Zimmer, wo er wohnte, lag in einem andern Teil des Hauses. In einer stillen Mitternachtsstunde machte er sich auf den Weg. Aber, so wie er im Hof eintrat, so wie er jene Türe ins Gesicht bekam, sah er vor ihr seine verstorbene Frau in Lebensgröße stehen. Sie war in einem weißen Gewande; ihre ausgebreiteten Arme schienen die Tür gleichsam noch fester zuzuklemmen. Daß der Räuber bei diesem unerwarteten Anblick erschrak, läßt sich leicht denken. Er floh hastig in sein Zimmer zurück und zu Bette. Die ganze Nacht kam kein Schlaf in sein Auge, und wohl zwanzigmal erneuerte er dem Schatten seiner Frau in Gedanken eben den Schwur, den er ihr selbst am Totenbett getan hatte.

Doch wie wieder einige Tage verflossen waren, stiegen auch andere Gedanken und mancherlei Zweifel in ihm auf. – „Wie denn, wenn es nur ein Mondschein, ein Licht im ersten Stocke oder wohl gar deine Einbildung gewesen wäre? Bist ein so alter Kerl – so lange in diesem Haus – so oft auf dem nämlichen Wege und spürtest nie etwas Unheimliches! Nur jetzt – Possen, ich versuch es noch einmal! Muß entweder hinein oder mir wenigstens das Ding, das mich scheucht, genauer besehen.“ Er ging nach Mitternacht; kein Mondschein war am Himmel, im ganzen Hause kein wachender Mensch und kein Licht zu spüren. Er sammelte seine ganze Herzhaftigkeit. Sie hielt aus, bis er im Hof eintrat; aber sieh da, der Geist seiner Frau stand wieder am vorigen Posten. Es war ihre Gestalt, ihr Gesicht, ihre Größe; alles vom größten bis zum kleinsten! Er betrachtete sie einige Augenblicke unverwandt; sie blieb stehen. Ihre Arme waren wieder ausgebreitet. Mit einem Finger schien sie ihm zu drohen. Es überlief ihn ein eiskalter Schauer; er eilte wieder zurück und brachte auch diese Nacht wie jene erste mit Furcht, Gebet und guten Vorsätzen von Lebensbesserung zu.

Aber Geiz und Habsucht, wo sie einmal recht Raum gewonnen haben, überwältigen auch den besten Vorsatz und selbst das erwachte Gewissen. Bei jedem Pfennig, den unser Hausmeister wieder für jene, schon erwähnten, Bedürfnisse ausgab, dachte er allemal: „Hast das so nahe, könntest das so umsonst haben!" Immer überzeugte er sich stärker, daß jener Geist, trotz seines zweimaligen Schildwachtstehens, nur ein Spiel der Einbildungskraft, ein selbstgeschaffnes Schreckbild sei – „Wenn deine Frau dir erscheinen wollte und könnte, warum nur immer im Hofe und vor jener Türe? Warum nicht auch hier auf deinem Zimmer? Warum nicht da, wo sie sonst lebend zu sitzen pflegte, oder vollends da, wo sie starb?" Er sah sich anfangs immer furchtsam um, so oft er diesen Gedanken hegte; aber er gewöhnte sich bald dran und nahm sich nun, mit Gründen, wie er glaubte, gewaffnet, fest vor, noch einmal nicht nur hinzugehen, sondern auch seinen Vorsatz durchzusetzen, und wenn seine Frau doppelt dastünde.

Er ging. Jener zweimalige Anblick erneute sich richtig wieder. Aber der Verstockte blieb bei seinem Entschluß. Mit halb abgewandtem Gesicht kam er bis dicht an die Türe, schob jenen lichten Schein, so deucht es ihm, gleichsam davon hinweg und schloß dann ungehindert auf. Alles dies, so schauderhaft es vielleicht für manche, ohnedem furchtsame Leser klingen mag, läßt sich doch durch ein klein wenig Seelenkunde leicht erklären, ohne daß deshalb ein wirkliches Gespenst ins Spiel zu mischen wäre. Merkwürdig aber bleibt es doch, daß dieser so oft und so fruchtlos von seiner sterbenden Frau und von seinem eignen Gewissen gewarnte Bösewicht jetzt allerdings in sein Verderben rannte, und daß er, der vorher so oft glücklich entwischt war, gerade jetzt in einen Fallstrick kommen mußte, dem er nicht mehr entgehen und wovon ihm keine Silbe ahnden konnte.

Jene früheren Kasseneingriffe waren zwar nicht immer und nicht ganz bestimmt gemerkt, aber doch ein paarmal vermutet worden. Man hatte hin und her, doch niemals auf die schuldige Person geraten; auch wurden schon ein paar Ladendiener, wenngleich nicht geradezu deswegen, doch wenigstens mit einigem Argwohn verabschiedet. Jetzt war seit wenigen Wochen ein neuer angenommen, der Redlichkeit, Liebe zur Ordnung und Unverdrossenheit besaß. Er hatte von jenen Diebstählen murmeln gehört, hegte Ehrliebe genug zu wünschen, daß dergleichen unter ihm nicht vorfallen möchte, und glaubte vor allen Dingen beobachten zu müssen, ob er auch lauter ehrliche Hausgenossen habe. Er nahm sich daher vor, einige Monate alle Nächte in einem kleinen, dicht an das Hauptgewölbe stoßenden und mit einer Glastür versehenen Stübchen zu schlafen. Alle Abende trug er sich selbst, ganz heimlich, ein paar Betten auf eine Bank dorthin. Niemanden als seinen Prinzipalen sagte er ein Wort davon; schon mehrere Wochen hatte er diese Übung fortgesetzt und nicht das geringste Verdächtige bemerkt. Da gewöhnlich immer nur *neue* Diener recht *eifrige* Diener zu sein pflegen; da auch der beste Vorsatz, wenn man keinen Nutzen spürt, bald erkaltet; so war es sehr möglich, daß dieses unbequeme Nachtlager sich schon seiner Endschaft nahte und daß jener nichtswürdige Räuber nur noch ein paar Wochen hätte warten dürfen, um dann sicher wieder plündern zu können. Doch daß er gerade jetzt ein Herz sich faßte, auch dies war vielleicht Fügung des Schicksals, welches ihn reif zu seinem Verderben fand.

Kaum hatte er jetzt die Türe des Gewölbes aufgeschlossen, als unser Kundschafter auch dieses nahe, wiewohl leise Geräusch vernahm, an jenes Fensterchen sich schlich und beim Schimmer einer kleinen Diebslaterne den Räuber gar bald erkannte. Er sah, wie er den Zucker- und Kaffeevorräten zusprach, und ließ ihn ungestört sich belasten, so viel er wollte. Jetzt hatte solcher nun alles das, weswegen er eigentlich gekommen war. Er hatte sich fest vorgenommen, die Kasse diesmal nicht heimzusuchen, da er ihr aber so nahe war, da er alles um sich herum so sicher glaubte, da er entschlossen war, sobald nicht wieder zu kommen, so dacht' er: Ein Griff mehr dort hinein kann doch auch nichts schaden! Die Schlüssel hatte er bei sich; die Kasse war in einem Augenblick eröffnet. Doch jetzt sprang auch der Ladendiener schnell herbei, packte den Dieb fest und schrie so lang er konnte: „Hilfe, Hilfe!" um noch mehrere Menschen im Hause zu wecken. Vergebens wollte jener Elende sich losreißen: Der Diener war jünger und stärker. Vergebens bat er um Gotteswillen, nur diesmal ihn gehen zu lassen, nahm vergebens zu den schönsten Versprechungen seine Zuflucht. Jener hatte weder Erbarmen noch Lust, sich bestechen zu lassen, schrie immer nur noch stärker und weckte endlich die Hausgenossen, die scharenweise zusammen kamen. Ein allgemeines Erstaunen entstand, als man sah, was vorgegangen sei und wer es verübt habe. Man holte sogleich die Wache und übergab ihr für diese Nacht den Verbrecher. Des andern Morgens übernahmen ihn die Gerichte. Da alles Leugnen umsonst gewesen wäre, gestand er die vielen Diebstähle, die er nach und nach begangen hatte. Sie betrugen in Waren und Geld an zwölftausend Gulden. Er hatte durch diese Summe das Leben, nach den damals geltenden Gesetzen, mehr als zehnfach verwirkt; doch ward sein Urteil auf lebenslängliches Zuchthaus gemildert. Sein ganzes Vermögen ward eingezogen und seinen beraubten Prinzipalen überliefert. Aus seinem eignen Munde erfuhr man, vor Gericht, die vorstehende Geschichte.

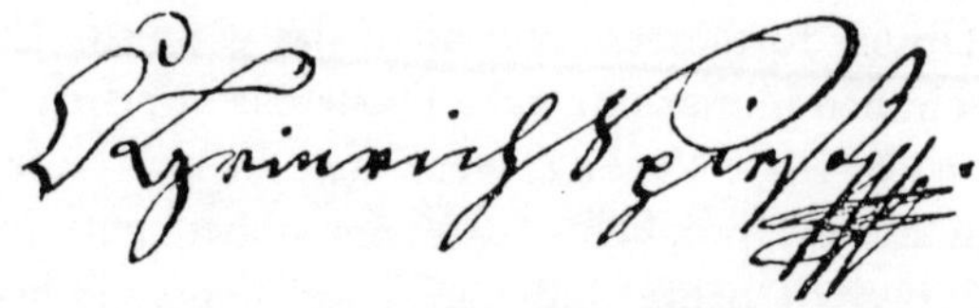

Christian Heinrich Spieß

Marianne L.

Eine wahre Geschichte vom Jahre 1788

Am Morgen nach einer höchst stürmischen Herbstnacht verbreitete sich in dem Städtchen V. das Gerücht, daß eine halbe Stunde unterhalb dieser Stadt ein totes Mädchen liege, welches die Maas diese Nacht ausgeworfen habe. – „Gott, wenn das unsere Marianne wäre“, jammerte die Witwe L., indem sie vier verkrüppelte menschliche Gestalten übersah, die bereits verzweifelnd die Hände rangen. „Was würde aus diesen Armen werden?“ Und schon erzählte ein vorübergehender Bauer, der vom nächsten Ort kam, den Nachbarn, daß der vom Fluß ausgeworfene Leichnam mit Blut und Wunden bedeckt sei. Einer fragte nach der Kleidung der Unglücklichen, und die Unruhe der Witwe stieg zur Höllenangst, als diese Beschreibung, die der Bauer von dieser machte, der Kleidung ähnelte, die ihre Tochter den Tag zuvor getragen hatte. Trotz ihrer Lähmung und Kränklichkeit eilte nun die Arme nach dem Platz, wo der Leichnam lag. Eben bemächtigte sich das Gericht desselben. Besinnungslos stürzte die Alte neben diesem nieder, denn sie erkannte in diesem Augenblick ihre Tochter.

Das unglückliche Mädchen war die Tochter eines sehr rechtschaffenen und wohlhabenden Bandwirkers. Ihre Geburt hatte auf ihre Mutter so übel gewirkt, daß dieselbe kontrakt ward, und mehrere Jahre in einem völlig hilflosen Zustand zu Bett zubringen mußte. In der Folge war sie insoweit geheilt, daß sie das Bett verlassen konnte, sie blieb aber doch auf der einen Seite ganz und auf der anderen zum Teil gelähmt. In diesem Zustand gebar sie noch 4 Kinder, die sämtlich der Abdruck des elenden Zustandes der Mutter waren. Unter dieser traurigen Familienlast schwand das Vermögen, und der unglückliche Vater erlag dem Jammer seiner Lage.

Marianne war 13 Jahre alt, als ihr Vater starb. Die Natur schien an ihr verschwendet zu haben, was sie an ihren Geschwistern entzogen hatte. Sie galt für das schönste Mädchen in der Stadt. Dabei hatte die Erziehung, die sie durch die Freigebigkeit einer Pate erhielt, ihren Geist und Herz gleich gut ausgebildet. Nach des Vaters Tod fing Marianne, die sich für die obgleich unschuldige Ursache des Unglücks der Familie hielt, an, Tag und Nacht zu arbeiten, um ihre Mutter und Geschwister, die schlechterdings außerstande waren zu arbeiten, durch den Verdienst ihrer Handarbeit zu ernähren. Dies gelang ihr über alle Erwartung. Die Familie darbte nie, obgleich die nötige Pflege der unglücklichen verkrüppelten Geschöpfe manche schweren Ausgaben nötig machte. So hatte es sechs Jahre gedauert, und die Aussichten schienen sich für die unglückliche Familie zu verbessern, da Mariannes jüngere Geschwister nun insoweit herangewachsen waren, daß sie gleichfalls etwas verdienen konnten, als Marianne an einem Sonntag gegen Abend ausging, um, wie sie sagte, einen Spaziergang in der Allee vor dem Städtchen zu machen. Es war Nacht, und Marianne kam noch nicht nach Hause, die Familie suchte sie in der ganzen Stadt und auf allen Spaziergängen; da sie sie nicht fanden, beruhigten sie sich damit, daß Marianne, wie sie sonst öfters zu tun pflegte, zu einem zwei Stunden vor dem Städtchen auf dem Land wohnenden Verwandten gegangen sei, der dort eine Pachtung hatte und die Familie ansehnlich unterstützte. Nur die zweite Schwester meinte ängstlich, daß Marianne, wenn sie zu dem Vetter gegangen, es ihr gesagt haben würde. Aber auch diese beruhigte sich, als eine Nachbarin die Nachricht brachte, daß ihre Söhne Marianne gegen Abend in der Allee gesehen hätten, die nach dem Wohnort des Vetters führte und daß S., welchen die Familie als Mariannes begünstigten Liebhaber kannte, nebst dessen Bruder, der Kanonikus des dortigen Stifts ist, sie begleitet hätten. – Man schickte nun sogleich in das S.sche Haus, um sich zu erkundigen, ob Marianne wirklich nach O. gegangen sei, und die Verlegenheit der Familie vermehrte sich wieder, als der dahin geschickte Bote mit der Nachricht zurückkam, daß der junge S. Marianne nicht gesehen, dessen Mutter aber auf diese, als die Verführerin ihres Sohnes, heftig geschimpft habe.

Diese Erzählung teilte die unglückliche Mutter dem Gericht bei der Leiche ihrer Tochter mit, so wie sie sich nur von ihrer Ohnmacht erholt hatte. – Ein junger Mensch, der dies mit anhörte, trat bedenklich aus dem Kreise der Umstehenden, die alle gleiches Mitleid mit der Unglücklichen und gleicher Abscheu gegen die Tat beseelte, und bat den Richter um ein geheimes Gehör, indem er sich zugleich auf einige ebenfalls anwesende junge Leute berief, die denn der Richter ebenfalls auf der Stelle anhörte und dann den anwesenden Häschern strenge Befehle erteilte, die die neugierige Menge umsonst sich zu erforschen bemühte.

Der Körper der unglücklichen Marianne war nun gerichtlich untersucht, man fand ihn mit 17 Stichen durchbohrt, wovon jedoch nur einer tödlich war. Übrigens fand man Beweise einer von ihr gegen den Mörder geleisteten wütenden Gegenwehr. Fest hielt sie in der einen Hand einen Büschel blonder Haare, in der anderen einen Rockknopf. – Die Unglückliche ward schwanger befunden.

Die Gerichte fingen sogleich die Untersuchung an. Die Söhne der Nachbarn, die wir oben erwähnten, hatten die Aussage, daß sie am Abend zuvor Marianne mit dem jungen S. und dessen Bruder gesehen hätten, vor Gericht wiederholt, und die Häscher, welchen der Richter den Befehl gegeben hatte, auf die beiden S. in der Stille und ohne Aufsehen zu erregen, aufmerksam zu sein und sie nicht entfliehen zu lassen, brachten die Nachricht, daß der Kanonikus S. bei dem ersten entstandenen Lärmen aus V. abgereist sei. Hierauf lies nun der Richter den zurückgebliebenen jungen S. arretieren, dieser behauptete aber in dem ersten Verhör, das man sogleich mit ihm vornahm, er habe Marianne des Tags zuvor gar nicht gesehen.

Die drei Jünglinge, die bei der Leiche den Richter im Geheimen zu sprechen verlangt hatten, wurden nun nochmal förmlich gerichtlich vernommen. Sie konnten aber weiter nichts aussagen, als daß sie am vorhergehenden Tage ebenfalls die beiden S. mit Marianne gegen das Ende der Allee nach O. zu gehen gesehen, und daß nach einer Stunde die beiden S. hastig in die Stadt zurückgeeilt seien. Da diese zugleich ausgesagt hatten, daß der jüngere S. sogleich in ein Kaffeehaus, das am Ende der Vorstadt lag, gegangen sei, so ward nun auch der Kaffeewirt und die dort damals zugegen gewesenen Personen vernommen.

Diese gaben an: Als S. in das Kaffeehaus gekommen, habe er im Vorhaus seine Hände und einige Stellen seiner Kleidung gereinigt, auch glaubten sie bemerkt zu haben, daß Hände und Kleidung mit Blut befleckt gewesen seien.

Da der junge S. auf die Frage des Richters, wo er am Nachmittag und Abend der vollbrachten Tat gewesen, verschiedene Orte angegeben hatte, wo er, wie die deshalb eingezogene Erkundigung bewies, nicht gewesen war, so war derselbe allerdings mit schwerem Verdacht belastet. Er ward daher verhaftet und es fing ein Kriminalprozeß an, an welchem die ganze Gegend Anteil nahm, da dieser junge Mensch ihr Liebling gewesen war.

Wilhelm S. war der Sohn eines der reichsten und angesehensten Kaufleute im Land. Er hatte bei seinem Vater die Handlung erlernt und eine Erziehung genossen, bei welcher man nichts gespart hatte. Einige Reisen in Frankreich und England hatten dazu gedient, seinen Geist auszubilden und ihn zu einem der angenehmsten Jünglinge zu machen, so wie er ohne

Zweifel einer der schönsten war. – Eine Menge einzelner wohltätiger Züge sprachen für sein Herz, und man hatte ihn bisher allgemein für einen sehr edlen Jüngling gehalten. Zudem war es bekannt, daß die Entleibte seine Geliebte gewesen, an der er, des Zornes seiner Eltern ungeachtet, mit der leidenschaftlichsten Wärme hing. Bei der gerichtlichen Sektion des Leichnams der Gemordeten hatte sich gezeigt, daß diese schwanger war; und Wilhelm leugnete nicht, daß er der Vater dieser unglücklichen Frucht sei.

Um desto standhafter leugnete er, an dem Mord des Mädchens einigen Anteil zu haben. Zwar gestand er, als sein Arrest bereits ein Jahr lang gedauert hatte und seine Richter stärker in ihn drangen, weil alle Anzeigen gegen ihn waren, daß er zugegen gewesen, als Marianne gemordet worden; er schob aber die ganze Schuld auf seinen entwichenen Bruder, dessen Flucht ihm bekannt geworden war, und gab an, er habe sich diesem so lange es seine Kräfte vermocht hätten, widersetzt. Nichts vermochte ihn, einen Teil der Tat auf sich zu nehmen, sowenig er auch imstande war, alle die vielfachen Widersprüche zu heben, die in seinen Aussagen lagen, und welche der Richter unablässig ihm vorhielt.

So hatte der Prozeß nahe an 3 Jahre gedauert, ohne daß die Richter Klarheit in der Sache erhalten hätten, und schon wollte man Wilhelm S., welchem für sein Geld die geübtesten und fähigsten Verteidiger zu Gebote standen, loslassen, als ein an sich äußerst unbedeutend scheinender Umstand die Wahrheit endlich in das hellste und klarste Licht setzte.

Der Actuarius des Gerichts, vor welchem die Untersuchung geführt war, kommt nach L., der ungefähr 10 Stunden von dem Ort der Untersuchung entfernten Hauptstadt. Dort geht er zufällig mit einem seiner Freunde, der ihn hierher begleitet hatte, an einer Trödlerbude vorbei, in welcher eine Menge getragener Kleidungsstücke dem Verkauf ausgesetzt und zum Beschauen aufgehängt waren. „Siehe da, der ganze Wilhelm S. wie ausgeplündert", rief des Actuars munterer Begleiter, indem er auf ein falbes Kleid, eine genähte Weste und ein paar hellgrüne Beinkleider deutete, welche etwas seitwärts in der Trödlerbude hingen. Man scherzte über den Einfall und ging endlich aus Mutwillen in die Bude, wo man die Kleidungsstücke und vorzüglich jene, welche die Neugierde der beiden Freunde gereizt hatten, betrachtete, und vergißt die Sache, so wie man sich aus der Bude entfernt.

Mehrere Wochen nachher kam der Gerichtsactuar ebenso zufällig in der Gerichtsrepositur an ein Fach, in welches man nichts bedeutende Kleinigkeiten, um sie aus dem Wege zu schaffen, durcheinanderzuwerfen pflegte. Ein kleines zusammengerolltes Papier fällt ihm entgegen; er entfaltete es, um zu sehen, was es enthalte; der Knopf und jener Büschel Haare, welche die unglückliche Marianne in den Händen gehalten, als der Fluß ihren Leichnam ausgespieen hatte, waren darin eingewickelt. Das Gericht hatte es bisher, über Dickleibigkeit, zu welcher die Untersuchungsakten herangewachsen waren, übersehen, daß dieser Knopf und Haarbüschel zu etwas mehr als zur Verstärkung des Beweises, daß die Unglückliche gewaltsam gemordet worden, dienen können, und so waren diese in Vergessenheit gekommen.

Als der Actuar des Knopfs ansichtig war, glaubte er sich dunkel zu erinnern, diese Garnitur Knöpfe irgendwo gesehen zu haben. Der Knopf war von der ausgezeichneten Art, wie man sie am Anfang der 1790er Jahre auf Mannskleidern trug, wo Gemälde und Figuren von Stroh, Moos u. dgl. hinter Glas, welches die äußere Knopfform festhielt, befestigt waren, und also schon um deswillen sehr kenntlich, weil jede Garnitur dieser teuren Knöpfe andere Vorstellungen enthielt. Nach langen Hin- und Hersinnen schien es dem Actuar, als habe er diese Knöpfe auf dem Kleid bemerkt, welches er zu L. in der Trödelbude gesehen, und von welchem damals sein Begleiter behauptet hatte, daß es einst Wilhelm gehört habe.

Der Actuar eilte, diese Bemerkungen dem Gericht vorzulegen. Sein Begleiter war vorgeladen, welcher angab, daß es ihm zwar durchaus eben so vorkomme, als wenn dieser Knopf zu der Garnitur jener Knöpfe gehöre, womit das bemerkte Kleid besetzt gewesen, daß er aber hierin sich einer genaueren Bestimmung enthalten wolle, weil ein Irrtum in einer so bedeutenden Sache von zu wichtigen Folgen sein würde.

Es war nun sogleich an das Gericht zu L. geschrieben, von welchem der Trödler, der das Kleid gekauft hatte, vernommen war. Dieser gab an, er habe es von einem Fremden gekauft, den er aber weder zu nennen, noch genau zu beschreiben wisse. Die Zeit, zu welcher er dasselbe gekauft zu haben angab, war etwa ein halbes Jahr nach dem unglücklichen Mord. Das Kleid war inzwischen an einen Friseur verkauft worden, der kurz zuvor aus L. hinweg, und der Angabe seiner Verwandten zufolge, nach Brüssel gereist war. Man schrieb nun auch nach Brüssel, aber der Friseur, der mit vieler Mühe von den dortigen Gerichten ausfindig gemacht ward, hatte das Kleid wieder an den Kammerdiener des Grafen D. verhandelt, der mit seinem Herrn nach Ungarn gereist war.

Nach einer Menge Hindernisse und unbeschreiblicher Arbeit kam endlich das Kleid, auf welches jetzt so viel anzukommen schien, an die Gerichte nach V. zurück. Glücklicherweise war es bisher wenig getragen worden, da der Kammerdiener des Grafen D. es dem Friseur weniger aus Bedürfnis, als um diesem seinen Landesmann aus einer Geldnot zu helfen, abgekauft hatte. Der Trödler beschwor nun zuerst, daß solches eben das Kleid sei, welches er an den Friseur verkauft habe, und der Freund des Actuarius, der solches zuerst zu L. in der Trödlerbude entdeckt hatte, und noch zwei andere, welche den jungen S. gleichfalls genau kannten, erkannten ohne Mühe dasselbe als ihm zugehörig und beschworen ihre Aussagen. Dies beschworen auch noch jene Zeugen, welche an dem Tag des Mordes diesen mit Marianne in der Allee gesehen, so wie jene, welche ihn damals des Abends auf dem Kaffeehaus gesehen hatte, daß Wilhelm an jenen Abend dieses Kleid getragen habe. – Man verglich nun den Knopf, welchen die tote Marianne in der Hand gehabt hatte, mit jenen, welche sich noch auf dem Kleid befanden, und nicht nur überzeugte der Augenschein auf den ersten Blick, daß derselbe zu dieser Garnitur gehörte, sondern es fehlte auch diesem Kleid genau vor der Brust ein Knopf, und die Spuren des Abrisses zeigten, daß solcher mit heftiger Gewalt abgerissen worden sein müsse.

Nun ward der Verhaftete darüber vernommen, wie er an dem Tag des unglücklichen Vorgangs gekleidet gewesen wäre, und sorgfältiger hat sich noch keine Dame um die Toilette ihrer Feindin erkundigt, als es hier in der ernsthaftesten Sache von der Welt geschah. Zwar wollte Wilhelm hiervon anfänglich nichts wissen und fand die deshalb an ihn gestellten Fragen höchst drollig; als aber endlich der Richter ihm das Kleid und den abgerissenen Knopf vorlegte; als man den Büschel Haare, welchen die Ermordete in den Händen gehabt hatte, mit den Kopfhaaren des Inquisiten verglich und in Farbe und Beugsamkeit ähnlich fand, da verlor der Elende die Fassung, welche bis jetzt noch keinen Augenblick ihn verlassen hatte, da fiel

er vor dem Gericht nieder und gestand den ganzen Umfang seiner Schuld.

Schon war der Elende, nachdem die arme Marianne sich ganz seiner Liebe geopfert, vom Genuß übersättigt, als diese ihm anzeigte, daß sie Mutter sei. – Ein wütender, ihm selbst unbegreiflicher Haß, sagte der Bösewicht, habe sich seiner gegen die Arme bemeistert, als sie ihm diese Nachricht mit all der Unschuld ihres reinen Herzens, vertrauend ohne Arg auf seine Redlichkeit und begeistert von dem jüngsten aller Gefühle, dem Muttergefühl, freudig mitgeteilt habe. Wilhelms Eltern hatten eben zum Unglück für diesen, der ihr Liebling war, eine Heirat mit einem der schönsten und reichsten Mädchen in einer benachbarten Stadt projektiert und größtenteils in Richtigkeit gebracht. Da derselbe zuvor mit aller Wärme der Liebe an Marianne gehangen und die Eltern diese Liebe als ein Hindernis ihres Lieblingsplanes ansahen, so sparten sie nichts, um diesen ihren Sohn von seiner Liebschaft abzubringen, welches freilich bei dessen eingetretener Sinnesänderung überflüssig war. Indessen gossen doch die Invektiven und Verleumdungen, welche sich Wilhelms Mutter zu diesem Zweck gegen die unglückliche Marianne erlaubte, gleichwohl Öl in die Flamme und versetzte diesen in jenen Zustand der Raserei, in der es allein unmöglich war, eine so unnatürliche und schändliche Tat zu begehen. Hierzu kam noch, daß Wilhelm Marianne, um sie seiner Wollust zu opfern, in Gegenwart mehrerer Zeugen die Ehe versprochen hatte. Dies unglückliche Mädchen war also an sich schon ein Hindernis der Heirat Wilhelms und das um so mehr, da seine projektierte, die er jetzt heißer noch als ehedem Marianne liebte, erklärt hatte, daß sie, wenn sich das gehörte Gerücht bestätigte, nie den Verführer eines unglücklichen Mädchens heiraten werde. So vereinigte sich alles dahin zu wirken, daß der Haß des jungen Menschen gegen das ebenso unglückliche als unschuldige Hindernis seiner Wünsche zur Raserei anwuchs.

In dieser peinlichen Lage wandte sich Wilhelm an seinen älteren Bruder, einen Stiftsgeistlichen, der das Orakel des Hauses machte. Dieser niederträchtige Pfaffe war seiner Immoralität wegen überall als ein Ungeheuer gehaßt und geflohen. Seine Schlauheit war ebenso bekannt, als sein kühner Unternehmungsgeist, und er war wegen beiden der Gegenstand allgemeiner Furcht. Dieser Unmensch hauchte den Gedanken von Mord in Wilhelms Seele, für welchen dieser in der Stimmung, in welcher er sich befand, nur zu empfänglich war. Für die Summe von 200 Dukaten, welche Wilhelm von seinem Taschengeld zurückgelegt hatte, erbot er sich sogleich, den Mord vollführen zu helfen, und er war es, der die Anstalten hierzu leitete. Nach diesen mußte Wilhelm die bedauerungswürdige Marianne zu dem unglücklichen Spaziergang einladen. Man affektierte, als das harmlose Geschöpf erschien, Heiterkeit, sprach viel davon, daß durch die Vermittlung eben dieses boshaften Pfaffen Wilhelms Eltern nachgiebiger gegen dessen Heirat mit Marianne zu werden anfingen, und lockte so das arglose Mädchen an einen etwas abgelegenen und weniger besuchten Platz an dem Gestade des Flusses. Dort stieß das Ungeheuer von Priester von hinten zu mit einem Dolch nach der Unglücklichen, der aber, weil er nur die Schulter traf, zerbrach. In dem Augenblick, als Marianne schreiend sich umkehrte, zieht Wilhelm ein großes Taschenmesser, das er eigens zu diesem Gebrauch zuvor geschärft hatte, und gibt damit derselben mehrere Stiche. Diese fleht, ruft um Hilfe, beschwört ihre Mörder um Gnade, erinnert die Bösewichter an das schuldlose Geschöpf, das sich in ihren Innern bilde, kämpfte gegen die Buben, bis sie endlich ermattet von der Anstrengung und dem Blutverlust unter der Menge von Wunden, welche die Barbaren mit kaltem Blut immer tiefer bohren, um, wie sie mit teuflischem Spotte sagen, das Lebendige zu treffen, zu Boden sinkt. Noch war sie nicht ganz tot und die Mörder bereits eine Strecke weit hinweggegangen, als es Wilhelm einfällt, daß es doch sicherer sei, den Leichnam in den Fluß zu werfen. Er kehrte daher um und findet, daß die Arme ihre letzten Kräfte zusammengefaßt und sich wieder aufgerafft hatte. – Mit dem empörenden Spotte, daß sie sich von der gehabten Erhitzung abkühlen müsse, schleppt er die Halbentseelte an das Gestade und wirft sie in den Fluß. – Hier war es, wo Marianne die Verzweiflung und Todesangst neue Kräfte lieh; sie faßte mit der einen Hand den Rockknopf ihres Mörders, der nachher dessen Verräter und ihr Rächer war, mit der anderen wühlte sie in dessen Haaren.

Am anderen Morgen hört der Pfaffe ein dunkles Gerücht, er geht, von Gewissensangst getrieben, das Ufer des Stromes hinab, er findet Mariannes Körper vom Wasser ausgespieen und schon von Leuten umgeben und flieht. – Man hat nachdem nichts weiter von ihm gehört, als daß er als Pfarrer in einer französischen Gemeinde bei Lyon angestellt war, und glaubt, daß er bei den Füsilladen des Collot d'Herbois sein Ende gefunden habe. Wilhelm war verwegen genug gewesen zu bleiben, besonders weil er glaubte, im äußersten Fall alle Schuld auf seinen entwichenen Bruder schieben zu können.

Wilhelms Vater, durch einen Brief des entwichenen Pfaffen von dem ganzen Hergang unterrichtet und aufmerksamer als die Gerichte, hatte das fatale Kleid selbst nach L. gebracht und dort verkauft, um alles zu entfernen, was gegen seinen Sohn zeugen könne. Als er erfuhr, daß gerade diese Vorsicht dem Unglücklichen verderblich geworden, endete er am Schlage, ehe noch dessen Urteil erschien.

Wilhelm S. erhielt bald darauf sein Urteil. An dem Ort, wo er Marianne gemordet, ward er mit glühenden Zangen gezwickt und dann lebendig gerädert. – Einfache Kreuze, in die dortstehenden Obstbäume eingeschnitten, bezeugen dem Wanderer den Ort, wo die schauerliche Geschichte sich zugetragen hat.

Friedrich Schiller

Der Verbrecher aus verlorener Ehre

Eine wahre Geschichte

In der ganzen Geschichte des Menschen ist kein Kapitel unterrichtender für Herz und Geist als die Annalen seiner Verirrungen. Bei jedem großen Verbrechen war eine verhältnismäßig große Kraft in Bewegung. Wenn sich das geheime Spiel der Begehrungskraft bei dem matteren Licht gewöhnlicher Affekte versteckt, so wird es im Zustand gewaltsamer Leidenschaft desto hervorspringender, kolossalischer, lauter; der feinere Menschenforscher, welcher weiß, wie viel man auf die Mechanik der gewöhnlichen Willensfreiheit eigentlich rechnen darf und wie weit es erlaubt ist, analogisch zu schließen, wird manche Erfahrung aus diesem Gebiete in seine Seelenlehre herübertragen und für das sittliche Leben verarbeiten.

Es ist etwas so Einförmiges und doch wieder so Zusammengesetztes, das menschliche Herz. Eine und eben dieselbe Fertigkeit oder Begierde kann in tausenderlei Formen und Richtungen spielen, kann tausend widersprechende Phänomene bewirken, kann in tausend Charakteren anders gemischt erscheinen, und tausend ungleiche Charaktere und Handlungen können wieder aus einerlei Neigung gesponnen sein, wenn auch der Mensch, von welchem die Rede ist, nichts weniger denn eine solche Verwandtschaft ahnt. Stünde einmal, wie für die übrigen Reiche der Natur, auch für das Menschengeschlecht ein Linnäus auf, welcher nach Trieben und Neigungen klassifizierte, wie sehr würde man erstaunen, wenn man so manchen, dessen Laster in einer engen bürgerlichen Sphäre und in der schmalen Umzäunung der Gesetze jetzt ersticken muß, mit dem Ungeheuer Borgia in einer Ordnung beisammen fände!

Von dieser Seite betrachtet, läßt sich manches gegen die gewöhnliche Behandlung der Geschichte einwenden, und hier, vermute ich, liegt auch die Schwierigkeit, warum das Studium derselben für das bürgerliche Leben noch immer so fruchtlos geblieben. Zwischen der heftigen Gemütsbewegung des handelnden Menschen und der ruhigen Stimmung des Lesers, welchem diese Handlung vorgelegt wird, herrscht ein so widriger Kontrast, liegt ein so breiter Zwischenraum, daß es dem letztern schwer, ja unmöglich wird, einen Zusammenhang nur zu ahnen. Es bleibt eine Lücke zwischen dem historischen Subjekt und dem Leser, die alle Möglichkeit einer Vergleichung oder Anwendung abschneidet und statt jenes heilsamen Schreckens, der die stolze Gesundheit warnt, ein Kopfschütteln der Befremdung erweckt. Wir sehen den Unglücklichen, der doch in eben der Stunde, wo er die Tat beging, so wie in der, wo er dafür büßet, Mensch war wie wir, für ein Geschöpf fremder Gattung an, dessen Blut anders umläuft als das unsrige, dessen Wille andern Regeln gehorcht als der unsrige; seine Schicksale rühren uns wenig, denn Rührung gründet sich ja nur auf ein dunkles Bewußtsein ähnlicher Gefahr, und wir sind weit entfernt, eine solche Ähnlichkeit auch nur zu träumen. Die Belehrung geht mit der Beziehung verloren, und die Geschichte, anstatt eine Schule der Bildung zu sein, muß sich mit einem armseligen Verdienste um unsre Neugier begnügen. Soll sie uns mehr sein und ihren großen Endzweck erreichen, so muß sie notwendig unter diesen beiden Methoden wählen. – Entweder der Leser muß warm werden wie der Held oder der Held wie der Leser erkalten.

Ich weiß, daß von den besten Geschichtschreibern neuerer Zeit und des

Robert triumphierte. Sein Nebenbuhler war aus dem Felde geschlagen und Hannchens Gunst für den Bettler verloren. Wolf kannte seinen Feind, und dieser Feind war der glückliche Besitzer seiner Johanne. Drückendes Gefühl des Mangels gesellte sich zu beleidigtem Stolze. Not und Eifersucht stürmen vereinigt auf seine Empfindlichkeit ein, der Hunger treibt ihn hinaus in die weite Welt, Rache und Leidenschaft halten ihn fest. Er wird zum zweitenmal Wilddieb; aber Roberts verdoppelte Wachsamkeit überlistet ihn zum zweitenmal wieder. Jetzt erfährt er die ganze Schärfe des Gesetzes; denn er hat nichts mehr zu geben, und in wenigen Wochen wird er in das Zuchthaus der Residenz abgeliefert.

Das Strafjahr war überstanden, seine Leidenschaft durch die Entfernung gewachsen und sein Trotz unter dem Gewicht des Unglücks gestiegen. Kaum erlangt er die Freiheit, so eilt er nach seinem Geburtsort, sich seiner Johanne zu zeigen. Er erscheint; man flieht ihn. Die dringende Not hat endlich seinen Hochmut gebeugt und seine Weichlichkeit überwunden – er bietet sich den Reichen des Orts an und will für den Taglohn dienen. Der Bauer zuckt über den schwachen Zärtling die Achsel, der derbe Knochenbau seines handfesten Mitbewerbers sticht ihn bei diesem fühllosen Gönner aus. Er wagt einen letzten Versuch. *Ein* Amt ist noch ledig, der äußerste verlorne Posten des ehrlichen Namens – er meldet sich zum Hirten des Städtchens, aber der Bauer will seine Schweine keinem Taugenichts anvertrauen. In allen Entwürfen getäuscht, an allen Orten zurückgewiesen, wird er zum drittenmal Wilddieb, und zum drittenmal trifft ihn das Unglück, seinem wachsamen Feind in die Hände zu fallen.

Der doppelte Rückfall hatte seine Verschuldung erschwert. Die Richter sahen in das Buch der Gesetze, aber nicht einer in die Gemütsfassung des Beklagten. Das Mandat gegen die Wilddiebe bedurfte einer solennen und exemplarischen Genugtuung, und Wolf wurde verurteilt, das Zeichen des Galgens auf den Rücken gebrannt, drei Jahre auf der Festung zu arbeiten.

Auch diese Periode verlief, und er ging von der Festung – aber ganz anders, als er dahin gekommen war. Hier fängt eine neue Epoche in seinem Leben an; man höre ihn selbst, wie er nachher gegen seinen geistlichen Beistand und vor Gerichte bekannt hat. „Ich betrat die Festung“, sagte er, „als ein Verirrter und verließ sie als ein Lotterbube. Ich hatte noch etwas in der Welt gehabt, das mir teuer war, und mein Stolz krümmte sich unter der Schande. Wie ich auf die Festung gebracht war, sperrte man mich zu dreiundzwanzig Gefangenen ein, unter denen zwei Mörder und die übrigen alle berüchtigte Diebe und Vagabunden waren. Man verhöhnte mich, wenn ich von Gott sprach, und setzte mir zu, schändliche Lästerungen gegen den Erlöser zu sagen. Man sang mir Hurenlieder vor, die ich, ein liederlicher Bube, nicht ohne Ekel und Entsetzen hörte; aber was ich ausüben sah, empörte meine Schamhaftigkeit noch mehr. Kein Tag verging, wo nicht irgendein schändlicher Lebenslauf wiederholt, irgend ein schlimmer Anschlag geschmiedet ward. Anfangs floh ich dieses Volk und verkroch mich vor ihren Gesprächen, so gut mir möglich war; aber ich brauchte ein Geschöpf, und die Barbarei meiner Wächter hatte mir auch meinen Hund abgeschlagen. Die Arbeit war hart und tyrannisch, mein Körper kränklich; ich brauchte Beistand, und wenn ich aufrichtig sagen soll, ich brauchte Bedaurung, und diese mußte ich mit dem letzten Überrest meines Gewissens erkaufen. So gewöhnte ich mich endlich an das Abscheulichste, und im letzten Vierteljahr hatte ich meine Lehrmeister übertroffen.

Von jetzt an lechzte ich nach dem Tag meiner Freiheit, wie ich nach Rache lechzte. Alle Menschen hatten mich beleidigt, denn alle waren besser und glücklicher als ich. Ich betrachtete mich als den Märtyrer des natürlichen Rechts und als ein Schlachtopfer der Gesetze. Zähneknirschend rieb ich meine Ketten, wenn die Sonne hinter meinem Festungsberg heraufkam; eine weite Aussicht ist zwiefache Hölle für einen Gefangenen. Der freie Zugwind, der durch die Luftlöcher meines Turmes pfiff, und die Schwalbe, die sich auf dem eisernen Stab meines Gitters niederließ, schienen, mich mit ihrer Freiheit zu necken und machten mir meine Gefangenschaft desto gräßlicher. Damals gelobte ich unversöhnlichen glühenden Haß allem, was dem Menschen gleicht, und was ich gelobte, hab ich redlich gehalten.

Mein erster Gedanke, sobald ich mich frei sah, war meine Vaterstadt. So wenig auch für meinen künftigen Unterhalt da zu hoffen war, so viel versprach sich mein Hunger nach Rache. Mein Herz klopfte wilder, als der Kirchturm von weitem aus dem Gehölze stieg. Es war nicht mehr das herzliche Wohlbehagen, wie ich's bei meiner ersten Wallfahrt empfunden hatte. – Das Andenken alles Ungemachs, aller Verfolgungen, die ich dort einst erlitten hatte, erwachte mit einem Mal aus einem schrecklichen Todesschlaf; alle Wunden bluteten wieder, alle Narben gingen auf. Ich verdoppel-

te meine Schritte, denn es erquickte mich im voraus, meine Feinde durch meinen plötzlichen Anblick in Schrecken zu setzen, und ich dürstete jetzt ebenso nach neuer Erniedrigung als ich ehemals davor gezittert hatte.

Die Glocken läuteten zur Vesper, als ich mitten auf dem Markte stand. Die Gemeinde wimmelte zur Kirche. Man erkannte mich schnell; jedermann, der mir aufstieß, trat scheu zurück. Ich hatte von jeher die kleinen Kinder sehr lieb gehabt, und auch jetzt übermannte mich's unwillkürlich, daß ich einem Knaben, der neben mir vorbeihüpfte, einen Groschen bot. Der Knabe sah mich einen Augenblick starr an und warf mir den Groschen ins Gesicht. Wäre mein Blut nur etwas ruhiger gewesen, so hätte ich mich erinnert, daß der Bart, den ich noch von der Festung mitbrachte, meine Gesichtszüge bis zum Gräßlichen entstellte – aber mein böses Herz hatte meine Vernunft angesteckt. Tränen, wie ich sie nie geweint hatte, liefen über meine Backen.

‚Der Knabe weiß nicht, wer ich bin, noch woher ich komme', sagte ich halblaut zu mir selbst, ‚und doch meidet er mich wie ein schändliches Tier. Bin ich denn irgendwo auf der Stirne gezeichnet, oder habe ich aufgehört, einem Menschen ähnlich zu sehen, weil ich fühle, daß ich keinen mehr lieben kann?' Die Verachtung dieses Knaben schmerzte mich bitterer als dreijähriger Galliotendienst, denn ich hatte ihm Gutes getan und konnte ihn keines persönlichen Hasses beschuldigen.

Ich setzte mich auf einen Zimmerplatz der Kirche gegenüber; was ich eigentlich wollte, weiß ich nicht; doch ich weiß noch, daß ich mit Erbitterung aufstand, als von allen meinen vorübergehenden Bekannten keiner mich nur eines Grußes gewürdigt hatte, auch nicht einer. Unwillig verließ ich meinen Standort, eine Herberge aufzusuchen; als ich an der Ecke einer Gasse umlenkte, rannte ich gegen meine Johanne. ‚Sonnenwirt!' schrie sie laut auf und machte eine Bewegung, mich zu umarmen. ‚Du wieder da, lieber Sonnenwirt! Gott sei Dank, daß du wieder kommst!' Hunger und Elend sprach aus ihrer Bedeckung, eine schändliche Krankheit aus ihrem Gesichte; ihr Anblick verkündigte die verworfenste Kreatur, zu der sie erniedrigt war. Ich ahnte schnell, was hier geschehen sein möchte; einige fürstliche Dragoner, die mir eben begegnet waren, ließen mich erraten, daß Garnison in dem Städtchen lag. ‚Soldatendirne!' rief ich und drehte ihr lachend den Rücken zu. Es tat mir wohl, daß noch ein Geschöpf *unter* mir war im Rang der Lebendigen. Ich hatte sie niemals geliebt.

Meine Mutter war tot. Mit meinem kleinen Hause hatten sich meine Kreditoren bezahlt gemacht. Ich hatte niemand und nichts mehr. Alle Welt floh mich wie einen Giftigen, aber ich hatte endlich verlernt, mich zu schämen. Vorher hatte ich mich dem Anblick der Menschen entzogen, weil Verachtung mir unerträglich war. Jetzt drängte ich mich auf und ergötzte mich, sie zu verscheuchen. Es war mir wohl, weil ich nichts mehr zu verlieren und nichts mehr zu hüten hatte. Ich brauchte keine gute Eigenschaft mehr, weil man keine mehr bei mir vermutete.

Die ganze Welt stand mir offen; ich hätte vielleicht in einer fremden Provinz für einen ehrlichen Mann gegolten, aber ich hatte den Mut verloren, es auch nur zu scheinen. Verzweiflung und Schande hatten mir endlich diese Sinnesart aufgezwungen. Es war die letzte Ausflucht, die mir übrig war, die *Ehre* entbehren zu lernen, weil ich an keine mehr Anspruch machen durfte. Hätten meine Eitelkeit und mein Stolz meine Erniedrigung erlebt, so hätte ich mich selber entleiben müssen.

Was ich nunmehr eigentlich beschlossen hatte, war mir selber noch unbekannt. Ich wollte Böses tun, so viel erinnere ich mich noch dunkel. Ich wollte mein Schicksal verdienen. Die Gesetze, meinte ich, wären Wohltaten für die Welt, also faßte ich den Vorsatz, sie zu verletzen; ehemals hatte ich aus *Notwendigkeit* und *Leichtsinn* gesündigt, jetzt tat ich's aus freier Wahl zu meinem Vergnügen.

Mein Erstes war, daß ich mein Wildschießen fortsetzte. Die Jagd überhaupt war mir nach und nach zur Leidenschaft geworden, und außerdem mußte ich ja leben. Aber dies war es nicht allein; es kitzelte mich, das fürstliche Edikt zu verhöhnen und meinem Landesherrn nach allen Kräften zu schaden. Ergriffen zu werden, besorgte ich nicht mehr, denn jetzt hatte ich eine Kugel für meinen Entdecker bereit, und das wußte ich, daß mein Schuß seinen Mann nicht fehlte. Ich erlegte alles Wild, das mir aufstieß, nur weniges machte ich auf der Grenze zu Gelde, das meiste ließ ich verwerfen. Ich lebte kümmerlich, um nur den Aufwand an Blei und Pulver zu bestreiten. Meine Verheerungen in der großen Jagd wurden ruchbar, aber mich drückte kein Verdacht mehr. Mein Anblick löschte ihn aus. Mein Name war vergessen.

Diese Lebensart trieb ich mehrere Monate. Eines Morgens hatte ich nach meiner Gewohnheit das Holz durchstrichen, die Fährte eines Hirsches zu verfolgen. Zwei Stunden hatte ich mich vergeblich ermüdet, und schon fing ich an, meine Beute verloren zu geben, als ich sie auf einmal in schußgerechter Entfernung entdeckte. Ich will anschlagen und abdrücken – aber plötzlich erschreckt mich der Anblick eines Hutes, der wenige Schritte vor mir auf der Erde liegt. Ich forsche genauer und erkenne den Jäger Robert, der hinter dem dicken Stamm einer Eiche auf eben das Wild anschlägt, dem ich den Schuß bestimmt hatte. Eine tödliche Kälte fährt bei diesem Anblick durch meine Gebeine. Just das war der Mensch, den ich unter allen lebendigen Dingen am gräßlichsten haßte, und dieser Mensch war in die Gewalt meiner Kugel gegeben. In diesem Augenblick dünkte mich's, als ob die ganze Welt in meinem Flintenschuß läge und der Haß meines ganzen Lebens in die einzige Fingerspitze sich zusammendrängte, womit ich den mörderischen Druck tun sollte. Eine unsichtbare, fürchterliche Hand schwebte über mir, der Stundenweiser meines Schicksals zeigte unwiderruflich auf diese schwarze Minute. Der Arm zitterte mir, da ich meiner Flinte die schreckliche Wahl erlaubte – meine Zähne schlugen zusammen wie im Fieberfrost, und der Odem sperrte sich erstickend in meiner Lunge. Eine Minute lang blieb der Lauf meiner Flinte ungewiß zwischen dem Menschen und dem Hirsch mitten inne schwanken – eine Minute – und noch eine – und wieder eine. Rache und Gewissen rangen hartnäckig und zweifelhaft, aber die Rache gewann, und der Jäger lag tot am Boden.

Mein Gewehr fiel mit dem Schusse . . . . . . *Mörder* . . . . . . stammelte ich langsam – der Wald war still wie ein Kirchhof – ich hörte deutlich, daß ich *Mörder* sagte. Als ich näher schlich, starb der Mann. Lange stand ich sprachlos vor dem Toten, ein helles Gelächter endlich machte mir Luft.

‚Wirst du jetzt reinen Mund halten, guter Freund!‘ sagte ich und trat keck hin, indem ich zugleich das Gesicht des Ermordeten auswärts kehrte. Die Augen standen ihm weit auf. Ich wurde ernsthaft und schwieg plötzlich wieder stille. Es fing mir an, seltsam zu werden.

Bis hierher hatte ich auf Rechnung meiner Schande gefrevelt; jetzt war etwas geschehen, wofür ich noch nicht gebüßt hatte. Eine Stunde vorher, glaube ich, hätte mich kein Mensch überredet, daß es noch etwas Schlechteres als mich unter dem Himmel gebe; jetzt fing ich an zu mutmaßen, daß ich vor einer Stunde wohl gar zu beneiden war.

Gottes Gerichte fielen mir nicht ein – wohl aber eine, ich weiß nicht welche, verwirrte Erinnerung an Strang und Schwert und die Exekution einer Kindermörderin, die ich als Schuljunge mit angesehen hatte. Etwas ganz besonders Schreckbares lag für mich in dem Gedanken, daß von jetzt an mein Leben verwirkt sei. Auf mehreres besinne ich mich nicht mehr. Ich wünschte gleich darauf, daß er noch lebte. Ich tat mir Gewalt an, mich lebhaft an alles Böse zu erinnern, das mir der Tote im Leben zugefügt hatte, aber sonderbar! mein Gedächtnis war wie ausgestorben. Ich konnte nichts mehr von alledem hervorrufen, was mich vor einer Viertelstunde zum Rasen gebracht hatte. Ich begriff gar nicht, wie ich zu dieser Mordtat gekommen war.

Noch stand ich vor der Leiche, noch immer. Das Knallen einiger Peitschen und das Geknarre von Frachtwagen, die durchs Holz fuhren, brachte mich zur mir selbst. Es war kaum eine Viertelmeile abseits der Heerstraße, wo die Tat geschehen war. Ich mußte an meine Sicherheit denken.

Unwillkürlich verlor ich mich tiefer in den Wald. Auf dem Wege fiel mir ein, daß der Entleibte sonst eine Taschenuhr besessen hätte. Ich brauchte Geld, um die Grenze zu erreichen – und doch fehlte mir der Mut, nach dem Platz umzuwenden, wo der Tote lag. Hier erschreckte mich ein Gedanke an den Teufel und eine Allgegenwart Gottes. Ich raffte meine ganze Kühnheit zusammen; entschlossen, es mit der ganzen Hölle aufzunehmen, ging ich nach der Stelle zurück. Ich fand, was ich erwartet hatte, und in einer grünen Börse noch etwas weniges über einen Taler an Gelde. Eben da ich beides zu mir stecken wollte, hielt ich plötzlich ein und überlegte. Es war keine Anwandlung von Scham, auch nicht Furcht, mein Verbrechen durch Plünderung zu vergrößern – Trotz, glaube ich, war es, daß ich die Uhr wieder von mir warf und von dem Gelde nur die Hälfte behielt. Ich wollte für einen persönlichen Feind des Erschossenen, aber nicht für seinen Räuber gehalten sein.

Jetzt floh ich waldeinwärts. Ich wußte, daß das Holz sich vier deutsche Meilen nordwärts erstreckte und dort an die Grenzen des Landes stieß. Bis zum hohen Mittage lief ich atemlos. Die Eilfertigkeit meiner Flucht hatte meine Gewissensangst zerstreut; aber sie kam schrecklicher zurück, wie meine Kräfte mehr und mehr ermatteten. Tausend gräßliche Gestalten gingen an mir vorüber und schlugen wie schneidende Messer in meine Brust. Zwischen einem Leben voll rastloser Todesfurcht und einer gewaltsamen Entleibung war mir jetzt eine schreckliche Wahl gelassen, und ich *mußte* wählen. Ich hatte das Herz nicht, durch Selbstmord aus der Welt zu gehen, und entsetzte mich vor der Aussicht, darin zu bleiben. Geklemmt zwischen die gewissen Qualen des Lebens und die ungewissen Schrecken der Ewigkeit, gleich unfähig, zu leben und zu sterben, brachte ich die sechste Stunde meiner Flucht dahin, eine Stunde, vollgepreßt von Qualen, wovon noch kein lebendiger Mensch zu erzählen weiß.

In mich gekehrt und langsam, ohne mein Wissen den Hut tief ins Gesicht gedrückt, als ob mich dies vor dem Auge der leblosen Natur hätte unkenntlich machen können, hatte ich unvermerkt einen schmalen Fußsteig verfolgt, der mich durch das dunkelste Dickicht führte – als plötzlich eine rauhe befehlende Stimme vor mir her: ‚Halt!' rief. Die Stimme war ganz nahe, meine Zerstreuung und der heruntergedrückte Hut hatten mich verhindert, um mich herumzuschauen. Ich schlug die Augen auf und sah einen wilden Mann auf mich zukommen, der eine große knotige Keule trug. Seine Figur ging ins Riesenmäßige – meine erste Bestürzung wenigstens hatte mich dies glauben gemacht – und die Farbe seiner Haut war von einer gelben Mulattenschwärze, woraus das Weiße eines schielenden Auges bis zum Grassen hervortrat. Er hatte statt eines Gurts ein dickes Seil zwiefach um einen grünen wollenen Rock geschlagen, worin ein breites Schlachtmesser bei einer Pistole stak. Der Ruf wurde wiederholt, und ein kräftiger Arm hielt mich fest. Der Laut eines Menschen hatte mich in Schrecken gejagt, aber der Anblick eines Bösewichts gab mir Herz. In der Lage, worin ich jetzt war, hatte ich Ursache, vor jedem redlichen Mann, aber keine mehr, vor einem Räuber zu zittern.

‚Wer da?' sagte diese Erscheinung.

‚Deinesgleichen', war meine Antwort, ‚wenn du *der* wirklich bist, dem du gleich siehst!'

‚Da hinaus geht der Weg nicht. Was hast du hier zu suchen?'

‚Was hast du hier zu fragen?' versetzte ich trotzig.

Der Mann betrachtete mich zweimal vom Fuß bis zum Wirbel. Es schien, als ob er meine Figur gegen die seinige und meine Antwort gegen meine Figur halten wollte – ‚Du sprichst brutal wie ein Bettler', sagte er endlich.

‚Das mag sein. Ich bin's noch gestern gewesen.'

Der Mann lachte. ‚Man sollte darauf schwören', rief er, ‚du wolltest auch noch jetzt für nichts Besseres gelten.'

‚Für etwas Schlechteres also' – ich wollte weiter.

‚Sachte, Freund! Was jagt dich so? Was hast du für Zeit zu verlieren?‘

Ich besann mich einen Augenblick. Ich weiß nicht, wie mir das Wort auf die Zunge kam. ‚Das Leben ist kurz‘, sagte ich langsam, ‚und die Hölle währt ewig.‘

Er sah mich stier an. ‚Ich will verdammt sein‘, sagte er endlich, ‚oder du bist irgend an einem Galgen hart vorbeigestreift.‘

‚Das mag wohl noch kommen. Also auf *Wiedersehen*, Kamerad!‘

‚Topp, Kamerade!‘ schrie er, indem er eine zinnerne Flasche aus seiner Jagdtasche hervorlangte, einen kräftigen Schluck daraus tat und mir sie reichte. Flucht und Beängstigung hatten meine Kräfte aufgezehrt, und diesen ganzen entsetzlichen Tag war noch nichts über meine Lippen gekommen. Schon fürchtete ich, in dieser Waldgegend zu verschmachten, wo auf drei Meilen in der Runde kein Labsal für mich zu hoffen war. Man urteile, wie froh ich auf diese angebotne Gesundheit Bescheid tat. Neue Kraft floß mit diesem Erquicktrunk in meine Gebeine und frischer Mut in mein Herz und Hoffnung und Liebe zum Leben. Ich fing an zu glauben, daß ich doch wohl nicht ganz elend wäre; so viel konnte dieser willkommene Trank. Ja, ich bekenne es, mein Zustand grenzte wieder an einen glücklichen, denn endlich nach tausend fehlgeschlagenen Hoffnungen hatte ich eine Kreatur gefunden, die mir ähnlich schien. In dem Zustande, worein ich versunken war, hätte ich mit dem höllischen Geiste Kameradschaft getrunken, um einen Vertrauten zu haben.

Der Mann hatte sich aufs Gras hingestreckt; ich tat ein gleiches.

‚Dein Trunk hat mir wohl getan!‘ sagte ich. ‚Wir müssen bekannter werden.‘

Er schlug Feuer, seine Pfeife zu zünden.

‚Treibst du das Handwerk schon lange?‘

Er sah mich fest an. ‚Was willst du damit sagen?‘

‚War das schon oft blutig?‘ Ich zog das Messer aus seinem Gürtel.

‚Du bist nicht hier zu Hause?‘ fragte er endlich.

‚Drei Meilen von hier. Der Sonnenwirt in L . . ., wenn du von mir gehört hast.‘

Der Mann sprang auf wie ein Besessener. ‚Der Wildschütze Wolf?‘ schrie er hastig.

‚Der nämliche.‘

‚Willkommen, Kamerad! Willkommen!‘ rief er und schüttelte mir kräftig die Hände. ‚Das ist brav, daß ich dich endlich habe, Sonnenwirt! Jahr und Tag schon sinn ich darauf, dich zu kriegen. Ich kenne dich recht gut. Ich weiß um alles. Ich habe lange auf dich gerechnet.‘

‚Auf mich gerechnet? Wozu denn?‘

‚Die ganze Gegend ist voll von dir. Du hast Feinde, ein Amtmann hat dich gedrückt, Wolf! Man hat dich zugrunde gerichtet, himmelschreiend ist man mit dir umgegangen.'

Der Mann wurde hitzig – ,Weil du ein Paar Schweine geschossen hast, die der Fürst auf unsern Äckern und Feldern füttert, haben sie dich jahrelang im Zuchthaus und auf der Festung herumgezogen, haben sie dich um Haus und Wirtschaft bestohlen, haben sie dich zum Bettler gemacht. Ist es dahin gekommen, Bruder, daß der Mensch nicht mehr gelten soll als ein Hase? Sind wir nicht besser als das Vieh auf dem Felde? – Und ein Kerl wie du konnte das dulden?'

,Konnt ich's ändern?' –

,Das werden wir ja wohl sehen. Aber sage mir doch, woher kommst du denn jetzt, und was führst du im Schilde?'

Ich erzählte ihm meine ganze Geschichte. Der Mann, ohne abzuwarten, bis ich zu Ende war, sprang mit froher Ungeduld auf, und mich zog er nach. ,Komm, Bruder Sonnenwirt', sagte er, ,*jetzt* bist du *reif*, jetzt hab ich dich, wo ich dich brauchte. Ich werde Ehre mit dir einlegen. Folge mir!'

,Wo willst du mich hinführen?'

,Frage nicht lange. Folge!' – Er schleppte mich mit Gewalt fort.

Wir waren eine kleine Viertelmeile gegangen. Der Wald wurde immer abschüssiger, unwegsamer und wilder, keiner von uns sprach ein Wort, bis mich endlich die Pfeife meines Führers aus meinen Betrachtungen aufschreckte. Ich schlug die Augen auf, wir standen am schroffen Absturz eines Felsens, der sich in eine tiefe Kluft hinunterbückte. Eine zweite Pfeife antwortete aus dem innersten Bauche des Felsens, und eine Leiter kam wie von selbst langsam aus der Tiefe gestiegen. Mein Führer kletterte zuerst hinunter; mich hieß er warten, bis er wiederkäme. ,Erst muß ich den Hund an Ketten legen lassen', setzte er hinzu, ,du bist hier fremd, die Bestie würde dich zerreißen.' Damit ging er.

Jetzt stand ich *allein* vor dem Abgrund, und ich wußte recht gut, daß ich allein war. Die Unvorsichtigkeit meines Führers entging meiner Aufmerksamkeit nicht. Es hätte mich nur einen beherzten Entschluß gekostet, die Leiter heraufzuziehen, so war ich frei und meine Flucht war gesichert. Ich gestehe, daß ich das einsah. Ich sah in den Schlund hinab, der mich jetzt aufnehmen sollte; es erinnerte mich dunkel an den Abgrund der Hölle, woraus keine Erlösung mehr ist. Mir fing an, vor der Laufbahn zu schaudern, die ich nunmehr betreten wollte; nur eine schnelle Flucht konnte mich retten. Ich beschließe diese Flucht – schon strecke ich den Arm nach der Leiter aus – aber auf einmal donnert's in meinen Ohren, es umhallt mich wie Hohngelächter der Hölle: ,*Was hat ein Mörder zu wagen?*' – und mein Arm fällt gelähmt zurück. Meine Rechnung war völlig, die Zeit der Reue war dahin, mein begangener Mord lag hinter mir aufgetürmt wie ein Fels und sperrte meine Rückkehr auf ewig. Zugleich erschien auch mein Führer wieder und kündigte mir an, daß ich kommen solle. Jetzt war ohnehin keine Wahl mehr. Ich kletterte hinunter.

Wir waren wenige Schritte unter der Felsmauer weggegangen, so erweiterte sich der Grund, und einige Hütten wurden sichtbar. Mitten zwischen

diesen öffnete sich ein runder Rasenplatz, auf welchem sich eine Anzahl von achtzehn bis zwanzig Menschen um ein Kohlfeuer gelagert hatte. ‚Hier, Kameraden', sagte mein Führer und stellte mich mitten in den Kreis; ‚unser Sonnenwirt! Heißt ihn willkommen!'

‚Sonnenwirt!' schrie alles zugleich, und alles fuhr auf und drängte sich um mich her, Männer und Weiber. Soll ich's gestehn? Die Freude war ungeheuchelt und herzlich. Vertrauen, Achtung sogar erschien auf jedem Gesichte; dieser drückte mir die Hand, jener schüttelte mich vertraulich am Kleide, der ganze Auftritt war wie das Wiedersehen eines alten Bekannten, der einem wert ist. Meine Ankunft hatte den Schmaus unterbrochen, der eben anfangen sollte. Man setzte ihn sogleich fort und nötigte mich, den Willkomm zu trinken. Wildbret aller Art war die Mahlzeit, und die Weinflasche wanderte unermüdet von Nachbar zu Nachbar. Wohlleben und Einigkeit schien die ganze Bande zu beseelen, und alles wetteiferte, seine Freude über mich zügelloser an den Tag zu legen.

Man hatte mich zwischen zwei Weibspersonen sitzen lassen, welches der Ehrenplatz an der Tafel war. Ich erwartete den Auswurf ihres Geschlechts, aber wie groß war meine Verwunderung, als ich unter dieser schändlichen Rotte die schönsten weiblichen Gestalten entdeckte, die mir jemals vor Augen gekommen. Margaretha, die älteste und schönste von beiden, ließ sich Jungfer nennen, und konnte kaum fünfundzwanzig sein. Sie sprach sehr frech, und ihre Gebärden sagten noch mehr. Marie, die jüngere, war verheiratet, aber einem Manne entlaufen, der sie mißhandelt hatte. Sie war feiner gebildet, sah aber blaß aus und schmächtig und fiel weniger ins Auge als ihre feurige Nachbarin. Beide Weiber eiferten aufeinander, meine Begierden zu entzünden; die schöne Margaretha kam meiner Blödigkeit durch freche Scherze zuvor, aber das ganze Weib war mir zuwider, und mein Herz hatte die schüchterne Marie auf immer gefangen.

‚Du siehst, Bruder Sonnenwirt', fing der Mann jetzt an, der mich hergebracht hatte, ‚du siehst, wie wir untereinander leben, und jeder Tag ist dem heutigen gleich. Nicht wahr, Kameraden?'

‚Jeder Tag wie der heutige!' wiederholte die ganze Bande.

‚Kannst du dich also entschließen, an unserer Lebensart Gefallen zu finden, so schlag ein und sei unser Anführer. Bis jetzt bin ich es gewesen, aber *dir* will ich weichen. Seid Ihr's zufrieden, Kameraden?'

Ein fröhliches ‚*Ja*' antwortete aus allen Kehlen.

Mein Kopf glühte, mein Gehirn war betäubt, von Wein und Begierden siedete mein Blut. Die Welt hatte mich ausgeworfen wie einen Verpesteten – hier fand ich brüderliche Aufnahme, Wohlleben und Ehre. Welche Wahl ich auch treffen wollte, so erwartete mich Tod; hier aber konnte ich wenigstens mein Leben für einen höheren Preis verkaufen. Wollust war meine wütendste Neigung, das andere Geschlecht hatte mir bis jetzt nur Verachtung bewiesen, hier erwarteten mich Gunst und zügellose Vergnügungen. Mein Entschluß kostete mich wenig. ‚Ich bleibe bei *Euch*, Kameraden', rief ich laut mit Entschlossenheit und trat mitten unter die Bande; ‚ich bleibe bei Euch', rief ich nochmals, ‚wenn Ihr mir meine schöne Nachbarin abtretet!' – Alle kamen überein, mein Verlangen zu bewilligen."

Den folgenden Teil der Geschichte übergehe ich ganz: Das bloß Abscheuliche hat nichts Unterrichtendes für den Leser. Ein Unglücklicher, der bis zu dieser Tiefe heruntersank, mußte sich endlich alles erlauben, was die Menschheit empört – aber einen zweiten Mord beging er nicht mehr, wie er selbst auf der Folter bezeugte.

Der Ruf dieses Menschen verbreitete sich in kurzem durch die ganze Provinz, die Landstraßen wurden unsicher, nächtliche Einbrüche beunruhigten den Bürger, der Name des Sonnenwirts wurde der Schrecken des Landvolks, die Gerechtigkeit suchte ihn auf, und eine Prämie wurde auf seinen Kopf gesetzt. Er war so glücklich, jeden Anschlag auf seine Freiheit zu vereiteln, und verschlagen genug, den Aberglauben des wundersüchtigen Bauern zu seiner Sicherheit zu benutzen. Seine Gehilfen mußten aussprengen, er habe einen Bund mit dem Teufel gemacht und könne hexen. Der Distrikt, auf welchem er seine Rolle spielte, gehörte damals noch weniger als jetzt zu den aufgeklärten Deutschlands; man glaubte diesem Gerüchte, und seine Person war gesichert. Niemand zeigte Lust, mit dem gefährlichen Kerl anzubinden, dem der Teufel zu Diensten stünde.

Ein Jahr schon hatte er das traurige Handwerk getrieben, als es anfing, ihm unerträglich zu werden. Die Rotte, an deren Spitze er sich gestellt hatte, erfüllte seine glänzenden Erwartungen nicht. Eine verführerische Außenseite hatte ihn damals im Taumel des Weines geblendet; jetzt wurde er mit Schrecken gewahr, wie abscheulich er hintergangen worden. Hunger und Mangel traten an die Stelle des Überflusses, womit man ihn eingewiegt hatte; sehr oft mußte er sein Leben an eine Mahlzeit wagen, die kaum hinreichte, ihn vor dem Verhungern zu schützen. Das Schattenbild jener *brüderlichen* Eintracht verschwand; Neid, Argwohn und Eifersucht wüteten im Innern dieser verworfenen Bande. Die Gerechtigkeit hatte demjenigen, der ihn lebendig ausliefern würde, Belohnung, und, wenn es ein Mitschuldiger wäre, noch eine feierliche Begnadigung zugesagt – eine mächtige Versuchung für den Auswurf der Erde! Der Unglückliche kannte seine Gefahr. Die Redlichkeit derjenigen, die Menschen und Gott verrieten, war ein schlechtes Unterpfand seines Lebens. Sein Schlaf war von jetzt an dahin; ewige Todesangst zerfraß seine Ruhe; das gräßliche Gespenst des Argwohns rasselte hinter ihm, wo er hinfloh, peinigte ihn, wenn er wachte, bettete sich neben ihm, wenn er schlafen ging, und schreckte ihn in entsetzlichen Träumen. Das verstummte Gewissen gewann zugleich seine Sprache wieder, und die schlafende Natter der Reue wachte bei diesem allgemeinen Sturm seines Busens auf. Sein ganzer Haß wandte sich jetzt von der Menschheit und kehrte seine schreckliche Schneide gegen ihn selber. Er vergab jetzt der ganzen Natur, und fand niemand, als sich allein zu verfluchen.

Das Laster hatte seinen Unterricht an dem Unglücklichen vollendet; sein natürlich guter Verstand siegte endlich über die traurige Täuschung. Jetzt fühlte er, wie tief er gefallen war, ruhigere Schwermut trat an die Stelle knirschender Verzweiflung. Er wünschte mit Tränen die Vergangenheit zurück; jetzt wußte er gewiß, daß er sie ganz anders wiederholen würde. Er fing an zu hoffen, daß er noch rechtschaffen werden *dürfe,* weil er bei sich empfand, daß er es *könne.* Auf dem höchsten Gipfel seiner Verschlimmerung war er dem Guten näher, als er vielleicht vor seinem ersten Fehltritt gewesen war.

Um eben diese Zeit war der siebenjährige Krieg ausgebrochen, und die Werbungen gingen stark. Der Unglückliche schöpfte Hoffnung von diesem Umstand und schrieb einen Brief an seinen Landesherrn, den ich auszugsweise hier einrücke:

„Wenn Ihre fürstliche Huld sich nicht ekelt, bis zu mir herunterzusteigen, wenn Verbrecher *meiner* Art nicht außerhalb Ihrer Erbarmung liegen, so gönnen Sie mir Gehör, durchlauchtigster Oberherr! Ich bin Mörder und Dieb, das Gesetz verdammt mich zum Tode, die Gerichte suchen mich auf – und ich biete mich an, mich freiwillig zu stellen. Aber ich bringe zugleich eine seltsame Bitte vor Ihren Thron. Ich verabscheue mein Leben und fürchte den Tod nicht, aber schrecklich ist mir's, zu sterben, ohne gelebt zu haben. Ich möchte leben, um einen Teil des Vergangenen gutzumachen; ich möchte leben, um den Staat zu versöhnen, den ich beleidigt habe. Meine Hinrichtung wird ein Beispiel sein für die Welt, aber kein Ersatz meiner Taten. Ich hasse das Laster und sehne mich feurig nach Rechtschaffenheit und Tugend. Ich habe Fähigkeiten gezeigt, meinem Vaterland furchtbar zu werden; ich hoffe, daß mir noch einige übrig geblieben sind, ihm zu nützen.

Ich weiß, daß ich etwas Unerhörtes begehre. Mein Leben ist verwirkt, mir steht es nicht an, mit der Gerechtigkeit Unterhandlung zu pflegen. Aber ich erscheine nicht in Ketten und Banden vor Ihnen – noch bin ich frei – und meine Furcht hat den kleinsten Anteil an meiner Bitte.

Es ist Gnade, um was ich flehe. Einen Anspruch auf Gerechtigkeit, wenn ich auch einen hätte, wage ich nicht mehr geltend zu machen. – Doch an etwas darf ich meinen Richter erinnern. Die Zeitrechnung meiner Verbrechen fängt mit dem Urteilspruch an, der mich auf immer um meine Ehre brachte. Wäre mir damals die Billigkeit minder versagt worden, so würde ich jetzt vielleicht keiner Gnade bedürfen.

Lassen Sie Gnade für Recht ergehen, mein Fürst! Wenn es in Ihrer fürstlichen Macht steht, das Gesetz für mich zu erbitten, so schenken Sie mir das Leben. Es soll Ihrem Dienste von nun an gewidmet sein. Wenn Sie es können, so lassen Sie mich Ihren gnädigen Willen aus öffentlichen Blättern vernehmen, und ich werde mich auf Ihr fürstliches Wort in der Hauptstadt stellen. Haben Sie es anders mit mir beschlossen, so tue die Gerechtigkeit denn das Ihrige, ich muß das Meinige tun."

Diese Bittschrift blieb ohne Antwort, wie auch eine zweite und dritte, worin der Supplikant um eine Reiterstelle im Dienste des Fürsten bat. Seine Hoffnung zu einem Pardon erlosch gänzlich, er faßte also den Entschluß, aus dem Land zu fliehen und im Dienste des Königs von Preußen als ein braver Soldat zu sterben.

Er entwischte glücklich seiner Bande und trat diese Reise an. Der Weg führte ihn durch eine kleine Landstadt, wo er übernachten wollte. Kurze Zeit vorher waren durch das ganze Land geschärftere Mandate zu strenger Untersuchung der Reisenden ergangen, weil der Landesherr, ein Reichsfürst, im Kriege Partei genommen hatte. Einen solchen Befehl hatte auch der Torschreiber dieses Städtchens, der auf einer Bank vor dem Schlage saß, als der Sonnenwirt geritten kam. Der Aufzug dieses Mannes hatte etwas Possierliches und zugleich etwas Schreckliches und Wildes. Der hagre Klepper, den er ritt, und die burleske Wahl seiner Kleidungsstücke, wobei wahrscheinlich weniger sein Geschmack als die Chronologie seiner Entwendungen zu Rat gezogen war, kontrastierte seltsam genug mit einem Gesicht, worauf so viele wütende Affekte gleich den verstümmelten Leichen auf einem Wahlplatz verbreitet lagen. Der Torschreiber stutzte beim Anblick dieses seltsamen Wanderers. Er war am Schlagbaum grau geworden, und eine vierzigjährige Amtsführung hatte in ihm einen unfehlbaren Physiognomen aller Landstreicher erzogen. Der Falkenblick dieses Spürers verfehlte auch hier seinen Mann nicht. Er sperrte sogleich das Stadttor und forderte dem Reiter den Paß ab, indem er sich seines Zügels versicherte. Wolf war auf alle Fälle dieser Art vorbereitet und führte auch wirklich einen Paß bei sich, den er unlängst von einem geplünderten Kaufmann erbeutet hatte. Aber dieses einzelne Zeugnis war nicht genug, eine vierzigjährige Observanz umzustoßen und das Orakel am Schlagbaum zu einem Widerruf zu bewegen. Der Torschreiber glaubte seinen Augen mehr als diesem Papiere, und Wolf mußte ihm nach dem Amthaus folgen.

Der Oberamtmann des Orts untersuchte den Paß und erklärte ihn für richtig. Er war ein starker Anbeter der Neuigkeit und liebte besonders, bei einer Bouteille über die Zeitung zu plaudern. Der Paß sagte ihm, daß der Besitzer geradeswegs aus den feindlichen Ländern käme, wo der Schauplatz des Krieges war. Er hoffte, Privatnachrichten aus dem Fremden herauszulocken und schickte einen Sekretär mit dem Paß zurück, ihn auf eine Flasche Wein einzuladen.

Unterdessen hält der Sonnenwirt vor dem Amthaus; das lächerliche Schauspiel hat den Janhagel des Städtchens scharenweise um ihn her versammelt. Man murmelt sich in die Ohren, deutet wechselweise auf das Roß und den Reiter; der Mutwille des Pöbels steigt endlich bis zu einem lauten Tumult. Unglücklicherweise war das Pferd, worauf jetzt alles mit Fingern wies, ein geraubtes; er bildet sich ein, das Pferd sei in Steckbriefen beschrieben und erkannt. Die unerwartete Gastfreundlichkeit des Oberamtmanns vollendet seinen Verdacht. Jetzt hält er's für ausgemacht, daß die Betrügerei seines Passes verraten und diese Einladung nur die Schlinge sei, ihn lebendig und ohne Widersetzung zu fangen. Böses Gewissen macht ihn zum Dummkopf, er gibt seinem Pferde die Sporen und rennt davon, ohne Antwort zu geben.

Diese plötzliche Flucht ist die Losung zum Aufstand.

„Ein Spitzbube!" ruft alles, und alles stürzt hinter ihm her. Dem Reiter gilt es um Leben und Tod, er hat schon den Vorsprung, seine Verfolger keuchen atemlos nach, er ist seiner Rettung nahe – aber eine schwere Hand drückt unsichtbar gegen ihn, die Uhr seines Schicksals ist abgelaufen, die unerbittliche Nemesis hält ihren Schuldner an. Die Gasse, der er sich anvertraute, endigte in einen Sack, er muß rückwärts gegen seine Verfolger umwenden.

Der Lärm dieser Begebenheit hat unterdessen das ganze Städtchen in Aufruhr gebracht. Haufen sammelten sich zu Haufen, alle Gassen sind gesperrt, ein Heer von Feinden kommt in Anmarsch gegen ihn her. Er zeigt eine Pistole, das Volk weicht, er will sich mit Macht einen Weg durchs Gedränge bahnen. „Dieser Schuß", ruft er, „soll dem Tollkühnen, der mich halten will" – Die Furcht gebietet eine allgemeine Pause – ein beherzter Schlossergeselle endlich fällt ihm von hinten her in den Arm und faßt den Finger, womit der Rasende eben losdrücken will, und drückt ihn aus dem Gelenke. Die Pistole fällt, der wehrlose Mann wird vom Pferde herabgerissen und im Triumphe nach dem Amthaus zurückgeschleppt.

„Wer seid Ihr?" fragte der Richter mit ziemlich brutalem Ton.

„Ein Mann, der entschlossen ist, auf keine Frage zu antworten, bis man sie höflicher einrichtet."

„Wer sind Sie?"

„Für was ich mich ausgab. Ich habe ganz Deutschland durchreist und die Unverschämtheit nirgends als hier zu Hause gefunden."

„Ihre schnelle Flucht macht Sie sehr verdächtig. Warum flohen Sie?"

„Weil ich's müde war, der Spott Ihres Pöbels zu sein."

„Sie drohten, Feuer zu geben."

„Meine Pistole war nicht geladen." Man untersuchte das Gewehr, es war keine Kugel darin.

„Warum führen Sie heimliche Waffen bei sich?"

„Weil ich Sachen von Wert bei mir trage, und weil man mich vor einem

gewissen Sonnenwirt gewarnt hat, der in diesen Gegenden streifen soll."

„Ihre Antworten beweisen sehr viel für Ihre Dreistigkeit, aber nichts für Ihre gute Sache. Ich gebe Ihnen Zeit bis morgen, ob Sie mir die Wahrheit entdecken wollen."

„Ich werde bei meiner Aussage bleiben."

„Man führe ihn nach dem Turm."

„Nach dem Turm? – Herr Oberamtmann, ich hoffe, es gibt noch Gerechtigkeit in diesem Lande. – Ich werde Genugtuung fordern."

„Ich werde sie Ihnen geben, sobald Sie gerechtfertigt sind."

Den Morgen darauf überlegte der Oberamtmann, der Fremde möchte doch wohl unschuldig sein; die befehlshaberische Sprache würde nichts über seinen Starrsinn vermögen, es wäre vielleicht besser getan, ihm mit Anstand und Mäßigung zu begegnen. Er versammelte die Geschwornen des Orts und ließ den Gefangnen vorführen.

„Verzeihen Sie es der ersten Aufwallung, mein Herr, wenn ich Sie gestern etwas hart anließ."

„Sehr gern, wenn Sie mich so fassen."

„Unsere Gesetze sind strenge, und Ihre Begebenheit machte Lärm. Ich kann Sie nicht freigeben, ohne meine Pflicht zu verletzen. Der Schein ist gegen Sie, Ich wünschte, Sie sagten mir etwas, wodurch er widerlegt werden könnte."

„Wenn ich nun nichts wüßte?"

„So muß ich den Vorfall an die Regierung berichten, und Sie bleiben so lang in fester Verwahrung."

„Und dann?"

„Dann laufen Sie Gefahr, als ein Landstreicher über die Grenze gepeitscht zu werden, oder wenn's gnädig geht, unter die Werber zu fallen."

Er schwieg einige Minuten und schien einen heftigen Kampf zu kämpfen; dann drehte er sich rasch zu dem Richter.

„Kann ich auf eine Viertelstunde mit Ihnen allein sein?"

Die Geschwornen sahen sich zweideutig an, entfernten sich aber auf einen gebietenden Wink ihres Herrn.

„Nun, was verlangen Sie?"

„Ihr gestriges Betragen, Herr Oberamtmann, hätte mich nimmermehr zu einem Geständnis gebracht, denn ich trotze der Gewalt. Die Bescheidenheit, womit Sie mich heute behandeln, hat mir Vertrauen und Achtung gegen Sie gegeben. Ich glaube, daß Sie ein edler Mann sind."

„Was haben Sie mir zu sagen?"

„Ich sehe, daß Sie ein edler Mann sind. Ich habe mir längst einen Mann gewünscht wie Sie. Erlauben Sie mir Ihre rechte Hand."

„Wo will das hinaus?"

„Dieser Kopf ist grau und ehrwürdig. Sie sind lang in der Welt gewesen – haben der Leiden wohl viele gehabt – nicht wahr? und sind menschlicher worden?"

„Mein Herr – wozu soll das?"

„Sie stehen noch einen Schritt von der Ewigkeit, bald – bald brauchen Sie Barmherzigkeit bei Gott. Sie werden sie Menschen nicht versagen – – Ahnen Sie nichts? Mit wem glauben Sie, daß Sie reden?"

„Was ist das? Sie erschrecken mich."

„Ahnen Sie noch nicht? Schreiben Sie es Ihrem Fürsten, wie Sie mich fanden, und daß ich selbst aus freier Wahl mein Verräter war – daß *ihm* Gott einmal gnädig sein werde, wie er jetzt es mir sein wird – Bitten Sie für mich, alter Mann, und lassen Sie dann auf Ihren Bericht eine Träne fallen: Ich bin der Sonnenwirt."

Paul Johann Anselm von Feuerbach

Die Mörder auf der Reise oder Dorothea Blankenfeld

und die Familie Antonini

Am 26. November 1809 abends um 4 Uhr kamen zwei angebliche französische Armee-Postillone, Joseph Antonini und seine als Mannsperson verkleidete Frau, Therese, in Gesellschaft eines schönen jungen Frauenzimmers, der Dorothea Blankenfeld, vor dem Posthaus zu Meitingen (bei

Augsburg) angefahren. Sie waren in einem requirierten Fuhrwerk angekommen, hatten einen französischen Armee-Paß (feuille de route) und wurden in dem Posthaus einquartiert. Der Hausherr wies diesen Fremden im ersten Stockwerk zwei miteinander in Verbindung stehende Zimmer an, wovon das eine von der Blankenfeld, das andere mit zwei Betten von den Antoninis in Besitz genommen wurde. Bald nach der Ankunft dieser Menschen gesellte sich noch ein Knabe zu ihnen, welcher sich aber bis gegen den anderen Morgen nicht weiter im Hause sehen ließ. Dieser Knabe war Karl Marschall, Bruder von Antoninis Ehefrau.

In der Nacht zwischen zwei und drei Uhr hören der Postexpeditor Lahmer und ein Postknecht, namens Lemmermeier, ein durchdringendes Jammergeschrei, wie von einem Kind. Jener springt sogleich aus dem Bett, horcht an der Tür seiner Schlafstube, legte sich jedoch, da er nichts weiter mehr vernimmt, wieder zur Ruhe. Bald nachher aber kommt der Knabe (Karl Marschall) eilig die Treppe herabgelaufen, hält sich die Hand vor das Gesicht, als ob er weine und klagt den Postknechten, daß ihn sein Herr (Antonini) geschlagen habe. Gegen sechs Uhr kam dieser selbst, ein brennendes Licht in der Hand, in die Stube der Postknechte und verlangte, man möge oben stark einheizen, weil es sehr kalt sei. Seine Hand war von Blut gerötet; was jedoch dem Postknechte Hofbauer, der es bemerkte, gar nicht auffiel, weil er sich nichts anderes dabei dachte, als daß Antonini dem Knaben die Nase blutig geschlagen habe.

Abends vorher hatten die Fremden erklärt, um 5 Uhr morgens wieder abreisen zu wollen. Allein jetzt war es schon gegen 9 Uhr vormittags geworden, als sie sich erst zur Abreise anschickten. Eben stand der Postexpeditor am Fenster seines Zimmers. Er sah zu, wie jene Leute sich mit Einpacken beschäftigten; und da fiel ihm vor anderen ein großes schweres, seltsam gestaltetes Bündel auf, welches Antonini und der Knabe herbeigeschleppt brachten und in die Kutsche warfen; „Ist es doch“, meinte er, „als trügen sie in diesem Pack einen toten Hund oder den Leichnam eines Menschen“. Endlich stiegen Antonini, der Knabe Marschall und die Therese Antonini (welche nun ihre Mannstracht mit Frauenkleidern vertauscht hatte) in den Wagen und fuhren davon. Doch fast in demselben Augenblick wurde der Sohn des Postexpeditors, den schon jener Kleiderwechsel befremdet hatte, von dem Gedanken betroffen, daß ja das gestern angekommene Frauenzimmer nicht mit in den Wagen gestiegen sei. Alsbald geraten alle in Unruhe und Bestürzung; man eilt in die beiden Zimmer, welche die Fremden bewohnt hatten, und beim ersten Blick erkennt man in den frischen Blutflecken sowohl auf dem Fußboden, als an der Wand neben dem Bett der Blankenfeld und auf dem Bett selbst, die unverkennbaren Spuren eines verübten Mordes. Auf der Stelle wird dem Patrimonialgericht des Ortes der Vorfall angezeigt; auf der Stelle die Nacheile verfügt und vollzogen. Die Kutsche konnte, als dies geschah, noch kaum 400 Schritte von dem Posthaus entfernt sein. Und so wurde es möglich, die Verbrecher, als sie eben in die Stadt Augsburg einfahren wollten, unter dem Gögginger Tor anzuhalten. Der verdächtige, mit einem blauen Mantel umwickelte Pack, welcher zu Meitingen in die Kutsche gelegt worden war, fand sich jetzt hinten aufgepackt. Und als man ihn öffnete, zeigte sich in demselben der mit Wunden bedeckte Leichnam eines Frauenzimmers.

Als dieser von der Polizei den drei Gefangenen vorgezeigt wurde, erkannten sie denselben für den Leichnam der Dorothea Blankenfeld, welche mit ihnen von Dresden bis Meitingen gereist sei. Im Angesicht des Leichnams bekannte auch der Knabe sogleich, daß dieses Frauenzimmer von ihm und seinem Schwager Antonini sei erschlagen worden. Nur Antonini und seine Frau leugneten alle Teilnahme. Ohne ihr Mitwissen habe der Knabe ganz für sich allein dieses Frauenzimmer aus Haß ermordet; und bloß aus Schonung gegen ihn hätten sie die Tat zu verheimlichen gesucht. Er, ein ausgemachter Bösewicht, habe schon seinen Vater totgeschlagen, seine eigene Schwester erstechen wollen. Von Antonini sei er aus seinem väterlichen Haus zu Berlin bloß darum mitgenommen worden, um ihn auf bessere Wege zu bringen.

Bei der gesetzlich vorgenommenen Leichenschau zeigte sich im wesentlichen Folgendes: Die beiden Hände des Leichnams waren aufgeschwollen und geschärft; das Schlüsselbein an der rechten Achsel zerbrochen; am Knopf *neun*, dem Ansehen nach mit einem stumpfen Werkzeug geschlagene Wunden, teils an der Stirn, teils an den behaarten Teilen des Kopfes. Die Hirnschale hatte einen großen Sprung, welcher von dem oberen Teil des Stirnbeins auf der linken Seite halbzirkelförmig über den vorderen oberen Winkel des Seitenwandbeins gegen das Schlafbein fortlief. Die ganze Oberfläche des kleinen und großen Gehirns war mit ausgetretenem Blut bedeckt. Das gerichtsärztliche Gutachten lautet: „Die vielen beträchtlichen Wunden und vorzüglich die große Menge von extravasiertem Geblüt, welches auf dem Gehirn gefunden worden und durch seinen Druck alle Lebenstätigkeit aufgehoben; die äußere Verblutung und die Blutanhäufung in den edlen inneren Teilen; endlich die gewaltsame Erschütterung des Gehirns, hätten den unvermeidlichen Tod herbeiführen müssen. Jedoch glaube er geradezu behaupten zu dürfen, daß die grausam Gemarterte nicht sogleich an den Wunden gestorben, sondern ihr Tod durch eine fortgesetzte gewaltsame Behandlung unter diesen Umständen noch beschleunigt worden sei."

So offenherzig der Knabe Karl Marschall gleich anfangs seinen Anteil an diesem Verbrechen eingestand, so hartnäckig beharrten sehr lange Zeit Antonini und seine Ehefrau im Leugnen. Alles sollte Karl getan haben; sie selbst bekannten lange nicht mehr, als so viel sie durch den klaren Augenschein überführt waren, nämlich die Verheimlichung des Mordes. Erst nach 19 weitläufigen Verhören gestand Therese Antonini zuerst bei der Konfrontation mit ihrem Bruder die Hauptumstände ihrer eigenen Teilnahme. Antonini selbst, welcher mit gleicher Halsstarrigkeit größere Verschmitztheit vereinigte, suchte nach fortgesetztem vergeblichem Leugnen den Richter erst durch mancherlei Scheinbekenntnisse zu hintergehen, bis endlich auch er durch die Gegenüberstellung mit seiner Frau zum wahren, obgleich auch jetzt noch nicht ganz zusammenhängenden Bekenntnisse gebracht wurde.

Joseph Antonini, ungefähr 30 Jahre alt, ist, seiner Angabe nach, zu Messina in Sizilien geboren, wo seine Eltern sich vom Tuchmachergewerbe nähren sollen. Er selbst behauptete, von Profession ein Perückenmacher zu sein. In seinem 11. oder 12. Jahr will er eine Seereise nach Neapel unternommen haben, um daselbst dem Fest der heiligen Grotte beizuwohnen. Auf dieser Reise habe er das Unglück gehabt, von einem Algierer Korsaren gefangen zu werden, welcher aber auf der Reede vor Alexandrien, wohin die Sklaven zum Verkauf geführt werden sollten, durch ein französisches Schiff genommen worden sei. Hierdurch habe er seine Freiheit wiedererlangt, worauf er in Griechenland ausgeschifft worden war. So romanhaft der erste Teil seines Lebens, so bunt, mannigfach, zum Teil rätselhaft, unvollständig und dunkel die übrigen. Bald ist er Trommelschläger bei dem französischen Bataillon der Korsen, bald Lohndiener, bald Marketender, bald französischer Armee-Postillon. Zu Berlin war er zweimal verhaftet: das erstemal wegen Diebstahlverdachts auf Befehl der französischen Behörde, welche ihn von da nach Mainz abführen ließ, das zweitemal zugleich mit seiner Frau im Oktober 1809 durch die Berliner Polizei, welche entdeckt hatte, daß beide Menschen mancherlei sehr verdächtige Sachen in ihrem Besitz hatten, über deren rechtmäßigen Erwerb sie sich nicht auszuweisen vermochten. Beide wurden jedoch nach acht Tagen wieder in Freiheit entlassen, um wenige Wochen nachher die unglückliche Blankenfeld grausam zu ermorden. Daß aber Antonini nicht hier zum erstenmal zum Verbrecher geworden, würde schon, nach allen bisher angeführten Umständen, nach seiner vielfach verschleierten Lebensgeschichte, von seinem vor, während und nach dem Mord an der Blankenfeld offenbarten Charakter mit höchster Wahrscheinlichkeit angenommen werden dürfen, wenn nicht auch noch folgende Tatsachen diese Vermutung bestärkten. So oft ein Streit zwischen ihm und seiner Gattin sich erhob, schalt ihn diese einen *Dieb* und – *Mordbrenner:* Und der heiße Sizilianer ließ sich dieses immer mit stillschweigender Geduld gefallen. Seinen Mitgefangenen erzählte er, während der gegenwärtigen Untersuchung, daß er schon einmal 300 Louisdors nebst brillantenen Ringen entwendet habe und dann zu Erfurt nicht nur selbst aus dem Gefängnis gebrochen sei, sondern auch andere Mitgefangene befreit habe, was sich durch die erhobenen Erfahrungen wenigstens zum Teil bestätigt hat. Seine Verhöre, sein ganzes Benehmen während der Gefangenschaft zu Augsburg zeugen von der grenzenlosen Tücke, sittlichen Verwilderung und argen Verschmitztheit dieses Bösewichts. Wie unbändig er in seinem Gefängnis sich betragen; wie er List, Gewalt und Bestechung aufgeboten, um sich in Freiheit zu setzen; wie er aus seinem Kerker herauszuschleichen gewußt, um sich Kenntnis von der Lage seiner Untersuchung zu verschaffen; wie er Komplotte zu seiner Befreiung mit seinen Mitgefangenen angestiftet; wie er Briefe an seine Frau geschrieben, um diese im Leugnen und Lügen zu bestärken; wie er endlich sich selbst zu entleiben versucht: dieses und anderes umständlich zu erzählen, würde über den Zweck der gegenwärtigen Darstellung hinausgehen.

Karl Marschall und Therese Antonini, jener zur Zeit der Tat noch nicht volle 15 Jahre, diese etwas über 26 Jahre alt, sind die Kinder eines gewissen Johann Christian Marschall, welcher in einer Fabrik zu Berlin arbeitet und in großer Armut lebt, übrigens im Ruf eines rechtschaffenen Mannes steht. Seine Tochter Therese wurde zu Berlin geboren, Karl zu Meseritz, einem Ort an der Grenze des ehemaligen Preußisch-Polen, wo damals der

alte Marschall als Postwagenmeister angestellt war. Dieser Karl war, nach dem einstimmigen Zeugnis seiner Eltern, Lehrer und Bekannten, ein gutmütiger, äußerst folgsamer Knabe, der immer den besten Willen zeigte und was ihm aufgetragen oder befohlen wurde, stets auf das willigste, ohne Widerrede, verrichtete. Dagegen war Therese, nach der Schilderung ihrer leiblichen Eltern, von Jugend auf ein wildes, halsstarriges, bösartiges und liederliches Geschöpf. Ermahnungen, Züchtigungen, Einsperren, Hunger, nichts vermochte ihren Willen zu brechen, ihre Sitten zu bessern. Sie bezeigte weder Ehrfurcht oder Liebe ihren Eltern, noch Achtung und Gehorsam den Herrschaften, welchen sie diente. Zu Berlin machte sie mit Antonini, damals französischem Armee-Postillon, Bekanntschaft und heiratete ihn zu Küstrin im Jahre 1806. Über dem Leben der Ehegatten bis zum Jahr 1809, was sie während dieser Zeit getrieben, wie sie sich genährt, liegt ein tiefes Dunkel. Nur der Umstand, daß, wie schon oben erzählt wurde, beide, als sie im Oktober 1809 zu Berlin ihre Eltern und Schwiegereltern besuchten, wegen Besitzes verdächtiger Sachen von der dortigen Polizei in Verhaft genommen wurden, wirft einiges Licht auf jenen Zwischenraum ihres Lebens. – Von Berlin wollte Antonini mit seiner Gattin wieder in seine Heimat, nach Messina, reisen. Drei oder vier Tage vor der Abreise beredete er den Knaben Karl Marschall, die Reise mitzumachen und ihm auf derselben sein Pferd zu besorgen. Vater und Mutter verweigerten hierzu ihre Einwilligung; aber der willige Knabe, diesmal in der Wahl zwischen dem Gehorsam gegen seine Eltern und den lockenden Wünschen des Italieners, ergriff natürlich den angenehmeren Teil und wurde nun wider seiner Eltern Willen, fast mit Gewalt (wie sich der alte Marschall ausdrückt) auf die Reise mitgenommen. Es verdient noch bemerkt zu werden, daß der alte Vater, als ihn die Kunde von dem Verbrechen und der Gefangenschaft seiner Kinder erreicht hatte, an das Stadtgericht zu Augsburg ein wehmütiges Schreiben erließ, worin er um das Leben des Sohnes, des armen verführten Knaben, bat; aber nur um des Knaben Leben; denn für das Leben dieser Tochter hatte selbst das Herz eines Vaters kein Wort.

Dorothea Blankenfeld, geboren zu Friedland in Preußen, von bürgerlichen Eltern, ein schönes, kaum vierundzwanzigjähriges Frauenzimmer, von unbescholtenen Sitten und äußerst sanftem gutmütigem Charakter (wie sowohl die Zeugnisse aller ihrer Bekannten, als die bei ihr gefundenen Papiere bekunden) reiste im November 1809 von Danzig ab, um sich nach Wien zu begeben, wo ihr Geliebter, ein französischer Commissaire ordonnateur, sie erwartete, um sich mit ihr zu verbinden. Für Dresden war sie dem Sekretär des dortigen französischen Kommissärs, Herrn Gentil, empfohlen, welcher ihr eine Wohnung in dem hôtel de Bavière besorgte. Hier wartete sie nur auf eine schickliche Gelegenheit zur Fortsetzung ihrer Reise, welche sich auch sehr bald, aber, leider, zu ihrem Verderben zeigte.

Gerade um diese Zeit meldeten sich bei eben erwähntem Sekretär, versehen mit einer Empfehlung des französischen Platz-Kommandanten zu Dresden, zwei angebliche französische Armee-Postillone, Antoine (Antonini) und Schulz, welche einen Reisepaß nach der Armee verlangten. Herr Gentil machte sogleich die Blankenfeld mit dieser, wie er meinte, äußerst günstigen, ebenso wohlfeilen als sicheren Reisegelegenheit bekannt und erbot sich, ihren Namen in die feuille de route mit einzutragen. Sie nahm mit Freude dieses Erbieten an und reiste nach 3- bis 4tägigem Aufenthalt zu Dresden in einem requirierten Wagen mit diesen Menschen ab.

Der Reisevorweis lautete auf Sr Antoine, Sr Schulz und Dme Blankenfeld. Unterdessen aber hatte der unter dem Namen Schulz versteckte Karl mit seiner Schwester die Rolle gewechselt. Statt ihres Bruders war die, in der Reiseroute nicht benannte, Antonini, in Mannskleidern, als Postillon Schulz in den Wagen gestiegen und Postillon Schulz hatte als Karl Marschall die Rolle eines Bedienten der Reisegesellschaft übernommen, in welcher Eigenschaft er auf der ganzen Reise sich durchzuschleppen wußte.

Die Blankenfeld war mit Geld und Geldeswert reichlich versehen. Ihr Koffer war voll schöner Kleider und feiner Wäsche. Auf dem Leib trug sie in ein Korsettchen genäht gegen 2000 Rthlr. Preußisch in Gold. Anfangs war nun freilich alles dieses den Antoninis nicht bekannt. Allein schon die modische feine Kleidung des Mädchens, ihre nicht gemeinen Bekanntschaften in Dresden, ließen vieles vermuten, was Bösewichter zu reizen vermochte.

Jetzt aber, wo wir dem Beginnen und Vollenden des Verbrechens nahe gekommen sind, wird es zweckmäßig sein, unserer Erzählung hauptsächlich das zusammenhängende Bekenntnis des jungen Karl Marschall zum Grunde zu legen, welches sich am umständlichsten und unbefangensten über den ganzen Vorfall verbreitet. Zuletzt mögen diejenigen Tatumstände, welche Antonini und dessen Frau von dieser Erzählung wider sich selbst eingestehen, punktweise zusammengestellt werden.

Antonini und seine Frau waren für ihre Reise äußerst ärmlich mit Geld versehen. Das Ziel derselben war Messina in Sizilien; und gleichwohl hatte Antonini nur wenige Taler bei sich. – Man kann sich des Gedankens nicht erwehren, daß, bei so ganz unzureichenden Mitteln, jene Reise schon mit der im voraus gefaßten Absicht unternommen worden sei, das dazu nötige Geld erst noch unterwegs gelegentlich durch Verbrechen zu gewinnen. Daß Antonini, der nicht einmal so viel hatte, als er für sich selbst und seine Frau auf einer so langen Reise bedurfte, sich in der Person seines jungen Schwagers noch eine Last mehr aufgebürdet haben sollte, bloß um diesem ein Vergnügen zu machen, oder um in ihm einen Pferdejungen zu haben: dieses ist kaum zu glauben. Wurde nicht vielmehr der folgsame Knabe vielleicht in der wohlüberlegten Absicht mitgenommen, denselben unterwegs gelegentlich bei Verbrechen als Werkzeug oder Helfer zu mißbrauchen, um sich, im Falle einer Entdeckung, hinter seiner Person zu verbergen? Der dem Karl Marschall beigelegte falsche Name Schulz, die Verkleidung der Antonini, der Rollentausch zwischen ihr und ihrem Bruder, mag wohl ebenfalls schon im voraus in diesem Sinne berechnet gewesen sein. Diese Verkappung, diese Verwechslung der Namen und Personen war ein treffliches Mittel, sich in Verlegenheiten durchzuhelfen oder nach gelungenen Verbrechen die Nachforschung der Obrigkeiten irre zu leiten. Überdies kommt diesem Ehepaar der Gedanke an die Ermordung ihrer Reisegefährtin so gar bald und geht so schnell, ohne alle Überlegung und Vorberatung, in förmlichen Plan und Entschluß über, daß man schon darum der Versuchung nicht widerstehen kann zu glauben, daß ihnen der Gedanke, sich auf ihrer Reise durch Verbrechen Geld zu erwerben, nicht mehr fremd gewesen sei und bloß eines gelegentlichen Gegenstandes bedurft habe, um sogleich in Vorsatz und Tat überzugehen.

Die Reisegesellschaft mochte kaum einige Stationen von Dresden entfernt sein, als schon Antonini seine Gattin mit dem Gedanken bekannt machte, die Blankenfeld umzubringen und sich ihrer Habseligkeiten zu bemächtigen. Therese fand dagegen durchaus nichts zu erinnern und billigte vollkommen den Plan als gut und zweckmäßig. Beide machen auch sogleich den jungen Karl M. damit vertraut, indem sie ihm mit ein paar Worten sagen: Die Blankenfeld solle und müsse umgebracht werden. Der folgsame, gehorsame, zu allem willige Knabe hat ebenfalls nichts dagegen einzuwenden und zeigt sich dafür zu jedem Dienst bereit. So war von kurzer Hand einstweilen die Hauptsache abgetan. Nur das wo, wann und wie, konnte noch in Frage kommen. Und hierauf sollte die Gelegenheit, welche auf einer so langen Reise sich oft und in mancherlei Gestalten darbieten mußte, die entscheidende Antwort geben. Von nun an zeigt sich denn unter diesen drei Menschen ein rastloser Wetteifer in Ausspähung von Gelegenheiten, in Erfindung verschiedener Todesarten oder in Aufsuchung von Mitteln, um den zu vollbringenden Mord zu verheimlichen. Jeder sucht hierin den anderen an Eifer, Tätigkeit oder Scharfsinn zu überbieten. Die ganze, mehrere Tage lange Reise ist nur ein fortgesetzter, in den verschiedenartigsten Formen auf die mannigfaltigste Weise veranstalteter, oft vereitelter, stets von neuem wieder aufgenommener Versuch, der arglos vertrauenden Blankenfeld ihren Tod zu bereiten. Immer war es das Nachtquartier, welches zur Ausführung gewählt wurde. Keine Nacht ruhte die dem Tod Geweihte nichts Böses ahnend im Schlafe, ohne daß der Mord, bald in dieser, bald in jener Gestalt, ihrem Leben nachgestellt hätte. Nur glückliche Zufälle, äußere Hindernisse oder Bedenklichkeiten der Mörder wendeten noch mehrere Tage lang die über ihr schwebenden Gefahren ab, bis sie endlich zu Meitingen fiel.

In der Stadt Hof faßte Antonini zuerst den Plan, die schlafende Blankenfeld durch Rauch zu ersticken. Aber seine Frau machte Einwendung dagegen, sie fand zwar den Gedanken gut, doch unsicher und aus mancherlei Gründen bedenklich. Daher kam es damit weder zur Ausführung noch zum Versuche.

Das nächste Quartier zwischen Hof und Bayreuth (allen Umständen nach Berneck) schien zur Ausführung des Mordes besonders bequem. Der Ort selbst liegt in einer Schlucht am Anfang des Fichtelgebirges; das Wirts-

haus einsam, abgelegen, gerade am Fuß eines mit Wald bedeckten Berges; da konnte die Tat so recht im Stillen ausgeführt und der Leichnam unbemerkt noch in der Nacht auf dem Berg verscharrt werden. Allein zu Berneck war Therese Antonini nicht als Postillon, sondern in Frauenkleidern erschienen; die Leute im Wirtshaus hatten also schon zwei Frauenzimmer gesehen. Dieser Umstand konnte der Überlegung der Antoninis nicht entgehen; sie besorgten, es möge, wenn am folgenden Tage statt vier Personen nur drei wieder abreisten, dieser Umstand zu bald Verdacht erregen. Und so mußte jene schöne Gelegenheit unbenutzt vorübergelassen werden.

Am folgenden Tag, im Nachtquartier zu Bayreuth, wurde es schon ernstlicher. Hier kam anfangs Antonini auf seinen früheren Vorschlag zurück, die schlafende Blankenfeld im Rauch zu ersticken. In den Ofen des Schlafzimmers der Blankenfeld sollten Löcher gestoßen und dann mit nassem Stroh eingeheizt werden. Allein die Antonini war auch dieses Mal, wegen Unsicherheit des Mittels, damit nicht einverstanden; denn die Schlafende könne durch den Rauch aufgeweckt werden, von ihrem Bett aufstehen und die Fenster öffnen. Man entschied sich daher dafür, sie totzuschlagen. Karl erhielt den Befehl, eine tüchtige Keule aufzusuchen und Wasser zum Aufwaschen des Blutes in Bereitschaft zu halten. – Allein der Unglücklichen stand auch hier ihr Schutzgeist zur Seite. Die Ausführung mußte, wegen äußerer Hindernisse, unterbleiben. –

Die Mörder hatten sich nun schon drei Tage lang an drei verschiedenen Orten umsonst bemüht. Die Erfahrung hatte sie überzeugt, daß die Ausführung ihres Mordplans denn doch so leicht nicht sei, als sie wohl anfangs sich gedacht haben mochten. Sie sahen jetzt Schwierigkeiten und Gefahren und wollten sich denselben nicht so auf das Geratewohl und um Nichts oder um Kleinigkeiten unterziehen. Ehe sie ihre mühsame, gefährliche Unternehmung fortsetzten, wollten sie daher wenigstens durch die gründliche Überzeugung sich bestärken, das ein hinreichender Gewinn Arbeit und Gefahr belohnen werde. Zu dieser Erforschung war das nächste Nachtquartier in einem Städtchen zwischen Bayreuth und Nürnberg (vermutlich Leupoldstein) ausersehen. Hier hatte sich die Blankenfeld Glühwein bestellt, in welchen Antonini unvermerkt etwas Opium goß, um sie zu betäuben. Als sie zu Bett gegangen war und in tiefem Schlaf versunken lag, wurde ihr der Schlüssel zu ihrem Koffer unter dem Kopfkissen hervorgezogen, der Koffer geöffnet und von Antonini mit seiner Frau durchsucht. Geld zeigte sich nicht: aber die feinste Wäsche, schöne Manns- und Frauenkleider, einige Pretiosen. „Allerdings“, sagte Antonini, „verlohnt es sich der Mühe, sie umzubringen“. Und hierauf wurde alles, ohne das Mindeste zu entwenden – denn die Mörder durften ja das Ganze schon

als ihr Eigentum betrachten – wieder in die beste Ordnung gebracht, der Koffer verschlossen, der Schlüssel an seinen vorigen Ort zurückgelegt. So viel war für heute genug.

Der folgende Tag führte nach Nürnberg. Hier wurde von neuem Rat gehalten und hin und her überlegt, wie man der Blankenfeld in dieser Stadt ihren Tod bereiten könne. Diese Umstände waren in einer Hinsicht sehr verführerisch, nämlich die vielen Nürnberg durchströmenden Gewässer, in welche der Leichnam geworfen werden konnte. Doch ein Haupthindernis war der Ausführung der Tat entgegen: Dem Wirtshaus gerade gegenüber stand eine Schildwache. Karl, welcher das in ihn gesetzte Zutrauen nicht immer bloß durch Folgen und Gehorchen, sondern auch einmal als Ratgeber, durch eigenen Witz und gute Gedanken, zu verdienen suchte, machte daher seinem Schwager den Vorschlag, der Blankenfeld gestoßenes Glas in die Suppe zu mischen: So könne der Mord ganz im Stillen ausgeführt werden. Allein Antonini mißbilligte den Vorschlag, weil gestoßenes Glas nicht töte; er selbst habe schon mehrmals aus Kurzweil Glas zerbissen und verschluckt, ohne den mindesten Nachteil davon empfunden zu haben. So entging die Blankenfeld auch zu Nürnberg dem sie umlauernden Mord.

Von Nürnberg führte die Reise nach dem Fabrikstädtchen Roth, wo die Reisenden am folgenden Abend zum Übernachten ankamen. Sogleich wurden auch hier Gelegenheiten, Mittel und Werkzeuge des Mordes ausgeforscht und Anstalten zu dessen Ausführung getroffen. Das überall umherschleichende Weib des Antonini entdeckte auf dem Boden des Wirtshauses eine Hacke mit drei eisernen Spitzen, welche sie ihrem Mann und Bruder mit den Worten vorzeigte: „Die ist zum Totschlagen gut". Karl, welchen die Antoninis zur Ausführung der Tat erwählt hatten, trug dieses Werkzeug verstohlen in das Zimmer, wo er es hinter dem Ofen versteckte. Seine Schwester erteilte ihm zuvor aber noch den umständlichen Unterricht, gab ihm die Hacke in die Hand, zeigte ihm wie er sie handhaben müsse und befahl ihm, mit dem breiten Ende zuzuschlagen. Hierauf erhielt die Blankenfeld von neuem einen Schlaftrunk, und nichts fehlte mehr an den Vorbereitungen, als den Ort auszumitteln, wohin der Leichnam gebracht werden könne. Karl und Antonini zogen deshalb, jeder für sich besonders, auf Kundschaft aus; jener entdeckte im Feld ein, wie ihm schien, dazu passendes Loch, dieser hatte sich ein in der Umgegend befindliches Wasser hierzu ausersehen. – Gleichwohl waren auch diesmal alle Mühen und Anstalten umsonst gemacht. Denn der glückliche Zufall hatte unterdessen eine Menge Fuhrleute in dem Wirtshaus zusammenge-

bracht; so vieler Menschen Augen und Ohren konnten allzuleicht Zeugen und Verräter werden; die Ausführung mußte also von neuem unterbleiben.

Ähnliche Versuche und ähnliche Hindernisse in den beiden folgenden Nachtlagern zwischen Roth und Meitingen, wahrscheinlich zu Weisenburg und Donauwörth.

Aber nun war es auch die höchste Zeit. Zu Augsburg sollte sich die Blankenfeld von ihren Reisegefährten trennen. Man konnte höchstens noch einmal vor Augsburg mit ihr übernachten, und hier mußte dann der Plan unfehlbar ausgeführt oder ganz aufgegeben werden.

Auf der letzten Station vor Meitingen bot Antonini seine List auf, um endlich von der Blankenfeld mit Bestimmtheit zu erfahren, ob sie nicht sonst wo außer ihrem Koffer, Geld oder geldeswerte Sachen mit sich führe. Darum lenkte er das Gespräch auf die Tiroler Insurgenten und auf die Gefahr, welcher die Blankenfeld entgegen reise. Er erzählte, wie weit die Tiroler bereits über ihre Grenzen vorgedrungen seien, wie sie in Schwaben und Bayern überall umherschwärmten, wie sie um geringste Beute Menschen grausam ermordeten. Mit diesen sorgfältig unterhaltenen, allmählich bis auf das Äußerste gesteigerten Vorstellungen wußte er die Phantasie der arglosen Blankenfeld in so hohem Grade zu erhitzen, daß diese endlich, durch ihre Ängste um alle Besonnenheit gebracht, auf ihre Brust deutend ausrief: „Ach! Alles dieses will ich ihnen (den Tirolern) gern geben, wenn sie mir nur das Leben lassen!“ – Hätte in dem Gemüt des Italieners und seiner Gattin noch irgendeine Bedenklichkeit gegen den längst beschlossenen Mord Raum finden können, diese Entdeckung hätte alles entscheiden müssen. Um eine glänzende Aussicht reicher, in dem Vorsatz bestärkt, nunmehr auf jede Gefahr die Tat zu vollbringen, kamen die Mörder mit ihrer dem Mord geweihten Reisegefährtin zu Meitingen an.

Antonini und sein Weib hatten bei sich die Rechnung gemacht, daß ein Knabe wie Karl, wenn er das Verbrechen allein vollbringe, hierdurch den größten Teil der Schuld von ihnen hinweg auf sein eigenes Haupt nehme, ohne dieses der nahen Gefahr eines Todesurteils auszusetzen. Sie selbst hofften dann im Hintergrund, alles von da auf ihn hinüberwälzend, desto sicherer zu sein. Darum wurde er gleich anfangs mit in das Komplott gezogen. Und wie an anderen Orten, so auch zu Meitingen, wurde ihm die Ausführung der Tat übertragen. Hier, wo die letzte entscheidende Nacht herannahte, wurde alles aufgeboten, um sein junges Gemüt mit Mut, Entschlossenheit und Ausdauer zu waffnen. Ohne Widerrede hatte der, zum Guten und zum Bösen, folgsame Knabe sich dem Willen seiner Führer blindlings ergeben und betrachtete, wie früher schon so auch zu Meitingen, die Ermordung des unschuldigen Mädchens, das ihm auf der ganzen Reise freundlich begegnet war, ohne alle Regung des Mitleids und des Gewissens, als eine ganz gewöhnliche Arbeit, wie ein während eines ganzen langen Lebens ihm geläufiges, alltägliches Geschäft. Selbst die Furcht vor Entdeckung und Strafe blieb ihm fern. Er hatte bloß eine einzige Bedenklichkeit: daß sein Körper für solches Unternehmen zu schwach sein möge. Allein seine Schwester verhieß ihm, sobald die Tat gelungen sei, alle Kleidungsstücke ihres Mannes zum Lohn und sein Schwager versprach, ihm sobald es not tue, hilfreich beizustehen, falls er nur den ersten Streich werde geführt haben.

Karl hatte in dem Posthaus eine große, vier Pfund schwere Mangrolle ausgekundschaftet, welche als Werkzeug sehr tauglich befunden und daher einstweilen in dem Zimmer der Antoninischen Eheleute versteckt wurde. Hierauf wurde er ausgesendet, ein Loch in einen Misthaufen zu graben, unter welchen die Leiche vergraben werden sollte; was ihm jedoch nicht gelang. Antonini selbst kaufte sich heimlich Kerzen, um die ganze Nacht Licht zu haben und Branntwein, um damit die Blankenfeld zu berauschen. Nach dem Abendessen wurde sie beredet, von diesem Branntwein zu trinken, dem wahrscheinlich ebenfalls ein Zusatz von Opium nicht fehlte; und schwer berauscht legte sie sich um 8 Uhr zu Bett in ihrem Zimmer neben dem Antoninischen, zwischen welchen die Tür offen blieb. Nun wurde (wie, in gleicher Absicht, an anderen Orten auf der Reise geschehen war) unter dem Vorwand eines Fußbades warmes Wasser zum Aufwaschen des Blutes auf das Zimmer geholt und sodann die äußere Tür mit einem der Schloßklinke unterlegten Holz versperrt.

Gegen Mitternacht mußte Karl sich in das Gemach der Blankenfeld schleichen, um ihren Schlaf und ihr Lager zu beobachten. Sie schlief zwar, aber in einer der Ausführung des Mordes nicht sehr günstigen Stellung, den Kopf auf dem Gesicht liegend und der Wand zugekehrt.

Während die Mörder eine, ihren Absichten bequemere Lage abwarteten, kam dem Antonini der Einfall, ob es nicht vielleicht besser sein möchte, der Schlafenden auf andere Weise als durch Zerschmetterung des Hauptes den Tod zu bereiten und machte den Vorschlag, sie mit geschmolzenem Zinn zu töten; entweder, was Antonini für das beste hielt, durch Eingießen in die Ohren, oder, wozu Karl riet, in die Augen. Man schritt zum Versuch, schnitt einen zinnernen Löffel in kleine Stückchen und ließ diese in einem blechernen Löffel über dem Licht schmelzen. Allein ein Tropfen, der hiervon auf das Bett gefallen war und die Leinwand bloß gebräunt hatte, gab der Mordgesellschaft die augenscheinliche Überzeugung, daß das geschmolzene Zinn zu bald sich abkühle. Sie verwarf daher dieses Mittel als untauglich und wendete sich zur Ausführung des früheren Mordplans.

Gegen 4 Uhr schlich Karl von neuem in das Gemach der schlafenden Blankenfeld; er fand sie auf den Rücken liegend, den Kopf vorwärts gewendet. „Jetzt“, rief Antonini, „ist es die höchste Zeit“, und trat mit dem Knaben, welcher die schwere Mangrolle in der Hand trug, vor das Bett der Schlafenden. – Karl, zur Tat aufgefordert, hebt das Mordwerkzeug in die Höhe, zögert aber, beginnt zu zittern und zieht die Keule ängstlich wieder zurück. Da lispelt ihm sein Schwager einige Schimpfworte zu, faßt die mit dem Mordwerkzeuge bewaffneten Hände des Knaben, gibt der Keule hoch über dem Kopf der Schlafenden die gehörige Richtung, und nun fällt der erste Streich auf die Stirn des Mädchens, das sogleich mit dem Schrei: „Jesus mein Kopf!“ aus dem Schlaf erwacht und sich im Bett aufrichtet. In demselben Augenblick faßt sie Antonini bei der Brust, während sein Weib herbeispringt und die Unglückliche an den Füßen festhält. Diese beginnt nun leise zu wimmern, zu jammern und zu flehen; alles, was sie hat, bietet sie ihren Mördern an; um nichts bittet sie, als um Schonung ihres jungen Lebens. Da bemächtigen Mitleid, Angst und Entsetzen sich des Knaben, der hastig die Keule zu Boden wirft, hinwegspringt und der Tür zueilt, um zu entfliehen. Doch die Furie, Antoninis Weib, sogleich dem fliehenden Knaben nacheilend, reißt ihn in die Stube zurück, hebt die Keule vom Boden auf und gibt sie ihm mit der Aufforderung in die Hand, das begonnene Werk zu vollbringen. – Nun tritt er von neuem zum Bett und führt auf den Kopf des Mädchens einen zweiten Streich, der im Niederfallen zugleich die Stirn des Antonini schmerzlich trifft. Karl wirft augenblicklich entsetzt zum zweiten Male die Keule hinweg und rennt davon, während Antonini im Schmerz des empfangenen Streichs das Mädchen losläßt, das, jetzt schnell sich aufraffend, aus dem Bett springt und in die äußere Stube

der Tür zueilt. – Aber Antonini, in Wut ihr nachspringend, versetzt ihr mit dem schweren Holz einen Streich nach dem anderen auf das Haupt, bis sie zu Boden stürzt, wo er ihr wahrscheinlich noch einige Streiche versetzt. – Als sie röchelnd da lag, riß ihr Antonini die Kleider und das ihren Reichtum verbergende Korsett vom Leib. Dann hob er die noch mit dem Tode Ringende auf seine Schultern, um sie in den Hof hinabzutragen und daselbst in einem Misthaufen zu verscharren. Aber die Last war ihm zu schwer; auch mißriet es ihm sein Weib; beide schleppten daher die Blankenfeld in ihr Gemach zurück. Jedoch die Unglückliche hatte noch nicht geendet; sie begann von neuem zu röcheln. „Dieses Luder wird uns wieder lebendig!" rief das Weib. Da trat Antonini auf den Körper der Sterbenden und trampelte so lange mit beiden Füßen auf ihr herum, bis sie den letzten Seufzer von sich gegeben hatte. Hierauf wurde, nach dem Rat des Weibes, der Leichnam in einen Sack gesteckt und in eine Bettdecke gewickelt. Zuvor hatte jedoch Antonini, noch zu allem Überfluß, die Vorsicht gebraucht, um den Hals der Entseelten einen Strick zu legen und diesen mehrmals fest zusammenzuschnüren. Antoninis Weib war unterdessen emsig beschäftigt, die Spuren der Tat so viel als möglich zu vertilgen und den Fußboden, das Bett und das Mordwerkzeug vom Blut zu reinigen. Als dieses Geschäft vollbracht war, machte sie sich reisefertig, legte ihre Vermummung als Postillon ab und zog Frauenkleider an, – dieselben, welche die Ermordete tags zuvor getragen hatte.

Dieses ist die zusammenhängende Geschichte des Verbrechens, wie sie Karl Marschall umständlich und wiederholt eingestanden hat.

Was die Ehefrau des Antonini von dieser Erzählung als wahr einräumt, besteht, soweit es sie selbst und ihre eigene Teilnahme betrifft, in folgenden Hauptumständen. Sie gesteht im wesentlichen:

1) daß sie mit ihrem Mann und ihrem Bruder den Mord der Blankenfeld verabredet habe und dieses in der Absicht geschehen sei, um sich der Gelder und der Habseligkeiten der Blankenfeld zu bemächtigen.

2) Sie habe ihrem Bruder versprochen, er solle alle Kleider ihres Mannes zum Geschenk erhalten, wenn er die Mordtat ausführe.

3) Sie habe darum gewußt, als Antonini und ihr Bruder zu Bayreuth den Plan gemacht, die Blankenfeld im Rauch zu ersticken, was sie aber, wegen Unsicherheit des Mittels, ihrem Mann ausgeredet.

4) In einem anderen Nachtquartier habe sie mit ihrem Mann der Blankenfeld Opium in Wein beigebracht, um ihren Koffer zu untersuchen, ob es auch wohl der Mühe lohne, hier einen Mord zu begehen; welche Durchsuchung des Koffers auch wirklich geschehen sei.

5) In dem Nachtquartier zu Roth habe sie eine Hacke gefunden, welche sie ihrem Mann und Bruder vorgezeigt. Karl habe diese Hacke in das Zim-

mer getragen und in der Absicht, den Mord damit zu vollbringen, hinter dem Ofen versteckt. Sie leugnet bloß, ihrem Bruder die Hacke in die Hand gegeben und gesagt zu haben, dieses sei ein gutes Werkzeug zum Mord.

6) Bei dem Mord zu Meitingen sei sie zugegen gewesen, sei, als Karl nach dem ersten Streich davon gelaufen, demselben nachgeeilt, habe ihn von hinten zurückgezogen, habe sodann die Keule vom Boden aufgehoben und sie ihrem Bruder mit der Aufforderung in die Hand gegeben, ferner auf die Blankenfeld zu schlagen. Den Umstand, daß sie die Füße der Blankenfeld gehalten, leugnete sie bei der Gegenüberstellung mit ihrem Bruder so beharrlich, daß dieser selbst dadurch wankend wurde und einen möglichen Irrtum von seiner Seite einräumte. Allein in seinem vierzehnten Verhöre kam er auf seine frühere Aussage zurück; er wisse, nachdem er sich besonnen, ganz zuverlässig, daß seine Schwester, wenigstens als er den zweiten Streich habe tun sollen, der Blankenfeld die Füße gehalten habe. – Als er deshalb von neuem ihr entgegen gestellt wurde, beharrte sie bei ihrem Leugnen und kam über jene Vorhaltung wie außer sich, versuchte Tätlichkeiten an ihrem Bruder, schwur ihm Rache und verfluchte ihn und ihre Eltern. – Es läßt sich das beharrliche Leugnen dieses Umstandes nur aus einer irrigen Meinung der Antonini erklären, welche wahrscheinlich glaubte, alle übrigen Tatsachen, welche sie gegen sich eingestehen mußte, seien wenigstens für ihr Leben nicht entscheidend, wenn sie nur nicht überführt werde, an die Person der Getöteten unmittelbar selbst, auf was immer für eine Weise, *Hand gelegt zu haben.*

Endlich gestand sie:

7) Als die Blankenfeld zuletzt noch in ihrer Schlafkammer geröchelt, habe sie ihrem Mann gesagt: „Joseph, ich glaube, sie wird noch einmal lebendig." Aber des Wortes „Luder" habe sie sich nicht bedient.

Antonini selbst hat in allen seinen Verhören, bei allen vielmal wiederholten Konfrontationen zwischen ihm und seinem Schwager und seiner Frau, niemals ein ganz reines, zusammenhängendes Bekenntnis abgelegt. Alle seine Bekenntnisse sind mehr oder weniger Bruchstücke; und was er gegen sich einräumt, ist immer mit unwahrscheinlichen Ausflüchten und Beschönigungen verbrämt.

In seinen zwölf ersten Verhören warf er alle Schuld auf seinen Schwager und wollte an der Vollbringung des Mordes selbst durchaus keinen Anteil oder auch nur Mitwisserschaft haben.

Erst im dreizehnten von ihm selbst begehrten Verhör, gestand er wenigstens etwas, indem er folgendes Märchen erzählte: In der Nacht habe ihn seine Frau aufgeweckt mit der Äußerung, es sei Lärm in der Nebenkammer; sie glaube, man wolle sich umbringen. Er sei aufgesprungen und habe beim Eintreten in das Zimmer der Blankenfeld einen Schlag auf die Stirn erhalten. Wie er eben den zweiten Schlag habe parieren wollen, sei ihm die Keule auf die Hand gefallen, nun habe er sich ihrer bemächtigt und *mit aller Kraft einen Schlag gegeben – er wisse nicht wem, denn er habe nicht gewußt, wer im Zimmer sei.* Es sei stockfinster und er überdies durch Angst und den erhaltenen Schlag ganz betäubt gewesen. Er habe nun auch nach der anderen Seite geschlagen, wo aber niemand gewesen. Bald habe er entdeckt, daß die Blankenfeld erschlagen worden, und daß sein Schwager den Mord an ihr begangen habe.

Im vierzehnten ebenfalls von ihm selbst verlangten Verhör, gab er eine zweite, von der früheren ganz verschiedene Erzählung: Um 5 Uhr morgens sei eine Chaise in das Posthaus gekommen. In der Meinung, es sei die seinige, habe er Karl aufgeweckt und durch diesen die Blankenfeld wecken lassen. Bald darauf habe er einen Wortwechsel und Schläge fallen gehört. Er sei aus dem Bett in das Zimmer dieses Mädchens gesprungen und habe gesehen, daß diese und Karl sich gepackt hätten. Wie er beide voneinander trennen wollte, *habe sie ihm einen Fußtritt gegeben,* so daß er auf das Bett gefallen sei. Nun habe er gerufen: Karl, zu mir her! und der Junge habe die Schläge verdoppelt. Ihn (Antonini) habe jetzt der Zorn überfallen, er habe das Holz aus Karls Händen gewunden und der Blankenfeld drei oder vier Streiche gegeben, durch die sie zur Erde niedergeworfen und getötet worden sei. Erst nachher (denn Eigennutz sei nicht Beweggrund seiner Tat gewesen) habe er entdeckt, daß die Blankenfeld Gold auf dem Leib trage und sich dasselbe zugeeignet. – Dieses Bekenntnis bestätigte er zwar in dem folgenden fünfzehnten Verhör, setzte aber hinzu, seine Absicht sei nicht gewesen, die Blankenfeld zu töten; er habe blindlings zugeschlagen; er hätte sie eben sowohl auf den Rücken als auf den Kopf treffen können. Auch machte er noch die zweite Einschränkung: Er habe nicht gesehen, ob er auf Karl oder die Blankenfeld schlage; denn er habe nichts vor sich gesehen.

Im selbst erbetenen neunzehnten Verhör rückte er in einem Punkt der Wahrheit näher: Unterwegs seien sie fortwährend mit der Blankenfeld in Streit gewesen, und *da er sein Geld aufgezehrt habe,* er auch manchmal für die Blankenfeld habe zahlen müssen, *so habe ihm Karl die Idee in den Kopf gesetzt, sie besitze viel Geld, man sollte sie unterwegs umbringen;* niemand merke es, *man könne seine Frau für sie ausgeben.* Allein sowohl er (Antonini), als seine Frau hätten ihm dieses immer ausgeredet, so oft er diesen Vorschlag wiederholt. In Meitingen sei Karl in der Nacht schon mit der Keule in der Hand zu ihm gekommen und habe ihn mit der Äußerung aufgeweckt: *Er wolle die Blankenfeld erschlagen, es möge gehen, wie es wolle.* Er (Antonini) habe ihm vorgestellt, daß er dies *nicht an einem solchen Ort tun möge, wo die Sache gleich entdeckt wäre* und sie alle drei unglücklich würden. Hierüber sei er eingeschlafen, bald habe er aber Schläge fallen hören, sei in das Zimmer der Blankenfeld gelaufen, habe, er wisse nicht wen gepackt, aber bald bemerkt, daß dieses die Blankenfeld sei und daß ihm ihr Blut über die Hände fließe. Da Karl noch immer zugeschlagen, habe er ihm zugerufen: ach, mein Gott, mein Gott, Karl! – und die Blankenfeld losgelassen. Hierauf habe er das Holz aus Karls Händen gerissen *und ihr noch drei Streiche versetzt,* worauf sie zur Erde gefallen. Geflissentlich habe er sie nicht auf den Kopf geschlagen. Er müsse jedoch gestehen, *daß er schon unterwegs die Absicht gehabt habe, sie zu töten, um sich ihres Geldes zu bemächtigen.* Seine Frau habe ihn aber immer davon wieder abgebracht und daher würde er, wenn Karl nicht die Händel zuerst angefangen hätte, die Blankenfeld nicht getötet haben. Beim Eintritt in das Zimmer der Blankenfeld habe er sich gestoßen. Durch diesen Stoß und durch einen beim Loslassen der Blankenfeld auf den Kopf erhaltenen Schlag betäubt, habe er erst beim *dritten Streiche* wahrgenommen, daß er die Blankenfeld geschlagen. Erst als der Totschlag schon vollbracht gewesen, habe er von dem Geld an dem Leib Kenntnis erhalten.

Das zwanzigste Verhör enthält besonders folgenden merkwürdigen Umstand: Zu Meitingen unmittelbar von der Tat habe ihm Karl seine (Antoninis) traurige Lage vorgestellt und ihm nochmals zugesprochen, die Blankenfeld zu töten, um sich ihres Geldes zu bemächtigen. Als er (Antonini) ihm entgegnet, er fürchte sich zu sehr vor der Entdeckung, habe Karl den Vorschlag getan, *Zinn zu schmelzen und der Blankenfeld das glühende Metall in die Ohren zu gießen. Er habe in diesen Vorschlag eingewilligt.* Nun sei man zur Probe geschritten; als er aber den blechernen Löffel über das Licht gehalten, habe er vor Angst so sehr gezittert, daß ihm der Löffel aus der Hand gefallen sei und er zu Karl geäußert habe, daß er eine solche Tat nicht vollbringen könne. – Nun kommt wieder die angebliche Ermordungsgeschichte selbst, so ziemlich mit seinen früheren Erzählungen übereinstimmend.

Weder die folgenden Verhöre, noch die *neunmal* wiederholte Konfrontation mit seinem Schwager förderten ein reineres Ergebnis zutage. Erst bei der Konfrontation mit seiner Frau, als diese ihn liebkosend und schmeichelnd zum Bekenntnis der Wahrheit ermahnt hatte, räumte er noch einige Hauptumstände ein, ohne daß er jedoch selbst hier zu einem ganz unumwundenen reumütigen Geständnis hätte gebracht werden können.

Es wurden hier die verschiedenen Erzählungen und Bekenntnisse Antoninis nur darum in der Kürze zusammengestellt, um die Verschmitztheit und Bösartigkeit dieses Verbrechers einigermaßen zur Anschauung zu bringen. Jetzt ist es an der Zeit, die Resultate seiner Bekenntnisse kürzlich in einzelne Punkte zusammenzufassen.

Antonini hat eingestanden:

1) daß er schon lange vorher den Entschluß gefaßt habe, die Blankenfeld umzubringen, um sich ihres Geldes zu bemächtigen; – jedoch alles dieses nur auf Anstiften seines Schwagers;

2) daß er die Blankenfeld durch Opium betäubt und dann ihren Koffer in der Absicht untersucht habe, ob es sich der Mühe lohne, den Mord zu begehen, welches auch von ihm nach geschehener Durchsuchung bejaht worden sei;

3) daß auf der Reise mit seinem Wissen mehrmals Anstalten zur Ermordung Blankenfeld getroffen wurden;

4) daß er zu Meitingen die Absicht gehabt, den Mord auszuführen, daß er deswegen früh morgens aufgestanden sei und sich mit Karl über die Ausführung des Verbrechens beraten habe;

5) daß er und sein Schwager Zinn geschmolzen, um es der Blankenfeld in die Ohren zu gießen;

6) daß er die Blankenfeld angefallen und ihr mehrere Streiche mit einer Keule gegeben habe.

Die Einreden, wodurch er sein Geständnis zu beschönigen sucht, bestehen darin, daß er vorgibt, entweder: er habe die Blankenfeld aus Irrtum geschlagen, oder: er habe es im Zorne getan – Einreden, welche nicht nur unter sich selbst im Widerspruch stehen, sondern auch mit den von dem Inquisiten zugestandenen Umständen nicht im mindesten zu vereinigen, daher auch mit Recht von den Richtern nicht berücksichtigt worden sind.

Joseph Antonini und seine Ehefrau Maria Therese, geborene Marschall, wurden hierauf vom Königlichen Appellationsgericht zu Neuburg zur Strafe des Schwertes verurteilt, welches Erkenntnis in zweiter Instanz bestätigt worden ist. Karl Franz Ludwig Marschall wurde, aus Rücksicht auf seine Jugend, mit der Todesstrafe verschont und zu zehnjährigem Strafarbeitshause verurteilt.

Welcher Antrag bezüglich der Königlichen Bestätigung beider Todesurteile gemacht werden mußte und daß in diesem Fall die nackte Geschichtserzählung die Stelle jeder anderen Erörterung vertreten durfte, wird wohl der Leser sich bereits gesagt haben.

Seine Königliche Majestät erteilten dem Erkenntnis der Gerichtsstellen Ihre Bestätigung. Antonini entging aber, kurz vor dem Tage der Hinrichtung, durch den Tod im Gefängnis seiner verdienten Strafe. Sein Weib bestieg ohne ihn das Blutgerüst, wo sie starb wie sie gelebt hatte, frech, ohne Gefühl und ohne Reue.

Nach der eigenen Zeichnung Hoffmanns.

E.T.A. Hoffmann

Ignaz Denner

Vor alter, längst verflossener Zeit lebte in einem wilden, einsamen Forst des Fuldaschen Gebiets ein wackrer Jägersmann, Andres mit Namen. Er war sonst Leibjäger des Herrn Grafen Aloys von Vach gewesen, den er auf weiten Reisen durch das schöne Welschland begleitet, und einmal, als sie auf den unsichern Wegen in dem Königreich Neapel von Straßenräubern angefallen wurden, durch seine Klugheit und Tapferkeit aus großer Lebensgefahr gerettet hatte. In dem Wirtshause zu Neapel, wo sie eingekehrt waren, befand sich ein armes, bildschönes Mädchen, die von dem Hauswirt, der sie als eine Waise aufgenommen, gar hart behandelt und zu den niedrigsten Arbeiten in Hof und Küche gebraucht wurde. Andres suchte sie, so gut er sich ihr verständig machen konnte, mit trostreichen Worten aufzurichten, und das Mädchen faßte solche Liebe zu ihm, daß sie sich nicht mehr von ihm trennen, sondern mitziehen wollte nach dem kalten Deutschland. Der Graf von Vach, gerührt von Andres' Bitten und Giorginas Tränen, erlaubte, daß sie sich zu dem geliebten Andres auf den Kutschbock setzen und so die beschwerliche Reise machen durfte. Schon ehe sie über die Grenzen von Italien hinausgekommen, ließ sich Andres mit seiner Giorgina trauen, und als sie dann nun endlich zurückgekehrt waren auf die Güter des Grafen von Vach, glaubte dieser den treuen Diener recht zu belohnen, da er ihn zu seinem Revierjäger ernannte. Mit seiner Giorgina und einem alten Knecht zog er in den einsamen rauhen Wald, den er schützen sollte wider die Freijäger und Holzdiebe. Statt des gehofften Wohlstandes, den ihm der Graf von Vach verheißen, führte er aber ein beschwerliches, mühseliges, dürftiges Leben und geriet bald in Kummer und Elend. Der kleine Lohn an barem Geld, den er vom Grafen erhielt, reichte kaum hin, sich und seine Giorgina zu kleiden; die geringen Gefälle, die ihm bei Holzverkäufen zukamen, waren selten und ungewiß, und den Garten, auf dessen Bebauung und Benutzung er angewiesen, verwüsteten oft die Wölfe

und die wilden Schweine, er mochte mit seinem Knecht auf der Hut sein, wie er wollte, so daß bisweilen in einer Nacht die letzte Hoffnung des Lebensunterhalts vereitelt ward. Dabei war sein Leben stets bedroht von den Holzdieben und Freischützen. Jeder Lockung widerstand er als wackrer, frommer Mann, der lieber darben als ungerechtes Gut an sich bringen wollte, und verwaltete sein Amt getreulich und tapfer; deshalb stellten sie ihm nach auf gefährliche Weise, und nur seine treuen Doggen schützten ihn vor nächtlichem Überfall des Raubgesindels. Giorgina, des Klimas und der Lebensweise in dem wilden Forst ganz ungewohnt, welkte zusehends hin. Ihre bräunliche Gesichtsfarbe verwandelte sich in fahles Gelb, ihre lebhaften blitzenden Augen wurden düster, und ihr voller, üppiger Wuchs magerte mit jedem Tage mehr ab. Oft erwachte sie in mondheller Nacht. Schüsse krachten in der Ferne durch den Wald, die Doggen heulten, leise erhob sich der Mann vom Lager und schlich mit dem Knecht murmelnd hinaus in den Forst. Dann betete sie inbrünstig zu Gott und zu den Heiligen, daß sie und ihr treuer Mann errettet werden möchten aus dieser schrecklichen Einöde und aus der steten Todesgefahr. Die Geburt eines Knaben warf Giorgina endlich auf das Krankenlager, und immer schwächer und schwächer werdend, sah sie ihr Ende vor Augen. Dumpf in sich hinbrütend, schlich der unglückliche Andres umher; alles Glück war mit der Krankheit seines Weibes von ihm gewichen. Wie neckendes, gespenstisches Wesen guckte das Wild aus den Büschen; sowie er sein Gewehr abdrückte, war es verstoben in der Luft. Er konnte kein Tier mehr treffen und nur sein Knecht, ein geübter Schütze, beschaffte das Wild, welches er dem Grafen von Vach zu liefern gehalten war. Einst saß er an Giorginas Bette, den starren Blick auf das geliebte Weib gerichtet, die, ermattet zum Tode, kaum mehr atmete. In dumpfem, lautlosem Schmerz hatte er ihre Hand gefaßt und hörte nicht auf das Ächzen des Knaben, der nahrungslos verschmachten wollte. Der Knecht ging schon am frühen Morgen nach Fulda, um für das letzte Ersparnis einige Erquickung für die Kranke herbeizuschaffen. Kein menschliches tröstendes Wesen war weit und breit zu finden, nur der Sturm heulte in schneidenden Tönen des entsetzlichen Jammers durch die schwarzen Tannen, und die Doggen winselten, wie in trostloser Klage, um den unglücklichen Herrn. Da hörte Andres auf einmal es vor dem Hause daherschreiten, wie menschliche Fußtritte. Er glaubte, es wäre der zurückkehrende Knecht, unerachtet er ihn nicht so früh erwarten konnte, aber die Hunde sprangen heraus und bellten heftig. Es mußte ein Fremder sein. Andres ging selbst vor die Tür: Da trat ihm ein langer, hagerer Mann entgegen in grauem Mantel, die Reisemütze tief ins Gesicht gedrückt. „Ei“, sagte der Fremde, „wie bin ich doch hier im Walde so irre gegangen! Der Sturm tobt von den Bergen herab, wir bekommen ein schreckliches Wetter. Möchtet Ihr nicht erlauben, lieber Herr, daß ich in Euer Haus eintreten und mich von dem beschwerlichen Wege erholen und erquicken dürfte zur weiteren Reise?“ „Ach Herr“, erwiderte der betrübte Andres, „Ihr kommt in ein Haus der Not und des Elends, und außer dem Stuhl, auf dem Ihr ausruhen könnt, vermag ich kaum Euch irgendeine Erquickung anzubieten; meinem armen kranken Weibe mangelt es selbst daran, und mein Knecht, den ich nach Fulda geschickt, wird erst am späten Abend etwas zur Labung herbeibringen.“ Unter diesen Worten waren sie in die Stube getreten. Der Fremde legte seine Reisemütze und seinen Mantel ab, unter dem er ein Felleisen und ein Kistchen trug. Er zog auch ein Stilett und ein paar Terzerole hervor, die er auf den Tisch legte. Andres war an Giorginas Bett getreten, sie lag in bewußtlosem Zustand. Der Fremde trat ebenfalls hinzu, schaute die Kranke lange mit scharfen, bedächtigen Blicken an und ergriff ihre Hand, den Puls sorglich erforschend. Als nun Andres voll Verzweiflung ausrief: „Ach Gott, nun stirbt sie wohl!“, da sagte der Fremde: „Mitnichten, lieber Freund! Seid ganz ruhig. Eurem Weibe fehlt nichts als kräftige, gute Nahrung, und vorderhand wird ihr ein Mittel, das zugleich reizt und stärkt, die besten Dienste tun. Ich bin zwar kein Arzt, sondern vielmehr ein Kaufmann, allein doch in der Arzneiwissenschaft nicht unerfahren, und besitze aus uralter Zeit her manches Arcanum, welches ich mit mir führe und auch wohl verkaufe.“ Damit öffnete der Fremde sein Kistchen, holte eine Phiole heraus, tröpfelte von dem ganz dunkelroten Liquor etwas auf Zucker und gab es der Kranken. Dann holte er aus dem Felleisen eine kleine geschliffene Flasche köstlichen Rheinweins und flößte der Kranken ein paar Löffel voll ein. Den Knaben befahl er, nur dicht an der Mutter Brust gelehnt ins Bett zu legen und beide der Ruhe zu überlassen. Dem Andres war es zumute, als sei ein Heiliger herabgestiegen in die Einöde, ihm Trost und Hilfe zu bringen. Anfangs hatte ihn der stechende, falsche Blick des Fremden abgeschreckt, jetzt wurde er durch die sorgliche Teilnahme, durch die augenscheinliche Hilfe, die er der armen Giorgina leistete, zu ihm hingezogen. Er erzählte dem Fremden unverhohlen, wie er eben durch die Gnade, die ihm sein Herr, der Graf von Vach, angedeihen lassen wollen, in Not und Elend geraten sei und wie er wohl Zeit seines Lebens nicht aus drückender Armut und Dürftigkeit kommen werde. Der Fremde tröstete ihn dagegen und meinte, wie oft ein unverhofftes Glück dem Hoffnungslosesten alle Güter des Lebens bringe, und daß man wohl etwas wagen müsse, das Glück selbst sich dienstbar zu machen. „Ach lieber Herr!“ erwiderte Andres „ich vertraue Gott und der Fürsprache der Heiligen, zu denen wir, ich und mein treues Weib, jeden Tag mit Inbrunst beten. Was soll ich denn tun, um mir Geld und Gut zu verschaffen? Ist es mir nach Gottes Weisheit nicht beschieden, so wäre es ja sündlich, danach zu trachten; soll ich aber noch in dieser Welt zu Gütern gelangen, welches ich meines armen Weibes halber wünsche, die ihr schönes Vaterland verlassen, um mir in diese wilde Einöde zu folgen, so kommt es wohl, ohne daß ich Leib und Leben wage um schnödes, weltliches Gut.“ Der Fremde lächelte bei diesen Reden des frommen Andres auf ganz seltsame Weise und war im Begriff, etwas zu erwidern, als Giorgina mit einem tiefen Seufzer aus dem Schlaf, in den sie versunken, erwachte. Sie fühlte sich wunderbar gestärkt; auch der Knabe lächelte hold und lieblich an ihrer Brust. Andres war außer sich vor Freude, er weinte, er betete, er jubelte durch das Haus. Der Knecht war indessen zurückgekommen und bereitete, so gut er es vermochte, von den mitgebrachten Lebensmitteln das Mahl, an dem nun der Fremde teilnehmen sollte. Der Fremde kochte selbst eine Kraftsuppe für Giorgina, und man sah, daß er allerlei Gewürz und andere Ingredienzen hineinwarf, die er bei sich getragen. Es war später Abend geworden, der Fremde mußte daher bei Andres übernachten, und er bat, daß man ihm in derselben Stube, wo Andres und Giorgina schliefen, ein Strohlager bereiten möge. Das geschah. Andres, den die Besorgnis um Giorgina nicht schlafen ließ, bemerkte, wie der Fremde beinahe bei jedem stärkeren Atemzuge Giorginas auffuhr, wie er stündlich aufstand, leise sich ihrem Bett näherte, ihren Puls erforschte und ihr Arznei eintröpfelte.

Als der Morgen angebrochen, war Giorgina wieder zusehends besser geworden. Andres dankte dem Fremden, den er seinen Schutzengel nannte, aus der Fülle seines Herzens. Auch Giorgina äußerte, wie ihn wohl, auf ihr inbrünstiges Gebet, Gott selbst gesendet habe zu ihrer Rettung. Dem Fremden schienen diese lebhaften Ausbrüche des Danks in gewisser Art beschwerlich zu fallen; er war sichtlich verlegen und äußerte ein Mal über das andere, wie er ja ein Unmensch sein müsse, wenn er nicht der Kranken mit seiner Kenntnis und den Arzneimitteln, die er bei sich führe, habe beistehen sollen. Übrigens sei nicht Andres, sondern *er* zum Dank verpflichtet, da man ihn, der Not unerachtet, die im Hause herrsche, so gastlich aufgenommen, und er wolle auch keineswegs diese Pflicht unerfüllt lassen. Er zog einen wohlgefüllten Beutel hervor und nahm einige Goldstücke heraus, die er dem Andres hinreichte. „Ei Herr", sagte Andres, „wie und wofür sollte ich denn soviel Geld von Euch annehmen? Euch in meinem Hause zu beherbergen, da Ihr Euch in dem wilden, weitläufigen Forst verirrt hattet, das war ja Christenpflicht, und dünkte Euch das irgendeines Dankes wert, so habt Ihr mich ja überreich, ja mehr, als ich es nur mit Worten sagen mag, dadurch belohnt, daß Ihr als ein weiser, kunsterfahrener Mann mein liebes Weib vom augenscheinlichen Tod rettetet. Ach Herr! Was Ihr an mir getan, werde ich Euch ewiglich nicht vergessen, und Gott möge es mir verleihen, daß ich die edle Tat Euch mit meinem Leben und Blut lohnen könne." Bei diesen Worten des wackern Andres fuhr es wie ein rascher funkelnder Blitz aus den Augen des Fremden. „Ihr müßt, braver Mann", sprach er, „durchaus das Geld annehmen. Ihr seid das schon Eurem Weibe schuldig, der Ihr damit bessere Nahrungsmittel und Pflege verschaffen könnt; denn dieser bedarf sie nunmehr, um nicht wieder in ihren vorigen Zustand zurückzufallen und Eurem Knaben Nahrung geben zu können." „Ach Herr", erwiderte Andres, „verzeiht es, aber eine innere Stimme sagt mir, daß ich Euer unverdientes Geld nicht nehmen darf. Diese innere Stimme, der ich, wie der höhern Eingebung meines Schutzheiligen, immer vertraut, hat mich bisher sicher durch das Leben geführt und mich beschützt vor allen Gefahren des Leibes und der Seele. Wollt Ihr großmütig handeln und an mir Armen ein übriges tun, so laßt mir ein Fläschchen von Eurer wundervollen Arznei zurück, damit durch ihre Kraft mein Weib ganz genese." Giorgina richtete sich im Bette auf, und der schmerzvolle, wehmütige Blick, den sie auf Andres warf, schien ihn anzuflehen, diesmal nicht so strenge auf sein inneres Widerstreben zu achten, sondern die Gabe des mildtätigen Mannes anzunehmen. Der Fremde bemerkte das und sprach: „nun, wenn Ihr denn durchaus mein Geld nicht annehmen wollt, so schenke ich es Eurem lieben Weibe, die meinen guten Willen, Euch aus der bittern Not zu retten, nicht verschmähen wird." Damit griff er noch einmal in den Beutel, und sich der Giorgina nähernd, gab er ihr wohl noch einmal so viel Geld, als er vorhin dem Andres angeboten hatte. Giorgina sah das schöne funkelnde Gold mit vor Freude leuchtenden Augen, sie konnte kein Wort des Danks herausbringen, die hellen Tränen schossen ihr die Wangen herab. Der Fremde wandte sich schnell von ihr weg und sprach zu Andres: „Seht, lieber Mann! Ihr könnt meine Gabe getrost annehmen, da ich nur etwas von großem Überfluß Euch mitteile. Gestehen will ich Euch, daß ich das nicht bin, was ich scheine. Nach meiner schlichten Kleidung und da ich wie ein dürftiger wandernder Krämer zu Fuß reise, glaubt Ihr gewiß, daß ich arm bin und mich nur kümmerlich von kleinem Verdienst auf Messen und Jahrmärkten nähre: Ich muß Euch sagen, daß ich durch glücklichen Handel mit den trefflichsten Kleinodien, den ich seit vielen Jahren treibe, ein sehr reicher Mann geworden und nur die einfache Lebensweise aus alter Gewohnheit beibehalten habe. In diesem kleinen Felleisen und dem Kistchen bewahre ich Juwelen und köstliche, zum Teil noch im grauen Altertum geschnittene Steine, welche viele, viele Tausende wert sind. Ich habe diesmal in Frankfurt sehr glückliche Geschäfte gemacht, so daß das wohl noch lange nicht der hunderste Teil des Gewinns sein mag, was ich Eurem lieben Weibe schenkte. Überdem gebe ich Euch das Geld keineswegs umsonst, sondern verlange von Euch dafür allerlei Gefälligkeiten. Ich wollte, wie gewöhnlich, von Frankfurt nach Kassel gehen und kam von Schlüchtern aus vom richtigen Wege ab. Indessen habe ich gefunden, daß der Weg durch diesen Forst, den sonst die Reisenden scheuen, gerade für einen Fußgänger recht anmutig ist, weshalb ich denn künftig auf gleicher Reise immer diese Straße einschlagen und bei Euch einsprechen will. Ihr werdet daher mich jährlich zweimal bei Euch eintreffen sehen; nämlich zu Ostern, wenn ich von Frankfurt nach Kassel wandere, und im späten Herbst, wenn ich von der Leipziger Michaelismesse nach Frankfurt und von dort nach der Schweiz und wohl auch nach Welschland gehe. Dann sollt Ihr mich für gute Bezahlung einen, zwei, auch wohl drei Tage bei Euch beherbergen, und das ist die erste Gefälligkeit, um die ich Euch ersuche.

Ferner bitte ich Euch, dieses kleine Kistchen, worin Waren sind, die ich in Kassel nicht brauche, und das mir beim Wandern hinderlich ist, zu behalten, bis ich künftigen Herbst wieder bei Euch einspreche. Nicht verhehlen will ich, daß die Waren viele Tausende wert sind, aber ich mag Euch deshalb kaum größere Sorglichkeit empfehlen, da ich nach der Treue und Frömmigkeit, die Ihr an den Tag legt, Euch zutraue, daß Ihr auch das Geringste, was ich Euch zurückließe, sorgfältig aufbewahren würdet; zumal werdet Ihr das bei Sachen von solch großem Werte, als die sind, welche in dem Kistchen verschlossen, sicherlich tun. Seht, das ist der zweite Dienst, den ich von Euch fordere. Das Dritte, was ich verlange, wird Euch wohl am schwersten fallen, unerachtet es mir jetzt am nötigsten tut. Ihr sollt Euer liebes Weib nur auf diesen Tag verlassen und mich aus dem Forst bis auf die Straße nach Hirschfeld geleiten, wo ich bei Bekannten einsprechen und dann meine Reise nach Kassel fortsetzen will. Denn außer dem, daß ich des Weges im Forst nicht recht kundig bin und mich daher zum zweitenmal verirren könnte, ohne von einem so wackern Mann, wie Ihr es seid, aufgenommen zu werden, ist es auch in der Gegend nicht recht geheuer. Euch als einem Jägersmann aus der Gegend wird man nichts anhaben, aber ich, als einsamer Wanderer, könnte wohl gefährdet werden. Man sprach in Frankfurt davon, daß eine Räuberbande, die sonst die Gegend unsicher machte und sich bis nach Straßburg heraus ausdehnte, nunmehr sich ins Fuldasche geworfen haben soll, da die von Leipzig nach Frankfurt reisenden Kaufleute ihnen reicheren Gewinn versprachen, als sie dort finden konnten. Wie leicht wär' es möglich, daß sie mich schon von Frankfurt aus als reichen Juwelenhändler kennten. Hab' ich also ja durch die Rettung Eures Weibes Dank verdient, so könnt Ihr mich dadurch reichlich lohnen, daß Ihr aus diesem Forste mich auf Weg und Steg leitet." Andres war mit Freuden bereit, alles zu erfüllen, was man von ihm verlangte, und machte sich gleich, wie es der Fremde wünschte, zur Wanderung fertig, indem er seine Jägeruniform anzog, seine Doppelbüchse und seinen tüchtigen Hirschfänger umschnallte und dem Knecht befahl, zwei von den Doggen anzukuppeln. Der Fremde hatte unterdessen das Kistchen geöffnet und die prächtigsten Geschmeide – Halsketten, Ohrringe, Spangen – herausgenommen, die er auf Giorginas Bett ausbreitete, so daß sie ihre Verwunderung und Freude gar nicht verbergen konnte. Als nun aber der Fremde sie aufforderte, doch eine der schönsten Halsketten umzuhängen, die reichen Spangen auf ihre wunderschön geformten Arme zu streifen, und ihr dann einen kleinen Taschenspiegel vorhielt, worin sie sich nach Herzenslust beschauen konnte, so daß sie in kindischer Lust aufjauchzte, da sagte Andres zu dem Fremden: „Ach lieber Herr, wie mögt Ihr doch in meinem armen Weibe solche Lüsternheit erregen, daß sie sich mit Dingen putzt, die ihr nimmermehr zukommen und auch gar nicht anstehen. Nehmt mir es nicht übel, Herr, aber die einfache rote Korallenschnur, die meine Giorgina um den Hals gehängt hatte, als ich sie zum erstenmal in Neapel sah, ist mir tausendmal lieber, als das funkelnde, blitzende Geschmeide, das mir recht eitel und trügerisch vorkommt." „Ihr seid auch gar zu streng", erwiderte der Fremde höhnisch lächelnd, „daß Ihr Eurem Weibe nicht einmal in ihrer Krankheit die unschuldige Freude lassen wollt, sich mit meinen schönen Geschmeiden herauszuputzen, die keineswegs trügerisch, sondern wahrhaft echt sind. Wißt Ihr denn nicht, daß eben den Weibern solche Dinge rechte Freude verursachen? Und was Ihr da sagt, daß solcher Prunk Eurer Giorgina nicht zukomme, so muß ich das Gegenteil behaupten. Euer Weib ist hübsch genug, sich so herauszuputzen, und Ihr wißt ja nicht, ob sie nicht einmal auch noch reich genug sein wird, dergleichen Schmuck selbst zu besitzen und zu tragen." Andres sprach mit sehr ernstem, nachdrücklichem Ton: „Ich bitte Euch, Herr, führt nicht solche geheimnisvollen verfänglichen Reden! Wollt Ihr denn mein armes Weib betören, daß sie von eitlem Gelüst nach solchem weltlichen Prunk und Staat nur drückender unsere Armut fühle und um alle Lebensruhe, um alle Heiterkeit gebracht werde? Packt nur Eure schönen Sachen ein, lieber Herr! Ich will sie Euch treulich bewahren, bis Ihr zurückkommt. Aber sagt mir nun, wenn, wie es der Himmel verhüten möge, Euch unterdessen ein Unglück zustoßen sollte, so daß Ihr nicht mehr zurückkehrt in mein Haus, wohin soll ich dann das Kistchen abliefern, und wie lange soll ich auf Euch warten, ehe ich die Juwelen *dem* einhändige, den Ihr mir nennen werdet, so wie ich Euch jetzt um Euren Namen bitte?" „Ich heiße", erwiderte der Fremde, „Ignaz Denner, und bin, wie Ihr schon wisset, Kauf- und Handelsmann. Ich habe weder Weib, noch Kinder, und meine Verwandten wohnen im Walliser Lande. Die kann ich aber keineswegs lieben und achten, da sie sich, als ich noch arm und bedürftig war, um mich gar nicht gekümmert haben. Sollte ich in drei Jahren mich nicht sehen lassen, so behaltet das Kistchen ruhig an Euch, und da ich wohl weiß, daß beide, Ihr und Giorgina, Euch sträuben werdet, das reiche Vermächtnis von mir anzunehmen, so schenke ich in jenem Fall das Kästchen mit Kleinodien Eurem Knaben, dem ich, wenn Ihr ihn firmen laßt, den Namen Ignatius beizugeben bitte." Andres wußte in der Tat nicht, was er aus der seltenen Freigiebigkeit und Großmut des fremden Mannes machen sollte. Er stand ganz verstummt vor ihm, indes Giorgina ihm für seinen guten Willen dankte und versicherte, zu Gott und den Heiligen fleißig beten zu wollen, daß sie ihn auf seinen weiten, beschwerlichen Reisen beschützen und ihn stets glücklich in ihr Haus zurückführen möchten. Der Fremde lächelte, so wie es seine Art war, auf seltsame Weise und meinte, daß wohl das Gebet einer schönen Frau mehr Kraft haben möge als das seinige. Das Beten wollte er daher ihr überlassen und übrigens seinem kräftigen abgehärteten Körper und seinen guten Waffen vertrauen.

Dem frommen Andres mißfiel diese Äußerung des Fremden höchlich; indessen verschwieg er das, was er darauf zu erwidern schon im Begriff stand, und trieb vielmehr den Fremden an, jetzt die Wanderung durch den Forst zu beginnen, da er sonst erst in später Nacht in sein Haus zurückkehren und seine Giorgina in Furcht und Angst setzen würde.

Der Fremde sagte beim Abschied noch Giorgina, daß er ausdrücklich ihr erlaube, sich, wenn es ihr Vergnügen mache, mit seinen Geschmeiden zu schmücken, da es ihr ja ohnedies in diesem einsamen wilden Forst an jeder Belustigung mangle. Giorgina errötete vor innerem Vergnügen, da sie freilich die ihrer Nation eigne Lust an glänzendem Staat und vorzüglich an kostbaren Steinen nicht unterdrücken konnte. – Nun schritten

Denner und Andres rasch vorwärts durch den finstern, öden Wald. In dem dicksten Gebüsch schnupperten die Doggen umher und kläfften, den Herrn mit klugen, beredten Augen anschauend. „Hier ist es nicht geheuer", sprach Andres, spannte den Hahn seiner Büchse und schritt mit den Hunden bedächtig vor dem fremden Kaufmann her. Oft war es ihm, als rausche es in den Bäumen, und bald erblickte er in der Ferne finstre Gestalten, die gleich wieder in dem Gebüsch verschwanden. Er wollte seine Doggen loskuppeln. „Tut das nicht, lieber Mann", rief Denner, „denn ich kann Euch versichern, daß wir nicht das mindeste zu fürchten haben." Kaum hatte er diese Worte gesprochen, als nur wenige Schritte von ihnen ein großer schwarzer Kerl mit struppigen Haaren und großem Knebelbart, eine Büchse in der Hand, aus dem Gebüsch heraustrat. Andres machte sich schußfertig. „Schießt nicht, schießt nicht!" rief Denner; der schwarze Kerl nickte ihm freundlich zu und verlor sich in den Bäumen. Endlich waren sie aus dem Wald heraus auf der lebhaften Landstraße. „Nun danke ich Euch herzlich für Euer Geleit", sprach Denner; „kehrt nur jetzt in Eure Wohnung zurück; sollten Euch wieder solche Gestalten aufstoßen, wie wir sie gesehen, so zieht ruhig Eure Straße fort, ohne Euch darum zu kümmern. Tut, als wenn Ihr gar nichts bemerktet, behaltet Eure Doggen am Strick, Ihr werdet ohne alle Gefahr Eure Wohnung erreichen." Andres wußte nicht, was er von dem allen und von dem wunderlichen Kaufmann denken sollte, der, wie ein Geisterbeschwörer, den Feind zu bannen und von sich abzuhalten schien. Er konnte nicht begreifen, warum er denn erst sich habe durch den Wald geleiten lassen. Getrost schritt Andres durch den Forst zurück, es stieß ihm durchaus nichts Verdächtiges auf, und er kam wohlbehalten in sein Haus, wo ihm seine Giorgina, die sich munter und kräftig aus dem Bette gemacht, voll Freude in die Arme fiel. –

Durch die Freigebigkeit des fremden Kaufmanns bekam die kleine Haushaltung des Andres eine ganz andere Gestalt. Kaum war nämlich Giorgina ganz genesen, als er mit ihr nach Fulda ging und außer den nötigsten Bedürfnissen noch manches Stück einkaufte, das ihrer häuslichen Einrichtung abging und wodurch diese das Ansehen eines gewissen Wohlstandes erhielt. Dazu kam, daß seit dem Besuch des Fremden die Freijäger und Holzdiebe aus der Gegend gebannt schienen, und Andres seinem Posten ruhig vorstehen konnte. Auch sein Jagdglück war wiedergekehrt, so daß er, wie sonst, beinahe niemals einen Fehlschuß tat. Der Fremde stellte sich zu Michaelis wieder ein und blieb drei Tage. Der hartnäckigen Weigerung der Wirtsleute ungeachtet war er doch wieder so freigebig wie das erste Mal. Er versicherte, es sei nun einmal seine Absicht, sie in Wohlstand zu versetzen und so sich selbst das Absteigequartier im Walde freundlicher und angenehmer zu machen.

Nun konnte die bildhübsche Giorgina sich besser kleiden; sie gestand dem Andres, daß sie der Fremde mit einer zierlich gearbeiteten goldnen Nadel, wie sie die Mädchen und Weiber in mancher Gegend Italiens durch das in Zöpfen zusammengeflochtene aufgezwirbelte Haar zu stecken pflegen, beschenkt habe. Andres zog ein finstres Gesicht, aber in dem Augenblick war Giorgina zur Tür herausgesprungen, und nicht lange dauerte es, so kehrte sie zurück, ganz so gekleidet und geschmückt, wie Andres sie in Neapel gesehen hatte. Die schöne goldne Nadel prangte in dem schwarzen Haar, in das sie mit malerischem Sinn bunte Blumen geflochten, und Andres mußte sich nun selbst gestehen, daß der Fremde sein Geschenk recht sinnig gewählt hatte, um seine Giorgina wahrhaftig zu erfreuen.

Andres äußerte dies unverhohlen, und Giorgina meinte, daß der Fremde wohl ihr Schutzengel sei, der sie aus der tiefsten Dürftigkeit zum Wohlstand erhebe, und daß sie gar nicht begreife, wie Andres so wortkarg, so verschlossen gegen den Fremden und überhaupt so traurig, so in sich gekehrt, bleiben könne. „Ach, liebes Herzensweib!" sprach Andres, „die innere Stimme, welche mir damals so laut sagte, daß ich durchaus nichts von dem Fremden annehmen dürfe, die schweigt bis jetzt keineswegs. Ich werde oft von innern Vorwürfen gemartert; es ist mir, als ob mit dem Geld des Fremden unrechtes Gut in mein Haus gekommen sei, und deshalb kann mich nichts recht freuen, was dafür geschafft wurde. Ich kann mich jetzt wohl öfter mit einer kräftigen Speise, mit einem Glas Wein erlaben; glaube mir aber, liebe Giorgina, war einmal ein guter Holzverkauf vorgefallen und hatte mir der liebe Gott ein paar ehrlich verdiente Groschen mehr beschert als gewöhnlich, dann schmeckte mir ein Glas geringen Weines viel besser, als jetzt der gute Wein, den der Fremde uns mitbringt. Ich kann mich mit diesem sonderbaren Kaufmann durchaus nicht befreunden, ja es ist mir in seiner Gegenwart oft ganz unheimlich zumute. Hast du wohl gemerkt, liebe Giorgina, daß er niemanden fest anzuschauen vermag? Und dabei blitzt es zuweilen aus seinen tiefliegenden kleinen Augen so sonderbar heraus, und dann kann er bei unsern schlichten Reden oft so – bübisch möcht' ich sagen, lachen, daß es mich eiskalt überläuft. – Ach, möchten nur nicht meine innern Gedanken wahr werden, aber oft ist es mir, als liege allerlei schwarzes Unheil im Hintergrund, das nun der Fremde mit einem Mal hervorrufen werde, nachdem er uns in seinen künstlichen Schlingen gefangen."

Giorgina suchte ihrem Mann die schwarzen Vorstellungen auszureden, indem sie versicherte, wie sie oft in ihrem Vaterland, und vorzüglich bei ihren Pflegeeltern im Wirtshaus, Personen kennengelernt, deren Äußeres noch viel widriger gewesen sei, ungeachtet es am Ende grundgute Menschen waren. Andres schien getröstet, im Innern beschloß er aber, auf der Hut zu sein.

Der Fremde sprach bei Andres wieder ein, als sein Knabe, ein wunderschönes Kind, ganz der Mutter Ebenbild, gerade neun Monate alt geworden. Es war Giorginas Namenstag; sie hatte den Kleinen fremdartig und sonderbar herausgeputzt, sich selbst in ihre liebe neapolitanische Tracht geworfen und ein besseres Mahl als gewöhnlich bereitet, wozu der Fremde eine Flasche köstlichen Weins aus dem Felleisen hergab. Als sie nun fröhlich bei Tische saßen und der kleine Knabe mit solch wunderbar verständigen Augen umherblickte, hub der Fremde an: „Euer Kind verspricht in der Tat mit seinem besondern Wesen schon jetzt recht viel, und es ist schade, daß Ihr nicht imstande sein werdet, es gehörig zu erziehen. Ich hätte Euch wohl einen Vorschlag zu tun, Ihr werdet ihn aber verwerfen wollen, ungeachtet Ihr bedenken möchtet, daß er nur Euer Glück, Euren Wohlstand bezweckt. Ihr wißt, daß ich reich und ohne Kinder bin, ich fühle eine ganz besondere Liebe und Zuneigung zu Euerm Knaben – gebt mir ihn! – Ich bringe ihn nach Straßburg, wo er von einer Freundin von mir, einer alten ehrbaren Frau, auf das beste erzogen werden und mir sowie Euch große Freude machen soll. Ihr werdet mit Eurem Kind von einer großen Last frei; doch müßt Ihr Euren Entschluß schnell fassen, da ich genötigt bin, noch heute abend abzureisen. Auf meinen Armen trage ich das Kind bis in das nächste Dorf; dort nehme ich dann ein Fuhrwerk." Bei diesen Worten des Fremden riß Giorgina das Kind, das er auf seinen Knien geschaukelt hatte, hastig fort und drückte es an ihren Busen, indem ihr die Tränen in die Augen traten. „Seht, lieber Herr", sprach Andres, „wie meine Frau Euch auf Euren Vorschlag antwortet, und ebenso bin auch ich gesinnt. Eure Absicht mag recht gut sein; aber wie möget Ihr doch uns das Liebste rauben wollen, das wir auf Erden besitzen? Wie möget Ihr doch das eine Last nennen, was unser Leben aufheitern würde, wären wir auch noch in der tiefsten Dürftigkeit, aus der uns Eure Güte gerissen? Seht, lieber Herr, Ihr sagtet selbst, daß Ihr ohne Frau und ohne Kinder wäret; Euch ist daher wohl die Seligkeit fremd, die gleichsam aus der Glorie des offnen Himmelreichs herabströmt auf Mann und Weib bei der Geburt eines Kindes. Es ist ja die reinste Liebe und Himmelswonne selbst, von der die Eltern erfüllt werden, wenn sie ihr Kind schauen, das, stumm und still an der Mutter Brust liegend, doch mit gar beredten Zungen von ihrer Liebe, von ihrem höchsten Lebensglück spricht. – Nein, lieber Herr, so groß auch die Wohltaten sind, die Ihr uns erzeigt habt, so wiegen sie doch lange nicht das auf, was uns unser Kind wert ist; denn wo gäbe es Schätze der Welt, die diesem Besitz gleichzustellen? Scheltet uns daher nicht undankbar, lieber Herr, daß wir Euch Euer Ansinnen so ganz und gar abschlagen. Wäret Ihr selbst Vater, so bedürfte es weiter gar keiner Entschuldigung für uns." – „Nun, nun", erwiderte der Fremde, indem er finster seitwärts blickte, „ich glaubte Euch wohlzutun, indem ich Euren Sohn reich und glücklich machte. Seid Ihr nicht damit zufrieden, so ist davon weiter nicht die Rede." – Giorgina küßte und herzte den Knaben, als sei er aus großer Gefahr errettet und ihr wiedergegeben worden. Der Fremde strebte sichtlich, wieder unbefangen und heiter zu scheinen; man merkte es indessen doch nur zu deutlich, wie sehr ihn die Weigerung seiner Wirtsleute, ihm den Knaben zu geben, verdrossen hatte. Statt, wie er gesagt, noch denselben Abend fortzureisen, blieb er wieder drei Tage, in welchen er jedoch nicht so wie sonst bei Giorgina verweilte, sondern mit Andres auf die Jagd zog und sich bei dieser Gelegenheit viel von dem Grafen Aloys von Vach erzählen ließ. Als in der Folge Ignaz Denner wieder bei seinem Freunde Andres einsprach, dachte er nicht mehr an seinen Plan, den Knaben mit sich zu nehmen. Er war nach seiner Art freundlich wie vorher und fuhr fort, Giorgina reichlich zu beschenken, die er noch überdies wiederholt aufforderte, so oft sie Lust habe sich mit dem Juwelen aus dem Kistchen, das er Andres in Verwahrung gegeben, zu schmücken, welches sie auch wohl dann und wann heimlich tat. Oft wollte Denner, wie sonst, mit dem Knaben spielen; dieser sträubte sich aber und weinte, durchaus mochte er nicht mehr zu dem Fremden gehen, als wisse er etwas von dem feindlichen Anschlag, ihn seinen Eltern zu entführen. – Zwei Jahre hindurch hatte der Fremde nun auf seinen Wanderungen den Andres besucht, und Zeit und Gewohnheit hatten die Scheu, das Mißtrauen wider Denner endlich überwunden, so das Andres seinen Wohlstand ruhig und heiter genoß. Im Herbst des dritten Jahres, als die Zeit, in der Denner gewöhnlich einzusprechen pflegte, schon vorüber war, pochte es in einer stürmischen Nacht hart an Andres' Tür, und mehrere rauhe

Stimmen riefen seinen Namen. Erschrocken sprang er aus dem Bett; als er aber zum Fenster herausfrug, wer ihn in finstrer Nacht so störe und wie er gleich seine Doggen loslassen werde, um solche ungebetene Gäste wegzuhetzen, da sagte einer, er möge nur aufmachen, ein Freund sei da, und Andres erkannte Denners Stimme. Als er nun mit dem Licht in der Hand die Haustür öffnete, trat ihm Denner allein entgegen. Andres äußerte, wie es ihm vorgekommen, als ob mehrere Stimmen seinen Namen gerufen hätten; Denner meinte dagegen, daß den Andres das Heulen des Windes getäuscht haben müsse. Als sie in die Stube traten, erstaunte Andres nicht wenig, als er den Denner näher betrachtete und seinen ganz veränderten Anzug gewahr wurde. Statt der grauen schlichten Kleidung und des Mantels trug er ein dunkelrotes Wams und einen breiten ledernen Gurt, in dem ein Stilett und vier Pistolen steckten; außerdem war er noch mit einem Säbel bewaffnet, selbst das Gesicht schien verändert, indem auf der sonst glatten Stirn nun buschige Augenbrauen lagen und ein starker schwarzer Bart sich über Lippe und Wangen zog. „Andres!“ sprach Denner, indem er ihn mit seinen funkelnden Augen anblitzte, „Andres! Als ich vor beinahe drei Jahren dein Weib vom Tode errettet hatte, da wünschtest du, daß Gott es dir verleihen möge, mir die dir erzeigte Wohltat mit deinem Blut und Leben lohnen zu können. Dein Wunsch ist erfüllt; denn es ist nunmehr der Augenblick gekommen, in dem du mir deine Dankbarkeit, deine Treue beweisen kannst. Kleide dich an; nimm deine Büchse und komme mit mir, nur wenige Schritte von deiner Wohnung sollst du das übrige erfahren.“ Andres wußte nicht, was er von Denners Zumutung halten sollte; der Worte, die er ihm vorhielt, indessen wohl eingedenk, versicherte er, wie er bereit sei, alles nur mögliche für ihn zu unternehmen, sobald es nicht der Rechtschaffenheit, Tugend und Religion zuwiderlaufe. „Darüber kannst du ganz ruhig sein“, rief Denner, indem er ihm lächelnd auf die Schulter klopfte; und da er bemerkte, daß Giorgina aufgesprungen war und vor Angst zitternd und bebend ihren Mann umklammerte, nahm er sie bei den Armen und sprach, sie sanft zurückziehend: „Laßt Euren Mann nur immer mit mir ziehen, in wenigen Stunden ist er wieder gesund bei Euch und bringt Euch vielleicht was Schönes mit. Hab' ich es denn jemals böse mit Euch gemeint? Habe ich selbst dann, wenn Ihr mich verkanntet, nicht immer Euch Gutes erzeigt? Wahrhaftig, Ihr seid recht besondere mißtrauische Leute.“ Andres zauderte noch immer sich anzukleiden, da wandte Denner sich zu ihm und sprach mit zornigem Blick: „Ich hoffe, du wirst deine Zusage halten, denn es gilt nunmehr, das zu beweisen mit der Tat, was du versprochen!“ Schnell war nun Andres angekleidet, und indem er mit Denner zur Tür herausschritt, sprach er noch einmal: „Alles, lieber Herr, will ich für Euch tun, doch etwas Unrechtes werder Ihr wohl von mir nicht fordern, da ich auch das Kleinste, was wider mein Gewissen liefe, nicht vollbringen würde." Denner antwortete nichts, sondern schritt rasch vorwärts. Sie waren durch das Dickicht gedrungen bis auf einen ziemlich geräumigen Rasenplatz; da pfiff Denner dreimal, daß der Ton ringsumher aus den schaurigen Klüften widerhallte, und überall in den Büschen flackerten Windlichter auf, und es rauschte und klirrte in den dunklen Gängen, bis sich schwarze, gräßliche Gestalten gespenstisch

hervordrängten und den Denner im Kreise umringten. Einer aus dem Kreise trat hervor und sprach, auf Andres hindeutend: „Das ist ja wohl unser neuer Geselle, nicht wahr, Hauptmann?" „Ja", antwortete Denner, „ich hab' ihn aus dem Bett geholt, er soll sein Probestück machen, es kann nun gleich vorwärts gehen." Andres erwachte bei diesen Worten wie aus dumpfer Betäubung, kalter Schweiß stand ihm auf der Stirn; aber er ermannte sich und rief heftig: „Was, du schändlicher Betrüger, für einen Kaufmann gabst du dich aus und treibst ein höllisches, verruchtes Gewerbe und bist ein verworfener Räuber? Nimmermehr will ich dein Geselle sein und teilnehmen an deinen Schandtaten, zu denen du mich, wie der Satan selbst, auf künstliche, hämische Weise verlocken wolltest! Laß mich gleich fort, du frevlerischer Bösewicht, und räume mit deiner Rotte dies Gebiet, sonst verrate ich deine Schlupfwinkel der Obrigkeit, und du bekommst den Lohn für deine Schandtaten; denn nun weiß ich es wohl, daß du selbst der schwarze Ignaz bist, der mit seiner Bande an der Grenze gehaust und geraubt und gemordet hat. – Gleich lasse mich fort, ich will dich nie mehr schauen." Denner lachte laut auf. „Was, du feiger Bube!" sprach er: „Du unterstehst dich, mir zu trotzen, dich meinem Willen, meinem Machtwort entziehen zu wollen? Bist du nicht längst schon unser Geselle? Lebst du nicht schon seit beinahe drei Jahren von unserm Geld? Schmückt sich dein Weib nicht mit unserm Raub? Nun stehst du unter uns und willst nicht arbeiten dafür, was du genossen? Folgst du uns nun nicht, zeigst du dich nicht gleich als unsern rüstigen Kumpan, so lasse ich dich gebunden in unsere Höhle werfen, und meine Gesellen ziehen nach deiner Wohnung, zünden sie an und ermorden dein Weib und deinen Knaben. Doch ich werde wohl diese Maßregel, die nur eine Folge deiner Halsstarrigkeit sein würde, nicht ergreifen dürfen. Nun! – Wähle! – Es ist Zeit, wir müssen fort!" – Andres sah nun wohl ein, daß die mindeste Weigerung seiner geliebten Giorgina und dem Knaben das Leben kosten würde; den verräterischen, bübischen Denner im Innern zur Hölle verfluchend, beschloß er daher, in seinen Willen sich scheinbar zu fügen, rein von Diebstahl und Mord zu bleiben und das tiefere Eindringen in die Schlupfwinkel der Bande nur dazu zu benutzen, bei der ersten günstigen Gelegenheit ihre Aufhebung und Einziehung zu bewirken. Nach diesem im stillen gefaßten Entschluß erklärte er dem Denner, wie trotz seines innern Widerstrebens doch die Dankbarkeit für Giorginas Rettung ihn verpflichte, etwas zu wagen, und er wolle daher die Expedition mitmachen, wobei er nur bitte, ihn als einen Neuling soviel möglich mit dem tätigen Anteil daran zu verschonen. Denner lobte seinen Entschluß, indem er hinzufügte, wie er keineswegs verlange, daß er förmlich zur Bande übertreten solle, vielmehr müsse er Revierjäger bleiben; denn so wäre er ihm und der Bande schon jetzt von großem Nutzen gewesen, was denn auch künftig der Fall sein würde.

Es war auf nichts Geringeres abgesehen, als die Wohnung eines reichen Pächters, die, von dem Dorfe abgelegen, unfern dem Wald stand, zu überfallen und auszuplündern. Man wußte, daß der Pächter außer dem vielen Geld und den Kostbarkeiten, die er besaß, eben jetzt für verkauftes Getreide eine sehr bedeutende Summe eingenommen hatte, die er bei sich bewahrte, und um so mehr versprachen sich die Räuber einen reichen Fang. Die Windlichter wurden ausgelöscht, und still zogen die Räuber durch die engen Schleichwege, bis sie dicht an dem Gebäude standen, welches einige von der Bande umringten. Andere dagegen stiegen über die Mauer und sprengten von innen das Hoftor; einige wurden auf Wache ausgestellt, und unter diesen befand sich Andres. Bald hörte er, wie die Räuber die Türen erbrachen und ins Haus stürmten, er vernahm ihr Fluchen, ihr Geschrei, das Geheul der Gemißhandelten. Es fiel ein Schuß; der Pächter, ein beherzter Mann, mochte sich zur Wehr setzen – dann wurde es stiller – aufgesprengte Schlösser klirrten, Räuber schleppten Kisten zum Hoftor heraus. Einer von des Pächters Leuten mußte in der Finsternis entwischt und ins Dorf gerannt sein; denn auf einmal tönte die Sturmglocke durch die Nacht, und bald darauf strömten Haufen mit hellauflodernden Lichtern die Straße herauf nach der Pächterwohnung. Nun fiel Schuß auf Schuß, die Räuber sammelten sich im Hofe und streckten alles nieder, was sich der Mauer näherte. Sie hatten ihre Windfackeln angezündet. Andres, der auf einer Anhöhe stand, konnte alles übersehen. Mit Entsetzen erblickte er unter den Bauern Jäger in der Livree seines Herrn, des Grafen von Vach! – Was sollte er tun? – Sich zu ihnen zu begeben, war unmöglich, nur die schnellste Flucht konnte ihn retten; aber wie festgezaubert stand er da, hinstarrend in den Pächterhof, wo das Gefecht immer mörderischer wurde; denn durch eine kleine Pforte an der andern Seite waren die Vachschen Jäger gedrungen und mit den Räubern handgemein geworden. Die Räuber mußten zurück, sie drängten sich fechtend durch das Tor nach der Gegend hin, wo Andres stand. Er sah Denner, der unaufhörlich lud und schoß und niemals fehlte. Ein junger reichgekleideter Mann, von Vachschen Jägern umgeben, schien den Anführer zu machen; auf ihn legte Denner an, aber noch ehe er abdrückte, stürzte er, von einer Kugel getroffen, mit einem dumpfen Schrei nieder. Die Räuber flohen – schon stürzten die Vachschen

Jäger herbei, da sprang, wie von unwiderstehlicher Macht getrieben, Andres herbei und rettete Denner, den er, stark wie er war, auf die Schultern warf und schnell forteilte. Ohne verfolgt zu werden, erreichte er glücklich den Wald. Nur einzelne Schüsse fielen hin und wieder, und bald wurde es ganz still; ein Zeichen, daß es den Räubern, die nicht verwundet auf dem Platz liegen geblieben, geglückt war, in den Wald zu entkommen, und daß es den Jägern und Bauern nicht ratsam schien, in das Dickicht einzubrechen. „Setze mich nur nieder, Andres“, sprach Denner, „ich bin in den Fuß verwundet, und verdammt, daß ich umstürzte, denn, ungeachtet mich die Wunde sehr schmerzt, glaub’ ich doch nicht einmal, daß sie bedeutend ist.“ Andres tat es, Denner holte eine Phiole aus der Tasche, und als er sie öffnete, strahlte ein helles Licht heraus, bei dem Andres die Wunde genau untersuchen konnte: Denner hatte recht; nur ein starker Streifschuß hatte den rechten Fuß getroffen, der stark blutete. Andres verband die Wunde mit seinem Schmupftuch, Denner ließ seine Pfeife ertönen, aus der Ferne wurde geantwortet, und nun bat er den Andres, ihn sachte den schmalen Waldweg herauszuführen, denn bald würden sie an Ort und Stelle sein. Wirklich dauerte es auch nicht lange, so sahen sie den Schein von Windlichtern durch das dunkle Gebüsch brechen und hatten jenen Rasenplatz erreicht, von dem sie ausgegangen und wo sie die übriggebliebenen Räuber bereits versammelt fanden. Alle jauchzten vor Freude auf, als Denner unter sie trat, und rühmten den Andres, der, tief in sich gekehrt, kein Wort vorzubringen vermochte. Es fand sich, daß über die Hälfte der Bande tot oder hart verwundet auf dem Platz liegen geblieben war; indessen hatten einige von den Räubern, die dazu bestimmt waren, den Raub in Sicherheit zu bringen, mitten im Gefecht wirklich mehrere Kisten mit kostbarem Gerät sowie eine ansehnliche Summe Geld fortzuschaffen gewußt, so daß, ungeachtet das Unternehmen schlimm ausgegangen, doch die Beute ansehnlich blieb. Als nun das Nötige besprochen, wandte sich Denner, den man unterdessen ordentlich verbunden hatte und der kaum irgendeinen Schmerz mehr zu fühlen schien, zu Andres und sprach: „Ich habe dein Weib vom Tode errettet, du hast mich in dieser Nacht der Gefangenschaft entzogen und mich folglich auch von dem mir gewissen Tode befreit, wir sind quitt! Du kannst in deine Wohnung zurückkehren. In den nächsten Tagen, vielleicht schon morgen, verlassen wir die Gegend; du magst daher ganz ruhig darüber sein, daß wir dir Ähnliches, so wie heute, zumuten werden. Du bist ja so ein gottesfürchtiger Narr und uns nicht brauchbar. Es ist indessen billig, daß du teil am heutigen Raube nehmest und überdem für meine Rettung belohnt werdest. Nimm daher diesen Beutel mit Gold und behalte mich in gutem Andenken; denn übers Jahr hoffe ich bei dir einzusprechen.“ „Gott der Herr soll mich behüten“, erwiderte Andres heftig, „daß ich auch nur einen Pfennig von Eurem schändlichen Raub nehmen sollte. Habt Ihr mich doch nur durch die abscheulichsten Drohungen gezwungen mitzugehen, welches ich ewiglich bereuen werde. Wohl mag es Sünde gewesen sein, daß ich dich, du schändlicher Bösewicht, der gerechten Strafe entzogen habe; aber Gott im Himmel mag es mir nach seiner Langmut verzeihen. Es war, als flehe in dem Augenblick meine Giorgina um dein Leben, da du das ihrige gerettet, und ich konnte nicht anders, als daß ich dich mit Gefahr meines Lebens und meiner Ehre, ja das Wohl und Weh meines Weibes und meines Kindes aufs Spiel setzend, der Gefahr entriß. Denn sprich, was wäre aus mir, wenn man mich verwundet, ja was wäre aus meinem armen Weibe, meinem Knaben geworden, wenn man mich erschlagen unter deiner verruchten Mörderbande gefunden hätte? – Aber sei überzeugt, daß, wenn du die Gegend nicht verlässest, wenn nur ein einziger hier geschehener Raub oder Mord mir kund wird, ich augenblicklich nach Fulda gehe und der Obrigkeit deine Schlupfwinkel verrate." – Die Räuber wollten über Andres herfallen, um ihn für seine Reden zu züchtigen; Denner verbot es ihnen jedoch, indem er sagte: „Laßt doch den albernen Kerl schwatzen, was tut das uns? – Andres", fuhr Denner fort, „du bist in meiner Gewalt sowie dein Weib und dein Knabe. Du sowohl, als diese, sollen aber ungefährdet bleiben, wenn du mir versprichst, dich ruhig in deiner Wohnung zu halten und über deine Mitwisserschaft von dem Vorfall dieser Nacht gänzlich zu schweigen. Das Letzte rate ich dir um so mehr, als meine Rache dich furchtbar treffen und überdies die Obrigkeit dir selbst wohl deine Hilfe bei der Tat sowie, daß du schon lange von meinem Reichtum genossest, nicht so hingehen lassen würde. Dagegen verspreche ich dir noch einmal, daß ich die Gegend gänzlich räumen will und wenigstens von mir und meiner Bande hier kein Unternehmen mehr ausgeführt werden soll." Nachdem Andres notgedrungen auf diese Bedingungen des Räuberhauptmanns eingegangen war und feierlich versprochen hatte zu schweigen, wurde er von zwei Räubern durch wildverwachsne Fußsteige auf den breiten Waldweg geführt, und es war längst heller Morgen geworden, als er in sein Haus trat und die vor Sorge und Angst totenbleiche Giorgina umarmte. Er sagte ihr nur im allgemeinen, daß sich ihm Denner als der verruchteste Bösewicht offenbart und er daher alle Gemeinschaft mit ihm abgebrochen habe; nie solle er mehr seine Schwelle betreten. „Aber das Juwelenkästchen?" unterbrach ihn Giorgina. Da fiel es dem Andres wie eine schwere Last aufs Herz. An die Kleinodien, die Denner bei ihm zurückgelassen, hatte er nicht gedacht, und unerklärlich schien es ihm, daß Denner auch nicht ein Wort darüber entfallen war. Er ging mit sich zu Rate, was er wohl mit diesem Kästchen anfangen solle. Zwar dachte er daran, es nach Fulda zu bringen und der Obrigkeit zu übergeben; wie sollte er aber den Besitz desselben beschönigen, ohne sich wenigstens dringender Gefahr auszusetzen, das dem Denner einmal gegebene Wort zu brechen? – Er beschloß endlich, diesen Schatz getreulich zu bewahren, bis der Zufall ihm Gelegenheit darbieten würde, es Denner wieder zuzustellen, oder besser noch, es, ohne sein Wort zu brechen, an die Obrigkeit zu bringen. –

Der Überfall der Pächterwohnung hatte nicht geringen Schreck in der ganzen Gegend verursacht; denn es war das kühnste Wagestück, das die Räuber seit Jahren unternommen und ein sichrer Beweis, daß die Bande, welche sich erst durch gemeine Diebereien, dann durch das Anhalten und Berauben einzelner Reisenden kundtat, bedeutend verstärkt haben mußte. Nur dem Zufall, daß der Neffe des Grafen von Vach, von mehreren Leuten seines Oheims begleitet, eben in dem Dorf, das unfern der Pächterwohnung lag, übernachtete und auf den ersten Lärm den Bauern, die gegen die Räuber auszogen, zu Hilfe eilte, hatte der Pächter die Rettung seines Lebens und den größten Teil seiner Barschaft zu verdanken. Drei von den Räubern, die auf dem Platz geblieben waren, lebten noch den andern Tag und gaben Hoffnung, von ihren Wunden zu genesen. Man hatte sie sorgfältig verbunden und in das Dorfgefängnis gesperrt; als man indessen am frühen Morgen des dritten Tages sie abführen wollte, fand man sie durch viele Stiche ermordet, ohne daß man hätte erraten können, wie das zugegangen. Jede Hoffnung der Gerichte, von den Gefangenen näheren Aufschluß über die Bande zu erhalten, war daher vereitelt. Andres schauderte im Innern, als er das alles erzählen hörte, als er vernahm, wie mehrere Bauern und Jäger des Grafen von Vach zum Teil getötet, zum Teil schwer verwundet worden. – Starke Patrouillen von Fuldaschen Reitern durchstreiften den Wald und sprachen öfters bei ihm ein; jeden Augenblick mußte Andres befürchten, daß man Denner selbst oder wenigstens einen von der Bande einbringen und dieser ihn dann als Genossen jener kühnen Freveltat erkennen und angeben werde. Zum erstenmal in seinem Leben fühlte er die folternde Qual des bösen Gewissens, und doch hatte ihn nur die Liebe zu seinem Weibe, zu dem Knaben, gezwungen, dem frevelhaften Ansinnen Denners nachzugehen.

Alle Nachforschungen blieben fruchtlos, es war unmöglich, den Räubern auf die Spur zu kommen, und Andres überzeugte sich bald, daß Denner Wort gehalten und die Gegend mit seiner Bande verlassen hatte. Das Geld, welches er noch von Denners Geschenken übrig behalten, sowie die goldene Nadel legte er zu den Kleinodien in das Kistchen; denn er wollte nicht noch mehr Sünde auf sich laden und von geraubtem Geld sich gütlich tun. So kam es denn, daß Andres bald wieder in die vorige Dürftigkeit und Armut geriet; aber immer mehr erheiterte sich sein Inneres, je längere Zeit verstrich, ohne daß irgend etwas sein ruhiges Leben verstört hätte. Nach zwei Jahren gebar ihm sein Weib noch einen Knaben, ohne jedoch, wie das erste Mal, zu erkranken, wiewohl sie sich herzlich nach jener bessern Kost und Pflege sehnte, die ihr damals so wohl getan. Andres saß einst in der Abenddämmerung traulich mit seinem Weibe zusammen, die den jüngstgebornen Knaben an der Brust hatte, während der ältere sich mit dem großen Hunde herumbalgte, der, als Liebling seines Herrn, wohl in der Stube sein durfte. Da kam der Knecht hinein und sagte, wie ein Mensch, der ihm ganz verdächtig vorkomme, schon seit beinahe einer Stunde um das Haus herumschleiche. Andres war im Begriff, mit seiner Büchse hinauszugehen, als er vor dem Haus seinen Namen rufen hörte. Er öffnete das Fenster und erkannte auf den ersten Blick den verhaßten Ignaz Denner, der sich wieder in den grauen Kaufmannshabit geworfen hatte und ein Felleisen unter dem Arm trug. „Andres", rief Denner, „du mußt mir diese Nacht Herberge geben in deinem Hause, morgen ziehe ich weiter." „Was? Du unverschämter, verruchter Bösewicht?" rief Andres in vollem Zorn, „Du wagst es, dich wieder hier sehen zu lassen? Habe ich dir nicht treulich Wort gehalten, nur damit du dein Versprechen erfüllen und auf immer diese Gegend verlassen solltest? Du darfst nicht mehr meine Schwelle betreten – entferne dich schnell, oder ich schieße dich mörderischen Buben nieder! – Doch warte, ich will dir dein Gold, dein Geschmeide, womit du Satan mein Weib verblenden wolltest, hinabwerfen; dann magst du schnell forteilen. Ich lasse dir drei Tage Zeit, spüre ich aber dann nur auf irgendeine Weise deine und deiner Bande Gegenwart, so eile ich schnell nach Fulda und entdecke alles, was ich weiß, der Obrigkeit. Magst du nun deine Drohungen gegen mich und mein Weib erfüllen wollen, ich verlasse mich auf den Beistand Gottes und werde dich Bösewicht mit meinem guten Gewehr zu treffen wissen." Nun holte Andres schnell das Kästchen herbei, um es hinabzuwerfen; als er aber ans Fenster trat, war Denner verschwunden, und ungeachtet die Doggen die ganze Gegend rings ums Haus durchspüren mußten, war es doch nicht möglich, ihn aufzufinden. Andres sah nun wohl ein, wie er, Denners Bosheit ausgesetzt, nun in großer Gefahr schwebe; er war daher allnächtlich auf seiner Hut, indessen blieb alles ruhig, und Andres überzeugte sich, daß Denner nur allein den Wald durchstrichen hatte. Um indessen seinen ängstlichen Zustand zu enden, ja um sein Gewissen zu beruhigen, das ihn mit Vorwürfen quälte, beschloß er, nun nicht länger zu schweigen, sondern dem Rat in Fulda sein ganzes unverschuldetes Verhältnis mit Denner zu berichten und zugleich das Kistchen mit den Kleinodien abzuliefern. Andres wußte wohl, daß er ohne Strafe nicht abkommen würde, jedoch verließ er sich auf sein reuiges Bekenntnis eines Fehltritts, zu dem ihn der verruchte Ignaz Denner, wie der Satan selbst, verlockt und gezwungen, sowie auf die Fürsprache seines Herrn, des Grafen von Vach, der dem treuen Diener ein günstiges Zeugnis nicht versagen konnte. Er hatte mit seinem Knechte mehrmals den Wald durchstreift und nie war ihm etwas Verdächtiges aufgestoßen; für sein Weib war daher jetzt keine Gefahr vorhanden, und er wollte ungesäumt nach Fulda gehen, um seinen Vorsatz auszuführen. An dem Morgen, als er sich zur Reise bereit gemacht, kam ein Bote von dem Grafen von Vach, der ihn augenblicklich auf das Schloß seines Herrn mitgehen hieß. Statt nach Fulda wanderte er also fort mit dem Boten nach dem Schloß, nicht ohne Bangigkeit, was wohl dieser ganz ungewöhnliche Ruf seines Herrn zu bedeuten haben werde. Als er in dem Schloß angekommen, mußte er gleich in das Zimmer des Grafen treten. „Freue dich, Andres“, rief dieser ihm entgegen, „dich hat ein ganz unerwartetes Glück getroffen. Erinnerst du dich wohl noch unsers alten mürrischen Hauswirts in Neapel, des Pflegevaters deiner Giorgina? Der ist gestorben; aber auf dem Sterbebett hatte ihn noch das Gewissen gerührt wegen der abscheulichen Behandlung des armen verwaisten Kindes, und deshalb hat er ihr zweitausend Dukaten vermacht, die bereits in Wechselbriefen in Frankfurt angekommen sind und die du bei meinem Bankier heben kannst. Willst du dich gleich nach Frankfurt aufmachen, so lasse ich dir auf der Stelle das nötige Zertifikat ausfertigen, damit dir das Geld ohne Anstand ausgezahlt werde.“ Den Andres machte die Freude sprachlos, und der Graf von Vach ergötzte sich nicht wenig an dem Entzücken seines treuen Dieners. Andres beschloß, als er sich gefaßt hatte, seinem Weibe eine unvermutete Freude zu bereiten; er nahm daher seines Herrn gnädiges Anerbieten an, und machte sich, nachdem er die Urkunde zu seiner Legitimation erhalten, auf den Weg nach Frankfurt.

Seinem Weibe ließ er sagen, wie ihn der Graf mit wichtigen Aufträgen verschickt habe, und er daher einige Tage ausbleiben werde. – Als er in Frankfurt angekommen, wies ihn der Bankier des Grafen, bei dem er sich meldete, an einen andern Kaufmann, der mit der Auszahlung des Legats beauftragt sein sollte. Andres fand ihn endlich und erhielt die ansehnliche Summe wirklich ausgezahlt. Immer nur an Giorgina denkend, immer danach trachtend, ihre Freude recht vollkommen zu machen, kaufte er für sie allerlei schöne Sachen und auch eine goldene Nadel, der ganz gleich, welche ihr Denner geschenkt hatte, und da er nun das schwere Felleisen nicht wohl als Fußgänger fortbringen konnte, verschaffte er sich ein Pferd. So trat er nun, nachdem er sechs Tage abwesend gewesen, wohlgemut seine Rückreise an. Bald hatte er den Forst und seine Wohnung erreicht. Er fand das Haus fest verschlossen. Laut rief er den Knecht, seine Giorgina, niemand antwortete: Die Hunde winselten im Hause eingesperrt. Da ahnte er großes Unglück und schlug heftig an die Tür und schrie laut: „Giorgina!

– Giorgina!" – Nun rauschte es am Bodenfenster, Giorgina schaute heraus und rief: „Ach Gott! – Ach Gott! Andres, bist du es? – Gepriesen sei die Macht des Himmels, daß du nur wieder da bist." Als Andres nun durch die geöffnete Tür eintrat, fiel ihm sein Weib totenbleich und laut heulend in die Arme. Regungslos stand er da; endlich faßte er sein Weib, die mit erschlafften Gliedern zu Boden sinken wollte, und trug sie in die Stube. Aber wie mit eisigen Krallen packte ihn das Entsetzen bei dem gräßlichen Anblick. Die ganze Stube voller Blutflecke an dem Boden, an den Wänden, sein jüngster Knabe mit zerschnittener Brust tot auf seinem Bettchen! – „Wo ist Georg, wo ist Georg?" schrie Andres endlich auf in wilder Verzweiflung, aber in dem Augenblick hörte er, wie der Knabe die Treppe herabtrippelte und nach dem Vater rief. – Zerbrochene Gläser, Flaschen, Teller lagen umher. Der große schwere Tisch, sonst an der Wand stehend, war in die Mitte des Zimmers gerückt, eine sonderbar geformte Kohlenpfanne, mehrere Phiolen und eine Schüssel mit geronnenem Blut standen auf demselben. Andres nahm sein armes Knäblein aus dem Bett. Giorgina verstand ihn, sie holte Tücher herbei, in die sie den Leichnam wickelten und im Garten begruben. Andres schnitt ein kleines Kreuz aus Eichenholz

und setzte es auf den Grabhügel. Kein Wort, kein Laut entfloh den Lippen der unglücklichen Eltern. In dumpfem, düsterem Schweigen hatten sie die Arbeit vollendet und saßen nun vor dem Hause in der Abenddämmerung, den starren Blick in die Ferne gerichtet. Erst den andern Tag konnte Giorgina den Verlauf dessen, was sich in Andres' Abwesenheit zugetragen, erzählen. Am vierten Tage, nachdem Andres sein Haus verlassen, hatte der Knecht zur Mittagszeit wieder allerlei verdächtige Gestalten durch den Wald wanken gesehen und Giorgina deshalb des Mannes Rückkehr herzlich gewünscht. Mitten in der Nacht wurde sie durch lautes Toben und

Schreien dicht vor dem Hause aus dem Schlaf geweckt, der Knecht stürzte herein und verkündete voller Schreck, daß das ganze Haus von Räubern umringt und an eine Gegenwehr gar nicht zu denken sei. Die Doggen wüteten, aber bald schien es, als würden sie beschwichtigt, und man rief laut: „Andres! – Andres!" – Der Knecht faßte sich ein Herz, öffnete ein Fenster und rief herab, daß der Revierjäger Andres nicht zu Hause sei. „Nun, es tut nichts", antwortete eine Stimme von unten herauf, „öffne nur die Tür, den wir müssen bei euch einkehren, Andres wird bald nachfolgen." Was blieb dem Knecht übrig, als die Tür zu öffnen; da strömte der helle Haufe der Räuber herein und begrüßte Giorgina als die Frau ihres Kameraden, dem der Hauptmann Freiheit und Leben zu danken habe. Sie verlangten, daß Giorgina ihnen ein tüchtiges Essen bereiten möge, weil sie nachts ein schweres Stück Arbeit vollbracht, das aber herrlich gelungen sei. Zitternd und bebend machte Giorgina in der Küche ein großes Feuer an und bereitete das Mahl, wozu sie Wildbret, Wein und allerlei andere Ingredienzen von einem der Räuber empfing, der der Küchen- und Kellermeister der Bande zu sein schien. Der Knecht mußte den Tisch decken und das Geschirr bringen. Er nahm den Augenblick wahr und schlich sich fort zu seiner Frau in die Küche. „Ach wißt Ihr wohl", fing er voller Entsetzen an, „was für eine Tat die Räuber in dieser Nacht verübt haben? Nach langer Abwesenheit und nach langer Vorbereitung haben sie vor etlichen Stunden das Schloß des Herrn Grafen von Vach überfallen und nach tapferer Gegenwehr mehrere seiner Leute und ihn selbst getötet, das Schloß aber angezündet." Giorgina schrie unaufhörlich: „Ach mein Mann, wenn mein Mann nur auf dem Schlosse gewesen wäre. – Ach, der arme Herr!" – Die Räuber tobten und sangen unterdessen in der Stube und ließen sich den Wein wohl schmecken, bis ihnen das Mahl aufgetragen wurde. Der Morgen fing schon an zu dämmern, als der verhaßte Denner erschien; nun wurden die Kisten und Felleisen, die sie auf ihren Packpferden mitgebracht hatten, geöffnet. Giorgina hörte, wie sie viel Geld zählten und wie die Silbergeschirre klirrten; es schien alles verzeichnet zu werden. Endlich, als es schon lichter Tag geworden, brachen die Räuber auf, nur Denner blieb zurück. Er nahm eine freundliche, leutselige Miene an und sprach zu Giorgina: „Ihr seid wohl recht erschreckt worden, liebe Frau; denn Euer Mann scheint Euch nicht gesagt zu haben, daß er schon seit geraumer Zeit unser Kamerad geworden. Es tut mir in der Tat leid, daß er nicht nach Hause gekommen ist; er muß einen andern Weg eingeschlagen und uns verfehlt haben. Er war mit uns auf dem Schlosse des Bösewichts, des Grafen von Vach, der uns vor zwei Jahren auf alle nur mögliche Weise verfolgt hat und an dem in voriger Nacht wir Rache nahmen. – Er fiel, kämpfend, von Eures Mannes Hand. Beruhigt Euch nur, liebe Frau, und sagt dem

Andres, daß er mich nun so bald nicht wieder sehen würde, da die Bande sich auf einige Zeit trennt. Heute abend verlasse ich Euch. – Ihr habt lauter hübsche Kinder, liebe Frau! Das ist ja wieder ein herrlicher Knabe." Mit diesen Worten nahm er den Kleinen von Giorginas Arm und wußte mit ihm so freundlich zu spielen, daß das Kind lachte und jauchzte und gern bei ihm blieb, bis er es wieder der Mutter zurückgab. Schon war es Abend geworden, als Denner zu Giorgina sagte: „Ihr merkt wohl, daß ich, ungeachtet ich kein Weib und keine Kinder habe, welches mir manchmal recht nahe geht, doch gar zu gern mit kleinen Kindern spiele und tändle. Gebt mir doch Euren Kleinen auf die wenigen Augenblicke, die ich noch bei Euch zubringe. Nicht wahr, der Kleine ist jetzt gerade neun Wochen alt?" Giorgina bejahte das und gab, jedoch nicht ohne inneres Widerstreben, den kleinen Knaben Denner hin, der sich mit ihm vor die Haustür setzte und Giorgina bat, ihm nun das Abendessen zu bereiten, weil er in einer Stunde fort müßte. Kaum war Giorgina in die Küche getreten, als sie sah, wie Denner mit dem Kinde auf dem Arm in die Stube ging. Bald darauf verbreitete sich ein seltsam riechender Dampf durch das Haus, der aus der Stube zu quellen schien. Giorgina wurde von unbeschreiblicher Angst ergriffen; sie lief schnell nach der Stube und fand die Tür von innen verriegelt. Es war ihr, als höre sie das Kind leise wimmern. „Rette, rette mein Kind aus den Klauen des Bösewichts!" so schrie sie, eine gräßliche Tat ahnend, dem Knecht entgegen, der eben in das Haus trat. Dieser ergriff schnell die Axt und sprengte die Tür. Dicker, stinkender Dampf schlug ihnen entgegen. Mit einem Sprunge war Giorgina im Zimmer; der Knabe lag nackt über einer Schüssel, in die sein Blut tröpfelte. Sie sah nur noch, wie der Knecht mit der Axt ausholte, um den Denner zu treffen, wie dieser dem Schlage auswich, den Knecht unterlief und mit ihm rang. Es war ihr, als höre sie jetzt mehrere Stimmen dicht vor den Fenstern, bewußtlos sank sie zu Boden. Als sie wieder erwachte, war es finstere Nacht geworden, aber ganz betäubt vermochte sie nicht, die erstarrten Glieder zu regen. Endlich wurde es Tag, und nun sah sie mit Entsetzen, wie das Blut im Zimmer schwamm. Stücke von Denners Kleidern lagen überall umher – ein ausgerissener Schopf von des Knechts Haaren – die Axt blutig daneben – der Knabe vom Tische herabgeschleudert mit zerschnittener Brust. Aufs neue wurde Giorgina ohnmächtig, sie glaubte zu sterben, aber sie erwachte wie aus dem Todesschlummer, als es schon Mittag geworden. Sie raffte sich mühsam auf, sie rief laut den Georg, aber als niemand antwortete, glaubte sie, auch Georg sei ermordet. Die Verzweiflung gab ihr Kräfte, sie floh aus dem Zimmer in den Hof und schrie laut: „Georg! – Georg!" Da antwortete es mit matter kläglicher Stimme vom Bodenfenster herab: „Mutter, ach liebe Mutter, bist du denn da? Komm herauf zu mir! Mich hungert sehr!“ – Schnell sprang jetzt Giorgina hinauf und fand den Kleinen, der vor Angst bei dem Lärm im Hause in die Bodenkammer gekrochen war und nicht gewagt hatte herauszukommen. Mit Entzücken drückte Giorgina den Kleinen an die Brust. Sie verschloß das Haus und wartete nun von Stunde zu Stunde in der Bodenkammer auf Andres, den sie auch verloren glaubte. Der Knabe hatte von oben herab gesehen, wie mehrere Männer ins Haus gingen und mit Denner einen toten Menschen heraustrugen. – Endlich bemerkte auch Giorgina das Geld und die schönen Sachen, die Andres mitgebracht hatte. „Ach, so ist es doch wahr?“ schrie sie entsetzt auf, „so bist du doch . . .“ – Andres ließ sie nicht ausreden, sondern erzählte ausführlich, welches Glück sie betroffen und wie er in Frankfurt gewesen sei, wo er sich ihre Erbschaft habe auszahlen lassen. – Der Neffe des ermordeten Grafen von Vach war nun Besitzer der Güter geworden; bei diesem wollte sich Andres melden, getreulich alles Geschehene erzählen, Denners Schlupfwinkel entdecken und bitten, ihn seines Dienstes zu entlassen, der ihm so viel Not und Gefahr bringe. Giorgina durfte mit dem Knaben im Hause nicht zurückbleiben. Andres beschloß daher, seine besten, leicht fortzuschaffenden Sachen auf einen kleinen Leiterwagen zu packen, das Pferd vorzuspannen und so mit seinem Weibe und Kinde eine Gegend auf immer zu verlassen, die ihm nur die schrecklichsten Erinnerungen erregen und überdies niemals Ruhe und Sicherheit gewähren konnte. Der dritte Tag war zur Abreise bestimmt, und eben packten sie einen Kasten, als ein starkes Pferdegetrappel immer näher und näher kam. Andres erkannte den Vachschen Förster, der bei dem Schlosse wohnte; hinter ihm ritt ein Kommando Fuldascher Dragoner. „Nun, da finden wir ja den Bösewicht gerade bei der Arbeit, seinen Raub in Sicherheit zu bringen“, rief der Kommissar des Gerichts, der mitgekommen. Andres erstarrte vor Staunen und Schreck. Giorgina war halb ohnmächtig. Sie fielen über ihn her, banden ihn und sein Weib mit Stricken und warfen sie auf den Leiterwagen, der schon vor dem Hause stand. Giorgina jammerte laut um den Knaben und flehte um Gottes willen, daß man ihn ihr mitgeben möge. „Damit du deine Brut auch noch ins höllische Verderben bringen kannst?“ sprach der Kommissar und riß den Knaben mit Gewalt aus Giorginas Armen. Schon sollte es fortgehen, da trat der alte Förster, ein rauher, aber biederer Mann, noch einmal an den Wagen und sagte: „Andres, Andres, wie hast du dich denn von dem Satan verlassen, solche Freveltaten zu begehen? Immer warst du ja sonst so fromm und ehrlich!“ „Ach lieber Herr!“ schrie Andres auf im höchsten Jammer, „So wahr Gott im Himmel lebt, so wie ich dereinst selig zu sterben hoffe, ich bin unschuldig. Ihr habt mich ja gekannt von früher Jugend her; wie sollte ich, der ich niemals Unrechtes getan, solch ein abscheulicher Bösewicht geworden sein? – Denn ich weiß wohl, daß Ihr mich für einen verruchten Räuber und Teilnehmer an der Freveltat haltet, die auf dem Schlosse meines geliebten unglücklichen Herrn verübt worden ist. Aber ich bin unschuldig bei meinem Leben und meiner Seligkeit!" „Nun", sagte der alte Förster, „wenn du unschuldig bist, so wird das an den Tag kommen, mag auch noch so viel wider dich sprechen. Deines Knaben und des Besitztums, was du zurücklässest, will ich mich getreulich annehmen, so daß, wenn deine und deines Weibes Unschuld erwiesen, du den Jungen frisch und munter und deine Sachen unversehrt wiederfinden sollst." Das Geld nahm der Kommissar des Gerichts in Beschlag. Unterwegs frug Andres Giorgina, wo sie denn das Kästchen verwahrt habe; sie gestand, wie es ihr jetzt leid tue, daß sie es dem Denner überliefert, da es jetzt der Obrigkeit hätte übergeben werden können. In Fulda trennte man den Andres von seinem Weibe und warf ihn in ein tiefes, finstres Gefängnis. Nach einigen Tagen wurde er zum Verhör geführt. Man beschuldigte ihn der Teilnahme an dem im Vachschen Schlosse verübten Raubmorde und ermahnte ihn, die Wahrheit zu gestehen, da schon alles wider ihn so gut als ausgemittelt sei. Andres erzählte nun getreulich alles, was sich mit ihm zugetragen, von dem ersten Eintritt des abscheulichen Denner in sein Haus bis zu dem Augenblick seiner Verhaftung. Er klagte sich selbst voll Reue des einzigen Vergehens an, daß er, um Weib und Kind zu retten, bei der Plünderung des Pächters zugegen war und den Denner von der Gefangennehmung befreite, und beteuerte seine gänzliche Unschuld hinsichtlich des letzten von der Dennerschen Bande verübten Raubmordes, da er zu ebenderselben Zeit in Frankfurt gewesen sei. Jetzt öffneten sich die Türen des Gerichtssaals, und der abscheuliche Denner wurde hereingeführt. Als er den Andres erblickte, lachte er auf in teuflischem Hohn und sprach: „Hat dir deines Weibes Gebet denn nicht herausgeholfen?" Die Richter forderten Denner auf, sein Bekenntnis bezüglich des Andres zu wiederholen, und er sagte aus, daß eben der Vachsche Revierjäger Andres, der jetzt vor ihm stehe, schon seit fünf Jahren mit ihm verbunden und das Jägerhaus sein bester und sicherster Schlupfwinkel gewesen sei. Andres habe immer den ihm gebührenden Anteil vom Raube erhalten, wiewohl er nur zweimal tätig bei den Räubereien mitgewirkt. Einmal nämlich bei der Beraubung des Pächters, wo er ihn, den Denner, aus der dringendsten Gefahr errettet, und dann bei dem Unternehmen gegen den Grafen Aloys von Vach, der eben durch einen glücklichen Schuß des Andres getötet worden sei. – Andres geriet in Wut, als er diese schändliche Lüge hörte. „Was?" schrie er, „Du verruchter teuflischer Bösewicht, du wagst es, mich der Ermordung meines lieben armen Herrn anzuklagen, die du selbst verübt? – Ja! Ich weiß es, nur du selbst bist solcher Tat fähig; aber deine Rache verfolgt mich, weil ich aller Gemeinschaft mit dir entsagt habe, weil ich drohte, dich als einen verruchten Räuber und Mörder niederzuschießen, sowie du meine Schwelle betreten würdest. Darum hast du mit deiner Bande mein Haus überfallen, als ich abwesend war; darum hast du mein armes unschuldiges Kind und meinen braven Knecht ermordet! – Aber du wirst der schrecklichen Strafe des gerechten Gottes nicht entgehen, sollte ich auch deiner Bosheit unterliegen.“ Nun wiederholte Andres sein voriges Bekenntnis unter den heiligsten Beteuerungen der Wahrheit; aber Denner lachte höhnisch und meinte, warum er denn aus allzugroßer Furcht vor dem Tode noch erst das Gericht zu belügen sich unterfange, und daß es sich schlecht mit der Frömmigkeit, von der er so viel Aufhebens mache, vereinbare, daß er Gott und die Heiligen zur Bekräftigung seiner falschen Aussagen anrufe. – Die Richter wußten in der Tat nicht, was sie von dem Andres, dessen Miene und Sprache die Wahrheit seiner Aussage zu bestätigen schien, sowie von Denners kalter Festigkeit denken sollten. – Nun wurde Giorgina vorgeführt, die in namenlosem Jammer laut weinend auf den Mann zustürzte. Sie wußte nur Unzusammenhängendes zu erzählen, und ungeachtet sie den Denner des entsetzlichen Mordes ihres Knaben anklagte, schien Denner doch keinesweges entrüstet, sondern behauptete, wie er schon früher getan, daß Giorgina nie etwas von den Unternehmungen ihres Mannes gewußt habe, sondern ganz unschuldig sei. Andres wurde in sein Gefängnis zurückgeführt. Einige Tage nachher sagte ihm der ziemlich gutmütige Gefangenenwärter, daß sein Weib, da sowohl Denner als die übrigen Räuber fortwährend ihre Unschuld behauptet, sonst auch nichts wider sie ausgemittelt worden, der Haft entlassen sei. Der junge Graf von Vach, ein edelmütiger Herr, der sogar an seiner, des Andres, Schuld zu zweifeln scheine, habe Kaution gestellt, und der alte Förster Giorgina in einem schönen Wagen abgeholt. Vergebens habe Giorgina gebeten, ihren Mann sehen zu dürfen; das sei ihr vom Gericht gänzlich abgeschlagen worden. Den armen Andres tröstete diese Nachricht nicht wenig, da mehr als sein Unglück ihm seines Weibes elender Zustand im Gefängnis zu Herzen ging. Sein Prozeß verschlimmerte sich indessen von Tage zu Tage. Es war erwiesen, daß eben, wie Denner es angegeben, seit fünf Jahren Andres in einen gewissen Wohlstand geriet, dessen Quelle nur die Teilnahme an den Räubereien sein konnte. Ferner gestand Andres selbst seine Abwesenheit von zuhause während der auf dem Vachschen Schlosse verübten Tat, und seine Angabe wegen seiner Erbschaft und seines Aufenthalts in Frankfurt blieb verdächtig, weil er den Namen des Kaufmanns, von dem er das Geld ausgezahlt erhalten haben wollte, durchaus nicht anzugeben wußte. Der Bankier des Grafen von Vach sowie der Hauswirt in Frankfurt, bei dem Andres eingekehrt war, versicherten einstimmig, wie sie sich des beschriebenen Revierjägers gar nicht erinnern könnten; der Gerichtshalter des Grafen von Vach, der das Zertifikat für den Andres ausgefertigt hatte, war gestorben, und niemand von den Vachschen Dienern wußte etwas von der Erbschaft, da der Graf nichts davon geäußert, Andres aber auch davon geschwiegen, weil er, aus Frankfurt zurückkehrend, sein Weib mit dem Gelde überraschen wollte. So blieb alles, was Andres vorbrachte, um nachzuweisen, daß er zur Zeit des Raubes in Frankfurt gewesen und das Geld ehrlich erworben sei, unausgemittelt. Denner blieb dagegen bei seiner früheren Behauptung, und ihm stimmten sämtliche Räuber, die eingefangen worden, in allem bei. Alles dieses hätte aber die Richter noch nicht so von der Schuld des unglücklichen Andres überzeugt als die Aussage von zwei Vachschen Jägern, die bei dem Schein der Flammen ganz genau den Andres erkannt und gesehen haben wollten, wie von ihm der Graf niedergestreckt wurde. Nun war Andres in den Augen des Gerichts ein verstockter, heuchlerischer Bösewicht, und gestützt auf das Resultat aller jener Aussagen und Beweise wurde ihm die Tortur zuerkannt, um seinen starren Sinn zu beugen und ihn zum Geständnis zu bringen.

Schon über ein Jahr schmachtete Andres im Kerker, der Gram hatte seine Kräfte aufgezehrt, und sein sonst robuster, starker Körper war schwach und ohnmächtig geworden. Der schreckliche Tag, an dem die Pein ihm das Geständnis einer Tat, welche er niemals begangen, abringen sollte, kam heran. Man führte ihn in die Folterkammer, wo die entsetzlichen, mit sinnreicher Grausamkeit erfundenen Instrumente lagen und die Henkersknechte sich bereiteten, den Unglücklichen zu martern. Nochmals wurde Andres ermahnt, die Tat, deren er so dringend verdächtig, ja deren er durch das Zeugnis jener Jäger überführt worden, zu gestehen. Er beteuerte wiederum seine Unschuld und wiederholte alle Umstände seiner Bekanntschaft in denselben Worten, wie er es im ersten Verhör getan. Da ergriffen ihn die Knechte, banden ihn mit Stricken und marterten ihn, indem sie seine Glieder ausrenkten und Stacheln einbohrten in das gedehnte Fleisch. Andres vermochte nicht die Qual zu ertragen: Vom Schmerz gewaltsam zerrissen, den Tod wünschend, gestand er alles, was man wollte, und wurde ohnmächtig in den Kerker zurückgeschleppt. Man stärkte ihn, wie es nach erlittener Tortur gewöhnlich, mit Wein, und er fiel in einen zwischen Wachen und Schlafen hinbrütenden Zustand. Da war es ihm, als lösten sich die Steine aus der Mauer und als fielen sie krachend herab auf den Boden des Kerkers. Ein blutroter Schimmer drang durch, und in ihm trat eine Gestalt hinein, die, unerachtet sie Denners Züge hatte, ihm doch nicht Denner zu sein schien. Glühender funkelten die Augen, schwärzer starrte das struppige Haar auf der Stirn empor und tiefer senkten sich die finstern Augenbrauen in den dicken Muskel herab, der über der krummgebogenen Habichtsnase lag. Auf gräßlich seltsame Weise war das Gesicht verschrumpft und verzerrt und die Kleidung fremd und abenteuerlich, wie er Denner niemals gesehen. Ein feuerroter, mit Gold stark verbrämter, weiter Mantel hing in bauschigen Falten der Gestalt über die Schultern, ein breiter, niedergekrempter spanischer Hut mit herabhängender roter Feder saß schief auf dem Kopfe, ein langer Stoßdegen hing an der Seite, und unter dem linken Arm trug die Gestalt ein kleines Kistchen. So schritt der gespenstische Unhold auf Andres zu, in hohlem, dumpfen Tone sprechend: „Nun, Kamerad, wie hat dir die Folter geschmeckt? Du hast das alles bloß deinem Eigensinn zu verdanken; hättest du dich als zur Bande gehörig bekannt, so wärst du nun schon gerettet. Versprichst du aber, dich mir und meiner Leitung ganz zu ergeben, und gewinnst du es über dich, von diesen Tropfen zu trinken, die aus deines Kindes Herzblut gekocht sind, so bist du augenblicklich aller Qual entledigt. Du fühlst dich gesund und kräftig, und für deine weitere Rettung will ich dann sorgen.“ – Andres konnte vor Schreck, Angst und Ermattung nicht sprechen; er sah, wie seines Kindes Blut in der Phiole, die ihm die Gestalt hinhielt, in roten Flämmchen spielte; inbrünstig betete er zu Gott und den Heiligen, daß sie ihn retten möchten aus den Klauen des Satans, der ihn verfolge und um die ewige Seligkeit bringen wolle, die er zu erlangen hoffe, sollte er auch eines schimpflichen Todes sterben. Nun lachte die Gestalt, daß es im Kerker widergellte, und verschwand im dicken Dampf. Andres erwachte endlich aus dumpfer Betäubung, er vermochte sich aufzurichten vom Lager; aber wie ward ihm, als er sah, daß das Stroh, was unter seinem Haupte gelegen, sich stärker und stärker zu rühren begann und endlich weggeschoben wurde. Er gewahrte, daß ein Stein aus dem Fußboden von unten herausgedrängt worden, und hörte mehrmals seinen Namen leise rufen. Er erkannte Denners Stimme und sprach: „Was willst du von mir? Laß mich ruhen, ich habe mit dir nichts zu schaffen!" „Andres", sprach Denner, „ich bin durch mehrere Gewölbe gedrungen, um dich zu retten; denn, wenn du auf den Richtplatz kommst, von dem ich errettet wurde, bist du verloren. Bloß um deines Weibes willen, die mir mehr angehört, als du wohl denken magst, helfe ich dir. Du bist ein mutloser Feigling. Was hat dir nun dein erbärmliches Leugnen gefruchtet? Bloß, daß du vom Vachschen Schloß nicht zu rechter Zeit nach Hause zurückkehrtest und ich mich zu lange bei deinem Weibe aufhielt, ist schuld, daß man mich auffing. Da! – Nimm die Feile und die Säge, befreie dich in künftiger Nacht von den Ketten und durchsäge das Schloß der Kertüre; schleiche durch den Gang! Die äußere Tür linker Hand wird offen stehen, und draußen wirst du einen von uns finden, der dich weiter geleitet. Halte dich gut!" Andres nahm die Säge und die Feile, die ihm Denner hineinreichte, und hob dann den Stein wieder in die Öffnung. Er war entschlossen, das zu tun, wozu ihn die innere Stimme des Gewissens aufforderte. – Als es Tag geworden und der Gefangenwärter hineintrat, da sagte er, wie er sehnlich wünsche, vor den Richter geführt zu werden, indem er Wichtiges zu entdecken habe. Noch an demselben Vormittage wurde sein Verlangen erfüllt, weil man nicht anders glaubte, als daß Andres neue, bisher noch unbekannt gebliebene Freveltaten der Bande gestehen werde. Andres überreichte den Richtern die von Denner erhaltenen Instrumente und erzählte den Vorgang der Nacht. „Ungeachtet ich gewiß und wahrhaftig unschuldig leide, so soll mich doch Gott behüten, daß ich danach trachten sollte, meine Freiheit auf unerlaubte Weise zu erlangen; denn das würde mich ja dem verruchten Denner, der mich in Schande und Tod gestürzt hat, in die Hände liefern und ich dann erst durch mein sündliches frevelhaftes Unternehmen die Strafe verdienen, die ich jetzt unschuldig leiden werde." So beschloß Andres seinen Vortrag. Die Richter schienen erstaunt und von Mitleid für den Unglücklichen durchdrungen, wiewohl sie durch die mannigfachen Tatsachen, die wider ihn sprachen, zu sehr von seiner Schuld überzeugt waren, um sein jetziges Benehmen nicht auch für zweifelhaft zu halten. Die Aufrichtigkeit des Andres und vorzüglich der Umstand, daß nach jener Anzeige der von Denner beabsichtigten Flucht in der Stadt und zwar in der nächsten Umgebung des Gefängnisses wirklich noch einige von der Bande ertappt und aufgegriffen wurden, hatte jedoch den wohltätigen Einfluß auf ihn, daß er aus dem unterirdischen Kerker, in den er gesperrt gewesen, herausgenommen wurde und eine lichte Gefängnisstube neben der Wohnung des Gefangenenwärters erhielt. Da brachte er seine Zeit mit Gedanken an sein treues Weib, an seinen Knaben und mit gottseligen Betrachtungen hin, und bald fühlte er sich ermutigt, das Leben auch auf schmerzliche Weise, wie eine Bürde, abzuwerfen. Nicht genug konnte sich der Gefangenenwärter über den frommen Verbrecher wundern, und er mußte notgedrungen beinahe an seine Unschuld glauben.

Endlich, nachdem beinahe noch ein Jahr verflossen, war der schwierige verwickelte Prozeß wider Denner und seine Mitschuldigen abgeschlossen. Es hatte sich gefunden, daß die Bande bis an die Grenze von Italien ausgebreitet war und schon seit geraumer Zeit überall raubte und mordete. Denner sollte gehängt und dann sein Körper verbrannt werden. Auch dem unglücklichen Andres war der Strang zuerkannt; seiner Reue halber, und da er durch das Bekenntnis der ihm von Denner geratenen Flucht die Entdeckung des Anschlags der Bande, durchzubrechen, veranlaßt hatte, durfte jedoch sein Körper herabgenommen und auf der Gerichtsstätte verscharrt werden.

Der Morgen, an dem Denner und Andres hingerichtet werden sollten, war angebrochen: Da ging die Tür des Gefängnisses auf, und der junge Graf von Vach trat hinein zum Andres, der auf den Knien lag und still betete. „Andres", sprach der Graf, „du mußt sterben. Erleichtere dein Gewissen noch durch ein offnes Geständnis! Sage mir, hast du deinen Herrn getötet? Bist du wirklich der Mörder meines Oheims?" – Da stürzten dem Andres die Tränen aus den Augen, und er wiederholte nochmals alles, was er vor Gericht ausgesagt, ehe ihm die unleidliche Qual der Tortur eine Lüge auspreßte. Er rief Gott und die Heiligen an, die Wahrheit seiner Aussage und seine gänzliche Unschuld an dem Tode des geliebten Herrn zu bekräftigen.

„So ist hier", fuhr der Graf von Vach fort, „ein unerklärliches Geheimnis im Spiele. Ich selbst, Andres, war von deiner Unschuld überzeugt, ungeachtet vieles wider dich sprach; denn ich wußte ja, daß du von Jugend auf der treuste Diener meines Oheims gewesen bist, und ihn selbst einmal in Neapel mit Gefahr deines Lebens aus Räuberhänden errettet hast. Allein nur noch gestern haben mir die beiden alten Jäger meines Oheims, Franz und Nikolaus, geschworen, daß sie dich leibhaftig unter den Räubern gesehen und genau bemerkt hätten, wie du selbst meinen Oheim niederstrecktest." Andres wurde von den peinlichsten, schrecklichsten Gefühlen durchbohrt; es war ihm, als wenn der Satan selbst seine Gestalt angenommen habe, um ihn zu verderben; denn auch Denner hatte ja sogar im Kerker davon gesprochen, daß er den Andres wirklich gesehen, und so schien selbst die falsche Beschuldigung vor Gericht auf innerer wahrer Überzeugung zu beruhen. Andres sagte dies alles unverhohlen, indem er hinzusetzte, daß er sich der Schickung des Himmels ergebe, nach welcher er den schmählichen Tod eines Verbrechers sterben solle, daß aber, sei es auch lange Zeit nachher, seine Unschuld gewiß an den Tag kommen werde. Der Graf von Vach schien tief erschüttert; er konnte kaum noch dem Andres sagen, daß, nach seinem Wunsche, der Tag der Hinrichtung seinem unglücklichen Weibe verschwiegen geblieben sei und daß sie sich nebst dem Knaben bei dem alten Förster aufhalte. Die Rathausglocke erklang dumpf und schauerlich in abgemessenen Pulsen. Andres wurde angekleidet, und der Zug ging mit den gewöhnlichen Feierlichkeiten unter dem Zuströmen unzähligen Volks nach der Richtstätte. Andres betete laut und rührte durch sein frommes Betragen alle, die ihn sahen. Denner hatte die Miene des trotzigen verstockten Bösewichts. Er schaute munter und kräftig um sich und lachte oft den armen Andres tückisch und schadenfroh an. Andres sollte zuerst hingerichtet werden; er bestieg gefaßt mit dem Henker die Leiter, da kreischte ein Weib auf und sank ohnmächtig einem alten Mann in die Arme. Andres blickte hin, es war Giorgina; laut erflehte er vom Himmel Fassung und Stärke. „Dort, dort sehe ich dich wieder, mein armes unglückliches Weib, ich sterbe unschuldig!" rief er, indem er den Blick sehnsuchtsvoll zum Himmel erhob. Der Richter rief dem Henker zu, er möge sich fördern, denn es entstand ein Murren unter dem Volke und es flogen Steine nach Denner, der ebenfalls schon die Leiter bestiegen hatte und die Zuschauer verhöhnte ob ihres Mitleids mit dem frommen Andres. Der Henker legte dem Andres den Strick um den Hals, da scholl es aus der Ferne her: „Halt – halt – um Christus willen halt! – Der Mann ist unschuldig! – Ihr richtet einen Unschuldigen hin!" – „Halt – halt!" schrien tausend Stimmen, und kaum vermochte die Wache zu steuern dem Volk, das hinzudrang und den Andres von der Leiter herabreißen wollte. Näher sprengte nun der Mann zu Pferde, der erst gerufen hatte, und Andres erkannte auf den ersten Blick in dem Fremden den Kaufmann, der ihm in Frankfurt Giorginas Erbschaft ausgezahlt hatte. Seine Brust wollte zerspringen vor Freude und Seligkeit, kaum konnte er sich aufrecht erhalten, als er von der Leiter herabgestiegen. Der Kaufmann sagte dem Richter, daß zu derselben Zeit, als der Raubmord im Vachschen Schlosse verübt worden, Andres in Frankfurt, also viele Meilen davon entfernt, gewesen sei, und daß er dies vor Gericht auf die unzweifelhafteste Weise durch Urkunden und Zeugen dartun wolle. Da rief der Richter: „Die Hinrichtung des Andres kann keineswegs geschehen; denn dieser höchstwichtige Umstand beweiset, wenn er ausgemittelt wird, die völlige Unschuld des Angeklagten. Man führe ihn sogleich nach dem Gefängnisse zurück." Denner hatte alles von der Leiter herab ruhig angesehen; als aber der Richter diese Worte gesprochen, da rollten seine glühenden Augen, er knirschte mit den Zähnen, er heulte in wilder Verzweiflung, daß es gräßlich, wie der namenlose Jammer des wütenden Wahnsinns, durch die Lüfte hallte: „Satan, Satan! Du hast mich betrogen – Weh mir! Weh mir! Es ist aus – aus – alles verloren!" Man brachte ihn von der Leiter herab, er fiel zu Boden und röchelte dumpf: „Ich will alles bekennen –

ich will alles bekennen!“ Auch *seine* Hinrichtung wurde verschoben und er ins Gefängnis zurückgeführt, wo ihm jedes Entspringen unmöglich gemacht worden. Der Haß seiner Wächter war die beste Schutzwehr gegen die Schlauheit seiner Verbündeten. – Wenige Augenblicke nachher, als Andres bei dem Gefangenenwärter angekommen, lag Giorgina in seinen Armen. „Ach Andres, Andres“, rief sie, „nun habe ich dich ganz wieder, da ich weiß, daß du unschuldig bist; denn auch ich habe an deiner Redlichkeit, an deiner Frömmigkeit gezweifelt!“ – Ungeachtet man Giorgina den Tag der Hinrichtung verschwiegen, war sie doch von unbeschreiblicher Angst, von seltsamer Ahnung getrieben nach Fulda geeilt, und gerade auf die Richtstätte gekommen, als ihr Mann die verhängnisvolle Leiter bestieg, die ihn zum Tode führen sollte. Der Kaufmann war die ganze Zeit der Untersuchung über auf Reisen in Frankreich und Italien gewesen und jetzt über Wien und Prag zurückgekehrt. Der Zufall, oder vielmehr eine besondere Schickung des Himmels, wollte, daß er gerade in dem entscheidendsten Augenblick auf dem Richtplatz ankam und den armen Andres von dem schmählichen Tode des Verbrechers rettete. Im Gasthofe erfuhr er die ganze Geschichte des Andres, und es fiel ihm gleich schwer aufs Herz, daß Andres wohl derselbe Revierjäger sein könne, der vor zwei Jahren eine Erbschaft, die seinem Weibe von Neapel aus zugefallen, erhob. Schnell eilte er fort und überzeugte sich, als er nur Andres sah, sogleich von der Wahrheit seiner Vermutung. Durch die eifrigen Bemühungen des wackern Kaufmanns und des jungen Grafen von Vach wurde Andres' Aufenthalt in Frankfurt bis auf die Stunde ausgemittelt, dadurch aber seine völlige Unschuld an dem Raubmorde dargetan. Denner selbst gestand nun die Richtigkeit der Angabe des Andres über das Verhältnis mit ihm und meinte nur, der Satan müsse ihn geblendet haben; denn in der Tat hätte er geglaubt, Andres fechte auf dem Vachschen Schloß an seiner Seite. Für die erzwungene Teilnahme an der Ausplünderung des Pächterhofes sowie für die gesetzwidrige Rettung Denners hatte, nach dem Ausspruch der Richter, Andres genug gebüßt durch das lange harte Gefängnis und durch die ausgestandene Marter und Todesangst; er wurde daher durch Urteil und Recht von jeder weiteren Strafe freigesprochen und eilte mit seiner Giorgina auf das Vachsche Schloß, wo ihm der edle, wohltätige Graf im Nebengebäude eine Wohnung einräumte, von ihm nur die geringen Jagddienste fordernd, die des Grafen persönliche Liebhaberei notwendig machte. Auch die Gerichtskosten bezahlte der Graf, so daß Andres und Giorgina in dem ungekränkten Besitz ihres Vermögens blieben.

Der Prozeß wider den verruchten Ignaz Denner nahm jetzt eine ganz andere Wendung. Die Begebenheit auf der Gerichtsstätte schien ihn ganz umgewandelt zu haben. Sein höhnender teuflischer Stolz war gebeugt, und aus seinem zerknirschten Innern brachen Geständnisse hervor, die den Richtern das Haar sträubten. Denner klagte sich selbst mit allen Zeichen tiefer Reue des Bündnisses mit dem Satan an, das er von seiner frühen Jugendzeit unterhalten, und so wurde vorzüglich hierauf die fernere Untersuchung mit dem Zutritt dazu verordneter Geistlichkeit gerichtet. Über seine früheren Lebensverhältnisse erzählte Denner so viel Sonderbares, daß man es für das Erzeugnis wahnsinniger Überspannung hätte halten müssen, wenn nicht durch die Erkundigungen, die man in Neapel, seinem angeblichen Geburtsort, einziehen ließ, alles bestätigt worden wäre. Ein Auszug aus den von dem geistlichen Gericht in Neapel verhandelten Akten ergab über Denners Herkunft folgende merkwürdige Umstände.

Vor langen Jahren lebte in Neapel ein alter wunderlicher Doktor, Trabacchio mit Namen, den man seiner geheimnisvollen, stets glücklichen Kuren wegen insgemein den Wunderdoktor zu nennen pflegte. Es schien, als wenn das Alter nichts über ihn vermöge; denn er schritt rasch und jugendlich daher, ungeachtet mehrere Eingeborne ihm nachrechnen konnten, daß er an die achtzig Jahre alt sein müßte. Sein Gesicht war auf eine seltsame, grausige Weise verzerrt und verschrumpft, und seinen Blick konnte man kaum ohne innern Schauer ertragen, wiewohl er oft den Kranken wohl tat, so daß man sagte, bloß durch den scharf auf den Kranken gehefteten Blick heile er oftmals schwere, hartnäckige Übel. Über seinen schwarzen Anzug warf er gewöhnlich einen weiten roten Mantel mit goldnen Tressen und Troddeln, unter dessen bauschigen Falten der lange Stoßdegen hervorragte. So lief er mit einer Kiste seiner Arzneien, die er selbst bereitete, durch die Straßen von Neapel zu seinen Kranken, und jeder wich ihm scheu aus. Nur in der höchsten Not wandte man sich an ihn, aber niemals schlug er es aus, einen Kranken zu besuchen, hatte er dabei auch nicht sonderlichen Gewinn zu hoffen. Mehrere Weiber starben ihm schnell; immer waren sie ausnehmend schön und insgemein Landdirnen gewesen. Er sperrte sie ein und erlaubte ihnen nur unter Begleitung einer alten, ekelhaft häßlichen Frau, die Messe zu hören. Diese Alte war unbestechlich; jeder noch so listig angelegte Versuch junger Lüstlinge, den schönen Frauen des Trabacchio näher zu kommen, blieb fruchtlos. Ungeachtet Doktor Trabacchio von Reichen sich gut bezahlen ließ, so stand doch seine Einnahme mit dem Reichtum an Geld und Kleinodien, den er in seinem Hause aufgehäuft hatte und den er niemandem verhehlte, in keinem Verhältnis. Dabei war er zu Zeiten freigebig bis zur Verschwendung und hatte die Gewohnheit, jedesmal, wenn ihm eine Frau gestorben, ein Gastmahl zu geben, dessen Aufwand wohl doppelt so viel betrug, als die reichste Einnahme, die ihm seine Praxis ein ganzes Jahr hindurch verschaffte. Mit seiner letzten Frau hatte er einen Sohn erzeugt, den er ebenso einsperrte

Solfa
Terra
Soccavo
Camandule

21
23

wie seine Weiber; niemand bekam ihn zu sehen. Nur bei dem Gastmahl, das er nach dem Tode dieser Frau gab, saß der kleine dreijährige Knabe an seiner Seite, und alle Gäste waren erstaunt über die Schönheit und die Klugheit des Kindes, das man, verriet sein körperliches Ansehen nicht sein Alter, seinem Benehmen nach wenigstens für zwölfjährig hätte halten können. Eben bei diesem Gastmahl äußerte der Doktor Trabacchio, daß, da nunmehr sein Wunsch, einen Sohn zu haben, erreicht sei, er nicht mehr heiraten werde. Sein übermäßiger Reichtum, aber noch mehr sein geheimnisvolles Wesen, seine wunderbaren Kuren, die bis ins Unglaubliche gingen, da bloß einigen von ihm bereiteten und eingeflößten Tropfen, ja oft bloß seiner Betastung, seinem Blick die hartnäckigsten Krankheiten wichen, gab endlich Anlaß zu allerlei seltsamen Gerüchten, die sich in Neapel verbreiteten. Man hielt den Doktor Trabacchio für einen Alchimisten, für einen Teufelsbeschwörer, ja man gab ihm endlich schuld, daß er mit dem Satan im Bündnis stehe. Die letzte Sage entstand aus einer seltsamen Begebenheit, die sich mit einigen Edelleuten in Neapel zutrug. Diese kehrten einst spät in der Nacht von einem Gastmahl zurück und gerieten, da sie im Weinrausch den Weg verfehlt, in eine einsame verdächtige Gegend. Da rauschte und raschelte es vor ihnen, und sie wurden mit Entsetzen gewahr, daß ein großer leuchtendroter Hahn, ein zackiges Hirschgeweih auf dem Kopfe tragend, mit ausgebreiteten Flügeln daherschritt und sie mit menschlichen funkelnden Augen anstarrte. Sie drängten sich in eine Ecke, der Hahn schritt vorüber, und ihm folgte eine große Figur in glänzendem goldverbrämten Mantel. Sowie die Gestalten vorüber waren, sagte einer von den Edelleuten leise: „Das war der Wunderdoktor Trabacchio." Alle, nüchtern geworden durch den entsetzlichen Spuk, ermutigten sich und folgten dem angeblichen Doktor mit dem Hahn, dessen Leuchten den genommenen Weg zeigte. Sie sahen, wie die Gestalten wirklich auf das Haus des Doktors, das auf einem fernen, leeren, öden Platze stand, zuschritten. Vor dem Hause angekommen, rauschte der Hahn in die Höhe und schlug mit den Flügeln an das große Fenster über dem Balkon, das sich klirrend öffnete; die Stimme eines alten Weibes meckerte: „Kommt – kommt nach Haus – kommt nach Haus – warm ist das Bett, und Liebchen wartet lange schon – lange schon!" Da war es, als stiege der Doktor auf einer unsichtbaren Leiter empor und rausche nach dem Hahn durch das Fenster, welches zugeschlagen wurde, daß es die einsame Straße entlang klirrte und dröhnte. Alles war im schwarzen Dunkel der Nacht verschwunden, und die Edelleute standen stumm und starr vor Grausen und Entsetzen. Dieser Spuk, die Überzeugung der Edelleute, daß die Gestalt, der der teuflische Hahn vorleuchtete, niemand anders als der verrufene Doktor Trabacchio gewesen, war für das geistliche Gericht, dem alles zu Ohren kam, genug, dem satanischen Wundermann sorglich in aller Stille nachzuspüren. Man brachte in der Tat heraus, daß in den Zimmern des Doktors sich oft ein roter Hahn befand, mit dem er auf wunderliche Weise zu sprechen und zu disputieren schien, als sprächen Gelehrte über zweifelhafte Gegenstände ihres Wissens. Das geistliche Gericht war im Begriff, den Doktor Trabacchio einzuziehen als einen verruchten Hexenmeister; aber das weltliche Gericht kam dem geistlichen zuvor und ließ den Doktor durch die Sbirren aufheben und ins Gefängnis schleppen, da er eben von dem Besuch eines Kranken heimkehrte. Die Alte war schon früher aus dem Hause geholt worden, den Knaben hatte man nicht finden können. Die Türen der Zimmer wurden verschlossen und versiegelt, Wachen rings um das Haus gestellt. – Folgendes war der Grund dieses gerichtlichen Verfahrens. Seit einiger Zeit starben mehrere angesehene Personen in Neapel und in der umliegenden Gegend und zwar nach der Ärzte einstimmigem Urteil an Gift. Dies hatte viele Untersuchungen veranlaßt, die fruchtlos blieben, bis endlich ein junger Mensch in Neapel, ein bekannter Lüstling und Verschwender, dessen Oheim vergiftet worden, die gräßliche Tat mit dem Zusatz eingestand, daß er das Gift von dem alten Weibe, der Haushälterin Trabacchios, gekauft habe. Man spürte der Alten nach und ertappte sie, als sie eben ein festverschlossenes kleines Kistchen forttragen wollte, in dem man kleine Phiolen fand, die mit den Namen von allerlei Arzneimitteln versehen waren, ungeachtet sie flüssiges Gift enthielten. Die Alte wollte nichts eingestehen; als man ihr indessen mit der Tortur drohte, da bekannte sie, daß der Doktor Trabacchio schon seit vielen Jahren jenes künstliche Gift, das unter dem Namen Aqua Toffana bekannt sei, bereite, und daß der geheime Verkauf dieses Gifts, der durch sie bewirkt worden, beständig seine reichste Erwerbsquelle gewesen. Ferner sei es nur zu gewiß, daß er mit dem Satan im Bündnis stehe, der in verschiedenen Gestalten bei ihm einkehre. Jedes seiner Weiber habe ihm ein Kind geboren, ohne daß es jemand außer dem Hause geahnt. Das Kind habe er dann allemal, nachdem es neun Wochen oder neun Monate alt geworden, unter besonderen Zurüstungen und Feierlichkeiten auf unmenschliche Weise geschlachtet, indem er ihm die Brust aufgeschnitten und das Herz herausgenommen. Jedesmal sei der Satan bei dieser Operation, bald in dieser, bald in jener Gestalt, meistens aber als Fledermaus mit menschlicher Larve, erschienen und habe mit breiten Flügeln das Kohlenfeuer angefacht, bei dem Trabacchio aus des Kindes Herzblut köstliche Tropfen bereitet, die jeder Siechheit kräftig widerständen. Die Weiber hätte Trabacchio bald nachher auf heimliche Weise getötet, so daß der schärfste Blick des Arztes nie die kleinste Spur der Ermordung habe finden können. Nur Trabacchios letztes Weib, die ihm einen Sohn geboren, der noch lebe, sei des natürlichen Todes gestorben. –

Der Doktor Trabacchio gestand alles unverhohlen ein und schien eine Freude daran zu finden, das Gericht mit den schauerlichen Erzählungen seiner Untaten und vorzüglich der nähern Umstände seines entsetzlichen Bündnisses mit dem Satan in Verwirrung zu setzen. Die Geistlichen, welche dem Gericht beiwohnten, gaben sich alle nur ersinnliche Mühe, den Doktor zur Reue und zur Erkenntnis seiner Sünden zu bringen; aber es blieb vergebens, da Trabacchio sie nur verhöhnte und verlachte. Beide, die Alte und Trabacchio, wurden zum Scheiterhaufen verurteilt. – Man hatte unterdessen das Haus des Doktors untersucht und alle seine Reichtümer hervorgeholt, die, nach Abzug der Gerichtskosten, an die Hospitäler verteilt werden sollten. In Trabacchios Bibliothek fand man nicht ein einziges verdächtiges Buch und noch viel weniger gab es Gerätschaften, die auf die satanische Kunst, die der Doktor getrieben, hätten hindeuten sollen. Nur ein verschlossenes Gewölbe, dessen viele durch die Mauer herausragende Röhren das Laboratorium verrieten, widerstand, als man es öffnen wollte, aller Kunst und aller Gewalt. Ja, als Schlosser und Maurer unter Aufsicht des Gerichts sich eifrig bemühten, endlich durchzubrechen, so daß wohl der Zweck erreicht worden wäre, da kreischten im Innern des Gewölbes entsetzliche Stimmen, es rauschte auf und nieder, wie mit eiskalten Flügeln schlug es an die Gesichter der Arbeiter und ein schneidender Zugwind pfiff in gellenden gräßlichen Tönen durch den Gang, so daß von Grausen und Entsetzen ergriffen alle flohen und am Ende niemand mehr sich an die Tür des Gewölbes wagen wollte, aus Furcht, wahnsinnig zu werden vor Angst und Schrecken. Den Geistlichen, die sich der Tür nahten, ging es nicht besser, und es blieb nichts übrig, als die Ankunft eines alten Dominikaners aus Palermo zu erwarten, dessen Standhaftigkeit und Frömmigkeit bisher alle Künste des Satans weichen mußten. Als dieser Mönch sich nun in Neapel befand, war er bereit, den teuflischen Spuk in Trabacchios Gewölbe zu bekämpfen und verfügte sich hin, ausgerüstet mit Kreuz und Weihwasser, begleitet von mehreren Geistlichen und Gerichtspersonen, die aber weit von der Tür entfernt blieben. Der alte Dominikaner ging betend auf die Tür los; aber da erhob sich heftiger das Rauschen und Brausen, und die entsetzlichen Stimmen verworfener Geister lachten gellend heraus. Der Geistliche ließ sich jedoch nicht irre machen; er betete kräftiger, das Kruzifix emporhaltend und die Tür mit Weihwasser besprengend. „Man gebe mir ein Brecheisen!“ rief er laut; zitternd reichte es ihm ein Maurerbursche hin, aber kaum setzte es der alte Mönch an die Tür, als sie mit furchtbar erschütterndem Knall aufsprang. Blaue Flammen leckten überall an den Wänden des Gewölbes herauf, und eine betäubende, erstickende Hitze strömte aus dem Innern. Dem ungeachtet wollte der Dominikaner hineintreten; da stürzte der Boden des Gewölbes ein, daß das ganze Haus erdröhnte, und Flammen prasselten aus dem Abgrunde hervor, die wütend um sich griffen und alles rings umher erfaßten. Schnell mußte der Dominikaner mit seiner Begleitung fliehen, um nicht zu verbrennen oder verschüttet zu werden. Kaum waren sie auf der Straße, als das ganze Haus des Doktors Trabacchio in Flammen stand. Das Volk lief zusammen und jauchzte und jubelte, als es des verruchten Hexenmeisters Wohnung brennen sah, ohne auch nur das mindeste zur Rettung zu tun. Schon war das Dach eingestürzt, das inwendige Holzwerk flammte zu den Wänden heraus, und nur die starken Balken des obern Stocks widerstanden noch der Gewalt des Feuers. Aber vor Entsetzen schrie das Volk auf, als es Trabacchios zwölfjährigen Sohn mit einem Kistchen unter dem Arm einen dieser glimmenden Balken entlangschreiten sah. Nur einen Moment dauerte diese Erscheinung, sie verschwand plötzlich in den hochaufschlagenden Flammen. – Der Doktor Trabacchio schien sich herzinniglich zu freuen, als er diese Begebenheit erfuhr und ging mit verwegener Frechheit zum Tode. Als man ihn an den Pfahl band, lachte er hell auf und sagte zu dem Henker, der ihn mordlustig recht fest anschnürte: „Sieh dich vor, Geselle, daß diese

Stricke nicht an deinen Fäusten brennen." Dem Mönch, der sich ihm zuletzt noch nahen wollte, rief er mit fürchterlicher Stimme zu: „Fort! – Zurück von mir! Glaubst du denn, daß ich so dumm sein werde, euch zu Gefallen einen schmerzlichen Tod zu leiden? – Noch ist meine Stunde nicht gekommen." – Nun fing das angezündete Holz an zu prasseln; kaum erreichte aber die Flamme den Trabacchio, als es hell aufloderte, wie Strohfeuer und von einer fernen Anhöhe ein gellendes Hohngelächter sich hören ließ. Alles schaute hin und Grausen ergriff das Volk, als es den Doktor Trabacchio leibhaftig in dem schwarzen Kleide, dem goldverbrämten Mantel, den Stoßdegen an der Seite, den niedergekrempten spanischen Hut mit der roten Feder auf dem Kopfe, das Kistchen unter dem Arm, ganz wie er sonst durch die Straßen von Neapel zu laufen pflegte, erblickte. Reiter, Sbirren, hundert andere aus dem Volk stürzten hin nach dem Hügel, aber Trabacchio war und blieb verschwunden. Die Alte gab ihren Geist auf unter den entsetzlichsten Qualen, unter den gräßlichsten Verwünschungen ihres verruchten Herrn, mit dem sie unzählige Verbrechen geteilt. –

Der sogenannte Ignaz Denner war nun kein anderer, als eben der Sohn des Doktors, der sich damals durch die höllischen Künste seines Vaters mit einem Kistchen der seltensten und geheimnisvollsten Kostbarkeiten aus den Flammen rettete. Schon seit der frühesten Jugend unterrichtete ihn der Vater in den geheimen Wissenschaften und seine Seele war dem Teufel verschrieben, noch ehe er sein volles Bewußtsein erlangt. Als man den Doktor Trabacchio ins Gefängnis warf, blieb der Knabe in dem geheimnisvollen verschlossenen Gewölbe unter den verworfenen Geistern, die des Vaters höllischer Zauber hineingebannt; da aber endlich dieser Zauber der Macht des Dominikaners weichen mußte, ließ der Knabe die verborgenen mechanischen Kräfte wirken, und Flammen entzündeten sich, die in wenigen Minuten das ganze Haus in Brand steckten, während der Knabe selbst unversehrt durch das Feuer fort zum Tore hinaus in den Wald eilte, den ihm der Vater bezeichnet hatte. Nicht lange dauerte es, so erschien auch Doktor Trabacchio und floh schnell mit dem Sohne, bis sie wohl an drei Tagereisen von Neapel in die Ruinen eines alten römischen Gebäudes kamen, wo der Eingang zu einer weiten geräumigen Höhle versteckt lag. Hier wurde der Doktor Trabacchio von einer zahlreichen Räuberbande, mit der er längst in Verbindung gestanden und der er durch seine geheime Wissenschaft die wesentlichsten Dienste geleistet, mit lautem Jubel empfangen. Die Räuber wollten ihn mit nichts Geringerem lohnen als mit der Krönung zum Räuberkönige, wodurch er sich zum Oberhaupt aller Banden, die in Italien und dem südlichen Deutschland verbreitet waren, aufgeschwungen hätte. Der Doktor Trabacchio erklärte, diese Würde nicht annehmen zu können, da er der besondern Konstellation wegen, die über ihn walte, nunmehr ein ganz unstetes Leben führen müsse und von keinem Verhältnis gebunden werden könne; doch werde er noch immer den Räubern mit seiner Kunst und Wissenschaft beistehn und sich dann und wann sehen lassen. Da beschlossen die Räuber, den zwölfjährigen Trabacchio zum Räuberkönige zu wählen, und damit war der Doktor höchst zufrieden, so daß der Knabe von Stund an unter den Räubern blieb, und, als er fünfzehn Jahr alt worden, schon als wirkliches Oberhaupt mit ihnen auszog. Sein ganzes Leben war von nun an ein Gewebe von Greueltaten und Teufelskünsten, in welche ihn der Vater, der sich oftmals blicken ließ und zuweilen wochenlang einsam mit seinem Sohne in der Höhle blieb, immer mehr einweihte. Die kräftigen Maßregeln des Königs von Neapel gegen die Räuberbanden, die immer kecker und verwegener wurden, noch mehr aber die entstandenen Zwistigkeiten der Räuber hoben endlich das gefährliche Bündnis unter *einem* Oberhaupt auf und den Trabacchio selbst, der sich durch seinen Stolz und durch seine Grausamkeit verhaßt gemacht hatte, konnten seine vom Vater erlernte Teufelskünste nicht vor den Dolchen seiner Untergebenen schützen. Er floh nach der Schweiz, gab sich den Namen Ignaz Denner und besuchte als reisender Kaufmann die Messen und Jahrmärkte in Deutschland, bis sich aus den zerstreuten Gliedern jener großen Bande eine kleinere bildete, die den vormaligen Räuberkönig zu ihrem Oberhaupt wählte. Trabacchio versicherte, wie sein Vater noch zur Stunde lebe, ihn noch im Gefängnis besucht und Rettung von der Gerichtsstätte versprochen habe. Nur dadurch, daß, wie er nun wohl einsehe, göttliche Schickung den Andres vom Tode errettet, sei die Macht seines Vaters entkräftet worden, und er wolle nun als reuiger Sünder allen Teufelskünsten abschwören und geduldig die gerechte Todesstrafe erleiden. –

Andres, der alles dieses aus dem Munde des Grafen von Vach erfuhr, zweifelte keinen Augenblick, daß es wohl eben Trabacchios Bande gewesen, die ehemals im Neapolitanischen seinen Herrn anfiel, sowie er überzeugt war, daß der alte Doktor Trabacchio selbst im Gefängnis ihm wie der leibhaftige Satan erschien und verlocken wollte zum bösen Beginnen. Nun sah er erst recht ein, in welch großer Gefahr er geschwebt hatte seit der Zeit, als Trabacchio in sein Haus getreten; wiewohl er noch immer nicht begreifen konnte, warum es denn der Verruchte so ganz und gar auf ihn und sein Weib gemünzt hatte, da der Vorteil, den er aus seinem Aufenthalt in dem Jägerhause zog, nicht so bedeutend sein konnte.

Andres befand sich nach den entsetzlichen Stürmen nun in ruhiger glücklicher Lage, allein zu erschütternd hatten jene Stürme getobt, um nicht in seinem ganzen Leben dumpf nachzuhallen. Außer dem, daß Andres, sonst ein starker kräftiger Mann, durch den Gram, durch das lange Gefängnis, ja durch den unsäglichen Schmerz der Tortur körperlich zugrunde gerichtet, siech und krank daherschwankte und kaum noch die Jagd treiben konnte, so welkte auch Giorgina, deren südliche Natur von dem Grame, von der Angst, von dem Entsetzen wie von brennender Glut aufgezehrt wurde, zusehends hin. Keine Hilfe war für sie mehr vorhanden, sie starb wenige Monate nach ihres Mannes Rückkehr. Andres wollte verzweifeln, und nur der wunderschöne kluge Knabe, der Mutter getreues Ebenbild, vermochte ihn zu trösten. Um dieses willen tat er alles, sein Leben zu erhalten und sich soviel als möglich zu kräftigen, so daß er nach Verlauf von beinahe zwei Jahren wohl an Gesundheit zugenommen und manchen lustigen Jägergang in den Forst unternehmen konnte. – Der Prozeß wider den Trabacchio hatte endlich sein Ende erreicht, und er war, so wie vor alter Zeit sein Vater, zum Tode durchs Feuer verdammt worden, den er in weniger Zeit erleiden sollte. –

Andres kam eines Tages, als die Abenddämmerung schon eingebrochen, mit seinem Knaben aus dem Forst zurück; schon war er dem Schlosse nahe, als er ein klägliches Gewimmer vernahm, das aus dem ihm nahen ausgetrockneten Feldgraben zu kommen schien. Er eilte näher und erblickte einen Menschen, der in elende schmutzige Lumpen gehüllt, im Graben lag und unter großen Schmerzen den Geist aufgeben zu wollen schien. Andres warf Flinte und Büchsensack ab und zog mit Mühe den Unglücklichen heraus; aber als er nun dem Menschen ins Gesicht blickte, erkannte er mit Entsetzen den Trabacchio. Zurückschaudernd ließ er von ihm ab; aber da wimmerte Trabacchio dumpf: „Andres, Andres, bist du es? Um der Barmherzigkeit Gottes willen, der ich meine Seele empfohlen, habe Mitleid mit mir! Wenn du mich rettest, rettest du eine Seele von ewiger Verdammnis; denn bald ereilt mich ja der Tod, und noch nicht vollendet ist meine Buße!“ „Verdammter Heuchler“, schrie Andres auf; „Mörder meines Kindes, meines Weibes, hat dich nicht der Satan wieder hergeführt, damit du mich vielleicht noch verderbest? Ich habe mit dir nichts zu schaffen. Stirb und vermodere wie ein Aas, Verruchter!“ Andres wollte ihn zurückstoßen in den Graben; da heulte Trabacchio in wildem Jammer: „Andres! Du rettest den Vater deines Weibes, deiner Giorgina, die für mich betet am Throne des Höchsten!“ Andres schauderte zusammen; mit Giorginas Namen fühlte er sich von schmerzlicher Wehmut ergriffen. Mitleid mit dem Mörder seiner Ruhe, seines Glücks durchdrang ihn, er erfaßte den Trabacchio, lud ihn mit Mühe auf und trug ihn nach seiner Wohnung, wo er ihn mit stärkenden Mitteln erquickte. Bald erwachte Trabacchio aus der Ohnmacht, in die er versunken. –

In der Nacht vor der Hinrichtung ergriff den Trabacchio die entsetzlichste Todesangst; er war überzeugt, daß ihn nichts mehr von der namenlosen Marter des Feuertodes retten würde. Da faßte und rüttelte er in wahnsinniger Verzweiflung die Eisenstäbe des Gitterfensters, und zerbröckelt blieben sie in seinen Händen. Ein Strahl der Hoffnung fiel in seine Seele. Man hatte ihn in einen Turm dicht neben dem trocknen Stadtgraben gesperrt; er schaute in die Tiefe, und der Entschluß sich hinabzustürzen und so sich zu retten oder zu sterben, war auf der Stelle gefaßt. Der Ketten hatte er sich bald mit geringer Anstrengung entledigt. Als er sich hinauswarf, vergingen ihm die Sinne, er erwachte, als die Sonne hell strahlte. Da sah er, wie er zwischen Strauchwerk in hohes Gras gefallen, aber an allen Gliedern verstaucht und verrenkt, vermochte er sich nicht zu regen und zu rühren. Schmeißfliegen und anderes Ungeziefer setzten sich auf seinen halbnackten Körper und stachen und leckten sein Blut, ohne daß er sie abwehren konnte. So brachte er einen martervollen Tag hin. Erst des Nachts gelang es ihm, weiter zu kriechen, und er war glücklich genug, an eine Stelle zu kommen, wo sich etwas Regenwasser gesammelt hatte, welches er begierig einschlürfte. Er fühlte sich gestärkt und vermochte mühsam hinanzuklimmen und sich fortzuschleichen, bis er den Forst erreichte, der unfern von Fulda anhob und sich beinahe bis an das Vachsche Schloß erstreckte. So war er bis in die Gegend gekommen, wo ihn Andres mit dem Tode ringend fand. Die entsetzliche Anstrengung der letzten Kraft hatte ihn ganz erschöpft, und wenige Minuten später hätte ihn Andres sicherlich tot gefunden. Ohne daran zu denken, was künftig mit dem Trabacchio, der der Obrigkeit entflohen, werden sollte, brachte ihn Andres in ein einsames Zimmer und pflegte ihn auf alle nur mögliche Weise, aber so behutsam ging er dabei zu Werke, daß niemand die Anwesenheit des Fremden ahnte; denn selbst der Knabe, gewohnt dem Vater blindlings zu gehorchen, verschwieg getreulich das Geheimnis. Andres frug nun den Trabacchio, ob er denn gewiß und wahrhaftig Giorginas Vater sei. „Allerdings bin ich das", erwiderte Trabacchio. „In der Gegend von Neapel entführte ich einst ein bildschönes Mädchen, das mir eine Tochter gebar. Nun weißt du schon, Andres, daß eines der größten Kunststücke meines Vaters die Bereitung jenes köstlichen wundersamen Liquors war, wozu das Hauptingredienz das Herzblut von Kindern ist, die neun Wochen, neun Monate oder neun Jahre alt und von den Eltern dem Laboranten freiwillig anvertraut sein müssen. Je näher die Kinder mit dem Laboranten in Beziehung stehen, desto wirkungsvoller entsteht aus ihrem Herzblut Lebenskraft, stete Verjüngung, ja selbst die Bereitung des künstlichen Goldes. Deshalb schlachtete mein Vater seine Kinder, und ich war froh, das Töchterlein, das mir mein Weib geboren, auf solche verruchte Weise höheren Zwecken opfern zu können. Noch kann ich nicht begreifen, auf welche Weise mein Weib die böse Absicht ahnte; aber sie war vor Ablauf der neunten Woche verschwunden, und erst nach mehreren Jahren erfuhr ich, daß sie in Neapel gestorben sei und ihre Tochter

Giorgina bei einem grämlichen, geizhalsigen Gastwirt erzogen würde. Ebenso wurde mir ihre Verheiratung mit dir und dein Aufenthalt bekannt. Nun kannst du dir erklären, Andres, warum ich deinem Weibe gewogen war und warum ich, ganz erfüllt von meinen verruchten Teufelskünsten, deinen Kindern so nachstellte. – Aber dir Andres, dir allein und deiner wunderbaren Rettung durch Gottes Allmacht verdanke ich meine tiefe Reue, meine innere Zerknirschung. Übrigens ist das Kistchen mit Kleinodien, das ich deinem Weibe gab, dasjenige, welches ich auf des Vaters Geheiß aus den Flammen rettete, du kannst es getrost aufbewahren für deinen Knaben." „Das Kistchen", fiel Andres ein, „hat Euch ja Giorgina wiedergegeben an jenem schrecklichen Tage, da Ihr den gräßlichen Mord verübtet!"

„Allerdings", erwiderte Trabacchio; „allein ohne daß es Giorgina wußte, kam es wieder in Euern Besitz. Seht nur nach in der großen schwarzen Truhe, die in Eurem Hausflur steht, da werdet Ihr das Kistchen auf dem Boden finden." Andres suchte in der Truhe und fand das Kistchen wirklich ganz in dem Zustande wieder, wie er es damals zum erstenmal von Trabacchio in Verwahrung erhalten. –

Andres fühlte in sich unheimlichen Unmut, ja er konnte sich des Wunsches nicht erwehren, daß Trabacchio tot gewesen sein möge, als er ihn im Graben fand. Freilich schien Trabacchios Reue und Buße wahrhaftig zu sein; denn ohne seine Klause zu verlassen, brachte er seine Zeit nur damit hin, in andächtigen Büchern zu lesen, und seine einzige Ergötzlichkeit war die Unterhaltung mit dem kleinen Georg, den er über alles zu lieben schien. Andres beschloß indessen, doch auf seiner Hut zu sein, und eröffnete bei erster Gelegenheit das ganze Geheimnis dem Grafen von Vach, der über das seltene Spiel des Schicksals nicht wenig verwundert war. So vergingen einige Monate, der Spätherbst war eingetreten und Andres mehr auf der Jagd als sonst. Der Kleine blieb gewöhnlich bei dem Großvater und einem alten Jäger, der um das Geheimnis wußte. Eines Abends war Andres von der Jagd zurückgekehrt, als der alte Jäger hineintrat und nach seiner treuherzigen Weise anfing: „Herr, Ihr habt einen bösen Kumpan im Hause. Zu dem kommt der Gottseibeiuns durchs Fenster und geht wieder ab in Rauch und Dampf." Dem Andres wurde es bei dieser Rede zumut, als hätt' ihn ein Blitzstrahl getroffen. Er wußte nur zu genau, was das zu bedeuten hatte, als ihm der alte Jäger weiter erzählte, wie er schon mehrere Tage hintereinander in später Abenddämmerung in Trabacchios Zimmer seltsame Stimmen gehört, die wie im Zank durcheinander geplappert, und heute zum zweiten Male habe es ihm, indem er Trabacchios Tür schnell geöffnet, geschienen, als rausche eine Gestalt im roten goldverbrämten Mantel zum Fenster hinaus. In vollem Zorn eilte Andres herauf zum Trabacchio, hielt ihm vor, was sein Jäger ausgesagt, und kündigte ihm an, daß er sich's gefallen lassen müsse, ins Schloßgefängnis gesperrt zu werden, wenn er nicht allem bösen Treiben entsage. Trabacchio blieb ruhig und erwiderte im wehmütigen Ton: „Ach, lieber Andres! Nur zu wahr ist es, daß mein Vater, dessen Stündlein noch immer nicht gekommen, mich auf unerhörte Weise peinigt und quält. Er will, daß ich mich ihm wieder zuwende und der Frömmigkeit, dem Heil meiner Seele entsage, allein ich bin standhaft geblieben und glaube nicht, daß er wiederkehren wird, da er gesehen, daß er nicht mehr über mich Macht hat. Bleibe ruhig, lieber Sohn Andres! Und laß mich bei dir als ein frommer Christ versöhnt mit Gott sterben!" In der Tat schien auch die feindliche Gestalt auszubleiben, indessen war es, als würden Trabacchios Augen wieder glühender, er lächelte zuweilen so seltsam höhnisch wie sonst. Während der Betstunde, die Andres jeden Abend mit ihm zu halten pflegte, schien er oft krampfhaft zu erzittern; zuweilen strich eine seltsam pfeifende Zugluft durch das Zimmer, welche die Blätter der Gebetbücher raschelnd umschlug, ja die Bücher selbst dem Andres aus den Händen warf. „Gottloser Trabacchio, verruchter Satan! Du bist es, der hier höllischen Spuk treibt! Was willst du von mir? Hebe dich weg, denn du hast keine Macht über mich! – Hebe dich weg!" – So rief Andres mit starker Stimme. Da lachte es höhnisch durch das Zimmer hin und schlug wie mit schwarzen Fittichen an das Fenster. Und doch war es nur der Regen, der an das Fenster geschlagen, und der Herbstwind, der durch das Zimmer geheult, wie Trabacchio meinte, als das Unwesen wieder einmal recht arg war und Georg vor Angst weinte.

„Nein", rief Andres: „Euer gottloser Vater könnte hier nicht so herumspuken, wenn Ihr aller und jeder Gemeinschaft mit ihm entsagt hättet. Ihr müßt fort von mir. Eure Wohnung ist Euch längst bereitet. Ihr müßt fort ins Schloßgefängnis; dort möget Ihr Euern Spuk treiben, wie Ihr wollt." Trabacchio weinte heftig, er bat um aller Heiligen willen, ihn im Hause zu dulden und Georg, ohne zu begreifen, was das alles wohl bedeute, stimmte in seine Bitten ein. „So bleibt denn noch morgen hier", sagte Andres, „ich will sehen, wie es mit der Betstunde gehen wird, wenn ich heimkomme von der Jagd." Am andern Tage gab es herrliches Herbstwetter, und Andres versprach sich eine reiche Beute. Als er von dem Anstand zurückkehrte, war es ganz finster geworden. Er fühlte sich im innersten Gemüt besonders bewegt; seine merkwürdigen Schicksale, Giorginas Bild, sein ermordeter Knabe traten ihm so lebendig vor Augen, daß er tief in sich gekehrt, immer langsamer und langsamer den Jägern nachschlenderte, bis er sich endlich unversehens auf einem Nebenwege allein im Forst befand. Im Begriff zurückzukehren in den breiten Waldweg, wurde er ein blendendes Licht gewahr, welches durch das dickste Gebüsch flackerte. Da ergriff ihn eine wunderbare, verworrene Ahnung großer Greueltat, die verübt werde; er drang durch das Dickicht, er war dem Feuer nahe, da stand des alten Trabacchio Gestalt im goldverbrämten Mantel, den Stoßdegen an der Seite, den niedergekrempten Hut mit roter Feder auf dem Kopfe, das Arzneikistchen unterm Arm. Mit glühenden Augen blickte die Gestalt in das Feuer, das wie in rot und blau flammenden Schlangen unter einer Retorte hervorloderte. Vor dem Feuer lag Georg nackt ausgebreitet auf einer Art Rost, und der verruchte Sohn des satanischen Doktors hatte hoch das funkelnde Messer erhoben zum Todesstoß. Andres schrie auf vor Entsetzen; aber sowie der Mörder sich umblickte, sauste schon die Kugel aus Andres' Büchse, und Trabacchio stürzte mit zerschmettertem Gehirn über das Feuer hin, das im Augenblick erlosch. Die Gestalt des Doktors war verschwunden. Andres sprang hinzu, stieß den Leichnam beiseite, band den armen Georg los und trug ihn schnell fort bis ins Haus. Dem Knaben fehlte nichts; nur die Todesangst hatte ihn ohnmächtig gemacht. Den Andres trieb es heraus in den Wald, er wollte sich von Trabacchios Tode überzeugen und den Leichnam gleich verscharren; er weckte daher den alten Jäger, der in tiefen, wahrscheinlich von Trabacchio bewirkten Schlaf gesunken, und beide gingen mit Laterne, Hacke und Spaten an die nicht weit entlegene Stelle. Da lag der blutige Trabacchio; aber sowie Andres sich näherte, richtete er sich mit halbem Leibe auf, starrte ihn gräßlich an und röchelte dumpf: „Mörder! Mörder des Vaters deines Weibes, aber meine Teufel sollen dich quälen!" „Fahre zur Hölle, du satanischer Bösewicht", schrie Andres, der dem Entsetzen, das ihn übermannen wollte, widerstand; „fahre hin zur Hölle, du, der du den Tod hundertfältig verdient hast, dem ich den Tod gab, weil er verruchten Mord an meinem Kinde, an dem Kinde seiner Tochter verüben wollte! Du hast nur Buße und Frömmigkeit geheuchelt um schändlichen Verrats willen, aber nun bereitet der Satan manche Qual deiner Seele, die du ihm verkauft." Da sank Trabacchio heulend zurück, und immer dumpfer und dumpfer wimmernd gab er seinen Geist auf. Nun gruben die beiden Männer ein tiefes Loch, in das sie Trabacchios Körper warfen. „Sein Blut komme nicht über mich!" sprach Andres. „Aber ich konnte nicht anders, ich war dazu ausersehen von Gott, meinen Georg zu retten und hundertfältige Frevel zu rächen. Doch will ich für seine Seele beten und ein kleines Kreuz auf sein Grab stellen." Als andern Tages Andres dieses Vorhaben ausführen wollte, fand er die Erde aufgewühlt, der Leichnam war verschwunden. Ob das nun von wilden Tieren oder wie sonst bewirkt, blieb in Zweifel. Andres ging mit seinem Knaben und dem alten Jäger zum Grafen von Vach und berichtete treulich die ganze Begebenheit. Der Graf von Vach billigte die Tat des Andres, der zur Rettung seines Sohnes einen Räuber und Mörder niedergestreckt hatte und ließ den ganzen Verlauf der Sache niederschreiben und im Archiv des Schlosses aufbewahren. –

Die schreckliche Begebenheit hatte den Andres tief im Innersten erschüttert, und wohl mochte er sich deshalb, wenn die Nacht eingebrochen, schlaflos auf dem Lager wälzen. Aber wenn er so zwischen Wachen und Träumen hinbrütete, da hörte er es im Zimmer knistern und rauschen, und ein roter Schein fuhr hindurch und verschwand wieder. Sowie er anfing zu horchen und zu schauen, da murmelte es dumpf: „Nun bist du Meister – du hast den Schatz – du hast den Schatz – gebeut über die Kraft, sie ist dein! –“ Dem Andres war es, als wolle ein unbekanntes Gefühl ganz eigner

Wohlbehaglichkeit und Lebenslust in ihm aufgehen; aber sowie die Morgenröte durch die Fenster brach, da ermannte sich Andres und betete, wie er es zu tun gewohnt, kräftig und inbrünstig zu dem Herrn, der seine Seele erleuchtete. „Ich weiß, was nun noch meines Amts und Berufs ist, um den Versucher zu bannen und die Sünde abzuwenden von meinem Hause!" – So sprach Andres, nahm Trabacchios Kistchen und warf es, ohne es zu öffnen, in eine tiefe Bergschlucht. Nun genoß Andres ein ruhiges, heiteres Alter, das keine feindliche Macht zu zerstören vermochte.

Heinrich von Kleist

Michael Kohlhaas

An den Ufern der Havel lebte um die Mitte des sechzehnten Jahrhunderts ein Roßhändler namens *Michael Kohlhaas*, Sohn eines Schulmeisters, einer der rechtschaffensten zugleich und entsetzlichsten Menschen seiner Zeit. Dieser außerordentliche Mann würde bis in sein dreißigstes Jahr für das Muster eines guten Staatsbürgers haben gelten können. Er besaß in einem Dorf, das noch von ihm den Namen führt, einen Meierhof, auf welchem er sich durch sein Gewerbe ruhig ernährte; die Kinder, die ihm sein Weib schenkte, erzog er in der Furcht Gottes zur Arbeitsamkeit und Treue; nicht einer war unter seinen Nachbarn, der sich nicht seiner Wohltätigkeit oder seiner Gerechtigkeit erfreut hätte; kurz, die Welt würde sein Andenken haben segnen müssen, wenn er in einer Tugend nicht ausgeschweift hätte. Das Rechtgefühl aber machte ihn zum Räuber und Mörder.

Er ritt einst mit einer Koppel junger Pferde, wohlgenährt alle und glänzend, ins Ausland, und überschlug eben, wie er den Gewinn, den er auf den Märkten damit zu machen hoffte, anlegen wolle, teils nach Art guter Wirte auf neuen Gewinn, teils aber auch auf den Genuß der Gegenwart: als er an die Elbe kam und bei einer stattlichen Ritterburg auf sächsischem Gebiet einen Schlagbaum traf, den er sonst auf diesem Wege nicht gefunden hatte. Er hielt in einem Augenblick, da eben der Regen heftig stürmte, mit den Pferden still, und rief den Schlagwärter, der auch bald darauf mit einem grämlichen Gesicht aus dem Fenster sah. Der Roßhändler sagte, daß er ihm öffnen solle. „Was gibt's hier Neues?" fragte er, da der Zöllner nach einer geraumen Zeit aus dem Hause trat. „Landesherrliches Privilegium", antwortete dieser, indem er aufschloß: „dem Junker Wenzel von Tronka verliehen." – „So", sagte Kohlhaas. „Wenzel heißt der Junker?" und sah sich das Schloß an, das mit glänzenden Zinnen über das Feld blickte. „Ist der alte Herr tot?" – „Am Schlagfluß gestorben", erwiderte der Zöllner, indem er den Baum in die Höhe ließ. – „Hm! Schade!" versetzte Kohlhaas. „Ein würdiger alter Herr, der seine Freude am Verkehr der Menschen hatte, Handel und Wandel, wo er nur vermochte, forthalf, und einen Steindamm einst bauen ließ, weil mir eine Stute draußen, wo der Weg ins Dorf geht, das Bein gebrochen. Nun! Was bin ich schuldig?" – fragte er und holte die Groschen, die der Zollwärter verlangte, mühselig unter dem im Winde flatternden Mantel hervor. „Ja Alter", setzte er noch hinzu, da dieser: „Hurtig! Hurtig!" murmelte und über die Witterung fluchte: „Wenn der Baum im Walde stehen geblieben wäre, wär's besser gewesen, für mich und Euch"; und damit gab er ihm das Geld und wollte reiten. Er war aber noch kaum unter den Schlagbaum gekommen, als eine neue Stimme schon: „Halt dort, der Roßkamm!" hinter ihm vom Turm erscholl, und er den Burgvogt ein Fenster zuwerfen und zu ihm herabeilen sah. „Nun, was gibt's Neues?" fragte Kohlhaas bei sich selbst und hielt mit den Pferden an. Der Burgvogt, indem er sich noch eine Weste über seinen weitläufigen Leib zuknöpfte, kam und fragte, schief gegen die Witterung gestellt, nach dem Paßschein. – Kohlhaas fragte: „Der Paßschein?" Er sagte ein wenig betreten, daß er, soviel er wisse, keinen habe; daß man ihm aber nur beschreiben möchte, was dies für ein Ding des Herrn sei, so werde er vielleicht zufälligerweise damit versehen sein. Der Schloßvogt, indem er ihn von der Seite ansah, versetzte, daß ohne einen landesherrlichen Erlaubnisschein kein Roßkamm mit Pferden über die Grenze gelassen würde. Der Roßkamm versicherte, daß er siebzehn Mal in seinem Leben ohne einen solchen Schein über die Grenze gezogen sei; daß er alle landesherrlichen Verfügungen, die sein Gewerbe angingen, genau kennte; daß dies wohl nur ein Irrtum sein würde, wegen dessen er sich zu bedenken bitte, und daß man ihn, da seine Tagesreise lang sei, nicht länger unnützerweise hier aufhalten möge. Doch der Vogt erwiderte, daß er das achtzehnte Mal nicht durchschlüpfen würde, daß die Verordnung deshalb erst neuerlich erschienen wäre und daß er entweder den Paßschein noch hier lösen oder zurückkehren müsse, wo er hergekommen sei. Der Roßhändler, den diese ungesetzlichen Erpressungen zu erbittern anfingen, stieg nach einer kurzen Besinnung vom Pferde, gab es einem Knecht und sagte, daß er den Junker von Tronka selbst darüber sprechen würde. Er ging auch auf die Burg; der Vogt folgte ihm, indem er von filzigen Geldraffern und nützlichen Aderlässen derselben murmelte; und beide traten, mit ihren Blicken einander messend, in den Saal. Es traf sich, daß der Junker eben mit einigen muntern Freunden beim Becher saß und um eines Schwanks willen ein unendliches Gelächter unter ihnen erscholl, als Kohlhaas, um seine Beschwerde anzubringen, sich ihm näherte. Der Junker fragte, was er wolle; die Ritter, als sie den fremden Mann erblickten, wurden still; doch kaum hatte dieser sein Gesuch, die Pferde betreffend, angefangen, als der ganze Troß schon: „Pferde? Wo sind sie?“ ausrief und an die Fenster eilte, um sie zu betrachten. Sie flogen, da sie die glänzende Koppel sahen, auf den Vorschlag des Junkers in den Hof hinab; der Regen hatte aufgehört; Schloßvogt und Verwalter und Knechte versammelten sich um sie, und alle musterten die Tiere. Der eine lobte den Schweißfuchs mit der Blesse, dem andern gefiel der Kastanienbraune, der dritte streichelte den Schecken mit schwarzgelben Flecken; und alle meinten, daß die Pferde wie Hirsche wären und im Lande keine bessern gezogen würden. Kohlhaas erwiderte munter, daß die Pferde nicht besser wären als die Ritter, die sie reiten sollten; und forderte sie auf, zu kaufen. Der Junker, den der mächtige Schweißhengst sehr reizte, befragte ihn auch um den Preis; der Verwalter lag ihm an, ein Paar Rappen zu kaufen, die er wegen Pferdemangels in der Wirtschaft gebrauchen zu können glaubte; doch als der Roßkamm sich erklärt hatte, fanden die Ritter ihn zu teuer, und der Junker sagte, daß er nach der Tafelrunde reiten und sich den König Arthur aufsuchen müsse, wenn er die Pferde so anschlage. Kohlhaas, der den Schloßvogt und den Verwalter, indem sie sprechende Blicke auf die Rappen warfen, miteinander flüstern sah, ließ es aus einer dunklen Vorahnung an nichts fehlen, die Pferde an sie los zu werden. Er sagte zum Junker: „Herr, die Rappen habe ich vor sechs Monaten für fünfundzwanzig Goldgulden gekauft; gebt mir dreißig, so sollt Ihr sie haben.“ Zwei Ritter, die neben dem Junker standen, äußerten nicht undeutlich, daß die Pferde wohl soviel wert wären; doch der Junker meinte, daß er für den Schweißfuchs wohl, aber nicht eben für die Rappen Geld ausgeben möchte, und machte Anstalten aufzubrechen; worauf Kohlhaas sagte, er würde vielleicht das nächste Mal, wenn er wieder mit seinen

Gäulen durchzöge, einen Handel mit ihm machen; sich dem Junker empfahl und die Zügel seines Pferdes ergriff, um abzureiten. In diesem Augenblick trat der Schloßvogt aus dem Haufen vor und sagte, er höre, daß er ohne einen Paßschein nicht reisen dürfe. Kohlhaas wandte sich und fragte den Junker, ob es denn mit diesem Umstand, der sein ganzes Gewerbe zerstöre, in der Tat seine Richtigkeit habe? Der Junker antwortete mit einem verlegenen Gesicht, indem er abging: „Ja, Kohlhaas, den Paß mußt du lösen. Sprich mit dem Schloßvogt und zieh deiner Wege." Kohlhaas versicherte ihn, daß es gar nicht seine Absicht sei, die Verordnungen, die wegen Ausführung der Pferde bestehen möchten, zu umgehen; versprach, bei seinem Durchzug durch Dresden den Paß in der Geheimschreiberei zu lösen, und bat, ihn nur diesmal, da er von dieser Forderung durchaus nichts gewußt, ziehen zu lassen. „Nun!" sprach der Junker, da eben das Wetter wieder zu stürmen anfing, und seine dürren Glieder durchsauste: „Laßt den Schlucker laufen. Kommt!" sagte er zu den Rittern, kehrte sich um und wollte nach dem Schlosse gehen. Der Schloßvogt sagte, zum Junker gewandt, daß er wenigstens ein Pfand zur Sicherheit, daß er den Schein lösen würde, zurücklassen müsse. Der Junker blieb wieder unter dem Schloßtor stehen. Kohlhaas fragte, welchen Wert er denn an Geld oder an Sachen zum Pfand wegen der Rappen zurücklassen solle? Der Verwalter meinte, in den Bart murmelnd, er könne ja die Rappen selbst zurücklassen. „Allerdings", sagte der Schloßvogt, „das ist das Zweckmäßigste; ist der Paß gelöst, so kann er sie zu jeder Zeit wieder abholen." Kohlhaas, über eine so unverschämte Forderung betreten, sagte dem Junker, der sich die Wamsschöße frierend vor den Leib hielt, daß er die Rappen ja verkaufen wolle; doch dieser, da in demselben Augenblick ein Windstoß eine ganze Last von Regen und Hagel durchs Tor jagte, rief, um der Sache ein Ende zu machen: „Wenn er die Pferde nicht loslassen will, so schmeißt ihn wieder über den Schlagbaum zurück"; und ging ab. Der Roßkamm, der wohl sah, daß er hier der Gewalttätigkeit weichen mußte, entschloß sich, die Forderung, weil doch nichts anderes übrigbleibe, zu erfüllen; spannte die Rappen aus und führte sie in einen Stall, den ihm der Schloßvogt anwies. Er ließ einen Knecht bei ihnen zurück, versah ihn mit Geld, ermahnte ihn, die Pferde bis zu seiner Zurückkunft wohl in acht zu nehmen, und setzte seine Reise mit dem Rest der Koppel, halb und halb ungewiß, ob nicht doch wohl wegen aufkeimender Pferdezucht ein solches Gebot im Sächsischen erschienen sein könne, nach Leipzig, wo er auf die Messe wollte, fort.

In Dresden, wo er in einer der Vorstädte der Stadt ein Haus mit einigen Ställen besaß, weil er von hier aus seinen Handel auf den kleineren Märkten des Landes zu bestreiten pflegte, begab er sich gleich nach seiner

Ankunft auf die Geheimschreiberei, wo er von den Räten, deren er einige kannte, erfuhr, daß die Geschichte von dem Paßschein ein Märchen sei. Kohlhaas, dem die mißvergnügten Räte auf sein Ansuchen einen schriftlichen Schein über den Ungrund derselben gaben, lächelte über den Witz des dürren Junkers, obschon er noch nicht recht einsah, was er damit bezwecken mochte; und die Koppel der Pferde, die er bei sich führte, einige Wochen darauf zu seiner Zufriedenheit verkauft, kehrte er, ohne irgend weiter ein bitteres Gefühl als das der allgemeinen Not der Welt, zur Tronkenburg zurück. Der Schloßvogt, dem er den Schein zeigte, ließ sich nicht weiter darüber aus und sagte auf die Frage des Roßkamms, ob er die Pferde jetzt wieder bekommen könne: Er möchte nur hinunter gehen und sie holen. Kohlhaas hatte aber schon, da er über den Hof ging, den unangenehmen Auftritt, zu erfahren, daß sein Knecht ungebührlichen Betragens halber, wie es hieß, wenige Tage nach dessen Zurücklassung in der Tronkenburg verprügelt und weggejagt worden sei. Er fragte den Jungen, der ihm diese Nachricht gab, was denn derselbe getan? Und wer währenddessen die Pferde besorgt hätte? Worauf dieser aber erwiderte, er wisse es nicht, und darauf dem Roßkamm, dem das Herz schon von Ahnungen schwoll, den Stall, in welchem sie standen, öffnete. Wie groß war aber sein Erstaunen, als er statt seiner zwei glatten und wohlgenährten Rappen ein Paar dürre abgehärmte Mähren erblickte; Knochen, denen man, wie

Riegeln, hätte Sachen aufhängen können; Mähnen und Haare ohne Wartung und Pflege zusammengeknetet: das wahre Bild des Elends im Tierreiche! Kohlhaas, den die Pferde mit einer schwachen Bewegung anwieherten, war auf das Äußerste entrüstet und fragte, was seinen Gäulen widerfahren wäre? Der Junge, der bei ihm stand, antwortete, daß ihnen weiter kein Unglück zugestoßen wäre, daß sie auch das gehörige Futter bekommen hätten, daß sie aber, da gerade Ernte gewesen sei, wegen Mangels an Zugvieh ein wenig auf den Feldern gebraucht worden wären. Kohlhaas fluchte über diese schändliche und abgekartete Gewalttätigkeit, verbiß jedoch im Gefühl seiner Ohnmacht seinen Ingrimm, und machte schon, da doch nichts anderes übrigblieb, Anstalten, das Raubnest mit den Pferden nur wieder zu verlassen, als der Schloßvogt, von dem Wortwechsel herbeigerufen, erschien und fragte, was es hier gäbe? „Was es gibt?" antwortete Kohlhaas. „Wer hat dem Junker von Tronka und dessen Leuten die Erlaubnis gegeben, sich meiner bei ihm zurückgelassenen Rappen zur Feldarbeit zu bedienen?" Er setzte hinzu, ob das wohl menschlich wäre? Versuchte, die erschöpften Gäule durch einen Gertenstreich zu erregen, und zeigte ihm, daß sie sich nicht rührten. Der Schloßvogt, nachdem er ihn eine Weile trotzig angesehen hatte, versetzte: „Seht den Grobian! Ob der Flegel nicht Gott danken sollte, daß die Mähren überhaupt noch leben?" Er fragte, wer sie, da der Knecht weggelaufen, hätte pflegen sollen? Ob es nicht billig gewesen wäre, daß die Pferde das Futter, das man ihnen gereicht habe, auf den Feldern abverdient hätten? Er schloß, daß er hier keine Flausen machen möchte oder daß er die Hunde rufen und sich durch sie Ruhe im Hofe zu verschaffen wissen würde. – Dem Roßhändler schlug das Herz gegen das Wams. Es drängte ihn, den nichtswürdigen Dickwanst in den Kot zu werfen und den Fuß auf sein kupfernes Antlitz zu setzen. Doch sein Rechtsgefühl, das einer Goldwaage glich, wankte noch; er war vor der Schranke seiner eigenen Brust noch nicht gewiß, ob eine Schuld seinen Gegner drücke; und während er, die Schimpfreden niederschluckend, zu den Pferden trat und ihnen in stiller Erwägung der Umstände die Mähnen zurecht legte, fragte er mit gesenkter Stimme, um welchen Versehens halber der Knecht denn aus der Burg entfernt worden sei? Der Schloßvogt erwiderte: „Weil der Schlingel trotzig im Hofe gewesen ist! Weil er sich gegen einen notwendigen Stallwechsel gesträubt und verlangt hat, daß die Pferde zweier Jungherren, die auf die Tronkenburg kamen, um seiner Mähren willen auf der freien Straße übernachten sollten!" – Kohlhaas hätte den Wert der Pferde darum gegeben, wenn er den Knecht zur Hand gehabt und dessen Aussage mit der Aussage dieses dickmäuligen Burgvogts hätte vergleichen können. Er stand noch und streifte den Rappen die Zoddeln aus und sann, was in seiner Lage zu tun sei, als sich die Szene plötzlich änderte und der Junker Wenzel von Tronka mit einem Schwarm von Rittern, Knechten und Hunden, von der Hasenhetze kommend, in den Schloßplatz sprengte. Der Schloßvogt, als er fragte, was vorgefallen sei, nahm sogleich das Wort, und während die Hunde beim Anblick des Fremden von der einen Seite ein Mordgeheul gegen ihn anstimmten, und die Ritter ihnen von der andern zu schweigen geboten, zeigte er ihm unter der gehässigsten Entstellung der Sache an, was dieser Roßkamm, weil seine Rappen ein wenig gebraucht worden wären, für eine Rebellion verführe. Er sagte mit Hohngelächter, daß er sich weigere, die Pferde als die seinigen anzuerkennen. Kohlhaas rief: „Das sind nicht meine Pferde, gestrenger Herr! Das sind die Pferde nicht, die dreißig Goldgulden wert waren! Ich will meine wohlgenährten und gesunden Pferde wiederhaben!" – Der Junker, indem ihm eine flüchtige Blässe ins Gesicht trat, stieg vom Pferd und sagte: „Wenn der H . . . A . . . die Pferde nicht wiedernehmen will, so mag er's bleiben lassen. Komm, Günther!" rief er –„Hans! Kommt!" indem er sich den Staub mit der Hand von den Beinkleidern schüttelte; und: „Schafft Wein!" rief er noch, da er mit den Rittern unter der Tür war; und ging ins Haus. Kohlhaas sagte, daß er eher den Abdecker rufen und die Pferde auf den Schindanger schmeißen lassen, als sie so, wie sie wären, in seinen Stall zu Kohlhaasenbrück führen wolle. Er ließ die Gäule, ohne sich um sie zu bekümmern, auf dem Platz stehen, schwang sich, indem er versicherte, daß er sich Recht zu verschaffen wissen würde, auf seinen Braunen und ritt davon.

Spornstreichs auf dem Wege nach Dresden war er schon, als er bei dem Gedanken an den Knecht und an die Klage, die man auf der Burg gegen ihn führte, schrittweise zu reiten anfing, sein Pferd, ehe er noch tausend Schritt gemacht hatte, wieder wandte, und zur vorgängigen Vernehmung des Knechts, wie es ihm klug und gerecht schien, nach Kohlhaasenbrück einbog. Denn ein richtiges, mit der gebrechlichen Einrichtung der Welt schon bekanntes Gefühl machte ihn trotz der erlittenen Beleidigungen geneigt, falls nur wirklich dem Knecht, wie der Schloßvogt behauptete, eine Art von Schuld beizumessen sei, den Verlust der Pferde als eine gerechte Folge davon zu verschmerzen. Dagegen sagte ihm ein ebenso vortreffliches Gefühl, und dies Gefühl faßte tiefere und tiefere Wurzeln in dem Maße, als er weiter ritt, und überall, wo er einkehrte, von den Ungerechtigkeiten hörte, die täglich auf der Tronkenburg gegen die Reisenden verübt wurden: daß, wenn der ganze Vorfall, wie es allen Anschein habe, bloß abgekartet sein sollte, er mit seinen Kräften der Welt in der Pflicht verfallen sei, sich Genugtuung für die erlittene Kränkung und Sicherheit für zukünftige seinen Mitbürgern zu verschaffen.

Sobald er bei seiner Ankunft in Kohlhaasenbrück Lisbeth, sein treues Weib, umarmt und seine Kinder, die um seine Knie frohlockten, geküßt hatte, fragte er gleich nach Herse, dem Großknecht, und ob man nichts von ihm gehört habe? Lisbeth sagte: „Ja, liebster Michael, dieser Herse! Denke dir, daß dieser unselige Mensch vor etwa vierzehn Tagen, auf das Jämmerlichste zerschlagen, hier eintrifft; nein, so zerschlagen, daß er auch nicht frei atmen kann. Wir bringen ihn zu Bett, wo er heftig Blut speit, und vernehmen auf unsre wiederholten Fragen eine Geschichte, die keiner versteht. Wie er von dir mit Pferden, denen man den Durchgang nicht gestattet, auf der Tronkenburg zurückgelassen worden sei, wie man ihn durch die schändlichsten Mißhandlungen gezwungen habe, die Burg zu verlassen, und wie es ihm unmöglich gewesen wäre, die Pferde mitzunehmen." „So?" sagte Kohlhaas, indem er den Mantel ablegte. „Ist er denn schon wiederhergestellt?" – „Bis auf das Blutspeien", antwortete sie, „halb und halb. Ich wollte sogleich einen Knecht nach der Tronkenburg schicken, um die Pflege der Rosse bis zu deiner Ankunft daselbst besorgen zu lassen. Denn da sich der Herse immer wahrhaftig gezeigt hat und so getreu uns in der Tat wie kein anderer, so kam es mir nicht zu, in seine Aussage, von so viel Merkmalen unterstützt, einen Zweifel zu setzen und etwa zu glauben, daß er der Pferde auf eine andere Art verlustig gegangen wäre. Doch er beschwört mich, niemandem zuzumuten, sich in diesem Raubneste zu zeigen, und die Tiere aufzugeben, wenn ich keinen Menschen dafür aufopfern wolle." – „Liegt er denn noch im Bett?" fragte Kohlhaas, indem er sich von der Halsbinde befreite. – „Er geht", erwiderte sie, „seit einigen Tagen schon wieder im Hof umher. Kurz, du wirst sehen", fuhr sie fort, „daß alles seine Richtigkeit hat und daß diese Begebenheit einer von den Freveln ist, die man sich seit kurzem auf der Tronkenburg gegen die Fremden erlaubt." – „Das muß ich doch erst untersuchen", erwiderte Kohlhaas. „Ruf ihn mir, Lisbeth, wenn er auf ist, doch her!" Mit diesen Worten setzte er sich in den Lehnstuhl; und die Hausfrau, die sich über seine Gelassenheit sehr freute, ging und holte den Knecht.

„Was hast du in der Tronkenburg gemacht?" fragte Kohlhaas, da Lisbeth mit ihm in das Zimmer trat. „Ich bin nicht eben wohl mit dir zufrieden." – Der Knecht, auf dessen blassem Gesicht sich bei diesen Worten eine Röte fleckig zeigte, schwieg eine Weile; und: „Da habt Ihr recht, Herr", antwortete er; „denn einen Schwefelfaden, den ich durch Gottes Fügung bei mir trug, um das Raubnest, aus dem ich verjagt worden war, in Brand zu stecken, warf ich, als ich ein Kind darin jammern hörte, in das Elbwasser und dachte: mag es Gottes Blitz einäschern; ich will's nicht!" – Kohlhaas sagte betroffen: „Wodurch aber hast du dir die Verjagung aus der Tronkenburg zugezogen?" Drauf Herse: „Durch einen schlechten Streich, Herr"; und trocknete sich den Schweiß von der Stirn: „Geschehenes ist aber nicht zu ändern. Ich wollte die Pferde nicht auf der Feldarbeit zugrunde richten lassen und sagte, daß sie noch jung wären und nicht gezogen hätten." – Kohlhaas erwiderte, indem er seine Verwirrung zu verbergen suchte, daß er hierin nicht ganz die Wahrheit gesagt, indem die Pferde schon zu Anfang des verflossenen Frühjahrs ein wenig im Geschirr gewesen wären. „Du hättest dich auf der Burg", fuhr er fort, „wo du doch eine

Art Gast warest, schon ein oder etliche Mal, wenn gerade wegen schleuniger Einführung der Ernte Not war, gefällig zeigen können." – „Das habe ich auch getan, Herr", sprach Herse. „Ich dachte, da sie mir grämliche Gesichter machten, es wird doch die Rappen just nicht kosten. Am dritten Vormittag spannt' ich sie vor, und drei Fuhren Getreide führt' ich ein." – Kohlhaas, dem das Herz emporquoll, schlug die Augen zu Boden, und versetzte: „Davon hat man mir nichts gesagt, Herse!" – Herse versicherte ihm, daß es so sei. „Meine Ungefälligkeit", sprach er, „bestand darin, daß ich die Pferde, als sie zu Mittag kaum ausgefressen hatten, nicht wieder ins Joch spannen wollte; und daß ich dem Schloßvogt und dem Verwalter, als sie mir vorschlugen, frei Futter dafür anzunehmen, und das Geld, das Ihr mir für Futterkosten zurückgelassen hattet, in den Sack zu stecken, antwortete – ich würde ihnen sonst was tun; mich umkehrte und wegging." – „Um dieser Ungefälligkeit aber", sagte Kohlhaas, „bist du von der Tronkenburg nicht weggejagt worden?" – „Behüte Gott", rief der Knecht, „um eine gottvergessene Missetat! Denn auf den Abend wurden die Pferde zweier Ritter, welche auf die Tronkenburg kamen, in den Stall geführt und meine an die Stalltüre angebunden. Und da ich dem Schloßvogt, der sie daselbst einquartierte, die Rappen aus der Hand nahm und fragte, wo die Tiere jetzt bleiben sollten, so zeigte er mir einen Schweinekoben an, der von Latten und Brettern an der Schloßmauer aufgebaut war." – „Du meinst", unterbrach ihn Kohlhaas, „es war ein so schlechtes Behältnis für Pferde, daß es einem Schweinekoben ähnlicher war als einem Stall." – „Es war ein Schweinekoben, Herr", antwortete Herse; „wirklich und wahrhaftig ein Schweinekoben, in welchem die Schweine aus- und einliefen und ich nicht aufrecht stehen konnte." – „Vielleicht war sonst kein Unterkommen für die Rappen aufzufinden", versetzte Kohlhaas; „die Pferde der Ritter gingen auf eine gewisse Art vor." – „Der Platz", erwiderte der Knecht, indem er die Stimme fallen ließ, „war eng. Es hausten jetzt in allem sieben Ritter auf der Burg. Wenn Ihr es gewesen wäret, Ihr hättet die Pferde ein wenig zusammenrücken lassen. Ich sagte, ich wolle mir im Dorf einen Stall zu mieten suchen; doch der Schloßvogt versetzte, daß er die Pferde unter seinen Augen behalten müsse und daß ich mich nicht unterstehen solle, sie vom Hofe wegzuführen." – „Hm!" sagte Kohlhaas. „Was gabst du darauf an?" – „Weil der Verwalter sprach, die beiden Gäste würden bloß übernachten und am andern Morgen weiterreiten, so führte ich die Pferde in den Schweinekoben hinein. Aber der folgende Tag verfloß, ohne daß es geschah; und als der dritte anbrach, hieß es, die Herren würden noch einige Wochen auf der Burg verweilen." – „Am Ende war's nicht so schlimm, Herse, im Schweinekoben", sagte Kohlhaas, „als es dir, da du zuerst die Nase hineinstecktest, vorkam." – „'s ist wahr", erwiderte jener. „Da ich den Ort ein bissel ausfegte, ging's an. Ich gab der Magd einen Groschen, daß sie die Schweine woanders einstecke. Und den Tag über bewerkstelligte ich auch, daß die Pferde aufrecht stehen konnten, indem ich die Bretter oben, wenn der Morgen dämmerte, von den Latten abnahm und abends wieder auflegte. Sie guckten nun wie Gänse aus dem Dach vor und sahen sich nach Kohlhaasenbrück oder sonst, wo es besser ist, um." –„Nun denn", fragte Kohlhaas, „warum also in aller Welt jagte man dich fort?" – „Herr, ich sag's Euch", versetzte der Knecht, „weil man meiner los sein wollte. Weil sie die Pferde, solange ich dabei war, nicht zugrunde richten konnten. Überall schnitten sie mir im Hofe und in der Gesindestube widerwärtige Gesichter; und weil ich dachte, zieht ihr die Mäuler, daß sie verrenken, so brachen sie die Gelegenheit vom Zaune und warfen mich vom Hofe herunter." – „Aber die Veranlassung!" rief Kohlhaas. „Sie werden doch irgendeine Veranlassung gehabt haben!" – „O allerdings", antwortete Herse, „und die allergerechteste. Ich nahm am Abend des zweiten Tages, den ich im Schweinekoben zugebracht, die Pferde, die sich darin doch zugesudelt hatten, und wollte sie zur Schwemme reiten. Und da ich eben unter dem Schloßtor bin und mich wenden will, hör ich den Vogt und den Verwalter mit Knechten, Hunden und Prügeln aus der Gesindestube hinter mir herstürzen und ‚Halt den Spitzbuben!' rufen ‚Halt den Galgenstrick!' als ob sie besessen wären. Der Torwächter tritt mir in den Weg; und da ich ihn und den rasenden Haufen, der auf mich anläuft, frage: was auch gibts? ‚Was es gibt?' antwortete der Schloßvogt; und greift meinen beiden Rappen in den Zügel. ‚Wo will Er hin mit den Pferden?' fragte er und packt mich an die Brust. Ich sage, wo ich hin will? ‚Himmeldonner! Zur Schwemme will ich reiten. Denkt Er, daß ich –' ‚Zur Schwemme?' ruft der Schloßvogt. ‚Ich will dich, Gauner, auf der Heerstraße nach Kohlhaasenbrück schwimmen lehren!' und schmeißt mich mit einem hämischen Mordzug, er und der Verwalter, der mir das Bein gefaßt hat, vom Pferd herunter, daß ich mich, lang wie ich bin, in den Kot messe. ‚Mord! Hagel!' ruf' ich, ‚Sielzeug und Decken liegen und ein Bündel Wäsche von mir im Stall'; doch er und die Knechte, indessen der Verwalter die Pferde weggeführt, mit Füßen und Peitschen und Prügeln über mich her, daß ich halbtot hinter dem Schloßtor niedersinke. Und da ich sage: ‚Die Raubhunde! Wo führen sie mir die Pferde hin?' und mich erhebe: ‚Heraus aus dem Schloßhof!' schrie der Vogt, und: ‚Hetz, Kaiser! Hetz, Jäger!' erschallt es, und: ‚Hetz, Spitz!' und eine Koppel von mehr denn zwölf Hunden fällt über mich her. Drauf brech' ich, war es eine Latte, ich weiß nicht was, vom Zaune, und drei Hunde tot streck' ich neben mir nieder; doch da ich, von jämmerlichen Zerfleischungen gequält, weichen muß: ‚Flüt!' gellt eine Pfeife; die Hunde in den Hof, die Torflügel zusammen, der Riegel vor:

und auf der Straße ohnmächtig sink ich nieder." – Kohlhaas sagte, bleich im Gesicht, mit erzwungener Schelmerei: „Hast du auch nicht entweichen wollen, Herse?" und da dieser mit dunkler Röte vor sich niedersah: „Gesteh mir's", sagte er; „Es gefiel dir im Schweinekoben nicht; du dachtest, im Stall zu Kohlhaasenbrück ist's doch besser." – „Himmelschlag!" rief Herse: „Sielzeug und Decken ließ ich ja und ein Bündel Wäsche im Schweinekoben zurück. Würd' ich drei Reichsgulden nicht zu mir gesteckt haben, die ich im rotseidenen Halstuch hinter der Krippe versteckt hatte? Blitz, Höll' und Teufel! Wenn Ihr so sprecht, so möcht' ich nur gleich den Schwefelfaden, den ich wegwarf, wieder anzünden!" – „Nun, nun!" sagte der Roßhändler; „es war eben nicht böse gemeint! Was du gesagt hast, schau, Wort für Wort, ich glaub' es dir; und das Abendmahl, wenn es zur Sprache kommt, will ich selbst nun darauf nehmen. Es tut mir leid, daß es dir in meinen Diensten nicht besser ergangen ist; geh, Herse, geh zu Bett, laß dir eine Flasche Wein geben und tröste dich; dir soll Gerechtigkeit widerfahren!" Und damit stand er auf, fertigte ein Verzeichnis der Sachen an, die der Großknecht im Schweinekoben zurückgelassen; spezifizierte den Wert derselben, fragte ihn auch, wie hoch er die Kurkosten anschlage; und ließ ihn, nachdem er ihm noch einmal die Hand gereicht, abtreten.

Hierauf erzählte er Lisbeth, seiner Frau, den ganzen Verlauf und inneren Zusammenhang der Geschichte, erklärte ihr, wie er entschlossen sei, die öffentliche Gerechtigkeit für sich aufzufordern, und hatte die Freude, zu sehen, daß sie ihn in diesem Vorsatz aus voller Seele bestärkte. Denn sie sagte, daß noch andre Reisende, vielleicht minder duldsam als er, über jene Burg ziehen würde; daß es ein Werk Gottes wäre, Unordnungen, gleich diesen, Einhalt zu tun; und daß sie die Kosten, die ihm die Führung des Prozesses verursachen würde, schon beitreiben wolle. Kohlhaas nannte sie sein wackres Weib, erfreute sich diesen und den folgenden Tag in ihrer und seiner Kinder Mitte und brach, sobald es seine Geschäfte irgend zuließen, nach Dresden auf, um seine Klage vor Gericht zu bringen.

Hier verfaßte er mit Hilfe eines Rechtsgelehrten, den er kannte, eine Beschwerde, in welcher er nach einer umständlichen Schilderung des Frevels, den der Junker Wenzel von Tronka an ihm sowohl als an seinem Knecht Herse verübt hatte, auf gesetzmäßige Bestrafung desselben, Wiederherstellung der Pferde in den vorigen Stand und auf Ersatz des Schadens antrug, den er sowohl als sein Knecht dadurch erlitten hatten. Die Rechtssache war in der Tat klar. Der Umstand, daß die Pferde gesetzwidriger Weise festgehalten worden waren, warf ein entscheidendes Licht auf alles übrige; und selbst wenn man hätte annehmen wollen, daß die Pferde durch einen bloßen Zufall erkrankt wären, so würde die Forderung des Roßkamms, sie ihm gesund wieder zuzustellen, noch gerecht gewesen sein. Es fehlte Kohlhaas auch, während er sich in der Residenz umsah, keineswegs an Freunden, die seine Sache lebhaft zu unterstützen versprachen; der ausgebreitete Handel, den er mit Pferden trieb, hatte ihm die Bekanntschaft, und die Redlichkeit, mir welcher er dabei zu Werke ging, ihm das Wohlwollen der bedeutendsten Männer des Landes verschafft. Er speiste bei seinem Advokaten, der selbst ein ansehnlicher Mann war, mehrere Mal heiter zu Tisch, legte eine Summe Geldes zur Bestreitung der Prozeßkosten bei ihm nieder und kehrte nach Verlauf einiger Wochen, völlig von demselben über den Ausgang seiner Rechtssache beruhigt, zu Lisbeth, seinem Weibe, nach Kohlhaasenbrück zurück. Gleichwohl vergingen Monate, und das Jahr war daran abzuschließen, bevor er von Sachsen aus auch nur eine Erklärung über die Klage, die er daselbst anhängig gemacht hatte, geschweige denn die Resolution selbst herhielt. Er fragte, nachdem er mehrere Male von neuem bei dem Tribunal eingekommen war, seinen Rechtsgehilfen in einem vertrauten Briefe, was eine so übergroße Verzögerung verursache; und erfuhr, daß die Klage auf eine höhere Insinuation bei dem Dresdner Gerichtshofe gänzlich niedergeschlagen worden sei. Auf die befremdete Rückschrift des Roßkamms, worin dies seinen Grund habe, meldete ihm jener: daß der Junker von Tronka mit zwei Jungherren, Hinz und Kunz von Tronka, verwandt sei, deren einer bei der Person des Herrn Mundschenk, der andre gar Kämmerer sei. – Er riet ihm noch, er möchte ohne weitere Bemühungen bei der Rechtsinstanz seiner auf der Tronkenburg befindlichen Pferde wieder habhaft zu werden suchen; gab ihm zu verstehen, daß der Junker, der sich jetzt in der Hauptstadt aufhalte, seine Leute angewiesen zu haben scheine, sie ihm auszuliefern; und schloß mit dem Gesuch, ihm wenigstens, falls er sich hiermit nicht beruhigen wolle, mit ferneren Aufträgen in dieser Sache zu verschonen.

Kohlhaas befand sich um diese Zeit gerade in Brandenburg, wo der Stadthauptmann Heinrich von Geusau, unter dessen Regierungsbezirk Kohlhaasenbrück gehörte, eben beschäftigt war, aus einem beträchtlichen Fonds, der der Stadt zugefallen war, mehrere wohltätige Anstalten für Kranke und Arme einzurichten. Besonders war er bemüht, einen mineralischen Quell, der auf einem Dorf in der Gegend entsprang, und von dessen Heilkräften man sich mehr, als die Zukunft nachher bewährte, versprach, für den Gebrauch der Preßhaften einzurichten; und da Kohlhaas ihm wegen manchen Verkehrs, in dem er zur Zeit seines Aufenthalts am Hofe mit demselben gestanden hatte, bekannt war, so erlaubte er Hersen, dem Großknecht, dem ein Schmerz beim Atemholen über der Brust seit jenem schlimmen Tage auf der Tronkenburg zurückgeblieben war, die Wirkung der kleinen mit Dach und Einfassung versehenen Heilquelle zu versuchen. Es traf sich, daß der Stadthauptmann eben am Rande des Kessels, in welchen Kohlhaas den Herse gelegt hatte, gegenwärtig war, um einige Anordnungen zu treffen, als jener durch einen Boten, den ihm seine Frau nachschickte, den niederschlagenden Brief seines Rechtsgehilfen aus Dresden empfing. Der Stadthauptmann, der, während er mit dem Arzt sprach, bemerkte, daß Kohlhaas eine Träne auf den Brief, den er bekommen und eröffnet hatte, fallen ließ, näherte sich ihm auf eine freundliche und herzliche Weise, und fragte ihn, was für ein Unfall ihn betroffen; und da der Roßhändler ihm, ohne zu antworten, den Brief überreichte, so klopfte dieser würdige Mann, dem die abscheuliche Ungerechtigkeit, die man auf der Tronkenburg an ihm verübt hatte, und an deren Folgen Herse eben, vielleicht auf die Lebenszeit, krank daniederlag, bekannt war, auf die Schulter und sagte ihm, er solle nicht mutlos sein, er werde ihm zu seiner Genugtuung verhelfen. Am Abend, da sich der Roßkamm seinem Befehl gemäß zu ihm aufs Schloß begeben hatte, sagte er ihm, daß er nur eine Supplik mit einer kurzen Darstellung des Vorfalls an den Kurfürsten von Brandenburg aufsetzen, den Brief des Advokaten beilegen und wegen der Gewalttätigkeit, die man sich auf sächsischem Gebiet gegen ihn erlaubt, den landesherrlichen Schutz aufrufen möchte. Er versprach ihm, die Bittschrift unter einem anderen Paket, das schon bereit liege, in die Hände des Kurfürsten zu bringen, der seinethalb unfehlbar, wenn es die Verhältnisse zuließen, bei dem Kurfürsten von Sachsen einkommen würde; und mehr als eines solchen Schrittes bedürfe es nicht, um ihm bei dem Tribunal in Dresden, den Künsten des Junkers und seines Anhanges zum Trotz, Gerechtigkeit zu verschaffen. Kohlhaas, lebhaft erfreut, dankte dem Stadthauptmann für diesen neuen Beweis seiner Gewogenheit aufs Herzlichste, sagte, es tue ihm nur leid, daß er nicht, ohne irgend Schritte in Dresden zu tun, seine Sache gleich in Berlin anhängig gemacht habe; und nachdem er in der Schreiberei des Stadtgerichts die Beschwerde ganz den Forderungen gemäß verfaßt und dem Stadthauptmann übergeben hatte, kehrte er beruhigter über den Ausgang seiner Geschichte als je nach Kohlhaasenbrück zurück. Er hatte aber schon in wenig Wochen den Kummer, durch einen Gerichtsherrn, der in Geschäften des Stadthauptmanns nach Potsdam ging, zu erfahren, daß der Kurfürst die Supplik seinem Kanzler, dem Grafen Kallheim, übergeben habe, und daß dieser nicht unmittelbar, wie es zweckmäßig schien, bei dem Hofe zu Dresden um Untersuchung und Bestrafung der Gewalttat, sondern um vorläufige nähere Information bei dem Junker von Tronka eingekommen sei. Der Gerichtsherr, der, vor Kohlhaasens Wohnung im Wagen haltend, den Auftrag zu haben schien, dem Roßhändler diese Eröffnung zu machen, konnte ihm auf die betroffene Frage: warum man also verfahren? keine befriedigende Auskunft geben. Er fügte nur noch hinzu: Der Stadthauptmann ließe ihm sagen, er möchte sich in Geduld fassen; schien bedrängt, seine Reise fortzusetzen; und erst am Schluß der kurzen Unterredung erriet Kohlhaas aus einigen hingeworfenen Worten, daß der Graf Kallheim mit dem Hause derer von Tronka verschwägert sei. – Kohlhaas, der keine Freude mehr weder an seiner Pferdezucht, noch an Haus und Hof, kaum an Weib und Kind hatte, durchharrte in trüber Ahnung der Zukunft den nächsten Mond; und ganz seiner Erwartung gemäß kam nach Verlauf dieser Zeit Herse, dem das Bad einige Linderung verschafft hatte, von Brandenburg zurück, mit einem ein größeres Reskript begleitenden Schreiben des Stadthauptmanns, des Inhalts: es tue ihm leid, daß er nichts in seiner Sache tun könne; er schicke ihm eine an ihn ergangene Resolution der Staatskanzlei und rate ihm, die Pferde, die er in der Tronkenburg zurückgelassen, wieder abführen und die Sache übrigens ruhen zu lassen. – Die Resolution lautete: Er sei nach dem Bericht des Tribunals in Dresden ein unnützer Querulant; der Junker, bei dem er die Pferde zurückgelassen, halte ihm dieselben auf keine Weise zurück; er möchte nach der Burg schicken und sie holen oder den Junker wenigstens wissen lassen, wohin er sie ihm senden solle; die Staatskanzlei aber auf jeden Fall mit solchen Plackereien und Stänkereien verschonen. Kohlhaas, dem es nicht um die Pferde zu tun war – er hätte gleichen Schmerz empfunden, wenn es ein Paar Hunde gegolten hätte – Kohlhaas schäumte vor Wut, als er diesen Brief empfing. Er sah, so oft sich ein Geräusch im Hofe hören ließ, mit der widerwärtigsten Erwartung, die seine Brust jemals bewegt hatte, nach dem Torwege, ob die Leute des Jungherren erscheinen und ihm vielleicht gar mit einer Entschuldigung die Pferde abgehungert und abgehärmt wieder zustellen würden; der einzige Fall, in welchem seine von der Welt wohlerzogene Seele auf nichts, das ihrem Gefühl völlig entsprach, gefaßt war. Er hörte aber in kurzer Zeit schon durch einen Bekannten, der die Straße gereist war, daß die Gäule auf der Tronkenburg nach wie vor den übrigen Pferden des Landjunkers gleich auf dem Felde gebraucht würden; und mitten durch den Schmerz, die Welt in einer so ungeheuren Unordnung zu erblicken, zuckte die innerliche Zufriedenheit empor, seine eigne Brust nunmehr in Ordnung zu sehen. Er lud einen Amtmann, seinen Nachbar, zu sich, der längst mit dem Plan umgegangen war, seine Besitzungen durch den Ankauf der ihre Grenze berührenden Grundstücke zu vergrößern, und fragte ihn, nachdem sich derselbe bei ihm niedergelassen, was er für seine Besitzungen im Brandenburgischen und im Sächsischen, Haus und Hof, in Bausch und Bogen, es sei nagelfest oder nicht, geben wolle. Lisbeth, sein Weib, erblaßte bei diesen Worten. Sie wandte sich und hob ihr Jüngstes auf, das hinter ihr auf dem Boden spielte, Blicke, in welchen sich der Tod malte, bei den roten Wangen des Knaben vorbei, der mit ihren Halsbändern spielte, auf den

Roßkamm und ein Papier werfend, das er in der Hand hielt. Der Amtmann fragte, indem er ihn befremdet ansah, was ihn plötzlich auf so sonderbare Gedanken bringe; worauf jener mit so viel Heiterkeit, als er erzwingen konnte, erwiderte: der Gedanke, seinen Meierhof an den Ufern der Havel zu verkaufen, sei nicht allzuneu; sie hätten beide schon oft über diesen Gegenstand verhandelt; sein Haus in der Vorstadt in Dresden sei im Vergleich damit ein bloßer Anhang, der nicht in Erwägung komme; und kurz, wenn er ihm seinen Willen tun und beide Grundstücke übernehmen wolle, so sei er bereit, den Kontrakt darüber mit ihm abzuschließen. Er setzte mit einem etwas erzwungenen Scherz hinzu, Kohlhaasenbrück sei ja nicht die Welt; es könne Zwecke geben, in Vergleich mit welchen, seinem Hauswesen als ein ordentlicher Vater vorzustehen, untergeordnet und nichtswürdig sei: Und kurz, seine Seele, müsse er ihm sagen, sei auf große Dinge gestellt, von welchen er vielleicht bald hören werde. Der Amtmann, durch diese Worte beruhigt, sagte auf eine lustige Art zur Frau, die das Kind einmal über das andere küßte: er werde doch nicht gleich Bezahlung verlangen, legte Hut und Stock, die er zwischen den Knien gehalten hatte, auf den Tisch, und nahm das Blatt, das der Roßkamm in der Hand hielt, um es durchzulesen. Kohlhaas, indem er demselben näher rückte, erklärte ihm, daß es ein von ihm aufgesetzter eventueller, in vier Wochen verfallener Kaufkontrakt sei; zeigte ihm, daß darin nichts fehle als die Unterschriften und die Einrückung der Summen, sowohl was den Kaufpreis selbst, als auch den Neukauf, d.h. die Leistung betreffe, zu der er sich, falls er binnen vier Wochen zurückträte, verstehen wolle; und forderte ihn noch einmal munter auf, ein Gebot zu tun, indem er ihm versicherte, daß er billig sein und keine großen Umstände machen würde. Die Frau ging in der Stube auf und ab; ihre Brust flog, daß das Tuch, an welchem der Knabe gezupft hatte, ihr völlig von der Schulter herabzufallen drohte. Der Amtmann sagte, daß er ja den Wert der Besitzung in Dresden keineswegs beurteilen könne; worauf ihm Kohlhaas, Briefe, die bei ihrem Ankauf gewechselt worden waren, hinschiebend, antwortete, daß er sie zu hundert Goldgulden anschlage; obschon daraus hervorging, daß sie ihn fast um die Hälfte mehr gekostet hatten. Der Amtmann, der den Kaufkontrakt noch einmal überlas, und darin auch von seiner Seite auf eine sonderbare Art die Freiheit stipuliert fand, zurückzutreten, sagte schon halb entschlossen, daß er ja die Gestütpferde, die in seinen Ställen wären, nicht brauchen könne; doch da Kohlhaas erwiderte, daß er die Pferde auch gar nicht loszuschlagen willens sei und daß er auch einige Waffen, die in der Rüstkammer hingen, für sich behalten wolle, so – zögerte jener noch und zögerte und wiederholte endlich ein Gebot, das er ihm vor kurzem schon einmal, halb im Scherz, halb im Ernst, nichtswürdig gegen den Wert der Besitzung, auf einem Spaziergang gemacht hatte. Kohlhaas schob ihm Tinte und Feder hin, um zu schreiben; und da der Amtmann, der seinen Sinnen nicht traute, ihn noch einmal gefragt hatte, ob es sein Ernst sei, und der Roßkamm ihm ein wenig empfindlich geantwortet hatte: ob er glaube, daß er bloß seinen Scherz mit ihm treibe? – so nahm jener zwar mit einem bedenklichen Gesicht die Feder und schrieb; dagegen durchstrich er den Punkt, in welchem von der Leistung, falls den Verkäufer der Handel gereuen sollte, die Rede war; verpflichtete sich zu einem Darlehen von hundert Goldgulden, auf die Hypothek des Dresdenschen Grundstücks, das er auf keine Weise käuflich an sich bringen wollte, und ließ ihm binnen zwei Monaten völlige Freiheit, von dem Handel wieder zurückzutreten. Der Roßkamm, von diesem Verfahren gerührt, schüttelte ihm mit vieler Herzlichkeit die Hand, und nachdem sie noch, welches eine Hauptbedingung war, übereingekommen waren, daß des Kaufpreises vierter Teil unfehlbar gleich bar und der Rest in drei Monaten in der Hamburger Bank gezahlt werden sollte, rief jener nach Wein, um sich eines so glücklich abgemachten Geschäfts zu erfreuen. Er sagte einer Magd, die mit den Flaschen hereintrat, Sternbald, der Knecht, solle ihm den Fuchs satteln; er müsse, gab er an, nach der Hauptstadt reiten, wo er Verrichtungen habe; und gab zu verstehen, daß er in kurzem, wenn er zurückkehre, sich offenherziger über das, was er jetzt noch für sich behalten müsse, auslassen würde. Hierauf, indem er die Gläser einschenkte, fragte er nach dem Polen und Türken, die gerade damals miteinander im Streit lagen; verwickelte den Amtmann in mancherlei politische Konjekturen darüber; trank ihm schließlich hierauf noch einmal das Gedeihen ihres Geschäfts zu und entließ ihn. – Als der Amtmann das Zimmer verlassen hatte, fiel Lisbeth auf Knien vor ihm nieder. „Wenn du mich irgend“, rief sie, „mich und die Kinder, die ich dir geboren habe, in deinem Herzen trägst; wenn wir nicht im voraus schon, um welcher Ursache willen weiß ich nicht, verstoßen sind: so sage mir, was diese entsetzlichen Anstalten zu bedeuten haben!“ Kohlhaas sagte: „Liebstes Weib, nichts, das dich noch, so wie die Sachen stehn, beunruhigen dürfte. Ich habe eine Resolution erhalten, in welcher man mir sagt, daß meine Klage gegen den Junker Wenzel von Tronka eine nichtsnutzige Stänkerei sei. Und weil hier ein Mißverständnis obwalten muß, so habe ich mich entschlossen, meine Klage noch einmal persönlich bei dem Landesherrn einzureichen.“ – „Warum willst du dein Haus verkaufen?“ rief sie, indem sie mit einer verstörten Gebärde aufstand. Der Roßkamm, indem er sie sanft an seine Brust drückte, erwiderte: „Weil ich in einem Lande, liebste Lisbeth, in welchem man mich in meinen Rechten nicht schützen will, nicht bleiben mag. Lieber ein Hund sein, wenn ich von Füßen getreten werden soll, als ein Mensch! Ich bin gewiß, daß meine Frau hierin so denkt wie ich.“ – „Woher weißt du“, fragte jene wild, „daß man dich in deinen Rechten nicht schützen wird? Wenn du dem Herrn bescheiden, wie es dir zukommt, mit deiner Bittschrift nahst: woher weißt du, daß sie beiseite geworfen oder mit Verweigerung, dich zu hören, beantwortet werden wird?" – „Wohlan", antwortete Kohlhaas, „wenn meine Furcht hierin unbegründet ist, so ist auch mein Haus noch nicht verkauft. Der Herr selbst, weiß ich, ist gerecht; und wenn es mir nur gelingt, durch die, die ihn umringen, bis an seine Person zu kommen, so zweifle ich nicht, ich verschaffe mir Recht und kehre fröhlich, noch ehe die Woche verstreicht, zu dir und meinen alten Geschäften zurück. Möcht ich alsdann noch", setzt' er hinzu, indem er sie küßte, „bis an das Ende meines Lebens bei dir verharren! – Doch ratsam ist es", fuhr er fort, „daß ich mich auf jeden Fall gefaßt mache; und daher wünschte ich, daß du dich auf einige Zeit, wenn es sein kann, entferntest und mit den Kindern zu deiner Muhme nach Schwerin gingst, die du überdies längst hast besuchen wollen." – „Wie?" rief die Hausfrau, „Ich soll nach Schwerin gehen? Über die Grenze mit den Kindern zu meiner Muhme nach Schwerin?" Und das Entsetzen erstickte ihre Sprache. – „Allerdings", antwortete Kohlhaas, „und das, wenn es sein kann, gleich, damit ich in den Schritten, die ich für meine Sache tun will, durch keine Rücksichten gestört werde." – „Oh ich verstehe dich!" rief sie. „Du brauchst jetzt nichts mehr als Waffen und Pferde; alles andere kann nehmen wer will!" Und damit wandte sie sich, warf sich auf einen Sessel nieder und weinte. – Kohlhaas sagte betroffen: „Liebste Lisbeth, was machst du? Gott hat mich mit Weib und Kindern und Gütern gesegnet; soll ich heute zum ersten Mal wünschen, daß es anders wäre?" – Er setzte sich zu ihr, die ihm bei diesen Worten errötend um den Hals gefallen war, freundlich nieder. – „Sag mir an", sprach er, indem er ihr die Locken von der Stirne strich: „was soll ich tun? Soll ich meine Sache aufgeben? Soll ich nach der Tronkenburg gehen und den Ritter bitten, daß er mir die Pferde wiedergebe, mich aufschwingen und sie dir herreiten?" – Lisbeth wagte nicht, ja! ja! ja! zu sagen – sie schüttelte weinend mit dem Kopf, sie drückte ihn heftig an sich und überdeckte mit heißen Küssen seine Brust. „Nun also!" rief Kohlhaas. „Wenn du fühlst, daß mir, falls ich mein Gewerbe forttreiben soll, Recht werden muß, so gönne mir auch die Freiheit, die mir nötig ist, es mir zu verschaffen!" Und damit stand er auf und sagte dem Knecht, der ihm meldete, daß der Fuchs gesattelt stünde, morgen müßten auch die Braunen eingeschirrt werden, um seine Frau nach Schwerin zu führen. Lisbeth sagte, sie habe einen Einfall! Sie erhob sich, wischte sich die Tränen aus den Augen und fragte ihn, der sich an einem Pult niedergesetzt hatte, ob er ihr die Bittschrift geben und sie statt seiner nach Berlin gehen lassen wolle, um sie dem Landesherrn zu überreichen. Kohlhaas, von dieser Wendung um mehr als einer Ursach willen gerührt, zog sie auf seinen Schoß nieder und sprach: „Liebste Frau, das ist nicht wohl möglich! Der Landesherr ist vielfach umringt, mancherlei Verdrießlichkeiten ist der ausgesetzt, der ihm naht." Lisbeth versetzte, daß es in tausend Fällen einer Frau leichter sei als einem Mann, ihm zu nahen. „Gib mir die Bittschrift", wiederholte sie; „und wenn du weiter nichts willst, als sie in seinen Händen wissen, so verbürge ich mich dafür: Er soll sie bekommen!" Kohlhaas, der von ihrem Mut sowohl als ihrer Klugheit mancherlei Proben hatte, fragte, wie sie es denn anzustellen denke; worauf sie, indem sie verschämt vor sich niedersah, erwiderte, daß der Kastellan des kurfürstlichen Schlosses in früheren Zeiten, da er zu Schwerin in Diensten gestanden, um sie geworben habe, daß derselbe zwar jetzt verheiratet sei und mehrere Kinder habe, daß sie aber immer noch nicht ganz vergessen wäre; – und kurz, daß er es ihr nur überlassen möchte, aus diesem und manchem andern Umstand, der zu beschreiben zu weitläufig wäre, Vorteil zu ziehen. Kohlhaas küßte sie mit vieler Freude, sagte, daß er ihren Vorschlag annähme, belehrte sie, daß es weiter nichts bedürfe als einer Wohnung bei der Frau desselben, um den Landesherrn im Schlosse selbst anzutreten, gab ihr die Bittschrift, ließ die Braunen anspannen und schickte sie mit Sternbald, seinem treuen Knecht, wohl eingepackt ab.

Diese Reise war aber von allen erfolglosen Schritten, die er in seiner Sache getan hatte, der allerunglücklichste. Denn schon nach wenig Tagen zog Sternbald in den Hof wieder ein, Schritt vor Schritt den Wagen führend, in welchem die Frau mit einer gefährlichen Quetschung an der Brust ausgestreckt darnieder lag. Kohlhaas, der bleich an das Fuhrwerk trat, konnte nichts Zusammenhängendes über das, was dieses Unglück verursacht hatte, erfahren. Der Kastellan war, wie der Knecht sagte, nicht zu Hause gewesen; man war also genötigt worden, in einem Wirtshaus, das in der Nähe des Schlosses lag, abzusteigen; dies Wirtshaus hatte Lisbeth am andern Morgen verlassen und dem Knecht befohlen, bei den Pferden zurückzubleiben; und eher nicht als am Abend sei sie in diesem Zustand zurückgekommen. Es schien, sie hatte sich zu dreist an die Person des Landesherrn vorgedrängt und ohne Verschulden desselben von dem bloßen rohen Eifer einer Wache, die ihn umringte, einen Stoß mit dem Schaft einer Lanze vor die Brust erhalten. Wenigstens berichteten die Leute so, die sie in bewußtlosem Zustand gegen Abend in den Gasthof brachten; denn sie selbst konnte, von aus dem Mund vorquellendem Blute gehindert, wenig sprechen. Die Bittschrift war ihr nachher durch einen Ritter abgenommen worden. Sternbald sagte, daß es sein Wille gewesen sei, sich gleich auf ein Pferd zu setzen und ihm von diesem unglücklichen Vorfall Nachricht zu geben, doch sie habe trotz der Vorstellungen des herbeigerufenen Wund-

arztes darauf bestanden, ohne alle vorgängige Benachrichtigungen zu ihrem Mann nach Kohlhaasenbrück abgeführt zu werden. Kohlhaas brachte sie, die von der Reise völlig zugrunde gerichtet worden war, in ein Bett, wo sie unter schmerzhaften Bemühungen, Atem zu holen, noch einige Tage lebte. Man versuchte vergebens, ihr das Bewußtsein wieder zu geben, um über das, was vorgefallen war, einige Aufschlüsse zu erhalten; sie lag mit starrem, schon gebrochenen Auge da und antwortete nicht. Nur kurz vor ihrem Tode kehrte ihr noch einmal die Besinnung wieder. Denn da ein Geistlicher lutherischer Religion (zu welchem eben damals aufkeimenden Glauben sie sich nach dem Beispiel ihres Mannes bekannt hatte) neben ihrem Bett stand und ihr mit lauter und empfindlich feierlicher Stimme ein Kapitel aus der Bibel vorlas: so sah sie ihn plötzlich mit einem finstern Ausdruck an, nahm ihm, als ob ihr daraus nichts vorzulesen wäre, die Bibel aus der Hand, blätterte und blätterte und schien etwas darin zu suchen; und zeigte dem Kohlhaas, der an ihrem Bett saß, mit dem Zeigefinger den Vers: „Vergib deinen Feinden; tue wohl auch denen, die dich hassen." – Sie drückte ihm dabei mit einem überaus seelenvollen Blick die Hand und starb. – Kohlhaas dachte: so möge mir Gott nie vergeben, wie ich dem Junker vergebe! Küßte sie, indem ihm häufig die Tränen flossen, drückte ihr die Augen zu und verließ das Gemach. Er nahm die hundert Goldgulden, die ihm der Amtmann schon für die Ställe in Dresden zugefertigt hatte, und bestellte ein Leichenbegängnis, das weniger für sie als für eine Fürstin angeordnet erschien: ein eichener Sarg stark mit Metall beschlagen, Kissen von Seide mit goldenen und silbernen Troddeln und ein Grab von acht Ellen Tiefe mit Feldsteinen gefüttert und Kalk. Er stand selbst, sein Jüngstes auf dem Arm, bei der Gruft und sah der Arbeit zu. Als der Begräbnistag kam, ward die Leiche weiß wie Schnee in einem Saal aufgestellt, den er mit schwarzem Tuch hatte beschlagen lassen. Der Geistliche hatte eben eine rührende Rede an ihrer Bahre vollendet, als ihm die landesherrliche Resolution auf die Bittschrift zugestellt ward, welche die Abgeschiedene übergeben hatte, des Inhalts: er solle die Pferde von der Tronkenburg abholen und bei Strafe, in das Gefängnis geworfen zu werden, nicht weiter in dieser Sache einkommen. Kohlhaas steckte den Brief ein und ließ den Sarg auf den Wagen bringen. Sobald der Hügel geworfen, das Kreuz darauf gepflanzt und die Gäste, die die Leiche bestattet hatten, entlassen waren, warf er sich noch einmal vor ihrem nun verödeten Bette nieder und übernahm sodann das Geschäft der Rache. Er setzte sich nieder und verfaßte einen Rechtsschluß, in welchem er den Junker Wenzel von Tronka kraft der ihm angeborenen Macht verdammte, die Rappen, die er ihm abgenommen und auf den Feldern zugrunde gerichtet, binnen drei Tagen nach Sicht nach Kohlhaasenbrück zu führen und in Person in seinen Ställen dick zu füttern. Diesen Schluß sandte er durch einen reitenden Boten an ihn ab, und instruierte denselben, flugs nach Übergabe des Papiers wieder bei ihm in Kohlhaasenbrück zu sein. Da die drei Tage ohne Überlieferung der Pferde verflossen, so rief er Hersen; eröffnete ihm, was er dem Jungherrn, die Dickfütterung derselben anbetreffend, aufgegeben; fragte ihn zweierlei, ob er mit ihm nach der Tronkenburg reiten und den Jungherrn holen; auch ob er über den Hergeholten, wenn er bei Erfüllung des Rechtsschlusses in den Ställen von Kohlhaasenbrück faul sei, die Peitsche führen wolle? Und da Herse, so wie er ihn nur verstanden hatte: „Herr, heute noch!" aufjauchzte und indem er die Mütze in die Höhe warf, versicherte: einen Riemen mit zehn Knoten, um ihn das Striegeln zu lehren, lasse er sich flechten, so verkaufte Kohlhaas das Haus, schickte die Kinder in einen Wagen gepackt über die Grenze; rief bei Anbruch der Nacht auch die übrigen Knechte zusammen, sieben an der Zahl, treu ihm jedweder wie Gold, bewaffnete und beritt sie und brach nach der Tronkenburg auf.

Er fiel auch mit diesem kleinen Haufen schon beim Einbruch der dritten Nacht, den Zollwärter und Torwächter, die im Gespräch unter dem Tor standen, niederreitend, in die Burg, und während unter plötzlicher Aufprasselung aller Baracken im Schloßraum, die sie mit Feuer bewarfen, Herse über die Wendeltreppe in den Turm der Vogtei eilte und den Schloßvogt und Verwalter, die halb entkleidet beim Spiel saßen, mit Hieben und Stichen überfiel, stürzte Kohlhaas zum Junker Wenzel ins Schloß. Der Engel des Gerichts fährt also vom Himmel herab, und der Junker, der eben unter vielem Gelächter dem Troß junger Freunde, der bei ihm war, den

Rechtsschluß, den ihm der Roßkamm übermacht hatte, vorlas, hatte nicht sobald dessen Stimme im Schloßhof vernommen, als er den Herren schon plötzlich leichenbleich: „Brüder, rettet euch!“ zurief und verschwand. Kohlhaas, der beim Eintritt in den Saal einen Junker Hans von Tronka, der ihm entgegen kam, bei der Brust faßte und in den Winkel des Saals schleuderte, daß er sein Hirn an den Steinen verspritzte, fragte, während die Knechte die anderen Ritter, die zu den Waffen gegriffen hatten, überwältigten und zerstreuten: wo der Junker Wenzel von Tronka sei? Und da er bei der Unwissenheit der betäubten Männer die Türen zweier Gemächer, die in die Seitenflügel des Schlosses führten, mit einem Fußtritt sprengte und in allen Richtungen, in denen er das weitläufige Gebäude durchkreuzte, niemanden fand, so stieg er fluchend in den Schloßhof hinab, um die Ausgänge besetzen zu lassen. Inzwischen war, vom Feuer der Baracken ergriffen, nun schon das Schloß mit allen Seitengebäuden, starken Rauch gen Himmel qualmend, angegangen, und während Sternbald mit drei geschäftigen Knechten alles, was nicht niet- und nagelfest war, zusammenschleppte und zwischen den Pferden als gute Beute umstürzte, flogen unter dem Jubel Hersens aus den offenen Fenstern der Vogtei die Leichen des Schloßvogts und Verwalters mit Weib und Kindern herab. Kohlhaas, dem sich, als er die Treppe vom Schloß niederstieg, die alte, von der Gicht geplagte Haushälterin, die dem Junker die Wirtschaft führte, zu Füßen warf, fragte sie, indem er auf der Stufe stehen blieb: wo der Junker Wenzel von Tronka sei? Und da sie ihm mit schwacher zitternder Stimme zur Antwort gab: sie glaube, er habe sich in die Kapelle geflüchtet; so rief er zwei Knechte mit Fackeln, ließ in Ermangelung der Schlüssel den Eingang mit Brechstangen und Beilen eröffnen, kehrte Altäre und Bänke um und fand gleichwohl zu seinem grimmigen Schmerz den Junker nicht. Es traf sich, daß ein junger, zum Gesinde der Tronkenburg gehöriger Knecht in dem Augenblick, da Kohlhaas aus der Kapelle zurückkam, herbeieilte, um aus einem weitläufigen steinernen Stall, den die Flamme bedrohte, die Streithengste des Junkers herauszuziehen. Kohlhaas, der in eben diesem Augenblick in einem kleinen, mit Stroh bedeckten Schuppen seine beiden Rappen erblickte, fragte den Knecht, warum er die Rappen nicht rette. Und da dieser, indem er den Schlüssel in die Stalltür steckte, antwortete, der Schuppen stehe ja schon in Flammen, so warf Kohlhaas den Schlüssel, nachdem er ihn mit Heftigkeit aus der Stalltür gerissen, über die Mauer, trieb den Knecht mit hageldichten flachen Hieben der Klinge in den brennenden Schuppen hinein und zwang ihn unter entsetzlichem Gelächter der Umstehenden, die Rappen zu retten. Gleichwohl als der Knecht schreckenblaß, wenige Momente, bevor der Schuppen hinter ihm zusammenstürzte, mit den Pferden, die er an der Hand hielt, daraus hervortrat, fand er den

Kohlhaas nicht mehr; und da er sich zu den Knechten auf den Schloßplatz begab und den Roßhändler, der ihm mehrere Mal den Rücken zukehrte, fragte: was er mit den Tieren nun anfangen solle? – hob dieser plötzlich mit einer fürchterlichen Gebärde den Fuß, daß der Tritt, wenn er ihn getan hätte, sein Tod gewesen wäre; setzte sich unter das Tor der Burg und erharrte, inzwischen die Knechte ihr Wesen forttrieben, schweigend den Tag. Als der Morgen anbrach, war das ganze Schloß bis auf die Mauern niedergebrannt, und niemand befand sich mehr darin als Kohlhaas und seine sieben Knechte. Er stieg vom Pferd und untersuchte noch einmal beim hellen Schein der Sonne den ganzen, in allen seinen Winkeln jetzt von ihr erleuchteten Platz, und da er sich, so schwer es ihm auch ward, überzeugen mußte, daß die Unternehmung auf die Burg fehlgeschlagen war, so schickte er, die Brust voll Schmerz und Jammer, Hersen mit einigen Knechten aus, um über die Richtung, die der Junker auf seiner Flucht genommen, Nachricht einzuziehen. Besonders beunruhigte ihn ein reiches Fräuleinstift namens Erlabrunn, das an den Ufern der Mulde lag, und dessen Äbtissin Antonia von Tronka als eine fromme, wohltätige und heilige Frau in der Gegend bekannt war; denn es schien dem unglücklichen Kohlhaas nur zu wahrscheinlich, daß der Junker sich, entblößt von aller Notdurft wie er war, in dieses Stift geflüchtet hatte, indem die Äbtissin seine leibliche Tante und die Erzieherin seiner ersten Kindheit war. Kohlhaas, nachdem er sich von diesem Umstand unterrichtet hatte, bestieg den Turm der Vogtei, in dessen Innerem sich noch ein Zimmer zur Bewohnung brauchbar darbot, und verfaßte ein sogenanntes „Kohlhaasisches Mandat“, worin er das Land aufforderte, dem Junker Wenzel von Tronka, mit dem er in einem gerechten Krieg liege, keinen Vorschub zu tun, vielmehr jeden Bewohner, seine Verwandten und Freunde nicht ausgenommen, verpflichtete, denselben bei Strafe Leibes und des Lebens und unvermeidlicher Einäscherung alles dessen, was ein Besitztum heißen mag, an ihn auszuliefern. Diese Erklärung streute er durch Reisende und Fremde in der Gegend aus; ja, er gab Waldmann, dem Knecht, eine Abschrift davon, mit dem bestimmten Auftrag, sie in die Hände der Dame Antonia nach Erlabrunn zu bringen. Hierauf besprach er einige Tronkenburgische Knechte, die mit dem Junker unzufrieden waren und, von der Aussicht auf Beute gereizt, in seine Dienste zu treten wünschten; bewaffnete sie nach Art des Fußvolks mit Armbrüsten und Dolchen und lehrte sie hinter den berittenen Knechten aufsitzen; und nachdem er alles, was der Troß zusammengeschleppt, zu Geld gemacht und das Geld unter denselben verteilt hatte, ruhte er einige Stunden unter dem Burgtor von seinen jämmerlichen Geschäften aus.

Gegen Mittag kam Herse und bestätigte ihm, was ihm sein Herz, immer auf die trübsten Ahnungen gestellt, schon gesagt hatte: nämlich daß der

Junker in dem Stift zu Erlabrunn bei der alten Dame Antonia von Tronka, seiner Tante, befindlich sei. Es schien, er hatte sich durch eine Tür, die an der hinteren Wand des Schlosses in die Luft hinausging, über eine schmale steinerne Treppe gerettet, die unter einem kleinen Dach zu einigen Kähnen in die Elbe hinablief. Wenigstens berichtete Herse, daß er in einem Elbdorfe zum Befremden der Leute, die wegen des Brandes in der Tronkenburg versammelt gewesen, um Mitternacht in einem Nachen ohne Steuer und Ruder angekommen und mit einem Dorffuhrwerk nach Erlabrunn weiter gereist sei. – Kohlhaas seufzte bei dieser Nachricht tief auf; er fragte, ob die Pferde gefressen hätten, und da man ihm antwortete: ja! so ließ er den Haufen aufsitzen, und stand schon in drei Stunden vor Erlabrunn. Eben unter dem Gemurmel eines entfernten Gewitters am Horizont, mit Fackeln, die er sich vor dem Ort angesteckt, zog er mit seiner Schar in den Klosterhof ein, und Waldmann, der Knecht, der ihm entgegentrat, meldete ihm, daß das Mandat richtig abgegeben sei, als er die Äbtissin und den Stiftsvogt in einem verstörten Wortwechsel unter das Portal des Klosters treten sah; und während jener, der Stiftsvogt, ein kleiner alter schneeweißer Mann, grimmige Blicke auf Kohlhaas schießend, sich den Harnisch anlegen ließ und den Knechten, die ihn umringten, mit dreister Stimme zurief, die Sturmglocke zu ziehn, trat jene, die Stiftsfrau, das silberne Bildnis des Gekreuzigten in der Hand, bleich wie Linnenzeug, von der Rampe herab und warf sich mit allen ihren Jungfrauen vor Kohlhaasens Pferd nieder. Kohlhaas, während Herse und Sternbald den Stiftsvogt, der kein Schwert in der Hand hatte, überwältigten und als Gefangenen zwischen die Pferde führten, fragte sie, wo der Junker Wenzel von Tronka sei, und da sie einen großen Ring mit Schlüsseln von ihrem Gurt loslösend: „In Wittenberg, Kohlhaas, würdiger Mann!“ antwortete und mit bebender Stimme hinzusetzte: „Fürchte Gott und tue kein Unrecht!“ – so wandte Kohlhaas, in die Hölle unbefriedigter Rache zurückgeschleudert, das Pferd und war im Begriff: „Steckt an!“ zu rufen, als ein ungeheurer Wetterschlag dicht neben ihm zur Erde niederfiel. Kohlhaas, indem er sein Pferd zu ihr zurückwandte, fragte sie: ob sie sein Mandat erhalten? Und da die Dame mit schwacher, kaum hörbarer Stimme antwortete: „Eben jetzt!“ – „Wann?“ – „Zwei Stunden, so wahr mir Gott helfe, nach des Junkers, meines Vetters bereits vollzogener Abreise!“ – und Waldmann, der Knecht, zu dem Kohlhaas sich unter finstern Blicken umkehrte, stotternd diesen Umstand bestätigte, indem er sagte, daß die Gewässer der Mulde, vom Regen geschwellt, ihn verhindert hätten, früher als eben jetzt einzutreffen: so sammelte sich Kohlhaas; ein plötzlich furchtbarer Regenguß, der die Fackeln verlöschend auf das Plaster des Platzes niederrauschte, löste den Schmerz in seiner unglücklichen Brust; er wandte, indem er kurz den Hut vor der Dame rückte, sein Pferd, drückte ihm mit den Worten: „Folgt mir, meine Brüder: Der Junker ist in Wittenberg!“ die Sporen ein und verließ das Stift.

Er kehrte, da die Nacht einbrach, in einem Wirtshaus auf der Landstraße ein, wo er wegen großer Ermüdung der Pferde einen Tag ausruhen mußte, und da er wohl einsah, daß er mit einem Haufen von zehn Mann (denn so stark war er jetzt) einem Platz, wie Wittenberg war, nicht trotzen konnte, so verfaßte er ein zweites Mandat, worin er nach einer kurzen Erzählung dessen, was ihm im Lande begegnet, „jeden guten Christen“, wie er sich ausdrückte, „unter Angelobung eines Handgelds und anderer kriegerischer Vorteile“, aufforderte, „seine Sache gegen den Junker von Tronka, als den allgemeinen Feind aller Christen, zu ergreifen.“ In einem andern Mandat, das bald darauf erschien, nannte er sich „einen reichs- und weltfreien, Gott allein unterworfenen Herrn;“ eine Schwärmerei krankhafter und mißgeschaffener Art, die ihm gleichwohl bei dem Klang seines Geldes und der Aussicht auf Beute unter dem Gesindel, das der Friede mit Polen außer Brot gesetzt hatte, Zulauf in Menge verschaffte; dergestalt, daß er in der Tat dreißig und etliche Köpfe zählte, als er sich zur Einäscherung von Wittenberg auf die rechte Seite der Elbe zurückbegab. Er lagerte sich mit Pferden und Knechten unter dem Dache einer alten verfallenen Ziegelscheune in der Einsamkeit eines finsteren Waldes, der damals diesen Platz umschloß, und hatte nicht sobald durch Sternbald, den er mit dem Mandat verkleidet in die Stadt schickte, erfahren, daß das Mandat daselbst schon bekannt sei, als er auch mit seinem Haufen schon am heiligen Abend vor Pfingsten aufbrach, und den Platz, während die Bewohner im tiefsten Schlaf lagen, an mehreren Ecken zugleich in Brand steckte. Dabei klebte er, während die Knechte in der Vorstadt plünderten, ein Blatt an den Türpfeiler einer Kirche an, des Inhalts: „Er, Kohlhaas, habe die Stadt in Brand gesteckt und werde sie, wenn man ihm den Junker nicht ausliefere, dergestalt einäschern, daß er“, wie er sich ausdrückte, „hinter keine Wand werde zu sehen brauchen, um ihn zu finden.“ – Das Entsetzen der Einwohner über diesen unerhörten Frevel war unbeschreiblich; und die Flamme, die bei einer zum Glück ziemlich ruhigen Sommernacht zwar nicht mehr als neunzehn Häuser, worunter gleichwohl die Kirche war, in den Grund gelegt hatte, war nicht sobald gegen Anbruch des Tages einigermaßen gedämpft worden, als der alte Landvogt Otto von Gorgas bereits ein Fähnlein von fünfzig Mann aussandte, um den entsetzlichen Wüterich aufzuheben. Der Hauptmann aber, der es führte, namens Gerstenberg, benahm sich so schlecht dabei, daß die ganze Expedition Kohlhaasen, statt ihn zu stürzen, vielmehr zu einem höchst gefährlichen kriegerischen Ruhm verhalf; denn da dieser Kriegsmann sich in mehrere Abteilungen auflöste, um ihn, wie er meinte, zu umzingeln und zu erdrücken, ward er von Kohlhaas, der seinen Haufen zusammenhielt, auf vereinzelten Punkten angegriffen und geschlagen, dergestalt, daß schon am Abend des nächstfolgenden Tages kein Mann mehr von dem ganzen Haufen, auf den die Hoffnung des Landes gerichtet war, gegen ihn im Felde stand. Kohlhaas, der durch diese Gefechte einige Leute eingebüßt hatte, steckte die Stadt am Morgen des nächsten Tages von neuem in Brand, und seine mörderischen Anstalten waren so gut, daß wiederum eine Menge Häuser und fast alle Scheunen der Vorstadt in die Asche gelegt wurden. Dabei plackte er das bewußte Mandat wieder, und zwar an die Ecken des Rathauses selbst, an, und fügte eine Nachricht über das Schicksal des von dem Landvogt abgeschickten und von ihm zugrunde gerichteten Hauptmanns von Gerstenberg bei. Der Landvogt, von diesem Trotz auf's Äußerste entrüstet, setzte sich selbst mit mehreren Rittern an die Spitze eines Haufens von hundertundfünfzig Mann. Er gab dem Junker Wenzel von Tronka auf seine schriftliche Bitte eine Wache, die ihn vor der Gewalttätigkeit des Volks, das ihn platterdings aus der Stadt entfernt wissen wollte, schützte; und nachdem er auf allen Dörfern in der Gegend Wachen ausgestellt, auch die Ringmauer der Stadt, um sie vor einem Überfall zu decken, mit Posten besetzt hatte, zog er am Tage des heiligen Gervasius selbst aus, um den Drachen, der das Land verwüstete, zu fangen. Diesen Haufen war der Roßkamm klug

genug zu vermeiden; und nachdem er den Landvogt durch geschickte Märsche fünf Meilen von der Stadt hinweggelockt und vermittelst mehrerer Anstalten, die er traf, zu dem Wahn verleitet hatte, daß er sich, von der Übermacht gedrängt, ins Brandenburgische werfen würde; wandte er sich plötzlich beim Einbruch der dritten Nacht, kehrte in einem Gewaltritt nach Wittenberg zurück und steckte die Stadt zum dritten Mal in Brand. Herse, der sich verkleidet in die Stadt schlich, führte dieses entsetzliche Kunststück aus; und die Feuersbrunst war wegen eines scharf wehenden Nordwindes so verderblich und um sich fressend, daß in weniger als drei Stunden zweiundvierzig Häuser, zwei Kirchen, mehrere Klöster und Schulen und das Gebäude der kurfürstlichen Landvogtei selbst in Schutt und Asche lagen. Der Landvogt, der seinen Gegner beim Anbruch des Tages im Brandenburgischen glaubte, fand, als er von dem, was vorgefallen, benachrichtigt, in bestürzten Märschen zurückkehrte, die Stadt in allgemeinem Aufruhr; das Volk hatte sich zu Tausenden vor dem mit Waffen und Pfählen verrammelten Hause des Junkers gelagert und forderte mit rasendem Geschrei seine Abführung aus der Stadt. Zwei Bürgermeister namens Jenkens und Otto, die in Amtskleidern an der Spitze des ganzen Magistrats gegenwärtig waren, bewiesen vergebens, daß man platterdings die Rückkehr eines Eilboten abwarten müsse, den man wegen Erlaubnis, den Junker nach Dresden bringen zu dürfen, wohin er selbst aus mancherlei Gründen abzugehen wünsche, an den Präsidenten der Staatskanzlei geschickt habe; der unvernünftige, mit Spießen und Stangen bewaffnete Haufen gab auf diese Worte nichts, und eben war man unter Mißhandlung einiger, zu kräftigen Maßregeln auffordernden Räte im Begriff, das Haus, worin der Junker war, zu stürmen und der Erde gleich zu machen, als der Landvogt Otto von Gorgas an der Spitze seines Reiterhaufens in der Stadt erschien. Diesem würdigen Herrn, der schon durch seine bloße Gegenwart dem Volk Ehrfurcht und Gehorsam einzuflößen gewohnt war, war es, gleichsam zum Ersatz für die fehlgeschlagene Unternehmung, von welcher er zurückkam, gelungen, dicht vor den Toren der Stadt drei zersprengte Knechte von der Bande des Mordbrenners aufzufangen; und da er, inzwischen die Kerle vor dem Angesicht des Volks mit Ketten belastet wurden, dem Magistrat in einer klugen Anrede versicherte, den Kohlhaas selbst denke er in kurzem, indem er ihm auf der Spur sei, gefesselt einzubringen: so glückte es ihm durch die Kraft aller dieser beschwichtigenden Umstände, die Angst des versammelten Volks zu entwaffnen und über die Anwesenheit des Junkers, bis zur Zurückkunft des Eilboten aus Dresden, einigermaßen zu beruhigen. Er stieg in Begleitung einiger Ritter vom Pferde und verfügte sich nach Wegräumen der Palisaden und Pfähle in das Haus, wo er den Junker, der aus einer Ohnmacht in die andere fiel, unter den Händen zweier Ärzte fand, die ihn mit Essenzen und Irritanzen wieder ins Leben zurück zu bringen suchten; und da Herr Otto von Gorgas wohl fühlte, daß dies der Augenblick nicht war, wegen der Aufführung, die er sich zuschulden kommen lasse, Worte mir ihm zu wechseln, so sagte er ihm bloß mit einem Blick stiller Verachtung, daß er sich ankleiden und ihm zu seiner eigenen Sicherheit in die Gemächer der Ritterhaft folgen möchte. Als man dem Junker ein Wams angelegt und einen Helm aufgesetzt hatte, und er, die Brust wegen Mangels an Luft noch halb offen, am Arm des Landvogts und seines Schwagers, des Grafen von Gerschau, auf der Straße erschien, stiegen gotteslästerliche und entsetzliche Verwünschungen gegen ihn zum Himmel auf. Das Volk, von den Landsknechten nur mühsam zurückgehalten, nannte ihn einen Blutigel, einen elenden Landplager und Menschenquäler, den Fluch der Stadt Wittenberg und das Verderben von Sachsen; und nach einem jämmerlichen Zuge durch die in Trümmern liegende Stadt, während welchem er mehrere Mal, ohne ihn zu vermissen, den Helm verlor, den ihm ein Ritter von hinten wieder aufsetzte, erreichte man endlich das Gefängnis, wo er in einem Turm unter dem Schutz einer starken Wache verschwand. Mittlerweile setzte die Rückkehr des Eilboten mit der kurfürstlichen Resolution die Stadt in neue Besorgnis. Denn die Landesregierung, bei welcher die Bürgerschaft von Dresden in einer dringenden Supplik unmittelbar eingekommen war, wollte vor Überwältigung des Mordbrenners von dem Aufenthalt des Junkers in der Residenz nichts wissen; vielmehr verpflichtete sie den Landvogt, denselben da, wo er sei, weil er irgendwo sein müsse, mit der Macht, die ihm zu Gebote stehe, zu beschirmen; wogegen sie der guten Stadt Wittenberg zu ihrer Beruhigung meldete, daß bereits ein Heerhaufen von fünfhundert Mann unter Anführung des Prinzen Friedrich von Meißen im Anzug sei, um sie vor den ferneren Belästigungen desselben zu schützen. Der Landvogt, der wohl einsah, daß eine Resolution dieser Art das Volk keineswegs beruhigen konnte – denn nicht nur, daß mehrere kleine Vorteile, die der Roßhändler an verschiedenen Punkten vor der Stadt erfochten, über die Stärke, zu der er herangewachsen, äußerst unangenehme Gerüchte verbreiteten: der Krieg, den er in der Finsternis der Nacht durch verkleidetes Gesindel, mit Pech, Stroh und Schwefel führte, hätte, unerhört und beispiellos wie er war, selbst einen größeren Schutz, als mit welchem der Prinz von Meißen heranrückte, unwirksam machen können –: der Landvogt, nach einer kurzen Überlegung, entschloß sich, die Resolution, die er empfangen, ganz und gar zu unterdrücken. Er plackte bloß einen Brief, in welchem ihm der Prinz von Meißen seine Ankunft meldete, an die Ecken der Stadt an; ein verdeckter Wagen, der beim Anbruch des Tages aus dem Hofe des Herrenzwingers kam, fuhr, von vier schwer bewaffneten Reitern begleitet, auf die Straße nach Leipzig hinaus, wobei die Reiter auf eine unbestimmte Art verlauten ließen, daß es nach der Pleißenburg gehe; und da das Volk über den heillosen Junker, an dessen Dasein Feuer und Schwert gebunden, dergestalt beschwichtigt war, brach er selbst mit einem Haufen von dreihundert Mann auf, um sich mit dem Prinzen Friedrich von Meißen zu vereinigen. Inzwischen war Kohlhaas in der Tat durch die sonderbare Stellung, die er in der Welt einnahm, auf hundertundneun Köpfe herangewachsen; und da er auch in Jessen einen Vorrat an Waffen aufgetrieben und seine Schar auf das Vollständigste damit ausgerüstet hatte; so faßte er, von dem doppelten Ungewitter, das auf ihn heranzog, benachrichtigt, den Entschluß, demselben mit der Schnelligkeit des Sturmwinds, ehe es über ihn zusammenschlüge, zu begegnen. Demnach griff er schon Tags darauf den Prinzen von Meißen in einem nächtlichen Überfall bei Mühlberg an, bei welchem Gefecht er zwar zu seinem großen Leidwesen den Herse einbüßte, der gleich durch die ersten Schüsse an seiner Seite zusammenstürzte; durch diesen Verlust erbittert aber, in einem drei Stunden langen Kampfe den Prinzen, unfähig, sich in dem Flecken zu sammeln, so zurichtete, daß er beim Anbruch des Tages mehrerer schwerer Wunden und einer gänzlichen Unordnung seines Haufens wegen genötigt war, den Rückweg nach Dresden einzuschlagen. Durch diesen Vorteil tollkühn gemacht, wandte er sich, ehe derselbe noch davon unterrichtet sein konnte, zu dem Landvogt zurück, fiel ihn bei dem Dorf Damerow am hellen Mittag auf freiem Felde an und schlug sich, unter mörderischen Verlust zwar, aber mit gleichen Vorteilen, bis in die sinkende Nacht mit ihm herum. Ja, er würde den Landvogt, der sich in den Kirchhof zu Damerow geworfen hatte, am andern Morgen unfehlbar mit dem Rest seines Haufens wieder angegriffen haben, wenn derselbe nicht durch Kundschafter von der Niederlage, die der Prinz bei Mühlberg erlitten, benachrichtigt worden wäre, und somit für ratsamer gehalten hätte, gleichfalls bis auf einen bessern Zeitpunkt nach Wittenberg zurückzukehren. Fünf Tage nach Zersprengung dieser beiden Haufen stand er vor Leipzig und steckte die Stadt an drei Seiten in Brand. – Er nannte sich in dem Mandat, das er bei dieser Gelegenheit ausstreute, „einen Statthalter Michaels des Erzengels, der gekommen sei, an allen, die in dieser Streitsache des Junkers Partei ergreifen würden, mit Feuer und Schwert die Arglist, in welche die ganze Welt gesunken sei, zu bestrafen." Dabei rief er von dem Lützner Schloß aus, das er überrumpelt und worin er sich festgesetzt hatte, das Volk auf, sich zur Errichtung einer besseren Ordnung der Dinge an ihn anzuschließen; und das Mandat war mit einer Art von Verrückung unterzeichnet: „Gegeben auf dem Sitz unserer provisorischen Weltregierung, dem Erzschlosse von Lützen." Das Glück der Einwohner von Leipzig wollte, daß das Feuer wegen eines anhalten-

den Regens, der vom Himmel fiel, nicht um sich griff, dergestalt, daß bei der Schnelligkeit der bestehenden Löschanstalten nur einige Kramläden, die um die Pleißenburg lagen, in Flammen aufloderten. Gleichwohl war die Bestürzung in der Stadt über das Dasein des rasenden Mordbrenners und den Wahn, in welchem derselbe stand, daß der Junker in Leipzig sei, unaussprechlich; und da ein Haufen von hundertachtzig Reisigen, den man gegen ihn ausschickte, zersprengt in die Stadt zurückkam: so blieb dem Magistrat, der den Reichtum der Stadt nicht aussetzen wollte, nichts anderes übrig, als die Tore gänzlich zu sperren und die Bürgerschaft und Nacht außerhalb der Mauern wachen zu lassen. Vergebens ließ der Magistrat auf den Dörfern der umliegenden Gegend Deklarationen anheften, mit der bestimmten Versicherung, daß der Junker nicht in der Pleißenburg sei; der Roßkamm, in ähnlichen Blättern, bestand darauf, daß er in der Pleißenburg wäre, und erklärte, daß wenn derselbe nicht darin befindlich wäre, er mindestens verfahren würde, als ob er darin wäre, bis man ihm den Ort mit Namen genannt werde angezeigt haben, worin er befindlich sei. Der Kurfürst, durch einen Eilboten von der Not, in welcher sich die Stadt Leipzig befand, benachrichtigt, erklärte, daß er bereits einen Heerhaufen von zweitausend Mann zusammenzöge und sich selbst an dessen Spitze setzen würde, um den Kohlhaas zu fangen. Er erteilte dem Herrn Otto von Gorgas einen schweren Verweis wegen der zweideutigen und unüberlegten

List, die er angewendet, um des Mordbrenners aus der Gegend von Wittenberg loszuwerden; und niemand beschreibt die Verwirrung, die ganz Sachsen und insbesondere die Residenz ergriff, als man daselbst erfuhr, daß auf den Dörfern bei Leipzig, man wußte nicht von wem, eine Deklaration an den Kohlhaas angeschlagen worden sei, des Inhalts: Wenzel, der Junker, befinde sich bei seinen Vettern Hinz und Kunz in Dresden.

Unter diesen Umständen übernahm der Doktor Martin Luther das Geschäft, den Kohlhaas durch die Kraft beschwichtigender Worte, von dem Ansehn, das ihm seine Stellung in der Welt gab, unterstützt, in den Damm der menschlichen Ordnung zurückzudrücken, und auf ein tüchtiges Element in der Brust des Mordbrenners bauend, erließ er ein Plakat folgenden Inhalts an ihn, das in allen Städten und Flecken des Kurfürstentums angeschlagen ward:

„Kohlhaas, der du dich gesandt zu sein vorgibst, das Schwert der Gerechtigkeit zu handhaben, was unterfängst du dich, Vermessener, im Wahnsinn stockblinder Leidenschaft, du, den Ungerechtigkeit selbst vom Wirbel bis zur Sohle erfüllt? Weil der Landesherr dir, dem du untertan bist, dein Recht verweigert hat, dein Recht in dem Streit um ein nichtiges Gut, erhebst du dich, Heilloser, mit Feuer und Schwert und brichst wie der Wolf der Wüste in die friedliche Gemeinschaft, die er beschirmt. Du, der die Menschen mit dieser Angabe voll Unwahrhaftigkeit und Arglist verführt: meinst du, Sünder, vor Gott dereinst an dem Tage, der in die Falten aller Herzen scheinen wird, damit auszukommen? Wie kannst du sagen, daß dir dein Recht verweigert worden ist, du, dessen grimmige Brust vom Kitzel schnöder Selbstrache gereizt, nach den ersten leichtfertigen Versuchen, die dir gescheitert, die Bemühung gänzlich aufgegeben hat, es dir zu verschaffen? Ist eine Bank voll Gerichtsdienern und Schergen, die einen Brief, der gebracht wird, unterschlagen, oder ein Erkenntnis, das sie abliefern sollen, zurückhalten, deine Obrigkeit? Und muß ich dir sagen, Gottvergessener, daß deine Obrigkeit von deiner Sache nichts weiß – was sag ich, daß der Landesherr, gegen den du dich auflehnst, auch deinen Namen nicht kennt, dergestalt, daß wenn dereinst du vor Gottes Thron trittst, in der Meinung ihn anzuklagen, er heiteren Antlitzes wird sprechen können: Diesem Mann, Herr, tat ich kein Unrecht, denn sein Dasein ist meiner Seele fremd. Das Schwert, wisse, das du führst, ist das Schwert des Raubes und der Mordlust, ein Rebell bist du und kein Krieger des gerechten Gottes, und dein Ziel auf Erden ist Rad und Galgen und jenseits die Verdammnis, die über die Missetat und die Gottlosigkeit verhängt ist.

Wittenberg, usw. *Martin Luther.*“

Kohlhaas wälzte eben auf dem Schlosse zu Lützen einen neuen Plan, Leipzig einzuäschern, in seiner zerrissenen Brust herum – denn auf die in den Dörfern angeschlagene Nachricht, daß der Junker Wenzel in Dresden sei, gab er nichts, weil sie von niemand, geschweige denn vom Magistrat, wie er verlangt hatte, unterschrieben war –, als Sternbald und Waldmann das Plakat, das zur Nachtzeit an den Torweg des Schlosses angeschlagen worden war, zu ihrer großen Bestürzung bemerkten. Vergebens hofften sie durch mehrere Tage, daß Kohlhaas, den sie nicht gern deshalb antreten wollten, es erblicken würde; finster und in sich gekehrt in der Abendstunde erschien er zwar, aber bloß um seine kurzen Befehle zu geben, und sah nichts: dergestalt, daß sie an einem Morgen, da er ein paar Knechte, die in der Gegend wider seinen Willen geplündert hatten, aufknüpfen lassen wollte, den Entschluß faßten, ihn darauf aufmerksam zu machen. Eben kam er, während das Volk von beiden Seiten schüchtern auswich, in dem Aufzuge, der ihm seit seinem letzten Mandat gewöhnlich war, von dem Richtplatz zurück: Ein großes Cherubsschwert auf einem rotledernen Kissen, mit Quasten von Gold verziert, ward ihm vorangetragen, und zwölf Knechte mit brennenden Fackeln folgten ihm; da traten die beiden Männer, ihre Schwerter unter dem Arm, so, daß es ihn befremden mußte, um den Pfeiler, an welchem das Plakat angeheftet war, herum. Kohlhaas, als er, mit auf dem Rücken zusammengelegten Händen in Gedanken vertieft, unter das Portal kam, schlug die Augen auf und stutzte; und da die Knechte bei seinem Anblick ehrerbietig auswichen, so trat er, indem er sie zerstreut ansah, mit einigen raschen Schritten an den Pfeiler heran. Aber wer beschreibt, was in seiner Seele vorging, als er das Blatt, dessen Inhalt ihn der Ungerechtigkeit zieh, daran erblickte, unterzeichnet von dem teuersten und verehrungswürdigsten Namen, den er kannte, von dem Namen Martin Luthers! Eine dunkle Röte stieg in sein Antlitz empor; er durchlas es, indem er den Helm abnahm, zweimal von Anfang bis zu Ende, wandte sich mit ungewissen Blicken mitten unter die Knechte zurück, als ob er etwas sagen wollte, und sagte nichts, löste das Blatt von der Wand los, durchlas es noch einmal und rief: „Waldmann! Laß mir mein Pferd satteln!" sodann: „Sternbald! Folge mir ins Schloß!" und verschwand. Mehr als dieser wenigen Worte bedurfte es nicht, um ihn in der ganzen Verderblichkeit, in der er dastand, plötzlich zu entwaffnen. Er warf sich in die Verkleidung eines thüringischen Landpächters; sagte Sternbald, daß ein Geschäft von bedeutender Wichtigkeit ihn nach Wittenberg zu reisen nötige; übergab ihm in Gegenwart einiger der vorzüglichsten Knechte die Anführung des in Lützen zurückbleibenden Haufens und zog unter der Versicherung, daß er in drei Tagen, binnen welcher Zeit kein Angriff zu fürchten sei, wieder zurück sein werde, nach Wittenberg ab.

Er kehrte unter einem fremden Namen in ein Wirtshaus ein, wo er, sobald die Nacht angebrochen war, in seinem Mantel und mit einem Paar Pistolen versehen, die er in der Tronkenburg erbeutet hatte, zu Luther ins Zimmer trat. Luther, der unter Schriften und Büchern an seinem Pulte saß, und den fremden besonderen Mann die Tür öffnen und hinter sich verriegeln sah, fragte ihn, wer er sei und was er wolle, und der Mann, der seinen Hut ehrerbietig in der Hand hielt, hatte nicht sobald mit dem schüchternen Vorgefühl des Schreckens, den er verursachen würde, erwidert: daß er Michael Kohlhaas der Roßhändler sei, als Luther schon: „Weiche fern hinweg!" ausrief, und indem er, vom Pult erstehend, nach einer Klingel eilte, hinzusetzte: „Dein Odem ist Pest und deine Nähe Verderben!" Kohlhaas, indem er, ohne sich vom Platz zu regen, seine Pistole zog, sagte: „Hochwürdiger Herr, diese Pistole, wenn Ihr die Klingel rührt, streckt mich leblos zu Euren Füßen nieder! Setzt Euch, und hört mich an; unter den Engeln, deren Psalmen Ihr aufschreibt, seid Ihr nicht sicherer als bei mir." Luther, indem er sich niedersetzte, fragte: „Was willst du?" Kohlhaas erwiderte: „Eure Meinung von mir, daß ich ein ungerechter Mann sei, widerlegen! Ihr habt mir in Eurem Plakat gesagt, daß meine Obrigkeit von meiner Sache nichts weiß: Wohlan, verschafft mir freies Geleit, so gehe ich nach Dresden und lege sie ihr vor." „Heilloser und entsetzlicher Mann!" rief Luther, durch diese Worte verwirrt zugleich und beruhigt: „Wer gab dir das Recht, den Junker von Tronka in Verfolg eigenmächtiger Rechtsschlüsse zu überfallen, und da du ihn auf seiner Burg nicht fandst, mit Feuer und Schwert die ganze Gemeinschaft heimzusuchen, die ihn beschirmt?" Kohlhaas erwiderte: „Hochwürdiger Herr, niemand fortan! Eine Nachricht, die ich aus Dresden erhielt, hat mich getäuscht, mich verführt! Der Krieg, den ich mit der Gemeinheit der Menschen führe, ist eine Missetat, sobald ich aus ihr nicht, wie ihr mir die Versicherung gegeben habt, verstoßen war!" „Verstoßen!" rief Luther, indem er ihn ansah. „Welch eine Raserei der Gedanken ergriff dich? Wer hätte dich aus der Gemeinschaft des Staats, in welchem du lebtest, verstoßen? Ja, wo ist, solange Staaten bestehen, ein Fall, daß jemand, wer es auch sei, daraus verstoßen worden wäre?" – „Verstoßen", antwortete Kohlhaas, indem er die Hand zusammendrückte, „nenne ich den, dem der Schutz der Gesetze versagt ist! Denn dieses Schutzes zum Gedeihen meines friedlichen Gewerbes bedarf ich; ja, er ist es, dessenthalben ich mich mit dem Kreis dessen, was ich erworben, in diese Gemeinschaft flüchte; und wer mir ihn versagt, der stößt mich zu den Wilden der Einöde hinaus; er gibt mir, wie wollt Ihr das leugnen, die Keule, die mich selbst schützt, in die Hand." – „Wer hat dir den Schutz der Gesetze versagt?" rief Luther. „Schrieb ich dir nicht, daß die Klage, die du eingereicht, dem Landesherrn, dem du sie eingereicht, fremd ist? Wenn Staatsdiener hinter seinem Rücken Prozesse unterschlagen oder sonst seines geheiligten Namens in seiner Unwissenheit spotten, wer anders als Gott darf ihn wegen der Wahl solcher Diener zur Rechenschaft ziehen, und bist du, gottverdammter und entsetzlicher Mensch, befugt, ihn deshalb zu richten?" – „Wohlan", versetzte Kohlhaas, „wenn mich der Landesherr nicht verstößt, so kehre ich auch wieder in die Gemeinschaft, die er beschirmt, zurück. Verschafft mir, ich wiederhol' es, freies Geleit nach Dresden: So lasse ich den Haufen, den ich im Schloß zu Lützen versammelt, auseinandergehen und bringe die Klage, mit der ich abgewiesen bin, noch einmal bei dem

Tribunal des Landes vor." – Luther, mit einem verdrießlichen Gesicht, warf die Papiere, die auf seinem Tische lagen, übereinander und schwieg. Die trotzige Stellung, die dieser seltsame Mensch im Staat einnahm, verdroß ihn; und den Rechtsschluß, den er von Kohlhaasenbrück aus an den Junker erlassen, erwägend, fragte er: „Was er denn von dem Tribunal zu Dresden verlange?" Kohlhaas antwortete: „Bestrafung des Junkers den Gesetzen gemäß, Wiederherstellung der Pferde in den vorigen Stand und Ersatz des Schadens, den ich sowohl als mein bei Mühlberg gefallener Knecht Herse durch die Gewalttat, die man an uns verübte, erlitten." – Luther rief: „Ersatz des Schadens! Summen zu Tausenden, bei Juden und Christen, auf Wechsel und Pfänder, hast du zur Bestreitung deiner wilden Selbstrache aufgenommen. Wirst du den Wert auch auf der Rechnung, wenn es zur Nachfrage kommt, ansetzen?" – „Gott behüte!" erwiderte Kohlhaas. „Haus und Hof und den Wohlstand, den ich besessen, fordere ich nicht zurück, so wenig als die Kosten des Begräbnisses meiner Frau! Hersens alte Mutter wird eine Berechnung der Heilkosten und eine Spezifikation dessen, was ihr Sohn in der Tronkenburg eingebüßt, beibringen, und den Schaden, den ich wegen Nichtverkaufs der Rappen erlitten, mag die Regierung durch einen Sachverständigen abschätzen lassen." – Luther sagte: „Rasender, unbegreiflicher und entsetzlicher Mensch!" und sah ihn an. „Nachdem dein Schwert sich an dem Junker Rache, die grimmigste, genommen, die sich erdenken läßt: was treibt dich, auf ein Erkenntnis gegen ihn zu bestehen, dessen Schärfe, wenn es zuletzt fällt, ihn mit einem Gewicht von so geringer Erheblichkeit nur trifft?" – Kohlhaas erwiderte, indem ihm eine Träne über die Wangen rollte: „Hochwürdiger Herr! Es hat mich meine Frau gekostet; Kohlhaas will der Welt zeigen, daß sie in keinem ungerechten Handel umgekommen ist. Fügt Euch in diesen Stücken meinem Willen und laßt den Gerichtshof sprechen; in allem anderen, was sonst noch streitig sein mag, füge ich mich Euch." – Luther sagte: „Schau her; was du forderst, wenn anders die Umstände so sind, wie die öffentliche Stimme hören läßt, ist gerecht; und hättest du den Streit, bevor du eigenmächtig zur Selbstrache geschritten, zu des Landesherrn Entscheidung zu bringen gewußt, so wäre dir deine Forderung, zweifle ich nicht, Punkt für Punkt bewilligt worden. Doch hättest du nicht, alles wohl erwogen, besser getan, du hättest um deines Erlösers willen dem Junker vergeben, die Rappen, dürre und abgehärmt, wie sie waren, bei der Hand genommen, dich aufgesetzt und zur Dickfütterung in deinen Stall nach Kohlhaasenbrück heimgeritten?" – Kohlhaas antwortete: „Kann sein!" indem er ans Fenster trat: „Kann sein, auch nicht! Hätte ich gewußt, daß ich sie mit Blut aus dem Herzen meiner lieben Frau würde auf die Beine bringen müssen: kann sein, ich hätte getan, wie Ihr gesagt, hochwürdiger Herr, und einen Scheffel Hafer nicht gescheut! Doch weil sie mir einmal so teuer zu stehen gekommen sind, so habe es denn, meine ich, seinen Lauf: Laßt das Erkenntnis, wie es mir zukommt, sprechen, und den Junker mir die Rappen auffüttern." – – Luther sagte, indem er unter mancherlei Gedanken wieder zu seinen Papieren griff: er wolle mit dem Kurfürsten seinethalben in Unterhandlung treten. Inzwischen möchte er sich auf dem Schlosse zu Lützen still halten; wenn der Herr ihm freies Geleit bewillige, so werde man es ihm auf dem Wege öffentlicher Anplakkung bekannt machen. – „Zwar", fuhr er fort, da Kohlhaas sich herabbog, um seine Hand zu küssen, „ob der Kurfürst Gnade für Recht ergehen lassen wird, weiß ich nicht; denn einen Heerhaufen, vernehm' ich, zog er zusammen, und steht im Begriff, dich im Schlosse zu Lützen aufzuheben; inzwischen, wie ich dir schon gesagt habe, an meinem Bemühen soll es nicht liegen.“ Und damit stand er auf und machte Anstalt, ihn zu entlassen. Kohlhaas meinte, daß seine Fürsprache ihn über diesen Punkt völlig beruhige; worauf Luther ihn mit der Hand grüßte, jener aber plötzlich ein Knie vor ihm senkte und sprach: er habe noch eine Bitte auf seinem Herzen. Zu Pfingsten nämlich, wo er an den Tisch des Herrn zu gehen pflege, habe er die Kirche dieser seiner kriegerischen Unternehmung wegen versäumt; ob er die Gewogenheit haben wolle, ohne weitere Vorbereitung seine Beichte zu empfangen und ihm zur Auswechselung dagegen die Wohltat des heiligen Sakraments zu erteilen? Luther, nach einer kurzen Besinnung, indem er ihn scharf ansah, sagte: „Ja, Kohlhaas, das will ich tun! Der Herr aber, dessen Leib du begehrst, vergab seinem Feind. – Willst du“, setzte er, da jener ihn betreten ansah, hinzu, „dem Junker, der dich beleidigt hat, gleichfalls vergeben, nach der Tronkenburg gehen, dich auf deine Rappen setzen und sie zur Dickfütterung nach Kohlhaasenbrück heimreiten?“ – „Hochwürdiger Herr“, sagte Kohlhaas errötend, indem er seine Hand ergriff, – „nun – der Herr auch vergab allen seinen Feinden nicht. Laßt mich dem Kurfürsten, meinen beiden Herren, dem Schloßvogt und Verwalter, den Herren Hinz und Kunz und wer mich sonst in dieser Sache gekränkt haben mag, vergeben: den Junker aber, wenn es sein kann, nötigen, daß er mir die Rappen wieder dick füttere.“ – Bei diesen Worten kehrte ihm Luther mit einem mißvergnügten Blick den Rücken zu und zog die Klingel. Kohlhaas, während dadurch herbeigerufen ein Famulus sich mit Licht in dem Vorsaal meldete, stand betreten, indem er sich die Augen trocknete, vom Boden auf; und da der Famulus vergebens, weil der Riegel vorgeschoben war, an der Tür wirkte, Luther aber sich wieder zu seinen Papieren niedergesetzt hatte: so machte Kohlhaas dem Mann die Türe auf. Luther, mit einem kurzen, auf den fremden Mann gerichteten Seitenblick, sagte dem Famulus: „Leuchte!“ worauf dieser, über den Besuch, den er erblickte, ein wenig befremdet, den Hausschlüssel von der Wand nahm und sich, auf die Entfernung desselben wartend, unter die halb offene Tür des Zimmers zurückbegab. – Kohlhaas sprach, indem er seinen Hut bewegt zwischen beide Hände nahm: „Und so kann ich, hochwürdigster Herr, der Wohltat, versöhnt zu werden, die ich mir von Euch erbat, nicht teilhaftig werden?“ Luther antwortete kurz: „Deinem Heiland, nein! Dem Landesherrn, – das bleibt einem Versuch, wie ich dir versprach, vorbehalten!“ und damit winkte er dem Famulus, das Geschäft, das er ihm aufgetragen, ohne weiteren Aufschub abzumachen. Kohlhaas legte mit dem Ausdruck schmerzlicher Empfindung seine beiden Hände auf die Brust; folgte dem Mann, der ihm die Treppe hinunter leuchtete, und verschwand.

Am andern Morgen erließ Luther ein Sendschreiben an den Kurfürsten von Sachsen, worin er nach einem bitteren Seitenblick auf die seine Person umgebenden Herren Hinz und Kunz, Kämmerer und Mundschenk von Tronka, welche die Klage, wie allgemein bekannt war, untergeschlagen hatten, dem Herrn mit der Freimütigkeit, die ihm eigen war, eröffnete, daß bei so ärgerlichen Umständen nichts anderes zu tun übrig sei, als den Vorschlag des Roßhändlers anzunehmen und ihm des Vorgefallenen wegen, zur Erneuerung seines Prozesses, Amnestie zu erteilen. Die öffentliche Meinung, bemerkte er, sei auf eine höchst gefährliche Weise auf dieses Mannes Seite, dergestalt, daß selbst in dem dreimal von ihm eingeäscherten Wittenberg eine Stimme zu seinem Vorteil spreche; und da er sein Anerbieten, falls er damit abgewiesen werden sollte, unfehlbar unter gehässigen Bemerkungen zur Wissenschaft des Volks bringen würde, so könne dasselbe leicht in dem Grade verführt werden, daß mit der Staatsgewalt gar nichts mehr gegen ihn auszurichten sei. Er schloß, daß man in diesem außerordentlichen Fall über die Bedenklichkeit, mit einem Staatsbürger, der die Waffen ergriffen, in Unterhandlung zu treten, hinweggehen müsse; daß derselbe in der Tat durch das Verfahren, das man gegen ihn beobachtet, auf gewisse Weise außer der Staatsverbindung gesetzt worden sei; und kurz, daß man ihn, um aus dem Handel zu kommen, mehr als eine fremde, in das Land gefallene Macht, wozu er sich auch, da er ein Ausländer sei, gewissermaßen qualifiziere, denn als einen Rebellen, der sich gegen den Thron auflehne, betrachten müsse. – Der Kurfürst erhielt diesen Brief eben, als der Prinz Christiern von Meißen, Generalissimus des Reichs, Oheim des bei Mühlberg geschlagenen und an seinen Wunden noch daniederliegenden Prinzen Friedrich von Meißen, der Großkanzler des Tribunals, Graf Wrede, Graf Kallheim, Präsident der Staatskanzlei, und die beiden Herren Hinz und Kunz von Tronka, dieser Kämmerer, jener Mundschenk, die Jugendfreunde und Vertrauten des Herrn, in dem Schlosse gegenwärtig waren. Der Kämmerer, Herr Kunz, der in der Qualität eines Geheimrats des Herrn geheime Korrespondenz, mit der Befugnis, sich seines Namens und Wappens zu bedienen, besorgte, nahm zuerst das Wort, und nachdem er noch einmal weitläufig auseinandergelegt hatte, daß er die Klage, die der Roßhändler gegen den Junker, seinen Vetter, bei dem Tribunal eingereicht, nimmermehr durch eine eigenmächtige Verfügung niedergeschlagen haben würde, wenn er sie nicht, durch falsche Angaben verführt, für eine völlig grundlose und nichtsnutzige Plackerei gehalten hätte, kam er auf die gegenwärtige Lage der Dinge. Er bemerkte, daß weder nach göttlichen noch menschlichen Gesetzen der Roßkamm um dieses Mißgriffs willen befugt gewesen wäre, eine so ungeheure Selbstrache, als er sich erlaubt, auszuüben; schilderte den Glanz, der durch eine Verhandlung mit demselben, als einer rechtlichen Kriegsgewalt, auf sein gottverdammtes Haupt falle; und die Schmach, die dadurch auf die geheiligte Person des Kurfürsten zurückspringe, schien ihm so unerträglich, daß er im Feuer der Beredsamkeit lieber das Äußerste erleben, den Rechtsschluß des rasenden Rebellen erfüllt und den Junker, seinen Vetter, zur Dickfütterung der Rappen nach Kohlhaasenbrück abgeführt sehen, als den Vorschlag, den der Doktor Luther gemacht, angenommen wissen wollte. Der Großkanzler des Tribunals, Graf Wrede, äußerte, halb zu ihm gewandt, sein Bedauern, daß eine so zarte Sorgfalt, als er bei der Auflösung dieser allerdings mißlichen Sache für den Ruhm des Herrn zeige, ihn nicht bei der ersten Veranlassung derselben erfüllt hätte. Er stellte dem Kurfürsten sein Bedenken vor, die Staatsgewalt zur Durchsetzung einer offenbar unrechtlichen Maßregel in Anspruch zu nehmen; bemerkte mit einem bedeutenden Blick auf den Zulauf, den der Roßhändler fortdauernd im Lande fand, daß der Faden der Freveltaten sich auf diese Weise ins Unendliche fortzuspinnen drohe, und erklärte, daß nur ein schlichtes Rechttun, indem man unmittelbar und rücksichtslos den Fehltritt, den man sich zuschulden kommen lassen, wiedergutmachte, ihn abreißen und die Regierung glücklich aus diesem häßlichen Handel herausziehen könne. Der Prinz Christiern von Meißen, auf die Frage des Herrn, was er davon halte, äußerte, mit Verehrung gegen den Großkanzler gewandt: Die Denkungsart, die er an den Tag lege, erfülle ihn zwar mit dem größten Respekt; indem er aber dem Kohlhaas zu seinem Recht verhelfen wolle, bedenke er nicht, daß er Wittenberg und Leipzig und das ganze durch ihn mißhandelte Land in seinem gerechten Anspruch auf Schadenersatz oder wenigstens Bestrafung beeinträchtige. Die Ordnung des Staats sei in Beziehung auf diesen Mann so verrückt, daß man sie schwerlich durch einen Grundsatz, aus der Wissenschaft des Rechts entlehnt, werde einrenken können. Daher stimme er, nach der Meinung des Kämmerers, dafür, das Mittel, das für solche Fälle eingesetzt sei, ins Spiel zu ziehen: einen Kriegshaufen von hinreichender Größe zusammenzuraffen und den Roßhändler, der in Lützen aufgepflanzt sei, damit aufzuheben oder zu erdrücken. Der Kämmerer, indem er für ihn und den Kurfürsten Stühle von der Wand nahm und auf eine verbindliche Weise ins Zimmer setzte, sagte: er freue sich, daß ein Mann von seiner Rechtschaffenheit und Einsicht mit ihm in dem Mittel, diese Sache zweideutiger Art beizulegen, übereinstimme. Der Prinz, indem er den Stuhl, ohne sich zu setzen, in der Hand hielt und ihn ansah, versicherte ihm, daß er gar nicht Ursache hätte, sich deshalb zu freuen, indem die damit verbundene Maßregel notwendig die wäre, einen Verhaftsbefehl vorher gegen ihn zu erlassen, und wegen Mißbrauchs des landesherrlichen Namens den Prozeß zu machen. Denn wenn Notwendigkeit erfordere, den Schleier vor dem Thron der Gerechtigkeit niederzulassen, über eine Reihe von Freveltaten, die unabsehbar, wie sie sich forterzeugt, vor den Schranken desselben zu erscheinen nicht mehr Raum fänden, so gelte das nicht von der ersten, die sie veranlaßt; und allererst seine Anklage auf Leben und Tod könne den Staat zur Zermalmung des Roßhändlers bevollmächtigen, dessen Sache, wie bekannt, sehr gerecht sei, und dem man das Schwert, das er führe, selbst in die Hand gegeben. Der Kurfürst, den der Junker bei diesen Worten betroffen ansah, wandte sich, indem er über das ganze Gesicht rot ward, und trat ans Fenster. Der Graf Kallheim, nach einer verlegenen Pause von allen Seiten, sagte, daß man auf diese Weise aus dem Zauberkreise, in dem man befangen, nicht herauskäme. Mit demselben Rechte könne seinem Neffen, dem Prinzen Friedrich, der Prozeß gemacht werden, denn auch er hätte auf dem Streifzug sonderbarer Art, den er gegen den Kohlhaas unternommen, seine Instruktion auf mancherlei Weise überschritten: dergestalt, daß wenn man nach der weitläufigen Schar derjenigen frage, die die Verlegenheit, in welcher man sich befinde, veranlaßt, er gleichfalls unter die Zahl derselben würde benannt und von dem Landesherrn wegen dessen, was bei Mühlberg vorgefallen, zur Rechenschaft gezogen werden müssen. Der Mundschenk, Herr Hinz von Tronka, während der Kurfürst mit ungewissen Blicken an seinen Tisch trat, nahm das Wort und sagte: er begriffe nicht, wie der Staatsbeschluß, der zu fassen sei, Männern von solcher Weisheit, als hier versammelt wären, entgehen könne. Der Roßhändler habe seines Wissens gegen bloß freies Geleit nach Dresden und erneuerte Untersuchung seiner Sache versprochen, den Haufen, mit dem er in das Land gefallen, auseinandergehen zu lassen. Daraus aber folge nicht, daß man ihm wegen dieser frevelhaften Selbstrache Amnestie erteilen müsse; zwei Rechtsbegriffe, die der Doktor Luther sowohl als auch der Staatsrat zu verwechseln schienen. „Wenn", fuhr er fort, indem er den Finger an die Nase legte, „bei dem Tribunal zu Dresden, gleichviel wie, das Erkenntnis der Rappen wegen gefallen ist, so hindert nichts, den Kohlhaas auf den Grund seiner Mordbrennereien und Räubereien einzustecken: eine staatskluge Wendung, die die Vorteile der Ansichten beider Staatsmänner vereinigt, und des Beifalls der Welt und Nachwelt gewiß ist." – Der Kurfürst, da der Prinz sowohl als der Großkanzler dem Mundschenk, Herrn Hinz, auf diese Rede mit einem bloßen Blick antworteten, und die Verhandlung mithin geschlossen schien, sagte, „daß er die verschiedenen Meinungen, die sie ihm vorgetragen, bis zur nächsten Sitzung des Staatsrats bei sich selbst überlegen würde." – Es schien, die Präliminarmaßregel, deren der Prinz gedacht, hatte seinem für Freundschaft sehr empfänglichen Herzen die Lust benommen, den Heereszug gegen den Kohlhaas, zu welchem schon alles vorbereitet war, auszuführen.

Wenigstens behielt er den Großkanzler Graf Wrede, dessen Meinung ihm die zweckmäßigste schien, bei sich zurück; und da dieser ihm Briefe vorzeigte, aus welchen hervorging, daß der Roßhändler in der Tat schon zu einer Stärke von vierhundert Mann herangewachsen sei, ja bei der allgemeinen Unzufriedenheit, die wegen der Unziemlichkeiten des Kämmerers im Lande herrschte, in kurzem auf eine doppelte und dreifache Stärke rechnen könne: so entschloß sich der Kurfürst ohne weiteren Anstand, den Rat, den ihm der Doktor Luther erteilt, anzunehmen. Demgemäß übergab er dem Grafen Wrede die ganze Leitung der Kohlhaasischen Sache; und schon nach wenigen Tagen erschien ein Plakat, das wir dem Hauptinhalt nach folgendermaßen mitteilen:

„Wir etc. etc. Kurfürst von Sachsen erteilen in besonders gnädiger Rücksicht auf die an Uns ergangene Fürsprache des Doktors Martin Luther dem Michael Kohlhaas, Roßhändler aus dem Brandenburgischen, unter der Bedingung, binnen drei Tagen nach Sicht die Waffen, die er ergriffen, niederzulegen, behufs einer erneuerten Untersuchung seiner Sache freies Geleit nach Dresden; dergestalt zwar, daß, wenn derselbe, wie nicht zu erwarten, bei dem Tribunal zu Dresden mit seiner Klage der Rappen wegen abgewiesen werden sollte, gegen ihn seines eigenmächtigen Unternehmens wegen, sich selbst Recht zu verschaffen, mit der ganzen Strenge des Gesetzes verfahren werden solle; im entgegengesetzten Fall aber ihm mit seinem ganzen Haufen Gnade für Recht bewilligt und völlige Amnestie seiner in Sachsen ausgeübten Gewalttätigkeiten wegen zugestanden sein solle."

Kohlhaas hatte nicht sobald durch den Doktor Luther ein Exemplar dieses in allen Plätzen des Landes angeschlagenen Plakats erhalten, als er, so bedingungsweise auch die darin geführte Sprache war, seinen ganzen Haufen schon mit Geschenken, Danksagungen und zweckmäßigen Ermahnungen auseinandergehen ließ. Er legte alles, was er an Geld, Waffen und Gerätschaften erbeutet haben mochte, bei den Gerichten zu Lützen als kurfürstliches Eigentum nieder; und nachdem er den Waldmann mit Briefen wegen Wiederkaufs seiner Meierei, wenn es möglich sei, an den Amtmann nach Kohlhaasenbrück und den Sternbald zur Abholung seiner Kinder, die er wieder bei sich zu haben wünschte, nach Schwerin geschickt hatte, verließ er das Schloß zu Lützen und ging unerkannt mit dem Rest seines kleinen Vermögens, das er in Papieren bei sich trug, nach Dresden.

Der Tag brach eben an, und die ganze Stadt schlief noch, als er an die Tür der kleinen, in der Pirnaischen Vorstadt gelegenen Besitzung, die ihm durch die Rechtschaffenheit des Amtmanns übrig geblieben war, anklopfte und Thomas, dem alten, die Wirtschaft führenden Hausmann, der ihm mit Erstaunen und Bestürzung aufmachte, sagte: er möchte dem Prinzen von

Meißen auf dem Gubernium melden, daß er, Kohlhaas der Roßhändler, da wäre. Der Prinz von Meißen, der auf diese Meldung für zweckmäßig hielt, augenblicklich sich selbst von dem Verhältnis, in welchem man mit diesem Mann stand, zu unterrichten, fand, als er mit einem Gefolge von Rittern und Troßknechten bald darauf erschien, in den Straßen, die zu Kohlhaasens Wohnung führten, schon eine unermeßliche Menschenmenge versammelt. Die Nachricht, daß der Würgengel da sei, der die Volksbedrücker mit Feuer und Schwert verfolge, hatte ganz Dresden, Stadt und Vorstadt auf die Beine gebracht; man mußte die Haustür vor dem Andrang des neugierigen Haufens verriegeln, und die Jungen kletterten an den Fenstern heran, um den Mordbrenner, der darin frühstückte, in Augenschein zu nehmen. Sobald der Prinz mit Hilfe der ihm Platz machenden Wache ins Haus gedrungen und in Kohlhaasens Zimmer getreten war, fragte er diesen, welcher halb entkleidet an einem Tische stand, ob er Kohlhaas, der Roßhändler, wäre? Worauf Kohlhaas, indem er eine Brieftasche mit mehreren über sein Verhältnis lautenden Papieren aus seinem Gurt nahm und ihm ehrerbietig überreichte, antwortete: „Ja!“ Und hinzusetzte: er finde sich nach Auflösung seines Kriegshaufens, der ihm erteilten landesherrlichen Freiheit gemäß, in Dresden ein, um seine Klage der Rappen wegen gegen den Junker Wenzel von Tronka vor Gericht zu bringen. Der Prinz, nach einem flüchtigen Blick, womit er ihn von Kopf zu Fuß überschaute, durchlief die in der Brieftasche befindlichen Papiere; ließ sich von ihm erklären, was es mit einem von dem Gericht zu Lützen ausgestellten Schein, den er darin fand, über die zugunsten des kurfürstlichen Schatzes gemachte Deposition für eine Bewandtnis habe, und nachdem er die Art des Mannes noch durch Fragen mancherlei Gattung, nach seinen Kindern, seinem Vermögen und der Lebensart, die er künftig zu führen gedenke, geprüft, und überall so, daß man wohl seinetwegen ruhig sein konnte, befunden hatte, gab er ihm die Briefschaften wieder und sagte: daß seinem Prozeß nichts im Wege stünde, und daß er sich nur unmittelbar, um ihn einzuleiten, an den Großkanzler des Tribunals, Graf Wrede selbst, wenden möchte. Inzwischen sagte der Prinz nach einer Pause, indem er ans Fenster trat und mit großen Augen das Volk, das vor dem Hause versammelt war, überschaute: „Du wirst auf die ersten Tage eine Wache annehmen müssen, die dich in deinem Hause sowohl, als wenn du ausgehst, schütze!“ – – Kohlhaas sah betroffen vor sich nieder und schwieg. Der Prinz sagte: „Gleichviel!“ indem er das Fenster wieder verließ: „Was daraus entsteht, du hast es dir selbst beizumessen;“ und damit wandte er sich wieder nach der Tür, in der Absicht, das Haus zu verlassen. Kohlhaas, der sich besonnen hatte, sprach: „Gnädigster Herr! Tut, was ihr wollt! Gebt mir euer Wort, die Wache, sobald ich es wünsche, wieder aufzuheben, so habe ich gegen diese Maßregel nichts einzuwenden!" Der Prinz erwiderte, das bedürfe der Rede nicht; und nachdem er drei Landsknechten, die man ihm zu diesem Zweck vorstellte, bedeutet hatte: daß der Mann, in dessen Hause sie zurückblieben, frei wäre, und daß sie ihm bloß zu seinem Schutz, wenn er ausginge, folgen sollten, grüßte er den Roßhändler mit einer herablassenden Bewegung der Hand und entfernte sich.

Gegen Mittag begab sich Kohlhaas, von seinen drei Landsknechten begleitet, unter dem Gefolge einer unabsehbaren Menge, die ihm aber auf keine Weise, weil sie durch die Polizei gewarnt war, etwas zuleide tat, zu dem Großkanzler des Tribunals, Graf Wrede. Der Großkanzler, der ihn mit Milde und Freundlichkeit in seinem Vorgemach empfing, unterhielt sich während zwei ganzer Stunden mit ihm, und nachdem er sich den ganzen Verlauf der Sache, von Anfang bis zu Ende hatte erzählen lassen, wies er ihn zur unmittelbaren Abfassung und Einreichung der Klage an einen bei dem Gericht angestellten, berühmten Advokaten der Stadt. Kohlhaas, ohne weiteren Verzug, verfügte sich in dessen Wohnung, und nachdem die Klage, ganz der ersten niedergeschlagenen gemäß, auf Bestrafung des Junkers nach den Gesetzen, Wiederherstellung der Pferde in den vorigen Stand und Ersatz seines Schadens sowohl als auch dessen, den sein bei Mühlberg gefallener Knecht Herse erlitten hatte, zugunsten der alten Mutter desselben, aufgesetzt war, begab er sich wieder unter der Begleitung des ihn immer noch angaffenden Volks nach Hause zurück, wohl entschlossen, es anders nicht, als nur wenn notwendige Geschäfte ihn riefen, zu verlassen.

Inzwischen war auch der Junker seiner Haft in Wittenberg entlassen und nach Herstellung von einer gefährlichen Rose, die seinen Fuß entzündet hatte, von dem Landesgericht unter peremtorischen Bedingungen aufgefordert worden, sich zur Verantwortung auf die von dem Roßhändler Kohlhaas gegen ihn eingereichte Klage wegen widerrechtlich abgenommener und zugrunde gerichteter Rappen in Dresden zu stellen. Die Gebrüder Kämmerer und Mundschenk von Tronka, Lehnsvettern des Junkers, in deren Hause er abtrat, empfingen ihn mit der größten Erbitterung und Verachtung; sie nannten ihn einen Elenden und Nichtswürdigen, der Schande und Schmach über die ganze Familie bringe, kündigten ihm an, daß er seinen Prozeß nunmehr unfehlbar verlieren würde, und forderten ihn auf, nur gleich zur Herbeischaffung der Rappen, zu deren Dickfütterung er zum Hohngelächter der Welt verdammt werden würde, Anstalt zu machen. Der Junker sagte mit schwacher, zitternder Stimme: er sei der bejammernswürdigste Mensch von der Welt. Er verschwor sich, daß er von dem ganzen verwünschten Handel, der ihn ins Unglück stürze, nur wenig gewußt, und daß der Schloßvogt und der Verwalter an allem Schuld wären, indem sie die Pferde ohne sein entferntestes Wissen und Wollen bei der Ernte gebraucht

und durch unmäßige Anstrengungen zum Teil auf ihren eigenen Feldern zugrunde gerichtet hätten. Er setzte sich, indem er dies sagte, und bat, ihn nicht durch Kränkungen und Beleidigungen in das Übel, von dem er nur soeben erst erstanden sei, mutwillig zurückzustürzen. Am andern Tag schrieben die Herren Hinz und Kunz, die in der Gegend der eingeäscherten Tronkenburg Güter besaßen, auf Ansuchen des Junkers, ihres Vetters, weil doch nichts anderes übrig blieb, an ihre dort befindlichen Verwalter und Pächter, um Nachricht über die an jenem unglücklichen Tage abhanden gekommenen und seitdem gänzlich verschollenen Rappen einzuziehn. Aber alles, was sie bei der gänzlichen Verwüstung des Platzes und der Niedermetzelung fast aller Einwohner erfahren konnten, war, daß ein Knecht sie, von den flachen Hieben des Mordbrenners getrieben, aus dem brennenden Schuppen, in welchem sie standen, gerettet, nachher aber auf die Frage, wo er sie hinführen und was er damit anfangen solle, von dem grimmigen Wüterich einen Fußtritt zur Antwort erhalten habe. Die alte, von der Gicht geplagte Haushälterin des Junkers, die sich nach Meißen geflüchtet hatte, versicherte demselben auf eine schriftliche Anfrage, daß der Knecht sich am Morgen jener entsetzlichen Nacht mit den Pferden nach der brandenburgischen Grenze gewandt habe; doch alle Nachfragen, die man daselbst anstellte, waren vergeblich, und es schien dieser Nachricht ein Irrtum zum

Grunde zu liegen, indem der Junker keinen Knecht hatte, der im Brandenburgischen oder auch nur auf der Straße dorthin zu Hause war. Männer aus Dresden, die wenige Tage nach dem Brande der Tronkenburg in Wilsdruf gewesen waren, sagten aus, daß um die benannte Zeit ein Knecht mit zwei am Halfter gehenden Pferden dort angekommen und die Tiere, weil sie sehr elend gewesen wären und nicht weiter fortgekonnt hätten, im Kuhstall eines Schäfers, der sie wieder hätte aufbringen wollen, stehen gelassen hätte. Es schien mancherlei Gründen wegen sehr wahrscheinlich, daß dies die in Untersuchung stehenden Rappen waren; aber der Schäfer aus Wilsdruf hatte sie, wie Leute, die dorther kamen, versicherten, schon wieder, man wußte nicht an wen, verhandelt; und ein drittes Gerücht, dessen Urheber unentdeckt blieb, sagte gar aus, daß die Pferde bereits in Gott verschieden und in der Knochengrube zu Wilsdruf begraben wären. Die Herren Hinz und Kunz, denen diese Wendung der Dinge, wie man leicht begreift, die erwünschteste war, indem sie dadurch bei des Junkers, ihres Vetters, Ermangelung eigener Ställe der Notwendigkeit, die Rappen in den ihrigen aufzufüttern, überhoben waren, wünschten gleichwohl völliger Sicherheit wegen diesen Umstand zu bewahrheiten. Herr Wenzel von Tronka erließ demnach als Erb-, Lehns- und Gerichtsherr ein Schreiben an die Gerichte zu Wilsdruf, worin er dieselben nach einer weitläufigen Beschreibung der Rappen, die, wie er sagte, ihm anvertraut und durch einen Unfall abhanden gekommen wären, dienstfreundlichst ersuchte, den dermaligen Aufenthalt derselben zu erforschen und den Eigner, wer er auch sei, aufzufordern und anzuhalten, sie gegen reichliche Wiedererstattung aller Kosten in den Ställen des Kämmerers Herrn Kunz zu Dresden abzuliefern. Demgemäß erschien auch wirklich wenige Tage darauf der Mann, an den sie der Schäfer aus Wilsdruf verhandelt hatte, und führte sie dürr und wankend, an die Runge seines Karrens gebunden, auf den Markt der Stadt; das Unglück aber Herrn Wenzels und noch mehr des ehrlichen Kohlhaas wollte, daß es der Abdecker aus Döbbeln war.

Sobald Herr Wenzel in Gegenwart des Kämmerers, seines Vetters, durch ein unbestimmtes Gerücht vernommen hatte, daß ein Mann mit zwei schwarzen, aus dem Brande der Tronkenburg entkommenen Pferden in der Stadt angelangt sei, begaben sich beide in Begleitung einiger aus dem Hause zusammengeraffften Knechte auf den Schloßplatz, wo er stand, um sie demselben, falls es die dem Kohlhaas zugehörigen wären, gegen Erstattung der Kosten abzunehmen und nach Hause zu führen. Aber wie betreten waren die Ritter, als sie bereits einen von Augenblick zu Augenblick sich vergrößernden Haufen von Menschen, den das Schauspiel herbeigezogen, um den zweirädrigen Karren, an dem die Tiere befestigt waren, erblickten; unter unendlichem Gelächter einander zurufend, daß die Pferde schon, um derenthalber der Staat wanke, an den Schinder gekommen wären! Der Junker, der um den Karren herumgegangen war und die jämmerlichen Tiere, die alle Augenblicke sterben zu wollen schienen, betrachtet hatte, sagte verlegen: das wären die Pferde nicht, die er dem Kohlhaas abgenommen; doch Herr Kunz, der Kämmerer, einen Blick sprachlosen Grimms voll auf ihn werfend, der, wenn er von Eisen gewesen wäre, ihn zerschmettert hätte, trat, indem er seinen Mantel, Orden und Kette entblößend zurückschlug, zu dem Abdecker heran und fragte ihn, ob das die Rappen wären, die der Schäfer von Wilsdruf an sich gebracht und der Junker Wenzel von Tronka, dem sie gehörten, bei den Gerichten daselbst requiriert hätte? Der Abdecker, der, einen Eimer Wasser in der Hand, beschäftigt war, einen dicken wohlbeleibten Gaul, der seinen Karren zog, zu tränken, sagte: „Die schwarzen?“ – Er streifte dem Gaul, nachdem er den Eimer niedergesetzt, das Gebiß aus dem Maul und sagte: die Rappen, die an die Runge gebunden wärn, hätte ihm der Schweinehirt von Hainichen verkauft; wo der sie her hätte und ob sie von dem Wildsdrufer Schäfer kämen, das wisse er nicht. Ihm hätte, sprach er, während er den Eimer wieder aufnahm und zwischen Deichsel und Knie anstemmte: ihm hätte der Gerichtsbote aus Wilsdruf gesagt, daß er sie nach Dresden in das Haus derer von Tronka bringen solle; aber der Junker, an den er gewiesen sei, heiße Kunz. Bei diesen Worten wandte er sich mit dem Rest des Wassers, den der Gaul im Eimer übriggelassen hatte, und schüttete ihn auf das Pflaster der Straße aus. Der Kämmerer, der, von den Blicken der hohnlachenden Menge umstellt, den Kerl, der mit empfindungslosem Eifer seine Geschäfte betrieb, nicht bewegen konnte, daß er ihn ansah, sagte, daß er der Kämmerer Kunz von Tronka wäre, die Rappen aber, die er an sich bringen solle, müßten dem Junker, seinem Vetter, gehören, von einem Knecht, der bei Gelegenheit des Brandes aus der Tronkenburg entwichen, an den Schäfer zu Wilsdruf gekommen, und ursprünglich zwei dem Roßhändler Kohlhaas zugehörige Pferde seien. Er fragte den Kerl, der mit gespreizten Beinen dastand und sich die Hosen in die Höhe zog, ob er davon nichts wisse? Und ob sie der Schweinehirte von Hainichen nicht vielleicht, auf welchen Umstand alles ankomme, von dem Wilsdrufer Schäfer oder von einem Dritten, der sie seinerseits von demselben gekauft, erstanden hätte? – Der Abdecker, der sich an den Wagen gestellt und sein Wasser abgeschlagen hatte, sagte, er wäre mit den Rappen nach Dresden bestellt, um in dem Hause derer von Tronka sein Geld dafür zu empfangen. Was er da vorbrächte, verstände er nicht, und ob sie vor dem Schweinehirten aus Hainichen Peter oder Paul besessen hätte oder der Schäfer aus Wilsdruf, gelte ihm, da sie nicht gestohlen wären, gleich. Und damit ging er, die Peitsche quer über seinem breiten Rücken, nach einer Kneipe, die auf dem Platze lag, in der Absicht, hungrig wie er war, ein

Frühstück einzunehmen. Der Kämmerer, der auf der Welt Gottes nicht wußte, was er mit Pferden, die der Schweinehirte von Hainichen an den Schinder in Döbbeln verkauft, machen solle, falls es nicht diejenigen wären, auf welchen der Teufel durch Sachsen ritt, forderte den Junker auf, ein Wort zu sprechen; doch da dieser mit bleichen, bebenden Lippen erwiderte: das Ratsamste wäre, daß man die Rappen kaufe, sie möchten dem Kohlhaas gehören oder nicht, so trat der Kämmerer, Vater und Mutter, die ihn geboren, verfluchend, indem er sich den Mantel zurückschlug, gänzlich unwissend, was er zu tun oder zu lassen habe, aus dem Haufen des Volks zurück. Er rief den Freiherrn von Wenk, einen Bekannten, der über die Straße ritt, zu sich heran, und trotzig, den Platz nicht zu verlassen, eben weil das Gesindel höhnisch auf ihn einblickte und mit vor dem Mund zusammengedrückten Schnupftüchern nur auf seine Entfernung zu warten schien, um loszuplatzen, bat er ihn, bei dem Großkanzler, Grafen Wrede, abzusteigen, und durch dessen Vermittelung den Kohlhaas zur Besichtigung der Rappen herbeizuschaffen. Es traf sich, daß Kohlhaas eben, durch einen Gerichtsboten herbeigerufen, in dem Gemach des Großkanzlers, gewisser, die Deposition in Lützen betreffenden Erläuterungen wegen, die man von ihm bedurfte, gegenwärtig war, als der Freiherr in der eben erwähnten Absicht zu ihm ins Zimmer trat, und während der Großkanzler sich mit einem verdrießlichen Gesicht vom Sessel erhob, und den Roßhändler, dessen Person jenem unbekannt war, mit den Papieren, die er in der Hand hielt, zur Seite stehen ließ, stellte der Freiherr ihm die Verlegenheit, in welcher sich die Herren von Tronka befanden, vor. Der Abdecker von Döbbeln sei auf mangelhafte Requisition der Wilsdrufer Gerichte mit Pferden erschienen, deren Zustand so heillos beschaffen wäre, daß der Junker Wenzel anstehen müsse, sie für die dem Kohlhaas gehörigen anzuerkennen; dergestalt, daß, falls man sie gleichwohl dem Abdecker abnehmen solle, um in den Ställen der Ritter zu ihrer Wiederherstellung einen Versuch zu machen, vorher eine Okularinspektion des Kohlhaas, um den besagten Umstand außer Zweifel zu setzen, notwendig sei. „Habt demnach die Güte", schloß er, „den Roßhändler durch eine Wache aus seinem Hause abholen und auf den Markt, wo die Pferde stehen, hinführen zu lassen." Der Großkanzler, indem er sich eine Brille von der Nase nahm, sagte, daß er in einem doppelten Irrtum stünde; einmal, wenn er glaube, daß der in Rede stehende Umstand anders nicht als durch eine Okularinspektion des Kohlhaas auszumitteln sei; und dann, wenn er sich einbilde, er, der Kanzler, sei befugt, den Kohlhaas durch eine Wache, wohin es dem Junker beliebe, abführen zu lassen. Dabei stellte er ihm den Roßhändler, der hinter ihm stand, vor, und bat ihn, indem er sich niederließ und seine Brille wieder aufsetzte, sich in dieser Sache an ihn selbst zu wenden. – Kohlhaas, der mit keiner Miene, was in seiner Seele vorging, zu erkennen gab, sagte, daß er bereit wäre, ihm zur Besichtigung der Rappen, die der Abdecker in die Stadt gebracht, auf den Markt zu folgen. Er trat, während der Freiherr sich betroffen zu ihm umkehrte, wieder an den Tisch des Großkanzlers heran, und nachdem er demselben noch aus den Papieren seiner Brieftasche mehrere, die Deposition in Lützen betreffende Nachrichten gegeben hatte, beurlaubte er sich von ihm; der Freiherr, der über das ganze Gesicht rot ans Fenster getreten war, empfahl sich ihm gleichfalls, und beide gingen, begleitet von den drei durch den Prinzen von Meißen eingesetzten Landsknechten, unter dem Troß einer Menge von Menschen nach dem Schloßplatz hin. Der Kämmerer, Herr Kunz, der inzwischen den Vorstellungen mehrerer Freunde, die sich um ihn eingefunden hatten, zum Trotz seinen Platz dem Abdecker von Döbbeln gegenüber unter dem Volke behauptet hatte, trat, sobald der Freiherr mit dem Roßhändler erschien, an letzteren heran und fragte ihn, indem er sein Schwert mit Stolz und Ansehen unter dem Arm hielt, ob die Pferde, die hinter dem Wagen stünden, die seinigen wären? Der Roßhändler, nachdem er mit einer bescheidenen Wendung gegen den die Frage an ihn richtenden Herrn, den er nicht kannte, den Hut gezückt hatte, trat ohne ihm zu antworten im Gefolge sämtlicher Ritter an den Schinderkarren heran, und die Tiere, die auf wankenden Beinen, die Häupter zur Erde gebeugt, dastanden, und von dem Heu, das ihnen der Abdecker vorgelegt hatte, nicht fraßen, flüchtig aus einer Ferne von zwölf Schritt, in welcher er stehen blieb, betrachtet: „Gnädigster Herr!“ wandte er sich wieder zu dem Kämmerer zurück. „Der Abdecker hat ganz recht; die Pferde, die an seinen Karren gebunden sind, gehören mir!“ Und damit, indem er sich in dem ganzen Kreise der Herren umsah, rückte er den Hut noch einmal und begab sich, von seiner Wache begleitet, wieder von dem Platz hinweg. Bei diesen Worten trat der Kämmerer mit einem raschen, seinen Helmbusch erschütternden Schritt zu dem Abdecker heran und warf ihm einen Beutel mit Geld zu; und während dieser sich, den Beutel in der Hand, mit einem bleiernen Kamm die Haare über die Stirn zurückkämmte und das Geld betrachtete, befahl er einem Knecht, die Pferde abzulösen und nach Hause zu führen. Der Knecht, der auf den Ruf des Herrn einen Kreis von Freunden und Verwandten, die er unter dem Volke besaß, verlassen hatte, trat auch in der Tat, ein wenig rot im Gesicht, über eine große Mistpfütze, die sich zu ihren Füßen gebildet hatte, zu den Pferden heran; doch kaum hatte er ihre Halfter erfaßt, um sie loszubinden, als ihn Meister Himboldt, sein Vetter, schon beim Arm ergriff und mit den Worten: „Du rührst die Schindmähren nicht an!“ von dem Karren hinwegschleuderte. Er setzte, indem er sich mit ungewissen Schritten über die Mistpfütze wieder zu dem Kämmerer, der über diesen Vorfall sprachlos dastand, zurückwandte, hinzu: daß er sich einen Schinderknecht anschaffen müsse, um ihm einen solchen Dienst zu leisten. Der Kämmerer, der vor Wut schäumend den Meister auf einen Augenblick betrachtet hatte, kehrte sich um, und rief über die Häupter der Ritter, die ihn umringten, hinweg, nach der Wache; und sobald auf die Bestellung des Freiherrn von Wenk ein Offizier mit einigen kurfürstlichen Trabanten aus dem Schloß erschienen war, forderte er denselben unter einer kurzen Darstellung der schändlichen Aufhetzerei, die sich die Bürger der Stadt erlaubten, auf, den Rädelsführer, Meister Himboldt, in Verhaft zu nehmen. Er verklagte den Meister, indem er ihn bei der Brust faßte: daß er seinen die Rappen auf seinen Befehl losbindenden Knecht von dem Karren hinweggeschleudert und mißhandelt hätte. Der Meister, indem er den Kämmerer mit einer geschickten Wendung, die ihn befreite, zurückwies, sagte: „Gnädigster Herr! Einem Burschen von zwanzig Jahren bedeuten, was er zu tun hat, heißt nicht ihn verhetzen! Befragt ihn, ob er sich gegen Herkommen und Schicklichkeit mit den Pferden, die an die Karre gebunden sind, befassen will; will er es nach dem, was ich gesagt, tun: sei's! Meinethalb mag er sie jetzt abludern und häuten." Bei diesen Worten wandte sich der Kämmerer zu dem Knecht herum und fragte ihn: ob er irgend Anstand nähme, seinen Befehl zu erfüllen, und die Pferde, die dem Kohlhaas gehörten, loszubinden und nach Hause zu führen? Und da dieser schüchtern, indem er sich unter die Bürger mischte, erwiderte: die Pferde müßten erst ehrlich gemacht werden, bevor man ihm das zumute, so folgte ihm der Kämmerer von hinten, riß ihm den Hut ab, der mit seinem Hauszeichen geschmückt war, zog, nachdem er den Hut mit Füßen getreten, von Leder und jagte den Knecht mit wütenden Hieben der Klinge augenblicklich vom Platz weg und aus seinen Diensten. Meister Himboldt rief: „Schmeißt den Mordwütrich doch gleich zu Boden!" und während die Bürger, von diesem Auftritt empört, zusammentraten und die Wache hinwegdrängten, warf er den Kämmerer von hinten nieder, riß ihm Mantel, Kragen und Helm ab, wand ihm das Schwert aus der Hand und schleuderte es in einem grimmigen Wurf weit über den Platz hinweg. Vergebens rief der Junker Wenzel, indem er sich aus dem Tumult rettete, den Rittern zu, seinem Vetter beizuspringen; ehe sie noch einen Schritt dazu getan hatten, waren sie schon von dem Andrang des Volks zerstreut, dergestalt, daß der Kämmerer, der sich den Kopf beim Fallen verletzt hatte, der ganzen Wut der Menge preisgegeben war. Nichts als die Erscheinung eines Trupps berittener Landsknechte, die zufällig über den Platz zogen und die der Offizier der kurfürstlichen Trabanten zu seiner Unterstützung herbeirief, konnte den Kämmerer retten. Der Offizier, nachdem er den Haufen verjagt, ergriff den wütenden Meister, und während derselbe durch einige Reiter nach dem Gefängnis gebracht ward, hoben zwei Freunde den unglücklichen, mit Blut bedeckten

Kämmerer vom Boden auf und führten ihn nach Hause. Einen so heillosen Ausgang nahm der wohlgemeinte und redliche Versuch, dem Roßhändler wegen des Unrechts, das man ihm zugefügt, Genugtuung zu verschaffen. Der Abdecker von Döbbeln, dessen Geschäft abgemacht war und der sich nicht länger aufhalten wollte, band, da sich das Volk zu zerstreuen anfing, die Pferde an einen Laternenpfahl, wo sie den ganzen Tag über, ohne daß sich jemand um sie bekümmerte, ein Spott der Straßenjungen und Tagediebe, stehen blieben; dergestalt, daß in Ermangelung aller Pflege und Wartung die Polizei sich ihrer annehmen mußte und gegen Einbruch der Nacht den Abdecker von Dresden herbeirief, um sie bis auf weitere Verfügung auf der Schinderei vor der Stadt zu besorgen.

Dieser Vorfall, so wenig der Roßhändler ihn in der Tat verschuldet hatte, erweckte gleichwohl auch bei den Gemäßigteren und Besseren eine dem Ausgang seiner Streitsache höchst gefährliche Stimmung im Lande. Man fand das Verhältnis desselben zum Staat ganz unerträglich, und in Privathäusern und auf öffentlichen Plätzen erhob sich die Meinung, daß es besser sei, ein offenbares Unrecht an ihm zu verüben und die ganze Sache von neuem niederzuschlagen, als ihm Gerechtigkeit, durch Gewalttaten ertrotzt, in einer so nichtigen Sache zur bloßen Befriedigung seines rasenden Starrsinns zukommen zu lassen. Zum völligen Verderben des armen Kohlhaas mußte der Großkanzler selbst aus übergroßer Rechtlichkeit und einem davon herrührenden Haß gegen die Familie von Tronka beitragen, diese Stimmung zu befestigen und zu verbreiten. Es war höchst unwahrscheinlich, daß die Pferde, die der Abdecker von Dresden jetzt besorgte, jemals wieder in den Stand, wie sie aus dem Stall zu Kohlhaasenbrück gekommen waren, hergestellt werden würden; doch gesetzt, daß es durch Kunst und anhaltende Pflege möglich gewesen wäre: die Schmach, die zufolge der bestehenden Umstände dadurch auf die Familie des Junkers fiel, war so groß, daß bei dem staatsbürgerlichen Gewicht, welches sie als eine der ersten und edelsten im Lande hatte, nichts billiger und zweckmäßiger schien, als eine Vergütung der Pferde in Geld einzuleiten. Gleichwohl auf einen Brief, in welchem der Präsident, Graf Kallheim, im Namen des Kämmerers, den seine Krankheit abhielt, dem Großkanzler einige Tage darauf diesen Vorschlag machte, erließ derselbe zwar ein Schreiben an den Kohlhaas, worin er ihn ermahnte, einen solchen Antrag, wenn er an ihn ergehen sollte, nicht von der Hand zu weisen; den Präsidenten selbst aber bat er in einer kurzen, wenig verbindlichen Antwort, ihn mit Privataufträgen in dieser Sache zu verschonen, und forderte den Kämmerer auf, sich an den Roßhändler selbst zu wenden, den er ihm als einen sehr billigen und bescheidenen Mann schilderte. Der Roßhändler, dessen Wille durch den Vorfall, der sich auf dem Markt zugetragen, in der Tat gebrochen war, wartete auch nur, dem Rat des Großkanzlers gemäß, auf eine Eröffnung von Seiten des Junkers oder seiner Angehörigen, um ihnen mit völliger Bereitwilligkeit und Vergebung alles Geschehenen entgegenzukommen: Doch eben diese Eröffnung war den stolzen Rittern zu tun empfindlich; und schwer erbittert über die Antwort, die sie von dem Großkanzler empfangen hatten, zeigten sie dieselbe dem Kurfürsten, der am Morgen des nächstfolgenden Tages den Kämmerer, krank wie er an seinen Wunden darniederlag, in seinem Zimmer besucht hatte. Der Kämmerer, mit einer durch seinen Zustand schwachen und rührenden Stimme fragte ihn, ob er, nachdem er sein Leben daran gesetzt, um diese Sache seinen Wünschen gemäß beizulegen, auch noch seine Ehre dem Tadel der Welt aussetzen und mit einer Bitte um Vergleich und Nachgiebigkeit vor einem Manne erscheinen solle, der alle nur erdenkliche Schmach und Schande über ihn und seine Familie gebracht habe. Der Kurfürst, nachdem er den Brief gelesen hatte, fragte den Grafen Kallheim verlegen: ob das Tribunal nicht befugt sei, ohne weitere Rücksprache mit dem Kohlhaas auf den Umstand, daß die Pferde nicht wieder herzustellen wären, zu fußen, und demgemäß das Urteil, gleich als ob sie tot wären, auf bloße Vergütung derselben in Geld abzufassen? Der Graf antwortete: „Gnädigster Herr, sie sind tot: sind in staatsrechtlicher Bedeutung tot, weil sie keinen Wert haben, und werden es physisch sein, bevor man sie aus der Abdeckerei in die Ställe der Ritter gebracht hat“; worauf der Kurfürst, indem er den Brief einsteckte, sagte, daß er mit dem Großkanzler selbst darüber sprechen wolle, den Kämmerer, der sich halb aufrichtete und seine Hand dankbar ergriff, beruhigte, und nachdem er ihm noch empfohlen hatte, für seine Gesundheit Sorge zu tragen, mit vieler Huld sich von seinem Sessel erhob und das Zimmer verließ.

So standen die Sachen in Dresden, als sich über den armen Kohlhaas noch ein anderes, bedeutenderes Gewitter von Lützen her zusammenzog, dessen Strahl die arglistigen Ritter geschickt genug waren, auf das unglückliche Haupt desselben herabzuleiten. Johann Nagelschmidt nämlich, einer von den durch den Roßhändler zusammengebrachten und nach Erscheinung der kurfürstlichen Amnestie wieder abgedankten Knechte, hatte für gut befunden, wenige Wochen nachher an der böhmischen Grenze einen Teil dieses zu allen Schandtaten aufgelegten Gesindels von neuem zusammenzuraffen, und das Gewerbe, auf dessen Spur ihn Kohlhaas geführt hatte, auf seine eigene Hand fortzusetzen. Dieser nichtsnutzige Kerl nannte sich, teils um den Häschern, von denen er verfolgt ward, Furcht einzuflößen, teils um das Landvolk auf die gewohnte Weise zur Teilnahme an seinen Spitzbübereien zu verleiten, einen Statthalter des Kohlhaas; sprengte mit einer seinem Herrn abgelernten Klugheit aus, daß die Amnestie an mehreren in ihre Heimat ruhig zurückgekehrten Knechten nicht gehalten, ja der Kohlhaas selbst mit himmelschreiender Wortbrüchigkeit bei seiner Ankunft in Dresden eingesteckt und einer Wache übergeben worden sei; dergestalt, daß in Plakaten, die den Kohlhaasischen ganz ähnlich waren, sein Mordbrennerhaufen als ein zur bloßen Ehre Gottes aufgestandner Kriegshaufen erschien, bestimmt, über die Befolgung der ihnen von dem Kurfürsten angelobten Amnestie zu wachen; alles, wie schon gesagt, keineswegs zur Ehre Gottes, noch aus Anhänglichkeit an den Kohlhaas, dessen Schicksal ihnen völlig gleichgültig war, sondern um unter dem Schutz solcher Vorspiegelungen desto ungestrafter und bequemer zu sengen und zu plündern. Die Ritter, sobald die ersten Nachrichten davon nach Dresden kamen, konnten ihre Freude über diesen, dem ganzen Handel eine andere Gestalt gebenden Vorfall nicht unterdrücken. Sie erinnerten mit weisen und mißvergnügten Seitenblicken an den Mißgriff, den man begangen, indem man dem Kohlhaas, ihren dringenden und wiederholten Warnungen zum Trotz, Amnestie erteilt, gleichsam als hätte man die Absicht gehabt, Bösewichtern aller Art dadurch zur Nachfolge auf seinem Wege das Signal zu geben; und nicht zufrieden, dem Vorgeben des Nagelschmidt, zur bloßen Aufrechthaltung und Sicherheit seines unterdrückten Herrn die Waffen ergriffen zu haben, Glauben zu schenken, äußerten sie sogar die bestimmte Meinung, daß die ganze Erscheinung desselben nichts als ein von dem Kohlhaas angezetteltes Unternehmen sei, um die Regierung in Furcht zu setzen und den Fall des Rechtsspruchs Punkt für Punkt seinem rasenden Eigensinn gemäß durchzusetzen und zu beschleunigen. Ja, der Mundschenk, Herr Hinz, ging so weit, einigen Jagdjunkern und Hofherren, die sich nach der Tafel im Vorzimmer des Kurfürsten um ihn versammelt hatten, die Auflösung des Räuberhaufens in Lützen als eine verwünschte Spiegelfechterei darzustellen; und indem er sich über die Gerechtigkeitsliebe des Großkanzlers sehr lustig machte, erwies er aus mehreren witzig zusammengestellten Umständen, daß der Haufen nach wie vor noch in den Wäldern des Kurfürstentums vorhanden sei und nur auf den Wink des Roßhändlers warte, um daraus von neuem mit Feuer und Schwert hervorzubrechen. Der Prinz Christiern von Meißen, über diese Wendung der Dinge, die seines Herrn Ruhm auf die empfindlichste Weise zu beflecken drohte, sehr mißvergnügt, begab sich sogleich zu demselben aufs Schloß; und das Interesse der Ritter, den Kohlhaas, wenn es möglich wäre, auf den Grund neuer Vergehungen zu stürzen, wohl durchschauend, bat er sich von demselben die Erlaubnis aus, unverzüglich ein Verhör über den Roßhändler anstellen zu dürfen. Der Roßhändler, nicht ohne Befremden, durch einen Häscher in das Gubernium abgeführt zu werden, erschien, Heinrich und Leopold, seine beiden kleinen Knaben auf dem Arm; denn Sternbald, der Knecht, war tags zuvor mit seinen fünf Kindern aus dem Mecklenburgischen, wo sie sich aufgehalten hatten, bei ihm angekommen, und Gedanken mancherlei Art, die zu entwickeln zu weitläufig sind, bestimmten ihn, die Jungen, die ihn bei seiner Entfernung unter dem Erguß kindischer Tränen darum baten, aufzuheben und in das Verhör mitzunehmen. Der Prinz, nachdem er die Kinder, die Kohlhaas neben sich niedergesetzt hatte, wohlgefällig betrachtet und auf eine freundliche Weise nach ihrem Alter und Namen gefragt hatte, eröffnete ihm, was der Nagelschmidt, sein ehemaliger Knecht, sich in den Tälern des Erzgebirges für Freiheiten herausnehme; und indem er ihm die sogenannten Mandate desselben überreichte, forderte er ihn auf, dagegen vorzubringen, was er zu seiner Rechtfertigung vorzubringen wüßte. Der Roßhändler, so schwer er auch in der Tat über diese schändlichen und verräterischen Papiere erschrak, hatte gleichwohl einem so rechtschaffenen Manne, als der Prinz war, gegenüber, wenig Mühe, die Grundlosigkeit der gegen ihn auf die Bahn gebrachten Beschuldigungen befriedigend auseinanderzulegen. Nicht nur, daß zufolge seiner Bemerkung er, so wie die Sachen standen, überhaupt noch zur Entscheidung seines im besten Fortgang begriffenen Rechtsstreits keiner Hilfe von Seiten eines Dritten bedürfe: aus einigen Briefschaften, die er bei sich trug, und die er dem Prinzen vorzeigte, ging sogar eine Unwahrscheinlichkeit ganz eigner Art hervor, daß das Herz des Nagelschmidts gestimmt sein sollte, ihm dergleichen Hilfe zu leisten, indem er den Kerl wegen auf dem platten Lande verübter Notzucht und anderer Schelmereien kurz vor Auflösung des Haufens in Lützen hatte hängen lassen wollen; dergestalt, daß nur die Erscheinung der kurfürstlichen Amnestie, indem sie das ganze Verhältnis aufhob, ihn gerettet hatte, und beide tags darauf als Todfeinde auseinandergegangen waren. Kohlhaas, auf seinen von dem Prinzen angenommenen Vorschlag, setzte sich nieder und erließ ein Sendschreiben an den Nagelschmidt, worin er das Vorgeben desselben, zur Aufrechthaltung der an ihm und seinen Haufen gebrochenen Amnestie aufgestanden zu sein, für eine schändliche und ruchlose Erfindung erklärte; ihm sagte, daß er bei seiner Ankunft in Dresden weder eingesteckt noch einer Wache übergeben, auch seine Rechtssache ganz so, wie er es wünsche, im Fortgange sei; und ihn wegen der nach Publikation der Amnestie im Erzgebirge ausgeübten Mordbrennereien zur Warnung des um ihn versammeltem Gesindels der ganzen Rache der Gesetze preisgab. Dabei wurden einige Fragmente der Kriminalverhandlung, die der Roßhändler auf dem Schlosse zu Lützen in bezug auf die oben erwähnten Schändlichkeiten über ihn hatte anstellen lassen, zur Belehrung des Volks über diesen nichtsnutzigen, schon damals dem Galgen bestimmten und, wie schon erwähnt, nur durch das ihn begünstigende Patent, das der Kurfürst erließ, geretteten Kerl angehängt.

Demgemäß beruhigte der Prinz den Kohlhaas über den Verdacht, den man ihm durch die Umstände notgedrungen in diesem Verhör habe äußern müssen; versicherte ihn, daß, so lange er in Dresden wäre, die ihm erteilte Amnestie auf keine Weise gebrochen werden solle, reichte den Knaben noch einmal, indem er sie mit Obst, das auf seinem Tische stand, beschenkte, die Hand, grüßte den Kohlhaas und entließ ihn. Der Großkanzler, der gleichwohl die Gefahr, die über dem Roßhändler schwebte, erkannte, tat sein Äußerstes, um die Sache desselben, bevor sie durch neue Ereignisse verwickelt und verworren würde, zu Ende zu bringen; das aber wünschten und bezweckten die staatsklugen Ritter eben, und statt wie zuvor mit stillschweigendem Eingeständnis der Schuld ihren Widerstand auf ein bloß gemildertes Rechtserkenntnis einzuschränken, fingen sie jetzt an, in Wendungen arglistiger und rabulistischer Art diese Schuld selbst gänzlich zu leugnen. Bald gaben sie vor, daß die Rappen des Kohlhaas in Folge eines bloß eigenmächtigen Verfahrens des Schloßvogts und Verwalters, von welchem der Junker nichts oder nur Unvollständiges gewußt, auf der Tronkenburg zurückgehalten worden seien; bald versicherten sie, daß die Tiere schon bei ihrer Ankunft daselbst an einem heftigen und gefährlichen Husten krank gewesen wären, und beriefen sich deshalb auf Zeugen, die sie herbeizuschaffen sich anheischig machten; und als sie mit diesen Argumenten nach weitläufigen Untersuchungen und Auseinandersetzungen aus dem Felde geschlagen waren, brachten sie gar ein kurfürstliches Edikt bei, worin vor einem Zeitraum von zwölf Jahren einer Viehseuche wegen die Einführung der Pferde aus dem Brandenburgischen ins Sächsische in der Tat verboten worden war: zum sonnenklaren Beleg nicht nur der Befugnis, sondern sogar der Verpflichtung des Junkers, die von dem Kohlhaas über die Grenze gebrachten Pferde anzuhalten. – Kohlhaas, der inzwischen von dem wackern Amtmann zu Kohlhaasenbrück seine Meierei gegen eine geringe Vergütung des dabei gehabten Schadens käuflich wiedererlangt hatte, wünschte, wie es scheint, wegen gerichtlicher Abmachung dieses Geschäfts Dresden auf einige Tage zu verlassen und in diese seine Heimat zu reisen; ein Entschluß, an welchem gleichwohl, wie wir nicht zweifeln, weniger das besagte Geschäft, so dringend es auch in der Tat wegen Bestellung der Wintersaat sein mochte, als die Absicht, unter so sonderbaren und bedenklichen Umständen seine Lage zu prüfen, Anteil hatte: Zu welchem vielleicht auch noch Gründe anderer Art mitwirkten, die wir jedem, der in seiner Brust Bescheid weiß, zu erraten überlassen wollen. Demnach verfügte er sich mit Zurücklassung der Wache, die ihm zugeordnet war, zum Großkanzler und eröffnete ihm, die Briefe des Amtmanns in der Hand: daß er Willens sei, falls man seiner, wie es den Anschein habe, bei dem Gericht nicht notwendig bedürfe, die Stadt zu verlassen und auf einen Zeitraum von acht oder zwölf Tagen, binnen welcher Zeit er wieder zurück zu sein versprach, nach dem Brandenburgischen zu reisen. Der Großkanzler, indem er mit einem mißvergnügten und bedenklichen Gesicht zur Erde sah, versetzte: er müsse gestehen, daß seine Anwesenheit grade jetzt notwendiger sei als jemals, indem das Gericht wegen arglistiger und winkelziehender Einwendungen der Gegenpartei seiner Aussagen und Erörterungen in tausenderlei nicht vorherzusehenden Fällen bedürfe; doch da Kohlhaas ihn auf seinen, von dem Rechtsfall wohl unterrichteten Advokaten verwies und mit bescheidener Zudringlichkeit, indem er sich auf acht Tage einzuschränken versprach, auf seiner Bitte beharrte, so sagte der Großkanzler nach einer Pause kurz, indem er ihn entließ: er hoffe, daß er sich deshalb Pässe bei dem Prinzen Christiern von Meißen ausbitten würde. -- Kohlhaas, der sich auf das Gesicht des Großkanzlers gar wohl verstand, setzte sich, in seinem Entschluß nur bestärkt, auf der Stelle nieder und bat, ohne irgendeinen Grund anzugeben, den Prinzen von Meißen, als Chef des Guberniums, um Pässe auf acht Tage nach Kohlhaasenbrück und zurück. Auf dieses Schreiben erhielt er eine, von dem Schloßhauptmann, Freiherrn Siegfried von Wenk, unterzeichnete Gubernial-Resolution, des Inhalts: sein Gesuch um Pässe nach Kohlhaasenbrück werde des Kurfürsten Durchlaucht vorgelegt werden, auf dessen höchster Bewilligung, sobald sie einginge, ihm die Pässe zugeschickt werden würden. Auf die Erkundigung Kohlhaasens bei seinem Advokaten, wie es zuginge, daß die Gubernial-Resolution von einem Freiherrn Siegfried von Wenk und nicht von dem Prinzen Christiern von Meißen, an den er sich gewendet, unterschrieben sei, erhielt er zur Antwort: daß der Prinz vor drei Tagen auf seine Güter gereist, und die Gubernialgeschäfte während seiner Abwesenheit dem Schloßhauptmann Freiherrn Siegfried von Wenk, einem Vetter des oben erwähnten Herrn gleiches Namens, übergeben worden wären. – Kohlhaas, dem das Herz unter allen diesen Umständen unruhig zu klopfen anfing, harrte durch mehrere Tage auf die Entscheidung seiner, der Person des Landesherrn mit befremdender Weitläufigkeit vorgelegten Bitte; doch es verging eine Woche und es verging mehr, ohne daß weder diese Entscheidung einlief, noch auch das Rechtserkenntnis, so bestimmt man es ihm auch verkündigt hatte, bei dem Tribunal gefällt ward: dergestalt, daß er am zwölften Tage, fest entschlossen, die Gesinnung der Regierung gegen ihn, sie möge sein, welche man wolle, zur Sprache zu bringen, sich niedersetzte und das Gubernium von neuem in einer dringenden Vorstellung um die erforderten Pässe bat. Aber wie betreten war er, als er am Abend des folgenden, gleichfalls ohne die erwartete Antwort verstrichenen Tages, mit einem Schritt, den er gedankenvoll in Erwägung seiner Lage und besonders der ihm von dem Doktor Luther ausgewirkten Amnestie, an das Fenster seines Hinterstübchens tat, in dem kleinen, auf dem Hofe befindlichen Nebengebäude, das er ihr zum Aufenthalte angewiesen

hatte, die Wache nicht erblickte, die ihm bei seiner Ankunft der Prinz von Meißen eingesetzt hatte. Thomas, der alte Hausmann, den er herbeirief und fragte, was dies zu bedeuten habe, antwortete ihm seufzend: „Herr! Es ist nicht alles wie es sein soll; die Landsknechte, deren heute mehr sind wie gewöhnlich, haben sich bei Einbruch der Nacht um das ganze Haus verteilt; zwei stehen mit Schild und Spieß an der vordern Tür auf der Straße, zwei an der hintern im Garten, und noch zwei andere liegen im Vorsaal auf ein Bund Stroh und sagen, daß sie daselbst schlafen würden." Kohlhaas, der seine Farbe verlor, wandte sich und versetzte: es wäre gleichviel, wenn sie nur da wären; und er möchte den Landsknechten, sobald er auf den Flur käme, Licht hinsetzen, damit sie sehen könnten. Nachdem er noch unter dem Vorwande, ein Geschirr auszugießen, den vordern Fensterladen eröffnet und sich von der Wahrheit des Umstands, den ihm der Alte entdeckt, überzeugt hatte: denn eben ward sogar in geräuschloser Ablösung die Wache erneuert, an welche Maßregel bisher, so lange die Einrichtung bestand, noch niemand gedacht hatte: so legte er sich, wenig schlaflustig allerdings, zu Bette, und sein Entschluß war für den kommenden Tag sogleich gefaßt. Denn nichts mißgönnte er der Regierung, mit der er zu tun hatte, mehr, als den Schein der Gerechtigkeit, während sie in der Tat die Amnestie, die sie ihm angelobt hatte, an ihm brach; und falls er wirklich ein Gefangener sein sollte, wie es keinem Zweifel mehr unterworfen war, wollte er derselben auch die bestimmte und unumwundene Erklärung, daß es so sei, abnötigen. Demnach ließ er, sobald der Morgen des nächsten Tages anbrach, durch Sternbald, seinen Knecht, den Wagen anspannen und vorführen, um, wie er vorgab, zu dem Verwalter nach Lockewitz zu fahren, der ihn als ein alter Bekannter einige Tage zuvor in Dresden gesprochen und eingeladen hatte, ihn einmal mit seinen Kindern zu besuchen. Die Landsknechte, welche mit zusammengesteckten Köpfen die dadurch veranlaßten Bewegungen im

Hause wahrnahmen, schickten einen aus ihrer Mitte heimlich in die Stadt, worauf binnen weniger Minuten ein Gubernial-Offiziant an der Spitze mehrerer Häscher erschien und sich, als ob er daselbst ein Geschäft hätte, in das gegenüberliegende Haus begab. Kohlhaas, der, mit der Ankleidung seiner Knaben beschäftigt, diese Bewegungen gleichfalls bemerkte, und den Wagen absichtlich länger, als eben nötig gewesen wäre, vor dem Hause halten ließ, trat, sobald er die Anstalten der Polizei vollendet sah, mit seinen Kindern, ohne darauf Rücksicht zu nehmen, vor das Haus hinaus; und während er dem Troß der Landsknechte, die unter der Tür standen, im Vorübergehen sagte, daß sie nicht nötig hätten, ihm zu folgen, hob er die Jungen in den Wagen und küßte und tröstete die kleinen weinenden Mädchen, die seiner Anordnung gemäß bei der Tochter des alten Hausmanns zurückbleiben sollten. Kaum hatte er selbst den Wagen bestiegen, als der Gubernial-Offiziant mit seinem Gefolge von Häschern aus dem gegenüberliegenden Hause zu ihm herantrat, und ihn fragte: wohin er wolle? Auf die Antwort Kohlhaasens, daß er zu seinem Freund, dem Amtmann, nach Lockewitz fahren wolle, der ihn vor einigen Tagen mit seinen beiden Knaben zu sich aufs Land geladen, antwortete der Gubernial-Offiziant, daß er in diesem Fall einige Augenblicke warten müsse, indem einige berittene Landsknechte, dem Befehl des Prinzen von Meißen gemäß, ihn begleiten würden. Kohlhaas fragte lächelnd von dem Wagen herab, ob er glaube, daß seine Person in dem Hause eines Freundes, der sich erboten, ihn auf einen Tag an seiner Tafel zu bewirten, nicht sicher sei? Der Offiziant erwiderte auf eine heitere und angenehme Art, daß die Gefahr allerdings nicht groß sei; wobei er hinzusetzte, daß ihm die Knechte auch auf keine Weise zur Last fallen sollten. Kohlhaas versetzte ernsthaft, daß ihm der Prinz von Meißen bei seiner Ankunft in Dresden freigestellt, ob er sich der Wache bedienen wolle oder nicht; und da der Offiziant sich über diesen Umstand wunderte, und sich mit vorsichtigen Wendungen auf den Gebrauch während der ganzen Zeit seiner Anwesenheit berief: so erzählte der Roßhändler ihm den Vorfall, der die Einsetzung der Wache in seinem Hause veranlaßt hatte. Der Offiziant versicherte ihn, daß die Befehle des Schloßhauptmanns, Freiherrn von Wenk, der in diesem Augenblick Chef der Polizei sei, ihm die unausgesetzte Beschützung seiner Person zur Pflicht mache; und bat ihn, falls er sich die Begleitung nicht gefallen lassen wolle, selbst auf das Gubernium zu gehen, um den Irrtum, der dabei obwalten müsse, zu berichtigen. Kohlhaas, mit einem sprechenden Blick, den er auf den Offizianten warf, sagte, entschlossen, die Sache zu beugen oder zu brechen, daß er dies tun wolle; stieg mit klopfendem Herzen von dem Wagen, ließ die Kinder durch den Hausmann in den Flur tragen und verfügte sich, während der Knecht mit dem Fuhrwerk vor dem Hause halten blieb, mit dem

Offizianten und seiner Wache in das Gubernium. Es traf sich, daß der Schloßhauptmann, Freiherr Wenk, eben mit der Besichtigung einer Bande am Abend zuvor eingebrachter Nagelschmidtscher Knechte, die man in der Gegend von Leipzig aufgefangen hatte, beschäftigt war, und die Kerle über manche Dinge, die man gern von ihnen gehört hätte, von den Rittern, die bei ihm waren, befragt wurden, als der Roßhändler mit seiner Begleitung zu ihm in den Saal trat. Der Freiherr, sobald er den Roßhändler erblickte, ging, während die Ritter plötzlich still wurden und mit den Verhör der Knechte einhielten, auf ihn zu und fragte ihn, was er wolle? Und da der Roßkamm ihm auf ehrerbietige Weise sein Vorhaben, bei dem Verwalter in Lockewitz zu Mittag zu speisen, und den Wunsch, die Landsknechte, deren er dabei nicht bedürfe, zurücklassen zu dürfen, vorgetragen hatte, antwortete der Freiherr, die Farbe im Gesicht wechselnd, indem er eine andere Rede zu verschlucken schien: er würde wohltun, wenn er sich still in seinem Hause hielt und den Schmaus bei dem Lockewitzer Amtmann vorderhand noch aussetzte. – Dabei wandte er sich, das ganze Gespräch zerschneidend, dem Offizianten zu und sagte ihm, daß es mit dem Befehl, den er ihm in bezug auf den Mann gegeben, sein Bewenden hätte und daß derselbe anders nicht, als in Begleitung sechs berittener Landsknechte die Stadt verlassen dürfe. – Kohlhaas fragte: ob er ein Gefangener wäre, und ob er glauben solle, daß die ihm feierlich vor den Augen der ganzen Welt angelobte Amnestie gebrochen sei? Worauf der Freiherr sich plötzlich glutrot im Gesichte zu ihm wandte, und, indem er dicht vor ihn trat, und ihm in das Auge sah, antwortete: „Ja! ja! ja!" – Ihm den Rücken zukehrte, ihn stehen ließ und wieder zu den Nagelschmidtschen Knechten ging. Hierauf verließ Kohlhaas den Saal, und ob er schon einsah, daß er sich das einzige Rettungsmittel, das ihm übrig blieb, die Flucht, durch die Schritte, die er getan, sehr erschwert hatte, so lobte er sein Verfahren gleichwohl, weil er sich nunmehr auch seinerseits von der Verbindlichkeit, den Artikeln der Amnestie nachzukommen, befreit sah. Er ließ, da er zu Hause kam, die Pferde ausspannen und begab sich in Begleitung des Gubernial-Offizianten sehr traurig und erschüttert in sein Zimmer; und während dieser Mann auf eine dem Roßhändler Ekel erregende Weise versicherte, daß alles nur auf einem Mißverständnis beruhen müsse, das sich in kurzem lösen würde, verriegelten die Häscher auf seinen Wink alle Ausgänge der Wohnung, die auf den Hof führten; wobei der Offiziant ihn versicherte, daß ihm der vordere Haupteingang nach wie vor zu seinem beliebigen Gebrauch offenstehe.

Inzwischen war der Nagelschmidt in den Wäldern des Erzgebirges durch Häscher und Landsknechte von allen Seiten so gedrängt worden, daß er bei dem gänzlichen Mangel an Hilfsmitteln, eine Rolle der Art, wie er sie übernommen, durchzuführen, auf den Gedanken verfiel, den Kohlhaas in der

Tat ins Interesse zu ziehen; und da er von der Lage seines Rechtsstreits in Dresden durch einen Reisenden, der die Straße zog, mit ziemlicher Genauigkeit unterrichtet war: so glaubte er, der offenbaren Feindschaft, die unter ihnen bestand, zum Trotz, den Roßhändler bewegen zu können, eine neue Verbindung mit ihm einzugehen. Demnach schickte er einen Knecht mit einem in kaum leserlichem Deutsch abgefaßten Schreiben an ihn ab, des Inhalts: Wenn er nach dem Altenburgischen kommen und die Anführung des Haufens, der sich daselbst aus Resten des aufgelösten zusammengefunden, wieder übernehmen wolle, so sei er erbötig, ihm zur Flucht aus seiner Haft in Dresden mit Pferden, Leuten und Geld an die Hand zu gehen; wobei er ihm versprach, künftig gehorsamer und überhaupt ordentlicher und besser zu sein als vorher, und sich zum Beweis seiner Treue und Anhänglichkeit anheischig machte, selbst in die Gegend von Dresden zu kommen, um seine Befreiung aus seinem Kerker zu bewirken. Nun hatte der mit diesem Brief beauftragte Kerl das Unglück, in einem Dorfe dicht vor Dresden in Krämpfen häßlicher Art, denen er von Jugend auf unterworfen war, niederzusinken, bei welcher Gelegenheit der Brief, den er im Brustlatz trug, von Leuten, die ihm zu Hilfe kamen, gefunden, er selbst aber, sobald er sich erholt, arretiert, und durch eine Wache unter Begleitung vielen Volks auf das Gubernium transportiert ward. Sobald der Schloßhauptmann von Wenk diesen Brief gelesen hatte, verfügte er sich unverzüglich zum Kurfürsten aufs Schloß, wo er die Herren Kunz und Hinz, welcher erstere von seinen Wunden wiederhergestellt war, und den Präsidenten der Staatskanzlei, Graf Kallheim, gegenwärtig fand. Die Herren waren der Meinung, daß der Kohlhaas ohne weiteres arretiert, und ihm auf den Grund geheimer Einverständnisse mit dem Nagelschmidt der Prozeß gemacht werden müsse; indem sie bewiesen, daß ein solcher Brief nicht, ohne daß frühere auch von Seiten des Roßhändlers vorangegangen und ohne daß überhaupt frevelhafte und verbrecherische Verbindung zu Schmiedung neuer Greuel unter ihnen stattfinden sollte, geschrieben sein könne. Der Kurfürst weigerte sich standhaft, auf den Grund bloß dieses Briefes dem Kohlhaas das freie Geleit, das er ihm angelobt, zu brechen; er war vielmehr der Meinung, daß eine Art von Wahrscheinlichkeit aus dem Briefe des Nagelschmidt hervorgehe, daß keine frühere Verbindung zwischen ihnen stattgefunden habe; und alles, wozu er sich, um hierüber aufs reine zu kommen, auf den Vorschlag des Präsidenten, obschon nach großer Zögerung, entschloß, war, den Brief durch den von dem Nagelschmidt abgeschickten Knecht, gleichsam als ob derselbe nach wie vor frei sei, an ihn abgeben zu lassen und zu prüfen, ob er ihn beantworten würde. Demgemäß ward der Knecht, den man in ein Gefängnis gesteckt hatte, am andern Morgen auf das Gubernium geführt, wo der Schloßhauptmann ihm den Brief wieder zustellte, und ihn unter dem

Versprechen, daß er frei sein und die Strafe, die er verwirkt, ihm erlassen sein solle, aufforderte, das Schreiben, als sei nichts vorgefallen, dem Roßhändler zu übergeben; zu welcher List schlechter Art sich dieser Kerl auch ohne weiteres gebrauchen ließ und auf scheinbar geheimnisvolle Weise unter dem Vorwand, daß er Krebse zu verkaufen habe, womit ihn der Gubernial-Offiziant auf dem Markte versorgt hatte, zu Kohlhaas ins Zimmer trat. Kohlhaas, der den Brief, während die Kinder mit den Krebsen spielten, las, würde den Gauner gewiß unter andern Umständen beim Kragen genommen und den Landsknechten, die vor seiner Tür standen, überliefert haben; doch da bei der Stimmung der Gemüter auch selbst dieser Schritt noch einer gleichgültigen Auslegung fähig war, und er sich vollkommen überzeugt hatte, daß nichts auf der Welt ihn aus dem Handel, in den er verwickelt war, retten konnte: so sah er dem Kerl mit einem traurigen Blick in sein ihm wohlbekanntes Gesicht, fragte ihn, wo er wohnte, und beschied ihn in einigen Stunden wieder zu sich, wo er ihm in bezug auf seinen Herrn seinen Beschluß eröffnen wolle. Er hieß den Sternbald, der zufällig in die Tür trat, dem Mann, der im Zimmer war, etliche Krebse abkaufen, und nachdem dies Geschäft abgemacht war, und beide sich, ohne einander zu kennen, entfernt hatten, setzte er sich nieder und schrieb einen Brief folgenden Inhalts an den Nagelschmidt: Zuvörderst, daß er seinen Vorschlag, die Oberanführung seines Haufens im Altenburgischen betreffend, annähme; daß er demgemäß, zur Befreiung aus der vorläufigen Haft, in welcher er mit seinen fünf Kindern gehalten werde, ihm einen Wagen mit zwei Pferden nach der Neustadt bei Dresden schicken solle; daß er auch rascheren Fortkommens wegen noch eines Gespannes von zwei Pferden auf der Straße nach Wittenberg bedürfe, auf welchem Umweg er allein aus Gründen, die anzugeben zu weitläufig wären, zu ihm kommen könne; daß er die Landsknechte, die ihn bewachten, zwar durch Bestechung gewinnen zu können glaube, für den Fall aber, daß Gewalt nötig sei, ein paar beherzte, gescheite und wohlbewaffnete Knechte in der Neustadt bei Dresden gegenwärtig wissen wolle; daß er ihm zur Bestreitung der mit allen diesen Anstalten verbundenen Kosten eine Rolle von zwanzig Goldkronen durch den Knecht zuschicke, über deren Verwendung er sich nach abgemachter Sache mit ihm berechnen wolle; daß er sich übrigens, weil sie unnötig sei, seine eigene Anwesenheit bei seiner Befreiung in Dresden verbitte, ja ihm vielmehr den bestimmten Befehl erteile, zur einstweiligen Anführung der Bande, die nicht ohne Oberhaupt sein könne, im Altenburgischen zurückzubleiben. – Diesen Brief, als der Knecht gegen Abend kam, überlieferte er ihm; beschenkte ihn selbst reichlich und schärfte ihm ein, denselben wohl in acht zu nehmen. – Seine Absicht war, mit seinen fünf Kindern nach Hamburg zu gehen und sich von dort nach der Levante oder nach Ostindien oder so weit der

Himmel über andere Menschen, als die er kannte, blau war, einzuschiffen; denn die Dickfütterung der Rappen hatte seine von Gram sehr gebeugte Seele, auch unabhängig von dem Widerwillen, mit dem Nagelschmidt deshalb gemeinschaftliche Sache zu machen, aufgegeben. – Kaum hatte der Kerl diese Antwort dem Schloßhauptmann überbracht, als der Großkanzler abgesetzt, der Präsident Graf Kallheim an dessen Stelle zum Chef des Tribunals ernannt und Kohlhaas durch einen Kabinettsbefehl des Kurfürsten arretiert und schwer mit Ketten beladen in die Stadttürme gebracht ward. Man machte ihm auf den Grund dieses Briefes, der an alle Ecken der Stadt angeschlagen ward, den Prozeß, und da er vor den Schranken des Tribunals auf die Frage, ob er die Handschrift anerkenne, dem Rat, der sie ihm vorhielt, antwortete: „Ja"; zur Antwort aber auf die Frage, ob er zu seiner Verteidigung etwas vorzubringen wisse, indem er den Blick zur Erde schlug, erwiderte: „Nein!" so ward er verurteilt, mit glühenden Zangen von Schinderknechten gekniffen, gevierteilt und sein Körper zwischen Rad und Galgen verbrannt zu werden.

So standen die Sachen für den armen Kohlhaas in Dresden, als der Kurfürst von Brandenburg zu seiner Rettung aus den Händen der Übermacht und Willkür auftrat, und ihn in einer bei der kurfürstlichen Staatskanzlei daselbst eingereichten Note als brandenburgischen Untertan reklamierte. Denn der wackere Stadthauptmann Herr Heinrich von Geusau hatte ihn auf einem Spaziergange an den Ufern der Spree von der Geschichte dieses sonderbaren und nicht verwerflichen Mannes unterrichtet, bei welcher Gelegenheit er, von den Fragen des erstaunten Herrn gedrängt, nicht umhin konnte, der Schuld zu erwähnen, die durch die Unziemlichkeiten seines Erzkanzlers, des Grafen Siegfried von Kallheim, seine eigene Person drückte: Worüber der Kurfürst schwer entrüstet den Erzkanzler, nachdem er ihn zur Rede gestellt und befunden, daß die Verwandtschaft desselben mit dem Hause derer von Tronka an allem Schuld sei, ohne weiteres mit mehreren Zeichen seiner Ungnade entsetzte, und den Herrn Heinrich von Geusau zum Erzkanzler ernannte.

Es traf sich aber, daß die Krone Polen gerade damals, indem sie mit dem Hause Sachsen, um welchen Gegenstandes willen wissen wir nicht, im Streit lag, den Kurfürsten von Brandenburg in wiederholten und dringenden Vorstellungen anging, sich mit ihr in gemeinschaftlicher Sache gegen das Haus Sachsen zu verbinden; dergestalt, daß der Erzkanzler, Herr Geusau, der in solchen Dingen nicht ungeschickt war, wohl hoffen durfte, den Wunsch seines Herrn, dem Kohlhaas, es koste was es wolle, Gerechtigkeit zu verschaffen, zu erfüllen, ohne die Ruhe des Ganzen auf eine mißlichere Art, als die Rücksicht auf einen einzelnen erlaubt, aufs Spiel zu setzen. Demnach forderte der Erzkanzler nicht nur wegen gänzlich willkürlichen,

Gott und Menschen mißgefälligen Verfahrens die unbedingte und ungesäumte Auslieferung des Kohlhaas, um denselben, falls ihn eine Schuld drücke, nach brandenburgischen Gesetzen auf Klageartikel, die der Dresdner Hof deshalb durch einen Anwalt in Berlin anhängig machen könne, zu richten; sondern er begehrte sogar selbst Pässe für einen Anwalt, den der Kurfürst nach Dresden zu schicken willens sei, um dem Kohlhaas wegen der ihm auf sächsischem Grund und Boden abgenommenen Rappen und anderer himmelschreienden Mißhandlungen und Gewalttaten halber gegen den Junker Wenzel von Tronka Recht zu verschaffen. Der Kämmerer, Herr Kunz, der bei der Veränderung der Staatsämter in Sachsen zum Präsidenten der Staatskanzlei ernannt worden war, und der aus mancherlei Gründen den Berliner Hof in der Bedrängnis, in der er sich befand, nicht verletzen wollte, antwortete im Namen seines über die eingegangene Note sehr niedergeschlagenen Herrn: daß man sich über die Unfreundschaftlichkeit und Unbilligkeit wundere, mit welcher man dem Hofe zu Dresden das Recht abspräche, den Kohlhaas wegen Verbrechen, die er im Lande begangen, den Gesetzen gemäß zu richten, da doch weltbekannt sei, daß derselbe ein beträchtliches Grundstück in der Hauptstadt besitze und sich selbst in der Qualität als sächsischen Bürger gar nicht verleugne. Doch da die Krone Polen bereits zur Ausfechtung ihrer Ansprüche einen Heerhaufen von fünftausend Mann an der Grenze von Sachsen zusammenzog, und der Erzkanzler, Herr Heinrich von Geusau, erklärte, daß Kohlhaasenbrück, der Ort, nach welchem der Roßhändler heiße, im Brandenburgischen liege und daß man die Vollstreckung des über ihn ausgesprochenen Todesurteils für eine Verletzung des Völkerrechts halten würde: so rief der Kurfürst auf den Rat des Kämmerers, Herrn Kunz, selbst, der sich aus diesem Handel zurückzuziehen wünschte, den Prinzen Christiern von Meißen von seinen Gütern herbei und entschloß sich, auf wenige Worte dieses verständigen Herrn, den Kohlhaas der Forderung gemäß an den Berliner Hof auszuliefern. Der Prinz, der, obschon mit den Unziemlichkeiten, die vorgefallen waren, wenig zufrieden, die Leitung der Kohlhaasischen Sache auf den Wunsch seines bedrängten Herrn übernehmen mußte, fragte ihn, auf welchen Grund er nunmehr den Roßhändler bei dem Kammergericht zu Berlin verklagt wissen wolle; und da man sich auf den leidigen Brief desselben an den Nagelschmidt wegen der zweideutigen und unklaren Umstände, unter welchen er geschrieben war, nicht berufen konnte, der früheren Plünderungen und Einäscherungen aber wegen des Plakats, worin sie ihm vergeben worden waren, nicht erwähnen durfte: so beschloß der Kurfürst, der Majestät des Kaisers zu Wien einen Bericht über den bewaffneten Einfall des Kohlhaas in Sachsen vorzulegen, sich über den Bruch des von ihm eingesetzten, öffentlichen Landfriedens zu beschweren, und

sie, die allerdings durch keine Amnestie gebunden war, anzuliegen, den Kohlhaas bei dem Hofgericht zu Berlin deshalb durch einen Reichsankläger zur Rechenschaft zu ziehen. Acht Tage darauf ward der Roßkamm durch den Ritter Friedrich von Malzahn, den der Kurfürst von Brandenburg mit sechs Reitern nach Dresden geschickt hatte, geschlossen wie er war, auf einen Wagen geladen und mit seinen fünf Kindern, die man auf seine Bitte aus Findel- und Waisenhäusern wieder zusammengesucht hatte, nach Berlin transportiert. Es traf sich, daß der Kurfürst von Sachsen auf die Einladung des Landdrosts, Grafen Aloysius von Kallheim, der damals an der Grenze von Sachsen beträchtliche Besitzungen hatte, in Gesellschaft des Kämmerers, Herrn Kunz und seiner Gemahlin, der Dame Heloise, Tochter des Landdrosts und Schwester des Präsidenten, andrer glänzenden Herren und Damen, Jagdjunker und Hofherren, die dabei waren, nicht zu erwähnen, zu einem großen Hirschjagen, das man, um ihn zu erheitern, angestellt hatte, nach Dahme gereist war; dergestalt, daß unter dem Dach bewimpelter Zelte, die quer über die Straße auf einem Hügel erbaut waren, die ganze Gesellschaft, vom Staub der Jagd noch bedeckt, unter dem Schall einer heitern, vom Stamm einer Eiche herschallenden Musik, von Pagen bedient und Edelknaben, an der Tafel saß, als der Roßhändler langsam mit seiner Reiterbedeckung die Straße von Dresden daher gezogen kam. Denn die Erkrankung eines der kleinen zarten Kinder des Kohlhaas hatte den Ritter von Malzahn, der ihn begleitete, genötigt, drei Tage lang in Herzberg zurückzubleiben; von welcher Maßregel er, dem Fürsten, dem er diente, deshalb allein verantwortlich, nicht nötig befunden hatte, der Regierung zu Dresden weitere Kenntnis zu geben. Der Kurfürst, der mit halboffener Brust, den Federhut nach Art der Jäger mit Tannenzweigen geschmückt, neben der Dame Heloise saß, die in Zeiten früherer Jugend seine erste Liebe gewesen war, sagte, von der Anmut des Festes, das ihn umgaukelte, heiter gestimmt: „Lasset uns hingehen und dem Unglücklichen, wer es auch sei, diesen Becher mit Wein reichen!“ Die Dame Heloise, mit einem herrlichen Blick auf ihn, stand sogleich auf und füllte, die ganze Tafel plündernd, ein silbernes Geschirr, das ihr ein Page reichte, mit Früchten, Kuchen und Brot an; und schon hatte mit Erquickung jeglicher Art die ganze Gesellschaft wimmelnd das Zelt verlassen, als der Landdrost ihnen mit einem verlegenen Gesicht entgegen kam und sie bat, zurückzubleiben. Auf die betretene Frage des Kurfürsten, was vorgefallen wäre, daß er so bestürzt sei, antwortete der Landdrost stotternd gegen den Kämmerer gewandt, daß der Kohlhaas im Wagen sei; auf welche, jedermann unbegreifliche Nachricht, indem weltbekannt war, daß derselbe bereits vor sechs Tagen abgereist war, der Kämmerer, Herr Kunz, seinen Becher mit Wein nahm und ihn mit einer Rückwendung gegen das Zelt in den Sand schüttete. Der Kurfürst setzte über und über rot den seinigen auf einen Teller, den ihm ein Edelknabe auf den Wink des Kämmerers zu diesem Zweck vorhielt; und während der Ritter Friedrich von Malzahn unter ehrfurchtsvoller Begrüßung der Gesellschaft, die er nicht kannte, langsam durch die Zeltleinen, die über die Straße liefen, nach Dahme weiterzog, begaben sich die Herrschaften auf die Einladung des Landdrosts, ohne weiter davon Notiz zu nehmen, ins Zelt zurück. Der Landdrost, sobald sich der Kurfürst niedergelassen hatte, schickte unter der Hand nach Dahme, um bei dem Magistrat daselbst die unmittelbare Weiterschaffung des Roßhändlers bewirken zu lassen; doch da der Ritter wegen bereits zu weit vorgerückter Tageszeit bestimmt in dem Ort übernachten zu wollen erklärte, so mußte man sich begnügen, ihn in einer dem Magistrat zugehörigen Meierei, die in Gebüschen versteckt auf der Seite lag, geräuschlos unterzubringen. Nun begab es sich, daß gegen Abend, da die Herrschaften, vom Wein und dem Genuß eines üppigen Nachtisches zerstreut, den ganzen Vorfall wieder vergessen hatten, der Landdrost den Gedanken auf die Bahn brachte, sich noch einmal eines Rudels Hirsche wegen, das sich hatte blicken lassen, auf den Anstand zu stellen; welchen Vorschlag die ganze Gesellschaft mit Freuden ergriff und paarweise, nachdem sie sich mit Büchsen versorgt, über Gräben und Hecken in den nahen Forst eilte; dergestalt, daß der Kurfürst und die Dame Heloise, die sich, um dem Schauspiel beizuwohnen, an seinen Arm hing, von einem Boten, den man ihnen zugeordnet hatte, unmittelbar zu ihrem Erstaunen durch den Hof des Hauses geführt wurden, in welchem Kohlhaas mit den brandenburgischen Reitern befindlich war. Die Dame, als sie dies hörte, fragte: „Kommt, gnädigster Herr, kommt!" und versteckte die Kette, die ihm vom Halse herabhing, schäkernd in seinen seidenen Brustlatz: „Laßt uns, ehe der Troß nachkommt, in die Meierei schleichen und den wunderlichen Mann, der darin übernachtet, betrachten!" Der Kurfürst, indem er errötend ihre Hand ergriff, sagte: „Heloise! Was fällt euch ein?" Doch da sie, indem sie ihn betreten ansah, versetzte: daß ihn ja in der Jägertracht, die ihn decke, kein Mensch erkenne und ihn fortzog; und in eben diesem Augenblick ein paar Jagdjunker, die ihre Neugierde schon befriedigt hatten, aus dem Hause heraustraten, versichernd, daß in der Tat vermöge einer Veranstaltung, die der Landdrost getroffen, weder der Ritter noch der Roßhändler wisse, welche Gesellschaft in der Gegend von Dahme versammelt sei; so drückte der Kurfürst sich den Hut lächelnd in die Augen und sagte: „Torheit, du regierst die Welt, und dein Sitz ist ein schöner weiblicher Mund!" – Es traf sich, daß Kohlhaas eben mit dem Rücken gegen die Wand auf einem Bund Stroh saß und sein ihm in Herzberg erkranktes Kind mit Semmel und Milch fütterte, als die Herrschaften, um ihn zu besuchen, in die Meierei traten; und da die Dame ihn, um ein Gespräch einzuleiten, fragte: wer er sei und was dem Kinde fehle, auch was er verbrochen und wohin man ihn unter solcher Bedeckung abführe, so rückte er seine lederne Mütze vor ihr und gab ihr auf alle diese Fragen, indem er sein Geschäft fortsetzte, unreichliche, aber befriedigende Antwort. Der Kurfürst, der hinter den Jagdjunkern stand und eine kleine bleierne Kapsel, die ihm an einem seidenen Faden vom Hals herabhing, bemerkte, fragte ihn, da sich gerade nichts Besseres zur Unterhaltung darbot: was diese zu bedeuten hätte und was darin befindlich wäre? Kohlhaas erwiderte: „Ja, gestrenger Herr, diese Kapsel!" – und damit streifte er sie vom Nacken ab, öffnete sie und nahm einen kleinen, mit Mundlack versiegelten Zettel heraus – „Mit dieser Kapsel hat es eine wunderliche Bewandtnis! Sieben Monde mögen es etwa sein, genau am Tage nach dem Begräbnis meiner Frau, und von Kohlhaasenbrück, wie euch vielleicht bekannt sein wird, war ich aufgebrochen, um des Junkers von Tronka, der mir viel Unrecht zugefügt, habhaft zu werden, als um einer Verhandlung willen, die mir unbekannt ist, der Kurfürst von Sachsen und der Kurfürst von Brandenburg in Jüterbock, einem Marktflecken, durch den der Streifzug mich führte, eine Zusammenkunft hielten; und da sie sich gegen Abend ihren Wünschen gemäß vereinigt hatten, so gingen sie in freundschaftlichem Gespräch durch die Straßen der Stadt, um den Jahrmarkt, der eben darin fröhlich abgehalten ward, in Augenschein zu nehmen. Da trafen sie auf eine Zigeunerin, die auf einem Schemel sitzend dem Volk, das sie umringte, aus dem Kalender wahrsagte, und fragten sie scherzhafterweise: ob sie ihnen nicht auch etwas, das ihnen lieb wäre, zu eröffnen hätte? Ich, der mit meinem Haufen eben in einem Wirtshaus abgestiegen, und auf dem Platz, wo dieser Vorfall sich zutrug, gegenwärtig war, konnte hinter allem Volk, am Eingang einer Kirche, wo ich stand, nicht vernehmen, was die wunderliche Frau den Herren sagte; dergestalt, daß, da die Leute lachend einander zuflüsterten, sie teile nicht jedermann ihre Wissenschaft mit, und sich des Schauspiels wegen, das sich bereitete, sehr bedrängten, ich weniger neugierig in der Tat, als um den Neugierigen Platz zu machen, auf eine Bank stieg, die hinter mir im Kircheneingang ausgehauen war. Kaum hatte ich von diesem Standpunkt aus mit völliger Freiheit der Aussicht die Herrschaften und das Weib, das auf dem Schemel vor ihnen saß und etwas aufzukritzeln schien, erblickt: da steht sie plötzlich auf ihre Krücken gelehnt, indem sie sich im Volk umsieht, auf; faßt mich, der nie ein Wort mit ihr wechselte, noch ihrer Wissenschaft Zeit seines Lebens begehrte, ins Auge; drängt sich durch den ganzen dichten Auflauf der Menschen zu mir heran und spricht: ‚Da! Wenn es der Herr wissen will, so mag er dich danach fragen!' Und damit, gestrenger Herr, reichte sie mir mit ihren dürren knöchernen Händen diesen Zettel dar. Und da ich betreten, während sich alles Volk zu mir umwendet, spreche: ‚Mütterchen, was auch verehrst du mir da?' antwortete sie nach vielem unvernehmlichen Zeug, worunter ich jedoch zu meinem großen Befremden meinen Namen höre: ‚Ein Amulett, Kohlhaas, der Roßhändler; verwahr' es wohl, es wird dir dereinst das Leben retten!' und verschwindet. – „Nun", fuhr Kohlhaas gutmütig fort: „die Wahrheit zu gestehen, hat's mir in Dresden, so scharf es herging, das Leben nicht gekostet; und wie es mir in Berlin gehen wird, und ob ich auch dort damit bestehen werde, soll die Zukunft lehren." – Bei diesen Worten setzte sich der Kurfürst auf eine Bank; und ob er schon auf die betretene Frage der Dame: was ihm fehle, antwortete: „Nichts, gar nichts!" so fiel er doch schon ohnmächtig auf den Boden nieder, ehe sie noch Zeit hatte, ihm beizuspringen und in ihre Arme aufzunehmen. Der Ritter von Malzahn, der in eben diesem Augenblick eines Geschäfts halber ins Zimmer trat, sprach: „Heiliger Gott! Was fehlt dem Herrn?" Die Dame rief: „Schafft Wasser her!" Die Jagdjunker hoben ihn auf und trugen ihn auf ein im Nebenzimmer befindliches Bett; und die Bestürzung erreichte ihren Gipfel, als der Kämmerer, den ein Page herbeirief, nach mehreren vergeblichen Bemühungen, ihn ins Leben zurückzubringen, erklärte: er gebe alle Zeichen von sich, als ob ihn der Schlag gerührt! Der Landdrost, während der Mundschenk einen reitenden Boten nach Luckau schickte, um einen Arzt herbeizuholen, ließ ihn, da er die Augen aufschlug, in einen Wagen bringen und Schritt vor Schritt nach seinem in der Gegend befindlichen Jagdschloß abführen; aber diese Reise zog ihm nach seiner Ankunft daselbst zwei neue Ohnmachten zu: dergestalt, daß er sich erst spät am andern Morgen bei der Ankunft des Arztes aus Luckau, unter gleichwohl entscheidenden Symptomen eines herannahenden Nervenfiebers, einigermaßen erholte. Sobald er seiner Sinne mächtig geworden war, richtete er sich halb im Bett auf, und seine erste Frage war gleich: wo der Kohlhaas sei? Der Kämmerer, der seine Frage mißverstand, sagte, indem er seine Hand ergriff: daß er sich dieses entsetzlichen Menschen wegen beruhigen möchte, indem derselbe seiner Bestimmung gemäß nach jenem sonderbaren und unbegreiflichen Vorfall in der Meierei zu Dahme unter brandenburgischer Bedeckung zurückgeblieben wäre. Er fragte ihn unter der Versicherung seiner lebhaftesten Teilnahme und der Beteuerung, daß er seiner Frau wegen des unverantwortlichen Leichtsinns, ihn mit diesem Mann zusammenzubringen, die bittersten Vorwürfe gemacht hätte: was ihn denn so wunderbar und ungeheuer in der Unterredung mit demselben ergriffen hätte? Der Kurfürst sagte: er müsse ihm nur gestehen, daß der Anblick eines nichtigen Zettels, den der Mann in einer bleiernen Kapsel mit sich führe, schuld an dem ganzen unangenehmen Zufall sei, der ihm zugestoßen. Er setzte noch mancherlei zur Erklärung dieses Umstands, das der Kämmerer nicht verstand, hinzu; versicherte ihm plötzlich, indem er seine Hand zwischen die seinigen drückte, daß ihm der Besitz dieses Zettels von der äußersten Wichtigkeit sei; und bat ihn, unverzüglich aufzusitzen, nach Dahme zu reiten, und ihm den Zettel, um welchen Preis es immer sei, von demselben zu erhandeln. Der Kämmerer, der Mühe hatte, seine Verlegenheit zu verbergen, versicherte ihm: daß, falls dieser Zettel einigen Wert für ihn hätte, nichts auf der Welt notwendiger wäre, als dem Kohlhaas diesen Umstand zu verschweigen; indem, sobald derselbe durch eine unvorsichtige Äußerung Kenntnis davon nähme, alle Reichtümer, die er besäße, nicht hinreichen würden, ihn aus den Händen diesen grimmigen, in seiner Rachsucht unersättlichen Kerls zu erkaufen. Er fügte, um ihn zu beruhigen, hinzu, daß man auf ein anderes Mittel denken müsse, und daß es vielleicht durch List, vermöge eines Dritten, ganz Unbefangenen, indem der Bösewicht an und für sich nicht sehr daran hänge, möglich sein würde, sich den Besitz des Zettels, an dem ihm so viel gelegen sei, zu verschaffen. Der Kurfürst, indem er sich den Schweiß abtrocknete, fragte: ob man nicht unmittelbar zu diesem Zweck nach Dahme schicken, und den weiteren Transport des Roßhändlers vorläufig, bis man des Blattes, auf welche Weise es sei, habhaft geworden, einstellen könne? Der Kämmerer, der seinen Sinnen nicht traute, versetzte: daß leider allen wahrscheinlichen Berechnungen zufolge der Roßhändler Dahme bereits verlassen haben und sich jenseits der Grenze auf brandenburgischen Grund und Boden befinden müsse, wo das Unternehmen, die Fortschaffung desselben zu hemmen oder wohl gar rückgängig zu machen, die unangenehmsten und weitläufigsten, ja solche Schwierigkeiten, die vielleicht gar nicht zu beseitigen wären, veranlassen würde. Er fragte ihn, da der Kurfürst sich schweigend mit der Gebärde eines ganz Hoffnungslosen auf das Kissen zurücklegte: was denn der Zettel enthalte? Und durch welchen Zufall befremdlicher und unerklärlicher Art ihm, daß der Inhalt ihn betreffe, bekannt sei? Hierauf aber, unter zweideutigen Blicken auf den Kämmerer, dessen Willfährigkeit er in diesem Falle mißtraute, antwortete der Kurfürst nicht: Starr, mit unruhig klopfendem Herzen lag er da und sah auf die Spitze des Schnupftuchs nieder, das er gedankenvoll zwischen den Händen hielt; und bat ihn plötzlich, den Jagdjunker vom Stein, einen jungen, rüstigen und gewandten Herrn, dessen er sich öfter schon zu geheimen Geschäften bedient hatte, unter dem Vorwand, daß er ein anderweitiges Geschäft mit ihm abzumachen habe, ins Zimmer zu rufen. Den Jagdjunker, nachdem er ihm die Sache auseinandergelegt und von der Wichtigkeit des Zettels, in dessen Besitz der Kohlhaas war, unterrichtet hatte, fragte er, ob er sich ein ewiges Recht auf seine Freundschaft erwerben und ihm den Zettel, noch ehe derselbe Berlin erreicht, verschaffen wolle? Und da der Junker, sobald er das Verhältnis nur, sonderbar wie es war, einigermaßen überschaute, versicherte, daß er mit allen seinen Kräften zu Diensten stehe; so trug ihm der Kurfürst auf, dem Kohlhaas nachzureiten, und ihm, da demselben mit Geld wahrscheinlich nicht beizukommen sei, in einer mit Klugheit angeordneten Unterredung, Freiheit und Leben dafür anzubieten, ja ihm, wenn er darauf bestehe, unmittelbar, obschon mit Vorsicht, zur Flucht aus den Händen der brandenburgischen Reiter, die ihn transportierten, mit Pferden, Leuten und Geld an die Hand zu gehen. Der Jagdjunker, nachdem er sich ein Blatt von der Hand des Kurfürsten zur Beglaubigung ausgebeten, brach auch sogleich mit einigen Knechten auf und hatte, da er den Odem der Pferde nicht sparte, das Glück, den Kohlhaas auf einem Grenzdorf zu treffen, wo derselbe mit dem Ritter von Malzahn und seinen fünf Kindern ein Mittagsmahl, das im Freien vor der Tür eines Hauses angerichtet war, zu sich nahm. Der Ritter von Malzahn, dem der Junker sich als einen Fremden, der bei seiner Durchreise den seltsamen Mann, den er mit sich führe, in Augenschein zu nehmen wünsche, vorstellte, nötigte ihn sogleich auf zuvorkommende Art, indem er ihn mit dem Kohlhaas bekannt machte, an der Tafel nieder; und da der Ritter in Geschäften der Abreise ab- und zuging, die Reiter aber an einem auf des Hauses anderer Seite befindlichen Tisch ihre Mahlzeit hielten: so traf sich die Gelegenheit bald, wo der Junker dem Roßhändler eröffnen konnte, wer er sei, und in welchen besonderen Aufträgen er zu ihm komme. Der Roßhändler, der bereits Rang und Namen dessen, der beim Anblick der in Rede stehenden Kapsel in der Meierei zu Dahme in Ohnmacht gefallen war, kannte, und der zur Krönung des Taumels, in welchen ihn diese Entdeckung versetzt hatte, nichts bedurfte, als Einsicht in die Geheimnisse des Zettels, den er um mancherlei Gründe willen entschlossen war, aus bloßer Neugierde nicht zu eröffnen: der Roßhändler sagte, eingedenk der unedelmütigen und unfürstlichen Behandlung, die er in Dresden bei seiner gänzlichen Bereitwilligkeit, alle nur möglichen Opfer zu bringen, hatte erfahren müssen: daß er den Zettel behalten wolle. Auf die Frage des Jagdjunkers, was ihn zu dieser sonderbaren Weigerung, da man ihm doch nichts Minderes als Freiheit und Leben dafür anbiete, veranlasse, antwortete Kohlhaas: „Edler Herr! Wenn Euer Landesherr käme und spräche, ich will mich mit dem ganzen Troß derer, die mir das Zepter führen helfen, vernichten – vernichten, versteht Ihr, welches allerdings der größte Wunsch ist, den meine Seele hegt: so würde ich ihm doch den Zettel noch, der ihm mehr wert ist, als das Dasein, verweigern und sprechen: ‚Du kannst mich auf das Schafott bringen, ich aber kann dir weh tun, und ich wills'!" Und damit, im Antlitz den Tod, rief er einen Reiter herbei, unter der Aufforderung, ein gutes Stück Essen, das in der Schüssel übriggeblieben war, zu sich zu nehmen; und für den ganzen Rest der Stunde, die er im Flecken zubrachte, für den Junker, der an der Tafel saß, wie nicht vorhanden, wandte er sich erst wieder, als er den Wagen bestieg, mit einem Blick, der ihn abschiedlich grüßte, zu ihm zurück. – Der Zustand des Kurfürsten, als er diese Nachricht bekam, verschlimmerte sich in dem Grade, daß der Arzt während drei verhängnisvoller Tage seines Lebens wegen, das zu gleicher Zeit von so vielen Seiten angegriffen ward, in der größten Besorgnis war. Gleichwohl stellte er sich durch die Kraft seiner natürlichen Gesundheit nach dem Krankenlager einiger peinlich zugebrachten Wochen wieder her; dergestalt wenigstens, daß man ihn in einen Wagen bringen und mit Kissen und Decken wohl versehen nach Dresden zu seinen Regierungsgeschäften wieder zurückführen konnte. Sobald er in dieser Stadt angekommen war, ließ er den Prinzen Christiern von Meißen rufen und fragte denselben: wie es mit der Abfertigung des Gerichtsrats Eibenmayer stünde, den man als Anwalt in der Sache Kohlhaas nach Wien zu schicken gesonnen gewesen wäre, um kaiserlicher Majestät daselbst die Beschwerde wegen gebrochenen kaiserlichen Landfriedens vorzulegen? Der Prinz antwortete ihm: daß derselbe, dem bei seiner Abreise nach Dahme hinterlassenen Befehl gemäß, gleich nach Ankunft des Rechtsgelehrten Zäuner, den der Kurfürst von Brandenburg als Anwalt nach Dresden geschickt hätte, um die Klage desselben gegen den Junker Wenzel von Tronka der Rappen wegen vor Gericht zu bringen, nach Wien abgegangen wäre. Der Kurfürst, indem er errötend an seinen Arbeitstisch trat, wunderte sich über diese Eilfertigkeit, indem er seines Wissens erklärt hätte, die definitive Abreise des Eibenmayer wegen vorher notwendiger Rücksprache mit dem Doktor Luther, der dem Kohlhaas die Amnestie ausgewirkt, einem näheren und bestimmteren Befehl vorbehalten zu wollen. Dabei warf er einige Briefschaften und Akten, die auf dem Tisch lagen, mit dem Ausdruck zurückgehaltenen Unwillens übereinander. Der Prinz, nach einer Pause, in welcher er ihn mit großen Augen ansah, versetzte, daß es ihm leid täte, wenn er seine Zufriedenheit in dieser Sache verfehlt habe; inzwischen könne er ihm den Beschluß des Staatsrats vorzeigen, worin ihm die Abschickung des Rechtsanwalts zu dem besagten Zeitpunkt zur Pflicht gemacht worden wäre. Er setzte hinzu, daß im Staatsrat von einer Rücksprache mit dem Doktor Luther auf keine Weise die Rede gewesen wäre; daß es früherhin vielleicht zweckmäßig gewesen sein möchte, diesen geistlichen Herrn wegen der Verwendung, die er dem Kohlhaas angedeihen lassen, zu berücksichtigen, nicht aber jetzt mehr, nachdem man demselben die Amnestie vor den Augen der ganzen Welt gebrochen, ihn arretiert und zur Verurteilung und Hinrichtung an die brandenburgischen Gerichte ausgeliefert hätte. Der Kurfürst sagte: das Versehen, den Eibenmayer abgeschickt zu habe, wäre auch in der Tat nicht groß; inzwischen wünsche er, daß derselbe vorläufig bis auf weiteren Befehl in seiner Eigenschaft als Ankläger zu Wien nicht aufträte, und bat den Prinzen, deshalb das Erforderliche unverzüglich durch einen Expressen an ihn zu erlassen. Der Prinz antwortete: daß dieser Befehl leider um einen Tag zu spät käme, indem der Eibenmayer bereits nach einem Bericht, der eben heute eingelaufen, in seiner Qualität als Anwalt aufgetreten und mit Einreichung der Klage bei der Wiener Staatskanzlei vorgegangen wäre. Er setzte auf die betroffene Frage des Kurfürsten: wie dies überall in so kurzer

Zeit möglich sei, hinzu: daß bereits seit der Abreise dieses Mannes drei Wochen verstrichen wären, und daß die Instruktion, die er erhalten, ihm eine ungesäumte Abmachung dieses Geschäfts gleich nach seiner Ankunft in Wien zur Pflicht gemacht hätte. Eine Verzögerung, bemerkte der Prinz, würde in diesem Fall um so unschicklicher gewesen sein, da der brandenburgische Anwalt Zäuner gegen den Junker Wenzel von Tronka mit dem trotzigsten Nachdruck verfahre und bereits auf eine vorläufige Zurückziehung der Rappen aus den Händen des Abdeckers, behufs ihrer künftigen Wiederherstellung, bei dem Gerichtshof angetragen und auch aller Einwendungen der Gegenpartei ungeachtet auch durchgesetzt habe. Der Kurfürst, indem er die Klingel zog, sagte: Gleichviel! Es hätte nichts zu bedeuten! Und nachdem er sich mit gleichgültigen Fragen: wie es sonst in Dresden stehe, und was in seiner Abwesenheit vorgefallen sei, zu dem Prinzen zurückgewandt hatte: grüßte er ihn, unfähig, seinen innersten Zustand zu verbergen, mit der Hand und entließ ihn. Er forderte ihm noch an demselben Tage schriftlich, unter dem Vorwand, daß er die Sache ihrer politischen Wichtigkeit wegen selbst bearbeiten wolle, die sämtlichen Kohlhaasischen Akten ab; und da ihm der Gedanke, denjenigen zu verderben, von dem er allein über die Geheimnisse des Zettels Auskunft erhalten konnte, unerträglich war: so verfaßte er einen eigenhändigen Brief an den Kaiser, worin er ihn auf herzliche und dringende Weise bat, aus wichtigen Gründen, die er ihm vielleicht in kurzer Zeit bestimmter auseinanderlegen würde, die Klage, die der Eibenmayer gegen den Kohlhaas eingereicht, vorläufig bis auf einen weiteren Beschluß zurücknehmen zu dürfen. Der Kaiser, in einer durch die Staatskanzlei ausgefertigten Note, antwortete ihm: daß der Wechsel, der plötzlich in seiner Brust vorgegangen zu sein scheine, ihn aufs Äußerste befremde; daß der sächsischerseits an ihn erlassene Bericht die Sache des Kohlhaas zu einer Angelegenheit gesamten Heiligen Römischen Reichs gemacht hätte; daß demgemäß er, der Kaiser, als Oberhaupt desselben, sich verpflichtet gesehen hätte, als Ankläger in dieser Sache bei dem Hause Brandenburg aufzutreten; dergestalt, daß, da bereits der Hof-Assessor Franz Müller in der Eigenschaft als Anwalt nach Berlin gegangen wäre, um den Kohlhaas daselbst wegen Verletzung des öffentlichen Landfriedens zur Rechenschaft zu ziehen, die Beschwerde nunmehr auf keine Weise zurückgenommen werden könne, und die Sache den Gesetzen gemäß ihren weiteren Fortgang nehmen müsse. Dieser Brief schlug den Kurfürsten völlig nieder; und da zu seiner äußersten Betrübnis in einiger Zeit Privatschreiben aus Berlin einliefen, in welchen die Einleitung des Prozesses bei dem Kammergericht gemeldet und bemerkt ward, daß der Kohlhaas wahrscheinlich, allen Bemühungen des ihm zugeordneten Advokaten ungeachtet, auf dem Schafott enden werde: so beschloß dieser unglückliche Herr, noch einen Versuch zu machen und bat den Kurfürsten von Brandenburg in einer eigenhändigen Zuschrift um des Roßhändlers Leben. Er schützte vor, daß die Amnestie, die man diesem Manne angelobt, die Vollstreckung eines Todesurteils an demselben füglicherweise nicht zulasse; versicherte ihm, daß es trotz der scheinbaren Strenge, mit welcher man gegen ihn verfahren, nie seine Absicht gewesen wäre, ihn sterben zu lassen; und beschrieb ihm, wie trostlos er sein würde, wenn der Schutz, den man vorgegeben hätte, ihm von Berlin aus angedeihen lassen zu wollen, zuletzt in einer unerwarteten Wendung zu seinem größeren Nachteil ausschlüge, als wenn er in Dresden geblieben und seine Sache nach sächsischen Gesetzen entschieden worden wäre.

Der Kurfürst von Brandenburg, dem in dieser Angabe mancherlei zweideutig und unklar schien, antwortete ihm: daß der Nachdruck, mit welchem der Anwalt kaiserlicher Majestät verführe, platterdings nicht erlaube, dem Wunsch, den er ihm geäußert, gemäß von der strengen Vorschrift der Gesetze abzuweichen. Er bemerkte, daß die ihm vorgelegte Besorgnis in der Tat zu weit ginge, indem die Beschwerde wegen der dem Kohlhaas in der Amnestie verziehenen Verbrechen ja nicht von ihm, der demselben die Amnestie erteilt, sondern von dem Reichsoberhaupt, das daran auf keine Weise gebunden sei, bei dem Kammergericht zu Berlin abhängig gemacht worden wäre. Dabei stellte er ihm vor, wie notwendig bei den fortdauernden Gewalttätigkeiten des Nagelschmidt, die sich sogar schon mit unerhörter Dreistigkeit bis aufs brandenburgische Gebiet erstreckten, die Statuierung eines abschreckenden Beispiels wäre, und bat ihn, falls er dies alles nicht berücksichtigen wolle, sich an des Kaisers Majestät selbst zu wenden, indem, wenn dem Kohlhaas zugunsten ein Machtspruch fallen sollte, dies allein auf eine Erklärung von dieser Seite her geschehen könne. Der Kurfürst, aus Gram und Ärger über alle diese mißglückten Versuche, verfiel in eine neue Krankheit; und da der Kämmerer ihn an einem Morgen besuchte, zeigte er ihm die Briefe, die er, um dem Kohlhaas das Leben zu fristen und somit wenigstens Zeit zu gewinnen, des Zettels, den er besäße, habhaft zu werden, an den Wiener und Berliner Hof erlassen. Der Kämmerer warf sich auf Knien vor ihm nieder und bat ihn, um alles, was ihm heilig und teuer sei, ihm zu sagen, was dieser Zettel enthalte? Der Kurfürst sprach, er möchte das Zimmer verriegeln und sich auf das Bett niedersetzen, und nachdem er seine Hand ergriffen und mit einem Seufzer an sein Herz gedrückt hatte, begann er folgendergestalt: „Deine Frau hat dir, wie ich höre, schon erzählt, daß der Kurfürst von Brandenburg und ich am dritten Tage der Zusammenkunft, die wir in Jüterbock hielten, auf eine Zigeunerin trafen; und da der Kurfürst, aufgeweckt wie er von Natur ist, beschloß, den Ruf dieser abenteuerlichen Frau, von deren Kunst eben bei der Tafel auf ungebührliche Weise die Rede gewesen war, durch einen Scherz im Angesicht alles Volks zunichte zu machen, so trat er mit verschränkten Armen vor ihren Tisch und forderte der Weissagung wegen, die sie ihm machen sollte, ein Zeichen von ihr, das sich noch heute erproben ließe, vorschützend, daß er sonst nicht, und wäre sie auch die römische Sibylle selbst, an ihre Worte glauben könne. Die Frau, indem sie uns flüchtig von Kopf bis Fuß maß, sagte, das Zeichen würde sein, daß uns der große gehörnte Rehbock, den der Sohn des Gärtners im Park erzog, auf dem Markt, worauf wir uns befanden, bevor wir ihn noch verlassen, entgegenkommen würde. Nun mußt du wissen, daß dieser für die Dresdner Küche bestimmte Rehbock in einem mit Latten hoch verzäunten

Verschlage, den die Eichen des Parks beschatteten, hinter Schloß und Riegel aufbewahrt ward, dergestalt, daß, da überdies anderen kleineren Wildes und Geflügels wegen der Park überhaupt und obendrein der Garten, der zu ihm führte, in sorgfältigem Beschluß gehalten ward, schlechterdings nicht abzusehen war, wie uns das Tier, diesem sonderbaren Vorgeben gemäß, bis auf dem Platz, wo wir standen, entgegenkommen würde; gleichwohl schickte der Kurfürst aus Besorgnis vor einer dahinter steckenden Schelmerei, nach einer kurzen Abrede mit mir, entschlossen, auf unabänderliche Weise alles, was sie noch vorbringen würde, des Spaßes wegen zuschanden zu machen, ins Schloß und befahl, daß der Rehbock augenblicklich getötet und für die Tafel an einem der nächsten Tage zubereitet werden solle. Hierauf wandte er sich zu der Frau, vor welcher diese Sache laut verhandelt worden war, zurück, und sagte: ‚Nun, wohlan! Was hast du mir für die Zukunft zu entdecken?' Die Frau, indem sie in seine Hand sah, sprach: ‚Heil meinem Kurfürsten und Herrn! Deine Gnaden wird lange regieren, das Haus, aus dem du stammst, lange bestehen und deine Nachkommen groß und herrlich werden und zu Macht gelangen vor allen Fürsten und Herren der Welt!' Der Kurfürst, nach einer Pause, in welcher er die Frau gedankenvoll ansah, sagte halblaut mit einem Schritte, den er zu mir tat, daß es ihm jetzt fast leidtäte, einen Boten abgeschickt zu haben, um die Weissagung zunichte zu machen; und während das Geld aus den Händen der Ritter, die ihm folgten, der Frau haufenweis unter vielem Jubel in den Schoß regnete, fragte er sie, indem er selbst in die Tasche griff und ein Goldstück dazu legte: ob der Gruß, den sie mir zu eröffnen hätte, auch von so silbernem Klang wäre, als der seinige? Die Frau, nachdem sie einen Kasten, der ihr zur Seite stand, aufgemacht und das Geld nach Sorte und Menge weitläufig und umständlich darin geordnet und den Kasten wieder verschlossen hatte, schützte ihre Hand vor die Sonne, gleichsam als ob sie ihr lästig wäre, und sah mich an; und da ich die Frage an sie wiederholte und auf scherzhafte Weise, während sie meine Hand prüfte, zum Kurfürsten sagte: ‚Mir, scheint es, hat sie nichts, das eben angenehm wäre, zu verkündigen', so ergriff sie ihre Krücken, hob sich langsam daran vom Schemel empor, und indem sie sich mit geheimnisvoll vorgehaltenen Händen dicht zu mir heran drängte, flüsterte sie mir vernehmlich ins Ohr: ‚Nein!' – ‚So!' sagt' ich verwirrt und trat einen Schritt vor der Gestalt zurück, die sich mit einem Blick kalt und leblos, wie aus marmornen Augen, auf den Schemel, der hinter ihr stand, zurücksetzte: ‚Von welcher Seite her droht meinem Hause Gefahr?' Die Frau, indem sie eine Kohle und ein Papier zur Hand nahm und ihre Knie kreuzte, fragte: ob sie es mir aufschreiben solle? Und da ich, verlegen in der Tat, bloß weil mir unter den bestehenden Umständen nichts anderes übrigblieb, antwortete: ‚Ja! Das tu!‘ so versetzte sie: ‚Wohlan! Dreierlei schreib ich dir auf: den Namen des letzten Regenten deines Hauses, die Jahreszahl, da er sein Reich verlieren, und den Namen dessen, der es durch die Gewalt der Waffen an sich reißen wird.‘ Dies vor den Augen alles Volks abgemacht, erhebt sie sich, verklebt den Zettel mit Lack, den sie in ihrem welken Mund befeuchtet, und drückt einen bleiernen, an ihrem Mittelfinger befindlichen Siegelring darauf. Und da ich den Zettel, neugierig, wie du leicht begreifst, mehr als Worte sagen können, erfassen will, spricht sie: ‚Mitnichten, Hoheit!‘ und wendet sich und hebt ihrer Krücken eine empor: ‚Von jenem Mann dort, der mit dem Federhut auf der Bank steht hinter allem Volk, am Kircheneingang, lösest du, wenn es dir beliebt, den Zettel ein!‘ Und damit, ehe ich noch recht begriffen, was sie sagt, auf dem Platz, vor Erstaunen sprachlos, läßt sie mich stehen; und während sie den Kasten, der hinter ihr stand, zusammenschlug und über den Rücken warf, mischt sie sich, ohne daß ich weiter bemerken konnte, was sie tut, unter den Haufen des uns umringenden Volks. Nun trat, zu meinem in der Tat herzlichen Trost, in eben diesem Augenblick der Ritter auf, den der Kurfürst ins Schloß geschickt hatte, und meldete ihm mit lachendem Munde, daß der Rehbock getötet und durch zwei Jäger vor seinen Augen in die Küche geschleppt worden sei. Der Kurfürst, indem er seinen Arm munter in den meinigen legte, in der Absicht, mich von dem Platz hinwegzuführen, sagte: ‚Nun, wohlan! So war die Prophezeiung eine alltägliche Gaunerei und Zeit und Gold, die sie uns gekostet, nicht wert!‘ Aber wie groß war unser Erstaunen, da sich noch während dieser Worte ein Geschrei rings auf dem Platze erhob, und aller Augen sich einem großen, vom Schloßhof herantrabenden Schlachterhund zuwandten, der in der Küche den Rehbock als gute Beute beim Nacken erfaßt, und das Tier drei Schritte von uns, verfolgt von Knechten und Mägden, auf den Boden fallen ließ; dergestalt, daß in der Tat die Prophezeiung des Weibes, zum Unterpfand alles dessen, was sie vorgebracht, erfüllt, und der Rehbock uns bis auf den Markt, obschon allerdings tot, entgegen gekommen war. Der Blitz, der an einem Wintertag vom Himmel fällt, kann nicht vernichtender treffen als mich dieser Anblick, und meine erste Bemühung, sobald ich der Gesellschaft, in der ich mich befand, überhoben, war gleich, den Mann mit dem Federhut, den mir das Weib bezeichnet hatte, auszumitteln; doch keiner meiner Leute, unausgesetzt während drei Tagen auf Kundschaft geschickt, war imstande, mir auch nur auf die entfernteste Weise Nachricht davon zu geben: und jetzt, Freund Kunz, vor wenig Wochen, in der Meierei zu Dahme, habe ich den Mann mit meinen eigenen Augen gesehn.“ – Und damit ließ er die Hand des Kämmerers fahren; und während er sich den Schweiß abtrocknete, sank er wieder auf das Lager zurück. Der Kämmerer, der es für vergebliche Mühe hielt, mit seiner Ansicht von diesem Vorfall die Ansicht, die der Kurfürst davon hatte, zu durchkreuzen und zu berichtigen, bat ihn, doch irgendein Mittel zu versuchen, des Zettels habhaft zu werden und den Kerl nachher seinem Schicksal zu überlassen; doch der Kurfürst antwortete, daß er platterdings kein Mittel dazu sähe, obschon der Gedanke, ihn entbehren zu müssen oder wohl gar die Wissenschaft davon mit diesem Menschen untergehen zu sehen, ihn dem Jammer und der Verzweiflung nahe brächte. Auf die Frage des Freundes: ob er denn Versuche gemacht, die Person der Zigeunerin selbst auszuforschen, erwiderte der Kurfürst, daß das Gubernium auf einen Befehl, den er unter einem falschen Vorwand an dasselbe erlassen, diesem Weibe vergebens bis auf den heutigen Tag in allen Plätzen des Kurfürstentums nachspüre: wobei er aus Gründen, die er jedoch näher zu entwickeln sich weigerte, überhaupt zweifelte, daß sie in Sachsen auszumitteln sei. Nun traf es sich, daß der Kämmerer mehrerer beträchtlichen Güter wegen, die seiner Frau aus der Hinterlassenschaft des abgesetzten und bald darauf verstorbenen Erzkanzlers, Graf Kallheim, in der Neumark zugefallen waren, nach Berlin reisen wollte; dergestalt, daß, da er den Kurfürsten in der Tat liebte, er ihn nach einer kurzen Überlegung fragte: ob er ihm in dieser Sache freie Hand lassen wolle? Und da dieser, indem er seine Hand herzlich an seine Brust drückte, antwortete: „Denke, du seist ich, und schaff mit den Zettel!" so beschleunigte der Kämmerer, nachdem er seine Geschäfte abgegeben, um einige Tage seine Abreise und fuhr mit Zurücklassung seiner Frau, bloß von einigen Bedienten begleitet, nach Berlin ab.

Kohlhaas, der inzwischen, wie schon gesagt, in Berlin angekommen und auf einen Spezialbefehl des Kurfürsten in ein ritterliches Gefängnis gebracht worden war, das ihn mit seinen fünf Kindern so bequem, als es sich tun ließ, empfing, war gleich nach Erscheinung des kaiserlichen Anwalts aus Wien auf den Grund wegen Verletzung des öffentlichen kaiserlichen Landfriedens vor den Schranken des Kammergerichts zur Rechenschaft gezogen worden; und ob er schon in seiner Verantwortung einwandte, daß er wegen seines bewaffneten Einfalls in Sachsen und der dabei verübten Gewalttätigkeiten kraft des mit dem Kurfürsten von Sachsen zu Lützen abgeschlossenen Vergleichs nicht belangt werden könne: so erfuhr er doch zu seiner Belehrung, daß des Kaisers Majestät, deren Anwalt hier die Beschwerde führe, darauf keine Rücksicht nehmen könne: ließ sich auch sehr bald, da man ihm die Sache auseinandersetzte und erklärte, wie ihm dagegen von Dresden her in seiner Sache gegen den Junker Wenzel von Tronka völlige Genugtuung widerfahren werde, die Sache gefallen. Demnach traf es sich, daß gerade am Tage der Ankunft des Kämmerers das Gesetz über ihn sprach, und er verurteilt ward, mit dem Schwert vom Leben zum To-

de gebracht zu werden; ein Urteil, an dessen Vollstreckung gleichwohl, bei der verwickelten Lage der Dinge, seiner Milde ungeachtet, niemand glaubte, ja das die ganze Stadt, bei dem Wohlwollen, das der Kurfürst für den Kohlhaas trug, unfehlbar durch ein Machtwort desselben in eine bloße, vielleicht beschwerliche und langwierige Gefängnisstrafe verwandelt zu sehen hoffte. Der Kämmerer, der gleichwohl einsah, daß keine Zeit zu verlieren sein möchte, falls der Auftrag, den ihm sein Herr gegeben, in Erfüllung gehen sollte, fing sein Geschäft damit an, sich dem Kohlhaas am Morgen eines Tages, da derselbe in harmloser Betrachtung der Vorübergehenden am Fenster seines Gefängnisses stand, in seiner gewöhnlichen Hoftracht genau und umständlich zu zeigen; und da er aus einer plötzlichen Bewegung seines Kopfes schloß, daß der Roßhändler ihn bemerkt hatte, und besonders mit großem Vergnügen einen unwillkürlichen Griff desselben mit der Hand auf die Gegend der Brust, wo die Kapsel lag, wahrnahm: so hielt er das, was in der Seele desselben in diesem Augenblick vorgegangen war, für eine hinlängliche Vorbereitung, um in dem Versuch, des Zettels habhaft zu werden, einen Schritt weiter vorzurücken. Er bestellte ein altes, auf Krücken herumwandelndes Trödelweib zu sich, das er in den Straßen von Berlin unter einem Troß anderen mit Lumpen handelnden Gesindels bemerkt hatte und das ihm, dem Alter und der Tracht nach, ziemlich mit dem, das ihm der Kurfürst beschrieben hatte, übereinzustimmen schien; und in der Voraussetzung, der Kohlhaas werde sich die Züge derjenigen, die ihm in einer flüchtigen Erscheinung den Zettel überreicht hatte, nicht eben tief eingeprägt haben, beschloß er, das gedachte Weib statt ihrer unterzuschieben und bei Kohlhaas, wenn es sich tun ließe, die Rolle, als ob sie die Zigeunerin wäre, spielen zu lassen. Demgemäß, um sie dazu instand zu setzen, unterrichtete er sie umständlich von allem, was zwischen dem Kurfürsten und der gedachten Zigeunerin in Jüterbock vorgefallen war, wobei er, weil er nicht wußte, wie weit das Weib in ihren Eröffnungen gegen den Kohlhaas gegangen war, nicht vergaß, ihr besonders die drei geheimnisvollen, in dem Zettel enthaltenen Artikel einzuschärfen; und nachdem er ihr auseinandergesetzt hatte, was sie auf abgerissene und unverständliche Weise fallen lassen müsse, gewisser Anstalten wegen, die man getroffen, sei es durch List oder durch Gewalt, des Zettels, der dem sächsischen Hofe von der äußersten Wichtigkeit sei, habhaft zu werden, trug er ihr auf, dem Kohlhaas den Zettel unter dem Vorwand, daß derselbe bei ihm nicht mehr sicher sei, zur Aufbewahrung während einiger verhängnisvollen Tage abzufordern. Das Trödelweib übernahm sogleich gegen die Verheißung einer beträchtlichen Belohnung, wovon der Kämmerer ihr auf ihre Forderung einen Teil im voraus bezahlen mußte, die Ausführung des besagten Geschäfts; und da die Mutter des bei Mühlberg gefallenen Knechts Herse den Kohlhaas mit Erlaubnis der Regierung zuweilen besuchte, diese Frau ihr aber seit einigen Monden her bekannt war, so gelang es ihr an einem der nächsten Tage vermittelst einer kleinen Gabe an den Kerkermeister, sich bei dem Roßkamm Eingang zu verschaffen. – Kohlhaas aber, als diese Frau zu ihm eintrat, meinte an einem Siegelring, den sie an der Hand trug, und einer ihr vom Hals herabhängenden Korallenkette, die bekannte alte Zigeunerin selbst wiederzuerkennen, die ihm in Jüterbock den Zettel überreicht hatte; und wie denn die Wahrscheinlichkeit nicht immer auf Seiten der Wahrheit ist, so traf es sich, daß hier etwas geschehen war, das wir zwar berichten, die Freiheit aber, daran zu zweifeln, demjenigen, dem es wohlgefällt, zugestehen müssen: Der Kämmerer hatte den ungeheuersten Mißgriff begangen und in dem alten Trödelweib, das er in den Straßen von Berlin aufgriff, um die Zigeunerin nachzuahmen, die geheimnisreiche Zigeunerin selbst getroffen, die er nachgeahmt wissen wollte. Wenigstens berichtete das Weib, indem sie auf ihre Krücken gestützt die Wangen der Kinder streichelte, die sich, betroffen von ihrem wunderlichen Anblick, an den Vater lehnten: daß sie schon seit geraumer Zeit aus dem Sächsischen ins Brandenburgische zurückgekehrt sei, und sich auf eine in den Straßen von Berlin unvorsichtig

gewagte Frage des Kämmerers nach der Zigeunerin, die im Frühjahr des verflossenen Jahres in Jüterbock gewesen, sogleich an ihn gedrängt und unter einem falschen Namen zu dem Geschäfte, das er besorgt wissen wollte, angetragen habe. Der Roßhändler, der eine sonderbare Ähnlichkeit zwischen ihr und seinem verstorbenen Weib Lisbeth bemerkte, dergestalt, daß er sie hätte fragen können, ob sie ihre Großmutter sei: denn nicht nur, daß die Züge ihres Gesichts, ihre Hände, auch in ihrem knöchernen Bau noch schön, und besonders der Gebrauch, den sie davon im Reden machte, ihn aufs Lebhafteste an sie erinnerten: auch ein Mal, womit seiner Frau

Hals bezeichnet war, bemerkte er an dem ihrigen – der Roßhändler nötigte sie unter Gedanken, die sich seltsam in ihm kreuzten, auf einen Stuhl nieder und fragte, was sie in aller Welt in Geschäften des Kämmerers zu ihm führe? Die Frau, während der alte Hund des Kohlhaas ihre Knie umschnüffelte und, von ihrer Hand gekrault, mit dem Schwanz wedelte, antwortete: der Auftrag, den ihr der Kämmerer gegeben, wäre, ihm zu eröffnen, auf welche drei dem sächsischen Hofe wichtigen Fragen der Zettel geheimnisvolle Antwort enthalte; ihn vor einem Abgesandten, der sich in Berlin befinde, um seiner habhaft zu werden, zu warnen: und ihm den Zettel, unter dem Vorwand, daß er an seiner Brust, wo er ihn trage, nicht mehr sicher sei, abzufordern. Die Absicht aber, in der sie komme, sei, ihm zusagen, daß die Drohung, ihn durch Arglist oder Gewalttätigkeit um den Zettel zu bringen, abgeschmackt und ein leeres Trugbild sei; daß er unter dem Schutz des Kurfürsten von Brandenburg, in dessen Gewahrsam er sich befinde, nicht das mindeste für denselben zu befürchten habe; ja, daß das Blatt bei ihm weit sicherer sei als bei ihr und daß er sich wohl hüten möge, sich durch Ablieferung desselben, an wen und unter welchem Vorwand es auch sei, darum bringen zu lassen. – Gleichwohl schloß sie, daß sie es für klug hielte, von dem Zettel den Gebrauch zu machen, zu welchem sie ihm denselben auf dem Jahrmarkt zu Jüterbock eingehändigt, dem Antrag, den man ihm auf der Grenze durch den Junker von Stein gemacht, Gehör zu geben und den Zettel, der ihm selbst weiter nichts nutzen könne, für Freiheit und Leben an den Kurfürsten von Sachsen auszuliefern. Kohlhaas, der über die Macht jauchzte, die ihm gegeben war, seines Feindes Ferse in dem Augenblick, da sie ihn in den Staub trat, tödlich zu verwunden, antwortete: „Nicht um die Welt, Mütterchen, nicht um die Welt!“ und drückte der Alten Hand und wollte nur wissen, was für Antworten auf die ungeheuren Fragen im Zettel enthalten wären? Die Frau, inzwischen sie das Jüngste, das sich zu ihren Füßen niedergekauert hatte, auf den Schoß nahm, sprach: „Nicht um die Welt, Kohlhaas, der Roßhändler; aber um diesen hübschen, kleinen, blonden Jungen!“ und damit lachte sie ihn an, herzte und küßte ihn, der sie mit großen Augen ansah, und reichte ihm mit ihren dürren Händen einen Apfel, den sie in ihrer Tasche trug, dar. Kohlhaas sagte verwirrt: daß die Kinder selbst, wenn sie groß wären, ihn um seines Verfahrens loben würden und daß er für sie und ihre Enkel nichts Heilsameres tun könne, als den Zettel behalten. Zudem sagte er, wer ihn nach der Erfahrung, die er gemacht, vor einem neuen Betrug sicherstelle, und ob er nicht zuletzt unnützerweise den Zettel, wie jüngst den Kriegshaufen, den er in Lützen zusammengebracht, an den Kurfürsten aufopfern würde? „Wer mir sein Wort einmal gebrochen“, sprach er, „mit dem wechsle ich keins mehr; und nur deine Forderung, bestimmt und unzweideutig, trennt mich, gutes Mütterchen, von dem Blatt, durch welches mir für alles, was ich erlitten, auf so wunderbare Weise Genugtuung geworden ist." Die Frau, indem sie das Kind auf den Boden setzte, sagte: daß er in mancherlei Hinsicht recht hätte und daß er tun und lassen könnte, was er wolle! Und damit nahm sie ihre Krücken wieder zur Hand und wollte gehn. Kohlhaas wiederholte seine Frage, den Inhalt des wunderbaren Zettels betreffend; er wünschte, da sie flüchtig antwortete: daß er ihn ja eröffnen könne, obschon es eine bloße Neugierde wäre, noch über tausend andere Dinge, bevor sie ihn verließe, Aufschluß zu erhalten; wer sie eigentlich sei, woher sie zu der Wissenschaft, die ihr inwohne, komme, warum sie dem Kurfürsten, für den er doch geschrieben, den Zettel verweigert und gerade ihm unter so vielen tausend Menschen, der ihrer Wissenschaft nie begehrt, das Wunderblatt überreicht habe? – – Nun traf es sich, daß in eben diesem Augenblick ein Geräusch hörbar ward, das einige Polizeioffizianten, die die Treppe heraufstiegen, verursachten; dergestalt, daß das Weib von plötzlicher Besorgnis, in diesen Gemächern von ihnen betroffen zu werden, ergriffen, antwortete: „Auf Wiedersehn, Kohlhaas, auf Wiedersehn! Es soll dir, wenn wir uns wieder treffen, an Kenntnis über dies alles nicht fehlen!" Und damit, indem sie sich gegen die Tür wandte, rief sie: „Lebt wohl, Kinderchen, lebt wohl!" küßte das kleine Geschlecht nach der Reihe und ging ab.

Inzwischen hatte der Kurfürst von Sachsen, seinen jammervollen Gedanken preisgegeben, zwei Astrologen namens Oldenholm und Olearius, welche damals in Sachsen in großem Ansehen standen, herbeigerufen, und wegen des Inhalts des geheimnisvollen, ihm und dem ganzen Geschlecht seiner Nachkommen so wichtigen Zettels zu Rate gezogen; und da die Männer nach einer, mehrere Tage lang im Schloßturm zu Dresden fortgesetzten, tiefsinnigen Untersuchung nicht einig werden konnten, ob die Prophezeiung sich auf späte Jahrhunderte oder aber auf die jetzige Zeit beziehe, und vielleicht die Krone Polen, mit welcher die Verhältnisse immer noch sehr kriegerisch waren, damit gemeint sei: so wurde durch solchen gelehrten Streit, statt sie zu zerstreuen, die Unruhe – um nicht zu sagen Verzweiflung –, in welcher sich dieser unglückliche Herr befand, nur geschärft und zuletzt bis auf einen Grad, der seiner Seele ganz unerträglich war, vermehrt. Dazu kam, daß der Kämmerer um diese Zeit seiner Frau, die im Begriff stand, ihm nach Berlin zu folgen, auftrug, dem Kurfürsten, bevor sie abreiste, auf eine geschickte Art beizubringen, wie mißlich es nach einem verunglückten Versuch, den er mit einem Weib gemacht, das sich seitdem nicht wieder habe blicken lassen, mit der Hoffnung aussehe, des Zettels, in dessen Besitz der Kohlhaas sei, habhaft zu werden, indem das über ihn gefällte Todesurteil nunmehr nach einer umständlichen

Prüfung der Akten von dem Kurfürsten von Brandenburg unterzeichnet, und der Hinrichtungstag bereits auf den Montag nach Palmarum festgesetzt sei; auf welche Nachricht der Kurfürst sich, das Herz von Kummer und Reue zerrissen, gleich einem ganz Verlorenen, in seinem Zimmer verschloß, während zwei Tagen, des Lebens satt, keine Speise zu sich nahm, und am dritten plötzlich, unter der kurzen Anzeige an das Gubernium, daß er zu dem Fürsten von Dessau auf die Jagd reise, aus Dresden verschwand. Wohin er eigentlich ging und ob er sich nach Dessau wandte, lassen wir dahingestellt sein, indem die Chroniken, aus deren Vergleich wir Bericht erstatten, an dieser Stelle auf befremdende Weise einander widersprechen und aufheben. Gewiß ist, daß der Fürst von Dessau, unfähig zu jagen, um diese Zeit krank in Braunschweig bei seinem Oheim, dem Herzog Heinrich, lag und daß die Dame Heloise am Abend des folgenden Tages in Gesellschaft eines Grafen von Königstein, den sie für ihren Vetter ausgab, bei dem Kämmerer, Herrn Kunz, ihrem Gemahl, in Berlin eintraf. – Inzwischen war dem Kohlhaas auf Befehl des Kurfürsten das Todesurteil vorgelesen, die Ketten abgenommen und die über sein Vermögen lautenden Papiere, die ihm in Dresden abgesprochen worden waren, wieder zugestellt worden; und da die Räte, die das Gericht an ihn abgeordnet hatte, ihn fragten, wie er es mit dem, was er besitze, nach seinem Tode gehalten wissen wolle: so verfertigte er mit Hilfe eines Notars zu seiner Kinder Gunsten ein Testament, und setzte den Amtmann zu Kohlhaasenbrück, seinen wackern Freund, zum Vormund derselben ein. Demnach glich nichts der Ruhe und Zufriedenheit seiner letzten Tage; denn auf eine sonderbare Spezialverordnung des Kurfürsten war bald darauf auch noch der Zwinger, in welchem er sich befand, eröffnet und allen seinen Freunden, deren er sehr viele in der Stadt besaß, bei Tag und Nacht freier Zutritt zu ihm gestattet worden. Ja, er hatte noch die Genugtuung, den Theologen Jakob Freising, als einen Abgesandten Doktor Luthers, mit einem eigenhändigen, ohne Zweifel sehr merkwürdigen Brief, der aber verloren gegangen ist, in sein Gefängnis treten zu sehen, und von diesem geistlichen Herrn in Gegenwart zweier brandenburgischen Dechanten, die ihm an die Hand gingen, die Wohltat der heiligen Kommunion zu empfangen. Hierauf erschien nun unter einer allgemeinen Bewegung der Stadt, die sich immer noch nicht entwöhnen konnte, auf ein Machtwort, das ihn rettete, zu hoffen, der verhängnisvolle Montag nach Palmarum, an welchem er die Welt wegen des allzu raschen Versuchs, sich selbst in ihr Recht verschaffen zu wollen, versöhnen sollte. Eben trat er in Begleitung einer starken Wache, seine beiden Knaben auf dem Arm (denn diese Vergünstigung hatte er sich ausdrücklich vor den Schranken des Gerichts ausgebeten), von dem Theologen Jakob Freising geführt, aus dem Tor seines Gefängnisses, als unter

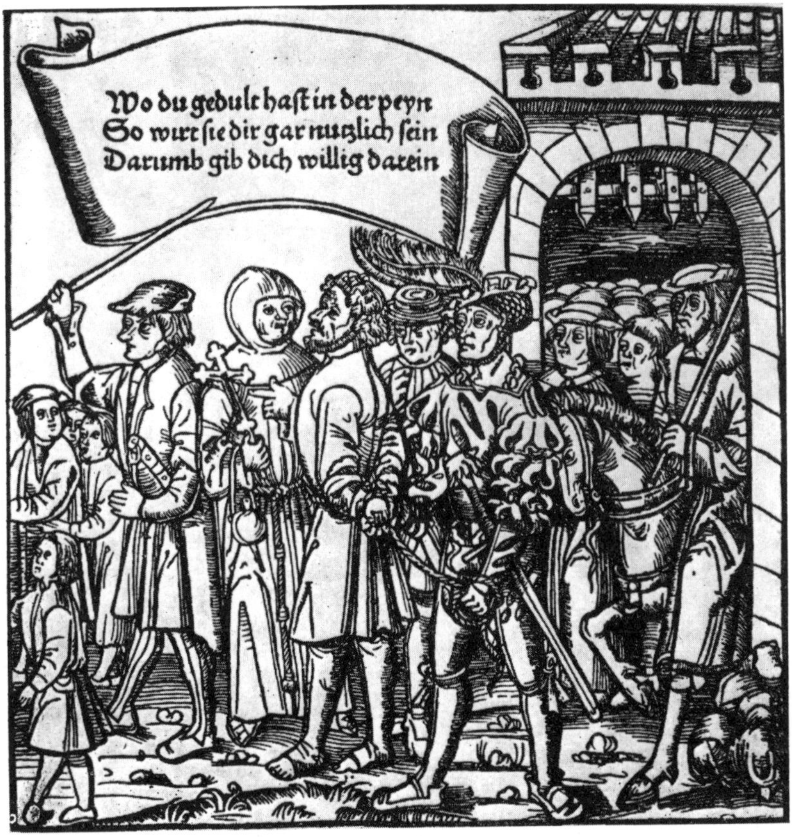

einem wehmütigen Gewimmel von Bekannten, die ihm die Hände drückten und von ihm Abschied nahmen, der Kastellan des kurfürstlichen Schlosses, verstört im Gesicht, zu ihm heran trat und ihm ein Blatt gab, das ihm, wie er sagte, ein altes Weib für ihn eingehändigt. Kohlhaas, während er den Mann, der ihm nur wenig bekannt war, befremdet ansah, eröffnete das Blatt, dessen Siegelring ihm, im Mundlack ausgedrückt, sogleich an die bekannte Zigeunerin erinnerte. Aber wer beschreibt das Erstaunen, das ihn ergriff, als er folgende Nachricht darin fand: „Kohlhaas, der Kurfürst von Sachsen ist in Berlin; auf den Richtplatz schon ist er vorangegangen und wird, wenn dir daran liegt, an einem Hut mit blauen und weißen Federbüschen kenntlich sein. Die Absicht, in der er kommt, brauche ich dir nicht zu sagen; er will die Kapsel, sobald du verscharrt bist, ausgraben, und den Zettel, der darin befindlich ist, eröffnen lassen. – Deine Elisabeth." – Kohlhaas, indem er sich auf das Äußerste bestürzt zu dem Kastellan umwandte, fragte ihn: ob er das wunderbare Weib, das ihm den Zettel übergeben, kenne? Doch da der Kastellan antwortete: „Kohlhaas, das Weib – –“ und inmitten der Rede auf sonderbare Weise stockte, so konnte er von dem Zuge, der in diesem Augenblick wieder antrat, fortgerissen, nicht vernehmen, was der Mann, der an allen Gliedern zu zittern schien, vorbrachte. – Als er auf dem Richtplatz ankam, fand er den Kurfürsten von Brandenburg mit seinem Gefolge, worunter sich auch der Erzkanzler Herr Heinrich von Geusau befand, unter einer unermeßlichen Menschenmenge daselbst zu Pferde halten: ihm zur Rechten der kaiserliche Anwalt Franz Müller, eine Abschrift des Todesurteils in der Hand; ihm zur Linken mit dem Konklusum des Dresdner Hofgerichts sein eigener Anwalt, der Rechtsgelehrte Anton Zäuner; ein Herold in der Mitte des halboffenen Kreises, den das Volk schloß, mit einem Bündel Sachen und den beiden, von Wohlsein glänzenden, die Erde mit ihren Hufen stampfenden Rappen. Denn der Erzkanzler Herr Heinrich hatte die Klage, die er im Namen seines Herrn in Dresden anhängig gemacht, Punkt für Punkt und ohne die mindeste Einschränkung gegen den Junker Wenzel von Tronka durchgesetzt; dergestalt, daß die Pferde, nachdem man sie durch Schwingung einer Fahne über ihre Häupter ehrlich gemacht und aus den Händen des Abdekkers, der sie ernährte, zurückgezogen hatte, von den Leuten des Junkers dickgefüttert und in Gegenwart einer eigens dazu niedergesetzen Kommission dem Anwalt auf dem Markt zu Dresden übergeben worden waren. Demnach sprach der Kurfürst, als Kohlhaas von der Wache begleitet auf den Hügel zu ihm heranschritt: „Nun, Kohlhaas, heut ist der Tag, an dem dir dein Recht geschieht! Schau her, hier liefere ich dir alles, was du auf der Tronkenburg gewaltsamerweise eingebüßt und was ich als dein Landesherr dir wieder zu verschaffen schuldig war, zurück: Rappen, Halstuch, Reichsgulden, Wäsche, bis auf die Kurkosten sogar für deinen bei Mühlberg gefallenen Knecht Herse. Bist du mit mir zufrieden?“ – Kohlhaas, während er das ihm auf den Wink des Erzkanzlers eingehändigte Konklusum mit großen, funkelnden Augen überlas, setzte die beiden Kinder, die er auf dem Arm trug, neben sich auf den Boden nieder; und da er auch einen Artikel darin fand, in welchem der Junker Wenzel zu zweijähriger Gefängnisstrafe verurteilt ward; so ließ er sich aus der Ferne, ganz überwältigt von Gefühlen, mit kreuzweis auf die Brust gelegten Händen vor dem Kurfürsten nieder. Er versicherte freudig dem Erzkanzler, indem er aufstand und die Hand auf seinen Schoß legte, daß sein höchster Wunsch auf Erden erfüllt sei, trat an die Pferde heran, musterte sie und klopfte ihren feisten Hals; und erklärte dem Kanzler, indem er wieder zu ihm zurückkam, heiter: daß er sie seinen beiden Söhnen Heinrich und Leopold schenke! Der Kanzler, Herr Heinrich von Geusau, vom Pferde herab mild zu ihm gewandt, versprach ihm in des Kurfürsten Namen, daß sein letzter

Wille heilig gehalten werden solle, und forderte ihn auf, auch über die übrigen Bündel befindlichen Sachen nach seinem Gutdünken zu schalten. Hierauf rief Kohlhaas die alte Mutter Hersens, die er auf dem Platz wahrgenommen hatte, aus dem Haufen des Volks hervor, und indem er ihr die Sachen übergab, sprach er: „Da, Mütterchen, das gehört dir!" – die Summe, die als Schadenersatz für ihn bei dem im Bündel liegenden Geld befindlich war, als ein Geschenk noch zur Pflege und Erquickung ihrer alten Tage hinzufügend. – – Der Kurfürst rief: „Nun, Kohlhaas, der Roßhändler, du, dem solchergestalt Genugtuung geworden, mache dich bereit, kaiserlicher Majestät, deren Anwalt hier steht, wegen des Bruchs ihres Landfriedens deinerseits Genugtuung zu geben!" Kohlhaas, indem er seinen Hut abnahm und auf die Erde warf, sagte, daß er bereit dazu wäre, übergab die Kinder, nachdem er sie noch einmal vom Boden erhoben und an seine Brust gedrückt hatte, dem Amtmann von Kohlhaasenbrück, und trat, während dieser sie unter stillen Tränen vom Platz hinwegführte, an den Block. Eben knüpfte er sich das Tuch vom Hals ab und öffnete seinen Brustlatz, als er mit einem flüchtigen Blick auf den Kreis, den das Volk bildete, in geringer Entfernung von sich zwischen zwei Rittern, die ihn mit ihren Leibern halb deckten, den wohlbekannten Mann mit blauen und weißen Federbüschen wahrnahm. Kohlhaas löste sich, indem er mit einem plötzlichen, die Wache, die ihn umringte, befremdenden Schritt dicht vor ihn trat, die Kapsel von der Brust; er nahm den Zettel heraus, entsiegelte ihn und überlas ihn, und das Auge unverwandt auf den Mann mit blauen und weißen Federbüschen gerichtet, der bereits süßen Hoffnungen Raum zu geben anfing, steckte er ihn in den Mund und verschlang ihn. Der Mann mit blauen und weißen Federbüschen sank bei diesem Anblick ohnmächtig in Krämpfen nieder. Kohlhaas aber, während die bestürzten Begleiter desselben sich herabbeugten und ihn vom Boden aufhoben, wandte sich zu dem

Schafott, wo sein Haupt unter dem Beil des Scharfrichters fiel. – Hier endigt die Geschichte vom Kohlhaas. Man legte die Leiche unter einer allgemeinen Klage des Volks in einen Sarg; und während die Träger sie aufhoben, um sie anständig auf dem Kirchhof der Vorstadt zu begraben, rief der Kurfürst die Söhne des Abgeschiedenen herbei und schlug sie, mit der Erklärung an den Erzkanzler, daß sie in seiner Pagenschule erzogen werden sollten, zu Rittern. Der Kurfürst von Sachsen kam bald darauf, zerrissen an Leib und Seele, nach Dresden zurück, wo man das weitere in der Geschichte nachlesen muß. Vom Kohlhaas aber haben noch im vergangenen Jahrhundert im Mecklenburgischen einige frohe und rüstige Nachkommen gelebt.

Clemens Brentano

Geschichte vom braven Kasperl und dem schönen Annerl

Es war Sommersfrühe. Die Nachtigallen sangen erst seit einigen Tagen durch die Straßen und verstummten heut' in einer kühlen Nacht, welche von fernen Gewittern zu uns herwehte. Der Nachtwächter rief die elfte Stunde an. Da sah ich, nach Hause gehend, vor der Tür eines großen Gebäudes einen Trupp von allerlei Gesellen, die vom Bier kamen, um jemand, der auf den Türstufen saß, versammelt. Ihr Anteil schien mir so lebhaft, daß ich irgendein Unglück besorgte und mich näherte.

Eine alte Bäuerin saß auf der Treppe, und so lebhaft die Gesellen sich um sie bekümmerten, so wenig ließ sie sich von den neugierigen Fragen und gutmütigen Vorschlägen derselben stören. Es hatte etwas sehr Befremdendes, ja schier Großes, wie die gute alte Frau so sehr wußte, was sie wollte, daß sie, als sei sie ganz allein in ihrem Kämmerlein, mitten unter den Leuten es sich unter freiem Himmel zur Nachtruhe bequem machte. Sie nahm ihre Schürze als ein Mäntelchen um, zog ihren großen schwarzen, wachsleinenen Hut tiefer in die Augen, legte sich ihr Bündel unter den Kopf zurecht und gab auf keine Frage Antwort.

„Was fehlt dieser alten Frau?" fragte ich einen der Anwesenden. Da kamen Antworten von allen Seiten: „Sie kommt sechs Meilen Weges vom Lande, sie kann nicht weiter, sie weiß nicht Bescheid in der Stadt, sie hat Befreundete am andern Ende der Stadt und kann nicht hin finden." – „Ich wollte sie führen", sagte einer, „aber es ist ein weiter Weg, und ich habe meinen Hausschlüssel nicht bei mir. Auch würde sie das Haus nicht kennen, wo sie hin will" – „Aber hier kann die Frau nicht liegen bleiben", sagte ein Neuhinzugetretener. „Sie will aber platterdings", antwortete der erste, „ich habe es ihr längst gesagt, ich wolle sie nach Haus bringen; doch sie redet ganz verwirrt, ja sie muß wohl betrunken sein." – „Ich glaube, sie ist blödsinnig. Aber hier kann sie doch in keinem Falle bleiben", wiederholter jener, „die Nacht ist kühl und lang."

Während allem diesem Gerede war die Alte, gerade als ob sie taub und blind sei, ganz ungestört mit ihrer Zubereitung fertig geworden, und da der letzte abermals sagte: „Hier kann sie doch nicht bleiben", erwiderte sie mit einer wunderlich tiefen und ernsten Stimme:

„Warum soll ich nicht hier bleiben? Ist dies nicht ein herzogliches Haus? Ich bin achtundachtzig Jahre alt, und der Herzog wird mich gewiß nicht von seiner Schwelle treiben. Drei Söhne sind in seinem Dienste gestorben, und mein einziger Enkel hat seinen Abschied genommen; Gott verzeiht es ihm gewiß, und ich will nicht sterben, bis er in seinem ehrlichen Grabe liegt."

„Achtundachtzig Jahre und sechs Meilen gelaufen!" sagten die Umstehenden, „sie ist müd' und kindisch, in solchem Alter wird der Mensch schwach."

„Mutter, Sie kann aber den Schnupfen kriegen und sehr krank werden hier, und Langeweile wird Sie auch haben", sprach nun einer der Gesellen und beugte sich näher zu ihr.

Da sprach die Alte wieder mit ihrer tiefen Stimme, halb bittend, halb befehlend:

„O, laßt mir meine Ruhe und seid nicht unvernünftig; ich brauch' keinen Schnupfen, ich brauche keine Langeweile; es ist ja schon spät an der Zeit, achtundachtzig bin ich alt, der Morgen wird bald anbrechen, da geh' ich zu meinen Befreundeten. Wenn ein Mensch fromm ist und hat Schicksale und kann beten, so kann er die paar armen Stunden auch noch wohl hinbringen."

Die Leute hatten sich nach und nach verloren, und die letzten, welche noch da standen, eilten auch hinweg, weil der Nachtwächter durch die Straße kam und sie sich von ihm ihre Wohnung wollten öffnen lassen. So war ich allein noch gegenwärtig. Die Straße ward ruhiger. Ich wandelte nachdenkend unter den Bäumen des vor mir liegenden freien Platzes auf und nieder; das Wesen der Bäuerin, ihr bestimmter ernster Ton, ihre Sicherheit im Leben, das sie achtundachtzigmal mit seinen Jahreszeiten hatte zurückkehren sehen und das ihr nur wie ein Vorsaal im Bethause erschien, hatten mich mannigfach erschüttert. „Was sind alle Leiden, alle Begierden meiner Brust? Die Sterne gehen ewig unbekümmert ihren Weg, wozu suche ich Erquickung und Labung, und von wem suche ich sie und für wen? Alles, was ich hier suche und liebe und erringe, wird es mich je dahin bringen, so ruhig wie diese gute fromme Seele die Nacht auf der Schwelle des Hauses zubringen zu können, bis der Morgen erscheint, und werde ich dann den Freund finden wie sie? Ach, ich werde die Stadt nicht erreichen, ich werde, wegemüde, schon in dem Sande vor dem Tor umsinken und vielleicht gar in die Hände der Räuber fallen." So sprach ich zu mir selbst, und als ich durch den Lindengang mich der Alten wieder näherte, hörte ich sie halblaut mit gesenktem Kopfe vor sich hin beten. Ich war wunderbar gerührt und trat zu ihr hin und sprach: „Mit Gott, fromme Mutter, bete Sie auch ein wenig für mich!" – bei welchen Worten ich ihr einen Taler in die Schürze warf.

Die Alte sagte hierauf ganz ruhig: „Hab' tausend Dank, mein lieber Herr, daß du mein Gebet erhörst."

Ich glaubte, sie spreche mit mir und sagte: „Mutter, habt Ihr mich denn um etwas gebeten? Ich wüßte nicht."

Da fuhr die Alte überrascht auf und sprach: „Lieber Herr, gehe Er doch nach Haus und bete Er fein und lege Er sich schlafen. Was zieht Er so spät noch auf der Gasse herum? Das ist jungen Gesellen gar nichts nütze, denn der Feind geht um und suchet, wo er sich einen erfange. Es ist mancher durch solch Nachtlaufen verdorben. Wen sucht Er? Den Herrn? Der ist in des Menschen Herz, so er züchtig lebt, und nicht auf der Gasse. Sucht Er aber den Feind, so hat Er ihn schon; gehe Er hübsch nach Haus und bete Er, daß Er ihn los werde. Gute Nacht!"

Nach diesen Worten wendete sie sich ganz ruhig nach der andern Seite und steckte den Taler in ihren Reisesack. Alles, was die Alte tat, machte einen eigentümlichen, ernsten Eindruck auf mich, und ich sprach zu ihr:

„Liebe Mutter, Ihr habt wohl recht, aber Ihr selbst seid es, was mich hier hält. Ich hörte Euch beten und wollte Euch ansprechen, meiner dabei zu gedenken."

„Das ist schon geschehen", sagte sie. „Als ich Ihn so durch den Lindengang wandeln sah, bat ich Gott, er möge Euch gute Gedanken geben. Nun habe Er sie und gehe Er fein schlafen!"

Ich aber setzte mich zu ihr nieder auf die Treppe und ergriff ihre dürre, harte Hand und sagte: „Lasset mich hier bei Euch sitzen die Nacht hindurch und erzählet mir, woher Ihr seid und was Ihr hier in der Stadt sucht; Ihr habt hier keine Hilfe, in Eurem Alter ist man Gott näher als den Menschen; die Welt hat sich verändert, seit Ihr jung waret."

„Das ich nicht wüßte", erwiderte die Alte, „ich hab's mein Lebtag ganz einerlei gefunden. Er ist noch zu jung, da verwundert man sich über alles; mir ist alles schon so oft wieder vorgekommen, daß ich es nur noch mit Freuden ansehe, weil es Gott so treulich damit meint. Aber man soll keinen guten Willen von sich weisen, wenn er einen auch gerade nicht not tut, sonst möchte der liebe Freund ausbleiben, wenn er ein andermal gar willkommen wäre; bleibe Er drum immer sitzen und sehe Er, was Er mir helfen kann. Ich will Ihm erzählen, was mich in die Stadt den weiten Weg hertreibt. Ich hätt' es nicht gedacht, wieder hierher zu kommen. Es sind siebzig Jahre, daß ich hier im Hause als Magd gedient habe, auf dessen Schwelle ich sitze, seitdem war ich nicht mehr in der Stadt; was die Zeit herumgeht! Es ist, als wenn man eine Hand umwendet. Wie oft habe ich hier am Abend gesessen vor siebzig Jahren und habe auf meinen Schatz gewartet, der bei der Garde stand! Hier haben wir uns auch versprochen. Wenn er hier – aber still, da kommt die Runde vorbei."

Da hob sie an mit gemäßigter Stimme, wie etwa junge Mägde und Diener in schönen Mondnächten, vor der Tür zu singen, und ich hörte mit innigem Vergnügen folgendes schöne alte Lied von ihr:

„Wann der Jüngste Tag wird werden,
Dann fallen die Sternelein auf die Erden.
Ihr Toten, ihr Toten sollt auferstehn,
Ihr sollt vor das Jüngste Gerichte gehn;
Ihr sollt treten auf die Spitzen,
Da die lieben Engelein sitzen.
Da kam der liebe Gott gezogen
Mit einem schönen Regenbogen.
Da kamen die falschen Juden gegangen,
Die führten einst unsern Herrn Christum gefangen.
Die hohen Bäum' erleuchten sehr,

Die harten Stein' zerknirschten sehr.
Wer dies Gebetlein beten kann,
Der bet's des Tages nur einmal,
Die Seele wird vor Gott bestehn,
Wann wir werden zum Himmel eingehn! Amen."

Als die Runde uns näher kam, wurde die gute Alte gerührt. „Ach", sagte sie, „es ist heute der sechzehnte Mai, es ist doch alles einerlei, gerade wie damals, nur haben sie andere Mützen auf und keine Zöpfe mehr. Tut nichts, wenn's Herz nur gut ist!" Der Offizier der Runde blieb bei uns stehen und wollte eben fragen, was wir hier so spät zu schaffen hätten, als ich den Fähnrich Graf Grossinger, einen Bekannten, in ihm erkannte. Ich sagte ihm kurz den ganzen Handel, und er sagte mit einer Art von Erschütterung: „Hier haben Sie einen Taler für die Alte und eine Rose" – die er in der Hand trug – „so alte Bauersleute haben Freude an Blumen. Bitten Sie die Alte, Ihnen morgen das Lied in die Feder zu sagen und bringen Sie mir es. Ich habe lange nach dem Liede getrachtet, aber seiner nie ganz habhaft werden können." Hiermit schieden wir, denn der Posten der nahe gelegenen Hauptwache, bis zu welcher ich ihn über den Platz begleitet hatte, rief: „Wer da?" Er sagte mir noch, daß er die Wache am Schlosse habe, ich sollte ihn dort aufsuchen. Ich ging zu der Alten zurück und gab ihr die Rose und den Taler.

Die Rose ergriff sie mit einer rührenden Heftigkeit und befestigte sie sich auf ihren Hut, indem sie mit einer etwas feineren Stimme und fast weinend die Worte sprach:

„Rosen die Blumen auf meinem Hut,
Hätt' ich viel Geld, das wäre gut,
Rosen und mein Liebchen."

Ich sagte zu ihr: „Ei, Mütterchen, Ihr seid ja ganz munter geworden." Und sie erwiderte:

„Munter, munter,
Immer bunter,
Immer runder.
Oben stund er,
Nun bergunter,
'S ist kein Wunder!"

„Schau' Er, lieber Mensch, ist es nicht gut, daß ich hier sitzen geblieben? Es ist alles einerlei, glaub' Er mir. Heute sind es siebzig Jahre, da saß ich hier vor der Tür, ich war eine flinke Magd und sang gern alle Lieder. Da sang ich auch das Lied vom Jüngsten Gericht wie heute, da die Runde vorbeiging, und da warf mir ein Grenadier im Vorüberghen eine Rose in den Schoß – die Blätter hab' ich noch in meiner Bibel liegen – das war meine erste Bekanntschaft mit meinem seligen Mann. Am andern Morgen hatte ich die Rose vorgestreckt in der Kirche, und da fand er mich, und es ward bald richtig. Drum hat es mich gar sehr gefreut, daß mir heute wieder eine Rose ward. Es ist ein Zeichen, daß ich zu ihm kommen soll, und darauf freu' ich mich herzlich. Vier Söhne und eine Tochter sind mir gestorben, vorgestern hat mein Enkel seinen Abschied genommen – Gott helfe ihm und erbarme sich seiner! – und morgen verläßt mich eine andere gute Seele, aber was sag' ich morgen, ist es nicht schon Mitternacht vorbei?"

„Es ist zwölf vorüber", erwiderte ich, verwundert über ihre Rede.

„Gott gebe ihr Trost und Ruhe die vier Stündlein, die sie noch hat!" sagte die Alte und ward still, indem sie die Hände faltete. Ich konnte nicht sprechen, so erschütterten mich ihre Worte und ihr ganzes Wesen. Da sie aber ganz stille blieb und der Taler des Offiziers noch in ihrer Schürze lag, sagte ich zu ihr: „Mutter, steckt den Taler zu Euch, Ihr könntet ihn verlieren."

„Den wollen wir nicht weglegen, den wollen wir meiner Befreundeten schenken in ihrer letzten Not!" erwiderte sie. „Den ersten Taler nehm' ich morgen wieder mit nach Haus, der gehört meinem Enkel, der soll ihn genießen. Ja seht, es ist immer ein herrlicher Junge gewesen und hielt etwas auf seinen Leib und auf seine Seele – ach Gott, auf seine Seele! – Ich habe gebetet den ganzen Weg, es ist nicht möglich, der liebe Herr läßt ihn gewiß nicht verderben. Unter allen Burschen war er immer der reinlichste und fleißigste in der Schule, aber auf die Ehre war er vor allem ganz erstaunlich. Sein Leutnant hat auch immer gesprochen: ‚Wenn meine Schwadron Ehre im Leib hat, so sitzt sie bei dem Finkel im Quartier.' Er war unter den Ulanen. Als er zum erstenmal aus Frankreich zurückkam, erzählte er allerlei schöne Geschichten, aber immer war von der Ehre dabei die Rede. Sein Vater und sein Stiefbruder waren bei dem Landsturm und kamen oft mit ihm wegen der Ehre in Streit, denn was er zu viel hatte, hatten sie nicht genug. Gott verzeih' mir meine schwere Sünde, ich will nicht schlecht von ihnen reden, jeder hat sein Bündel zu tragen: Aber meine selige Tochter, *seine* Mutter, hat sich zu Tode gearbeitet bei dem Faulpelz, sie konnte nicht erschwingen, seine Schulden zu tilgen. Der Ulane erzählte von den Franzosen, und als der Vater und Stiefbruder sie ganz schlecht machen wollten, sagte der Ulane: ‚ Vater, das versteht Ihr nicht, sie haben doch viel Ehre im Leibe.' Da ward der Stiefbruder tückisch und sagte: ‚Wie kannst du deinem Vater so viel von der Ehre vorschwatzen? War er doch Unteroffizier im N . . . schen Regiment und muß es besser als du verstehen, der nur Gemeiner ist.' – ‚Ja', sagte da der alte Finkel, der nun auch rebellisch ward, ‚das war ich und habe manchem vorlauten Burschen fünfundzwanzig aufgezählt; hätte ich nur Franzosen in der Kompanie gehabt, die sollten sie noch besser gefühlt haben mit ihrer Ehre!' Die Rede tat dem Ulanen gar weh, und er sagte: ‚Ich will ein Stückchen von einem französischen Unteroffizier erzählen, das gefällt mir besser. Unterm vorigen König sollten auf einmal die Prügel bei der französischen Armee eingeführt werden. Der Befehl des Kriegsministers wurde zu Straßburg bei einer großen Parade bekannt gemacht, und die Truppen hörten in Reih' und Glied die Bekanntmachung mit stillem Grimm an. Da aber noch nach Schluß der Parade ein Gemeiner einen Exzeß machte, wurde sein Unteroffizier vorkommandiert, ihm zwölf Hiebe zu geben. Es wurde ihm mit Strenge befohlen, und er mußte es tun. Als er aber fertig war, nahm er das Gewehr des Mannes, den er geschlagen hatte, stellte es vor sich an die Erde und drückte mit dem Fuße los, daß ihm die Kugel durch den Kopf fuhr und er tot niedersank. Das wurde an den König berichtet, und der Befehl, Prügel zu geben, ward gleich zurückgenommen. Seht, Vater, das war ein Kerl, der Ehre im Leibe hatte!' – , Ein Narr war es', sprach der Bruder. ‚Freß deine Ehre, wenn du Hunger hast!' brummte der Vater. Da nahm mein Enkel seinen Säbel und ging aus dem Hause und kam zu mir in mein Häuschen und erzählte mir alles und weinte die bitteren Tränen. Ich konnte ihm nicht helfen. Die Geschichte, die er mir auch erzählte, konnte ich zwar nicht ganz verwerfen, aber ich sagte ihm doch immer zuletzt: ‚Gib Gott allein die Ehre!' Ich gab ihm noch den Segen, denn sein Urlaub war am andern Tag aus und er wollte noch eine Meile umreiten nach dem Orte, wo ein Patchen von mir auf dem Edelhofe diente, auf die er gar viel hielt, er wollte einmal mit ihr hausen. – Sie werden auch wohl bald zusammen kommen, wenn Gott mein Gebet erhört. Er hat seinen Abschied schon genommen, mein Patchen wird ihn heut' erhalten, und die Aussteuer hab' ich auch schon beisammen, es soll auf der Hochzeit weiter niemand sein als ich." Da ward die Alte wieder still und schien zu beten. Ich war in allerlei Gedanken über die Ehre, und ob ein Christ den Tod des Unteroffiziers schön finden dürfe? Ich wollte, es sagte mir einmal einer etwas Hinreichendes darüber.

Als der Wächter ein Uhr anrief, sagte die Alte: „Nun habe ich noch zwei Stunden. Ei, Er ist noch da, warum geht Er nicht schlafen? Er wird morgen nicht arbeiten können und mit seinem Meister Händel kriegen; von welchem Handwerk ist Er denn, mein guter Mensch?"

Da wußte ich nicht recht, wie ich es ihr deutlich machen sollte, daß ich ein Schriftsteller sei. Ich bin ein Studierter, durfte ich nicht sagen, ohne zu lügen. Es ist wunderbar, daß ein Deutscher immer sich ein wenig schämt, zu sagen: er sei ein Schriftsteller. Zu Leuten aus den untern Ständen sagt man es am ungernsten, weil diesen gar leicht die Schriftgelehrten und Pharisäer aus der Bibel dabei einfallen. Der Name Schriftsteller ist nicht so eingebürgert bei uns wie das homme de lettres bei den Franzosen, welche überhaupt als Schriftsteller zünftig sind und in ihren Arbeiten mehr hergebrachtes Gesetz haben, ja, bei denen man auch fragt: „Où avez-vous fait votre philosophie?“, „Wo haben Sie ihre Philosophie gemacht?“, wie denn ein Franzose selbst viel mehr von einem gemachten Manne hat. Doch diese nicht deutsche Sitte ist es nicht allein, wenn man am Tor um seinen Charakter gefragt wird, sondern eine gewisse innere Scham hält uns zurück, ein Gefühl, welches jeden befällt, der mit freien und geistigen Gütern, mit unmittelbaren Geschenken des Himmels Handel treibt. Gelehrte brauchen sich weniger zu schämen als Dichter, denn sie haben gewöhnlich Lehrgeld gegeben, sind meist in Ämtern des Staates, spalten an groben Klötzen oder arbeiten in Schächten, wo viel wilde Wasser auszupumpen sind. Aber ein sogenannter Dichter ist am übelsten daran, weil er meistens aus dem Schulgarten nach dem Parnaß entlaufen, und es ist auch wirklich ein verdächtiges Ding um einen Dichter von Profession, der es nicht nur nebenher ist. Man kann sehr leicht zu ihm sagen: „Mein Herr, ein jeder Mensch hat, wie Hirn, Herz, Magen, Milz, Leber und dergleichen, auch eine Poesie im Leibe; wer aber eines dieser Glieder überfüttert, verfüttert oder mästet und es über alle andren hinübertreibt, ja es gar zum Erwerbszweige macht, der muß sich schämen vor seinem ganzen übrigen Menschen. Einer, der von der Poesie lebt, hat das Gleichgewicht verloren, und eine übergroße Gänseleber, sie mag noch so gut schmecken, setzt doch immer eine kranke Gans voraus.“ Alle Menschen, welche ihr Brot nicht im Schweiß ihres Angesichts verdienen, müssen sich einigermaßen schämen; und das fühlt einer, der noch nicht ganz in der Tinte war, wenn er sagen soll, er sei ein Schriftsteller. So dachte ich allerlei und besann mich, was ich der Alten sagen sollte, welche, über mein Zögern verwundert, mich anschaute und sprach:

„Welch ein Handwerk Er treibt, frage ich. Warum will Er mir's nicht sagen? Treibt Er kein ehrlich Handwerk, so greif' Er's noch an, es hat einen goldnen Boden. Er ist doch nicht etwa gar ein Henker oder Spion, der mich ausholen will? Meinethalben sei Er, wer Er will, sag' Er's, wer Er ist! Wenn Er bei Tage so hier säße, würde ich glauben, Er sei ein Lehnerich, so ein Tagedieb, der sich an die Häuser lehnt, damit er nicht umfällt vor Faulheit.“

Da fiel mir ein Wort ein, das mir vielleicht eine Brücke zu ihrem Verständnis schlagen könnte: „Liebe Mutter“, sagte ich, „ich bin ein Schreiber.“ – „Nun“, sagte sie, „das hätte Er gleich sagen sollen. Er ist also ein Mann von der Feder, dazu gehören feine Köpfe und schnelle Finger und ein gutes Herz, sonst wird einem darauf geklopft. Ein Schreiber ist Er? Kann Er mir dann wohl eine Bittschrift aufsetzen an den Herzog, die aber gewiß erhört wird und nicht bei den vielen anderen liegenbleibt?"

„Eine Bittschrift, liebe Mutter", sprach ich, „kann ich Ihr wohl aufsetzen, und ich will mir alle Mühe geben, daß sie recht eindringlich abgefaßt sein soll."

„Nun, das ist brav von Ihm", erwiderte sie. „Gott lohn' es Ihm und lasse Ihn älter werden als mich und gebe Ihm auch in Seinem Alter einen so geruhigen Mut und eine so schöne Nacht mit Rosen und Talern wie mir und auch einen Freund, der Ihm eine Bittschrift macht, wenn es Ihm not tut. Aber jetzt gehe Er nach Haus, lieber Freund, und kaufe Er sich einen Bogen Papier und schreibe Er die Bittschrift; ich will hier auf Ihn warten. Noch eine Stunde, dann gehe ich zu meiner Pate, Er kann mitgehen; sie wird sich auch freuen an der Bittschrift. Sie hat gewiß ein gut Herz, aber Gottes Gerichte sind wunderbar!"

Nach diesen Worten ward die Alte wieder still, senkte den Kopf und schien zu beten. Der Taler lag noch auf ihrem Schoße. Sie weinte. „Liebe Mutter, was fehlt Euch, was tut Euch so weh? Ihr weinet?" sprach ich.

„Nun, warum soll ich denn nicht weinen? Ich weine auf den Taler, ich weine auf die Bittschrift, auf alles weine ich. Aber es hilft nichts, es ist doch alles viel, viel besser auf Erden, als wir Menschen es verdienen, und gallenbittre Tränen sind noch viel zu süße. Sehe Er nur einmal das goldne Kamel da drüben an der Apotheke! Wie doch Gott alles so herrlich und wunderbar geschaffen hat! Aber der Mensch erkennt es nicht. Und ein solch' Kamel geht eher durch ein Nadelöhr, als ein Reicher in das Himmelreich. – Aber, was sitzt Er denn immer da? Gehe Er, den Bogen Papier zu kaufen, und bringe Er mir die Bittschrift."

„Liebe Mutter", sagte ich, „wie kann ich Euch die Bittschrift machen, wenn Ihr mir nicht sagt, was ich hineinschreiben soll?"

„Das muß ich Ihm sagen?" erwiderte sie. „Dann ist es freilich keine Kunst, und wundre ich mich nicht mehr, daß Er sich einen Schreiber zu nennen schämte, wenn man Ihm alles sagen soll. Nun, ich will mein Mögliches tun. Setz' Er in die Bittschrift, daß zwei Liebende beieinander ruhen sollen und daß sie einen nicht auf die Anatomie bringen sollen, damit man seine Glieder beisammen hat, wenn es heißt: ‚Ihr Toten, ihr Toten sollt auferstehn, ihr sollt vor das Jüngste Gerichte gehn!'" Da fing sie wieder bitterlich an zu weinen.

Ich ahnte, ein schweres Leid müsse auf ihr lasten, aber sie fühlte bei der Bürde ihrer Jahre nur in einzelnen Momenten sich schmerzlich gerührt. Sie weinte, ohne zu klagen, ihre Worte waren immer gleich ruhig und kalt.

Ich bat sie nochmals, mir die ganze Veranlassung zu ihrer Reise in die Stadt zu erzählen, und sie sprach:

„Mein Enkel, der Ulane, von dem ich Ihm erzählte, hatte doch mein Patchen sehr lieb, wie ich Ihm vorher sagte, und sprach der schönen Annerl, wie die Leute sie ihres glatten Spiegels wegen nannten, immer von der Ehre vor und sagte ihr immer, sie solle auf ihre Ehre halten und auch auf seine Ehre. Da kriegte dann das Mädchen etwas ganz Apartes in ihr Gesicht und ihre Kleidung von der Ehre. Sie war feiner und manierlicher als alle anderen Dirnen. Alles saß ihr knapper am Leib, und wenn sie ein Bursche einmal ein wenig derb beim Tanze anfaßte, oder sie etwa höher als den Steg der Baßgeige schwang, so konnte sie bitterlich darüber bei mir weinen und sprach dabei immer, es sei wider ihre Ehre. Ach, das Annerl ist ein eignes Mädchen immer gewesen. Manchmal, wenn kein Mensch es sich versah, fuhr sie mit beiden Händen nach ihrer Schürze und riß sie sich vom Leib, als ob Feuer drin sei, und dann fing sie gleich entsetzlich an zu weinen. Aber das hat seine Ursache, es hat sie mit Zähnen hingerissen, der Feind ruht nicht. Wäre das Kind nur nicht stets so hinter der Ehre her gewesen und hätte sich lieber an unsern lieben Gott gehalten, hätte ihn nie von sich gelassen in aller Not und hätte seinetwillen Schande und Verachtung ertragen statt ihrer Menschenehre: Der Herr hätte sich gewiß erbarmt und wird es auch noch. Ach, sie kommen gewiß zusammen. Gottes Wille geschehe!

Der Ulane stand wieder in Frankreich, er hatte lange nicht geschrieben, und wir glaubten ihn fast tot und weinten oft um ihn. Er war aber im Hospital an einer schweren Blessur krank gelegen, und als er wieder zu seinen Kameraden kam und zum Unteroffizier ernannt wurde, fiel ihm ein, daß ihm vor zwei Jahren sein Stiefbruder so übers Maul gefahren, er sei nur Gemeiner und der Vater Korporal, und dann die Geschichte von dem französischen Unteroffizier und wie er seinem Annerl von der Ehre so viel geredet, als er Abschied genommen. Da verlor er seine Ruhe und kriegte das Heimweh und sagte zu seinem Rittmeister, der ihn um sein Leid fragte: ‚Ach, Herr Rittmeister, es ist, als ob es mich mit den Zähnen nach Hause zöge.' Da ließen sie ihn heimreiten mit seinem Pferde, denn alle seine Offiziere trauten ihm. Er kriegte auf drei Monate Urlaub und sollte mit der Remonte wieder zurückkommen. Er eilte, so sehr er konnte, ohne seinem

Pferde wehe zu tun, welches er besser pflegte als jemals, weil es ihm war anvertraut worden. An einem Tage trieb es ihn ganz entsetzlich, nach Hause zu eilen. Es war der Tag vor dem Sterbetage seiner Mutter, und es war ihm immer, als laufe sie vor seinem Pferde her und riefe: ‚Kasper, tue mir eine Ehre an!' Ach, ich saß an diesem Tag auf ihrem Grabe ganz allein und dachte auch: wenn Kasper doch bei mir wäre! Ich hatte Blümelein Vergißmeinnicht in einen Kranz gebunden und an das eingesunkene Kreuz gehängt und maß mir den Platz umher aus und dachte: Hier will ich liegen, und da soll Kasper liegen, wenn ihm Gott sein Grab in der Heimat schenkt, daß wir fein beisammen sind, wenn's heißt: ‚Ihr Toten, ihr Toten sollt auferstehn, ihr sollt zum Jüngsten Gerichte gehn!' Aber Kasper kam nicht, ich wußte auch nicht, daß er so nahe war und wohl hätte kommen können. Es trieb ihn auch gar sehr zu eilen, denn er hatte wohl oft an diesen Tag in Frankreich gedacht und hatte einen kleinen Kranz von schönen Goldblumen von daher mitgebracht, um das Grab seiner Mutter zu schmücken, und auch einen Kranz für Annerl, den sollte sie sich bis zu ihrem Ehrentage bewahren."

Hier ward die Alte still und schüttelte mit dem Kopf; als ich aber die letzten Worte wiederholte: „Den sollte sie sich bis zu ihrem Ehrentage bewahren", fuhr sie fort: „Wer weiß, ob ich es nicht erflehen kann, ach, wenn ich den Herzog nur wecken dürfte!" – „Wozu?" fragte ich, „welch' Anliegen habt Ihr denn, Mutter?" Da sagte sie ernst: „O, was läge am ganzen Leben, wenn's kein End' nähme? Was läge am Leben, wenn es nicht ewig wäre?" und fuhr dann in ihrer Erzählung fort:

„Kasper wäre noch recht gut zu Mittag in unserm Dorf angekommen, aber morgens hatte ihm sein Wirt im Stalle gezeigt, daß sein Pferd gedrückt sei und dabei gesagt: ‚Mein Freund, das macht dem Reiter keine Ehre.' Das Wort hatte Kasper tief empfunden, er legte deswegen den Sattel hohl und leicht auf, tat alles, ihm die Wunde zu heilen, und setzte seine Reise, das Pferd am Zügel führend, zu Fuße fort. So kam er am späten Abend bis an eine Mühle, eine Meile von unserm Dorf, und weil er den Müller als einen alten Freund seines Vaters kannte, sprach er bei ihm ein und wurde wie ein recht lieber Gast aus der Fremde empfangen. Kasper zog sein Pferd in den Stall, legte den Sattel und sein Felleisen in einen Winkel und ging nun zu dem Müller in die Stube. Da fragte er dann nach den Seinigen und hörte, daß ich alte Großmutter lebe und daß sein Vater und sein Stiefbruder gesund seien, und daß es recht gut mit ihnen gehe. Sie wären erst gestern mit Getreide auf der Mühle gewesen; sein Vater habe sich auf den Roß- und Ochsenhandel gelegt und gedeihe dabei recht gut, auch halte er jetzt etwas auf seine Ehre und gehe nicht mehr so zerrissen umher. Darüber war der gute Kasper nun herzlich froh, und da er nach der schönen Annerl fragte, sagte ihm der Müller, er kenne sie nicht, aber wenn es die sei, die auf dem Rosenhofe gedient habe, die hätte sich, wie er gehört, in der Hauptstadt vermietet, weil sie da eher etwas lernen könne und mehr Ehre dabei sei; so habe er vor einem Jahre von dem Knecht auf dem Rosenhofe gehört. Das freute den Kasper auch. Wenn es ihm gleich leid tat, daß er sie nicht gleich sehen sollte, so hoffte er sie doch in der Hauptstadt bald recht fein und schmuck zu finden, daß es ihm, als einem Unteroffizier, auch eine rechte Ehre sei, mit ihr am Sonntag spazieren zu gehen. Nun erzählte er dem Müller noch mancherlei aus Frankreich; sie aßen und tranken miteinander, er half ihm Korn ausschütten, und dann brachte ihn der Müller in die Oberstube zu Bett und legte sich selbst unten auf einigen

Säcken zur Ruhe. Das Geklapper der Mühle und die Sehnsucht nach der Heimat ließen den guten Kasper, wenn er gleich sehr müde war, nicht fest einschlafen. Er war sehr unruhig und dachte an seine selige Mutter und an das schöne Annerl und an die Ehre, die ihm bevorstehe, wenn er als Unteroffizier vor die Seinigen treten würde. So entschlummerte er endlich leis' und wurde von ängstlichen Träumen oft aufgeschreckt. Es war ihm mehrmals, als trete seine selige Mutter zu ihm und bäte ihn händeringend um Hilfe; dann war es ihm, als sei er gestorben und würde begraben, gehe aber selbst zu Fuß als Toter mit zu Grabe, und schön Annerl gehe ihm zur Seite; er weinte heftig, daß ihn seine Kameraden nicht begleiteten, und da er auf den Kirchhof komme, sei sein Grab neben dem seiner Mutter; und Annerls Grab sei auch dabei, und er gebe Annerl das Kränzlein, das er ihr mitgebracht und hänge das der Mutter an ihr Grab, und dann habe er sich umgeschaut und niemand mehr gesehen als mich und die Annerl, die habe einer an der Schürze ins Grab gerissen, und er sei dann auch ins Grab gestiegen und habe gesagt: ‚Ist denn niemand hier, der mir die letzte Ehre antut und mir ins Grab schießen will als einem braven Soldaten?', und da habe er seine Pistole gezogen und sich selbst ins Grab geschossen. Über dem Schuß wachte er mit großem Schrecken auf, denn es war ihm, als klirrten die Fenster davon. Er sah um sich in der Stube; da hörte er noch einen Schuß fallen und hörte Getöse in der Mühle und Geschrei durch das Geklapper. Er sprang aus dem Bett und griff nach seinem Säbel. In dem Augenblick ging seine Tür auf, und er sah beim Vollmondschein zwei Männer mit berußten Gesichtern und Knitteln auf sich zustürzen. Aber er setzte sich zur Wehr und hieb den einen über den Arm, und so entflohen beide, indem sie die Tür, welche nach außen aufging und einen Riegel draußen hatte, hinter sich verriegelten. Kasper versuchte umsonst, ihnen nachzukommen, endlich gelang es ihm, eine Tafel in der Tür einzutreten. Er eilte durch das Loch die Treppe hinunter und hörte das Wehgeschrei des Müllers, den er geknebelt zwischen den Kornsäcken liegend fand. Kasper band ihn los und eilte dann gleich in den Stall, nach seinem Pferd und Felleisen, aber beides war geraubt. Mit großem Jammer eilte er in die Mühle zurück und klagte dem Müller sein Unglück, daß ihm all sein Hab und Gut und das ihm anvertraute Pferd gestohlen sei, über welches letztere er sich gar nicht zufrieden geben konnte. Der Müller aber stand mit einem vollen Geldsack vor ihm, er hatte ihn in der Oberstube aus dem Schranke geholt und sagte zu dem Ulanen: ‚Lieber Kasper, sei Er zufrieden, ich verdanke Ihm die Rettung meines Vermögens. Auf diesen Sack, der oben in Seiner Stube lag, hatten es die Räuber gemünzt und Seiner Verteidigung danke ich alles, mir ist nichts gestohlen. Die Sein Pferd und Sein Felleisen im Stalle fanden, müssen ausgestellte Diebeswachen gewesen sein, sie zeigten durch die Schüsse an, daß Gefahr da sei, weil sie wahrscheinlich am Sattelzeug erkannten, daß ein Kavallerist im Hause herberge. Nun soll Er meinethalben keine Not haben, ich will mir alle Mühe geben und kein Geld sparen, Ihm Seinen Gaul wieder zu finden, und finde ich ihn nicht, so will ich Ihm einen kaufen, so teuer er sein mag.‘ Kasper sagte: ‚Geschenkt nehme ich nichts, das ist gegen meine Ehre; aber wenn Er mir im Notfalle siebzig Taler vorschießen will, so kriegt er meine Verschreibung, ich schaffe sie in zwei Jahren wieder.‘ Hierüber wurden sie einig, und der Ulane trennte sich von ihm, um nach seinem Dorfe zu eilen, wo auch ein Gerichtshalter der umliegenden Edelleute wohnt, bei dem er die Sache berichten wollte. Der Müller blieb zurück, um seine Frau und seinen Sohn zu erwarten, welche auf einem Dorf in der Nähe bei einer Hochzeit waren. Dann wollte er dem Ulanen nachkommen und die Anzeige vor Gericht auch machen.

Er kann sich denken, lieber Herr Schreiber, mit welcher Betrübnis der arme Kasper den Weg nach unserm Dorf eilte, zu Fuß und arm, wo er hatte stolz einreiten wollen; einundfünfzig Taler, die er erbeutet hatte, sein Patent als Unteroffizier, sein Urlaub und die Kränze auf seiner Mutter Grab und für die schöne Annerl waren ihm gestohlen. Es war ihm ganz verzweifelt zu Mut. Und so kam er um ein Uhr in der Nacht in seiner Heimat an und pochte gleich an der Tür des Gerichtshalters, dessen Haus das erste vor dem Dorf ist. Er ward eingelassen und machte seine Anzeige und gab alles an, was ihm geraubt worden war. Der Gerichtshalter trug ihm auf, er solle gleich zu seinem Vater gehen, welches der einzige Bauer im Dorfe sei, der Pferde habe, und solle mit diesem und seinem Bruder in der Gegend herumpatroullieren, ob er vielleicht den Räubern auf die Spur komme; indessen wolle er andere Leute zu Fuß aussenden und den Müller, wenn er komme, um die weiteren Umstände vernehmen. Kasper ging nun von dem Gerichtshalter weg nach dem väterlichen Hause. Da er aber an meiner Hütte vorüber mußte und durch das Fenster hörte, daß ich ein geistliches Lied sang, wie ich denn vor Gedanken an seine selige Mutter nicht schlafen konnte, so pochte er an und sagte: ‚Gelobt sei Jesus Christus! Liebe Großmutter, Kasper ist hier.' Ach! wie fuhren mir die Worte durch Mark und Bein, ich stürzte an das Fenster, öffnete es und küßte und drückte ihn mit unendlichen Tränen. Er erzählte mir sein Unglück mit großer Eile und sagte, welchen Auftrag er an seinen Vater vom Gerichtshalter habe; er müsse darum jetzt gleich hin, um den Dieben nachzusetzen, denn seine Ehre hänge davon ab, daß er sein Pferd wiedererhalte.

Ich weiß nicht, aber das Wort *Ehre* fuhr mir recht durch alle Glieder, denn ich wußte schwere Gerichte, die ihm bevorstanden. ‚Tue deine Pflicht

und gib Gott allein die Ehre!‘ sagte ich, und er eilte von mir nach Finkels Hof, der am andern Ende des Dorfes liegt. Ich sank, als er fort war, auf die Knie und betete zu Gott, er möge ihn doch in seinen Schutz nehmen, ach! ich betete mit einer Angst wie niemals und mußte dabei immer sagen: ‚Herr dein Wille geschehe wie im Himmel, so auf Erden.‘

Der Kasper lief zu seinem Vater mit einer entsetzlichen Angst. Er stieg hinten über den Gartenzaun, er hörte die Pumpe gehen, er hörte im Stall wiehern, das fuhr ihm durch die Seele; er stand still. Er sah im Mondscheine, daß zwei Männer sich wuschen, es wollte ihm das Herz brechen. Der eine sprach: ‚Das verfluchte Zeug geht nicht herunter;‘ da sagte der andere: ‚Komm erst in den Stall, dem Gaul den Schwanz abzuschlagen und die Mähnen zu verschneiden. Hast du das Felleisen auch tief genug unterm Mist begraben?‘ – ‚Ja‘, sagte der andere. Da gingen sie nach dem Stall, und Kasper, vor Jammer wie ein Rasender, sprang hervor und schloß die Stalltür hinter ihnen und schrie: ‚Im Namen des Herzogs! Ergebt Euch! Wer sich widersetzt, den schieße ich nieder!‘ Ach, da hatte er seinen Vater und seinen Stiefbruder als die Räuber seines Pferdes gefangen. ‚Meine Ehre, meine Ehre ist verloren!‘ schrie er, ‚Ich bin der Sohn eines ehrlosen Diebes.‘ Als die beiden im Stalle diese Worte hörten, ist ihnen bös zu Mute geworden; sie schrien: ‚Kasper, lieber Kasper, um Gotteswillen, bringe uns nicht ins Elend! Kasper, du sollst ja alles wieder haben, um deiner seligen Mutter willen, deren Sterbetag heute ist, erbarme dich deines Vaters und Bruders!‘ Kasper aber war wie verzweifelt, er schrie nur immer: ‚Meine Ehre, meine Pflicht!‘ Und da sie nun mit Gewalt die Tür erbrechen wollten und ein Fach in der Lehmwand einstießen, um zu entkommen, schoß er eine Pistole in die Luft und schrie: ‚Hilfe, Hilfe, Diebe, Hilfe!‘ Die Bauern, von dem Gerichtshalter erweckt, welche schon herannahten, um sich über die verschiedenen Wege zu bereden, auf denen sie die Einbrecher in die Mühle verfolgen wollten, stürzten auf den Schuß und das Geschrei ins Haus. Der alte Finkel flehte immer noch, der Sohn solle ihm die Tür öffnen, der aber sagte: ‚Ich bin ein Soldat und muß der Gerechtigkeit dienen.‘ Da traten der Gerichtshalter und die Bauern heran. Kasper sagte: ‚Um Gottes Barmherzigkeit willen, Herr Gerichtshalter, mein Vater, mein Bruder sind selbst die Diebe, o daß ich nie geboren wäre! Hier im Stalle hab’ ich sie gefangen, mein Felleisen liegt im Miste vergraben.‘ Da sprangen die Bauern in den Stall und banden den alten Finekl und seinen Sohn und schleppten sie in ihre Stube. Kasper aber grub das Felleisen hervor und nahm die zwei Kränze heraus und ging nicht in die Stube, er ging nach dem Kirchhof an das Grab seiner Mutter. Der Tag war angebrochen. Ich war auf der Wiese gewesen und hatte für mich und für Kasper zwei Kränze von Blümelein Vergißmeinnicht geflochten; ich dachte: er soll mit mir das Grab seiner Mutter schmücken, wenn er von seinem Ritte zurückkommt. Da hörte ich allerlei ungewohnten Lärm im Dorf, und weil ich das Getümmel nicht mag und am liebsten allein bin, so ging ich ums Dorf herum nach dem Kirchhof. Da fiel ein Schuß, ich sah den Dampf in die Höhe steigen, ich eilte auf den Kirchhof – o du lieber Heiland, erbarme dich sein! Kasper lag tot auf dem Grabe seiner Mutter. Er hatte sich die Kugel durch das Herz geschossen, auf welchem er sich das Kränzlein, das er für schön Annerl mitgebracht, am Knopfe befestigt hatte; durch diesen Kranz hatte er sich ins Herz geschossen. Den Kranz für die Mutter hatte er schon an das Kreuz befestigt.

Ich meinte, die Erde täte sich unter mir auf bei dem Anblick. Ich stürzte über ihn hin und schrie immer: ‚Kasper, o du unglückseliger Mensch, was hast du getan? Ach, wer hat dir denn dein Elend erzählt? O warum habe ich dich von mir gelassen, ehe ich dir alles gesagt! Gott, was wird dein armer Vater, dein Bruder sagen, wenn sie dich so finden!‘ Ich wußte nicht, daß er sich wegen diesen das Leid angetan; ich glaubte, es habe eine ganz andere Ursache. Da kam es noch ärger. Der Gerichtshalter und die Bauern brachten den alten Finkel und seinen Sohn mit Stricken gebunden. Der Jammer erstickte mir die Stimme in der Kehle, ich konnte kein Wort sprechen. Der Gerichtshalter fragte mich, ob ich meinen Enkel nicht gesehen. Ich zeigte hin, wo er lag. Er trat zu ihm, er glaubte, er weine auf dem Grabe; er schüttelte ihn, da sah er das Blut niederstürzen. ‚Jesus Maria!‘ rief er aus, ‚der Kasper hat Hand an sich gelegt.‘ Da sahen die beiden Gefangenen sich schrecklich an; man nahm den Leib des Kaspers und trug ihn neben ihnen her nach dem Hause des Gerichtshalters. Es war ein Wehgeschrei im ganzen Dorf, die Bauernweiber führten mich nach. Ach, das war wohl der schrecklichste Weg in meinem Leben!“

Da ward die Alte wieder still, und ich sagte zu ihr: „Liebe Mutter, Euer Leid ist entsetzlich, aber Gott hat Euch auch recht lieb; die er am härtesten schlägt, sind seine liebsten Kinder. Sagt mir nun, liebe Mutter, was Euch bewogen hat, den weiten Weg hierher zu gehen, und um was Ihr die Bittschrift einreichen wollt!"

„Ei, das kann Er sich doch wohl denken", fuhr sie ganz ruhig fort, „um ein ehrliches Grab für Kasper und die schöne Annerl, der ich das Kränzlein zu ihrem Ehrentag mitbringe. Es ist ganz mit Kaspers Blut unterlaufen, seh' Er einmal!"

Da zog sie einen kleinen Kranz von Flittergold aus ihrem Bündel und zeigte ihn mir. Ich konnte bei dem anbrechenden Tage sehen, daß er vom Pulver geschwärzt und mit Blut besprengt war. Ich war ganz zerrissen von dem Unglück der guten Alten, und die Größe und Festigkeit, womit sie es trug, erfüllte mich mit Verehrung. „Ach liebe Mutter", sagte ich, „wie werdet Ihr der armen Annerl aber ihr Elend beibringen, daß sie nicht gleich vor Schrecken tot niedersinkt, und was ist denn das für ein Ehrentag, zu welchem Ihr dem Annerl den traurigen Kranz bringt?"

„Lieber Mensch", sprach sie, „komme Er nur mit, Er kann mich zu ihr begleiten, ich kann doch nicht geschwind fort, so werden wir sie gerade noch zu rechter Zeit finden. Ich will Ihm unterwegs noch alles erzählen."

Nun stand sie auf und betete ihren Morgensegen ganz ruhig und brachte ihre Kleider in Ordnung, und ihren Bündel hängte sie dann an meinen Arm. Es war zwei Uhr des Morgens, der Tag graute, und wir wandelten durch die stillen Gassen.

„Seh' Er", erzählte die Alte fort, „als der Finkel und sein Sohn eingesperrt waren, mußte ich zum Gerichtshalter auf die Gerichtsstube. Der tote Kasper wurde auf einen Tisch gelegt und mit seinem Ulanenmantel bedeckt hereingetragen, und nun mußte ich alles dem Gerichtshalter sagen, was ich von ihm wußte und was er mir heute morgen durch das Fenster gesagt hatte. Das schrieb er alles auf sein Papier nieder, das vor ihm lag. Dann sah er die Schreibtafel durch, die sie bei Kasper gefunden; da standen mancherlei Rechnungen drin, einige Geschichten von der Ehre und auch die von dem französischen Unteroffizier, und hinter ihr war mit Bleistift etwas geschrieben." Da gab mir die Alte die Brieftasche, und ich las folgende letzte Worte des unglücklichen Kaspers: „Auch ich kann meine Schande nicht überleben. Mein Vater und mein Bruder sind Diebe, sie haben mich selbst bestohlen; mein Herz brach mir, aber ich mußte sie gefangennehmen und den Gerichten übergeben, denn ich bin ein Soldat meines Fürsten, und meine Ehre erlaubt mir keine Schonung. Ich habe meinen Vater und Bruder der Rache übergeben, um der Ehre willen. Ach, bitte doch jedermann für mich, daß man mir hier, wo ich gefallen bin, ein ehrliches Grab neben meiner Mutter vergönne! Das Kränzlein, durch welches ich mich erschossen, soll die Großmutter der schönen Annerl schicken und sie von mir grüßen. Ach, sie tut mir leid durch Mark und Bein, aber sie soll doch den Sohn eines Diebes nicht heiraten, denn sie hat immer viel auf Ehre gehalten. Liebe, schöne Annerl, mögest du nicht so sehr erschrecken über mich, gib dich zufrieden, und wenn du mir jemals ein wenig gut warst, so rede nicht schlecht von mir! Ich kann ja nichts für meine Schande! Ich hatte mir so viele Mühe gegeben, in Ehren zu bleiben mein Leben lang, ich war schon Unteroffizier und hatte den besten Ruf bei der Schwadron, ich wäre gewiß noch einmal Offizier geworden, und Annerl, dich hätte ich doch nicht verlassen und hätte keine Vornehmere gefreit – aber der Sohn eines Diebes, der seinen Vater aus Ehre selbst fangen und richten lassen muß, kann seine Schande nicht überleben. Annerl, liebes Annerl, nimm doch ja das Kränzlein, ich bin dir immer treu gewesen, so Gott mir gnädig sei! Ich gebe dir nun deine Freiheit wieder, aber tue mir die Ehre und heirate nie einen, der schlechter wäre als ich. Und wenn du kannst, so bitte für mich, daß ich ein ehrliches Grab neben meiner Mutter erhalte. Und wenn du hier in unserm Ort sterben solltest, so lasse dich auch bei uns begraben; die gute Großmutter wird auch zu uns kommen, da sind wir alle beisammen. Ich habe fünfzig Taler in meinem Felleisen, die sollen auf Interessen gelegt werden für dein erstes Kind. Meine silberne Uhr soll der Herr Pfarrer haben, wenn ich ehrlich begraben werde. Mein Pferd, die Uniform und Waffen gehören dem Herzog, diese meine Brieftasche gehört dein. Adies, herztausender Schatz, adies, liebe Großmutter, betet für mich und lebt alle wohl! – Gott erbarme sich meiner! – Ach, meine Verzweiflung ist groß!"

Ich konnte diese letzten Worte eines gewiß edlen unglücklichen Menschen nicht ohne bittere Tränen lesen. – „Der Kasper muß ein gar guter Mensch gewesen sein, liebe Mutter", sagte ich zu der Alten, welche nach diesen Worten stehenblieb und meine Hand drückte und mit tief bewegter Stimme sagte: „Ja, es war der beste Mensch auf der Welt. Aber die letzten Worte von der Verzweiflung hätte er nicht schreiben sollen, die bringen ihn um sein ehrliches Grab, die bringen ihn auf die Anatomie. Ach, lieber Schreiber, wenn Er hierin nur helfen könnte!"

„Wieso, liebe Mutter?" sagte ich, „was können diese letzten Worte dazu beitragen?" – „Ja gewiß", erwiderte sie, „der Gerichtshalter hat es mir selbst gesagt. Es ist ein Befehl an alle Gerichte ergangen, daß nur die Selbstmörder aus Melancholie ehrlich sollen begraben werden; alle aber, die aus Verzweiflung Hand an sich gelegt, sollen auf die Anatomie, und der Gerichtshalter hat mir gesagt, daß er den Kasper, weil er selbst seine Verzweiflung eingestanden, auf die Anatomie schicken müsse."

„Das ist ein wunderlich Gesetz", sagte ich, „denn man könnte wohl bei jedem Selbstmord einen Prozeß anstellen, ob er aus Melancholie oder Verzweiflung entstanden, der so lange dauern müßte, daß der Richter und die Advokaten darüber in Melancholie und Verzweiflung fielen und auf die Anatomie kämen. Aber seid nur getröstet, liebe Mutter, unser Herzog ist ein so guter Herr, wenn er die ganze Sache hört, wird er dem armen Kasper gewiß sein Plätzchen neben der Mutter vergönnen."

„Das gebe Gott!" erwiderte die Alte, „sehe Er nun, lieber Mensch, als der Gerichtshalter alles zu Papier gebracht hatte, gab er mir die Brieftasche und den Kranz für die schöne Annerl, und so bin ich dann gestern hierher gelaufen, damit ich ihr an ihrem Ehrentag den Trost noch mit auf den Weg geben kann. – Der Kasper ist zur rechten Zeit gestorben, hätte er alles gewußt, er wäre närrisch geworden vor Betrübnis."

„Was ist denn nun mit der schönen Annerl?" fragte ich die Alte. „Bald sagt Ihr, sie habe nur noch wenige Stunden, bald sprecht Ihr von ihrem Ehrentag und sie werde Trost gewinnen durch Eure traurige Nachricht. Sagt mir doch alles heraus, will sie Hochzeit halten mit einem andern, ist sie tot, krank? Ich muß alles wissen, damit ich es in die Bittschrift setzen kann."

Da erwiderte die Alte: „Ach, lieber Schreiber, es ist nun so! Gottes Wille geschehe! Sehe Er, als Kasper kam, war ich doch nicht recht froh; als Kasper sich das Leben nahm, war ich doch nicht traurig; ich hätte es nicht überleben können, wenn Gott sich meiner nicht erbarmt gehabt hätte mit größerem Leid. Ja, ich sage Ihm: es war mir ein Stein vor das Herz gelegt, wie ein Eisbrecher, und all die Schmerzen, die wie Grundeis gegen mich stürzten und mir das Herz gewiß abgestoßen hätten, die zerbrachen an diesem Stein und trieben kalt vorüber. Ich will Ihm etwas erzählen, das ist betrübt.

Als mein Patchen, die schöne Annerl, ihre Mutter verlor, die eine Base von mir war und sieben Meilen von uns wohnte, war ich bei der kranken Frau. Sie war die Witwe eines armen Bauern und hatte in ihrer Jugend einen Jäger lieb gehabt, ihn aber wegen seines wilden Lebens nicht genommen. Der Jäger war endlich in solch Elend gekommen, daß er auf Tod und Leben wegen eines Mordes gefangen saß. Das erfuhr meine Base auf ihrem Krankenlager, und es tat ihr so weh, daß sie täglich schlimmer wurde und endlich in ihrer Todesstunde, als sie mir die liebe, schöne Annerl als mein Patchen übergab und Abschied von mir nahm, noch in den letzten Augenblicken zu mir sagte: ‚Liebe Anne Margaret, wenn du durch das Städtchen kommst, wo der arme Jürge gefangen liegt, so lasse ihm sagen durch den Gefangenwärter, daß ich ihn bitte auf meinem Todesbett, er solle sich zu Gott bekehren, und daß ich herzlich für ihn gebetet habe in meiner letzten

Stunde und daß ich ihn schön grüßen lasse.' – Bald nach diesen Worten starb die gute Base, und als sie begraben war, nahm ich die kleine Annerl, die drei Jahre alt war, auf den Arm und ging mit ihr nach Haus.

Vor dem Städtchen, durch das ich mußte, kam ich an der Scharfrichterei vorüber, und weil der Meister berühmt war als Viehdoktor, sollte ich einige Arznei mitnehmen für unsern Schulzen. Ich trat in die Stube und sagte dem Meister, was ich wollte, und er antwortete, daß ich ihm auf den Boden folgen solle, wo er die Kräuter liegen habe, und ihm helfen aussuchen. Ich ließ Annerl in der Stube und folgte ihm. Als wir zurück in die Stube traten, stand Annerl vor einem kleinen Schrank, der an der Wand befestigt war, und sprach: ‚Großmutter, da ist eine Maus drin, hört, wie es klappert, da ist eine Maus drin!'

Auf diese Rede des Kindes machte der Meister ein sehr ernsthaftes Gesicht, riß den Schrank auf und sprach: ‚Gott sei uns gnädig!', denn er sah sein Richtschwert, das allein in dem Schrank an einem Nagel hing, hin und her wanken. Er nahm das Schwert herunter, und mir schauderte. ‚Liebe Frau', sagte er, ‚wenn Ihr das kleine liebe Annerl lieb habt, so erschreckt nicht, wenn ich ihr mit meinem Schwerte rings um das Hälschen die Haut ein wenig aufritze; denn das Schwert hat vor ihm gewankt, es hat nach seinem Blut verlangt, und wenn ich ihm den Hals damit nicht ritze, so steht dem Kinde groß Elend im Leben bevor.' Da faßte er das Kind, welches entsetzlich zu schreien begann, ich schrie auch und riß das Annerl zurück. Indem trat der Bürgermeister des Städtchens herein, der von der Jagd kam und dem Richter einen kranken Hund zur Heilung bringen wollte. Er fragte nach der Ursache des Geschreis. Annerl schrie: ‚Er will mich umbringen!' Ich war außer mir vor Entsetzen. Der Richter erzählte dem Bürgermeister das Ereignis. Dieser verwies ihm seinen Aberglauben, wie er es nannte, heftig und unter starken Drohungen. Der Richter blieb ganz ruhig dabei und sprach: ‚So haben's meine Väter gehalten, so halt' ich's.' Da sprach der Bürgermeister: ‚Meister Franz, wenn Ihr glaubt, Euer Schwert habe sich gerührt, weil ich Euch hiermit anzeige, daß morgen früh um 6 Uhr der Jäger Jürge von Euch soll geköpft werden, so wollt' ich es noch verzeihen; aber daß Ihr daraus etwas auf dies liebe Kind schließen wollt, das ist unvernünftig und toll. Es könnte so etwas einen Menschen in Verzweiflung bringen, wenn man es ihm später in seinem Alter sagte, daß es ihm in seiner Jugend geschehen sei. Man soll keinen Menschen in Versuchung führen.' – ‚Aber auch keines Richters Schwert', sagte Meister Franz vor sich und hing sein Schwert wieder in den Schrank. Nun küßte der Bürgermeister das Annerl und gab ihm eine Semmel aus seiner Jagdtasche, und da er mich gefragt, wer ich sei, wo ich herkomme und wo ich hin wolle, und ich ihm den Tod meiner Base erzählt hatte und auch den

Auftrag an den Jäger Jürge, sagte er mir: ‚Ihr sollt ihn ausrichten, ich will Euch selbst zu ihm führen. Er hat ein hartes Herz, vielleicht wird ihn das Andenken einer guten Sterbenden in seinen letzten Stunden rühren.‘ Da nahm der gute Herr mich und Annerl auf seinen Wagen, der vor der Tür hielt, und fuhr mit uns in das Städtchen hinein.

Er hieß mich zu seiner Köchin gehen; da kriegten wir gutes Essen, und gegen Abend ging er mit mir zu dem armen Sünder. Und als ich dem die letzten Worte meiner Base erzählte, fing er bitterlich an zu weinen und schrie: ‚Ach Gott! Wenn sie mein Weib geworden, wäre es nicht soweit mit mir gekommen.‘ Dann begehrte er, man solle den Herrn Pfarrer doch noch einmal zu ihm bitten, er wolle mit ihm beten. Das versprach ihm der Bürgermeister und lobte ihn wegen seiner Sinnesveränderung und fragte ihn, ob er vor seinem Tode noch einen Wunsch hätte, den er ihm erfüllen könne. Da sagte der Jäger Jürge: ‚Ach, bittet hier die gute alte Mutter, daß sie doch morgen mit dem Töchterlein ihrer seligen Base bei meinem Recht zugegen sein möge, das wird mir das Herz stärken in meiner letzten Stunde.‘ Da bat mich der Bürgermeister, und so graulich es mir war, so konnte ich es dem armen, elenden Menschen nicht abschlagen. Ich mußte ihm die Hand geben und es ihm feierlich versprechen, und er sank weinend auf das Stroh. Der Bürgermeister ging dann mit mir zu seinem Freund, dem Pfarrer, dem ich nochmals alles erzählen mußte, ehe er sich ins Gefängnis begab.

Die Nacht mußte ich mit dem Kinde in des Bürgermeisters Haus schlafen, und am andern Morgen ging ich den schweren Gang zu der Hinrichtung des Jägers Jürge. Ich stand neben dem Bürgermeister im Kreis und sah, wie er das Stäblein brach. Da hielt der Jäger Jürge noch eine schöne Rede, und alle Leute weinten, und er sah mich und die kleine Annerl, die vor mir stand, gar beweglich an, und dann küßte er den Meister Franz, der Pfarrer betete mit ihm, die Augen wurden ihm verbunden und er kniete nieder. Da gab ihm der Richter den Todesstreich. ‚Jesus Maria Joseph!‘ schrie ich aus; denn der Kopf des Jürgen flog gegen Annerl zu und biß mit seinen Zähnen dem Kind in sein Röckchen, das ganz entsetzlich schrie. Ich riß meine Schürze vom Leib und warf sie über den scheußlichen Kopf, und Meister Franz eilte herbei, riß ihn los und sprach: ‚Mutter, Mutter, was habe ich gestern morgen gesagt? Ich kenne mein Schwert, es ist lebendig!‘ – Ich war niedergesunken vor Schreck, das Annerl schrie entsetzlich. Der Bürgermeister war ganz bestürzt und ließ mich und das Kind nach seinem Haus fahren. Da schenkte mir seine Frau andere Kleider für mich und das Kind, denn die unsrigen waren von Jürges Blut bespritzt, und nachmittags schenkte uns der Bürgermeister noch Geld und viele Leute des Städtchens auch, die Annerl sehen wollten, so daß ich an zwanzig Taler

und viele Kleider für sie bekam. Am Abend kam der Pfarrer ins Haus und redete mir lange zu, daß ich das Annerl nur recht in der Gottesfurcht erziehen sollte und auf alle die betrübten Zeichen gar nichts geben, das seien nur Schlingen des Satans, die man verachten müsse, und dann schenkte er mir noch eine schöne Bibel für das Annerl, die sie noch hat; und dann ließ uns der gute Bürgermeister am andern Morgen noch an drei Meilen weit nach Haus fahren. Ach, du mein Gott, und alles ist doch eingetroffen!“ sagte die Alte und schwieg.

Eine schauerliche Ahnung ergriff mich, die Erzählung der Alten hatte mich ganz zermalmt. „Um Gotteswillen, Mutter!“ rief ich aus, „was ist mit der armen Annerl geworden, ist denn gar nicht zu helfen?“

„Es hat sie mit den Zähnen dazu gerissen!“ sagte die Alte. „Heut’ wird sie gerichtet, aber sie hat es in der Verzweiflung getan, die Ehre, die Ehre lag ihr im Sinne. Sie war zuschanden gekommen aus Ehrfurcht, sie wurde verführt von einem Vornehmen, er hat sie sitzen lassen, sie hat ihr Kind erstickt in derselben Schürze, die ich damals über den Kopf des Jägers Jürge warf, und die sie mir heimlich entwendet hat. Ach, es hat sie mit Zähnen dazu gerissen, sie hat es in der Verwirrung getan. Der Verführer hatte ihr die Ehe versprochen und gesagt, der Kasper sei in Frankreich geblieben. Dann ist sie verzweifelt und hat das Böse getan und hat sich selbst bei den Gerichten angegeben. Um vier Uhr wird sie gerichtet. Sie hat mir geschrieben, ich möchte noch zu ihr kommen; das will ich nun tun und ihr das Kränzlein und den Gruß von dem armen Kasper bringen und die Rose, die ich heut' nacht erhalten, das wird sie trösten. Ach, lieber Schreiber, wenn Er es nur in der Bittschrift auswirken kann, daß ihr Leib und auch der Kasper dürfen auf unsern Kirchhof gebracht werden."

„Alles, alles will ich versuchen!" rief ich aus. „Gleich will ich nach dem Schlosse laufen; mein Freund, der Ihr die Rose gab, hat die Wache dort, er soll mir den Herzog wecken. Ich will vor sein Bett knien und ihn um Pardon für Annerl bitten."

„Pardon?" sagte die Alte kalt. „Es hat sie ja mit Zähnen dazu gezogen; hör' Er, lieber Freund, Gerechtigkeit ist besser als Pardon; was hilft aller Pardon auf Erden? Wir müssen doch alle vor das Gericht:

‚Ihr Toten, ihr Toten sollt auferstehn
Ihr sollt vor das Jüngste Gerichte gehn.'

Seht, sie will keinen Pardon, man hat ihn ihr angeboten, wenn sie den Vater des Kindes nennen wolle. Aber das Annerl hat gesagt: ‚Ich habe sein Kind ermordet und will sterben und ihn nicht unglücklich machen; ich muß meine Strafe leiden, daß ich zu meinem Kind komme, aber ich kann es verderben, wenn ich ihn nenne.' Darüber wurde ihr das Schwert zuerkannt. Gehe Er zum Herzog und bitte Er für Kasper und Annerl um ein ehrliches Grab! Gehe Er gleich! Geh' Er: dort geht der Herr Pfarrer ins Gefängnis; ich will ihn ansprechen, daß er mich mit hinein zum schönen Annerl nimmt. Wenn Er sich eilt, so kann Er uns draußen am Gericht vielleicht den Trost noch bringen – mit dem ehrlichen Grab für Kasper und Annerl."

Unter diesen Worten waren wir mit dem Prediger zusammengetroffen. Die Alte erzählte ihr Verhältnis zu der Gefangenen und er nahm sie freundlich mit zum Gefängnis. Ich aber eilte nun, wie ich noch nie gelaufen, nach dem Schloß, und es machte mir einen tröstenden Eindruck, es war mir wie ein Zeichen der Hoffnung, als ich an Graf Grossingers Hause vorüberstürzte und aus einem offenen Fenster des Gartenhauses eine liebliche Stimme zur Laute singen hörte:

„Die Gnade sprach von Liebe,
Die Ehre aber wacht
Und wünscht voll Lieb' der Gnade
In Ehren gute Nacht.

Die Gnade nimmt den Schleier,
Wenn Liebe Rosen gibt,
Die Ehre grüßt den Freier,
Weil sie die Gnade liebt."

Ach, ich hatte der guten Wahrzeichen noch mehr! Einhundert Schritte weiter fand ich einen weißen Schleier auf der Straße liegend; ich raffte ihn auf, er war voll von duftenden Rosen. Ich hielt ihn in der Hand und lief weiter, mit dem Gedanken: „Ach Gott, das ist die Gnade." Als ich um die Ecke bog, sah ich einen Mann, der sich in seinem Mantel verhüllte, als ich vor ihm vorübereilte, und mir heftig den Rücken wandte, um nicht gesehen zu werden. Er hätte es nicht nötig gehabt, ich sah und hörte nichts in meinem Innern, als: „Gnade, Gnade!" und stürzte durch das Gittertor in den Schloßhof. Gott sei Dank, der Fähnrich, Graf Grossinger, der unter den blühenden Kastanienbäumen vor der Wache auf und ab ging, trat mir schon entgegen.

„Lieber Graf", sagte ich mit Ungestüm, „Sie müssen mich gleich zum Herzog bringen, gleich auf der Stelle, oder alles ist zu spät, alles ist verloren!"

Er schien verlegen über diesen Antrag und sagte: „Was fällt Ihnen ein, zu dieser ungewohnten Stunde? Es ist nicht möglich. Kommen Sie zur Parade, da will ich Sie vorstellen."

Mir brannte der Boden unter den Füßen. „Jetzt", rief ich aus, „oder nie! Es *muß* sein! Es betrifft das Leben eines Menschen."

„Es kann jetzt nicht sein", erwiderte Grossinger scharf absprechend. „Es betrifft meine Ehre; es ist mir untersagt, heute nacht irgendeine Meldung zu tun."

Das Wort Ehre machte mich verzweifeln. Ich dachte an Kaspers Ehre, an Annerls Ehre und sagte: „Die vermaledeite Ehre! Gerade um die letzte Hilfe zu leisten, welche so eine Ehre übriggelassen, muß ich zum Herzog. Sie müssen mich melden, oder ich schreie laut nach dem Herzog."

„So Sie sich rühren", sagte Grossinger heftig, „lasse ich Sie in die Wache werfen. Sie sind ein Phantast, Sie kennen keine Verhältnisse."

„O, ich kenne Verhältnisse, schreckliche Verhältnisse! Ich muß zum Herzog, jede Minute ist unerkauflich!" versetzte ich. „Wollen Sie mich nicht gleich melden, so eile ich allein zu ihm."

Mit diesen Worten wollte ich nach der Treppe, die zu den Gemächern des Herzogs hinaufführte, als ich den nämlichen, in einem Mantel Verhüllten, der mir begegnete, nach dieser Treppe eilend, bemerkte. Grossinger drehte mich mit Gewalt um, daß ich diesen nicht sehen sollte. „Was machen Sie, Törichter?" flüsterte er mir zu. „Schweigen Sie, ruhen Sie! Sie machen mich unglücklich."

„Warum halten Sie den Mann nicht zurück, der da hinaufging?" fragte ich. „Er kann nichts Dringenderes vorzubringen haben, als ich. Ach, es ist so dringend, ich muß, ich muß! Es betrifft das Schicksal eines unglücklichen, verführten, armen Geschöpfes."

Grossinger erwiderte: „Sie haben den Mann hinaufgehen sehen; wenn Sie je ein Wort davon äußern, so kommen Sie vor meine Klinge. Gerade, weil er hinaufging, können Sie nicht hinauf, der Herzog hat Geschäfte mit ihm."

Da erleuchteten sich die Fenster des Herzogs. „Gott, er hat Licht, er ist auf!" sagte ich. „Ich muß ihn sprechen, um des Himmels willen, lassen Sie mich, oder ich schreie Hilfe."

Grossinger faßte mich beim Arm und sagte: „Sie sind betrunken, kommen Sie in die Wache. Ich bin Ihr Freund, schlafen Sie aus und sagen Sie mir das Lied, das die Alte heute nacht an der Tür sang, als ich die Runde führte; das Lied interessiert mich sehr."

„Gerade wegen der Alten und den Ihrigen muß ich mit dem Herzog sprechen!" rief ich aus.

„Wegen der Alten?" versetzte Grossinger. „Wegen der sprechen Sie mit mir, die großen Herren haben keinen Sinn für so etwas. Geschwind kommen Sie nach der Wache."

Er wollte mich fortziehen, da schlug die Schloßuhr halb vier. Der Klang schnitt mir wie ein Schrei der Not durch die Seele und ich schrie aus voller Brust zu den Fenstern des Herzogs hinauf:

„Hilfe! Um Gotteswillen Hilfe für ein elendes, verführtes Geschöpf!" Da ward Grossinger wie unsinnig. Er wollte mir den Mund zuhalten, aber ich rang mit ihm; er stieß mich in den Nacken, er schimpfte; ich fühlte, ich hörte nichts. Er rief nach der Wache; der Korporal eilte mit etlichen Soldaten herbei, mich zu greifen. Aber in dem Augenblick ging des Herzogs Fenster auf, und es rief herunter:

„Fähnrich Graf Grossinger, was ist das für ein Skandal? Bringen Sie den Menschen herauf, gleich auf der Stelle!"

Ich wartete nicht auf den Fähnrich; ich stürzte die Treppe hinauf, ich fiel nieder zu den Füßen des Herzogs, der mich betroffen und unwillig aufstehen hieß. Er hatte Stiefel und Sporen an und doch einen Schlafrock, den er sorgfältig über der Brust zusammenhielt.

Ich trug dem Herzog alles, was mir die Alte von dem Selbstmord des Ulanen, von der Geschichte der schönen Annerl erzählt hatte, so gedrängt vor, als es die Not erforderte, und flehte ihn wenigstens um den Aufschub der Hinrichtung auf wenige Stunden und um ein ehrliches Grab für die beiden Unglücklichen an, wenn Gnade unmöglich sei. – „Ach, Gnade, Gnade!" rief ich aus, indem ich den gefundenen weißen Schleier voll Rosen aus dem Busen zog. „Dieser Schleier, den ich auf meinem Weg hierher gefunden, schien mir Gnade zu verheißen."

Der Herzog griff mit Ungestüm nach dem Schleier und war heftig bewegt; er drückte den Schleier in seinen Händen, und als ich die Worte aussprach: „Eure Durchlaucht! Dieses arme Mädchen ist ein Opfer falscher Ehrsucht; ein Vornehmer hat sie verführt und ihr die Ehe versprochen. Ach, sie ist so gut, daß sie lieber sterben will, als ihn nennen" – da unterbrach mich der Herzog mit Tränen in den Augen und sagte: „Schweigen Sie, um Himmels willen, schweigen Sie!" – Und nun wendete er sich zu dem Fähnrich, der an der Tür stand, und sagte mit dringender Eile: „Fort, eilends zu Pferde mit diesem Menschen hier; reiten Sie das Pferd tot; nur nach dem Gerichte hin. Heften Sie diesen Schleier an Ihren Degen, winken und schreien Sie ‚Gnade, Gnade!' Ich komme nach."

Grossinger nahm den Schleier. Er war ganz verwandelt, er sah aus wie ein Gespenst vor Angst und Eile. Wir stürzten in den Stall, saßen zu Pferd und ritten im Galopp; er stürmte wie ein Wahnsinniger zum Tor hinaus. Als er den Schleier an seine Degenspitze heftete, schrie er: „Herr Jesus, meine Schwester!" Ich verstand nicht, was er wollte. Er stand hoch im Bügel und wehte und schrie: „Gnade, Gnade!" Wir sahen auf dem Hügel die

Menge um das Gericht versammelt. Mein Pferd scheute vor dem wehenden Tuch. Ich bin ein schlechter Reiter, ich konnte den Grossinger nicht einholen; er flog im schnellsten Karriere, ich strengte alle Kräfte an. Trauriges Schicksal! Die Artillerie exerzierte in der Nähe; der Kanonendonner machte es unmöglich, unser Geschrei aus der Ferne zu hören. Grossinger stürzte, das Volk stob auseinander, ich sah in den Kreis, ich sah einen

Stahlblitz in der frühen Sonne – ach Gott, es war der Schwertblitz des Richters! – Ich sprengte heran, ich hörte das Wehklagen der Menge. „Pardon, Pardon!" schrie Grossinger und stürzte mit wehendem Schleier durch den Kreis wie ein Rasender. Aber der Richter hielt ihm das blutende Haupt der schönen Annerl entgegen, das ihn wehmütig anlächelte. Da schrie er: „Gott sei mir gnädig!" und fiel auf die Leiche hin zur Erde. „Tötet mich, tötet mich, ihr Menschen! Ich habe sie verführt, ich bin ihr Mörder!"

Eine rächende Wut ergriff die Menge. Die Weiber und Jungfrauen drangen heran und rissen ihn von der Leiche und traten ihn mit Füßen, er wehrte sich nicht; die Wachen konnten das wütende Volk nicht bändigen. Da erhob sich das Geschrei: „Der Herzog, der Herzog!" – Er kam im offenen Wagen gefahren; ein blutjunger Mensch, den Hut tief ins Gesicht gedrückt, in einen Mantel gehüllt, saß neben ihm. Die Menschen schleiften Grossinger herbei. „Jesus, mein Bruder!" schrie der junge Offizier mit der weiblichsten Stimme aus dem Wagen. Der Herzog sprach bestürzt zu ihm: „Schweigen Sie!" Er sprang aus dem Wagen, der junge Mensch wollte folgen; der Herzog drängte ihn schier unsanft zurück; aber so beförderte sich die Entdeckung, daß der junge Mensch die als Offizier verkleidete Schwester Grossingers sei. Der Herzog ließ den mißhandelten, blutenden, ohnmächtigen Grossinger in den Wagen legen, die Schwester nahm keine Rücksicht mehr, sie warf ihren Mantel über ihn. Jedermann sah sie in weiblicher Kleidung. Der Herzog war verlegen, aber er sammelte sich und befahl, den Wagen sogleich umzuwenden und die Gräfin mit ihrem Bruder nach ihrer Wohnung zu fahren. Dieses Ereignis hatte die Wut der Menge einigermaßen gestillt. Der Herzog sagte laut zu dem wachthabenden Offizier: „Die Gräfin Grossinger hat ihren Bruder an ihrem Hause vorbei reiten sehen, den Pardon zu bringen, und wollte diesem freudigen Ereignis beiwohnen; als ich zu demselben Zwecke vorüberfuhr, stand sie am Fenster und bat mich, sie in meinem Wagen mitzunehmen. Ich konnte es dem gutmütigen Kinde nicht abschlagen. Sie nahm einen Mantel und Hut ihres Bruders, um kein Aufsehen zu erregen, und hat, von dem unglücklichen Zufall überrascht, die Sache gerade dadurch zu einem abenteuerlichen Skandal gemacht. Aber wie konnten Sie, Herr Leutnant, den unglücklichen Grafen Grossinger nicht vor dem Pöbel schützen? Es ist ein gräßlicher Fall, daß er, mit dem Pferd stürzend, zu spät kam; er kann doch aber nichts dafür. Ich will die Mißhandler des Grafen verhaftet und bestraft wissen."

Auf diese Rede des Herzogs erhob sich ein allgemeines Geschrei: „Er ist ein Schurke, er ist der Verführer, der Mörder der schönen Annerl gewesen; er hat es selbst gesagt, der elende, der schlechte Kerl!"

Als dies von allen Seiten her tönte und auch der Prediger und der Offizier und die Gerichtspersonen es bestätigten, war der Herzog tief erschüt-

tert, daß er nichts sagte, als: „Entsetzlich, entsetzlich, o, der elende Mensch!"

Nun trat der Herzog blaß und bleich in den Kreis; er wollte die Leiche der schönen Annerl sehen. Sie lag auf dem grünen Rasen in einem schwarzen Kleid mit weißen Schleifen. Die alte Großmutter, welche sich um alles, was vorging, nicht bekümmerte, hatte ihr das Haupt an den Rumpf gelegt und die schreckliche Trennung mit ihrer Schürze bedeckt. Sie war beschäftigt, ihr die Hände über die Bibel zu falten, welche der Pfarrer in dem kleinen Städtchen der kleinen Annerl geschenkt hatte; das goldene Kränzlein band sie ihr auf den Kopf und steckte die Rose vor die Brust, welche ihr Grossinger in der Nacht gegeben hatte, ohne zu wissen, wem er sie gab.

Der Herzog sprach bei diesem Anblick: „Schönes, unglückliches Annerl! Schändlicher Verführer, du kamst zu spät! – Arme, alte Mutter, du bist ihr allein treu geblieben bis in den Tod!" Als er mich bei diesen Worten in seiner Nähe sah, sprach er zu mir: „Sie sagten mir von einem letzten Willen des Korporal Kasper, haben Sie ihn bei sich?" Da wendete ich mich zu der Alten und sagte: „Arme Mutter, gebt mir die Brieftasche Kaspers; Seine Durchlaucht wollen seinen letzten Willen lesen."

Die Alte, welche sich um nichts bekümmerte, sagte mürrisch: „Ist er auch wieder da? Er hätte lieber ganz zu Hause bleiben können. Hat Er die Bittschrift? Jetzt ist es zu spät. Ich habe dem armen Kinde den Trost nicht geben können, daß sie zu Kasper in ein ehrliches Grab soll; ach, ich hab' es ihr vorgelogen, aber sie hat mir nicht geglaubt."

Der Herzog unterbrach sie und sprach: „Ihr habt nicht gelogen, gute Mutter. Der Mensch hat sein Mögliches getan, der Sturz des Pferdes ist an allem schuld. Aber sie soll ein ehrliches Grab haben bei ihrer Mutter und bei Kasper, der ein braver Kerl war. Es soll ihnen beiden eine Leichenpredigt gehalten werden über die Worte: ‚Gebt Gott allein die Ehre!' Der Kasper soll als Fähnrich begraben werden, seine Schwadron soll ihm dreimal ins Grab schießen, und des Verderbers Grossingers Degen soll auf seinen Sarg gelegt werden."

Nach diesen Worten ergriff er Grossingers Degen, der mit dem Schleier noch an der Erde lag, nahm den Schleier herunter, bedeckte Annerl damit und sprach: „Dieser unglückliche Schleier, der ihr so gern Gnade gebracht hätte, soll ihr die Ehre wieder geben. Sie ist ehrlich und begnadigt gestorben, der Schleier soll mit ihr begraben werden."

Den Degen gab er dem Offizier der Wache mit den Worten: „Sie werden heute noch meine Befehle wegen der Bestattung des Ulanen und dieses armen Mädchens bei der Parade empfangen."

Nun las er auch die letzten Worte Kaspers laut mit vieler Rührung. Die alte Großmutter umarmte mit Freudentränen seine Füße, als wäre sie das glücklichste Weib. Er sagte zu ihr: „Gebe Sie sich zufrieden, Sie soll eine Pension haben bis an Ihr seliges Ende, ich will Ihrem Enkel und der Annerl einen Denkstein setzen lassen." Nun befahl er dem Prediger, mit der Alten und einem Sarge, in welchen die Gerichtete gelegt wurde, nach seiner Wohnung zu fahren und sie dann nach ihrer Heimat zu bringen und das Begräbnis zu besorgen. Da währenddessen seine Adjutanten mit Pferden gekommen waren, sagte er noch zu mir: „Geben Sie meinem Adjutanten ihren Namen an, ich werde Sie rufen lassen. Sie haben einen schönen menschlichen Eifer gezeigt." Der Adjutant schrieb meinen Namen in seine Schreibtafel und machte mir ein verbindliches Kompliment. Dann sprengte der Herzog, von den Segenswünschen der Menge begleitet, in die Stadt. Die Leiche der schönen Annerl ward nun mit der guten alten Großmutter in das Haus des Pfarrers gebracht, und in der folgenden Nacht fuhr dieser mit ihr nach der Heimat zurück. Der Offizier traf mit dem Degen Grossingers und einer Schwadron Ulanen auch daselbst am folgenden Abend ein. Da wurde nun der brave Kasper, mit Grossingers Degen auf der Bahre und dem Fähn-

richspatent, neben der schönen Annerl zur Seite seiner Mutter begraben. Ich war auch hingeeilt und führte die alte Mutter, welche kindischer Freude war, aber wenig redete; und als die Ulanen dem Kasper zum drittenmal ins Grab schossen, fiel sie mir tot in die Arme. Sie hat ihr Grab auch neben den Ihrigen empfangen. Gott gebe ihnen allen eine freudige Auferstehung!

Sie sollen treten auf die Spitzen,
Wo die lieben Engelein sitzen,
Wo kömmt der liebe Gott gezogen
Mit einem schönen Regenbogen;
Da sollen ihre Seelen vor Gott bestehn,
Wann wir werden zum Himmel eingehn! Amen.

Als ich in die Hauptstadt zurückkam, hörte ich, Graf Grossinger sei gestorben, er habe Gift genommen. In meiner Wohnung fand ich einen Brief von ihm. Er sagte mir darin:

„Ich habe Ihnen viel zu danken. Sie haben meine Schande, die mir lange das Herz abnagte, zu Tage gebracht. Jenes Lied der Alten kannte ich wohl, die Annerl hatte es mir oft vorgesagt, sie war ein unbeschreiblich edles Geschöpf. Ich war ein elender Verbrecher. Sie hatte ein schriftliches Eheversprechen von mir gehabt und hat es verbrannt. Sie diente bei einer alten Tante von mir, sie litt oft an Melancholie. Ich habe mich durch gewisse medizinische Mittel, die etwas Magisches haben, ihrer Seele bemächtigt.

– Gott sei mir gnädig! – Sie haben auch die Ehre meiner Schwester gerettet. Der Herzog liebt sie, ich war sein Günstling – die Geschichte hat ihn erschüttert – Gott helfe mir! Ich habe Gift genommen.

Joseph Graf Grossinger."

Die Schürze der schönen Annerl, in welche ihr der Kopf des Jägers Jürge bei seiner Enthauptung gebissen, ist auf der herzoglichen Kunstkammer bewahrt worden. Man sagt, die Schwester des Grafen Grossinger werde der Herzog mit dem Namen „Voile de Grace", auf deutsch „Gnadenschleier", in den Fürstenstand erheben und sich mit ihr vermählen. Bei der nächsten Revue in der Gegend von D . . . soll das Monument auf den Gräbern der beiden unglücklichen Ehrenopfer auf dem Kirchhof des Dorfs errichtet und eingeweiht werden. Der Herzog wird mit der Fürstin selbst zugegen sein. Er ist ausnehmend zufrieden damit; die Idee soll von der Fürstin und dem Herzog zusammen erfunden sein. Es stellt die falsche und wahre Ehre vor, die sich vor einem Kreuz beiderseits gleich tief zur Erde beugen; die Gerechtigkeit steht mit dem geschwungenen Schwerte zur einen Seite, die Gnade zur andern Seite und wirft einen Schleier heran. Man will im Kopfe der Gerechtigkeit Ähnlichkeit mit dem Herzog, in dem Kopfe der Gnade Ähnlichkeit mit dem Gesichte der Fürstin finden.

Franz Grillparzer

Das Kloster bei Sendomir

Nach einer als wahr überlieferten Erzählung

Die Strahlen der untergehenden Sonne vergoldeten die Abhänge eines der reizendsten Täler der Woiwodschaft Sendomir. Wie zum Scheidekuß ruhten sie auf den Mauern des an der Ostseite fensterreich und wohnlich prangenden Klosters, als eben zwei Reiter, von wenigen Dienern begleitet, den Saum der gegenüberliegenden Hügelkette erreichten und, von der Vesperglocke gemahnt, nach kurzem, betrachtendem Verweilen ihre Pferde in schärferen Trott setzten, taleinwärts dem Kloster zu.

Die Kleidung der späten Gäste bezeichnete die Fremden. Breitgedrückte, befiederte Hüte, das Elenkoller vom dunkeln Brustharnisch gedrückt, die straffanliegenden Unterkleider und hohen Stulpstiefel erlaubten nicht, sie für eingeborene Polen zu halten. Und so war es auch. Als Boten des deutschen Kaisers zogen sie, selbst Deutsche, an den Hof des kriegerischen Johann Sobiesky, und vom Abend überrascht, suchten sie Nachtlager in dem vor ihnen liegenden Kloster.

Das bereits abendlich verschlossene Tor ward den Einlaßheischenden geöffnet, und der Pförtner hieß sie eintreten in die geräumige Gaststube, wo Erfrischung und Nachtruhe ihrer warte; obgleich, wie er entschuldigend hinzusetzte, der Abt und die Konventualen, bereits zur Vesper im Chor versammelt, sich für heute die Bewillkommung so werter Gäste versagen müßten. Die Angabe des etwas mißtrauisch blickenden Mannes ward durch den eintönigen Zusammenklang halb sprechend, halb singend erhobener Stimmen bekräftigt, die, aus dämpfender Ferne durch die hallenden Gewölbe sich hinwindend, den Chorgesang einer geistlichen Gemeinde deutlich genug bezeichneten.

Die beiden Fremden traten in das angewiesene Gemach, welches, obgleich wie das ganze Kloster offenbar erst seit kurzem erbaut, doch altertümliche Spitzformen mit absichtlicher Genauigkeit nachahmte. Weniges, doch anständiges Gerät, war rings an den Wänden verteilt. Die hohen Bogenfenster gingen ins Freie, wo der im Osten aufsteigende Mond, mit der letzten Abendhelle kämpfend, nur sparsame Schimmer auf die Erhöhungen des hügligen Bogens warf, indes in den Falten der Täler und unter den Bäumen des Forstes sich allgemach die Nacht mit ihrem dunkeln Gefolge lagerte, und stille Ruhe, hold vermischend, ihren Schleier über Belebtes und Unbelebtes ausbreitete.

Die eigenen Diener der Ritter trugen Wein auf und Abendkost. Ein derbgefügter Tisch, in die Brüstung des geöffneten Bogenfensters gerückt, empfing die ermüdeten Gäste, die, auf hohe Armstühle gelagert, sich bald an dem zauberischen Spiele des Mondlichtes ergötzten, bald, zu Wein und Speise zurückkehrend, den Körper für die Reise des nächsten Tages stärkten.

Eine Stunde mochte auf diese Art vergangen sein. Die Nacht war vollends eingebrochen, Glockenklang und Chorgesang längst verstummt. Die zur Ruhe gesendeten Diener hatten eine düster brennende Ampel, in der Mitte des Gemaches hängend, angezündet, und noch immer saßen die beiden Ritter am Fenster im eifrigen Gespräch; vielleicht vom Zweck ihrer Reise, offenbar von Wichtigem. Da pochte es mit kräftigem Finger an die Tür des Gemaches, und ehe man noch, ungern die Rede unterbrechend, mit einem „Herein!" geantwortet, öffnete sich diese, und eine seltsame Menschengestalt trat ein, mit der Frage, ob sie Feuer bedürften.

Der Eingetretene war in ein abgetragenes, an mehreren Stellen geflicktes Mönchskleid gehüllt, das sonderbar genug gegen den derben, gedrungenen Körperbau abstach. Obgleich vom Alter schon etwas gebeugt und mehr unter als über der Mittelgröße, war doch ein eigener Ausdruck von Entschlossenheit und Kraft über sein ganzes Wesen verbreitet, so daß, die Kleidung abgerechnet, der Beschauer den Mann eher für alles, als für einen friedlichen Sohn der Kirche, erkannt hätte. Haar und Bart, vormals augenscheinlich rabenschwarz, nun aber überwiegend mit grau gemischt und, trotz ihrer Länge, stark gekräuselt, drängten sich in dichter Fülle um Stirne, Mund und Kinn. Das Auge, klösterlich gesenkt, hob sich nur selten; wenn es aber aufging, traf es wie ein Wetterschlag, so grauenhaft funkelten die schwarzen Sterne aus den aschfahlen Wangen, und man fühlte sich erleichtert, wenn die breiten Lider sie wieder bedeckten. So beschaffen und so angetan, trat der Mönch, ein Bündel Holz unter dem Arme, vor die Fremden hin, mit der Frage, ob sie Feuer bedürften.

Die beiden sahen sich an, erstaunt über die seltsame Erscheinung. Indessen kniete der Mönch am Kamin nieder und begann, Feuer anzumachen, ließ sich auch durch die Bemerkung nicht stören, daß man gar nicht friere und seine Mühe überflüssig sei. Die Nächte würden schon rauh, meinte er und fuhr in seiner Arbeit fort. Nachdem er sein Werk vollendet, und das Feuer lustig brannte, blieb er ein paar Augenblicke am Kamin

stehen, die Hände wärmend, dann, ohne sich scheinbar um die Fremden zu bekümmern, schritt er schweigend der Tür zu.

Schon stand er an dieser und hatte die Klinke in der Hand, da sprach einer der Fremden: „Nun Ihr einmal hier seid, ehrwürdiger Vater –“

„Bruder!“ fiel der Mönch, wie unwillig, ein, und ohne sich umzusehen, blieb er, die Stirn gegen die Tür geneigt, am Eingang stehen.

„Nun denn also, ehrwürdiger Bruder!“ fuhr der Fremde fort, „da Ihr schon einmal hier seid, so gebt uns Aufschluß über einiges, was wir zu wissen den Wunsch hegen.“

„Fragt!“ sprach, sich umwendend, der Mönch.

„So wißt denn“, sagte der Fremde, „daß uns die herrliche Lage und Bauart Eures Klosters mit Bewunderung erfüllt hat, vor allem aber, daß es so neu ist und vor kurzem erst aufgeführt zu sein scheint.“

Die dunkeln Augen des Mönches hoben sich bei dieser Rede und hafteten mit einer Art grimmigen Ausdruckes auf dem Sprechenden.

„Die Zeiten sind vorüber“, fuhr dieser fort, „wo die Errichtung solcher Werke der Frömmigkeit nichts Seltenes war. Wie lange steht das Kloster?“

„Wißt Ihr es vielleicht schon?“ fragte, zu Boden blickend, der Mönch, „oder wißt Ihr es nicht?“

„Wenn das erstere, würde ich fragen?“ entgegnete der Fremde.

„Es trifft sich zuweilen“, murmelte jener. „Drei Jahre steht dies Kloster. Dreißig Jahre!“ fügte er verbessernd hinzu und sah nicht auf vom Boden.

„Wie aber hieß der Stifter?“ fragte der Fremde weiter. „Welch gottgeliebter Mann?“ – Da brach der Mönch in ein schmetterndes Hohngelächter aus. Die Stuhllehne, auf die er sich gestützt hatte, brach krachend unter seinem Druck zusammen; eine Hölle schien in dem Blicke zu flammen, den er auf die Fremden richtete, und plötzlich gewendet, ging er schallenden Trittes zur Tür hinaus.

Noch hatten sich die beiden von ihrem Erstaunen nicht erholt, da ging die Tür von neuem auf, und derselbe Mönch trat ein. Als ob nichts vorgefallen wäre, schritt er auf den Kamin zu, lockerte mit dem Störeisen das Feuer auf, legte Holz zu, blies in die Flamme. Darauf sich umwendend, fragte er: „Ich bin der mindeste von den Dienern dieses Hauses. Die niedrigsten Dienste sind mir zugewiesen. Gegen Fremde muß ich gefällig sein und antworten, wenn sie fragen. Ihr habt ja auch gefragt? Was war es nur?“

„Wir wollten über die Gründung dieses Klosters Auskunft einholen“, sprach der ältere der beiden Deutschen, „aber Eure sonderbare Weigerung –“

„Ja, ja!“ sagte der Mönch, „ihr seid Fremde und kennt Ort und Leute noch nicht. Ich möchte gar zu gerne eure törichte Neugierde unbefriedigt lassen, aber dann klagt ihr’s dem Abte, und der schilt mich wieder wie damals, als ich dem Palatin von Plozk an die Kehle griff, weil er meiner Väter Namen schimpfte. Kommt ihr von Warschau?“ fuhr er nach einer kleinen Weile fort.

„Wir gehen dahin“, antwortete einer der Fremden.

„Das ist eine arge Stadt“, sagte der Mönch, indem er sich setzte. „Aller Unfrieden geht von dort aus. Wenn der Stifter dieses Klosters nicht nach Warschau kam, so stiftete er überhaupt kein Kloster, es gäbe keine Mönche hier, und ich wäre auch keiner. Da ihr nicht von dorther kommt, mögt ihr rechtliche Leute sein, und, alles betrachtet, will ich euch die Geschichte erzählen. Aber unterbrecht mich nicht und fragt nicht weiter, wenn ich aufhöre. Am Ende sprech' ich selbst gerne wieder einmal davon. – Wenn nur nicht so viel Nebel dazwischen läge, man sieht kaum das alte Stammschloß durchschimmern – und der Mond scheint auch so trübe.“ – Die letzten Worte verloren sich in ein unverständliches Gemurmel und machten endlich einer tiefen Stille Platz, während welcher der Mönch, die Hände in die weiten Ärmel gesteckt, das Haupt auf die Brust gesunken, unbeweglich dasaß. Schon glaubten die beiden, seine Zusage habe ihn gereut, und wollten kopfschüttelnd sich entfernen, da richtete er sich plötzlich mit einem verstärkten Atemzuge empor; die vorgesunkene Kapuze fiel zurück; das Auge, nicht mehr wild, strahlte in fast wehmütigem Lichte; er stützte das halb dem Mond entgegengewendete Haupt in die Hand und begann:

„Starschensky hieß der Mann, ein Graf seines Stammes, dem gehörte die weite Umgegend und der Platz, wo dies Kloster steht. Damals war aber noch kein Kloster. Hier ging der Pflug; er selber hauste dort oben, wo jetzt geborstene Mauern das Mondlicht zurückwerfen. Der Graf war nicht schlimm, wenn auch gerade nicht gut. Im Kriege hieß man ihn tapfer; sonst lebte er still und abgeschieden im Schlosse seiner Väter. Über eines wunderten sich die Leute am meisten: Nie hatte man ihn einem weiblichen Wesen mit Neigung zugetan gesehen, sichtlich vermied er den Umgang mit Frauen. Er galt daher für einen Weiberfeind; doch war er keiner. Ein von Natur schüchterner Sinn und – laßt sehn, ob ich's treffe!“ sagte der Mönch, indem er sich aufrichtete – „ein über alles gehendes Behagen am Besitz seiner selbst hatte ihm bis dahin keine Annäherung erlaubt. Abwesenheit von Unlust war ihm Lust. – Habt ihr noch Wein übrig? Gebt mir einen Becher! Der Graf war so schlimm nicht.“

Der Mönch trank, dann fuhr er fort: „So lebte Starschensky, so gedachte er zu sterben; doch war es ihm anders bestimmt. Ein Reichstag rief ihn nach Warschau. Unwillig über die Verkehrtheit der Menge, deren jeder nur *sich* wollte, wo es das Wohl des Ganzen galt, ging er eines Abends durch die Straßen der Stadt; schwarze Regenwolken hingen am Himmel, jeden Augenblick bereit, sich zu entladen, dichtes Dunkel ringsum. Da hörte er plötzlich hinter sich eine weibliche Stimme, die zitternd und schluchzend ihn anspricht: ‚Wenn Ihr ein Mensch seid, so erbarmt Euch eines Unglücklichen!' Rasch umgewendet, erblickt der Graf ein Mädchen, das bittend ihm die Hände entgegenstreckt. Die Dunkelheit der Nacht ließ nichts einzelnen unterscheiden. Die Kleidung schien ärmlich, Hals und Arme schimmerten weiß durch die Nacht. Der Graf folgte der Bittenden. Zehn Schritte gegangen, tritt sie in eine Hütte, Starschensky folgt, und bald steht er mit ihr allein auf dem dunkeln Flur. Eine warme, weiche Hand ergreift die seinige. – Seid Ihr Ordensritter?" unterbrach sich der Mönch, zu dem jüngeren der Fremden gewendet. „Was bedeutet das Kreuz auf Eurem Mantel?" – „Ich bin Malteser", entgegnete dieser. – „Ihr auch?" wendete der Mönch sich zum zweiten. – „Keineswegs", war die Antwort. – „Habt Ihr Weib und Kinder?" – „Beides hatt' ich nie." – „Wie alt seid Ihr?" – „Fünfundvierzig." – „So! So!" murmelte kopfnickend der Mönch. Dann fuhr er fort:

„Ein bis dahin ungekanntes Gefühl ergriff den Grafen bei der Berührung der warmen Hand. Sie erzählen ein morgenländisches Märchen von einem, dem plötzlich die Gabe verliehen ward, die Sprache der Vögel und andern Naturwesen zu verstehen, und der nun, im Schatten liegend am Bachesrand, mit freudigem Erstaunen rings um sich überall Wort und Sinn vernahm, wo er vorher nur Geräusch gehört und Laute. So erging es dem Grafen. Eine neue Welt stand vor ihm auf, und bebend folgte er seiner Führerin, die eine kleine Tür öffnete und mit ihm in ein niederes, schwach erleuchtetes Zimmer trat.

Der erste Strahl des Lichtes fiel auf das Mädchen. Starschenskys innerstes Wesen jubelte auf, daß die Wirklichkeit gehalten, was die Ahnung versprach. Das Mädchen war schön, schön in jedem Betracht. Schwarze Locken ringelten sich um Stirn und Nacken und erhoben, mit der gleichgefärbten Wimper, bis zum Sonderbaren den Reiz des hellblau strahlenden Auges. Der Mund mit üppig aufgeworfenen, beinahe zu hochroten Lippen ward keineswegs durch eine kleine Narbe entstellt, die, als schmale, weißlich gefärbte Linie schräg abwärts laufend, sich in den Karmin der Oberlippe verlor. Grübchen in Kinn und Wangen; Stirn und Nase, wie vielleicht gerade der Maler sie nicht denkt, wie sie aber meinen Landsmänninnen wohl stehen, vollendeten den Ausdruck des reizenden Köpfchens und standen in schönem Einklange mit den Formen eines zugleich schlank und voll gebauten Körpers, dessen üppige Schönheit die ärmliche Hülle mehr erhob als verbarg. – Nicht wahr, davon wißt Ihr nichts, Malteser? Ja, ja, bei dem alten Mönch rappelt's einmal wieder! Laßt uns noch eins trinken! – So, und nun gut.

Der Graf stand verloren im Anschauen des Mädchens und bemerkte kaum, daß in einem Winkel der Hütte, auf moderndes Stroh gebettet, einen zerrissenen Sattel statt des Kissens unter dem Kopfe, mit Lumpen bedeckt, die Jammergestalt eines alten Mannes lag, der jetzt die Hand aus seinen ärmlichen Hüllen hervorstreckte und mit erloschener Stimme fragte: ‚Bist du's Elga? Wen bringst du mir da?' – ‚Hier der Unglückliche', sprach das Mädchen zu Starschensky gewendet, ‚für den ich, durch äußerste Not getrieben, Euer Mitleid ansprach. Er ist mein Vater, ein Edelmann von altem Stamm und Adel, durch Verfolgungen bis hierher gebracht.' – Damit ging sie hin, und am Lager des Greises niedergekauert, suchte sie durch Zurechtrücken und Ausbreiten in die Lumpen, die ihn bedeckten, einen Schein von Anständigkeit und Ordnung zu bringen.

Der Graf trat näher. Er erfuhr die Geschichte. Der vor ihm lag, war der Starost von Laschek. Er und seine zwei Söhne hatten sich in politische Verbindungen eingelassen, die das Vaterland mißbilligte. Ihre Anschläge wurden entdeckt. Die beiden Söhne samt einigen Unvorsichtigen, die mit ihnen gemeinsame Sache gemacht, traf Verbannung; der Vater, seiner Güter beraubt, war im Elend.

Im ersten Augenblick, als Starschensky den Namen Laschek hörte, wußte er auch schon, daß die Lage des Unglücklichen nicht ganz unverschuldet war. Denn, wenn er auch einer unmittelbaren Teilnahme an den Anschlägen seiner Söhne nicht geradezu überwiesen werden konnte, so hatte er doch durch Leichtsinn in der Jugend und üble Wirtschaft im vorgerückten Alter seinen Söhnen die rechtlichen Wege des Emporkommens schwierig und Wagnisse willkommen gemacht. All dies war dem Grafen nicht verborgen. Aber es galt einen Unglücklichen zu retten, und Elgas Vater hatte den beredtesten Fürsprecher bei dem Entbrannten für seine Tochter.

Laschek ward in eine anständige Wohnung gebracht, er und seine Tochter mit dem Notwendigen versehen. Starschensky verwendete seinen Einfluß, seine Verbindungen, er ließ sich bis zu Geld und Geschenken herab, um die Wiederherstellung des Entsetzten, die Rückberufung der Verbannten zu bewirken. Glücklicherweise waren die äußeren Verhältnisse längst vorüber, welche die Anschläge jener Unvorsichtigen gefährlich gemacht hatten. Verzeihung ward bewilligt, die Verwiesenen rüsteten sich zur Heimkehr. Mehrere der Unglücksgenossen hatten, ihrem Leichtsinne treu, Dienste in fremden Landen genommen; nur Lascheks beide Söhne und ein entfernter Verwandter des Hauses, Oginsky genannt, machten Gebrauch von der schwer erlangten Erlaubnis. Täglich erwartete man ihre Ankunft.

Die Wiedergabe von Lascheks eingezogenen Gütern zeigte sich indes als wenig Nutzen bringend. Täglich erschienen neue Gläubiger. Hauptstock und rückständige Zinsen verschlangen weit den Wert des vorhandenen Unbeweglichen. Starschensky trat ins Mittel, bezahlte, verschuldete seine eigenen Güter und konnte dennoch kaum einen geringen Rest der Stammbesitzungen als Pfropfreis für die Zukunft retten.

Glücklicher schien er mittlerweile in seinen Bewerbungen um Elgas Herz. Als das Mädchen sich zum ersten Male wieder in anständigen Kleidern erblickte, flog sie ihm beim Eintritte aufschreiend entgegen, und ein lange nachgefühlter Kuß von ihren brennenden Lippen lohnte seine Vorsorge, sein Bemühen. Dieser erste Kuß blieb freilich vorderhand auch der letzte, nichtsdestoweniger durfte sich aber doch Starschensky mit der Hoffnung schmeicheln, ihrem Herzen nicht gleichgültig zu sein. Sie war gern in seiner Gesellschaft, sie bemerkte und empfand seine Abwesenheit. Oft überraschte er ihr Auge, das gedankenvoll und betrachtend auf ihn geheftet war; ja einige Male konnte er nur durch schnelles Zurückziehen verhindern, daß nicht ein Kuß, den er gar zu gerne seinen Lippen gegönnt hätte, auf seine Hand gedrückt wurde. Er war voll der schönsten Hoffnungen. Doch mit einem Male änderte sich die Szene. Elga ward düster und nachdenkend. Wenn sonst ihre Neigung für Zerstreuungen, für Kleiderzier und Lebensgenuß sich aufs bestimmteste aussprach und manchmal hart an die Grenze des Zuviel zu streifen schien, so mied sie die Gesellschaft; streitende Gedanken jagten ihre Wolken über die schöngeglättete Stirne; das getrübte Auge sprach von Tränen, und nicht selten drängte sich ein einzelner der störenden Gäste unter der schnell gesenkten Wimper hervor. Starschensky bemerkte, wie der Vater sie dann ernst, beinahe drohend anblickte und eine erkünstelte Heiterkeit das Bestreben des Mädchens bezeichnete, einen heimlichen Kummer zu unterdrücken. Einmal, rasch durchs Vorgemach auf die Türe des Empfangzimmers zuschreitend, hörte Starschensky die Stimme des Starosten, der aufs heftigste erzürnt schien und sich sogar ziemlich gemeiner Ausdrücke bediente. Der Graf öffnete die Türe und sah sich rings um, erblickte aber kein drittes, nur die Tochter, die *nicht* weinend und höchst erhitzt, vom Vater abgekehrt, im Fenster stand. Ihr mußten jene Scheltworte gegolten haben. Da ward es fester Entschluß in der Seele des Grafen, durch eine rasche Werbung um Elgas Hand der marternden Ungewißheit des Verhältnisses ein Ende zu machen.

Während er sich kurze Zeit zur Ausführung dieses Vorsatzes nahm und Elgas vorige Heiterkeit nach und nach zurückkehrte, langten die aus der Verbannung heimberufenen Angehörigen an. Elga schien weniger Freude über den Wiederbesitz der so lange entbehrten Brüder zu empfinden, als der Graf vorausgesetzt hatte. Am auffallendsten aber war ihre schroffe Kälte, um es nicht Härte zu nennen, gegen den Gefährten von ihrer Brüder Schuld und Strafe, den armen Vetter Oginsky, den sie kaum eines Blickes würdigte. Gut gebaut und wohl aussehend, wie er war, schien er eine solche Abneigung durch nichts zu verdienen; vielmehr war in seinem, beinahe zu unterwürfigen Benehmen das Streben sichtbar, sich um die gute

Meinung von jedermann zu bewerben. Keine Härte konnte ihn aufbringen; nur schien ihm freilich jede Gelegenheit erwünscht, sich der beinahe verächtlichen Behandlung Elgas zu entziehen. Zuletzt verschwand er ganz, und niemand wußte, wo er hingekommen war.

Nun endlich trat der Graf mit seiner Bewerbung hervor. Der alte Starost weinte Freudentränen, Elga sank schamerrötend und sprachlos in seine Arme, und der Bund war geschlossen. Laute Feste verkündeten der Hauptstadt Starschenskys Glück, und wiederholte, zahlreich besuchte Feste versicherten ihn der allgemeinen Teilnahme. Durch eine Ehrenbedienstung am Hofe festgehalten, lernte er bald sich in Geräusch und Glanz fügen, ja wohl gar daran Vergnügen finden, wenigstens insoweit Elga es darin fand, deren Geschmack für rauchende Lustbarkeiten sich immer bestimmter aussprach. Aber war sie nicht jung, war sie nicht schön? Hatte nicht, nach langen Unfällen, jede Lust für sie den doppelten Reiz, als Lust und als neu? Der Graf gewährte und war glücklich. Nur eines fehlte, um ihn ganz selig zu machen: Schon war ein volles Jahr seit seiner Vermählung verstrichen, und Elga gab noch keine Hoffnung, Mutter zu werden.

Doch plötzlich ward der Rausch des Glücklichen auf eine noch weit empfindlichere Weise gestört. Starschenskys Hausverwalter, ein als redlich erprobter Mann, erschien, trübe Wolken auf der gefurchten Stirn. Man

schloß sich ein, man rechnete, man verglich, und es zeigte sich bald nur zu deutlich, daß durch das, was für Elgas Verwandte geschehen war, durch den schrankenlosen Aufwand der letzten Zeit, des Grafen Vermögensstand erschüttert war und schleunige Vorsorge erheischte. Das Schlimmste zu dieser Verwirrung hatten Elgas beide Brüder getan. Wie denn überhaupt das Unglück nur Besserungsfähige bessert, so war die alles verschlingende Genußliebe des leichtfertigen Paares durch die lange Entbehrung nur noch gieriger geworden. Auf die Kasse des Grafen mit ihrem Unterhalte angewiesen, hatten sie den überschwenglichen Gebrauch von dieser Zugestehung gemacht, und nachdem der in Seligkeit schwimmende Graf auf die ersten Anfragen seiner besorgten Geschäftsleute ungeduldig die Antwort erteilt hatte, man solle es nicht zu genau nehmen und seinen Schwägern geben, was sie bedürften, war bald des Forderns und Nehmens kein Ende.

Der Graf übersah mit einem Blicke das Bedenkliche seiner Lage, und ordnungsliebend wie er war, hatte für ihn ein rasches Umkehren von dem eingeschlagenen Taumelpfade nichts Beängstigendes. Nur der Gedanke an Elga machte ihm bange. Wird das heitere, in unbefangenem Frohsinn so gern hinschwebende Wesen –? Aber es mußte sein, und der Graf tat, was er mußte. Mit klopfendem Herzen trat er in Elgas Gemach. Aber wie angenehm ward er überrascht, als, da er kaum die Verhältnisse auseinandergesetzt und die Notwendigkeit geschildert hatte, die Stadt zu verlassen, um auf eigener Scholle den Leichtsinn der letztverflossenen Zeit wieder gut zu machen, als, bei der ersten Andeutung schon Elga an seine Brust stürzte und sich bereitwillig und erfreut erklärte. Was er wolle, was er gebiete, sie werde nur gehorsam sein! Dabei stürzten Tränen aus ihren Augen, und sie wäre zu seinen Füßen gefallen, wenn er es nicht verhindert, sie nicht emporgehoben hätte zu einer langen, Zeit und Außenwelt aufhebenden Umarmung.

Alle Anstalten zur Abreise wurden gemacht. Starschensky, der, von Jugend auf an Einsamkeit gewöhnt, alle Freuden des Hofes und der Stadt nur in der Freude, die seine Gattin daran zeigte, genossen hatte, segnete beinahe die Unfälle, die ihn zwangen, in den Schoß seiner ländlichen Heimat zurückzukehren. Elga packte und sorgte, und in den ersten Nachmittagsstunden eines warmen Maitages war man mit Kisten und Packen in dem altertümlichen Stammschlosse angekommen, das, neu eingerichtet und aufs beste instand gesetzt, durch Nachtigallenschlag und Blütenduft wetteifernd ersetzte, was ein verwöhnter Geschmack, ein Vergleich mit den Palästen der Städte allenfalls hätte vermissen können.

Bald nach der Ankunft schien sich zum Teile aufzuklären, warum Elga die Änderung der bisherigen Lebensweise so leicht geworden war. Sie stand in den ersten Monaten einer bis jetzt verheimlichten Schwangerschaft, und Starschensky, mit der Erfüllung aller seiner Wünsche überschüttet, kannte keine Grenze seines Glücks.

Frühling und Sommer verstrichen unter ländlichen Ergötzlichkeiten, ordnenden Einrichtungen und frohen Erwartungen. Als das Laub gefallen war und rauhe Stürme, die ersten Boten des Winters, an den Fenstern des Schlosses rüttelten, nahte Elga die ersehnte und gefürchtete Stunde: Sie gebar, und ein engelschönes kleines Mädchen ward in die Arme des Grafen gelegt, der die Tochter mit segnenden Tränen benetzte. Leicht überstanden, wie die Geburt, waren die Folgen, und Elga blühte bald wieder einer Rose gleich.

So viel günstige Vorfälle wurden leider durch unangenehme Nachrichten aus der Hauptstadt unterbrochen. Der alte Starost, Elgas Vater, war gestorben und hatte seine Umstände in der größten Zerrüttung hinterlassen. Die beiden Söhne, in ihrer tollen Verschwendung nicht mehr von ihrem bedächtlicher gewordenen Schwager unterstützt, häuften Schulden auf Schulden, und ihre Gläubiger, die in Hoffnung auf den Nachlaß des alten Vaters zugewartet hatten, sahen sich zum Teile in ihrer Erwartung dadurch getäuscht, daß in dem Testamente des Starosten eine beträchtliche Summe, infolge einer früher geschehenen förmlichen Schenkung, an jenen armen Vetter Oginsky überging. Dieser Vetter war, wie bekannt, seit längerer Zeit verschwunden. Er mußte aber doch noch leben und sein Aufenthalt nicht jedermann ein Geheimnis sein, denn die ihm bestimmte Summe ward gefordert, übernommen, und die Sache blieb abgetan.

Zu den Verschwendungen der beiden Laschek gesellten sich überdies noch Gerüchte, als ob sie neuerdings verbotene Anschläge hegten und Parteigänger für landesschädliche Neuerungen würben. Starschensky sah sich aufs überlästigste von seinen Schwägern und ihren Gläubigern bestürmt, er wies aber, nachdem er getan, was in seinen Kräften stand, alle weitere Anforderung standhaft von sich und hatte das Vergnügen, Elga in ihren Gesinnungen mit den seinigen ganz übereinstimmen zu sehen. Ja, als die Brüder, gleichsam zum letzten Versuch, sich auf dem Schlosse des Grafen einfanden, sahen sie sich von der Schwester mit Vorwürfen überhäuft, und man schied beinahe in Feindschaft.

So gingen mehr als zwei Jahre vorüber, und der Friede des Hauses blühte, nach überstandenen Stürmen, nur um so schöner empor. Sah sich gleich der Graf in seinen Wünschen nach einem männlichen Stammhalter fortwährend getäuscht, so wendete sich dafür eine um so größere, eine ungeteilte Liebe auf das teure, einzige Kind.

Kaum konnte aber auch etwas Reizenderes gedacht werden, als das kleine, rasch sich entwickelnde Mädchen. In allen schon angekündigten Formen der Mutter Abbild, schien sich die schaffende Natur bei dem holden

Köpfchen in einem seltsamen Spiele gefallen zu haben. Wenn Elga bei der Schwärze ihrer Haare und Brauen durch ein hellblaues Auge auf eine eigene Art aufreizend ansprach, so war bei dem Kinde diese Verkehrung des Gewöhnlichen nachgeahmt, aber wieder verkehrt; denn goldene Locken ringelten sich um das zierliche Häuptchen, und unter den langen blonden Wimpern barg sich, wie ein Räuber vor der Sonne, das große, schwarzrollende Auge. Der Graf scherzte oft über diese, wie er es nannte, auf den Kopf gestellte Ähnlichkeit, und Elga drückte dann das Kind inniger an sich, und ihre Lippen hafteten auf den gleichgeschwellten, strahlenden von gleichem Rot.

Der Graf widmete alle Stunden, die er nicht den häuslichen Freuden schenkte, einzig der Wiederherstellung seiner, durch die unüberlegte Freigebigkeit an Elgas Verwandte herabgekommenen Vermögensumstände und der Verbesserung seiner Güter. Tagelang durchging er Meierhöfe und Fruchtscheuern, Saatfelder und Holzschläge, immer von seinem Hausverwalter begleitet, einem alten, redlichen Manne, der, vom Vater auf den Sohn vererbt, dessen ganzes Vertrauen besaß. Schon seit längerer Zeit bemerkte Starschensky eine auffallende Düsterkeit in den Zügen des Alten. Wenn er unvermutet sich nach ihm umwendete, überraschte er das sonst immer heitere Auge beinahe wehmütig auf sich geheftet. Doch schwieg der Mann.

Einst, als beide die Hitze eines brennenden Vormittages mit den Schnittern geteilt hatten und der Graf, im Schatten eines Erlenbusches gelagert, mit Behagen einen Trunk frischen Wassers aus der Hand seines alten Dieners empfing, da rief dieser losbrechend aus: ‚Wie herrlich Gottes Segen auf den Feldern steht! Wie glücklich sich der Besitzer von dem allen fühlen muß!' – ‚Das tut er auch', entgegnete, kopfnickend und zu wiederholtem Trinken ansetzend, der Graf. – ‚Es begreift sich allenfalls noch', fuhr der

Alte fort, ‚wie es in den Städten Unzufriedene gibt, die an Staat und Ordnung rütteln und denen die Gewalt nichts zu Danke machen kann, aber auf dem Lande, in Wald und Feld, fühlt man's deutlich, daß doch am Ende Gott allein alles regiert; und der hat's noch immer gut gemacht bis auf diesen Augenblick. Aber die Ruhestörer haben keine Rast, bis sie alles verwirrt und zerrüttet, Vater und Bruder in ihr Netz gezogen, Schwester und Schwäger. Gottes Verderben über sie!' – Der Graf war aufgestanden. ‚Ich merke wohl', sprach er, ‚daß du auf meiner Frauen Brüder zielst. Hast du etwa neuerlich von ihnen gehört?' – Da fiel der alte Mann plötzlich zu Starschenskys Füßen, und in heiße Tränen ausbrechend, rief er: ‚Herr, laßt Euch nicht verlocken! Denkt an Weib und Kind! An so manches, was Ihr besitzt! An Eurer Väter ruhmwürdigen Namen!' – ‚Was kommt dir an?' zürnte der Graf. – ‚Herr', rief der Alte, ‚Eure Schwäger sinnen Böses, und Ihr wißt um ihr Vorhaben!' – ‚Spricht der Wahnsinn aus dir?' schrie Starschensky. – ‚Ich weiß, was ich sage', entgegnete der Alte. ‚Ein Vertrauter Eurer Schwäger kommt zu Euch heimlich aufs Schloß. Heimlich wird er eingelassen. Tagelang liegt er in der halbverfallenen Warte am westlichen Ende der Tiergartenmauer verborgen.' – ‚Wer sagt das?' – ‚Ich, der ich ihn selbst gesehen habe.' – ‚Heimlich aufs Schloß kommend?' – ‚Heimlich aufs Schloß!' – ‚Wann?' – ‚Oft!' – ‚Ein Vertrauter meiner Schwäger?' – ‚In Warschau sah ich ihn an ihrer Seite.' – ‚Weißt du seinen Namen?' – ‚Euch ist wohlbekannt, daß ich nur einmal in Warschau war, und da hatte ich Wichtigeres in Eurem Dienste zu schaffen, als mich um die Namen von Eurer Schwäger zahlreichen Zechgesellen zu bekümmern. Aber, daß ich ihn mit ihnen sah, des bin ich gewiß.' – ‚Zu welchen Stunden sahst du ihn aufs Schloß kommen?' – ‚Nachts!' – Starschensky schauderte unwillkürlich zusammen bei dieser letzten Antwort, obgleich eine kurze Besinnung ihm so viele mögliche Erklärungsarten dieser rätselhaften Besuche darbot, daß er bei seiner Nachhausekunft schon wieder ganz ruhig war. Nur fragte er wie im Vorbeigehen Elga, ob sie schon lange keine Nachricht von ihren Brüdern erhalten habe. – ‚Seit sie zuletzt selbst hier waren, keine', entgegnete sie ganz unbefangen. Der Graf gebot dem alten Hausverwalter, dem er seine patriotischen Besorgnisse leicht ausgeredet hatte, das tiefste Stillschweigen über die ganze Sache, beschloß aber doch, womöglich näher auf den Grund zu sehen.

Einige Zeit verstrich, da war er eines Nachmittags zu Pferde gestiegen, um eine seiner entfernteren Besitzungen zu besuchen, wo er mehrere Tage zubringen wollte. Schon hatte er einen guten Teil des Weges gemacht, und der Abend fing an, einzubrechen, da hörte er hinter sich laut und ängstlich seinen Namen rufen. Umblickend, erkannte er den alten Hausverwalter, der auf einem abgetriebenen Pferde keuchend und atemlos ihn einzu-

holen sich bestrebte und mit Rufen und Händewinken anzuhalten und ihn zu erwarten bat. Der Graf zog den Zügel seines Rosses an und hielt. Angelangt, drängte der Alte sich hart an seinen Herrn und stammelte ihm keuchend seine Kunde ins Ohr. Der Veranlasser seiner Besorgnisse, der rätselhafte Unbekannte, war wieder in der Nähe des Schlosses gesehen worden. Der Graf wandte sein Roß, und eines Laufes sprengten sie den Weg zurück, heimwärts, mit Mühe von den Dienern gefolgt. Eine gute Strecke vom Schlosse stiegen beide ab und gaben die Pferde den Dienern, die angewiesen wurden, ihrer an einem bezeichneten Platze zu harren. Durch Gestrüpp und Dickicht gingen sie jener Warte zu, wo der Fremde sich am öftesten zeigen sollte. Es war indes dunkel geworden und der Mond zögerte noch, aufzugehen, obschon bereits durch eine dämmernde Helle am Saum des Horizontes angekündigt. Da fiel plötzlich durch die dicht veschlungenen Zweige ein Licht in ihre Augen, in derselben Richtung, in der jene Warte liegen mußte. Sie beeilten sich, den Rand des Waldes zu erreichen, und ware nun am Fuße des von Bäumen entblößten Hügels angekommen, auf dem die Warte stand. Aber kein Licht blickte durch die ausgebröckelten Schußscharten; keine Spur eines menschlichen Wesens. Zwar wollte der alte Verwalter bei dem Schein des eben aufgehenden Mondes frische Fußtritte am Boden bemerken, auch war es keineswegs in der Ordnung, die Türe unverschlossen zu finden; aber das erste Anzeichen konnte täuschen, das andere ließ sich so leicht aus einer Nachlässigkeit des Schloßwarts erklären.

Leichter atmend, ging der Graf mit seinem Begleiter den Hügel herab, dem Schlosse zu. Der Mond warf sein Silber über die ruhig schlummernde Gegend und verwandelte das vor ihnen liegende Schloß in einen schimmernden Feenpalast. In der Seele Starschenskys ging, reizender als je, das Bild seiner Gattin auf. Jetzt erst gestand er sich's, daß ein Teil des in ihm aufkeimendes Verdachtes ihr gegolten hatte, und nun, im Gefühle seines

Unrechts, ihr Bild, wie sie sorglos schlummernd im jungfräulichen Bette lag, vor den Augen seiner Seele, entstand eine Sehnsucht nach ihr in seinem Innern, wie er sie seit den Tagen des ersten Begegnens, der bräutlichen Bewerbung kaum je empfunden hatte.

So träumte er, so ging er. Da fühlte er sich plötzlich angestoßen. Sein Begleiter war's; der zeigte mit dem Finger vor sich hin in das hellerleuchtete Feld. Starschensky folgte der Richtung und sah eine Mannsgestalt, welche, die vom Monde unerleuchtete, dunkle Seite ihnen zugekehrt, übers Feld dem Schlosse zuschlich. Der Graf war seiner selbst nicht mächtig. Mit einem lauten Ausruf, den gezückten Säbel in der Faust, stürzte er auf die Gestalt los. Der Fremde, frühzeitig gewarnt, floh, vom Schlosse ab, den Bäumen zu. Schon im Begriffe, ihn dahin zu verfolgen, war der Graf durch eine zweite Erscheinung davon abgehalten, die dicht an der Mauer des Schlosses sich hinschob. Diese zweite war bald erreicht und gab sich zitternd und bebend als Dortka, der Gräfin Kammermädchen, kund. Auf die erste Frage: Was sie hier macht? stotterte sie unzusammenhängende Entschuldigungen; die zweite: Wie sie hierher gekommen? beantwortete an ihrer Statt das geöffnete Ausfallpförtchen, das, gewöhnlich versperrt und verriegelt, nur auf des Grafen Befehl mit einem Schlüssel, den er selbst verwahrte, geöffnet werden konnte.

Alle Versuche, von dem Mädchen ein Geständnis zu erpressen, waren vergeblich. Da ergriff sie der Graf hocherzürnt bei der Hand und führte sie gewaltsam durch die mannigfach verschlungenen Gänge bis zu den Zimmern seiner Gemahlin, die er noch erleuchtet und unverschlossen fand. Elga selbst war wach und in Kleidern. Der Graf, stotternd vor Wut, erzählte das Geschehene und verlangte, daß das Mädchen entweder augenblicklich bekenne, oder auf der Stelle aus Dienst und Hause entfernt werde. Dortka war auf die Knie gefallen und zitterte und weinte.

Starschensky hatte sich seine Gattin verlegen oder seinem gerechten Zorne beistimmend gedacht. Keines von beiden geschah. Kalt und teilnahmslos bat sie ihn anfangs, die Ruhe des Hauses nicht durch sein lautes Geschrei zu stören, und als er fortfuhr und die Entfernung des Mädchens begehrte, da erklärte sie mit steigender Wärme: *Ihr* gebühre, über das Verhalten ihrer Dienerinnen zu richten; sie selbst werde untersuchen und entscheiden. Der Graf, außer sich, zog das Mädchen vom Boden auf, sie gewaltsam aus dem Zimmer zu bringen, aber Elga, hochglühend vor Zorn, sprang hinzu, ergriff des Mädchens andere Hand, riß sie zu sich, indem sie ausrief: ‚Nun denn, so stoß auch mich aus dem Hause, denn darauf ist es doch wohl abgesehen! Daß ich früher dich so gekannt wie jetzt! Unglückliche, die ich bin!‘ fuhr sie laut weinend fort; ‚gekränkt, mißhandelt! Aber schuldlose Diener sollen nicht um meinetwillen leiden!‘ Dabei zeigte sie dem Mädchen mit dem Finger auf die Türe ihres Schlafgemaches; dieses verstand den stummen Befehl und ging eilig hinein. Elga folgte und schloß die Türe hinter sich ab.

Starschensky stand wie vom Donner getroffen. Einmal raffte er sich empor und ging auf das Zimmer seiner Frau zu; halben Weges aber blieb er stehen und versank neuerdings in dumpfes Staunen. Der alte Hausverwalter trat zu ihm und sprach einige Worte; der Graf aber ging ohne Antwort an ihm vorüber zur Türe hinaus, über die Gänge, auf sein Gemach, das im entgegengesetzen Flügel des Schlosses lag. An der Schwelle wendete er sich um, durch eine Bewegung der Hand jede Begleitung zurückweisend, und die Türe ging hinter ihm zu. Wie er die Nacht zubrachte – wer kann es wissen? Der Diener, der des Morgens zu ihm eintrat, fand ihn angekleidet, auf einem Stuhle sitzend. Er schien zu schlafen, doch näher besehen, standen die Augen offen und starrten vor sich hin. Der Diener mußte einigemal seinen Namen nennen, bis er sich bewegte. Dann erst meldete jener seine Botschaft, indem er ihn im Namen der Gräfin bat, das Frühstück auf ihrem Zimmer einzunehmen. Starschensky sah ihn staunend an, dann aber stand er auf und folgte schweigend, wohin jener ihn, vortretend, geleitete.

Heiter und blühend, als ob nichts vorgefallen wäre, kam ihm Elga entgegen; sie erwähnte halb scherzend die Ereignisse der verflossenen Nacht. Das Kammermädchen ward eines heimlichen Liebeshandels angeklagt, Dortka selbst gerufen, die ein unwahrscheinliches Märchen unbeholfen genug erzählte. Zuletzt bat sie um Verzeihung, welche die Gräfin, mit Rücksicht auf sonst gezeigtes gutes Betragen, im eigenen und in ihres Gatten Namen großmütig erteilte. Der Graf, am Schluß doch auch um seine Zustimmung befragt, erteilte diese kopfnickend, und das Mädchen blieb im Hause.

Schweigend nahm Starschensky das Frühstück ein, stumm ging er aus dem Schloß. Der alte Hausverwalter, der ihm auf seinem Wege entgegenkam, wagte, neben ihm hergehend, nicht, das Stillschweigen zu brechen, und suchte nur in den zerstörten Zügen seines Herrn Antwort auf seine zurückgehaltenen Fragen und Zweifel. So gingen sie, so verrichteten sie ihre Geschäfte wie sonst, wie immer. Der Graf bestrebte sich nicht bloß, über die Vorfälle des gestrigen Tages nichts zu denken, er dachte wirklich nichts. Denn wenn der verfolgte Strauß sein Haupt im Busch verbirgt und wähnt, sein Nichtsehen der Gefahr sei zugleich ein Nichtdasein derselben, so tut der Mensch nicht anders. Unwillkürlich schließt er sein Auge vor einem hereinbrechenden Unvermeidlichen, und jedes Herz hat seine Geheimnisse, die es absichtlich verbirgt vor sich selbst.

Einige Tage darauf wollte Starschensky eintreten bei seiner Gemahlin.

Es hieß, sie sei im Bade; doch hörte er die Stimme seines Kindes im nächsten Gemache, und er ging hinein. Da fand er die Kleine am Boden sitzend, mitten in einer argen Verwirrung, die sie angerichtet. Elgas Schmuck und Kleinodien lagen rings um das Kind zerstreut, und das offene, umgestürzte Schmuckkästchen nebst dem herabgezogenen Teppich des daneben stehenden Putztisches zeigte deutlich die Art, wie es sich das kostbare Spielzeug verschafft hatte. Starschensky trat gutmütig scheltend hinzu, stritt dem Kinde Stück für Stück seinen Raub ab und versuchte nun, die glänzenden Steine wieder an ihre Stelle zu legen. Der Deckel des Schmuckkästchens, augenscheinlich ein doppelter, war durch den Sturz vom Tische aus den Fugen gewichen, und da der Graf versuchte, ihn, mit dem Finger drükkend, wieder zurückzupressen, fiel der innere Teil der doppelten Verkleidung auf den Boden und zeigte in dem rückgebliebenen hohlen Raume ein Porträt, das, schwach eingefügt, leicht von der Stelle wich und das nun der Graf in der zitternden Hand hielt.

Es war das Bild eines Mannes in polnischer Nationaltracht. Das Gefühl einer entsetzlichen Ähnlichkeit überfiel den Grafen wie ein Gewappneter. Da war das oft besprochene Naturspiel mit den schwarzen Augen und blondem Haare, wie – bei seinem Kinde. – Er sah das Mädchen an, dann wieder das Bild. – Diese Züge hatte er sonst schon irgend gesehen; aber wann? Wo? – Schauer überliefen ihn. – Er blickte wieder hin. Da schaute ihn sein Kind mit schwarzen Schlangenaugen an, und die blonden Haare loderten wie Flammen, und die Erinnerung an jenen verschmähten Vetter in Warschau ging gräßlich in ihm auf. – ‚Oginsky!‘ schrie er und hielt sich am Tische, und die Zähne seines Mundes schlugen klappernd aneinander.

Ein Geräusch im Nebenzimmer schreckte ihn empor. Er befestigte den Deckel an seine Stelle, schloß das Kästchen, das Bild hatte er in seinen Busen gesteckt: So floh er, wie ein Mörder.

Diesen Tag ward er im Schloß nicht mehr gesehen. Sein Platz blieb leer am Mittagstisch. Gegen Abend kam er ins Zimmer der Wärterin und verlangte nach dem Kinde. Das nahm er bei der Hand und führte es in den Garten, der einsam gelegenen Mooshütte zu. Dort fand ihn nach einer Stunde der suchende Hausverwalter, in eine Ruhebank zurückgelehnt. Das Kind stand zwischen seinen Knien, er selbst hielt ein Bild in der Hand, abwechselnd auf dieses, dann auf die Kleine blickend, wie einer, der vergleicht, – meinte der alte Mann.

Am folgenden Morgen war Starschensky verreist, niemand wußte wohin. Er aber war in Warschau; dort forschte er, zu spät! nach Elgas früheren Verhältnissen. Er erfuhr, daß sie und Oginsky, der in des alten Starosten Hause erzogen war, sich schon frühzeitig geliebt, daß, aus Besorgnis vor der wachsenden Vertraulichkeit, der aussichtslose Vetter entfernt wurde;

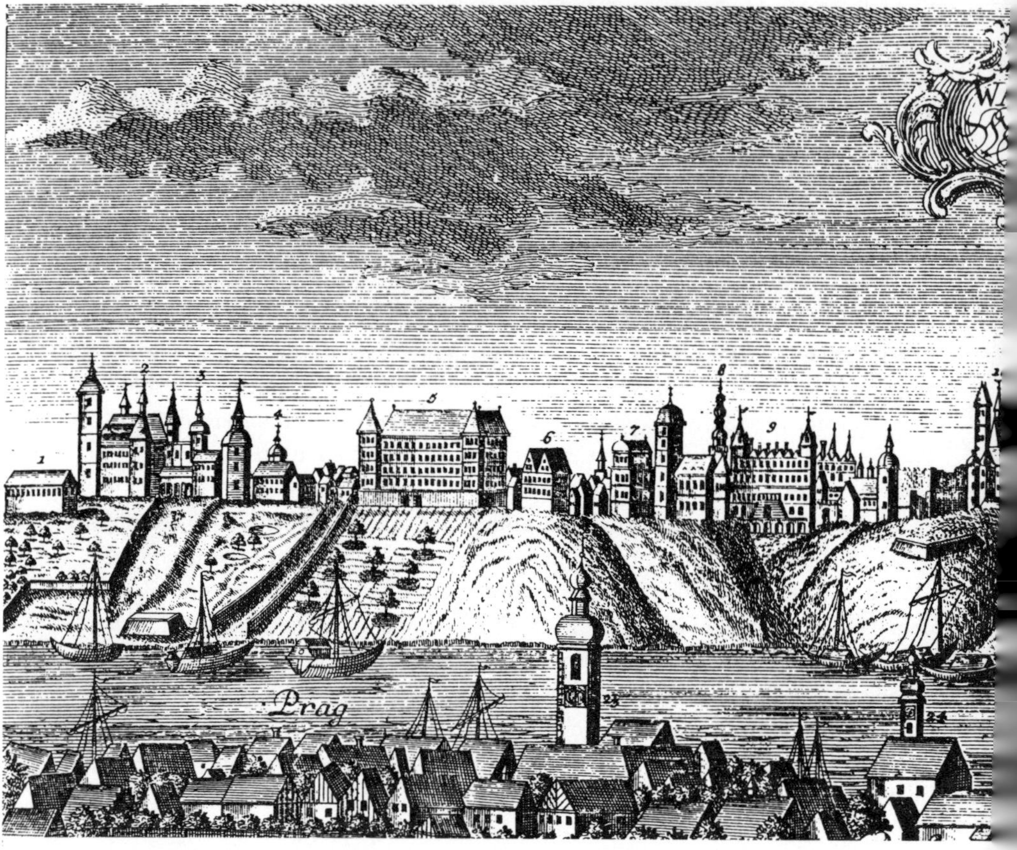

daß, aus seiner Verbannung zurückkehrend, kurz vor Starschenskys Vermählung, er seine Ansprüche erneuert habe und jene bedeutende Summe Geldes, die in des alten Laschek letztem Willen ihm zugedacht war, zum Teil der Preis seines Rücktrittes war; daß Elga sich nur schwer von ihm getrennt und seine Armut und Starschenskys Reichtum, verbunden mit dem Andringen ihrer Verwandten, der Hauptgrund ihrer Einwilligung zur Verbindung mit dem Grafen gewesen war. All diese Geheimnisse soll einer von Elgas Brüdern, gegen den er sich zur rechten Zeit freigebig zeigte, dem Grafen für Geld verraten und ihm zugleich den Ort angezeigt haben, wo Oginsky, einem geleisteten Schwur zufolge, sich verborgen hielt.

Auf dem Schloß herrschte unterdessen Unruhe und Besorgnis. Elga selbst war übrigens augenscheinlich die Ruhigste von allen. Sie schien das befremdliche Betragen ihres Gatten noch auf Rechnung jener nächtlichen Überraschung zu schieben, über die, da durchaus niemandem etwas Bestimmtes zur Last gelegt werden konnte, der Graf, wie sie hoffte, sich am

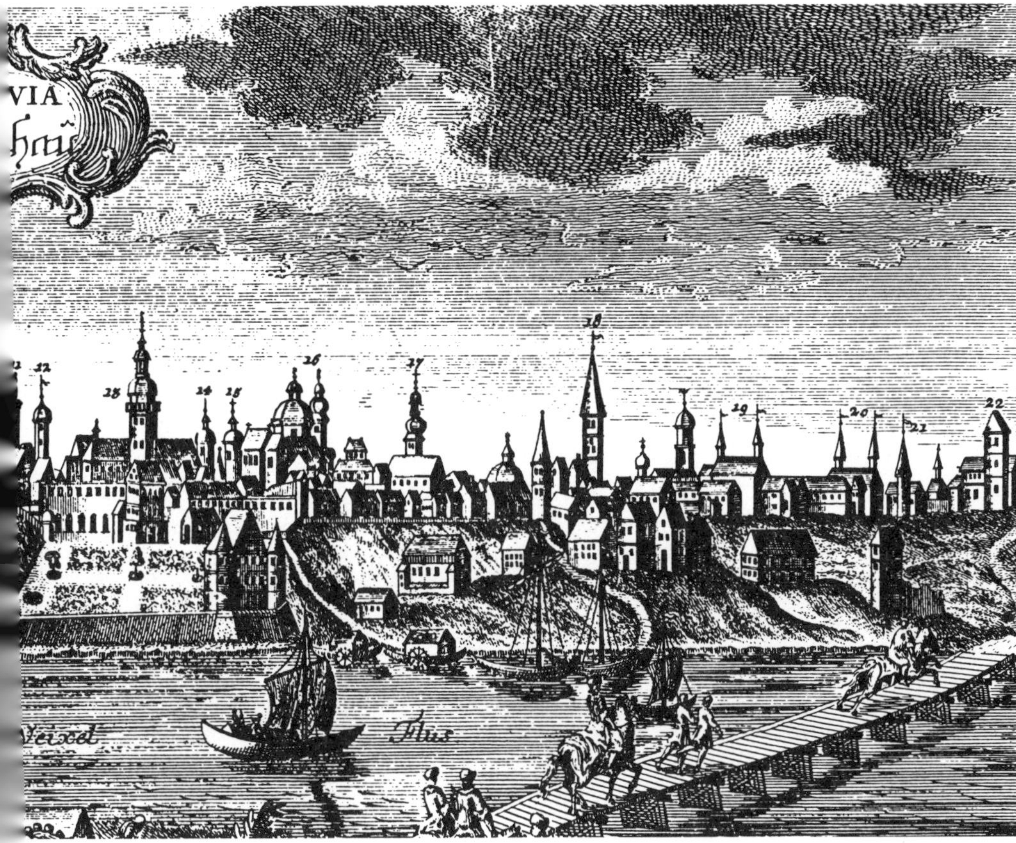

Ende wohl selbst beruhigen werde. Jenes Kammermädchen war noch immer in ihren Diensten.

Unvermutet erschien nach einiger Zeit der Graf auf der Grenze seiner Besitzung, in seinem Gefolge ein verschlossener Wagen, von dessen Inhalt niemand wußte. Eine verhüllte Gestalt, vielleicht durch Knebel am Sprechen verhindert, ward herausgehoben und dem durch Briefe im voraus an die Grenze beschiedenen Hausverwalter übergeben. Die alte Warte an der Westseite des Tiergartens, seitdem sorgfältig verschlossen, nahm die sonderbare Erscheinung in ihren Gewahrsam, und dunkle Gerüchte verbreiteten sich unter den Bewohnern der Umgegend.

Der Graf ging auf sein Schloß. Laut jubelnd kam ihm Elga entgegen, das Kind an ihrer Hand. Er hörte, wie unruhig man über seine plötzliche Abreise gewesen, wie sehnlich man ihn zurückerwartet. Der Kleinen Fortschritte wurden gerühmt, einige Proben der erlangten Geschicklichkeit auf der Stelle abgelegt. Da die Zeit des Abendessens gekommen war, erklärte

Starschensky sich unpäßlich und ermüdet von der Reise. Er ging, trotz aller Gegenvorstellungen, allein auf sein Zimmer, wo er sich einschloß. Doch war sein Bedürfnis nach Ruhe nur vorgegeben, denn nachts verließ er sein Gemach und ging allein nach der Warte, wo er bis zum grauenden Morgen blieb.

Am darauffolgenden Tag war Elga verdrießlich, schmollend. Des Grafen nächtlicher Gang war nicht unbemerkt geblieben. Elga fand sich vernachlässigt und zeigte ihre Unzufriedenheit darüber. Starschensky unterbrach ihre mißmutigen Äußerungen, indem er von ihrer beiderseitigen Lage zu sprechen anfing. Er bemerkte, daß bei seinem jetzigen Aufenthalte in Warschau, bei dem erneuten Anblick der Zerstreuung jener genußliebenden Stadt es ihm klar geworden, wie ein so reizendes, lebensfrohes Wesen wie Elga, auf dem Lande gar nicht an ihrer Stelle sei. Er fragte sie, ob sie den Aufenthalt in der Hauptstadt vorziehen würde. – An seiner Seite, ja! entgegnete sie. – Er selbst, versicherte der Graf, werde durch seine Geschäfte auf den Gütern festgehalten; seine Vermögensumstände seien schlimmer, als man geglaubt, er müsse bleiben. Dann bleibe auch sie, sagte Elga. An seiner Seite wolle sie leben und sterben. – Nun verwünschte sie die beiden Brüder, die durch ihre unverschämten Forderungen den allzu guten Gatten in so manche Verlegenheit gestürzt. Sie versicherte, nun aber auch jeden Rest von Liebe für sie abgelegt zu haben. Wenn ihre Brüder bettelnd vor der Türe ständen, sie würde nicht öffnen, sagte sie. Der Graf übernahm zum Teil die Verteidigung seiner Schwäger. Er habe sie in Warschau gesprochen. Es war einer ihrer Verbannunggefährten bei ihnen, – wie hieß er doch? – Elga sann gleichfalls nach. – ‚Oginsky!' rief der Graf und blickte sie rasch an. Sie veränderte nicht eine Miene und sagte: ‚Die Genossen meiner Brüder sind alle schlecht, dieser aber ist der schlechteste!' – ‚Welcher?' – ‚Nun, Oginsky!' antwortete sie, und ein leichtes Zucken in ihren Zügen verriet eine vorübergehende Bewegung.

Der Graf war ans Fenster getreten und blickte hinaus. Elga folgte ihm, sie lehnte den Arm auf seine Schulter. Der Graf stand unbeweglich. ‚Starschensky', sagte sie, ‚ich bemerke eine ungeheure Veränderung in deinem Wesen. Du liebst mich nicht, wie sonst. Du verschweigst mir manches.' Der Graf wendete sich um und sagte: ‚Nun denn, so laß uns reden, weil du Rede willst. Ungeheure Unglücksfälle haben mich getroffen. Du kennst die Zerrüttung meiner Vermögensumstände, du kennst deren Ursache. Was noch sonst mich drückt, weiß nur ich. Wenn nun diese Ereignisse schwer auf mir liegen, so martert nicht weniger der Gedanke, daß ich die Ursache wohl gar selbst herbeigeführt habe. Gewiß war der Leichtsinn tadelnswert, mit dem ich das Erbe meiner Väter verwaltete; vielleicht war ich aber sogar damals strafbar, als ich, der Störrische, an Abgeschiedenheit Gewohnte, um die Hand des lebensfrohen Mädchens warb, unbekümmert über die Richtung ihrer Gefühle und Neigungen, unbekümmert, ob ich sie, meine Frau geworden, zu einer Lebensart verdammte, deren Einförmigkeit ihr unerträglich werden mußte.' – ‚Starschensky!' sagte Elga und sah ihn mit schmeichelndem Vorwurfe an. – ‚Man hat mir fremde Dienste angeboten', fuhr Starschensky fort, ‚und genau besehen, ist es vielleicht am besten, ich meide für einige, vielleicht für längere Zeit das Land meiner Väter. Gestern noch waren meine Entschlüsse finsterer. Aber die Überlegung der heutigen Nacht zeigte mir diesen Entschluß als den besten.' Heute nacht, versetzte Elga mißtrauisch, heute nacht hast du überlegt? Und wo? Auf jener Warte etwa?' Und da Starschensky betroffen zurückfuhr: ‚Hab' ich dich?' – fuhr sie fort. ‚Von dorther holst du deine Besorgnisse? Von dorther deinen Wunsch, zu reisen? Und die Reisegefährtin wohl auch? Durch das Gerücht mußte ich erfahren, wie eine verhüllte Gestalt, wahrscheinlich eine glücklichere Geliebte, dort abgesetzt ward, zu der du nun allnächtlich die Zärtlichkeit trägst, die du an dem Altare *mir* zugeschworen? Ist das mein Lohn? Komm!' wendete sie sich zu dem danebenstehenden Kinde, ‚komm! Wir sind ihm zur Last! Er hat andere Freuden kennengelernt als in dem Kreise der Seinen!' Damit wendete sie sich zum Gehen. Ein gellendes Hohngelächter entfuhr dem Munde des Grafen, über das er selbst zusammenschrak, wie über das eines andern. Elga wendete sich um. ‚Ich wußte wohl', sagte sie, ‚daß es nur Scherz war. Aber die Enthüllung des Geheimnisses jener Warte ersparst du dir noch nicht. Ich muß selbst schauen, was sie verbirgt. Versprichst du mir das?' Der Graf war auf ein Ruhebett gesunken und verhüllte das Gesicht in seine beiden Hände. Da hörte er eine Tür gehen. Durch die Finger blickend, sah er das Kammermädchen seiner Frau, die eben mit ihrem Nachtzeug eintreten wollte, und Elga, die mit einem listigen Gesichte ihr Entfernung zuwinkte. Elga nahte hierauf dem Ruhebett und sich neben ihren Gatten hinsetzend, sprach sie: ‚Komm, Starschensky, laß uns Frieden schließen! Wir haben uns ja doch schon so lange nicht ohne Zeugen gesprochen.' Damit neigte sie ihre Wange an die seinige und zog eine seiner Hände an ihr klopfendes Herz. Ein Schauder überfiel den Grafen. Höllenschwarz stand's vor ihm. Er stieß sein Weib zurück und entfloh.

Mitternacht hatte geschlagen. Alles im Schlosse war still. Elga schlief in ihrem Zimmer. Da fühlte sie sich angefaßt, und aus dem Schlafe emporfahrend, sah sie beim Schein der Nachtlampe ihren Gatten, der, eine Blendlaterne in der Hand, sie aufstehen und sich ankleiden hieß. Auf ihre Frage: wozu? entgegnete er: Sie habe Verlangen gezeigt, die Geheimnisse jener Warte kennenzulernen. Am Tage ginge das nicht an; wenn sie aber Finsternis und Nachtluft nicht scheue, so möge sie ihm folgen. ‚Aber hast du nichts Arges im Sinne?‘ sagte die Gräfin; ‚du warst gestern abend so sonderbar!‘ – ‚Wenn du nicht folgen willst, so bleibe!‘ sprach Starschensky und war im Begriffe, sich zu entfernen. ‚Halt!‘ rief Elga. ‚Wenn Furchtsamkeit der Weiber allgemeines Erbteil ist, so bin ich kein Weib. Auch muß dieser Zustand von Ungewißheit enden. Vielleicht bist du in dich gegangen, hast erkannt.‘ – ‚Wenn du dich überzeugen willst‘ – sprach Starschensky, ‚so steh auf und folge mir.‘ – Elga war aus dem Bett gesprungen und hatte einen Schlafpelz übergeworfen. Sie wollte gehen. Aber indes war das Kind erwacht, das in dem Bette ihr zur Seite schlief. Es fing an zu weinen. ‚Dein Kind wird die Bewohner des Schlosses wecken‘, sagte der Graf. Da, ohne ein Wort zu sprechen, nahm Elga die Kleine empor, wickelte sie in ein warmverhüllendes Tuch und das Kind auf dem Arme folgte sie dem leitenden Gatten.

Die Nacht war kühl und dunkel. Die Sterne zwar schimmerten tausendfältig am trauergefärbten Himmel, aber kein Mond beleuchtete der Wandler einsamen Pfad, nur des Grafen Blendlaterne warf kurze Streiflichte auf den Boden und die untersten Blätter der mitternächtlich schlummernden Gesträuche.

So hatten sie den, von seiner ehemaligen Benützung so genannten, Tiergarten durchschritten und waren nun bei jener Warte angelangt, dem eigentlichen Ziele ihrer Wanderung. Da wendete der Graf sich um zu seiner Gattin und sprach: ‚Du bist nun im Begriffe, das verborgenste Geheimnis deines Gatten zu erforschen. Du willst ihn überraschen über dem Bruche seiner ehelichen Treue, ihn beschämen im Beisein einer verworfenen Geliebten. Es ist billig, daß Gefahr und Vorteil auf beiden Seiten gleich sei. Bevor du eintrittst, schwöre mir, daß du selber nie eines gleichen Fehls dich schuldig gemacht, daß du rein seist an dem Verbrechen, dessen du zeihst deinen Gatten.‘ ‚Du suchst Ausflüchte‘, sprach Elga. ‚Weib!‘ fuhr der Graf fort, ‚durchgeh in Gedanken dein verflossenes Leben, und wenn du einen Makel, ich will nicht sagen, ein Brandmal, darin entdeckst, so tritt nicht ein in dieses Gemäuer.‘ Elga drängte sich, am Grafen vorbei, dem Eingang zu. Er stellte sich ihr von neuem in den Weg, indem er ausrief: ‚Du gehst nicht ein, bevor du mir’s eidlich versichert. Lege deine Hand auf das Haupt deines Kindes und schwöre!‘ – Da legte Elga die Rechte auf das Haupt der schlummernden Kleinen und sprach: ‚So überflüssig mir ein solcher Schwur scheint, so gut du selbst davon überzeugt bist, wie sehr er es sei, so bekräftige ich doch!‘ – ‚Halt!‘ schrie Starschensky, ‚es ist genug. Tritt ein und sieh!‘

Der Graf schloß auf. Sie stiegen eine schmale Wendeltreppe hinan, die zu einer gleichfalls verschlossenen Türe führte. Der Graf öffnete auch diese, und nun traten sie in ein geräumiges Gemach, dessen hinterster Teil durch einen dunklen Vorhang abgeschlossen war. Der Graf setzte Stühle an einem vorgeschobenen Tische zurecht, entzündete an dem Lichte seiner Blendlaterne zwei Wachskerzen in schweren, ehernen Leuchtern, zog aus der Schublade des Tisches ein Heft Papiere hervor und winkte seiner Frau, sich zu setzen, indem er sich gleichfalls niederließ. Elga sah rings um sich her, bemerkte aber niemand. Sie saß und hörte.

Da begann der Graf, dem Lichte näher rückend, zu lesen aus den Papieren, die er hielt: ‚Auch bekenne ich, mit der Tochter des Starosten Laschek unerlaubte Gemeinschaft gepflogen zu haben; vor und nach ihrer Vermählung mit dem Grafen Starschensky. Ihrer Ehe einziges Kind – –‘ ‚Unerhörte Verleumdung!‘ schrie Elga und sprang auf. ‚Wer wagt es, mich solcher Dinge zu zeihen?‘ – ‚Oginsky!‘ rief der Graf. ‚Steh auf und bekräftige deine Aussage!‘ Bei diesen Worten hatte er den Vorhang hinweggerissen, und eine Mannsgestalt zeigte sich, auf Stroh liegend, mit Ketten an die Wand gefesselt. ‚Wer ruft mir?‘ fragte der Gefangene. ‚Elga ist hier‘, sagte der Graf, ‚und fragt, ob es wahr sei, daß du mit ihr gekost?‘ – ‚Wie oft soll ich's noch wiederholen?‘ fragte der Mann, sich in seinen Ketten umkehrend, ‚ich habe sie *genossen*!‘ – ‚Hörst du?‘ schrie der Graf zu seiner Gattin, die bleich und erstarrt dastand. ‚Nimm hier den Schlüssel und öffne die Fesseln dieses Mannes!‘ Elga zauderte. Da riß der Graf seinen Säbel halb aus der Scheide, und sie ging. Klirrend fielen die Ketten ab, und Oginsky trat vor. ‚Was wollt Ihr von mir?‘ sagte er. ‚Du hast mich im Tiefsten verletzt‘, sprach der Graf. ‚Du weißt, wie Männer und Edelleute ihre Beleidigungen abtun. Hier nimm diesen Stahl‘, fuhr er fort, indem er einen zweiten Säbel aus seinem Oberrock hervorzog, ‚und stelle dich mir!‘ – ‚Ich mag nicht fechten!‘ sagte Oginsky. – ‚Du mußt!‘ schrie Starschensky und drang auf ihn ein. Mittlerweile hörte man Geräusche auf der Treppe. Elga, die unbeweglich dagestanden hatte, sprang jetzt der Türe zu und versuchte, diese zu öffnen, indem sie laut um Hilfe schrie. Starschensky ereilte sie, da sie eben nach der Klinke griff, stieß das Weib zurück und schloß die Türe ab. Die Zwischenzeit benützte Oginsky, und während der Graf noch am Eingang beschäftigt war, riß er das Fenster auf und sprang hinab. Der Fall war nicht tief; Oginsky erreichte unbeschädigt den Boden, und als der Graf von der Tür weg zum Fenster eilte, verhallten bereits die Fußtritte des Entflohenen in weiter Entfernung.

Der Graf wendete sich nun zu seiner Gemahlin. ‚Dein Mitschuldiger ist entflohen, aber du entgehst mir nicht.‘ – ‚Kannst du jene Verleumdung glauben?‘ stammelte Elga. – ‚Ich glaube dem, was ich weiß‘, sprach Starschensky, ‚und dem Stempel der Ähnlichkeit in den Zügen dieses Kindes. Du mußt sterben‘, sagte er, ‚und zwar hier auf der Stelle!‘ – Elga war auf die Knie gefallen. ‚Erbarme dich meines Lebens!‘ rief sie. ‚Beginne mit mir, was du willst! Verbanne mich! Verstoße mich! Heiße mich in einem Kloster, in einem Kerker den Rest meiner Tage vollbringen, nur laß mich leben! Leben!' – Der Graf bedachte sich eine Weile, dann sprach er: ‚Weil du denn dieses schmacherfüllte, scheußliche Dasein schätzest über alles, so wisse: ein einziges Mittel gibt es, dich zu retten.' – ‚Nenn es, nenne es', wimmerte Elga. – ‚Der Brandfleck meiner Ehre ist dies Kind. Wenn *seine* Augen der Tod schließt, wer weiß, ob mein Grimm sich nicht legt. Wir sind allein, niemand sieht uns, Nacht und Dunkel verhüllen die Tat. Geh hin und töte das Kind!' – ‚Wie, ich?' schrie Elga. ‚Töten? Mein Kind? Unmenschlicher! Verruchter! Was sinnst du mir zu?' – ‚Nun denn!' rief Starschensky und hob den weggeworfenen Säbel vom Boden auf. – ‚Halt!' schrie Elga, ‚halt! Ich will!' Sie stürzte auf ihr Kind los und küßte es, preßte es an ihren Busen, bedeckte es mit Tränen. – ‚Du zauderst?' schrie Starschensky und machte eine Bewegung gegen sie. – ‚Nein! nein!' rief Elga. ‚Verzeihe mir Gott, was ich tun muß, was ich nicht lassen kann. Verzeihe du mir, zum Unglück Geborenes!' Damit hatte sie das Kind wiederholt an ihre Brust gedrückt; mit weggewandten Augen ergriff sie eine große Nadel, die ihren Pelz zusammenhielt; das Werkzeug blinkt, der bewaffnete Arm – ‚Halt!' schrie plötzlich Starschensky. ‚Dahin wollt' ich dich haben! Sehen, ob noch eine Regung in dir, die wert des Tages. Aber es ist schwarz und Nacht. Dein Kind soll nicht sterben, aber, Schändliche, du!' Und damit stieß er ihr den Säbel in die Seite, daß das Blut in Strömen emporsprang und sie hinfiel über das unverletzte Kind.

Dieselbe Nacht war eine des Schreckens für die Bewohner der umliegenden Gegend. Von einer Feuerröte am Himmel aufgeschreckt, liefen sie zu und sahen die alte Warte an der Westseite der Tiergartenmauer von Starschenskys Schlosse in hellen Flammen. Alle Versuche, zu löschen, waren vergebens; bald standen nur schwarze Mauern unter ausgebrannten, rauchenden Trümmern. Man wollte den Grafen wecken; er fehlte, mit ihm sein Weib, sein Kind. Die Brandstätte ward durchsucht und zwar allerdings menschliches Gebein aufgefunden, aber sollten das die Reste dreier Menschen sein?

Beim Scheiden derselben Nacht aber fühlte sich ein armes Köhlerweib im Gebirge die Glücklichste aller Sterblichen. Denn als sie mit ihrem Manne lag und schlief, pochte es an der Hüttentüre. Sie stand auf und öffnete; da sah sie im Scheine des anbrechenden Morgens ein weinendes Kind von etwa zwei Jahren vor sich stehen, statt aller Kleider in ein weites Tuch gehüllt, ein Kästchen neben sich. Geöffnet, zeigte dieses mehr Gold, als sich das arme Paar je beisammen geträumt hatte. Ein paar beigelegte Zeilen empfahlen das Kind der Fürsorge der beiden und versprachen fernere Geldspenden in der Zukunft.

Nach zwei Tagen erschien der Graf wieder in der Mitte der Seinigen, aber nur, um sich zu einer Reise nach Warschau zu bereiten. Dort angelangt, suchte und erhielt er persönliches Gehör beim Könige, nach dessen Beendigung der Fürst, sichtbar erschüttert, seinen Kanzler holen ließ und ihm offene Briefe auszufertigen befahl, welche dem Grafen Starschensky, als letztem seines Stammes, die freie Verfügung über seine Lehengüter einräumten.

Die Güter selbst wurden teils verkauft und der Erlös zur Tilgung von Schulden verwendet, teils als Stiftung einem Kloster zu Eigentum gegeben, das man nicht fern von der Stelle zu bauen anfing, wo die alte, abgebrannte Warte gestanden hatte. Das ist die Geschichte dieses Klosters", endete der Mönch.

„Der Graf selbst aber?" – fragte einer der Fremden.

„Ich habe euch gleich anfangs gewarnt", sagte der Mönch, „nicht weiter zu fragen, wenn ich aufhöre, nun tut ihr's aber doch! Zahlreiche Seelmessen wurden gestiftet für die Ruhe derjenigen, die eine rasche Gewalttat hinweggerafft in der Mitte ihrer Sünden; um Vergebung für den Unglücklichen, der in verdammlicher Übereilung Verbrechen bestraft durch Verbrechen. Der Graf war Mönch geworden in dem von ihm gestifteten Kloster. Anfangs fand er Trost in der Stille des Klosterlebens, in der Einförmigkeit der Bußübungen. Die Zeit aber, statt den Stachel abzustumpfen, zeigte ihm stets gräßlicher seine Tat. Über ihn kam seines Stammes tatenheischender Geist und die Einsamkeit der Zelle ward zur Folterqual. In Zwiesprache mit Geistern und gegen sich selber wütend, hütete man ihn als Wahnsinnigen manches Jahr. Endlich geheilt, irrte er bei Tag umher; jedes Geschäft war ihm Erquickung, an den Bäumen des Forstes übte er seine Kraft. Nur nachts, um die Stunde, da die beklagenswerte Tat geschah, die erste nach Mitternacht, wenn die Totenfeier beginnt" – – So weit war er in seiner Erzählung gekommen, da ward diese durch die ersten Töne eines aus der Klosterkirche herübertönenden Chorgesanges unterbrochen; zugleich schlug die Glocke ein Uhr.

Bei den ersten Lauten schütterte der Mönch zusammen. Seine Knie schlotterten, seine Zähne schlugen aneinander, er schien hinsinken zu wollen, als sich plötzlich die Türe öffnete und der Abt des Klosters in hochaufgerichteter Stellung, das Kreuz seiner Würde funkelnd auf der Brust, in die Schwelle trat. „Wo bleibst du, Starschensky?" rief er, „die Stunde deiner Buße ist gekommen." Da wimmerte der Mönch, und zusammengekrümmt, wie ein verwundetes Tier, in weiten Kreisen, dem Hunde gleich, der die Strafe fürchtet, schob er sich der Türe zu, die der Abt, zurücktretend, ihm frei ließ. Dort angelangt, schoß er wie ein Pfeil hinaus, der Abt, hinter ihm, schloß die Türe.

Noch lange hörten die Fremden dem Chorgesange zu, bis er verklang in die Stille der Nacht und sie ihr Lager suchten zu kurzer Ruhe.

Am Morgen nahmen sie Abschied vom Abte, ihm dankend für die gastfreundliche Bewirtung. Der Jüngere gewann es über sich, nach dem Mönche der gestrigen Nacht zu fragen, worauf der Prälat, ohne zu antworten, ihnen eine glückliche Reise wünschte.

Sie zogen nach Warschau und nahmen sich vor, auf der Rückreise weitere Kunde von dem Zustande des Mönches einzuziehen, in dem sie wohl den unglücklichen Starschensky erkannt hatten. Aber eine Änderung in ihren Geschäften schrieb ihnen eine andere Straße zur Rückkehr vor, und nie haben sie mehr etwas von dem Mönch und dem Kloster bei Sendomir gehört.

Willibald Alexis

Doña Maria Vicenta de Mendieta

Der Kriminalfall, den wir hier aufnehmen, hatte seinerzeit in Spanien eine außerordentliche Zelebrität erlangt, dergestalt, daß französische Berichterstatter ihn mit dem Morde des Fualdes, hinsichtlich seiner Wirkung auf das große Publikum, vergleichen. Für die Rechtspflege auf der Halbinsel war er überdies von Wichtigkeit, weil der als ein Muster der Beredsamkeit gerühmte Vortrag des königlichen Fiskals, welcher das Urteil des Gerichtshofes in dieser Sache zur Folge hatte, nicht wenig dazu beigetragen haben soll, einer schon begonnenen Reform des spanischen Gerichtswesens den letzten Stempel aufzudrücken. Der schwülstige und blumenreiche Stil, der in der spanischen Poesie und Literatur eine Epoche bildet, hatte sich auch in die Reden der Advokaten eingeschlichen, welche in barocker Weitschweifigkeit von griechischen und lateinischen Zitaten wimmelten. Der als Dichter im modernen Spanien gefeierte Melendez Valdez machte sich, indem er vor dem höchsten Tribunale Madrids in dieser Sache als öffentlicher Ankläger zum erstenmal auftrat, nicht allein selbst einen berühmten Namen, sondern die Kraft, das Feuer, die Naturwahrheit seines Vortrages sollen auf Spaniens Richter und Advokaten dergestalt gewirkt haben, daß die unter Campomanes und Monino angeregte Revolution nicht mehr zu hindern war, und die Gerichtsvorträge der spanischen Advokaten von da ab an glänzender Beredsamkeit mit denen der Engländer und Franzosen wetteiferten.

Dies die Gründe, weshalb dieser Kriminalfall von den Herausgebern der „Causes célèbres étrangères" (Paris 1827) in ihre Sammlung aufgenommen wurde. Die „schreckenvollen Umstände, welche der Tat vorangingen, die ungewöhnlichen Ereignisse, welche zur Entdeckung der Urheber führten, der Rang, den diese in der Gesellschaft einnahmen und, zum Lobe Spaniens, der Umstand, daß Verbrechen dieser Art zu den äußersten Seltenheiten in den Kriminalannalen jenes Landes gehören", sollen dem Prozesse in Spanien und Frankreich einen außerordentlichen Ruf verschafft haben. Aus allen Provinzen kamen Leute nach Madrid, um dem Gerichtsverfahren beizuwohnen, und noch heutzutage soll man, wo man ein großes Verbrechen bezeichnen will, die Ermordung des Castillo zitieren.

Man braucht nur flüchtig in der Geschichte der Kriminalistik bewandert zu sein, um zu sehen, daß dieser spanische Gatten- und Verwandtenmord, was seine Motive, die Verwicklung der Handlung und die Entdeckung anlangt, im Vergleich zu den verwickelten Mordfällen ähnlicher Gattung, welche uns die Annalen der französischen Justiz aufbewahrt haben, keinen besondern Anspruch auf ein spannendes Interesse macht. Auch bedingt ihm in unsern Augen die Rede des Fiskals nicht das Interesse, welches die französischen Sammler ihm beilegen; denn wie überzeugend auch die Gründe für die Strafbarkeit der Verbrecher darin dargetan seien, so ist dies hier von geringer Erheblichkeit, da jene der Tat, die sich selbst das Urteil spricht, vollkommen geständig waren. Ebensowenig besticht uns der oratorische Schmuck der Rede, welche immerhin gegen ihre Vorgänger einfach und natürlich sein mag, aber noch zu sehr an dem an das Gefühl appellierenden Pathos leidet, welches nach deutschen Ansichten aus den Gerichtsverhandlungen und den Advokatenreden entfernt bleiben muß. Um deshalb verschonen wir unsere Leser mit der Übersetzung des fiskalischen Aktenstückes und begnügen uns, die einfache Geschichtserzählung aus demselben zu bilden. Die Aufnahme dieses an und für sich minder bedeutenden Falles glauben wir aber dadurch gerechtfertigt, daß er seinerzeit und in seinem Lande zu den berühmtesten zählte, daß uns aus dem modernen Spanien der Verbrechen zwar viele, der Bestrafungen dagegen durch Urteil und Recht wenige vorliegen, und endlich, daß es uns Blicke in die sittlichen Zustände des Landes werfen läßt. *Ein* erfreulicher wenigstens ist der, daß dieses Verbrechen nur um deswillen so viel Aufsehen erregte, weil es ein fast unerhörtes war.

Francisco del Castillo, ein reicher Kaufmann in Madrid, war mit *Maria Vicenta de Mendieta* verheiratet. Beide waren edler Abkunft, aus dem Stande der Hidalgos; beide gleich begütert. Außerdem wird Castillos Bildung gerühmt. Um ausgebreitetere Handlungsverbindungen zu schließen und den Staatshaushalt fremder Länder kennenzulernen, unternahm er große Reisen, unter andern auch nach London, wohin er seine Frau mitnahm.

Geachtet in seinem Vaterlande, hochgeschätzt von seinen Freunden wegen seiner Liebenswürdigkeit und seiner edlen Sinnesart, schien Castillo nichts zu seinem irdischen Glück zu fehlen, als die Liebe seiner Gattin. Was diese gleichgültig gegen ihn gestimmt, was vielleicht einem ersten Widerwillen gegen ihn Nahrung gab, wird uns nicht vertraut. Aber gerade so heiß er sie liebte und sich in Aufmerksamkeit gegen Doña Maria erschöpfte, jedem ihrer Wünsche zuvorkommend, so kalt nahm sie diese Beweise der Liebe auf. Nicht, daß sie ihm nur aus Zwang ihre Hand gereicht und vielleicht eine andere Neigung im Busen unterdrücken müssen; vielmehr erscheint sie, nach den wenigen Zügen, die uns über ihren Charakter mitgeteilt werden, als ein leichtfertiges, gefallsüchtiges und galantes Weib und ohne die großartige Leidenschaftlichkeit, um die wir die Tat, zu der sie sich hinreißen ließ, wenn auch nicht vergeben, doch beim heißen Blute einer glühenden Spanierin milder betrachten könnten.

Auch Don Francisco war kein Spanier, wie wir ihn uns vorstellen, er war kein „Arzt seiner Ehre." War es die europäische Bildung, die er sich angeeignet, oder die außerordentliche Liebe zu seiner Frau, die ihn leichter über Vergehen wegsehen ließ, welche die Eifersucht und das Ehrgefühl des alten Spaniers zu blutigen, ja zu Taten der raffiniertesten Grausamkeit antrieb? Castillo war lebhaft, heftig, aber leicht wieder zu beschwichtigen. Doña Marias Aufführung, seit der Rückkehr von London, gab dem gekränkten Ehemann vielfach Anlaß zum Zorn, zu strengem Einschreiten gegen das leichtfertige Weib. Ihre Verteidiger wollen seine Aufwallungen als Entschuldigungsgründe für ihre Tat geltend machen; es ist aber nicht dargetan, daß sie das Maß des Zorns überschritten, der einen so beleidigten Gatten überwallen mag. Im Gegenteil erscheint auch sie durch erwiesene und eingestandene Tatsachen von einer Heftigkeit und Entschlossenheit, die nicht annehmen läßt, daß Doña Maria der immer leidende Teil in solchen ehelichen Zwisten geblieben sei. Sie hatte geständlich die vollkommenste Freiheit und Herrschaft im Hauswesen: Sie konnte jedermann, der ihr gefiel, empfangen, allein Gesellschaften und öffentliche Vergnügungsorte besuchen, Bälle und Assembléen in ihrem eigenen Hause geben. Ja, so wenig unterdrückt erscheint sie, daß die Zeugen von skandalösen Auftritten berichten, in welchen sie der angreifende Teil war. Bei einem späteren Streite fuhr sie ihm ins Gesicht, das davon drei starke Nägelmale erhielt. Als die Anwesenden sie beschwichtigen wollten, schrie sie auf: man solle sie nur lassen, sie könne schon allein ihren Mann unterkriegen!

Inzwischen war eine anscheinende Versöhnung erfolgt. Der Ehegatte entfernte die anstößigen Verbindungen seiner Frau, Doña Maria schien sich seinen Befehlen zu unterwerfen, und den Gesetzen des öffentlichen Anstandes war Genüge getan, als das Unglück zu Anfang des Jahres 1796 einen jungen Mann aus Aragonien nach Madrid und in das Haus Castillos führte. *Don Santiago San Juan*, ein naher Verwandter Doña Marias und Franciscos Pate, kam in die Hauptstadt, um Advokat zu werden. Er schien sanfter Gemütsart, schüchtern, schweigsam und verriet keinen besondern Geist. Castillo nahm ihn mit der größten Herzlichkeit und Gastfreundschaft auf, und sein Haus wurde gewissermaßen das des jungen Menschen. Er zog ihn täglich an seine Tafel, öffnete ihm seine Börse, unterstützte ihn mit Rat und Tat und wandte allen seinen eigenen Einfluß auf, um ihm sein Fortkommen zu erleichtern.

Castillo hatte schlecht für sein häusliches Glück gesorgt und wenig die Sinnesart seiner Gattin erwogen. Sehr bald entspann sich ein Liebesverhältnis zwischen dem jungen Mann und der Hausfrau, welches, unter Spaniens Sonne, nichts weniger als in den Grenzen einer zarten Neigung blieb. Doña Maria war 32 Jahre alt, San Juan erst 24; der frohe Sinn der erstern und der schüchterne des jungen Menschen aus der Provinz machen die Vermutung zur Wahrscheinlichkeit, daß die ersten und deutlichen Aufmunterungen von seiten der ältern Frau ausgingen. Das Verhältnis ward so auffällig, daß der Ehegatte es nicht allein merken mußte, sondern sich auch gedrungen fühlte, des öffentlichen Anstandes wegen Schritte dagegen zu tun. Sie begnügte sich nicht damit, ihren Liebhaber bei sich zu empfangen, sie selbst besuchte ihn verkleidet in seiner Wohnung; sie trug ihm Geld zu, schenkte ihm Wäsche, selbst ein Bett; sie gab ihm einen Hauptschlüssel, um zu jeder Zeit in ihr Haus zu dringen. Die Anklage erwähnt einen skandalösen Ball, von Doña Maria in Castillos Abwesenheit gegeben, dessen Details das Schamgefühl zu verschweigen gebiete. Um nach dem Balle mit San Juan ganz ungestört zu sein, schloß sie einen Offizier mit einer jungen Angehörigen in einem Kabinett ein. Ja, als Castillo einst unerwartet zurückkam, schob Doña Maria den Geliebten ins heimliche Gemach, und als jener zu lange blieb, besuchte sie ihn dort, um ihn für das Warten zu trösten. Die Gattenliebe eines heftigen Mannes wie Castillo, eines Spaniers, streift ans Unglaubliche und wirft allerdings auf ihn selbst einen Teil der Schuld zurück, wenn er sich mit einer Anordnung begnügte, welche nur den Anstand vor den Leuten darstellen sollte. Statt den Ehebrecher zu strafen, zu verklagen, aus der Stadt und aus dem Hause zu verweisen, verordnete er, daß San Juan täglich nur einmal sein Haus und seine Frau besuchen solle, und unterstützte ihn nach wie vor.

Ob nun zwar Doña Maria ihren Buhlen täglich bei sich sah, ihn in völliger Freiheit besuchen konnte und San Juan, da sie die völlige Herrschaft im Hause führte, bei jeder Gelegenheit zu ihr dringen konnte, erschien dem ausgelassenen Weibe dieser Zwang doch noch zu drückend. Es erhellt nicht, daß weder sie noch ihren Liebhaber irgendein anderer, bestimmter Anlaß zum Morde gegen Castillo antrieb, weder Furcht vor mehr Beschränkung, noch Haß und Rache. Ja, was nach unserm Sinne diesem Verbrechen den äußersten Stempel der Ruchlosigkeit und Gemeinheit aufdrückt, er wurde nicht in der Absicht beschlossen, damit beide Ehebrecher ihren frevelhaften Bund, nach Wegräumung des Gatten, für die Dauer sicherten. Keine Andeutung findet sich, daß Doña Maria ihren jüngern Vetter heiraten wollte, vielmehr unternahm er die Tat in Aussicht eines ihm von seiner Buhlerin im voraus bedungenen Geldlohnes, und *sie* drang darauf, um ihren Lüsten fortan frei leben zu können. Zu erwähnen ist jedoch, obgleich es nicht als Motiv der Tat erscheint, daß Castillo während des ehelichen Friedens sich von seiner Gattin hatte bewegen lassen, ein Testament, worin er sie zur Erbin einsetzte, zu machen.

Die Untersuchung, wie sie uns, freilich fast nur aus dem fiskalischen Antrage, vorliegt, zeigt nichts von innern Kämpfen, die dem Entschlusse vorangingen, von äußern Ereignissen, die ihn bestimmten. Er ist da, schon lange vor der Tat dagewesen, und mit kaltblütiger Berechnung wird ans Werk gegangen.

Im Winter 1797 will San Juan eine Geschäftsreise nach Valencia unternehmen. Castillo schießt ihm alles nötige Geld vor, vielleicht erfreut, den Rivalen dadurch auf einige Zeit von seiner Gattin zu entfernen. Der junge Mensch nimmt Abschied und tritt anscheinend seine Reise an. In der Tat aber verläßt er nur seine Wohnung und zieht mit immer verändertem Namen aus einem Hotel, aus einer Kneipe in die andere. Doña Maria besucht ihn in jeder dieser Wohnungen, um mit ihm das Nähere und die Gelegenheit zu verabreden. Ja man hat sie, so weit ging ihre Frechheit, öfters zusammen auf den Straßen, in dunkeln Alleen, auf öffentlichen Spaziergängen im lebhaftesten Gespräch gesehen. San Juan machte ihr den Vorschlag, er wolle Castillo in ihrer Gegenwart erdrosseln und ihn dann aufhängen, damit es den Anschein gewänne, daß Räuber ihn getötet. Ein anderes Mal rief er aus: er oder Castillo müsse umkommen, worauf Doña Maria erwiderte: nur ihr Gatte dürfe sterben. Einen einzigen flüchtigen Umstand finden wir erwähnt, der eine Spur von Gewissensangst enthält. Bei einem ihrer Besuche, die sie dem Buhlen abstattete, begegnete Doña Maria in der Straße d'Atoccha einem Verbrecher, der zum Galgen geführt wurde. Sie meinte, es wäre doch schrecklich, wenn ihnen das auch bevorstände, und ob man es nicht lieber unterließe? San Juan redete ihr die Idee aus und kaufte sich zwei Pistolen und einen Dolch.

Endlich nach langem Warten, ohne daß auch nur einmal der Entschluß wirklich gewankt hätte, erscheint die günstige Gelegenheit. Don Francisco del Castillo fühlt sich ernstlich krank. Statt durch die Leiden des Gatten gerührt zu werden, stürzt Doña Maria Vicenta de Mendieta an demselben Morgen nach den Versteck ihres Geliebten und teilt ihm die frohe Botschaft mit, daß der Augenblick gekommen. Heute noch, am 9. Dezember, soll das Verbrechen ausgeführt werden. Man bestimmt die Stunde auf halb acht Uhr des Abends. San Juan soll sich maskieren und vor dem Hause umherstreifen; wenn sie eine der Jalousien des Balkons öffne, sei es ein Zeichen, daß er sicher ins Haus treten könne.

Am Mittage desselben Tages entspinnt sich wieder ein kleiner Streit zwischen den Ehegatten. Der Kranke beklagt sich bitter gegen einen Verwandten, *Antonio Castillo,* der später als Zeuge viel zur Ermittlung der Verbrecher getan, daß seine Frau so gleichgültig bei seinen Leiden sei. Er drückte den Wunsch aus, daß sie ihm selbst seine Krankenkost bringen möchte. Sie entschließt sich endlich dazu, aber alle ihre Gedanken sind allein damit beschäftigt, wie sie auf geschickte Weise alle Personen entferne, welche der Tat hinderlich werden könnten. Unter irgendeinem Vorwande werden alle männlichen Bedienten fortgeschickt; sie findet auch einen, um Antonio Castillo zu entfernen, der gern beim Kranken den Abend verbringen wollte. Der Kassierer will die fertigen Briefe zur Unterschrift bringen, aber sie will nicht, daß ihr kranker Mann gestört werde. Dieselbe Frau, die sich nie vorher um das Hauswesen bekümmerte, ist heute überall und ordnet alles an. Ja sie eilt selbst die Treppe hinunter und öffnet, wenn geklopft wird, damit ja nicht ein anderer dem Mörder öffne, dessen Tritte sie bei jedem Geräusch zu hören glaubte.

Endlich, sie hat eben dem Kranken ein kühlendes Getränk gebracht, klopft der Ersehnte. Sie steigt hinunter, indem sie alle Türen aufläßt, und öffnet ihm das Haus. Nachdem sie sich von ihm im dunkeln Flur getrennt, vielleicht nach einem Kuß, nach einer glühenden Umarmung, um ihn zur Tat zu stärken, geht sie in eine Hinterstube, wo sie das weibliche Gesinde bei einer häuslichen Arbeit versammelt hat. Hier scheint zum ersten und einzigen Mal ein Gefühl von Reue sie beschlichen zu haben. Die Mägde bezeugen, daß sie gezittert und geseufzt habe, etwas, das ihnen an ihrer Herrin ganz fremd war. Aber gleich darauf weiß sie diese natürliche Empfindung durch eine grauenhafte Lüge von sich zu weisen. Sie beklagt sich gegen die Frauen, daß ihr eigensinniger Mann sie von seinem Krankenlager fortgeschickt habe; eine Lüge, die wahrscheinlich in demselben Augenblicke über ihre Lippen kam, wo der Dolch des Mörders in ihres Gatten Brust fuhr.

Der verlarvte Verbrecher dringt inzwischen in den Alkoven, wo der Kranke lag. Nachdem er behutsam vorher die Flügeltüren des Zimmers verriegelt, stürzte er mit gezücktem Dolche auf sein Opfer. Castillo will sich im Bette aufrichten, aber ein erster Stoß trifft ihn. Zweimal ruft er laut auf: „Maria Vicenta! Maria Vicenta!“ dann strengt er die letzten Kräfte an, springt auf und ringt mit dem Mörder. Es gelingt ihm auch, diesem die Maske abzureißen. Ob er ihn erkannt, ist ungewiß; aber der Kranke, schon auf den Tod durch den ersten Stich verwundet, sinkt unter noch zehn Dolchstößen zusammen.

Das Hilfsgeschrei drang in die Hinterstube. Maria Vicenta will es nicht gehört haben, aber ihre Mägde bekunden, daß sie laut mit ihnen gesprochen, ihre Aufmerksamkeit abzulenken. Auf den Lärm stürzen sie hinaus nach dem Zimmer ihres Herrn. Aber die Tür ist von innen verriegelt. Als sie Instrumente holen wollen, um sie aufzubrechen, fällt Doña Maria in Ohnmacht, augenscheinlich, um dem Mörder Zeit zu verschaffen zum Entschlüpfen. Auf den Flur oder in das Vorzimmer zurückgekehrt, finden die Frauen das Licht nicht mehr, welches sie dort zurückließen. Sie reißen das Fenster auf und schreien: „Räuber, Mörder!“ Die Nachbarn und Scharwächter dringen ein, und man findet im Alkoven den blutigen Leichnam Don Francisco del Castillos, durchbohrt von elf Dolchstichen, halb nackend zwischen den beiden Betten liegen, seine Kleider umhergestreut, die Nachtlampe umgestoßen, die Schnüre zu den Klingeln abgeschnitten, alles von Blut bespritzt und in der ganzen Unordnung die deutlichen Spuren des Kampfes und des Widerstandes, den das unglückliche Opfer versucht.

Der Mörder war fort. Ob man die Maske, den Dolch oder sonst etwas fand, was auf seine Spur führen konnte, wird nicht erwähnt; bei der anderweitig erfolgten vollständigen Ermittlung des Tatbestandes und des Täters

ist es indessen von keiner Erheblichkeit. Dagegen fand man das Bureau des Ermordeten geöffnet, und der Mörder hatte sich mit den blutenden Händen, in Gegenwart des noch zuckenden Leichnams, daraus den ihm bedungenen Blutlohn, zwei Unzen Goldes, selbst genommen. Möglich, daß dies geschah, um den Verdacht eines gewöhnlichen Raubmordes zu erwecken; es stimmt aber auch zum Charakter des niederträchtigen Menschen, daß er mit dem Verbrechen des Mordes sich zugleich des gemeinen Diebstahls und Einbruchs schuldig machte.

Maria Vicenta de Mendieta wurde auf der Stelle in sichern Gewahrsam gebracht. Zwar liefen Gerüchte um, welche die Blutschuld auf gewisse Mitglieder der mächtigen kaufmännischen Korporation, genannt die Cinco gremios mayores, für welche Castillo soeben bedeutende Geschäfte besorgte, wälzen und den Mord zu einer Tat der Rache machen wollten; aber die öffentliche Stimme in der Hauptstadt bezeichnet nur zu bald die wahre Urheberin. Der Eindruck in Madrid und in den Provinzen, wo Castillo wohlbekannt war, war unbeschreiblich. Furcht und Schrecken bemächtigte sich der Gemüter, und in angesehenen Familien blickte so mancher besorgt um sich, ob ihm nicht etwas Ähnliches drohte.

Ob Doña Maria die Entsetzte, die erschütterte Witwe oder die Heroine gespielt, wird uns nicht gesagt. In den ersten Verhören behauptete sie eine gänzliche Unwissenheit; sie hatte keine Vermutungen, keinen Argwohn gegen irgendjemand. Antonio Castillos Aussagen gaben den Richtern zuerst das rechte und vollständige Licht über die Familienverhältnisse, und indem er ihnen die Ereignisse des letzten Tages auf das genaueste vor das Auge führte, strengte er zugleich alles an, dem eigentlichen Mörder, dem ihm seine und die allgemeine Vermutung nannte, auf die Spur zu kommen. Ein sonderbarer Umstand half dabei über Erwarten.

Don Santiago San Juan war nicht aufzufinden, doch hatte man starken Grund zu vermuten, daß er sich in Madrid befinde. Maria Vicenta in ihrer vorläufigen Haft ließ die Kommis ihres Hauses am 15. Dezember zu sich rufen. Nachdem sie am Morgen den einen, Pedro Llaguna, auf das emsigste ausgefragt, was er von Antonio Castillos Aussagen wisse, fand der andere, Garcia, ihre Gedanken am Abend noch ganz und allein beschäftigt mit Grübeleien über das, was der Zeuge Antonio gesagt haben könnte. Sie suchte allerlei Gründe vor, weshalb sie Antonio an jenem Abend vom Krankenbette ihres Mannes entfernt, und bat den Kommis, als er ging, einen Brief, den sie eben vollendet, auf die Post zu tragen.

Auf dem Briefe stand keine andere Adresse als „Tadeo Santisa zu Madrid." Eine Person dieses Namens war allen völlig unbekannt; zudem war es auffällig, daß sie einen Brief an jemanden in der Stadt auf die Post schickte, da die moderne Einrichtung unserer Stadtposten damals wenigstens noch nicht in Madrid existierte. Es war an allen spanischen Postbüros die Gewohnheit (und sie soll es noch sein, obgleich mancherlei Übelstände daraus entspringen), daß man eine oder zwei Stunden nach Ankunft der Post ein alphabetisches Verzeichnis aller der angekommenen Briefe und Packereien am Fenster aushing, auf deren Adressen des Adressaten Wohnung nicht genau sich bezeichnet fand. Jedermann kann sich seinen Brief holen. Er fordert nur die Nummer, und wenn er das Porto zahlt, erhält er Brief oder Paket ohne alle andere Legitimation.

Garcia schöpfte Verdacht. Auf Anraten Antonio Castillos und seines Beichtvaters eröffnete er den Brief, dessen mysteriöser Inhalt folgender war:

„Mein lieber Vincent, benutze die Lehre, mein liebes Kind, zu einem guten Wandel und hüte dich vor falschen Schritten. Bleibe hübsch zu Hause oder verlasse die Stadt, und das wird wohl das beste sein, um die Gefahr zu vermeiden. Bis jetzt argwöhnt man nichts; aber man geht mutig darauf los. Es ist auch ein anderer Richter; dem vorigen haben Sie's abgenommen. Leb wohl bis auf Weihnachten, wo du doch gewiß kommen wirst, um mir Gesellschaft zu leisten. Grüße deinen Vater. Adieu nochmals.

M. V. M." (Maria Vicenta Mendieta)

Der Instruktionsrichter, dem man sofort dieses Dokument übergab, hielt es Doña Maria zu ihrer Erklärung darüber vor. Aber kaum daß sie es erblickte, ergriff sie danach und wollte es zerreißen. Der Richter selbst mußte mit ihr ringen, und nur mit Mühe entzog er es ihren Händen. Infolgedessen ward sie aus der Haft in ein strengeres Gefängnis gebracht und später mit Ketten beschwert.

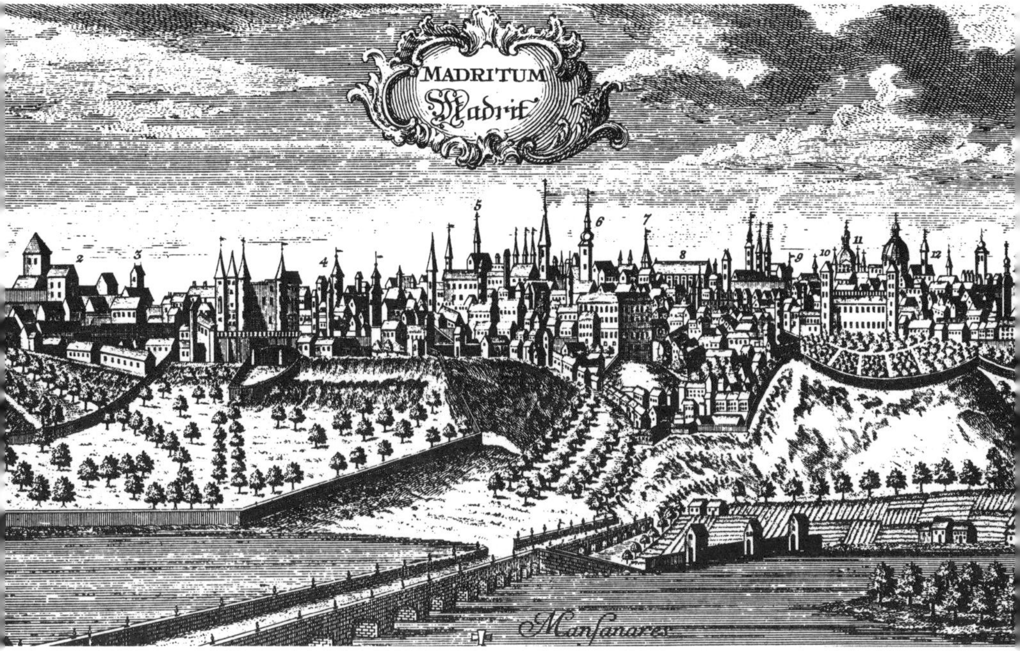

Der Brief ward nun an der Post ausgestellt und zwei Alguacils sollten auf den Empfänger lauern, entweder um ihn zu verhaften oder seine Schritte zu bewachen. San Juan kam an die Post und forderte wirklich den Brief. Aber noch einmal wollte ihm das Glück wohl. Die Alguacils waren nicht zur Hand, und als die Postbeamten zauderten, den Brief ihm auszuhändigen, entfernte er sich, jedoch nicht aus Madrid. Überhaupt verriet sein Benehmen den höchsten Leichtsinn oder den äußersten Stumpfsinn eines charakterlosen Menschen. Es war Maria Vicenta gelungen, schon vor diesem Briefe ihm eine Warnung zuzusenden, daß er fliehen, sich verbergen möge: Er blieb. Man machte ihm an der Post bei Empfangnahme des Briefes Schwierigkeiten, er mußte seine Person bewacht wissen: Er blieb. Er hörte, wo er hinkam, nur ein Gespräch, das über Castillos Mord, den allgemeinen Abscheu gegen die verruchten Mörder, und blieb. Er ist Zeuge, wie alles sich beeifert in Vermutungen und den Richtern zur Entdeckung behilflich sein will, und bleibt doch und treibt sich von Wirtshaus zu Wirtshaus um. Endlich kommt man ihm durch den Kommissionär auf die Spur, welcher seine Effekten in das letzte Hotel, wo er wohnt, getragen hat, und als man ihn arretiert, findet man unter seinen Sachen denselben Anzug, welchen er beim Morde auf dem Leibe hatte, wohlverpackt, und ohne daß er sich die Mühe genommen, die Blutflecken daraus zu vertilgen!

Bald nach dieser Verhaftung legten beide Mitschuldige, jeder für sich, ein vollständiges Bekenntnis ihrer Tat ab. Es war so übereinstimmend in allen Details, daß auch nicht der mindeste Zweifel blieb, indem beider Aussagen auch mit allen anderweitig ermittelten Umständen zusammentrafen. Die Defensoren hatten eine schwierige Arbeit, welche sie nach den mitgeteilten Proben nicht im geringsten mit Geschick lösten. Sie wollten unter anderm es als eine Rechtsverletzung hervorheben, daß man Maria Vicentas Brief eröffnet, daß man sie als eine Adelige in Ketten gelegt, daß diese harte Behandlung als eine Art Folter sie zu Geständnissen gebracht, welche vor dem Gesetze nicht als freiwillige gelten könnten, und dergleichen. Noch trauriger sah es mit dem Beweise aus, daß Doña Maria nach ihrer Gemütsart entweder einer solchen Tat unfähig oder gar unzurechnungsfähig sei: Nämlich die wütende Leidenschaft habe aus ihr eine Maschine gemacht, die nur durch ihren Geliebten Hauch und Bewegung erhalten, dergestalt, daß sie nach dem Tode ihres Gatten weder sehr betrübt noch sehr erschreckt wegen ihrer Lage geschienen; vielmehr habe sie sich ohne besondere Gemütsbewegung verhaften lassen, und in dem engen Gefängnisse, wo sie so lange verschlossen geblieben, *habe sie immer mit gutem Appetit gegessen und ruhig geschlafen!*

Das Gericht fand sich nicht bewogen, um dieses gesunden Appetits wegen Doña Maria Vicenta de Mendieta mit der Todesstrafe zu verschonen. Auch für Don Santiago de San Juan versuchten, kaum glaublich und, wie sich versteht, mit derselben Erfolglosigkeit, seine Verteidiger den Einwand der Unzurechnungsfähigkeit, der blinden leidenschaftlichen Erhitzung und der Verführung geltend zu machen. Beide Verbrecher selbst wußten ihren Mord mit nichts zu entschuldigen. Das Gericht verurteilte sie zur Todesstrafe durch die Garotte, die noch jetzt übliche Hinrichtungsart der Adeligen. Statt gehängt zu werden, werden sie, auf einem Stuhle sitzend, durch ein eisernes Halsband, welches an dem hintern Pfahle befestigt ist, erdrosselt.

Mit der Todesstrafe ist in Spanien fast immer die Konfiskation der sämtlichen Güter der Verbrecher verbunden, und es wird dem öffentlichen Mitleiden anheimgegeben, die letzten Wünsche der Sterbenden zu erfüllen. Zu diesem Zwecke werden die Verurteilten in eine zu diesem Behufe bestimmte Kapelle durch drei Tage, die der Hinrichtung vorhergehen, eingesperrt. Hier empfangen sie die Tröstungen der Religion und die Besuche ihrer Verwandten und Freunde. Am Eingang der Kapelle steht eine Büchse zum Einwerfen der milden Beiträge, welche in der Regel sehr bedeutend ausfallen, da sie zu Seelenmessen für die Hingerichteten bestimmt sind. Am Morgen der Exekution selbst durchlaufen die Mitglieder einer geistlichen Brüderschaft alle Straßen und sammeln zu demselben Zwecke ein; selten wagt jemand, sein Scherflein zu verweigern. Als der berühmte Riego hingerichtet wurde, betrug die in der Kapelle während der drei Tage gesammelte Summe mehrere tausend Realen.

Auch Doña Maria Vicenta de Mendieta und Don Santiago de San Juan verordneten, nach üblicher Weise, von den ihnen zukommenden Geschenken mehrere Seelenmessen in verschiedenen Kirchen. Weitere Anordnungen oder letzte Äußerungen sind von ihnen nicht aufbewahrt. Die Madrider Zeitungen, welche die letzten Willenserklärungen der Hingerichteten in kurzer Förmlichkeit mitteilen, d.h. an welchen Altären sie die Seelenmessen bestellt, bringen außer diesem nur zur Kunde, ob die Verbrecher mit oder ohne Schulden aus dieser Welt gehen. Doña Maria hinterließ keine Schulden, Don Santiago aber einen Schuldposten von 800 Realen, einen andern von 24 und noch einen von 6 Gulden.

Die Hinrichtung beider fand am 23. April 1798 auf der Plaza mayor in Madrid unter dem Zuströmen einer ungeheuern Volksmasse aus allen Gegenden Spaniens statt. In der Nacht darauf wurden sie im Gewölbe der Kirche von Sankt-Justus beerdigt. Am folgenden Tage ward zu ihren Gunsten ein feierlicher Totengottesdienst in derselben Kirche begangen.

Melendez Valdez tritt in seiner fiskalischen Anklage auch als ein Ankläger gegen die zunehmende Sittenlosigkeit der Zeit auf. Er sagt: „Ein furchtbarer Egoismus, das Vergessen der ernstesten Pflichten, die Geringschätzung der heiligen Verpflichtungen, die das Band der Ehe auferlegt, bedrohen die Gesellschaft mit Auflösung und Unordnung. Die Lust an der Ehelosigkeit wird schon zur Gewohnheit und fördert die Weiber zum Ehebruch. Unser verkehrter Sinn macht uns immer gleichgültiger gegen ein Band, welches der wahre Kern der gesellschaftlichen Ordnung ist. Die jungen Leute schützen vor, es sei unmöglich, eine Gattin anständig zu erhalten; ein leerer Grund, der nur durch den steigenden Luxus, die Ausschweifungen gehalten wird, und der so viele des heiligsten und süßesten Trostes beraubt, welcher den Menschen durch zwei Drittel seiner Kämpfe- und dornenvollen Laufbahn aufrechterhält u.s.w."

Der beredte Fiskal und berühmte Dichter entging selbst nicht einem traurigen Schicksal. Verwickelt in die politischen Kämpfe der Halbinsel, starb Melendez Valdez in der Verbannung.

Jodocus Hubertus Donatus Temme

Ein Zweikampf

Die Baronin Neurode schritt die große Freitreppe des Schlosses Neurode hinunter. Unten an der Treppe hielt ein Reitknecht ein aufgezäumtes Reitpferd.

Die Baronin – sie trug Reithut, Reitkleid, Reitpeitsche – schwang sich in den Sattel. Sie war eine schwere, starke Dame in der Mitte der fünfziger Jahre. Sie schwang sich dennoch leicht hinein.

„Sagt dem Rentemeister, in einer Stunde sei ich wieder da", befahl sie dem Knechte.

Sie wollte davonsprengen. Sie war eine geübte, mutige Reiterin. Sie war überhaupt eine mutige Frau.

In demselben Augenblick, wo sie das Pferd anspringen lassen wollte, kam jemand um das Schloß herum atemlos in den Schloßhof gerannt.

Die Baronin zog die Zügel des Pferdes an.

„Was gibt es, Andreas?“ fragte sie den Menschen, der zum Schlosse zu gehören schien.

„Euer Gnaden, im Dorfe rotten sich die Bauern zusammen, mit Heugabeln und Sensen, mit Äxten und Flinten. Sie wollen hierher zum Schlosse. Sie wollen keine Abgaben mehr bezahlen; sie wollen Euer Gnaden zwingen, es ihnen zu unterschreiben.“

Der Mensch konnte vor Angst, vor Schreck, vor Eile kaum sprechen.

„So?“ sagte die Baronin ruhig. „Ist deine Nachricht gewiß?“

„Ich komme aus dem Dorfe, Euer Gnaden, und habe die Leute selbst gesehen. Sie zogen zuerst in die Schenke –“

„Ja, ja, um sich den Mut zu holen.“

„Und wie sie mich sahen, riefen sie mir zu, ich sollte nur hierher laufen und sie anmelden, den Flug des roten Hahnes könne ich dennoch nicht aufhalten.“

Die Baronin war ferner ruhig geblieben.

„Nun, der rote Hahn fliegt so geschwind nicht.“

Mit diesen Worten verließ sie langsam den Sattel.

„Führe das Pferd in den Stall zurück“, befahl sie dem Reitknecht. „Und dann rufe den Rentemeister zu mir.“

Sie stieg langsam und nachdenklich die Treppe zum Schlosse wieder hinauf. Sie machte schon Pläne der drohenden Gefahr gegenüber. Der Rentemeister, wenn er kam, konnte schon ihre nach allen Seiten hin entworfenen Anordnungen empfangen. Sie war auch eine entschlossene Frau.

Sie ging in ihr Zimmer, das oben im ersten Stock des Schlosses vorn nach dem Schloßhofe hinaus lag.

Sie entledigte sich des Reitanzuges. In ihrer gewöhnlichen Hauskleidung erwartete sie den Rentemeister. Sie war in allen ihren Bewegungen ruhig und gemessen geblieben. Keine Spur von Aufregung oder Haß war an ihr zu entdecken.

Die Baronin Neurode war Witwe, schon seit langen Jahren. Sie war ohne Kinder. Sie stand selbst der Verwaltung des großen Gutes Neurode und eines sonstigen sehr bedeutenden Vermögens vor. Nur der Rentemeister des Gutes unterstützte sie darin. Sie war eine außerordentlich tätige Frau, die selbst nach allem sehen, alles anordnen und leiten mußte. Jeden Tag ritt sie in Feld und Wald hinaus. Auch heute hatte sie einen solchen Ritt machen wollen. Er gehörte zugleich zu ihrer Nachmittagserholung. Es war Nachmittag.

Der Rentemeister kam.

„Sie haben gehört, Kramer?“

„Ja, gnädige Frau. Nach den Vorgängen von gestern war es zu befürchten.“

„Ich hatte es erwartet. Wir müssen jetzt handeln. Die Bauern werden in Wut sein. Sie werden noch mehr hineinkommen. Sie sind dann zu allem fähig."

„Und wir sind hier allein, Euer Gnaden."

„Wollen Sie schon jetzt den Kopf verlieren, Kramer?"

„Euer Gnaden wissen, daß das nicht meine Art ist."

„Ja, ja. So hören Sie mir zu. Sie haben recht, wir sind hier allein. Die wenigen Leute des Schlosses können einem bewaffneten, frechen, vom Schnaps erhitzten Haufen von vielleicht hundert Bauern keinen Widerstand leisten."

„Man kann nicht daran denken, Euer Gnaden."

„Wir haben auch von den benachbarten Edelsitzen keine Hilfe zu erwarten."

„Jeder hat in dieser Zeit mit sich selbst zu tun."

„Auch aus der Kreisstadt nicht. Sie ist zwar kaum zwei Meilen entfernt, und in der ersten Stunde werden die Bauern nicht kommen. Aber das ist ja eben in solcher Revolutionszeit das Schlimmste, daß der Mut da, wo er am meisten sein sollte, am wenigsten anzutreffen ist."

„Euer Gnaden haben leider recht."

„So bleibt uns nur die Hauptstadt der Provinz mit ihrem Militär. Sie ist fünf Meilen von hier. Ein reitender Bote erreicht sie in zwei Stunden. Man wird Hilfe von da schicken, Kavallerie. Sie bedarf vier Stunden, um den Weg zurückzulegen. Königliche Pferde müssen geschont werden. Bis sie sich fertig machen und aufsitzen, ist auch eine Stunde hingezogen. Es ist jetzt vier Uhr. So können wir sie kaum vor Mitternacht erwarten. Doch weiß ich keinen anderen Rat. Wissen Sie einen?"

„Nein, gnädige Frau."

„So lassen Sie sofort einen Reitknecht sich fertig machen. Geben Sie ihm das tüchtigste Pferd. Ich schreibe unterdes an den Regierungspräsidenten und den kommandierenden General."

Der Rentemeister ging.

Die Baronin setzte sich an ihren Schreibtisch und schrieb.

Nach zehn Minuten kam der Rentemeister zurück.

„Der Reitknecht ist fertig."

Die Baronin hatte zwei Briefe geschrieben. Sie übergab sie dem Rentemeister.

„Hier. Befehlen Sie ihm noch einmal, daß er eilt. Sie kommen zu mir zurück."

Der Rentemeister verließ zum zweiten Male das Zimmer. Nach drei Minuten war er wieder da.

Die Baronin hatte ruhig seine Rückkunft erwartet.

„Hören Sie mir weiter zu. Bis die Hilfe aus der Stadt kommt, müssen wir uns in unser Schicksal ergeben, das heißt, ihm so gut wie möglich zu entgehen suchen. Ich weiß dazu nur einen Weg. Die Keller des Schlosses sind massiv. Sie ziehen sich unter dem ganzen Hause her. Alle Bewohner des Schlosses und der Nebengebäude haben Platz darin. Wir ziehen uns dahin zurück. Wir sind dort wie in einer Festung. Um Mitternacht werden wir entsetzt. Lassen Sie die Leute sich hineinbegeben. Ihre wertvollen transportablen Sachen können sie mitnehmen. Will aber der eine oder der andere ganz flüchten, das Schloß verlassen – es steht ihm auch das frei; wenn das Schiff zugrunde gehen will, so haben die Ratten das Recht, sich davonzumachen. – Besorgen Sie jetzt alles. – Sie zögern?"

Der Rentemeister zögerte in der Tat. Er hatte etwas auf dem Herzen.

„Gnädige Frau, die Bauern haben auch von dem roten Hahn gesprochen."

„Pah, die Hähne fliegen hierzulande nur auf die Düngerhaufen."

„In solch trauriger, aufgeregter Zeit – und – Euer Gnaden wissen, die Bauern lieben Sie nicht."

„Wann liebte ein Bauer seinen Herrn?"

Der Rentemeister unterdrückte einen Seufzer. Er hatte noch wohl mehr, noch wohl viel auf dem Herzen.

Aber durfte er seiner Gebieterin sagen, was freilich alle Welt von ihr sagte und was leider wahr genug war, durfte er ihr sagen, daß sie eine harte, hochmütige, geizige Frau war, von keinem Menschen in der Welt geliebt, von den Bauern als Bauernschinderin verflucht, von ihren Leuten als Geizhals gehaßt, von ihren nächsten Verwandten als hartes und hassendes Herz gefürchtet? Sie war so. Sie war immer so gewesen. Was half es da, was half es gerade jetzt, es ihr zu sagen?

Sie war doch nachdenklich geworden.

Er wollte gehen.

Sie hielt ihn zurück.

„Es bleibt bei meinen Anordnungen. Nur die beiden Kinder sollen fort. Lassen Sie den Kutscher die große Kutsche anspannen. Er soll sie mit der Wärterin nach Marienfelde zu der Frau von Wolfsburg führen. Ich lasse sie bitten, sie bis morgen bei sich aufzunehmen."

„Und die Mutter", fragte der Rentemeister.

Er fragte etwas schüchtern.

Die Baronin fuhr heftig, wie verletzt, auf.

„Die?"

Der Rentemeister hatte sich mehr Mut gefaßt.

„Trennen Euer Gnaden in so schweren Augenblicken die Mutter nicht von den Kindern, von so kleinen Kindern."

Die Baronin hatte sich besonnen.

„Sie mag meinetwegen mitfahren", sagte sie, aber fast widerwillig. „Sie soll mitfahren", setzte sie dann schnell mit steigender Heftigkeit, mit einer Art von Trotz hinzu. „Sie soll. Ich lasse es ihr befehlen, hören Sie? Bringen Sie ihr sofort meinen Befehl. Und dann kommen Sie hierher zurück. Ich muß wissen, was sie gesagt hat."

Der Rentemeister verließ wieder das Zimmer.

Die Baronin mußte ein paar Mal rasch auf und ab gehen, ehe sie ihre Ruhe wieder gefunden hatte. Dann kehrte sie an ihren Schreibtisch zurück.

Sie zog Schubfächer auf, sie öffnete kleine verschlossen Kästchen, sie schnellte verborgene Springfedern auf. Überall lagen Papiere, wertvolle Dokumente. Sie nahm sie heraus, sie steckte sie zu sich.

In dem Zimmer stand ein zweiter großer, fester Sekretär. Sie öffnete auch ihn. Sie zog ein Fach auf. Es lagen kostbare Schmucksachen darin. Sie langte danach, um sie gleichfalls zu sich zu stecken.

In dem gleichen Augenblick öffnete sich die Tür des Zimmers. Der Rentemeister war zurückgekehrt.

Sie warf schnell das Fach wieder zu und verschloß den Sekretär. Sie traute selbst dem treuen Beamten nicht. Der Geiz traut keinem Menschen.

„Nun?" fragte sie den Zurückkehrenden.

„Die Frau Baronin macht sich schon zur Abreise fertig."

„Was sagte sie?"

„Sie unterwarf sich still dem Befehle Euer Gnaden."

„Ich glaube es. Und sie hatte kein Verlangen, Abschied von mir zu nehmen?"

Die Baronin fragte es mit einem übermütigen, fast rohen Hohn.

„Sie war nur bedacht, dem Befehle Euer Gnaden nachzukommen", antwortete der Rentemeister ausweichend, aber nicht ohne eine gewisse Betrübnis.

„Das ist die Liebe zu der Tante!" fuhr die Baronin mit bitterem Lachen fort. – „Aber wo trafen Sie sie? Ich habe sie den ganzen Tag nur einen Augenblick gesehen, und sie kam mir so sonderbar vor."

„Die Frau Baronin kam soeben aus dem Garten."

Die Baronin fuhr auf.

„Aus dem Garten? Was machte sie im Garten? Um diese Jahreszeit? Bei diesem kalten Wetter? Ich meinte, ich hätte sie heute Morgen schon einmal da unten gesehen, in der Kastanineallee! Was hatte sie im Garten gemacht?"

„Ich kann es Euer Gnaden nicht sagen", antwortetet der Rentemeister und verließ rasch das Zimmer.

Er wollte weiteren Fragen ausweichen. Das Gespräch war ihm unheimlich geworden. Die Baronin, die ruhige, gemessene Frau, war in Eifer geraten, wie immer, wenn sie über ihre Nichte sprach.

Er ließ sie in diesem Eifer zurück.

Er hatte sie zum letzten Male gesehen. Niemand sah sie lebend wieder.

Die Bewohner des Schlosses waren emsig beschäftigt, ihre Sachen in die Kellergewölbe zu bringen. Es nahm Zeit weg, wie sehr sie sich auch beeilten. Jeder suchte zu retten, so viel und so lange er konnte. Wachen waren aufgestellt, zeitig die Ankunft der Bauern zu melden.

Die Gutsherrin hatte unterdes keiner gesehen. Sie wird gleichfalls retten, dachte man, ihr Geld, ihre Gold- und Silbersachen, ihre Juwelen. Sie hat so viel, und sie wird es an einem Orte verbergen, den niemand kennt und kennen soll, als sie. Darum sieht man sie nicht.

Der Rentemeister war mit den anderen beschäftigt, doppelt so viel als sie, er mußte für sie mit sorgen, er wurde von allen Seiten in Anspruch genommen; er war ein braver, gefälliger Mann.

Er hatte darüber die Gutsherrin vergessen oder er dachte wie die andern.

Er hatte auch die junge Baronin vergessen, die Mutter, die mit ihren Kindern das Schloß verlassen sollte. Plötzlich erinnerte er sich ihrer. Er hatte ihr versprochen, sie zum Wagen zu führen, wenn dieser fertig sei.

Der Wagen war längst fertig. Der Kutscher wartete schon seit einer starken halben Stunde.

Er eilte zu dem Zimmer der Baronin. Sie wohnte im ersten Stock des Schlosses, wie ihre Tante, aber von dieser entfernt in einem Seitenflügel. Sie wohnte dort mit ihren Kindern.

Er ging zuerst in die Kinderstube. Die Wärterin war mit den Kindern allein da. Sie waren zur Abreise fertig. Auch sie hatten schon lange gewartet.

Er ging zu der Mutter. Sie wohnte zwei Stuben weiter. Er fand sie allein.

Sie saß wartend, aber bleich und erschöpft von der Angst auf dem Sofa. Sie sprang bei seiner Ankunft auf. Aber sie zitterte so heftig, daß sie sich kaum aufrecht halten konnte. Er mußte ihr Arm geben und sie führen.

Er führte sie zu dem Wagen. Die Wärterin mit den Kindern folgte. Er hob sie in den Wagen.

Der Wagen fuhr davon. Es war noch eben Zeit; das Herannahen der Bauern wurde angekündigt. Der Wagen rollte in einer entgegengesetzten Richtung davon.

Eine arme, eine tief unglückliche Frau fuhr mit ihren Kindern davon. –

Die alte Baronin von Neurode war ohne Kinder. Ihr Mann war schon wenige Jahre nach der Hochzeit verstorben. Sie hatte nicht wieder geheiratet. Aus mehreren Gründen nicht. Ihre Ehe war keine glückliche gewesen. Ihr Charakter – und sie kannte sich – war ein stolzer, unbeugsamer, herrschsüchtiger. Endlich, sie selbst war zwar von gutem alten Adel, aber arm. Neurode und alles, was sie sonst besaß, rührte von ihrem verstorbenen Mann her, und sie hatte nur, so lange sie lebte, den Nießbrauch davon. Nach ihrem Tode fiel, den näheren Bestimmungen in dem Testamente ihres Mannes zufolge, alles an dessen nächste Verwandte zurück.

Diese nächsten Verwandten waren zwei Söhne von zwei Brüdern ihres Mannes. Der Sohn des älteren Bruders war zunächst zum Erben eingesetzt; erst wenn er ohne Kinder starb, konnte der Sohn des jüngeren Bruders zur Erbschaft gelangen.

Der ältere Bruder, er war schon vor dem Baron gestorben, hatte auf einem Vorwerke von Neurode gelebt. Er war Krüppel an Geist und Körper. Er hatte eine Witwe hinterlassen, die wenige Jahre nach ihm starb, und einen Sohn, der Krüppel geworden und geblieben war wie sein Vater. Er war der nächste Erbe, der künftige Herr von Neurode. Die Baronin nahm ihn nach dem Tode seiner Mutter ganz auf das Schloß und unter ihre Befehle.

Der jüngere Bruder des Barons war Offizier. Sein ältester Sohn wollte gleichfalls Soldat werden. Er war der künftige Herr von Neurode, wenn sein älterer Vetter, der Krüppel, ohne Kinder starb.

Die Baronin hatte auch eine eigene Verwandte zu sich genommen, eine Nichte, die blutarm, aber bildschön war.

Sie hatte ihren Plan mit ihr. Die schöne, aber arme Nichte sollte die Frau des reichen, krüppelhaften Erben von Neurode werden.

Ihr Plan fand bei den jungen Leuten keinen Widerstand.

Der imbezile Krüppel, Alphons von Neurode, hatte zwar die Tücke der Imbezilität, aber seiner gnädigen Tante gegenüber kannte er nur blinden Gehorsam und unbedingte Unterwerfung. Und das junge Mädchen war so schön.

Emma von Holzhausen war das sanfteste, bescheidenste Kind, das man sehen konnte. Mit ihrem braven, weichen Herzen liebte sie die ganze Welt, am meisten ihre Tante, die ihre Wohltäterin war, der sie alles verdankte. Auch diese Verbindung mit dem Krüppel sollte ja nur ihr künftiges Glück begründen und befestigen.

Als der Krüppel zwanzig und Emma fünfzehn Jahre alt war, verlobte die Tante sie feierlich. In zwei Jahren, weil die Braut noch zu jung sei, sollte die Hochzeit sein.

Da wäre doch der Plan der Baronin beinahe vereitelt worden.

Zu der feierlichen Verlobung war Robert von Neurode, der zweite Vetter des verstorbenen Barons, der Erbe des nächsten Erben von Neurode, wenn dieser ohne Kinder starb, zum ersten Male nach Neurode gekommen. Er war damals achtzehn Jahre alt. Er war soeben Fähnrich geworden. Er war schön, in der Uniform für die junge Braut, die seit ihrer Kindheit auf dem einsamen Gute der geizigen Tante gelebt hatte, doppelt schön. Sie war dem jungen Fähnrich die einzige Schönheit, die er je meinte gesehen zu haben. Frisch und gesund, munter und lustig waren sie beide. Sie wurden bald unzertrennlich. Aber sie blieben unbefangen. So konnten sie sich trennen.

Doch einer unwiderstehlichen Sehnsucht ihrer Herzen konnten sie dann nicht mehr gebieten. Nach wenigen Wochen war der Fähnrich wieder auf Neurode. Das Mädchen jauchzte ihm entgegen. Sie mußten sich wieder und wieder trennen, der Dienst, das Offiziersexamen des jungen Mannes und anderes forderte es. Die Sehnsucht, sich wiederzusehen, wurde in ihren Herzen nur immer brennender.

Der Krüppel gewahrte nichts von dem allem.

Der Tante fiel es zuletzt auf. Sie erschrak, sie wurde wütend, sie wollte abwehren. Und nun entdeckten es auch die beiden.

Robert von Neurode war nie der Liebling der Baronin gewesen. Er hatte bei aller seiner Unbefangenheit einen freien, unabhängigen, stolzen Charakter, er konnte der Tante nicht einen blinden Gehorsam zeigen. Ihre Herrschsucht reizte vielmehr seinen Widerstand; ihr Geiz hatte ihn schon gegen sie erbittert. Sie haßte ihn dafür.

Als sie seine Liebe zu dem Mädchen und die Liebe des Mädchens zu ihm bemerkte, jagte sie ihn vom Schlosse. Er sollte es nie wieder betreten.

Nachdem sie dann später erfahten, vielleicht auch wohl nur Verdacht hatte, daß der junge Offizier heimlich in der Nähe des Schlosses gewesen und daß die beiden sich im Schloßpark gesehen hätten, setzte sie kurz und gut einen nahen Tag der Hochzeit Emmas mit dem Krüppel an.

Die unglückliche Braut wollte in Tränen zerfließen, härmte und grämte sich ab – aber sie kannte keinen Willen, als den ihrer Tante, sie hielt sich an ihr Versprechen, an ihre Pflicht gebunden. Sie mußte dem schwachsinnigen Krüppel ihre Hand reichen. Sie wurde dessen Gattin.

Robert von Neurode hatte an demselben Tage auf sein Ansuchen einen mehrtägigen Urlaub und die Erlaubnis erhalten, nach Algier zu gehen, um dort in der französischen Armee an den Kriegen gegen die Mauren und Kabylen teilzunehmen. Er war sofort abgereist.

Seit dem Tage war aber auch von Schloß Neurode der Rest des Glückes entwichen, das in reichem Maße wohl seit langer Zeit nicht dagewesen war. Hatte die alte Baronin von Neurode in keiner glücklichen Ehe gelebt, ihre junge Nichte lebte in einer unglücklichen, traurigen.

Und die alte Baronin selbst trug nicht wenig dazu bei. Sie hatte nie einen Menschen geliebt, aber manchen gehaßt. Am meisten hatte sie in neuester Zeit ihren Neffen Robert gehaßt, weil er einen selbständigen Charakter hatte, ihr widersprach, zuletzt sogar ihre Pläne durchkreuzte. Als der junge

Mann fort war, übertrug sie diesen ganzen Haß auf ihre Nichte, die er geliebt, die ihn wieder geliebt hatte, die er noch, die ihn noch liebte. Sie regte selbst die Eifersucht des Krüppels und dann die Tücke des Schwachsinnigen gegen die eigene Frau auf. Die arme, junge Frau hatte die Tage der Hölle auf Erden. Sie hatte ihrem Gatten zwei Kinder geboren, zwei hübsche Kinder, einen Knaben und ein Mädchen. Sie durfte die Kinder kaum herzen.

Der Krüppel starb nach drei Jahren. Sein gebrechlicher Körper war immer auch ein schwächlicher gewesen. Die junge Witwe kam aus dem Regen unter die Traufe. Durch ihr liebloses, hartherziges Benehmen gegen den kränklichen Gatten habe sie seinen frühzeitigen Tod herbeigeführt. Sie sei seine Mörderin. Das waren die neuen Vorwürfe des Hasses der Tante. Ihre Kinder wurden ihr mehr vorenthalten als vorher. Sie habe den Vater getötet um des Buhlen in Algier willen, da seien die armen Kinder keine Stunde vor ihr sicher.

Die arme junge Frau! Sie litt in Geduld um ihrer Pflicht, ihrer Ehre, ihrer Kinder willen. Wie oft die Verzweiflung den Faden dieser Geduld mochte zerreißen wollen, welche Bitterkeit in ihrem Gemüte sich mehr und mehr ansetzte und zuletzt sich ganz und gar festsetzte – Gott allein mochte es wissen, die Arme hatte keinen Menschen, dem sie sich anvertrauen konnte.

Es kam ein anderes hinzu, und da reichte freilich die bloße Geduld nicht aus, sie mußte den entschiedensten Widerstand entgegensetzen.

Die alte Frau von Neurode hatte einen entfernten Verwandten, der als Kammerrat in der Hauptstadt der Provinz angestellt war. Er hatte die Baronin schon früher zuweilen besucht. Nachdem die junge Frau, seine Cousine, wie er sie nannte, Witwe geworden war, kam er öfter. Er war ein gewandter Domänen- und Finanzmann. So konnte er der Tante manchen guten Rat geben; sie nahm diesen mehr und mehr in Anspruch, und zuletzt war er ihr unentbehrlich geworden. Da wurde er auch ihr Liebling und ihr Tyrann. Der Kammerrat von Rohner konnte nur von sich abstoßen oder tyrannisieren.

Er hatte seine Augen auf die schöne junge Witwe geworfen, vielleicht schon zu Lebzeiten ihres Mannes. Die schöne Frau war zugleich eine gute Partie. Fiel auch Neurode an ihre Kinder, so hatte sie doch nach dem Tode der Tante, die nicht ewig leben konnte, Verwaltung und Nießbrauch von Neurode, wie jetzt die Tante es hatte. Welche Aussicht für einen guten Domänen- und Finanzmann, der zudem nichts als sein Gehalt hatte!

Er bewarb sich um die arme Frau.

Die Tante unterstützte lebhaft seine Werbung, schon aus Haß gegen die Nichte, die mit diesem Manne unglücklich werden mußte, um so lebhafter und entschiedener, je entschiedener die junge Frau den widerwärtigen Menschen zurückwies.

Der Herr von Rohner war freilich nicht der Mann, darum zurückzuweichen.

So standen die Sachen auf Schloß Neurode zur Zeit des Bauernüberfalls. –

Die Bauern waren am Schlosse angelangt. Sie waren trotz ihrer Aufregung in ziemlicher Ruhe angekommen. So stellten sie sich vor der großen Freitreppe auf.

Türen und Fensterläden waren fest verschlossen. Kein Mensch war zu sehen. Nur oben in einem Fenster erschien der Rentemeister.

Was sie wollten, rief er zu ihnen hinunter.

Sie wollten ins Schloß, um mit der gnädigen Frau zu sprechen.

In das Schloß werde man nur eine Deputation hineinlassen, drei unbewaffnete Männer, die ihre Bitten vortragen könnten.

Eine Deputation, die gebeten habe, sei schon gestern da gewesen, aber von der gnädigen Frau schnöde zurückgewiesen worden. Sie wollten jetzt alle ins Schloß, oder die gnädige Frau sollte zu ihnen herauskommen.

Die Baronin war auch in den letzten Augenblicken von keinem Menschen gesehen worden. Die Leute waren besorgt, ängstlich geworden. Der Rentemeister hatte sie selbst gesucht, er hatte sie durch alle Teile des Schlosses suchen lassen. Sie war nirgends zu finden. Man hatte laut ihren Namen gerufen, überall, in Gängen, Zimmern, auf den Böden. Nirgends eine Spur, nirgends eine Antwort. Man suchte noch, während die Bauern da waren.

Der Rentemeister mußte diesen zuletzt mitteilen, daß die gnädige Frau nirgends aufzufinden sei, daß man sie schon seit einer Stunde vergeblich suchte.

Bis dahin hatten sie sich nur mühsam ruhig verhalten. Um so schneller und heftiger wurden sie tumultuarisch.

Das sei eine einfältige, grobe Lüge. Man wolle sie zum besten halten. Im Augenblicke solle die Gutsherrin erscheinen.

Der Rentemeister mochte die Wahrheit seiner Worte so hoch und teuer versichern, wie er wollte, man glaubte ihm um so weniger.

Komme die Gutsherrin nicht in zehn Minuten gutwillig zu ihnen heraus, so werde der rote Hahn sie heraustreiben.

Sie zerstreuten sich sofort, ihren Worten die Tat folgen zu lassen. Sie schleppten an den vier Enden des Schlosses Holz und Reiser zusammen, so viel sie finden konnten.

Der Rentemeister erbot sich, ihnen das Schloß zu öffnen, damit sie selbst darin suchen könnten. Es war vergebens.

Sie hatten keine Lust lange zu suchen. Die Baronin sollte herauskommen.

Sie kannten den Stolz und Trotz der Gutsherrin. Nur darum wolle sie sich nicht zeigen, meinten sie. Daher waren sie auch überzeugt, daß sie nicht fort, namentlich nicht entflohen war.

Die Baronin kam nicht zum Vorschein.

Sie forderten den Rentemeister auf, mit den anderen Leuten das Schloß zu verlassen. Es sei ihnen nur um die Baronin zu tun. Die müsse aber heraus, und sollte das ganze Schloß niederbrennen.

Alles verließ das Schloß, mit bleichen, ängstlichen Gesichtern. Die Baronin war nicht darunter.

Die Bauern waren mit jedem Augenblick wütender geworden.

Sie steckten das Schloß an seinen vier Ecken in Brand.

Die Baronin kam nicht hervor.

Es gibt keinen Dämon, der wilder die Leidenschaften des Menschen anfacht und hochtreibt als der des Feuers.

Das massive Schloß brannte nur langsam. Die Brandstifter drangen in das brennende Gebäude und raubten und plünderten darin, bis es einstürzte.

Von der Baronin wurde keine Spur gefunden.

Einzelne drangen in die verlassenen Nebengebäude des Schlosses, nur um noch mehr zu zerstören. Die wilde, zügellose Wut war einmal über sie gekommen.

Ein Haufe von sechs Mann war in den Park gedrungen.

Sie gelangten zu einem kleinen Pavillon am Ende einer Allee, ungefähr dreihundert Schritte vom Schlosse entfernt. Die Fenster waren mit Jalousien verschlossen. Die Tür stand zu.

„Hinein!“ riefen sie. Sie wollten auch hier zerstören.

Einer wollte die Tür einrennen. Es bedurfte dessen nicht. Als er das Schloß anfaßte, öffnete er sich. Die Tür hatte unverschlossen nur im Schlosse gelegen. Sie flog auf. Die Wütenden wollten hineinstürzen.

Sie prallten entsetzt zurück.

Mit Ihnen war der helle Schein des Feuers in den Pavillon gedrungen.

In dem Schein lag vor ihnen die Leiche der Gutsherrin. Sie lag im Blut, das Gesicht zerschmettert.

Fort war die Wut, die Wildheit der Aufrührer, der Brandstifter, der Räuber und Plünderer. Da war ein Mord. Sie hatten ihn nicht begangen, aber mußte er nicht dennoch über sie kommen?

Die Angst bleichte ihre Gesichter, schüttelte ihre Glieder. Sie flohen zu den anderen zurück.

„Die Gutsherrin liegt ermordet im Pavillon!“

Es war eine Schreckenskunde, die in allen die Wut auslöschte, die alle lähmte.

Sie schlichen entsetzt und still nach Hause, als wenn sie die Mörder wären.

„Wer ist der Mörder?“ fragten sie einer den andern. Keiner wußte es. Keiner konnte es nur erraten. Ein Beweis, daß keiner von ihnen es war. War es einer von ihnen, so waren alle die andern frei. Jetzt waren sie es alle.

Gegen Mitternacht legte eine Eskadron Husaren aus der Hauptstadt der Provinz an. Der Feuerschein, der viele Meilen bis hoch zum Himmel hinauf zu sehen war, hatte ihren Marsch beschleunigt.

Andere Hilfe war nicht gekommen. Die Adeligen in der Nachbarschaft hatten selbst ihre Not, wie schon die Baronin gesagt hatte. Und in den Städten umher? Auch in der Kreisstadt?

Es war im März des Jahres 1848. Da hatte, wer Mut hätte haben sollen, keinen.

Später, als das Jahr vorüber war, da war er ihnen wieder gekommen; es war der Mut des Hasses, der Rache für die frühere eigene Feigheit.

Die Verständigen der Bauern waren schon vor der Ankunft der Husaren zusammengetreten, um zu beraten, was zu tun sei. Sie erkannten das Unglück, das sie angestiftet, das noch größere Elend, das sie sich selber bereitet hatten. Sie mußten die Folgen auf sich nehmen, nur nicht die des Mordes, an dem jeder einzelne sich, an dem sich alle unschuldig fühlten. Sie ergaben sich freiwillig dem Rittmeister der Eskadron als Gefangene. Sie zeigten ihm auf der Stelle den Mord an.

Der Rittmeister war mehr als ein gewöhnlicher Soldat. Er ließ sofort den Pavillon und die Leiche bewachen. Er sandte dann zur Kreisstadt und ließ die Behörde auffordern, ihre Schuldigkeit zu tun.

Unter dem Schutze der Soldaten waren sie da.

Auch eine Gerichtsdeputation fand sich früh am andern Morgen ein, um die Untersuchung der verübten Verbrechen zu führen. Am meisten kam es auf den an der Gutsherrin verübten Mord an. Dessen Tatbestand mußte zu allernächst festgestellt werden.

Im Pavillon fand das Gericht alles so, wie die Husaren es gefunden hatten. Die Husaren hatten alles in dem Zustande angetroffen, wie die eindringenden Bauern es zuerst entdeckt hatten.

Der Pavillon lag mitten in einem dichten Boskett. Zu dem Boskett führte vom Schlosse her eine mehrfach sich krümmende Allee, durch das Boskett ein schmaler, gewundener Fußpfad.

Der Pavillon bestand aus einem einzigen runden Gemache zu ebener Erde, mit einem Durchmesser von fünfzehn Fuß.

Es führte eine verschließbare Türe hinein. Die Tür lag nur im Schloß. Ein Schlüssel steckte nicht darin, konnte auch nicht gefunden werden.

Das Gemach hatte drei Fenster, eins zu jeder Seite der Tür, das dritte der Tür gegenüber. Sie waren von innen mit Läden, von außen mit Jalousien versehen. Die Läden und Jalousien von den beiden Fenstern neben der Tür waren verschlossen. Der Laden an dem dritten Fenster stand ganz offen, der eine Flügel der Jalousien war halb aufgezogen, so daß von unten Licht durchfallen konnte.

Das Gemach war möbliert. Es befanden sich darin ein Sofa, sechs Polsterstühle, ein runder Tisch, ein Spieltisch, ein Spiegel, unter diesem ein Tisch mit einer Marmorplatte.

Der runde Tisch stand in der Mitte des runden Zimmers. Spiegel und Marmortisch waren ihm gegenüber an der Mauer zwischen den beiden Fenstern rechts von der Tür und der Tür gegenüber.

Zwischen dem runden Tisch und dem Marmortisch lag die Leiche der Gutsherrin am Boden, mit dem Kopfe nach dem Marmortisch hin.

Sie war völlig angekleidet, in ihrer gewöhnlichen, täglichen Kleidung.

Ihre Kleider waren blutig, sie lag in Blut.

Das Blut war aus einer einzigen Wunde geflossen. Diese war an der rechten Schläfe. Sie war groß, breit, unregelmäßig; der Schädelknochen war gebrochen.

Mit welchem Gegenstande die Wunde zugefügt sei, war sofort zu erkennen.

Der Marmortisch unter dem Spiegel hatte scharfe Kanten. Die nach der Tür zu war blutig. Sie paßte genau zu der Gestalt und übrigen Beschaffenheit der Wunde. Sie war in die Schläfe eingedrungen gewesen, hatte sie verletzt, den Schädelknochen zerbrochen.

Die Verletzung war eine unbedingt tödliche gewesen.

Auch über die Art und Weise, wie sie entstanden war, konnte kein Zweifel sein. Es lag danach klar eine Tötung durch die Hand eines Dritten vor, und es konnte weder an einen Unglücksfall, noch an einen Selbstmord gedacht werden.

Die Verstorbene war gewaltsam und zwar unter Anwendung von ungewöhnlicher Gewalt, mit ihrem Gesichte auf die starke und harte Kante der Marmorplatte geworfen oder gestoßen worden. Dies war sogar zweimal geschehen; der Schädel war doppelt gebrochen, in einer Weise, daß ein doppeltes Stoßen oder Werfen dazu nötig gewesen war.

Der Tod, wenigstens eine völlige Bewußtlosigkeit, war augenblicklich erfolgt. Dafür sprach auch das Liegen der Leiche gleich an dem Marmortische.

Daß außer der Ermordeten sich jemand in dem Pavillon befunden habe, davon fand sich nicht die mindeste Spur vor.

Wer war der Mörder? Wann war der Mord verübt? Wie war die Ermordete nur in den Pavillon gekommen?

Wer in der Welt konnte die Fragen beantworten, oder wollte es, wenn er es konnte.

Der Pavillon diente nur im Sommer zum Aufenthalte, während der heißen Nachmittagsstunden. Im Winter kam niemand hinein, obgleich die wenigen Möbel darin blieben. Seit einem halben Jahr hatte, so viel man wußte, kein Mensch hineingesehen. Der Schlüssel hatte nebst anderen Parkschlüsseln in einem offenen Korridor im Schlosse an einem Nagel gehangen. Die anderen waren noch da, er fehlte; seit wann, wußte man nicht, niemand hatte ihn vermißt.

Der Verdacht des Mordes war trotz alledem zunächst auf die sengenden und plündernden Bauern gefallen. Er mußte ebenso schnell gegen sie schwinden. Sie hätten einen angeben können, und sie hatten außer diesem einen alle das dringendste Interesse, es zu tun. Wäre der Mord von ihnen ausgegangen, so hätte auch irgendein Raub an der Lebenden oder an der Toten müssen stattgefunden haben. Allein man fand an ihren Fingern ihre Ringe, an ihrer Brust ihre Brosche, in ihrer Tasche ihre Börse und neben der Börse für fast Hunderttausend Dokumente, Schmucksachen, selbst Goldrollen. Es zeigte sich keine Spur, daß etwas fehlte, oder fortgenommen gewesen und wieder an seinen Platz gebracht sei. Von den Bauern war keiner der Mörder.

Wer war es dann?

Von den Leuten des Schlosses einer? Aber sie waren in der ganzen Zeit, wo der Mord geschehen sein mußte, immer beisammen gewesen. Auch konnte keiner bezeichnet werden, der nur im Entferntesten der Tat fähig zu erachten gewesen wäre.

Wer war sonst noch da?

Den Rentemeister hatte es einmel durchzuckt, wie die Verstorbene aufgefahren war, als er ihr mitgeteilt, die junge Baronin sei aus dem Garten gekommen, und wie sie dabei gesagt, sie habe die Nichte schon am Morgen in der Kastanienallee gesehen. Die Kastanienallee führte zu dem Boskett, in dem der Pavillon lag. Aber er mußte sich sofort selbst strafen für den frevelhaften Schluß, den er freilich nur in dem ersten Aufzucken hatte anknüpfen wollen. Wie konnte jene stille, ergebene, erhabene Dulderin nur in ihren Träumen mit einem solchen Verbrechen in Berührung kommen? Es war ein Verbrechen, das zu denken. Es war zugleich ungereimt: Die junge Baronin war eine zarte, schwache Frau, und nur eine angestrengte, ungewöhnliche Manneskraft hatte den Mord vollführen können.

Ein anderer, ein Fremder mußte der Urheber des Verbrechens sein. Aber auch da war alles dunkel. Daß die Verstorbene, in der Voraussicht dessen, was sich später wirklich ereignet hatte, schon frühzeitig, während sich die anderen in die Kellergewölbe zu retten suchten, die Gelegenheit wahrgenommen habe, sich unbemerkt mit ihren Schätzen in den Pavillon zu flüchten, in dem schwerlich jemand sie suchen werde, das ließ sich allenfalls annehmen. Aber dann hätte sie sich auch dort verschlossen, und wer hätte ohne alle Gewalt zu ihr eindringen können? Und nirgends zeigte sich die Spur einer Gewalt, weder an ihrer Tür noch an den Fenstern, noch sonst wo. Wo wäre dann auch, zumal da die Tür offen gefunden war, der Schlüssel des Pavillons geblieben?

Gericht, Polizei, Rentemeister, alle suchten und rieten sie vergebens nach dem Täter.

Ein Zufall versprach Licht, wenigstens eine Spur.

Während die Beamten, und zwar an dem Schauplatze des Verbrechens selbst, mit der Untersuchung beschäftigt waren, trat auf einmal ein Fremder zu ihnen in den Pavillon.

Es war ein großer, etwas hagerer Mann, in der Mitte der dreißiger Jahre. Sein Gesicht war eingefallen, aber wie vertrocknet; die Farbe war grau. Sein Haar war glänzend schwarz. Schwarze, große Augen konnten trotz ihrer Größe unter buschigen, dunklen Augenbrauen sich lauernd verbergen. Er war im Reiseanzug. Er mußte soeben vom Pferde gestiegen und sofort hergeeilt sein. So trat er in den Pavillon, mit den Augen überall umherspähend, als wenn er alles durchforschen wolle, dennoch leicht, aber zugleich übermütig, fast frech in seinen Bewegungen. Es lag etwa unbeschreiblich Zuversichtliches, Herrschsüchtiges und Unangenehmes in der ganzen Erscheinung, und der Mann gab sich nicht die geringste Mühe, es zu verbergen.

Henker oder Mörder? konnte einem auf den Lippen schweben, wenn man ihn genauer ansah.

Sein Auge hatte sofort den Chef der Untersuchungskommission entdeckt. Er wandte sich an ihn.

„Der Herr Kriminaldirektor aus B.?"

„Ja, mein Herr."

„Kammerrat von Rohner, Neffe der Verstorbenen. Ich höre, Sie haben den Mörder noch nicht ermittelt?"

„Könnten Sie mir vielleicht Tatsachen zu seiner Ermittlung an die Hand geben?" fragte der Beamte, verletzt durch das anmaßende Benehmen des Fragenden.

Der Herr von Rohner antwortete nicht.

Seine großen Augen spähten, von den dichten Augenbrauen halb verdeckt, schärfer in dem Gemache umher. Sie trafen auch die Leiche der Ermordeten, die, wenn auch nicht eigentlich seine Tante, doch seine Verwandte und in Freundschaft ihm zugetan gewesen war. Irgend ein Gefühl zeigten sie nicht. Sie lauerten und spähten nur.

„In welcher Weise wäre nach Ihrer Ansicht die Tat verübt?“ fragte er dann den Kriminaldirektor.

„Wir wissen es eben nicht.“

„Ein Raub hat nicht stattgefunden.“

„Nein“.

„Hier ist noch alles in der Lage, in welcher man es zuerst angetroffen hat?“

„Ja.“

„So haben die Bauern den Mord nicht verübt.“

„Woraus schließen Sie das?“

„Die Bauern konnten nur zu der Verstorbenen eindringen, die schon vor ihnen hier war.“

„Es ist anzunehmen.“

„Den Mord muß aber jemand verübt haben, der schon vor der Ermordeten hier war, zu dem sie herein kam.“

„Ihre Gründe, mein Herr?“

„Die rechte Schläfe der Ermordeten ist verletzt; durch diesen Marmortisch, der rechts von der Tür steht. Einem nach ihr Eindringenden stand die Verstorbene mit der linken Seite nach der Marmorplatte hin gegenüber. habe ich recht, mein Herr?“

„Sie hätten darin recht.“

„Der Angriff eines Eindringenden hätte ihre linke Seite auf die Platte werfen müssen. Alles war anders, wenn sie bei ihrem Eintreten in das Gemach angegriffen wurde.“

„Sie setzen einen Angriff Stirn gegen Stirn voraus, mein Herr.“

„Meine Tante zeigte niemandem feig den Rücken“, versetzte der Herr von Rohner mit einem unbeschreiblichen Hochmut.

Dann ging er weiter suchend in dem Gemache umher.

„Sie haben doch alles genau hier durchsucht?“ fragte er dabei.

Der Direktor gab ihm keine Antwort. Außer dem Hochmute schien ihn auch eine zweite Überlegenheit des Mannes zu verletzen, die er sich nicht wegleugnen konnte, und – die sich noch mehr zeigen sollte.

„Aber mein Herr, was ist denn das?“ rief der Suchende auf einmal.

Er stand vor dem Sofa, zwischen welchem und dem Marmortische die Leiche lag. Seine Augen hatten unter dem Möbel umhergespäht. Er bückte sich. Er wollte nach etwas langen, er zog die Hand zurück.

„Mein Herr Kriminaldirektor, das ist Ihres Amtes. Wenn ich bitten darf –“

Der Kriminaldirektor mußte sich ihm nahen.

„Was gibt es?“

„Haben Sie die Güte, selbst nachzusehen.“

Der Beamte blickte unter das Sofa. Unmittelbar hinter dessen Fuße entdeckte er einen kleinen glänzenden Gegenstand. Er zog ihn hervor.

Es war eine silberne Schnürnadel, etwa drittehalb Zoll lang, stark massiv, an ihrem unteren Ende infolge langen Gebrauchs mehr spitz als rund.

Dieses untere Ende war die Länge eines ganzen Zolls hinauf blutig.

„Nun, mein Herr?“ fragte der Herr vom Rohner.

Der Beamte wollte oder konnte nicht sofort antworten.

„Die Nadel kenne ich“, fuhr jener fort. „Sie gehörte meiner Tante. Sie trug sie immer bei sich. Sie ist ein wichtiges Mittel zur Entdeckung des Mörders. Sie sehen es doch ein? Die Verstorbene hat sich damit gegen ihren Angreifer gewehrt. Es war ihre einzige Waffe, die sie bei sich trug. Sie hat sie nicht ohne Erfolg gebraucht. Einen Zoll hoch ist sie blutig, so tief ist sie in den Körper des Mörders gedrungen. Eine so tiefe Wunde, mit einem so starken, nur rundlich spitzen Instrument beigebracht, kann nicht so leicht vernarben und nie spurlos. Inquirieren Sie danach weiter, mein Herr, mich rufen meine eigenen Geschäfte zurück.“

Damit verließ er den Pavillon.

Er hatte in allem nicht unrecht gehabt.

Henker oder Mörder? mußte ihm auch der Richter nachblicken, und er hätte zuallererst an dem ebenso widerwärtigen wie unheimlichen Menschen die Untersuchung nach einer Wunde anstellen mögen, die nur durch eine Nadel verursacht war und doch so verhängnisvoll werden konnte, werden mußte.

Er stellte die Untersuchung bei den andern ein, bei den Bauern, selbst bei den Leuten des Schlosses, obwohl kein Verdacht auf ihnen haftete. Es ergab sich kein Resultat.

Die letzte Spur, die zu dem Mörder hätte hinführen können, war damit für die gerichtliche Untersuchung verschwunden. Der Mörder und die Art und Weise der Verübung des Mordes blieben unermittelt. Die Bauern wurden wegen Aufruhr und Brandstiftung zu langer Zuchthausstrafe verurteilt. Wegen des Mordes hatte nicht einmal die Anklage gegen sie erhoben werden können.

Er war dennoch nicht vergessen.

Die ersten Strahlen der Maisonne drangen durch das Gebüsch.

Sie weckten einen Mann, der unter den Zweigen im Grase lag, nicht aus seinem Schlafe, aber aus seinen stillen Betrachtungen.

Es war ein kleiner, dicker, runder Herr. Er trug militärische Kleidung; es war ein Offiziersrock und doch keiner. Die höheren Militärärzte tragen solche Uniformen. Die Kompanieärzte dürfen sich mit dem Feldwebel noch nicht messen, und in der preußischen Armee mag es noch manchem Feldwebel und Wachtmeister in der Erinnerung sein, wie er auf Befehl des Herrn Hauptmanns oder Rittmeisters den „Kompaniefeldscher, den verdammten Pflasterkasten“, wegen irgend einer Lumperei durch den Unteroffizier mußte „durchfuchteln“ lassen.

Der kleine, dicke Herr fuhr auf, als die Strahlen der Sonne ihn trafen. Er fuhr ärgerlich auf.

„Will denn noch immer keiner kommen? Warum mußte ich freilich wieder der erste sein? Eine schlechte Angewohnheit! Und ich werde nicht einmal mager dabei! Sonderbare Gegensätze in der Natur! Diese jungen Fante, die den ganzen Tag nichts tun und bis in den späten Mittag hineinschlafen, bleiben mager wie die Wasserratten.“

Er hatte laut gesprochen.

„Dafür leben sie auch bis in die tiefe Nacht hinein“, lachte eine Stimme hinter ihm, jenseits des Gebüsches.

„Ah, Gott sei Dank, endlich einer!“ rief der kleine Herr.

Ein junger Offizier trat hinter dem Gebüsch hervor.

„Guten Morgen, Doktor. Sie sind wohl schon lange hier?“

„Guten Morgen, Herr von Konau. Ich bin immer pünktlich.“

„Ich hörte, wie Sie es sich selbst erzählten.“

„Aber Ihr jungen Herrn Offiziere –“

„Ich hörte auch das schon.“

„Aber nicht alles. Auf Ihre eigene Aufforderung bin ich so früh hier. Vor Sonnenaufgang, wenn es noch dunkel und kein Mensch auf den Straßen ist, solle schon jeder die Stadt verlassen haben und einzeln, auf verschiedenen Wegen, hierher kommen. Ich bin schon seit einer Viertelstunde hier –“

„Und wie Sie sehen, nicht mehr allein.“

„Aber wie viele fehlen noch?“

„Drei. Sie werden auch schon kommen. Sie wissen, Doktor, in solchen Sachen läßt keiner gern auf sich warten.“

„Wie zu jeder Torheit nicht. Indes, Baron, – da wir noch allein sind, setzen Sie sich zu mir und erzählen Sie mir, warum wir denn eigentlich hier sind. Es war spät, als Sie mich gestern abend bestellten, und Sie waren eilig. Hier sollte ich das Nähere erfahren.“

„Ich sagte das, Doktor. Aber ich weiß selbst nicht viel mehr, als was ich Ihnen schon sagte. Langenfeld und Neurode wollen sich schießen.“

„Wollen, Baron? Narren wollen viel.“

„Sie müssen denn.“

„Müssen! Das klingt anders. Und warum müssen sie? Darauf kommt es an.“

„Das weiß eigentlich kein Mensch."

„Oho, Herr von Konau, ich habe Sie für einen vernünftigen Menschen gehalten."

„Ich hoffe, Sie halten mich noch dafür."

„Und Sie wollen dem Herrn von Langenfeld sekundieren?"

„Ja."

„Ohne daß Sie wissen, und er selbst nur weiß, warum er sich schlägt?"

„Ich muß Ihnen doch wohl die ganze Geschichte erzählen."

„Ich denke das auch."

„Beim Regierungsrat von Zeller ist wöchentlich einmal Gesellschaft. Auch Langenfeld und Neurode kommen hin."

„Der Herr von Langenfeld macht dem Fräulein den Hof? Die jungen Leute sollen einig unter sich sein –"

„So sagt man."

„Und das Fräulein ist die Freundin der Baronin Neurode?"

„Die beiden Damen sind Freundinnen."

„Ach, Baron, was fällt mir da bei? Sollte nicht in diesen Tagen die Verlobung des Herrn von Neurode mit der schönen Witwe, seiner Cousine, gefeiert oder veröffentlicht werden?"

„Ich meine, sogar heute."

„Teufel! Und da kann er noch vorher eine Leiche sein."

„Oder den Verlobten der Freundin seiner Braut in eine andere Welt schicken."

„Eine verzweifelte Alternative!"

„Die Ehre, lieber Doktor!"

„Hole der Teufel diese – Aber erzählen Sie mir erst von ihr."

„Vor drei Tagen war wieder Gesellschaft bei Zellers. Neurode und Langenfeld waren da, wie gewöhnlich. Sie hatten wenig, fast gar nicht miteinander gesprochen, wie ebenfalls gewöhnlich."

„Nicht wahr, Baron, sie teilen die Freundschaft ihrer Verlobten nicht?"

„Es scheint. Neurode ist übrigens mit keinem seiner Kameraden befreundet."

„Und er ist doch ein so tüchtiger Mensch und braver Kamerad."

„Aber auch –"

„Aber auch? Herr von Konau, ich lasse nichts auf den Baron Neurode kommen."

„Ereifern Sie sich nur nicht, Doktor. Ich will auch nichts auf ihn werfen. Aber es drückt ihn etwas, das –"

„Ja, es drückt ihn etwas, und Gott mag wissen, was es ist. Aber fahren Sie fort."

„Beim Nachhausegehen aus der Gesellschaft nun erfährt Neurode, daß Langenfeld sich den Abend nachteilig über ihn geäußert habe."

„Und was soll er geäußert haben?"

„Es sei die Rede darauf gekommen, warum Neurode aus Algier zurückgekehrt sei. Wir wissen, Doktor, er soll dort einen französischen Offizier im Duell erschossen haben."

„Er hat es, Herr von Konau. Neurode versichert es, und schon darum ist es wahr."

„Schon wieder hitzig, Doktor? Ich glaube es ja auch. Indes Langenfeld solle sich bei Zellers in einer Weise darüber geäußert haben, als zweifle er daran. So wenigstens wurde es Neurode hinterbracht."

„Und welcher Teufel hinterbrachte ihm das?"

„Das ist eben nicht zu erfahren. Neurode verweigerte jede Erklärung darüber. Es müsse genügen, wenn er sein Ehrenwort darauf gebe, daß die Tatsache ihm hinterbracht sei, und der Herr von Rohner –"

„Der Kammerrat von Rohner steckt in der Sache, Baron?"

„Leider."

„Aber Wetter, Baron, brauchen wir dann noch nach dem Teufel in der Geschichte zu suchen? Aber weiter."

„Der Herr von Rohner kam am anderen morgen zu Langenfeld, um ihn für Neurode auf Pistolen zu fordern."

„Und Langenfeld?"

„Er erklärte auf sein Ehrenwort, daß er eine Äußerung, wie die ihm zugemutete, nicht gemacht habe. Er bat, das dem Baron Neurode zu sagen. Rohner übernahm es, kam aber schon nach einer Viertelstunde mit der

Nachricht zurück, Neurode sehe jene Erklärung einfach als eine Feigheit an, und könne daher seinerseits sich dabei beruhigen. Da mußte Langenfeld freilich die Forderung annehmen."

„Er mußte. Aber Sie, Herr von Konau? Sie sind der Sekundant Langenfelds, was taten Sie? Den Teufel, der die ganze Sache angeblasen hatte, kannten Sie, mußten Sie kennen. Gingen Sie nicht zum Herrn von Neurode und sagten Sie ihm nicht –?"

„Ich sagte ihm alles, Doktor. Oder eigentlich, ich konnte ihm nichts sagen. Er wies mich mit jedem Worte an Rohner; Rohner sei sein Sekundant, mit dem solle ich sprechen."

„Und mit Rohner sprachen Sie vergeblich?"

„Völlig vergeblich. Neurode wolle nichts von Versöhnung hören, und Langenfeld müsse wissen, daß er den Vorwurf der Feigheit nicht könne auf sich sitzen lassen."

„Und die beiden sollen sich dennoch wirklich schießen, Herr von Konau?"

„Wissen Sie ein Mittel, es zu verhindern?"

„Lassen Sie uns überlegen."

„Da kommen die anderen."

„Unterwegs denn. –"

Zu den beiden kamen von verschiedenen Seiten drei andere Herren.

Zuerst allein ein junger Offizier, ein hübscher junger Mann mit einem frischen, fröhlichen, mutigen Gesichte. Die Fröhlichkeit war einem ernsteren Zuge gewichen. Der Mut war zu fest in dem Gesicht ausgeprägt, als daß er daraus entschwinden konnte.

Jene beiden begrüßten ihn als den Herrn von Langenfeld. Die zwei anderen nahten sich gemeinschaftlich.

Der eine, gleichfalls Offizier, war ein großer, schöner junger Mann mit einem ausdrucksvollen, bleichen, unverkennbar unter einem tiefen Schmerze leidenden Gesicht. Es war der Baron Robert von Neurode.

Sein Begleiter war die lange, hagere, blasse, unheimliche Figur des Kammerrats von Rohner.

Der Teufel, nach dem man nicht zu suchen braucht, hatte der Doktor von ihm gesagt.

Henker oder Mörder? hatte der Kriminaldirektor ihm nachblicken müssen.

„Wir sind alle beisammen, meine Herren", nahm sogleich der Herr von Rohner das Wort. „Brechen wir auf."

Er hatte die anderen leicht begrüßt.

Er nahm den Arm des Herrn von Neurode und ging mit diesem voran.

Die drei anderen folgten.

Die beiden Gegner hatten keinen Blick miteinander gewechselt.

Die fünf Herren hatten sich in einem Erlenhölzchen, ungefähr eine Viertelstunde von der Stadt, getroffen. Das Hölzchen grenzte an den größeren Stadtwald. In diesen begaben sie sich hinein.

Der Kammerrat von Rohner machte den Führer. Neben ihm ging der Baron Neurode. Die drei anderen folgten in einiger Entfernung. Sie gingen zusammen.

„Wir wollen überlegen", sagte der Doktor. „Herr von Langenfeld, geben Sie mir Ihr Ehrenwort darauf, daß Sie jene Worte, die Sie über Neurode gesprochen haben sollen, in der Tat nicht gesprochen haben?"

„Halten Sie mich solcher Verleumdung fähig", sagte der junge Offizier. „Zum Teufel, nein."

„Warum wollen Sie dann mein Ehrenwort?"

„Damit sich zwei brave Menschen einander um eines Lumpen willen nicht tot schießen sollen."

„Ich sehe nicht ein, was mein Ehrenwort damit zu tun hat."

„Geben Sie es mir nur. Sie können es."

„Ja, ich kann es, und – hier haben Sie es."

„Würden Sie es auch dem Baron Neurode geben?"

„Jetzt nicht mehr."

„Gut, wenn es nicht anders sein kann. Aber mir können Sie es nicht wehren."

„Ich würde das doch. Meine Ehre –"

„Ist hier zu einem Spielball in der Hand jenes langen, dürren Schuftes geworden, den alle Welt als einen Schurken kennt und der doch alle Welt in nicht begreiflicher Weise beherrscht. Teufel, man muß nur ein rechter Teufel sein, um die Welt zu regieren. Auch Euch hat der Schuft an seinem Gängelbande. Junge Lieutenants! An mir soll er heute seinen Mann finden. Seine schöne Cousine will der Mensch haben, die junge, reiche Witwe. Schon seit Jahren ist er ihr nachgelaufen, schon lange vorher, ehe der Neurode aus Algier zurückkam. Sie war kaum Witwe geworden. Sie ließ den widerwärtigen Menschen abfahren, immer, denn er kam immer von neuem. Der Baron Neurode warb nun um sie. Ich glaube, sie waren schon als Kinder halb und halb miteinander verlobt gewesen. Sie fanden sich wieder. Lange mieden sie sich, dann waren sie beisammen, dann waren sie wieder auseinander. Es war ein sonderbares Verhältnis, in das kein Mensch recht hineinsehen konnte. Sie konnten es vielleicht selbst nicht. Jener Schuft, der Rohner, mochte es ihnen selbst trübe genug gemacht haben. Denn wer konnte zweifeln, daß er, nur er dahinter steckte? Jetzt endlich sollten sie sich verloben, da greift er zu dem letzten Mittel, zum Morde. Und er selbst hat nicht einmal den Mut dazu. Sie sollen der Mörder sein oder Neurode.

Es ist eins. In beiden Fällen hat Neurode die Braut verloren. Und das sollte dem Burschen gelingen? Nimmermehr, so wahr ich noch der Doktor Chalybäus heiße."
Er hieß wirklich so, der brave, dicke Doktor, der sich so in Eifer geredet hatte, daß er nur hustend weitergehen konnte. Aber er hatte seine beiden Begleiter überzeugt.

„Geben Sie mir volle Vollmacht?" fragte er den Herrn von Langenfeld.

„Volle, dann Sie werden meine Ehre nicht kompromittieren."

„Bei Gott nicht."

„Und ich stehe ihnen bei", sagte der Herr von Konau. –

Sie hatten die Stelle des Waldes, die zum Kampfplatze bestimmt war, erreicht.

Es war eine der abgelegensten Gegenden der großen, dichten Waldung. Selten kam jemand hin.

Sie machten Halt.

„Hier meine Herren", sagte der Herr von Rohner in seiner gewöhnlichen anmaßenden, befehlenden Weise. „Stellen wir zuerst die Mensur fest, Herr von Konau. Sie ist auf zehn Schritte verabredet."

Er hatte recht in seinem Verlangen.

Sie maßen, nebeneinander hergehend, die zehn Schritte ab.

„Laden wir jetzt die Pistolen. Gleich zwei Paar. Ich habe die meinigen mitgebracht. Ich gebe mein Ehrenwort, daß der Herr von Neurode noch nie damit geschossen hat. Akzeptieren Sie die?"

„Ja. Sie nehmen auch die meinigen an?"

„Kein Bedenken."

Sie luden die zwei Paar Pistolen. Die beiden Duellanten hatten unterdes, getrennt voneinander, auf der Seite gestanden.

Sie standen jeder nahe genug vor seinem Tode. Es hatte sie erregter gestimmt. Der Herr von Langenfeld, der jüngere, frischere, noch leichtsinnigere, suchte es zu verbergen, oder auch in seinem eigenen Inneren sich darüber wegzusetzen. Der Herr von Neurode blickte in tiefem, fast schmerzlichem Sinnen vor sich hin.

Ihm nahte sich der kleine Doktor, – zuversichtlich, denn der in sich gekehrte schmerzliche Blick schien ihm von guter Vorbedeutung zu sein.

„Herr Baron, Sie kennen mich als einen Ehrenmann, obwohl ich nur ein Doktor bin."

Er schien sich doch etwas verrechnet zu haben. Der Offizier sah ihn finster fragend an.

„Nun?"

„Ich kann Sie auf mein Ehrenwort versichern, daß hier ein Mißverständnis vorliegt."

„So?“

„Oder vielmehr eine nichtswürdige, schändliche Intrige.“

„Hätten Sie Beweise, mein Herr?“

„Der Herr von Rohner ist Ihr Hinterbringer.“

Der Offizier verfärbte sich leicht. Aber er hatte sich ebenso schnell gefaßt.

„Sie sind, soviel ich weiß, als Arzt hier, Herr Doktor Chalybäus?“

„Ja. Aber auch als Ehrenmann, der es mit zwei Ehrenmännern zu tun hat. Mit zweien, Herr Baron. Ich wiederhole meine Frage.“

„Sie bemühen sich vergebens.“

„Zum –! Aber wir wollen sehen. Herr Baron, der Herr von Langenfeld hat mir sein Ehrenwort gegeben, daß er die Ihnen hinterbrachten Äußerungen niemals getan hat. Ich glaube dem Herrn von Langenfeld. Das ganze Offizierskorps wird ihm glauben, Mann für Mann, wenn Sie sie fragen. Und wer ist nun Ihr Hinterbringer? Der Herr von Rohner ist es, ich wiederhole es Ihnen. Und hat er Ihnen Beweise gebracht? Nur einen einzigen Zeugen? Er hat es nicht. Er hat keinen. Aber er hat ein Motiv. Er liebt Ihre Cousine, Herr von Neurode, Ihre Verlobte; freilich wie der Herr von Rohner lieben kann.“

Der bleiche Offizier war zusammengefahren.

„Mein Herr!“ rief er dennoch.

Aber die beiden Sekundanten waren gerade mit dem Laden der Pistolen fertig. Der Herr von Rohner trat mit der für seinen Duellanten bestimmten Waffe zu diesem.

„Hier, Neurode. Auf die Mensur, meine Herren.“

Er rief es befehlend genug. Sein übermütiger Blick traf den kleinen Doktor. Aber der kleine Doktor ließ sich nicht einschüchtern.

„Herr von Neurode, Sie hatten mir noch etwas zu sagen.“

Der Offizier wollte antworten. Aber der Herr von Rohner trat zwischen beide.

„Hier ist jetzt keine Zeit zum Schwatzen, sondern zum Handeln, meine Herren. Sie, Herr Doktor, legen Sie Ihr Verbandzeug zurecht und kümmern Sie sich nicht um Sachen, die Sie nichts angehen.“

Der kleine Doktor wurde zwar feuerrot und wollte aufspringen wie ein Zinshahn; aber der Baron Neurode gehörte zu denen, über die der Herr von Rohner unbeschreibliche Gewalt ausüben konnte. Er nahm seine Waffe und trat auf seine Mensur.

Der Doktor mußte sich zurückziehen. Er konnte es nur mit den Zähnen knirschend. Aber gleich darauf schien er sich doch beruhigen zu dürfen. Er hatte sich nach dem Herrn von Neurode umgesehen und glaubte in dem Gesichte des Offiziers einen plötzlichen festen Entschluß zu lesen, den er sich zum Guten auslegen müsse. Auch der Herr von Langenfeld war auf seine Mensur getreten, ruhig, fast sicher.

So standen sich die beiden Duellanten gegenüber. Jeder den Tod von der Hand des anderen erwartend. Auch jeder mit dem Willen, dem anderen den Tod zu geben? Es ist damit ein eigen Ding im Duell.

Gute Schützen waren sie beide. Sie waren bekannt dafür.

Nach der Verabredung sollte auf Kommando geschossen werden. Auf das Kommando „Los!" konnten sie also beide sofort schießen.

Der Herr von Rohner, als Sekundant des Beleidigten, hatte das Kommando.

„Los!" kommandierte er.

Der Herr von Langenfeld schoß. Er hatte gezielt, scharf, wie es schien. Er fehlte. Die Kugel flog, hart an seinem Gegner vorbei, in eine hinter diesem stehende Eiche. Hatte der sichere, geübte Schütze absichtlich vorbeigeschossen? Hatte auch er jenen plötzlichen Entschluß in dem Gesichte des Gegners gelesen?

Der Baron Neurode zielte und schoß drei Hand hoch über den Kopf des Herrn von Langenfeld hinweg.

Er hatte absichtlich fehlgeschossen.

Jeder der Duellanten sah darauf seinen Sekundanten fragend an.

Der Doktor sah fragend auf die beiden Sekundanten. Keiner sprach ein Wort.

Der Herr von Langenfeld und sein Sekundant hatten sich verständigt. Der Herr von Konau wollte auf den Baron Neurode zugehen, unzweifelhaft in der Absicht, ihm Genugtuung anzubieten.

Der Herr von Rohner trat ihm entgegen.

„Drei Minuten Geduld, mein Herr. Ich habe vorab noch ein paar Worte mit dem Herrn von Neurode zu sprechen. Darf ich Sie bitten, Neurode?" sagte er dann zu diesem.

Sie unterwarfen sich wieder beide seinem Willen.

Der Herr von Konau kehrte zu seinem Duellanten zurück.

Der Herr von Neurode folgte seinem Sekundanten hinter die Mensur, zu derselbe Eiche, in die kurz vorher die Kugel seines Gegners hineingedrungen war.

Man sah dort den Herrn von Rohner ruhig und kalt mit seinem Verwandten reden. Dann auf einmal aber sah man diesen tiefer erblassen; er mußte sich an die Eiche anlehnen. Man glaubte eine Leiche an den Baum angelehnt.

Was der Kammerrat von Rohner, der Henker oder Mörder, dem blassen Offizier gesagt, was beide miteinander gesprochen hatten? Es ist später festgestellt. Es war folgendes:

„Sie schossen in die Luft, Neurode?"

„Ja. Auch Langenfeld hatte nicht treffen wollen."

„Der Doktor hatte vorher mit ihm gesprochen."

„So mag es wohl sein."

„Der Doktor sprach darauf mit Ihnen?"

„Sie haben es bemerken müssen."

„Darf ich wissen, was er Ihnen sagte?"

„Daß Langenfeld ein Ehrenmann sei."

„Mit dem Sie sich also versöhnen wollen?"

„Meine Ehre gebietet es."

„Freilich, nachdem ihr durch die Farce des Schießens in die Luft Genugtuung geworden ist. Die jungen Herren Offiziere haben jetzt sonderbare Begriffe von Ehre."

„Rohner!"

„Sie wollen es sich also wirklich gefallen lassen, daß der Herr von Langenfeld Sie so en bagatelle behandeln dürfte? Er schoß zuerst fehl."

„Um von mir die Kugel erwarten zu müssen."

„Pah! Um morgen, oder heute abend schon dem Fräulein von Zeller erzählen zu können: wie war dieser Neurode froh, daß ich ihm das Leben schenkte! Man konnte nicht drei zählen, da hatte er schon in die Luft geschossen."

„Vetter Rohner, Sie – aber warum soll ich mich über Ihre Worte ereifern? Lassen Sie mich Ihnen einfach erklären, daß Ihre Bemerkung für mich keinen Stachel hat."

„Ah, ich bedauere das, Vetter. So muß ich in einer anderen Weise mit Ihnen reden."

„Und in welcher?"

„Sie sind seit einem Jahr wieder hier in Ihr Regiment eingetreten."

„So ist es."

„Einige Monate vorher war Emma, unsere gemeinschaftliche Cousine, hierher gezogen."

„Auch das ist so."

„Ein Vierteljahr später ließ ich mich hierher versetzen."

„Was soll das alles?"

„Wissen Sie, warum ich mich hierher versetzen ließ, Ihnen hierher folgte?"

„Ich kann Ihre Absichten und Pläne nicht erkennen."

„Einfach, um in Ihrer Nähe zu sein. Und wissen Sie, warum das?"

„Nein."

„Sie erinnern sich vielleicht, daß ich Sie im vergangenen Sommer einige Male zum gemeinschaftlichen Baden aufforderte?"

„Ich begreife in der Tat nicht –"

„Daß ich es immer vergeblich tat."

„Herr von Rohner!"

„Daß ich darauf mit Ihnen zu rappieren suchte. Daß Sie auch darauf nicht eingehen wollten. Und soll ich Ihnen nun auch sagen, warum ich alle diese Versuche machte?"

Der Baron Neurode antwortete nicht. Er war unruhig geworden.

Der Herr von Rohner fuhr fort: „Ich suchte einen Nadelstich an Ihrem Körper, lieber Vetter. Einen einzigen, kleinen, unbedeutenden Nadelstich."

Der Baron Neurode war leichenblaß geworden. Er mußte sich an den Baum lehnen, an dem sie standen. Sprechen konnte er kein Wort.

Zu dem Offizier, der einer Leiche ähnlich dastand, fuhr der Herr von Rohner fort, ruhig, kalt, höhnisch, während seine großen dunklen Augen unter den dichten Augenbrauen hervor vernichtende Blitze schleuderten.

Er war in diesem Augenblicke Henker und Mörder zugleich.

„Ich brauche nach dem kleinen Nadelstich nicht mehr zu suchen, Herr Baron Neurode. Ihre ganze Jammergestalt ist ein einziger, großer, verratender Nadelstich, der Sie dem Henker überliefert. Aber Sie sind mein Verwandter, und ich will Ihre Ehre schonen. Es gibt dafür zwei Mittel, die Sie in der Hand haben. Ich habe Sie Ihnen in die Hand gegeben. Ja, lieber Vetter, der kleine, freche Doktor hat Ihnen vorhin die Wahrheit gesagt. Der Herr von Langenfeld hat kein Wort von dem geäußert, was ich Ihnen hinterbracht hatte. Aber Sie wollten mir gutwillig Ihre Brust, Ihren Arm, oder wo jener Stich sonst sitzt, nicht zeigen, da mußte ich Sie denn hierher auf die Mensur bringen. Denn meinen Willen und meine Überzeugung mußte ich haben. Ich mußte den Stich sehen. Langenfeld ist der sicherste Schütze, den ich kenne. Ich habe ihn jetzt gesehen. Ich sehe ihn. Es kommt nun nur noch auf Ihre Ehre an, und Sie haben dafür die Wahl. Entweder Sie schießen den Herrn von Langenfeld nieder. Dann können Sie mit Ehren flüchten, um nimmer wieder zu kommen. Oder Sie lassen sich von ihm tot schießen. Es wäre das beste. Es wäre dann für Sie mit einem Male alles vorbei. Daß eins oder das andere sein muß, davon werden Sie sich überzeugen. Treffen Sie Ihre Wahl für sich. Ich habe jetzt noch drei Worte mit dem Herrn von Langenfeld zu sprechen. Sammeln Sie sich unterdes, um dann auf die Mensur zurückkehren zu können."

Er ging zu dem Herrn von Langenfeld.

„Mein Herr, Sie wollten vorhin Ihren Sekundanten zum Baron Neurode schicken. Darf ich fragen, mit welchem Auftrage?"

„Um dem Baron Genugtuung anzubieten."

„Ich bedauere, daß Sie sich die Mühe gegeben haben. Der Baron ist fest entschlossen. Sie niederzuschießen, und wenn ich Ihnen einen freundschaftlichen Rat erteilen dürfte –"

„Ich bedarf dessen nicht, Herr von Rohner."

„Oho, mein Herr von Langenfeld, den Rat, eine Ehrensache nicht zu einem Kinderspiele herabzuwürdigen, zu einer Farce, hinter der die Welt nur zu gern die Feigheit entdeckt, den Rat hat noch jeder sich gefallen lassen müssen, und jeder Ehrenmann hat ihn gern angenommen. Ich hätte nie geglaubt, daß Offiziere des Königs sich so schlagen könnten, wie ich es hier sehen mußte. Ich überlasse Ihnen, was Sie ferner tun wollen. Der Herr von Neurode ist entschlossen, Sie niederzuschießen."

Damit kehrte er dem Herrn von Langenfeld den Rücken zu und ging zu dem Baron Neurode zurück.

„Auf die Mensur, Neurode."

Der Herr von Langenfeld war dunkelrot geworden.

Sein Sekundant kam zu ihm.

„Was ist das, Langenfeld?"

„Ich muß meinen Gegner niederschießen."

Der Doktor war dem Sekundanten gefolgt.

„Nichts da, Ihr müßt Euch vertragen. Der Teufel hat wieder gehetzt. Ich gehe auf der Stelle zu dem Baron –"

„Auf keinen Fall, Doktor. Ich verbitte es mir. Mein Entschluß steht fest. Ich kann, ich will nicht anders."

„Aber zum Teufel –"

„Konau, auf Deinen Platz!"

Der Herr von Langenfeld rief, befahl es. Der junge Offizier war an seiner Ehre angegriffen, der lebhafte junge Mann war empfindlich. Er stand schon auf seiner Mensur.

Auch der Baron Neurode war auf die seinige zurückgekehrt.

Der Herr von Konau mußte gleichfalls seinen Platz wieder einnehmen.

Der Doktor mußte zurücktreten.

Die Sekundanten reichten den Duellanten frische Waffen.

Die beiden Kämpfenden standen zum zweiten Male einander gegenüber. Jeder wiederum mit einem festen Entschlusse, aber mit einem anderen, als das erste Mal.

Der Lieutenant von Langenfeld hatte nur den einen Gedanken, nur den einen Willen, sich zu schlagen, wie es einem Offizier seines Königs zukam, seinen in Zweifel gezogenen Mut wieder klar, seine schon angegriffene Ehre wiederherzustellen. Es konnte nur durch Blut geschehen. Sein noch immer vor Zorn gerötetes Gesicht verlangte nach Blut.

Der Baron Neurode – konnte ihm an dem Leben noch etwas gelegen sein? Und dennoch! Stand er nicht an dem Ziele der Wünsche seines Lebens, der Träume seiner Jugend? Emma von Neurode hatte sein Herz erfüllt, seit er wußte, daß er ein Herz hatte. Sie war ihm entrissen. Er hatte sich in den wildesten Krieg, in den Kampf mit barbarischen Horden gestürzt, nicht um sie zu vergessen, nein, um den Tod zu finden, weil er sie nicht vergessen konnte. Er hatte den Tod nicht gefunden, aber sie war wieder für ihn da. Wie ihre Herzen nie getrennt waren, so durften sie nun auch einander ganz angehören. Heute noch sollte ihr Bündnis feierlich befestigt werden. Und heute sollte, konnte auf einmal das Leben ihm nichts mehr sein? Also auch die Geliebte seines Lebens nichts mehr, für die er, die für ihn so viel gelitten hatte?

War denn ein Mörder, dem er ohne Widerstreben den Hals hinstrecken mußte, war denn der Henker an ihn herangetreten?

Er stand auf der Mensur, auf dem Striche des Todes, noch immer blaß wie eine Leiche, aber mit welchen unbeugsamen Entschlusse, das zeigte seine fest, ruhige Haltung, der ernste, finstere, aber klare und entschiedene Blick seiner Augen.

„Auf die Mensur!“ kommandierte sein Sekundant, der Herr von Rohner.

Sie standen schon auf der Mensur. Sie stellten sich gerader, sie faßten ihre Waffen fester.

„Los!“

Sie erhoben jeder seine Waffe.

Sie zielten, sie hielten jeder die Mündung der Waffe sicher auf die Brust des Gegners gerichtet. Das Auge fehlte nicht. Der Arm rührte sich nicht. Nur ein leiser, unbedeutender, nicht bemerkbarer Druck des Zeigefingers, auf der einen Seite, auf der anderen; auf beiden Seiten zugleich, auch das hatte der Zufall schon oft so gewollt.

Der Lieutenant von Langenfeld drückte den Zeigefinger. Der Schuß war entladen. Die Kugel hatte ihr Ziel getroffen.

Der Baron Neurode stürzte nieder.

Man rannte zu ihm.

Er war nach vorn herüber gefallen.

Er wurde aufgehoben.

Das Blut quoll, strömte ihm mitten aus der Brust. Die Kugel mußte unmittelbar das Herz berührt haben.

„Er hat noch drei Minuten Zeit,“ sagte der Arzt zu den andern.

Der Verwundete hatte es auch gehört. Er schlug die Augen auf.

„Nicht mehr so viel,“ sagte er. „Wo ist Langenfeld?“

Auch der Gegner war zu ihm geeilt.

Er glich jetzt einer Leiche. Was ist alle äußere Ehre vor dem Bewußtsein, sie mit dem Tode eines Menschen, mit einem Morde erkauft zu haben, den nur das menschliche Gesetz nicht als Mord bestraft?

Der junge Mann stürzte sich in wilder Verzweiflung zu dem Verwundeten nieder.

„Ich bin Ihr Mörder, Herr Baron. O, sterben Sie nicht mit einem Fluche über mich auf den Lippen.“

Aber der Sterbende nahm seine Hand. Er konnte es noch. Seine Stimme hatte auch noch die Kraft, wenige Worte zu sprechen.

„Ich verzeihe Ihnen, Langenfeld. Sie sind nicht mein Mörder. Sie waren nur das Werkzeug meines Mörders! Dort steht er –“

Er wollte die Hand nach dem Herrn von Rohner ausstrecken. Die Kräfte versagten ihm. Die Hand sank zurück. Er versuchte dann noch zu sprechen. Aber über die geöffneten Lippen drang ein dunkler Strom von Blut hervor und verschlang das Wort, das er aussprechen wollte.

Emma – glaubte man zu verstehen. Mit dem Worte verschied er. –

Man sah von dem Ermordeten auf den Mörder.

Der Kammerrat von Rohner stand fest und aufrecht da. Die Arme hatte er über die Brust gekreuzt, seine dunklen Augen waren mit einer eisigen Kälte und Ruhe auf den Toten geheftet.

„Mörder?“ sagte er mit dieser Ruhe. „Pah, warum nicht Henker?“

Und er glich in der Tat dem Henker, der, nachdem er sein schreckliches Amt verrichtet hat, den Zuschauern das von dem Rumpfe getrennte blutige Haupt vorzeigt.

Sie mußten die Blicke von ihm abwenden, wieder zu dem Toten hin.

„Was nun?“ fragte der Arzt, „Hatten die Herren für diesen traurigen Fall Verabredungen getroffen?“

„Ich stelle mich dem Gerichte“, sagte Lieutenant Langenfeld.

Der Herr von Rohner aber trat vor.

„Sie werden sich nicht stellen, mein Herr. Sie haben Verpflichtungen gegen uns alle hier. Es sind Verpflichtungen der Ehre. Und so waren wir sie vorher eingegangen. Feierlich haben wir vier uns gegenseitig unser Ehrenwort verpfändet, das tiefste Stillschweigen über das Duell zu bewahren. Wer falle, habe sich selbst das Leben genommen. Der Herr Doktor ist durch sein Ehrenwort nicht gebunden. Er wird das unserige ehren.“

Keiner konnte dem entsetzlichen Menschen widersprechen, auch jetzt nicht. Sie hinderten ihn auch weiter nicht.

Er nahm eine der abgeschossenen Pistolen, die er selbst mitgebracht hatte, und legte sie zu der Leiche. Er tat alles mit der größten Ruhe.

„Adieu, meine Herren“, sagte er und verschwand unter den Bäumen.

Auch die anderen mußten sich entfernen und den armen Gemordeten als Selbstmörder zurücklassen.

Doch sie mußten noch einmal zu dem Toten zurückkehren.

Sie waren schweigend bis zu dem Erlenhölzchen gegangen, in dem sie vor einer Stunde zusammengetroffen waren. Sie wollten sich dort trennen, um einzeln, wie sie ausgegangen waren, die Stadt wieder zu gewinnen.

„Ich muß zu dem Toten zurück", sagte der Doktor. „Der entsetzliche Mensch hatte noch etwas mit ihm vor. Ich sah es ihm an. Ich muß wissen, was es war."

„Ich begleite Sie, Doktor", sagte der Herr von Konau.

„Wenn Sie leise und geschwind gehen können."

Sie gingen leise und schweigend den Weg zurück, den sie gekommen waren. Sie erreichten wieder den Kampfplatz. Es war eine kleine, dicht von Gebüsch umgebene Lichtung. Sie machten hinter dem Gebüsch halt.

Ihnen gegenüber, an der anderen Seite der Lichtung lag, nahe an einem Dornenstrauche, die Leiche des Erschossenen. Sie war nicht allein.

„Ha, sehen Sie," sagte der Doktor.

Was sie sahen, erfüllte sie beide mit Entsetzen.

Neben der Leiche kniete der Kammerrat von Rohner. Er war eifrig mit ihr beschäftigt. Er mußte sich dabei anstrengen.

Aufregung und Anstrengung hatten sein graues, fahles Gesicht mit gelblichroten Furchen durchzogen.

Er hatte die Uniform des Erschossenen aufgeknöpft. Er untersuchte die Brust. Nicht nach der Wunde. Rechts und links von ihr schob er Weste und Hemd zurück. Er fand nicht, was er suchte.

„Was mag er suchen?" flüsterte der Herr von Konau seinem Begleiter zu.

„Der Himmel – die Hölle mag es wissen."

Das Gesicht des Suchenden zeigte Ärger, Zorn. Er schob Weste und Hemd wieder zurück, nach unten, nach oben, nach beiden Seiten. Seine Hände waren blutig geworden. Er achtete nicht darauf.

Er hatte nicht gefunden, was er suchte. Einen Augenblick wollte der Schrecken den Zorn aus dem Gesicht des Mörders vertreiben.

Er suchte weiter. Er zog die Uniform von Schultern und Nacken der Leiche herunter. Er schob auch dort das Hemd zurück, aber er fand auch dort das Gesuchte nicht. Er erschrak wirklich.

„Hätte der Teufel sein Spiel gehabt?" fluchte er laut. „Aber es ist nicht möglich!"

Er suchte weiter. Er streifte die Ärmel des Uniformrockes auf. Er löste die Knöpfe der Hemdsärmel auf. An dem rechten Arme; er fand nichts. An dem linken.

„Ha, endlich! Ich wußte es doch!"

Seine Augen leuchteten unter den dichten Augenbrauen wie zwei glühende Kohlen in einer Höhle. Seine Lippen warfen sich triumphierend auf. Der Schweiß rann ihm von der Stirn. Er wischte mit den blutigen Händen danach. Das Blut des Ermordeten mischte sich mit dem gelben Grau des fürchterliches Gesichtes.

„Was mag er gefunden haben?" fragte von Konau den Doktor.

„Hier tut ein Henker sein Werk. Das andere mag die Hölle wissen."

Dann mußten sich beide schütteln. Sie konnten den Anblick nicht länger ertragen. Sie verließen den Platz leise und schweigend.

Die Baronin Neurode bewohnte ein freundliches Landhaus vor dem Tor der Stadt. Sie hatte es vor etwas länger als einem Jahr bezogen.

Sie hatte damals ihren Wohnsitz von Neurode nach der Stadt verlegt. Es war kurze Zeit nach der Niederbrennung des Schlosses Neurode durch die aufrührerischen Bauern und dem eben so traurigen, wie rätselhaften Tode, den ihre Tante bei jener Gelegenheit gefunden hatte. Die Baronin hatte seitdem die Gegend von Neurode, ja die Provinz, in der es lag, gänzlich verlassen. Sie hatte nicht einmal, um Anordnungen für den Wiederaufbau des Schlosses zu treffen, auf kurze Zeit dahin zurückkehren mögen. Es war eine angesehene Stadt in einer entfernten Provinz des Landes, in der sie mit ihren beiden Kindern sich niederließ. Die Verwaltung des Gutes Neurode hatte sie dem bewährten Rentemeister überlassen.

Sie lebte sehr still und zurückgezogen an dem Orte ihres neuen Aufenthaltes. Sie trauerte noch um ihre Tante und hielt sich von der Gesellschaft fern. Die reiche und schöne junge Witwe hätte man gewiß gern überall gesehen. Sie hatte nur mit einer Familie näheren Umgang.

Bei dem Regierungskollegium in der Stadt war der Herr von Zeller als Rat angestellt. Er war ein Verwandter eines der Vormünder ihrer Kinder. Sie war von diesem an ihn empfohlen. Sie fand freundliche Aufnahme in seinem Hause. Die einzige Tochter, Marie von Zeller, wurde ihre Freundin.

Acht Wochen nach ihrer Übersiedlung kam auf einmal ihr Verwandter Robert von Neurode aus Algier zurück. Er kam in die Stadt, in der die Witwe wohnte. Das Regiment, in dem er früher gestanden, hatte dort seine Garnison.

Es hieß, er habe in Algier einen französischen Offizier im Duell erschossen; das habe seine Stellung in der französischen Armee unhaltbar gemacht;

er habe um seine Entlassung nachgesucht und erhalten. In der Armee seines Vaterlandes war er nur beurlaubt. So trat er nach seiner Rückkehr ohne weiteres in sein früheres Regiment wieder ein.

Er lebte still und zurückgezogen. Man hätte auch ihn, den schönen jungen Offizier, gewiß überall gern gesehen, am meisten die Damen.

Er war ein vollendet schöner Mann. War sein von der Sonne Afrikas gebräuntes Gesicht zugleich bleich, sprach in seinem ganzen Wesen ein tiefer und stiller, unbekannter Schmerz sich aus, so konnte dadurch nur das Interesse für den Mann gehoben werden, der beinahe sechs Jahre in dem fremden, fernen Süden verlebt, an wilden, verwegenen, fremdartigen Kämpfen teilgenommen, im Duell seinen Gegner getötet hatte und, wenn er auch nie davon sprach, in die mannigfachsten und seltsamsten Abenteuer verwickelt gewesen sein mußte.

Er besuchte nur das Haus seiner Cousine, der Frau von Neurode, und auch das nur selten.

Da erfuhr man bald mehr von ihm, von seiner frühern Liebe zu seiner Cousine, von ihrer Liebe zu ihm, von der Trennung beider. Daß er sie noch liebe, sah man. Man erkannte den Grund seines Schmerzes.

Aber warum hielt dieser noch immer an? Daß auch die schöne Witwe ihn noch liebe – wer die beiden nur einen Augenblick beisammen sah, war überzeugt davon. Was stand denn ihrer beiderseitigen Liebe jetzt noch im Wege? Sie waren beide unabhängig, kein äußerer Umstand konnte ihre Verbindung hindern, kein Urteil der Welt konnte sie verdammen. Dennoch sahen sie sich nur selten, fast nur heimlich. Dennoch waren und blieben sie beide traurig und unglücklich.

Die Trauer der Witwe schien eine tiefere geworden zu sein, seitdem er wieder da war. Sie zog sich noch mehr zurück. Sie sah selbst ihre Freundin Marie von Zeller weniger.

So war ein Vierteljahr vergangen. Man wollte wissen, die beiden Verwandten hätten in der letzten Zeit sich öfter gesehen. Man wollte Folgerungen daraus ziehen. Bald werden wir von einer Verlobung hören.

Da hörte man auf einmal etwas anderes. Ein Kammerrat von Rohner sei auf seinen Wunsch aus einer entfernten Provinz an die hiesige Regierung versetzt worden. Er sei ein entfernter Verwandter der Baronin Neurode, und es müsse sonst noch etwas Besonderes zwischen ihm und der Witwe sein, auch zwischen ihm und dem Lieutenant von Neurode. Man schloß das aus Folgendem.

Gleich am Tage nach seiner Ankunft hatte der Herr von Rohner Besuch bei der Baronin gemacht. Er hatte eine kleine Gesellschaft bei ihr getroffen, ihre Freundin Marie von Zeller, den Lieutenant von Langenfeld, dessen Verlobung mit dem Fräulein erwartet wurde, und den Lieutenant von Neurode.

Als der Name des Kammerrats von Rohner durch den meldenden Bedienten genannt wurde, waren sowohl der Baron Neurode als die Witwe plötzlich leichenblaß geworden. Sie hatten sich noch nicht wieder erholt, als der Herr von Rohner eintrat. Diesem war ihre Verlegenheit, ihre Verwirrung, ihr Erschrecken nicht entgangen. Er hatte sich mit einer übermütigen, boshaften Genugtuung daran geweidet.

Von dem Tage an sahen die Witwe und der Baron Neurode sich wieder seltener, noch seltener als je zuvor. Von einer Verbindung zwischen ihnen wurde es wieder still. Dagegen suchte der Herr von Rohner angelegentlich die Gesellschaft beider, und wenn seine Gegenwart auch wie ein schwerer, entsetzlicher Alp auf ihnen lag, sie konnten ihn nicht meiden, sie duldeten ihn, er beherrschte sie, sie beide.

Der Mensch muß Ansprüche an die arme Frau haben. Welche, das mag Gott wissen!

So schloß man, und man bedauerte die Witwe und ihren Vetter. Der Herr von Rohner hatte sich bald zum Gegenstande eines allgemeinen Hasses gemacht. Freilich beherrschte er dennoch alle, die ihn haßten.

Es geht auch in der politischen Welt so. Man muß nur das Herrschen verstehen.

Der Kammerrat von Rohner zeigte indes keine Ansprüche, und nach einem halben Jahr sah man auch den Baron Neurode wieder öfter bei der Witwe, und die beiden wagten wieder, sich anzusehen, wenn der Herr von Rohner bei ihnen war. Sie hatten es lange nicht gekonnt.

Ein paar Monate später hieß es wieder: Jetzt endlich werden die Frau von Neurode und ihr Vetter sich doch verloben. Das hat lange gedauert!

Und der Kammerrat Rohner? Er hatte die Witwe seit kurzem weniger besucht. In den Gesprächen über ihre Verlobung schwieg er, aber mit einem Lächeln, das manchem unheimlich genug vorkommen wollte.

Die Baronin Neurode war damals etwas über ein Jahr in der Stadt. Es war im Monat Mai. Der Tag neigte sich. Die Baronin war in dem Garten, in dem ihr freundliches Landhaus lag. Der späte Nachmittag war wunderschön. Der Abend versprach ebenso warm und still und mild zu werden. Die Baronin erwartete Gäste im Garten, nur eine kleine Gesellschaft. Die Anstalten in dem Garten, zwischen den blühenden Fliederbäumen, zwischen frühen Rosen und duftendem Jasmin zeigten es. Sie war noch allein. Nur ihre Kinder waren bei ihr: Das jüngste, das Mädchen, spielte zu ihren Füßen im Grase; das ältere, der Knabe, sprang fröhlich umher. Er fragte:

„Auch der Onkel Robert wird kommen, Mutter?"

Sie hatte sinnend, träumend gesessen. Es waren keine glücklichen Träume, in denen ihr Geist sich wiegte. Ihr Blick war trübe, unruhig. Sie war bleicher, als sie vielleicht seit langer Zeit gewesen war.

Sie fuhr bei der Frage des Knaben auf, wie erschrocken. Dann besann sie sich.

„Hast Du den Onkel Robert gern, mein Ottomar?“

„Gewiß, Mutter. Ich liebe ihn. Aber den Onkel Rohner kann ich nicht leiden.“

„Und warum nicht? Er spielt doch mit Dir mehr als der Onkel Robert.“

„Mutter, ich kann auch die Katze nicht leiden, die mit mir spielt.“

Die Mutter seufzte schwer auf. Dann hatte sie eine andere Frage an das Kind.

„Du hast keinen Vater, Ottomar?“

„Mein Vater ist tot, hast Du mir gesagt.“

„Ihr armen Kinder habt nie einen Vater gekannt. Möchtest Du einen haben?“

„Wenn es der Onkel Robert wäre!“

Die Witwe mußte aufstehen. Eine steigende Unruhe litt sie nicht mehr auf ihrem Sitze. Ihre Augen lächelten Glück über die Worte des Kindes. Um ihre Lippen zuckte ein heftiger Schmerz. Worüber dieser?

„Soll er mein Vater sein, Mutter?“ fragte drängend der Knabe.

Sie wollte ja sagen. Sie konnte es nicht. Tief in ihrem Innern mußte etwas sie zurückhalten. Tränen drangen in ihre Augen.

Sie bekam Gesellschaft. Eine junge, hübsche Dame kam zu ihr in den Garten. Es war ihre Freundin, Marie Zeller.

„Wie, Emma, ich finde Dich in Tränen? Und ich hatte ein frohes, ein glückliches Ereignis hier erwartet!“

Die Witwe trocknete ihre Augen.

„Wenn der Mensch vor dem Glücke steht, Marie, stehen die Tränen ihm oft am nächsten.“

„Also Freudentränen?“

Die Baronin mußte doch unwillkürlich den Kopf schütteln.

„Sie sollen darauf folgen, so Gott will“, sagte sie aber. Dann war es, als wenn sie sich über ihre eigenen Worte entsetzen müsse. „Nein, nein!“ – Aber sie brach ab. „Du kommst allein, Marie?“

„Meine Eltern werden später eintreffen. Der Vater hatte noch keine Zeit.“

„Aber Langenfeld?“

Die Freundin zeigte eine kleine Unruhe.

„Ich hatte auf ihn gewartet. Du warst so freundlich gewesen, ihn mit einzuladen. Er hatte mir versprochen, uns abzuholen.“

„Und er ist nicht gekommen?“

„Ich begreife es selbst nicht. Er ist sonst so pünktlich. Er hatte es mir auch nicht abgeschrieben. Er hat überhaupt den ganzen Tag nichts von sich hören lassen.“

„Das ist seine Gewohnheit nicht?“

„Nein“, antwortete das Fräulein, unruhiger werdend.

„Er wird schon kommen, Marie“, sagte die Witwe. „Und im Grunde freue ich mich, daß er noch nicht da ist, und daß wir uns noch eine Weile allein sprechen können. Ich habe Dir viel zu sagen, und doch ist es nur eins.“

„Ich habe es erraten, Emma: das glückliche Ereignis, auf das wir alle schon so lange warten?“

„Ja, meine Marie. Robert und ich wollen heute in Eurem lieben Kreise unsere Verlobung feiern.“

Sie legte errötend ihr Gesicht an das Herz der Freundin, errötend und glücklich. Ja, in diesem Augenblicke glücklich! In ihren Augen weinte und lächelte das Glück zugleich, und um ihre Lippen zuckte kein Schmerz.

Die Freundin drückte sie, glücklich mit ihr, an ihre Brust.

„Endlich hast Du dich entschlossen! Endlich hast Du die Rücksichten überwinden können, die so lange Eurem beiderseitigen Glücke im Wege standen!“

„O, es waren keine bloßen Rücksichten. Aber fort damit! Ja, wir wollen jetzt glücklich werden, endlich. Wie lange lieben wir uns schon! Wieviel haben wir für unsere Liebe gelitten, wir beide! An dem heutigen Tage wollen wir alles vergessen. Heute soll all der Schmerz, all der Jammer sich in Freude verwandeln."

Sie konnte doch die Worte nicht ohne eine gewisse Heftigkeit sprechen. Wollte sie trübe Ahnungen ihres Innern dadurch zurückdrängen? Sie mußten sich dennoch erfüllen.

Ein Diener erschien im Garten; der Herr Lieutenant von Langenfeld sei im Hause, im Salon und lasse das gnädige Fräulein von Zeller bitten, er habe dringend ein paar Worte mit ihr zu sprechen.

„Und er will nicht hierher kommen?" riefen beide Damen.

Der Diener hatte nur seinen Auftrag.

Beide erschraken sie. Beide überfiel sie eine Angst, über deren Gegenstand sie sich keine Rechenschaft zu geben wußten.

Das Fräulein folgte dem Diener. Sie kam nach kurzer Zeit zurück, halb beruhigt, dem Anscheine nach.

„Du kommst ohne Langenfeld, Marie?"

„Er war nur hergekommen, um sich zu entschuldigen. Der Offizier du jour ist plötzlich erkrankt. Er muß für ihn den Dienst übernehmen."

„Du siehst unruhig aus, Marie. Es war etwas anderes."

„Ich versichere Dich, Emma."

„Aber warum Deine Unruhe?

„Ich weiß es selbst nicht. Freilich –"

„Freilich?"

„Langenfeld kam mir etwas sonderbar vor. Er war blaß. Er konnte mich nicht klar ansehen."

„Du fragtest ihn?"

„Gewiß. Er wollte von nichts wissen."

„Sagte er nichts von Robert?"

„Nein."

„Robert müßte schon hier sein. Es fällt mir jetzt erst auf. Schon vor einer halben Stunde konnte ich ihn erwarten. Ob ich zu ihm schicke, nach ihm fragen lasse?"

Die Arme sollte dessen überhoben werden.

Der Bediente erschien wieder im Garten, diesmal nicht allein. Auf dem Fuße folgte ihm der Kammerrat von Rohner.

„Rohner!" riefen die beiden Damen, und sie erschraken nicht bloß, sie entsetzten sich.

„Was will der hier? Heute?"

„Du hattest ihn nicht eingeladen?"

„Wie werde ich den Menschen einladen?"

„Und wie er aussieht!"

„Und welche Frechheit! Mit dem Bedienten sich einzudrängen, nicht einmal zu warten, ob er angenommen wird!"

Der Herr von Rohner sah eigentlich aus, wie er immer aussah, kalt, lauernd, boshaft, übermütig. So nahte er sich den Damen, so verbeugte er sich leicht. Dann wandte er sich zu der Frau des Hauses besonders.

„Meine gnädige Frau Cousine, darf ich Sie um eine Unterredung unter vier Augen bitten?"

Er sprach die Worte in seiner gewöhnlichen anmaßenden Weise, die keinen Widerspruch duldete. Sein Blick war schon befehlend zu dem Fräulein hinübergeglitten.

Auch die beiden Damen konnten sich der unheimlichen Gewalt des Menschen nicht entziehen, welchen Trotz dagegen sie auch in ihrem Innern zu überwinden haben mochten. Die Baronin sah ungewiß ihre Freundin an. Das Fräulein war schon aufgestanden, sich zu entfernen. Die Baronin begleitete sie einige Schritte. Sie mußte es.

„Marie, der Mensch hat mir etwas Entsetzliches zu bringen, ich sehe es ihm an."

„Er sieht aus, wie ein Mörder."

„Wie ein Henker, Kind!"

Auch die arme Frau mußte das Wort aussprechen, und wie sie es aussprach, mußte sie gewaltsam sich aufrecht halten.

„Stehe Gott Dir bei, Du arme Frau“, sagte die Freundin.

Sie mußten scheiden. Die Freundin ging in das Haus. Die Baronin kehrte zu dem Herrn von Rohner zurück.

Sie ging in die untergehende Sonne hinein. Die Strahlen drangen mit ihrem glänzenden, goldenen Scheine durch die Blätter und Blüten des Flieders und des Jasmin. Sie beschienen das graue Gesicht des Henkers und das todblasse seines Opfers. Wie häßlich war jenes! Wie schön in allen seinen Leiden dieses! Und sie war allein mit ihm, das Opfer mit dem Henker oder Mörder, was er sein mochte.

Ihre Kinder hatten sich spielend auf einen entfernteren Rasenplatz zurückgezogen. Was konnten auch die schwachen Kinder ihr helfen?

„Setzen wir uns, Cousine“, sagte der Herr von Rohner. „Ich werde wahrscheinlich Ihre Zeit lange in Anspruch nehmen müssen.“

Sie setzte sich schweigend. Eines Wortes war sie in diesem Augenblicke wohl nicht mächtig.

Auch er ließ sich nieder, mit unveränderter Ruhe. So sprach er auch weiter, und die Unglückliche konnte, mußte ihm bald antworten, mit welcher List und Bosheit er auch in ihrem Innern wühlte, alte Wunden aufriß, neue hinzufügte, sie langsam, Schlag für Schlag zu töten suchte.

„Cousine, um auf Neuestes zu kommen, muß ich Altes zurückholen.“

„Müssen Sie auf Neues kommen, Herr von Rohner?“ konnte sie doch nicht unterdrücken.

„Ich denke.“

„Sie haben mir etwas mitzuteilen?“

„Ja.“

„So möchte ich bitten, es mir sogleich zu sagen. Jene Umwege –“

„Sie sind nötig, Cousine.“

„Um mich zu martern.“

„Vielleicht auch dazu, Cousine“, erwiderte ihr mit seiner unzerstörlichen Ruhe der freche Mensch.

„Dann mein Herr –“

Sie wollte aufstehen, doch er hielt sie zurück.

„Gnädige Frau, keine Übereilung! Was Sie hier, mit mir allein, nicht hören wollen, müßte ich Ihnen morgen in einer eigentümlichen Gesellschaft sagen.“

Sie widerstrebte nicht mehr. Das Unglück begann, über ihr zusammenschlagend, ihre Kraft zu brechen.

Der Herr von Rohner fuhr fort, oder eigentlich er begann: „Sie wollen hier heute Ihre Verlobung mit Robert Neurode feiern, Cousine?“

„Ja“, antwortete sie, und sie mußte sich schon zusammennehmen, um das Wort auszusprechen.

„Sie lieben ihn schon lange?“

„Ich liebe ihn.“

„Auch er Sie?“

„Sie wissen es.“

„Sie liebten sich schon vor Ihrer ersten Heirat –“

„Herr von Rohner –“

„Mit dem jammervollen Alphons, dem Kretin –“

„Herr von Rohner, er war mein Gatte, den ich –“

„Den Sie, wie unsere Tante Ihnen vorwarf, getötet hätten. Ich behaupte das nicht –“

„Sie wollen mich hier beleidigen, Herr von Rohner –“

„Beleidigen, Cousine? Ich wollte Sie rechtfertigen. Ihre Liebe zu Robert war jenem Krüppel gegenüber eine gerechtfertigte. Deshalb konnten Sie auch nicht dafür, daß sie auch während Ihrer Ehe Ihr Herz erfüllte, daß sie nach dem Tode Ihres Gatten neu auflebte, daß Sie nach der Rückkehr Roberts ihm geheime Rendezvous gaben –“

„Mein Herr!“

„Wie es schon früher, vor Ihrer Verheiratung geschehen war –“

Die Witwe mußte die Augen niederschlagen.

„Im Park, im –“

Er stockte absichtlich. Er sah sie mit den großen, schwarzen, häßlichen Augen fragend an.

Sie war bleicher geworden.

„Im Pavillon, Cousine“, fuhr er fort. „In demselben Pavillon –“

Sie mußte sich krampfhaft an der Lehne ihres Stuhles halten.

„Ist Ihnen etwas, Cousine?“

„Was wollen Sie von mir, Herr von Rohner?“

„Ihre Liebe zu Robert rechtfertigen, den heutigen Tag, ja, den ganzen heutigen Tag, auch die Verlobung, die sie heute abend feiern – wollen. Darum lassen Sie mich fortfahren. Unsere Tante starb im März. War es nicht so?“

„So war es.“

„Robert kam im Juni zurück.“

„Er kam im Juni hierher.“

„Aber nicht direkt aus Afrika.“

Sie mußte wieder die Augen niederschlagen.

„Aus Algier war er schon im Anfang März abgereist, ich habe bestimmte Nachrichten. Und schon acht Tage später war er, nicht hier, aber in Neurode. – Warum erbleichen Sie, Cousine? Sie waren ja Witwe, Herrin über

Ihre Hand. Ihre Liebe war kein Unrecht. Darum auch Ihre geheimen Zusammenkünfte mit ihm im Pavillon nicht. Sie hatten sie ja als Braut eines anderen schon gehabt. Aber was dann weiter passierte, Cousine, das war allerdings – Sie sagten vorhin, ich wolle Sie martern. Ich will es nicht, aber ich muß. Denn Sie werden mir schwerlich das freiwillige Geständnis ablegen wollen, dessen ich nun aber einmal notwendig bedarf, daß nämlich Sie und Robert unsere Tante ermordet haben."

Er sah sie ruhig an, wie er ruhig gesprochen hatte. – Sie drohte, von ihrem Stuhle zu sinken. Er hielt sie.

„Oder wollten Sie mir wirklich das Geständnis ablegen?" fragte er.

Sie konnte nicht antworten, sie konnte sich nicht rühren.

„So muß ich fortfahren und Ihnen erzählen, was Sie mir nicht offenbaren wollen. Ich kombiniere nur, ich war nicht Zeuge. Aber Sie werden finden, daß ich Stück für Stück richtig kombiniert habe. – Auch an dem Tage des Bauernaufstandes hatten Sie eine Zusammenkunft mit Robert im Pavillon verabredet. Er war da, schon des Vormittags. Oder hatte er sich verspätet? Es kommt nicht darauf an. Sie waren wenigstens des Morgens heimlich zum Pavillon gegangen, – heimlich, aber gerade die Tante hatte Sie gesehen. Sie hatte nicht darauf geachtet; als Sie aber des Nachmittags vermißt wurden, fiel es ihr wieder ein und nun fiel es ihr auch auf. Sie ging Ihnen nach, sie überraschte Sie, Sie und Robert, im Pavillon. Sie – sie war eine böse Frau, das ist wahr. Sie glich so etwas einem alten Satan, und sie war ein Satan gegen den, den sie haßte. Sie haßte aber auf der Welt niemanden mehr als Sie und Robert. Und Sie beide traf sie in einem geheimen zärtlichen Tête-à-tête, in dem Momente, da die Bauern ihr Schloß plünderten und in Brand stecken, ihre Schätze ihr rauben wollten. Ihre Überraschung wurde zur Entrüstung, ihre Entrüstung wurde zur Wut. Sie konnte sich nicht mehr mäßigen. Sie griff, sie schlug nach Ihnen, Robert trat für Sie ein. Es kam zu einem Handgemenge. Der Zorn, die Wut wurde allgemein. Zwei gegen einen. Sie und Robert blieben die Sieger. Die Besiegte blieb tot auf dem Platze. – Nicht wahr, Cousine, so sind die Tatsachen? Sie werden vielleicht noch einige Milderungsgründe für sich anführen können, wie die Kriminalisten es nennen. Aber Milderungsgründe heben den Tatbestand nicht auf, wie gleichfalls jeder Kriminalist Ihnen sagen kann. – Und nun, Cousine, bin ich fertig mit meiner Erzählung oder, wie ich Ihnen gern wiederhole, mit meinen Kombinationen. Hätten Sie mir etwas darauf zu erwidern?"

Die unglückliche Frau hatte doch vielleicht aufatmen wollen, als er wiederholt nur von Kombinationen sprach. Sie mußte gleichwohl nach einer Antwort suchen. Er enthob sie der Antwort. Er nahm ihr schnell den Rest von Hoffnung, der in ihrem Innern hatte auftauchen wollen.

„Ah, ich muß doch noch vorher um ein paar Worte bitten. Ganz ohne Beweise bin ich nicht. In dem Kampfe, der sich im Pavillon entspann, zog die Tante zu ihrer Verteidigung eine silberne Schnürnadel hervor, die die sorgsame Frau immer bei sich zu führen pflegte. Sie mußte ihr heute zur Waffe dienen, sie hatte keine andere. Sie wehrte sich damit, sie stach, sie verwundete damit. Die Narbe der Wunde existiert noch. Ich habe sie heute endlich gesehen, gerade heute."

Die Baronin glich wieder einer Leiche. Ihr Körper war fest an die Stuhllehne gepreßt. So saß sie starr da.

Die Sonne war untergegangen. Das Abendrot glänzte leuchtend über der Armen.

Die Augen des Herrn von Rohner leuchteten häßlicher und häßlicher. Er fuhr fort:

„Und nun noch ein paar Worte, Cousine, die letzten, und zwar Worte der Versöhnung, der Sühne. Robert ist tot –"

In die Baronin kam Leben. Sie sprang auf: „Robert tot?"

„Ja, Cousine, seit heute morgen. Der Herr von Langenfeld hat ihn im Duell erschossen."

„Allmächtiger Gott!"

Sie sank bewußtlos zusammen. Er fing sie auf und setzte sie auf ihren Stuhl. Er mußte sie halten. Er hielt sein Opfer ruhig fest.

Sie schlug die Augen auf, und er begann wieder:

„Ich wollte Worte der Versöhnung zu Ihnen sprechen, Cousine. Kein Mensch auf der Welt, außer mir, hat eine Ahnung von dem Verbrechen, weder gegen Sie noch gegen Robert. Es steht in Ihrer Gewalt, ob es für immer so bleiben soll. Aber es gibt nur ein Mittel. Es liegt Ihnen nahe, gerade an dem heutigen Tage. Sie wollten eine Verlobung feiern; – reichen Sie mir Ihre Hand, feiern wir heute Verlobung."

Die Baronin konnte ihre Besinnung behalten. Sie konnte, sie mußte aufspringen.

„Unmensch!" rief sie. „Mörder! Roberts Mörder –"

„Eigentlich sein Henker, Cousine. Lassen Sie mich nicht auch der Ihrige werden."

„Entsetzlicher Bösewicht!"

„So kommt der Henker dem Verbrecher immer vor."

„Verlassen Sie mich auf der Stelle."

„Ich gehorche Ihrem Befehle. Für Ihre Antwort ist es ja auch noch morgen Zeit."

Er ging; er war heute Mörder und Henker gewesen.

Was die unglückliche Frau tat, nachdem er fort war – kein menschliches Auge war Zeuge, kein lebender Mund hat davon erzählen können!

Ihre Freundin Marie Zeller kehrte mit ihren Eltern, die unterdes angekommen waren, in den Garten zurück. Sie fanden die Baronin an der Stelle, an der sie ihre kleine Gesellschaft hatte empfangen wollen, nicht mehr. Es war leer zwischen den blühenden Fliederbäumen, dem duftenden Jasmin, den frühen Rosen. Aber fünfzig Schritte weiter befand sich ein Springbrunnen mit einem tiefen Bassin. Eine Trauerweide hing darüber hin. Als die Suchenden die Hausfrau zwischen den Blumen und Blüten nicht gefunden hatten, gingen sie weiter zu dem Springbrunnen. In dem tiefen, mit Wasser gefüllten Bassin fanden sie die Leiche der Gesuchten.

Die Kinder standen davor und riefen: „Mutter, trautestes Mütterchen!"

Vom Himmel war auch die Abendröte verschwunden. Er lag wie ein unendlich weites, graues Leichentuch über dem Bassin und der Trauerweide, über der Leiche, über den Kindern. –

Und der Henker und Mörder?

Der Lieutenant von Langenfeld hatte noch an demselben Abende sein unglückliches Duell mit dem Baron Neurode den Gerichten angezeigt. Es wurde eine Kriminaluntersuchung eingeleitet. Auch der Kammerrat von Rohner wurde zur Untersuchung gezogen und verhaftet. Die anderen hatten sofort ein umfassendes Geständnis abgelegt.

Der Herr von Rohner leugnete lange. Er war der hinterlistige Anstifter gewesen. Was für die anderen ein einfaches Ehrenduell war, war für ihn ein vorher kalt überlegter und beschlossener gemeiner Mord. Er sah das wohl ein. Daher sein Leugnen. Zuletzt konnte er der Wahrheit nicht widerstehen.

Er tat, heißt es in den Akten, was dergleichen Verbrecher bei einem starken Affekte in der Regel alle tun; das Gefühl ihrer gänzlichen Ohnmacht gegen ein unabwendbares Übel ruft endlich die äußeren natürlichen Zeichen zum Beistande auf; sie weinen, wie – das schwache Weib!

Dann legte auch er sein Geständnis ab.

Durch das darauf erfolgte und vom Landesherrn aus Gnaden gemilderte Erkenntnis wurden der Lieutenant von Langenfeld zu acht – und der Lieutenant von Konau zu dreijährigem Festungsarrest verurteilt. Beide wurden aber schon nach kürzeren Fristen weiter begnadigt.

Der Doktor Chalybäus war freigesprochen.

Gegen den Kammerrat von Rohner war erkannt, daß derselbe, des verübten Verbrechens halber, ihm zur wohlverdienten Strafe und anderen zum abschreckenden Beispiele, mit dem Schwerte vom Leben zum Tode zu richten und zu strafen, sodann aber dessen Körper auf dem Richtplatze zu beerdigen.

Die Gnade des Landesherrn verwandelte die Todesstrafe in zwanzigjährigen Festungsarrest.

Der Kammerrat von Rohner hat existiert. Vielleicht lebt er noch, seine wohlverdiente Strafe verbüßend. Diesen Charakter in einer Novelle zu erfinden, – innerlich unwahr, psychologisch unmöglich! würden die Herren Rezensenten rufen.

Die Herren Rezensenten sind eben die Herren Rezensenten.

Friedrich Halm

Die Marzipan-Liese

Zu Weßprim in Ungarn lebte in den ersten Jahrzehnten des 18. Jahrhunderts kurze Zeit nach dem Abschlusse des Szathmarer Friedens ein Kaufmann namens Paul Horvath in Wohlstand und Fülle des Gedeihens. Er besaß vor den Toren der Stadt ein großes Haus mit tiefen Kellern und geräumigen Vorratskammern, die gleichwohl zur Aufbewahrung der Berge von Ballen, Fässern und Kisten, die sie aufnehmen sollten, oft kaum hinreichten; denn zunächst mit dem Umsatze von Tüchern beschäftigt, die er aus Steiermark und Kärnten bezog, betrieb Horvath nebenbei auch einen ausgebreiteten Handel mit Wein und Getreide. Das Bestreben, sein Geschäft in Schwung zu bringen, und das Bedürfnis, vorteilhafte Handelsverbindungen anzuknüpfen, hatte ihn in früheren Jahren genötigt, sich bald hier bald dort auf Märkten und Messen herumzutreiben, und ihn nach Venedig, in das Deutsche Reich, bis nach Holland geführt, so daß die Erziehung seiner einzigen Tochter Kreszentia und die Verwaltung seines verwaisten Haushalts monatelang der alten Margit, einer Base seiner verstorbenen Frau, überlassen blieb. Später sah er sich dieser Anstrengungen enthoben; sein Ruf wie sein Wohlstand waren fest begründet, und Käufer wie Verkäufer, die er sonst hatte suchen müssen, pochten nun an seine Tür; mit Ausnahme einiger Tage, die er jährlich auf dem Michaelimarkte zu Ofen zuzubringen pflegte, mochte er nun in seinen eigenen vier Pfählen in Bequemlichkeit sein Geschäft betreiben, seine Tochter vom Kinde zur blühenden Jungfrau heranwachsen sehen und in heiterer Behaglichkeit die dem Ungar angeborene Tugend der Gastfreundschaft so glänzend und freigebig üben, als Neigung und Klugheit ihm geboten; denn in jenen Tagen waren bei dem Mangel zureichender Verkehrsmittel und entsprechender Unterkunft die Handelsleute darauf angewiesen, in ihren Geschäftsfreunden auch Gastfreunde zu finden, und in dem Hause des reichen Horvath, unmittelbar an der Straße gelegen, die Ofen mit Graz und Warasdin verbindet, fehlte es weder an häufigem Zuspruch noch an freundlichem Willkomm.

Eines Tages hatte Horvath einem seiner Gäste auf der Straße nach Stuhlweißenburg bis gegen Palota hin das Geleite gegeben und fuhr nun in seinem leichten, einspännigen Wagen, dies und jenes erwägend, wieder seinem Wohnorte zu. Er ließ eben vorsichtig und bedächtig, wie er war, sein Rößlein eine kleine Anhöhe im Schritt hinangehen und hüllte sich fester in seine Bunda – denn es war ein rauher Herbstabend, und aus der Richtung von Vörös-Bereny pfiff der Seewind scharf und schneidend vom Balaton herüber, als er an der Einmündung eines Seitenwegs in die Hauptstraße einen jungen Menschen gewahrte, dessen Haltung auf den ersten Blick ebenso entschieden tiefe Erschöpfung und Niedergeschlagenheit ausdrückte, als der Schnitt seiner abgenutzten und staubbedeckten Kleidung ihn als einen Nichtungar kundgab. Er saß hart am Wege auf einem halbversunkenen Grenzstein; neben ihm lag ein Knotenstock, ein kleines Bündel und sein Käppchen, während seine langen, fahlblonden Haare, vom Herbstwinde hin- und hergetrieben, die feinen, gefälligen Züge seines blassen, abgezehrten Antlitzes bald zeigten, bald verbargen und seine graublauen Augen wie in gedankenlosem Trotze trüb vor sich hinstarrten. – „Da, heb auf, Junge!" rief Horvath, indem er in die Tasche griff und ihm ein Geldstück hinwarf. Der Bursche fuhr bei dem Anrufe in die Höhe; seine erste Bewegung war auf Flucht gerichtet, die zweite ein hastiger Griff nach seinem Knotenstocke; als er aber das Geldstück gewahrte, schien er sich wieder zurechtzufinden; er ließ den Stock niedergleiten und sank wieder auf den Stein

zurück. „Zu wenig zum Leben und zu viel zum Sterben!“ sagte er und schleuderte die vor ihm liegende Münze mit einem Fußstoß in den Staub der Straße hinaus. – „Eszem adta!“ rief Horvath, indem er die Zügel anhielt, und fügte dann zornig in deutscher Sprache hinzu: „Ist Er ein Millionär? Oder ist Ihm kaiserliche Münze zu schlecht, um sie aufzuheben? Will Er Antwort geben, Landstreicher?“ Der Jüngling wechselte die Farbe und schoß einen scheuen, stechenden Blick voll feindlichen Ingrimms nach dem Sprechenden; aber er schien Gründe zu haben, sich zurückzuhalten, denn er biß sich in die Lippen und versetzte nach einer Pause mit gepreßter Stimme: „Ich will kein Almosen! Ich will ein Unterkommen, ich will Arbeit finden!“ „Pah, Arbeit!“ rief Horvath, „mit den feinen, zarten Händen! Was für Arbeit will Er damit verrichten?“ Der Jüngling richtete sich empor und erwiderte mit verächtlichem Lächeln und dem sichtlichen Gefühle geistiger Überlegenheit, mit der Feder sei mehr Arbeit zu verrichten, als mit der Holzaxt; er sei des Rechnens und der Buchführung kundig; er spreche und schreibe zwar nicht Ungarisch, aber Deutsch, Welsch und Latein und verstehe sich auch noch auf andere nützliche Dinge. Horvath hörte die zuversichtlichen Worte mit beifälligem Kopfnicken an und warf nach kurzem Besinnen die Frage hin, wie er heiße, was er bisher getrieben und ob er Zeugnisse seines Wohlverhaltens habe. Der Fremde stockte eine Weile, aber bald gesammelt berichtete er mit geläufiger Zunge, er heiße Franz Bauer, sei aus Wien gebürtig, habe dort bei einem Advokaten serviert, diesen aber verlassen, um sich in der Welt umzusehen; in Fünfkirchen sei er schwer erkrankt und durch Diebstahl seiner Zeugnisse und des besten Teils seiner Habe beraubt worden; gestern sei er über den Plattensee herübergekommen und sitze nun hier und wisse sich nicht Rat noch Hilfe. Horvaths Beifallnicken hatte sich während dieses Berichts mehrmals in ein bedenkliches Kopfschütteln verwandelt, aber das gefällige Äußere des Fremden schien seinen einfachen Sinn bestochen zu haben. „Gut", sagte er endlich, „ich will Ihm für heute nacht Herberge geben, und morgen, wenn sich zeigt, daß Er arbeiten kann und will, soll sich auch das Unterkommen finden! Sitz' Er auf!" Und damit rückte er in die Ecke des Wagensitzes, ihm Platz zu machen. Der junge Mann bedachte sich einen Augenblick und musterte mißtrauisch scheu die offenen, ehrlichen Züge des Kaufmanns; dann warf er Bündel und Knotenstock in das Korbgeflecht am Hinterteil des Wagens und schwang sich an Horvaths Seite, der nun sein Rößlein die Anhöhe hinunter rasch auf Weßprim zutraben ließ.

Am nächsten Morgen, als Horvath dem jungen Manne zur Probe eine der vielen Rechnungen vorlegte, die zu seiner großen Verlegenheit durch den vor einigen Wochen erfolgten Tod seines Buchhalters in Unordnung geraten waren, zeigte sich bald, daß Franz Bauer den Verstorbenen nicht nur an Richtigkeit der Auffassung, Gewandtheit und Scharfsinn, sondern auch an Kenntnissen weit übertraf, so daß Horvath sich auf der Stelle der Dienste des jungen Mannes zum Abschluß der unvollendeten Rechnungen und zur Aufarbeitung der in Briefwechsel und Buchführung erwachsenen Rückstände versicherte. Die Lösung dieser Aufgaben konnte beiläufig sechs Wochen in Anspruch nehmen; allein der Eifer, den Franz in der Erfüllung der übernommenen Pflichten bewährte, und die Leichtigkeit, mit der er die verwickeltsten Geschäfte gleichsam spielend bewältigte, ohne daß seine Arbeiten dabei an Gehalt und Genauigkeit auch nur im mindesten verloren hätten, machten ihn seinem Dienstgeber bald ganz unentbehrlich.

Schon nach Verlauf eines Monats schlug Horvath dem neuen Hausgenossen vor, die Stelle seines Vorgängers mit allen damit verbundenen Ehren und Genüssen bleibend einzunehmen, und legte ihm die Annahme seines Antrags so nahe, daß es dem jungen Manne ein Leichtes gewesen wäre, durch scheinbare Weigerung auch noch höheren Ansprüchen Geltung und Gewährung zu verschaffen. Allein Franz war zu klug, um für einen kargen Gewinn in der Gegenwart vielleicht für alle Zukunft an Gunst und

Vertrauen verlieren zu wollen. Er nahm Horvaths Antrag als unverdiente Huld und Ehre demütig-dankbar an und pries sich hochbeglückt, fortan dauernd einem Hause angehören zu dürfen, dessen Mitglieder ihm insgesamt mit so freundlichem Wohlwollen, so herzlicher Teilnahme entgegenkämen.

Der Schreiber Ferencz, wie er nun nach seiner Beförderung genannt wurde, war wirklich in kürzester Zeit der Liebling aller Hausgenossen geworden. Schon in den ersten Tagen nach seiner Ankunft hatte er allmählich den menschenscheuen, argwöhnisch-finstern Trotz, mit dem er zuerst aufgetreten war, gegen ein sanftes, leidendes Wesen, gegen eine stille, schüchterne Freundlichkeit und das rührende Bestreben vertauscht, jedermann in jedem Wunsche zuvorzukommen und allen Dienste zu leisten, ohne je welche für sich in Anspruch zu nehmen. Die Regentin des Hauses, die alte Margit, wußte er durch seine ungewöhnliche Frömmigkeit, durch die laute Anerkennung der Vortrefflichkeit ihrer Haushaltung, vor allem aber durch die dankbare Bereitwilligkeit einzunehmen, mit der er bei seinen häufig wiederkehrenden Augenleiden die unerschöpfliche Fülle ihrer Heilmittel über sich ergehen ließ; die Knechte des Hauses machte er sich teils durch kleine Geschenke, teils durch die Wärme geneigt, mit der er ihre Bitten um Urlaub oder Zulage bei ihrem Dienstherrn befürwortete; die Mägde aber bestach er durch freundliches Grüßen, bescheidenes Lobpreisen ihrer Reize und durch die schwermütig klagenden Töne, die er in schönen Mondnächten, am Brunnenrande hingelehnt, seiner Flöte zu entlocken wußte. Zenzi, die Tochter des Hauses, war es, der er sich von allen zuletzt, aber nicht minder erfolgreich, näherte.

Das erste Auftreten Ferencz' hatte einen abstoßenden Eindruck auf das siebzehnjährige, einfach schlichte Mädchen gemacht; es war ihr unheimlich in seiner Nähe, sie fürchtete sich vor dem starren Blicke seines hellblauen Auges, aber die Lobeserhebungen des Vaters, das gefällige Äußere, das feine Wesen des jungen Mannes verwischten bald diesen ersten Eindruck; die Berichte der Mägde und der Base Margit von der Niedergeschlagenheit, dem sichtlichen Kummer des armen Schreibers gewannen ihm allmählich in demselben Maße ihre Teilnahme, als die von allen Seiten gepriesene Fülle seiner Kenntnisse ihre beneidende Bewunderung erregte. Bei allem Reichtum Horvaths war nämlich der Unterricht, den Zenzi in jenen Tagen in einer Landstadt Ungarns empfangen konnte, weit hinter den Wünschen des Vaters wie der Tochter zurückgeblieben; vor allem war ihre Kenntnis der deutschen Sprache äußerst mangelhaft, und diesen Umstand wußte Ferencz zu benutzen, um auch nach dieser Seite hin seine Stellung zu befestigen. Sein Anerbieten, ihr in seinen freien Stunden in dieser Sprache Unterricht zu erteilen, wurde von Horvath mit Beifall, von Zenzi mit Entzücken angenommen, ja diese letztere bestand darauf, ihrem Lehrer dafür die Elemente der ungarischen Sprache beizubringen. Der wechselseitige Unterricht begann und wurde von den jungen Leuten, die sich anfangs nur notdürftig verstanden, mit so ungewöhnlichem Erfolge fortgesetzt, daß Zenzi schon nach einigen Monaten der Base unter dem Siegel der Verschwiegenheit vertrauen konnte, daß die Braut des armen Ferencz ihn treulos verlassen und einen andern geheiratet habe; daß er darüber verzweifelnd in die weite Welt gegangen und erst jetzt wieder so weit sei, der Stimme der Vernunft Gehör zu geben und Trost anzunehmen; ein Bericht, der, mit seltsamer Unruhe und häufigem Erröten vorgetragen, eine weltkundigere Zuhörerin als die alte Margit über die Person der Trösterin und die Art und Weise der Tröstung wohl kaum in Zweifel gelassen hätte.

Indessen hatten die raschen Fortschritte des Schreibers Ferencz in der Gunst der Hausgenossen dem Glücklichen im Stillen einen Feind erweckt, der allmählich hervortretend ihn aus der siegreich eingenommenen Stellung wieder hinauszudrängen oder ihm doch die Ausbeutung derselben bedeutend zu erschweren drohte. Dieser Feind war Antal, der Schaffner des Hauses. Sei es, daß Ferencz ihn zu geringer Aufmerksamkeit gewürdigt hatte, oder konnte Antal, aus der Marmarosch gebürtig und ein Ungar mit Leib und Seele, es nicht verschmerzen, dem verhaßten „Schwaben" eine Stelle vertraut zu sehen, zu deren Übernahme er selbst früher sich unfähig bewiesen hatte, genug, er scheute keine Mühe, jedem Schritt des Schreibers nachzuspüren, und es gelang ihm auch mit dem Scharfblicke des Hasses, Bemerkungen zu machen, die, vergiftet durch die Folgerungen des Argwohns und mit der Beredsamkeit der Mißgunst verbreitet, allerdings geeignet waren, seinem Gegner Verlegenheiten aller Art zu bereiten. Vor allem wußte Antal hervorzuheben, daß die Duplikate der Zeugnisse, die dem Schreiber zu Fünfkirchen gestohlen worden, von Wien nicht eintreffen wollten, wobei er nicht verfehlte, zugleich auf den seltsamen Umstand hinzuweisen, daß die heftigen Anfälle von Kopfgicht und Augenleiden, denen der Schreiber unterworfen war, und die ihn jedesmal nötigten, sein Antlitz mit Binden und Schirmen aller Art zu umhüllen, ihn fast regelmäßig an den Tagen heimzusuchen pflegten, an denen Handelsfreunde des Herrn aus Steiermark oder Kärnten im Hause zu Gaste wären; ja, er behauptete, Beweise in Händen zu haben, daß Ferencz die Augenwässer, Salben und Kräutersäckchen der Base Margit, wie sehr er deren Heilkraft auch rühme, meist ungebraucht, wie er sie empfangen, beiseite werfe.

Aber auch noch von anderer Seite her bemühte sich Antal, den beneideten Günstling ins Gedränge zu bringen, indem er ganz unverhohlen sein Erstaunen, ja seine Entrüstung äußerte, daß ein so gewiegter, weltläufiger

Mann wie Herr Horvath seine einzige Tochter und Erbin mit einem von der Straße aufgelesenen, so ganz „unvorhergesehenen“ Menschen, wie der Schreiber wäre, stundenlang in einer Sprache verkehren lasse, die den übrigen Hausgenossen mehr oder weniger unverständlich sei; so viel wäre wenigstens gewiß, daß die Wangen Zenzis nach solchen Zusammenkünften mit dem schönsten Scharlachtuch in dem Warenlager ihres Vaters an Farbenpracht wetteifern könnten, während Ferencz, wenn er seine Schülerin verließe, nicht anders einhergehe, als sollte er nächstens Palatin oder gar König von Ungarn werden. Solche Äußerungen pflegte er mit häufigem Kopfschütteln und bedauerndem Achselzucken zu begleiten, oder sie mit einigen Sprichwörtern, als: „Der Bock tauge nicht zum Gärtner“, „Fette Bissen wären leicht verschlungen“ und „Gelegenheit mache Diebe“, zu beschließen, und so laut und so unablässig wiederholte er allerorten diese und andere Redensarten, daß sie endlich auch zu Horvaths Ohr drangen. Dieser jedoch, durch Antals Benehmen über alles Maß hinaus verletzt und aufgebracht, stellte sich mit höchster Entschiedenheit auf die Seite des verdächtigten Ferencz und wies laut und öffentlich alle gegen ihn gerichteten Beschuldigungen als schändliche Verleumdungen von sich. Ferencz hatte seinem Dienstherrn in der Gegenwart zu schlagende Beweise seiner Uneigennützigkeit und Redlichkeit gegeben, als daß dieser an dessen Rechtlichkeit in der Vergangenheit hätte zweifeln können. Ebenso widersinnig erschien dem leichtsinnig gutmütigen, in das Wesen der Dinge selten tief eindringenden Manne die Annahme, seine Tochter könne sich mit einem solchen hergelaufenen, wildfremden Menschen in einen Liebeshandel einlassen.

Weit entfernt, durch Entlassung des Schreibers jede Möglichkeit der Fortdauer eines solchen Verhältnisses abzuschneiden, besorgte er vielmehr, eben dadurch einesteils den von Antal verbreiteten Gerüchten einen Anschein von Begründung zu geben, anderntells sich selbst ohne Not eines vortrefflichen, nicht leicht zu ersetzenden Arbeitsgehilfen zu berauben. Um Zenzis Ruf vor Verleumdung sicherzustellen, erschien es ihm genügend, den jungen Leuten die Fortsetzung des wechselseitigen Unterrichts zu untersagen, und so unterbrach er eines Tags die Lehrstunde, wies den Schreiber dahin zurück, wohin er gehöre, nämlich in die Schreibstube zu seinen Büchern, verbot seiner Tochter allen ferneren Verkehr mit dem flötenspielenden Betteljungen, legte dem mit Entlassung bedrohten, in tiefster Zerknirschung um Gnade flehenden Antal ewiges, unverbrüchliches Schweigen auf, und alles war abgetan. Die jungen Leute, die erst ganz vernichtet schienen, fanden sich, ehe man es erwarten konnte, in den ihnen aufgelegten Beschränkungen zurecht und gaben sich, wenn nicht heiter, doch gefaßt und ruhig; Antal knurrte und murrte innerlich, ballte die

Fäuste in der Tasche und fletschte die Zähne gegen die Wand, und Horvath, dem keine Verdächtigung weiter zu Ohr kam und der nichts ungebührliches mehr bemerkte, ließ allgemach die Dinge, die er glücklich in das richtige Geleise gebracht zu haben glaubte, wieder ruhig nach wie vor ihren Gang nehmen.

So waren zwei Jahre verflossen; ein schöner Herbst lag über dem Lande, und in wenigen Tagen sollte der Michaelimarkt zu Ofen beginnen, den Horvath jährlich zu besuchen pflegte. Zwei Frachtwagen mit seinen Tüchern waren auch diesmal schon dahin abgegangen, und der Kaufmann gedachte ehestens seiner Ware nachzufolgen. Es war Mittag; den Schreiber hatte Horvath, Gelder einzukassieren, ins Kloster nach Bakony-Bel gesandt, und er selbst kramte unter Papieren und Warenmustern, als Antal, der Schaffner, in die Schreibstube trat und die Anrede des Herrn erwartend

demütig an der Tür des Gemachs stehen blieb. Antal hatte vor einigen Wochen eine für seine Verhältnisse nicht unbedeutende Erbschaft gemacht und infolgedessen Herrn Horvath seine Dienste gekündigt, um in seiner Heimat selbst einen Kramladen zu eröffnen. Seine Dienstzeit war abgelaufen, das Wägelchen, das ihn heimwärts führen sollte, stand vor der Tür, und er war nun gekommen, Abschied von dem Manne zu nehmen, der ihm durch zehn Jahre ein mitunter ungebärdiger und auffahrender, aber bei alledem ein wohlwollender und freundlicher Herr gewesen. Horvath hatte die Feder weggelegt und war auf den nicht eben mehr jungen, aber von Kraft und Gesundheit strotzenden Burschen zugeschritten, der durch ein seltsames Zucken in seinen offenen Zügen und durch ein krampfhaftes Drehen des wohlgewichsten Schnurrbarts unverkennbar heftige innere Bewegung verriet. Als nun Horvath in gewohnter Gutmütigkeit die Hand auf seine breite Schulter legte, ihm für die guten Dienste, die er ihm geleistet, für Redlichkeit und Treue, die er ihm durch lange Jahre bewiesen, freundlich dankte und bedauerte, daß er trotz aller Abmahnungen, statt in seinem Hause bessere Tage abzuwarten, sich in so mißlicher Zeit auf seine eigenen Beine stellen und sein Glück im Handel versuchen wolle, da rollten große Tränen über Antals braune Wangen. „Herr“, stieß er schluchzend heraus, „ich weiß, es kann mein Unglück sein, daß ich gehe, und gewiß werde ich's nirgends mehr so gut haben, als ich's bei Euch hatte, aber ich muß fort! Gott straft mich; weil ich zur Unzeit Ungebührliches ins Blaue hineinschwatzte, darf ich nun zur rechten Zeit das Notwendige nicht sagen, und zusehen kann ich auch nicht mehr, oder mir drückt es das Herz ab!“ „Was sieht Er denn“, rief Horvath, den die Erschütterung des Burschen anzustecken begann, „und warum muß Er es verschweigen?“ – „Ich muß! Ich muß!“ versetzte Antal, indem er sich mit der mächtigen Hand vor die Stirne schlug, „ich habe im Zorn meine Seele dem Teufel verschworen, wenn noch ein Wort über meine Lippen käme, das einen hier im Hause beträfe; ich darf nur eins“, fuhr er fort, indem er die Hände faltete, „bitten, bitten darf ich Euch, macht die Augen auf und sehet den Weg, den Ihr geht! Schafft Rat, da es noch Zeit ist! Denkt nach, warum der hübsche Kis Sandor zu jung und der wackere Barna Lazlo zu alt war, Euer Schwiegersohn zu werden! Denkt nach, nehmt Euer Herz in die Hand und Gott – segne Euch!“ Und damit küßte er schluchzend dem Herrn die Hände und den Saum des Kleides und fuhr zur Tür hinaus.

Horvath stand betroffen und von Staunen und ungewisser Angst wie gelähmt; als er, wieder zur Besinnung gekommen, Antal nacheilte, war dieser längst auf sein Wäglein gesprungen, hatte mit Zunge und Peitschenknall das Gespann angetrieben und flog von Staubeswirbeln umhüllt, in echt ungarischem Jagen der Heimat zu.

Spät am Abend desselben Tages, als die Dämmerung längst hereingebrochen war, kehrte der Schreiber Ferencz in seinen Szür eingehüllt, einen schweren Geldsack unter dem Arm, von Bakony-Bel zurück. Die heller als gewöhnlich durch das Küchenfenster herleuchtende Flamme des Herdfeuers und ein ihm unbekannter Knecht, der ein paar sichtlich ermüdete Rosse pfeifend im Hofe herumführte, damit sie langsam sich abkühlten, ließen ihn bald gewahren, daß ein Gast im Hause wäre. Er stand eine Weile unschlüssig unter dem Torweg; als er aber später den Burschen, die Pferde in den Stall weisend, ein lustiges „Schnadahüpfl" anstimmen hörte, stampfte er unmutig mit dem Fuße und wandte sich dann hastig einem dunklen Gange zu. der vom Torwege zur Küche führte. Das Rasseln und Klirren eines mächtigen Schlüsselbundes und trippelndes Pantoffelklappern verkündete ihm bald die Nähe der Base Margit, die er eben suchte und die er demütig mit einem Handgruß begrüßend um die Gefälligkeit ersuchte, den Geldsack an seiner Statt dem Herrn zu überbringen und ihm zu sagen, seine Aufträge seien ausgerichtet; denn ihn habe wieder sein Kopfrheuma gepackt, er fröstle und wolle zu Bett! „Ei wo denkt Er hin, mein Sohn!" versetzte die Alte, „Er will nicht zum Abendessen kommen, und wir haben Besuch, den Herrn Steidler, den reichen Hammerherrn aus Mürzhofen, der nach Ofen zum Markte will! Und ich sollte dem Herrn den Geldsack bringen und mich ausschelten lassen, wenn ich ihm die Auskünfte nicht geben kann, die er verlangt? Zu Bette gehen! Zu Tische soll Er gehen und sich zusammennehmen, wie es einem jungen Burschen geziemt, das soll Er!" Auf diese und ähnliche Vorstellungen erwiderte Ferencz in kläglichem Tone, er leide heute mehr als je, er wolle lieber glühend Eisen anfassen, als nur den Kiefer bewegen, dabei träne sein Auge wie ein lecker Eimer und empfinde jeden Lichtstrahl wie einen Nadelstich! Die Alte aber meinte, er solle sich mit ihrem Wunderwasser waschen, den Kopf einbinden und den Lichtschirm nehmen, so werde es ihm nicht ans Leben gehen. Er solle an das Gerede der Leute denken, und wie ungern eben darum der Herr sein Wegbleiben vom Tische sähe, wenn Gäste da wären; zudem sei er mittags fortgewesen, und der Zenzi würde es leid tun, wenn sie auch abends ihn nicht sehen sollte! Sei es nun daß diese letzte Rücksicht den jungen Mann überredete, oder gab Herr Horvath den Ausschlag, der eben seinen Gast zu Tische geleitend am obern Treppenrande vorbeikam und in den Flur hinabrief, was es gäbe und ob der Schreiber noch nicht zurück wäre. Genug, er erwiderte auf den Anruf, er sei zurück und werde gleich Rapport erstatten. Worauf er hastig in sein Stübchen sprang, um, wie er der Base Margit zuflüsterte, vorerst ihre ärztlichen Vorschriften zu befolgen.

Die Mahlzeit hatte bereits begonnen, als Ferencz, ein Tuch um die

Backen geschlungen und einen Schirm über die Augen gezogen, in die Stube trat und sich dem Herrn des Hauses näherte, der das obere Ende eines Tisches in einer ernstern und nachdenklichern Stellung einnahm, als er sonst bei dem Empfange lieber Gäste zu zeigen pflegte. Horvath warf einen verdrießlichen Blick auf den Schreiber, nahm seinen Bericht mit stummem Kopfnicken entgegen, winkte ihm, sich an seinen Platz am untern Ende der Tafel zu begeben, und wandte sich dann wieder zu seinem Gaste, während Zenzi mit einem Blicke der Freude und des Bedauerns dem Verspäteten zunickte. Das Tischgespräch erging sich lange Zeit in Klagen über die mißlichen Ergebnisse der Ernte und in Vermutungen über den Einfluß derselben auf die Warenpreise des bevorstehenden Marktes, um sich dann den Witterungsverhältnissen zuzulenken, die einen regnerischen Hochsommer mit einem anhaltend schönen, hellen Herbste zu vergelten versprachen. Diese Wendung des Gesprächs gab dem Gaste Anlaß, auf die grundlos schlechten Wege zurückzukommen, die er von Steinamanger bis über Savar hinaus gefunden, und die ihm wenigstens zwei Stunden Aufenthalt verursacht hätten. „Übrigens“, setzte der ganz verständige, nur etwas umständliche Mann hinzu, „übrigens hätten mich meine Schimmel doch noch vor dem Abenddunkel hierhergebracht, hätte ich nicht heute früh mit dem armen Sünder zu viel Zeit versäumt!“ „Mit welchem armen Sünder?“ fragte Horvath, und Steidler, die allgemein sich kundgebende Neugier zu befriedigen, berichtete nun in seiner breiten Redeweise, wie ein Tischlergeselle zu Steinamanger vor zwei Jahren seinen Meister erschlagen, aber allen Verdacht abzulenken gewußt, sich später auf die Wanderschaft begeben und auch sein gutes Fortkommen gefunden hätte, vor drei Wochen aber, von der nie ruhenden, unerträglichen Folter des Gewissens getrieben, plötzlich nach Steinamanger zurückgekehrt wäre, um sich selbst als den Mörder seines Dienstherrn dem Gerichte zu überliefern, worauf er denn am heutigen Tage bereuend und mit Gott versöhnt zur höchsten Erbauung der Menge sein Verbrechen auf der Richtstatt mit dem Leben gebüßt hätte.

Steidlers Bericht war nicht ohne Wirkung auf seine Hörer geblieben, dafür bürgte die tiefe Stille, mit der er aufgenommen wurde und die ihm folgte. Horvath war es, der sie zuerst unterbrach. „Ja“, sagte er mit nachdrücklicher und bewegter Stimme, „Gott weiß jeden zu finden, und nichts“, fuhr er fort, indem er einen ernsten und forschenden Blick auf die jungen Leute warf, „nichts ist so fein gesponnen, es kommt zuletzt ans Licht der Sonnen!“ Der Eindruck, den diese ziemlich scharf betonte Bemerkung machte, war ein sehr verschiedener: Auf Zenzis Wangen rief sie dunkle Röte hervor, Ferencz dagegen, der stumm und gleichgültig wie zuvor mit vor ihm liegenden Brotkrumen spielte, schien sie gar nicht zu beachten, während Herr Steidler nachdenklich den Kopf schüttelte und sie mit diesen Worten erwiderte: „Ja, die Leute sagen so! Aber es kommt nicht alles ans Licht der Sonne! Ich selbst weiß von einem Fall zu erzählen, von einer schauerlichen Mordtat, die sich vor etwa dritthalb Jahren begeben, ohne daß seither auch nur eine Spur des Mörders entdeckt worden wäre!" „Ei was", versetzte Horvath ärgerlich, denn ihm war, als sähe er die Lippen des Schreibers spöttisch zusammenzucken, „es ist nicht aller Tage Abend! Und kann nicht eine Stunde entdecken, was dritthalb Jahre verschwiegen blieb? Wenn ihn auch die Menschen nicht erreichen, Gott weiß seinen Mann zu finden, dabei bleibe ich! Aber laßt uns doch die Geschichte hören, deren Ihr eben gedachtet! Noch ein Glas Somlyoer, werter Herr Steidler; dem Wein dürft Ihr trauen, er ist eigenes Baugut und vom besten Jahrgang, und nun gebt uns Eure Mordtat zum besten!" Horvath hatte während dieser Worte die Gläser gefüllt, und Steidler, der vergebens vorstellte, daß jener Vorfall an und für sich nicht besonders spannend und nur vielleicht für jene, welche die beteiligten Personen gekannt, merkwürdig wäre, fügte sich endlich dem Andringen seines freundlichen Wirtes und begann folgendermaßten seine Erzählung:

„Ihr müßt wissen", sagte Steidler, „daß mich meine Geschäfte mehr als einmal des Jahres nach Bruck führen, einem hübschen Städtchen, daß einige Meilen von meiner Heimat am Zusammenfluß der Mürz und der Mur gelegen ist. Ich pflege dort beim Kreuzwirt Herberge zu nehmen und habe mich, seit Jahren ein Stammgast des Hauses, unter seinem Dache immer so wohl besorgt und aufgehoben gefühlt, wie nur am eigenen Herd. Eines Tages, es mögen nicht ganz drei Jahre sein, gegen Abend ankommend, finde ich jedoch das Haus von oben bis unten erleuchtet, Gänge und Treppen von Menschen wimmelnd und vor dem Hause ein Gewirr ineinandergefahrener Wagen, daß ich nur mit Mühe an den Torweg gelangen konnte. ‚Kreuzwirt' sage ich absteigend, ‚Euer Haus sieht heute nicht anders aus als die leibhaftige Arche Noah, da werde ich denn wohl rechtsum machen und im Brauhaus einsprechen müssen!' Der aber krummbuckelt und entschuldigt sich, die Schützengilde feiere heute unter seinem Dach einen Ehrenschmaus, dem ein Tanz folgen sollte; die Stube, die ich gewöhnlich einnehme, diene als Bankettsaal, aber für mich hätte er immer Unterkunft; er würde mir, wenn ich es nicht übelnehmen wolle, eine hübsche Kammer im Hinterhause einräumen, und an Aufmerksamkeit und schuldiger Rücksicht für meine Bequemlichkeit solle es nicht fehlen! Was war zu tun? Im Hause war ich einmal, und im Handumdrehen sah ich mich eine Hintertreppe hinauf in die verheißene Kammer geschoben, die dann auch wirklich ganz bequem und so abgelegen war, daß ich darin ungestört von dem Gestampfe der Tanzenden und dem Geschwirre der Musik ganz ruhig und behaglich die Nacht zubrachte.

Es war hellichter Tag, als ich erwache, mich in die Kleider werfe und das Fenster öffne, um ein Viertelstündchen frische Luft zu schöpfen, wie dies im Sommer und Winter, bei Sonnenschein wie Schneegestöber mein Gebrauch ist. Das Fenster der Kammer ging in ein Gäßchen, das ich, so oft ich auch durch Bruck gekommen, niemals bemerkte, noch weniger betreten hatte. Mir gerade gegenüber lag ein altertümliches, wettergeschwärztes Haus mit hohem Giebel, und unter dem Spitzbogen der Haustür, zu der einige Stufen hinaufführten, sah ich zwei Personen in eifrigem Gespräch begriffen, deren Vertraulichkeit bei der großen Verschiedenheit ihres Alters und ihrer bürgerlichen Stellung meine Aufmerksamkeit erregte. Die eine der beiden Personen nämlich, ein junger Mann in zierlicher blonder Stutzperücke, in einem anständigen braunen Tuchkleide und geflammten Seidenstrümpfen, gehörte unzweifelhaft zu den Honoratioren der Stadt, während das Frauenzimmer, das den Abschiednehmenden bis zur Haustür begleitet zu haben schien, in Tracht und Haltung nur wie eine gewöhnliche Bürgersfrau aussah. Sie war alt und überaus häßlich; die kleinen stechenden Augen und das spöttische Grinsen des zahnlosen Mundes gaben dem gelben, runzligen Gesichte einen widerlich hämischen Ausdruck, den das wirre graue Haar, das unter der schwarzen Drahtflügelhaube hervorhing, nicht zu mildern vermochte. Die kleine, hagere Gestalt war mit einem etwas abgenützten Kleide von schwarzem Kamelott und einem mit verschossenem Sammetband besetzten Halbmäntelchen von demselben Stoffe angetan, aus dessen Armschlitzen ihre dürren Hände mit den gichtgekrümmten Fingern wie Adlerklauen hervorsahen. Dazu trug sie blauwollene, schlechte Strümpfe, grobe Schuhe, Zinnschnallen, ein grellgelbes Halstuch und eine feuerfarbene Schleife auf der Drahthaube; kurz und gut, nur der Besen fehlte, so war die Hexe fertig."

„Ach, du dreieiniger Gott!" stöhnte Base Margit, indem sie sich bekreuzte; Zenzi aber schlug die Hände vors Gesicht und rief: „Gott behüt' uns, mir ist, als sähe ich es vor mir stehen, das häßliche Weib!"

„Denkt Euch nun mein Erstaunen, werte Jungfer", fuhr Herr Steidler fort, „als ich plötzlich den jungen, hübschen Mann die dürren, krummen Knochenfinger der Alten erfassen und mit einer Andacht und Inbrunst küssen sah, als wäre sie eine kaiserliche Prinzessin und der Ausbund aller Schönheit! Alle Wetter, sage ich zu mir selbst, mit welchem Halfter sind die zwei Leute zusammengekoppelt? Und da eben der Kreuzwirt mit der dampfenden Weinsuppe, meinem Frühstück, in die Stube tritt, winke ich ihn zu mir heran und frage ihn, wer die zwei wären? ‚Ei', sagte der, ans Fenster tretend, ‚das ist die Marzipan-Liese', und da ich neugierig wiederhole: ‚Die Marzipan-Liese?' berichtete er, die Alte wäre die Witwe eines reichen Lebküchlers, nach dessen Tode sie jedoch sein Geschäft aufgegeben, um ein minder süßes, aber bei weitem einträglicheres zu betreiben; sie leihe nämlich auf Pfänder, drücke ihren Schuldnern wucherische Zinsen ab, verkaufe ihnen Haus und Hof, und wenn die armen Leute dann ihre Hartherzigkeit verfluchten, pflegte sie zu sagen, wenn sie nur ihr Geld habe, das andere wäre ihr Marzipan, welcher Redensart sie denn auch ihren Spitznamen verdanke. Sie wäre nun an die siebzig, besäße zwei Häuser zu Bruck, drei Häuser zu Graz und auch sonst noch Grundstücke, Weingärten und scheffelweise Geld, aber nicht Kind noch Kegel, und kein Mensch wisse, wem nach ihrem Tod all der Reichtum zufallen werde. ‚Und da der junge Mann', sage ich herauf, ‚wer ist er, und macht er der Alten den Hof und will er sie etwa heiraten?' Worauf der Kreuzwirt lachte und meinte, die Alte wolle der nicht, nur ihr Geld, denn er wäre armer Leute Kind und hätte sich durch Fleiß und Geschicklichkeit, vorzüglich aber durch die Gunst der Weiber emporgearbeitet, mit denen er als ein hübscher, pfiffiger Bursche gar gut umzugehen wisse, so daß er jetzt Registrant im Magistrat und sehr beliebt bei Rat und Bürgerschaft wäre; nur der Herr Lamprechter, der Kaufmann auf dem Markte, sei ihm nicht

grün, weil er der Nanni, seiner einzigen Tochter, nachgehe, die um seinetwillen schon drei Freier und darunter den Syndikus der Stadt abgewiesen habe. – Da ich aber meine Frage wiederhole, was denn doch wohl der Herr Registrant mit der boshaften Alten wolle, sagte der Kreuzwirt: ‚Nun, er ist ihr Mietsmann, und seit er in ihr Haus gezogen, hätschelt und pflegt er die Alte, besorgt ihre Geschäfte, redet ihr in aller Weise zu Gehör, und alles das in der Hoffnung, sie werde ihm ein tüchtig Stück Geld hinterlassen, damit er nach ihrem Tode die Lamprechter Nanni heiraten könne.‘ Es solle auch, setzte der Kreuzwirt hinzu, schon alles in Richtigkeit sein; ja der Registrant behaupte sogar, er selbst habe der Alten auf ihr Verlangen den Entwurf zu einem Testamente aufsetzen müssen, in dem sie ihn zu ihrem Universalerben erklärte; die Alte dagegen wolle es nicht Wort haben, sie lächle boshaft, wie sie pflege, wenn sie darüber zur Rede gestellt werde, und meine, es sei nicht alles Gold was glänze; es gäbe wohl noch Tauben auf dem Dache, aber darum stäken sie noch nicht am Spieße, und manche Henne auf ihrem Ei wisse nicht, was sie ausbrüte, und dergleichen Dinge mehr, so daß im Grunde doch niemand recht wisse, welchen Ausgang die Geschichte nehmen werde! – Während dieser und anderer Reden war im Gäßchen unten der Registrant seiner Wege gegangen und der alte Drache in seine Höhle zurückgeschlüpft, und ich –"

Hier hielt der Erzähler inne, denn einer seiner Zuhörer hatte in dem Bestreben, sich leise zu erheben und seinen Stuhl recht unbemerkt zurückzuschieben, mehr Geräusch verursacht, als dies vielleicht bei minderer Vorsicht der Fall gewesen wäre. Es war der Schreiber Ferencz, der nicht wenig verwirrt schien, die allgemeine Aufmerksamkeit durch diese Störung so ausschließend auf sich gezogen zu haben. Erst auf den wiederholten Anruf Horvaths, was es gäbe, stammelte er die Entschuldigung hervor, auf dem Platze, den er bisher eingenommen, verletze das grelle Kerzenlicht seine leidenden Augen, und er gedächte sich daher in die dunkleren Räume der Stube zurückzuziehen. „Geh' Er nur lieber gleich zu Bette; kranke Leute taugen nicht zu den Gesunden!" gab ihm Horvath rauh und hart zur Antwort, worauf aber Ferencz nach kurzem Besinnen mit unsicherer Stimme erwiderte, er wolle nichts von der anziehenden Erzählung des Herrn Steidler verlieren und daher, wenn es ihm vergönnt wäre, auf der Bank hinter dem Ofen Platz nehmen! – „Auch gut, krieche er hinter den Ofen", brummte Horvath; gleich darauf aber Zenzis Erbleichen und Erröten, ihre besorgten Blicke, die schlecht verhehlte Unruhe gewahrend, mit der sie den Bewegungen des Schreibers folgte, rief er, mit der derben Faust auf den Tisch hinschlagend, daß Flaschen und Gläser klirrten: „Kreuzschwerenot! Rühre dich, Mädel! Das Glas des Herrn Steidler ist leer! Schenk ein und präsentiere ihm den Kuchenteller! Donnerwetter, paß auf!" Während Zenzi zusammenfuhr und, so rauher Mahnung ungewohnt, zitternd die Aufträge des Vaters erfüllte, hatte dieser, seinen Unmut unter einer scherzenden Miene verbergend, sich wieder zu seinem Gaste gewandt und ihn aufgefordert, nach dieser unliebsamen Unterbrechung den Faden seiner Erzählung wiederaufzunehmen.

„Liebwertester Freund", begann Herr Steidler, „ich habe Euch wohl vorausgesagt, daß an jenem Vorfall, von dem ich Euch durchaus berichten sollte, nicht eben viel Merkwürdiges wäre; Ihr habt mir aber nicht glauben wollen; erstaunt also nicht, wenn ich an den Anfang meiner Geschichte statt ihrer Fortsetzung, die Ihr erwartet und begehrt, gleich unmittelbar ihr Ende knüpfen muß. Nachdem ich nämlich auf die Art und Weise, wie ich eben berichtet, die Marzipan-Liese und ihren Mietsmann kennengelernt hatte, ging ich meinen Geschäften nach und kehrte dann in meine Heimat zurück, ohne von jenen beiden weiter zu hören, oder ihrer auch nur von ferne zu gedenken. Nach etwa sechs Wochen hatte ich wieder eine Geschäftsreise nach Bruck anzutreten, und diese Gelegenheit benützte ich, einen Freund auf einem von Bruck kaum eine halbe Stunde entfernten Hammerwerke zu besuchen; dort abgestiegen, wurde ich nicht mehr fortgelassen; ich mußte bei meinem Freunde übernachten und setzte erst ziemlich spät morgens meine Reise wieder fort.

Ich wußte, daß an jenem Tage zu Bruck der Wochenmarkt abgehalten wurde, und gedachte von diesem Umstande zur Besorgung mancher notwendiger Einkäufe Nutzen zu ziehen; ich war daher nicht wenig erstaunt, als ich bei meiner Ankunft zu Bruck zwar den Marktplatz mit Waren aller Art bedeckt, aber weder Käufer noch selbst Verkäufer, nur einige Kinder und alte Weiber, die Waren zu behüten, zur Stelle fand. Vor dem Kreuzwirtshause angelangt sah ich weder Hausknecht noch Kellnerin herzuspringen, noch schwenkte mir der Kreuzwirt sein grünes Samtmützlein entgegen, dagegen bemerkte ich an der Ecke des Hauses einen Knäuel von Menschen, den immer neuer Zulauf vermehrte. Dies erregte meine Neugier; ich schritt auf das Gewimmel zu und hatte kaum einige Schritte getan, als ich den Kreuzwirt erkannte, der mir zuwinkte und schrie: ‚Hierher, nur hierher, kommt nur, Herr Steidler!' – ‚Kreuzwirt', sage ich, als ich ihn endlich erreicht hatte, ‚beißt Euch das Mäuslein, daß Ihr hier Maulaffen feil habt? Gibt's Feuer, oder ist sonst ein Unglück geschehen?' – Der aber, ganz erhitzt und verwirrt, meiner Worte nicht achtend, schnaubt mir entgegen: ‚Wollt Ihr sie sehen? Ich führe Euch hin, wenn Ihr sie sehen wollt!' – ‚Potz Hammer und Amboß!' rufe ich, ‚wer oder was ist denn zu sehen?' – ‚Was zu sehen ist?' war die Antwort; ‚nun, die Marzipan-Liese, nach der Ihr letzthin fragtet! Kommt nur mit! Eben ist der Syndikus hinein und die Herren vom Rate!' – Und ohne mir weiter Auskunft zu geben, faßte er mich beim Arm, rief mit barscher Stimme der vorwärtsdrängenden Menge ein: ‚Platz da! Vorgesehen!' zu, und zog mich, mit breiten Schultern und derben Fäusten mir Luft machend, in das Gäßchen hinein, dessen ich früher gedachte, und das nun mit Menschen jeden Geschlechts und Alters so vollgepfropft war, daß nirgends auch nur ein Apfel hätte zur Erde fallen können.

Endlich hatten wir das Haus erreicht, waren die Eingangsstufen hinangestolpert und hatten uns durch den dunklen Hausflur an der steilen, finstern Treppe vorbei durch mehrere Stuben des Erdgeschosses in ein kleines, gewölbtes Gemach gedrängt, das, wie sich später auswies, die Schlafstube der Hausfrau war. Das erste, was mir hier in die Augen fiel, war die über einen Haubenstock gestülpte Drahthaube mit der feuerfarbenen Schleife; über der Lehne eines Stuhl hing das Kamelottkleid und das dazu gehörige Halbmäntelchen; die Besitzerin dieser Gewänder aber lag unfern von ihrer Bettsponde, nur notdürftig bedeckt, auf dem Boden; das dünne, graue Haar hing aufgelöst um das runzlige, schwarzblaue Gesicht und den pergamentähnlichen Nacken, den scharf ins emporquellende Fleisch gedrückt das grellgelbe Halstuch umschlang, mit dem die Unglückliche nach kurzer, vergeblicher Gegenwehr erdrosselt worden war; dafür bürgten die starren, blutunterlaufenen Augen, der halboffene Mund, der sich zu einem gräßlichen Hohngelächter zu verzerren schien, und die verkrümmten Hände, die offenbar in dem vergeblichen Bestreben erstarrt waren, den erdrosselnden Knoten des gelben Halstuches zu lösen! Es war ein entsetzlicher Anblick. Als ich endlich imstande war, meine Blicke von dem furchtbaren Schauspiele abzuwenden, auf das ich lange voll Schaudern und Entrüstung hingestarrt hatte, gewahrte ich in einer Ecke des Gemachs mehrere mir bekannte, ansehnliche Bürger der Stadt um einen stattlichen Herrn versammelt, der, an dem geöffneten Schreibtisch der Ermordeten sitzend, die darin enthaltenen Papiere durchmusterte, und den mir der Kreuzwirt als den Syndikus der Stadt und einen der Freier der Lamprechter Nanni zu erkennen gab. Die Herren waren, der Leiche kaum mehr eingedenk, in ein leises, aber höchst lebhaftes Gespräch verwickelt, das, allmählich lauter werdend, durch einzelne Worte erkennen ließ, daß es sich um den Nachlaß der Ermordeten handelte. Dieser Umstand hatte mich zu der Frage veranlaßt, was denn mit dem Registranten, dem Mietsmann und mutmaßlichen Erben der Toten und dem glücklichen Nebenbuhler des Syndikus, geworden wäre, und der Kreuzwirt teilte mir eben halblaut mit, daß derselbe, mit der Versteigerung eines in der Laming in Gant verfallenen Anwesens beauftragt, schon seit sechs Tagen abwesend wäre, als sich ein immer zunehmendes Gewirr von Stimmen im Hausflur erhob, die ärgerlich abmahnend einen ungestüm Vorwärtsdringenden zurückzuweisen bemüht schienen. Gleichwohl drang der laute Ruf: ‚Ich muß hinein! Platz da! Ich muß sie sehen!' immer näher, bis zuletzt der Schwall der Menge plötzlich sich teilte und verstört, geisterbleich, große Schweißtropfen auf der Stirn, ein junger Mann ins Gemach stürzte, in dem ich augenblicklich den Registranten wiedererkannte, von dem wir soeben gesprochen. Bei dem Anblick der Ermordeten bebte er zurück, rang die Hände und rief einmal über das andere: ‚O Jammer! O Entsetzen! O unglückseliger, grauenvoller Tag!' – Mittlerweile war der Syndikus, der sich bei dem Eintritt des jungen

Mannes erhoben und ihn eine Weile von fern mit finsterem, fast feindlichem Blicke gemessen hatte, auf ihn zugeschritten und begann jetzt in langsam feierlichem Tone, in dem mir aber Hohn und Schadenfreude ganz deutlich durchzuklingen schienen: ‚Ja! Beklage Er das gräßliche Ende seiner mütterlichen Freundin! Beklage und beweine Er sie, wie wir sie beklagen und beweinen, wie bald ganz Bruck dies edle Herz, diese vielverkannte Seele, diese Mutter der Armen, diese Zuflucht der Betrübten, beklagen und beweinen wird! Denn, hört und beherzigt es, schätzbarste Anwesende, diese oft geschmähte und verleumdete, diese mit Schimpf und Hohn verfolgte, mit Spottnamen verunehrte Frau hat feurige Kohlen auf euer Haupt gesammelt und ihr ganzes großes Vermögen ungeteilt und ausschließend hiesiger Stadt zur Gründung eines Bürgerspitals und Waisenhauses in bester Form rechtens letztwillig hinterlassen!‘ – Ein Murmeln und Flüstern des Staunens zog brausend durch die Versammlung, während der junge Mann eine Weile stumm und gedankenlos den Sprechenden anstarrte; als aber hier und dort in der Menge ein: ‚Gott segne sie!‘ ein: ‚Ruhe sie in Frieden!‘ laut wurde, als die erst stumpfe und mehr neugierige als erschütterte Menge plötzlich vom Drang des Dankgefühls hingerissen wie ein Mann sich auf die Knie warf und ein Gebet für ihre ermordete Wohltäterin anstimmte, da flammte in seinem Auge die Glut des feindlichsten Hasses auf, die, als sein Blick sich abwendend wieder auf die Leiche fiel, in den Ausdruck wahnsinniger Wut sich verwandelte; er knirschte mit den Zähnen, wühlte mit den Händen in seinem Haar, dann stieß er einen Schrei aus, der halb wie Schmerzgeheul, halb wie Gelächter der Verzweiflung erklang, taumelte, verdrehte die Augen und schlug im nächsten Augenblick leblos wie ein Stück Holz neben der Leiche hin!“

Herr Steidler, der in dem Bemühen, seinen Zuhörern die Eindrücke des vorlängst Erlebten recht anschaulich zu vergegenwärtigen, ungewöhnlich lebhaft geworden war, hielt hier inne, um sich zu sammeln und seine Erinnerungen für die Fortsetzung seiner Erzählung zu ordnen, als vom Ofen her, hinter dem schon lange schwere Atemzüge hörbar geworden, nun plötzlich ein dumpfes, ängstliches Stöhnen wie das Röcheln eines Erstickenden erscholl. „Herr Jesus“, jammerte Base Margit, „es spukt!“ und verbarg das Gesicht in ihrer Schürze; Horvath war vom Stuhle aufgesprungen, Zenzi aber stürzte mit dem Angstschrei: „Um Gotteswillen, was ist geschehen?“ auf den Ofen zu. Noch ehe sie aber das mächtige, grüne Kachelgebäude erreicht hatte, schwankte schon Ferencz, wie einer, dem die Knie brechend versagen, krampfhaft an das Gesimse des Ofens geklammert und daran sich forthelfend, hinter demselben hervor. Er war kreideweiß bis in die Lippen, seine Brust flog und arbeitete nach Luft: Fieberhaftes Zittern durchlief seine Glieder und ließ seine Zähne hörbar aneinanderklappern.

– Ihm sei todesübel geworden, es verlege ihm den Atem, ächzte er, aber es werde wohl vorübergehen, wenn er nur erst zu Bette wäre! – „Wasser, Wasser!“ schrie Zenzi, er stirbt! „Hilfe!“ Und damit stürzte sie auf ihn zu und unterstützte den Schwankenden. Aber kaum daß sie ihn berührt hatte, fühlte sie auch schon die schwere Hand des Vaters auf ihrer Schulter, die sie wie eine Flaumfeder fortdrehte, daß sie taumelnd in einer Ecke des Gemachs niedersank. – „Schickt sich das?“ rief Horvath, dessen Grimm nur des zündenden Funkens geharrt hatte, um aufzuflammen wie eine Pulvertonne; „ist's hierzulande Brauch, daß sittsame Mädchen sich nach Belieben den jungen Burschen an den Hals werfen? Gott's Donnerwetter! Ich will dich lehren, Dirne, was sich schickt!“ – Und damit erhob er die Hand; aber er besann sich und winkte die Base Margit heran: „Helft dem Burschen auf seine Stube“, sagte er, „und macht fort! Ich bin des Gewinsels satt und will Ruhe haben!“ – Margit gehorchte und entfernte sich mit dem halbohnmächtigen Ferencz, zu dessen Wiederbelebung der eben stattgehabte Auftritt auch freilich nicht sehr geeignet war.

Kaum war die Türe hinter den beiden zugefallen, als Horvath, der ihren Abgang mit unmutig düstern Blicken beobachtet hatte, sich wieder zu Zenzi wandte, die blaß und regungslos dasaß, und von deren Wimpern große Tränen auf die in ihrem Schoße gefalteten Hände niederträuften. „Geh auf dein Zimmer“, sprach er in milderem Tone, „die Erzählung unseres Gastes hat dich aufgeregt, und wenn bei euch Weibsleuten das Rädlein einmal ins Laufen gekommen ist, so will's nicht mehr stille stehen! Geh und ein andermal sei klüger! Und damit gute Nacht!“ – Zenzi wiederholte tonlos und kaum vernehmlich die letzten Worte des Vaters, verneigte sich schweigend vor dem Gaste und verließ langsam das Gemach. Horvaths Blicke folgten ihr mit dem Ausdrucke schmerzlichen Bedauerns und bitterer Kränkung. Die leidenschaftliche Teilnahme, die Zenzi für den Schreiber bei einem so unbedeutenden Anlaß, wie seine Unpäßlichkeit es war, an dem Tag gelegt hatte, ließ über den Zustand ihres Herzens keinen Zweifel übrig, und in Horvaths Brust, der sich in seiner blinden Zuversicht getäuscht, in seinem Stolze verletzt und in die bittere Notwendigkeit versetzt sah, dem Herzen wehe tun zu müssen, das er am meisten liebte, kämpften die widersprechendsten Gefühle einen harten, peinlichen Kampf. Endlich seines Gastes gedenkend, faßte er sich und nahm wieder an seiner Seite Platz; aber sei es, daß er es für unnütz hielt, ihn über die Bedeutung des Vorganges täuschen zu wollen, oder daß er sich in diesem Augenblick unfähig fühlte, demselben irgend einen andern annehmbaren Sinn unterzuschieben, er erwähnte des Vorgefallenen mit keiner Silbe und begnügte sich, seinen Tischgenossen zu bitten, die angefangene Erzählung zu Ende zu bringen.

„Meine Geschichte zu Ende bringen?" fragte Herr Steidler, der ein stummer, aber nicht teilnahmsloser Zeuge der Ereignisse des Abends gewesen und mit Vergnügen die Gelegenheit ergriff, seinen Hauswirt auf irgendeine Weise zu zerstreuen, – „Teuerster Freund, sie ist zu Ende; denn was noch zu berichten bleibt, ist kaum der Rede wert und läuft auf unbestimmte Gerüchte und Vermutungen hinaus. Nur das ist gewiß, daß die Marzipan-Liese mit unerhörtem Gepränge zur Erde bestattet wurde, daß es mit ihrem Testamente seine volle Richtigkeit hatte, und daß ihrem erbschleicherischen Mietsmanne, dem Registranten, wirklich nicht ein Heller aus ihrem Nachlasse zufiel, wodurch denn auch jede Möglichkeit seiner Verbindung mit der Lamprechter Nanni zu Wasser wurde.

Der junge Mann, der alle seine Anschläge vereitelt sah und wie gewöhnlich zum Schaden auch noch den Spott hatte, lief seit jenem Tage verstört und halb wahnsinnig in der Stadt herum, bis er nach drei Wochen plötzlich verschwand. Sein Hut und sein Oberrock, die an den Ufern der Mur gefunden wurden, lassen vermuten, daß der arme Teufel in seiner Verzweiflung sich ertränkt habe. Was den Mörder der Marzipan-Liese betrifft, so führten die sorgfältigsten Nachforschungen auf keine Spur. Ein ehemaliger Schuldner der Ermordeten, den sie um Haus und Hof gebracht hatte, und der sich zur Zeit des Mordes in der Gegend von Bruck herumtrieb, wurde auf Veranlassung des Registranten als der Tat verdächtig eingezogen, mußte aber entlassen werden, da er ein Alibi standhältig nachzuweisen vermochte. Dagegen ging später und zwar kurze Zeit nach dem

Verschwinden des Registranten das Gerücht, er selbst wäre es gewesen, der in der sichern Hoffnung, die Alte zu beerben, ihr hingeholfen hätte, um früher zu Geld und Gut und in den Besitz seiner Liebsten zu kommen. Man erzählt sich nämlich, zwei Bräuknechte hätten dem Syndikus angezeigt, daß sie in der Nacht des Mordes, von einem Besuch bei ihren Mädchen gegen Morgen nach der Stadt heimkehrend, dem, wie gesagt, damals in der Laming stationierten Registranten, hastig von der Stadt kommend, begegnet wären und ihn deutlich erkannt hätten, obgleich er bei ihrem Herannahen von der Straße weg in den Busch gesprungen wäre. Wenn nun auch der Hauswirt des Registranten in der Laming dagegen steif und fest behauptete, dieser letztere habe sich daselbst in jener Nacht wie gewöhnlich zu Bette begeben und sei frühmorgens von ihm selbst geweckt worden, so schließe das doch nicht aus, daß der verruchte Mörder heimlich in stiller Nacht das Haus verlassen, die Untat vollbracht habe und dann unbemerkt wieder zurückgekehrt sei, wofür auch der Umstand spreche, daß der Mörder die Gelegenheit im Hause der Marzipan-Liese sehr wohl gekannt haben müsse, da kein Einbruch stattgefunden habe und Tür und Fenster unverletzt gewesen wären.

Mehrere aber wußten mit dieser Angabe noch eine andere zu verbinden und berichteten, zu selbiger Zeit habe der Syndikus, den Nachlaß der Marzipan-Liese ordnend, unter ihrer Wäsche ein Päckchen mit der Überschrift: ‚Legat für meinen Mietsmann' gefunden. Dieses Päckchen habe ein Tellertüchlein, einen von dem Registranten für die Marzipan-Liese aufgesetzten Testamentsentwurf und ein Schreiben dieser letztern enthalten, worin sie dem Registranten für die Mitteilung jenes Entwurfes dankte, den sie auch nach ihrer Absicht und zu ihrem Zwecke endlich benutzt habe; ihn zum Erben einzusetzen, wäre ihr nie eingefallen; sie hätte ihn damit nur hingehalten, damit sie ohne viele Kosten zu einem brauchbaren Testamentsformular käme; wohl aber würde sie ihn für die guten Dienste, die er ihr geleistet, mit einem hübschen Kapital bedacht haben, wenn nicht ihre Katze von dem Kuchen, den er ihr unlängst verehrt, genascht hätte und daran verreckt wäre; sie habe darüber ihre eigenen Gedanken und meine demnach vollkommen genug zu tun, wenn sie ihm das anliegende Tellertüchlein hinterlasse, um – sich das Maul zu wischen. Nach Lesung dieser Papiere habe der Syndikus, wie die Leute wissen wollten, sich in großer Verlegenheit befunden, indem dieselben, in Verbindung mit den Aussagen der Brauknechte, den Registranten allerdings schwer verdächtigten; endlich aber habe er beschlossen, zwei Fliegen mit einem Schlage zu erlegen: nämlich einesteils das unliebsame Aufsehen zu vermeiden, das die Eröffnung des hochnotpeinlichen Verfahrens gegen ein Mitglied des Magistrats nach sich gezogen hätte, andernteils aber durch den Anschein ritterlicher Großmut gegen seinen Nebenbuhler sich des Besitzes der Lamprechter Nanni um so bestimmter zu versichern. Er habe sich also zu dieser letztern verfügt, ihr den Sachverhalt mitgeteilt und ihr ans Herz gelegt, wie der Mann ihrer Neigung, falls er sich nicht ganz rein wüßte, sehr wohl daran täte, ungesäumt das Weite zu suchen; dabei aber nicht undeutlich merken lassen, auf welche Weise er die zarte Rücksicht, die er für ihre Person an den Tag lege, belohnt zu sehen hoffe. Auf diesem Wege, meinten die Leute, habe der Registrant Wind bekommen, sich aus dem Staube gemacht und der Syndikus die Hand seiner Liebsten gewonnen. Das letztere hat nun allerdings seine Richtigkeit; die Lamprechter Nanni hat wirklich den Syndikus geheiratet; das übrige ist wohl nur eitles Gerede, mit dem böse Mäuler unbarmherzig genug den armen Registranten noch im Grabe verfolgen. Das Ende der ganzen Geschichte ist aber denn doch, daß der Mörder der Marzipan-Liese bis jetzt noch nicht entdeckt worden ist und daß ihn daher Gott wird finden müssen, wie Ihr sagt, da ihn die Menschen nicht erreicht haben."

Diese Bemerkung, absichtlich von Herrn Steidler hingeworfen, um den in Gedanken verlorenen Horvath ins Gespräch zu ziehen, blieb ohne Erwiderung. Horvath hörte sie nicht; den Kopf in die Hand gestützt, starrte er vor sich hin und hatte die Worte seines Gastes unbeachtet an sich vorüberrauschen lassen. Ihn beschäftigte nur eins: daß Antal Recht hatte, daß er selbst in törichter Verblendung sein Kind ins Verderben hatte rennen lassen; daß er nun ein Ende machen müsse, und daß es selbst dazu vielleicht zu spät sein könnte. Die tiefe Stille, die eingetreten war, nachdem Steidler seine Erzählung vollendet hatte, entriß ihn endlich seinem Hinbrüten; er fuhr auf, und ohne weitere Vorbereitung, als daß er die zunehmende Kränklichkeit seines Schreibers beklagte, fragte er Herrn Steidler, ob er ihm einen Buchhalter empfehlen könne. Diese Frage wurde von dem umständlichen und in Geschäften sehr pünktlichen Gaste mit der Gegenfrage nach den Eigenschaften, die er fordere, und den Genüssen, die er gewähren wolle, und nach entsprechender Erörterung dieser Punkte mit dem Versprechen erwidert, ehe drei Wochen ins Land gingen, wolle er ihm einen ältlichen, aber noch rüstigen Mann zuweisen, der ihm genügen würde, worauf Herr Steidler, da er frühmorgens aufbrechen müsse, für den freundlichen Empfang danksagend, sich vom Tische erhob und von seinem Wirte mit den besten Wünschen für eine „ruhigschlafende" Nacht auf seine Stube geleitet wurde.

Der Morgen dämmerte herauf, und die ersten blassen Strahlen des Zwielichts, die in die Kammer des Schreibers Ferencz brachen, fanden ihn wach und halb angekleidet auf seinem zerwühlten Lager sitzend, dem diese Nacht Ruhe und Schlummer ferngeblieben zu sein schienen. Der Lichtschirm und das schwarzseidene Tuch, das er tags zuvor um die Backen geschlungen hatte, lagen inmitten der Stube auf den Boden hingeschleudert, der mit zerrissenen Papieren bedeckt war; Schrank und Lade standen weit offen; Kleidungsstücke, Wäsche und andere Habseligkeiten lagen teils da und dort auf Tischen und Stühlen, teils neben dem Felleisen aufgehäuft, das in einer Ecke des Gemachs halbgepackt dastand und nach dem die Blicke des Schreibers von Zeit zu Zeit unruhig düster hinüberglitten, als überlegte er, ob er das angefangene Werk nicht doch vollenden solle. Wenn die Umgebung des jungen Mannes durch diese und andere Züge einen seltsamen Ausdruck des Unfriedens und der Verworrenheit erhielt, so zeigten sich diese letztern ihm selbst und seiner ganzen Erscheinung noch viel deutlicher aufgeprägt. Seine zusammengeknickte Haltung, das tief auf die Brust herabgesenkte Haupt, die fahle Blässe der Wangen verriet die äußerste Erschöpfung, während die schweren Seufzer, die von Zeit zu Zeit aus der beklommenen Brust sich losrangen, und das unter den krampfhaft zusammengezogenen Brauen düster hervorblitzende Auge, das bald minutenlang auf das erlöschende Flämmchen der Nachtlampe gedankenlos hinstarrte, bald in ängstlich scheuer Hast von Gegenstand zu Gegenstand schweifte, von einer innern Ruhelosigkeit, von einer Gottverlassenheit der Seele zeugten, wie nur Verzweiflung oder Schuld sie empfinden. – Jetzt fuhr er auf und horchte. – Schritte – waren das nicht Schritte? Nein, es war nichts! Er trocknete sich den Schweiß von der Stirn, strich die wirren Haare zurück, die sie bedeckten, und schritt unruhig im Zimmer auf und nieder. – „Warum gab ich auch dem Drängen der alten Margit nach", murmelte er vor sich hin, „und was bestand ich später darauf, mich nicht zu entfernen? Der alte Schwätzer mußte freilich im Auge behalten werden, und wer konnte wissen, daß mich das dumme Fieber packen würde und daß ich wie ein Schulknabe –" Er vollendete nicht, denn jetzt schallten wirklich draußen rasche Schritte nah und näher, denen bald ein derbes Pochen an der verschlossenen Tür folgte. Ferencz stand einen Augenblick wie erstarrt, dann sich ermannend, sprang er in die Ecke der Stube, riß mit zitternden Händen seinen Mantel von der Wand, breitete ihn über das offene Felleisen hin und wankte dann zur Tür, den Riegel zurückzuschieben; nun öffnete sie sich, und Horvath stand auf ihrer Schwelle dem bis in die Lippen erbleichenden Ferencz gegenüber, der vergebens seine tödliche Unruhe unter Bücklingen und ehrerbietigen Morgengrüßen zu verbergen strebte.

Horvath hatte seinerseits die Nacht nicht besser zugebracht als sein Schreiber. Gekränkt in seinem Stolze, erbittert durch den Mangel an Vertrauen, den seine Tochter gegen ihn bewiesen, und voll Zorns gegen den treulosen Diener, der seine Wohltaten mit Undank vergolten hatte, war er zu Bette gegangen; aber in der Stille der Nacht, die ihn immer deutlicher der eigenen Mitschuld an der Verirrung der jungen Leute sich bewußt werden ließ, verloschen allmählich die Flammen seines Zornes. Dagegen faßte er den festen Entschluß, geschehe was da wolle, am nächsten Morgen, sobald nur Herr Steidler abgereist sein würde, unverzüglich mit aller Entschiedenheit einem Verhältnisse ein Ende zu machen, das ihm ebenso schmachvoll als unnatürlich und ganz und gar unmöglich erschien. Gleichwohl war sein Wesen so durch und durch Milde und Gutmütigkeit, und so sehr widerstrebte es seiner innersten Natur, irgend jemand, außer im ersten Auflodern des Zorns, etwas vorsätzlich zuleide zu tun, daß er nach Steidlers Abreise kaum minder schweren Herzens den Gang nach der Kammer des Schreibers antrat, als dieser ihn in derselben erscheinen sah.

„Ist Er wiederhergestellt?" sagte er langsam in die Stube tretend und die Türe hinter sich zuziehend. „Nun, das sehe ich gern; denn ich habe mit Ihm zu reden, und es freut mich, daß Er Seine fünf Sinne beisammen hat!" Er setzte sich mit diesen Worten auf den Stuhl, den ihm Ferencz hingerückt hatte, und blickte wie verlegen im Zimmer herum. – „Ja, ich habe mit Ihm zu reden", wiederholte er mit barschem, ja rauhem Tone, aber es war etwas in diesem Tone, als täte er sich Gewalt an, fester und entschlossener zu scheinen, als er war. – „Ich will Ihm sagen, daß ich heute nach Vasarhely hinüberreite, um in den Weingärten nachzusehen, und morgen", setzte er nach einigem Zögern hinzu, „morgen reise ich nach Ofen." – Hier hielt er wieder inne, dann aber sich ein Herz fassend und das Unvermeidliche herausstoßend, sagte er, indem er aufstand und dem

Schreiber den Rücken kehrend an den Tisch trat: „Und dann will ich Ihm sagen, daß ich einen andern zu meinem Buchhalter bestellt habe und daß Er mein Haus noch heute verlassen muß!“ Ferencz zuckte bei diesen Worten zusammen wie einer, dem ein Blitzstrahl hart vor den Füßen in die Erde schlägt. – „Hier ist Sein Dienstzeugnis“, fuhr Horvath fort, ein Papier aus der Tasche ziehend und es abgewandt ihm hinreichend, „und hier ist Sein rückständiger Lohn und ein Reise- und Zehrpfennig dazu!“ Und damit warf er eine Rolle hin, die, im Falle berstend, den Tisch mit Goldstücken bedeckte. – Er schwieg, als ob er eine Antwort erwartete; als diese aber ausblieb, wandte er sich um, und ein Blick auf den wie vernichtet dastehenden Schreiber genügte, ihn vollends zu entwaffnen. Er schritt auf Ferencz zu, und ihm mit der Hand auf die Schulter schlagend, sagte er: „Er ist ein braver, geschickter, fleißiger Mensch, ich entbehre Ihn ungern und habe Ihn auch in meinem Zeugnis als treu und fleißig bestens rekommandiert: Aber Er selbst wird einsehen, daß Er nicht bleiben kann. Morgen reise ich nach Ofen, und darum muß Er noch heute, diese Stunde fort! Hört Er?“ – Ferencz lallte einige unverständliche Worte, während Horvath der Türe zuschritt, die Klinke in der Hand aber noch einmal sich umwandte und sagte: „Daß Er sich aber nicht einbilde, Er könne sich in der Gegend herumtreiben und um mein Haus herumlungern! Das verbitte ich mir und werde Ihm auch das Handwerk zu legen wissen! Er muß fort, gleich und ganz fort! Und damit Gott befohlen!“ Mit diesen Worten öffnete er die Türe und verließ, froh, das ihm peinliche Geschäft kurz und entschieden abgetan zu haben, raschen Schrittes das Gemach.

Solange noch der Schall von Horvaths Schritten auf Gang und Treppe zu hören war, verharrte Ferencz in zerschmetterter Haltung, die ihm in seiner Gegenwart so gute Dienste geleistet hatte; dann aber schnellte er aus der gebückten Stellung empor; das kaum noch tiefgesenkte Auge funkelte, sich wieder erhebend, von Selbstbewußtsein, das farblos blasse Antlitz glühte vor Freude, und ein häßliches Lächeln hämischen Spottes zuckte um die noch schreckensbleichen Lippen. – „Nichts, gar nichts wissen sie“, rief er, raschen, schwungkräftigen Schritts die Stube auf- und niedermessend, „nur dumme Selbstquälerei war es, die mich heute nacht halb verrückt machte! Aber nun ist alles gut, selbst daß er mir den Abschied gegeben! Zur Entscheidung muß es doch einmal kommen, und diesmal bin ich meiner Sache gewiß; die Zenzi habe ich fest!“ Aus diesen und andern Gedanken weckten ihn die Hufschläge des Pferdes, das Horvath nach Vasarhely trug; die Zeit seiner Entfernung mußte benutzt werden, jetzt oder nie rasch und entschieden gehandelt werden. Hastig seinen Anzug vollendend, überlegte er, welche Wege er einzuschlagen hätte, erwog die Hindernisse, die ihm entgegentreten könnten, die Mittel, die ihm zu Gebote stünden, sie zu beseitigen, und eben da er endlich seinen Entschluß gefaßt hatte, sah er Zenzis schlanke Gestalt den Hofraum entlang dem Garten zuschweben, wohin er ihr augenblicklich folgte.

Die Züge des jungen Mannes, die noch von Siegesfrohlocken und hämischer Zuversicht strahlten, als er die Stufen zur Gartentüre emporstieg, hatten den Ausdruck tiefen Schmerzens und mühsam errungener Fassung angenommen, als er dem jungen Mädchen sich nahte, das ihm mit der rührendsten Hingebung entgegeneilte und ihn mit zärtlicher Besorgnis nach dem Zustande der bösen Augen fragte, die ihr gestern so viel Kummer gemacht hätten. Seine Antwort war kurz, ernst, gemessen; mit gepreßter Stimme, aus deren Klang das Ohr der Liebe unterdrückte Tränen heraushörte, berichtete er ihr das harte Urteil, das ihr Vater ihm gesprochen, und schloß mit zärtlichen Abschiedsworten und heißen Segenswünschen für die Zukunft der Geliebten, wenn auch die seine für immer vernichtet und ein früher Tod fortan das einzige Ziel sei, dem er noch hoffend entgegenschaue! Die Wirkung, die diese Worte auf Zenzis tatkräftige und freie Seele machen mußten, war eine wohlberechnete gewesen. Einen Moment von Schreck und Schmerz überwältigt, raffte sie sich bald empor, schloß ihn in ihre Arme und fragte ihn, ob er an ihr zweifle, ob sie ihm nicht Treue, unverbrüchliche Treue verheißen, ob er sie für wortbrüchig halten könne, und durch das schmerzliche Lächeln, mit dem Ferencz diese Frage erwiderte, nur noch mehr bewegt und erregt, überhäufte sie ihn mit Liebkosungen und Vorwürfen und schwor ihm zu, sich noch heute ihrem Vater zu Füßen zu werfen und vor aller Welt zu gestehen, daß sie ihn liebe, daß sie ihm, nur ihm angehöre, und daß nicht Drohung, Gewalt noch jahrelange Trennung ihr Herz jemals dem seinen entfremden könnte! Diesem Überströmen der Leidenschaft setzte Ferencz das düstere Schweigen hoffnungslosen Schmerzes, die dumpfe Ruhe der Verzweiflung entgegen. Was ihre Bitten fruchten würden, fragte er sie endlich; ob sie meine, der stolze Horvath werde im Handumdrehen sich entschließen, dem von der Straße aufgelesenen Schreiber die reiche Erbtochter in die Arme zu werfen. Ob sie die besten Tage des Lebens, den Frühling ihrer Jugend vertrauern wolle, um ihm nach jahrelanger Trennung endlich über dem Grabe ihres Vaters die Hand zu reichen. Nein, hier gelte es, jede Selbsttäuschung sich fern zu halten; nur ein Mittel gebe es, die berechtigte Forderung ihrer Herzen, roher Willkür gegenüber, durchzusetzen und den Vater zum Glücke seines Kindes zu zwingen, und dieses eine Mittel – er zögerte es auszusprechen; endlich sprach er es doch aus – dies eine Mittel sei – Flucht aus dem Vaterhause!

Zenzi, schon in der Wiege der Mutter beraubt, hatte sich während der häufigen und langwierigen Reisen des Vaters und bei dem geringen Ansehen, das die alte Margit dem feurigen, lebhaften Sinne des jungen Mädchens gegenüber zu behaupten vermochte, frühzeitig mit großer Entschiedenheit des Willens und seltener Selbständigkeit des Geistes entwickelt. Zwang und Willkür waren ihr verhaßt, aber so heilig berechtigt sie sich fühlte, ihr Glück auf eigenem Wege zu suchen und zu finden, ebenso innig überzeugt war sie auch, daß dies nicht auf Kosten anderer, am wenigsten auf die ihres raschen und heftigen, aber sie so zärtlich liebenden Vaters geschehen dürfe. Es war ein harter Kampf, den Ferencz zu kämpfen hatte, bis das Pflichtgefühl des Kindes dem Drange der Leidenschaft erlag; endlich aber siegte er doch. Die Flucht wurde beschlossen und als der geeignetste Zeitpunkt, sie anzutreten, die erste Nacht festgesetzt, die auf Horvaths Abreise nach Ofen folgen würde, weil sie dann hofften durften, wenigstens die ersten Tage unverfolgt zu bleiben. Schwieriger war die Lösung der weiteren Frage, wo Ferencz bis zu jenem Zeitpunkt sich aufhalten solle. Sich in der Nähe zu verbergen, erschien bei dem einmal erweckten Mißtrauen Horvaths gefährlich; die Wahl eines entfernteren Verstecks aber stellte einesteils bei der Schwierigkeit, sich gegenseitig in Kenntnis etwa eintretender Wechselfälle zu erhalten, das Gelingen des Fluchtplans in Frage; andernteils hatte Zenzi sich mit solchem Widerstreben herbeigelassen, mit ihrer Vergangenheit so gewaltsam zu brechen, und zeigte sich von ihrem Unrecht so durchdrungen, in ihrem Gewissen so beunruhigt, daß Ferencz nur den fortdauernden Einfluß seiner Anwesenheit und die auf Zenzis Seele gewälzte Verantwortlichkeit für die Sicherheit seiner Person als ein hinlängliches Gegengewicht erkannte, um die Zweifelnde, ängstlich hin und her Schwankende bei dem kaum gefaßten Entschlusse festzuhalten.

Bei dieser Lage der Dinge mußte gewagt werden, um zu gewinnen, und so erklärte denn Ferencz, daß er sich von Zenzi nicht trennen könne, daß er bleiben und im Hause sich verborgen halten müsse, wenn ihr Vorhaben gelingen solle. Zenzi ließ sich von der Richtigkeit dieser Ansicht überzeugen, und ein sicheres Versteck wurde nach kurzem Überlegen ausgefunden. Ein Stübchen, das Horvath im untersten Geschosse seiner weitläufigen Keller hatte herstellen lassen, um dort während der Weinlese in aller Bequemlichkeit die Einlieferung der Erträgnisse seiner Weingärten überwachen und nach derselben mit den Abnehmern seiner Weine, die Weinproben gleich vom Faß weg durchkostend, über die Preise der verschiedenen Sorten sich behaglich besprechen zu können, erschien zu diesem Zwecke um so geeigneter, als es in dieser Jahreszeit nie benutzt und erst nach der Heimkehr Horvaths vom Ofener Markte für seine Bestimmung wieder instand gesetzt zu werden pflegte. Nachdem die Liebenden sich über die Wahl dieses Verstecks geeinigt und sich noch in wenigen hastigen Worten über die Art und Weise, in der Ferencz es beziehen soll-

te, verständigt hatten, trennten sie sich, um ihr Vorhaben noch vor Horvaths Heimkehr ins Werk zu setzen.

Ferencz eilte in seine Kammer zurück, packte schleunigst seine Habseligkeiten zusammen, schloß sein Felleisen und begab sich gegen Mittag in das Gemach der Frau Margit, um ihr das Vorgefallene mitzuteilen und von ihr Abschied zu nehmen. Die gute Alte geriet über die Nachricht von der Verabschiedung ihres Günstlings völlig außer Fassung; Ferencz aber bat sie mit der Gebärde des tiefsten Schmerzes, den Hausgenossen seine letzten Grüße darzubringen, denn ihm selbst gebräche es dazu an Mut; dann erbat er sich ihren Segen, und nachdem er ihn empfangen und ihr empfohlen hatte, sein Felleisen in Obhut zu nehmen, bis er es abholen lassen würde, entwand er sich den Armen der schluchzenden und vor Schreck und Kummer halb gelähmten Alten, um, wie er sagte, einsam in die weite, weite Welt hinauszuwandern. Ehe Frau Margit sich recht besinnen und dem Fortstürzenden das Geleite geben konnte, war er die Treppe hinabgeeilt, hatte sich, an der Küche vorüberschlüpfend, überzeugt, daß das Hausgesinde sich daselbst wie gewöhnlich um diese Stunde zum Mittagsmahle versammelt habe, und war zum Tore hinausgesprungen.

Er schlug den Weg nach der Stadt ein; um die Ecke des Hauses gekommen, bog er abermals links ab, lief an der Gartenmauer hin, bis er an das angelehnte Hinterpförtchen gelangte und durch dasselbe sich wieder ins Haus stehlend, an der Hinterwand der Stallungen sich fortschleichend, den Holzhof erreichte. Dort erwartete ihn Zenzi mit einem mit Eßwaren gefüllten Korbe an der Kellertür und geleitete ihn die Treppe hinab in das Kellerstübchen, das in einer Ecke des untersten Kellergeschosses aus starken, mit Backsteinen verkleideten Bohlenwänden erbaut war und in das die Fürsorge der Liebe schon früher Betten, Kerzen und was sonst zur Bequemlichkeit des freiwillig Gefangenen dienen konnte, hinuntergeschafft hatte. Hier verließ sie ihn mit dem Versprechen, nachts, wenn alles zur Ruhe wäre, Nachricht zu bringen, wie es im Hause stehe: Ferencz aber, nun des Gelingens seines Anschlages gewiß und voll der sichern Hoffnung, dem Hause, in dessen einsamsten Winkel er nun sich verbergen mußte, dereinst als Herr und Eigentümer zu gebieten, erquickte sich an den im Korbe befindlichen Lebensmitteln und streckte sich dann auf das ihm zubereitete Lager, um die entbehrte Nachtruhe nachzuholen.

Horvath kehrte erst spätnachmittags von Vasarhely zurück; die Niedergeschlagenheit Zenzis und ihre verweinten Augen schien er nicht zu bemerken; die alte Margit, die in unkluger Geschwätzigkeit die Entfernung ihres Lieblings zur Sprache zu bringen versuchte, fertigte er kurz und barsch ab und ging dann, Geschäfte vorwendend, nach der Stadt, wahrscheinlich um Nachforschungen anzustellen, ob Ferencz sich nicht irgendwo in der Nähe verborgen halte. Die Ergebnisse seiner Wanderungen schienen ihn befriedigt zu haben, denn wieder heimgekehrt, zeigte er sich milder und gesprächiger als früher; des Schreibers gedachte er mit keiner Silbe, dagegen erklärte er beim Nachtmahl, daß die Weinlese dieses Jahr so ergiebige Ausbeute verspreche, daß er um das nötige Geschirr, die Fechsung aufzunehmen, verlegen sei und genötigt sein würde, selbst alte, schon halb ausgediente Fässer wieder in Gebrauch zu nehmen, und da er, um nach Möglichkeit wieder auszubessern, auf morgen den Küfermeister mit seinen Gesellen bestellt habe, so könne er erst übermorgen die Reise nach Ofen antreten. Diese Nachricht war für Ferencz allerdings eine bittere Zutat zu den Leckerbissen, die Zenzi in tiefer Nacht ihm zitternd in das Kellerstübchen hinunterschmuggelte, denn er sah dadurch nicht nur seine Gefangenschaft verlängert, sondern auch ihre Bequemlichkeit wie seine Sicherheit wesentlich beeinträchtigt. Zwar befanden sich die Fässer, die wieder hergestellt werden sollten, im obern Kellergeschosse, aber wie leicht konnte es Horvath oder einem der Küfer einfallen, auch in das untere

hinabzusteigen. Er mußte nicht nur, da ihm sonst das ganze untere Kellergewölbe zu Gebote stand, sich fortan streng auf den engen Raum des Stübchens beschränken, sondern auch, wenigstens während der Arbeitszeit der Küfer, auf alle Beleuchtung verzichten, damit ihn nicht etwa der Lichtschimmer, der durch eine Ritze der Tür dringen konnte, verrate; ja es schien sogar nötig, die Türe des Stübchens, damit kein Unberufener, absichtlich oder zufällig, sie öffne, zu verschließen, was nur von außen geschehen konnte, da an der innern Seite derselben Schloß oder Riegel anzubringen bei der Bestimmung des Stübchens niemals auch nur in Frage gekommen war. Wie lästig und unangenehm alles dies auch sein mochte, es mußte gleichwohl von Ferencz als ein Unvermeidliches ruhig ertragen werden, wenn nicht die Unruhe und Beklommenheit Zenzis, die mit jedem Augenblicke zuzunehmen schien, sich zur vollkommenen Fassungslosigkeit steigern sollte. Dieser Gefahr zu begegnen, bemühte er sich auf alle Weise, die Bedeutung ihrer Mitteilung zu verringern, durch Liebkosungen ihre Besorgnis zu übertäuben, und als sie endlich halbgetröstet Abschied nahm, hieß er sie scherzend ihr Vöglein in seinem Käfig wohl verschließen, aber auch ja auf die Schlüssel wohl achthaben, daß er nicht etwa durch ihren Verlust in seiner freiwilligen Haft zu einem höchst unfreiwilligen Fasten gezwungen werde.

Tags darauf erschienen am frühen Morgen wirklich der Küfer und seine Gesellen im obern Kellergeschoß und weckten alsbald, den schadhaften Fässern neue Bänder und Reifen antreibend, mit dem Gepoch ihrer Schlägel den Wiederhall seiner Gewölbe. Horvath ging ab und zu, überwachte den Fortgang der Arbeit, unterließ aber nicht, von Zeit zu Zeit in der Gegend herumzustreifen, um zu erkunden, ob Ferencz sich denn auch wirklich ganz und gar entfernt habe. Dem Kellerstübchen aber nahte den ganzen Tag hindurch weder er noch einer der Küfer, die, von allen Seiten in Anspruch genommen, nur auf Förderung ihrer Arbeit bedacht waren. Dagegen mußte Ferencz, als Zenzi ihrem Gefangenen gegen Mitternacht wieder Speise und Trank zutrug, von ihr in Erfahrung bringen, daß der Vater, sei es der Küfer wegen, oder weil das plötzliche, spurlose Verschwinden des Schreibers ihn mehr beunruhigte als zufriedenstellte, seine Abreise wieder um einen Tag hinausgeschoben hätte. Ferencz nahm die Nachricht von dieser neuen Verzögerung bei weitem weniger gefaßt und gleichmütig auf, als er sich am vorigen Tage der Notwendigkeit des engeren Verschlusses in seinen Käfig gefügt hatte.

Während Zenzi durch die wechselnden Gemütsbewegungen des vorigen Tages in solche Aufregung und in so fieberhafte Spannung geraten war, daß eben diese Steigerung ihres gesamten Seelenlebens ihr jetzt wieder, trotz aller innern Erschöpfung, den Anschein von Kraft, ja selbst von Ruhe gab, war bei Ferencz das Gegenteil eingetreten; seine Seelenstärke war infolge der einsam dunklen Haft erlahmt und haltlos in sich zusammengebrochen. Selbst die Aussicht, in naher Zukunft das Ziel langjährigen, unermüdeten Bestrebens zu erreichen und in Fülle des Reichtums die langentbehrten Mittel zur Fülle des Lebensgenusses zu besitzen, schien ihren Zauber für ihn verloren zu haben und unfähig geworden zu sein, die finstern Gestalten zurückzudrängen, die nachts in der lautlosen Stille des dunklen Kellerstübchens vor ihm emportauchen mochten. Er war es, der jetzt verwirrt, beängstigt und vor jedem Geräusch zusammenschreckend von Zenzi beruhigt und getröstet werden mußte; Gefahren würde er mutig bestanden haben, den Schrecken der Einsamkeit vermochte er nicht die

Stirn zu bieten; und als Zenzi Abschied nahm und wieder die Tür des Stübchens hinter sich verschließen mußte, hielt er sie zurück und gehabte sich nicht anders, als sollte er für immer von Licht, Luft und Leben abgeschieden werden.

Endlich, am dritten Tage gegen Mittag, machte sich Horvath fertig, die längst beschlossene Reise nach Ofen anzutreten. Der Wagen war angespannt, und Horvath, von Base Margit und seiner Tochter begleitet, trat aus dem Hause, vor dem sich das Gesinde, der Abfahrt ihres Herrn gewärtig, versammelt hatte. Horvath erteilte seine letzten Aufträge; den Knechten befahl er, das Haus vor Zigeunern, Bettlern und anderem Gesindel in acht zu nehmen und Tor und Türen wohl verschlossen zu halten; die Mägde hieß er Feuer und Licht behüten, und nachdem er Frau Margit die Aufsicht über das Gesinde und die während seiner Abwesenheit zu vollendenden Arbeiten, vorzüglich jene der Küfer, ans Herz gelegt hatte, wandte er sich an seine Tochter. Diese, in tiefster Seele von Vorwürfen und Reue zerrissen und gefoltert von dem Bewußtsein, ihren alten, liebevollen Vater so grausam zu täuschen und für lange Zeit, vielleicht für immer, unkindlich verlassen zu wollen, warf sich krampfhaft schluchzend in seine Arme, und so groß war ihre Erschütterung, daß es nur wenig rührend eindringlicher Worte bedurft hätte, dem schwerbeladenen Gemüte des verirrten Kindes sein Geheimnis abzulocken und die Anschläge Ferencz' für immer zu vereiteln. Aber der Unstern Horvaths hatte über ihn verhängt, daß er, wie früher durch törichten Leichtsinn, jetzt durch unzeitige Strenge begünstigen sollte, was er am liebsten vermieden hätte. Er zog das zitternde Mädchen auf die Seite und sagte ihr in rauhem, barschem Tone, das Gewesene und Geschehene wolle er vergessen und vergeben, aber auch ferner eitle Ausflüchte nicht mehr gelten lassen; er habe Herrn Farkas, dem reichen Spezereihändler in Fünfkirchen, ihre Hand zugesagt, und vor Allerheiligen müsse sie Hochzeit gemacht haben. Mit diesem Worte wälzte sich wieder der Grabstein des Trotzes über die Tiefen ihrer in kindlichem Vertrauen sich eröffnenden Seele; sie weinte, aber sie schwieg, und als Horvath, von den besten Wünschen der Hausgenossen begleitet, dahingerollt war, schwankte sie stumm und blaß in ihre Kammer zurück, um die wenigen Habseligkeiten, die sie auf ihrer Flucht mitzunehmen gedachte, in ein Bündel zusammenzuraffen. Nur mit Mühe gelang es ihr, ihren Vorsatz auszuführen; denn der Rückschlag der übermäßigen Aufregung, der verzehrenden Unruhe, in der sie die letzten Tage zugebracht hatte, machte allmählich in dumpfer Abspannung des Geistes, in gänzlicher Erschöpfung ihrer Kräfte immer fühlbarer seine Rechte auf sie geltend. Bleierne Schwere lagerte sich auf ihre Glieder; bald von Frost geschüttelt, bald in Fieberhitze glühend, vermochte sie nicht mehr die Wucht des heißen, von dumpfem Schmerz wie mit einem Eisenringe umfangenen Kopfes aufrechtzuhalten, und erschöpft und leidend wie sie war, streckte sie sich auf ihr Lager, um in erquickender Ruhe neue Kräfte zu sammeln. Dort lag sie stumpf und still, die zuckenden Hände über die Brust gefaltet, und vor ihren halbgeschlossenen Augen zogen in langer, buntverworrener Reihe die Bilder ihres Lebens schattenhaft vorüber. Hier lächelten die Spiele der Kindheit sie an, dort saß sie, eine emsige Schülerin, an Ferencz' Seite; auch Antals Züge sah sie lauernd durchs Fenster hereingrinsen, wie damals, als Ferencz zum ersten Male die Liebeglühende umschlang; dann vernahm sie Herrn Steidlers Stimme, die von der Marzipan-Liese erzählte, das Aufstöhnen Ferencz' und das Drohen und Schelten des Vaters, und dann – dann ward es trüb und dunkel vor ihren Augen, schwarz wie die Nacht, in der sie dem Vaterhause den Rücken kehren sollte, und finster, wie die Zukunft, der sie entgegenging.

Viele Stunden mochte sie in fieberhaftem Halbschlummer dagelegen haben, als von der Stadt her der Glockenschlag Mitternacht verkündete und sie gebieterisch ins Leben, in die Wirklichkeit zurückrief. Sie raffte sich mit der Entschlossenheit, die alle Erschöpfung überwindet, von ihrem Lager auf, langte nach ihrem Bündel, und mit der Blendlaterne versehen, die sie schon früher auf ihren nächtlichen Wanderungen begleitet hatte, verließ sie ihr Stübchen. Auf der Schwelle stand sie still und blickte zurück in den friedlichen, trauten Raum des Gemachs, in dem sie heiter und sorglos, unberührt von allen Stürmen des Lebens, vom Kinde zur Jungfrau aufgeblüht war, als ob sie jetzt erst, da sie es verlassen sollte, empfände, was sie verließ! Aber Ferencz wartete ihrer, sie durfte nicht säumen! Sie schritt leise über den Gang hin, den nur der blasse Schimmer des von dichten Wolken halb bedeckten Mondes erhellte. An die Tür gekommen, die in das Gemach des Vaters führte, stockten ihre Schritte. Es war ihr, als öffnete sie sich, als träte seine hohe, mannhafte Gestalt daraus hervor, sie zu fragen, was sie suche, wohin sie gehe. Aber es war nur der Wipfel des Lindenbaumes draußen im Garten, der seinen zitternden Schatten auf die Türe hinwarf, und sie mußte fort, denn Ferencz wartete. Sie war die Treppe hinabgeeilt, und nun im Hofe angelangt, wehte ihr die frische Herbstluft erquickend und kräftigend entgegen. Sorgfältig den Schimmer der Laterne verbergend, schlüpfte sie, an den Wänden sich hindrückend, dem fernen Holzhofe zu; endlich war der Keller erreicht, und pochenden Herzens öffnete sie mit den mitgebrachten Schlüsseln die Tür. Im Begriff die ersten Stufen hinabzusteigen, war es ihr, als ob ihr von unten, wo die Treppe zum untersten Geschosse sich hinabdrehete, ein Lichtschimmer entgegendränge. Was war das? Von Ferencz, der im Kellerstübchen eingeschlossen war, konnte das nicht kommen. Sollte ein Fremder in den Keller sich eingeschlichen haben? Hier war Vorsicht nötig! – Ihre Knie zitterten, aber Mut und Entschlossenheit verließen sie keinen Augenblick. Sie verlöschte das Licht der Laterne, damit sein Schimmer sie nicht verrate, und drückte sich hinter einen Pfeiler, zu erwarten, was da kommen würde. Aber es kam nichts; alles blieb still und stumm wie zuvor. Nach einer Weile streckte sie lauschend den Kopf hinter dem Pfeiler hervor; der Lichtschimmer war verschwunden, und nur schwarze Finsternis glotzte ihr entgegen. Sollte jene Lichterscheinung nur Selbsttäuschung gewesen sein, oder war die veranlassende Ursache derselben im untern Kellergeschoß zu suchen? – Mit einem Male erfaßte sie eine nie gefühlte Beklommenheit; ihre Pulse hämmerten, ihre Zähne klapperten aneinander; aber Ferencz harrte ihrer, und wenn er etwa in Gefahr wäre – – diese Rücksicht überwog alle Bedenken, und hastig stieg sie beiläufig die Hälfte der Treppe hinunter, als plötzlich dort, wo die Treppe zum untersten Geschoß hinabbog, sich wieder ein dämmernder Lichtschimmer zeigte, der eine weibliche Gestalt in dunklen Gewändern zu umfließen schien, die mitten auf der Treppe mit weit ausgebreiteten Armen ihr drohend und abwehrend entgegenwinkte. Rasche Flucht war bei diesem Anblick die erste Bewegung des zitternden, halb ohnmächtigen Mädchens, und schneller als sie hinabgestiegen, war sie die Stufen wieder hinaufgeeilt. An der halb offenen Kellertüre stand sie still; sie schämte sich ihrer Flucht, und zweifelhaft, ob sie nicht wieder umkehren sollte, wendete sie sich atemlos, die Hand auf das krampfhaft zuckende Herz drückend, nach rückwärts und sah kaum, betroffen und erstaunt, jenen Lichtschimmer abermals verschwunden, als er jetzt auch schon dicht vor ihren Füßen wieder auf dem Boden aufdämmerte und in seinem grauen Schimmer ein Weib vor ihr emportauchte, das, die welken, runzligen Züge grinsend verzerrt, mit stechenden, zornglühenden Augen sie anstarrte und, während Zenzis Blicke wie magisch angezogen an der feuerfarbenen Schleife ihrer Flügelhaube und ihrem grellgelben Halstuche hafteten, aus dem schwarzen Halbmäntelchen dürre Hände mit gekrümmten, klauenähnlichen Fingern nach ihrem Halse streckte. – Da zuckte es wie ein Blitz durch Zenzis Seele! „Die Marzipan-Liese!“ schrie sie gellend auf, sprang zum Keller hinaus, warf die Türe hinter sich zu, wankte taumelnd noch einige Schritte in den Hofraum hinein und brach dann dumpfächzend bewußtlos zusammen.

Zwei Knechte des Hauses, die sich in der Schenke verspätet hatten und lange nach Mitternacht auf Schleichwegen ihr Lager suchten, fanden die erstarrt und wie leblos Hingestreckte, erkannten sie mit namenlosem Erstaunen und trugen sie nach dem Hause zurück, wo alsbald, von dem Lärmen und Jammern der Mägde geweckt, Frau Margit herbeieilte und den ganzen Schatz ihrer Heilmittel an der Bewußtlosen versuchte, ohne sie jedoch aus ihrer todesähnlichen Betäubung erwecken zu können. Selbst die Kunst des mittlerweile herbeigeholten Arztes zeigte sich lange erfolglos, und erst gegen Morgen gelang es der sorgfältigsten Bemühung, in der Ohnmächtigen ein halbes Bewußtsein zurückzurufen, aber nur, um es sogleich wieder in den wilden Phantasien eines wütenden Fieberanfalls untergehen zu sehn. Dem Irrereden und dem ersten entsetzlichen Ausbruche unheimlicher Tobsucht folgte dann gänzliche Erschöpfung und dumpfes, gedankenloses Hinbrüten, aus dem die Kranke nur, wenn das Gehämmer und Gepoche der Küfer vom Keller her ihr Ohr erreichte, in grauenvollen Zuckungen und krampfhaft ängstlichem Stöhnen emporfuhr, so daß Frau Margit alsbald den Küfern ihre Arbeit gänzlich einzustellen und den Keller zu schließen befahl. Als nun aber der Arzt gegen Abend achselzuckend erklärte, es unterliege keinem Zweifel mehr, daß Zenzi von einem in der Umgegend herrschenden, höchst bedenklichen und mörderischen Nervenfieber ergriffen sei, wurde unverzüglich Herrn Horvath ein reitender Bote nachgesandt, um ihn schleunigst an das Krankenlager seines einzigen Kindes zurückzurufen.

Als Horvath am vierten Tage nach dem Ausbruche der Krankheit wieder in Weßprim eintraf, fand er die Kranke eher schlimmer als besser, noch immer besinnungslos in dumpfer Betäubung daliegend, aus der sie aber regelmäßig gegen Mitternacht in peinlicher Unruhe erwachte, nach den Kellerschlüsseln verlangte, Miene machte, das Bett zu verlassen, und nur mit Mühe zurückgehalten werden konnte, bis sie dann, plötzlich mit einem lauten Angstschrei in sich zusammenbrechend, wieder in den früheren fieberhaften Halbschlummer zurücksank; dabei nahmen ihre Kräfte so sichtlich ab, und ihr Aussehen veränderte sich so auffallend, daß der Arzt nicht umhin konnte, den Zustand der Kranken als höchst bedenklich, ihre Rettung als sehr zweifelhaft zu bezeichnen.

So war die siebente Nacht seit dem Beginne der Krankheit herangekommen. Die Kranke hatte den Abend ruhiger als sonst zugebracht und lag in heftigem Schweiße. Hinter dem Wandschirme, der das Krankenbett umfing, kniete Herr Horvath, der die Erkrankung des geliebten Kindes in verzweifelndem Schmerze einzig und allein seiner lieblosen Härte zuschrieb, und betete inbrünstig um seine Erhaltung, während Frau Margit, erschöpft von den Anstrengungen sechs durchwachter Nächte, an Zenzis Bett eingenickt war. Es mochte Mitternacht sein, als die Kranke mit einem tiefen Seufzer die Augen aufschlug und erstaunt und wie allmählich sich besinnend umhersah. Als sie mühsam ihre Gedanken gesammelt hatte, versuchte sie sich aufzurichten, ein Versuch, der bei ihrer Kraftlosigkeit gänzlich mißlang und keine andere Folge hatte, als daß Frau Margit, durch denselben geweckt, emporfuhr und sich besorgt über sie hinbeugte. Wie froh erstaunt war die gute Alte, als sie den sonst trüb und gläsern vor sich hinstarrenden Blick des lieben Auges ruhig und klar dem ihrigen begegnen sah, als es ihr leise von Zenzis entfärbten Lippen entgegentönte: „Base, liebe Base Margit!“ In einen lauten Freudenruf ausbrechend, umarmte sie die geliebte Kranke; diese aber winkte ihr zu schweigen. „Ihr müßt mir einen Dienst erweisen, Base“, flüsterte sie in unruhiger Hast ihr zu, „einen wichtigen Dienst! Ihr müßt mir in den Keller hinabsteigen!“ – „Ach lieber Gott, nun redet sie wieder irre“, seufzte Frau Margit. – „Nein, ich rede nicht irre“, versetzte Zenzi, „ich weiß, was ich sage, und ich sage Euch, Ihr müßt vollbringen, woran mich gestern mein plötzliches Erkranken verhinderte! Ferencz ist im Kellerstübchen eingeschlossen; Ihr müßt ihn befreien!“ – „Gestern? Du Unglückselige!“ stammelte Frau Margit, bestürzt die Hände ringend. – In diesem Augenblicke wurde der Wandschirm zurückgeschoben, und Horvath stürzte nicht minder entsetzt als Frau Margit aus seinem Versteck hervor. „Du barmherziger Gott, Ferencz im Kellerstübchen!“ rief er, und damit riß er die Kellerschlüssel von der Wand, schrie nach Licht und eilte mit einigen Knechten, die er schleunigst geweckt hatte, dem Keller zu.

Es war ein gräßlicher Anblick, der sich ihnen darbot, als sie das Kellerstübchen betraten. Sein unglücklicher Bewohner hatte an zwei Stellen die Wände desselben zu durchbrechen versucht, und auch die innere Seite der Tür trug sichtliche Spuren der gewaltsamen Anstrengung an sich, mit der an der Öffnung derselben gearbeitet worden war. Erschöpfung schien den Verzweifelnden genötigt zu haben, seine fruchtlosen Bemühungen aufzugeben, denn man fand den Leichnam des unglückseligen Ferencz in seinem Blute schwimmend auf dem Lager hingestreckt, das ihm von Zenzi zubereitet worden, und auf dem er, sei es, um seinen brennenden Durst mit seinem eigenen Blute zu stillen oder um den Folterqualen langsamen Verschmachtens in diesem Hungerturme durch raschen Tod zu entgehen, mit einem Taschenmesser die Adern geöffnet und in Verzweiflung und Entsetzen geendet hatte.

Zenzi war schon durch die überraschende Erscheinung des Vaters an ihrem Krankenlager und die unwillkürliche Einweihung desselben in ihr Geheimnis aufs Tiefste erschüttert worden und hielt nur mit äußerster Anstrengung die Besinnung fest, zu der sie kaum wieder erwacht war. Als nun aber die unbedachte Geschwätzigkeit einer der Mägde ihr die Kunde von dem gräßlichen Ende des Geliebten hinterbrachte, stieß sie einen Schrei aus, geriet in furchtbare Zuckungen und Krämpfe und bald steigerte sich die Wut des Fiebers, in das sie zurückfiel, zu solcher Höhe, daß der Arzt jede Hoffnung aufgab und stündlich ihr Ende erwartete. Allein die Vorsehung hatte anders beschlossen. Horvath, hatte nun Kummer und Schrekken seine Gesundheit untergraben oder vergiftete sie sein hartnäckiges Verweilen am Krankenlager Zenzis, der starke, rüstige Horvath war es, der, von der Krankheit dieser letztern ergriffen, in wenig Tagen ihr erlag, während das schwache Mädchen nach mondenlangem Siechtum siegreich aus dem Kampfe hervorging, in dem sie unfreiwillig um den Preis ihrer Jugend und ihrer Jugendblüte das nackte Leben gewonnen hatte. Sich selbst als Mörderin des Vaters wie des Geliebten anklagend, verlebte sie die Tage des Winters in stillem, dumpfem Trübsinn, dem sie nur zeitweise die Sorge um Base Margit entriß, die, von übermäßigen Anstrengungen und verzehrender Gemütsbewegung erschöpft, nun ihrerseits zu kränkeln und sichtlich hinzuwelken begann. Mit dem herannahenden Frühjahr aber erwachte in Zenzis Seele der Wunsch, den Angehörigen des geliebten Ferencz einen Teil des reichen Besitzes zuzuwenden, den sie einst mit ihm zu teilen geträumt hatte. In der Hoffnung, über den ihr unbekannten Aufenthaltsort derselben vielleicht einige Andeutungen in Ferencz' Papieren zu finden, beschloß sie, das Felleisen zu öffnen, das der Hingeschiedene in Base Margits Verwahrung zurückgelassen hatten. Ihre Erwartungen wurden auch nicht getäuscht; in dem Felleisen fanden sich wirklich einige Papiere, die zwar auf den Namen Anton Lenhart lauteten, aber nichtsdestoweniger sich ganz entschieden auf Ferencz zu beziehen schienen; eines derselben war nämlich ein Schreiben von weiblicher Hand, womit Anton Lenhart in Beziehung auf eine frühere mündliche Verabredung aufgefordert wurde, nicht zu säumen, sich auf den Weg zu machen und die Straße über Graz und Marburg nach Kroatien einzuschlagen, denn auf dieser werde er nicht verfolgt werden. Dieser Ermahnung waren einige Worte des Abschiedes und die Erklärung beigefügt, nach dem Vorgefallenen könne eine weitere Verbindung zwischen der Schreiberin des Briefes und dessen Empfänger nicht mehr bestehen; sie bäte ihn daher um Zurückstellung ihres Porträts, wie sie ihm hier das seine zurückstelle. Das dem Briefe beiliegende Porträt zeigte aber unverkennbar Ferencz' Züge, der also früher den Namen Anton Lenhart geführt und sich in der Steiermark aufgehalten haben mußte. Diese Umstände bewogen Zenzi, die aufgefundenen Papiere an Herrn Steidler, den Geschäftsfreund ihres Vaters, einzusenden und ihn um Auskunft über Anton Lenhart zu ersuchen, obwohl sie nur schaudernd des Mannes gedachte, der einst das furchtbare Bild der Marzipan-Liese ihrer Seele eingeprägt hatte.

Sie erhielt lange Zeit keine Antwort, und immer schwerer und finsterer war der Trübsinn, der sich ihrer bemächtigte; immer nichtiger und eitler erschien ihr das Leben, das sie nur noch in Gebeten und Kasteiungen oder an dem Krankenbett der ihrer nahen Auflösung entgegeneilenden Frau Margit hinbrachte. Endlich kam die langerwartete Antwort des Herrn

Steidler; in ihr Stübchen zurückgezogen öffnete sie das Schreiben und durchflog begierig seinen Inhalt; aber bald begann sie so heftig zu zittern, daß die Blätter des Briefes in ihren Händen hin- und herrauschten, und immer bleicher und verstörter wurden ihre Züge, je weiter sie las. Endlich hatte sie vollendet, und nun warf sie unter einem Strome bitterer Tränen sich auf die Knie, um in heißer Inbrunst zu dem gerechten Richter zu beten, der sie zum willenlosen Werkzeuge seiner Rache gebraucht, der sie gezüchtigt und gerettet, der sie dunkle Wege, aber zum Lichte geführt hatte. Dann erhob sie sich, warf den empfangenen Brief und das Porträt Ferencz', das sie von Herrn Steidler zurückerhalten hatte, ins Feuer und sah zu, wie die Flamme knisternd und knatternd es verzehrte. Denselben Abend verschied Frau Margit, still und schmerzlos in Zenzis Armen. Der Tod hatte das letzte Band irdischer Neigung gelöst, das die Unglückliche noch ans Leben fesselte; sie sah darin einen Fingerzeig, sich allein und für immer

Gott zuzuwenden. Am nächsten Morgen verschrieb sie ihre ganze reiche Habe dem Kloster der Zisterzienserinnen im Tal zu Weßprim, in dem sie bald darauf den Schleier nahm, den Rest ihrer Tage in Gebet und Buße für das eigene Vergehen und für das Seelenheil des gerichteten Mörders hinzubringen, den die Menschen nicht erreicht, den aber Gott gefunden hatte.

Friedrich Hebbel

Anna

„Himmel blau und mild die Luft,
Blumen voll von Tau und Duft,
Und am Abend Tanz und Spiel,
Das ist mehr als allzuviel!“

Lustig sang dies an einem hellen Sonntagmorgen Anna, die junge Magd, während sie zugleich auf's Fleißigste mit Reinigung der Küchen- und Milchgeschirre beschäftigt war. Da ging im grün-damastenen Schlafrock der Freiherr von Eichenthal, in dessen Diensten sie seit einem halben Jahr stand, an ihr vorüber, ein junger verlebter Mann, voll Hypochondrie und Grillen. „Was soll das Gejohle“ – herrschte er, indem er vor ihr stehenblieb, ihr zu

– „Sie weiß, daß ich keine Leichtfertigkeiten leiden kann!“ Anna erglühte über und über, sie erinnerte sich, daß der gestrenge Herr sie vor einigen Abenden in der Gartenlaube gern leichtfertig gefunden hätte, sie hatte ein scharfes Wort auf der Zunge, griff aber, es mit Gewalt unterdrückend, nach einer weißporzellanenen Suppenterrine und ließ diese, in heftigem Kampf mit der ihr eigenen Unerschrockenheit begriffen, zu Boden fallen. Das kostbare Geschirr zerbrach, der Freiherr, der bereits einige Schritte vorwärts getan hatte, kehrte zornglühenden Gesichts um. „Was?“ – rief er laut aus und trat dicht vor das Mädchen hin – „will Sie Tückmäuserin an meiner Mutter Küchengerätschaften Ihr Mütchen kühlen, weil Ihre Verstocktheit es Ihr nicht erlaubt, einen wohlverdienten Vorwurf ruhig hinzunehmen, wie sich's geziemt?“ Und damit gab er ihr rechts und links, scheltend und tobend, Ohrfeigen über Ohrfeigen, während sie ihn, erstarrend, wie ein Kind, der Sprache, ja fast der Sinne beraubt, in der einen Hand noch den Henkel der Terrine haltend, die andere unwillkürlich gegen die Brust drückend, ansah. Aus diesem, an Ohnmacht grenzenden Zustand wurde sie erst durch das spöttische Gelächter des Kammermädchens Friederike erweckt, die, gefälliger als sie, es sich gern gefallen ließ, daß der Freiherr, lüstern tändelnd, sie in die Wangen kniff und mit ihren Locken spielte. Höhnisch schaute die freche Dirne zu ihr hinüber und rief ihr zu: „Das gibt guten Appetit für die Kirmse, Jungfer Männerscheu.“ Der Freiherr aber stemmte, laut lachend, die Arme in die Seite und sagte: „Laß' Sie sich das Gelüste nach Tanz und Spiel nur vergehen; ich nehme die von meiner Mutter erteilte Erlaubnis zurück, Sie soll das Haus hüten.“ „Gibt's denn heute nichts für sie zu tun?“ fuhr er, mit sich selbst ratschlagend, fort. Friederike flüsterte einiges. „Richtig“ – rief er überlaut – „sie soll Flachs hecheln, bis spät in die Nacht, hört Sie's?“ Anna, in gänzlicher Verwirrung, nickte mit dem Kopf und sank dann kraftlos auf die Knie, ergriff aber zugleich, instinktartig, ein messingenes Gefäß und begann, während ihr die Tränen heiß und unaufhaltsam aus den Augen drangen, es blank zu scheuern. Da ging der Gärtner, der ihr, frisch und blühend wie sie war, längst, aber vergebens, nachgestellt und den vorigen Auftritt von fern angesehen hatte, an ihr vorbei, grüßte sie und fragte hämisch, wie's ihr gehe. „Oh, oh!“ stöhnte sie, krampfhaft zusammenzuckend, sprang auf und packte den hohnsprechenden Buben bei Brust und Gesicht. „Rasende!“ rief er erschrekkend und stieß sie, sich ihrer mit aller Manneskraft erwehrend, zurück. Sie, als wüßte sie selbst nicht, was sie getan, starrte ihm nach mit weit aufgerissenen Augen; dann, wie sich besinnend, ging sie wieder an ihre Arbeit, die sie ununterbrochen, nur zuweilen unbewußt laut aufseufzend, fortsetzte, bis man sie mittags zum Essen in die Küche rief. Hier sah sie sich empfangen von lauter schadenfrohen Gesichtern und von mehr oder minder unter-

drücktem Gelächter und Gekicher, welches, da sie mit brennenden Wangen auf ihren Teller niederblickte und zu allen reichlich vorgebrachten Anspielungen kein Wort sagte, immer stärker und rücksichtsloser ward. Die Mägde, teilweise schon im Putz, neckten sich in unverkennbarem Bezug auf sie gegenseitig mit den Liebhabern, die sie gefunden hatten oder zu finden hofften, und der breitnasige Küchenjunge, durch Großknecht und Kutscher mit Augenzwinkern zu dieser Frechheit aufgemuntert, fragte Anna, ob er nicht ihre rotgeblümte Schürze sowie den bunt bebänderten Hut, den des Majors Bedienter Friedrich ihr zur Weihnacht geschenkt, leihen dürfe; sie werde ja in der Flachskammer diese Sachen entbehren können, und er hoffe, sich ein Mädchen, dem es an Putz fehle, dadurch geneigt zu machen. „Bube", rief sie aus mit blassen, bebenden Lippen, „ich will Dir, wenn Du krank liegst und von niemandem beachtet wirst, keine Milchsuppen wieder kochen", schob ihren Teller zurück und ging, die leeren Wassereimer ergreifend, um sie, wie es ihr zukam, frisch aus dem Brunnen zu füllen, hinaus. „Pfui", sagte Johann, ein alter Diener, der, im Dienst seines Vaters grau geworden, bei dem Freiherrn von Eichenthal das Gnadenbrot genoß, „es ist Unrecht, der Dirne Essen und Trinken durch gallige Reden zu verderben!" „Ei", versetzte der Gärtner, „der schadt's nicht, sie ist so hochmütig, seit der Friedrich, der dünnleibige Speichellecker, hinter ihr herläuft, als ob ein Edelmann angebissen hätte!" „Hochmut kommt vor dem Fall!" sagte Liese, die kleine dralle Köchin, mit einem zärtlichen Blick auf den phlegmatischen Großknecht, „wißt Ihr, daß sie sich schnürt?" „Warum auch nicht hochmütig", sagte der Kutscher, „ist sie doch des Schulmeisters Tochter!" Friederike, das Kammermädchen, trat mit erhitztem Gesicht in die Küche. „Ist die Anna nicht hier" – fragte sie, sich die Stirn mit dem seidenen Taschentuch trocknend – „der gnädige Herr hat sich eben zu Bett gelegt, er war sehr spaßhaft" – hier hustete sie, weil die anderen sich mit bedeutenden Blicken ansahen und lachten – „und ich soll ihr sagen, daß sie gleich mit dem Flachshecheln beginnen und" – dies setzte sie eigenmächtig hinzu – „vor zehn Uhr nicht Feierabend machen soll!" „Ich will's ihr schon ausrichten, Rike!" versetzte Liese. Friederike tänzelte wieder fort. „Ob die sich nicht auch schnürt?" fragte der Großknecht. „Pst! Pst!" wisperte Johann und klimperte verlegen mit seiner Gabel auf dem Teller. Anna trat mit ihrer Tracht Wasser in die Küche. „Anna" – begann Liese geschäftig – „ich soll Dir sagen" – – „Ich weiß schon Bescheid" – erwiderte Anna trokken in festem Ton: „Ich bin dem Boten begegnet. Wo hängt der Schlüssel zur Flachskammer?" „Drüben am Nagel!" versetzte die Köchin und zeigte mit dem Finger auf die Stelle. Anna, gelassen, weil im Innersten zerschlagen, nahm den Schlüssel und ging, während die übrigen sich zu ihren Koffern begaben, um dort vor einem Drei-Groschen-Spiegel den Anzug zu vollenden, hastig in die Flachskammer, deren Fenster auf Schloßhof und Landstraße hinausgingen. Sie setzte sich, das Gesicht gegen die Fenster gewendet, so daß sie alle Fröhlichen, die aus dem Dorf auf die Kirmse zogen, sehen und ihre munteren Gespräche hören konnte, an die Arbeit, die sie in dumpfer Emsigkeit begann, und, wenn sie auch zuweilen in unbewußtes Hinbrüten versank, doch sogleich aus diesem, wie vor Schlangen- und Tarantelstich, schreckhaft auffahrend, mit verstärktem, ja unnatürlichem, Eifer fortsetzte. Nur einmal während des ganzen langen Nachmittags stand sie von ihrem niedrigen, harten Blockstuhl auf, und zwar, als ihr Mitgesinde auf bequemem, von raschen Pferden gezogenen Leiterwagen den Schloßhof hinunter jagte, aber laut auflachend, wie zu eigener Verspottung, setzte sie sich wieder nieder und trank, obwohl sie in all der Hitze und all dem Staub durstig war, daß ihr die Zunge am Gaumen klebte, nicht einmal den Kaffee, den ihr um vier oder fünf Uhr die alte Brigitte, die bei einer Gelegenheit wie die heutige für die Mägde das Haus zu hüten pflegte, mitleidig gebracht hatte. Als die Nacht allmälich hereinbrach, ging sie, ohne sich die wild um's Gesicht herunterhängenden Locken zurückzustreichen, in die Küche, wo sie, auf Brigittens freundliche Einladung, dort zu bleiben und eine leckere Pfanne voll gebratener Kartoffeln mit ihr zu verzehren, nichts erwidernd, ein Licht aus dem Lichtkasten nahm und sich dann mit diesem, es mit darüber gehaltener Hand vor dem Zugwind schützend, in die Flachskammer zurück begab. Nicht lange dauerte es, so klopfte es bei ihr an's Fenster, und als sie die Tür öffnete, trat Friedrich, über und über schwitzend, mit Hast ein. „Ich muß doch sehen" – sagte er, fast außer Atem und sich die Weste aufreißend – „sie flüstern allerlei!" „Du siehst!" erwiderte Anna schnell, dann aber stockend und steckte ihren Busenlatz, der sich etwas verschoben hatte, fest. „Dein Herr ist ein Hundsfott!" brauste Friedrich auf und knirschte mit den Zähnen. „Ja, ja!" sagte Anna. „Ich möcht' ihm begegnen, drüben am Abhang" – rief Friedrich – „o, es ist entsetzlich!" „Wie heiß bist Du" – sagte Anna, indem sie sanft seine Hand faßte – „hast Du schon getanzt?" „Wein hab' ich getrunken, fünf, sechs Gläser", – versetzte Friedrich – „komm, Anna, zieh Dich an, Du sollst mit, jedem Teufel zum Trotz, der sich drein legen will." „Nein, nein, nein!" sagte Anna. „Ja doch", fuhr Friedrich auf und legte seinen Arm um ihren Leib, „doch!" „Ganz gewiß nicht!" erwiderte Anna leise, ihn innig umschlingend. „Du sollst, ich will's", rief Friedrich und ließ sie los. Anna ergriff, ohne etwas zu antworten, die Hechel und sah vor sich nieder. „Willst Du oder nicht?" drängte Friedrich und trat dicht vor sie hin. „Wie könnt' ich?" entgegnete Anna, indem sie, ihm vertrauensvoll in die Augen sehend, ihre Hand auf's Herz legte. „Gut, gut", rief Friedrich, „Du willst nicht? Gott verdamme mich, wo ich Dich wieder seh'!" Wie rasend stürzte er fort. „Friedrich" – schrie Anna ihm nach – „bleib doch, bleib einen Augenblick, horch, wie der Wind braust!" Sie wollte ihm nacheilen, da streifte ihr Kleid das niedrig auf einen Eichenklotz gestellte Licht; es fiel herunter und entzündete den schnell in mächtiger Flamme auflodernden Flachs. Friedrich, von Wein und Zorn berauscht, zwang sich, wie dies in solchen Augenblikken wohl geschieht, ein Lied zu singen, während er in die sehr unfreundlich gewordene Nacht hinaus schritt; in wilder Lustigkeit drangen die wohlbekannten Töne zu Anna hinüber. „Ach! Ach!" seufzte sie aus tiefster Brust. Da erst bemerkte sie, daß die Kammer schon halb in Feuer stand. Mit Händen und Füßen schlagend und tretend, warf sie sich in die gefräßigen Flammen, die ihr heiß und brennend entgegen schlugen und sie selbst verletzten. Dann rief sie – Friedrichs Stimme verklang eben in weiter Ferne in einem letzten Hallo – „Ei, was lösch' ich, laß! Laß!" und eilte, die Tür mit Macht hinter sich zuwerfend, mit einem gräßlichen Lachen hinaus, unwillkürlich den nämlichen Weg durch den Garten einschlagend, den Friedrich gegangen war. Bald aber, auf einer Wiese, die zunächst an den Garten stieß, sank sie kraftlos, fast ohnmächtig, zusammen und drückte, laut stöhnend, ihr Gesicht ins kalte, nasse Gras. So lag sie lange Zeit. Da ertönten dumpf und schrecklich von nah und von fern die Not- und Feuerglocken. Sie richtete sich halb auf, doch sah sie sich nicht um; aber über ihr war der

Himmel blutrot und voll von Funken; eine unnatürliche Wärme verbreitete sich, von Minute zu Minute zunehmend; Geheul und Gebrause des Windes, Geprassel der Flammen, Wehklage und Geschrei. Sie legte sich wieder der Länge nach am Boden nieder, ihr war, als ob sie schlafen könnte, doch schreckte sie im nächsten Augenblick aus diesem, dem Tode ähnlichen Zustand die Rede zweier Vorübereilenden wieder auf, von denen einer ausrief: „Herr Jesus, es brennt schon im Dorf!“ Jetzt, mit Riesenkraft, raffte sie sich zusammen und eilte mit fliegenden Haaren in das hart an die brennende Seite des Schlosses stoßende Dorf hinunter, wo die leicht Feuer fangenden Strohdächer bereits an mehr als einer Stelle in lichten Flammen aufschlugen. Immer gewaltiger erhob sich der Wind, die meisten Einwohner, Kinder und alte, schwächliche Personen ausgenommen, waren über vier Meilen entfernt auf der Kirmse; die elenden Feueranstalten hätten den zwei verbündeten furchtbaren Elementen ohnehin, auch wenn die nötige Mannschaft zur Stelle gewesen wäre, nur eitlen Widerstand leisten können, es fehlte sogar, denn der Sommer war ungewöhnlich trocken, an Wasser. Unglück, Gefahr, Verwirrung wuchs mit jeder Minute; ein kleiner Knabe rannte umher und schrie: „Ach Gott, ach Gott, mein Schwesterlein!“ und wenn man ihn fragte: „Wo ist Deine Schwester?" so begann er, als ob er, jedes klaren Gedankens unfähig, die Frage nicht verstanden hätte, von neuem sein Entsetzen erregendes Geschrei. Eine alte Frau mußte mit Gewalt gezwungen werden, ihr Haus zu verlassen; sie jammerte: „Meine Henne, meine arme kleine Henne", und in der Tat war es rührend anzusehen, wie das Tierchen in dem erstickenden Rauch ängstlich von einer Ecke in die andere flatterte, und sich dennoch, weil es in besseren Zeiten gewöhnt sein mochte, die Schwelle nicht zu überschreiten, von seiner Herrin selbst nicht durch die off'ne Tür ins Freie hinaus scheuchen ließ. Anna, mit der Tollkühnheit der Verzweiflung, weinend, schreiend, sich die Brust zerschlagend, dann wieder lachend, stürzte sich in jede Gefahr, rettete, löschte und war allen anderen zugleich Gegenstand des Erstaunens, der Bewunderung und unheimliches Rätsel. Zuletzt, als man in allgemeiner Kleinmütigkeit selbst die Hoffnung aufgab, dem Feuer, das immer weiter um sich griff und das ganze Dorf mit der Einäscherung bedrohte, Einhalt tun zu können, sah man sie in einem brennenden Hause auf die Knie sinken und mit gerungenen Händen zum Himmel empor starren. Da rief der Pfarrer: „Um Gottes willen, rettet das heldenmütige, brave Mädchen, das Dach schießt herunter!" Anna, seine Worte hörend, blökte ihm, noch immer auf den Knien liegend, mit einer Gebärde des heftigsten Abscheus die Zunge entgegen und lachte ihn wahnsinnig an. In diesem Augenblick er-

schien Friedrich, der sie nur kaum in der entsetzlichen Todesgefahr erblickte, als er, bleich werdend, wie eine Wand, auf das den Einsturz drohende Haus zustürzte. Sie aber, ihn sogleich gewahrend, sprang erschreckt auf und rief: „Laß! Laß! Friedrich! Ich, ich bin schuld, dort – dort –." Und mit der Hand auf die Gegend zeigend, wo das Schloß lag, eilte sie, um jegliche Rettung unmöglich zu machen, die schon brennende Leiter, welche zum Boden des Hauses führte, hinauf. Die Leiter, bereits zu stark vom Feuer versehrt, brach unter ihr, zugleich aber schoß, eine Flammenmauer bildend, das Strohdach herunter; man hörte noch einen durch Mark und Bein dringenden Schrei, dann war's still.

Der Freiherr von Eichenthal kam. Sowie Friedrich ihn erblickte, eilte er auf ihn zu und stieß ihn, bevor der Freiherr sich seiner erwehren konnte, mit dem Fuß vor den Leib, daß er rücklings zu Boden schlug; dann ließ er die Bauern, die sich auf Befehl des Schulzen seiner Person zu bemächtigen suchten, ruhig gewähren.

Als der Freiherr am anderen Morgen erfuhr, was sich mit Anna begeben hatte, befahl er, ihre Gebeine aus dem Schutt hervorzusuchen und sie auf dem Schindanger zu verscharren. Dies geschah.

Theodor Fontane

Unterm Birnbaum

I

Vor dem in dem großen und reichen Oderbruchdorf Tschechin um Michaeli 1820 eröffneten *Gasthaus und Materialwarengeschäft von Abel Hradscheck* (so stand auf einem über der Tür angebrachten Schild) wurden Säcke, vom Flur her, auf einen mit zwei mageren Schimmeln bespannten Bauerwagen geladen. Einige von den Säcken waren nicht gut gebunden und hatten kleine Löcher und Ritzen, und so sah man denn an dem, was herausfiel, daß es Rapssäcke waren. Auf der Straße neben dem Wagen aber stand Abel Hradscheck selbst und sagte zu dem eben vom Rad her auf die Deichsel steigenden Knecht: „Und nun vorwärts, Jakob, und grüße mir Ölmüller

Quaas. Und sag ihm, bis Ende der Woche müßt' ich das Öl haben, Leist in Wrietzen warte schon. Und wenn Quaas nicht da ist, so bestelle der Frau meinen Gruß und sei hübsch manierlich. Du weißt ja Bescheid. Und weißt auch, Kätzchen hält auf Komplimente."

Der als Jakob Angeredete nickte nur statt aller Antwort, setzte sich auf den vordersten Rapssack und trieb beide Schimmel mit einem schläfrigen „Hüh" an, wenn überhaupt von Antreiben die Rede sein konnte. Und nun klapperte der Wagen nach rechts hin den Fahrweg hinunter, erst auf das Bauer Orthsche Gehöft samt seiner Windmühle (womit das Dorf nach der Frankfurter Seite hin abschloß) und dann auf die weiter draußen am Oderbruchdamm gelegene Ölmühle zu. Hradscheck sah dem Wagen nach, bis er verschwunden war, und trat nun erst in den Hausflur zurück. Dieser war breit und tief und teilte sich in zwei Hälften, die durch ein paar Holzsäulen und zwei dazwischen ausgespannte Hängematten voneinander getrennt waren. Nur in der Mitte hatte man einen Durchgang gelassen. An dem Vorflur lag nach rechts hin das Wohnzimmer, zu dem eine Stufe hinaufführte, nach links hin aber der Laden, in den man durch ein großes, fast die halbe Wand einnehmendes Schiebefenster hineinsehen konnte. Früher war hier die Verkaufsstelle gewesen, bis sich die zum Vornehmtun geneigte Frau Hradscheck das Herumtrampeln auf ihrem Flur verbeten und auf Durchbruch einer richtigen Ladentür, also von der Straße her, gedrungen hatte. Seitdem zeigte dieser Vorflur eine gewisse Herrschaftlichkeit, während der nach dem Garten hinausführende Hinterflur ganz dem Geschäft gehörte. Säcke, Zitronen- und Apfelsinenkisten standen hier an der einen Wand entlang, während an der anderen übereinandergeschichtete Fässer lagen, Ölfässer, deren stattliche Reihe nur durch eine zum Keller hinunterführende Falltür unterbrochen war. Ein sorglich vorgelegter Keil hielt nach rechts und links hin die Fässer in Ordnung, so daß die untere Reihe durch den Druck der obenaufliegenden nicht ins Rollen kommen konnte.

So war der Flur. Hradscheck selbst aber, der eben die schmale, zwischen den Kisten und Ölfässern frei gelassene Gasse passierte, schloß, halb ärgerlich, halb lachend, die trotz seines Verbotes mal wieder offen stehende Falltür und sagte: „Dieser Junge, der Ede. Wann wird er seine fünf Sinne beisammen haben!"

Und damit trat er vom Flur her in den Garten.

Hier war es schon herbstlich, nur noch Astern und Reseda blühten zwischen den Buchsbaumrabatten, und eine Hummel umsummte den Stamm eines alten Birnbaums, der mitten im Garten hart neben dem breiten Mittelsteig stand. Ein paar Möhrenbeete, die sich, samt einem schmalen mit Kartoffeln besetzten Ackerstreifen, an ebendieser Stelle durch eine Spargelanlage hinzogen, waren schon wieder umgegraben, eine frische Luft ging, und eine schwarzgelbe, der nebenan wohnenden Witwe Jeschke zugehörige Katze schlich, mutmaßlich auf der Sperlingssuche, durch die schon hoch in Samen stehenden Spargelbeete.

Hradscheck aber hatte dessen nicht acht. Er ging vielmehr rechnend und wägend zwischen den Rabatten hin und kam erst zu Betrachtung und Bewußtsein, als er, am Ende des Gartens angekommen, sich umsah und nun die Rückseite seines Hauses vor sich hatte. Da lag es, sauber und freundlich, links die sich von der Straße her bis in den Garten hinziehende Kegelbahn, rechts der Hof samt dem Küchenhaus, das er erst neuerdings an den Laden angebaut hatte. Der kaum vom Winde bewegte Rauch stieg sonnenbeschienen auf und gab ein Bild von Glück und Frieden. Und das alles war sein! Aber wie lange noch? Er sann ängstlich nach und fuhr aus seinem Sinnen erst auf, als er, ein paar Schritte von sich entfernt, eine große, durch ihre Schwere und Reife sich von selbst ablösende Malvasierbirne mit eigentümlich dumpfem Ton aufklatschen hörte. Denn sie war nicht auf den harten Mittelsteig, sondern auf eins der umgegrabenen Möhrenbeete gefallen. Hradscheck ging darauf zu, bückte sich und hatte die Birne kaum aufgehoben, als er sich von der Seite her angerufen hörte:

„Dag, Hradscheck. Joa, et wahrd nu Tied. De Malvesieren kümmen all von sülwst."

Er wandte sich bei diesem Anruf und sah, daß seine Nachbarin, die Jeschke, deren kleines, etwas zurückgebautes Haus den Blick auf seinen Garten hatte, von drüben her über den Himbeerzaun kuckte.

„Ja, Mutter Jeschke, 's wird Zeit", sagte Hradscheck. „Aber wer soll die Birnen abnehmen? Freilich, wenn Ihre Line hier wäre, die könnte helfen. Aber man hat ja keinen Menschen und muß alles selbst machen."

„Na, Se hebben joa doch den Jungen, den Ede."

„Ja, den hab ich. Aber der pflückt bloß für sich."

„Dat sall woll sien", lachte die Alte. „Een in't Töppken, een in' Kröppken."

Und damit humpelte sie wieder nach ihrem Haus zurück, während auch Hradscheck wieder vom Garten her in den Flur trat.

Hier sah er jetzt nachdenklich auf die Stelle, wo vor einer halben Stunde noch die Rapssäcke gestanden hatten, und in seinem Auge lag etwas, als wünsch' er, sie stünden noch am selben Fleck oder es wären neue statt ihrer aus dem Boden gewachsen. Er zählte dann die Fässerreihe, rief im Vorübergehen einen kurzen Befehl in den Laden hinein und trat gleich danach in seine gegenüber gelegene Wohnstube.

Diese machte neben ihrem wohnlichen zugleich einen eigentümlichen Eindruck, und zwar, weil alles in ihr um vieles besser und eleganter war, als sich's für einen Krämer und Dorfmaterialisten schickte. Die zwei kleinen Sofas waren mit einem hellblauen Atlasstoff bezogen, und an dem Spiegelpfeiler stand ein schmaler Trumeau, weißlackiert und mit Goldleiste. Ja, das in einem Mahagonirahmen über dem kleinen Klavier hängende Bild (allem Anscheine nach ein Stich von Claude Lorrain) war ein Sonnenuntergang mit Tempeltrümmern und antiker Staffage, so daß man füglich fragen durfte, wie das alles hierherkomme. Passend war eigentlich nur ein Stehpult mit einem Gitteraufsatz und einem Guckloch darüber, mit Hilfe dessen man über den Flur weg auf das große Schiebefenster sehen konnte.

Hradscheck legte die Birne vor sich hin und blätterte das Kontobuch durch, das aufgeschlagen auf dem Pulte lag. Um ihn her war alles still, und nur aus der halb offen stehenden Hinterstube vernahm er den Schlag einer Schwarzwälder Uhr.

Es war fast, als ob das Ticktack ihn störe, wenigstens ging er auf die Tür zu, anscheinend um sie zu schließen; als er indes hineinsah, nahm er überrascht wahr, daß seine Frau in der Hinterstube saß, wie gewöhnlich schwarz, aber sorglich gekleidet, ganz wie jemand, der sich auf Figurmachen und Toilettendinge versteht. Sie flocht eifrig an einem Kranz, während ein zweiter, schon fertiger an einer Stuhllehne hing.

„Du hier, Ursel! Und Kränze! Wer hat denn Geburtstag?"

„Niemand. Es ist nicht Geburtstag. Es ist bloß Sterbetag, Sterbetag deiner Kinder. Aber du vergißt alles. Bloß dich nicht."

„Ach, Ursel, laß doch. Ich habe meinen Kopf voll Wunder. Du mußt mir nicht Vorwürfe machen. Und dann die Kinder. Nun ja, sie sind tot, aber ich kann nicht trauern und klagen, daß sie's sind. Umgekehrt, es ist ein Glück."

„Ich verstehe dich nicht."

„Und ist nur zu gut zu verstehn. Ich weiß nicht aus noch ein und habe Sorgen über Sorgen."

„Worüber? Weil du nichts Rechtes zu tun hast und nicht weißt, wie du den Tag hinbringen sollst. Hinbringen, sag ich, denn ich will dich nicht kränken und von totschlagen sprechen. Aber sage selbst, wenn drüben die Weinstube voll ist, dann fehlt dir nichts. Ach, das verdammte Spiel, das ewige Knöcheln und Tempeln. Und wenn du noch glücklich spieltest! Ja, Hradscheck, das muß ich dir sagen, wenn du spielen willst, so spiele wenigstens glücklich. Aber ein Wirt, der *nicht* glücklich spielt, muß davonbleiben, sonst spielt er sich von Haus und Hof. Und dazu das Trinken, immer der schwere Ungar, bis in die Nacht hinein."

Er antwortete nicht, und erst nach einer Weile nahm er den Kranz, der über der Stuhllehne hing, und sagte: „Hübsch. Alles, was du machst, hat Schick. Ach, Ursel, ich wollte, du hättest bessere Tage."

Dabei trat er freundlich an sie heran und streichelte sie mit seiner weißen fleischigen Hand.

Sie ließ ihn auch gewähren, und als sie, wie beschwichtigt durch seine Liebkosungen, von ihrer Arbeit aufsah, sah man, daß es ihrer Zeit eine sehr schöne Frau gewesen sein mußte, ja, sie war es beinah noch. Aber man sah auch, daß sie viel erlebt hatte, Glück und Unglück, Lieb' und Leid, und durch allerlei schwere Schulen gegangen war. Er und sie machten ein hübsches Paar und waren gleichaltrig, Anfang vierzig, und ihre Sprech- und Verkehrsweise ließ erkennen, daß es eine Neigung gewesen sein mußte, was sie vor länger oder kürzer zusammengeführt hatte.

Der herbe Zug, den sie bei Beginn des Gesprächs gezeigt, wich denn auch mehr und mehr, und endlich fragte sie: „Wo drückt es wieder? Eben hast du den Raps weggeschickt, und wenn Leist das Öl hat, hast du das Geld. Er ist prompt auf die Minute."

„Ja, das ist er. Aber ich habe nichts davon, alles ist bloß Abschlag und Zins. Ich stecke tief drin und leider am tiefsten bei Leist selbst. Und dann kommt die Krakauer Geschichte, der Reisende von Olszewski-Goldschmidt und Sohn. Er kann jeden Tag da sein."

Hradscheck zählte noch anderes auf, aber seine Frau sagte langsam und mit gedehnter Stimme: „Ja, Würfelspiel und Vogelstellen . . ."

„Ach, immer Spiel und wieder Spiel! Glaube mir, Ursel, es ist nicht so schlimm damit, und jedenfalls mach ich mir nichts draus. Und am wenigsten aus dem Lotto; 's ist alles Torheit und weggeworfen Geld, ich weiß es, und doch hab ich wieder ein Los genommen. Und warum? Weil ich heraus will, weil ich heraus *muß*, weil ich uns retten möchte."

„So, so“, sagte sie, während sie mechanisch an dem Kranz weiterflocht und vor sich hinsah, als überlege sie, was wohl zu tun sei.

„Soll ich dich auf den Kirchhof begleiten“, fragte er, als ihn ihr Schweigen zu bedrücken anfing. „Ich tu's gern, Ursel.“

Sie schüttelte den Kopf.

„Warum nicht?“

„Weil, wer den Toten einen Kranz bringen will, wenigstens an sie gedacht haben muß.“

Und damit erhob sie sich und verließ das Haus, um nach dem Kirchhof zu gehen.

Hradscheck sah ihr nach, die Dorfstraße hinauf, auf deren roten Dächern die Herbstsonne flimmerte. Dann trat er wieder an sein Pult und blätterte.

II

Eine Woche war seit jenem Tag vergangen, aber das Spielglück, das sich bei Hradscheck einstellen sollte, blieb aus und das Lottoglück auch. Trotz alledem gab er das Warten nicht auf, und da gerade Lotterieziehzeit war, kam das Viertellos gar nicht mehr von seinem Pult. Es stand hier auf einem Ständerchen, ganz nach Art eines Fetischs, zu dem er nicht müde wurde, respektvoll und beinah mit Andacht aufzublicken. Alle Morgen sah er in der Zeitung die Gewinn-Nummern durch, aber die seine fand er nicht, trotzdem sie unter ihren fünf Zahlen drei Sieben hatte und mit sieben dividiert glatt aufging. Seine Frau, die wohl wahrnahm, daß er litt, sprach ihm nach ihrer Art zu, nüchtern, aber nicht unfreundlich, und drang in ihn, daß er den Lotteriezettel wenigstens vom Ständer herunternehmen möge, das verdrösse den Himmel nur, und wer dergleichen täte, kriege statt Rechnung und Hilfe den Teufel und seine Sippschaft ins Haus. Das Los müsse weg. Wenn er wirklich beten wolle, so habe sie was Besseres für ihn, ein Marienbild, das der Bischof von Hildesheim geweiht und ihr bei der Firmelung geschenkt habe.

Davon wollte nun aber der beständig zwischen Aber- und Unglauben hin und her schwankende Hradscheck nichts wissen. „Geh mir doch mit dem Bild, Ursel. Und wenn ich auch wollte, denke nur, welche Bescherung ich hätte, wenn's einer merkte. Die Bauern würden lachen von einem Dorfende bis ans andere, selbst Orth und Igel, die sonst keine Miene verziehen. Und mit der Pastorfreundschaft wär's auch vorbei. Daß er zu dir hält, ist doch bloß, weil er dir den katholischen Unsinn ausgetrieben und einen Platz im Himmel, ja vielleicht an seiner Seite gewonnen hat. Denn mit meinem Anspruch auf Himmel ist's nicht weit her.“

Und so blieb denn das Los auf dem Ständer, und erst als die Ziehung vorüber war, zerriß es Hradscheck und streute die Schnitzel in den Wind. Er war aber auch jetzt noch, all seinem spöttisch-überlegenen Gerede zum Trotz, so schwach und abergläubisch, daß er den Schnitzeln in ihrem Flug nachsah, und als er wahrnahm, daß einige die Straße hinauf bis an die Kirche geweht wurden und dort erst niederfielen, war er in seinem Gemüt beruhigt und sagte: „Das bringt Glück."

Zugleich hing er wieder allerlei Gedanken und Vorstellungen nach, wie sie seiner Phantasie jetzt häufiger kamen. Aber er hatte noch Kraft genug, das Netz, das ihm diese Gedanken und Vorstellungen überwerfen wollten, wieder zu zerreißen.

„Es geht nicht."

Und als im selben Augenblick das Bild des Reisenden, dessen Anmeldung er jetzt täglich erwarten mußte, vor seine Seele trat, trat er erschreckt zurück und wiederholte nur vor sich hin: „Es geht nicht."

So war Mitte Oktober herangekommen.

Im Laden gab's viel zu tun, aber mitunter war doch ruhige Zeit, und dann ging Hradscheck abwechselnd in den Hof, um Holz zu spellen, oder in den Garten, um eine gute Sorte Tischkartoffeln aus der Erde zu nehmen. Denn er war ein Feinschmecker. Als aber die Kartoffeln heraus waren, fing er an, den schmalen Streifen Land, darauf sie gestanden, umzugraben. Überhaupt wurde Graben und Gartenarbeit mehr und mehr seine Lust, und die mit dem Spaten in der Hand verbrachten Stunden waren eigentlich seine glücklichsten.

Und so beim Graben war er auch heute wieder, als die Jeschke, wie gewöhnlich, an die die beiden Gärten verbindende Heckentür kam und ihm zusah, trotzdem es noch früh am Tage war.

„De Tüffeln sinn joa nu 'rut, Hradscheck."

„Ja, Mutter Jeschke, seit vorgestern. Und war diesmal 'ne wahre Freude; mitunter zwanzig an einem Busch und alle groß und gesund."

„Joa, joa, wenn een's Glück hebben sall. Na, Se hebben't, Hradscheck. Se hebben Glück bi de Tüffeln un bi de Malvesieren ook. I, Se möten joa woll 'n Scheffel 'runnerpflückt hebb'n."

„O mehr, Mutter Jeschke, viel mehr."

„Na, bereden Se't nich, Hradscheck. Nei, nei. Man sall nix bereden. Ook sien Glück nich."

Damit ließ sie den Nachbarn stehn und humpelte wieder auf ihr Haus zu.

Hradscheck aber sah ihr ärgerlich und verlegen nach. Und er hatte wohl Grund dazu. War doch die Jeschke, so freundlich und zutulich sie tat, eine schlimme Nachbarschaft und quacksalberte nicht bloß, sondern machte auch sympathetische Kuren, besprach Blut und wußte, wer sterben würde. Sie sah dann die Nacht vorher einen Sarg vor dem Sterbehaus stehen. Und es hieß auch, sie wisse, wie man sich unsichtbar machen könne, was, als Hradscheck sie seinerzeit danach gefragt hatte, halb von ihr bestritten und dann halb auch wieder zugestanden war. Sie wisse es nicht; aber *das* wisse sie, daß frisch ausgelassener Lammtalg gut sei, versteht sich von einem ungeborenen Lamm und als Licht über einen roten Wollfaden gezogen; am besten aber sei Farnkrautsamen in die Schuh oder Stiefel geschüttet. Und dann hatte sie herzlich gelacht, worin Hradscheck natürlich einstimmte. Trotz dieses Lachens aber war ihm jedes Wort, als ob es ein Evangelium wär', in Erinnerung geblieben, vor allem das „ungeborene Lamm" und der „Farnkrautsamen". Er glaubte nichts davon und auch wieder alles, und wenn er, seiner sonstigen Entschlossenheit ungeachtet, schon vorher eine Furcht vor der alten Hexe gehabt hatte, so nach dem Gespräch über das sich Unsichtbarmachen noch viel mehr.

Und solche Furcht beschlich ihn auch heute wieder, als er sie, nach dem Morgengeplauder über die „Tüffeln" und die „Malvesieren", in ihrem Haus verschwinden sah. Er wiederholte sich jedes ihrer Worte: „Wenn een's Glück hebben sall. Na, Se hebben't joa, Hradscheck. Awers bereden Se't nich." Ja, so waren ihre Worte gewesen. Und was war mit dem allem gemeint? Was sollte dies ewige Reden von Glück und wieder Glück? War es Neid oder wußte sie's besser? Hatte sie doch vielleicht mit ihrem Hokuspokus ihm in die Karten gekuckt?

Während er noch so sann, nahm er den Spaten wieder zur Hand und begann rüstig weiterzugraben. Er warf dabei ziemlich viel Erde heraus und war keine fünf Schritt mehr von dem alten Birnbaum, auf den der Ackerstreifen zulief, entfernt, als er auf etwas stieß, das unter dem Schnitt des Eisens zerbrach und augenscheinlich weder Wurzel noch Stein war. Er grub also vorsichtig weiter und sah alsbald, daß er auf Arm und Schulter eines hier verscharrten Toten gestoßen war. Auch Zeugreste kamen zutage, zerschlissen und gebräunt, aber immer noch farbig und wohlerhalten genug, um erkennen zu lassen, daß es ein Soldat gewesen sein müsse.

Wie kam er hierher?

Hradscheck stützte sich auf die Krücke seines Grabscheits und überlegte. „Soll ich es zur Anzeige bringen? Nein. Es macht bloß Geklätsch. Und keiner mag einkehren, wo man einen Toten unterm Birnbaum gefunden hat. Also besser nicht. Er kann hier weiter liegen."

Und damit warf er den Armknochen, den er ausgegraben, in die Grube zurück und schüttete diese wieder zu. Während dieses Zuschüttens aber hing er all jenen Gedanken und Vorstellungen nach, wie sie seit Wochen ihm immer häufiger kamen. Kamen und gingen. Heut aber gingen sie nicht, sondern wurden Pläne, die Besitz von ihm nahmen und ihn, ihm selbst zum Trotz, an die Stelle bannten, auf der er stand. Was er hier zu tun hatte, war getan, es gab nichts mehr zu graben und zu schütten, aber immer noch hielt er das Grabscheit in der Hand und sah sich um, als ob er bei böser Tat ertappt worden wäre. Und fast war es so. Denn unheimlich verzerrte Gestalten (und eine davon er selbst) umdrängten ihn so faßbar und leibhaftig, daß er sich wohl fragen durfte, ob nicht andere da wären, die diese Gestalten auch sähen. Und er lugte wirklich nach der Zaunstelle hinüber. Gott sei Dank, die Jeschke war nicht da. Aber freilich, wenn sie sich unsichtbar machen und sogar Tote sehen konnte, Tote, die noch nicht tot waren, warum sollte sie nicht die Gestalten sehen, die jetzt vor seiner Seele standen? Ein Grauen überlief ihn, nicht vor der Tat, nein, aber bei dem Gedanken, daß das, was erst Tat werden sollte, vielleicht in diesem Augenblick schon erkannt und verraten war. Er zitterte, bis er, sich plötzlich aufraffend, den Spaten wieder in den Boden stieß.

„Unsinn. Ein dummes altes Weib, das gerade klug genug ist, noch Dümmere hinters Licht zu führen. Aber ich will mich ihrer schon wehren, ihrer und ihrer ganzen Totenkuckerei. Was ist es denn? Nichts. Sie sieht einen Sarg an der Tür stehen, und dann stirbt einer. Ja, sie sagt es, aber sagt es immer erst, wenn einer tot ist oder keinen Atem mehr hat oder das Wasser ihm schon ans Herz stößt. Ja, dann kann ich auch prophezeien. Alte Hexe, du sollst mir nicht weiter Sorge machen. Aber Ursel! Wie bring ich's der bei? Da liegt der Stein. Und wissen muß sie's. Es müssen zwei sein . . ."

Und er schwieg. Bald aber fuhr er entschlossen fort: „Ah, bah, es wird sich finden, weil sich's finden muß. Not kennt kein Gebot. Und was sagte sie neulich, als ich das Gespräch mit ihr hatte? ‚Nur nicht arm sein . . . Armut ist das Schlimmste.' Daran halt ich sie; damit zwing ich sie. Sie *muß* wollen."

Und so sprechend, ging er, das Grabscheit gewehrüber nehmend, wieder auf das Haus zu.

III

Als Hradscheck bis an den Schwellstein gekommen war, nahm er das Grabscheit von der Schulter, lehnte die Krücke gegen das am Haus sich hinziehende Weinspalier und wusch sich die Hände, sauberer Mann, der er war, in einem Kübel, darin die Dachtraufe mündete. Danach trat er in den Flur und ging auf sein Wohnzimmer zu.

Hier traf er Ursel. Diese saß vor einem Nähtisch am Fenster und war, trotz der frühen Stunde, schon wieder in Toilette, ja noch sorglicher und geputzter als an dem Tag, wo sie die Kränze für die Kinder geflochten hatte. Das hochanschließende Kleid, das sie trug, war auch heute schlicht und dunkelfarbig (sie wußte, daß Schwarz sie kleidete), der blanke Ledergürtel aber wurde durch eine Bronzeschnalle von auffälliger Größe zusammengehalten, während in ihren Ohrringen lange birnenförmige Bummeln von venetianischer Perlenmasse hingen. Sie wirkten anspruchsvoll und störten mehr, als sie schmückten. Aber für dergleichen gebrach es ihr an Wahrnehmung, wie denn auch der mit Schildpatt ausgelegte Nähtisch, trotz all seiner Eleganz, zu den beiden hellblauen Atlassofas nicht recht passen wollte. Noch weniger zu dem weißen Trumeau. Links neben ihr, auf dem Fensterbrett, stand ein Arbeitskästchen, darin sie, gerade als Hradscheck eintrat, nach einem Faden suchte. Sie ließ sich dabei nicht stören und sah erst auf, als der Eintretende, halb scherzhaft, aber doch mit einem Anflug von Tadel, sagte: „Nun, Ursel, schon in Staat? Und nichts zu tun mehr in der Küche?"

„Weil es fertig werden muß."

„Was?"

„Das hier." Und dabei hielt sie Hradscheck ein Samtkäpsel hin, an dem sie gerade nähte. „Wenig mit Liebe."

„Für mich?"

„Nein. Dazu bist du nicht fromm und, was du lieber hören wirst, auch nicht alt genug."

„Also für den Pastor?"

„Geraten."

„Für den Pastor. Nun gut. Kleine Geschenke erhalten die Freundschaft, und die Freundschaft mit einem Pastor kann man doppelt brauchen. Es gibt einem solch Ansehn. Und ich habe mir auch vorgenommen, ihn wieder öfter zu besuchen und mit Ede sonntags umschichtig in die Kirche zu gehen."

„Das tu nur; er hat sich schon gewundert."

„Und hat auch recht. Denn ich bin ihm eigentlich verschuldet. Und ist noch dazu der einzige, dem ich gern verschuldet bin. Ja, du siehst mich an, Ursel. Aber es ist so. Hat er dich nicht auf den rechten Weg gebracht? Sage selbst. Wenn Eccelius nicht war, so stecktest du noch in dem alten Unsinn."

„Sprich nicht so. Was weißt du davon? Ihr habt ja gar keine Religion. Und Eccelius eigentlich auch nicht. Aber er ist ein guter Mann, eine Seele von Mann, und meint es gut mit mir und aller Welt. Und hat mir zum Herzen gesprochen."

„Ja, das versteht er; das hat er in der Loge gelernt. Er rührt einen zu Tränen. Und nun gar erst die Weiber."

„Und dann halt ich zu ihm", fuhr Ursel fort, ohne der Unterbrechung zu achten, „weil er ein gebildeter Mann ist. Ein guter Mann, und ein gebildeter Mann. Und offen gestanden, daran bin ich gewöhnt."

Hradscheck lachte. „Gebildet, Ursel, das ist dein drittes Wort. Ich weiß schon. Und dann kommt der Göttinger Student, der dir einen Ring geschenkt hat, als du vierzehn Jahre alt warst (er wird wohl nicht echt gewesen sein), und dann kommt vieles *nicht* oder doch manches nicht . . . verfärbe dich nur nicht gleich wieder . . . und zuletzt kommt der Hildesheimer Bischof. Das ist dein höchster Trumpf, und was Vornehmeres gibt es in der ganzen Welt nicht. Ich weiß es seit langem. Vornehm, vornehm. Ach, ich rede nicht gern davon, aber deine Vornehmheit ist mir teuer zu stehen gekommen."

Ursel legte das Samtkäpsel aus der Hand, steckte die Nadel hinein und sagte, während sie sich mit halber Wendung von ihm ab- und dem Fenster zukehrte: „Höre, Hradscheck, wenn du gute Tage mit mir haben willst, so sprich nicht so. Hast du Sorgen, so will ich sie mittragen, aber du darfst mich nicht dafür verantwortlich machen, daß sie da sind. Was ich dir hundertmal gesagt habe, das muß ich dir wieder sagen. Du bist kein guter Kaufmann, denn du hast das Kaufmännische nicht gelernt, und du bist kein guter Wirt, denn du spielst schlecht oder doch nicht mit Glück und trinkst nebenher deinen eigenen Wein aus. Und was da nach drüben geht, nach Neu-Lewin hin, oder wenigstens gegangen ist", und dabei wies sie mit der Hand nach dem Nachbardorf, „davon will ich nicht reden, schon gar nicht, schon lange nicht. Aber das darf ich dir sagen, Hradscheck, so steht es mit dir. Und anstatt dich zu deinem Unrecht zu bekennen, sprichst du von meinen Kindereien und von dem hochwürdigen Bischof, dem du nicht wert bist, die Schuhriemen zu lösen. Und wirfst mir dabei meine Bildung vor."

„Nein, Ursel."

„Oder daß ich's ein bißchen hübsch oder, wie du sagst, vornehm haben möchte."

„Ja, das."

„Also doch. Nun aber sage mir, was habe ich getan? Ich habe mich in den ersten Jahren eingeschränkt und in der Küche gestanden und gebacken und gebraten und des Nachts an der Wiege gesessen. Ich bin nicht aus dem Haus gekommen, so daß die Leute darüber geredet haben, die dumme Gans draußen in der Ölmühle natürlich an der Spitze (du hast es mir selbst erzählt), und habe jeden Abend vor einem leeren Kleiderschrank gestanden und die hölzernen Riegel gezählt. Und so sieben Jahre, bis die Kinder starben, und erst als sie tot waren und ich nichts hatte, daran ich mein Herz hängen konnte, da habe ich gedacht, nun gut, nun will ich es wenigstens hübsch haben und eine Kaufmannsfrau sein, so wie man sich in meiner Gegend eine Kaufmannsfrau vorstellt. Und als dann der Konkurs auf Schloß Hoppenrade kam, da habe ich dich gebeten, dies bißchen hier anzuschaffen, und das hast du getan, und ich habe mich dafür bedankt. Und war auch bloß in der Ordnung. Denn Dank muß sein, und ein gebildeter Mensch weiß es und wird ihm nicht schwer. Aber all das, worüber jetzt so viel geredet wird, als ob es wunder was wäre, ja, was ist es denn groß? Eigentlich ist es doch nur altmodisch, und die Seide reißt schon, trotzdem ich sie hüte wie meinen Augapfel. Und wegen dieser paar Sachen stöhnst du und hörst nicht auf zu klagen und verspottest mich wegen meiner Bildung und Feinheit, wie du zu sagen beliebst. Freilich bin ich feiner als die Leute hier, in meiner Gegend ist man feiner. Willst du mir einen Vorwurf daraus machen, daß ich nicht wie die Pute, die Quaas, bin, die ‚mir' und ‚mich' verwechselt und eigentlich noch in den Friesrock gehört und Liebschaftenhaben für Bildung hält und sich ‚Kätzchen' nennen läßt, obschon sie bloß eine Katze ist und eine falsche dazu? Ja, mein lieber Hradscheck, wenn du mir daraus einen Vorwurf machen willst, dann hättest du mich nicht nehmen sollen, das wäre dann das klügste gewesen. Besinne dich. Ich bin dir nicht nachgelaufen, im Gegenteil, du wolltest mich partout und hast mich beschworen um mein ‚Ja'. Das kannst du nicht bestreiten. Nein, das kannst du nicht, Hradscheck. Und nun dies ewige ‚vornehm' und wieder ‚vornehm'. Und warum? Bloß weil ich einen Trumeau wollte, den man wollen muß, wenn man ein bißchen auf sich hält. Und für einen Spottpreis ist er fortgegangen."

„Du sagst Spottpreis, Ursel. Ja, was ist Spottpreis? Auch Spottpreise können zu hoch sein. Ich hatte damals nichts und habe es von geborgtem Geld kaufen müssen."

„Das hättest du nicht tun sollen, Abel, das hättest du mir sagen müssen. Aber da genierte sich der werte Herr Gemahl und mußte sich auch genieren. Denn warum war kein Geld da? Wegen der Person drüben. Alte Liebe rostet nicht. Versteht sich."

„Ach Ursel, was soll das! Es nutzt uns nichts, uns unsere Vergangenheit vorzuwerfen."

„Was meinst du damit? Was heißt Vergangenheit?"

„Wie kannst du nur fragen? Aber ich weiß schon, das ist das alte Lied, das ist Weiberart. Ihr streitet eurem eigenen Liebhaber die Liebschaft ab. Ursel, ich hätte dich für klüger gehalten. So sei doch nicht so kurz von Gedächtnis. Wie lag es denn? Wie fand ich dich damals, als du wieder nach Hause kamst, krank und elend und mit dem Stecken in der Hand, und als der Alte dich nicht aufnehmen wollte mit deinem Kind und du dann zufrieden warst mit einer Schütte Stroh unterm Dach? Ursel, da habe ich dich gesehen, und weil ich Mitleid mit dir hatte, nein, nein, erzürne dich nicht wieder . . . weil ich dich liebte, weil ich vernarrt in dich war, da habe ich dich bei der Hand genommen, und wir sind hierher gegangen, und der Alte drüben, dem du das Käpsel da nähst, hat uns zusammengetan. Es tut mir nicht leid, Ursel, denn du weißt, daß ich in meiner Neigung und Liebe zu dir der alte bin, aber du darfst dich auch nicht aufs hohe Pferd setzen, wenn ich vor Sorgen nicht aus noch ein weiß, und darfst mir nicht Vorwürfe machen wegen der Rese drüben in Neu-Lewin. Was da hinging, glaube mir, das war nicht viel und eigentlich nicht der Rede wert. Und nun ist sie lange tot und unter der Erde. Nein, Ursel, daher stammt es nicht, und ich schwöre dir's, das alles hätt' ich gekonnt, aber der verdammte Hochmut, daß es mit uns was sein sollte, das hat es gemacht, das ist es. Du wolltest hoch hinaus und was Apartes haben, damit sie sich wundern sollten. Und was haben wir nun davon? Da stehen die Sachen, und das Bauernvolk lacht uns aus."

„Sie beneiden uns."

„Na gut, vielleicht oder wenigstens solange es vorhält. Aber wenn das alles eines schönen Tages fort ist?"

„Das darf nicht sein."

„Die Gerichte fragen nicht lange."

„Das darf nicht sein, sage ich. Alles andere. Nein, Hradscheck, das darfst du mir nicht antun, da nehme ich mir das Leben und gehe in die Oder, gleich auf der Stelle. Was Jammer und Elend ist, das weiß ich, das habe ich erfahren. Aber gerade deshalb, gerade deshalb. Ich bin jetzt aus dem Jammer heraus, Gott sei Dank, und ich will nicht wieder hinein. Du sagst, sie lachen über uns, nein, sie lachen *nicht;* aber wenn uns was passierte, dann würden sie lachen. Und daß dann ‚Kätzchen' ihren Spaß haben und sich über uns lustig machen sollte, oder gar die gute Mietzel, die noch immer in ihrem schwarzen Kopftuch steckt und nicht mal weiß, wie man einen Hut oder eine Haube manierlich aufsetzt, das trüg' ich nicht, da möchte ich gleich tot umfallen. Nein, nein, Hradscheck, wie ich dir schon neulich sagte, nur nicht arm. Armut ist das schlimmste, schlimmer als Tod, schlimmer als ..."

Er nickte. „So denk ich auch, Ursel. Nur nicht arm. Aber komm in den Garten! Die Wände hier haben Ohren."

Und so gingen sie hinaus. Draußen aber nahm sie seinen Arm, hing sich, wie zärtlich, an ihn und plauderte, während sie den Mittelsteig des Gartens auf und ab schritten. Er seinerseits schwieg und überlegte, bis er mit einem Male stehenblieb und, das Wort nehmend, auf die wieder zugeschüttete Stelle neben dem Birnbaum wies. Und nun wurden Ursels Augen immer größer, als er rasch und lebhaft alles, was geschehen müsse, herzuzählen und auseinanderzusetzen begann.

„Es geht nicht. Schlag es dir aus dem Sinn. Es ist nichts so fein gesponnen ..."

Er aber ließ nicht ab, und endlich sah man, daß er ihren Widerstand besiegt hatte. Sie nickte, schwieg, und beide gingen auf das Haus zu.

IV

Der Oktober ging auf die Neige, trotzdem aber waren noch schöne warme Tage, so daß man sich im Freien aufhalten und die Hradschecksche Kegelbahn benutzen konnte. Diese war in der ganzen Gegend berühmt, weil sie nicht nur ein gutes waagerechtes Laufbrett, sondern auch ein bequemes Kegelhäuschen und in diesem zwei von aller Welt bewunderte buntglasige Guckfenster hatte. Das gelbe sah auf den Garten hinaus, das blaue dagegen auf die Dorfstraße samt dem dahinter sich hinziehenden Oderdamm, über den hinweg dann und wann der Fluß selbst aufblitzte. Drüben am anderen Ufer aber gewahrte man einen langen Schattenstrich: die neumärkische Heide.

Es war halb vier, und die Kugeln rollten schon seit einer Stunde. Der zugleich Kellnerdienste verrichtende Ladenjunge lief hin und her, mal Kaffee, mal einen Kognak bringend, am öftesten aber neugestopfte Tonpfeifen, aus denen die Bauern rauchten und die Wölkchen in die klare Herbstluft hineinbliesen. Es waren ihrer fünf, zwei aus dem benachbarten Kienitz herübergekommen, der Rest echte Tschechiner: Ölmüller Quaas, Bauer Mietzel und Bauer Kunicke. Hradscheck, der, von Berufs wegen, mit dem

Schreib- und Rechenwesen am besten Bescheid wußte, saß vor einer großen schwarzen Tafel, die die Form eines Notenpultes hatte.

„Kunicke steht wieder am besten." „Natürlich, gegen den kann keiner." „Dreimal acht um den König." Und nun begann ein Sichüberbieten in Kegelwitzen. „Er kann hexen", hieß es. „Er hockt mit der Jeschke zusammen." „Er spielt mit falschen Karten." „Wer so viel Glück hat, muß Strafe zahlen." Der, der das von den „falschen Karten" gesagt hatte, war Bauer Mietzel, des Ölmüllers Nachbar, ein kleines ausgetrocknetes Männchen, das mehr einem Leineweber als einem Bauern glich. War aber doch ein richtiger Bauer, in dessen Familie nur von alter Zeit her der Schwind war.

„Wer schiebt?"

„Hradscheck."

Dieser kletterte von seinem Schreibersitz und wartete gerade auf seine die Lattenrinne langsam herunterkommende Lieblingskugel, als der Landpostbote durch ein auf die Straße führendes Türchen eintrat und einen großen Brief an ihn abgab; Hradscheck nahm den Brief in die Linke, packte die Kugel mit der Rechten und setzte sie kräftig auf, zugleich mit Spannung dem Lauf derselben folgend.

„Sechs!" schrie der Kegeljunge, verbesserte sich aber sofort, als nach einigem Wackeln und Besinnen noch ein siebenter umfiel.

„Sieben also!“ triumphierte Hradscheck, der sich bei dem Wurf augenscheinlich was gedacht hatte.

„Sieben geht“, fuhr er fort. „Sieben ist gut. Kunicke, schiebe für mich und schreib an. Will nur das Porto zahlen.“

Damit ging er mit dem Briefträger von der Gartenseite her ins Haus.

Das Kegeln setzte sich mittlerweile fort, wer aber Spiel und Gäste vergessen zu haben schien, war Hradscheck. Kunicke hatte schon zum dritten Male statt seiner geschoben, und so wurde man endlich ungeduldig und riß heftig an einem Klingeldraht, der nach dem Laden hineinführte.

Der Junge kam auch.

„Hradscheck soll wieder antreten, Ede. Wir warten ja. Mach flink!“

Und sieh, gleich danach erschien auch der Gerufene, hochrot und aufgeregt, aber, allem Anschein nach, mehr in heiterer als verdrießlicher Erregung. Er entschuldigte sich kurz, daß er habe warten lassen, und nahm dann ohne weiteres eine Kugel, um zu schieben.

„Aber du bist ja gar nicht dran!“ schrie Kunicke. „Himmelwetter, was ist denn los? Und wie der Kerl aussieht! Entweder ist ihm eine Schwiegermutter gestorben oder er hat das große Los gewonnen.“

Hradscheck lachte.

„Nu, so rede doch. Oder sollst du nach Berlin kommen und ein paar neue Rapspressen einrichten? Hast ja neulich unserem Quaas erst vorgerechnet, daß er nichts von der Ölpresse verstünde.“

„Hab ich, und ist auch so. Nichts für ungut, ihr Herren, aber der Bauer klebt immer am alten.“

„Und die Gastwirte sind immer fürs Neue. Bloß daß nicht viel dabei herauskommt.“

„Wer weiß!“

„Wer weiß? Höre, Hradscheck, ich fange wirklich an zu glauben . . . Oder is es ’ne Erbschaft?“

„Is so was. Aber nicht der Rede wert.“

„Und von woher denn?“

„Von meiner Frau Schwester.“

„Bist doch ein Glückskind. Ewig sind ihm die gebratenen Tauben ins Maul geflogen. Und aus dem Hildesheimschen, sagst du?“

„Ja, da so ’rum.“

„Na, da wird Reetzke drüben froh sein. Er war schon ungeduldig.“

„Weiß; er wollte klagen. Die Neu-Lewiner sind immer ängstlich und Pfennigfuchser und können nich warten. Aber er wird’s nu wohl lernen und sich anders besinnen. Mehr sag ich nicht und paßt sich auch nicht. Man soll den Mund nicht vollnehmen. Und was ist am Ende solch bißchen Geld?“

„Geld ist nie ein bißchen. Wieviel Nullen hat's denn?"

„Ach, Kinder, redet doch nicht von Nullen. Das beste ist, daß es nicht viel Wirtschaft macht und daß meine Frau nicht erst nach Hildesheim braucht. Solche weite Reise, da geht ja gleich die Hälfte drauf. Oder vielleicht auch das Ganze."

„War es denn schon in dem Brief?"

„I, bewahre. Bloß die Anzeige von meinem Schwager und daß das Geld in Berlin gehoben werden kann. Ich schicke morgen meine Frau. Sie versauert hier ohnehin."

„Versteht sich", sagte Mietzel, der sich immer ärgerte, wenn von dem „Versauern" der Frau Hradscheck die Rede war. „Versteht sich, laß sie nur reisen; Berlin, das ist so was für die Frau Baronin. Und vielleicht bringt sie dir gleich wieder ein Atlassofa mit. Oder 'nen Trumeau. So heißt es ja wohl? Bei so was Feinem muß unserein immer erst fragen. Der Bauer ist ja zu dumm."

Frau Hradscheck reiste wirklich ab, um die geerbte Summe von Berlin zu holen, was schon im voraus das Gerede der ebenso neidischen wie reichen Bauersfrauen weckte, vor allem der Frau Quaas, die sich, ihrer gekrausten blonden Haare halber, ganz einfach für eine Schönheit hielt und aus dem Umstand, daß sie zwanzig Jahre jünger war als ihr Mann, ihr Recht zu fast ebenso vielen Liebschaften herleitete. Was gut aussah, war ihr ein Dorn im Auge, zumeist aber die Hradscheck, die nicht nur stattlicher und klüger war als sie selbst, sondern zum Überfluß auch noch in Verdacht stand (wenn auch freilich mit Unrecht), den ältesten Kantorssohn – einen wegen Demagogie relegierten Tunichtgut, der nun bei dem Vater auf der Bärenhaut lag – zu Spottversen auf die Tschechiner und ganz besonders auf die gute Frau Quaas angestiftet zu haben. Es war eine lange Reimerei, drin jeder was wegkriegte. Der erste Vers aber lautete:

Woytasch hat den Schulzen-Stock,
Kunicke 'nen langen Rock,
Mietzel ist ein Hobelspan,
Quaas hat keinem was getan,
Nicht mal seiner eignen Frau,
Kätzchen weiß es ganz genau.
Miau, miau.

Dergleichen konnte nicht verziehen werden, am wenigsten solcher Bettelperson wie dieser hergelaufenen Frau Hradscheck, die nun mal für die Schuldige galt. Das stand bei Kätzchen fest.

„Ich wette“, sagte sie zur Mietzel, als diese denselben Abend noch, an dem die Hradscheck abgereist war, auf der Ölmühle vorsprach, „ich wette, daß sie mit einem Samthut und einer Straußenfeder wiederkommt. Sie kann sich nie genug tun, diese zierige Person, trotz ihrer vierzig. Und alles bloß, weil sie ‚Swein‘ sagt und nicht ‚switzen‘ kann, auch wenn sie drei Kannen Fliedertee getrunken. Sie sagt aber nicht Fliedertee, sie sagt Holunder. Und das soll denn was sein. Ach, liebe Mietzel, es ist zum Lachen.“

„Ja, ja!“ stimmte die Mietzel ein, schien aber geneigt, die größere Schuld auf Hradscheck zu schieben, der sich einbilde, wunder was Feines geheiratet zu haben. Und sei doch bloß ’ne Kattolsche gewesen und vielleicht auch ’ne Springerin; wenigstens habe sie so was munkeln hören. „Und überhaupt, der gute Hradscheck“, fuhr sie fort, „er soll doch nur still sein. In Neu-Lewin reden sie nicht viel Gutes von ihm. Die Rese hat er sitzenlassen. Und mit eins war sie weg, und keiner weiß wie und warum. Und war auch von Ausgraben die Rede, bis unser alter Woytasch ’rüberfuhr und alles wieder still machte. Natürlich, er will keinen Lärm haben und is ’ne Suse. Zu Hause darf er ohnehin nicht reden. Oder ob er der Hradschecken nach den Augen sieht? Sie hat so was. Und ich sage bloß, wenn wir alles hergelaufene Volk ins Dorf kriegen, so haben wir nächstens auch die Zigeuner hier, und Frau Woytasch kann sich dann nach ’nem Schwiegersohn umsehn. Zeit wird es mit der Rike; dreißig is sie ja schon.“

So ging gleich am ersten Tag das Geklatsch. Als aber eine halbe Woche später die Hradscheck gerade so wiederkam, wie sie gegangen war, das heißt ohne Samthut und Straußenfeder, und noch ebenso grüßte, ja womöglich noch artiger als vorher, da trat ein Umschlag ein, und man fing an, sie gelten zu lassen und sich einzureden, daß die Erbschaft sie verändert habe.

„Man sieht doch gleich“, sagte die Quaas, „daß sie jetzt was haben. Sonst sollte das immer was sein, und sie logen einen grausam an, und war eigentlich nicht zum aushalten. Aber gestern war sie anders und sagte ganz klein und bescheiden, daß es nur wenig sei.“

„Wieviel mag es denn wohl sein?“ unterbrach hier die Mietzel. „Ich denke mir so tausend Taler.“

„O mehr, viel mehr. Wenn es nicht mehr wäre, wäre sie nicht *so;* da zierte sie sich ruhig weiter. Nein, liebe Mietzel, da hat man denn doch so seine Zeichen, und denken Sie sich, als ich sie gestern fragte, ob es ihr nicht ängstlich gewesen wäre, so ganz allein mit dem vielen Geld, da sagte sie: Nein, es wär’ ihr nicht ängstlich gewesen, denn sie habe nur wenig mitgebracht, eigentlich nicht der Rede wert. Das meiste habe sie bei dem Kaufmann in Berlin gleich stehenlassen. Ich weiß ganz bestimmt, sie sagte: das meiste. So wenig kann es also nicht sein.“

Unterredungen wie diese wurden ein paar Wochen lang in jedem Tschechiner Hause geführt, ohne daß man mit Hilfe derselben im geringsten weitergekommen wäre, weshalb man sich schließlich hinter den Postboten steckte. Dieser aber war entweder schweigsam oder wußte nichts, und erst Mitte November erfuhr man von ihm, daß er neuerdings einen rekommandierten Brief bei den Hradschecks abgegeben habe.

„Von woher denn?"

„Aus Krakau."

Man überlegte sich's, ob das in irgendeiner Beziehung zur Erbschaft stehen könne, fand aber nichts.

Und war auch nichts zu finden. Denn der eingeschriebene Brief lautete:

»*Krakau*, den 9. November 1831.

Herrn *Abel Hradscheck* in Tschechin. Oderbruch.

Ew. Wohlgeboren bringen wir hiermit zu ganz ergebenster Kenntnis, daß unser Reisender, Herr Szulski, wie alljährlich so auch in diesem Jahr wieder, in der letzten Novemberwoche bei Ihnen eintreffen und Ihre weitern geneigten Aufträge in Empfang nehmen wird. Zugleich aber gewärtigen wir, daß Sie, hochgeehrter Herr, bei dieser Gelegenheit Veranlassung nehmen wollen, unsre seit drei Jahren anstehende Forderung zu begleichen. Wir rechnen um so bestimmter darauf, als es uns, durch die politischen Verhältnisse des Landes und den Rückschlag derselben auf unser Geschäft, unmöglich gemacht wird, einen ferneren Kredit zu bewilligen. Genehmigen Sie die Versicherung unserer Ergebenheit.

Olszewski-Goldschmidt & Sohn.«

Hradscheck, als er diesen Brief empfangen hatte, hatte nicht gesäumt, auch seine Frau mit dem Inhalt desselben bekannt zu machen. Diese blieb anscheinend ruhig, nur um ihre Lippen flog ein nervöses Zittern.

„Wo willst du's hernehmen, Abel? Und doch muß es geschafft werden. Und ihm eingehändigt werden . . . Und zwar vor Zeugen. Willst du's borgen?"

Er schwieg.

„Bei Kunicke?"

„Nein. Geht nicht. Das sieht aus nach Verlegenheit. Und die darf es nach der Erbschaftsgeschichte nicht mehr geben. Und gibt's auch nicht. Ich glaube, daß ich's schaffe."

„Gut. Aber wie?"

„Bis zum 30. hab ich noch die Feuerkassengelder."

„Die reichen nicht."

„Nein. Aber doch beinah. Und den Rest deck ich mit einem kleinen

Wechsel. Ein großer geht nicht, aber ein kleiner ist gut und eigentlich besser als bar."

Sie nickte.

Dann trennte man sich, ohne daß weiter ein Wort gewechselt worden wäre.

Was zwischen ihnen zu sagen war, war gesagt und jedem seine Rolle zugeteilt. Nur fanden sie sich sehr verschieden hinein, wie schon die nächste Minute zeigen sollte.

Hradscheck, voll Beherrschung über sich selbst, ging in den Laden, der gerade voll hübscher Bauernmädchen war, und zupfte hier der einen am Busentuch, während er der andern die Schürzenbänder aufband. Einer Alten aber gab er einen Kuß. „Einen Kuß in Ehren darf niemand wehren – nich wahr, Mutter Schickedanz?"

Mutter Schickedanz lachte.

Der *Frau* Hradscheck aber fehlten die guten Nerven, deren ihr Gatte sich rühmen konnte. Sie ging in ihr Schlafzimmer, sah in den Garten und überschlug ihr Leben. Dabei murmelte sie halb unverständliche Worte vor sich hin und schien, den Bewegungen ihrer Hand nach, einen Rosenkranz abzubeten. Aber es half alles nichts. Ihr Atem blieb schwer, und sie riß endlich das Fenster auf, um die frische Luft einzusaugen.

So vergingen Stunden. Und als Mittag kam, kamen nur Hradscheck und Ede zu Tisch.

V

Es war Ende November, als an einem naßkalten Abend der von der Krakauer Firma angekündigte Reisende vor Hradschecks Gasthof vorfuhr. Er kam von Küstrin und hatte sich um ein paar Stunden verspätet, weil die vom Regen aufgeweichten Bruchwege beinah unpassierbar gewesen waren, am meisten im Dorf selbst. Noch die letzten dreihundert Schritt von der Orthschen Windmühle her hatten ein gut Stück Zeit gekostet, weil das ermüdete Pferd mitunter stehenblieb und trotz allem Fluchen nicht weiter wollte. Jetzt aber hielt der Reisende vor der Ladentür, durch deren trübe Scheiben ein Lichtschein auf den Damm fiel, und knipste mit der Peitsche.

„Hallo; Wirtschaft!"

Eine Weile verging, ohne daß wer kam. Endlich erschien der Ladenjunge, lief aber, als er den Tritt heruntergeklappt hatte, gleich wieder weg, „weil er den Knecht, den Jakob, rufen wolle".

„Gut, gut. Aber flink ... Is das ein Hundewetter!"

Unter solchen und ähnlichen Ausrufungen schlug der jetzt wieder allein gelassene Reisende das Schutzleder zurück, hing den Zügel in den freigewordenen Haken und kletterte, halb erstarrt und unter Vermeidung des Tritts, dem er nicht recht zu trauen schien, über das Rad weg auf eine leidlich trockene, grad' vor dem Ladeneingang durch Aufschüttung von Müll und Schutt hergerichtete Stelle. Wolfsschur und Pelzmütze hatten ihm Kopf und Leib geschützt, aber die Füße waren wie tot, und er stampfte hin und her, um wieder Leben ins Blut zu bringen.

Und jetzt erschien auch Jakob, der den Reisenden schon von früher her kannte.

„Jott, Herr Szulski, bi so'n Wetter! Un so'ne Weg'! I, doa kümmt joa keen Düwel nich."

„Aber ich", lachte Szulski.

„Joa, blot *Se*, Herr Szulski. Na, nu geihen's man in de Stuw'. Un dat Fellisen besorg ick. Un will ook gliek s en beten wat inböten. Ick weet joa: de Giebelstuw', de geele, de noah de Kegelboahn to."

Während er noch so sprach, hatte Jakob den Koffer auf die Schulter genommen und ging, dem Reisenden vorauf, auf die Treppe zu, als er aber sah, daß Szulski, statt nach links hin in den Laden, nach rechts hin in das Hradschecksche Wohnzimmer eintreten wollte, wandt' er sich wieder und sagte: „Nei, nich doa, Herr Szulski. Hradscheck is in de Wienstuw' . . . Se weeten joa."

„Sind denn Gäste da?"

„Versteiht sich. Wat arme Lüd' sinn, na, *de* bliewen to Huus, awers Oll-Kunicke kümmt, un denn kümmt Orth ook. Un wenn Orth kümmt, denn kümmt ook Quaas un Mietzel. Geihen's man in. Se tempeln all wedder."

Eine Stunde später war der Reisende, Herr Szulski, der eigentlich ein einfacher Schulz aus Beuthen in Oberschlesien war und den Nationalpolen erst mit dem polnischen Samtrock samt Schnüren und Knebelknöpfen angezogen hatte, der Mittelpunkt der kleinen, auch heute wieder in der Weinstube versammelten Tafelrunde. Das Geschäftliche war in Gegenwart von Quaas und Kunicke rasch abgemacht und die hochaufgelaufene Schuldsumme, ganz wie gewollt, durch Barzahlung und kleine Wechsel beglichen worden, was dem Pseudopolen, der eine so rasche Regulierung kaum erwartet haben mochte, Veranlassung gab, einiges von dem von seiner Firma gelieferten Ruster bringen zu lassen.

„Ich kenne die Jahrgänge, meine Herren, und bitt um die Ehr'."

Die Bauern stutzten einen Augenblick, sich so zu Gaste geladen zu sehen, aber sich rasch erinnernd, daß einige von ihnen bis ganz vor kurzem noch zu den Kunden der Krakauer Firma gehört hatten, sahen sie das Anerbieten

schließlich als einen bloßen Geschäftsakt an, den man sich gefallen lassen könne. Was aber den Ausschlag gab, war, daß man durchaus von dem eben beendigten polnischen Aufstand hören wollte, von Diebitsch und Paskewitsch, und vor allem, ob es nicht bald wieder losgehe.

Szulski, wenn irgendwer, mußte davon wissen.

Als er das vorige Mal in ihrer Mitte weilte, war es ein paar Wochen vor Ausbruch der Insurrektion gewesen. Alles, was er damals als nahe bevorstehend prophezeit hatte, war eingetroffen und lag jetzt zurück, Ostrolenka war geschlagen und Warschau gestürmt, welchem Sturm der zufällig in der Hauptstadt anwesende Szulski zum mindesten als Augenzeuge, vielleicht auch als Mitkämpfer (er ließ dies vorsichtig im Dunkel) beigewohnt hatte. Das alles traf sich trefflich für unsere Tschechiner, und Szulski, der als guter Weinreisender natürlich auch ein guter Erzähler war, schwelgte förmlich in Schilderung der polnischen Heldentaten, wie nicht minder in Schilderung der Grausamkeiten, deren sich die Russen schuldig gemacht hatten. Eine Haus-Erstürmung in der Dlugastraße, just da, wo diese mit ihren zwei schmalen Ausläufern die Weichsel berührt, war dabei sein Paradepferd.

„Wie hieß die Straße?“ fragte Mietzel, der nach Art aller verquienten Leute bei Kriegsgeschichten immer hochrot wurde.

„Dlugastraße“, wiederholte Szulski mit einer gewissen gekünstelten Ruhe. „Dluga, Herr Mietzel. Und das Eckhaus, um das es sich in meiner Geschichte handelt, stand dicht an der Weichsel, der Vorstadt Praga grad’ gegenüber, und war von unseren Akademikern und Polytechnikern besetzt, das heißt von den wenigen, die von ihnen noch übrig waren, denn die meisten lagen längst draußen auf dem Ehrenfeld. Gleichviel indes, was von ihnen noch lebte, das steckte jetzt in dem vier Etagen hohen Haus, von Treppe zu Treppe bis unters Dach. Auf dem abgedeckten Dach aber befanden sich Frauen und Kinder, die sich hier hinter Balkenlagen verschanzt und mit herangeschleppten Steinen bewaffnet hatten. Als nun die Russen, es war das Regiment Kaluga, bis dicht heran waren, rührten sie die Trommel zum Angriff. Und so stürmten sie dreimal, immer umsonst, immer mit schwerem Verlust, so dicht fiel der Steinhagel auf sie nieder. Aber das vierte Mal kamen sie bis an die verrammelte Tür, stießen sie mit Kolben ein und sprangen die Treppe hinauf. Immer höher zogen sich unsere Tapferen zurück, bis sie zuletzt, mit den Frauen und Kindern und im bunten Durcheinander mit diesen, auf dem abgedeckten Dach standen. Da sah ich jeden einzelnen so deutlich vor mir, wie ich *Sie* jetzt sehe, Bauer Mietzel“ – dieser fuhr zurück – „denn ich hatte meine Wohnung in dem Haus gegenüber und sah, wie sie die Konfederatka schwenkten, und hörte, wie sie unser Lied sangen: ‚Noch ist Polen nicht verloren‘. Und bei meiner Ehre, *hier*, an dieser Stelle, hätten sie sich trotz aller Übermacht des Feindes gehalten, wenn nicht plötzlich, von der Seite her, ein Hämmern und Schlagen hörbar geworden wäre, ein Hämmern und Schlagen sag ich, wie von Äxten und Beilen.“

„Wie? Was? Von Äxten und Beilen?“ wiederholte Mietzel, dem sein bißchen Haar nachgerade zu Berge stand. „Was war es?“

„Ja, was war es? Vom Nachbarhaus her ging man vor; jetzt war ein Loch da, jetzt eine Bresche, und durch die Bresche hin drang das russische Regiment auf den Dachboden vor. Was ich da gesehen habe, spottet jeder Beschreibung. Wer einfach niedergeschossen wurde, konnte von Glück sagen, die meisten aber wurden durch einen Bajonettstoß auf die Straße geschleudert. Es war ein Graus, meine Herren. Eine Frau wartete das Massaker, ja, vielleicht Schimpf und Entehrung (denn dergleichen ist vorgekommen) nicht erst ab; sie nahm ihre beiden Kinder an die Hand und stürzte sich mit ihnen in den Fluß.“

„Alle Wetter“, sagte Kunicke, „das ist stark! Ich habe doch auch ein Stück Krieg mitgemacht und weiß wohl, wo man Holz fällt, fallen Späne. So war es bei Möckern, und ich sehe noch unsren alten Krosigk, wie der den

Marinekaptän über den Haufen stach, und wie dann das Kolbenschlagen losging, bis alle dalagen. Aber Frauen und Kinder! Alle Wetter, Szulski, das is scharf. Is es denn auch wahr?"

„Ob es wahr ist? Verzeihung, ich bin kein Aufschneider, Herr Kunicke. Kein Pole schneidet auf, das verachtet er. Und ich auch. Aber was ich gesehn habe, das hab ich gesehn, und eine Tatsache bleibt eine Tatsache, sie sei, wie sie sei. Die Dame, die da heruntersprang (und ich schwör Ihnen, meine Herren, es *war* eine Dame), war eine schöne Frau, keine sechsunddreißig, und so wahr ein Gott im Himmel lebt, ich hätt' ihr was Bess'res gewünscht als diese naßkalte Weichsel."

Kunicke schmunzelte, während der neben anderen Schwächen und Leiden auch an einer Liebesader leidende Mietzel nicht umhin konnte, seiner nervösen Erregtheit plötzlich eine ganz neue Richtung zu geben. Szulski selbst aber war viel zu sehr von sich und seiner Geschichte durchdrungen, um nebenher noch zu Zweideutigkeiten Zeit zu haben, und fuhr, ohne sich stören zu lassen, fort: „Eine schöne Frau, sagt' ich, und hingemordet. Und was das Schlimmste dabei, nicht hingemordet durch den Feind, nein, durch uns selbst; hingemordet, weil wir verraten waren. Hätte man uns freie Hand gelassen, kein Russe wäre je über die Weichsel gekommen. Das Volk war gut, Bürger und Bauer waren gut, alles einig, alles da mit Gut und Blut. Aber der Adel! Der Adel hat uns um dreißig Silberlinge verschachert, bloß weil er an sein Geld und seine Güter dachte. Und wenn der Mensch erst an sein Geld denkt, ist er verloren."

„Kann ich nicht zugeben", sagte Kunicke. „Jeder denkt an sein Geld. Alle Wetter, Szulski, das sollt' unsrem Hradscheck schon gefallen, wenn der Reisende von Olszewski-Goldschmidt und Sohn alle November hier vorspräch' und nie an Geld dächte. Nicht wahr, Hradscheck, da ließe sich bald auf einen grünen Zweig kommen und brauchte keine Schwester oder Schwägerin zu sterben und keine Erbschaft ausgezahlt zu werden."

„Ah, Erbschaft", wiederholte Szulski. „So, so; *da* her. Nun, gratuliere. Habe neulich auch einen Brocken geerbt und in Lemberg angelegt. Lemberg ist besser als Krakau. Ja, das muß wahr sein, Erbschaft ist die beste Art, zu Geld zu kommen, die beste und eigentlich auch die anständigste ..."

„Und namentlich auch die leichteste", bestätigte Kunicke. „Ja, das liebe Geld. Und wenn's viel ist, das heißt *sehr* viel, dann darf man auch dran denken! Nicht wahr, Szulski?"

„Natürlich", lachte dieser. „Natürlich, wenn's viel ist. Aber, Bauer Kunicke, denken und denken ist ein Unterschied. Man muß *wissen,* daß man's hat, so viel ist richtig, das ist gut und ein angenehmes Gefühl und stört nicht ..."

„Nein, nein, stört nicht."

„Aber, meine Herren, ich muß es wiederholen, denken und denken ist ein Unterschied. An Geld *immer* denken, bei Tag und bei Nacht, das ist so viel, wie sich immer drum ängstigen. Und ängstigen soll man sich nicht. Wer auf Reisen ist und immer an seine Frau denkt, der ängstigt sich um seine Frau."

„Freilich", schrie Kunicke. „Quaas ängstigt sich auch immer."

Alle lachten unbändig, und nur Szulski selbst, der auch darin durchaus Anekdoten- und Geschichtenerzähler von Fach war, daß er sich nicht gern unterbrechen ließ, fuhr mit allem erdenklichen Ernst fort: „Und wie mit der Frau, meine Herren, so mit dem Geld. Nur nicht ängstlich; haben muß man's, aber man muß nicht ewig daran denken. Oft muß ich lachen, wenn ich so sehe, wie der oder jener im Postwagen oder an der Table d'hôte mit einem Mal nach seiner Brieftasche faßt, ob er's auch noch hat. Und dann atmet er auf und ist ganz rot geworden. Das ist immer lächerlich und schadet bloß. Und auch das Einnähen hilft nichts, das ist ebenso dumm. Ist der Rock weg, ist auch das Geld weg. Aber was man auf seinem Leib hat, das hat man. All die andern Vorsichten sind Unsinn."

„Recht so", sagte Hradscheck. „So mach ich's auch. Aber wir sind bei dem Geld und dem Einnähen ganz von Polen abgekommen. Ist es denn wahr, Szulski, daß sie Diebitschen vergiftet haben?"

„Versteht sich, es ist wahr."

„Und die Geschichte mit den elf Talglichten auch? Auch wahr?"

„Alles wahr", wiederholte Szulski. „Daran ist kein Zweifel. Und es kam so. Konstantin wollte die Polen ärgern, weil sie gesagt hatten, die Russen fräßen bloß Talg. Und da ließ er, als er eines Tages elf Polen eingeladen hatte, zum Dessert elf Talglichte herumreichen, das zwölfte aber war von Marzipan und natürlich für ihn. Und versteht sich nahm er immer zuerst, dafür war er Großfürst und Vizekönig. Aber das eine Mal vergriff er sich doch, und da hat er's 'runterwürgen müssen."

„Wird nicht sehr glatt gegangen sein."

„Gewiß nicht ... Aber, Ihr Herren, kennt Ihr denn schon das neue Polenlied, das sie jetzt singen?"

„Denkst du daran – –"

„Nein, das ist alt. Ein neues."

„Und heißt?"

„Die letzten Zehn vom vierten Regiment ... Wollt Ihr's hören? Soll ich es singen?"

„Freilich."

„Aber Ihr müßt einfallen ..."

„Versteht sich, versteht sich."

Und nun sang Szulski, nachdem er sich geräuspert hatte:

Zu Warschau schwuren tausend auf den Knien:
Kein Schuß im heil'gen Kampfe sei getan,
Tambour schlag an, zum Blachfeld laßt uns ziehen,
Wir greifen nur mit Bajonetten an!
Und ewig kennt das Vaterland und nennt
Mit stillem Schmerz sein *viertes* Regiment.

„Einfallen! Chorus." „Weiter, Szulski, weiter."

Ade, ihr Brüder, die zu Tod getroffen
An unsrer Seite dort wir stürzen sahn,
Wir leben noch, die Wunden stehen offen,
Und um die Heimat ewig ist's getan;
Herr Gott im Himmel, schenk ein gnädig End'
Uns letzten Zehn vom vierten Regiment.

Chorus:

„Uns letzten Zehn vom vierten Regiment."

Alles jubelte. Dem alten Quaas aber traten seine schon von Natur vorstehenden Augen immer mehr aus dem Kopf.

„Wenn ihn jetzt seine Frau sähe", rief Kunicke.

„Da hätt' er Oberwasser."

„Ja, ja."

Und nun stieß man an und ließ die Polen leben. Nur Kunicke, der an Anno 13 dachte, weigerte sich und trank auf die Russen. Und zuletzt auch auf Quaas und Kätzchen.

Mietzel aber war ganz übermütig und halb wie verdreht geworden und sang, als er Kätzchens Namen hörte, mit einem Male:

„Nicht mal seiner eignen Frau,
Kätzchen weiß es ganz genau.
Miau."

Quaas sah verlegen vor sich hin. Niemand indessen dachte mehr an Übelnehmen.

Und nun wurde der Ladenjunge gerufen, um neue Flaschen zu bringen.

VI

So ging es bis Mitternacht. Der schräg gegenüber wohnende Kunicke wollte noch bleiben und machte spitze Reden, daß Szulski, der schon ein paarmal zum Aufbruch gemahnt, so müde sei. Der aber ließ sich weder durch Spott noch gute Worte länger zurückhalten; er müsse morgen um neun in Frankfurt sein. Und damit nahm er den bereitstehenden Leuchter, um in seine Giebelstube hinaufzusteigen. Nur als er die Türklinke schon in der Hand hatte, wandt' er sich noch einmal und sagte zu Hradscheck: „Also vier Uhr, Hradscheck. Um fünf muß ich weg. Und versteht sich, ein Kaffee. Guten Abend, Ihr Herren. Allerseits wohl zu ruh'n!"

Auch die Bauern gingen; ein starker Regen fiel, und alle fluchten über das scheußliche Wetter. Aber keine Stunde mehr, so schlug es um, der Regen ließ nach, und ein heftiger Südost fegte statt seiner über das Bruch hin. Seine Heftigkeit wuchs von Minute zu Minute, so daß allerlei Schaden an Häusern und Dächern angerichtet wurde, nirgends aber mehr als an dem Haus der alten Jeschke, das grad' in dem Windstrom lag, der, von der andern Seite der Straße her, zwischen Kunickes Stall und Scheune mitten durchfuhr. Klappernd kamen die Ziegel vom Dachfirst herunter und schlugen mit einem dumpfen Geklatsch in den aufgeweichten Boden.

„Dat's joa groad', als ob de Bös kümmt", sagte die Alte und richtete sich in die Höh', wie wenn sie aufstehen wolle. Das Herausklettern aus dem hochstelligen Bett aber schien ihr zuviel Mühe zu machen, und so klopfte sie nur das Kopfkissen wieder auf und versuchte weiterzuschlafen. Freilich umsonst. Der Lärm draußen und die wachsende Furcht, ihren ohnehin schadhaften Schornstein in die Stube hinabstürzen zu sehn, ließen sie mit ihrem Versuch nicht weit kommen, und so stand sie schließlich doch auf und tappte sich an den Herd hin, um hier an einem bißchen Aschenglut einen Schwefelfaden und dann das Licht anzuzünden. Zugleich warf sie reichlich Kienäpfel auf, an denen sie nie Mangel litt, seit sie letzten Herbst dem vierjährigen Jungen vom Förster Nothnagel, drüben in der neumärkischen Heide, das freiwillige Hinken wegkuriert hatte.

Das Licht und die Wärme taten ihr wohl, und als es ein paar Minuten später in dem immer bereitstehenden Kaffeetopf zu dampfen und zu brodeln anfing, hockte sie neben dem Herd nieder und vergaß über ihrem Behagen den Sturm, der draußen heulte. Mit einem Mal aber gab es einen Krach, als bräche was zusammen, ein Baum oder ein Strauchwerk, und so ging sie denn mit dem Licht ans Fenster und, weil das Licht hier blendete, vom Fenster her in die Küche, wo sie den obern Türladen rasch aufschlug, um zu sehn, was es sei. Richtig, ein Teil des Gartenzauns war umgeworfen, und als sie das niedergelegte Stück nach links hin bis an das Kegelhäuschen verfolgte, sah sie, zwischen den Pfosten der Lattenrinne hindurch, daß in dem Hradscheckschen Haus noch Licht war. Es flimmerte hin und her, mal hier, mal da, so daß sie nicht recht sehen konnte, woher es kam, ob aus dem Kellerloch unten oder aus dem dicht darüber gelegenen Fenster der Weinstube.

„Mien Jott, supen se noch?" fragte die Jeschke vor sich hin. „Na, Kunicke is et kumpafel. Un dann seggt he hinnerher, dat Wedder wihr Schull un he künn nich anners."

Unter dieser Betrachtung schloß sie den Türladen wieder und ging an ihre Herdstätte zurück. Aber ihr Hang zu spionieren ließ ihr keine Ruhe, und trotzdem der Wind immer stärker geworden war, suchte sie doch die Küche wieder auf und öffnete den Laden noch einmal, in der Hoffnung, was zu sehen. Eine Weile stand sie so, ohne daß etwas geschehen wäre, bis sie, als sie sich schon zurückziehen wollte, drüben plötzlich die Hradschecksche Gartentür auffliegen und Hradscheck selbst in der Türöffnung erscheinen sah. Etwas Dunkles, das er schon vorher herangeschafft haben mußte, lag neben ihm. Er war in sichtlicher Erregung und sah gespannt nach ihrem Haus hinüber. Und dann war's ihr doch wieder, als ob er wolle, *daß* man ihn sähe. Denn wozu sonst das Licht, in dessen Flackerschein er dastand? Er hielt es immer noch vor sich, es mit der Hand schützend, und schien zu schwanken, wohin damit. Endlich aber mußt' er eine geborgene Stelle gefunden haben, denn das Licht selbst war weg und statt seiner nur noch ein Schein da, viel zu schwach, um den nach wie vor in der Türöffnung liegenden dunklen Gegenstand erkennen zu lassen. Was war es? Eine Truhe? Nein. Dazu war es nicht lang genug. Oder ein Korb, eine Kiste? Nein, auch das nicht.

„Wat he man hett?" murmelte sie vor sich hin.

Aber ehe sie sich, aus ihren Mutmaßungen heraus, ihre Frage noch beantworten konnte, sah sie, wie der ihr auf Minuten aus dem Auge gekommene Hradscheck von der Tür her in den Garten trat und mit einem Spaten in der Hand rasch auf den Birnbaum zuschritt. Hier grub er eifrig und mit sichtlicher Hast und mußte schon ein gut Teil Erde herausgeworfen haben, als er mit einem Male das Graben aufgab und sich aufs neue nach allen Seiten hin umsah. Aber auch jetzt wieder (so wenigstens schien es ihr) mehr in Spannung als in Angst und Sorge.

„Wat he man hett?" wiederholte sie.

Dann sah sie, daß er das Loch rasch wieder zuschüttete. Noch einen Augenblick und die Gartentür schloß sich, und alles war wieder dunkel.

„Hm", brummte die Jeschke. „Dat's joa binoah, as ob he een' abmurkst hett'. Na, so dull wahrd et joa woll nich sinn . . . Nei, nei, denn wihr dat Licht nich. Awers ick tru em nich. Un ehr tru ick ook nich."

Und damit ging sie wieder bis an ihr Bett und kletterte hinein.

Aber ein rechter Schlaf wollt' ihr nicht mehr kommen, und in ihrem halbwachen Zustand sah sie beständig das Flimmern im Kellerloch und dann den Lichtschein, der in den Garten fiel, und dann wieder Hradscheck, wie er unter dem Baume stand und grub.

VII

Um vier Uhr stieg der Knecht die Stiege hinauf, um Szulski zu wecken. Er fand aber die Stube verschlossen, weshalb er sich begnügte, zu klopfen und durch das Schlüsselloch hineinzurufen: „Is vier, Herr Szulski; steihn's upp." Er horchte noch eine Weile hinein, und als alles ruhig blieb, riß er an der klapprigen Türklinke hin und her und wiederholte: „Steihn's upp, Herr Szulski, is Tied; ick spann nu an." Und danach ging er wieder treppab und durch den Laden in die Küche, wo die Hradschecksche Magd, eine gutmütige Person mit krausem Haar und vielen Sommersprossen, noch halb verschlafen am Herde stand und Feuer machte.

„Na, Maleken, ook all 'rut? Watt seggst *du* dato? Klock vieren. Is doch Menschenschinnerei. Worümm nich um söss? Um söss wihr ook noch Tied. Na, nu koch uns man en beten wat mit."

Und damit wollt' er von der Küche her in den Hof hinaus. Aber der Wind riß ihm die Tür aus der Hand und schlug sie mit Gekrach wieder zu.

„Jott, Jakob, ick hebb mi so verfiert. Dat künn joa 'nen Doden uppwecken."

„Sall ook, Male. He hett joa 'nen Dodensloap. Nu wahrd he woll uppstoahn."

Eine halbe Stunde später hielt der Einspänner vor der Haustür, und Jakob, dem die Hände vom Leinehalten schon ganz klamm waren, sah ungeduldig in den Flur hinein, ob der Reisende noch nicht komme.

Der aber war immer noch nicht zu sehen, und statt seiner erschien nur Hradscheck und sagte: „Geh hinauf, Jakob, und sieh nach, was es ist. Er ist am Ende wieder eingeschlafen. Und sag ihm auch, sein Kaffee würde kalt . . . Aber nein, laß nur; bleib. Er wird schon kommen."

Und richtig, er kam auch und stieg, während Hradscheck so sprach, gerade die nicht allzu hohe Treppe hinunter. Diese lag noch im Dunkel, aber ein Lichtschimmer vom Laden her ließ die Gestalt des Fremden doch einigermaßen deutlich erkennen. Er hielt sich am Geländer fest und ging mit besonderer Langsamkeit und Vorsicht, als ob ihm der große Pelz unbequem und beschwerlich sei. Nun aber war er unten, und Jakob, der alles neugierig verfolgte, was vorging, sah, wie Hradscheck auf ihn zuschritt und ihn mit vieler Artigkeit vom Flur her in die Wohnstube hineinkomplimentierte, wo der Kaffee schon seit einer Viertelstunde wartete.

„Na, nu wahrd et joa woll wihr'n", tröstete sich der draußen immer ungeduldiger Werdende. „Kümmt Tied, kümmt Roath." Und wirklich, ehe fünf Minuten um waren, erschien das Paar wieder auf dem Flur und trat von diesem her auf die Straße, wo der verbindliche Hradscheck nunmehr rasch auf den Wagen zuschritt und den Tritt herunterließ, während der Reisende, trotzdem ihm die Pelzmütze tief genug im Gesicht saß, auch noch den Kragen seiner Wolfsschur in die Höhe klappte.

„Das ist recht", sagte Hradscheck. „Besser bewahrt als beklagt. Und nun mach flink, Jakob, und hole den Koffer."

Dieser tat auch wie befohlen, und als er mit dem Mantelsack wieder unten war, saß der Reisende schon im Wagen und hatte den von ihm als Trinkgeld bestimmten Gulden vor sich auf das Spritzleder gelegt. Ohne was zu sagen, wies er darauf hin und nickte nur, als Jakob sich bedankte. Dann nahm er die Leine ziemlich ungeschickt in die Hand, woran wohl die großen Pelzhandschuhe schuld sein mochten, und fuhr auf das Orthsche Gehöft und die schattenhaft am Dorfausgange stehende Mühle zu. Diese ging nicht; der Wind wehte zu heftig.

Hradscheck sah dem auf dem schlechten Weg langsam sich fortbewegenden Fuhrwerk eine Weile nach, sein Kopf war unbedeckt, und sein spärlich blondes Haar flog ihm um die Stirn. Es war aber, als ob die Kühlung ihn erquicke. Als er wieder in den Flur trat, fand er Jakob, der sich das Guldenstück ansah.

„Gefällt dir wohl? Einen Gulden gibt nicht jeder. Ein feiner Herr!"

„Dat sall woll sien. Awers worümm he man so still wihr? He seggte joa keen Wuhrt nich."

„Nein, er hatte wohl noch nicht ausgeschlafen", lachte Hradscheck. „Is ja erst fünf."

„Versteiht sich. Klock feiv red ick ook nich veel."

VIII

Der Wind hielt an, aber der Himmel klärte sich, und bei hellem Sonnenschein fuhr um Mittag ein Jagdwagen vor dem Tschechiner Gasthause vor. Es war der Friedrichsauer Amtsrat; Trakehner Rapphengste, der Kutscher in Livrée. Hradscheck erschien in der Ladentür und grüßte respektvoll, fast devot.

„Tag, lieber Hradscheck; bringen Sie mir einen ‚Luft' oder lieber gleich zwei; mein Kutscher wird auch nichts dagegen haben. Nicht wahr, Johann? Eine wahre Hundekälte. Und dabei diese Sonne."

Hradscheck verbeugte sich und rief in den Laden hinein: „Zwei Pfefferminz, Ede; rasch!“ und wandte sich dann mit der Frage zurück, womit er sonst noch dienen könne.

„*Mir* mit nichts, lieber Hradscheck, aber andren Leuten. Oder wenigstens der Obrigkeit. Da liegt ein Fuhrwerk da unten in der Oder, wahrscheinlich fehlgefahren und in der Dunkelheit vom Damm gestürzt.“

„Wo, Herr Amtsrat?“

„Hier gleich. Keine tausend Schritt hinter Orths Mühle.“

„Gott im Himmel, ist es möglich! Aber wollen der Herr Amtsrat nicht bei Schulze Woytasch mit vorfahren?“

„Kann nicht, Hradscheck; ist mir zu sehr aus der Richt. Der Reitweiner Graf erwartet mich und habe mich schon verspätet. Und zu helfen ist ohnehin nicht mehr, so viel hab ich gesehn. Aber alles muß doch seinen Schick haben, auch Tod und Unglück. Adieu . . . Vorwärts!“

Und damit gab er dem Kutscher einen Tip auf die Schulter, der seine Trakehner wieder antrieb und wenigstens einen Versuch machte, trotz der grundlosen Wege das Versäumte nach Möglichkeit wieder einzubringen.

Hradscheck machte gleich Lärm und schickte Jakob zu Schulze Woytasch, während er selbst zu Kunicke hinüberging, der eben seinen Mittagsschlaf hielt.

„Stör dich nicht gern um diese Zeit, Kunicke; Schlaf ist mir allemal heilig, und nun gar deiner! Aber es hilft nichts, wir müssen hinaus. Der Friedrichsauer Amtsrat war eben da und sagte mir, daß ein Fuhrwerk in der Oder liege. Mein Gott, wenn es Szulski wäre!“

„Wird wohl“, gähnte Kunicke, dem der Schlaf noch in allen Gliedern steckte, „wird wohl . . . Aber er wollte ja nicht hören, als ich ihm gestern abend sagte: ‚Nicht so früh, Szulski, nicht so früh . . .‘ Denke doch bloß voriges Jahr, wie die Post ’runterfiel und der arme Kerl von Postillon gleich mausetot. Und der kannte doch unsern Damm! Und nu solch Polscher, solch Bruder Krakauer. Na, wir werden ja sehn.“

Inzwischen hatte sich Kunicke zurechtgemacht und war erst in hohe Bruchstiefel und dann in einen dicken graugrünen Flauschrock hineingefahren. Und nun nahm er seine Mütze vom Riegel und einen Pikenstock aus der Ecke.

„Komm!“

Damit traten er und Hradscheck vom Flur her auf die Treppenrampe hinaus.

Der Wind blies immer stärker, und als beide, so gut es ging, von oben her sich umsahen, sahen sie, daß Schulze Woytasch, der schon anderweitig von dem Unglück gehört haben mußte, die Dorfstraße herunterkam. Er hatte seine Ponies, brillante kleine Traber, einspannen lassen und fuhr, aller Polizeiregel zum Trotz, über den aufgeschütteten Gangweg hin, was er sich als Dorfobrigkeit schon erlauben konnte. Zudem durft' er sich mit Dringlichkeit entschuldigen. Als er dicht an Kunickes Rampe heran war, hielt er und rief beiden zu: „Wollt auch hinaus? Natürlich. Immer aufsteigen. Aber rasch." Und im nächsten Augenblick ging es auf dem aufgeschütteten Weg in vollem Trab weiter, auf Orths Gehöft und die Mühle zu. Hradscheck saß vorn neben dem Kutscher, Kunicke neben dem Schulzen. Das war so Regel und Ordnung, denn ein Bauerngut geht vor Gasthaus und Kramladen.

Gleich hinter der Mühle begann die langsam und allmählich zum Damm ansteigende Schrägung. Oben war der Weg etwas besser, aber immer noch schlecht genug, so daß es sich empfahl, dicht am Dammrand entlangzufahren, wo, wegen des weniger aufgeweichten Bodens, die Räder auch weniger tief einschnitten.

„Paß Achtung", sagte Woytasch, „sonst liegen wir auch unten."

Und der Kutscher, dem selber ängstlich sein mochte, lenkte sofort auf die Mitte des Damms hinüber, trotzdem er hier langsamer fahren mußte.

Sah man von der Gefährlichkeit der Situation ab, so war es eine wundervolle Fahrt und das sich weithin darbietende Bild von einer gewissen Großartigkeit. Rechtshin grüne Wintersaat, soweit das Auge reichte, nur mit einzelnen Tümpeln, Häusern und Pappelweiden dazwischen, zur Linken aber die von Regengüssen hoch angeschwollene Oder, mehr ein Haff jetzt als ein Strom. Wütend kam der Südost vom jenseitigen Ufer herüber und trieb die graugelben Wellen mit solcher Gewalt an den Damm, daß es wie eine Brandung war. Und in eben dieser Brandung standen gekröpfte Weiden, nur noch den häßlichen Kopf über dem Wasser, während, auf der neumärkischen Seite, der blauschwarze Strich einer Kiefernwaldung in grellem, unheimlichem Sonnenscheine dalag.

Bis dahin war außer des Schulzen Anruf an den Kutscher kein Wort laut geworden, jetzt aber sagte Hradscheck, indem er sich zu den beiden hinter ihm Sitzenden umdrehte: „Der Wind wird ihn 'runtergeweht haben."

„Unsinn!" lachte Woytasch, „Ihr müßt doch sehn, Hradscheck, der Wind kommt ja von da, von drüben. Wenn *der* schuld wäre, läg' er hier rechts vom Damm und nicht nach links hin in der Oder . . . Aber seht nur, da wanken ja schon welche herum und halten sich die Hüte fest. Fahr zu, daß wir nicht die Letzten sind."

Und eine Minute darauf hielten sie gerad' an der Stelle, wo das Unglück sich zugetragen hatte. Wirklich, Orth war schon da, mit ihm ein paar seiner Mühlknechte, desgleichen Mietzel und Quaas, deren ausgebaute Gehöfte ganz in der Nähe lagen. Alles begrüßte sich und kletterte dann gemeinschaftlich den Damm hinunter, um unten genau zu sehn, wie's stünde.

Die Böschung war glatt, aber man hielt sich an dem Werft und Weidengestrüpp, das überall stand. Unten angekommen, sah man bestätigt, was von Anfang an niemand bezweifelt hatte: Szulskis Einspänner lag wie gekentert im Wasser, das Verdeck nach unten, die Räder nach oben; von dem Pferde sah man dann und wann ein von den Wellen überschäumtes Stück Hinterteil, während die Schere, darin es eingespannt gewesen, wie ein Wahrzeichen aus dem Strom aufragte. Den Mantelsack hatten die Wellen an den Damm gespült, und nur von Szulski selbst ließ sich nichts entdecken.

„Er ist nach Kienitz hin weggeschwemmt“, sagte Schulze Woytasch. „Aber weit weg kann er nicht sein; die Brandung geht ja schräg gegen den Damm.“

Und dabei marschierte man truppweise weiter, von Gestrüpp zu Gestrüpp, und durchsuchte jede Stelle.

„Der Pelz muß doch obenauf schwimmen.“

„Ja, der Pelz“, lachte Kunicke. „Wenn's bloß der Pelz wär'. Aber der Polsche steckt ja drin.“

Es war der Kunickesche Trupp, der so plauderte, ganz wie bei Dachsgraben und Hühnerjagd, während der den andern Trupp führende Hradscheck mit einem Male rief: „Ah, da ist ja seine Mütze!“

Wirklich, Szulskis Pelzmütze hing an dem kurzen Geäst einer Kopfweide.

„Nun, haben wir *die*“, fuhr Hradscheck fort, „so werden wir ihn auch selber bald haben.“

„Wenn wir nur ein Boot hätten. Aber es kann hier nicht tief sein, und wir müssen immer peilen und Grund suchen."

Und so geschah's auch. Aber alles Messen und Peilen half nichts, und es blieb bei der Mütze, die der eine der beiden Müllerknechte mittlerweile mit einem Haken herangeholt hatte. Zugleich wurde der Wind immer schneidender und kälter, so daß Kunicke, der noch von Möckern und Montmirail her einen Rheumatismus hatte, keine Lust mehr zur Fortsetzung verspürte. Schulze Woytasch auch nicht.

„Ich werde Gendarm Geelhaar nach Kienitz und Güstebiese schicken", sagte dieser. „Irgendwo muß er doch antreiben. Und dann wollen wir ihm ein ordentliches Begräbnis machen. Nicht wahr, Hradscheck? Die Hälfte kann die Gemeinde geben."

„Und die andre Hälfte geben wir", setzte Kunicke hinzu. „Denn wir sind doch eigentlich ein bißchen schuld. Oder eigentlich ganz gehörig. Er war gestern abend verdammt fißlig und man bloß noch so so. War er denn wohl kattolsch?"

„Natürlich war er", sagte Woytasch. „Wenn einer Szulski heißt und aus Krakau kommt, ist er kattolsch. Aber das schad't nichts. Ich bin für Aufklärung. Der alte Fritz war auch für Aufklärung. Jeder nach seiner Façon ..."

„Versteht sich", sagte Kunicke. „Versteht sich. Und dann am Ende, wir wissen auch nicht, das heißt, ich meine, so ganz bestimmt wissen wir nicht, ob er ein Kattolscher war oder nich. Un was man nich weiß, macht einen nich heiß. Nicht wahr, Quaas?"

„Nein, nein. Was man nicht weiß, macht einen nicht heiß. Und Quaasen auch nicht."

Alle lachten, und selbst Hradscheck, der bis dahin eine würdige Zurückhaltung gezeigt hatte, stimmte mit ein.

IX

Der Tote fand sich nicht, der Wagen aber, den man mühevoll aus dem Wasser heraufgeholt hatte, wurde nach dem Dorf geschafft und in Kunickes große Scheune gestellt. Da stand er nun schon zwei Wochen, um entweder abgeholt oder auf Antrag der Krakauer Firma versteigert zu werden.

Im Dorfe gab es inzwischen viel Gerede, das allerorten darauf hinauslief: Es sei was passiert, und es stimme nicht mit den Hradschecks. Hradscheck sei freilich ein feiner Vogel und Spaßmacher und könne Witzchen und Geschichten erzählen, aber er hab' es hinter den Ohren, und was die

Frau Hradscheck angehe, die vor Vornehmheit nicht sprechen könne, so wisse jeder, stille Wasser seien tief. Kurzum, es sei beiden nicht recht zu trau'n, und der Polsche werde wohl ganz woanders liegen als in der Oder. Zum Überfluß griff auch noch unser Freund, der Kantorssohn, der sich jedes Skandals mit Vorliebe bemächtigte, in die Saiten seiner Leier, und allabendlich, wenn die Knechte, mit denen er auf du und du stand, vom Kruge her durchs Dorf zogen, sangen sie nach bekannter Melodie:

> Morgenrot!
> Abel schlug den Kain tot.
> Gestern noch bei vollen Flaschen,
> Morgens ausgeleerte Taschen
> Und ein kühles, kühles Gra-ab.

All dies kam zuletzt auch dam Küstriner Gericht zu Ohren, und wiewohl es nicht viel besser als Klatsch war, dem alles Beweiskräftige fehlte, so sah sich der Vorsitzende des Gerichts, Justizrat Vowinkel, doch veranlaßt, an seinen Duz- und Logenbruder Eccelius einige Fragen zu richten und dabei Erkundigungen über das Vorleben der Hradschecks einzuziehen.

Das war am 7. Dezember, und noch am selben Tag schrieb Eccelius zurück:

„Lieber Bruder. Es ist mir sehr willkommen, in dieser Sache das Wort nehmen und Zeugnis zugunsten der beiden Hradschecks ablegen zu können. Man verleumdet sie, weil man sie beneidet, besonders die Frau. Du kennst unsere Brücher; sie sind hochfahrend und steigern ihren Dünkel bis zum Haß gegen alles, was sich ihnen gleich oder wohl gar überlegen glaubt. Aber ad rem. Er, Hradscheck, ist kleiner Leute Kind aus Neu-Lewin und wie sein Name bezeugt, von böhmischer Extraktion. Du weißt, daß Neu-Lewin in den achtziger Jahren mit böhmischen Kolonisten besetzt wurde. Doch dies beiläufig. Unsres Hradscheck Vater war Zimmermann, der, nach Art solcher Leute, den Sohn für dasselbe Handwerk bestimmte. Und unser Hradscheck soll denn auch wirklich als Zimmermann gewandert und in Berlin beschäftigt gewesen sein. Aber es mißfiel ihm, und so fing er, als er vor etwa fünfzehn Jahren nach Neu-Lewin zurückkehrte, mit einem Kramgeschäft an, das ihm auch glückte, bis er, um eines ihm unbequem werdenden ‚Verhältnisses' willen, den Laden aufgab und den Entschluß faßte, nach Amerika zu gehen. Und zwar über Holland. Er kam aber nur bis ins Hannöversche, wo er, in der Nähe von Hildesheim, also katholische Gegend, in einer großen gasthausartigen Dorfherberge Quartier nahm. Hier traf es sich, daß an demselben Tag die seit Jahr und Tag in der Welt umhergezogene Tochter des Hauses, krank und elend von ihren Fahrten und Abenteuern – sie war mutmaßlich Schauspielerin gewesen –, zurückkam und eine furchtbare Szene mit ihrem Vater hatte, der ihr nicht nur die bösesten Namen gab, sondern ihr auch Zuflucht und Aufnahme verweigerte. Hradscheck, von dem Unglück und wahrscheinlich mehr noch von dem eigenartigen und gewinnenden Wesen der jungen Frau gerührt, ergriff Partei für sie, hielt um ihre Hand an, was dem Vater wie der ganzen Familie nur gelegen kam, und heiratete sie, nachdem er seinen Auswanderungsplan aufgegeben hatte. Bald danach, um Martini herum, übersiedelten beide hierher, nach Tschechin, und schon am ersten Adventssonntage kam die junge Frau zu mir und sagte, daß sie sich zur Landeskirche halten und evangelisch getraut sein wolle. Was denn auch geschah und damals (es geht jetzt ins zehnte Jahr) einen großen Eindruck auf die Bauern machte. Daß der kleine Gott mit dem Bogen und Pfeil in dem Leben beider eine Rolle gespielt hat, ist mir unzweifelhaft, ebenso daß beide seinen Versuchungen unterlegen sind. Auch sonst noch, wie nicht bestritten werden soll, bleiben einige dunkle Punkte, trotzdem es an anscheinend offenen Bekenntnissen nie gefehlt hat. Aber wie dem auch sein möge, mir liegt es pflichtmäßig ob zu bezeugen, daß es wohlanständige Leute sind, die, solange ich sie kenne, sich gut gehalten und allzeit in einer christlichen Ehe gelebt haben. Einzelnes, was ihm, nach der entgegengesetzten Seite hin, vor läng'rer oder kürz'rer Zeit nachgesagt wurde, mag auf sich beruh'n, um so mehr als mir Sittenstolz und Tugendrichterei von Grund aus verhaßt sind. Die Frau hat meine besondere Sympathie. Daß sie den alten Aberglauben abgeschworen, hat sie mir, wie Du begreifen wirst, von Anfang an lieb und wert gemacht."

Die Wirkung dieses Ecceliusschen Briefes war, daß das Küstriner Gericht die Sache vorläufig fallenließ; als demselben aber zur Kenntnis kam, daß Nachtwächter Mewissen, nach neuerdings vor Schulze Woytasch gemachten Aussagen, an jenem Tage, wo das Unglück sich ereignete, so zwischen fünf und sechs (um die Zeit also, wo das Wetter am tollsten gewesen) die Frau Hradscheck zwischen den Pappeln an der Mühle gesehn haben wollte, ganz so, wie wenn sie halb verbiestert vom Damm herkäme – da waren die Verdachtsgründe gegen Hradscheck und seine Frau doch wieder so gewachsen, daß das Gericht einzuschreiten beschloß. Aber freilich auch jetzt noch unter Vermeidung jedes Eklats, weshalb Vowinkel an Eccelius, dem er ohnehin noch einen Dankesbrief schuldete, die folgenden Zeilen richtete:

„Habe Dank, lieber Bruder, für Deinen ausführlichen Brief vom 7. d.M., dem ich, soweit er ein Urteil abgibt, in meinem Herzen zustimme. Hradscheck ist ein durchaus netter Kerl, weit über seinen Stand hinaus, und Du wirst Dich entsinnen, daß er letzten Winter sogar in Vorschlag war, und zwar auf meinen speziellen Antrag. Das alles steht fest. Aber zu meinem

Bedauern will die Geschichte mit dem Polen nicht aus der Welt, ja, die Verdachtsgründe haben sich gemehrt, seit neuerdings auch euer Mewissen gesprochen hat. Andrerseits freilich ist immer noch zu wenig Substanz da, um ohne weiteres eine Verhaftung eintreten zu lassen, weshalb ich vorhabe, die Hradscheckschen Dienstleute, die doch schließlich alles am besten wissen müssen, zu vernehmen und von *ihrer* Aussage mein weiteres Tun oder Nichttun abhängig zu machen. Unter allen Umständen aber wollen wir alles, was Aufsehn machen könnte, nach Möglichkeit vermeiden. Ich treffe morgen gegen zwei in Tschechin ein, fahre gleich bei Dir vor und bitte Dich Sorge zu tragen, daß ich den Knecht Jakob samt den beiden andern Personen, deren Namen ich vergessen, in Deinem Haus vorfinde."

So des Justizrats Brief. Er selbst hielt zu festgesetzter Zeit vor dem Pfarrhaus und trat in den Flur, auf dem die drei vorgeforderten Dienstleute schon standen. Vowinkel grüßte sie, sprach, in der Absicht, ihnen Mut zu machen, ein paar freundliche Worte zu jedem und ging dann, nachdem er sich aus seinem Mantel herausgewickelt, auf Eccelius' Studierstube zu, darin nicht nur der große schwarze Kachelofen, sondern auch der wohlarrangierte Kaffeetisch jeden Eintretenden überaus anheimelnd berühren mußte. Dies war denn auch bei Vowinkel der Fall. Er wies lächelnd darauf hin und sagte: „Vortrefflich, Freund. Höchst einladend. Aber ich denke, wir lassen das bis nachher. Erst das Geschäftliche. Das Beste wird sein, *du* stellst die Fragen, und ich begnüge mich mit der Beisitzrolle. Sie werden dir unbefangener antworten als mir." Dabei nahm er in einem neben dem Ofen stehenden hohen Lehnstuhle Platz, während Eccelius, auf den Flur hinaus, nach Ede rief und sich's nun erst, nach Erledigung aller Präliminarien, an seinem mächtigen Schreibtisch bequem machte, dessen grosses, zwischen einem Sand- und einem Tintenfaß stehendes Alabasterkreuz ihn von hinten her überragte.

Der Gerufene war inzwischen eingetreten und blieb an der Tür stehn. Er hatte sichtlich sein Bestes getan, um einen manierlichen Menschen aus sich zu machen, aber nur mit schwachem Erfolg. Sein brandrotes Haar lag großenteils blank an den Schläfen, während ihm das wenige, was ihm sonst noch verblieben war, nach Art einer Spitzflamme zu Häupten stand. Am schlimmsten aber waren seine winterlichen Hände, die, wie eine Welt für sich, aus dem überall zu kurz gewordenen Einsegnungsrock hervorsahen.

„Ede", sagte der Pastor freundlich, „du sollst über Hradscheck und den Polen aussagen, was du weißt."

Der Junge schwieg und zitterte.

„Warum sagst du nichts? Warum zitterst du?"

„Ick jrul' mi so."

„Vor wem? Vor uns?"

Ede schüttelte mit dem Kopf.

„Nun, vor wem denn?"

„Vor Hradschecken..."

Eccelius, der alles zugunsten der Hradschecks gewendet zu sehen wünschte, war mit dieser Aussage wenig zufrieden, nahm sich aber zusammen und sagte: „Vor Hradscheck. Warum vor Hradscheck? Was ist mit ihm? Behandelt er dich schlecht?"

„Nei."

„Nu wie denn?"

„Ick weet nich ... He is so anners."

„Nu gut. Anders. Aber das ist nicht genug, Ede. Du mußt uns mehr sagen. Worin ist er anders? Was tut er? Trinkt er? Oder flucht er? Oder ist er in Angst?"

„Nei."

„Nu wie denn? Was denn?"

„Ick weet nich ... He ist so anners."

Es war ersichtlich, daß aus dem eingeschüchterten Jungen nichts weiter herauszubringen sein würde, weshalb Vowinkel dem Freunde zublinkte, die Sache fallenzulassen. Dieser brach denn auch wirklich ab und sagte: „Nun, es ist gut, Ede. Geh. Und schicke die Male herein."

Diese kam und war in ihrem Kopf- und Brusttuch, das sie heute wie sonntäglich angelegt hatte, kaum wiederzuerkennen. Sie sah klar aus den Augen, war unbefangen und erklärte, nachdem Eccelius seine Frage gestellt hatte, daß sie nichts wisse. Sie habe Szulski gar nicht gesehn, „un ihrst um Klocker vier oder noch en beten danoah" wäre Hradscheck an ihre Kammertür gekommen und hätte gesagt, daß sie rasch aufstehn und Kaffee kochen solle. Das habe sie denn auch getan, und grad' als sie den Kien gespalten, sei Jakob gekommen und hab' ihr so im Vorübergehn gesagt, „daß er den Polschen geweckt habe; der Polsche hab' aber 'nen Dodenschlaf gehabt und habe gar nich geantwortet. Und da hab' er an die Dür gebullert."

All das erzählte Male hintereinander fort, und als der Pastor zum Schluß fragte, ob sie nicht noch weiter was wisse, sagte sie: Nein, weiter wisse sie nichts, oder man bloß noch das eine, daß die Kanne, wie sie das Kaffeegeschirr herausgeholt habe, beinah noch ganz voll gewesen sei. Und sei doch ein gräuliches Wetter gewesen und kalt und naß. Und wenn sonst einer des Morgens abreise, so tränk' er mehrstens oder eigentlich immer die Kanne leer, un von Zucker-übrig-Lassen wär' gar keine Rede nich. Und manche nähmen ihn auch mit. Aber der Polsche hätte keine drei Schluck getrunken, und sei eigentlich alles noch so gewesen, wie sie's reingebracht habe. Weiter wisse sie nichts.

Danach ging sie, und der dritte, der nun kam, war Jakob.

„Nun, Jakob, wie war es?“ fragte Eccelius; „du weißt, um was es sich handelt. Was du Malen und mir schon vorher gesagt hast, brauchst du nicht zu wiederholen. Du hast ihn geweckt, und er hat nicht geantwortet. Dann ist er die Treppe heruntergekommen, und du hast gesehn, daß er sich an dem Geländer festhielt, als ob ihm das Gehn in dem Pelz schwer würde. Nicht wahr, so war es?“

„Joa, Herr Pastor.“

„Und weiter nichts?“

„Nei, wider nix. Un wihr man blot noch, dat he so'n beten lütt utsoah, un ...“

„Und was?“

„Un dat he so still wihr un seggte keen Wuhrd nich. Un as ick to em seggen deih: ‚Na Adjes, Herr Szulski‘, doa wihr he wedder so bummsstill un nickte man blot so.“

Nach dieser Aussage trat auch Jakob ab, und die Pfarrköchin brachte den Kaffee. Vowinkel nahm eine der Tassen und sagte, während er sich an das Fensterbrett lehnte: „Ja, Freund, die Sache steht doch schlimmer, als *du* wahrhaben möchtest, und fast auch schlimmer, als *ich* erwartete.“

„Mag sein“, erwiderte der Pastor. „Nach meinem Gefühl indes, das ich selbstverständlich deiner besseren Erfahrung unterordne, bedeuten all diese Dinge gar nichts oder herzlich wenig. Der Junge, wie du gesehn hast, konnte vor Angst kaum sprechen, und aus der Köchin Aussage war doch eigentlich nur das eine festzustellen, daß es Menschen gibt, die *viel*, und andere, die *wenig* Kaffee trinken.“

„Aber Jakob!“

Eccelius lachte. „Ja, Jakob. ‚He wihr en beten to lütt‘, das war das eine, ‚un he wihr en beten to still‘, das war das andre. Willst du daraus einen Strick für die Hradschecks drehn?“

„Ich will es nicht, aber ich fürchte, daß ich es muß. Jedenfalls haben sich die Verdachtsgründe durch das, was ich eben gehört habe, mehr gemehrt als gemindert, und ein Verfahren gegen den so mannigfach Belasteten kann nicht länger hinausgeschoben werden. Er muß in Haft, wär' es auch nur um einer Verdunklung des Tatbestandes vorzubeugen.“

„Und die Frau?“

„Kann bleiben. Überhaupt werd ich mich auf das Nötigste beschränken, und um auch jetzt noch alles Aufsehen zu vermeiden, hab ich vor, ihn auf meinem Wagen, als ob es sich um eine Spazierfahrt handelte, mit nach Küstrin zu nehmen.“

„Und wenn er nun schuldig ist, wie du beinah glaubst oder wenigstens für möglich hältst? Ist dir eine solche Nachbarschaft nicht einigermaßen ängstlich?“

Vowinkel lachte. „Man sieht, Eccelius, daß du kein Kriminalist bist. Schuld und Mut vertragen sich schlecht zusammen. Alle Schuld lähmt."

„Nicht immer."

„Nein, nicht immer. Aber doch meist. Und allemal da, wo das Gesetz schon über ihr ist."

X

Die Verhaftung Hradschecks erfolgte zehn Tage vor Weihnachten. Jetzt war Mitte Januar, aber die Küstriner Untersuchung rückte nicht von der Stelle, weshalb es in Tschechin und den Nachbardörfern hieß: Hradscheck werde mit nächstem wieder entlassen werden, weil nichts gegen ihn vorliege. Ja, man begann, auf das Gericht und den Gerichtsdirektor zu schelten, wobei sich's selbstverständlich traf, daß alles die, die vorher am leidenschaftlichsten von einer Hinrichtung geträumt hatten, jetzt in Tadeln und Schmähen mit gutem Beispiel vorangingen.

Vowinkel hatte viel zu dulden; kein Zweifel. Am ausgiebigsten in Schmähungen aber war man gegen die Zeugen, und der Angriffe gegen diese wären noch viel mehr gewesen, wenn man nicht gleichzeitig über sie gelacht hätte. Der dumme Ladenjunge, der Ede, so versicherte man sich gegenseitig, könne doch nicht für voll angesehn werden und die Male mit ihren Sommersprossen und ihrem nicht ausgetrunknen Kaffee womöglich noch weniger. Daß man bei den Hradschecks oft einen wunderbaren Kaffee kriege, das wisse jeder, und wenn alle die, die das durchgetrichterte Zichorienzeug stehnließen, auf Mord und Totschlag hin verklagt und eingezogen werden sollten, so säße bald das halbe Bruch hinter Schloß und Riegel. „Aber Jakob und der alte Mewissen?" hieß es dann wohl. Indes auch von diesen beiden wollte die plötzlich zugunsten Hradschecks umgestimmte Majorität nichts wissen. Der dußlige Jakob, von dem jetzt so viel gemacht werde, ja, was hab' er denn eigentlich beigebracht? Doch nichts weiter als das ewige „He wihr so'n beten still". Aber du lieber Himmel, wer habe denn Lust, um Klock fünf und bei steifem Südost einen langen Schnack zu machen? Und nun gar der alte Mewissen, der, solang er lebe, den Himmel für einen Dudelsack angesehn habe? Wahrhaftig, der könne viel sagen, eh' man's zu glauben brauche. „Mit einem karierten Tuch über dem Kopf. Und wenn's kein kariertes Tuch gewesen, dann sei's eine Pferdedecke gewesen." Oh, du himmlische Güte! Mit einer Pferdedecke! Die Hradscheck mit einer Pferdedecke! Gibt es Pferdedecken ohne Flöhe? Und nun gar diese schnippsche Prise, die sich ewig mit ihrem türkischen Schal herumziert und noch ötepotöter is als die Reitweinsche Gräfin!

So ging das Gerede, das sich, an und für sich schon günstig genug für Hradscheck, infolge kleiner Vorkommnisse mit jedem neuen Tage günstiger gestaltete. Darunter war eins von besondrer Wirkung. Und zwar das folgende. Heiligabend war ein Brief Hradschecks bei Eccelius eingetroffen, worin es hieß: Es ging' ihm gut, weshalb er sich auch freuen würde, wenn seine Frau zum Fest herüberkommen und eine Viertelstunde mit ihm plaudern wolle; Vowinkel hab' es eigens gestattet, versteht sich in Gegenwart von Zeugen. So die briefliche Mitteilung, auf welche Frau Hradscheck, als sie durch Eccelius davon gehört, diesem letzteren sofort geantwortet hatte: Sie werde diese Reise *nicht* machen, weil sie nicht wisse, wie sie sich ihrem Manne gegenüber zu benehmen habe. Wenn er schuldig sei, so sei sie für immer von ihm geschieden, einmal um ihrer selbst, aber mehr noch um ihrer Familie willen. Sie wolle daher lieber zum Abendmahl gehn und ihre Sache vor Gott tragen und bei der Gelegenheit den Himmel inständigst bitten, ihres Mannes Unschuld recht bald an den Tag zu bringen. So was hörten die Tschechiner gern, die sämtlich höchst unfromm waren, aber nach Art der meisten Unfrommen einen ungeheuren Respekt vor jedem hatten, der „lieber zum Abendmahl gehn und seine Sache vor Gott tragen" als nach Küstrin hin reisen wollte.

Kurzum, alles stand gut, und es hätte sich von einer totalen „Rückeroberung" des dem Inhaftierten anfangs durchaus abgeneigten Dorfes sprechen lassen, wenn nicht *ein* Unerschüttlicher gewesen wäre, der, sobald Hradschecks Unschuld behauptet wurde, regelmäßig versicherte: „Hradscheck? *Den* kenn ich. *Der* muß ans Messer."

Dieser Unerschüttliche war niemand Geringeres als Gendarm Geelhaar, eine sehr wichtige Person im Dorf, auf deren Autorität hin die Mehrheit sofort geschworen hätte, wenn ihr nicht seine bittere Feindschaft gegen Hradscheck und die kleinliche Veranlassung dazu bekannt gewesen wäre. Geelhaar, guter Gendarm, aber noch besserer Saufaus, war, um Kognaks und Rums willen, durch viele Jahre hin ein Intimus bei Hradscheck gewesen, bis dieser eines Tages, des ewigen Gratiseinschenkens müde, mit mehr Übermut als Klugheit gesagt hatte: „Hören Sie, Geelhaar, Rum ist gut. Aber Rum kann einen auch 'rumbringen." Auf welche Provokation hin (Hradscheck liebte dergleichen Witze) der sich nun plötzlich aufs hohe Pferd setzende Geelhaar mit hochrotem Gesicht geantwortet hatte: „Gewiß, Herr Hradscheck. Was kann einen nich alles 'rumbringen? Den einen dies, den andern das, Und mit Ihnen, mein lieber Herr, is auch noch nicht aller Tage Abend."

Von der aus diesem Zwiegespräch entstandenen Feindschaft wußte das ganze Dorf, so daß man nicht viel darauf gab und bloß lachte, wenn Geelhaar zum hundertsten Male versicherte: „*Der?* Der muß ans Messer."

„Der muß ans Messer“, sagte Geelhaar, aber in Tschechin hieß es mit jedem Tage mehr: „Er kommt wieder frei.“

Und „he kümmt wedder ’rut“, hieß es auch im Hause der alten Jeschke, wo die blonde Nichte, die Line – dieselbe, nach der Hradscheck bei seinen Gartenbegegnungen mit der Alten immer zu fragen pflegte –, seit Weihnachten zu Besuch war und an einer Ausstattung, wenn auch freilich nicht an ihrer eigenen, arbeitete. Sie war eine hervorragend kluge Person, die, trotzdem sie noch keine siebenundzwanzig zählte, sich in den verschiedensten Lebensstellungen immer mit Glück versucht hatte: früh schon als Kinder- und Hausmädchen, dann als Nähterin und schließlich als Pfarrköchin in einem neumärkischen Dorf, in welch letzter Eigenschaft sie nicht nur sämtliche Betstunden mitgemacht, sondern sich auch durch einen exemplarisch sittlichen Lebenswandel ausgezeichnet hatte. Denn sie gehörte zu denen, die, wenn engagiert, innerhalb ihres Engagements alles Geforderte leisten, auch Gebet, Tugend und Treue.

Solcher Forderungen entschlug sich nun freilich die Jeschke, die vielmehr, wenn sie den Faden von ihrem Wocken spann, immer nur Geschichten von begünstigten und genasführten Liebhabern hören wollte, besonders von einem Küstriner Fouragebeamter, der drei Stunden lang im Schnee hatte warten müssen. Noch dazu vergeblich. All das freute die Jeschke ganz ungemein, die dann regelmäßig hinzusetzte: „Joa, Line, so wihr ick ook. Awers moak et man nich to dull.“ Und dann antwortete diese: „Wie werd ich denn, Mutter Jeschke!“ Denn sie nannte sie nie Tante, weil sie sich der nahen Verwandschaft mit der alten Hexe schämen mochte.

Plaudern war beider Lust. Und plaudernd saßen beide Weibsen auch heute wieder.

Es war ein ziemlich kalter Tag, und draußen lag fußhoher Schnee. Drinnen aber war es behaglich, das Rotkehlchen zwitscherte, die Wanduhr ging in starkem Schlag, und der Kachelofen tat das Seine. Dem Ofen zunächst aber hockte die Jeschke, während Line weitab an dem ganz mit Eisblumen überdeckten Fenster saß und sich ein Guckloch gepustet hatte, durch das sie nun bequem sehen konnte, was auf der Straße vorging.

„Da kommt ja Gendarm Geelhaar“, sagte sie. „Grad’ über den Damm. Er muß drüben bei Kunicke gewesen sein. Versteht sich, Kunicke frühstückt um diese Zeit. Und sieht auch so rot aus. Was er nur will? Er wird am Ende der armen Frau, der Hradschecken, einen Besuch machen wollen. Is ja schon vier Wochen Strohwitwe.“

„Nei, nei“, lachte die Alte. „Dat deiht he nich. Dem is joa sien ejen all to veel, so lütt se is. Ne, ne, den kenn ick. Geelhaar is man blot noch för so.“

Und dabei machte sie die Bewegung des Aus-der-Flasche-Trinkens.

„Hast recht“, sagte Line. „Sieh, er kommt grad’ auf unser Haus zu.“

Und wirklich, unter diesem Gespräch, wie’s die Jeschke mit ihrer Nichte geführt hatte, war Geelhaar von der Dorfstraße her in einen schmalen, bloß mannsbreiten Gang eingetreten, der, an der Hradscheckschen Kegelbahn entlang, in den Garten der alten Jeschke führte.

Von hier aus war auch der Eingang in das Häuschen der Alten, das mit seinem Giebel nach der Straße stand.

„Guten Tag, Mutter Jeschke“, sagte der Gendarm. „Ah, und guten Tag, Lineken. Oder ich muß jetzt wohl sagen Mamsell Linchen.“

Line, die den stattlichen Geelhaar (er hatte bei den Gardekürassieren gedient), aller despektierlichen Andeutungen der Alten ungeachtet, keineswegs aus ihrer Liste gestrichen hatte, stemmte sofort den linken Fuß gegen einen ihr gegenüberstehenden Binsenstuhl und sah ihn zwinkernd über das große Stück Leinwand hin an, das sie, wie wenn sie’s abmessen wollte, mit einem energischen Ruck und Puff vor sich ausspannte.

Die Wirkung dieser kleinen Künste blieb auch nicht aus. So wenigstens schien es Linen. Die Jeschke dagegen wußt’ es besser, und als Geelhaar auf ihre mit Vorbedacht in Hochdeutsch gesprochene Frage, was ihr denn eigentlich die Ehre verschaffe, mit einem scherzhaft gemeinten Fingerzeig auf Line geantwortet hatte, lachte sie nur und sagte:

„Nei, nei. Herr Gendarm. Ick weet schon, ick weet schon . . . Joa, diss’ Hradscheck . . . he kümmt joa nu wedder ’rut.“

„Ja, Mutter Jeschke“, wiederholte Geelhaar, „he kümmt nu wedder ’rut. Das heißt, er kommt wieder ’raus, wenn er nich drin bleibt.“

„Woll, woll. Wenn he nich drin bliewt. Awers worümm sall he drin bliewen? Keen een hett joa wat siehn, und keen een hett joa war utfunn’n. Un Se ook nich, Geelhaar.“

„Nein“, sagte der Gendarm. „Ich auch nich. Aber es wird sich schon was finden oder doch finden lassen, und dazu müssen Sie helfen, Mutter Jeschke. Ja, ja. So viel weiß ich, die Hradscheck hat schon lange keinen Schlaf mehr und ist immer treppauf und treppab. Und wenn die Leute sagen, es sei bloß, weil sie sich um den Mann gräme, so sagt ich: Unsinn, *er* is nich so und *sie* is nich so.“

„Nei, nei“, wiederholte die Jeschke. „He is nich so un se is nich so. De Hradschecks, nei, de sinn nich so.“

„Keinen ordentlichen Schlaf also“, fuhr Geelhaar fort, „nich bei Tag und nich bei Nacht, und wankt immer so ’rum, und is mal im Hof und mal im Garten. Das hab ich von der Male . . . Hören Sie, Mutter Jeschke, wenn ich so mal nachtens hier auf Posten stehen könnte! Das wäre so was. Line bleibt mit auf, und wir setzen uns dann ans Fenster und wachen und kukken. Nich wahr, Line?“

Line, die schon vorher das Weißzeug beiseite gelegt und ihren blonden Zopf halb aufgeflochten hatte, schlug jetzt mit dem losen Büschel über die linke Hand und sagte: „Will es mir noch überlegen, Herr Geelhaar. Ein armes Mädchen hat nichts als seinen Ruf."

Und dabei lachte sie.

„Kümmen's man, Geelhaar", tröstete die Jeschke, trotzdem Trost eigentlich nicht nötig war. „Kümmen's man. Ick geih to Bett. Wat doa to siehn is, ick meen hier buten, dat hebb ick siehn, dat weet ick all. Un is ümmer dat Sülwigte."

„Dat Sülwigte?"

„Joa. Nu nich mihr. Awers as noch keen Snee wihr. Doa . . ."

„Da. Was denn?"

„Doa wihr se nachtens ümmer so 'rümm hier."

„So, so", sagte der Gendarm und tat vorsichtig allerlei weitere Fragen. Und da sich die Jeschke von guten Beziehungen zur Dorfpolizei nur Vorteile versprechen konnte, so wurde sie trotz aller sonstigen Zurückhaltung immer mitteilsamer und erzählte dem Gendarmen Neues und Altes, namentlich auch das, was sie damals, in der stürmischen Novembernacht, von ihrer Küchentür aus beobachtet hatte. Hradscheck habe lang da gestanden, ein flackrig Licht in der Hand. „Un wihr binoah so, as ob he wull, dat man em seihn sull." Und dann hab' er einen Spaten genommen und sei bis an den Birnbaum gegangen. Und da hab' er ein Loch gegraben. An der Gartentür aber habe was gestanden wie ein Koffer oder Korb oder eine Kiste. Was? das habe sie nicht genau sehen können. Und dann hab' er das Loch wieder zugeschüttet.

Geelhaar, der sich bis dahin, allem Diensteifer zum Trotz, ebensosehr mit Line wie mit Hradscheck beschäftigt hatte, ja, vielleicht mehr noch Courmacher als Beamter gewesen war, war unter diesem Bericht sehr ernsthaft geworden und sagte dann wichtigtuerisch: „Ja, Mutter Jeschke, das tut mir leid. Aber es wird Euch Ungelegenheiten machen."

„Wat? Wat, Geelhaar?"

„Ungelegenheiten, weil Ihr damit so spät herauskommt."

„Joa, Geelhaar, wat sall dat? Wat mienen's mit ‚to spät'? Et hett mi joa keener nich froagt. Un Se ook nich. Un wat weet ick denn ook? Ick weet joa nix. Ick weet joa joar nix."

„Ihr wißt genug, Mutter Jeschke."

„Nei, nei, Geelhaar. Ick weet joar nix."

„Das ist gerade genug, daß einer nachts in seinem Garten ein Loch gräbt und wieder zuschüttet."

„Joa, Geelhaar, ick weet nich, awers jed' een möt doch in sien ejen Goarden en Loch buddeln künn'."

„Freilich. Aber nicht um Mitternacht und nicht bei solchem Wetter."

„Na, rieden's mi man nich rin. Und moaken Se't good mit mi . . . Line, Line, segg doch ook wat."

Und wirklich, Line trat infolge dieser Aufforderung an den Gendarmen heran und sagte, tief aufatmend, wie wenn sie mit einer plötzlichen und mächtigen Sinnenerregung zu kämpfen hätte: „Laß nur, Mutter Jeschke. Herr Geelhaar wird schon wissen, was er zu tun hat. Und wir werden es auch wissen. Das versteht sich doch von selbst. Nicht wahr, Herr Geelhaar?"

Dieser nickte zutraulich und sagte mit plötzlich verändertem und wieder freundlicher werdendem Tone: „Werde schon machen, Mamsell Line. Schulze Woytasch läßt ja, Gott sei Dank, mit sich reden und Vowinkel auch. Hauptsach' is, daß wir den Fuchs überhaupt ins Eisen kriegen. Un is dann am Ende gleich, *wann* wir ihn haben und ob ihm der Balg heut oder morgen abgezogen wird."

XI

Vierundzwanzig Stunden später kam – und zwar auf die Meldung hin, die Geelhaar, gleich nach seinem Gespräche mit der Jeschke, bei der Behörde gemacht hatte – von Küstrin her ein offener Wagen, in dem, außer dem Kutscher, der Justizrat und Hradscheck saßen. Die Luft ging scharf, und die Sonne blendete, weshalb Vowinkel, um sich gegen beides zu schützen, seinen Mantel aufgeklappt, der Kutscher aber seinen Kopf bis an Nas' und Ohren in den Pelzkragen hineingezogen hatte. Nur Hradscheck saß frei da, Luft und Licht, deren er seit länger als vier Wochen entbehrt hatte, begierig einsaugend. Der Wagen fuhr auf der Dammhöhe, von der aus sich das untenliegende Dorf bequem überblicken und beinah jedes einzelne Haus in aller Deutlichkeit erkennen ließ. Das da, mit dem schwarzen, teergestrichenen Gebälk, war das Schulhaus, und das gelbe, mit dem gläsernen Aussichtsturm, mußte Kunickes sein, Kunickes „Villa", wie die Tschechiner es spöttisch nannten. Das niedrige, grad' gegenüber aber, das war seines, das sah er an dem Birnbaum, dessen schwarzes Gezweig über die mit Schnee bedeckte Dachfläche wegragte. Vowinkel bemerkte wohl, wie Hradscheck sich unwillkürlich auf seinem Sitze hob, aber nichts von Besorgnis drückte sich in seinen Mienen und Bewegungen aus, sondern nur Freude, seine Heimstätte wiederzusehen.

Im Dorf selbst schien man der Ankunft des justizrätlichen Wagens schon entgegengesehen zu haben. Auf dem Vorplatz der Igelschen Brett- und Schneidemühle, die man, wenn man von der Küstriner Seite her kam, als erstes Gehöft zu passieren hatte (gerade so wie das Orthsche nach der Frankfurter Seite hin), stand der alte Brett- und Schneidemüller und fegte mit einem kurzen, storrigen Besen den Schnee von der obersten Bretterlage fort, anscheinend aufs eifrigste mit dieser seiner Arbeit beschäftigt, in Wahrheit aber nur begierig, den herankommenden Hradscheck eher als irgendein anderer im Dorf gesehen zu haben. Denn Schneidemüller Igel, oder der „Schneidigel“, wie man ihn kurzweg und in der Regel mit absichtlich undeutlicher Aussprache nannte, war ein Topfgucker. Aber so topfguckrig er war, so stolz und hochmütig war er auch, und so wandt' er sich in demselben Augenblicke, wo der Wagen an ihm vorüberfuhr, rasch wieder auf sein Haus zu, bloß um nicht grüßen zu müssen. Hier nahm er, um seine Neugier, deren er sich schämen mochte, vor niemandem zu verraten, Hut und Stock mit besonderer Langsamkeit vom Riegel und folgte dann dem Wagen, den er übrigens bald danach schon vor dem Hradscheckschen Haus vorfahren sah.

Frau Hradscheck war nicht da. Statt ihrer übernahm es Kunicke, den sie darum gebeten haben mochte, den Wirt und sozusagen die Honneurs des Hauses zu machen. Er führte denn auch den Justizrat vom Flur her in den Laden und von diesem in die dahinter befindliche Weinstube, wo man einen Imbiß bereitgestellt hatte. Vowinkel nahm aber, unter vorläufiger freundlicher Ablehnung, nur ein kleines Glas Portwein und trat dann in den Garten hinaus, wo sich bereits alles, was zur Dorfobrigkeit gehörte, versammelt hatte: Schulze Woytasch, Gendarm Geelhaar, Nachtwächter Mewissen und drei bäuerliche Gerichtsmänner. Geelhaar, der, zur Feier des Tages, seinen Staats-Tschako mit dem armlangen schwarzen Lampenputzer aufgesetzt hatte, ragte, mit Hilfe dieser Paradezutaten, um fast drei Haup-

teslängen über den Rest aller Anwesenden hinaus. Das war der innere Zirkel. Im weitern Umkreis aber standen die, die bloß aus Neugier sich eingefunden hatten, darunter der schon stark gefrühstückte Kantorssohn und Dorfdichter, während einige zwanzig eben aus der Schule herangekommene Jungens mit ihren Klapp-Pantinen auf das Kegelhaus geklettert waren, um von hier aus Zeuge zu sein, was wohl bei der Sache herauskommen würde. Vorläufig indes begnügten sie sich damit, Schneebälle zu machen, mit denen sie nach den großen und kleinen Mädchen warfen, die hinter dem Gartenzaun der alten Jeschke standen. Alles plapperte, lachte, reckte den Hals, und wäre nicht Hradscheck selbst gewesen, der, die Blicke seiner alten Freunde vermeidend, ernst und schweigend vor sich hinsah, so hätte man glauben können, es sei Kirmes oder eine winterliche Jahrmarktsszene.

Die Gerichtsmänner flüsterten und steckten die Köpfe zusammen, während Woytasch und Geelhaar sich umsahen. Es schien noch etwas zu fehlen, was auch zutraf. Als aber bald danach der alte Totengräber Wonnekamp mit noch zwei von seinen Leuten erschien, rückte man näher an den Birnbaum heran und begann, den Schnee, der hier lag, fortzuschippen. Das ging leicht genug, bis statt des Schnees die gefrorne Erde kam, wo nun die Pickaxt aushelfen mußte. Der Frost indessen war nicht tief in die Erde gedrungen, und so konnte man den Spaten nicht nur bald wieder zur Hand nehmen, sondern kam auch rascher vorwärts, als man anfangs gehofft hatte. Die herausgeworfenen Schollen und Lehmstücke wurden immer größer, je weicher der Boden wurde, bis mit einem Male der alte Totengräber einem der Arbeiter in den Arm fiel und mit der seinem Stande zuständigen Ruhe sagte: „Nu giw mi moal; nu kümmt wat." Dabei nahm er ihm das Grabscheit ohne weiteres aus der Hand und fing selber an zu graben. Aber ersichtlich mit großer Vorsicht. Alles drängte vor und wollte sehn. Und siehe da, nicht lange, so war ein Toter aufgedeckt, der zu großem Teile noch in Kleiderresten steckte. Die Bewegung wuchs, und aller Augen richteten sich auf Hradscheck, der, nach wie vor, vor sich hinsah und nur dann und wann einen scheuen Seitenblick in die Grube tat.

„Nu hebben se'n", lief ein Gemurmel den Gartenzaun entlang, unklar lassend, ob man Hradscheck oder den Toten meinte; die Jungens auf dem Kegelhäuschen aber reckten ihre Hälse noch mehr als vorher, trotzdem sie weder nah noch hoch genug standen, um irgendwas sehn zu können.

Eine Pause trat ein. Dann nahm der Justizrat des Angeklagten Arm und sagte, während er ihn dicht an die Grube führte: „Nun, Hradscheck, was sagen Sie?"

Dieser verzog keine Miene, faltete die Hände wie zum Gebet und sagte dann fest und feierlich: „Ich sage, daß dieser Tote meine Unschuld bezeugen wird."

Und während er so sprach, sah er zu dem alten Totengräber hinüber, der den Blick auch verstand und, ohne weitere Fragen abzuwarten, geschäftsmäßig sagte: „Ja, der hier liegt, liegt hier schon lang. Ich denke zwanzig Jahre. Und der Polsche, der es sein soll, is noch keine zehn Wochen tot."

Und siehe da, kaum daß diese Worte gesprochen waren, so war ihr Inhalt auch schon bewiesen, und jeder schämte sich, so wenig kaltes Blut und so wenig Umsicht und Überlegung gehabt zu haben. In einem gewissen Entdeckungseifer waren alle wie blind gewesen und hatten unbeachtet gelassen, daß ein Schädel, um ein richtiger Schädel zu werden, auch sein Stück Zeit verlangt und daß die Toten ihre Verschiedenheiten und ihre Grade haben, geradesogut wie die Lebendigen.

Am verlegensten war der Justizrat. Aber er sammelte sich rasch und sagte: „Totengräber Wonnekamp hat recht. Das ist nicht der Tote, den wir suchen. Und wenn er zwanzig Jahr in der Erde liegt, was ich keinen Augenblick bezweifle, so kann Hradscheck an diesem Toten keine Schuld haben. Und kann auch von einer früheren Schuld keine Rede sein. Denn Hradscheck ist erst im zehnten Jahr in diesem Dorf. Das alles ist jetzt erwiesen. Trotz alledem bleiben ein paar dunkle Punkte, worüber Aufklärung gegeben werden muß. Ich lebe der Zuversicht, daß es an dieser Aufklärung nicht fehlen wird, aber ehe sie gegeben ist, darf ich Sie, Herr Hradscheck, nicht aus der Untersuchung entlassen. Es wird sich dabei, was ich als eine weitere Hoffnung hier ausspreche, nur noch um Stunden und höchstens um Tage handeln."

Und damit nahm er Kunickes Arm und ging in die Weinstube zurück, woselbst er nunmehr, in Gesellschaft von Woytasch und den Gerichtsmännern, dem für ihn servierten Frühstücke tapfer zusprach. Auch Hradscheck ward aufgefordert, sich zu setzen und einen Imbiß zu nehmen. Er lehnte jedoch ab und sagte, daß er mit seiner Mahlzeit lieber warten wolle, bis er im Küstriner Gefängnis sei.

So waren seine Worte.

Und diese gefielen den Bauern ungemein. „Er will nicht an seinem eignen Tisch zu Gaste sitzen und das Brot, das er gebacken, nicht als Gnadenbrot essen. Da hat er recht. Das möcht ich auch nicht."

So hieß es und so dachten die meisten.

Aber freilich nicht alle.

Gendarm Geelhaar ging an dem Zaun entlang, über den, samt andrem Weibervolk, auch Mutter Jeschke weggekuckt hatte. Natürlich auch Line.

Geelhaar tippte dieser mit dem Finger auf den Dutt und sagte: „Nu Line, was macht der Zopf?"

„Meiner?" lachte diese. „Hören's, Herr Gendarm, jetzt kommt *Ihrer* an die Reih'."

„Wird so schlimm nicht werden, Lineken . . . Und Mutter Jeschke, was sagt die dazu?"

„Joa, wat sall se seggen? He is nu wedder 'rut. Awers he kümmt ook woll wedder 'rin."

XII

Eine Woche war vergangen, in der die Tschechiner viel erlebt hatten. Das Wichtigste war: Hradscheck, nachdem er noch ein Küstriner Schlußverhör durchgemacht hatte, war wieder da. Schlicht und unbefangen, ohne Lücken und Widersprüche, waren die Dunkelheiten aufgeklärt worden, so daß an seiner Unschuld nicht länger zu zweifeln war. Es seien ihm, so hieß es in seiner vor Vowinkel gemachten Aussage, durch Unachtsamkeit, deren er sich selber zu zeihen habe, mehrere große Speckseiten verdorben, und diese möglichst unbemerkt im Garten zu vergraben, hab' er an jenem Tage vorgehabt. Er sei denn auch, gleich nachdem seine Gäste die Weinstube verlassen hätten, ans Werk gegangen und habe, genauso wie's die Jeschke gesehn und erzählt, an dem alten Birnbaum ein Loch zu graben versucht; als er aber erkannt habe, daß da was verscharrt liege, ja, dem Anscheine nach ein Toter, hab' ihn eine furchtbare Angst gepackt, infolge deren er nicht weitergegraben, sondern das Loch rasch wieder zugeschüttet habe. Der Koffer, den die Jeschke gesehn haben wolle, das seien eben jene Speckseiten gewesen, die, dicht übereinandergepackt, an der Gartentür gelegen hätten. „Aber wozu die Heimlichkeit und die Nacht?" hatte Vowinkel nach dieser Erklärung etwas spitz gefragt, worauf Hradscheck, in seiner Erzählung fortfahrend, ohne Verlegenheit und Unruhe geantwortet hatte: Zu dieser Heimlichkeit seien für ihn zwei Gründe gewesen. Erstens hab' er sich die Vorwürfe seiner Frau, die nur zu geneigt sei, von seiner Unachtsamkeit in Geschäftsdingen zu sprechen, ersparen wollen. Und er dürfe wohl hinzusetzen, wer verheiratet sei, der kenne das und wisse nur zu gut, wie gerne man sich solcher Anklagen und Streitszenen entziehe. Der zweite Grund aber sei noch wichtiger gewesen: die Rücksicht auf die Kundschaft. Die Bauern, wie der Herr Justizrat ja wisse, seien die schwierigsten Leute von der Welt, ewig voll Mißtrauen, und wenn sie derlei Dinge, wie Schinken und Speck, auch freilich nicht in seinem Laden zu kaufen pflegten, weil sie ja genug davon im eignen Rauch hätten, so zögen sie doch gleich Schlüsse vom einen aufs andre. Dergleichen hab' er mehr als einmal durchgemacht und dann wochenlang aller Ecken und Enden hören müssen, er passe nicht auf. Ja, noch letzten Herbst, als ihm ganz ohne seine Schuld eine Tonne Heringe tranig geworden sei, habe Scheidigel überall im Dorfe geputscht und unter anderm zu Quaas und Kunicke gesagt: „Uns wird er damit nicht kommen; aber die kleinen Leute, die, die ..."

Der Justizrat hatte hierbei gelächelt und zustimmend genickt, weil er die Bauern fast so gut wie Hradscheck kannte, so daß, nach Erledigung auch *dieses* Punktes, eigentlich nichts übriggeblieben war als die Frage: was denn nun, unter so bewandten Umständen, aus dem durchaus zu beseitigenden Speck geworden sei? Welche Frage jedoch nur dazu beigetragen hatte, Hradschecks Unschuld vollends ins Licht zu stellen. Er habe die Speckseiten an demselben Morgen noch an einer andern Gartenstelle verscharrt; gleich nach Szulskis Abreise. „Nun, wir werden ja sehn", hatte Vowinkel hierauf geantwortet und einen seiner Gerichtsdiener abgeschickt, um sich in Tschechin selbst über die Richtigkeit oder Unrichtigkeit dieser Aussage zu vergewissern. Und als sich nun in kürzester Frist alles bestätigt, oder mit anderen Worten, der vergrabene Speck wirklich an der von Hradscheck angegebenen Stelle gefunden hatte, hatte man das Verfahren eingestellt, und an demselben Nachmittage noch war der unter so schwerem Verdacht Gestandene nach Tschechin zurückgekehrt und in einer stattlichen Küstriner Mietchaise vor seinem Hause vorgefahren. Ede, ganz verblüfft, hatte nur noch Zeit gefunden, in die Wohnstube, darin sich Frau Hradscheck befand, hineinzurufen: „Der Herr, der Herr ...", worauf Hradscheck selbst mit der ihm eignen Jovialität und unter dem Zurufe: „Nun Ede, wie geht's?" in den Flur seines Hauses eingetreten, aber freilich im selben Augenblick auch wieder mit einem erschreckten „Was is, Frau?" zurückgefahren war. Ein Ausruf, den er wohl tun durfte. Denn gealtert, die Augen tief eingesunken und die Haut wie Pergament, so war ihm Ursel unter der Tür entgegengetreten.

Hradscheck war da, das war das *eine* Tschechiner Ereignis. Aber das andre stand kaum dahinter zurück: Eccelius hatte, den Sonntag darauf, über

Sacharja 7, Vers 9 und 10 gepredigt, welche Stelle lautete: *So* spricht der Herr Zebaoth: Richtet recht, und ein jeglicher beweise an seinem Bruder Güte und Barmherzigkeit. Und tuet nicht Unrecht den *Fremdlingen* und denke keiner wider seinen Bruder etwas Arges in seinem Herzen." Schon bei Lesung des Textes und der sich daran knüpfenden Einleitungsbetrachtung hatten die Bauern aufgehorcht; als aber der Pastor das Allgemeine fallenließ und, ohne Namen zu nennen, den Hradscheckschen Fall zu schildern und die Trüglichkeit des Scheines nachzuweisen begann, da gab sich eine Bewegung kund, wie sie seit dem Sonntag (es ging nun ins fünfte Jahr), an welchem Eccelius auf die schweren sittlichen Vergehen eines als Bräutigam vor dem Altar stehenden reichen Bauernsohnes hingewiesen und ihn zu besserem Lebenswandel ermahnt hatte, nicht mehr dagewesen war. Beide Hradschecks waren in der Kirche zugegen und folgten jedem Worte des Geistlichen, der heute viel Bibelsprüche zitierte, mehr noch als gewöhnlich.

Es war unausbleiblich, daß diese Rechtfertigungsrede zugleich zur Anklage gegen alle diejenigen wurde, die sich in der Hradscheck-Sache so wenig freundnachbarlich benommen und durch allerhand Zuträgereien entweder ihr Übelwollen oder doch zum mindesten ihre Leichtfertigkeit und Unüberlegtheit gezeigt hatten. Wer in erster Reihe damit gemeint war, konnte nicht zweifelhaft sein, und vieler Augen, nur nicht die der Bauern, die, wie herkömmlich, keine Miene verzogen, richteten sich auf die mitsamt ihrem „Lineken" auf der vorletzten Bank sitzende Mutter Jeschke, der Kanzel grad' gegenüber, dicht unter der Orgel. Line, sonst ein Muster von Nicht-

verlegenwerden, wußte doch heute nicht wohin und verwünschte die alte Hexe, neben der sie das Kreuzfeuer so vieler Augen aushalten mußte. Mutter Jeschke selbst aber nickte nur leise mit dem Kopf, wie wenn sie jedes Wort billige, das Eccelius gesprochen, und sang, als die Predigt aus war, den Schlußvers ruhig mit. Ja sie blieb selbst unbefangen, als sie draußen, an den zu beiden Seiten des Kirchhofweges stehenden Frauen vorbeihumpelnd, erst die vorwurfsvollen Blicke der Älteren und dann das Kichern der Jüngeren über sich ergehen lassen mußte.

Zu Hause sagte Line: „Das war eine schöne Geschichte, Mutter Jeschke. Hätte mir die Augen aus dem Kopf schämen können."

„Bis doch sünnst nich so."

„Ach was, sünnst. Hat er recht oder nicht? Ich meine, der Alte drüben?"

„Ick weet nich, Line", beschwichtigte die Jeschke. „He möt et joa weeten."

XIII

„He möt et joa weeten", hatte die Jeschke gesagt und damit ausgesprochen, wie sie wirklich zu der Sache stand. Sie mißtraute Hradscheck nach wie vor; aber der Umstand, daß Eccelius von der Kanzel her eine Rechtfertigungsrede für ihn gehalten hatte, war doch nicht ohne Eindruck auf sie geblieben und veranlaßte sie, sich einigermaßen zweifelvoll gegen ihren eigenen Argwohn zu stellen. Sie hatte Respekt vor Eccelius, trotzdem sie kaum weniger als eine richtige alte Hexe war und die heiligen Handlungen der Kirche ganz nach Art ihrer sympathetischen Kuren ansah. Alles, was in der Welt wirkte, war Sympathie, Besprechung, Spuk, aber dieser Spuk hatte doch zwei Quellen, und der weiße Spuk war stärker als der schwarze. Demgemäß unterwarf sie sich auch (und zumal wenn er von Altar oder Kanzel her sprach) dem den weißen Spuk vertretenden Eccelius, ihm sozusagen die sichrere Bezugsquelle zugestehend. Unter allen Umständen aber suchte sie mit Hradscheck wieder auf einen guten Fuß zu kommen, weil ihr der Wert einer guten Nachbarschaft einleuchtete. Hradscheck seinerseits, statt den Empfindlichen zu spielen, wie manch anderer getan hätte, kam ihr dabei auf halbem Wege entgegen und war überhaupt von so viel Unbefangenheit, daß, ehe noch die Fastelabend-Pfannkuchen gebacken wurden, die ganze Szulski-Geschichte so gut wie vergessen war. Nur sonntags im Kruge kam sie noch dann und wann zur Sprache.

„Wenn man wenigstens de Pelz wedder in die Hücht käm' . . ."

„Na, du wührst doch den Polschen sien' Pelz nich anstrecken wulln?"

„Nich anstrecken? Worüm nich? Dat de Polsche drinn wihr, dat deiht em nix. Un mi ook nich. Un wat sünnst noch drin wihr, na, dat wahrd nu joa woll 'rut sinn."

„Joa, joa. Dat wahrd nu joa woll 'rut sinn."

Und dann lachte man und wechselte das Thema.

Solche Scherze bildeten die Regel, und nur selten war es, daß irgendwer ernsthaft auf den Fall zu sprechen kam und bei der Gelegenheit seine Verwunderung ausdrückte, daß die Leiche noch immer nicht angetrieben sei. Dann aber hieß es, der Tote lieg' im Schlick, und der Schlick gäbe nichts heraus, oder doch erst nach fünfzig Jahren, wenn das angeschwemmte Vorland Acker geworden sei. Dann würd' er mal beim Pflügen gefunden werden, geradso wie der Franzose gefunden wär'.

Ja, geradeso wie der Franzose, der jetzt überhaupt die Hauptsache war, viel mehr als der mit seinem Fuhrwerk verunglückte Reisende, was eigentlich auch nicht wundernehmen konnte. Denn Unglücksfälle wie der Szulskische waren häufig oder wenigstens nicht selten, während der verscharrte Franzos unterm Birnbaum alles Zeug dazu hatte, die Phantasie der Tschechiner in Bewegung zu setzen. Allerlei Geschichten wurden ausgesponnen, auch Liebesgeschichten, in deren einer es hieß, daß Anno 13 ein in eine hübsche Tschechinerin verliebter Franzose beinah täglich von Küstrin her nach Tschechin gekommen sei, bis ihn ein Nebenbuhler erschlagen und verscharrt habe. Diese Geschichte ließen sich auch die Mägde nicht nehmen, trotzdem sich ältere Leute sehr wohl entsannen, daß man einen Chasseur- oder nach andrer Meinung einen Voltigeur-Korporal einfach wegen zu scharfer Fouragierung beiseite gebracht und still gemacht habe. Diese Besserwissenden drangen aber mit ihrer Prosageschichte nicht durch, und unter allen Umständen blieb der Franzose Held und Mittelpunkt der Unterhaltung.

All das kam unsrem Hradscheck zustatten. Aber was ihm noch mehr zustatten kam, war das, daß er denselben „Franzosen unterm Birnbaum" nicht bloß zur Wiederherstellung, sondern sogar zu glänzender Aufbesserung seiner Reputation zu benutzen verstand.

Und das kam so.

Nicht allzulange nach seiner Entlassung aus der Untersuchungshaft war in einer Kirchen-Gemeinderatssitzung, der Eccelius in Person präsidierte, davon die Rede gewesen, dem Franzosen auf dem Kirchhof ein christliches Begräbnis zu gönnen. Der Franzose sei zwar, so hatte sich der den Antrag stellende Kunicke geäußert, sehr wahrscheinlich ein Katholscher gewesen, aber man dürfe das so genau nicht nehmen; die Katholschen seien bei Licht besehen auch Christen, und wenn einer schon so lang in der Erde gelegen habe, dann sei's eigentlich gleich, ob er den gereinigten Glauben gehabt habe oder nicht. Eccelius hatte dieser echt Kunickeschen Rede, wenn auch selbstverständlich unter Lächeln, zugestimmt, und die Sache war schon als angenommen und erledigt betrachtet worden, als sich Hradscheck noch im letzten Augenblick zum Worte gemeldet hatte. Wenn der Herr Prediger das Begräbnis auf dem Kirchhofe, der, als ein richtiger christlicher Gottesacker, jedem Christen, evangelisch oder katholisch, etwas durchaus Heiliges sein müsse, für angemessen oder gar für pflichtmäßig halte, so könne es ihm nicht einfallen, ein Wort dagegen sagen zu wollen; wenn es aber nicht ganz so liege, mit andern Worten, wenn ein Begräbnis daselbst nicht absolut pflichtmäßig sei, so spräch' er hiermit den Wunsch aus, den Franzosen in seinem Garten behalten zu dürfen. Der Franzose sei sozusagen sein Schutzpatron geworden, und kein Tag ginge hin, ohne daß er desselben in Dankbarkeit und Liebe gedenke. Das sei das, was er nicht umhin gekonnt habe, hier auszusprechen, und er setze nur noch hinzu, daß er, gewünschten Falles, die Stelle mit einem Gitter versehen oder mit einem Buchsbaum umziehn wolle. Die ganze Rede hatte Hradscheck mit bewegter und die Dankbarkeitsstelle sogar mit zitternder Stimme gesprochen, was eine große Wirkung auf die Bauern gemacht hatte.

„Bist ein braver Kerl", hatte der, wie alle Frühstücker, leicht zum Weinen geneigte Kunicke gesagt und eine Viertelstunde später, als er Woytasch und Eccelius bis vor das Pfarrhaus begleitete, mit Nachdruck hinzugesetzt: „Un wenn's noch ein Russe wär'! Aber das is ihm alles eins, Russ' oder Franzos'. Der Franzos' hat ihm geholfen, und nu hilft er ihm wieder und läßt ihn eingittern. Oder doch wenigstens eine Rabatte ziehn. Und wenn es ein Gitter wird, so hat er's nich unter zwanzig Taler. Und da rechne ich noch keinen Anstrich und keine Vergoldung."

Das alles war Mitte März gewesen, und vier Wochen später, als die Schwalben zum ersten Male wieder durch die Dorfgasse hinschossen, um sich anzumelden und zugleich Umschau nach den alten Menschen und Plätzen zu halten, hatte Hradscheck ein Zwiegespräch mit Zimmermeister Buggenhagen, dem er bei der Gelegenheit eine Planzeichnung vorlegte.

„Sehen Sie, Buggenhagen, das Haus ist überall zu klein, überall ist angebaut und angeklebt, die Küche dicht neben dem Laden, und für die Fremden ist nichts da wie die zwei Giebelstuben oben. Das ist zu wenig, ich will also ein Stock aufsetzen. Was meinen Sie? Wird der Unterbau ein Stockwerk aushalten?"

„Was wird er nicht!" sagte Buggenhagen. „Natürlich Fachwerk!"

„Natürlich Fachwerk!" wiederholte Hradscheck. „Auch schon der Kosten wegen. Alle Welt tut jetzt immer, als ob meine Frau zum mindesten ein Rittergut geerbt hätte. Ja, hat sich was mit Rittergut. Erbärmliche tausend Taler."

„Na, na."

„Nun, sagen wir zwei", lachte Hradscheck. „Aber mehr nicht, auf Ehre. Und daß davon keine Seide zu spinnen ist, das wissen Sie. Keine Seide zu spinnen und auch keine Paläste zu bauen. Also so billig wie möglich, Buggenhagen. Ich denke, wir nehmen Lehm als Füllung. Stein ist zu schwer und zu teuer, und was wir dadurch sparen, das lassen wir der Einrichtung zugute kommen. Ein paar Öfen mit weißen Kacheln, nicht wahr? Ich habe schon an Feilner geschrieben und angefragt. Und natürlich alles Tapete! Sieht immer nach was aus und kann die Welt nicht kosten. Ich denke, weiße; das ist am saubersten und zugleich das Billigste."

Buggenhagen hatte zugestimmt und gleich nach Ostern mit dem Umbau begonnen.

Und nicht allzulange, das Wetter hatte den Bau begünstigt, so war das Haus, das nun einen aufgesetzten Stock hatte, wieder unter Dach. Aber es war das *alte* Dach, die nämlichen alten Steine, denn Hradscheck wurde nicht müde, Sparsamkeit zu fordern und immer wieder zu betonen, daß er nach wie vor ein armer Mann sei.

Vier Wochen später standen auch die Feilnerschen Öfen, und nur hinsichtlich der Tapete waren andere Beschlüsse gefaßt und statt der weißen ein paar buntfarbige gewählt worden.

Anfangs, solange das Dachabdecken dauerte, hatte Hradscheck in augenscheinlicher Nervosität immer zur Eile angetrieben, und erst als die rechts nach der Kegelbahn hin gelegene Giebelwand eingerissen und statt der Stuben oben nur noch das Balken- und Sparrenwerk sichtbar war, hatte sich seine Hast und Unruhe gelegt, und Aufgeräumtheit und gute Laune waren an Stelle derselben getreten. In dieser guten Laune war und blieb er auch, und nur ein einziger Tag war gewesen, der ihm dieselbe gestört hatte.

„Was meinen Sie, Buggenhagen", hatte Hradscheck eines Tages gesagt, als er eine aus dem Keller heraufgeholte Flasche mit Portwein aufzog. „Was meinen Sie, ließe sich nicht der Keller etwas höher wölben? Natürlich nicht der ganze Keller. Um Gottes willen nicht, da blieb' am Ende kein Stein auf dem andern, und Laden und Wein- und Wohnstube, kurzum, alles müßte verändert und auf einen andern Leisten gebracht werden. Das geht nicht. Aber es wäre schon viel gewonnen, wenn wir das Mittelstück, das grad' unter dem Flur hinläuft, etwas höher legen könnten. Ob die Diele dadurch um zwei Fuß niedriger wird, ist ziemlich gleichgültig; denn die Fässer, die da liegen, haben immer noch Spielraum genug, auch nach oben hin, und stoßen nicht gleich an die Decke."

Buggenhagen widersprach nie, teils aus Klugheit, teils aus Gleichgültigkeit, und das einzige, was er sich dann und wann erlaubte, waren halbe Vorschläge, hinsichtlich deren es ihm gleich war, ob sie gutgeheißen oder verworfen wurden. Und so verfuhr er auch diesmal wieder und sagte: „Versteht sich, Hradscheck. Es geht. Warum soll es nicht gehn? Es geht alles. Und der Keller ist auch wirklich nicht hoch genug (ich glaube keine fünftehalb Fuß) und die Fenster viel zu klein und zu niedrig; alles wird stockig und multrig. Muß also gemacht werden. Aber warum gleich wölben? Warum nicht lieber ausschachten? Wenn wir zehn Fuhren Erde 'rausnehmen, haben wir überall fünf Fuß im ganzen Keller, und kein Mensch stößt sich mehr die kahle Platte. Nach obenhin wölben macht bloß Kosten und Umstände. Wir können ebensogut nach unten gehn."

Hradscheck, als Buggenhagen so sprach, hatte die Farbe gewechselt und sich momentan gefragt, ob das alles vielleicht was zu bedeuten habe. Bald aber von des Sprechenden Unbefangenheit überzeugt, war ihm seine Ruhe zurückgekehrt.

„Wenn ich mir's recht überlege, Buggenhagen, so lassen wir's. Wir müssen auch an das Grundwasser denken. Und ist es so lange so gegangen, so kann's auch noch weiter so gehn. Und am Ende, wer kommt denn in den Keller? Ede. Und der hat noch lange keine fünf Fuß."

Das war einige Zeit vor Beginn der Manöver gewesen, und wenn es ein paar Tage lang ärgerlich und verstimmend nachgewirkt hatte, so verschwand es rasch wieder, als Anfang September die Truppenmärsche begannen und die Schwedter Dragoner als Einquartierung ins Dorf kamen. Das Haus voller Gäste zu haben, war überhaupt Hradschecks Vergnügen, und der liebste Besuch waren ihm Rittmeister und Lieutenants, die nicht nur ihre Flasche tranken, sondern auch allerlei wußten und den Mund auf dem rechten Fleck hatten. Einige verschworen sich, daß ein Krieg ganz nahe sei. Kaiser Nikolaus, Gott sei Dank, sei höchst unzufrieden mit der neuen französischen Wirtschaft, und der unsichere Passagier, der Louis Philippe, der doch eigentlich bloß ein Waschlappen und halber Kretin sei, solle mit seiner ganzen Konstitution wieder beiseite geschoben und statt seiner eine bourbonische Regentschaft eingesetzt oder vielleicht auch der vertriebene Karl X. wieder zurückgeholt werden, was eigentlich das beste sei. Kaiser Nikolaus habe recht, überhaupt immer recht. Konstitution sei Unsinn und das ganze Bürgerkönigtum die reine Phrasendrescherei.

Wenn so das Gespräch ging, ging unserm Hradscheck das Herz auf, trotzdem er eigentlich für Freiheit und Revolution war. Wenn es aber Revolution nicht sein konnte, so war er auch für Tyrannei. Bloß gepfeffert mußte sie sein. Aufregung, Blut, Totschießen – wer ihm das leistete, war sein Freund, und so kam es, daß er über Louis Philippe mit zu Gerichte saß, als ob er die hyperloyale Gesinnung seiner Gäste geteilt hätte. Nur von Ede sah er sich noch übertroffen, und wenn dieser durch die Weinstube ging und ein neues Beefsteak oder eine neue Flasche brachte, so lag allemal ein dümmliches Lachen auf seinem Gesicht, wie wenn er sagen wollte: „Recht so, 'runter mit ihm; alles muß um einen Kopf kürzer gemacht werden." Ein paar blutjunge Lieutenants, die diese komische Raserei wahrnahmen, amüsierten sich herzlich über ihn und ließen ihn mittrinken, was alsbald dahin führte, daß der für gewöhnlich so schüchterne Junge ganz aus seiner Reserve heraustrat und sich gelegentlich selbst mit dem sonst so gefürchteten Hradscheck auf einen halben Unterhaltungsfuß stellte.

„Da, Herr", rief er eines Tages, als er gerade mit einem Korbe voll Flaschen wieder aus dem Keller heraufkam. „Da, Herr; das hab ich eben unten gefunden." Und damit schob er Hradscheck einen schwarzübersponnenen Knebelknopf zu. „Sind solche, wie der Polsche an seinem Rock hatte."

Hradscheck war kreideweiß geworden und stotterte: „Ja, hast recht, Ede. Das sind solche. Hast recht. Das heißt, die von dem Polschen, die waren größer. Solche kleinen wie *die*, die hatte Hermannchen, uns' Lütt-Hermann, an seinem Pelzrock. Weißt du noch? Aber nein, da warst du noch gar nicht hier. Bring ihn meiner Frau; vergiß nicht. Oder gib ihn mir lieber wieder; ich will ihn ihr selber bringen."

Ede ging, und die zunächstsitzenden Offiziere, die Hradschecks Erregung wahrgenommen hatten, aber nicht recht wußten, was sie daraus machen sollten, standen auf und wandten sich einem Gespräch mit andren Kameraden zu.

Auch Hradscheck erhob sich. Er hatte den Knebelknopf zu sich gesteckt und ging in den Garten, ärgerlich gegen den Jungen, am ärgerlichsten aber gegen sich selbst.

„Gut, daß es Fremde waren, und noch dazu solche, die bloß an Mädchen und Pferde denken. War's einer von uns hier, und wenn auch bloß der Ölgötze, der Quaas, so hatt' ich die ganze Geschichte wieder über den Hals.

Aufpassen, Hradscheck, aufpassen. Und das verdammte Zusammenfahren und sich Verfärben! Kalt Blut, oder es gibt ein Unglück."

So vor sich hinsprechend, war er, den Blick zu Boden gerichtet, schon ein paarmal in dem Mittelgang auf und ab geschritten. Als er jetzt wieder aufsah, sah er, daß die Jeschke hinter dem Himbeerzaune stand und ein paar verspätete Beeren pflückte.

„Die alte Hexe. Sie lauert wieder."

Aber trotz alledem ging er auf sie zu, gab ihr die Hand und sagte: „Nu, Mutter Jeschke, wie geht's? Lange nicht gesehn. Auch Einquartierung?"

„Nei, Hradscheck."

„Oder is Line wieder da?"

„Nei, Lineken ook nich. De is joa jitzt in Küstrin."

„Bei wem denn?"

„Bi School-Inspekters. Un doa will se nich weg ... Hüren's, Hradscheck, ick glöw, de School-Inspekters sinn ook man so ... Awers wat hebben Se denn? Se sehn joa janz geel ut ... Un hier so 'ne Falt'. Oh, Se möten sich nich ärgern, Hradscheck."

„Ja, Mutter Jeschke, das sagen Sie wohl. Aber man *muß* sich ärgern. Da sind nun die jungen Offiziere. Na, die gehn bald wieder und sind auch am Ende so schlimm nicht und eigentlich nette Herrchen und immer fidel. Aber der Ede, dieser Ede! Da hat der Junge gestern wieder ein halbes Faß Öl auslaufen lassen. Das ist doch über den Spaß. Wo soll man denn das Geld schließlich hernehmen? Und dann die Plackerei treppauf, treppab, und die schmalen Kellerstufen halb abgerutscht. Es ist zum Halsbrechen."

„Na, Se hebben joa doch nu Buggenhagen bi sich. De künn joa doch ne nije Trepp moaken."

„Ach, der, der. Mit dem ist auch nichts; ärgert mich auch. Sollte mir da den Keller höher legen. Aber er will nicht und hat allerhand Ausreden. Oder vielleicht versteht er's auch nicht. Ich werde mal den Küstriner Maurermeister kommen lassen, der jetzt an den Kasematten herumflickt. Kasematten und Keller ist ja beinah dasselbe. *Der* muß Rat schaffen. Und bald. Denn der Keller ist eigentlich gar kein richtiger Keller; is bloß ein Loch, wo man sich den Kopf stößt."

„Joa, joa. De Wienstuw' sitt em to sihr upp'n Nacken."

„Freilich. Und die ganze Geschichte hat nicht Luft und nicht Licht. Und warum nicht? Weil kein richtiges Fenster da ist. Alles zu klein und zu niedrig. Alles zu dicht zusammen."

„Woll, woll", stimmte die Jeschke zu. „Jott, ick weet noch, as de Polsche hier wihr und dat Licht ümmer so blinzeln deih. Joa, wo *wihr* dat Licht? Wihr et in de Stuw' o'r wihr et in'n Keller? Ich weet et nich."

Alles klang so pfiffig und hämisch, und es lag offen zutage, daß sie sich an ihres Nachbarn Verlegenheit weiden wollte. Diesmal aber hatte sie die Rechnung ohne den Wirt gemacht, und die Verlegenheit blieb schließlich auf ihrer Seite. War doch Hradscheck seit langem schon willens, ihr gegenüber, bei sich bietender Gelegenheit, mal einen andern Ton anzuschlagen. Und so sah er sie denn jetzt mit seinen durchdringenden Augen scharf an und sagte, sie plötzlich in der dritten Person anredend: „Jeschke, ich weiß, wo sie hin will. Aber weiß sie denn auch, was eine Verleumdungsklage ist? Ich erfahre alles, was sie so herumschwatzt; aber seh sie sich vor, sonst kriegt sie's mit dem Küstriner Gericht zu tun; sie ist 'ne alte Hexe, das weiß jeder, und der Justizrat weiß es auch. Und er wartet bloß noch auf eine Gelegenheit."

Die Alte fuhr erschreckt zusammen. „Ick meen joa man, Hradscheck, ick meen joa man ... Se weeten doch, en beten Spoaß möt sinn."

„Nun gut. Ein bißchen Spaß mag sein. Aber wenn ich Euch raten kann, Mutter Jeschke, nicht zuviel. Hört Ihr wohl, nicht zuviel."

Und damit ging er wieder auf das Haus zu.

XIV

Ängstigungen und Ärgernisse wie die vorgeschilderten kamen dann und wann vor, aber im ganzen, um es zu wiederholen, war die Bauzeit eine glückliche Zeit für unsern Hradscheck gewesen. Der Laden war nie leer, die Kundschaft wuchs, und das dem Grundstück zugehörige, draußen an der Neu-Lewiner Straße gelegene Stück Ackerland gab in diesem Sommer einen besonders guten Ertrag. Dasselbe galt auch von dem Garten hinterm Haus; alles gedieh darin, der Spargel prachtvoll, dicke Stangen mit gelbweißen Köpfen, und die Pastinak- und Dillbeete standen hoch in Dolden. Am meisten aber tat der alte Birnbaum, der sich mehr als seit Jahren anstrengte. „Dat 's de Franzos", sagten die Knechte sonntags im Krug, „de deiht wat för em", und als die Pflückenszeit gekommen, rief Kunicke, der sich gerade zum Kegeln eingefunden hatte: „Hör, Hradscheck, du könntest uns mal ein paar von deinen *Franzosen*birnen bringen." Franzosenbirnen! Das Wort wurde sehr bewundert, lief rasch von Mund zu Mund, und ehe drei Tage vergangen waren, sprach kein Mensch mehr von Hradschecks „Malvasieren", sondern bloß noch von den „Franzosenbirnen". Hradscheck selbst aber freute sich des Wortes, weil er daran erkannte, daß man, trotz aller Stichelreden der alten Jeschke, mehr und mehr anfing, die Vorkommnisse des letzten Winters von der scherzhaften Seite zu nehmen.

Ja, die Sommer- und Baumonate brachten lichtvolle Tage für Hradscheck, und sie hätten noch mehr Licht und noch weniger Schatten gehabt, wenn nicht Ursel gewesen wäre. Die füllte, während alles andre glatt und gut ging, seine Seele mit Mitleid und Sorge, mit Mitleid, weil er sie liebte (wenigstens auf seine Weise), mit Sorge, weil sie dann und wann ganz wunderliche Dinge redete. Zum Glück hatte sie nicht das Bedürfnis, Umgang zu pflegen und Menschen zu sehen, lebte vielmehr eingezogener denn je und begnügte sich damit, sonntags in die Kirche zu gehn. Ihre sonst tiefliegenden Augen sprangen dann aus dem Kopf, so begierig folgte sie jedem Wort, das von der Kanzel her laut wurde, *das* Wort aber, auf das sie wartete, das kam nicht. In ihrer Sehnsucht ging sie dann, nach der Predigt, zu dem guten, ihr immer gleichmäßig geneigt bleibenden Eccelius hinüber, um, soweit es ging, Herz und Seele vor ihm auszuschütten und etwas von Befreiung oder Erlösung zu hören; aber Seelsorge war nicht seine starke Seite, noch weniger seine Passion, und wenn sie sich der Sünde geziehn und in Selbstanklagen erschöpft hatte, nahm er lächelnd ihre Hand und sagte: „Liebe Frau Hradscheck, wir sind allzumal Sünder und mangeln des Ruhmes, den wir vor Gott haben sollen. Sie haben eine Neigung, sich zu peinigen, was ich mißbillige. Sich ewig anklagen ist oft Dünkel und Eitelkeit. Wir haben Christum und seinen Wandel als Vorbild, dem wir im Gefühl unsrer Schwäche demütig nachstreben sollen. Aber wahren wir uns vor Selbstgerechtigkeit, vor allem vor *der*, die sich in Zerknirschung äußert. *Das* ist die Hauptsache." Wenn er das trocken-geschäftsmäßig, ohne Pathos und selbst ohne jede Spur von Salbung gesagt hatte, ließ er die Sache sofort wieder fallen und fragte, zu natürlicheren und ihm wichtiger dünkenden Dingen übergehend, wie weit der Bau sei. Denn er wollte nächstes Frühjahr *auch* bauen. Und wenn dann die Hradscheck, um ihm zu Willen zu sein, von allen möglichen Kleinigkeiten, am liebsten und eingehendsten aber von den Meinungsverschiedenheiten zwischen ihrem Mann und Zimmermeister Buggenhagen geplaudert hatte, rieb er sich schmunzelnd und vor sich hinnickend die Hand und sagte rasch und in augenscheinlicher Furcht, das Seelengespräch wieder aufgenommen zu sehen: „Und nun, liebe Frau Hradscheck, muß ich Ihnen meine Nelken zeigen."

Um Johanni wußte ganz Tschechin, daß die Hradscheck es nicht lange mehr machen werde. Keinem entging es. Nur sie selber sah es so schlimm nicht an und wollte von keinem Doktor hören. „Sie wissen ja doch nichts. Und dann der Wagen und das viele Geld." Auf das letztere, das „viele Geld", kam sie jetzt überhaupt mit Vorliebe zu sprechen, fand alles unnötig oder zu teuer, und während sie noch das Jahr vorher für ein Palisander-Fortepiano gewesen war, um es, wenn nicht der Amtsrätin in Friedrichsau, so doch wenigstens der Domänenpächterin auf Schloß Solikant gleichzutun, so war sie jetzt sparsam bis zum Geiz. Hradscheck ließ sie gewähren, und nur einmal, als sie gerade beim Schotenpalen war, nahm er sich ein Herz und sagte: „Was ist das nur jetzt, Ursel? Du ringst dir ja jeden Dreier von der Seele.“ Sie schwieg, drehte die Schüssel hin und her und palte weiter. Als er aber stehen blieb und auf Antwort zu warten schien, sagte sie, während sie die Schüssel rasch und heftig beiseite setzte: „Soll es alles umsonst gewesen sein? Oder willst du . . .“ Weiter kam sie nicht. Ein Herzkrampf, daran sie jetzt häufiger litt, überfiel sie wieder, und Hradscheck sprang zu, um ihr zu helfen.

Ihre Wirtschaft besorgte sie pünktlich, und alles ging am Schnürchen, wie vordem. Aber Interesse hatte sie nur für eins, und das eine war der Bau. Sie wollt' ihn, darin Hradschecks Eifer noch übertreffend, in möglichster Schnelle beendet sehn, und so sparsam sie sonst geworden war, so war sie doch gegen keine Mehrausgabe, die Beschleunigung und rascheres Zustandekommen versprach. Einmal sagte sie: „Wenn ich nur erst oben bin. Oben werd ich auch wieder Schlaf haben. Und wenn ich erst wieder schlafe, werd ich auch wieder gesund werden.“ Er wollte sie beruhigen und strich ihr mit der Hand über Stirn und Haar. Aber sie wich seiner Zärtlichkeit aus und kam in ein heftiges Zittern. Überhaupt war es jetzt öfter so, wie wenn sie sich vor ihm fürchte. Mal sagte sie leise: „Wenn er nur nicht so glatt und glau wär'. Er ist so munter und spricht soviel und kann alles. Ihn ficht nichts an . . . Und die drüben in Neu-Lewin war auch mit einem Male weg.“ Solche Stimmungen kamen ihr von Zeit zu Zeit, aber sie waren flüchtig und vergingen wieder.

Und nun waren die letzten Augusttage.

„Morgen, Ursel, ist alles fertig.“

Und wirklich, als der andre Tag da war, bot ihr Hradscheck mit einer gewissen freundlichen Feierlichkeit den Arm, um sie treppauf in eine der neuen Stuben zu führen. Es war die, die nach der Kegelbahn hinauslag, jetzt die hübscheste, hellblau tapeziert und an der Decke gemalt: ein Kranz von Blüten und Früchten, um den Tauben flogen und pickten. Auch das Bett war schon heraufgeschafft und stand an der Mittelwand, genau da, wo früher die Bettwand der alten Giebel- und Logierstube gewesen war.

Hradscheck erwartete Dank und gute Worte zu hören. Aber die Kranke sagte nur: „*Hier?* Hier, Abel?“

„Es sind neue Steine“, stotterte Hradschek.

Ursel indes war schon von der Türschwelle wieder zurückgetreten und ging den Gang entlang, nach der andern Giebelseite hinüber, wo sich ein gleich großes, auf den Hof hinaussehendes Zimmer befand. Sie trat an das Fenster und öffnete; Küchenrauch, mehr anheimelnd als störend, kam ihr von der Seite her entgegen, und eine Henne mit ihren Küchelchen zog unten vorüber; Jakob aber, der holzsägend in Front einer offnen Remise stand, neckte sich mit Male, die beim Brunnen Wäsche spülte.

„*Hier* will ich bleiben."

Und Hradscheck, der durch den Auftritt mehr erschüttert als verdrossen war, war einverstanden und ließ alles, was sich von Einrichtungsgegenständen in der hellblau tapezierten und für Ursel bestimmten Stube befand, nach der andern Seite hinüberbringen.

Und siehe da, Frau Hradscheck erholte sich wirklich und sogar rascher, als sie selbst zu hoffen gewagt hatte. Schlaf kam, der scharfe Zug um ihren Mund wich, und als die schon erwähnten Manövertage mit ihrer Dragonereinquartierung kamen, hatte sich ihr Aussehen und ihre Stimmung derart verbessert, daß sie gelegentlich die Wirtin machen und mit den Offizieren plaudern konnte. Das Hagere, Hektische gab ihr, bei der guten Toilette, die sie zu machen verstand, etwas Distinguiertes, und ein alter Eskadronchef, der sie mit erstaunlicher Ritterlichkeit umcourte, sagte, wenn er ihr beim Frühstück nachsah und mit beiden Händen den langen blonden Schnurrbart drehte: „Famoses Weib. Auf Ehre. Wie *die* nur hierherkommt?" Und dann gab er seiner Bewunderung auch Hradscheck gegenüber Ausdruck, worauf dieser nicht wenig geschmeichelt antwortete: „Ja, Herr Rittmeister, Glück muß der Mensch haben! Mancher kriegt's im Schlaf."

Und dann lachte der Eskadronchef und stieß mit ihm an.

Das alles war Mitte September.

Aber das Wohlbefinden, so rasch es gekommen, so rasch ging es auch wieder, und ehe noch das Erntefest heran war, waren die Kräfte schon so geschwunden, daß die Kranke die Treppe kaum noch hinunter konnte. Sie blieb deshalb oben, sah auf den Hof und machte sich, um doch etwas zu tun, mit der Neueinrichtung sämtlicher Oberzimmer zu schaffen. Nur die Giebelstube, nach der Kegelbahn hin, vermied sie.

Hradscheck, der immer noch an die Möglichkeit einer Wiederherstellung gedacht hatte, sah jetzt auch, wie's stand, und als der heimlich zu Rate gezogene Doktor Oelze von Abzehrung und Nervenschwindsucht gesprochen, machte sich Hradscheck auf ihr Hinscheiden gefaßt. Daß er darauf gewartet hätte, konnte nicht wohl gesagt werden; im Gegenteil, er blieb seiner alten Neigung treu, war überaus rücksichtsvoll und klagte nie, daß ihm die Frau fehle. Er wollt' auch von keiner andern Hilfe wissen und ordnete selber alles an, was in der Wirtschaft zu tun nötig war. Vieles tat er selbst. „Is doch ein Mordskerl", sagte Kunicke. „Was er will, kann er. Ich glaub, er kann auch einen Hasen abziehn und Sülze kochen."

An dem Abend, wo Kunicke so gesprochen, hatte die Sitzung in der Weinstube wieder ziemlich lange gedauert, und Hradscheck war noch keine halbe Stunde zu Bett, als Male, die jetzt oben bei der Kranken schlief, treppab kam und an seine Tür klopfte.

„Herr Hradscheck, steihn's upp. De Fru schickt mi. Se sülln ruppkoamen."

Und nun saß er oben an ihrem Bett und sagte: „Soll ich nach Küstrin schicken, Ursel? Soll Oelze kommen? Der Weg ist gut. In drei Stunden ist er hier."

„In drei Stunden ..."

„Oder soll Eccelius kommen?"

„Nein", sagte sie, während sie sich mühvoll aufrichtete, „es geht nicht. Wenn ich es nehme, so sag ich es."

Er schüttelte verdrießlich den Kopf.

„Und sag ich es *nicht*, so eß ich mir selber das Gericht."

„Ach, laß doch *das*, Ursel. Was soll *das*? Daran denkt ja keiner. Und ich am wenigsten. Er soll bloß kommen und mit dir sprechen. Er meint es gut mit dir und kann dir einen Spruch sagen."

Es war, als ob sie sich's überlege. Mit einem Mal aber sagte sie: „Selig sind die Friedfertigen; selig sind, die reinen Herzens sind; selig die Sanftmütigen. All die kommen in Abrahams Schoß. Aber wohin kommen *wir?*"

„Ich bitte dich, Ursel, sprich nicht *so*. Frage nicht so. Und wozu? Du bist noch nicht soweit, noch lange nicht. Es geht alles wieder vorüber. Du lebst und wirst wieder eine gesunde Frau werden."

Es klang aber alles nur an ihr hin, und Gedanken nachhängend, die schon über den Tod hinausgingen, sagte sie: „Verschlossen ... Und was aufschließt, das ist der Glaube. Den hab ich nicht ... Aber is noch ein andres, das aufschließt, das sind die guten Werke ... Hörst du. Du mußt ohne Namen nach Krakau schreiben, an den Bischof oder an seinen Vikar. Und mußt bitten, daß sie Seelenmessen lesen lassen ... Nicht für mich. Aber du weißt schon ... Und laß den Brief in Frankfurt aufgeben. Hier geht es nicht und auch nicht in Küstrin. Ich habe mir's abgespart dies letzte halbe Jahr, und du findest es eingewickelt in meinem Wäscheschrank unter dem Damasttischtuch. Ja, Hradscheck, *das* war es, wenn du dachtest, ich sei geizig geworden. Willst du?"

„Freilich will ich. Aber es wird Nachfrage geben."

„Nein. Das verstehst du nicht. Das ist Geheimnis. Und sie gönnen einer armen Seele die Ruh'!"

„Ach, Ursel, du sprichst so viel von Ruh' und bangst dich und ängstigst dich, ob du sie finden wirst. Weißt du, was ich denke?"

„Nein."

„Ich denke, leben ist leben, und tot ist tot. Und wir sind Erde, und Erde wird wieder Erde. Das andre haben sich die Pfaffen ausgedacht. Spiegelfechterei sag ich, weiter nichts. Glaube mir, die Toten *haben* Ruhe."

„Weißt du das so gewiß, Abel?"

Er nickte.

„Nun, ich sage dir, die Toten stehen wieder auf ...“

„Am Jüngsten Tag.“

„Aber es gibt ihrer auch, die warten nicht so lange.“

Hradscheck erschrak heftig und drang in sie, mehr zu sagen. Aber sie war schon in die Kissen zurückgesunken, und ihre Hand, der seinigen sich entziehend, griff nur noch krampfhaft in das Deckbett. Dann wurde sie ruhiger, legte die Hand aufs Herz und murmelte Worte, die Hradscheck nicht verstand.

„Ursel“, rief er, „Ursel!“

Aber sie hörte nicht mehr.

XV

Das war in der Nacht vom Sonnabend auf Sonntag gewesen, den letzten Tag im September. Als am andern Morgen zur Kirche geläutet wurde, standen die Fenster in der Stube weit offen, die weißen Gardinen bewegten sich hin und her, und alle, die vorüberkamen, sahen nach der Giebelstube hinauf und wußten nun, daß die Hradscheck gestorben sei. Schulze Woytasch fuhr vor, aussprechend, was er sich bei gleichen Veranlassungen zu sagen gewöhnt hatte, „daß ihr nun wohl sei“ und „daß sie vor ihnen allen einen guten Schritt voraushabe“. Danach trank er, wie jeden Sonntag vor der Predigt, ein kleines Glas Madeira zur Stärkung und machte dann die kurze Strecke bis zur Kirche hin zu Fuß. Auch Kunicke kam und drückte Hradscheck verständnisvoll die Hand, das Auge gerade verschwommen genug, um die Vorstellung einer Träne zu wecken. Desgleichen sprachen auch der Ölmüller und gleich nach ihm Bauer Mietzel vor, welch letzterer sich bei Todesfällen immer der „Vorzüge seiner Kränklichkeit von Jugend auf“ zu rühmen pflegte. Das tat er auch heute wieder. „Ja, Hradscheck, der Mensch denkt und Gott lenkt. Ich piepe nun schon so lang; aber es geht immer noch.“

Auch noch andre kamen und sagten ein Wort. Die meisten indessen gingen ohne Teilnahmsbezeigung vorüber und stellten Betrachtungen an, die sich mit der Toten in nur wenig freundlicher Weise beschäftigten.

„Ick weet nich“, sagte der eine, „wat Hradscheck an ehr hebben deih. Man blot, dat se’n beten scheel wihr.“

„Joa“, lachte der andre. „Dat wihr se. Un am Enn’, so wat künn he hier ook hebb’n.“

„Un denn dat hannüversche Geld. Ihrst schmeet se’t weg, un mit eens fung se to knusern an.“

In dieser Weise ging das Gespräch einiger älterer Leute; das junge Weiberzeug aber beschränkte sich auf die eine Frage: „Welk een he nu woll frigen deiht?“

Auf Mittwoch vier Uhr war das Begräbnis angesetzt, und viel Neugierige standen schon vorher in einem weiten Halbkreis um das Trauerhaus herum. Es waren meist Mägde, die schwatzten und kicherten, und nur einige waren ernst, darunter die Zwillingsenkelinnen einer armen alten Witwe, welche letztere, wenn Wäsche bei den Hradschecks war, allemal mitwusch. Diese Zwillinge waren in ihren schwarzen, von der Frau Hradscheck herrührenden Einsegnungskleidern erschienen und weinten furchtbar, was sich noch steigerte, als sie bemerkten, daß sie durch ihr Geheul und Geschluchze der Gegenstand allgemeiner Aufmerksamkeit wurden. Dabei gingen jetzt die Glocken in einem fort, und alles drängte dichter zusammen und wollte sehen. Als es nun aber zum dritten Mal ausgeläutet hatte, kam Leben in die drin und draußen Versammelten, und der Zug setzte sich in Bewegung. Vorn die von Kantor Graumann geführte Schuljugend, die, wie herkömmlich, den Choral „Jesus meine Zuversicht“ sang; nach ihr erschien der von sechs Trägern getragene Sarg; dann Eccelius und Hradscheck; dahinter die Bauernschaft in schwarzen Überröcken und hohen schwarzen Hüten, und endlich all die Neugierigen, die bis dahin das Haus umstanden hatten. Es war ein wunderschöner Tag, frische Herbstluft bei klarblauem Himmel. Aber die würdevoll vor sich hinblickende Dorfhonoratiorenschaft achtete des blauen Himmels nicht, und nur Bauer Mietzel, der noch Heu draußen hatte, das er am andern Tag einfahren wollte, schielte mit halben Auge hinauf. Da sah er, wie von der andern Oderseite her ein Weih über den Strom kam und auf den Tschechiner Kirchturm zuflog. Und er stieß den neben ihm gehenden Ölmüller an und sagte: „Süh, Quaas, doa es he wedder.“

„Wihr denn?“

„De Weih. Weetst noch?“

„Nei.“

„Dunn, as dat mit Szulski wihr. Ick segg di, de Weih, de weet wat.“

Als sie so sprachen, bog die Spitze des Zuges auf den Kirchhof ein, an dessen höchster Stelle, dicht neben dem Turm, das Grab gegraben war. Hier setzte man den Sarg auf darüber gelegte Balken, und als sich der Kreis gleich danach geschlossen hatte, trat Eccelius vor, um die Grabrede zu halten. Er rühmte von der Toten, daß sie, den ihr anerzogenen Aberglauben abschüttelnd, nach freier Wahl und eignem Entschluß den Weg des Lichtes gegangen sei, was nur *der* wissen und bezeugen könne, der ihr so nah gestanden habe wie er. Und wie sie das Licht und die reine Lehre geliebt habe, so habe sie nicht minder das Recht geliebt, was sich zu keiner Zeit schöner und glänzender gezeigt als in jenen schweren Tagen, die der selig Entschlafenen nach dem Ratschlusse Gottes auferlegt worden seien. Damals, als er ihr nicht ohne Mühe das Zugeständnis erwirkt habe, den, an dem ihr Herz und ihre Seele hing, wiedersehen zu dürfen, wenn auch freilich nur vor Zeugen und auf eine kurze halbe Stunde, da habe sie die wohl jedem hier in der Erinnerung gebliebenen Worte gesprochen: „Nein, nicht jetzt; es ist besser, daß ich warte. Wenn er unschuldig ist, so werd ich ihn wiedersehn, früher oder später; wenn er aber schuldig ist, so will ich ihn *nicht* wiedersehn.“ Er freue sich, daß er diese Worte, hier am Grabe der Heimgegangenen, ihr zu Ruhm und Ehre, wiederholen könne. Ja, sie habe sich allezeit bewährt in ihrem Glauben und ihrem Rechtsgefühl. Aber vor allem auch in ihrer Liebe. Mit Bangen hab sie die Stunden gezählt, in schlaflosen Nächten ihre Kräfte verzehrend, und als endlich die Stunde der Befreiung gekommen sei, da sei sie zusammengebrochen. Sie sei das Opfer arger, damals herrschender Mißverständnisse, das sei zweifellos, und alle die, die diese Mißverständnisse geschürt und genährt hätten, anstatt sie zu beseitigen, die hätten eine schwere Verantwortung auf ihre Seele geladen. Ja, dieser frühe Tod, er müsse das wiederholen, sei das Werk derer, die das Gebot unbeachtet gelassen hätten: „Du sollst nicht falsch Zeugnis reden wider deinen Nächsten.“

Und als er dieses sagte, sah er scharf nach einem entblätterten Hagebuttenstrauch hinüber, unter dessen roten Früchten die Jeschke stand und dem Vorgang, wie schon damals in der Kirche, mehr neugierig als verlegen folgte.

Gleich danach aber schloß Eccelius seine Rede, gab einen Wink, den Sarg hinabzulassen, und sprach dann den Segen. Dann kamen die drei Hände voll Erde, mit sich anschließendem Schmerzblick und Händeschütteln, und ehe noch der am Horizont schwebende Sonnenball völlig unter war, war das Grab geschlossen und mit Asterkränzen überdeckt.

Eine halbe Stunde später, es dämmerte schon, war Eccelius wieder in seiner Studierstube, das Sammetkäpsel auf dem Kopf, das ihm Frau Hradscheck vor gerade Jahresfrist gestickt hatte. Die Bauern aber saßen in der Weinstube, Hradscheck zwischen ihnen, und faßten alles, was sie an Trost zu spenden hatten, in die Worte zusammen: „Immer Courage, Hradscheck! Der alte Gott lebt noch" – welchen Trost- und Weisheitssprüchen sich allerlei Wiederverheiratungsgeschichten beinah unmittelbar anschlossen. Eine davon, die beste, handelte von einem alten Hauptmann von Rohr, der vier Frauen gehabt und beim Hinscheiden jeder einzelnen mit einer gewissen trotzigen Entschlossenheit gesagt hatte: „Nimmt Gott, so nehm ich wieder." Hradscheck hörte dem allem ruhig und kopfnickend zu, war aber doch froh, die Tafelrunde heute früher als sonst aufbrechen zu sehen. Er begleitete Kunicke bis an die Ladentür und stieg dann, er wußte selbst nicht warum, in die Stube hinauf, in der Ursel gestorben war. Hier nahm er Platz an ihrem Bett und starrte vor sich hin, während allerlei Schatten an der Wand und Decke vorüberzogen.

Als er eine Viertelstunde so gesessen, verließ er das Zimmer wieder und sah, im Vorübergehen, daß die nach rechts hin gelegene Giebelstube halb offen stand, diesselbe Stube, drin die Verstorbene nach vollendetem Umbau zu wohnen und zu schlafen so bestimmt verweigert hatte.

„Was machst du hier, Male?" fragte Hradscheck.

„Wat ick moak? Ick treck em sien Bett öwer."

„Wem?"

„Is joa wihr ankoamen. Wedder een mit'n Pelz."

„So, so", sagte Hradscheck und stieg die Treppe langsam hinunter.

„Wedder een ... wedder een ... Immer noch nicht vergessen."

XVI

Frau Hradscheck war nun unter der Erde, Male hatte das Umschlagetuch gekriegt, auf das ihre Wünsche sich schon lange gerichtet hatten, und alles wäre gut gewesen, wenn nicht der letzte Wille der Verstorbenen gewesen wäre: die Geldsendung an den Krakauer Bischof um der zu lesenden Seelenmessen willen. Das machte Hradscheck Sorge, nicht wegen des Geldes, davon hätt' er sich leicht getrennt, einmal weil Sparen und Knausern überhaupt nicht in seiner Natur lag, vor allem aber weil er das seiner Frau gegebene Versprechen gern zu halten wünschte, schon aus abergläubischer Furcht. Das Geld also war es nicht, und wenn er trotzdem in Schwanken und Säumnis verfiel, so war es, weil er nicht selber dazu beitragen wollte, die kaum begrabene Geschichte vielleicht wieder ans Licht zu ziehn. Ursel hatte freilich von Beichtgeheimnis und ähnlichem gesprochen, er mißtraute jedoch solcher Sicherheit, am meisten aber dem ohne Namensunterschrift in Frankfurt aufzugebenden Brief.

In dieser Verlegenheit beschloß er endlich, Eccelius zu Rate zu ziehen und diesem die halbe Wahrheit zu sagen, und wenn nicht die halbe, so doch wenigstens so viel, wie zu seiner Gewissensbeschwichtigung gerade nötig war. Ursel, so begann er, habe zu seinem allertiefsten Bedauern ernste katholische Rückfälle gehabt, und ihm beispielsweise in ihrer letzten Stunde noch eine Summe Geldes behändigt, um Seelenmessen für sie lesen zu lassen (der, dem es eigentlich galt, wurde hier unterschlagen). Er, Hradscheck, hab' ihr auch, um ihr das Sterben leichter zu machen, alles versprochen, sein protestantisches Gewissen aber sträube sich jetzt dagegen, ihr das Versprochene wörtlich und in all und jedem Stück zu halten, weshalb er anfrage, ob er das Geld wirklich an die Katholischen aushändigen oder nicht lieber nach Berlin reisen und ein marmornes oder vielleicht auch ein gußeisernes Grabkreuz, wie sie jetzt Mode seien, bestellen solle.

Eccelius zögerte keinen Augenblick mit der Antwort und sagte genau das, was Hradscheck zu hören wünschte. Versprechungen, die man einem Sterbenden gäbe, seien natürlich bindend, das erheische die Pietät, das sei die Regel. Aber jede Regel habe bekanntlich ihren Ausnahmefall, und wenn das einem Sterbenden gegebene Versprechen falsch und sündhaft sei, so hebe das Erkennen dieser Sündhaftigkeit das Versprechen wieder auf. Das sei nicht bloß Recht, das sei sogar Pflicht. Die ganze Sache, wie Hradscheck sie geschildert, gehöre zu seinen schmerzlichsten Erfahrungen. Er habe große Stücke von der Verstorbenen gehalten und allezeit einen Stolz darein gesetzt, sie für die gereinigte Lehre gewonnen zu haben. Daß er sich darin geirrt oder doch wenigstens halb geirrt habe, sei, neben anderem, auch persönlich kränkend für ihn, was er nicht leugnen wolle. Diese persönliche Kränkung indes sei nicht das, was sein eben gegebenes Urteil bestimmt habe. Hradscheck solle getrost bei seinem Plan bleiben und nach Berlin reisen, um das Kreuz zu bestellen. Ein Kranz und ein guter Spruch zu Häupten der Verstorbenen werde derselben genügen, dem Kirchhof aber ein Schmuck und eine Herzensfreude für jeden sein, der sonntags daran vorüberginge.

Es war Ende Oktober gewesen, daß Eccelius und Hradscheck dies Gespräch geführt hatten, und als nun Frühling kam und der ganze Tschechiner Kirchhof, so kahl auch seine Bäume noch waren, in Schneeglöckchen und Veilchen stand, erschien das gußeiserne Kreuz, das Hradscheck mit vieler Wichtigkeit und nach langer und minutiöser Beratung bei der Königlichen Eisengießerei bestellt hatte. Zugleich mit dem Kreuz traf ein Steinmetz mit zwei Gesellen ein, Leute, die das Aufrichten und Einlöten

aus dem Grunde verstanden, und nachdem die Dorfjugend ein paar Stunden zugesehen hatte, wie das Blei geschmolzen und in das Sockelloch eingegossen wurde, stand das Kreuz da mit Spruch und Inschrift, und viele Neugierige kamen, um die goldblanken Verzierungen zu sehen: unten ein Engel, die Fackel senkend, und oben ein Schmetterling. All das wurde von alt und jung bewundert. Einige lasen auch die Inschrift: „Ursula Vincentia Hradscheck, geb. zu Hickede bei Hildesheim im Hannöverschen den 29. März 1790, gest. den 30. September 1832.“ Und darunter „Evang. Matthäi 6, V. 14.“ Auf der Rückseite des Kreuzes aber stand ein mutmaßlich von Eccelius selbst herrührender Spruch, darin er seinem Stolz, aber freilich auch seinem Schmerz Ausdruck gegeben hatte. Dieser Spruch lautete: „Wir wandelten in Finsternis, bis wir das Licht sahen. Aber die Finsternis blieb, und es fiel ein Schatten auf unseren Weg.“

Unter denen, die sich das Kreuz gleich am Tag der Errichtung angesehen hatten, waren auch Gendarm Geelhaar und Mutter Jeschke gewesen. Sie hatten denselben Heimweg und gingen nun gemeinschaftlich die Dorfstraße hinunter, Geelhaar etwas verlegen, weil er den zu seiner eignen Würdigkeit schlecht passenden Ruf der Jeschke besser als irgendwer anders kannte. Seine Neugier überwand aber seine Verlegenheit, und so blieb er denn an der Seite der Alten und sagte:

„Hübsch is es. Un der Schmetterling so natürlich; beinah wie’n Zitronenvogel. Aber ich begreife Hradscheck nich, daß er sie so dicht an dem Turm begraben hat. Was soll sie da? Warum nicht bei den Kindern? Eine Mutter muß doch da liegen, wo die Kinder liegen.“

„Woll, woll, Geelhaar. Awers Hradscheck ist klook. Un he weet ümmer, wat he deiht.“

„Gewiß weiß er das. Er ist klug. Aber gerade weil er klug ist ..."

„Joa, joa."

„Nu was denn?"

Und der sechs Fuß hohe Mann beugte sich zu der alten Hexe nieder, weil er wohl merkte, daß sie was sagen wollte.

„Was denn, Mutter Jeschke?" wiederholte er seine Frage.

„Joa, Geelhaar, wat sall ick seggen? Eccelius möt et weten. Un de hett nu ook wedder de Inschrift moakt. Awers *een* is, de weet ümmer noch en beten mihr."

„Und wer is das? Line?"

„Ne, Line nich. Awers Hradscheck sülwsten. Hradscheck, de will de Kinnings und de Fru nich tosoamen hebb'n. Nich so upp enen Hümpel."

„Nun gut, gut. Aber warum nicht, Mutter Jeschke?"

„Nu, he denkt, wenn't losgeiht."

Und nun blieb sie stehn und setzte dem halb verwundert, halb entsetzt aufhorchenden Geelhaar auseinander, daß die Hradscheck an dem Tage, „wo's losgehe", doch natürlich nach ihren Kindern greifen würde, vorausgesetzt, daß sie sie zur Hand habe. „Un dat wull de oll Hradscheck nich."

„Aber, Mutter Jeschke, glaubt Ihr denn an so was?"

„Joa, Geelhaar, worümm nich? Worümm sall ick an so wat nich glöwen?"

XVII

Als das Kreuz aufgerichtet stand, es war Nachmittag geworden, kam auch Hradscheck, sonntäglich und wie zum Kirchgang gekleidet, und die Neugierigen, an denen den ganzen Tag über, auch als Geelhaar und die Jeschke längst fort waren, kein Mangel blieb, sahen, daß er den Spruch las und die Hände faltete. Das gefiel ihnen ausnehmend, am meisten aber gefiel ihnen, daß er das teure Kreuz überhaupt bestellt hatte. Denn Geld ausgeben (und noch dazu *viel* Geld) war das, was den Tschechinern als echten Bauern am meisten imponierte. Hradscheck verweilte wohl eine Viertelstunde, pflückte Veilchen, die neben dem Grabhügel aufsprossen, und ging dann in seine Wohnung zurück.

Als es dunkel geworden war, kam Ede mit Licht, fand aber die Tür von innen verriegelt, und als er nun auf die Straße ging, um wie gewöhnlich die Fensterläden von außen zu schließen, sah er, daß Hradscheck, eine kleine Lampe mit grünem Klappschirm vor sich, auf dem Sofa saß und den Kopf stützte. So verging der Abend. Auch am andern Tage blieb er auf seiner Stube, nahm kaum einen Imbiß, las und schrieb und ließ das Geschäft gehn, wie's gehen wollte.

„Hür, Jakob", sagte Male, „dat's joa grad', as ob se nu ihrst dod wihr. Süh doch, wie he doasitt. He kann doch nu nich wedder anfang'n."

„Ne", sagte Jakob, „dat kann he nich."

Und Ede, der hinzukam und heute gerade seinen hochdeutschen Tag hatte, stimmte bei, freilich mit der Einschränkung, daß er auch von der voraufgegangenen „ersten Trauer" nicht viel wissen wollte.

„Wieder anfangen! Ja, was heißt wieder anfangen? Damals war es auch man so so. Drei Tag' und nich länger. Und paß auf, Male, diesmal knappst er noch was ab."

Und wirklich, Ede, der aller Dummheit unerachtet seinen Herrn gut kannte, behielt recht, und ehe noch der dritte Tag um war, ließ Hradscheck die Träumerei fallen und nahm das gesellige Leben wieder auf, das er schon während der zurückliegenden Wintermonate geführt hatte. Dazu gehörte, daß er alle vierzehn Tage nach Frankfurt und alle vier Wochen auch mal nach Berlin fuhr, wo er sich, nach Erledigung seiner kaufmännischen Geschäfte, kein anderes Vergnügen als einen Theaterabend gönnte. Deshalb stieg er auch regelmäßig in dem an der Ecke von Hohen-Steinweg und Königsstraße gelegenen „Gasthofe zum Kronprinzen" ab, von dem aus er bis zu dem damals in Blüte stehenden Königsstädtischen Theater nur ein paar hundert Schritte hatte. War er dann wieder in Tschechin zurück, so gab er den Freunden und Stammgästen in der Weinstube, zu denen jetzt auch Schulze Woytasch gehörte, nicht bloß Szenen aus dem Angelyschen „Fest der Handwerker" und Holteis „Altem Feldherrn" und den „Wienern in Berlin" zum Besten, sondern sang ihnen auch allerlei Lieder und Arien vor: „War's vielleicht um eins, war's vielleicht um zwei, war's vielleicht drei oder vier." Und dann wieder: „In Berlin, sagt er, mußt du fein, sagt er, immer sein, sagt er usw." Denn er besaß eine gute Tenorstimme. Besonderes Glück aber, weit über die Singspiel-Arien hinaus, machte er mit dem Leierkastenlied von „Herrn Schmidt und seinen sieben heiratslustigen Töchtern", dessen erste Strophe lautete:

Herr Schmidt, Herr Schmidt,
Was kriegt denn Julchen mit?
„Ein Schleier und ein Federhut,
Das kleidet Julchen gar zu gut."

Dies Lied von Herrn Schmidt und seinen Töchtern war das Entzücken Kunickes, das verstand sich von selbst, aber auch Schulze Woytasch versicherte jedem, der es hören wollte: „Für Hradscheck ist mir nicht bange; der kann ja jeden Tag aufs Theater. Ich habe Beckmann gesehen; nu ja, Beckmann is gut, aber Hradscheck is besser; er hat noch so was, ja wie soll ich sagen, er hat noch so was, was Beckmann nicht hat."

Hradscheck gewöhnte sich an solchen Beifall, und wenn es sich auch gelegentlich traf, daß er bei seinem Berliner Aufenthalt, während dessen er allemal eine goldene Brille trug, keine Novität gesehen hatte, so kam er doch nie mit leeren Händen zurück, weil er sich nicht eher zufriedengab, als bis er an den Schaufenstern der Buchläden irgendwas Komisches und unbändig Witziges ausgefunden hatte. Das hielt auch nie schwer, denn es war gerade die „Glaßbrenner- oder Brennglas-Zeit", und wenn es solche Glaßbrenner-Geschichten nicht sein konnten, nun, so waren es Sammlungen alter und neuer Anekdoten, die damals in kleinen dürftigen Viergroschen-Büchelchen unter allerhand Namen und Titeln, so beispielsweise als „Brausepulver", feilgeboten wurden. Ja diese Büchelchen fanden bei den Tschechinern einen ganz besonderen Beifall, weil die darin erzählten Geschichten immer kurz waren und nie lange auf die Pointe warten ließen, und wenn das Gespräch mal stockte, so hatte Kunicke den Stammwitz: „Hradscheck, ein Brausepulver."

Es war Anfang Oktober, als Hradscheck wieder mal in Berlin war, diesmal auf mehrere Tage, während er sonst immer den dritten Tag schon wieder nach Hause kam. Ede, der mittlerweile das Geschäft versah, paßte gut auf den Dienst, und nur in der Stunde von eins bis zwei, wo sich kaum ein Mensch im Laden sehen ließ, gefiel er sich darin, den Herrn zu spielen und, ganz so wie Hradscheck zu tun pflegte, mit auf den Rücken gelegten Händen im Garten auf und ab zu gehen. Das tat er auch heute wieder, zugleich aber rief er nach Jakob und trug ihm auf, und zwar in ziemlich befehlshaberischem Tone, daß er einen neuen Reifen um die Wassertonne legen solle. Dann sah er nach den Starkästen am Birnbaum und zog einen Zweig zu sich herab, um noch eine der nachgereiften „Franzosenbirnen" zu pflücken. Es war ein Prachtexemplar, in das er sofort einbiß. Als er aber den Zweig wieder losließ, sah er, daß die Jeschke drüben am Zaun stand.

„Dag, Ede."

„Dag, Mutter Jeschke."
„Na, schmeckt et?"
„I worümm nich? Is joa 'ne Malvasier."
„Joa. Vördem wihr et 'ne Malvasier. Awers nu . . ."
„Nu is et 'ne ‚Franzosenbeer'. Ick weet woll. Awers dat's joa all een."
„Joa, wer weet, Ede. Doa is nu so wat mang. Heste noch nix maarkt?"
Der Junge ließ erschreckt die Birne fallen, das alte Weib aber bückte sich danach und sagte: „Ick meen joa nich de Beer. Ick meen sünnsten."
„Wat denn? Wo denn?"
„Na, so rümm um't Huus."
„Nei, Mutter Jeschke."
„Un ook nich unnen in'n Keller? Hest noch nix siehn o'r hürt?"
„Nei, Mutter Jeschke. Man blot . . ."
„Un grappscht ook nich?"
Der Junge war ganz blaß geworden.
„Joa, Mutter Jeschke, mal wihr mi so. Mal wihr mi so, as hüll mi wat an de Hacken. Joa, ich glöw, et grappscht."
Die Jeschke sah ihren Zweck erreicht und lenkt deshalb geschickt wieder ein. „Ede, du bist 'ne Bangbüchs. Ick hebb joa man spoaßt. Is joa man all dumm Tüg."
Un damit ging sie wieder auf ihr Haus zu und ließ den Jungen stehen.
Drei Tage danach war Hradscheck wieder aus Berlin zurück, in vergnüglicherer Stimmung als seit langem, denn er hatte nicht nur alles Geschäftliche glücklich erledigt, sondern auch die Bekanntschaft einer jungen Dame gemacht, die sich seiner Person wie seinen Heiratsplänen geneigt gezeigt hatte. Diese junge Dame war die Tochter aus einem Destillationsgeschäft, groß und stark, mit etwas hervortretenden, immer lachenden Augen, eine Vollblut-Berlinerin. „Forsch und fidel", war ihre Losung, der auch ihre Lieblingsredensart: „Ach, das ist ja zum Totlachen", entsprach. Aber dies war nur so für alle Tage. Wurd' ihr dann wohliger ums Herz, so wurden es auch ihre Redewendungen, und sie sagte: „I da muß ja 'ne alte Wand wackeln", oder „Das ist ja gleich, um einen Buckel zu kriegen." Ihr Schönstes waren Landpartien einschließlich gesellschaftlicher Spiele wie Zeck oder Plumpsack, dazu saure Milch mit Schwarzbrot und Heimfahrt mit Stocklaternen und Gesang: „Ein freies Leben führen wir", „Frisch auf, Kameraden", „Lützows wilde verwegene Jagd" und „Steh ich in finstrer Mitternacht". Infolge welcher ausgesprochenen Vorliebe sie sich in den Kopf gesetzt hatte, nur aufs Land hinaus heiraten zu wollen. Und darüber war sie dreißig Jahr alt geworden, alles bloß aus Eigensinn und Widerspenstigkeit. Ihren Namen „Editha" aber hatte die Mutter in Dittchen abgekürzt.

So die Bekanntschaft, die Hradscheck während seines letzten Berliner Aufenthaltes gemacht hatte. Mit Editha selbst war er so gut wie einig, und nur die Eltern hatten noch kleine Bedenken. Aber was bedeutete das? Der Vater war ohnehin daran gewöhnt, nicht gefragt zu werden, und die Mutter, die nur wegen der neun Meilen Entfernung noch einigermaßen schwankte, wäre keine richtige Mutter gewesen, wenn sie nicht schließlich auch hätte Schwiegermutter sein wollen.

Also Hradscheck war in bester Stimmung, und ein Ausdruck derselben war es, daß er diesmal mit einem besonders großen Vorrat von Berliner Witzliteratur nach Tschechin zurückkehrte, darunter eine komische Romanze, die letzten Sonntag erst vom Hofschauspieler Rüthling im Konzertsaal des Königlichen Schauspielhauses vorgetragen worden war, und zwar in einer Matinée, der, neben der ganzen haute volée von Berlin, auch Hradscheck und Editha beigewohnt hatten. Diese Romanze behandelte die berühmte Geschichte vom Eckensteher, der einen armen Apothekerlehrling, „weil das Räucherkerzchen partout nicht stehen wolle“, Schlag Mitternacht aus dem Schlaf klingelte, welche Geschichte damals nicht bloß die ganze vornehme Welt, sondern besonders auch unsern auf alle Berliner Witze ganz wie versessenen Hradscheck derart hingenommen hatte, daß er die Zeit, sie seinem Tschechiner Konvivium vorzulesen, kaum erwarten konnte. Nun aber war es soweit, und er feierte Triumphe, die fast noch größer waren, als er zu hoffen gewagt hatte. Kunicke brüllte vor Lachen und bot den dreifachen Preis, wenn ihm Hradscheck das Büchelchen ablassen wolle. Das müss' er seiner Frau vorlesen, wenn er nach Hause komme, diese Nacht noch; so was sei noch gar nicht dagewesen. Und dann sagte Schulze Woytasch: „Ja, die Berliner! Ich weiß nicht! Und wenn mir einer tausend Taler gäbe, so was könnt' ich nich machen. Es sind doch verflixte Kerls."

Die „Romanze vom Eckensteher" indes, so glänzend ihr Vortrag abgelaufen war, war doch nur Vorspiel und Plänkelei gewesen, darin Hradscheck sein bestes Pulver noch nicht verschossen hatte. Sein Bestes oder doch das, was er persönlich dafür hielt, kam erst nach und war die Geschichte von einem der politischen Polizei zugeteilten Gendarmen, der einen unter Verdacht des Hochverrats stehenden und in der Kurstraße wohnenden badischen Studenten namens Haitzinger ausfindig machen sollte, was ihm auch gelang und einige Zeit danach zu der amtlichen Meldung führte, daß er den pp. Haitzinger, der übrigens Blümchen heiße, gefunden habe, trotzdem derselbe nicht in der Kurstraße, sondern auf dem Spittelmarkt wohnhaft und nicht badischer Student, sondern ein sächsischer Leineweber sei. „Und nun, ihr Herren und Freunde", schloß Hradscheck seine Geschichte, „dieser ausbündig gescheite Gendarm, wie hieß er? Natürlich Geelhaar, nicht wahr? Aber nein, ihr Herren, fehlgeschossen, er hieß bloß Müller II. Ich habe mich genau danach erkundigt, sonst hätt' ich bis an mein Lebensende geschworen, daß er Geelhaar geheißen haben müsse."

Kunicke schüttelte sich und wollte von keinem andern Namen als Geelhaar wissen, und als man sich endlich ausgetobt und ausgejubelt hatte (nur Woytasch, als Dorfobrigkeit, sah etwas mißbilligend drein), sagte Quaas: „Kinder, so was haben wir nicht alle Tage, denn Hradscheck kommt nicht alle Tage von Berlin. Ich denke deshalb, wir machen noch eine Bowle: drei Mosel, eine Rheinwein, eine Burgunder. Und nicht zu süß. Sonst haben wir morgen Kopfweh. Es ist erst halb zwölf, fehlen noch fünf Minuten. Und wenn wir uns 'ranhalten, machen wir um Mitternacht die Nagelprobe."

„Bravo!" stimmte man ein. „Aber nicht zu früh; Mitternacht ist zu früh."

Und Hradscheck erhob sich, um Ede, der verschlafen im Laden auf einem vorgezogenen Zuckerkasten saß, in den Keller zu schicken und die fünf Flaschen heraufholen zu lassen. „Und paß auf, Ede; der Burgunder liegt durcheinander, roter und weißer, der mit dem grünen Lack ist es."

Ede rieb sich den Schlaf aus den Augen, nahm Licht und Korb und hob die Falltür auf, die zwischen den übereinandergepackten Ölfässern, und zwar an der einzig freigebliebenen Stelle, vom Flur her in den Keller führte.

Nach ein paar Minuten war er wieder oben und klopfte vom Laden her an die Tür, zum Zeichen, daß alles da sei.

„Gleich", rief der wie gewöhnlich mitten in einem Vortrage steckende Hradscheck, „gleich", und trat erst, als er seinen Satz beendet hatte, von der Weinstube her in den Laden. Hier schob er sich eine schon vorher aus der Küche heranbeorderte Terrine bequem zurecht und griff nach dem Korkzieher, um die Flaschen aufzuziehn. Als er aber den Burgunder in die Hand nahm, gab er dem Jungen, halb ärgerlich, halb gutmütig, einen Tipp auf die Schulter und sagte: „Bist ein Döskopp, Ede. Mit grünem Lack, hab ich dir gesagt. Und das ist gelber. Geh und hol 'ne richtige Flasche. Wer's nich im Kopp hat, muß es in den Beinen haben."

Ede rührte sich nicht.

„Nun, Junge, wird es? Mach flink."

„Ick geih nich."

„Du gehst nich? Warum nich?"

„Et spökt."

„Wo?"

„Unnen ... Unnen in'n Keller."

„Junge, bist du verrückt? Ich glaube, dir steckt schon der Mitternachtsgrusel im Leibe. Rufe Jakob. Oder nein, der is schon zu Bett; rufe Male, *die* soll kommen und dich beschämen. Aber laß nur."

Und dabei ging er selber bis an die Küchentür und rief hinaus: „Male."

Die Gerufene kam.

„Geh in den Keller, Male."

„Nei, Herr Hradscheck, ick geih nich."

„Auch *du* nich. Warum nich?"

„Et spökt."

„Ins Dreideibels Namen, was soll der Unsinn?"

Und er versuchte zu lachen. Aber er hielt sich dabei nur mit Müh' auf den Beinen, denn ihn schwindelte. Zu gleicher Zeit empfand er deutlich, daß er kein Zeichen von Schwäche geben dürfe, vielmehr umgekehrt bemüht sein müsse, die Weigerung der beiden ins Komische zu ziehen, und so riß er denn die Tür zur Weinstube weit auf und rief hinein: „Eine Neuigkeit, Kunicke ..."

„Nu, was gibt's?"

„Unten spukt es. Ede will nicht mehr in den Keller und Male natürlich auch nicht. Es sieht schlecht aus mit unsrer Bowle. Wer kommt mit? Wenn zwei kommen, spukt es nicht mehr."

„Wir alle", schrie Kunicke. „Wir alle. Das gibt einen Hauptspaß. Aber Ede muß auch mit."

Und bei diesen Worten eines der zur Hand stehenden Lichter nehmend, zogen sie – mit Ausnahme von Woytasch, dem das Ganze mißhagte – brabbelnd und plärrend und in einer Art Prozession, als ob einer begraben würde, von der Weinstube her durch Laden und Flur und stiegen langsam und immer einer nach dem andern die Stufen der Kellertreppe hinunter.

„Alle Wetter, is *das* ein Loch!" sagte Quaas, als er sich unten umkuckte. „Hier kann einem ja gruslig werden. Nimm nur gleich ein paar mehr mit, Hradscheck. Das hilft. Je mehr Fidelité, je weniger Spuk."

Und bei solchem Gespräch, in das Hradscheck einstimmte, packten sie den Korb voll und stiegen die Kellertreppe wieder hinauf. Oben aber warf Kunicke, der schon stark angeheitert war, die schwere Falltür zu, daß es durch das ganze Haus hin dröhnte.

„So nu sitzt er drin."

„Wer?"

„Na wer? Der Spuk."

Alles lachte; das Trinken ging weiter, und Mitternacht war lange vorüber, als man sich trennte.

XVIII

Hradscheck, sonst mäßig, hatte mit den andern um die Wette getrunken, bloß um eine ruhige Nacht zu haben. Das war ihm auch geglückt, und er schlief nicht nur fest, sondern auch weit über seine gewöhnliche Stunde hinaus. Erst um acht Uhr war er auf. Male brachte den Kaffee, die Sonne schien ins Zimmer, und die Sperlinge, die das aus den Häckselsäcken gefallene Futterkorn aufpickten, flogen, als sie damit fertig waren, aufs Fensterbrett und meldeten sich. Ihre Zwitschertöne hatten etwa Heiteres und Zutrauliches, das dem Hausherrn, der ihnen reichlich Semmelkrume zuwarf, unendlich wohltat, ja, fast war's ihm, als ob er ihren Morgengruß verstände: „Schöner Tag heute, Herr Hradscheck; frische Luft; alles leichtnehmen!"

Er beendete sein Frühstück und ging in den Garten. Zwischen den Buchsbaum-Rabatten stand viel Rittersporn, halb noch in Blüte, halb schon in Samenkapseln, und er brach eine der Kapseln ab und streute die schwarzen Körnchen in seine Handfläche. Dabei fiel ihm, wie von ungefähr ein, was ihm Mutter Jeschke vor Jahr und Tag einmal über Farnkrautsamen und Sichunsichtbarmachen gesagt hatte. „Farnkrautsamen in die Schuh gestreut . . ." Aber er mocht' es nicht ausdenken und sagte, während er sich auf eine neuerdings um den Birnbaum herum angebrachte Bank setzte: „Farnkrautsamen! Nun fehlt bloß noch das Licht vom neugebornen Lamm. Alles Altweiberschwatz. Und wahrhaftig, ich werde noch selber ein altes Weib . . . Aber da kommt sie . . ."

Wirklich, als er so vor sich hinredete, kam die Jeschke zwischen den Spargelbeeten auf ihn zu.

„Dag, Hradscheck. Wie geiht et? Se kümmen joa goar nich mihr."

„Ja, Mutter Jeschke, wo soll die Zeit herkommen? Man hat eben zu tun. Und der Ede wird immer dummer. Aber setzen Sie sich. Hierher. Hier ist Sonne."

„Nei, loaten's man, Hradscheck, loaten's man. Ick sitt schon so veel. Awers Se möten sitten bliewen." Und dabei malte sie mit ihrem Stock allerlei Figuren in den Sand.

Hradscheck sah ihr zu, ohne seinerseits das Wort zu nehmen, und so fuhr sie nach einer Pause fort: „Joa, veel to dohn is woll. Wihr joa gistern wedder Klock een. Kunicke kunn woll wedder nich loskoamen? *Den* kenn ick. Na, sien Vader, de oll Kunicke, wihr ook so. Man blot noch en beten mihr."

„Ja", lachte Hradscheck, „spät war es. Un denken Sie sich, Mutter Jeschke, Klock zwölf oder so herum sind wir noch fünf Mann hoch in den Keller gestiegen. Und warum? Weil der Ede nicht mehr wollte."

„Nu, süh eens. Un worümm wull he nich?"

„Weil's unten spuke. Der Junge war wie verdreht mit seinem ewigen ‚et spökt' und ‚et grappscht'. Und weil er dabei blieb und wir unsre Bowle doch haben wollten, so sind wir am Ende selber gegangen."

„Nu, süh eens", wiederholte die Alte. „Hätten em salln 'ne Muulschell gewen."

„Wollt' ich auch. Aber als er so dastand und zitterte, da konnt' ich nicht. Und dann dacht' ich auch . . ."

„Ach wat, Hradscheck, is joa all dumm Tüg . . . Un *wenn* et wat is, na, denn möt' et de Franzos sinn."

„Der Franzose?"

„Joa, de Franzos'. Kucken's moal, de Ihrd' geiht hier so'n beten dahl. He moak woll en beten rutscht sinn."

„Rutscht sinn“, wiederholte Hradscheck und lachte mit der Alten um die Wette. „Ja, der Franzos’ ist gerutscht. Alles gut. Aber wenn ich nur den Jungen erst wieder in Ordnung hätte. Der macht mir das ganze Dorf rebellisch. Und wie die Leute sind, wenn sie von Spuk hören, da wird ihnen ungemütlich. Und dann kommt zuletzt auch die dumme Geschichte wieder zur Sprache. Sie wissen ja . . .“

„Woll, woll, ick weet.“

„Und dann, Mutter Jeschke, Spuk ist Unsinn. Natürlich. Aber es gibt doch welche . . .“

„Joa, joa.“

„Es gibt doch welche, die sagen: Spuk ist *nicht* Unsinn. Wer hat nu recht? Nu mal heraus mit der Sprache.“

Der Alten entging nicht, in welcher Pein und Beklemmung Hradscheck war, weshalb sie, wie sie stets zu tun pflegte, mit einem „Ja“ antwortete, das ebensogut ein „Nein“, und mit einem „Nein“, das ebensogut ein „Ja“ sein konnte.

„Mien leew Hradscheck“, begann sie, „Se wullen wat weten von mi. Joa, wat weet ick? Spök! Gewen moak et joa woll so wat. Un am Enn’ ook wedder nich. Un ich segg ümmer, wihr sich jrult, för den is et wat, und wihr sich *nich* jrult, för den is et nix.“

Hradscheck, der mit gespanntester Aufmerksamkeit gefolgt war, nickte zustimmend, während die sich plötzlich neben ihn setzende Alte mit wachsender Vertraulichkeit fortfuhr: „Ick will Se wat seggen, Hradscheck. Man möt’ man blot Kurasch hebben. Un Se hebben joa. Wat is Spök? Spök, dat’s grad’ so, as wenn de Müüs’ knabbern. Wihr ümmer hinhürt, na, de slöppt nich; wihr awers so bi sich seggen deiht, ‚na, worümm sallen se nich knabbern‘, *de* slöppt.“

Und bei diesen Worten erhob sie sich rasch wieder und ging, zwischen den Beeten hin, auf ihre Wohnung zu. Mit einem Mal aber blieb sie stehn und wandte sich wieder, wie wenn sie was vergessen habe. „Hüren’s, Hradscheck, wat ick Se noch seggen wull, uns’ Line kümmt ook wedder. Se hett gistern schrewen. Wat mienen’s? *De* wihr so wat för Se.“

„Geht nicht, Mutter Jeschke. Was würden die Leute sagen? Un is auch eben erst ein Jahr.“

„Woll. Awers se kümmt ook ihrst um Martini ’rümm . . . Und denn, Hradscheck, Se bruken se joa nich glieks to frijen.“

XIX

„De Franzos' is rutscht", hatte die Jeschke gesagt und war dabei wieder so sonderbar vertraulich gewesen, alles mit Absicht und Berechnung. Denn wenn das Gespräch auch noch nachwirkte, darin ihr, vor länger als einem Jahr, ihr sonst so gefügiger Nachbar mit einer Verleumdungsklage gedroht hatte, so konnte sie, trotz alledem, von der Angewohnheit nicht lassen, in dunklen Andeutungen zu sprechen, als wisse sie was und halte nur zurück.

„Verdammt!" murmelte Hradscheck vor sich hin. „Und dazu der Ede mit seiner ewigen Angst."

Er sah deutlich die ganze Geschichte wieder lebendig werden, und ein Schwindel ergriff ihn, wenn er an all das dachte, was bei diesem Stande der Dinge jeder Tag bringen konnte.

„Das geht so nicht weiter. Er muß weg. Aber wohin?"

Und bei diesen Worten ging Hradscheck auf und ab und überlegte.

„Wohin? Es heißt, er liege in der Oder. Und dahin muß er ... je eher, je lieber ... *Heute* noch. Aber ich wollte, dies Stück Arbeit wäre getan. Damals ging es, das Messer saß mir an der Kehle. Aber jetzt! Wahrhaftig, das Einbetten war nicht so schlimm, als es das Umbetten ist."

Und von Angst und Unruhe getrieben, ging er auf den Kirchhof und trat an das Grab seiner Frau. Da war der Engel mit der Fackel, und er las die Inschrift. Aber seine Gedanken konnten von dem, was er vorhatte, nicht los, und als er wieder zurück war, stand es fest: „Ja, *heute* noch ... Was du tun willst, tue bald."

Und dabei sann er nach, *wie's* geschehn müsse.

„Wenn ich nur etwas Farnkraut hätt'. Aber wo gibt es Farnkraut hier? Hier wächst ja bloß Gras und Gerste, weiter nichts, und ich kann doch nicht zehn Meilen in der Welt herumkutschieren, bloß um mit einem grossen Busch Farnkraut wieder nach Hause zu kommen. Und warum auch? Unsinn ist es doch."

Er sprach noch so weiter. Endlich aber entsann er sich, in dem benachbarten Gusower Park einen ganzen Wald von Farnkraut gesehn zu haben. Und so rief er denn in den Hof hinaus und ließ anspannen.

Um Mittag kam er zurück, und vor ihm, auf dem Rücksitz des Wagens, lag ein riesiger Farnkrautbusch. Er kratzte die Samenkörnchen ab und tat sie sorglich in eine Papierkapsel und die Kapsel in ein Schubfach. Dann ging er noch einmal alles durch, was er brauchte, trug das Grabscheit, das für gewöhnlich neben der Gartentür stand, in den Keller hinunter und war wie verwandelt, als er mit diesen Vorbereitungen fertig war.

Er pfiff und trällerte vor sich hin und ging in den Laden.

„Ede, du kannst heute nachmittag ausgehn. In Gusow ist Jahrmarkt mit Karussell und sind auch Kunstreiter da, das heißt Seiltänzer. Ich hab heute vormittag das Seil spannen sehn. Und vor acht brauchst du nicht wieder hier zu sein. Da nimm, das ist für dich, und nun amüsiere dich gut. Und is auch 'ne Waffelbude da, mit Eierbier und Punsch. Aber hübsch mäßig, nich zuviel; hörst du, keine Dummheiten machen."

Ede strahlte vor Glück, machte sich auf den Weg und war Punkt acht wieder da. Zugleich mit ihm kamen die Stammgäste, die, wie gewöhnlich, ihren Platz in der Weinstube nahmen. Einige hatten schon erfahren, daß Hradscheck am Vormittag in Gusow gewesen und mit einem großen Busch Farnkraut zurückgekommen sei.

„Was du nur mit dem Farnkraut willst?" fragte Kunicke.

„Anpflanzen."

„Das wuchert ja. Wenn das drei Jahr in deinem Garten steht, weißt du vor Unkraut nicht mehr, wo du hin sollst."

„Das soll es auch. Ich will einen hohen Zaun davon ziehen. Und je rascher es wächst, desto besser."

„Na, sieh dich vor damit. Das ist wie die Wasserpest; wo sich das mal eingenistet hat, ist kein Auskommen mehr. Und vertreibt dich am Ende von Haus und Hof."

Alles lachte, bis man zuletzt auf die Kunstreiter zu sprechen kam und an Hradscheck die Frage richtete, was er denn eigentlich von ihnen gesehn habe.

„Bloß das Seil. Aber Ede, der heute nachmittag da war, der wird wohl Augen gemacht haben."

Und nun erzählte Hradscheck des breiteren, daß *der*, dem die Truppe jetzt gehöre, des alten Kolter Schwiegersohn sei, ja, die Frau desselben nenne sich noch immer nach dem Vater und habe den Namen ihres Mannes gar nicht angenommen.

Er sagte das alles so hin, wie wenn er die Kolters ganz genau kenne, was den Ölmüller zu verschiedenen Fragen über die berühmte Seiltänzerfamilie veranlaßte. Denn Springer und Kunstreiter waren Quaasens unentwegte Passion, seit er als zwanzigjähriger Junge mal auf dem Punkte gestanden hatte, mit einer Kunstreiterin auf und davon zu gehen. Seine Mutter jedoch hatte Wind davon gekriegt und ihn nicht bloß in den Milchkeller gesperrt, sondern auch den Direktor der Truppe gegen ein erhebliches Geldgeschenk veranlaßt, die „gefährliche Person" bis nach Reppen hin vorauszuschicken. All das, wie sich denken läßt, gab auch heute wieder Veranlassung zu vielfachen Neckereien und um so mehr, als Quaas ohnehin des Vorzugs genoß, Stichblatt der Tafelrunde zu sein.

„Aber was is das mit Kolter?" fragte Kunicke. „Du wolltest von ihm erzählen, Hradscheck. Is es ein Reiter oder ein Springer?"

„Bloß ein Springer. Aber was für einer!"

Und nun fing Hradscheck an, eine seiner Hauptgeschichten zum besten zu geben, die vom alten Kolter nämlich, der Anno 14 schon sehr berühmt und mit in Wien auf dem Kongreß gewesen sei.

„Was, was? Mit auf dem Kongreß?"

„Versteht sich. Und warum nicht?"

„Auf dem Kongreß also."

Und da habe denn, so fuhr Hradscheck fort, der König von Preußen zum Kaiser von Rußland gesagt: „Höre, Bruderherz, was du von deinem Stiglischeck auch sagen magst, Kolter ist doch besser, Parole d'honneur, Kolter ist der erste Springer der Welt, und was ihm auch passieren mag, er wird sich immer zu helfen wissen." Und als nun der Kaiser von Rußland das bestritten, da hätten sie gewettet, und wäre bloß *die* Bedingung gewesen, daß nichts vorher gesagt werden solle. Das hätten sie denn auch gehalten. Und als nun Kolter halb schon das zwischen zwei Türmen ausgespannte Seil hinter sich gehabt habe, da sei mit einem Male, von der andern Seite her, ein andrer Seiltänzer auf ihn losgekommen, das sei Stiglischeck gewesen, und keine Minute mehr, da hätten sie sich gegenübergestanden, und der Russe, was ihm auch keiner verdenken könne, habe bloß gesagt: „Alles perdu, Bruder; *du* verloren, ich verloren." Aber Kolter habe nur gelacht und ihm was ins Ohr geflüstert, einige sagen einen frommen Spruch, andre aber sagen das Gegenteil, und sei dann mit großer Anstrengung und Geschicklichkeit zehn Schritte rückwärts gegangen, während der andre sich niedergehuckt habe. Und nun habe Kolter einen Anlauf genommen und sei mit eins, zwei, drei über den andern weggesprungen. Da sei denn ein furchtbares Beifallklatschen gewesen, und einige hätten laut geweint und immer wieder gesagt, „das sei mehr als Napoleon". Und der Kaiser von Rußland habe seine Wette verloren und auch wirklich bezahlt.

„Wird er wohl, wird er wohl", sagte Kunicke. „Der Russe bezahlt immer. Hat's ja ... Bravo, Hradscheck; bravo!"

So war Hradscheck mit Beifall belohnt worden und hatte von Viertelstunde zu Viertelstunde noch vieles andre zum besten gegeben, bis endlich um elf die Stammgäste das Haus verließen.

Ede war schon zu Bett geschickt, und in dem weiten Hause herrschte Todesstille. Hradscheck schritt auf und ab in seiner Stube, mußte sich aber setzen, denn der Aufregungen dieses Tages waren so viele gewesen, daß er sich, trotz fester Nerven, einer Ohnmacht nahe fühlte. Solang er drüben Geschichten erzählt hatte, munterer und heiterer, so wenigstens schien es, als je zuvor, war kein Tropfen Wein über seine Lippen gekommen, jetzt aber nahm er Kognak und Wasser und fühlte, wie Kraft und Entschlossenheit ihm rasch wiederkehrten. Er ging auf das Schubfach zu, drin er das Käpselchen versteckt hatte, zog gleich danach seine Schuh' aus und pulverte von dem Farnkrautsamen hinein.

„So!"

Und nun stand er wieder in seinen Schuhen und lachte.

„Will doch mal die Probe machen! Wenn ich jetzt unsichtbar bin, muß ich mich auch selber nicht sehen können."

Und das Licht zur Hand nehmend, trat er vor den schmalen Trumeau mit dem weißlackierten Rahmen und sah hinein und nickte seinem Spiegelbild zu. „Guten Tag, Abel Hradscheck. Wahrhaftig, wenn alles so viel hilft wie der Farnkrautsamen, so werd ich nicht weit kommen und bloß noch das angenehme Gefühl haben, ein Narr gewesen zu sein und ein Dummkopf, den ein altes Weib genasführt hat. Die verdammte Hexe! Warum lebt sie? Wäre sie weg, so hätt' ich längst Ruh' und brauchte diesen Unsinn nicht. Und brauchte nicht ..." Ein Grusel überlief ihn, denn das Furchtbare, was er vorhatte, stand mit einem Male wieder vor seiner Seele. Rasch aber bezwang er sich. „Eins kommt aus dem andern. Wer A sagt, muß B sagen."

Und als er so gesprochen und sich wieder zurechtgerückt hatte, ging er auf einen kleinen Eckschrank zu und nahm ein Laternchen heraus, das er sich schon vorher durch Überkleben mit Papier in eine Art Blendlaterne umgewandelt hatte. Die Alte drüben sollte den Lichtschimmer nicht wieder sehen und ihn nicht zum wievielsten Male mit ihrem „ick weet nich,

Hradscheck, wihr et in de Stuw' or wihr et in'n Keller" in Wut und Verzweiflung bringen. Und nun zündete er das Licht an, knipste die Laternentür wieder zu und trat rasch entschlossen auf den Flur hinaus. Was er brauchte, darunter auch ein Stück alter Teppich, aus langen Tuchstreifen geflochten, lag längst unten in Bereitschaft.

„Vorwärts, Hradscheck!"

Und zwischen den großen Ölfässern hin ging er bis an den Kellereingang, hob die Falltür auf und stieg langsam und vorsichtig die Stufen hinunter. Als er aber unten war, sah er, daß die Laterne, trotz der angebrachten Verblendung, viel zuviel Licht gab und nach oben hin, wie aus einem Schlot, einen hellen Schein warf. Das durfte nicht sein, und so stieg er die Treppe wieder hinauf, blieb aber in halber Höhe stehen und griff bloß nach einem ihm in aller Bequemlichkeit zur Hand liegenden Brett, das hier an das nächstliegende Ölfaß herangeschoben war, um die ganze Reihe der Fässer am Rollen zu verhindern. Es war nur schmal, aber doch gerade breit genug, um unten das Kellerfenster zu schließen.

„Nun mag sie sich drüben die Augen auskucken. Meinetwegen. Durch ein Brett wird sie ja wohl nicht sehen können. Ein Brett ist besser als Farnkrautsamen ..."

Und damit schloß er die Falltür und stieg wieder die Stufen hinunter.

XX

Ede war früh auf und bediente seine Kunden. Dann und wann sah er nach der kleinen, im Nebenzimmer hängenden Uhr, die schon auf ein Viertel nach acht zeigte.

„Wo der Alte nur bleibt?"

Ede durfte die Frage schon tun, denn für gewöhnlich erschien Hradscheck mit dem Glockenschlage sieben, wünschte guten Morgen und öffnete die nach der Küche führende kleine Tür, was für die Köchin allemal das Zeichen war, daß sie den Kaffee bringen solle. Heut aber ließ sich kein Hradscheck sehen, und als es nah an neun heran war, steckte statt seiner nur Male den Kopf in den Laden hinein und sagte:

„Wo he man bliewt, Ede?"

„Weet nich."

„Ick will geihn un en beten an sine Dör bullern."

„Joa, dat du man."

Und wirklich, Male ging, um ihn zu wecken. Aber sie kam in großer Aufregung wieder. „He is nich doa, nich in de Vör- un ook nich in de Hinnerstuw'. Allens open un keene Dör to."

„Un sien Bett?" fragte Ede.

„Allens glatt un ungeknüllt. He's goar nich in' west."

Ede kam nun auch in Unruhe. Was war zu tun? Er, wie Male, hatten ein unbestimmtes Gefühl, daß etwas ganz Absonderliches geschehen sein müsse, worin sie sich durch den schließlich ebenfalls erscheinenden Jakob nur noch bestärkt sahen. Nach einigem Beraten kam man überein, daß Jakob zu Kunicke hinübergehen und wegen des Abends vorher anfragen solle; Kunicke müss' es wissen, der sei immer der letzte. Mal dagegen solle rasch nach dem Krug laufen, wo Gendarm Geelhaar um diese Stunde zu frühstücken und der alten Krügerschen, die manchen Sturm erlebt hatte, schöne Dinge zu sagen pflegte. Das geschah denn auch alles, und keine Viertelstunde, so sah man Geelhaar die Dorfstraße herunterkommen, mit ihm Schulze Woytasch, der sich, einer abzuhaltenden Versammlung halber, zufällig ebenfalls im Kruge befunden hatte. Vor Hradschecks Tür trafen beide mit Kunicke zusammen. Man begrüßte sich stumm und überschritt mit einer gewissen Feierlichkeit die Schwelle.

Drin im Hause hatte sich mittlerweile die Szene verändert.

Ede, der noch eine Zeitlang in allen Ecken und Winkeln umhergesucht hatte, stand jetzt, als die Gruppe sich näherte, mitten auf dem Flur und wies auf ein großes Ölfaß, das um ein Geringes vorgerollt war, nur zwei Fingerbreit, nur bis an den großen Eisenring, aber doch gerade weit genug, um die Falltür zu schließen.

„Doa sitt he in", schrie der Junge.

„Schrei nicht so!" fuhr ihn Schulze Woytasch an. Und Kunicke setzte mit mehr Derbheit, aber auch mit größerer Gemütlichkeit hinzu: „Halt's Maul, Junge."

Dieser jedoch war nicht zur Ruh' zu bringen, und sein bißchen Schläfenhaar immer mehr in die Höh' schiebend, fuhr er in demselben Weinertone fort: „Ick weet allens. Dat's de Spök. De Spök hett noah em grappscht. Un denn wull he 'rut un kunn nich."

Um diese Zeit war auch Eccelius aus der Pfarre herübergekommen, leichenblaß und so von Ahnungen geängstigt, daß er, als man das Faß jetzt zurückgeschoben und die Falltür geöffnet hatte, nicht mit hinuntersteigen mochte, sondern erst in den Laden und gleich danach auf die Dorfgasse hinaustrat.

Geelhaar und Schulze Woytasch, schon von Amts wegen auf bess're Nerven gestellt, hatten inzwischen ihren Abstieg bewerkstelligt, während Kunicke, mit einem Licht in der Hand, von oben her in den Keller hineinleuchtete. Da nicht viele Stufen waren, so konnt' er das Nächste bequem sehn: unten lag Hradscheck, allem Anscheine nach tot, ein Grabscheit in der Hand, die zerbrochene Laterne daneben. Unser alter Anno-

Dreizehner sah sich bei diesem Anblick seiner gewöhnlichen Gleichgültigkeit entrissen, erholte sich aber und kroch, unten angekommen, in Gemeinschaft mit Geelhaar und Woytasch auf die Stelle zu, wo hinter einem Lattenverschlage der Weinkeller war. Die Tür stand auf, etwas Erde war aufgegraben, und man sah Arm und Hand eines hier Verscharrten. Alles andre war noch verdeckt. Aber freilich, was sichtbar war, war gerade genug, um alles Geschehene klarzulegen.

Keiner sprach ein Wort, und mit einem scheuen Seitenblick auf den entseelt am Boden Liegenden stiegen alle drei die Treppe wieder hinauf.

Auch oben, wo sich Eccelius ihnen wieder gesellte, blieb es bei wenigen Worten, was schließlich nicht wundernehmen konnte. Waren doch alle, mit alleiniger Ausnahme von Geelhaar, viel zu befreundet mit Hradscheck gewesen, als daß ein Gespräch über ihn anders als peinlich hätte verlaufen können. Peinlich und mit Vorwürfen gegen sich selbst gemischt. Warum hatte man bei der gerichtlichen Untersuchung nicht besser aufgepaßt, nicht schärfer gesehen? Warum hatte man sich hinters Licht führen lassen?

Nur das Nötigste wurde festgestellt. Dann verließ man das durch so viele Jahre hin mit Vorliebe besuchte Haus, das nun für jeden ein Haus des Schreckens geworden war. Kunicke schritt quer über den Damm auf seine Wohnung, Eccelius auf seine Pfarre zu. Woytasch war mit ihm.

„Das Küstriner Gericht", hob Eccelius an, „wird nur wenig noch zu sagen haben. Alles ist klar und doch ist nichts bewiesen. Er steht vor einem höheren Richter."

Woytasch nickte. „Höchstens noch, was aus der Erbschaft wird", bemerkte dieser und sah vor sich hin. „Er hat keine Verwandte hier herum und die Frau, so mir recht is, auch nich. Vielleicht, daß es der Polsche wiederkriegt. Aber das werden die Tschechiner nich wollen."

Eccelius erwiderte: „Das alles macht mir keine Sorge. Was mir Sorge macht, ist bloß das: wie kriegen wir ihn unter die Erde und *wo*? Sollen wir ihn unter die guten Leute legen, das geht nicht, das leiden die Bauern nicht und machen uns eine Kirchhofsrevolte. Und was das Schlimmste ist, haben auch recht dabei. Und sein Feld wird auch keiner dazu hergeben wollen. Eine solche Stelle mag niemand auf seinem ehrlichen Acker haben."

„Ich denke", sagte der Schulze, „wir bringen ihn auf den Kirchhof. Bewiesen ist am Ende nichts. Im Garten liegt der Franzos', und im Keller liegt der Polsche. Wer will sagen, wer ihn dahin gelegt hat? Keiner weiß es, nicht einmal die Jeschke. Schließlich ist alles bloß Verdacht. Auf den Kirchhof muß er also. Aber seitab, wo die Nesseln stehen und der Schutt liegt."

„Und das Grab der Frau?" fragte Eccelius. „Was wird aus dem? Und aus dem Kreuz?"

„Das werden sie wohl umreißen, da kenn ich meine Tschechiner. Und dann müssen wir tun, Herr Pastor, als sähen wir's nicht. Kirchhofsordnung ist gut, aber der Mensch verlangt auch seine Ordnung."

„Brav, Schulze Woytasch!" sagte Eccelius und gab ihm die Hand. „Immer's Herz auf dem rechten Fleck!"

Geelhaar war im Hradscheckschen Hause zurückgeblieben. Er hatte den Polizei-Kehr-mich-nicht-dran und machte nicht viel von der Sache. Was war es denn auch groß? Ein Fall mehr. Darüber ging die Welt noch lange nicht aus den Fugen. Und so ging er denn in den Laden, legte die Hand auf Edes Kopf und sagte: „Hör, Ede, das war heut ein bißchen scharf. So zwei Dodige gleich morgens um neun! Na, schenk mal was ein. Was nehmen wir denn?"

„Na, 'nen Rum, Herr Geelhaar."

„Nei, Rum is mir heute zu schwach. Gib erst 'nen Kognak. Und dann ein' Rum."

Ede schenkte mit zitternder Hand ein. Geelhaars Hand aber war um so sicherer. Als er ein paar Gläser geleert hatte, ging er in den Garten und spazierte drin auf und ab, als ob nun alles sein wäre. Das ganze Grundstück erschien ihm wie herrenloser Besitz, drin man sich ungeniert ergehen könne.

Die Jeschke, wie sich denken läßt, ließ auch nicht lang auf sich warten. Sie wußte schon alles und sah mal wieder über den Zaun.

„Dag, Geelhaar."

„Dag, Mutter Jeschke ... Nu, was macht Line?"

„De kümmt to Martini. Se brukt sich joa nu nich mihr to jrulen."

„Vor Hradscheck?" lachte Geelhaar.

„Joa. Vör Hradscheck. Awers nu sitt he joa fast."

„Das tut er. Und gefangen in seiner eignen Falle."

„Joa, joa. De oll Voß! Nu kümmt he nich wedder 'rut. Fien wihr he. Awers to fien, loat man sien!"

Was noch geschehen mußte, geschah still und rasch, und schon um die neunte Stunde des folgenden Tages trug Eccelius nachstehende Notiz in das Tschechiner Kirchenbuch ein:

„Heute, den 3. Oktober, früh vor Tagesanbruch, wurde der Kaufmann und Gasthofbesitzer Abel Hradscheck ohne Sang und Klang in den hiesigen Kirchhofsacker gelegt. Nur Schulze Woytasch, Gendarm Geelhaar und Bauer Kunicke wohnten dem stillen Begräbnisakte bei. Der Tote, so nicht alle Zeichen trügen, wurde von der Hand Gottes getroffen, nachdem es ihm gelungen war, den schon früher gegen ihn wachgewordenen Verdacht durch eine besondere Klugheit wieder zu beschwichtigen. Er verfing sich aber schließlich in seiner List und grub sich, mit dem Grabscheit in der

Hand, in demselben Augenblick sein Grab, in dem er hoffen durfte, sein Verbrechen für immer aus der Welt geschafft zu sehen. Und bezeugte dadurch aufs neue die Spruchweisheit: ‚*Es ist nichts so fein gesponnen, 's kommt doch alles an die Sonnen.*'"

Paul Heyse

Andrea Delfin

In jener Gasse Venedigs, die den freundlichen Namen „della Cortesia“ trägt, stand um die Mitte des vorigen Jahrhunderts ein einfaches, einstöckiges Bürgerhaus, über dessen niedrigem Portal, von zwei gewundenen hölzernen Säulen und barockem Gesims eingerahmt, ein Madonnenbild in der Nische thronte und ein ewiges Lämpchen bescheiden hinter rotem Glas hervorschimmerte. Trat man in den unteren Flur, so stand man am Fuße einer breiten steilen Treppe, die ohne Windung zu den oberen Zimmern hinaufführte. Auch hier brannte Tag und Nacht eine Lampe, die an blanken Kettchen von der Decke herabhing, da in das Innere nur Tageslicht eindrang, wenn einmal die Haustüre geöffnet wurde. Aber trotz dieser ewigen Dämmerung war die Treppe der Lieblingsaufenthalt von Frau Giovanna Danieli, der Besitzerin des Hauses, die seit dem Tode ihres Mannes mit ihrer einzigen Tochter Marietta das ererbte Häuschen bewohnte und einige überflüssige Zimmer an ruhige Leute vermietete. Sie behauptete, die Tränen, die sie um ihren lieben Mann geweint, hätten ihre Augen zu sehr geschwächt, um das Sonnenlicht noch zu vertragen. Die Nachbarn aber sagten ihr nach, daß sie nur darum von Morgen bis Abend auf dem oberen Treppenabsatz ihr Wesen treibe, um mit jedem, der aus- und einginge, anzubinden und ihn nicht vorüberzulassen, ehe er ihrer Neugier und Gesprächigkeit den Zoll entrichtet habe. Um die Zeit, wo wir sie kennenlernen, konnte dieser Grund sie schwerlich bewegen, den harten Sitz auf der Treppenstufe einem bequemen Sessel vorzuziehen. Es war im August des Jahres 1762. Schon seit einem halben Jahr standen die Zimmer, die sie vermietete, leer, und mit ihren Nachbarn verkehrte sie wenig. Dazu ging es schon auf die Nacht, und ein Besuch um diese Zeit war ganz ungewöhnlich. Dennoch saß die kleine Frau beharrlich auf ihrem Posten und sah nachdenklich in den leeren Flur hinab. Sie hatte ihr Kind zu Bett geschickt und ein paar Kürbisse neben sich gelegt, um sie noch vor Schlafengehen auszukernen. Aber allerlei Gedanken und Betrachtungen waren ihr dazwischen gekommen. Ihre Hände ruhten im Schoß, ihr Kopf lehnte am Geländer, es war nicht das erste Mal, daß sie in dieser Stellung eingeschlafen war.

Sie war auch heute nahe daran, als drei langsame, aber nachdrückliche Schläge an die Haustür sie plötzlich aufschreckten. „Misericordia!" sagte die Frau, indem sie aufstand, aber unbeweglich stehen blieb, „Was ist das? Hab' ich geträumt? Kann er es wirklich sein?"

Sie horchte. Die Schläge mit dem Klopfer wiederholten sich. „Nein", sagte sie, „Orso ist es nicht. Das klang anders. Auch die Sbirren sind es nicht. Laß sehen, was der Himmel schickt." – Damit stieg sie schwerfällig hinunter und fragte durch die Tür, wer Einlaß begehre.

Eine Stimme antwortete: Es stehe ein Fremder draußen, der hier eine Wohnung suche. Das Haus sei ihm gut empfohlen; er hoffe, lange zu bleiben und die Wirtin wohl zufriedenzustellen. Das alles wurde höflich und in gutem Venezianisch vorgetragen, so daß Frau Giovanna, trotz der späten Zeit, sich nicht bedachte, die Tür zu öffnen. Der Anblick ihres Gastes rechtfertigte ihr Vertrauen. Er trug, so viel sie in der Dämmerung sehen konnte, die anständige schwarze Kleidung des niederen Bürgerstandes, einen ledernen Mantelsack unter dem Arm, den Hut bescheiden in der Hand. Nur sein Gesicht befremdete die Frau. Es war nicht jung, nicht alt, der Bart noch dunkelbraun, die Stirn faltenlos, die Augen feurig, dagegen der Ausdruck des Mundes und die Art, zu sprechen, müde und überlebt, und das kurzgeschorene Haar in seltsamem Gegensatz zu den noch jugendlichen Zügen völlig ergraut.

„Gute Frau“, sagte er, „ich habe Euch schon im Schlaf gestört und vielleicht sogar vergebens. Denn, um es gleich zu sagen: wenn Ihr kein Zimmer habt, das auf einen Kanal hinausgeht, bin ich nicht Euer Mieter. Ich komme von Brescia, mein Arzt hat mir die feuchte Luft Venedigs empfohlen für meine schwache Brust; ich soll überm Wasser wohnen.“

„Nun Gott sei Dank!“ sagte die Witwe, „so kommt doch einmal einer, der unserem Kanal Ehre antut. Ich hatte einen Spanier vorigen Sommer, der auszog, weil er sagte, das Wasser habe einen Geruch, als wären Ratte und Melonen darin gekocht worden! Und Euch ist es empfohlen worden? Wir sagen wohl auch hier in Venedig:

Wasser vom Kanal
Kuriert radikal.

Aber es hat einen eigenen Sinn, Herr, einen bösen Sinn, wenn man bedenkt, wie manches Mal auf Befehl der Oberen eine Gondel mit dreien auf die Lagunen hinausfuhr und mit zweien wiederkam. Davon nichts mehr, Herr – Gott behüt' uns alle! Aber habt Ihr Euren Paß in Ordnung? Ich könnt' Euch sonst nicht aufnehmen.“

„Ich hab' ihn schon drei Mal präsentiert, gute Frau, in Mestre, bei der Wachtgondel draußen und am Traghetto. Mein Name ist Andrea Delfin, mein Stand rechtskundiger Schreiber bei den Notaren, als welcher ich in Brescia fungiert habe. Ich bin ein ruhiger Mensch und habe nie mit der Polizei gern zu schaffen gehabt.“

„Um so besser“, sagte die Frau, indem sie jetzt ihrem Gaste voran die Treppe wieder hinaufstieg. „Besser bewahrt, als beklagt, ein Aug' auf die Katze, das andere auf die Pfanne, und es ist nützlicher, Furcht zu haben, als Schaden. O, über die Zeiten, in denen wir leben, Herr Andrea! Man soll nicht drüber nachdenken. Denken verkürzt das Leben, aber Kummer schließt das Herz auf. Da seht“, und sie öffnete ein großes Zimmer, „ist es nicht hübsch hier, nicht wohnlich? Dort das Bett, mit meinen eigenen Händen hab' ich's genäht; als ich jung war, aber am Morgen kennt man nicht den Tag. Und da ist das Fenster nach dem Kanal, der nicht breit ist, wie Ihr seht, aber desto tiefer, und das andere Fenster dort nach der kleinen Gasse, das Ihr zuhalten müßt, denn die Fledermäuse werden immer dreister. Seht da überm Kanal, fast mit der Hand abzureichen, der Palast der Gräfin Amidei, die blond ist wie das Gold und durch eben so viele Hände geht. Aber hier steh' ich und schwatze, und Ihr habt noch weder Licht noch Wasser und werdet hungrig sein.“

Der Fremde hatte gleich beim Eintreten das Zimmer mit raschem Blick gemustert, war von Fenster zu Fenster gegangen und warf jetzt seinen Mantelsack auf einen Sessel. „Es ist alles in der besten Ordnung“, sagte er. „Über den Preis werden wir uns wohl einigen. Bringt mir nur einen Bis-

VEN
Ver
la Dogana
Canale della Giudecca
Redentore
Rio del Ponte longo
Canale della Croce

31
33
34
37
39
41
43
32
35
38
42
44
45
36
S. Giova batta
S. Georgio Maggiore
Cittelle
Canale di S. Giorgio

sen und, wenn Ihr ihn habt, einen Tropfen Wein. Dann will ich schlafen."

Es war etwas seltsam Gebieterisches in seiner Gebärde, so milde der Ton seiner Worte klang. Eilig gehorchte die Frau und ließ ihn auf kurze Zeit allein. Nun trat er sofort wieder ans Fenster, bog sich hinaus und sah den sehr engen Kanal hinab, der durch kein Zittern seiner schwarzen Flut verriet, daß er Teil habe an dem Leben des großen Meeres, dem Wellenschlag der alten Adria. Der Palast gegenüber stieg in schwerer Masse vor ihm auf, alle Fenster waren dunkel, da die Vorderseite nicht dem Kanal zugekehrt war; nur eine schmale Tür öffnete sich unten, dicht über dem Wasserspiegel, und eine schwarze Gondel lag angekettet vor der Schwelle.

Das alles schien den Wünschen des neuen Ankömmlings durchaus zu entsprechen, nicht minder auch, daß man ihm durch das andere Fenster, das nach der Sackgasse ging, nicht ins Zimmer sehen konnte. Denn drüben lief eine fensterlose Wand ohne andere Unterbrechung als einige Vorsprünge, Risse und Kellerlöcher hin, und nur den Katzen, Mardern und Nachtvögeln konnte dieser düstere Winkel angenehm und wohnlich erscheinen.

Ein Lichtstrahl aus dem Flur drang ins Gemach, die Tür öffnete sich, und mit der Kerze in der Hand trat die kleine Witwe wieder ein, hinter ihr die Tochter, die in der Eile noch einmal hatte aufstehen müssen, um beim Empfang des Gastes zu helfen. Die Gestalt des Mädchens war fast noch kleiner als die der Mutter, erschien aber doch durch die höchste Zierlichkeit und kaum gereifte Schlankheit aller Formen größer und wie auf den Fußspitzen schwebend, während man auch im Gesicht dieselbe Ähnlichkeit und denselben Unterschied, der auf Rechnung der Jahre kam, auf den ersten Blick erkannte. Nur der Ausdruck in beiden Gesichtern schien niemals einander ähnlich werden zu können. Es war zwischen den dichten Brauen der Frau Giovanna ein Zug von Spannung und kummervollem Harren, der auch mit den Erfahrungen des Alters auf Mariettas klarer Stirn nie dauernd eine Stätte finden konnte. Diese Augen mußten immer lachen, dieser Mund immer ein wenig geöffnet sein, um jeden Scherz unverzüglich hinauszulassen. Es war unendlich drollig zu sehen, wie jetzt in diesem Gesichtchen Verschlafenheit, Überraschung, Neugier und Mutwille miteinander kämpften. Sie bog beim Eintreten den Kopf, dessen lose Flechten mit einem schmalen Tuch umwunden waren, seitwärts, um den neuen Hausgenossen zu sehen. Auch seine ernste Miene und sein graues Haar stimmten ihre Munterkeit nicht herab. „Mutter", flüsterte sie, indem sie einen großen Teller mit Schinken, Brot und frischen Feigen und eine halbvolle Flasche Wein auf den Tisch stellte, „er hat ein kurioses Gesicht, wie ein neues Haus im Winter, wenn der Schnee aufs Dach gefallen ist."

„Schweig, du schlimme Hexe!" sagte die Mutter rasch. „Weiße Haare sind falsche Zeugen. Er ist krank, mußt du wissen, und du solltest Respekt haben, denn Krankheiten kommen zu Pferde und gehen zu Fuß, und Gott behüte dich und mich, denn die Kranken essen wenig, aber die Krankheit frißt alles. Hole nun ein wenig Wasser, so viel wir noch haben. Morgen müssen wir früh auf und neues kaufen. Sieh, er sitzt da, als ob er schliefe. Er ist müde von der Reise, und du bist müde vom Stillesitzen. So ist die Welt verschieden."

Während dieser halblauten Reden hatte der Fremde am Fenster gesessen und den Kopf in die Hand gestützt. Auch als er jetzt aufsah, schien er die Gegenwart des zierlichen Mädchens, das ihm eine Verbeugung machte, kaum zu bemerken.

„Kommt und eßt etwas, Herr Andrea", sagte die Witwe. „Wer nicht zu Nacht ißt, hungert im Traum. Seht, die Feigen sind frisch und der Schinken zart, und dies ist Zypernwein, wie ihn der Doge nicht besser trinkt. Sein Kellermeister hat ihn uns selbst verkauft, eine alte Bekanntschaft noch von meinem Mann her. Ihr seid gereist, Herr. Ist er Euch nicht einmal begegnet, mein Orso, Orso Danieli?"

„Gute Frau", sagte der Fremde, indem er einige Tropfen Wein ins Glas goß und eine der Feigen aufbrach, „ich bin nie über Brescia hinausgekommen und kenne keinen dieses Namens."

Marietta verließ das Zimmer, und man hörte sie, während sie die Treppe hinunterflog, ein Liedchen mit heller Stimme vor sich hin singen.

„Hört Ihr das Kind?" sagte Frau Giovanna. „Man hielte sie nicht für meine Tochter, obwohl auch eine schwarze Henne ein weißes Ei legt. Immer singen und springen, als wären wir hier nicht in Venedig, wo es gut ist, daß die Fische stumm sind, weil sie sonst reden würden, was einem das Haar sträubte. Aber so war ihr Vater auch, Orso Danieli, der erste Arbeiter auf Murano, wo sie die bunten Gläser machen, wie nirgends auf der Welt. Ein fröhlich Herz macht rote Wangen, das war sein Spruch. Und darum sagte er eines Tages zu mir, ‚Giovannina', sagte er, ‚ich halt' es hier nicht aus, die Luft schnürt mir die Kehle zu, gestern erst ist wieder einer erdrosselt und mit dem Fuß an den Galgen gehenkt worden, weil er freie Reden geführt hat gegen die Inquisitoren und den Rat der Zehn. Man weiß, wo man geboren wird, aber nicht, wo man stirbt, und mancher denkt, auf dem Pferde zu sitzen und sitzt auf der Erde. Also, Biovannina', sagte er, ‚ich will nach Frankreich, Kunst bringt Gunst, und der Heller läuft dem Batzen nach. Meine Sache verstehe ich, und wenn ich's draußen zu was gebracht habe, kommst du nach mit unserem Kind.' – Das war damals acht Jahre alt, Herr Andrea. Es lachte, als es der Vater zuletzt küßte; da lachte er auch. Ich aber weinte, da mußte er wohl weinen, obwohl er ganz lustig wegfuhr in der Gondel, ich hört' ihn noch pfeifen, als er schon um die

Ecke war. So ging es ein Jahr. Und was geschah? Die Signoria ließ nach ihm fragen; es dürfe keiner von Murano sein Gewerbe ins Ausland tragen, damit sie es dort ihm nicht absähen; ich sollt' ihm schreiben, daß er wiedekäme, bei Todesstrafe. Über den Brief lachte er; aber den Herren vom Tribunal war's nicht spaßhaft. Eines Morgens, da wir noch zu Bett waren, wurde ich geholt, das Kind mit mir, und hinaufgeschleppt unter die Bleidächer, und mußte ihm wieder schreiben, wo ich wäre, ich und unser Kind, und daß ich da bleiben würde, bis er selber mich abforderte in Venedig. Nicht lange, so hatte ich seine Antwort, das Lachen sei ihm vergangen, er wandere dem Brief auf den Fersen nach. Nun, ich hoffte täglich, daß er es wahr machen werde. Aber Wochen und Monde vergingen, und mir ward immer weher ums Herz und kränker im Haupt, denn da droben ist die Hölle, Herr Andrea; nur daß ich das Kind hatte, das nichts von dem Jammer begriff, außer daß es schlecht aß und über Tag heiß hatte; aber dennoch sang es, um mich lustig zu machen, daß mich's vollends ergriff, die Tränen zu verhalten. Erst im dritten Monat wurden wir herausgeholt, es hieß, der Glasbläser Orso Danieli sei in Mailand am Fieber gestorben, und wir könnten nach Hause gehen. Ich habe es auch von anderen gehört – aber wer das glaubt, kennt die Signoria nicht. Gestorben? Stirbt man auch, wenn man Frau und Kind unter den Bleidächern sitzen hat und sie herausholen soll?"

„Und was meint Ihr, daß aus Eurem Mann geworden sei?" fragte der Fremde.

Sie sah mit einem Blick ihm ins Gesicht, der ihn daran gemahnte, daß die arme Frau lange Wochen unter den Bleidächern gelebt hatte. „Es ist nicht richtig", sagte sie. „Mancher lebt und kommt nicht wieder, und mancher ist tot und kommt doch wieder. Aber davon wollen wir schweigen. Ja, wenn ich es Euch sagte, wer steht mir dafür, daß Ihr nicht hingeht und es vor dem Tribunal ausplaudert? Ihr seht aus wie ein Galant'uomo; aber wer ist noch rechtschaffen heutzutage? Von tausend einer, von hundert keiner. Nichts für ungut, Herr Andrea, aber Ihr wißt wohl, wie es in Venedig heißt:

Mit Lug und Listen kommt man aus,
Mit List und Lügen hält man Haus."

Es entstand eine Pause. Der Fremde hatte längst den Teller weggeschoben und der Witwe gespannt zugehört.

„Ich verdenke es Euch nicht", sagte er, „daß Ihr mir Eure Geheimnisse nicht anvertrauen wollt. Sie gehen mich auch nichts an, und zu helfen wüßte ich Euch ohnedies nicht. Aber wie kommt es, Frau, daß Ihr dieses Tribunal, unter dem Ihr so viel gelitten, dennoch Euch gefallen lasset, Ihr und alles Volk in Venedig? Denn ich weiß zwar wenig, wie es hier aussieht – ich habe mich nie in politische Fragen vertieft –, aber so viel habe ich doch gehört, daß erst im vorigen Jahr hier ein Tumult war, um das heimliche Tribunal abzuschaffen, daß einer vom Adel selbst dagegen auftrat und der Große Rat eine Kommission wählte, die Sache zu bedenken, und alles in Bewegung geriet für und wider. Ich hörte davon sogar in meiner Schreibstube zu Brescia. Und als endlich alles beim alten blieb und die Macht des heimlichen Gerichts fester gegründet stand als je, warum zündete da das Volk Freudenfeuer an auf den Plätzen und verhöhnte die vom Adel, die gegen das Tribunal gestimmt hatten und nun seine Rache fürchten mußten? Warum war niemand, der es hinderte, daß die Inquisitoren ihren kühnen Feind nach Verona verbannten? Und wer weiß, ob sie ihn dort am Leben lassen, oder ob die Dolche schon geschliffen sind, die ihn für immer stumm machen sollen! Ich – wie gesagt – weiß nur wenig hiervon; ich kenne auch jenen Mann nicht, und es ist mir alles sehr gleichgültig, was hier geschieht, denn ich bin krank und werde es in dieser bunten Welt ohnehin nicht mehr lange treiben. Aber es wundert mich doch, dieses wankelmütige Volk zu sehen, das heute diese drei Männer seine Tyrannen nennt und morgen frohlockt, wenn die untergehen, welche der Tyrannei ein Ende machen wollten."

„Wie Ihr da redet, Herr!" sagte die Witwe und schüttelte den Kopf. „Ihr habt ihn nie gesehen, den Herrn Avogadore Angelo Querini, den sie verbannt haben, weil er der heimlichen Justiz den Krieg erklärte? Nun wohl, Herr, aber ich habe ihn gesehen und die anderen armen Leute, und sie sagen alle, er sei ein rechtschaffener Herr und ein großer Gelehrter, der Tag und Nacht die alten Geschichten von Venedig studiert hat und die Gesetze kennt, wie der Fuchs den Taubenschlag. Aber wer ihn über die Straße gehen oder im Broglio mit seinen Freunden stehen sah, so an die Säule gelehnt und die Augen halb zugedrückt, der wußte, daß er ein Nobile war von der Feder am Hut bis zu den Schuhschnallen, und was er gegen das Tribunal redete und handelte, war nicht fürs Volk, sondern für die großen Herren. Den Schafen aber ist es gleich, Herr Delfin, ob sie geschlachtet oder vom Wolf gefressen werden, und

Rauft sich der Habicht mit dem Weih,
Ist das Feld für die Hühner frei.

Seht, Lieber, darum war die Schadenfreude groß, als das Tribunal in allen Rechten bestätigt wurde und nach wie vor niemandem Rechenschaft schulden sollte, als am jüngsten Tag dem Herrgott und alle Tage dem Gewissen. Im Kanal Orfano, von Hunderten, die dort ihr letztes Ave gebetet haben, liegen zehn von den kleinen Leuten neben neunzig von den großen Herren. Aber gesetzt den Fall, es würden adelige Verbrecher und bürgerliche vom Großen Rat öffentlich gerichtet und hingerichtet – Misericordia! Wir hätten achthundert Henker anstatt drei, und der große Dieb hängte den kleinen auf."

Er schien etwas erwidern zu wollen, aber mit einem kurzen Auflachen, das die Wirtin für Zustimmung nahm, hatte es sein Bewenden. Indem trat Marietta wieder herein, ein Gefäß mit Wasser tragend und ein Räucherpfännchen, auf dem ein scharfriechendes Kraut glimmte und ihr seinen Dampf ins Gesicht trieb, daß sie mit Husten, Schelten und Augenreiben die drolligsten Gebärden machte. Sie trug das Räucherwerk mit kleinen Schritten dicht an den vier Wänden herum, die mit einer Unzahl Fliegen und Mücken bedeckt waren.

„Marschiert da weg, ihr Gesindel", sagte sie, „ihr Blutsauger, schlimmer als Advokaten und Doktoren! Hättet ihr auch Lust, Feigen zu Nacht zu essen und Zyper zu naschen? Da könntet ihr wohl lachen, und hernach zum Dank dem Herrn da, wenn er schläft, das Gesicht zerstechen, ihr Meuchelmörder! Wartet, ich will euch was eingeben, das euch ohne Abendessen in Schlaf bringen soll."

„Mußt du immer schwatzen, du gottlose Kreatur?" sagte die Mutter, die allen Bewegungen ihres Lieblings mit strahlenden Augen folgte. „Weißt du nicht, daß ein Faß, das klingt, leer ist, und wer viel spricht, wenig sagt?" – „Mutter", sagte das Mädchen lachend, „ich muß den Mücken ein Schlaflied singen und seht, wie es hilft! Da fallen sie schon von der Wand. Gute Nacht, ihr Tagediebe, ihr schlechten Gesellen, die ihr keine Miete bezahlt und doch in alle Töpfe guckt. Wir sprechen uns morgen wieder, wenn ihr heute nicht genug bekommen habt."

Sie schwenkte das erlöschende Kraut noch einmal wie beschwörend überm Haupte und schüttete die Asche in den Kanal, dann verbeugte sie sich rasch gegen den Fremden und lief wie der Wind hinaus.

„Ist es nicht eine Hexe, ein häßliches, unerzogenes Geschöpf?" sagte Frau Giovanna, indem sie aufstand und sich ebenfalls zum Gehen anschickte. „Und doch gefällt jeder Äffin ihr Äffchen. Und übrigens, so klein sie ist und so nichtsnutzig, so anstellig ist sie auch und es heißt auch von ihr:

Bis die Große sich nur bückt,
Hat die Kleine schon das Kraut gepflückt.

Wenn ich das Kind nicht hätte, Herr Andrea! Aber Ihr wollt schlafen, und ich stehe noch hier und brodle wie die Suppe überm Feuer. Schlaft wohl, und willkommen in Venedig!"

Er erwiderte ihren Gruß trocken und schien es nicht zu bemerken, daß sie offenbar noch ein lobendes Wort über ihre Tochter von ihm erwartete. Als er endlich allein war, saß er noch eine ganze Weile am Tisch, und sein Gesicht wurde immer düsterer und schmerzlicher. Das Licht brannte mit langem Docht, die Fliegen, die Mariettas Hexenkünsten entgangen waren,

belagerten in schwarzen Klumpen die überreifen Feigen, draußen in dem Sackgäßchen flogen die Fledermäuse ans Fenster und stießen gegen das Gitter – der einsame Fremde schien für alles um ihn her erstorben, und nur die Augen lebten an ihm.

Erst als es elf schlug vom Turm einer nahen Kirche, richtete er sich mechanisch auf und sah um sich. An der Decke seines niedrigen Zimmers zog in grauen Streifen der scharfe Dunst des Räucherkrautes hin, und der Dampf der Kerze gesellte sich zu der Wolke droben. Andrea öffnete das Fenster nach dem Kanal, um die Luft zu reinigen. Da sah er gegenüber Licht in einem durch einen weißen Vorhang nur halb geschlossenen Fenster und konnte durch die Lücke deutlich ein Mädchen beobachten, welches am Tisch vor einer Schüssel saß und die Reste einer großen Pastete hastig verzehrte, mit den Fingern die Bissen zum Munde führend und dazu dann und wann aus einem Kristallfläschchen trinkend. Das Gesicht hatte einen leichtsinnigen, aber nicht eben herausfordernden Ausdruck, nicht mehr in erster Jugend. In der nachlässigen Kleidung und dem halb aufgelösten Haar lag etwas Studiertes und Bewußtes, was doch nicht ungefällig war. Sie mußte längst bemerkt haben, daß das Zimmer gegenüber einen neuen Bewohner aufgenommen hatte; aber obwohl sie denselben jetzt am Fenster sah, fuhr sie ruhig im Schmausen fort, und nur wenn sie trank, schwenkte sie das Fläschchen erst vor sich her, als wolle sie einen Mittrinker begrüßen. Darauf stellte sie die leere Schüssel beiseite, rückte den Tisch mit der Lampe so gegen die Wand, daß alles Licht auf einen breiten Spiegel im Hintergrunde fiel, und begann nun einen Haufen Masken-Anzüge, der auf einem Armsessel bunt übereinander lag, der Reihe nach vor dem Spiegel anzuprobieren, so daß der Fremde gegenüber, dem sie den Rücken dabei zudrehte, desto deutlicher ihr Abbild sehen mußte. Sie schien sich nicht wenig in ihren Verkleidungen zu gefallen. Wenigstens nickte sie ihrem Bild aufs freundlichste zu, lachte sich an, daß Zähne und Lippen schimmerten, runzelte die Brauen, um eine tragische oder schmachtende Miene zu machen, und sah dabei heimlich seitwärts nach dem Beobachter drüben, den sie ebenfalls durch den Spiegel im Auge behielt. Als die dunkle Gestalt unbeweglich blieb und die erhofften Zeichen des Beifalls auf sich warten ließen, wurde sie ungehalten und bereitete einen Hauptschlag vor. Sie band sich einen großen roten Turban um die Schläfen, aus dem an blitzender Agraffe eine Reiherfeder hervorsah. Das Rot stand allerdings nicht übel zu ihrer gelben Gesichtsfarbe, und sie machte sich selbst eine tiefe Verbeugung der Anerkennung. Als es aber drüben auch jetzt noch still blieb, riß ihr die Geduld, und sie trat, den Turban noch auf dem Kopf, hastig an das Fenster, dessen Vorhang sie ganz zurückschob.

„Guten Tag, Monßù“, sagte sie freundlich. „Ihr seid mein Nachbar geworden, wie ich sehe. Hoffentlich spielt Ihr nicht die Flöte wie Euer Vorgänger, der mich die halbe Nacht nicht schlafen ließ.“

„Schöne Nachbarin“, sagte der Fremde, „ich werde Euch mit keiner Art von Musik lästig fallen. Ich bin ein kranker Mensch, dem es lieb ist, wenn man ihm selbst seinen Schlaf nicht stört.“

„So –!“ erwiderte das Mädchen mit gedehntem Ton. „Krank seid Ihr? Aber seid Ihr auch reich?“

„Nein! Warum fragt Ihr?“

„Weil es ja schrecklich ist, krank und arm zugleich zu sein. Wer seid Ihr denn eigentlich?“

„Andrea Delfin ist mein Name. Ich bin Gerichtsschreiber gewesen in Brescia und suche hier einen stilleren Dienst bei einem Notar.“

Die Antwort schien ihre Erwartungen von der neuen Bekanntschaft vollends herabzustimmen. Sie spielte nachdenklich mit einer goldenen Kette, die sie um den Hals trug.

„Und wer seid *Ihr*, schöne Nachbarin?“ fragte Andrea mit einem zärtlichen Ton, der dem eisernen Ausdruck seines Gesichtes widersprach. „Euer holdes Bild so nahe zu haben, wird mir ein Trost sein in meinen Leiden.“

Sie fühlte sich offenbar befriedigt, daß er in den Ton einlenkte, den sie zu erwarten berechtigt war.

„Für Euch“, sagte sie, „bin ich die Prinzessin Smeraldina, die Euch erlaubt, von fern nach ihrer Gunst zu schmachten. Wenn Ihr mich diesen Turban aufsetzen seht, so sei es Euch ein Zeichen, daß ich geneigt bin, mit Euch zu plaudern. Denn ich langweile mich mehr, als bei meiner Jugend und meinen Reizen zu ertragen ist. Ihr müßt wissen“, fuhr sie fort, indem sie plötzlich aus der Rolle fiel, „daß meine Herrschaft, die Gräfin, durchaus nicht erlaubt, daß ich auch nur die kleinste Liebschaft habe, obwohl sie selbst ihre Liebhaber öfter wechselt als ihre Hemden. Sie sagt, daß sie ihre Vertraute und Kammerjungfer stets aus dem Dienst gejagt habe, sobald sie zweien Herren habe dienen wollen, ihr und dem kleinen Gott mit den Flügeln. Unter diesem Vorurteil muß ich nun seufzen, und fänd' ich nicht sonst hier meine Rechnung und wohnte nicht zuweilen in Eurem Zimmer ein artiger Fremder, der sich ein wenig in mich verliebt . . .“

„Wer ist jetzt gerade der Liebhaber deiner Herrin?“ unterbrach sie Andrea trocken. „Empfängt sie den hohen Adel Venedigs? Gehen die fremden Gesandten bei ihr aus und ein?“

„Sie kommen meist in der Maske“, erwiderte Smeraldina. „Aber das weiß ich wohl, daß der junge Gritti ihr der Liebste ist, mehr als jemals ein anderer, so lange ich in ihrem Dienst bin; ja, mehr als der österreichische Gesandte, der ihr so den Hof macht, daß es zum Lachen ist. Kennt Ihr meine Gräfin auch? Sie ist schön.“

„Ich bin fremd hier, Kind. Ich kenne sie nicht.“

„Wißt“, sagte das Mädchen mit einem schlauen Gesicht, „sie schminkt sich stark, obwohl sie noch nicht dreißig ist. Wenn Ihr sie einmal sehen wollt, nichts leichter. Man legt ein Brett von Eurem Fenster in meines. Ihr steigt herüber, und ich führe Euch an einen Ort, wo Ihr sie ganz verstohlen betrachten könnt. Was tut man nicht einem Nachbarn zuliebe! – Aber jetzt gute Nacht. Ich werde gerufen.“

„Gute Nacht, Smeraldina.“

Sie schloß das Fenster. „Arm – und krank“, sagte sie für sich, indem sie den Vorhang dicht zusammenzog. „Je nun, für die Langeweile immer noch gut genug.“

Auch er hatte das Fenster geschlossen und durchmaß nun sein Zimmer mit langsamen Schritten. „Es ist gut“, sagte er, „es kommt mir gelegen. Im schlimmsten Falle kann ich auch davon Vorteil ziehen.“

Seine Miene zeigte, daß er an alles eher dachte als an Liebesabenteuer.

Nun packte er seinen Mantelsack aus, der nur wenig Wäsche und ein paar Gebetbücher enthielt, und legte alles in einen Schrank an der Wand. Eines der Bücher fiel zu Boden, und die Steinplatte gab einen hohlen Ton. Sofort löschte er das Licht, verriegelte die Tür und fing an, in der Dämmerung, die durch den fernen Schein von Smeraldinas Lämpchen entstand, den Boden genauer zu untersuchen. Nach einiger Arbeit gelang es ihm, die Steinplatte, die sauber, aber ohne Mörtel eingefügt war, herauszuheben, und er entdeckte darunter ein ziemlich geräumiges Loch, handhoch und einen Schuh breit im Geviert. Rasch warf er sein Oberkleid ab und band sich einen schweren Gürtel mit mehreren Taschen ab, den er um den Leib trug. Er hatte ihn schon in das Loch gelegt, als er plötzlich innehielt.

„Nein", sagte er. „Es könnte eine Falle sein. Es ist nicht das erste Mal, daß die Polizei in Mietwohnungen dergleichen Verstecke angelegt hat, um hernach bei Haussuchungen zu wissen, wo sie anzuklopfen hat. Dies ist zu lockend eingerichtet, um ihm trauen zu können."

Er senkte die Steinplatte wieder ein und suchte nach einem sichreren Behälter für seine Geheimnisse. Das Fenster nach der Sackgasse war mit einem Gitter versehen, dessen Stäbe einen Arm durchgreifen ließen. Er öffnete es, faßte hindurch und tastete an der Außenwand herum. Er fand dicht unter dem Sims ein kleines Loch in der Mauer, das schon einmal Fledermäuse bewohnt zu haben schienen. Von unten aus konnte es nicht bemerkt werden, und oben sprang das Gesims darüber vor. Geräuschlos erweiterte er mit seinem Dolch die Öffnung, indem er Mörtel und Steine herausbrach, und war bald so weit gediehen, daß er den breiten Gürtel bequem darin unterbringen konnte. Als er fertig war, stand ihm der kalte Schweiß auf der Stirn. Er fühlte noch einmal nach, ob auch nirgends ein Stück Riemen oder Schnalle hervorstehe, und schloß dann das Fenster. Eine Stunde später lag er in Kleidern auf dem Bett und schlief. Die Mücken summten über seiner Stirn, die Nachtvögel draußen umschwirrten neugierig das Loch, worin sein Schatz verborgen war. Die Lippen des Schläfers aber waren zu fest geschlossen, um selbst im Traum ein Wort von seinen Geheimnissen zu verraten.

In derselben Nacht saß in Verona ein Mann bei seiner einsamen Lampe und entfaltete, nachdem er Fensterläden und Tür sorgfältig verschlossen hatte, einen Brief, der ihm heute in der Dämmerung, als er in der Nähe des Amphitheaters sich erging, von einem bettelnden Kapuziner heimlich zugesteckt worden war. Der Brief trug keine Aufschrift. Aber auf die Frage, woher der Überbringer wisse, daß er das Schreiben in die richtigen Hände gebe, hatte der Mönch geantwortet: „Jedes Kind in Verona kennt den edeln Angelo Querini wie seinen Vater." Darauf war der Bote gegangen. Der Verbannte aber, dessen Haft durch die Achtung, die ihm in das Unglück folgte, gelockert worden war, hatte den Brief trotz der Späher, die ihn beobachteten, unbemerkt in seine Wohnung gebracht und las jetzt, während der Schritt der Wache draußen am Hause drohend durch die Stille erklang, folgende Zeilen:

„An Angelo Querini.

Ich kann nicht hoffen, daß Ihr Euch der flüchtigen Stunde erinnert, in der ich Euch persönlich begegnet bin. Viele Jahre liegen zwischen damals und heute. Ich war mit meinen Geschwistern in der ländlichen Stille unserer Güter in Friaul aufgewachsen; erst als ich beide Eltern verloren hatte, trennte ich mich von meiner Schwester und dem jüngeren Bruder. Schon nach wenigen Tagen hatte mich der verführerische Strudel Venedigs verschlungen.

Da wurde ich eines Tages im Palast Morosini Euch vorgestellt. Noch fühle ich den Blick, mit dem Ihr uns junge Leute mustertet, einen nach dem anderen. Euer Auge sagte: Und das ist das Geschlecht, auf dessen Schultern die Zukunft Venedigs ruhen soll? – Man nannte Euch meinen Namen. Unbemerkt lenktet Ihr das Gespräch mit mir auf die große Vergangenheit des Staates, dem meine Ahnen ihre Dienste gewidmet hatten. Von der Gegenwart und den Diensten, die ich ihm schuldig blieb, schwiegt Ihr schonend.

Seit jenem Gespräch las ich Tag und Nacht in einem Buch, das ich früher nie eines Blickes gewürdigt hatte, in der Geschichte meines Vaterlandes. Die Frucht dieses Studiums war, daß ich, von Grauen und Abscheu getrieben, die Stadt für immer verließ, die einst Länder und Meere beherrscht hatte und nun die Sklavin einer kläglichen Tyrannis war, nach aussen so ohnmächtig, wie unselig und gewalttätig nach innen.

Ich kehrte zu meinen Geschwistern zurück. Es gelang mir, meinen Bruder zu warnen, ihm die Fäulnis des Lebens aufzudecken, das von fern sich so gleißend ansah. Aber ich bedachte nicht, daß alles, was ich tat, um ihn und uns zu retten, uns nur um so gewisser verderben sollte.

Ihr kennt die Eifersucht, mit der die Machthaber in der Mutterstadt Venedig den Adel der Terraferma von jeher betrachtet haben. Hatte man doch in Zeiten, wo der Republik zu dienen eine Ehre war, nie aufgehört, ein Losreißen des Festlandes zu fürchten. Jetzt, wo verschuldete und unvermeidliche Übel eine Änderung der Weltstellung Venedigs herbeigeführt hatten, wurde jene Furcht die Quelle der unerhörtesten Ränke und Freveltaten.

Laßt mich von den Schicksalen schweigen, die ich in der Nachbarschaft meiner Provinz mitansah, von den ausgesuchten Mitteln, durch die man die Selbständigkeit und Unabhängigkeit des Adels von Friaul zu brechen suchte, von dem Heer der Bravi, welches man gegen Widerspenstige schickte und durch eine Anzahl von Amnestie-Dekreten selbst von der Strafe ihrer eigenen Gewissen entband. Wie man den Zwist in die Familien zu tragen, Freundschaften zu vergiften, Verrat und Hinterlist im Schoß der engsten Blutsgenossenschaft zu erkaufen strebte, das alles ist Euch länger bekannt als mir.

Und nicht lange sollte mich das Andenken, das ich durch meine lockeren Sitten in Venedig zurückgelassen hatte, vor dem Verdacht schützen, daß auch ich eines Tages gefährlich werden könnte. Als ich für meine Schwester um die Erlaubnis nachsuchte, die Hand eines vornehmen deutschen Herrn anzunehmen, wurde die Einwilligung der Regierung rundweg verweigert. Man wähnte mich und meinen Bruder im Einverständnis mit der kaiserlichen Politik und beschloß, uns büßen zu lassen.

Eine Beschwerde der Provinz gegen ihren Gouverneur, die ich samt dem Bruder mit unterzeichnete, lieferte der Inquisition den Anlaß, das Netz über uns zu werfen.

Mein Bruder wurde nach Venedig gerufen, sich zu verantworten. Als er kam, wurde er unter die Bleidächer geführt, und viele Wochen lang suchte man bald durch Drohungen, bald durch verlockende Anerbietungen ihn zu Geständnissen zu bewegen. Jenen einen Schritt brauchte er nicht zu beschönigen; er war gesetzlich. Anderes hatte er nicht zu gestehen, da wir nichts gegen den Staat unternommen hatten. So mußte man ihn endlich entlassen. Aber man dachte nicht daran, ihn zu begnadigen.

Ich selbst hatte ihn schriftlich gebeten, nicht sogleich abzureisen, um nicht neuen Verdacht zu erwecken. Wir wollten ihn lieber einige Monate länger entbehren. Als er endlich kam, sollten wir ihn nach wenigen Tagen für immer missen. Er erlag einem langsam wirkenden Gift, das man ihm in einem der glänzenden Häuser, die er besuchte, unter die Speisen gemischt hatte.

Noch war der Stein über seinem Grabe nicht aufgerichtet, als der Gouverneur der Provinz meiner Schwester seine Hand antrug. Sie wies sie mit Entrüstung zurück; in ihrem Schmerz entfuhren ihr Worte, die ihren Nachhall im Saal des Inquisitions-Tribunals finden sollten.

Eine neue Anstrengung des Adels von Friaul, die Lage des Landes zu bessern, wurde beraten. Ich hielt mich von den geheimen Anstalten fern, da ich von ihrer Fruchtlosigkeit überzeugt war. Aber das böse Gewissen der Herren der Republik deutete auf mich, als den am härtesten Getroffenen, der einen Bruder zu rächen hatte. Ein Haufen gedungener Bravi überfiel nachts unsere einsame Villa in den Bergen. Ich hatte nur meine Diener zur Verteidigung. Als die Elenden uns wohlgerüstet und entschlossen fanden, uns nicht leichten Kaufs zu ergeben, zündeten sie das Haus an vier Ecken an. Ich machte mit meinen Leuten einen verzweifelten Ausfall, die Schwester, die selbst eine Pistole trug, in unserer Mitte. Da streckte mich ein Schlag gegen die Stirn besinnungslos zu Boden.

Erst am Morgen wachte ich auf. Die Stätte war ein menschenleerer Trümmerhaufen, meine Schwester in den Flammen umgekommen, meine braven Diener teils erschlagen, teils in das brennende Haus zurückgetrieben.

Viele Stunden lag ich so neben dem rauchenden Schutt und starrte in das leere Nichts, das mir meine Zukunft bedeutete. Erst als ich unten im Tal Bauern heranziehen sah, raffte ich mich auf. Eins wußte ich: Solange man mich am Leben glaubte, würde man mich für einen Feind halten und überallhin verfolgen. Das brennende Grab war geräumig genug; wenn ich verschwand, würde niemand zweifeln, daß auch ich dort bei den Meinigen ausruhte. Im Herumirren auf der Felshöhe fand ich die Brieftasche eines meiner Bedienten, der aus Brescia gebürtig und viel in der Welt herumgefahren war. Seine Papiere lagen darin; ich steckte sie zu mir, auf alle Fälle, und floh durch den dichten Klippenwald. Niemandem begegnete ich, der mich hätte verraten können. Als ich mich verschmachtet zu einem trüben Waldsee bückte, sah ich, daß auch mein Äußeres mich nicht verraten konnte. Mein Haar war in der einen Nacht ergraut; meine Züge waren um viele Jahre gealtert.

In Brescia angelangt, konnte ich ohne Schwierigkeit mich für meinen Diener ausgeben, da derselbe schon als Knabe die Stadt verlassen hatte und dort keine Verwandten mehr besaß. Fünf Jahre lang lebte ich wie ein lichtscheuer Verbrecher und vermied die Menschen. Eine Ohnmacht hatte sich auf meinen Geist gesenkt, als wäre durch jenen Schlag, der mich zu Boden warf, das Organ des Willens in mir zertrümmert worden.

Daß es nicht zerstört, sondern nur gelähmt war, empfand ich bei der Kunde von Eurem Auftreten gegen das Tribunal. Mit einer fieberhaften Spannung, die mich verjüngte und mir das Bewußtsein meiner Lebenskraft zurückgab, verfolgte ich die Nachrichten aus Venedig. Als ich das Scheitern Eures hochherzigen Wagnisses vernahm, sank ich nur auf einen Augenblick in die alte dumpfe Resignation zurück. Im nächsten Augenblick drang es wie ein Feuerstrom durch alle meine Sinne. Der Entschluß stand fest, das Werk, das Ihr auf dem offenen Wege des Rechts und des Gesetzes nicht hattet vollbringen können, auf dem Wege der Gewalt und einer furchtbaren Notwehr, mit dem Arm des unsichtbaren Richters und Rächers zum Heil meines teuren Vaterlandes hinauszuführen.

Ich habe diesen Entschluß seither unablässig geprüft und meine Absicht unsträflich gefunden. Ich bin mir heilig bewußt, daß nicht Haß gegen die

Personen, nicht Rache für erlittenes Leid, nicht einmal der gerechte Gram um das Weh, das meinen Lieben widerfahren, meinen Arm gegen die Gewaltherren bewaffnet. Was mich bewegt, für ein ganzes in Knechtschaft versunkenes Volk als Retter aufzutreten und einzeln den Spruch zu vollstrecken, der zu anderen Zeiten vom Gesamtwillen einer freien Nation über ungerechte, dem Arm des Richters unerreichbare Mächtige verhängt worden ist, – es ist weder Eigensucht, noch eitle Ruhmbegier; es ist nur eine Schuld, die ich durch eine tatenlose Jugend auf mich geladen habe, und an deren Zahlung mich damals Euer Blick im Palast Morosini mahnte.

Gott, in dessen Schutz ich meine Sache befehle, möge mir als einzigen Ersatz für alles, was er mir genommen, die Gnade zuteil werden lassen, daß ich in einem befreiten Venedig Euch noch einmal die Hand drücken kann. Ihr werdet die blutbefleckte nicht zurückstoßen, die dann in keiner Freundeshand mehr ruhen wird; denn wer das Amt des Henkers verwaltet hat, ist der Einsamkeit geweiht und hat den Blick der Menschen zu meiden. Gehe ich aber an meinem Werk zugrunde, so weiß derjenige, an dessen Achtung mir am meisten gelegen ist, daß es auch in dem jüngeren Geschlecht nicht ganz an Männern fehlt, die für Venedig zu sterben wissen.

Diesen Brief wird Euch ein zuverlässiger Mann zustellen, der das Kleid eines Sekretärs der Inquisition mit der Mönchskutte vertauscht hat, um durch Fasten und Gebet die Sünden der Republik zu büßen, denen er seine Feder leihen mußte. Verbrennt dieses Blatt. Lebt wohl! *Candiano.*"

Als der Verbannte den Brief zu Ende gelesen hatte, saß er wohl eine Stunde in tiefem Kummer vor den verhängnisvollen Blättern. Dann hielt er sie über die Flamme, streute die Asche in den Kamin und ging ruhelos bis an den frühen Morgen auf und nieder, während der Unglückliche, dessen Beichte er vernommen, wie einer, dessen Sache gerecht und dessen Sachwalter der Himmel ist, schon längst den Schlaf gefunden hatte. – –

Am anderen Tage ging der späte Ankömmling in der Straße della Cortesia zeitig aus. Das lustige Singen Mariettas draußen auf dem Flur hätte ihn vielleicht länger schlafen lassen, aber das laute Schelten der Mutter, daß sie einen Lärm mache, der einen Toten erwecken könne, und daß sie noch alle Fremden aus dem Hause treiben würde, ermunterte ihn völlig. Er hielt sich an der Stiege, wo seine Wirtin bereits auf ihrem alten Posten saß, nur gerade so lange auf, um sich nach den Wohnungen einiger Notare und Advokaten zu erkundigen, deren Namen ihm ein Freund in Brescia aufgeschrieben hatte. Als er Bescheid wußte, konnte weder die zärtliche Sorge der Witwe um seine Gesundheit, noch die rote Schleife, die Marietta in ihr Haar gesteckt hatte, ihn zu längerem Verweilen bewegen, und während sich die gute Frau sonst bemüht hatte, den Verkehr ihrer Mietsleute mit ihrer Tochter möglichst zu verhindern, war es ihr jetzt fast unheimlich, daß der Fremde das liebe Geschöpf, ihren Augapfel, hartnäckig übersah. Sein ergrautes Haar erklärte ihr diese seltsame Blindheit nicht genügend. Er mußte einen geheimen Kummer haben oder sich so krank fühlen, daß ihm der Anblick eines frischen Lebens wehtat. Dennoch ging er straff und rasch, und seine Brust war breit und gewölbt, so daß die Krankheit, von der er sprach, tief im Innern ihren Sitz haben mußte. Auch seine Gesichtsfarbe war nicht verdächtig. Wie er die Straßen Venedigs durchschritt, zog er den wohlgefälligen Blick manch eines Frauenauges auf sich, und auch Marietta sah ihm aus einem der oberen Fenster nicht ohne Anteil nach.

Er aber ging in sich gekehrt seinen Geschäften nach, und obgleich er

sich bei Frau Giovanna umständlich nach dem Weg erkundigt hatte und endlich über seine Ortsunkenntnis durch das Sprüchlein: „Mit Fragen kommt man bis Rom" von ihr getröstet worden war, schien er doch jetzt ohne alle Hilfe sich in dem Netz der Gassen und Kanäle zurechtzufinden. Mehrere Stunden vergingen ihm mit Besuchen bei Advokaten, die aber auf seine Empfehlung von einem Kollegen aus Brescia wenig Gewicht legten und denen er, so bescheiden er auftrat, verdächtig vorkommen mochte. Denn allerdings war ein gewisser Stolz in der Falte seiner Stirn, der einem schärferen Beobachter sagte, daß er die Arbeit, die er suchte, eigentlich unter seiner Würde hielt. Zuletzt kam er zu einem Notar, der in einem Seitengäßchen der Merceria wohnte und allerlei Winkelgeschäfte nebenbei zu treiben schien. Hier fand er mit einem sehr mäßigen Gehalt eine Stelle als Schreiber, vorläufig zum Versuch, und die hastige Art, wie er zugriff, brachte den Mann zu dem Verdacht, er habe es etwa mit einem verarmten Nobile zu tun, deren mancher, nur um das Leben zu fristen, sich zu jeder Arbeit willig finden ließ, ohne um ihren Preis zu handeln.

Andrea jedoch war augenscheinlich mit dem Erfolg seiner Bemühungen sehr zufrieden und trat, da es inzwischen Mittag geworden war, in die nächste Schenke, wo er Leute aus den unteren Klassen an langen ungedeckten Tischen sitzen sah, die ihre sehr einfache Kost mit einem Glas trüben Weines würzten. Er nahm seinen Platz in einem Winkel nahe der Tür und aß die etwas ranzigen Fische ohne Murren, während er freilich den Wein, nachdem er ihn gekostet hatte, verschmähte.

Er war schon im Begriff, nach der Zeche zu fragen, als er sich von seinem Nachbarn höflich anreden hörte. Der Mann, den er bisher ganz übersehen hatte, saß schon lange vor seiner halben Flasche Wein, aß nichts, trank nur dann und wann einen Schluck, wobei er jedesmal den Mund ein wenig verzog; während er aber scheinbar vor Müdigkeit die Augen halb geschlossen hielt, wanderten seine scharfen Blicke durch die ganze düsterliche Halle und hefteten sich mit besonderem Anteil an unseren Brescianer, der seinerseits nichts Merkwürdiges an ihm wahrgenommen hatte. Es war ein Mann in den Dreißigern, mit blondem, lockigem Haar, der in der schwarzen venezianischen Tracht seine jüdische Herkunft nicht sogleich verriet. In den Ohren trug er schwere goldene Ringe, an den Schuhen Schnallen mit großen Topasen, während sein Halskragen zerknittert und unsauber und sein Rock von feinem Wollstoff seit Wochen nicht gebürstet war.

„Dem Herrn schmeckt der Wein nicht", sagte er halblaut, indem er sich geschmeidig zu Andrea hinbog. „Der Herr scheint überhaupt nur aus Irrtum hier zu sein, wo man nicht gewohnt ist, Gäste von besserem Stande zu bewirten."

„Um Vergebung, Herr", erwiderte Andrea ruhig, obwohl er sich Gewalt antat, überhaupt zu antworten, „was wißt Ihr von meinem Stande?"

„Ich seh' es an der Art, wie der Herr ißt, daß er eine andere Gesellschaft gewohnt ist, als er hier findet", sagte der Jude.

Andrea maß ihn mit einem festen Blick, vor dem das lauernde Auge des andren sich senkte. Dann schien ein Gedanke in ihm aufzusteigen, der ihn plötzlich bewog, dem Zudringlichen mit einer Art von Vertraulichkeit entgegenzukommen.

„Ihr seid ein scharfer Menschenkenner", sagte er. „Es ist Euch nicht entgangen, daß ich einst bessere Tage gesehen und einen unverfälschten Wein getrunken habe. Auch kam ich in gute Gesellschaft, obwohl ich der Sohn eines kleinen Bürgers bin und nur kümmerlich die Rechte studiert habe, ohne einen Titel zu erwerben. Das hat sich geändert. Mein Vater machte Bankrott, ich wurde arm, und ein armer Gerichtsschreiber und Advokaten-Gehilfe hat auf nichts Besseres Anspruch zu machen, als was er in dieser Kneipe findet."

„Ein studierter Herr hat immer Anspruch auf Verehrung", sagte der andere mit einem sehr verbindlichen Lächeln. „Es würde mich glücklich machen, wenn ich Ew. Gnaden einen Dienst erweisen könnte; denn ich habe stets nach dem Umgang gelehrter Männer gestrebt und bei meinen vielen Geschäften nicht selten Gelegenheit gehabt, mich ihnen zu nähern. Wenn ich Ew. Gnaden vorschlagen dürfte, ein besseres Glas Wein mit mir zu trinken, als hier zu haben ist . . ."

„Ich kann besseren Wein nicht bezahlen", sagte der andere gleichgültig.

„Es würde mir eine Ehre sein, gegen den Herrn, der hier fremd scheint, die venezianische Gastfreundschaft zu üben. Wenn ich sonst mit meinem Vermögen und meiner Ortskenntnis dem Herrn irgend nützlich sein kann . . ."

Andrea wollte ihm eben ausweichend antworten, als er bemerkte, daß der Wirt der Schenke, der im Hintergrunde am Kredenztische stand, ihn lebhaft mit dem kahlen Kopf zu sich heranwinkte. Auch von den anderen Gästen, die aus Handwerkern, Marktweibern und Tagedieben bestanden, machte ihn mancher mit verstohlenen Zeichen aufmerksam, daß man ihm gern etwas mitgeteilt hätte, was man nicht laut zu sagen wagte. Unter dem Vorwand, erst zu bezahlen, ehe er auf die höfliche Einladung antwortete, verließ er seinen Platz und ging mit der lauten Frage, was er schuldig sei, auf den Wirt zu.

„Herr", flüsterte der gutmütige Alte, „nehmt Euch in acht vor dem. Ihr habt es mit einem Schlimmen zu tun. Die Inquisitoren bezahlen ihn, daß er die Heimlichkeiten der Fremden ausspürt, die sich hier blicken lassen. Seht Ihr nicht, daß der Winkel leer ist, wo er Platz genommen hat? Sie kennen ihn alle, und nächstens fliegt er einmal zur Tür hinaus, der Gott Abrahams gesegn' es ihm! Ich aber, obwohl ich ihn dulden muß, um mir nicht die Finger zu verbrennen, bin es Euch doch schuldig, Euch reinen Wein einzuschenken."

„Ich dank' Euch, Freund", sagte Andrea laut. „Euer Wein ist ein wenig trübe, aber gesund. Guten Tag!"

Damit kehrte er auf seinen Platz zurück, nahm seinen Hut und sagte zu seinem dienstfertigen Nachbarn: „Kommt, Herr, wenn es Euch gefällt. Man sieht Euch hier nicht gern", fügte er leiser hinzu. „Man hält Euch für einen Spion, wie ich habe merken können. Wir wollen anderswo unsere Bekanntschaft fortsetzen."

Das schmale Gesicht des Juden erblaßte. „Bei Gott", sagte er, „man verkennt mich! Aber ich kann es den Leuten nicht verdenken, wenn sie auf der Hut sind, denn es wimmelt hier in Venedig von Spürhunden der Signoria. Meine Geschäfte", fuhr er fort, als sie schon auf der Gasse waren, „meine vielen Verbindungen führen mich in so manche Häuser, daß es wohl scheinen mag, als bekümmerte ich mich um fremde Geheimnisse. Gott soll mich leben lassen hundert Jahr, aber was gehen mich fremde Leute an? Wenn sie mir zahlen, was sie mir schuldig sind, will ich ein Hund sein, wenn ich ihnen was nachrede."

„Ich meine aber doch, Herr – wie ist Euer Name?"

„Samuele."

„Ich meine aber, Herr Samuele, daß Ihr zu übel denkt von denen, die zum Besten des Staates die Pläne und Anschläge der Bürger ausspähen und Verschwörungen gegen die Republik an den Tag bringen, ehe sie schaden können."

Der Jude stand still, hielt den anderen am Ärmel und sah ihn an. „Warum hab' ich Euch nicht gleich erkannt?" sagte er. „Ich mußte wissen, daß Ihr nicht zufällig in jene elende Kneipe geraten konntet, daß ich einen Kollegen in Euch zu begrüßen hatte. Seit wann seid Ihr im Amt?"

„Ich? Seit übermorgen."

„Was meint Ihr, Herr? Wollt Ihr mich foppen?"

„Wahrlich nicht", erwiderte Andrea. „Denn es ist mein voller Ernst, daß ich nächstens so weit kommen werde, mich in Euren Orden aufnehmen zu lassen. Es geht mir schlecht, wie ich Euch gesagt habe, und ich bin nach Venedig gekommen, meine Umstände zu verbessern. Der Schreiberlohn, um den ich mich heute bei einem Notar verdungen habe, ist nicht das, was ich hier vom Glück und von meinem bißchen Verstand erhofft habe. Venedig ist eine schöne Stadt, eine lustige Stadt; aber in dem Lachen der schönen Weiber ist ein Goldklang, der mich immer an meine Armut erinnert. Ich denke, das kann nicht immer so währen."

„Euer Vertrauen ehrt mich sehr“, sagte der Jude mit einem nachdenklichen Zug. „Aber ich muß Euch sagen, daß die Herren nicht gern fremde Ankömmlinge in ihre Dienste nehmen, ehe sie eine Probezeit bestanden und sich ein wenig umgesehen haben. Wenn ich Euch bis dahin mit meiner Börse aushelfen kann – ich nehme niedrige Prozente von meinen Freunden.“

„Ich dank' Euch, Herr Samuele“, erwiderte Andrea gleichmütig. „Eure Protektion ist mir wertvoller, der ich mich hiermit bestens empfohlen haben will. Dies aber ist mein Haus; ich nötige Euch nicht hinein, weil ich Arbeit vollauf habe für meinen neuen Brotherrn. Andrea Delfin ist mein Name. Wenn es Zeit ist, daß man mich brauchen kann, denkt an mich: Andrea Delfin, Calle della Cortesia.“

Er schüttelte dem seltsamen Freunde die Hand, der draußen noch eine Weile stehenblieb, sich das Haus und die nächste Umgebung genau ansah und dabei mit einer Miene des Zweifels und der listigen Überlegung vor sich hin murmelte, aus der hervorging, daß er den Brescianer von seiner Probezeit nicht so rasch freisprechen würde.

Als Andrea die Treppe hinaufstieg, konnte er an Frau Giovanna nicht vorüber, ohne ihr Rede zu stehen. Sie war nicht damit zufrieden, daß er nur einen so geringen Platz gefunden hatte. Sie werde nicht ruhen, bis er ihn aufgegeben und sich einen einträglicheren und ehrenvolleren gesucht habe. Er schüttelte den Kopf. „Es reicht wohl, gute Frau“, sagte er ernsthaft, „für die Spanne Zeit, die ich noch vor mir habe.“

„Was Ihr auch redet!“ schalt die Frau. „Dem Guten entgegen gehen und das Böse kommen lassen, so ziemt sich's für einen Mann, und nach Honig schleckt man, nach Wermut spuckt man. Seht die schöne Sonne draußen und schämt Euch, daß Ihr schon nach Hause kommt, während auf der Piazzetta Musik ist und alles, was hübsch und reich und vornehm ist, den Markusplatz auf und ab spaziert. Da gehörtet Ihr hin, Herr Andrea, statt ins Zimmer.“

„Ich bin weder hübsch, noch reich, noch vornehm, Frau Giovanna.“

„Habt Ihr denn gar keine Freude, die schöne Welt zu sehen?“ fragte sie eifrig und sah sich dabei um, ob Marietta nicht etwa in der Nähe sei. „Ihr seid doch nicht etwa liebeskrank?“

„Nein, Frau Giovanna.“

„Oder haltet Ihr's gar für eine Sünde, lustig zu sein? Ihr habt da so Büchlein auf Eurem Tisch liegen, ich sag' es nur, weil Ihr der erste Fremde seid, der in mein Haus ein erbauliches Buch mitgebracht hat, Gott sei's geklagt!“

„Gute Frau“, sagte er lächelnd, „Ihr sorgt Euch sehr um mich, aber mir ist nicht zu helfen. Wenn ich still bei meiner Arbeit sitze, ist mir am wohlsten, und Ihr könntet mir einen Gefallen tun, mir ein Schreibzeug zu schaffen und einige Bogen Papier.“

Bald darauf brachte ihm Marietta das Verlangte auf sein Zimmer, wo er stumm am Fenster saß und vor sich hin sah. In derselben Stellung fand sie ihn abends, als sie ihm das Licht brachte, und auf ihre Frage, was er zu essen begehre, verlangte er nur Brot und Wein. Sie hatte nicht den Mut zu fragen, ob ihn die Mücken belästigten und er wieder geräuchert haben wolle. „Mutter“, sagte sie, als sie sich neben die Alte auf die Treppe setzte, „ich gehe nicht wieder zu ihm hinein. Er hat so Augen wie der Märtyrer in der kleinen Kapelle San Stefano. Ich kann nicht lachen, wenn er mich ansieht.“

Was sie wohl gesagt hätte, wenn sie einige Stunden später ins Zimmer getreten wäre? Er stand, während die Nacht draußen über den Kanal wehte, am Fenster, im Gespräch mit der Zofe drüben, eifrig bemüht, seinen Augen einen weltlichen Ausdruck zu geben.

„Schöne Smeraldina“, sagte er, „ich konnte die Zeit nicht erwarten, dich wiederzusehen. Ich habe im Vorbeigehen bei einem Goldschmiedladen an dich gedacht und dir eine Nadel gekauft von Filigran, die freilich zu gering für dich ist, aber dennoch echter, als die Agraffe an deinem Turban. Öffne das Fenster, so werf' ich sie hinüber, in der Hoffnung, bald einmal denselben Weg durch die Luft zu machen und dir zu Füßen zu fallen.“

„Ihr seid sehr artig“, lächelte das Mädchen und fing das Geschenk, das er in ein Papier gewickelt hatte, mit beiden Händen auf. „Ei, was Ihr für einen guten Geschmack habt! Und Ihr sagtet doch, Ihr wäret arm? Wißt Ihr, daß es mir heute besonders not tut, eine Freude zu haben? Wir haben viel ausgestanden über Tag, die Gräfin ist schlechter Laune. Ihr Liebster, der junge Gritti, des Senators Sohn, hat sich vierundzwanzig Stunden nicht blicken lassen. Sie hat nach seinem Hause geschickt; auch da wurde er vermißt, und man glaubt, das Tribunal habe ihn heimlich aufheben und gefangen nehmen lassen. Meine Gräfin ist außer sich, sie empfängt niemanden, sie liegt auf ihrem Sofa und weint wie eine Unsinnige und hat mich geschlagen, als ich sie trösten wollte.“

„Ihr habt keine Ahnung, wessen man den Jüngling anklagt?“

„Nicht die geringste, Herr. Ich wollt' auch ein Gelübde tun, ewig Jungfer zu bleiben, wenn er das Mindeste gegen den Staat im Kopf hatte. Lieber Himmel, er war eben dreiundzwanzig Jahre, und nichts lag ihm am Herzen, als meine Gräfin und allenfalls das Spiel. Aber diese Herren von der Inquisition wissen Euch aus einem Spinnweb' ein Seil zu drehen, stark genug, um die stärkste Kehle zuzuschnüren, und wer weiß, ob es diesmal nicht allein gegen seinen Vater, den Senator, gemünzt ist.“

„Sprecht vorsichtiger von den obersten Behörden dieser Stadt“, sagte

Andrea leise. „Die Weisheit der Väter hat sie eingesetzt, und die Torheit der Enkel soll sie nicht antasten."

Das Mädchen sah ihn an, ob es sein Ernst sei; es war nicht leicht, das Rätsel dieser Mienen zu lösen. „Geht", sagte sie, „Ihr werdet ernsthaft, und das mag ich nicht leiden. Ihr seid noch nicht lange hier, darum habt Ihr Respekt vor den alten Blutrichtern und Henkern, die sich von fern oder etwa gemalt sehr ehrwürdig ausnehmen mögen. Ich aber habe sie schon manchmal in der Nähe gesehen, am Farotisch, wenn meine Gräfin Bank hielt, und ich kann Euch sagen, sie sind auch Menschen, wie Adam war."

„Mag sein, Kind", antwortete er, „aber sie haben die Gewalt, und ein armer Bürger, wie ich, tut nicht klug, so verfängliche Reden hier am offenen Fenster zu wechseln. Wenn es zu bösen Häusern kommt, daß wir beide die inkarnierte Gerechtigkeit Venedigs für nichts Besseres als eine Hand voll sterblicher Menschen halten, so beschützt dich, meine teure Smeraldina, der Zauber deiner Schönheit; ich aber wandere den bekannten nassen Weg oder tausche wenigstens mein Quartier in der Calle della Cortesia mit einer viel bescheidneren Kammer in den Brunnen oder unter den Bleidächern."

„Ihr könnt hier reden, was Euch beliebt", sagte die Zofe; „es gehen wenig Fenster auf den Kanal hinaus, und da hat um diese Zeit niemand was zu schaffen. Auf Eurer Seite drüben ist nun vollends die leere Mauer; denn wer's besser haben kann, sucht sich unsere trübe Kloake da unten nicht gerade zum Spiegel aus. Aber wißt Ihr was? Ihr solltet auf ein Stündchen herüberkommen; man hätte es doch immer bequemer, miteinander zu plaudern, und ein Glas Wein, guter Muskat von Samos, und eine Partie Tarock würden mir die Nerven sehr beruhigen nach den Ohrfeigen der Gräfin."

„Ich käme gern", sagte er, „aber es würde Aufsehen machen, und meine Wirtin ließe mich um Mitternacht schwerlich wieder ein."

„Nicht doch", lachte die Zofe. „Einen solchen Umweg braucht es nicht. Ich habe hier ein Brett, womit wir ohne viel Umstände eine Brücke schlage können. Man kann sich ja mit den Händen abreichen über dem Kanal; warum nicht mit den Füßen? Oder seid Ihr schwindlig?"

„Nein, schöne Freundin. Nur einen Augenblick, und ich bin bereit."

Andrea löschte das Licht, verriegelte die Tür in seinem Zimmer, horchte, ob alles im Hause schlafe, und ging dann wieder an das Fenster. Smeraldina schien Übung im Bau dieser Brücken zu haben, denn das Brett war bereit, und in wenigen Augenblicken lag der feste Steg über der Tiefe, hüben und drüben flach und sicher auf dem Gesims ruhend und gerade breit genug, um einen Mann zu tragen. Sie stand drüben und winkte ihm lustig zu. Rasch erstieg er den Sims, betrat das Brett, indem er die Tiefe mit festem Auge maß, und mit einem einzigen ruhigen Schritt hatte er das Fenster drüben erreicht. Sie fing ihn, als er sich hinabschwang, in ihren Armen auf, und ihre Lippen streiften seine Wange. Aber er zog es vor, die Miene der Schüchternheit anzunehmen und sich zu stellen, als fühle er sich durch die Nähe seiner Freundin in die Schranken der Ehrerbietung zurückgewiesen, was sie mit einiger Verwunderung aufnahm. Das Brett ward wieder zurückgezogen, die Karten und der Wein aus dem Schrank geholt und ein Tisch vor das offene Fenster gerückt, an dem das seltsame Paar in vertraulichem Gespräch Platz nahm. Dabei trug das Mädchen beständig den roten Turban, der ihr, während sie die Brücke schlug, etwas schief auf den Hinterkopf gerutscht war, und hatte Andreas Geschenk, die Filigran-Nadel, zierlich vor die Brust gesteckt.

Sie schenkte sich eben das zweite Glas Wein ein und schalt ihren Gast, daß er so langsam trinke und überhaupt nicht recht auftauen wolle, als eine Glocke aus dem Innern des Hauses heftig geläutet wurde.

„Seht“, sagte das Mädchen, indem sie aufstand und zornig die Karten wegwarf, „so geht es mir; keine ruhige Stunde habe ich! Erst schickt sie mich fort, weil sie sich heut allein auskleiden wolle, und nun stört sie mich noch so spät. Aber geduldet Euch nur zehn Minuten, mein Freund; ich bin gleich wieder bei Euch.“

Sie schlüpfte hinaus, und er schien sich über seine Einsamkeit zu trösten. Er trat ans Fenster und betrachtete die Wand drüben zwischen seinem Fenster und dem Kanal. Sie war nicht höher als etwa zwanzig Fuß, der Kalk durch die Feuchtigkeit fast überall verwittert und die nackten Steine rauh genug, um im Notfall daran emporzuklimmen. Unter dem Fenster der Zofe sprang, wie er schon am ersten Abend bemerkt hatte, die Wassertreppe vor, und an dem hohen Pfahl zur Seite lag die schmale Gondel angekettet, so daß nur eben eine zweite Gondel vorübergleiten konnte. Das alles befriedigte ihn sichtlich.

„Ich hätte es nicht besser bestellen können“, murmelte er vor sich hin.

Nachdenklich sah er den Kanal hinab, der in völliger Finsternis zwischen den steilen fensterlosen Ufern der Häuser hinfloß. Da sah er am untersten Ende einen schwachen Lichtschein, der sich näher bewegte, und hörte nach einiger Zeit Geräusch von Ruderschlägen. Eine Gondel kam langsam heran und hielt unten an der Wassertreppe. Vorsichtig bog der Lauscher oben sich zurück, um nicht bemerkt zu werden, sah aber noch mit einem halben Blick, daß ein Mann sich erhob und auf die Treppenstufe trat. Der Klopfer unten erklang in drei gewichtigen Schlägen, und bald darauf hörte er eine Stimme im Hause, die durch die Tür fragte, wer Einlaß begehre.

„Im Namen des erlauchten Rates der Zehn“, war die Antwort, „öffnet!“

Der Diener unten gehorchte augenblicklich, und die Wasserpforte schloß sich hinter dem nächtlichen Besuch.

Kurz darauf kam Smeraldina in ihre Kammer zurück, aufgeregt, in bloßem Haar und mit erhitzten Wangen. „Habt Ihr gehört?“ flüsterte sie. „O Gott, sie werden unsere Gräfin fortschleppen, sie werden sie erdrosseln oder ersäufen, und wer steht mir dann für die sechs Monate Lohn, die sie mir schuldig ist?“

„Tröste dich, weichherziges Kind“, sagte er rasch. „So lange du gute Freunde hast, wirst du nicht verlassen sein. Aber du tätest mir einen Gefallen, wenn du mich irgendwo verbergen wolltest, wo ich hören könnte, was der hohe Rat von deiner Herrin will. Ich gestehe, daß ich neugierig bin, wie ein Fremder es ja wohl sein darf. Überdies aber könnte ich dir und der Gräfin vielleicht nützlich sein, da ich bei einem Advokaten arbeite und, wenn es auf eine öffentliche Anklage hinausläuft, meine geringen Dienste gern zur Verfügung stelle.“

Sie besann sich. „Ich wüßte es leicht zu machen“, sagte sie. „Der Ort ist sicher, und ich selbst habe manchmal dort gesteckt und meinen Ohren nicht getraut. Wenn es aber doch entdeckt würde?“

„So nehme ich alles auf mich, mein Liebchen, und niemand erfährt, auf welchem Wege ich ins Haus gekommen bin. Sieh“, fuhr er fort, „hier sind drei Zechinen, für den Fall, daß ich dir hernach nicht mehr danken kann. Geht alles gut aus, so sollst du sehen, daß ich das Wenige, was ich noch übrig habe, gern mit einer so klugen Freundin teilen werde.“

Sie steckte das Gold ohne Umstände ein, öffnete rasch die Tür und horchte auf den dunklen Gang hinaus. „Zieht die Schuhe aus“, flüsterte sie; „gebt mir die Hand und folgt mir dreist, wohin ich gehe. Im Hause schläft alles, außer dem Pförtner.“

Sie löschte ihr Licht und huschte durch den Korridor voran, ihn an der Hand sich nachziehend. Einige große dunkle Gemächer durchschritten sie, dann öffnete das Mädchen die Tür nach einem Tanzsaal, der durch drei hohe Fenster in der Front des Palastes ein trübes Dämmerlicht erhielt. An einer Seite stieg ein Treppchen hinauf zu der Estrade für die Musiker. „Sacht!“ warnte das Mädchen. „Die Treppe knarrt ein wenig. Ich lasse Euch hier allein. Droben findet Ihr im Getäfel eine Spalte, durch die Ihr hinlänglich sehen und hören könnt. Denn nebenan ist das Empfangszimmer der Gräfin. Wenn der Besuch fort ist, hol' ich Euch wieder ab. Aber nicht eher rührt Ihr Euch vom Fleck, als bis ich komme.“

So ließ sie ihn allein, und ohne Zaudern stieg er die wenigen Stufen hinauf und tastete sich sacht an der Wand entlang, nach dem Lichtstreifen, der durch die schmale Spalte drang. Der Saal war von dem Nebengemach nur durch eine Holzwand getrennt, da beide Räume in glänzenderen Zeiten eine einzige große Festhalle ausgemacht hatten. Der Schein kam von einem silbernen Armleuchter, der unten auf dem Tisch vor dem Ruhebett der

Gräfin stand und die Bildnisse an der Wand nur unstet beleuchtete. Andrea mußte sich auf die Knie kauern, um hinabzusehen. Aber so unbequem die Stellung war, so hätte wohl mancher gern mit ihm getauscht, auch wenn ihm weniger am Hören als am Sehen gelegen gewesen wäre.

Denn wenn die Zofe Recht hatte, daß ihre Herrin sich stark zu schminken pflegte, so tat sie es wahrlich mehr der Mode zuliebe, als weil sie es nötig hatte, um für schön zu gelten. Sie saß auf dem Ruhebett in einem Anzug, der nicht auf so späten Besuch berechnet war, die überaus reichen, etwas ins Rötliche spielenden Haare kunstlos aufgebunden, die verweinten Augen wunderbar glänzend, auf den vollen blassen Wangen noch die Spur der Tränen. Der Mann, der ihr gegenüber im Lehnstuhl saß und Andrea den Rücken zukehrte, schien sie aufmerksam zu betrachten; wenigstens bewegte er den Kopf nur selten und hörte die heftigen Worte der schönen Frau, ohne eine Gebärde dazwischen zu werfen, mit an.

„In der Tat", sagte die Gräfin, und in ihrer Miene lag dieselbe schmerzliche Bitterkeit, wie im Ton ihrer Stimme, „ich muß mich wundern, daß Ihr noch wagt, Euch hier sehen zu lassen, nachdem Ihr die feierlichsten Versprechungen so schmählich mit Füßen getreten habt. Hab' ich Euch darum so manche Dienste geleistet, daß Ihr mir jetzt so grausam, so feindselig begegnet? Wo habt Ihr ihn gelassen, meinen armen Freund, den einzigen, an dem mir gelegen war, und den Ihr unter allen Umständen zu schonen verspracht? Gab es niemand anders, als ihn, wenn es Euch zu leer wurde in Euren Gefängnissen? Und was habt Ihr Verdächtiges an ihm gefunden, was hat er gegen die hohe Republik gesündigt, wofür es keine gelindere Strafe gab als Verbannung, keine, die minder schwer auf mich gefallen wäre? Denn ich habe es Euch nicht verhehlt, daß ich mein Herz an ihn gehängt habe und daß der mein Feind wäre, der ihm nur ein Haar krümmte. Gebt ihn mir wieder, oder ich breche jede Verbindung mit Euch ab, ein für alle Mal, und verlasse Venedig und suche meinen Freund in der Verbannung auf und lasse Euch empfinden, wie viel Ihr durch diesen Verrat, durch diese Schändlichkeit eingebüßt habt. O, daß ich mich jemals zu Eurem Werkzeug hergab!"

„Ihr vergeßt, Gräfin", sagte der Mann, „daß wir Mittel haben, Eure Flucht zu hindern, und daß, selbst wenn sie glückte, unser Arm weit hinausreicht und stark genug ist, Euch überall zu verderben, wo Ihr eine Zuflucht zu finden glaubtet. Der junge Gritti hat seine Strafe verdient. Er hat trotz der Warnung, die wir ihm zugehen ließen, mit dem Sekretär des österreichischen Gesandten, einem sehr tief eingeweihten jungen Manne, den Verkehr eifrig fortgesetzt. Die Gesetze Venedigs verbieten solchen Verkehr aufs strengste, wie Euch bekannt genug ist. Auch ist ein Brief des Angelo Querini aufgefangen worden, in welchem des unbesonnenen Jünglings lobende Erwähnung geschieht. Es war eine väterliche Maßregel, daß wir ihn verbannten, ehe er schuldiger wurde. Aber wir wissen zugleich, was wir *Euch* schuldig sind, Leonora. Und deshalb bin ich an Euch abgeschickt worden, Euch diese Aufschlüsse zu geben und einige Winke, wie Ihr, wenn Ihr verständig seid, das Geschehene wiedergutmachen könnt."

„Ich bin es müde", sagte sie heftig, „mir von Euch Befehle geben zu lassen. Dieser Tag hat mir gezeigt, daß ich darüber zugrunde gehe, früh oder spät, wenn ich auf Euch Vertrauen setze und mir einbilde, daß all meine Aufopferung in Eurem Interesse mir je gedankt werden, ja, mich auch nur vor den schnödesten Beleidigungen und Kränkungen schützen würde. Ich brauche Euch nicht, ich will nichts von Euch, es ist alles aus zwischen mir und dieser hohen Regierung, die Freund und Feind gleich rücksichtslos beiseite wirft."

„Nur schade", warf er ein, „daß man Euch noch braucht, von Euch noch etwas will, und daß es daher fürs erste zwischen uns noch nicht aus sein kann. Ihr begreift, Leonora, daß es seine Bedenken hätte, Euch, die Mitwisserin so vieler Geheimnisse der Republik, in fremde Länder reisen zu lassen, wo Ihr bald einmal von der allgemeinen Sucht der Zeit befallen werden könntet, Eure Memoiren zu schreiben. Venedig und Ihr sind unzertrennlich, und Ihr habt genug Proben einer hohen, über Weiberlaune erhabenen Klugheit gegeben, als daß es noch vieler Umschweife bedürfte, Euch wieder zu versöhnen."

„Ich will nichts von Versöhnung hören!" rief sie leidenschaftlich, und Tränen traten ihr wieder ins Auge. „Was nützte es auch, es zu wollen? Ich tauge zu nichts, ich bin unfähig, nur den einfältigsten Gedanken zu fassen, wenn ich meinen armen Gritti nicht habe."

„Ihr sollt ihn haben, Leonora. Aber noch nicht gleich, da seine plötzliche Rückkehr unseren Plan kreuzen würde."

„Und wie lange soll ich mich gedulden?" fragte sie, ihn flehentlich ansehend.

„Es hängt von Euch ab", erwiderte er. „Wie lange braucht Ihr, um einen jungen Mann zu Euren Füßen zu sehen, der bisher im Ruf eines Tugendhelden stand?"

Ein Zug von Neugier und Interesse trat auf ihrem Gesicht hervor, das noch eben ganz Schmerz und Verzweiflung gewesen war. „Von wem redet Ihr?" fragte sie.

„Von jenem Deutschen, der mit Gritti befreundet war, dem Sekretär des Wiener Ministers. Ihr kennt ihn?"

„Ich habe ihn bei der letzten Regatta gesehen. Gritti zeigte mir ihn."

„Er ist die Eins vor der Null seines Gebieters. Wir haben Ursache, zu glauben, daß er sich im Stillen einen starken Anhang unter unsern Gegnern zu werben und die Verstimmung, die Querinis Handel zurückgelassen hat, zugunsten seines Souveräns auszubeuten sucht. Er ist ungewöhnlich verschlagen. Von den vier Beobachtern, die wir unter den eigenen Leuten des Gesandten in unseren Sold genommen haben, hat noch keiner die geringsten Beweise in unsere Hand geliefert. Die Inquisitoren setzen ihr ganzes Vertrauen in Euch, Leonora, daß Ihr den Schlüssel zu diesem wohlverriegelten Geist finden werdet, wie es Euch schon manchmal geglückt ist. Dies war nicht zu hoffen, so lange Gritti dazwischen stand. Seine Verbannung ebnet den Weg und gibt zugleich den Anlaß einer Annäherung an den unzugänglichen Menschen, dem die Freundin seines Freundes, jetzt, da ihr den Verlorenen gemeinsam betrauert, größere Teilnahme einflößen muß als früher. Das übrige überlasse ich der Macht Eurer Reize."

Sie überlegte eine Weile. Ihre Stirn hellte sich auf, ihre Wangen gewannen einen kühnen, stolzen Ausdruck, ihr schöner voller Mund öffnete sich halb, und ein nachdenkliches Lächeln irrte über die Lippen. „Ihr versprecht", sagte sie endlich, „daß Gritti sofort zurückgerufen wird, sobald ich den andern Euch überliefert habe?"

„Wir versprechen es."

„So soll es nicht lange dauern, bis ich Euch an die Erfüllung Eures Wortes mahne."

Sie stand auf und warf das Tuch fort, das sie über Tag naß geweint hatte. Andrea konnte aus seinem Versteck ihren Gang das Zimmer auf und ab nur eine Strecke weit verfolgen, da die Spalte zu schmal war, um den ganzen Raum zu übersehen. Er bewunderte die königliche Haltung der Gestalt, während sie, wie in Gedanken an neue Siege, langsam über den Teppich des Gemaches hinwandelte, das Auge groß aufgeschlagen, das Haar zurückschüttelnd von den weißen Schläfen. Es durchzuckte ihn seltsam, als ihr Blick, der gegenstandslos in der Höhe herumschweifte, an ihm vorüberglitt. Unwillkürlich fuhr er zusammen, als wäre es möglich gewesen, daß sie ihn entdeckte.

Der Mann im Lehnstuhl unten stand auf, schien aber seinerseits blind für ihren Zauber, denn im ruhigsten Geschäftston fuhr er fort:

„Der Nuntius ist in der letzten Zeit seltener in Euer Haus gekommen. Ihr waret zu offen mit Euren weltlichen Neigungen, besonders das Spiel hat sich hier zu breit gemacht. Es wäre uns lieb, wenn Ihr wieder einige geistliche Bedürfnisse empfändet und den regen Verkehr mit der Eminenz von neuem anknüpftet. Die Beziehungen der Papalisten zu Frankreich werden seit einiger Zeit beunruhigend."

„Ihr könnt auf mich rechnen", erwiderte sie.

„Noch eins, Leonora. Die Summe, die wir Euch noch schulden für das Abendessen des Candiano . . ."

Sie stand wie von einer Schlange gebissen still und verfärbte sich plötzlich. „Bei allen Heiligen", sagte sie, „schweigt davon, erwähnt es nie wiede, und den Rest des Geldes gebt an die Kirche, daß sie Messen lese für seine Seele und – für meine. Wenn der Name genannt wird, ist mir's jedesmal wie eine Posaune des jüngsten Gerichtes."

„Ihr seid ein Kind", sagte der andere. „Die Verantwortlichkeit für jenes Nachtmahl gehört uns, nicht Euch. Er war ein Verbrecher, und nur seine Verbindungen und sein Ansehen machten es uns zur Pflicht, die Strafe geheim zu vollziehen. Er ist ruhig in seinem Bette gestorben, und niemand hat je sagen können, daß er aus Eurem Hause den Tod davongetragen habe. Oder ist Euch dergleichen zu Ohren gekommen?"

Sie zitterte und sah zu Boden. „Nein", sagte sie. „Aber in der Nacht wache ich auf von einer Stimme, die es mir zuraunt. O! Nur das hätte ich nicht tun sollen, nur das nicht!"

„Es ist eine Anwandlung, Leonora; Ihr werdet sie besiegen. Das Geld – wie ich Euch noch sagen wollte – liegt bei Marchesi für Euch bereit. Gute Nacht, Gräfin. Ich sehe, daß ich Euch lange aufgehalten habe. Schlaft wohl, und laßt morgen die Sonne Eurer Schönheit unbewölkt aufgehen über Gerechten und Ungerechten. Gute Nacht, Leonora!"

Er verbeugte sich leicht vor ihr und ging auf die Tür zu. Nur flüchtig konnte Andrea im letzten Moment seine Züge sehen. Sie waren kalt, aber nicht hart, ein Gesicht ohne Seele und Leidenschaften, nur der Ausdruck eines mächtigen Willens herrschte auf Stirn und Brauen. Er band eine Maske vor und warf den schwarzen Mantel, den er am Eingang abgelegt hatte, um die Schulter. Dann verließ er, ohne ihren Abschied abzuwarten, das Gemach.

In demselben Augenblick hörte Andrea die Stimme des Mädchens unten im Saal, die ihn leise herunterrief. Er gehorchte, nachdem er einen letzten Blick auf das schöne Weib geworfen, das immer noch regungslos mitten im Zimmer stand und dem Fortgegangenen tiefsinnig nachsah. Wie ein vom Schlage Getroffener stieg er schwankend von der Estrade herab und folgte, ohne ein Wort zu sprechen, dem voranhuschenden Mädchen. In ihrer Kammer brannte wieder Licht, der Wein stand noch auf dem Tischchen am Fenster, und nichts schien die Fortsetzung des unterbrochenen Spiels zu hindern. Aber auf dem Gesicht des Mannes lag ein unheimlicher Schatten, der selbst den Leichtsinn Smeraldinas verschüchterte und sie von dieser Nacht nichts mehr hoffen ließ.

„Ihr seht aus", sagte sie, „als hättet Ihr Gespenster gesehen. Kommt, trinkt ein Glas Wein und erzählt mir, was es gab. Es lief ja ruhiger ab, als wir fürchteten."

„O gewiß", sagte er mit erzwungener Kälte. „Man will deiner Herrin sehr wohl, und es ist sogar Aussicht, daß du deinen rückständigen Lohn nächstens ausbezahlt erhältst. Im übrigen sprachen sie so leise, daß ich wenig verstand, und jetzt bin ich vor allen Dingen todmüde von dem unbequemen Knien auf den harten Brettern. Nächstens tue ich deinem Wein eine bessere Ehre an, gutes Kind. Aber heute muß ich schlafen."

„Ihr habt mir noch nicht einmal gesagt, ob Ihr sie so schön findet, wie die anderen Leute", sagte das Mädchen und versuchte zu schmollen über ihren undankbaren, einsilbigen Freund.

„Schön wie ein Engel oder eine Teufelin", murmelte er zwischen den Zähnen. „Ich danke dir, Madamigella, daß du mir dazu verholfen hast, sie zu sehen. Ein anderes Mal bleibe ich fein bei dir, da ich heute meine Neugier hinlänglich gebüßt habe. Gute Nacht!"

Er schwang sich auf den Sims und betrat das Brett, das sie mißmutig wieder über den Abgrund geschoben hatte. Als er droben stand, sah er den Kanal hinunter, in dessen Tiefe eben das Licht in der Gondel verschwand. „Gute Nacht!" rief er noch einmal zurück und stieg dann vorsichtig in sein Zimmer hinunter, während Smeraldina die Brücke abbrach und sich vergebens bemühte, das seltsame Betragen des Fremden, seine Armut, seine Freigebigkeit, sein graues Haar und seine Abenteuersucht miteinander zu reimen.

Eine Woche verging, ohne daß die Eroberung, die Smeraldina an ihrem Nachbar gemacht zu haben glaubte, sich sonderlich befestigte. Nur einmal ließ sie ihn, nachdem sie den Pförtner auf ihre Seite gebracht hatte, bei Nacht in der Maske zur Tür herein, führte ihn nach dem Wasserpförtchen und bestieg mit ihm die Gondel, die er selbst mit langsamen Ruderstößen durch das dunkle Labyrinth hindurchtrieb, um endlich auf dem großen Kanal eine Stunde lang im Freien hinzugleiten. Er war trotz der guten Gelegenheit auch diesmal nicht eben zärtlicher Laune, während sie beständig schwatzte und durch Erzählungen aus der großen Welt, in der die Gräfin ihre Rolle spielte, ihn zu belustigen suchte. Er erfuhr, daß seit wenigen Tagen der österreichische Gesandtschafts-Sekretär lange Besuche bei ihrer Herrin zu machen pflege, wo beide ohne Zweifel sich berieten, wie es anzufangen sei, daß die Verbannung des jungen Gritti zurückgenommen würde. Die Gräfin sei besserer Laune als je und habe sie reich beschenkt. Andrea schien dies alles nur mit halbem Ohr zu vernehmen und sich einzig der Lenkung der Gondel zu widmen. Es war also dem Mädchen selbst nicht unlieb, als ihr schweigsamer Gefährte umwendete und auf dem kürzesten Wege nach Hause fuhr. Geräuschlos trieb er das schmale Fahrzeug nah an den Pfahl heran, legte, nachdem sie ausgestiegen waren, die Kette herum und bat sich den Schlüssel aus, um sie festzuschließen. Sie gab ihn und war schon in der Tür, als er ihr nachrief, daß ihm in der Hast der kleine Schlüssel aus der Hand geglitten und in den Kanal gefallen sei. Es war ihr selbst verdrießlich; aber mit ihrer gewöhnlichen Leichtherzigkeit tröstete sie ihren Freund, daß wohl noch ein zweiter Schlüssel sich im Hause finden werde, und er konnte diesmal nicht umhin, mit einem flüchtigen Kuß auf ihre Wange Abschied zu nehmen, als sie ihn um Mitternacht durch die Hauptpforte des Palastes entließ.

Seiner Wirtin, der Frau Giovanna, sagte er am anderen Morgen, daß es viel Arbeit bei seinem Brotherrn gegeben habe, so daß man die Nacht hätte zu Hilfe nehmen müssen. Dies aber war das einzige Mal, daß er den Hausschlüssel brauchte. Gewöhnlich kam er schon gegen die Dämmerung heim, genoß nur Brot und Wein und löschte früh das Licht, so daß die gute Frau ihn in der Nachbarschaft als ein Muster des Fleißes und unsträflichen Wandels pries. Nur das eine beklagte sie, daß er sich nicht schone und bei seinen Jahren gar kein erlaubtes Vergnügen genieße, wodurch er sich aufheitern und sein Leben verlängern würde. Marietta war bei solchen Reden still und sah in ihren Schoß. Sie sang nicht mehr, sobald der Fremde in seinem Zimmer war, und schien überhaupt, seitdem er gekommen, sich mehr Gedanken gemacht zu haben als sonst in einem Jahre.

Am Morgen des zweiten Sonntages, den Andrea im Hause der Witwe erlebte, trat die Frau hastig, mit verstörtem Gesicht und in vollem Staat, wie sie aus der Messe zurückkehrte, in sein Zimmer. Er saß am Tisch, noch nicht völlig angekleidet, und las in einem seiner Gebetbücher. Sein Gesicht war bleicher als sonst, aber sein Blick ruhig, und es schien, als ob er ungern in seiner Andacht gestört würde.

„Sitzt Ihr noch still im Zimmer, Herr Andrea", rief sie ihm entgegen, „und ganz Venedig ist auf den Beinen? Eilt und kleidet Euch an und geht selbst auf die Straße hinaus, wo Ihr so viel entsetzte Menschengesichter sehen könnt, wie Körner in der Mühle. Heiliger Jesus, daß ich das noch erleben muß, und dachte, es könne nichts mehr in Venedig geschehen, worüber ich staunte!"

„Wovon redet Ihr, gute Frau?" sagte er mit gleichgültigem Ton und legte das Buch aus der Hand.

Sie warf sich auf einen Stuhl und schien sehr erschöpft. „Bis an die Piazzetta bin ich fortgeschoben worden", fing sie wieder an, „und sah die Herren vom Großen Rat zu Haufen die Riesentreppe im Hofe des Dogenpalastes hinaufsteigen und die Trauerfahne wehen aus dem Fenster der Procurazien. Werdet Ihr es glauben? Heute nacht zwischen elf und Mitternacht hat man den Vornehmsten von den drei Staats-Inquisitoren, den edeln Herrn Lorenzo Venier, auf der Schwelle seines Hauses ermordet."

„War es schon ein alter Mann?" fragte Andrea ruhig.

„Misericordia! Wie Ihr auch sprecht! Als wäre er nur in seinem Bett gestorben. Aber Ihr seid freilich kein Venezianer und könnt es nicht verstehen, was es heißt: Ein Inquisitor ermordet, einer vom Tribunal. Es ist mehr, als wenn es ein Doge wäre, von denen mancher nicht mit rechten Dingen um sich kam, denn das Tribunal hat die Macht und der Doge das Kleid. Was aber das Entsetzlichste ist: Auf dem Dolch, den sie in der Wunde gefunden haben, steht eingegraben: ‚Tod allen Inquisitoren!' *Allen!* versteht Ihr wohl, Herr Andrea? Das ist nicht, wie wenn ein Wicht von einem Bravo gedungen wird, einen einzelnen aus der Luft zu schaffen, weil er einem andern im Wege steht bei Liebschaft, Ämtern oder sonst. ‚Das ist ein politischer Mord', sagte mein Nachbar, der Spezial, ‚und dahinter steckt eine Verschwörung und Helfershelfer und der Angelo Querini mit seinem Anhang.' Er rieb sich die Hände, als er das sagte, aber mir zittert das Herz im Leibe, denn ich will nicht sagen, was ich denke, aber ich weiß, mit der bösen Tat ist's wie mit den Kirschen, schüttelt man eine herunter, so fallen zwanzig nach, und dieses Blut wird viel Blut kosten."

„Hat man denn keine Spur des Mörders, Frau Giovanna? Wozu nützen dem Tribunal die Hunderte von Spionen, die es bezahlt?"

„Nicht den Schatten einer Spur", antwortete die Witwe. „Es war eine dunkle Nacht, die Bora wehte, und auf dem großen Kanal, an dem sein Palast steht, war es leer von Gondeln. Da kam er allein durch eine Seitengasse nach Hause, und da traf ihn die unsichtbare Hand, und er lebte nur so lange, bis er mit seinem letzten Stöhnen den Pförtner herausgeschreckt hatte. Da war die Gasse totenstill und niemand zu erblicken. Ich aber weiß, was ich weiß, Herr Andrea. Soll ich es Euch sagen? Ihr seid rechtschaffen und brav und werdet es nirgends weiter herumsagen und mich nicht in neues Elend bringen: Ich kenne die Hand, die dieses Blut vergoß."

Er sah sie fest an. „Redet", sagte er, „wenn es Euch erleichtert. Ich verrate Euch nicht."

„Habt Ihr keine Ahnung?" sagte sie, indem sie aufstand und dicht neben ihn hintrat. „Hab' ich Euch nicht gesagt, daß mancher lebt und nicht wiederkommt, und mancher tot ist und doch wiederkommt? Wißt Ihr's nun? Er hat es ihnen nicht vergessen, daß sie sein Weib und Kind unter die Bleidächer geschleppt und gemartert haben. Aber, um Gottes willen, kein Wort davon über Eure Lippen! Wenn es sein Geist getan hätte, die Lebendigen müßten es büßen."

„Und was habt Ihr für Anlaß zu Eurem Glauben?"

Sie sah sich im Zimmer unheimlich um. „Wißt", flüsterte sie, „es war nicht geheuer im Hause diese Nacht. An den Wänden hört' ich es hinauf- und hinabhuschen, wie Gespensterschritte, ich lag im Bett und horchte, und es rauschte da unten heimlich über den Kanal und klirrte an Eurem Fenster, und durch das Gäßchen nebenan schwirrte es von aufgescheuchtem Getier bis lange nach Mitternacht. Erst mit dem Glockenschlag eins ward Ruhe; ich weiß wohl, wer sie gestört hat. Er kam, nachdem er es getan, um uns zu grüßen, da wir ja keinen Abschied genommen haben."

Das Haupt war ihm auf die Brust gesunken. Jetzt stand er auf und sagte, daß er selbst ausgehen wolle, um sich zu erkundigen. Er habe, wie sie ja wisse, sich früh niedergelegt und besonders fest geschlafen, so daß er von allem Spuk nicht gestört worden sei. Übrigens möge sie es für sich behalten, denn allerdings sei es gefährlich, von einem solchen Verbrechen auch nur eine gespenstische Mitwisserschaft erhalten zu haben. – Darauf zog er sich eilig an und ging in die Stadt hinaus.

Es war ein Wogen und Treiben auf den Gassen, wie man es selbst bei hohen Festen der Republik nicht gewohnt war. Lautlos bewegten sich aus der inneren Stadt hastige Züge von Neugierigen durch die engen Straßen fort nach dem Markusplatze zu, und wer sich nicht anschloß, stand wenigstens draußen an der Tür seines Hauses und wechselte mit vorbeieilenden Bekannten beredte Zeichen und Blicke. Man sah es diesen Menschen an, daß etwas Unerhörtes und Furchtbares sie zugleich aufgeregt und betäubt hatte, daß sie alle planlos dem allgemeinen Zuge folgten, begierig, das Ereignis vor allem mit Augen zu sehen und mit Händen zu greifen. Niemand redete laut, niemand lachte, pfiff oder seufzte auch nur vernehmlich; es war, als fühlten diese ehrsamen Bürger die Pfähle wanken, auf denen die Lagunenstadt gegründet ward.

In scheinbar nachlässiger Haltung schritt Andrea unter dem Volk hin, den Hut tief über die Augen gedrückt, die Hände auf den Rücken gelegt. Nun trat er auf den Markusplatz hinaus, wo in unzähligen Gruppen alle Stände durcheinander gemischt unter dem reinen Sommerhimmel sich geschart hatten, während unter den Hallen der Procurazien der Strom weiterfloß, der Piazzetta zu, bis draußen an das breite Becken des Kanals, das von den beiden Säulen beherrscht wird. Der alte Dogenpalast stieg majestätisch über dem Gewühl empor. Man sah hinter den Bogenfenstern und in den Arkaden Waffen blinken, und ein Trupp Soldaten hatte am Eingang Posten gefaßt, Spalier bildend und jedem die Wehr vorhaltend, der, ohne zum Großen Rat zu gehören, in das Innere Einlaß suchte. Denn oben in der weiten Halle, deren Wände mit den Großtaten der Republik ausgemalt sind, saß die Blüte des Adels in geheimer Beratung beisammen, und die Menge, die unten scheu vor den schweren Pfeilern des alten Baues vorüber wallte, schien ungeduldig das Ergebnis dieser Sitzung abzuwarten; so oft ein Nobile sich am Fenster blicken ließ, entstand ein Murmeln und Deuten und Hinaufstarren, als werde jeden Augenblick das Urteil über den unentdeckten Frevler vom Balkon herab verkündigt werden.

Auch Andrea, der das lange Viereck des Platzes einsam durchmessen hatte, näherte sich jetzt dem Dogenpalast und warf im Vorbeigehen einen Blick in die Kirche von San Marco, wo er Kopf an Kopf bis zu den Pforten hinaus die Menschen stehen und der Predigt lauschen sah. Dann bahnte er sich mühsam einen Weg nach den beiden Säulen und stand in düsteren Gedanken am Quai der Piazzetta, vor sich die wimmelnde Menge der schwarzen Gondeln, deren stählerne, gezahnte Schnäbel bei jeder Wendung ihre Sonnenblitze über die Wellen warfen. Auch die Riva degli Schiavoni, die zu seiner Linken lag, war dicht gedrängt von erwartungsvollen Menschen. Über dem Turban des Türken tauchte der rote griechische Fez, die malerische Mütze der Schiffer von Chioggia, der dreieckige Hut und die gepuderte Perücke auf, und man hörte gleicherweise die verschiedensten Zungen durcheinander schwirren, während vom Wasser herauf die eintönigen Anrufe der Gondoliere auch dem Blinden sagten, daß der große Kanal Venedigs zu seinen Füßen floß.

Eine offene Gondel, von zwei Dienern in reicher, goldgestickter Livree gerudert, flog vorüber; eine Dame lag nachlässig auf den breiten Polstern, das Haupt in die Hand gestützt. Das Feuer eines großen Diamantringes spiegelte aus dem rötlichen Glanz ihrer Haare hervor; ihre Augen ruhten auf dem Gesicht eines jungen Mannes, der ihr gegenüber saß und eifrig zu ihr sprach. Sie hob jetzt den Kopf und musterte mit einem stolzen Blick das Menschengewoge droben auf der Piazzetta. „Das ist die blonde Gräfin", hörte Andrea im Volke sagen; er hatte sie längst erkannt. Zusammenfahrend, wie wenn schon ihr Anblick Verderben brächte, wandte er sich ab. Da sah er in ein bekanntes Gesicht, das ihm vertraulich zunickte. Samuele stand hinter ihm.

„Seid Ihr auch einmal unter Menschen, Herr Delfin?" raunte ihm der Jude mit seiner dünnen Stimme zu. „Vergebens habe ich Euer Gnaden all die Tage her wieder zu begegnen gesucht. Ihr lebt eingezogener als eine Frau in den Wochen. Wenn Ihr mitgehen wollt, wohin mich meine Geschäfte rufen, so hätt' ich Euch zu sagen, was Ihr vielleicht gern hört. Kommt! Was steht Ihr hier, wie die anderen Narren, die da glauben, im Großen Rat würde das Heil der Republik zur Welt gebracht? Die Ratten im Schiff machen es nicht flott, wenn es aufgefahren ist. Die wahren Lotsen haben jetzt Besseres zu tun, als zu schwatzen. Aber gehen wir von hier fort, ich habe Eile, und in der Gondel reden wir bequemer."

Er winkte eine von den Mietgondeln heran und zog Andrea am Arm sich nach. Sie stiegen ein und setzten sich unter das schwarze Dach, links und rechts durch die Öffnungen der engen Kajüte den Kanal überblickend. „Was habt Ihr mir zu sagen, Herr?" begann Andrea. „Und wohin führt Ihr mich?"

„Geht morgen früh nicht zu Eurem Notar", sagte der Jude. „Es wäre möglich, daß Ihr zu einem Gang abgeholt würdet, der Euch mehr eintrüge."

„Was meint Ihr, Samuele?"

„Ihr wißt, was die Nacht geschehen ist", fuhr der andere fort. „Es ist unerhört, daß zwölf Stunden nach einem Mord in Venedig vergehen und noch keine Spur gefunden ist, wer ihn begangen hat. Wir sind um unseren Kredit gekommen bei der Signoria, beim Volk, bei den Fremden, die von der Polizei hierzulande Wunder geglaubt und Zeichen erwartet haben. Der Rat der Zehn findet, daß er schlecht bedient wird. Er wird sich nach neuen Augen umtun, die besser in alle Winkel dringen. Eure Augen, Herr Delfin, möchten, wenn Ihr noch denkt wie vor zehn Tagen, bald eine feinere Schrift zu lesen bekommen, als die Akten Eures Herrn Notars. Darum haltet Euch zu Haus morgen früh. Wenn es was ist und ich kann ein Wort für Euch anbringen, soll es mich freuen."

„Mein Sinn ist noch nicht verändert; aber fast zweifle ich an meinen Fähigkeiten."

„Husch, husch! sagte der andere und schüttelte den Zeigefinger. „Ich müßte Gesichter nicht kennen, oder Ihr habt Eures in Eurer Gewalt, und wer verbergen kann, was er denkt, hat schon bald erraten, was für Gedanken andere zu verbergen suchen."

„Und wer entscheidet, ob man mich brauchen kann oder nicht?"

„Ihr müßt Euch prüfen lassen vor dem Tribunal; ich kann nichts tun, als sagen, daß ich Euch kenne und Euch Talente zutraue. Bis morgen, denk' ich, wird das Tribunal wieder vollzählig sein; die Zehn sitzen eben zusammen und wählen den dritten Mann. Ich kann sagen, daß man mir geben könnte viel Geld, daß ich sollte Staats-Inquisitor werden – ich dankte für die Ehre. Denn die Inschrift auf dem Dolch ist nicht so für die Langeweile eingraviert, und der Soldat auf der Pulvermine ißt sein Brot ruhiger als einer der drei Herren Venedigs seit gestern Nacht."

„Dennoch ist wohl kein Zweifel, daß der Erwählte das Amt antritt? Oder darf er ablehnen?"

„Ablehnen! Wißt Ihr nicht, daß die Republik jeden schwer bestraft, der sich einem Amt entzieht?"

Andrea schwieg und sah finster durch die Luke auf die Fläche des Kanals. Eine unabsehliche Menge schwarzer Gondeln fuhr in derselben Richtung zwischen den hohen Palästen hin, und vom Rialto her kam eine nicht geringere Zahl ihnen entgegen. Beide Züge trafen jetzt aufeinander und drängten sich um eine breite Wassertreppe, wo sie um die Wette anfuhren und ihre Herrschaften landeten. Es war der Palast Venier, und droben lag der Tote.

Ein Blick zeigte Andrea, wo sie waren. Gewaltsam beherrschte er seine

Bewegung und sagte: „Habt Ihr hier zu tun, Samuele, oder ist es bloß die Neugier, einen ermordeten Staats-Inquisitor auf dem Paradebett zu sehen?"

„Ich bin im Dienst", erwiderte der Jude. „Aber auch Euch kann es nützlich sein mitzugehen. Ich werde Euch mit einigen meiner Freunde bekannt machen, denn der Zehnte hier weiß, was er sucht. Aber wir tun, als kennten wir uns nicht. Wißt Ihr, daß ich wetten möchte, von den Verschworenen seien nicht wenige unter diesen Beileidsgesichtern? Wer weiß, ob der Täter nicht selbst eben aus einer dieser Gondeln steigt! Er wäre nicht dumm, wenn er sich hier sicherer glaubte, als irgendwo sonst. Denn zu dieser Stunde, kann ich Euch sagen, durchsucht die Polizei, während alles im Freien ist, die Häuser, die ihr jemals verdächtig waren, und das Sprichwort ist wahr: Der Teufel lehrt, es zu tun, aber nicht, es zu verbergen."

Mit diesen Worten sprang er aus der Gondel und half Andrea dienstfertig aussteigen. „Ist es Euch unheimlich, einen Toten zu sehen?" fragte er. „Ihr seid nicht wohl aufgelegt."

„Ihr irrt, Samuele", antwortete Andrea rasch und sah ihm gleichmütig ins Gesicht. „Ich bin Euch vielmehr dankbar, daß Ihr meiner Trägheit zu

Hilfe gekommen seid. Ohne Euch wäre ich schwerlich hier. Laßt uns hinaufgehen und dem großen Herrn, der uns im Leben schwerlich vorgelassen hätte, unsern Besuch machen. Eine stattliche Wohnung, die er so hastig mit einem engen Kämmerchen vertauschen muß! Er tut mir leid, in der Tat, obwohl ich ihn nie mit Augen gesehen habe."

Sie stiegen unter einem großen Andrang nebeneinander die schwarzverhangene Treppe hinauf, von deren Höhe das umflorte Wappen des Hauses Venier heruntersah und statt jedes Pförtners der Menge Stille gebot. Drinnen in dem größten Saal war der Katafalk unter einem Baldachin errichtet, Zypressenbäume ragten bis an die hohe Decke, Kerzen auf silbernen Kandelabern flackerten im Luftzug, der über den offenen Balkon vom Wasser herauf durch die Halle strich, und vier Diener des Hauses Venier in schwarzem Samt, die blanken Hellebarden mit Floren umwickelt, hielten wie Standbilder an den Ecken des Totengerüstes die Wache. Über den Leichnam war eine samtne Decke gebreitet; die silbernen Fransen hingen bis auf den Boden herab. Der Tote zeigte den Eintretenden das scharfe Profil, mit einem zornigen und traurigen Ausdruck, das geschlossene Auge gegen den Baldachin gekehrt. Andrea erkannte diese Züge wieder. Er hatte sie im Zimmer Leonoras in jener Nacht sich tief ins Gedächtnis geprägt. Aber kein Zucken seines Mundes noch der Augen, die scharf auf den Toten gerichtet waren, verriet, daß der Rächer vor seinem Opfer stand. –

Eine Stunde später kam Andrea nach Hause. Frau Giovanna empfing ihn oben an der Treppe mit einer fast mütterlichen Sorge, und auch Marietta schien unruhig auf ihn gewartet zu haben. Sie erzählten ihm, daß die Sbirren in seiner Abwesenheit sein Zimmer durchsucht, aber alles in bester Ordnung gefunden hätten, übereinstimmend mit dem Zeugnis, welches sie selbst, die Wirtin, ihrem Mieter ausgestellt habe. Die ruhige Art, in der Andrea ihre Erzählung anhörte, versicherte sie vollends, daß ihre Angst überflüssig und der Besuch der Polizei mehr eine Sache der Form gewesen sei. Eine Menge Warnungen und Vorsichtsmaßregeln legte die gute Frau ihm ans Herz, wie er sich in dieser bösen Zeit mit Reden und Handlungen vor jedem Verdacht zu schützen habe. „Sie werden das Regiment noch verschärfen", seufzte die Alte, „denn sie wissen wohl: eine Katze mit Handschuhen fängt keine Mäuse, und das ist auch ein wahres Wort, daß die Toten den Lebenden die Augen öffnen. Darum seid auf Eurer Hut, teurer Herr, und traut niemand, der sich an Euch macht. Ihr kennt die schlimmen Gesellen noch nicht, wie gutmütig sie sich zu stellen wissen, aber glaubt mir: Man wird nur von dem betrogen, dem man traut. Geht lieber nicht zu Tisch in einem Gasthaus, sondern laßt Euch gefallen, daß wir Euch zu Hause auftragen, was wir vermögen. Ihr seht angegriffen aus. Legt Euch ein wenig aufs Bett; Ihr seid das Herumlaufen nicht gewohnt."

Alle diese Reden begleitete Marietta mit bittenden Blicken und sah, neben der Mutter stehend, unverwandt in sein blasses, ernstes Gesicht. Er versicherte, daß ihm wohl sei, bat um Brot und Wein und kam, nachdem man es ihm gebracht hatte, den Rest des Tages nicht wieder zum Vorschein.

Früh am anderen Morgen, als er noch im Bette lag, trat Samuele bei ihm ein. „Wenn Euch darum zu tun ist", sagte er, „zum mindesten vierzehn Dukaten monatlich in die Tasche zu stecken, so kommt mit mir; es ist alles eingeleitet, und ich denke, Ihr macht den Gang nicht umsonst."

„Ist der neue Staats-Inquisitor schon gewählt?" fragte Andrea.

„Es scheint so."

„Und noch keine Spur von der Verschwörung?"

„Noch keine Spur. Der Schrecken unter dem Adel ist groß. Sie verschließen sich in ihren Häusern und sehen in jedem Besucher einen Spion der Zehn oder des Tribunals. Einer nach dem andern von den fremden Gesandten hat dem Dogen seine Aufwartung gemacht, die feierlichsten Versicherungen seiner Empörung über die Tat abgelegt und seine Hilfe zur Entdeckung des Täters angeboten. Von nun an werden die drei vom Tribunal sich noch geheimer halten als zuvor, und, wie ich glaube, soll ein Preis auf den Kopf des Mörders gesetzt werden, der einen armen Teufel schon für einige Jahre flott machen würde. Die Augen auf, Herr Andrea! Wir beide trinken vielleicht bald einen besseren Wein zusammen, als damals in jener Kneipe!"

Schweigend hatte sich Andrea angezogen und folgte nun seinem Gönner, der beständig plauderte, nach dem Dogenpalast. Samuele war hier gut bekannt. Er klopfte an eine unscheinbare Tür im Hof, sagte dem Diener, der öffnete, ein Wort ins Ohr und ließ Andrea auf einer kleinen Treppe höflich den Vortritt. Nachdem sie droben einen langen, helldunkeln Gang durchschritten und einigen Hellebardieren Rede gestanden hatten, wurden sie in ein nicht gar großes Gemach eingelassen, dessen Fenster nach dem Hofe ging und mit einer dunkeln Gardine zur Hälfte verhangen war. Im Hintergrunde gingen drei Männer in flüsterndem Gespräch auf und ab, die Gesichter mit Masken bedeckt, unter denen nur die Spitzen der Bärte hervorsahen. Ein Vierter, unmaskiert, saß an einem Tisch und schrieb beim Schein einer einzelnen Kerze.

Er sah auf, als Samuele mit Andrea auf der Schwelle erschien. Die drei anderen schienen die Hereintretenden nicht zu beachten, sondern ihr Gespräch eifrig fortzusetzen.

„Ihr bringt den Fremden, den Ihr uns angekündigt habt?" fragte der Sekretär.

„Ja, Euer Gnaden."

„Ihr könnt abtreten, Samuele."

Der Jude verneigte sich gehorsam und verließ das Zimmer.

Nach einer Pause, in welcher der Sekretär des Tribunals einige Papiere, die vor ihm lagen, überflogen und dann mit einem langen Blick die Gestalt des Fremden geprüft hatte, sagte er: „Euer Name ist Andrea Delfin; seid Ihr mit den venezianischen Nobili gleichen Namens verwandt?"

„Nicht daß ich wüßte. Meine Familie ist seit Urzeiten in Brescia ansässig."

„Ihr wohnt in der Calle della Cortesia bei Giovanna Danieli; Ihr wünscht in den Dienst des erlauchten Rates der Zehn zu treten."

„Ich wünsche der Republik meine Dienste zu widmen."

„Eure Papiere aus Brescia sind in Ordnung. Der Advokat, bei dem Ihr fünf Jahre gearbeitet habt, gibt Euch das Zeugnis eines verständigen und zuverlässigen Mannes. Nur über die sechs oder sieben Jahre, bevor Ihr zu ihm kamt, fehlt ein jeder Ausweis. Was habt Ihr, nachdem Eure Eltern gestorben waren, in der langen Zeit getrieben? Ihr habt sie nicht in Brescia zugebracht."

„Nein, Euer Gnaden", erwiderte Andrea ruhig. „Ich war in fremden Ländern, in Frankreich, Holland und Spanien. Nachdem ich mein geringes Erbe aufgezehrt hatte, mußte ich mich bequemen, Bedienter zu werden."

„Eure Zeugnisse?"

„Sie sind mir entwendet worden in einem Koffer, der meine ganze Habe enthielt. Ich war dann des unsicheren Reiselebens müde und ging nach Brescia zurück. Meine Herrschaften hatten mich zu mancherlei Sekretärdiensten brauchbar gefunden. Ich versuchte es bei einem Advokaten, und Euer Gnaden haben das Zeugnis selbst vor sich, daß ich zu arbeiten gelernt habe."

Während er dies sagte, in einer stillen, unterwürfigen Haltung, den Kopf etwas vorgebeugt und den Hut in beiden Händen, trat plötzlich einer der drei Herren in der Maske näher an den Tisch heran, und Andrea fühlte einen durchdringenden Blick auf sich gerichtet.

„Wie heißt Ihr?" fragte der Inquisitor mit einer Stimme, die ein hohes Alter verriet.

„Andrea Delfin. Meine Papiere weisen es aus."

„Bedenkt, daß es Euer Tod ist, wenn Ihr das erlauchte Tribunal hintergeht. Erwägt die Antwort noch einmal. Wenn ich nun sage, daß Euer Name *Candiano* sei?"

Eine kurze Pause folgte auf dieses Wort, man hörte den Totenwurm im Gebälk des Zimmers bohren. Acht forschende Augen waren auf den Fremden geheftet.

„Candiano?" sagte er langsam, doch mit fester Stimme. „Warum soll ich Candiano heißen? Ich wollt' es wahrlich selbst; denn so viel ich weiß, ist das Haus der Candiano reich und vornehm, und wer diesen Namen trägt, braucht nicht sein Brot mühsam mit der Feder zu verdienen."

„Ihr habt das Gesicht eines Candiano. Euer Betragen überdies verrät eine bessere Herkunft, als diese Papiere anzeigen."

„Ich kann nichts für mein Gesicht, erlauchte Herren", erwiderte Andrea mit anständiger Unbefangenheit. „Was mein Betragen angeht, so habe ich auf Reisen allerlei Sitten gesehen und die meinigen, so viel ich konnte, verbessert, auch meine Zeit in Brescia nicht verloren, sondern aus Büchern die Versäumnisse meiner Jugend nachgeholt."

Die beiden anderen Inquisitoren waren indes jenem ersten näher getreten, und der eine, dessen roter Bart sich breit unter der Maske vorschob, sagte halblaut: „Eine Ähnlichkeit mag Euch täuschen, die ich nicht wegleugnen will. Aber Ihr wißt selbst: der Zweig des Hauses, der bei Marano angesiedelt war, ist ausgestorben; der Alte ist in Rom begraben, die Söhne überlebten ihn nicht lange."

„Mag sein", erwiderte der erste. „Aber seht ihn an und sagt, ob es nicht ist, als wäre der alte Luigi Candiano, nur verjüngt, aus dem Grabe erstanden. Ich hab' ihn gut genug gekannt; wir wurden an demselben Tage in den Senat gewählt."

Er nahm die Papiere vom Tisch und prüfte sie sorgfältig. „Ihr mögt recht haben", sagte er endlich. „Es würde mit den Jahren nicht stimmen. Für einen der Söhne Luigis ist dieser zu alt. Wenn er ihn vor der Ehe erzeugt hätte – so würde es uns gleichgültig sein können."

Er warf die Papiere wieder hin, gab dem Sekretär einen Wink und trat mit den anderen in die Fensternische zurück, das unterbrochene Gespräch leise fortsetzend. Niemand konnte Andreas Augen anmerken, welch eine Last in diesem Augenblick ihm von der Seele fiel.

Der Sekretär begann von neuem. „Ihr versteht fremde Sprachen?" fragte er.

„Ich spreche Französisch und ein wenig Deutsch, Euer Gnaden."

„Deutsch? Wo habt Ihr das gelernt?"

„Ein deutscher Maler in Brescia war mein guter Freund."

„Seid Ihr je in Triest gewesen?"

„Zwei Monate, Euer Gnaden, in Geschäften meines Herrn, des Advokaten."

Der Sekretär stand auf und trat zu den dreien am Fenster. Nach einer Weile kam er an den Tisch zurück und sagte: „Man wird Euch den Paß eines österreichischen Untertans geben, der aus Triest gebürtig war. Mit diesem geht Ihr in das Haus des österreichischen Gesandten und bittet um seinen Schutz, da die Republik Euch auszuweisen drohe. Ihr werdet sagen, daß Ihr in früher Jugend Triest verlassen habt und nach Brescia hinübergegangen seid. Was auch die Antwort sein möge, dieser Besuch wird Euch, bei einiger Geschicklichkeit, genügen, um mit dem Sekretär des Gesandten Bekanntschaft zu machen. Es ist Eure Aufgabe, dieses Verhältnis fortzuspinnen und, so viel Ihr könnt, die geheimen Verbindungen des Wiener Hofes mit den Adeligen Venedigs zu beobachten. Entdeckt Ihr das Geringste, was Euch Verdacht einflößt, so habt Ihr es unverzüglich zu melden."

„Wünscht das hohe Tribunal, daß ich meine bisherige Stellung bei dem Notar Fanfani aufgebe?"

„Ihr ändert nichts in Eurer Lebensweise. Euer Gehalt beträgt für den ersten Monat nur zwölf Dukaten. Von Eurer Geschicklichkeit und Umsicht hängt es ab, die Summe zu verdoppeln."

Andrea verneigte sich zum Zeichen, daß er mit allem einverstanden sei.

„Hier ist Euer deutscher Paß", sagte der Sekretär. „Eure Wohnung ist dem Palast der Gräfin Amidei benachbart. Es wird Euch ein Leichtes sein, mit ihrer Kammerfrau ein Verhältnis anzuknüpfen, dessen Kosten Euch erstattet werden sollen. Was Ihr auf diesem Wege über die Beziehungen der Gräfin zu vornehmen Venezianern erfahrt, berichtet Ihr an diesem Ort. Die Republik erwartet, daß Ihr treu und gewissenhaft Eure Aufgabe erfüllt. Sie verpflichtet Euch nicht durch einen Eid, weil, wenn die Scheu vor den irdischen Strafen, die wir verhängen, Euch nicht in der Pflicht zurückhielte, Ihr kein Menschenblut in den Adern haben müßtet und also auch der himmlischen Gerechtigkeit spotten würdet. Ihr seid entlassen."

Andrea verbeugte sich wiederum und wandte sich nach der Tür. Der Sekretär rief ihn zurück.

„Noch eins", sagte er, indem er ein Kästchen aufschloß, das auf dem Tische stand. „Tretet heran und betrachtet den Dolch in diesem Kästchen. Es sind große Waffenfabriken in Brescia. Entsinnt Ihr Euch, dort irgendeine ähnliche Arbeit gesehen zu haben?"

Andrea blickte, mit letzter Kraft sich bezwingend, in den Behälter, den ihm der Sekretär entgegen hielt. Er erkannte die Waffe nur zu wohl. Es war ein zweischneidiges Messer, der Griff, ebenfalls stählern, in Kreuzesform. Auf der Klinge, vom Blut noch nicht gereinigt, standen die Worte eingegraben: „Tod allen Staats-Inquisitoren."

Nach einer längeren Prüfung schob er mit fester Hand das Kästchen zurück. „Ich entsinne mich nicht", sagte er, „einen ähnlichen Dolch in den Kaufläden von Brescia gesehen zu haben."

„Es ist gut."

Der Sekretär verschloß das Kästchen wieder und winkte ihm mit der Hand zu gehen. Langsam schritt Andrea hinaus. Die Hellebardiere ließen ihn passieren; wie im Traum ging er den hallenden Korridor entlang, und erst als er auf der dunkeln Treppe war, gönnte er sich's, einen Augenblick auf einer der Marmorstufen niederzusitzen. Seine Knie drohten einzubrechen; der kalte Schweiß bedeckte seine Stirn, die Zunge klebte ihm am Gaumen.

Als er ins Freie hinaustrat, atmete er tief auf, richtete den Kopf mutig in die Höhe und nahm seine entschiedene Haltung wieder an. Am Portal draußen, das sich nach der Piazzetta öffnet, sah er einen Haufen Volkes dicht beisammen stehen, vertieft in die Lesung eines großen Anschlages, der an eine der Säulen angeheftet war. Er trat ebenfalls hinzu und las, daß vom

Rat der Zehn mit hoher Bewilligung des Dogen eine Belohnung von tausend Zechinen und die Begnadigung eines Verbannten oder Verurteilten demjenigen verheißen werde, der über den Mörder Veniers Auskunft zu geben wisse. Das Volk strömte vor der Säule ab und zu, und nur einige lauernde Gesichter tauchten beharrlich immer wieder unter den Arkaden auf und bewachten die Mienen der Lesenden. Auch Andrea entging ihnen nicht. Aber mit der Gleichgültigkeit eines völlig unbeteiligten Fremden machte er, nachdem er das Blatt überflogen, anderen Neugierigen Platz und stieg ruhig am großen Kanal in eine Gondel, die ihn nach dem Hotel des österreichischen Gesandten bringen sollte.

Als er nach einer längeren Fahrt vor dem ziemlich abgelegenen Palast ausstieg, der den doppelköpfigen Adler über dem Eingang trug, bewegte gerade ein hochgewachsener junger Mann den Klopfer am Tor. Er sah nach der Gondel um, und seine ernsthaften Züge erheiterten sich plötzlich: „Ser Delfin", sagte er, und bot Andrea die Hand, „begegnen wir uns hier? Kennt Ihr mich nicht mehr? Habt Ihr den Abend am Gardasee schon vergessen?"

„Ihr seid es, Baron Rosenberg!" erwiderte Andrea und schüttelte herzlich die dargebotene Rechte. „Seid Ihr für längere Zeit in Venedig, oder holt Ihr schon Euren Paß hier ab zur Weiterreise?"

„Der Himmel weiß", sprach der andere, „wann mich mein Stern je von hier wegführt, und ob ich ihn dann willkommen heißen oder verwünschen werde. Um meinen Paß jedoch brauche ich niemand zu bemühen, da ich ihn mir selbst visieren kann. Denn Ihr müßt wissen, werter Freund, daß Ihr mit dem Sekretär Seiner Exzellenz des österreichischen Gesandten sprecht, was ich wahrlich nicht etwa sage, um eine diplomatische Wand zwischen mich und meinen werten Reisegefährten von Riva zu schieben, sondern in Eurem Interesse, Bester, da es nicht jedem Venezianer erwünscht ist, für einen alten Bekannten von mir zu gelten."

„Ich habe nichts zu fürchten", sagte Andrea. „Wenn ich Euch nicht lästig bin, trete ich einen Augenblick bei Euch ein."

„Ihr wolltet zu mir, ohne mich zu kennen. Was Euch der Gesandtschafts-Sekretär zu Gefallen tun sollte, wird Euch nun der Freund um so williger tun, falls es in seiner Macht steht."

Andrea errötete. Zum ersten Mal empfand er jetzt alles Demütigende der Maske, die er trug, einem freien Mann gegenüber, der ihm nach einer flüchtigen Begegnung vor mehreren Jahren so freundschaftlich wieder entgegenkam. Der Paß des Triestiners, den er in der Tasche trug, drückte ihn wie ein bleiernes Gewicht. Aber die Übung, seine inneren Kämpfe zu beherrschen, ließ ihn auch diesmal nicht im Stich.

„Ich wollte nur eine Erkundigung einziehen über ein deutsches Handelshaus", sagte er, „denn ich bin hier in Venedig in der sehr bescheidenen Stellung eines Schreibers, der sich von seinem Herrn Notar zu mancherlei kleinen Diensten gebrauchen lassen muß. Da ich aber in Brescia nicht viel Besseres war und Ihr dennoch mich nicht zu gering hieltet, mir Eure und Eurer Mutter Gesellschaft zu gönnen, so trete ich auch hier dreist mit Euch ein; Ihr müßt mir vor allem sagen, wie es der trefflichen Frau ergeht, deren ehrwürdiges Bild, ihre rührende Liebe zu Euch, ihre große Güte gegen mich, mir noch in lebendigster Erinnerung stehen."

Der Jüngling wurde ernsthaft und seufzte. „Kommt in mein Zimmer", sagte er. „Wir plaudern dort vertraulicher."

Andrea folgte ihm hinauf, und der erste Blick, den er in das behagliche Gemach tat, fiel auf ein großes Pastellbild, das über dem Schreibtisch hing. Er erkannte die leuchtenden Augen und das reiche Haar Leonoras. Aller verführerische Schmelz der Jugend und des Übermutes lag auf diesen lächelnden Lippen.

Der Jüngling rückte zwei Sessel an das Fenster, durch welches man den ziemlich breiten Kanal, die malerische Brücke und zwischen den Häusern drüben die Chorseite einer alten Kirche übersah. „Kommt", sagte er, „macht es Euch bequem. Soll ich Wein kommen lassen oder Sorbett? Aber Ihr hört nicht. Ihr seid in dieses unglückselige Bild vertieft. Wißt Ihr, wen es vorstellt? Kennt Ihr das Urbild, von dem es nur ein blasser Schatten ist? Doch wer in Venedig kennt es nicht! Sagt mir nichts von diesem Weibe. Ich weiß alles, was man von ihr sagt, und glaube alles, und dennoch versichere ich Euch in allem Ernst, daß Ihr selbst, wenn Ihr vor ihr ständet, an nichts von alledem denken, sondern Gott danken würdet, wenn Ihr Eure fünf Sinne so leidlich beisammen behieltet."

„Ist dieses Gemälde Euer Eigentum?" fragte Andrea nach einer Pause.

„Nein; es hat einem Glücklicheren gehört, einem schönen jungen Venezianer, der, wie sie mir selbst gestand, ihr Abgott gewesen. Der Unvorsichtige ließ sich einfallen, mir seine Freundschaft anzutragen. Er büßt dieses Verbrechen in der Verbannung, und *meine* Strafe ist nun, daß er mir dieses Bild vermacht hat und daß ich die Augen des Originals um ihn habe weinen sehen."

Er stand, während er dies sagte, vor dem Bilde und betrachtete es mit einem schwärmerisch traurigen Blick. Andrea beobachtete ihn mit der tiefsten Teilnahme. Er war nicht schön von Gesicht, nur anziehend durch die Mischung von jugendlicher Sanftheit der Formen und männlichem Ernst und Feuer seines Mienenspiels. Auch in den Bewegungen der hohen Gestalt offenbarte sich Adel und Energie. Unwillkürlich entfuhr Andrea der Ausruf: „Daß Ihr, auch Ihr dieses Weib lieben könnt, das Euer so wenig wert ist!"

„Lieben?“ erwiderte der Deutsche mit einem seltsam düsteren Ton. „Wer sagt Euch, daß ich sie liebe, wie ich einst in Deutschland geliebt habe und wie es allein den Namen verdient? Sagt, daß ich von ihr besessen bin, daß ich mit Knirschen und Stöhnen ihre Fesseln trage, und nehmt mein Geständnis hin, daß ich mich dieser Schwäche schäme und doch in ihr schwelge. Ich habe es nie vorher gewußt, wie alle irdische Wonne nichtig ist gegen das Gefühl, sich den Nacken von einem selbstgewählten Joch wund drücken zu lassen und den gesamten Mannesstolz um ein Lächeln solcher Augen in den Staub zu werfen.“

Sein Gesicht hatte sich gerötet; er bemerkte jetzt erst, daß Andrea längst von dem Bild wegsah und ihm tief bekümmert zuhörte.

„Ich langweile Euch“, sagte Rosenberg. „Sprechen wir von etwas anderem. Wie ist es Euch indes ergangen? Warum habt Ihr Brescia verlassen?“

„Ihr habt mir von Eurer Mutter noch nichts erzählt“, lenkte Andrea ein. „Welch eine Frau! Der Fremdeste fühlte das Verlangen, sie wie eine Mutter zu verehren.“

„Redet weiter“, sagte der andere. „Vielleicht befreien mich Eure Worte von dem bösen Zauber, dem ich hier verfallen bin. Nicht, daß Ihr mir etwas Neues sagtet. Aber es von *Euch* zu hören, welch eine Mutter sie ist und welch ein undankbares Kind sie an mir großgezogen hat, bringt mich vielleicht zu meiner Pflicht zurück. Werdet Ihr es glauben, daß ich schon den dritten Brief von ihr habe, in welchem sie mich beschwört, Venedig zu verlassen und zu ihr nach Wien zu kommen? Sie träumt, daß mir hier Unheil bevorstehe. Das größte, dem ich verfallen bin, ahnt sie nicht; und doch hält mich sonst nichts hier fest, als ein Weib, das ich um alles in der Welt nicht in ihre reine Nähe zu bringen wagte. – Aber nein“, fuhr er fort, „damit ich mir nicht selbst zu viel tue: Es wäre in der Tat schwer zu machen, daß ich in diesem Augenblick mir Urlaub auswirkte. Mein Chef, der Graf, hat sich eingeredet, daß ich ihm unentbehrlich sei, und gerade jetzt gibt es mancherlei zu tun, was ihm selber lästig wäre. Es ist Euch nicht unbekannt, daß wir hier unliebe Gäste sind. Man will die Augen nicht öffnen nach der Seite hin, von der eine wirkliche Gefahr drohen könnte, und hätschelt das Vorurteil, als hätte die Macht, die wir vertreten, die Hand im Spiele bei allem Feindseligen, was in Venedig geschieht. Ist man doch so weit gegangen, uns für die Ermordung Veniers verantwortlich zu machen, eine Tat, die ich von Grund meines Herzens eben so verabscheue, wie ich ihre Anstifter für kurzsichtige Politiker halte. – Denn sagt selbst, werter Freund“, fuhr er mit rückhaltlosem Eifer fort, vielleicht nicht ohne die Absicht, einen Fürsprecher mehr in Venedig zu gewinnen, „sagt selbst, ob die geringste Aussicht ist, das Ziel, den Sturz des Tribunals, auf diesem verbrecherischen Wege zu erreichen? Setzen wir die moralische Seite für einen Moment aus den Augen: Ist es irgend denkbar, daß ein so weit verzweigter Anschlag hier, in Venedig, so lange geheim bleibt, wie er müßte, wenn der Zweck der Einschüchterung erreicht werden sollte?“

„Es ist undenkbar“, erwiderte Andrea gelassen. „Was drei Venezianer wissen, weiß der Rat der Zehn. Um so wunderbarer, daß er diesmal so schlecht bedient wird.“

„Und nun setzt den Fall, es gelänge den Verschworenen nach Wunsch, Mord auf Mord, worauf es ja abgesehen scheint, erreichte die Inquisitoren trotz des Geheimnisses, das sie umgibt, und endlich fände sich niemand, der sein Leben an eine so gefährliche Würde wagte – was wäre damit erreicht? Eine Aristokratie von so ungeheuerlicher Organisation, wie die venezianische, bedarf, um zu bestehen, um sich gegen die drohenden Wogen des Volkswillens zu sichern, des festen Dammes einer immerwährenden Diktatur, die in sanfteren oder härteren Formen immer wieder aufgerichtet werden müßte. Denn wo sind die Elemente, aus denen eine echte Republik mit freien Institutionen sich bilden könnte? Ihr habt eine herrschende Kaste und eine beherrschte, Souveräne zu Hunderten und Pöbel zu Tausenden. Wo sind die *Bürger,* ohne die ein freies Stadtwesen ein Unding ist? Eure Nobili haben dafür gesorgt, daß der geringe Mann nie zum Bürgersinn, zum Gefühl der Verantwortlichkeit und des wahren, bewußten Opfers für große Zwecke herangereift ist. Sie haben den Plebejern nie erlaubt, sich um Staats-Interessen zu bekümmern. Aber weil das Regiment von achthundert Tyrannen zu schwerfällig, zu uneinig und schwatzhaft ist, um eine mächtige Wirkung nach außen oder innen zu üben, knechteten diese Herren sich lieber selbst und beugten sich unter das Joch eines unverantwortlichen Triumvirats, das wenigstens aus ihrer Mitte hervorgegangen war. Sie zogen es vor, ihre eigenen Mitglieder ohne Gesetz und Recht diesem dreiköpfigen Götzen zum Opfer fallen zu sehen, als unter dem Schutz von Gesetzen und Rechten zu leben, die sie mit dem Volk gleichstellen würden."

„Ihr sagt die Sachen, wie sie sind", warf Andrea ein. „Aber müssen sie so bleiben?"

„Bleiben – oder sich verschlimmern. Denn seht, Bester, wie furchtbar sich die Schneide ihrer Waffe gegen sie selbst gekehrt hat. Solange die Republik eine Aufgabe hatte unter den Völkern Europas, solange war der Druck dieser stehenden Diktatur im Innern durch die Erfolge nach außen aufgewogen. Niemals wäre Venedig ohne dieses Zusammenfassen all seiner Kräfte in der Hand unerbittlicher Tyrannen zu der Blüte politischer Macht und unermeßlichen Reichtums gediehen, wie wir sie bis ins vorige Jahrhundert noch im Wachsen finden. Sobald die Zwecke wegfielen, die so gewaltsame Mittel allein rechtfertigen konnten, blieb die nackte Tyrannei in all ihrer Unförmlichkeit übrig und begann, um nicht müßig zu gehen und sich selbst für überlebt zu halten, nach *innen* zu wüten. Eine Diktatur im Frieden, mag sie von einem oder dreien ausgeübt werden, ist immer eine Lebensgefahr für jeden großen oder kleinen Staat. Hier aber ist die Krankheit zu alt geworden, um noch Heilung zu finden. Die Keime des wahren Bürgertums, aus denen jetzt für die Republik ein neues Leben erwachsen müßte, sind verfault, durch ein jahrhundertelanges Schreckenssystem, durch das Netz der ausgesuchtesten Spionenkünste ist alles Vertrauen, alle Geradheit, Sicherheit und Freiheitsliebe erstickt, und das Gebäude, das so künstlich und dauerhaft aufgeführt scheint, würde zusammenbrechen, sobald der Kitt der Furcht aus den Fugen verschwände."

„Eure Gründe mögen gut sein", erwiderte Andrea nach einer Pause, „aber es sind Gründe eines Fremden, den es nichts kostet, diese Republik für ausgelebt und dem Untergang verfallen zu erklären. Einen Venezianer möchtet Ihr schwerlich überzeugen, daß die Krankheit seiner alten Mutterstadt nicht wenigstens den letzten Versuch einer Heilung wert sei."

„Ihr aber seid kein Venezianer."

„Ihr habt recht, ich bin nur aus Brescia, und meine Stadt hat schwer unter Venedigs Geißel geblutet. Dennoch kann ich mich eines tiefen Mitgefühls mit diesen verzweifelten Männern, die das fressende Geschwür der geheimen Schreckensherrschaft mit dem Messer auszuschneiden versuchen, nicht ganz erwehren. Ob sie ihr Ziel erreichen, steht in den Sternen geschrieben. Meine Augen sind schwach; ich verzichte darauf, diese Schrift zu lesen."

Beide Männer schwiegen und sahen eine Weile durch das Fenster auf den Kanal. Ihre Sessel standen dicht nebeneinander. Die Sonne brannte herein, ohne daß sie der lästigen Glut auswichen.

„Ihr seht", begann endlich lächend der Jüngere, „daß ich für einen Diplomaten und einen, der in *Venedig* sich die Sporen verdient, noch viel zu wenig Vorsicht gelernt habe. Wir haben uns nur gesehen, und heute sage ich Euch ohne Umschweife, was ich von den hiesigen Dingen halte. Aber freilich traue ich mir hinlängliche Menschenkenntnis zu, um zu wissen, daß ein Geist wie der Eure sich nicht in den Sold dieser Signoria begeben kann."

Andrea reichte ihm stumm die Hand. In demselben Augenblick wandte er das Gesicht und sah wenige Schritte hinter ihnen in unterwürfiger Haltung seinen Amtsgenossen, Samuele, mitten im Zimmer stehen. Er hatte die Tür leise geöffnet und war auf den Teppichen des Zimmers unter vielen Verbeugungen ungehört herangetreten. „Euer Gnaden", sagte er jetzt zu Rosenberg gewandt, indem er sich gegen Andrea fremd stellte, „ich bitte zu verzeihen, daß ich bin eingetreten ungemeldet. Der Herr Kammerdiener war nicht im Vorzimmer. Ich bringe die bestellten Juwelen; Sachen, Euer Gnaden, wie sie die schöne Esther hätte tragen können."

Er holte aus seinen Taschen Schachteln und Kästchen hervor und breitete seine Waren sorgfältig auf dem Tisch aus, wobei er sichtlich den jüdischen Händler, den er sonst in seinem Wesen nach Kräften verleugnete, hervorzukehren suchte. Während der Deutsche die Schmucksachen musterte, warf Samuele einen Blick des Einverständnisses nach Andrea hinüber, der ihm den Rücken kehrte und an das Fenster trat. Er begriff, was der Besuch des Juden zu dieser Stunde bezweckte. Der Spion sollte den Spion im Auge halten, der alte Fuchs den Neuling bei seinem Probestück überwachen.

Indessen hatte Rosenberg eine Halskette mit einem Rubinschloß ausgewählt und bezahlte den Preis, den der Jude forderte, ohne zu handeln. Er warf ihm die Goldstücke hin, nickte ihm, ohne weiter auf sein Geschwätz zu antworten, seine Entlassung zu und trat wieder ans Fenster. „Ich sehe es an Eurer Miene", sagte er, „daß Ihr mich bemitleidet und für einen Wahnsinnigen haltet. In der Tat, ich handelte klüger, wenn ich dieses blitzende Geschmeide in den Kanal würfe, statt es um Leonoras weißen Nakken zu legen. Aber was hilft mir alle Klugheit gegen diesen Dämon?"

„Ich bin überzeugt", antwortete Andrea, „daß Eure Entzauberung nicht lange auf sich warten lassen wird. Aber eine andere Warnung bin ich Euch schuldig. Kennt Ihr den Juden näher, der uns eben verließ?"

„Ich kenne ihn. Er ist einer von den Spionen, die der Rat der Zehn in unserem Hause besoldet. Er ißt sein Brot mit Sünden. Denn unser ganzes Geheimnis ist, daß wir ehrlich sind. Und weil sie dies für ganz unmöglich halten, gelten wir ihnen für die Gefährlichsten und Verstecktesten. Nur um Euretwillen ist es mir unlieb, daß der Schleicher gerade jetzt hier eintrat. Er hat gesehen, daß Ihr mir die Hand gabt. Ich bürge Euch dafür, daß Ihr, ehe eine Stunde vergeht, im schwarzen Buch des Tribunals stehen werdet."

Andrea lächelte bitter. „Ich fürchte sie nicht, mein Freund", sagte er. „Ich bin ein friedfertiger Mensch, und mein Gewissen ist ruhig." – –

Vier Tage waren nach jenem Gespräch vergangen. Andrea hatte sein gewohntes Leben fortgesetzt, sich regelmäßig morgens bei seinem Notar eingefunden und am Abend das Haus gehütet, obwohl ihm jetzt, da er zu der hohen Polizei in ein nahes Verhältnis getreten war, an dem guten Leumund in der Straße della Cortesia nicht mehr viel gelegen sein konnte.

Am Samstag abend erbat er sich den Hausschlüssel von Frau Giovanna. Sie lobte ihn, daß er eine Ausnahme von seiner Regel mache. Es sei heute auch der Mühe wert; die Totenfeier für den erlauchten Herrn Venier in San Rocco mitanzusehen, würde sie selbst reizen können. Aber sie scheue das Gedränge, und dann – er wisse wohl, weshalb *dieser* Fall ihr ein besonderes Grauen einflöße.

Auch er gehe dem nächtlichen Gewühl lieber aus dem Wege, sagte Andrea. Es beklemme ihm die Brust. Er wollte eine Gondel nehmen und nach dem Lido hinausfahren.

So verließ er die Alte und schlug die Richtung ein, die San Rocco entgegengesetzt war. Es war schon acht Uhr, ein feiner Regen trübte die Luft, hielt aber die Menschen nicht ab, der Kirche drüben über dem Kanal zuzuströmen, wo die Exequien für den ermorderten Staats-Inquisitor um diese Stunde abgehalten werden sollten. Dunkle Gestalten, teils in Masken, teils das Gesicht durch den Hutrand gegen den prickelnden Regeln schüt-

zend, eilten an ihm vorbei nach den Plätzen der Überfahrt oder nach der Rialtobrücke, und ein dumpfes Glockengetön summte durch die Luft. In einer Seitengasse stand Andrea still, zog eine Maske aus seinem Rock und band sie sich vor. Dann ging er an den nächsten Kanal, sprang in eine Gondel und rief: „Nach San Rocco!"

Die stattliche alte Kirche war schon von unzähligen Kerzen taghell erleuchtet, und eine ungeheure Volksmenge umwogte den leeren Katafalk, der dunkel mitten im Schiff aufragte ohne Blumen und Kränze. Nur ein großes silbernes Kreuz stand zu Häupten, und die schwarze Decke trug zu beiden Seiten das Wappen des Hauses Venier. Auf schwarzausgeschlagenen Sitzen, die durch die ganze Tiefe des Chores amphitheatralisch hinaufstiegen, hatte der Adel Venedigs Platz genommen, in einer Vollzähligkeit, wie sie selten auch bei wichtigen Sitzungen des Großen Rates zustande kam. Niemand wagte es zu fehlen, denn jedem lag daran, daß an der Aufrichtigkeit seiner Trauer um den Toten nicht der leiseste Zweifel entstände. Auf einer besonderen Tribüne saßen die fremden Gesandten. Auch ihre Reihe war vollzählig.

Aus der Höhe herab bliesen die Posaunen die feierliche Introduktion eines Requiems, und ein vollstimmiger Chor, von der Orgel begleitet, stimmte den Klagegesang an, der erschütternd durch die Kirche wallte und draußen auf dem Platz und weit in die benachbarten Straßen hinein von dem zuströmenden Volk vernommen wurde. Der feine Regen, der noch immer anhielt, die Dunkelheit der Nacht, aus der schon fern die hellen Steinrosen der Kirchenfenster wundersam hervorglommen, das verstohlene Schwirren und Summen der Tausende verbreitete ein banges Grauen rings um die Kirche, dessen nur wenige sich erwehren mochten. Je näher am Eingang in den erhabenen Raum, der alles umschloß, was in Venedig groß und mächtig war, desto andächtiger verstummten alle Lippen. Aus den schwarzen Masken, die nach alter Gewohnheit bei Trauer- wie bei Freudenfesten zahlreich unter der Menge erschienen, sahen nicht wenige bange Blicke in das helle Portal hinein nach dem Katafalk, der an das Ende der Dinge und die Hinfälligkeit irdischer Macht noch vernehmlicher mahnte als die Worte des Gesanges.

In einer Seitenstraße, die damals durch dunkle Arkaden nach dem Platz von San Rocco mündete, gingen zwei Männer hastig im Gespräch miteinander. Sie sahen es nicht, daß im Dunkel der Häuser ein dritter ihnen auf dem Fuße folgte, in Mantel und Maske sorgfältig versteckt, der sich bald näherte, bald zurückblickte und ihnen wieder einen Vorsprung ließ. Jene anderen trugen die Maske nicht. Der eine war ein graubärtiger Herr mit vornehmem Anstand, sein Begleiter schien jünger und geringeren Standes. Er horchte aufmerksam auf jedes Wort des Alten und warf zuweilen eine bescheidene Bemerkung hin.

Jetzt kamen sie an eine Stelle, wo aus einem erleuchteten Hause ein heller Schein über die Gasse fiel. Unversehens hatte die Maske sie überholt und spähte, als sie jetzt dicht an ihr vorübergingen, hinter dem Pfeiler hervor scharf in die beiden Gesichter. Die Züge des Sekretärs der Staats-Inquisitoren tauchten deutlich für einen Augenblick aus der Finsternis auf. Die Stimme des Alten war ebenfalls im Gemach des geheimen Tribunals laut geworden. Sie hatte Andrea Delfin ins Gesicht gesagt, daß er ein Candiano sei.

„Geht nun zurück“, schloß der Alte das Gespräch, „und besorgt die Sache ohne Aufschub. Der Großkapitän ist bei San Rocco beschäftigt, wie Ihr wißt; aber eine kleine Abteilung seiner Leute genügt, um beide zu verhaften. Ihr werdet ihnen einschärfen, daß es ohne Lärm abgehen muß. Das erste Verhör habt Ihr sofort anzustellen, denn vor Mitternacht bin ich schwerlich zurück. Ist etwas Dringendes zu melden, so findet Ihr mich, nachdem die Feier vorüber ist, bei meinem Schwager.“

Sie trennten sich, und der Alte schritt durch den einsamen Pfeilergang dem Platz von San Rocco zu. Eben verstummte die Musik in der Kirche, und aller Augen richteten sich auf die Kanzel, die ein schneeweißer Greis, der päpstliche Nuntius, auf zwei jüngere Geistliche gestützt mühsam bestieg, um zu dem versammelten Adel und Volk Venedigs zu reden. Kein Laut regte sich mehr; die schwache Stimme des Greises begann, weit vernehmlich, das Gebet, daß der Herr in Gnaden herabsehen und aus dem Schatz seiner ewigen Weisheit und Barmherzigkeit den bekümmerten Geistern Trost und Erleuchtung spenden möge, das Dunkel zu erhellen, welches Schuld und Arglist dem Auge des irdischen Gerichts entziehe, und die Werke der Finsternis zuschanden machen wolle.

Das Amen war kaum verhallt, so erhob sich von dem Portal her ein murmelndes Geräusch und pflanzte sich blitzschnell durch das Schiff der Kirche fort und lief bis zu den Sitzen der Nobili hinan, so daß im Nu die ungeheure Versammlung wie ein aufgewühlter See schwankte und brandete. Alle spähten, im ersten Moment ratlos, nach der Schwelle hin, über welche das Entsetzen eingedrungen war. Man sah jetzt durch das Hauptportal Fackeln in Hast über den dunklen Platz irren, und während alles atemlos hinaushorchte, erscholl plötzlich von vielen Stimmen der Ruf in die Kirche hinein: „Mörder! Mörder! Rette sich, wer kann!“

Ein beispielloser Aufruhr, eine Verwirrung, wie wenn das Gewölbe der Kirche jählings den Einsturz drohe, folgte auf diesen Ruf. Volk und Patrizier, Geistliche und Laien, die Sänger oben vom Chor, die Wächter des Katafalks, Männer und Frauen drängten sich blindlings den Ausgängen zu, und nur der Greis auf der Kanzel droben sah mit unerschütterlicher Würde auf das angstvolle Gewimmel herab und verließ seinen Sitz erst, als nur noch das schwarze Gerüst inmitten der leeren Kirche ihn an das Wort mahnte, das ihm so plötzlich abgeschnitten worden war.

Draußen aber wälzte sich die entsetzte Menge nach einem Punkt, wo einige Fackeln mühsam mit Wind und Regen kämpften. Die Sbirren, die unter der Führung des Großkapitäns beim ersten Aufzucken des Ereignisses an jene Stelle geeilt waren, hatten einen regungslosen Körper im Dunkel der Seitengasse gefunden, dem noch immer das Blut aus der Seite strömte. Als die Fackeln herbeikamen, sah man einen Dolch mit stählernem Kreuzgriff in der Wunde stecken und las die eingegrabenen Worte: „Tod allen Staats-Inquisitoren!“, die durch die entgeisterte Menge halblaut von Mund zu Mund gingen.

Der erste Stoß eines Erdbebens, obwohl die Mahnung furchtbar ist, daß man auf vulkanischem Boden stehe, erschüttert die Gemüter noch nicht in den Tiefen. In den Schrecken mischt sich zu lebhaft Überraschung und Befremden, ja, wo die Wirkungen nicht allzu fühlbar bleiben, sind die Menschen, die rasch wieder ins Gleichgewicht zurückstreben, gern geneigt, um ihrer Ruhe willen lieber an eine Sinnestäuschung zu glauben. Erst die Wiederholung des Verderblichen, Unabwendbaren und Erbarmungslosen widerlegt jeden Glauben an einen Irrtum, jede Hoffnung, daß nur zufällige Umstände das Ereignis herbeigeführt haben möchten. Die Wiederkehr der Gefahr verewigt die Furcht und deutet auf eine unabsehliche Reihe von Schrecknissen hinaus, gegen die weder Mut noch Feigheit den geringsten Schutz gewähren können.

Eine ähnliche Wirkung übte in Venedig die Kunde von dem zweiten mörderischen Anfall gegen einen Staats-Inquisitor aus. Denn daß der Verwundete nichts Geringeres war, hatten die Eingeweihten nicht zu verheimlichen vermocht. Niemand konnte sich's verhehlen, daß die Kühnheit, mit der dieser zweite Schlag geführt worden war, durch das Gelingen der Tat nur neu angespornt und zum Weiterschreiten auf der Bahn der Gewalt ermuntert werden mußte. Zwar hatte dieses Mal der Dolch, durch ein seidenes Unterkleid abgelenkt, das Opfer nicht sogleich tödlich getroffen. Aber die Wunde gefährdete dennoch das Leben und verursachte jedenfalls einen Stillstand in der Tätigkeit des geheimen Tribunals, das ohne Einstimmigkeit seiner drei Mitglieder keinen Spruch tun durfte. Seine Herrschaft war also für den Augenblick gelähmt, und, was wichtiger war, das undurchdrungene Geheimnis, in das sich die feindliche Macht hüllte, zerstörte den Glauben an die Allwissenheit und Allmacht des Triumvirats und mußte zuletzt das Selbstvertrauen und die rücksichtslose Energie seiner Mitglieder untergraben.

Denn welche Maßregeln der Vorsicht blieben noch übrig, und welche Mittel geheimer Nachforschung waren noch unerschöpft? Hatte man nicht über die Neuwahl des dritten Inquisitors im Rat der Zehn sich gegenseitig das tiefste Stillschweigen mit schwerem Eide angelobt? Und dennoch war wenige Tage nachher der Schlag so sicher, so wie vom Himmel herab gerade auf den Neugewählten gefallen. Mit argwöhnischen Blicken sah jeder den anderen an. Der Gedanke drängte sich auf, daß im Schoß der

Machthaber selbst der Verrat niste, daß die Tyrannen selbstmörderisch Hand an ihre Herrschaft gelegt hätten. Man verhaftete den Sekretär der Inquisition, der mit dem Verwundeten die letzten Worte kurz vor dem Überfall gesprochen hatte. Er wurde peinlich befragt und mit grausamem Tode bedroht. Auch das war freilich erfolglos.

Und was hatte die Vermehrung der geheimen Polizei, die massenhafte Anwerbung neuer Spione unter den Dienern der Nobili und der fremden Gesandten, in den Gasthöfen, im Arsenal, selbst in den Kasernen und Klöstern für einen Gewinn gebracht? Halb Venedig war dafür besoldet, daß es die andere Hälfte überwachte. Eine ansehnliche Summe sollte die geringste Nachricht, die auf die Spur der Verschwörung half, belohnen. Man verdreifachte sie jetzt. Aber man versprach sich, da man die Verschwörung bei dem Adel suchte, wenig von einer Maßregel, die nur auf das ärmere Volk berechnet war. Man tat überhaupt eine Menge Dinge, nur um den Schein zu retten, als sei man nicht müßig, obwohl, was man tat, müßig war. Es erschienen strenge Verordnungen über das Schließen der Gasthäuser und Schenken mit dem Eintritt der Dunkelheit, das Tragen von Masken und Waffen jeder Art wurde bei schwerer Strafe verpönt, die ganze Nacht hallte der Schritt der Runden durch die Gassen und hörte man die Gondeln anrufen, die auf den Kanälen den Wachtposten vorüberfuhren. Niemand erhielt einen Paß, der Venedig verlassen wollte, und am Eingang des Hafens lag ein großes Wachtschiff, das jedes Fahrzeug anhielt und selbst von den Beamten der Republik die Parole verlangte, ehe sie passieren durften.

Weit über die Terraferma hin verbreitete sich das Gerücht von diesen unheimlichen Zuständen, wie gewöhnlich mit der Entfernung wachsend. Wer eine Reise nach der Mutterstadt vorhatte, schob sie auf. Wer sich in eine Handelsverbindung mit einem Venezianer Hause hatte einlassen wollen, zog es vor, den Ausgang dieser Wirren abzuwarten, die den Bau der Republik in ihren Grundfesten umzuwühlen drohten. Der Rückschlag zeigte sich bald in der Verödung der Stadt, wo alles zu stocken schien. Die Nobili verließen nur im dringendsten Notfall ihre Paläste, in denen sie sich, um nicht unwissend an einen der Verschworenen zu streifen, gegen jeden Besuch absperrten. Niemand wußte genau, was draußen vorging, und die abenteuerlichsten Gerüchte von Verhaftungen, Folter und verhängten Strafen drangen zu den verschlossenen Türen ins Innere der bangen Familien. Auch das geringere Volk, obwohl es klar fühlte, daß es nicht in erster Linie unter diesen Zuständen litt, und es schadenfroh mit ansah, wie die Vornehmen in panischem Schrecken sich untereinander scheel anblickten, konnte sich doch auf die Länge einer beklommenen Stimmung nicht erwehren. Es war immerhin lästig, Karten und Wein mit dem Einbruch der Nacht im Stich zu lassen, von einer jeden Wache, der es einfiel, nach verborgenen Waffen durchsucht zu werden und bei dem besten Gewissen von der Welt keinen Augenblick vor der Tücke falscher Denunzianten sicher zu sein.

Unter den wenigen, auf deren Leben und Treiben die Schwüle, die über den Gemütern lag, scheinbar keinen Einfluß übte, befand sich auch Andrea Delfin. Er war am Morgen nach der Tat gleich dem anderen Troß der geheimen Späher von dem Nachfolger jenes unglücklichen Sekretärs, der ihn in Sold genommen hatte, über seine Beobachtungen um die Stunde der Tat befragt worden und hatte das Märchen von einer Fahrt nach dem Lido aufgetischt, bei der er die Absicht gehabt hätte, die Stimmung unter den Fischern auszukundschaften. Was er aus dem Hotel des österreichischen Gesandten und dem Palast der Gräfin mitzuteilen wußte – unverfängliche Tatsachen, die dem Tribunal längst bekannt waren – zeugte wenigstens für seinen Eifer, sich in seine Aufgaben hineinzuarbeiten. Sein Freund Samuele hatte nicht versäumt, die auffallende Vertraulichkeit zu denunzieren, in welcher er den Brescianer mit dem Gesandtschafts-Sekretär getroffen hatte. Ruhverantwortete sich Andrea, und die alte Bekanntschaft von Riva her konnte den Absichten des Tribunals nur förderlich sein.

So verging denn fast kein Tag, an dem er nicht, wenn er mit seiner Arbeit für den Notar fertig war, seinen deutschen Freund aufsuchte, dem das Gespräch des ernsten, von geheimem Kummer verdüsterten Mannes in seiner Abgeschiedenheit von anderem Verkehr nach und nach zum Bedürfnis wurde. Er hatte ein unbegrenztes Vertrauen zu Andrea gefaßt, und wenn er politische Themata ihm gegenüber vermied, geschah es mehr, weil er bei der Verschiedenheit ihrer Nationalität eine Verständigung zwischen ihnen nicht hoffen durfte, als aus Besorgnis, daß Andrea seine Offenheit mißbrauchen möchte. Er erzählte ihm sogar mit lachendem Munde, daß er vor ihm gewarnt worden sei, als vor einem Spion des Tribunals. Die Sorglosigkeit, mit der er täglich die verfemte Schwelle des fremden Gesandten betrete, falle natürlich auf.

„Ich bin kein Nobile", erwiderte Andrea mit gelassener Miene. „Daß ich keine diplomatischen Verbindungen hier suche, leuchtet den Zehnmännern ein; sie haben mich bis jetzt nicht einmal einer Warnung gewürdigt. Euch aber habe ich liebgewonnen und würde mit Schmerzen darauf verzichten, Euch dann und wann meine unerfreuliche Gesellschaft aufzudrängen, denn ich bin ein völlig einsamer Mensch. Selbst meine brave Wirtin, die mir sonst wohl ein Stündchen mit ihren Sprichwörtern die Zeit vertrieb, betritt mein Zimmer nicht mehr. Sie ist krank, krank an Venedig und den bleichen Schatten, die darin umgehen."

So verhielt es sich in der Tat. Nach dem zweiten Attentat auf die Staats-

Inquisition war Frau Giovanna einen Tag lang tiefsinnig herumgegangen, und es hatte sich mit der sinkenden Nacht eine immer wachsende Aufregung bei ihr eingestellt. Sie war nun fest überzeugt, daß der Geist ihres Orso der Täter sei; denn nur ein unkörperlicher Schatten konnte zum zweitenmal den tausend lauernden Augen, die Venedigs Ruhe bewachten, entgehen. Sie legte ihre besten Kleider an und beschloß, da sie nichts Geringeres als einen Besuch ihres Abgeschiedenen erwartete, die ganze Nacht oben an der Treppe zu seinem Empfang bereit zu sein. In rührender Verwirrung der Begriffe hatte sie eine Lieblingsspeise ihres Mannes auf einem gedeckten Tisch mit drei Sesseln angerichtet und war nicht dazu zu bewegen, selbst einen Bissen zu genießen. In diesem Zustand verwachte sie den größten Teil der Nacht. Erst nachdem das Lämpchen auf dem Flur erloschen war, gelang es Marietta, die Andrea zu Hilfe rief, die arme Frau wieder ins Zimmer und zu Bett zu bringen. Ein Fieber brach aus, nicht gefährlich, aber lebhaft genug, um täglich mehrere Stunden lang ihr Bewußtsein zu rauben. Andrea sah dem allen in tiefem Mitleiden zu, und die bewegenden Worte, die der Kranken in ihren Phantasien entfielen, peinigten ihn sehr. Er mußte sich sagen, daß er die Verstörung dieser guten Seelen auf dem Gewissen habe, und die traurigen Blicke Mariettas drückten ihn schwerer als alle blutigen Geheimnisse, die er mit sich herumtrug.

Mit dieser Last beladen, schlenderte Andrea eines Nachmittags am Dogenpalast vorbei und stand lange an dem schmalen Kanal, der unter dem hohen Bogen der Seufzerbrücke dahinfließt. Wenn seine Entschlüsse in ihm wankend wurden und er an der Unsträflichkeit des Richteramtes, das er übernommen hatte, zu zweifeln begann, flüchtete er an diese Stelle und bestärkte sich durch einen Blick auf die uralten Mauern, hinter denen Tausende von Opfern einer unverantwortlichen Macht geseufzt und geknirscht hatten, in dem Glauben an das Recht und die Not seiner Sendung.

Die Sonne schien mit stechenden Strahlen durch die Septemberdünste, die vom Wasser aufstiegen. Dieser Quai, der sonst von Leben wimmelte, war unheimlich still. Die finsteren Blicke der Soldaten, die unter den Arkaden des Palastes auf und ab klirrten, mochten die laute Munterkeit der Vorübergehenden einschüchtern. Andrea konnte deutlich hören, daß aus einer Gondel, die eben an die Piazzetta anfuhr, sein Name gerufen wurde. Er erkannte seinen Freund, den Sekretär des Wiener Gesandten.

„Habt Ihr Zeit", rief der Jüngling ihm zu, „so steigt ein wenig ein und fahrt eine Strecke mit mir. Ich bin eilig und möchte Euch doch gern noch einmal sprechen."

Andrea stieg in die Gondel und der andere reichte ihm mit besonderer Herzlichkeit die Hand. „Ich freue mich sehr, mein teurer Andrea, daß ich Euch zufällig hier antreffen sollte. Ich wäre ungern ohne Abschied von

Euch gegangen, und doch wagte ich nicht, Euch zu besuchen oder nach Euch zu schicken, da es ohne Zweifel aufgefallen wäre."

„Ihr reist?" fragte Andrea fast bestürzt.

„Ich muß wohl. Da lest diesen Brief meiner guten Mutter, und sagt, ob ich daraufhin noch länger zögern kann."

Er zog den Brief aus der Tasche und gab ihn dem Freunde. Die alte Dame beschwor den Sohn, wenn ihm daran liege, daß sie je wieder eine Stunde Schlaf fände, ohne Aufenthalt zu ihr zu reisen. Die Gerüchte aus Venedig, die Stellung, die er dort einnehme, und welche ihn mehr als andere gefährde, der Umstand, daß kaum der dritte seiner Briefe an sie gelange, sie wisse nicht, durch wessen Schuld – das alles nage an ihrer Ruhe, und ihr Arzt wolle für nichts stehen, wenn sie nicht durch einen Besuch ihres Sohnes erst wieder getröstet und beruhigt worden sei. Es ging ein Ton grenzenloser mütterlicher Hingebung und tiefen Kummers durch diese Zeilen, daß Andrea sie nicht ohne Bewegung lesen konnte.

„Und dennoch", sagte er, als er das Blatt zurückgab, „dennoch wünschte ich fast, Ihr reistet nicht gerade jetzt, obwohl ich weiß, daß Eure Mutter die Stunden zählt. Nicht darum, weil ich, wenn Ihr fort seid, völlig verlassen sein und wie ein wandelnder Toter hier zurückbleiben werde, sondern weil es nicht geraten ist, jetzt aus Venedig zu gehen, da der Verdacht Euch auf den Fersen folgen wird, Ihr ginget aus Vorsicht. Hat man gar keine Schwierigkeiten gemacht, Euch zu beurlauben?"

„Nicht die geringsten. Wie könnte man auch, da ich zur Gesandtschaft gehöre?"

„So seid doppelt auf Eurer Hut. Man hat schon manche Tür in Venedig zuvorkommend geöffnet, weil der Schritt über die Schwelle in einen Abgrund führte. Wenn Ihr mir folgtet, zeigtet Ihr Euch nicht so offen und unverkleidet hier in der Stadt während der letzten Stunden vor Eurer Abreise. Ihr könnt nicht wissen, was man vielleicht anstellt, dieselbe zu verhindern."

„Was soll ich aber tun?" fragte der Jüngling. „Ihr wißt, daß die Masken verboten sind."

„So bleibt zu Hause und laßt die Würdenträger dieser Republik lieber umsonst auf Euren Abschiedsbesuch warten. – Und wann werdet Ihr reisen?"

„Morgen früh um fünf. Ich denke einen Monat fortzubleiben und hoffentlich meine Mutter dann beruhigt verlassen zu können. Nun es fest beschlossen ist, daß ich mich losreißen soll, bin ich fast schon ausgesöhnt mit dieser Gewaltkur, obwohl sie mir nicht wenig ins Leben schneidet. Vielleicht gelingt es mir, wenn ich die Kreise meiner Zauberin nur erst durchbrochen habe, ihre Macht für immer abzuschütteln. Aber werdet

Ihr's glauben, mein Freund, daß ich vor der Trennung zittere, wie wenn ich sie nicht überstehen könnte?"

„So ist das beste Mittel, Euch *sofort* von ihr zu trennen."

„Ihr meint, sie vor der Reise nicht wiederzusehen? Ihr verlangt Übermenschliches."

Andrea ergriff seine Hand. „Mein teurer Freund", sagte er mit einer Innigkeit, die er noch stets bemeistert hatte, „ich habe kein Recht, von Euch nur das geringste Opfer in Anspruch zu nehmen. Das Gefühl herzlicher Neigung, das mich von Anfang an zu Euch hingeführt hat, dankt sich selbst reichlich, und ich wage es nicht, im Namen dieser meiner Freundschaft Euch um etwas zu bitten. Aber bei dem Bild jener edlen Frau, deren Liebesworte Ihr mir eben zu lesen gabt, beschwöre ich Euch: Geht nicht mehr in das Haus der Gräfin. Mehr als alles, was ich von ihr weiß, ja, was Ihr selbst nicht in Abrede stellt, laßt Euch meine Ahnung warnen, daß es Euer Unheil ist, wenn Ihr sie nicht in diesen letzten Stunden meidet. Versprecht mir's, mein Teuerster!"

Er hielt ihm die Hand hin. Aber Rosenberg schlug nicht ein. „Fordert kein festes Versprechen", sagte er mit ernstem Kopfschütteln. „Laßt es

Euch genügen, daß ich den besten Willen habe, Eurem Rat zu folgen. Aber wenn der Dämon stärker wäre als ich und alles über den Haufen stürmte, was ich ihm in den Weg legte, so hätte ich den doppelten Kummer, mir selbst und Euch untreu geworden zu sein. Ihr aber wißt nicht, was dieses Weib erreichen kann, wenn sie will."

Sie schwiegen hierauf und fuhren noch eine Weile nachdenklich miteinander durch die leblose Flut, die träge, wie ein Sumpf, vor dem Kiel ihrer Gondel zurückwich. In der Nähe des Rialto begehrte Andrea auszusteigen. Er trug dem Jüngling Grüße an die Mutter auf und zuckte auf die Frage, ob er nach einem Monat noch in Venedig zu treffen sein werde, finster die Achseln. Sie hielten sich lange Hand in Hand und schieden, als die Gondel landete, mit einer herzlichen Umarmung. Noch einmal sah das kluge, treuherzige Gesicht des Jünglings aus der Luke des schwarzen Verdecks hervor und nickte dem Freunde zu, der auf der Wassertreppe in Gedanken verloren stehengeblieben war. Beiden war die Trennung schmerzlicher, als sie sich erklären konnten.

Andrea zumal, der sich seit langem von allen Banden gelöst glaubte, mit denen der einzelne sich an einzelne knüpft, der über dem einen furchtbaren Ziel, das er sich gesteckt, allen kleinen Lebenszwecken abgestorben schien, wunderte sich bei sich selbst, wie weh ihm der Gedanke tat, daß er nun mehrere Wochen sich ohne diesen Jüngling behelfen müsse. Bald aber drängte der Wunsch sich vor, daß er ihm hier nie mehr begegnen möchte, ehe sein Werk gelungen sei. Er nahm sich vor, einen Brief an die Mutter zu schreiben, und sie mit geheimnisvollen Warnungen dergestalt zu drängen, daß sie in die Rückkehr ihres Sohnes nach Venedig nicht wieder willigte. Als er diesen Gedanken gefaßt hatte, fiel eine größere Last von ihm. Er ging sofort nach Hause, um sein Vorhaben auszuführen.

Aber in seinem grauen Zimmer, wo nie ein Sonnenstrahl hindrang und die leere Wand des Gäßchens unwirtlich durch das Gitterfenster hereinsah, überkam ihn, sobald er sich zum Schreiben niedersetzte, eine so heftige Unruhe und Beklommenheit, daß er die Feder hinwarf und hin und her lief, wie ein Raubtier in seinem Käfig. Er war sich völlig klar darüber, daß diese Stimmung nicht aus der Tiefe seines Gewissens aufstieg, daß keine Furcht, sein Geheimnis verraten und der Rache überliefert zu sehen, sich in die Verstörung seiner Seele mischte. Erst an diesem nämlichen Morgen hatte er wieder vor dem Sekretär des Tribunals gestanden und sich von der völligen Ratlosigkeit der Gewaltherren überzeugt. Der verwundete Staats-Inquisitor lag noch immer zwischen Leben und Tod. Je länger dieser Zustand der Schwebe dauerte, um so mehr wurde das Dasein des Triumvirates selbst in Frage gestellt. Noch ein glücklicher Schlag gegen das wankende Gebäude, und es lag für alle Zeiten in Trümmern. Andrea zweifelte keinen

Augenblick, daß die Vorsehung, die ihm bisher die Hand geführt, auch das letzte werde gelingen lassen. Noch niemals war er an seiner Sendung irre geworden. Und wenn ihn heute die unbestimmte Ahnung eines großen Unglücks ruhelos machte, so hatten seine eigenen Taten und Pläne keinen Anteil daran.

Der Tag dunkelte schon, als er drüben an Smeraldinas Fenster ein leises Husten hörte, das verabredete Zeichen, daß ihn das Mädchen zu sprechen wünsche. Er hatte sie in der letzten Zeit ziemlich vernachlässigt und knüpfte heute nicht ungern wieder an, teils um seinen eigenen Gedanken zu entrinnen, teils um durch Neuigkeiten aus dem Palast der Gräfin sich den Zugang zum Tribunal offen zu erhalten und vielleicht gar zu einem der Inquisitoren hindurchzudringen. Rasch trat er ans Fenster und grüßte hinüber. Die Zofe empfing ihn mit einer kühler Herablassung.

„Ihr macht Euch rar", sagte sie; „es scheint, Ihr habt indessen andere Bekanntschaften gemacht, die Ihr Eurer Nachbarin vorzieht."

Er versicherte, daß seine Gefühle für sie unverändert seien.

„Wenn es wahr ist", sagte sie, „so will ich Euch wieder zu Gnaden annehmen. Es wäre heute gerade eine gute Gelegenheit, einmal wieder ungestört miteinander zu plaudern. Meine Gräfin hat eine Spielgesellschaft auf den Abend, ein halb Dutzend junger Herren. Sie gehen schwerlich vor Mitternacht, und bis dahin könnten auch wir zwei zusammen kommen, und ich versorgte uns hinlänglich aus der Küche und vom Kredenztisch."

„Ist der Deutsche geladen, von dem du mir erzählt hast, daß die Gräfin ihn so oft bei sich sieht?"

„Der? Wo denkt Ihr hin! Der ist so eifersüchtig, daß er keinen Fuß über die Schwelle setzt, wenn er hier Gesellschaft wittert. Übrigens reist er fort. Wir grämen uns eben nicht tot darum."

Andrea atmete auf. „Ich bin um zehn Uhr hier am Fenster", sagte er; „oder soll ich ans Portal kommen?"

Sie besann sich. „Tut lieber das", sagte sie. „Der Pförtner ist ja ein guter Bekannter von Euch, und Eure Wirtin gibt Euch den Schlüssel. Oder spielt Ihr den Tugendhaften vor der kleinen Marietta? Wißt Ihr, daß ich auf das unbedeutende Geschöpf in allem Ernst eifersüchtig zu werden anfing?"

„Auf Marietta?"

„Sie ist in Euch vernarrt, oder ich habe keine Augen im Kopf. Seht sie nur an. Geht sie nicht wie verwandelt einher und singt nicht mehr, während man sich sonst die Ohren zuhalten mußte? Und wie manche Stunde betreffe ich sie darüber, daß sie, während Ihr fort seid, in Euer Zimmer schleicht und Eure Sachen durchstöbert!"

„Sie liest in meinen Büchern; ich habe es ihr erlaubt. Wenn sie nicht mehr singt, so ist es, weil die Mutter krank liegt."

„Ihr wollt sie nur entschuldigen, aber ich weiß genug, und wenn ich dahinterkommen sollte, daß sie schlecht von mir gesprochen hat, um Euch mir abspenstig zu machen, so kratze ich ihr die Augen aus, der neidischen Hexe."

Sie schlug das Fenster heftig zu, und er konnte nicht umhin, ihren Worten lange nachzudenken. In früheren Zeiten hätte die Vorstellung, daß er dem reizenden Mädchen nicht gleichgültig sei, sein Blut zu schnelleren Schlägen getrieben. Jetzt ging es ihm nur im Kopf herum, wie er seinen Weg einzurichten habe, um die ruhige Bahn dieser arglosen Seele nicht ferner zu kreuzen. Nachträglich fielen ihm mancherlei kleine Züge ein, die für Smeraldinas Meinung sprachen. Er hatte sie einzeln sich verleugnet. Ihre Summe mußte er gelten lassen. „Ich muß fort von hier", sagte er bei sich selbst. „Und doch, wo bin ich so sicher und geborgen wie in diesem Hause?"

Nachts um die bestimmte Stunde fand er sich am Portal des Palastes ein, der mit hellen Fenstern auf den winkligen Platz hinaussah. Die Luft war mondlos und trübe, ein früher Herbst kündigte sich an, und die wenigen Menschen, die noch auf den Straßen waren, hüllten sich in ihre kurzen Mäntel. Andrea, als er stand und wartete, daß man ihn einlasse, dachte des Abends, da ein anderer Candiano diese Schwelle betreten hatte, um den Tod davonzutragen. Er schauderte in sich zusammen. Seine Hand, die bald darauf von der öffnenden Zofe vertraulich ergriffen wurde, war kalt.

Sie führte ihn in ihr Zimmer, aber Essen und Trinken, wozu sie ihn nötigte, war ihm unmöglich, obwohl sie die Tafel ihrer Herrin nicht geschont und vom Ausgesuchtesten für ihren Freund beiseite gebracht hatte. Er entschuldigte sich mit seiner Krankheit, und sie ließ es gelten, da er sich nicht weigerte, einige Dukaten im Tarock an sie zu verlieren. Auch hatte er ihr wieder ein Geschenk mitgebracht, so daß sie es verschmerzte, auch heute einen so einsilbigen und enthaltsamen Liebhaber an ihm zu finden. Sie aß und trank desto eifriger, trieb allerlei Possen und nannte ihm die Namen der jungen Venezianer, die zum Spiel bei der Gräfin sich eingefunden hatten.

„Da geht es anders her als bei uns", sagte sie; „das Gold wird nicht gezählt, sondern mit der vollen Faust auf die Karte gesetzt. Habt Ihr Lust, einmal einen Blick hinein zu werfen? Ihr kennt ja die Schliche schon."

„Du meinst den Spalt in der Wand? Aber sind sie denn nicht im Saal?"

„Nein, im Zimmer der Gräfin. Der Saal ist nur für große Galatage im Karneval."

Er besann sich kurz. Es konnte ihm nur erwünscht sein, seine Personenkenntnis unter dem Adel zu erweitern. „Führe mich hin", sagte er. „Ich werde bald genug haben und dir nicht lange untreu werden."

„Nur verliebt Euch nicht in meine Gräfin“, drohte sie. „Im Punkte der Eifersucht verstehe ich keinen Spaß, und leider finden manche meine Herrin schöner als mich.“

Er suchte in diesen Ton einzustimmen, und sie gingen scherzend aus dem Zimmer. Draußen begegneten ihnen einige Lakaien in Livree, die an dem Begleiter des Mädchens keinen Anstoß zu nehmen schienen. Sie trugen silberne Schüsseln und Teller vorüber und ließen den Weg nach dem großen Saal frei. Derselbe war unbeleuchtet wie das erstemal; aber nebenan ging es fröhlicher und lauter zu, und Andrea, als er seinen unbequemen Lauerposten oben auf der Tribüne eingenommen hatte, erkannte das Gemach kaum wieder. Die hohen Wandspiegel warfen sich die Strahlen der Kerzen verhundertfacht zu, und ihre goldenen Rahmen fingen die Streiflichter auf und schnellten den Widerschein bis an die Decke. Dazwischen aber funkelten die Juwelen der schönen Leonora, und Andrea erkannte deutlich an ihrem Hals die Kette mit dem Rubinschloß, die sein deutscher Freund von Samuele gekauft hatte. Der Stein lag wie ein roter Blutfleck auf der weißen Brust. Aber ihre Augen sahen müde und gleichgültig auf die Karten, und wenn sie die Gesichter der jungen Männer überflogen, war es deutlich wahrzunehmen, daß keiner von ihnen sie fesselte. Und doch taten die Gäste ihr Bestes, um liebenswürdig zu sein. Sie begleiteten ihre Einsätze mit den scherzhaftesten Reden und verloren rascher ihr Gold als ihre Laune. Einer, der bereits alles verspielt zu haben schien, saß auf einem Sessel zwischen zwei Wandspiegeln und sang schmachtende Barkarolen zur Laute. Ein anderer, der eine Weile vom Gewinnen ausruhte, zielte mit Goldstücken nach den Mustern des Fußteppichs und vergaß, sich nach den rollenden Zechinen wieder zu bücken. Dazwischen gingen die Diener mit Eis und Früchten ab und zu, und ein Bologneserhündchen unterhielt sich in aller Freundschaft mit dem großen, grünen Papagei, der von seiner vergoldeten Stange herab zuweilen auf gut venezianisch drollige Flüche in die Gesellschaft hineinrief.

Schon wollte der Lauscher oben auf der Musikbühne sich wieder zurückziehen, da ihm das Bild, in das er hinuntersah, die peinlichsten Gefühle erregte, als plötzlich durch die hohe Flügeltür eine stattliche Figur in das Spielzimmer trat, die von allen Anwesenden mit Befremden begrüßt wurde. Es war ein ziemlich bejahrter Herr, der aber sein weißes Haupt noch aufrecht genug auf den Schultern trug und auch im Gang nichts Greisenhaftes hatte. Er musterte mit einem raschen Blick die jungen Leute, neigte sich leicht vor der Gräfin und bat, sich nicht stören zu lassen.

„Ihr verlangt zu viel, Ser Malapiero“, erwiderte die Gräfin. „Die Ehrfurcht dieser Jugend vor den Diensten, die Ihr der Republik zu Meer und zu Land geleistet habt, erlaubt nicht, daß wir in Eurer Gegenwart fortfahren, die edle Zeit so sündlich zu töten."

„Ihr seid im Irrtum, schöne Leonora", versetzte der Alte. „Habe ich doch nur deshalb mich von allem Staatsdienst zurückgezogen und selbst den Großen Rat schon seit Jahren nicht mehr besucht, weil mir der Respekt der jungen Leute lästig war und es mich nach ungebundener, fröhlicher Gesellschaft verlangte. Wer aber mag sich heutzutage das Herz vom Wein öffnen lassen, wenn einer vom Rat der Zehn oder gar ein Staats-Inquisitor mit bei Tisch sitzt? Man altert rascher im Amt, und ich denke noch eine Weile meiner weißen Haare zu spotten und wenigstens beim Wein jung zu sein, wenn ich auch der Schönheit gegenüber meine Jahre fühle."

„Ihr nehmt es wahrlich in der Artigkeit noch mit diesen jungen Herren auf", sagte Leonora, „die meinen, es gehöre nur ein zierlich gekräuselter blonder oder schwarzer Bart dazu, um das Recht zu haben, jeden schönen Frauenmund zu küssen. Aber ich will den Kredenztisch hereintragen lassen, um meinem seltenen Gast Willkommen zuzutrinken."

„Verzeiht, meine holde Freundin. Ich komme nicht, um das Gastrecht in Anspruch zu nehmen. Nur der Wunsch trieb mich her, Euch unverzüglich die Nachrichten von Eurem Bruder zu bringen, die durch den Kurier aus Genua heute abend an mich gelangt sind. Sie sind so guter Art, daß ich nicht fürchte, die Heiterkeit der schönen Wirtin zu trüben, und daher auf Verzeihung rechne, wenn ich Euch diesen edlen Herren für einige Augenblicke entführe. Darf ich hier mit Euch eintreten?" sagte er, auf die Tür zu dem dunkeln Saal deutend, auf die er zugeschritten war.

Andrea zuckte zusammen. Er begriff, daß er nicht so rasch und geräuschlos seinen Platz verlassen konnte, um unbemerkt sich davon zu schleichen. Und schon öffnete sich die Saaltür und er hörte das Kleid der Gräfin hereinrauschen. Schnell entschlossen legte er sich platt auf den Boden der hohen Estrade nieder, deren Geländer, so niedrig es war, ihn dennoch in dieser Lage völlig deckte. Er hörte den Schritt des Alten, der Leonora folgte und die Frage, ob ein Leuchter hereingebracht werden sollte, verneinte.

„Nur zwei Worte habe ich zu sagen", rief Malapiero in das Spielzimmer zurück. „Niemand der jungen Herren wird Zeit haben, auf mich eifersüchtig zu werden."

Die Tür schloß sich hinter ihnen, und sie gingen unter der Tribüne auf und ab.

„Was führt Euch her?" fragte die Gräfin hastig. „Bringt Ihr mir endlich die Nachricht, daß Gritti zurückberufen wird?"

„Ihr habt die Bedingung noch nicht erfüllt, Leonora. Welches von den Wiener Geheimnissen habt Ihr dem Tribunal mitgeteilt?"

„Lag es an mir? Tat ich nicht alles, was ein Weib nur vermag, und ließ diesen eigensinnigen Deutschen im Netz zappeln, wie einen Fisch auf dem Sand? Aber nie kam ein Wort von Geschäften über seine Lippen. Und heute reiste er ab, wie Ihr wissen werdet. Ich bin krank vor Ärger, daß ich so viel Zeit umsonst an ihn verschwendet habe."

„Man sähe es lieber, wenn *er* krank wäre."

„Wie das?"

„Er will fort, man hat ihm den Weg nicht verlegen können. Aber wir sind gewiß, daß es der Republik zum größten Schaden gereicht, wenn er wirklich bis Wien kommt. Die Vorwände seines Urlaubs sind nichtig. Der wahre Grund ist, daß er Dinge in Wien zu melden hat, die er selbst einem geheimen Kurier nicht anzuvertrauen wagt. Und darum liegt alles daran, daß die Reise verhindert wird."

„So verhindert sie. Sein Gehen oder Bleiben ist mir völlig gleichgültig."

„Ihr habt das leichteste Mittel in der Hand, Leonora, ihn hier festzuhalten."

„Das wäre?"

„Ihr sendet ihm jetzt sogleich eine Botschaft, daß er kommen möge, um Euch weniger grausam zu finden als bisher. Wenn er dann, wie unzweifelhaft ist, sich noch in dieser Nacht bei Euch einfindet, so sorgt Ihr dafür, daß er bald darauf erkrankt."

Sie unterbrach ihn rasch. „Ich habe einen Schwur getan", sagte sie, „in dergleichen Zumutungen nie wieder zu willigen."

„Man wird Euch Eures Schwurs entbinden und Euer Gewissen beruhigen, Leonora. Auch ist die Meinung nicht, daß das Mittel tödlich sein soll; dies wäre sogar ernstlich zu verhüten."

„Tut, was Ihr wollt", sagte sie. „Aber mich laßt aus dem Spiel."

„Euer letztes Wort, Gräfin?"

„Ich hab' es gesagt."

„Nun wohl, so wird man dafür sorgen müssen, daß der Reisende unterwegs verunglückt. Es ist immer umständlicher und verdächtiger."

„Und Gritti?"

„Von ihm ein andermal. Erlaubt, daß ich Euch zu Eurer Gesellschaft zurückführe."

Die Tür des Saales öffnete sich und schloß sich wieder. Andrea konnte sich ohne Gefahr aufrichten. Aber die Worte, die er gehört hatte, lähmten noch seine Sinne und Glieder. Er hörte undeutlich durch die Wand das mutwillige Lachen und die Scherze der jungen Leute; die furchtbare Nähe, in der hier Tod und Leben, Verbrechen und Leichtsinn aneinander hinstreiften, sträubte ihm das Haar. Als er sich mühsam aufrichtete und die Stufen hinuntertappte, suchte seine Hand krampfhaft nach dem Dolch, den er im Gewand versteckt immer bei sich trug. Seine Lippen waren blutig, so hatte er die Zähne darin verbissen.

Aber noch war er besonnen genug, Smeraldina wieder aufzusuchen und ihr in gelassenen Worten zu sagen, daß die Gesellschaft ganz lustig anzusehen sei; aber er werde nie wieder durch die Spalte schauen, da er nur mit genauer Not der Entdeckung durch die Gräfin und einen älteren Gast entkommen sei. Er hoffe, daß sie es nicht gehört hätten, wie er bei ihrem Eintritt in den dunkeln Saal durch die andere Tür entschlüpft sei. – Darauf leerte er seine Börse vollends und drang darauf, sogleich von ihr zu gehen. Am sichersten sei es, daß sie ihn auf dem Brett durchs Fenster entlasse, um jedem Verdacht der Gräfin auszuweichen. Sie hatte kein Arg dabei, die Brücke war im Nu geschlagen und er überschritt sie mit festem Fuß, obwohl der Entschluß zu einer schweren Tat bereits in ihm feststand. Doch dieses Mal galt es nicht die große Sache allein, der er sich geweiht hatte. Es galt, einen Freund vor feindseliger Tücke zu schützen, einen Sohn der Mutter wohlbehalten in die Arme zu senden, einen schnöden Verrat des Gastrechtes durch schnelles Gericht zu verhüten.

Leise trat er auf den Flur seines Hauses und horchte in den dämmrigen Gang hinaus. Die Tür seiner Wirtin war geschlossen; aber er hörte trotzdem ihre Stimme, die aus Fieberträumen heraus sich mit Orsos Schatten besprach. Er gewann die Treppe und öffnete unten behutsam die Pforte. Die Straße war leer; das ewige Lämpchen leuchtete nicht weit in die windige Nacht hinüber; aber er kannte die Wege und ging mit eiligen Schritten durch die nächsten Quergassen über die schmale Brücke des Kanals, die auf den kleinen Platz vor Leonoras Palast führte. Er hatte nirgends eine Gondel gesehen und mußte annehmen, daß der Alte den Weg nach seinem Haus zu Fuß zurücklegen werde. Er ersah sich einen Platz, wo er vorüberkommen mußte. Ein tiefer, dunkler Vorsprung eines Türpfeilers schien ihm passend zum Hinterhalt. Hier drückte er sich in die Ecke und faßte das Portal des Palastes scharf ins Auge.

Aber die Hand, die den Dolch gezückt hielt, zitterte stark, und das Blut schoß ihm so gewaltig zu Herzen, daß er mit höchster Anstrengung sich zu ermannen suchte. Was war es, das dieses Mal sich in ihm auflehnte gegen eine Tat, die er für eine heilige Pflicht, für das Gebot einer höheren Notwendigkeit hielt? Er kämpfte hart gegen die dunkeln Stimmen an, die ihn von seinem Posten wegzulocken schienen. Die Schulter bohrte sich eisern in den Pfosten ein, mit der Linken lüftete er die Stirn, auf der kalte Tropfen standen. „Halt aus!“ sagte er unwillkürlich zu sich selbst. „Vielleicht, wenn der Himmel es gnädig fügt, ist es das letzte Mal.“

Da fiel ihm ein, daß der alte Malapiero ohne Zweifel sich von Dienern werde geleiten lassen, und augenblicklich begriff er die Unmöglichkeit, in diesem Fall den Schlag zu führen. Fast war es ihm lieb, einen Vorwand zu sehen, weshalb er heute unverrichteter Sache nach Hause gehen müsse. Aber indem er schon mit einem Fuß aus der Höhlung der Türnische heraustrat, öffnete sich drüben das Portal des Palastes, und in der grauen Nacht sah er die stattliche Figur, in den Mantel gehüllt, einsam über die Schwelle treten und auf ihn zukommen. Das weiße Haar wallte deutlich genug unter dem Hut vor, der rasche Schritt erklang über den Steinplatten, und sorgfältig hielt sich der späte Wanderer an den Häusern. Jetzt näherte er sich dem Haus, in dessen Schatten der Rächer stand; als ahne er die Nähe einer Gefahr, schlug er den Mantel vor das Gesicht und hielt die Linke fest am Griff seines Degens, den er trotz des Waffenverbotes an der Seite trug. Er ging seinem Feind vorüber, ohne ihn zu gewahren; zehn, zwanzig Schritte weit ließ ihn jener Vorsprung gewinnen. Schon nähert sich der Einsame der Brücke. Auf einmal hört er einen Fußtritt hinter sich, er wendet sich um, die Hand läßt den Mantel sinken, aber in demselben Augenblick bricht seine hohe Gestalt zusammen; der Stahl war ihm tief ins Leben gefahren.

„Meine Mutter! Meine arme Mutter!" stöhnte der Ermordete. Dann sank sein Haupt auf das Pflaster. Die Augen schlossen sich für immer.

Eine Stille von mehreren Minuten folgte auf diese Abschiedsworte. Der Tote lag quer über die Straße ausgestreckt, mit ausgebreiteten Armen, als wollte er das treulose Leben inbrünstig umfangen. Der Hut war ihm von der Stirn gefallen, unter der Verkleidung der weißen Locken drängte sich das natürliche braune Haar hervor, das jugendliche Gesicht erschien wie schlafend in der falben Dämmerung der Nacht. Und einen Schritt von ihm entfernt, an der Wand des nächsten Hauses, starr wie eine angelehnte Bildsäule, stand der Mörder, und seine Augen stierten in die regungslosen Züge des Jünglings und mühten sich in verzweifelter Angst vergebens ab, die entsetzliche Gewißheit sich zu verleugnen, sich einzureden, daß ein Spuk ihn verblende, daß unter dieser jungen Larve, die ihm die Hölle vorhalte, sich die Züge jenes Alten versteckten, der kurz zuvor im Saal Leonoras dem Freund Andreas einen Hinterhalt bestellt hatte. Hatte er nicht dieses Freundes wegen sich geeilt, den Streich zu führen? Wollte er nicht der Mutter ihren Sohn wohlbehalten zurücksenden? Und was hatte der Mann, der dort am Boden lag, von seiner armen Mutter gelallt? Warum stand nun der Richter und Rächer wie ein Verurteilter und vermochte kein Glied zu regen, obwohl seine Zähne wie in Todesangst klapperten und Frost seinen Körper schüttelte?

Das Blut, das ihm gegen die Augen tobte, trat zurück und stürzte nach den Herzkammern. Seine Blicke erkannten deutlich den Dolch in der Brust des Toten. Er las in dem trüben Zwielicht die Worte auf dem Heft, die er mit eigener Hand mühsam eingegraben hatte: „Tod allen Staats-Inquisitoren." Er sprach sie unwillkürlich laut aus und ließ seine Augen zwischen der verhängnisvollen Waffe und dem Gesicht des armen Opfers hin und her gehen, sich sättigend mit dem vernichtenden Widerspruch zwischen diesen Worten und diesen Zügen. In furchtbarer Hast jagten sich die Gedanken an ihm vorbei. Er war plötzlich über alles klar, was hier geschehen war und nie gesühnt werden konnte. Kein Wunder hatte mitgewirkt, um das Grauenvolle zur Wirklichkeit zu machen. Alles war so ganz natürlich, so wahrscheinlich, ein Kind mußte es begreifen. Über Tag hatte sich der Jüngling von seiner verderblichen schönen Feindin fern gehalten. Er wollte fort ohne Abschied. Er hatte es ihr sagen lassen, und sie war gleichgültig genug, sich für den nämlichen Abend Gesellschaft zu laden. Als die Nacht kam, widerstand er dem heftigen Zwang des Dämons nicht und ging den gewohnten Weg. Man hatte ihm an der Pforte gesagt, daß er die Gräfin nicht allein finden würde. Augenblicklich war er entschieden, umzukehren. Und gerade dieser Augenblick hatte genügt, daß sein einziger Freund sich in den Hinterhalt stellen konnte, um zum Mörder an ihm zu werden.

Erst als Andrea das alles klar überlegt hatte, mit einer kalten Hellsichtigkeit, wie sie in allen entscheidenden Stunden, wo jeder Trost schwindet, dem Menschen nahe tritt, löste sich die Starrheit seines Leibes. Er stürzte zu dem stillen Schläfer hin, sank kniend auf das Pflaster und sah ihm dicht ins Gesicht. Ein irres Lachen, das wie ein Röcheln klang, entfuhr ihm jetzt, als er die weißen Locken ihm vom Haupte strich, die ihn so unselig betrogen hatten. Es fiel ihm ein, daß er selbst am Nachmittag den Freund gewarnt hatte, sich nicht offen in den Straßen Venedigs zu zeigen. Er selbst hatte die Falle gelegt, für sich und seinen Teuren. Dann riß er ihm das Kleid auf und fühlte, ob noch ein Rest von Leben im Herzen klopfe. Er neigte seinen Mund dicht an die Lippen des Jünglings, ob er noch einen Hauch spüren könnte. Alles war still und kalt und hoffnungslos.

In diesem Moment wurde die Pforte des Palastes wieder geöffnet, und eine hohe Gestalt im Mantel trat heraus. Der Lichtschein aus dem Flur fiel auf das weiße Haar des alten Malapiero, der in sein Haus zurückkehrte. Andrea sah auf; die schneidende Ironie seiner Lage trat ihm vor die Seele. Da ging der Mann, vor dem er Venedig, die wehrlose Herde des Adels und Volkes und nicht zuletzt seinen deutschen Freund zu schützen dachte. Da kam er einsam genug des Weges heran, nur in der Maske eines Geheimnisses, das sein Feind durchdrungen hatte; nichts hinderte, sich auf ihn zu werfen, der Dolch war zur Hand –; aber dieser Dolch war mit unschuldigem Blut geschändet worden, nichts mehr unterschied den Richter und Rächer von dem, an welchem er den Spruch vollziehen wollte, als daß hier ein tückisch blinder Zufall den Streich geführt hatte, während jene unverantwortlichen Henker ihre Ziele sicher und unfehlbar vor Augen hatten.

Dieses alles tobte durch Andreas Geist. Er raffte sich auf, zog den Dolch aus der Wunde und floh, noch unbemerkt von dem greisen Triumvirn, im Schatten hin, über die schmale Kanalbrücke seinem Haus zu. Als ihm einfiel, daß der alte Malapiero den Toten finden und seinem unbekannten Mörder Dank wissen würde, daß er ihm eine Mühe gespart, mußte er die Zähne zusammenbeißen, um nicht wild aufzuschreien.

So kam er an seine Haustür und fand sie offen. Als er die Treppe hinaufsah, erblickte er oben, wo sonst die Alte saß, ihre Tochter, die an der obersten Stufe stand und weit vorgebeugt, beide Arme auf das Geländer gestützt, hinabspähte. „Kommt Ihr endlich!" flüsterte sie ihm entgegen. „Wo wart Ihr so spät? Ich hörte Euch fortgehen und konnte nicht schlafen."

Er erwiderte kein Wort; mühsam erstieg er die Treppe und wollte an ihr vorbei. Da sah sie den Dolch, den zu verbergen er durchaus keine Sorge trug, und plötzlich fiel sie mit einem erstickten Ausruf ihm gerade vor die Füße. Er ließ sie liegen und schritt nach seinem Zimmer. Kein Mitleiden mit kleinem Menschenweh hatte noch Raum in seinem Innern. Er sah nur die Mutter vor sich, die mit Ungeduld ihren Sohn aus der Fremde zurückerwartete und statt dessen seinen Sarg empfangen sollte.

Kaum aber hatte er sich in seinem Zimmer eingeschlossen, als er Mariettas Klopfen vernahm und ihre leise Stimme, die ihn um Einlaß bat.

„Geh zu Bett!" sagte er. „Ich habe nichts mehr mit Menschen zu teilen. Morgen in der Frühe melde dich im Dogenpalast. Es sind dreitausend Zechinen dort abzuholen. Du kannst sagen, daß einer der Verschworenen unschädlich sei. Fürchte nicht, daß man mich lebend ergreift. Gute Nacht!"

Sie blieb beharrlich an der Tür. „Ich will hinein", sagte sie. „Ich weiß, Ihr tut Euch ein Leid an, wenn Ihr allein bleibt. Ihr denkt, ich könnte Euch verraten, weil ich Euch habe kommen sehen mit dem Dolch. O, Ihr seid sicher davor, daß ich Euch Gefahr brächte. Laßt mich hinein, seht mir ins Gesicht und dann sagt, ob Ihr mir etwas Arges zutraut. Hab' ich's nicht lange geahnt, daß Ihr es wärt, den sie suchten? Ich sah Euch im Traum mit Blut befleckt. Aber ich haßte Euch dennoch nicht. Ich wußte, daß Ihr unglücklich seid; mein Leben könnt' ich hingeben, wenn Ihr es verlangt."

Sie horchte an der Tür, aber es kam keine Antwort. Statt dessen hörte sie, wie er an das Fenster trat, das nach dem Kanal ging und sich dort zu schaffen machte. Eine tödliche Angst überfiel sie, sie rüttelte an der Tür, sie rief von neuem, sie beschwor ihn in den rührendsten Worten, nichts Verzweifeltes zu unternehmen – alles umsonst. Da es endlich drinnen ganz still geworden war, stemmte sie sich in furchtbarer Qual mit den Schultern heftig gegen die Tür und suchte mit Aufbietung aller Kräfte, das Schloß zu sprengen. Das alte Holzwerk brach ein, nur der Rahmen hielt stand. Das Loch, das sie gebrochen hatte, ließ ihre schlanke Gestalt so eben durchschlüpfen.

Das Zimmer war leer; in allen Winkeln suchte sie ihn vergebens. Als sie an das offene Fenster trat, nun nicht mehr zweifelnd, daß er sich in den Kanal gestürzt habe, wagte sie kaum über das Gesims in die Tiefe hinabzuspähen. Aber was sie sah, gab ihr die verlorene Hoffnung wieder. Ein Strick hing, an einem festen Haken unterhalb des Gesimses angeknüpft, an der Mauer draußen herab. Er reichte bis auf die Wasserfläche. Wer sich, unten angelangt, mit den Füßen von der Mauer abstieß, mußte sich leicht auf die Wassertreppe drüben am Palast der Gräfin und in die Gondel schwingen können, die dort angekettet zu sein pflegte. Heute war sie verschwunden, und dem einsamen Mädchen, das vergebens die dunkle Schlucht des Kanals hinabschaute, um eine Spur des Entflohenen zu entdecken, blieb wenigstens die tröstliche Überzeugung, daß, wenn er sich retten wollte, er keinen sichereren Weg hätte wählen können.

Daß sie dies glauben sollte, war seine Absicht gewesen. Er wollte das Gemüt des unschuldigen Wesens, dem er schon zu viel Kummer gemacht hatte, nicht mit der ganzen herben Wahrheit belasten, daß es für ihn keine Rettung mehr gab, da er sich selber nicht zu entfliehen vermochte.

Noch sah das arme Mädchen aus dem Fenster, und ihre Tränen stürzten bitterlich in die schwarze Flut unter ihr, als Andrea schon seine Gondel in den großen Kanal hinaus lenkte. Die Paläste zu beiden Seiten ragten dunkel über dem Wasserspiegel auf. Er fuhr an dem Haus Morosini vorbei, er sah den Palast Venier, und ein Schauder sträubte ihm das Haar. Hier lag, wie mit einem Ring umschlossen, sein Leben vor ihm; welch ein Anfang und welch ein Ende! –

Als er an der Guidecca vorüberruderte und nun die breite Stirn des Dogenpalastes im Zwielicht einer trüben Mondsichel vor sich liegen sah, durchzuckte ihn flüchtig der Gedanke, daß hier die Stätte sei, wo man Verbrechen richte. Aber für das seinige waren hier keine Richter zu finden; denn wer darf richten in eigener Sache? Und begleitete ihn nicht noch immer die Hoffnung, daß aus seiner Freveltat dennoch Rettung und Befreiung für seine Mitbürger erblühen könne, daß vielleicht sogar der Mord des Unschuldigen, den die Stimme des Volkes unfehlbar dem Tribunal zuschreiben würde, das begonnene Werk vollenden und das Maß der Gewaltherrschaft würde überfließen machen?

Er hätte diese Hoffnung selbst zerstört, wenn er sich den Richtern gestellt, ihre Furcht vor den unsichtbaren Feinden zerstreut und die Beschwerden der fremden Mächte von ihnen abgelenkt hätte.

Mit starken Ruderschlägen trieb er die Gondel gegen den Lido hin und durchschnitt das Hafenbecken, wo die Laternen der Schiffe allein noch wachten. Am Eingang des Hafens lag die große Feluke, die seit einer Woche auch dem kleinsten Fahrzeug auszulaufen wehrte, wenn nicht auf den Anruf die Parole der Inquisition antwortete. Andrea hatte gleich den übrigen geheimen Dienern des Tribunals heute früh das Wort empfangen. Ungehindert ließ man ihn ins freie Meer hinaus.

Die See war still. Nicht mit den Wellen hatte Andrea zu kämpfen, als er längs dem Ufer mehrere Stunden weit hinruderte. Aber in der ruhigen lauen Nacht empfand er seine Qualen nur heftiger, und schlug dann und wann wie wahnsinnig das Ruder ins Meer, um nur einen anderen Ton zu hören, als die letzten Worte seines Freundes: „Meine Mutter, meine arme Mutter."

Es war schon weit über Mitternacht, als er die Gondel ans Land trieb, hinaussprang und auf ein einsames Kloster zuging, das auf einer Landzunge stand und den armen Schiffern wohlbekannt war. Kapuziner hausten hier, die von den Wohltaten der Chiozzoten und dem Bettel auf dem Festland lebten und dafür geistlichen Trost spendeten und in mancher Not dem Volk eine Stütze waren.

Andrea zog die Glocke am Tor. Bald darauf hörte er die Stimme des Pförtners, die fragte, wer draußen stehe.

„Ein Sterbender", antwortete Andrea. „Ruft den Bruder Pietro Maria, wenn er im Kloster ist."

Der Pförtner entfernte sich von der Tür. Indessen setzte sich Andrea auf die Steinbank am Haus, riß ein Blatt aus seiner Brieftasche und schrieb bei dem Schein einer Laterne, die aus der Pförtnerzelle hervorschimmerte, folgende Zeilen:

„An Angelo Querini.

Ich habe den Richter gespielt und bin zum Mörder geworden. Ich habe mich der Gerechtigkeit angemaßt, die Gott sich vorbehalten, und Gott hat mich in meinen eigenen Frevelwahn verstrickt und mich gerechtes Blut vergießen lassen. Das Opfer, das ich zu bringen dachte, ist verworfen worden. Die Zeit war noch nicht erfüllt, das Priestertum der Befreiung Venedigs ist anderen Händen aufbehalten. Oder ist überhaupt keine Rettung mehr?

Ich gehe vor das Angesicht Gottes, des höchsten Richters, der auf seiner ewigen Waage meine Schuld und meine Leiden gerecht abwägen wird. Von Menschen habe ich nichts mehr zu erwarten; von Euch nur ein großmütiges Mitgefühl für meinen Irrtum und mein Unglück.

Candiano."

Die Pforte des Klosters öffnete sich, und ein ehrwürdiger Mönch mit kahlem Haupt trat zu dem Schreibenden heraus. Andrea stand auf. „Pietro Maria", sagte er, „ich danke Euch, daß Ihr kommt. Ihr habt dem Verbannten in Verona meinen Brief gebracht?"

Der Greis nickte.

„Wenn Euch am letzten Dank eines Unglücklichen etwas gelegen ist, so bringt auch dieses Blatt sicher in dieselben Hände. Versprecht Ihr mir's?"

„Ich verspreche es."

„Es ist gut. Gott lohne es Euch! Lebt wohl!"

Er nahm die Hand nicht an, die ihm der Mönch zum Abschied reichte. Ohne Aufenthalt stieg er wieder in die Gondel und fuhr in die offene See hinaus. Als der Alte, nachdem er die Zeilen überflogen, entsetzt ihm nachrief und ihn beschwor, noch einmal umzukehren, antwortete er nicht mehr. In höchster Bewegung sah der alte Diener der Republik den letzten Sproß eines edlen Geschlechtes auf den öden Wellen hinaustreiben, die sich jetzt, von einem frühen Morgenwinde erregt, lebhafter kräuselten. Er überlegte, ob es wohlgetan, ob es überhaupt möglich sei, den festen Willen des Sterbenden zu kreuzen. Da erhob sich in der fernen Gondel die dunkle Gestalt, deutlich erkennbar gegen den grauen Horizont; der Scheidende schien noch einmal einen Blick über Land und Meer zu werfen und nach der Stadt zurückzuspähen, deren Umriß auf den Nebeln der Lagunen wie auf einer Wolkeninsel schwamm. Dann sprang er in die Tiefe.

Der Mönch, der sein Ende mit ansah, faltete die Hände und betete still und inbrünstig. Er stieg dann selbst in einen Kahn und fuhr ins Meer hinaus, wo die leere Gondel auf der Brandung tanzte. Von dem Unglücklichen, der sie gelenkt, fand er keine Spur.

Ernst Wichert

Der Wilddieb

Die kurze Juninacht über dem fünfundfünfzigsten Grade nördlicher Breite näherte sich da, wo er den Ibenhorster Forst am Kurischen Haff schneidet, bereits ihrem Ende. Ganz dunkel war sie kaum eine halbe Stunde lang geworden, und auch während dieses Überganges von der Abend- zur Morgendämmerung hatten die Sterne an dem graublauen Himmel, der sich über Wald und Moor spannte, nur bleich geflimmert. Nun rötete sich im Nordosten über dem Rußstrom schon der Horizont. Es war ein fahles Rot, das Mühe zu haben schien, den Dunst zu färben, mit dem sich die Erde umhüllt hatte, und auch dort nur einen etwas reineren und tieferen Ton annahm, wo das Aufsteigen der Sonne zu erwarten stand. Es teilte sich, noch mehr abgeschwächt, auch dem graugrünen, mit einem binsenartigen Grase bewachsenen Moor mit, das zwischen den vorspringenden Waldrändern in breitem Streifen sichtbar wurde und sich endlos in die nebelige Ferne auszudehnen schien. Darüber trillerten die frühen Lerchen. Im dichten Wald schlugen auch bereits die Nachtigallen an, in kurzen Läufen die Kehle prüfend. Ein kühler Schauer schien mitunter die Bäume anzuwehen; sie schüttelten das Laub oder wiegten die Nadelbüschel an den tiefgestreckten Ästen.

Weit und breit keine menschliche Ansiedlung zu erspähen. Was da vielleicht ganz hinten spitzgiebeligen Dächern ähnelt, sind Torfhaufen an den vielen tiefen Kreuz- und Quergräben, die das Moor durchziehen und sich in den Forst hinein fortsetzen, ohne ein Gefälle merken zu lassen. Im Herbst wird er ein streckenweise undurchdringlicher Sumpf bis zum Haff hin, das ihn meilenweit abgrenzt.

In einem der mit Wasser gefüllten Gräben lag an diesem frühen Morgen da, wo schon die ersten Waldbäume darüberhin schatteten, ein flacher Handkahn. In demselben saß eine Litauerin, trotz des Sommers mit einem Pelzrock bekleidet, dessen schmutzig-weißes Leder auf den Achseln und an der Brust hinunter blau und rot gemustert war. Sie hatte müde die Stirn unter dem schirmartig vortretenden Kopftuch in die Hand und den Ellenbogen auf den Rand des Kahnes gestützt, die Füße mit den kräftigen Lederschuhen unter die faltigen Röcke gezogen. Sie schlief nicht. Von Zeit zu Zeit hob sich ein wenig der Kopf und wendete sich lauschend seitwärts, um doch gleich wieder die frühere bequeme Lage einzunehmen. Die Frau, von deren Gesicht auch dann im nächtigen Dunkel wenig kenntlich wurde, schien auf jemand zu warten. Vielleicht wartete sie so schon stundenlang. Daß sie sich für die Nacht vorgesehen hatte, bewies der Pelzrock.

Mehrere hundert Schritte nordwärts von diesem Versteck zog sich eine Waldspitze ins Moor aus, das hier auf kuppenartigen Erhöhungen mit Gesträuch und einzelnen verkrüppelten Birken bewachsen war. Vor Jahren mochte man einmal versucht haben, sie durch eine Umwallung zu schützen. Diese war jetzt verfallen und streckenweise vom Regenwasser wieder eingeebnet, konnte aber hier und dort wohl noch einem Mann in halber Höhe Deckung gewähren, besonders wo das Farnkraut üppiger gediehen war. Hinter einem solchen Abschnitt zeigte sich denn jetzt auch, unbeweglich an den nächsten Fichtenstamm gelehnt, eine schattenhafte Gestalt. Die schwarzblaue Kappe, hinten bis über den Rockkragen hinabgezogen, ließ auf einen Litauer schließen, das Gewehr auf einen Jäger. Er hielt es, den Kolben unter dem Arm und die rechte Hand am Schloß, auf der Linken mit dem Lauf zur Erde gesenkt und richtete den Blick auf den Waldrand, das Austreten des Wildes erwartend.

Nun wurde plötzlich ein eigentümlich klapperndes Geräusch vernehmbar. Es kam von jenseits des Waldausläufers her und näherte sich ziemlich rasch. Sehr bald trabte auch ein Tier schwerfällig an den letzten Bäumen vorüber. Es hatte die Größe eines Pferdes und trug auf dem vorn sonderbar zugespitzten Kopf ein mächtiges Schaufelgeweih. Am Hals hing eine dicke Wamme mit langem, braunfarbigem Bart. Ein Elch! Jetzt klapperten die Hufe über eine Kuppe hin; einen Augenblick zeichnete sich die ungeschlachte Figur, anscheinend riesengroß, auf dem Morgenhimmel ab, um gleich wieder in der Senkung halb zu verschwinden. Es folgte ein zweiter ausgewachsener Elch mit einem hochbeinigen Kalbe. Die Tiere entfernten sich von dem Standort des Litauers und tauchten von Zeit zu Zeit immer weiter hinter dem Gebüsch auf. Er war sofort aufmerksam geworden, hatte sich gewendet und hob auch ein paarmal das Gewehr, setzte es aber kopfschüttelnd wieder ab. Offenbar war die Entfernung für einen sicheren Schuß viel zu weit, aber es schien ihm tatsächlich schwer zu werden, daran zu glauben.

Eine Weile wartete er noch, ob die Tiere vielleicht die Richtung ändern und sich im Bogen nähern würden. Da dies nicht geschah, stand er wieder unbeweglich wie zuvor, das Gewehr zum Anschlag bereit.

Da raschelte kaum zwanzig Schritte seitwärts das Laub, und ein feister Rehbock sprang vor. Er schien nach wenigen Sätzen die Gefahr zu wittern, stutzte, stampfte mit den Vorderläufen auf und machte kehrt. Zu spät! Schon knallte das Gewehr. Der Schuß hatte getroffen. Das Tier sprang auf, überschlug sich, stürzte zu Boden, raffte sich auf und stürzte wieder, die Elche setzten sich in schnellere Bewegung und verschwanden bald auch mit ihrem Schaufelgeweih gänzlich aus dem Gesichtskreis.

Der Litauer eilte nach der Stelle, wo das Wild gefallen war. Er fand es bereits verendet. Sogleich zog er aus der Seitentasche seiner kurzen Jacke einen dünnen Strick, band damit dem Rehbock die Läufe zusammen und warf ihn über die Schulter, vorsichtig die Schußstelle, aus welcher der Schweiß tropfte, nach außen wendend. Das Gewehr behielt er in der linken Hand. Mehr laufend als gehend durchquerte er die Waldecke und das Moor bis zum nächsten Vorsprung, hinter dem er den Graben und das Boot wußte. Die Frau war, sobald sie den Schuß gehört hatte, aufgestanden und mit dem Ruder in der Hand in die Spitze des flachen Fahrzeuges getreten, das sie ein wenig auf und ab schob, um sich zu überzeugen, daß es auch wirklich flott sei.

Nun hob der Litauer die tiefhängenden Äste, warf seine Jagdbeute hinein und sprang selbst nach. Den Rehbock und das Gewehr bedeckte er eilig mit Tannenästen, die schon auf dem Boden bereit lagen. Dann ergriff er eine Stange, stellte sich in den hinteren Teil des Bootes und stieß ab. Lautlos glitt es über das schwarze Wasser hin.

Der Graben war zu schmal, um den Gebrauch des Ruders zu gestatten, die Frau benutzte es auch nur dazu, mitunter rechts oder links die Böschung zu streifen, um ein Auflaufen des Fahrzeuges zu verhindern. Der Litauer handhabte die Stange aber so geschickt, daß diese Nachhilfe kaum nötig schien. Jetzt erst zeigte er sich in seiner ganzen Höhe von sechs Fuß, hochschultrig und breitbrüstig. Nachdem sie in einen Quergraben eingebogen waren und dann nochmals die Richtung verändert hatten, zog er trotz der Morgenkühle die Jacke aus und warf sie über die Zweige. Noch kräftiger drückten nun die Arme in den weiten Ärmeln des blauwollenen Hemdes auf die Stange. Das unten in den Stiefeln steckende Beinkleid von grauem Drillich war mit einem schwarzen Lederriemen um den Leib festgehalten, die Weste darüber offen, der Hals ganz frei. Die braunen Hände schienen wie aus Bronze gegossen. Auch die Kappe hatte er abgeworfen. Das blonde Haar war dadurch über der Stirn in Unordnung geraten. Um die Lippen und das Kinn bis zur Kehle hin zog sich ein dünner Bart, den wahrscheinlich noch keine Schere gestutzt hatte, die sanftgebogene Nase trat energisch vor, und die graublauen Augen blitzten von Zeit zu Zeit über die Grabenränder hinweg. Wenn er die Stange scharf hinter sich eingesetzt hatte, um sich mit dem ganzen Körpergewicht darauf zu lehnen, und sie dann wieder eine kurze Weile lose nachzog, flog das leichte Fahrzeug nur so durch die schmale Rinne. Er schien aber auch Eile zu haben.

Sich in diesem Gewirr einander kreuzender oder sich verzweigender, mitunter einen Flußlauf querender Gräben zurechtzufinden, konnte nur dem Ortskundigsten gelingen. Niemals aber schien der Litauer auch nur einen Augenblick unsicher. An einer Stelle verlief sich die Fahrtstraße in einen verschilften Sumpf, durch welchen ein Erdwall gezogen war. Er arbeitete sich mit aller Anstrengung denselben hinan. Die Frau sprang hinaus und hob die Spitze des Boots, soweit sie dies mit einem kräftigen Ruck vermochte. Dann stieg auch er aus und zog es mit ihrer Hilfe höher hinauf und über die Krone des Dammes hinweg, bis es nach der anderen Seite kippte und wieder das Wasser erreichte. Dann wurde die Fahrt, jetzt aber mit geringerer Eile, fortgesetzt. Man schien sich für gesichert zu halten.

Der Litauer hatte Grund gehabt, sich möglichst schnell unsichtbar zu machen. Nicht zehn Minuten, nachdem der Schuß gefallen war, trat eine Strecke am Waldrand aufwärts der Förster vor, das Gewehr gleichfalls schußbereit. Er spähte über die Moorfläche aus, konnte aber niemand erblicken, und näherte sich nun vorsichtig der Waldecke. Vor ihm schnupperte der Hund im Gras, schien aber eine Fährte nicht finden zu können. Erst in der Nähe des Erdwalles sprang er lustiger vor und stieß einen bellenden Laut aus. Der Förster folgte ihm nun in geradester Richtung und fand die Stelle, auf welcher das Reh verendet war. Die Schweißspur leitete den

Hund bis zum Graben unter den Bäumen. Dort blieb er schweifwedelnd und knurrend stehen. „Verdammt!" rief der Förster. „Er hat ein Boot gehabt." Jede weitere Verfolgung erschien ihm ganz nutzlos. Er stieß ärgerlich den Kolben des Gewehrs auf den Boden. „Das ist wieder der Pawils Lauronat, der Schuft", zischte er durch die Zähne. „Aber warte! Es ist dir nicht geschenkt. Wenn ich die Kanaille ein andermal treffe, schieße ich sie ohne Erbarmen nieder!" Er schob hastig mit dem Knebel den langen gelben Schnauzbart rechts und links zur Seite. „Wieder eine Nacht umsonst zum Narren gemacht. Aber warte!"

Den Hund anrufend, entfernte er sich waldeinwärts.

Der Förster hatte richtig vermutet: Pawils Lauronat war der Wilddieb, und es geschah nicht zum erstenmal, daß er sich ein Reh aus dem königlichen Forst holte. Er war einer der sechs Bauernwirte in der Dorfschaft Gilguhnen, deren Äcker und Wiesen am Rand des großen Moors gelegen waren. Das Grundstück, in welches er sich vor etwa zehn Jahren eingeheiratet hatte, galt damals für das wertvollste. Seitdem hatte ihm das benachbarte, dessen Besitzer ein Deutscher, namens Liebelt, wurde, den Rang abgelaufen. Pawils Lauronat, der Unteroffizier bei der Garde gewesen und dann probeweise als Forstgehilfe beschäftigt worden war, hatte das Glück gehabt, der Busze Erdenings zu gefallen, deren Eltern der Hof gehörte.

Sie war das einzige Kind. Die Partie sagte den Alten nicht sonderlich zu, da dieser Freier nichts einbrachte. Sie fügten sich jedoch, weil ihr Mädel in den hübschen Menschen ganz vernarrt war und Torheiten zu begehen androhte, wenn ihm nicht der Wille geschehe. Nun hätten sie wenigstens gern die Zügel noch eine Weile in der Hand behalten, aber Lauronat war nicht gewillt, als Ehemann der Tochter mit einer abhängigen Stellung im Haus vorlieb zu nehmen. Alles oder nichts. Er könnte ja wohl auch sonst noch eine Frau finden! Und wenn nicht, so bliebe er lieber ledig und warte, bis er im königlichen Dienst aufgerückt sei. Den Herrn Förster nähme auch wohl eine Deutsche. Er wußte ja, daß Busze ihn nicht loslassen würde, und trotzte darauf, daß sie ihm eigentlich mehr entgegengekommen wäre als er ihr. Und er setzte sein Stück durch. Die Alten, die in Wirklichkeit noch nicht alt genug waren, sich auf die Faulbank zu setzen, traten ihm am Tage vor der Hochzeit das Grundstück ab und nahmen ein Ausgedinge. Auf dem Papier freilich ein fast unerschwinglich großes Ausgedinge! Das kümmerte Lauronat aber wenig. War die Busze seine Frau, mit den Schwiegereltern meinte er schon fertig werden zu können. Er besaß das größte Vertrauen zu seiner Rücksichtslosigkeit. Das stand eben nur auf dem Papier. Warum sollten die Altsitzer nicht am Tisch der Wirte essen? Die würden ja doch ihrer einzigen Tochter Hab und Gut nicht sündlich schädigen wollen! Und wenn sie doch muckten, so gab's ja tausend Mittel, ihnen das Leben schwer zu machen. Sie würden schon kirre werden!

Sie hatten sehr bald gemuckt. Nach ihrer Auffassung sollte es ja umgekehrt eine bloße Form sein, daß sie den Kindern das Grundstück verschrieben; sie würden nach wie vor die eigentlichen Wirte sein, meinten sie, und dem jungen Volk gegen gute Dienste Wohnung und Kost geben. Da waren sie nun freilich ganz an den Unrechten gekommen, Lauronat ließ sich auch nicht fingerbreit aus dem Besitz drängen und tat gerade so, als ob er das Grundstück in die Ehe eingebracht hätte. Die Busze stand auf seiner Seite. Sie war auch als Frau verliebt in ihn und tat unbedingt, was er wollte. Die Eifersucht plagte sie, daß er sich einer Hübscheren zuwenden könnte, und sie glaubte sich seiner Treue zu versichern, wenn sie sich seiner Herrschaft völlig unterwarf. So gab es bald schwere Kämpfe. Mit der Tochter hatten die Altsitzer fortwährend Zank und Hader. Pawils ließ sich auf einen Wortstreit selten ein und führte ihn dann mit einer Art von vornehmer Überlegenheit, als ob es eigentlich unter seiner Würde sei, noch ein Wort zu verlieren. „Geht doch zum Prozeß", sagte er, „ich weiß ja, daß Ihr gewinnen werdet. Aber bis dahin dauert's eine Weile, und sie wird Euch länger werden als mir. Was mir schließlich der Exekutor abnimmt, wird Euch nicht fett machen. Ihr werdet schon noch erkennen, daß es Euer Vorteil ist, Euch mit mir zu vertragen." Sich vertragen, das hieß, sich alles von ihm gefallen lassen und noch schönen Dank dazu sagen. Er war hartnäckig. Das Prozessieren kostete viel Geld, mehr als er oft besaß. Aber er behielt doch recht: Auch für die Altsitzer kam dabei nicht viel heraus, und den Ärger hatten sie umsonst. Endlich wurden sie wirklich zahm und nahmen einen Vergleich an. Das geschah, nachdem Lauronat einmal seinen Schwiegervater windelweich geschlagen hatte. Nicht im Zorn. Er hatte sich dabei kaum merklich aufgeregt. Aber Erdenings wollte durchaus nicht still sein, obgleich er ihm wiederholt den Mund verbot; da mußte er ihm doch zeigen, daß er der Stärkere sei, und das besorgte er nun gleich gründlich. „Du bist ein Schlimmer", sagte der alte Mann, als er krank zu Bett lag und Lauronat sich ganz freundlich zu erkundigen kam, wie es ihm gehe, „man muß Furcht haben, von dir totgeschlagen zu werden." – „Ja", antwortete er lachend, „wenn ich einen erst unter den Händen habe, so weiß ich selbst nicht, wie's enden kann. Es braucht mir ja keiner nahe zu kommen."

Er war riesenstark. Es ging das Gerede, er hätte einmal, als er noch Soldat war, zwei Männer, die ihn auf dem Tanzboden anrempelten, aufgehoben – mit jedem Arm einen – und zum Fenster hinausgeworfen. Wenn er die Schulter unterstemmte, konnte er ganz allein einen beladenen Wagen aus dem verfahrenen Geleise heben. Einen Stier, der wild geworden war, hielt er bei den Hörnern fest, bis man ihn gebunden hatte; ein Scheunentor auszuheben, war ihm eine Kleinigkeit, wenn er's nur mit den ausgespannten Armen fassen konnte. Einen Betrunkenen nahm er auf den Rücken und trug ihn, wenn es sein mußte, eine Viertelmeile weit nach Hause. Er war nicht streitsüchtig, ging aber auch einem angebotenen Kampf nicht aus dem Wege. Er konnte nicht gut hören, daß jemand sich seiner Kraft rühmte, und ruhte dann nicht eher, bis er ihn einmal untergebracht hatte. Mit den stärksten Litauern in den Dörfern am Moor und landeinwärts über Kaukehmen hinaus, mit den Arbeitern bei der Schwarzorter Bernsteinbaggerei, mit den Fischern in Gilge und mit den Holzflößern in Ruß hatte er sich gemessen und jeden Gegner geworfen. Dem Pawils Lauronat aus Gilguhnen, hieß es, hält niemand stand; der hat Knochen von Stahl und Muskeln von Eisen.

Busze war stolz auf ihren starken Mann, hatte aber selbst Angst vor ihm. Wenn er sie fest anfaßte, zitterte sie, daß er ihr den Arm zerbrechen möchte; sie begab sich selten in Gefahr und leistete lieber aufs Wort Gehorsam. Nur wenn er die Kinder, die ihm sonst lieb waren, bestrafen wollte – sie hatte ihm zwei geschenkt – stellte sie sich ihm entgegen und nahm seine rauhe Behandlung lieber auf sich.

Er war auf seine Person eitel und trug gern Kleider vom feinsten Tuch und Hemden von blendendweißer Leinwand, im Schnitt freilich ganz litauisch. Nicht nur an Sonn- und Festtagen zeigte er sich so in der Kirche, sondern auch während der Woche, und selbst bei der Feldarbeit vernachlässigte er nicht seinen Anzug. Das glaubte er dem früheren Unteroffizier schuldig zu sein. Auch sonst spielte er gern den vornehmen Mann, besonders im Krug, und ließ etwas daraufgehen, wenn es galt, protziges Volk auszustechen. Der „Pons Unteroffizier" – Pons ist Herr – hat immer Geld wie Heu, hieß es; es muß ihm's einer in die Tasche hexen.

Daß er ein fleißiger Landwirt sei, wagten selbst die nichtsnutzigsten Schmeichler ihm nicht ins Gesicht zu behaupten. Er hätte sie ausgelacht, denn er wollte von der „Knechtsarbeit" so wenig als möglich wissen. Seine Frau mochte mit den Leuten das Feld besorgen, und wenn der Altsitzer ihr dabei helfen wollte, so hatte er doch eine Beschäftigung. Nur im Notfall griff er ein, dann aber, als ob ohne ihn alles zugrunde gehen müßte. Seine Liebhaberei war Pferdezucht und Pferdehandel. Davon verstand er auch etwas. Auf seiner Weide grasten gewöhnlich ein paar Stuten von zierlichstem Wuchs. Jeden Morgen putzte er sie sorgfältig und reinigte ihnen eigenhändig den Stall; den Hafer schüttete er ihnen selbst in die Krippe, und das beste Wiesenheu für den Winter wurde ihnen im trockensten Fache der Klete aufbewahrt. Im königlichen Gestüt zu Trakehnen kannte man ihn und lobte seine Erfolge. Für seine zweijährigen Fohlen wurde auf den besten Märkten ein hoher Preis bezahlt, und oft fanden sich jüdische Händler in Gilguhnen ein, bei ihm nach neuer Ware zu fragen. Bald gab er sich auch selbst mit dem Handel ab, kaufte und verkaufte. Die Pferdejuden bei all ihrer Schlauheit zu überlisten, machte ihm den größten Spaß. Er ließ sich nichts vorspiegeln und wußte selbst einen Gaul so gut vorzustellen, daß man nicht leicht entdeckte, was er verschweigen wollte. Aber so schönes Geld er auch mitunter verdiente, es blieb ihm davon doch nur ein geringer Verdienst, denn er mußte sich viel auf der Landstraße herumtreiben und außer dem Hause zehren. Und er war auch gar nicht der Mann zu sparen. Was mit so leichter Mühe eingenommen wurde, fand unschwer seinen Weg wieder aus der Tasche heraus. Und wenn er erst „im Zuge" war, gab es für ihn kein letztes Gold- oder Silberstück; bei allen Gastwirten stand er in der Kreide.

Seine bedenklichste Leidenschaft war aber die Jagd. Sein Hauptmann hatte ihn den besten Schützen der Kompagnie genannt; seine Zahl der Treffer war bei allen Übungen die größte gewesen. Er liebte sein Gewehr und sammelte die Prämien, um sich nach der Entlassung selbst eine gute Büchse anschaffen zu können. Die Fertigkeit im Schießen empfahl ihn dann auch für den Forstdienst. Als er geheiratet hatte und zu einem gewissen Wohlstand gelangt war, pachtete er von der Gemeinde die Jagd auf der Feldmark und den Wiesen am Flusse. Es fehlte da im Herbst und Winter nicht an Hühnern und Hasen. Er nahm's auch mit den Grenzen nicht so genau und pirschte in die Nachbargebiete hinüber. Mit der Flinte unter dem Arm, hohe wasserdichte Stiefel an den Füßen, den kurzen Pelzrock bis zum Hals zugehakt und die Kappe über die Ohren gezogen halbe Tage lang über die Felder zu streichen, war sein Hauptvergnügen. Was er schoß, war für die eigene Wirtschaft wenig brauchbar. Er verkaufte es an den Kaufmann im nächsten Ort, der Wildbret auf den Markt nach Tilsit oder Königsberg schickte. Ein Verkaufen war's eigentlich kaum zu nennen. Gewöhnlich saß er bei solchen Besuchen eine gute Weile fest, ließ sich Speisen und Getränke geben und traktierte die anderen Gäste. Der Krüger schrieb ab und an, was ihm beliebte.

So den großen Herrn zu spielen, war für den Bauer nicht ungefährlich. Die Jagdliebhaberei verleitete ihn aber auch zum Wildern, und damit kam er nun auf eine ganz abschüssige Bahn. Der Ibenhorster Forst lag so bequem, und er kannte darin vom königlichen Dienst her Weg und Steg und jeden Zugang und Schlupfwinkel. Obgleich er den Förstern sehr verdächtig war, gelang es ihnen doch nur selten einmal mit großer Mühe, ihn abzufassen und zur Anzeige zu bringen. Dann hatte er viel Schererei vom Oberförster und Gericht. Aber das besserte ihn nicht. Hatte er den Förstern einige Zeit Ruhe gegeben, um sie in Sicherheit zu wiegen, so knallte seine Büchse plötzlich wieder, wann und wo sie ihn am wenigsten vermuteten. Endlich zeigte man den besten Willen, ihn für jeden Schuß, der in dem Forst fiel, verantwortlich zu machen. „Das war der Lauronat", hieß es allemal. Sogar das seltene und im Ibenhorster Revier für hohen Besuch gepflegte Elchwild fand sich angeschossen.

„Du wirst dich noch ins Zuchthaus bringen", warnte der Förster, als er Pawils einmal zufällig bei einer Hochzeitgasterei traf. „Ihr schwört, ohne gesehen zu haben", antwortete der Litauer dreist, „dann ist's keine Kunst, einen zur Strafe zu bringen. Übrigens – wer da schießt, dem will ich's nicht übel nehmen. Der liebe Gott läßt die Tiere im Wald wachsen und nährt sie von dem, was der Mensch nicht gesät und gepflanzt hat. Es ist Überfluß vorhanden und geschieht dem König kein Schaden, wenn der arme Mann sich einmal einen Braten holt. Es ist nicht Gottes Ordnung, daß das Wild im Wald und der Vogel in der Luft und der Fisch im Wasser ihren Herrn haben sollen, bevor sie gefangen sind. Aber mich geht's nichts an; ich hab' nur gehört, daß andere so denken. Denen paßt auf!"

Auch in dieser Nacht war der Förster zu spät gekommen.

Busze hatte schon oft den Kahn bewacht, wenn ihr Mann in dem Forst wilderte. Er verlangte diesen Dienst von ihr, da er dem Knecht, den er früher mitgenommen, nicht traute, seit er einen geheimen Verkehr zwischen ihm und den Forstbeamten bemerkt hatte. „Wenn sie ihm genug geben, zeigt er mich an", sagte er, „und leistet auch noch den Eid. Es ist besser, wenn er nichts weiß." Die Frau gehorchte ungern, aber sie gehorchte, beim Widerspruch weniger Schläge als seinen Spott und den Vorwurf der Feigheit fürchtend. Nachdem sie einmal eingewilligt hatte, fragte sie nun auch gar nicht mehr, weshalb er sie mitten in der Nacht wecke, stand leise auf, zog sich an und folgte ihm. Wenn sie seufzte, geschah es, ohne daß er's hören konnte.

Es war schon recht hell geworden und der Himmel hinter ihnen safrangelb, als in einiger Entfernung Strohdächer sichtbar wurden, immer zwei oder drei zusammen, und diese Gehöfte ziemlich geradlinig in nicht weitem Abstand voneinander. Sie lagen halb versteckt unter Bäumen, nach ihrer

zierlichen Form zu schließen Weiden und Birken. Nun hörte auch das Moorland auf, und zu beiden Seiten des Grabens zogen sich zwischen schmäleren Wasserrinnen Getreidefelder und Kartoffeläcker hin. Der Kahn glitt unter einer Brücke hinweg, die dem Feldweg zur Verbindung diente. Sie lag so tief, daß Lauronat aufspringen konnte und Busze sich bücken mußte. Auf der anderen Seite erhob sich ein dichtes Weidengebüsch mannshoch über den Boden. Hier zog er den Kahn heran und lud seine Jagdbeute aus. „Der Bock war schon einen Schuß Pulver wert", bemerkte er lachend. Vorher hatte er gar nicht gesprochen.

„Ja", antwortete Busze, „es ist ein starkes Tier."

„Und ich traf gut", fuhr er fort, indem er auf die Wundstelle wies, „kein Förster hätte besser treffen können. Übrigens – viel fehlte nicht, so hätte ich diesmal einen Elch geschossen. Wenn das Vieh nur hundert Schritte näher ..."

„Was wolltest Du mit einem Elch anfangen?" fragte sie. „Er ist für einen Mann zu schwer und hätte doch liegenbleiben müssen."

„Aber das Geweih würd' ich ihm ausgebrochen haben, und vielleicht wär' auch noch Zeit gewesen, ihm das Fell abzuziehen."

„Wer sollte das kaufen? Es wird scharf aufgepaßt. Das Elchwild ist für die großen Herren.“

„Deshalb gerade zwackt’s einem in allen Gliedern, so etwas auch einmal für sich zu haben. Einen Elch zu schießen, wenn er nahe genug kommt, ist fast zu leicht. Als ich in der Oberförsterei angestellt war, kam aus England ein reicher Lord zugereist, der brachte einen Schein mit, daß er ein kräftiges Tier schießen dürfte. Es wurde ihm denn auch ein Rudel vorbeigetrieben, aber er schoß nicht. Das Vieh war ihm zu dumm. Jeder denkt nicht so. Es ist eine große Ehre, einen Elch schießen zu dürfen, und die will ich mir selbst holen. Hoffentlich ein andermal!“

Während dieses Gesprächs zog er den Rehbock in das Gebüsch hinein und legte ihn in eine Vertiefung des Bodens und bedeckte ihn mit Laub. Busze wischte im Kahn das Blut auf. „Ich gehe von hier nach Hause“, sagte der Mann. Das bedeutete für sie den Befehl, das Boot allein auf den Fluß und in den kleinen Holzhafen zu bringen. Sie nahm denn auch sogleich die Stange in die Hand und schob es weiter.

Lauronat ging über das Feld und trat durch die hintere Tür in sein Haus ein. Links von dem schmalen Gang standen die Pferde, rechts die Kühe. Aus diesem Stallraum gelangte er in einen breiten Flur mit niedrigem Ziegelherd, über dem ein eiserner Grapen von der Balkendecke herabhing. Das Feuer war gänzlich erloschen. Die Tür gegenüber seitwärts führte in eine kleine offene Halle, welche auf die Straße am Fluß mündete, die Tür geradeaus in die Stube, eine dritte in die Kammer der Altsitzer. Lauronat klinkte die Stubentür leise auf, zog Stiefel und Rock ab und legte sich ins Bett.

Als Busze nach einer halben Stunde gleichfalls eintrat, fand sie ihn schlafend.

Eben war die Sonne über dem Moor aufgegangen.

Der Wirt erhob sich erst gegen Mittag. Seine Frau hatte nicht geruht, sondern die Kinder zur Schule abgefertigt und mit der Magd das Vieh gefüttert, dann das Essen besorgt. Lauronat war in ärgerlicher Stimmung, und sie besserte sich nicht, als Martin Erdenings auf dem Hof an ihn herantrat und für den Nachmittag ein Fuhrwerk forderte. „Willst du schon wieder spazierfahren?“ fragte er ihn, sich auf den Stiel der Axt stützend, mit der er eben eine Klobe Holz zerkleinerte.

„Ich will nicht spazierenfahren“, antwortete der Altsitzer, ein schwächlich aussehender Mann mit langem, grauem Haar, hustend und sich rasch ereifernd. „Ich fahre wohl auch spazieren? Du läßt deinen Altsitzer spazierenfahren – Du?! Nicht zu den notwendigsten Geschäften gibst du uns das Fuhrwerk!“

Lauronat zuckte die Achseln. „Wohin willst du denn?“

„Das hab' ich nicht nötig, dir zu sagen. Es steht in meiner Verschreibung, daß ich zwölf Mal im Jahr Fuhrwerk fordern kann – zur Kirche und zu Besuchen in der Nachbarschaft und wozu es mir gefällt. Willst du es leugnen?"

„Auf dem Papier steht auch sonst mancherlei. Und – es muß mir doch mit dem Fuhrwerk passen."

„Es paßt Dir nie mit dem Fuhrwerk. Heut' laß ich mich aber nicht abweisen. Und wenn du es denn wissen willst, ich fahre zum Rechtsanwalt – der soll mir eine Klage gegen dich aufsetzen, weil ich das bare Geld von Martini noch immer nicht bekommen habe. Es ist eine Schande! Sieh, wie ich schon mit meiner Jacke gehe! Und ich kann mir nicht einmal Tabak kaufen. Gib mir mein Geld, Pawils, und ich brauche dein Fuhrwerk nicht."

„Bargeld ist allemal knapp", meinte der Wirt. „Ich weiß nicht einmal, wovon ich zu Johanni die Zinsen zahlen soll. Meint du, ich hab's vergraben?"

„Warum wirtschaftest du so schlecht?" eiferte der alte Martin. „So ein schönes Grundstück! Als es noch in meinen Händen war –"

Lauronat stieß die Axt auf die Klobe. „Davon rede nicht. Ich kann wirtschaften, wie es mir gefällt."

„Das wollen wir doch sehen! Laß anspannen – ich fahre zum Rechtsanwalt."

„Das geht heute nicht an, Martin!"

„Weshalb geht es nicht an?"

„Weil ich das Fuhrwerk selbst brauche."

„Du?"

„Ja, ich! Der Wirt geht vor. Ich fahre nach Kaukehmen."

„So nimm mich mit."

„Es paßt mir diesmal nicht. Ich fahre allein."

Der Alte grinste. „Es soll wohl keiner wissen, was du auf dem Wagen hast? Bist du nicht wieder die Nacht fortgewesen? Dazu hast du ja auch –"

„Schweige!" herrschte Lauronat ihn an. „Es kümmert keinen, ob ich in der Nacht schlafe oder wache. Und kurz – das Fuhrwerk kann ich dir nicht geben. Die Klage läuft ja auch nicht fort. Willst du unvernünftig sein, dazu kommst du auch morgen oder übermorgen zur Zeit. Und nun geh und laß mich ungeschoren."

Er hob die Axt und ließ sie mit solcher Wucht niederfallen, daß die Holzklobe zersplitterte. Erdenings sprang zur Seite und entfernte sich, leise fluchend. „Der ist ein Schlimmer – der ist ein Schlimmer. Aber das Gericht wird ihn schon unterbekommen – das Gericht!"

Er klagte Urte in der Kammer, wie grob Lauronat ihn behandelt hätte.

„Gott wird ihn strafen", sagte sie. „Wenn er's so weiter treibt, hat er das Grundstück nicht mehr lange. Wir müssen schweigen, denn unsere Tochter steht uns nicht bei – er hat sie ganz von uns abgewendet. Aber Gott wird ihn strafen."

Pawils spannte wirklich gegen Abend die beiden Braunen vor den leichten Korbwagen und fuhr ab. Er schlug den Feldweg ein und machte an der Brücke Halt. Nachdem er sich durch eine Umschau überzeugt hatte, daß kein Mensch in der Nähe war, trat er in das Gebüsch, holte den Rehbock vor und legte ihn unter den Sitz. Die Pferdedecken breitete er darüber. Dann stieg er wieder auf und lenkte tausend Schritte weiter in die Chaussee ein. Er fuhr nun im schärfsten Trab, um sich etwas sehen zu lassen. Wer an ihm vorüber kam, blickte ihm auch nach. „Der Lauronat hat die besten Pferde! Ja, der versteht sich darauf."

Und so fuhr er auch mit knallender Peitsche in den freundlichen Ort ein und vor dem Krug auf, daß der Staub herumwirbelte. Er lenkte den Wagen gleich am Podest mit den Holzbänken und dem Eingang zur Krugstube und am Materialwarenladen vorüber in die offene, gegen das Hauptgebäude ein wenig vorgelegte Einfahrt, wo schon andere Fuhrwerke standen. Abspringend rief er dem Knecht zu: „Schirr ab!" Es war also seine Absicht, eine Weile zu bleiben.

Von einem barfüßigen Jungen, der ein Ferkel aus der Einfahrt zu jagen bemüht war und dabei das Hühnervolk in Aufruhr brachte, ließ er sich sauber abstäuben. Mit einem kleinen Taschenkamm ordnete er Haar und Bart. Die Peitsche – eine herrschaftliche Peitsche von Rohr und Ledergeflecht mit blanken Ringen am Griff – behielt er in der Hand; sie schien ihm auf dem Wagen am wenigsten sicher. Die Mütze von blauem Tuch mit kleinem Schirm und Glanzlederriemen darüber schob er tief aus der

Stirn. So trat er hochaufgerichtet wie ein Gast, der des Willkommens gewiß ist, über das Podest in die Krugstube ein.

Eine kurze Weile blieb er in der Nähe des Eingangs stehen und musterte die Gesellschaft. An dem einen Tisch saßen litauische Bauern beim Schnaps, an einem anderen Leute von mehr städtischem Aussehen, zwei ihm bekannte jüdische Pferdehändler und mehrere Aufkäufer von Vieh beim Bier. Von dem in einer Nische stehenden Schanktisch kam ihm der Krüger entgegen, grüßte freundschaftlich und forderte ihn auf, bei den anderen Gästen Platz zu nehmen. Lauronat schien aber keine Eile zu haben. Es gefiel ihm offenbar, daß sich alle Blicke auf ihn richteten und die Männer hier und dort zusammenrückten, ihn in ihre Mitte aufzunehmen.

„Bring' mir eine Zigarre", sagte er, „und ein Glas Bayrisches, wenn es trinkbar ist, aber flink, ich habe Durst." Nun stellte er die Peitsche ans Fenster und ließ sich auf der leerstehenden Bank unter demselben nieder. Jetzt erst erwiderte er den Gruß der Händler, wenig verbindlich, nur mit einem nachlässigen Kopfnicken.

Der Krüger eilte herbei, in der Hand ein schäumendes Seidel, auf dem Arm drei Zigarrenkisten. „Wähle dir aus", sagte er, „du liebst die kräftigen. Hier hab' ich eine neue Sorte, die ich wohl empfehlen kann, kostet aber acht Pfennige."

Lauronat hob das Kinn. Pah! Was kommt es darauf an? Er griff in die vorgehaltene Kiste, nahm einen schwarzbraunen Stengel heraus, rollte und drückte ihn zwischen den Fingern, daß er knisterte, biß die Spitze ab und benutzte das Streichholz, das der Wirt ihm schon angezündet vorhielt. Dann tat er einen tiefen Zug aus dem Glas, setzte es nach kurzem Verschnaufen wieder an und trank es leer. Der Krüger nahm es ihm aus der Hand und brachte es neu gefüllt zurück. Dann setzte er sich neben ihn und erkundigte sich, wie es in Gilguhnen mit der Fischerei gehe. „Es ist eine wahre Schande", bemerkte er, „daß wir hier im Land für teures Geld nicht mehr ein ordentliches Gericht Fische zu kaufen bekommen; es geht alles nach auswärts."

„Ja", bestätigte der Litauer, „die Fischhändler in Gilge machen den Markt, Deutsche und Juden. Mit den Fischen über Land zu fahren, lohnt für den einzelnen wenig. Ohne die Deutschen und Juden ist kein Geschäft möglich, mit ihnen aber nur ein schlechtes."

Der Krüger, der selbst ein Deutscher war, lächelte verschmitzt. „Was du an mir hast, weißt du, denke ich", sagte er.

„Na", knurrte der Litauer, „du kennst deinen Vorteil. Was bin ich dir denn schuldig? So alles in allem."

„Ach laß das, Pawils, laß das", wehrte der Krüger ab. „Du bist mir sicher."

„Heut' will ich auch nicht bezahlen. Übrigens –" Lauronat neigte sich zur Seite und sprach im Flüsterton – „auf meinem Wagen liegt etwas unter den Decken. Nimmt das herunter, damit sich's nicht ein anderer abholt. Und laß gleich die Decken ins Haus bringen, sie könnten einem gefallen. Verstehst du?"

Der Krüger nickte und verschwand bald aus der Stube.

Nun trat Moses Pinkus heran. „Wie geht's, Herr Lauronat?" fragte er dienernd. „Wollen Sie nicht an unseren Tisch kommen? Der Itzig Löwenberg, mein Kompagnon – Sie kennen ihn. Und die anderen sind auch gute Freunde."

„Du sprichst ja litauisch", sagte Lauronat, „ich höre das lieber."

„Wie du willst, Pawils, mir ist's gleich. Und wenn du lieber hier sitzen magst . . ." Er winkte Löwenberg, da Lauronat keine Anstalt machte, sich zu erheben. Nach und nach nahmen auch die fremden Ankäufer und Schlächter ihre Seidel in die Hand und traten an den Tisch. „Ich hab' dich vorhin mit deinen Braunen vorbeifahren sehen", fuhr Pinkus, mit den Nasenflügeln zwinkernd, fort. „Tüchtige Traber, hübsche Tiere, anscheinend ganz gleich in der Farbe. Willst du verkaufen?"

„Nein", antwortete Lauronat, „ich behalte sie noch ein Jahr, dann bekomme ich den doppelten Preis."

„Es fragt sich doch, was ich dir heut' schon biete. Für Kutschpferde sind sie freilich zu klein. Aber vor einem leichten Wägelchen –"

„Gib dir keine Mühe, ich verkaufe nicht. Die beiden hab' ich selbst gezogen und will an ihnen noch eine Weile meine Freude haben. Übers Jahr frage wieder nach."

Pinkus rückte auf der Bank näher. „Hast du schon Löwenbergs Stute gesehen?"

„Welche?"

„Die mit dem Stern. Ein Prachtpferd und gar nicht einmal teuer. Er hat sie in Wehlau auf dem Markt gekauft. Der Besitzer gab sie mit Tränen in den Augen fort. War aber in Not."

„Reitpferd?"

„Reitpferd, Wagenpferd, was du willst! Das Füllen hättest du sehen sollen!" Er küßte seine Fingerspitzen. „Mit der Stute ist Gold zu verdienen, wenn sie an den richtigen Mann kommt. Das wär' was für dich!"

Lauronat hatte im Winter seine Zuchtstute verkaufen müssen und dachte längst an einen anderen Erwerb. Gleichwohl tat er so, als ginge ihn die Sache gar nichts an. „Ich bin nicht neugierig", sagte er passend.

„Du kannst doch aber einmal sehen", meinte Löwenberg, „wir haben das Pferd hier im Stall."

„Eine Puppe von Pferd", rühmte Pinkus, „und doch kräftig. Ein Gangwerk –! Ah! Die Hufe tanzen nur so über den Boden hin. Und wie es den Kopf trägt! Ein Paradepferd, sag' ich dir. Erst fünfjährig!" Er gab Löwenberg einen Wink, der sich darauf entfernte. „Sehen kostet ja kein Geld. Wenn wir warten wollen, bis die Kunstreiter nach Königsberg kommen, machen wir ein großes Geschäft."

„So wartet doch."

„Es ist jammerschade, wenn so etwas für die Zucht verloren geht. Das erste Füllen bringt den Preis ein. Na – guck' dich einmal um."

Er zeigte aus dem Fenster hinaus. Löwenberg führte auf dem Platz vor dem Krug das Pferd umher. Es war wirklich ein schönes Tier. Alle standen auf und traten ans Fenster, zuletzt auch Lauronat. „Wir haben die Stute drei Tage lang hinter unserem Wagen gehabt", sagte Pinkus, „nun sieh, ob du ihr etwas von Ermüdung anmerkst. Dabei füttert sie sich gut."

Auch die Litauer hatten sich erhoben. Ein hübsches Pferd zu besichtigen, war jedem von ihnen ein Vergnügen. Einige gingen hinaus, andere folgten. Auch Lauronat widerstand nicht lange. Um Löwenberg, der den Halfterstrick hielt, bildete sich ein Kreis. Man strich dem Gaul über den Rücken, hob ihm die Beine auf, prüfte die Zähne. Der Händler führte ihn im Schritt und im Trabe vorüber, setzte sich auf und galoppierte auf der Landstraße hin und her. Dann von neuem Besichtigung in der Nähe. Der Schlächter fragte nach dem Preis.

„Tausendfünfhundert Mark", sagte Pinkus, mit den Augen blinzelnd.

„Unsinn!" rief Lauronat.

„Löwenberg läßt vielleicht mit sich handeln. Aber du willst ja nicht kaufen."

„Nein", antwortete der Litauer. Seine Blicke blieben doch begehrlich auf dem Gaul haften. „Zu dem Preis rat' ich's auch keinem anderen."

„Wie hoch möchtest du den Wert schätzen?"

„Bah!" Lauronat trat wieder heran, legte die Hand auf, untersuchte die Fessel und Hufe, öffnete das Maul. „Achthundert allenfalls. Das heißt –"

Die beiden Händler lachten hell auf. Lauronat blieb aber ganz ernst.

„Das heißt, für mich wär' auch das zuviel", fuhr er fort. „Ich geb' nicht mehr als siebenhundert."

Die Händler lachten noch unbändiger. „Das ist dein Spaß", sagte Pinkus. „Willst du mit den beiden Braunen tauschen?"

Nun lachte der Litauer ebenso spöttisch, machte eine kurze Wendung und ging in das Haus zurück.

Auf der Landstraße hatte sich eine große Menge Menschen angesammelt, Männer und Weiber, wie sie nicht der zufällige Verkehr hier zusammengeführt haben konnte. „Was gibt's denn?" erkundigte er sich beim Krüger.

„Ach – in meinem großen Saal will heut' ein Baptisten-Missionar predigen", gab derselbe Auskunft. „Er spricht litauisch, ist auch ein Litauer von Geburt und heißt Martin Paukstat. Er nennt sich aber Martin Keleiwis, als ob er mit dem Blatt zusammenhängt und von da geschickt ist. Nun zieht er hier durchs Land und hat viel Zulauf. Sie wissen aber noch nicht recht, ob er zu den wirklich Erleuchteten gehört. – Deine Decken übrigens hab' ich vom Wagen hereingebracht." Er blinzelte dazu listig.

Das „Blatt", auf welches der Krüger anspielte, war Lauronat, wie jedem Litauer, wohl bekannt. „Keleiwis", das heißt „der Wanderer", kehrte in viele Häuser ein. Auch Erdenings und seine Frau erbauten sich regelmäßig daran, denn es brachte stets außer allerhand weltlichen Nachrichten eine Predigt.

„Willst du auch zuhören gehen?" fragte der Krüger.

„Vielleicht", antwortete Lauronat, „weil ich doch einmal hier bin ..."

Er setzte sich wieder an den Tisch, an dem bald auch die Händler Platz nahmen. „Bring' Wein", rief er dem Krüger zu, „von dem starken roten, und fünf Gläser dazu."

„Eine Flasche?"

„Zwei!" Die Stute kam ihm nicht aus dem Sinn. Wirklich ein Prachtpferd! Er meinte, beim Wein werde das Gespräch schon nochmals darauf kommen und den Preis, auf dem die Juden ernstlich bestehen wollten, herausbringen. Hätte er nur Geld gehabt! Aber seine Taschen waren ganz leer. Er wußte, daß er nicht würde kaufen können, und doch reizte ihn der Handel.

Der Krüger brachte Portwein. Es war schlechter Rotspon, stark mit Spiritus versetzt und gezuckert. Das von einer Memeler Firma versendete Getränk entsprach dem Geschmack der Litauer, die einmal etwas draufgehen lassen wollten. Die Köpfe wurden denn auch bald heiß. Pinkus kommandierte noch eine dritte Flasche. Er wollte „auf das Geschäft" anstoßen. Bei jedem Glas war er um hundert, zuletzt um fünfzig Mark heruntergegangen, endlich auf neunhundert stehen geblieben. Löwenberg verschwor sich, er verdiene so schon keinen Pfennig und bedenke nur die Kundschaft in Zukunft. Lauronat zögerte noch.

„Wenn du einen Wechsel nehmen willst –" warf er so hin. „Ich bin nicht bei Kasse."

„Was tun wir mit einem Wechsel?" antwortete Pinkus achselzuckend. „Wir fahren im Land herum, sind bald hier bald dort und brauchen für unseren Handel bar Geld. Verkauf' uns die Braunen."

„Nein! Davon sprich nicht."

„So leih' das Geld hier in der Nähe, wo du Kredit hast."

„Wer soll mir's leihen?"

„Für tausend Mark bist du doch gut. Sprich mit dem alten Nathan Hirsch in Szibullen, dem weisen Nathan – der hat immer Geld."

„Ja –" sagte Lauronat, „der Jude!" Er gab dem Wort einen ganz eigenen Ton und schnitt dazu auch eine Grimasse. Daß Pinkus und Löwenberg selbst Juden seien, schien dem Litauer in diesem Augenblick ganz zu entgehen. Sie waren ja freilich Pferdehändler, das hob sie aus jedem Vergleich heraus.

Im großen Saal über der Krugstube und dem Laden wurden jetzt geistliche Lieder gesungen. Die Stimme eines Vorsängers drang mitunter durch, mehr um den schwankend gewordenen Takt, als die Melodie sicherzustellen. Meist hielten die Sänger und Sängerinnen trotz der fehlenden Orgel gut zusammen und schienen nicht müde werden zu können, die Verse fast endlos zu wiederholen. Nachdem das so eine gute halbe Stunde fortgegangen war, entstand plötzliche Stille. Es wurde ein leises Gebet gesprochen. Und dann redete jemand laut und nachdrücklich. Bruchstücke von Worten und Sätzen tönten durch die offenen Saalfenster auf die Straße hinaus, auch in der Krugstube vernehmbar. Lauronat erhob sich nach einer Weile und ging hinauf. Er blieb nicht bis zum Schluß und sagte lachend zu den Pferdehändlern, die er beim Kartenspiel in der Krugstube antraf: „Geht nicht vors Haus, wenn die herunterkommen. Es ist von den Juden nicht gut gesprochen."

Pinkus pfiff durch die Zähne. „F – t! Sie werden nicht dumm sein. Wer kauft ihnen ihre Pferde ab, wenn sie uns totschlagen?"

„Es ist doch nicht zu spaßen", meinte Löwenberg. „Wenn man die Zeitungen liest – überall wird gegen die Juden gehetzt. Ich hab' neulich ein Bild gesehen, da sitzen drei richtige Mauschels auf einem Pflug, den Geldbeutel in der Hand, und der Bauer und sein Weib sind vorgespannt. Wenn so etwas böses Blut macht, man kann sich nicht wundern. Jetzt fängt's hier auch schon an. Nun – hast du dich besonnen wegen der Stute?"

Lauronat schüttelte den Kopf. „Morgen vielleicht."

Er ließ sich den Becher mit den Würfeln vom Ofenrand reichen und bestellte Branntwein. „Ich will mein Glück versuchen!" Das Glück kam aber nicht. Er verlor und wurde eifriger und verlor noch mehr. Sie spielten bis in die Nacht hinein. Der Litauer lieh Geld vom Krüger und blieb Pinkus doch noch eine Summe schuldig. „Es ist nicht mit rechten Dingen zugegangen", sagte er halb im Scherz und halb im Ernst.

Die Nacht schlief er in der Einfahrt auf dem Wagen.

Am anderen Morgen besah er wieder die Stute. Sie gefiel ihm sehr. Neunhundert Mark war eigentlich ein mäßiger Preis. Doch bot er noch fünfzig darunter. „Besorge nur Geld", sagte Löwenberg, „wir werden schon handelseinig werden."

Geld! Lauronat brauchte auch sonst Geld. Es ging so nicht weiter. Wenigstens die kleinen Schulden mußten bezahlt werden, und auch mit dem Altsitzer wär' er gern ins Reine gekommen. Keleiwis hatte vor den Juden gewarnt, das reizte ihn gerade, dort anzufragen. Wo sollte er auch sonst anfragen?

Er steckte, wie alle seine Landsleute, tief in nationalen Vorurteilen, war auch durchaus nicht frei von Aberglauben. Der Jude war ihm, wenn auch immerhin ein Mensch, so doch jedenfalls eine besondere Art von Mensch, auf den er hochmütig hinabsah. Dabei stand ihm allerdings zunächst der russische Jude im langen Kaftan und hoher Mütze vor Augen, den er mit den Witinnen und Holzflößen so oft stromab hatte kommen sehen, oder die elende und schmutzige Bevölkerung der kleinen russischen Grenzstädte, die er gelegentlich einmal besuchte. Aber die Scheu und Abneigung übertrugen sich auch auf die einheimischen Mitbürger. Hätte man ihm erzählt, daß letzte Ostern in Szibullen ein Christenkind geschlachtet sei, er würde die Möglichkeit nicht in Abrede gestellt haben.

Nun spannte er doch sein Wägelchen an und fuhr dorthin. Er hätte auch gehen können, da der Ort recht nahe war, aber es schien ihm besser, sich dem „weißen Nathan" mit seinen Braunen zu zeigen.

Nathan Hirsch hieß ganz allgemein „der weise Nathan", auch bei den Litauern. Warum, das wußte niemand zu sagen, und es kümmerte sich auch niemand darum. Die Herren vom Gericht hatten den alten Mann so genannt, wahrscheinlich, weil er ein Jude war und Nathan hieß und also an „Nathan der Weise" erinnert. Diese Beziehung blieb natürlich über diesen engsten Kreis der Studierten hinaus dunkel. Weise war übrigens ungefähr soviel als klug, und klug war Nathan Hirsch gewiß; es hatte noch keinem gelingen wollen, ihn übers Ohr zu hauen. Es fehlte ihm aber auch nicht an der Ruhe und Bedächtigkeit, die einem bejahrten Mann ein würdiges Ansehen geben, und er galt für einen „durchaus anständigen Geschäftsmann“, ein Begriff, der freilich wieder nur für jene engeren Kreise eine bewußte Bedeutung hatte. Die kleinen Leute sagten allenfalls zu seinem Lob: er betrügt keinen, wenigstens so lange, als er nachsichtig mit ihnen verfuhr. Das tat er denn auch meist zu seinem eigenen Vorteil. Er war der ländliche Bankier, hatte allerhand Agenturen und gab sich auch mit Vermittlungsgeschäften beim Besitzwechsel von Grundstücken ab. Auf dem Amtsgericht sah man ihn nicht ungern; seine Eingaben hatten immer Hand und Fuß, und auch in verwickelte Angelegenheiten wußte er Klarheit zu bringen. Er war immer bescheiden und nahm's auch nicht übel, wenn man sich einmal einen Spaß mit ihm erlaubte und seinen Jargon nachäffte. Sein Familienleben galt für musterhaft, und daß er sich als ein rechtgläubiger Jude zeigte, rechnete ihm selbst der Pfarrer zur Ehre an.

Er wohnte in Szibullen in seinem eigenen Hause. Es war ein richtiges Bauernhaus von Holz mit hohem Strohdach und blauen Laden, niedrigen Stuben, kleinen Fenstern und Balkendecken, die Türen waren nicht einmal viel besser verwahrt, als die der Nachbarn, nur daß sich innen eine Eisenstange vorlegen ließ. Zu dem Haus gehörten auch einige Hufen Land. Sein Sohn, der Jakob Hirsch, bewirtschaftete sie. Jakob war verheiratet und hatte Kinder. Zur häuslichen Gemeinschaft gehörte aber auch noch ein zweiter lediger Sohn, der Moses Hirsch, der dem Vater im kaufmännischen Geschäft half, und eine verheiratete Tochter namens Esther, deren Mann, Moritz Levy, viel auf Reisen war, mit ihren Kindern. Die große Familie schränkte sich auf vier Stübchen und einige Kammern ein. Die Ökonomie war gemeinschaftlich, die Töchter halfen der alten Frau Rebekka Hirsch in der Küche. Nathan herrschte wie ein Patriarch im Kreise ehrfürchtiger Kinder und Enkel.

Lauronat fuhr mit lustigem Peitschenknallen an dem „Judenhaus“ vor, sprang vom Wagen herunter, strängte die Pferde auf der einen Seite ab und band die Leine kurz an den Stollen. Die „schöne“ Esther fegte den kleinen Flur. Er fragte sie nach Nathan Hirsch und wurde in die Stube gewiesen. Dort saß der alte Mann in einem langen Schlafrock auf dem Lehnstuhl am Fenster. Er trug ein schwarzes Samtkäppchen, weit aus der hohen Stirn zurückgeschoben über dem schneeweißen Haar. Nicht weit von ihm stand Moses an einem Pult und schrieb in einem großen Buch. Er hatte einen Schreibärmel von grauer Leinwand übergezogen. Andere Bücher hatten ihren Platz in einem kleinen Regal an der Wand. Das auffallendste Möbel war ein großer eiserner Geldschrank neben dem Himmelbett, vor dem

Rebekka, eine schon etwas gekrümmte Matrone mit schwarzem Scheitel von falschem Haar, am Tisch bei einer Näharbeit beschäftigt war. Der Geldschrank stand offen; das Riegelwerk an der inneren Tür zog sogleich den Blick des Litauers auf sich, so daß er zu grüßen vergaß. Er war hier zum erstenmal.

„Was ist dein Begehr, mein Sohn?“ fragte Nathan ihn in seiner Sprache.

Nun wendete Lauronat sich zu ihm. „Ich brauche Geld“, antwortete er dreist, „und komme, mich bei dir zu erkundigen, ob du es mir geben willst – natürlich nicht umsonst.“

„Hm, hm, hm, –“ knurrte der Alte, ihn scharf ins Auge fassend. „Du bist der Wirt Pawils Lauronat aus Gilguhnen, wenn ich nicht irre. – Irre ich, Moses?“ Er blickte um die Lehne nach seinem Sohn.

Dieser unterbrach seine Arbeit und kehrte sich halb zurück. „Es ist der Wirt Pawils Lauronat aus Gilguhnen, Vater.“

„Ja, der bin ich“, bestätigte der Litauer.

„Ich habe dich auf dem Gericht gesehen – zwei-, dreimal“, fuhr Nathan Hirsch fort, indem er mit dem Kopf nickte. „Du hattest einen Prozeß mit dem Erdenings, deinem Altsitzer, dem ich einmal die erste Hypothek besorgt habe. Er hat mir gesagt, daß du sein Schwiegersohn bist, und hat bitter geklagt über dich, daß du ihm mit Undank lohnst. Ja, ja, das ist mir wohl erinnerlich. Aber meine Augen werden schon schwach – ich konnte doch irren in der Person.“

„Was ich mit dem Erdenings habe, ist meine Sache“, entgegnete Lauronat. „Wenn er über mich klagt, über ihn hätt' ich noch viel mehr zu klagen.“

„Ein schönes Grundstück damals, ein sehr schönes Grundstück. Ich hab's selbst in Augenschein genommen für den Tilsiter Herrn. Fast hundert Morgen, nicht wahr?“

„Sechsundneunzig Morgen und die Wiesen. Dazu die Fischerei für den Hausbedarf und die Holzablage.“

„Ja, ja, ein schönes Grundstück und mäßig verschuldet bis auf das Ausgedinge. Und jetzt bist du in Not und brauchst Geld?“

„Ich bin nicht in Not“, entgegnete Lauronat mürrisch, „aber ich brauche Geld, um ein Pferd zu kaufen. Noch diesen Vormittag muß ich's haben.“

„Mußt du's haben – um ein Pferd zu kaufen – noch diesen Vormittag ... ja, ja, ja. Hab ich recht gehört, daß du ein großer Nimrod bist?“

„Das versteh' ich nicht.“

„Ein großer Jäger, mein' ich – und daß sie dich auch gefaßt haben im königlichen Forst?“

Der Litauer lächelte, eher geschmeichelt als beleidigt. „Das ist wohl einmal geschehen“, sagte er. „Ich habe die Jagd in Gilguhnen gepachtet, und wenn du als Margritsch einen Hasen in die Küche haben willst ...“

Der Alte wehrte mit der Hand ab. „Wieviel Geld brauchst du denn, Pawils?" fragte er, sich vorbeugend und die Arme auf die Seitenlehnen des Stuhls stützend.

„Nun – tausend Mark."

„Tausend –!" rief Nathan Hirsch und erhob sich ein wenig. „Gott gerechter – wie leicht dir das vom Mund geht!"

„Die Stute kostet so viel – kostet beinah so viel", berichtigte er sich, da der alte Jude ihn mit seinen schwarzen Augen so eindringlich ansah.

„Ist das Pferd eine Stute – und kostet beinah so viel? Hm, hm! Tausend Mark. Und was davon übrig bleibt –"

„Das brauch ich, um Kleinigkeiten zu bezahlen, die hängen geblieben sind. Aber was geht es dich an, wozu ich das Geld brauche?"

„Kleinigkeiten – nu ja – Schulden mit Schulden bezahlen – äh! Es gefällt mir nicht. Und warum kaufen ein teures Pferd, wenn man das Geld muß borgen?"

„Es bringt sich wieder ein – das ist meine Sache."

„Kann sein, kann auch nicht sein. Und wenn sich's nicht einbringt –"

Der Litauer stieß ärgerlich den Peitschenstock auf die Diele. „Was geht es dich an. Sprichst du mit einem Kind?"

„Ja, was geht es mich an? Weil ich dir rate zur Vorsicht, erzürnst du dich gegen mich. Tausend Mark sind viel Geld. Sie nehmen sich leicht in die Hand und geben sich leicht aus der Hand, aber bis sie wieder zurückkommen in die Hand . . . Gut, gut! Du willst nicht hören. Wie denkst du mir denn zu verschreiben die tausend Mark?"

„Pah! Ich bin dir doch sicher."

„Mit dem Grundstück! Soll's eingetragen werden?"

„Das dauert mir zu lange. Ich muß das Geld heut' haben."

„Ja, ich vergaß. Heut'! Auf der Stelle! Also gegen Wechsel."

„Wie du willst."

„Nicht, wie ich will. Ich will nicht. Aber ich muß doch etwas in Händen haben. Weißt du, was ein Wechsel ist, mein guter Pawils?"

„Gewiß weiß ich das." Lauronat lachte dazu. Er hatte Gelegenheit gehabt, sich solche Papiere anzusehen.

„Auf drei Monate."

„Meinetwegen. Mach's nur schnell."

„Du sagst: meinetwegen! So leichthin . . . Aber die Frist ist kurz, und wenn sie abgelaufen ist, sag' ich: wo ist mein Geld? Und laß mich nicht vertrösten, sondern greife zu. Denn das ist ein Geschäft, und ich will's nicht machen mit Verlust. Bist du sicher, daß du mir gerecht werden kannst, ohne dir selbst zu schaden?"

Lauronat wies hinaus. „Die beiden Braunen allein sind das reichlich wert."

„Ich glaub's wohl. Und das Grundstück . . . ja, ja! Soviel Sicherheit ist vorhanden." Nathan Hirsch guckte wieder um die Stuhllehne nach seinem Sohn. „Können wir machen das Geschäft, Moses?"

Der Buchhalter wiegte den Kopf hin und her. „Wir können's machen, Vater."

„So schreib' den Wechsel, litauisch und deutsch – tausend Mark nach drei Monaten. Die Zinsen zieh' ich ab im voraus – das ist Usance bei dem reellsten Geschäft. Sechs Prozent, nicht mehr als üblich. Ich mache kein Geschäft aus Barmherzigkeit, aber ich bin auch kein Wucherer. Und nochmals rat' ich ernstlich ab – meine Frau und mein Sohn sind Zeugen. Glaub' meiner Erfahrung! Es ist nicht gut, Geld zu borgen auf Wechsel. Hinterher kommt oft Heulen und Zähneklappern, und dann heißt's: der Gläubiger ist hart und ein Kehlabschneider, wenn er doch nur zurück haben will das Seinige. Laß dir nicht die Augen verblenden durch das schöne Pferd – morgen wirst du's vergessen haben – und kaufe erst, wenn du gespart hast. Dann wirst du mit Ruhe –"

Lauronat wurde ungeduldig. „Was machst du für Gerede!" unterbrach er. „Spar dir deinen guten Rat für einen, der ihn brauchen kann. Willst du mir das Geld geben oder nicht?"

„Such's heraus, Moses", sagte der Alte. „Er will nicht hören. Lies vor die Schrift und gib sie ihm in die Hand, zu lesen, damit er sich nicht übereilt."

Es geschah, Lauronat unterschrieb seinen Namen mit ganz fester Hand und strich dann das Geld ebenso ruhig ein, nachdem es ihm Nathan Hirsch wohl dreimal vorgezählt hatte. Er bewegte nickend den Kopf ein wenig und ging zur Tür hinaus, ohne auch nur Adieu gesagt zu haben.

„Vergiß nicht, heut' über drei Monate –" hörte er sich nachrufen. An der Schwelle des Hauses spie er aus. Er dachte sich kaum etwas dabei: Es verstand sich ganz von selbst, daß er hinter dem Juden ausspie.

Im Galopp jagte er nach Kaukehmen zurück. Die Pferdehändler wollten eben aufbrechen. Man wurde nun bald handelseinig und trank dann noch mehr als eine Flasche auf das gute Geschäft, das jeder den andern gemacht zu haben versicherte. Darauf fuhren die Juden sehr lustig ab. Sie wollten zum großen Markt nach Königsberg.

Lauronat kam aus dem Krug nicht fort, bevor er sich mit dem Krüger verrechnet hatte. Er erschrak, als er hörte, wie hoch seine Schuld schon aufgelaufen sei. Sie ganz zu tilgen war ihm nicht möglich; fünfzig Mark wenigstens mußte er in der Tasche behalten.

„Bringe nur bald wieder etwas", sagte der Wirt, „du kommst zu selten."

Lauronat hielt's für geraten, seine Stute gleich nach Trakehnen zu bringen. Er legte ihr kleine Strohkränze um die zierlichen Fesseln, flocht

Schweif und Mähne ein und band sie hinten an den Wagen. Dann fuhr er auf der Chaussee in der Richtung nach Tilsit fort.

Er hatte am nächsten Abend Insterburg noch nicht erreicht, als er bemerkte, daß das Pferd auf dem rechten Vorderfuß lahmte. Er untersuchte das Gelenk und den Huf, fand aber die Ursache nicht heraus. Er meinte, das Tier werde sich einen Stein eingetreten haben, der dann von selbst wieder abgefallen sei, kühlte aber vorsichtig am nächsten Brunnen den Fuß und setzte die Reise langsamer fort. Das Lahmen nahm jedoch zu, und das Fesselgelenk wurde dick. In der Stadt wartete er den nächsten Morgen ab. Das Pferd hatte schlecht gefressen. Nun blieb Lauronat doch nichts übrig, als den Tierarzt zu befragen.

Der untersuchte den kranken Fuß genau, verordnete Umschläge und meinte, er müsse jedenfalls einige Tage Ruhe haben. „Übrigens –" sagte er, mit Kennerblick die Stute betrachtend, „den Fuß da hab' ich schon einmal vor sechs Wochen in Behandlung gehabt."

Lauronat horchte mit ängstlicher Spannung. „Vor sechs Wochen – in Behandlung –?"

„Ja. Das Pferd gehörte damals einem Besitzer Neuendorf aus Jodolischken. Hast du es von ihm gekauft?"

„Nein, von den Juden. Sie haben mich betrogen!" Er nannte die Händler.

„Das Pferd wird durch verschiedene Hände gegangen sein, bis es zu ihnen gekommen ist", meinte der Tierarzt. „Du kannst nicht behaupten, daß sie von der Krankheit gewußt haben. Sie gelten sonst als ehrlich. Was hast du gegeben?"

„Achthundertundfünfzig Mark."

„Der Preis ist allerdings verdächtig gering, wenn das Pferd fehlerfrei wäre . . . Hoffentlich wird die Geschwulst bald wieder weichen und später auf der Weide nicht wiederkehren. Aber ein paar Tage muß das Tier unbedingt stehen und dann in ganz kleinen Tagemärschen transportiert werden. Es besticht sehr, ist aber ein ängstlicher Besitz."

Lauronat fügte sich unwillig. Der Aufenthalt war ihm verdrießlich schon der Kosten wegen; die Freude über den guten Kauf war ihm ganz vergangen. Das Pferd stand eine volle Woche. Nun riß ihm die Geduld. Trotz dringenden Abratens des Arztes band er es wieder an seinen Wagen und fuhr weiter. Aber schon nach einer halben Meile mußte er umkehren. „Da ist der Teufel im Spiel gewesen", rief er. Die Behandlung begann von neuem. Der Arzt nahm den Fall nicht mehr leicht. „Du hast die Sache sehr verschlimmert", sagte er. „Wenn du meinen Rat nicht befolgen willst, kann ich dir nicht helfen."

So ging's doch aber auch nicht gut weiter. Lauronat fuhr mit der Bahn nach Königsberg, die beiden Händler aufzusuchen. Er ermittelte wirklich

Pinkus, der auf dem Herzogsacker einen Fuchshengst zuritt. „Das Pferd ist krank", schrie er ihn an, „du mußt es zurücknehmen. Es lahmt auf dem rechten Vorderfuß. Der Fehler ist alt."

„Das tut mir leid", entgegnete der Händler achselzuckend. „Ich habe nichts davon gewußt. Löwenberg hat die Stute gebracht."

„Wo ist er?"

„Was weiß ich? Er reist in der Provinz herum."

„Das ist eine nichtswürdige Betrügerei! Ich will mein Geld zurück."

„Mich geht die Sache nichts an", versicherte Pinkus. „Und nun laß mich ungeschoren. Der Fuchs wird unruhig, wie du siehst." Er ritt davon.

Der Litauer ermittelte Löwenbergs Wohnung in einer Seitengasse der Vorstadt. Die Frau bestätigte, daß ihr Mann auf der Reise sei. Sie wollte ihm schreiben, daß er den Rückweg über Insterburg nehmen und sich dort das kranke Pferd ansehen sollte. Lauronat blieb nichts übrig, als dorthin zurückzufahren, nachdem er einem Anwalt den Fall vorgetragen und Prozeßvollmacht erteilt hatte.

Löwenberg meldete sich wirklich in Insterburg. Er wollte von einem Besitzer Neuendorf gar nichts wissen, die Stute von einem ganz anderen zum Verkauf in Kommission erhalten haben. An den möge Lauronat sich wenden.

„Mit dir allein hab' ich's zu tun", sagte der Litauer. „Nimm das Pferd und gib mir mein Geld."

„Das ist zum Lachen", antwortete der Händler. „Du hast das Pferd besehen und keinen Fehler entdeckt. Ich bin nicht klüger als du."

„Aber das Pferd ist krank."

„Du wirst es auf dem Transport schlecht behandelt haben."

„Das sollst du mir beweisen!"

„Du hast das Gegenteil zu beweisen. Die Stute war in Kaukehmen ganz gesund, dafür hab' ich meine Zeugen."

„Die ist vorher schon krank gewesen."

„Davon weiß ich nichts, und ich höre auch, daß du das kranke Tier unvernünftig angestrengt hast."

„Nein, ich bin im Schritt gefahren. Gib mir mein Geld."

„Nicht einen Pfennig. Klage doch! Verständiger ist, wir machen einen neuen Handel. Wenn du mir aber die Braunen verkaufen willst, zahle ich einen guten Preis." Dabei blieb Löwenberg.

Lauronat schrieb dem Anwalt, er solle schleunigst die Klage gegen beide Händler einreichen. Er wisse jetzt, daß sie Spitzbuben seien.

Er konnte sich in Insterburg, zumal mit dem Fuhrwerk, nicht länger aufhalten. Seine Barschaft war bei aller Sparsamkeit schon beinahe verzehrt. Er ließ die kranke Stute dem Gastwirt in Pflege und zugleich in Pfand, gab dem Arzt einen Schuldschein und machte sich in verdrießlichster Stimmung auf den Heimweg.

In Gilguhnen fand er Busze schon sehr besorgt wegen seines langen Ausbleibens. Er gab ihr nur unzureichende Auskunft – so von oben her, als hätte er's überhaupt nicht nötig. Er war ja der Herr und konnte tun, was ihm beliebte! Mit Erdenings, der eine spitze Bemerkung nicht zurückhielt, geriet er gleich am ersten Tage in Streit. „Wenn du mir nicht gibst, was du mir schuldig bist", schrie der Alte, „so laß ich dir das Grundstück subhastieren. Ich habe mich erkundigt, das kann ich." Pawils riß das Gewehr von dem Wandnagel. „Wenn du das tust –!" Busze trat dazwischen und hielt seinen Arm. „Um Gotteswillen! Was hast du für Gedanken, Pawils? Mein Vater!"

„Er macht mich toll", sagte Lauronat, das Gewehr wieder forthängend.

Urte lag in der Kammer zu Bett und hustete unaufhörlich. „Und nicht einmal – das Fuhrwerk läßt er hier", keuchte sie, „daß man zum Doktor – schicken kann. Mit dem Fuhrwerk – treibt er sich – wochenlang herum. Das nimmt ein schlechtes – Ende, ein schlechtes . . ."

„Schweig', alte Nachteule", rief Pawils, stieß Erdenings in die Kammer und schlug die Tür hinter ihm zu.

Busze erfuhr nach und nach von dem Pferdekauf und daß er von den Juden betrogen sei. Zwischenein schimpfte er immer auf sie und drohte, daß er es ihnen schon besorgen werde. Von wem er das Geld geliehen, erzählte er nicht. Sie wagte auch gar nicht zu fragen, wo er's her hätte.

An Nathan Hirsch schickte er einen sehr sonderbaren Brief „Die Stute ist lahm", schrieb er, „und steht in Insterburg. Ich will sie nicht. Die Juden haben mich betrogen. Dein Geld muß Löwenberg dir abgeben, mich kümmert es nicht. Wenn du willst, kannst du auch das Pferd nehmen, aber der Gastwirt und der Arzt sind noch zu bezahlen. Sieh zu, wie du mit ihnen fertig wirst."

Er erhielt nach einigen Tagen eine schriftliche Antwort, zu der er den Kopf schüttelte. Er schien sie gar nicht zu verstehen. „Es wird sich ja finden!" brummte er in den Bart.

Eine Weile arbeitete Lauronat nun ganz fleißig in der Wirtschaft, das Versäumte nachzuholen. Es zeigte sich wieder, wie leicht ihm alles von der Hand ging, wenn er nur wollte. Die Wiese mähte er in der halben Zeit wie der Nachbar Liebelt die seine, und die Kartoffeln auf dem Grenzacker behäufelte er besonders sorgfältig, um ihm zu beweisen, daß er's auch verstehe. Bei der Roggenernte war er mit den Frühesten auf und mit den Fleißigsten abends noch auf dem Feld. Dabei kamen auch die Braunen und die beiden Füllen, die er aufzog, nicht zu kurz. Busze freute sich ihres tüchtigen Mannes, den alle rühmten, und auch die Altsitzer waren jetzt mit ihm zufrieden. „Wenn's so fortgeht", meinte Erdenings, „kann er sich noch auf den grünen Zweig bringen."

Dann aber kam wieder Ärger über Ärger. Der Advokat in Königsberg und das Gericht forderten Vorschuß. Die beklagten Pferdehändler machten Einwendungen, auf die er antworten sollte. Er begriff gar nicht, wie das von Wichtigkeit sein könnte. Ein Winkelschreiber, an den er sich gewendet hatte, schien die Sache noch mehr zu verwirren. Dazu meldete der Gastwirt aus Insterburg, die Stute werde wahrscheinlich lahm bleiben; sie sei jetzt schon nicht mehr so viel wert, als seine Forderung für Stall, Futter und Wartung betrage. Wenn Lauronat sie nicht abhole und ihn befriedige, müsse er sie vom Gericht öffentlich ausbieten lassen. „Das ist alles der Juden Schaden", schrieb Lauronat ihm, „tu', was du willst." Die Stute wurde wirklich verkauft. Der Gastwirt kam nicht einmal zu seinem Geld und klagte wegen des Restes. Auch der Tierarzt klagte. Zu Johanni waren die Hypothekenzinsen unberichtigt geblieben; nun wurde auch dieser Gläubiger schwierig. Der Exekutor kam wiederholt nach Gilguhnen und pfändete. Heu und Roggen wurden fortgenommen; eins von den Füllen kam unter den Hammer, und der Verdruß darüber steigerte sich noch, als Liebelt es kaufte, der verhaßte deutsche Nachbar. „Der Teufel ist los", rief Lauronat, „er läßt zu, daß man mir Gewalt antut. Aber die Abrechnung wird schon kommen."

Nun verlor er rasch wieder die Lust zur Arbeit. „Für wen strapaziere ich mich?" Busze bat ihn flehentlich, den Mut nicht sinken zu lassen, an seine Kinder zu denken. Er nahm abends wieder das Gewehr und ging auf die Jagd. Oft blieb er die halbe Nacht aus, mitunter kehrte er erst am Morgen zurück. „Brauchst du den Kahn nicht mehr?" fragte die Frau. Eigentlich wollte sie wissen, weshalb er sie nicht aufforderte, ihn zu begleiten. Er verstand sie auch so. „Ich habe einen anderen, der mir hilft", antwortete er. „Es ist auch für alle Fälle gut, daß einer sagen kann, ich sei zu Hause gewesen." Sie schwieg dazu. Was er von ihr verlangte, wußte sie.

Er war nicht der einzige, der im Moor und im Forst wilderte. Auf seinen Streifzügen hatte er einen waghalsigen Burschen kennengelernt, der ihm gefiel. Jakubs Kalbis hatte von einem Wirt in Iblauken ein Stück Bruchland und Weide gepachtet, darauf auch eine Hütte und einen kleinen Stall von Torf und alten Brettern gebaut, mit Stroh und Moos über einem leicht zusammengefügten Sparrenwerk von Kiefernzweigen gedeckt. Er hauste darin mit seiner Schwester, der Lenke Kalbis, die schon im Gefängnis gesessen hatte. Auch er selbst stand nicht in gutem Ruf, obgleich man ihm nichts Bestimmtes nachsagen konnte. Der Kartoffelacker, der Krautgarten am Häuschen, die magere Weide für eine kleine Kuh, der Eiersegen von einigen Hühnern und der Schweinestall ernährten sie nicht; sie mußten bei den Wirten und, wenn diese nichts zu tun hatten, weiter ins Land auf Arbeit gehen. Im Winter ließ Kalbis sich beim Holzschlagen im Forst beschäftigen und half dann auch beim Abrücken. Lauronat traf ihn einmal nachts mit einem Gewehr am Waldrand. Kalbis hielt ihn für den Förster und legte auf ihn an, da er meinte, nicht mehr entfliehen zu können. Das Mißverständnis klärte sich noch rechtzeitig auf. Seitdem begegneten sie

einander öfters auf Verabredung und pirschten gemeinsam oder hielten füreinander Wache. Kalbis besaß einen schmalen und flachen Kahn, den er sich selbst gezimmert und versteckt hielt; auf den Gräben im Moor war er sehr brauchbar. Er pflegte die Jagdbeute damit abzuholen, und Lauronat überließ ihm nun auch die seine, da er am Fluß einen stets bereiten, heimlichen Abnehmer hatte. Der Gewinn wurde geteilt. Sich mit dem Büdner öffentlich zu zeigen, hätte der Wirt für eine Schande gehalten; nachts waren sie zwei Wilderer, die auf völlig gleichem Fuß verkehrten. Es kam auch vor, daß Lauronat in die Hütte eintrat und sich von Lenke einen Schnaps anbieten ließ. Sie kam dann aus einem Bretterverschlag zum Vorschein, wo ihr Bett stand. Aus dem Schlaf gestört zu werden, schien ihr gar nicht verdrießlich zu sein. Sie lachte viel und plauderte gern, wenn der vornehme Wirt dazu aufgelegt war. Sie hatte hübsche muntere Augen und perlweiße Zähne, mit denen selbst eine Litauerin Staat machen konnte. Die Figur war aber unansehnlich, und sie scherzte wohl auch selbst darüber, daß sie zu dem baumlangen Gast in die Höhe sehen müsse.

Indessen hatte der September heftigen Weststurm und Regen gebracht. Alle Zuflüsse zum Haff stauten hoch auf, die Gräben im Moor und im Forst standen bis zum Rand voll Wasser. Die Pfade wurden ungangbar. Lauronat mußte sich in diesen Tagen zu Hause halten. Eines Vormittags kam Nathan Hirsch auf einem Wägelchen, das sein Schwiegersohn Moritz Levy kutschierte, nach Gilguhnen gefahren und stieg bei ihm ab.

„Ich muß zu dir kommen“, sagte er, „da du meinen Brief unbeachtet gelassen hast. Du hast ihn doch bekommen?“

„Ja“, antwortete der Litauer mürrisch, „der Postbote hat ihn gebracht. Ich dachte, es hätte nicht solche Eile. Wozu sollt' ich dich auch besuchen?“ Er hatte den Brief in die Tasche gesteckt, als ginge er ihn nichts weiter an.

„Die Frist ist abgelaufen“, bemerkte Nathan, „da hat ein Wechsel doch wohl Eile. Er ist ausgeschrieben in meinem Haus, deshalb durft' ich Zahlung erwarten in meinem Hause. Kommst du aber nicht zu mir, muß ich kommen zu dir und das Papier präsentieren, damit du weißt, daß es noch in meiner Hand ist.“ Er zog seine Brieftasche vor und nahm das Blättchen heraus. „Ist das dein Wechsel über tausend Mark, zahlbar nach drei Monaten? Sieh ihn dir an.“

Lauronat blickte ohne besondere Aufmerksamkeit darüber hin und schielte nach Busze, die am Webstuhl saß und jetzt das Schiffchen ruhen ließ. Ihre Anwesenheit war ihm augenscheinlich sehr unlieb, aber sie fortzuschicken, fand sich doch kein Grund. Sie hatte schon ein recht erstauntes Gesicht gezeigt, als der alte Jude mit dem langen weißen Bart eintrat; seine Reden mußten ihn ihr noch verdächtiger machen.

„Ich habe dir doch gleich geschrieben“, sagte Pawils.

Nathan Hirsch setzte sich auf einen Stuhl am großen Tisch und ließ den Wechsel vor sich liegen. „Erlaube, daß ich nehme Platz, bis du das Geld aufgezählt hast“, äußerte er sich, „das Alter steckt mir in den Beinen, sie wollen nicht mehr taugen zum Gehen und Stehen. Bin ich dir kein lieber Gast, so fertige mich rasch ab.“

„Ich habe dir doch gleich geschrieben“, wiederholte der Litauer.

„Was hast du mir geschrieben? Daß das schöne Pferd ist lahm und steht krank in Insterburg, und daß die Händler dich haben betrogen. Ich kann nicht prüfen, ob das ist wahr, aber es hat mir aufrichtig leid getan, dein Malheur. Bei der Sache helfen konnt' ich doch nichts.“

„Die Stute ist mit deinem Geld gekauft – Löwenberg hat dein Geld erhalten und muß es zurückgeben“, meinte Lauronat kühl. „Ich habe dir geschrieben: Nimm die Stute und fordere dein Geld. Du hast aber die Stute nicht genommen, als es Zeit war, und nun hat sie sich selbst aufgezehrt. Das ist deine Schuld.“

„Gott gerechter!“ rief Nathan Hirsch. „Was soll sein meine Schuld? Ich hab' dir geliehen tausend Mark auf Wechsel, und die drei Monate sind reichlich um. Ich habe dich gewarnt, zu kaufen ein Pferd mit geborgtem Geld, aber du hast wollen klüger sein. Bist du nun zu Schaden gekommen, halte dich an den, der dich geschädigt hat. Ich will mein Geld.“

„Und ich mein Pferd.“

„Ist das ein unsinniges Gerede! Ich sage dir, mein Wechsel ist mein Wechsel, und dein Pferd ist dein Pferd. Es fehlt da jeder Zusammenhang. Was kümmert mich dein Pferd?“

„Ja, wenn du das Geld haben willst –"
„Natürlich will ich das Geld."
„So warte ab, bis Löwenberg es zurückzahlt. Behalten werd' ich's nicht."
„Du magst es behalten, wenn du mich befriedigt hast. Ein Kind muß doch einsehen –"
„Ein Kind muß doch einsehen, daß ich nicht das Pferd verlieren kann, und überdies noch Geld zahlen soll!"
Nathan Hirsch ließ es nicht an Zeichen der Ungeduld fehlen. „Man könnte ärgerlich werden", sagte er, „wenn man dich so mit ganz ernstem Gesicht Unsinn reden hört. Aber ich will nicht ärgerlich werden, weil du Unglück gehabt hast und weil ich doch bin in meinem guten Recht. Da liegt der Wechsel. Willst du ihn einlösen oder nicht?"
Der Litauer ging an den Wandschrank, öffnete ihn und nahm die Branntweinflasche heraus. Er stellte vor den Gast ein Gläschen hin und füllte es bis zum Rand. „Trink", sagte er, „und sprich nicht weiter davon."
Hirsch schob das Glas zurück. „Ich will trinken, wenn das Geld auf dem Tisch liegt."
„Ich habe kein Geld."
„Dacht' ich's doch. So gib mir dein Fuhrwerk in Pfand, und ich will dir eine kurze Frist bewilligen."
„Daß ich ein Narr wäre!" rief Lauronat. Er hatte auch für sich einen Schnaps eingegossen und warf ihn über die Zähne.

Der Jude stand auf. „Ich hätte dir die Gerichtskosten gern erspart", bemerkte er, „aber du bist eigensinnig." Er verwahrte den Wechsel wieder in der Brieftasche. „Was bleibt mir anders übrig, als gegen den böswilligen Schuldner zu klagen, und ihn zwingen zu lassen zu seiner Pflicht? Sage hinterher nicht, daß ich hart mit dir verfahren bin."

„Die Gerichtsherren werden ja doch einem Juden nicht mehr glauben als einem Litauer", antwortete Lauronat sehr ruhig über die Schulter hin.

Nathan Hirsch machte eine Gebärde, die ausdrücken sollte: ich glaube gar nicht, daß du so vernagelt bist, als du dich stellst. An der Tür wendete er sich noch einmal zurück und sagte zu Busze: „Dein Mann handelt töricht. Er hat Verlust gehabt durch den Pferdekauf – das ist ein Unglück, das er tragen muß. Warum will er ihn vergrößern durch die Gerichtskosten? Ich will warten bis heute Abend. Sprich mit ihm verständig." Er fuhr ab. Busze sah's vom Fenster aus. Sie hatte bis dahin kein Wort gesprochen und nicht einmal zu den beiden Männern hinübergeblickt. Jetzt erhob sie sich, lehnte den Arm an den Pfosten des Webstuhls und senkte die Stirn darauf. Pawils hörte schluchzende Laute.

„Was gibt's denn?" fragte er unwirsch.

„Du hast dich in des Juden Hand gegeben", antwortete sie, „nun kommt alles heraus. Wie willst du die tausend Mark zahlen? Er richtet uns zugrunde."

„Aber du hörst ja –"

„Du hast doch das Geld von ihm geliehen."

„Ja, aber ich hab' ihm gesagt, daß ich die Stute kaufen wollte, und dazu hat er mir's gegeben. Wo ist nun die Stute? Dafür kann ich doch nicht, daß sie einen Fehler gehabt hat, den kein Mensch entdecken konnte! Es sind ja auch noch andere Leute bei der Besichtigung zugegen gewesen; ich kann zehn Zeugen stellen. Was will der Jude jetzt von mir? Er muß warten, bis ich zu meinem Recht gekommen bin."

Sie gab darauf keine Antwort, hörte aber auch nicht auf zu weinen. Ärgerlich ging er hinaus und schlug die Tür hinter sich zu.

Nach wenigen Tagen schon kam die Klage mit einem ganz kurzen Termin. Lauronat verweigerte seine Unterschrift. „Das kann dir doch nichts helfen", meinte der Postbote.

„Ich gehe selbst aufs Gericht", sagte Lauronat, „man braucht's ja den Herren nur klar vorzustellen."

„Es ist mit einem Wechsel so eine besondere Sache", entgegnete der Beamte. „Da fragen sie nur, ob du geschrieben hast."

Er lachte. „Wir werden ja sehen."

Der Termin war auf einen Freitag anberaumt. Am Donnerstag gegen Abend kam die Lenke Kalbis auf den Hof und fragte nach dem Wirt. Sie hatte den Weg über die schmutzige Landstraße zu Fuß gemacht, was ihren Schnürstiefeln anzumerken war. Übrigens hatte sie ihre besten Röcke angezogen, wohl fünf oder sechs übereinander, und den obersten von hinten her über den Kopf genommen, ihn selbst und die stramm über der Brust zugehakte Tuchjacke gegen den Regen zu schützen, den der Wind unter den

Schirm getrieben haben mochte. Unter diesem Dach blitzten die munteren Augen und bewegte sich das Stumpfnäschen unaufhörlich. Die Magd wies sie an die Frau. Busze musterte die keck eintretende Person. Zu den ihr bekannten Wirtsfrauen und Wirtstöchtern der Nachbarschaft gehörte sie nicht. „Was willst du?“ fragte sie.

„Ich muß den Wirt Pawils Lauronatis sprechen“, antwortete das Mädchen, sich neugierig in der Stube umschauend. „Kannst du mir sagen, wo ich ihn finde?“

„Er hat in der Wirtschaft zu tun“, sagte Busze. „Ist etwas an ihn zu bestellen?“

„Nein – ich muß es ihm selbst sagen“, erwiderte Lenke und zeigte dabei lachend die weißen Zähnen.

„Es wird doch wohl nichts sein, was ich nicht auch hören kann“, meinte die Frau.

„Wenn Pawils es dir sagt, wirst du's ja wissen“, wich die Kleine aus.

Busze betrachtete sie mit mißtrauischen Blicken. „Ich hoffe, daß du mit meinem Mann keine Geheimnisse hast.“

„Ach –!“ Sie senkte die spitzbübischen Augen und schmunzelte.

„Wie heißt du denn?“

„Wenn du mich nicht kennst, ist's besser für dich, ich sage es dir nicht. Das ist für alle Fälle besser. Warum brauchst du zu wissen, mit wem dein Mann heimlich gesprochen hat?“

„Mein Mann hat mit niemand heimlich zu sprechen.“

„Du kannst ja abwarten, ob er mich abweist. Es ist auch nichts, was dich angeht.“

Busze bedachte sich eine kleine Weile. „Pawils ist im Stall bei den Pferden“, sagte sie dann. „Setze dich, bis er in die Stube kommt.“

„Ich will lieber zu ihm gehen“, antwortete der sonderbare Gast, „es dauert mir sonst vielleicht zu lange. Ich habe einen weiten Rückweg, und es wird früh dunkel.“

Sie wartete die Erlaubnis nicht ab, sondern kehrte gleich um und trippelte über den Flur nach der Stalltür.

„Wer ist das?“ fragte Busze die Magd, die am Herd beschäftigt war.

„Die Lenke Kalbis aus Iblauken“, gab dieselbe Auskunft. „Sie wohnt bei ihrem Bruder dicht am Moor und geht manchmal auf Arbeit. Hier hab' ich sie sonst noch nicht gesehen. Ihr Bräutigam war der Anus Kulies aus Karkeln, der als Matrose gefahren und mit dem Schiff untergegangen ist. Ein paar Monate, nachdem er das letztemal in Karkeln bei ihr war, hat sie ins Gefängnis müssen.“

„Weshalb?“

„Ach – weil ihr Kind so schnell gestorben war.“

Dieser Grund reichte Busze völlig aus. Sie fragte nicht weiter. Aber sie horchte nun doch im Vorbeigehen an der Stalltür, ob sie von dem Gespräch etwas erlauschen könne. Es wurde ganz leise geführt.

Lenke hatte Lauronat gesagt, daß ihr Bruder sie schicke. Er sei mit dem Boot im Forst gewesen, um Holz zu holen, und habe bemerkt, daß ein Rudel Hochwild auf einem Heideplan vom Wasser abgesperrt sei. Das dumme Vieh stecke dort die Köpfe zusammen und wage sich nicht durch den Sumpf. Mit dem flachen Kahn könne man ihm aber ankommen. „Jakubs meint, du hast einen Elch schießen wollen", zischelte sie. „Das ist jetzt leicht getan. Aber es ist keine Zeit zu verlieren. Läßt der Wind nach, so tritt das Wasser zurück – und es kann auch sein, daß die Förster aufmerksam werden und an einer schmalen Stelle Zweige hineinwerfen, damit die Tiere eine Brücke haben."

Lauronat horchte gespannt. „Wann will Jakubs ..."

„Am liebsten schon die nächste Nacht. Allein aber kann er nichts ausrichten – die Last ist zu schwer für einen, und es muß ein sehr Starker dabei sein, sonst zwingen auch zwei sie nicht."

„Gut, ich komme. Nächste Nacht also."

„Wenn dir das Wetter nicht zu schlecht ist."

„Es ist mir nicht zu schlecht. Jakubs soll auf mich warten. Hier hast du etwas für deinen Gang." Er faßte in die Tasche und holte einige Silbermünzen vor.

„Laß nur", sagte sie, seine Hand abwehrend. „Ich brauche nichts, und es ist gern geschehen."

Jetzt erst, da er in den Stallgang getreten war, sah er sie sich genauer an. „Du hast dich ja ausgeputzt, als ob du zum Tanz gehen wolltest", bemerkte er, sie bei den Schultern fassend.

„Gefalle ich dir?" fragte sie.

„Ich hätte nicht gedacht, daß du so blitzsauber aussehen könntest."

„Das dachte ich wohl. Bei uns ist's finster, und in der Zeit, wenn du zu kommen pflegst, sind auch alle Katzen grau. Da hab' ich für dich einmal Sonntag gemacht."

Er lächelte geschmeichelt. „Ich will nur wünschen, daß du nicht naß wirst", sagte er. „Ich komme also. Geh' dort hinten hinaus. Es ist besser, man sieht dich nicht."

„Deine Frau hat mich schon gesehen", kicherte sie in die Hand.

„Das hat nichts zu bedeuten", meinte er, „wenn's darauf ankommt, weiß sie doch nichts." Er beugte sich vor, öffnete mit der linken Hand die Tür und klopfte ihr mit der rechten die runde Schulter, indem er sie zugleich sanft hinausschob. „Hilf mir noch, den Rock über den Kopf nehmen", bat sie. Das geschah. Dann öffnete sie auf der Schwelle den Schirm unter der

Traufe und sprang mit einem lauten „Hopp“ über die Pfütze. Pawils sah ihr durch die Spalte nach.

Bald darauf blickte Busze durch die Flurtür. Es dauerte ihr zu lange, bis die Margelle zurückkam.

„Nun?“ fragte er.

Sie bemerkte, daß er allein war. „Ist sie schon fort?“

„Wer?“

„Ich habe doch Augen und Ohren.“

„Es ist niemand hier gewesen“, sagte er in befehlendem Ton, der jeden Einwand abschneiden sollte.

Busze verstand ihn und schwieg.

Sie schwieg aber auch, als er sie später in der Stube ganz freundlich anredete, und stellte ihm sein Abendessen auf den Tisch, ohne sich zu ihm zu setzen. Dann ging sie früh schlafen. Auch er ließ das Licht nicht lange brennen und legte sich zu Bett.

Aber nach einer Stunde schon stand er leise wieder auf und tappte nach seinen Kleidern herum. Er zog die hohen Wasserstiefel und den Pelzrock an, der an der Wand hing, und setzte die blaue Kapuze auf. Aus der Ecke hinter dem Bett nahm er das Gewehr und den Schrotbeutel. Er wollte eben hinausschleichen, als er seinen Namen rufen hörte.

„Was willst du?“ flüsterte er. „Schlafe doch.“

„Ich kann nicht schlafen“, sagte Busze, sich aufrichtend.

„Das ist dumm“, schalt er.

„Wohin gehst du?“ fragte sie.

Er antwortete nicht, aber der Hahn des Gewehrs knackte leise.

„Nimm mich mit, Pawils.“

„Heute nicht. Schlafe doch.“

„Ich kann dir so gut helfen als eine andere.“

Er lachte kurz auf. „Ach so . . .“

„Ich soll schon längst von deinen Wegen nichts mehr wissen.“

„Das kann sein.“

„Die Lenke Kalbis weiß aber davon.“

Darauf erfolgte eine Weile keine Antwort. Dann trat er ans Bett und sagte: „Du bringst mich auf Gedanken, die ich bis jetzt nicht gehabt habe. Ich will versuchen, sie wieder zu vergessen.“

Busze faßte seinen Arm, ihn zurückzuhalten. „Ich tat dir alles zuliebe – mehr als ich sollte. Weil ich dir gut bin, Pawils, war ich schlecht gegen Vater und Mutter. Mitten in der Nacht bin ich aufgestanden, so oft du mich wecktest, und mit dir ausgefahren –“

„Schweig still“, befahl er. „Die Wand ist dünn. Das braucht keiner zu hören.“

„Wenn du der Person mehr vertraust als mir –"

„Nun ist's aber genug", fiel er ärgerlich ein. „Du weißt nicht, was du sprichst. Es ist ganz dumm." Er machte sich von ihr los und entfernte sich mit schleichenden Schritten aus der Stube, die Tür leise hinter sich zuklinkend.

Es regnete jetzt nicht in Tropfen, aber ein dichter nasser Nebel zog vom Haff her über die Stoppelfelder und Weidepläne, durch die er seinen ungebahnten Weg nahm. Mitunter tauchte aus der grauen Wand der dunklere Schattenriß eines Baumes oder einer Reihe von Bäumen vor, die den Rand eines Grabens anzeigten und bald wieder verschwanden. Lauronat mied die Landstraße, die ihn durch Dörfer führen mußte, und behielt immer das Moor ein paar hundert Schritte seitwärts. Trotz der Dunkelheit verirrte er sich nicht. Es ging ihm zwar durch den Kopf, daß Busze sich so sonderbar benommen hatte wie noch nie, aber das beunruhigte ihn wenig. Wenn alles gut ablief, konnte er ihr ja sagen, was Lenke gewollt hatte. Jetzt beschäftigte ihn nur die Jagd, zu der er sich mit leidenschaftlichem Eifer rüstete. Er beeilte möglichst seine Schritte und öffnete den Pelzrock, als ihm zu heiß wurde. Nach einer Stunde sah er die dunkle Masse der Torfhütte dicht vor sich. Er klopfte an das kleine Fenster, hinter dem kein Licht brannte.

„Bist du's?" fragte eine Stimme von innen.

„Komm nur", antwortete Lauronat, „ich bin bereit."

Kalbis brachte zwei Stangen mit. Das Gewehr hatte er unter dem langen Rock von grauem Want versteckt. „Geh an den Graben voran", sagte er, „ich bringe das Boot aus dem Schilf. Aber nimm dich in acht, daß du nicht einsinkst. An der Weide kannst du stehenbleiben und auf mich warten."

Dort stieg Lauronat ins Boot, um dann hinten die Stange zu handhaben, während Kalbis mit der seinen vorn zur Seite einstieß und den Weg kreuz und quer durch das Moor anzeigte.

Endlich nach scharfer Arbeit war der Forst erreicht. Das Boot glitt zwischen Ellerngebüsch hin, mitunter an dessen Wurzeln stoßend. Eine Viertelstunde weiter lichtete sich wieder der Wald. Die Ränder des Grabens wurden ganz flach und verloren sich bald völlig im Sumpf, der sich rechts und links seeartig ausbreitete, soweit der Nebel einen Ausblick gestattete. Dahinter tauchten einzelne Bäume auf, die auf einer Insel zu stehen schienen. Wirklich stieß das Boot nach einer Weile auf festeren Grund. Kurz vorher noch waren die Stangen tief eingesunken.

„Hier ist's", sagte Kalbis, indem er hinaussprang und die Spitze aufs Land zog. „Das Wasser geht rund herum. Gestern stand es aber noch höher, und morgen wär's zu spät gewesen." Er machte sein Gewehr schußfertig.

Lauronat folgte ihm. Es war ein wenig heller geworden. Der Mond mußte aufgegangen sein; wenn er auch unsichtbar blieb, gab er doch dem Nebel einen mehr lichten Ton. Mitunter riß auch der Sturm in die Wand ein Loch, das sich erst nach Minuten wieder schloß. Die beiden Männer schritten durch das nasse Gras den Bäumen zu. An einer Stelle, wo sie dichter aneinander gereiht waren, machte Kalbis halt. Er zeigte mit der Hand geradeaus, ohne zu sprechen. Lauronat sah, daß sich hinter dem Gebüsch etwas bewegte. Bald erkannte er die Schaufelgeweihe von mehreren Elchen.

Sie schlichen heran, das Gewehr unterm Arm, von einem Baumstamm zum anderen Deckung suchend. Plötzlich entstand unter den Tieren eine merkliche Bewegung. Die Köpfe richteten sich mit ihrer schweren Last auf, das klappernde Geräusch der Hufe wurde hörbar. Wie auf ein Zeichen setzte sich die Herde in Trab und jagte in entgegengesetzter Richtung davon. „Sie kommen nicht durch“, flüsterte Kalbis, „das Wasser ist zu flach zum Durchschwimmen und zu tief zum Durchwaten; sie wissen ganz genau, wie weit sie mit den Beinen einsinken, und bringen sich nicht in Gefahr – wir müßten sie denn verfolgen und in Schrecken setzen. Das lassen wir bleiben. Wenn wir einen Hirsch schießen, der halb im Sumpf steckt, wie bekommen wir ihn heraus? Aber es dauert nicht lange, so kehren die Tiere hierher zurück. Ich habe sie da gestern auch stehen gesehen – es ist ihr Standort. Wir können uns indessen noch etwas näher heranbringen.“

Sie nahmen hinter einer mächtigen Kiefer Aufstellung. Es verging wirklich keine lange Zeit, bis das Elchwild sich wieder hinter dem Gebüsch zeigte. Freilich war die Dunkelheit so groß, daß ein Schuß auf einen der sich

schwach auf der Nebelwand abzeichnenden Köpfe kaum ein sicherer Treffer sein konnte. Die Jäger warteten noch. Da setzte einer von den größten Elchen aus dem Gebüsch heraus und näherte sich ihnen langsam mit hochgehobenem Geweih. Jetzt zielte Lauronat und schoß. Das Tier war getroffen und kehrte schwankend um. Nun legte auch Kalbis an und gab ihm einen Schuß in die Seite. Mit einem ächzenden Laut brach es zusammen. Die erschreckte Herde jagte in wilder Flucht davon.

Die beiden Wilddiebe sprangen vor, um sich ihrer Beute zu bemächtigen. Sie faßten das noch zuckende Tier an den Hinterläufen und bemühten sich, es über das Gras zu schleifen. Das erforderte größere Anstrengung, als sie erwartet haben mochten. Doch gelang es ihnen, den Elch bis in die Nähe des Bootes zu schaffen. Nun mußte er aber gehoben werden. Die Gewehre waren ihnen sehr hinderlich. Sie stellten sie diesseits in einen Wacholderstrauch. Jetzt bewies Lauronat seine Riesenkraft, indem er die Schulter untersetzte und so das Hintergestell vom Boden und über Bord brachte. Kalbis schleppte den Kopf am Geweih nach und warf ihn ins Boot, um selbst nachzupoltern, da er das Gleichgewicht verloren hatte. Nun schob Lauronat mit aller Anstrengung das schwer belastete Gefährt so weit ins Wasser, daß er es mit einem Stoß ganz frei machen konnte. Er wollte vorher nur noch die Gewehre holen.

In diesem Augenblick aber gewahrte Kalbis von der Forst her einen Kahn mit zwei Männern. Im Nebel hatte er sich um die Insel herum unbemerkt bis auf fünfzig Schritt nähern können. „Der Förster", zischelte er, „fort, fort!" Zugleich stieß er mit der Stange gegen den Erdrand. Lauronat erkannte sogleich die Gefahr. Es war keine Sekunde Zeit zu versäumen. Mit den beiden kräftigen Armen das Bordbrett fassend, stieß er ab und schwang sich hinüber. Das Boot schwankte und schöpfte Wasser, wurde aber bald wieder ins Gleichgewicht gebracht, als er erst stand und seine Stange regierte. Es war doch durch dieses Manöver ein kurzer Aufenthalt entstanden, der hingereicht hatte, die Entfernung von dem Förster und seinem Gehilfen bedeutend abzukürzen. Sie wäre noch geringer geworden, wenn deren Kahn nicht, zuletzt in zu rasche Bewegung gesetzt, am Ufer aufgestoßen wäre und erst wieder hätte flott gemacht werden müssen.

„Hatt' ich mir's doch gedacht", knurrte der Förster, „daß die Kerle sich die Gelegenheit nicht entgehen lassen würden. Diesmal aber krieg' ich dich, Halunke! Wir haben auch ein Boot. Halt!" schrie er, „und ergebt euch, ihr Schufte, oder ich schieße. Ich kenne dich, Pawils Lauronatis, ich kenne dich, warte nicht ab, bis dir eine volle Ladung in die Kaldaunen fährt. Halt, sag' ich, und zum drittenmal Halt!"

„Niederknien!" kommandierte der frühere Unteroffizier, „und die Stange fest einsetzen."

Der Schuß krachte, aber die Rehposten pfiffen über ihren Köpfen weg.

„Zum Teufel", knirschte Lauronat, „wir haben unsere Gewehre zurückgelassen. Sonst sollt' er bald merken, daß ich besser treffe als er."

Der Förster lud von neuem. Indessen mußte der Gehilfe allein den Kahn schieben. Dadurch gewannen die Wilddiebe einen Vorsprung, der sich mehr und mehr vergrößerte, als sie nun wieder aufrecht standen und mit dem ganzen Körpergewicht gegen die Stangen drückten. Sie hatten schon den Graben erreicht, als die Verfolger noch durch den Sumpf einen Weg für ihren breiteren Kahn suchten.

Und nun begann eine tolle Jagd durch das Moor. Kalbis wußte hier so gut Bescheid, daß er wagen konnte, in die Quergräben einzulenken und die Verfolger irre zu führen. Er fand sich immer wieder zur richtigen Fahrtstraße zurück. Diese plötzlichen Wendungen hinderten den Förster denn auch, nochmals von seinem Gewehr Gebrauch zu machen. Er mußte von Glück sagen, wenn er im nächtlichen Nebel die Gestalten der Wilderer nicht ganz aus den Augen verlor. „Vorwärts, vorwärts", ermunterte er den Gehilfen, dem schon der Arm matt wurde, „sie dürfen uns nicht entwischen." Ihm selbst perlte der Schweiß von der Stirn.

Für Kalbis' kleines Boot war die Last der beiden Männer und des Elchs fast zu groß. In der Mitte ragte das Bordbrett kaum einen Zoll aus dem schwarzen Wasser vor. Nur wenn sie ganz gleichmäßig die Stangen einstießen, beugten sie gefährlichen Schwankungen vor, und bei allem Geschick konnten sie das Einströmen doch nicht ganz hindern. Ihre Hoffnung, den Forstbeamten außer Sicht zu kommen, wurde immer wieder getäuscht. Und jetzt, nach einer Stunde eiligster Flucht, näherten sie sich bereits dem Ende des Moors, wo die Gräben flacher wurden und in verschilfte Sümpfe einliefen. Kalbis wußte, daß er dort festsitzen müßte, wenn er den Förstern nicht die einzige Fahrtstraße nach seinem Hause zu anzeigen wollte. „Es hilft nichts", sagte er, „wir müssen den Elch abwerfen und ihnen den Graben sperren."

Lauronat überlegte noch eine Weile. Der Entschluß, die Beute fahren zu lassen, wurde ihm sehr schwer. Endlich stimmte er doch seufzend zu. „Dann aber sogleich", riet Kalbis. „Es geht hier immer geradeaus, und sie sind uns bald nach." Er gab dem Boot, um einen festeren Halt bei der schwierigen Ausladung zu schaffen, eine Wendung, so daß es sich vorn und hinten in den Grabenrand eindrückte. Dann steckten sie zu beiden Seiten die Stangen knapp und tief ein. Nun hoben sie mit Anstrengung aller Kräfte den schweren Körper hoch, gaben ihm eine schwingende Bewegung und ließen ihn quer durch den Graben ins Wasser plumpen. Es spritzte auf und übergoß das schwankende Boot. Viel fehlte nicht, so wäre Lauronat nach der anderen Seite übergefallen. Er mußte sich bücken und lang niederlassen.

Kalbis zog seine Stange heraus. „Weiter können sie nicht“, sagte er lachend. „Bis sie den Elch aus dem Wege geschafft haben, sind wir in Sicherheit.“

Der Zeitverlust war doch groß gewesen. Kalbis hatte eben erst wieder sein Boot flott machen können, als der Förster die Sperre erreichte. Er bemerkte sofort, was geschehen war; der Rücken des Tieres und die Schaufeln des Geweihs ragten aus dem Wasser vor, der Kahn saß fest. Ohne Zögern legte er das Gewehr an. „Halt!“ rief er, „zum letzten Halt!“ Die Wilddiebe achteten nicht darauf, sondern suchten sich nur um so eiliger zu entfernen. Da ein Blitz und ein Knall. Kalbis sank in die Knie. „Verdammt – ich bin getroffen“, ächzte er. Lauronat erhob sich und schob das Boot weiter. „Der Schuft“, murmelte er in den Bart. „Er weiß, daß er uns nicht einholen kann, und schießt doch. Das ist eine elende Rache. Nimm dich zusammen, Jakubs – halte dich aufrecht, es wird so viel nicht sein. Ich weiß nicht den Weg durchs Schilf. Rechts oder links?“

„Links“, stöhnte Kalbis. „Ich kann nicht auf – der Schuß traf gut – es ist ein Höllenschmerz. Da links hinein – und dann auf die verkrüppelte Weide zu – dann, wo das Schilf aufhört, rechtsum – noch hundert Schritt weiter, da liegt trockener Fichtenstrauch und ein Brett – beeile dich, sonst bringst du mich – nicht mehr – lebend . . .“

Lauronat wurde bange. Mit gewaltigen Stößen trieb er das Boot vorwärts, bis es an der bezeichneten Stelle auf den Grund geriet. Kalbis konnte sich nicht aufrichten, selbst mit seiner Hilfe nicht gehen. Er lud ihn auf die Schultern und trug ihn die weite Strecke über Land bis zur Torfhütte. Ohne ihn loszulassen, klopfte er an. „Aufgemacht, Lenke, aufgemacht“, rief er. „Schnell! Es ist ein Unglück geschehen.“

Sie hatte eiligst ein wollenes Tuch übergeworfen und öffnete die Tür. Kalbis wimmerte kläglich. „Gott im Himmel! – Bruder –“ sagte sie ängstlich, „was ist es mit dir?“

„Der Förster – ein Schuß in den Rücken –“ antwortete er. „Mach’ Licht, aber verhäng’ das Fenster.“

Lenke zündete mit zitternden Händen eine kleine Blechlampe an. Dann half sie, Jakubs auf dem Stroh in seiner Bettlade niederzulassen. Lauronats Pelz war mit Blut überströmt. Ganz erschöpft sank er auf einen Holzschemel und suchte Atem zu schöpfen.

Das Mädchen stellte eine Flasche mit Branntwein vor ihn auf den Tisch. Er goß zwei Gläser dicht hintereinander hinunter. „Wir müssen ihm den Rock und die Jacke abziehen“, sagte er dann. „Bringe Wasser und alte Lappen. Ich hab’ als Unteroffizier einen Kursus gehabt, wie sie das nannten, und gelernt, wie man zur Not einen verbindet. Hast du nicht alte Leinwand, so müssen wir ein Hemd zerreißen. Es soll euer Schade nicht sein – ich will später eins von den meinen an die Stelle geben.“

„Trinken“, stöhnte Jakubs, „trinken – laßt mich einen Schluck – trinken.“

Lenke hielt ihm die Flasche an den Mund. Er schien sie leeren zu wollen, so gierig sog er mit den trockenen Lippen daran. Dann krümmte er sich wieder auf seinem Lager. „Ach – hier in der Brust – es muß da – etwas zerrissen sein . . .“ Er spie aus. Der Mund war ihm blutig.

Lauronat entkleidete ihn mit Lenkes Hilfe. Nahe dem linken Schulterblatt fand er zwei Wundstellen. „Der Förster hat Rehposten geladen gehabt“, bemerkte er, „herausholen kann ich sie nicht, sie stecken zu tief.“ Er wusch das Blut ab und kühlte die Wunden mit frischem Wasser. Lenke mußte Scharpie zupfen und viereckige Lappen schneiden. Jakubs drückte die Fäuste gegen die Brust und knirschte mit den Zähnen. „Hier inwendig – da brennt's – hier inwendig . . .“

Eine Stunde war vergangen; draußen fing es an zu dämmern. „Wenn du willst", sagte Lauronat, „spanne ich zu Hause an und hole den Doktor. Gegen Mittag kann ich hier sein."

„Nein, nein", – ächzte Kalbis, „er sieht ja doch gleich – daß ich angeschossen bin – und dann ist's heraus."

„Ja, dann ist's heraus", wiederholte Lauronat. „Wenn du dir's verbeißen kannst, ist's besser, niemand erfährt ..."

„Gebt mir nur zu trinken. Es steigt mir immer heiß auf ... Dieser höllische Durst! O – o – o!"

„Du könntest einmal sehen, Lenke", sagte Lauronat nach einer Weile, „ob der Elch noch im Graben liegt. Die Schaufeln hätt' ich ihm gern ausgebrochen."

Das war auch für Kalbis eine wichtige Sache. So schwer er litt, beschrieb er doch seiner Schwester genau die Stelle und den Fußweg, der nicht weit davon vorüberführte.

Lenke brachte die Nachricht zurück, der Elch sei fort. Von Torfarbeitern, die in der Nähe beschäftigt waren, hatte sie gehört, der Förster habe sie, als sie früh zur Arbeit kamen, angerufen und aufgefordert, ihm beim Einladen des Tieres in seinen Kahn zu helfen. Das sei geschehen. Er hätte auf die Wilddiebe geflucht und gesagt, den einen kenne er ganz gut; ob das derselbe sei, dem er eins auf den Pelz gebrannt, wisse er freilich nicht, das werde sich aber bald zeigen.

„Von mir weiß er nichts", äußerte Kalbis befriedigt. „Das ist auch gut, sonst hätt' ich hier am Moor keine Ruhe mehr."

„Hätten wir nur nicht die Gewehre eingebüßt", bemerkte Lauronat.

„Ja, das ist schlimm", stöhnte Kalbis. „Wer weiß aber – ob sie der Förster gefunden. Vielleicht – sucht er nicht einmal. Er kann denken ... Ah – ah!" Er krümmte sich winselnd.

„Es ist wohl möglich, sie stehen noch im Wacholder", meinte Lauronat. „Ich kann mich natürlich da nicht blicken lassen, aber ein anderer –"

„Die Lenke kann mit dem Boot hinfahren – und nachsehen. Ich habe noch – einen Haufen Knüttelholz im Forst stehen. Hält einer sie an – so fährt sie danach."

Lenke zeigte sich sogleich bereit. Es war indessen heller Tag geworden und die Lampe längst ausgelöscht. „Aber einer muß doch bei dir –" sagte sie zu Jakubs und sah dabei den Wirt von der Seite an.

„Ich bleibe hier, bis du zurückkehrst", versicherte Lauronat. „Ich wär' auch sonst nicht fortgegangen."

Lenke flocht nun ihre Zöpfe vor einem Spiegelscherben, der schräg ans Fenster gestellt war. Es schien ihr gar nicht unlieb zu sein, daß der Gast ihr zuschaute.

„Du solltest deinen Pelz abwaschen", riet sie, als sie über das Hemd mit den weiten Ärmeln eine Jacke zog und ein Tuch um den Kopf band. „Wenn das Blut antrocknet, wirst du die Flecken gar nicht mehr fortbekommen."

„Du hast recht", antwortete Lauronat. Er machte sich auch nach ihrer Entfernung gleich an die Arbeit. Zwischendurch bediente er den Kranken und aß von dem Schwarzbrot, das Lenke nebst einem Messer auf den Tisch gelegt hatte.

Allmählich wurde Kalbis ruhiger und dann schlief er, von dem Blutverlust ermattet, ein. Beim Atmen röchelte er aber beängstigend. Mitunter war ihm die Kehle wie abgeschnürt, bis ihn ein Husten erleichterte. Einmal würgte er eine Weile, richtete sich plötzlich auf und spie einen Strom Blut auf die Erde. Er riß dabei die Augen auf, blickte Lauronat wie geistesabwesend an, ächzte schwer und sank wieder auf das Strohlager zurück.

Lauronat wiegte bedenklich den Kopf. „Das wird nicht gut. Zum Teufel –! Er stirbt mir unter den Händen."

Es dauerte mehr als drei Stunden, bis Lenke zurückkehrte. Aber sie brachte die beiden Gewehre. „Das ist brav", lobte Lauronat und klopfte ihr die Wange. „Wir müssen sie verstecken, bis alles von der Sache wieder still ist."

„Schläft er?" fragte sie.

„Ja – aber das Blut kommt ihm immer in den Hals. Wer weiß –"

Sie schälte Kartoffeln zum Mittag, wusch sie ab und setzte sie in einem eisernen Topf mit drei Füßen aufs Feuer. Die Hütte hatte keinen Schornstein; der Rauch mußte durchs Dach abziehen und erfüllte bald den kleinen Raum. Sie schien davon nicht die geringsten Beschwerden zu haben, aber der Kranke hustete häufiger und heftiger. Lauronat stieß die Tür auf, aber es nützte wenig, denn der Wind blies hinein. Kalbis stöhnte schmerzlich, der Mund stand offen, die Augen schlossen nicht ganz. Mitunter stockte der Atem, und dann warf er wieder Blut und Schaum aus. Bei einem besonders heftigen Anfall sprangen beide hinzu, ihn aufzurichten. Er rang mit den Armen und Beinen, es steckte ihm etwas in der Kehle, und er konnte es nicht herausstoßen, das Gesicht wurde ganz blau. Dann brach er zusammen, röchelte noch ein paarmal und bewegte sich nicht mehr.

„Um Gottes Jesu willen", jammerte Lenke, die neben ihm kniete, „er wird doch nicht –"

Lauronat faßte seine Hand und hielt das Ohr über seinem Mund. „Tot –" sagte er leise. „Es ist nicht anders – tot."

Lenke weinte und wehklagte. Dann holte sie aus ihrer Kammer ein litauisches Gesangbuch und legte es Jakubs auf die Brust.

„Wir müssen ihn abwaschen und anziehen", bemerkte Lauronat. „Ich will dir helfen."

So geschah es denn auch. Sie zogen dem Toten die Sonntagskleider an. Das blutige Stroh wurde aus der Bettlade genommen und in den Schweinekoben geworfen. Am Strauchzaun blühten noch einige Astern, die pflückte Lenke und legte sie auf das weiße Leinentuch, daß sie über Jakubs gedeckt hatte. Dann stand sie daneben mit gefalteten Händen und sang ein geistliches Lied. Lauronat stimmte leise mit ein.

„Du wirst dem Schulzen Anzeige machen und das Begräbnis ansagen müssen", gab er zu bedenken.

„Ja, gleich nach dem Essen", antwortete sie, jetzt wieder ganz gefaßt. Sie goß die Kartoffeln ab und schüttelte sie in eine irdene Schale. Auch ein hölzernes Gefäß mit Salz stellte sie auf den Tisch und einen Teller, auf dem eine Speckschwarte lag. „Iß", sagte sie, „dich wird hungern. Mehr hab' ich nicht."

„Es ist auch genug", versicherte er. Er ließ sich nicht nötigen und griff zu. Auch sie setzte sich und langte in die Kartoffelschale. „Was wirst du dem Schulzen sagen?" fragte er.

„Daß er sich bei der Arbeit einen Brustschaden geholt hat, krank gewesen und gestorben ist", antwortete sie. „Sie werden sich nicht viel darum kümmern – der Jakubs war ja nur ein Häusler. Die den Sarg bringen, sehen auch nicht nach." Sie steckte die Kartoffel in den Mund, die sie auf das Taschenmesser gespießt hatte, und wischte mit dem Rücken der Hand eine Träne von der Backe fort.

„Er ist nun einmal tot –" sprach Lauronat vor sich hin.

„Ja –"

„Und du wirst nicht ausbringen, daß ich dabei gewesen bin, Lenke?"

„Gewiß nicht, weshalb braucht das einer zu wissen?"

„Ich werde dich nicht verlassen, Lenke", sagte er nach einer Weile und reichte ihr die Hand über die Ecke des Tisches. „Aber bei mir darfst du dich jetzt nicht blicken lassen."

„Das will ich auch nicht. Sieh nur, daß du unbemerkt fortkommst." Sie trat vor die Tür hinaus. Der Nebel war wieder so dicht, daß sich nicht einmal die Häuser des Dorfes erkennen ließen.

Nach einigen Schritten trennten sie sich. Lenke ging auf dem Fußpfad dem Dorf zu, Lauronat in entgegengesetzter Richtung über die Heide nach dem Moor.

Als er nach Hause kam, empfing ihn Busze mit finsterem Gesicht. „Ich glaubte, du wolltest gar nicht mehr wiederkommen", sagte sie gereizt.

„Warum sollte ich nicht?" fragte er herausfordernd.

Er zog sich aus, um ins Bett zu gehen, obgleich es noch ganz hell war.

„Der Förster ist hier gewesen", warf sie nach einer Weile mürrisch hin.

„Der Förster –? Was wollte der?"

„Er wollte dich sprechen – glaubte auch nicht, daß du nicht zu Hause wärst, und sah auch überall nach."

„Was hast du ihm gesagt?"

„Nun – du seist des Morgens aufs Gericht gegangen."

„Aufs Gericht?"

„Ja, du hattest doch den Termin mit dem Juden."

Pawils schlug sich mit der flachen Hand vor die Stirn. „Zum Teufel –! Das hatt' ich vergessen." Er ging unruhig durch die Stube. „Jetzt ist's zu spät."

Nach einer Weile sagte er: „In der Nacht bin ich zu Hause gewesen – verstehst du?"

Sie antwortete nicht.

Ärgerlich warf er sich aufs Bett. „Pah! Der Jude wird um einen anderen Termin gebeten haben. So unverschämt ist er nicht . . ." Er rückte den Kopf in den Kissen zurecht und wendete das Gesicht der Wand zu. Nach wenigen Minuten schnarchte er laut.

Aber der Jude war doch „so unverschämt" gewesen, sein Recht zu verfolgen. In zwei Tagen war das Urteil ausgefertigt und zugestellt. Lauronat wollte es „nicht annehmen". „Ob du deinen Namen schreibst oder nicht, ist ganz gleichgültig", erklärte der Beamte, „meine Bescheinigung gilt. Ich möchte dir doch raten, Geld zu besorgen. Nathan Hirsch ist ein gefälliger

Mann; wenn man ihm aber nicht Wort hält, kennt er keine Nachsicht. Ich habe Exempel."

Lauronat ging zu seinem Schreiber. Er wolle „appellieren", sagte er. Wie könne man ihn auf des Juden Geschrei verurteilen? Der Praktikus riet aber ab. „Wechsel ist Wechsel. Da heißt es bloß: Hast du geschrieben? Und was du einwenden willst, hält ja auch nicht."

Das überzeugte seinen Klienten keineswegs. Aber er wollte sich's doch noch eine Weile überlegen.

Die Weile dauerte, so kurz sie an sich war, doch zu lange. Am andern Vormittag schon kam der Exekutor auf den Hof und erklärte, pfänden zu müssen. Busze jammerte, das Unglück sei über sie gekommen; auch Erdenings und seine Frau traten heraus und klagten, daß der Wirt ihnen solche Schande mache. Pawils stand da, die Daumen in den Hosentaschen, und lachte höhnisch. „Was hat der Jude dir in die Hand gesteckt", fragte er den Beamten, „daß du so schnelle Beine hast?"

Das nahm dieser krumm. „Nimm deinen Mund in acht", antwortete er, „solche unbedachten Worte können dir sonst teuer werden. Hast du das Geld oder nicht?"

„Ich hab's nicht."

„So bin ich angewiesen, auf das Fuhrwerk Beschlag zu legen."

„Hoho!"

„Die beiden Braunen mit dem Wagen sind allenfalls so viel wert."

„Du sollst einmal!" Lauronat stellte sich breitbeinig hin und hob die Hand.

„Da frage ich gar nicht." Der Exekutor ging nach dem Stall und wollte die Tür öffnen; der Litauer sprang aber vor und stieß ihn gegen die Brust, daß er taumelte. „Die Braunen lasse ich mir nicht fortnehmen!"

„Der Stoß soll dir noch leid tun", rief der nun wirklich erzürnte Beamte. Er holte den Schulzen und einen Dorfschöffen zu seinem Beistand herbei. „Der Gewalt wird er weichen müssen."

Dazu hatte Lauronat anfangs wenig Lust. „Die Braunen lasse ich mir nicht fortnehmen", wiederholte er immer wieder.

Die Weiber lamentierten, der Altsitzer schimpfte.

„Sei nicht verrückt", sagte Wasputtis, der Schulze, zum Wirt, „es hilft dir doch nichts."

Er mußte an den Armen gefaßt und von der Türe fortgezogen werden.

„Gut, gut!" rief er. „Drei gegen einen! Ihr habt's zu verantworten."

Nun wurden die Pferde herausgebracht und nebst dem Wagen zu Nachbar Liebelt gebracht, der dem Exekutor der Zuverlässigste im Ort schien. Er übergab ihm das Pfand in Aufbewahrung. „Übermorgen komme ich zur Auktion", sagte er. Dann fuhr er ab.

Lauronat lärmte auf seinem Hof weiter und stieß Drohreden aus. Vielleicht erschien ihm das als das beste Mittel, Busze und ihre Eltern zum Schweigen zu bringen. Ihn konnten sie doch nicht überbieten. Es blieb aber nicht dabei. „Ich will dem Hund doch einmal meine Meinung sagen“, erklärte er, zog sich zum Ausgehen an, nahm die Herrenpeitsche in die Hand und begab sich zu Liebelt. „Laß mein Fuhrwerk anspannen“, befahl er.

„Deine Pferde sind im Pfandstall“, entgegnete der Deutsche, „ich kann sie nicht herausgeben.“

„Was heißt das?“ fragte Lauronat mit hochmütigem Achselzucken. „Ich werde doch wohl mit meinen eigenen Pferden noch ausfahren können?“

„Ich darf's nicht erlauben“, sagte Liebelt und ging in sein Haus, um einen Streit zu vermeiden. – Der Stall war verschlossen. Lauronat geriet darüber vollends in Wut, holte die Axt herbei und sprengte die Tür. Die Schläge machten Liebelt aufmerksam; er kam mit seinen Leuten heraus und rief: „Ihr seid Zeugen, wie er's treibt.“ Er schrieb dann sogleich an das Gericht die Meldung.

Lauronat aber spannte nun ganz befriedigt die Braunen vor seinen Wagen, setzte sich auf und fuhr wie das Donnerwetter durchs Dorf, bei dem Schulzen vorbei, daß ihm die Lehmkluten an die Fenster flogen.

Er hielt erst in Szibullen vor des Juden Haus an und trat ohne anzuklopfen in die Stube, in der eben der Mittagstisch abgeräumt wurde. Die Familie war noch zusammen. „Das ist eine Frechheit", platzte er heraus, „mich verurteilen zu lassen, wenn ich den Termin vergessen habe, und mir dann noch den Exekutor zu schicken!"

„Was willst du?" sagte der alte Nathan gelassen. „Ich fordere mein Geld zur bestimmten Zeit, und du gibst es mir nicht. Ich klage bei Gericht, und du erscheinst nicht. Soll ich da nicht handeln, wie das Gesetz gestattet, mich vor Schaden zu bewahren?"

„Aber das Fuhrwerk –"

„Du hast mich selbst verwiesen an das Fuhrwerk. Es hat damals auf dem Platz gestanden wie jetzt, und du hast hinausgezeigt mit der Hand und gesagt, die Braunen sind allein tausend Mark wert. Nun nehm' ich die Braunen. Und es wundert mich, daß du heut' mit ihnen angefahren kommst. Sind sie nicht wegen der Schuld gepfändet?"

„Das mag sein."

„Du machst dir Unannehmlichkeiten, mein lieber Lauronat, du wirst in Strafe kommen. Es tut mir leid."

„Die Braunen gebe ich nicht, da kannst du dich auf den Kopf stellen."

„Warum soll ich mich auf den Kopf stellen, wenn ich stehe auf sicheren Füßen und werde geschützt vom Gesetz? Gib mir mein Geld, und ich will die Braunen vor meiner Tür nicht gesehen haben."

„Laß eintragen!"

Nathan Hirsch klopfte mit den Fingern seinen weißen Bart über der Brust und schloß das linke Auge. „Eintragen! Was tu' ich mit der Hypothek? Ich bin ein Handelsmann, brauche das Geld blank oder in sauberm Papier für mein Geschäft. Du bist nicht der einzige, der Hilfe haben will. Und was für eine Hypothek! Hinter dem großen Altenteil, das dich ruiniert. Wer nimmt mir die Hypothek ab? Und wie kann ich sie herausbieten, wenn es zum Äußersten kommt?"

Lauronat preßte die Lippen zusammen und sah mürrisch vor sich hin. Eigentlich hatte der Jude recht. „Verflucht, daß ich mich mit dir eingelassen habe", murmelte er.

„Warum willst du fluchen", wendete der Alte ein, „wo es doch klüger ist, zu überlegen, wie du mir gerecht werden kannst? Setze dich zu mir, Pawils, setze dich zu mir, und laß uns zusammen überlegen." Er winkte seinem Sohn, einen Stuhl heranzuschieben. „Ich will bedenken, daß du Unglück gehabt hast mit der Stute, und deine Verlegenheit nicht für mich ausbeuten. Kann ich gesichert sein, so will ich nicht bestehen auf meinem Schein. Aber ich höre von allen Seiten, deine Wirtschaft geht zurück. Du hast verkauft, was du zum Winter behalten solltest, du hast Flickschulden überall, und die

Prozeßkosten zehren dich auf. So kann's nicht weitergehen. Da ist's vielleicht doch am besten, du machst das stolze Fuhrwerk zu Geld, befriedigst mich und kaufst dir ein paar Pferde, wie sie ausreichend sind, für ein Geringes."

„Nie und nimmer", rief der Litauer hinein.

„Aber wie willst du denn wirtschaften mit drückenden Schulden? Ich möchte dich gern erhalten – sage mir, wie das geschehen kann."

Lauronat warf den Kopf auf. „Pah! Wenn ich noch tausend Mark hätte ..."

„Tausend Mark! *Noch* tausend Mark!"

„Eingetragen natürlich."

„Und damit könntest du deine Wirtschaft wieder ganz in Ordnung bringen, mein guter Pawils?"

„Ganz und gar. Aber was fragst du?"

„Ich kann doch fragen. Noch tausend Mark – hm! *Vor* dem Altenteil, ja! Da ließe sich das Geld beschaffen. Und ich könnte allenfalls meine tausend Mark dazulegen und brauchte dich nicht zu drücken. Zweitausend Mark *vor* dem Altenteil – ja, davon wäre zu reden. Wenn du hinterher fleißig sein und vernünftig wirtschaften und die Zinsen pünktlich bezahlen wolltest ..."

Lauronat zuckte die Schultern. „Erdenings wird doch nicht zurücktreten", sagte er.

„Du mußt ihn bitten."

„Bitten! Den! Ich stehe so nicht mit ihm."

„Das kann ich nicht löblich nennen. Es ist doch der Vater deiner Frau. Ihr Litauer müßt immer Streit in der Familie haben – das ist euer Verderb. Warum soll ich nicht bitten einen nahen Verwandten? Und wenn der Mann sich's überlegt, ist's doch sein Vorteil mit, daß du bei Kräften bleibst. Aber wie du willst. Ich sage nur, wie weit ich dir entgegenkommen könnte ohne eigenen Verlust. Die zweitausend Mark *vor* dem Altenteil ließen sich beschaffen."

„Sprich du mit Erdenings", sagte Lauronat nach einigem Bedenken verdrießlich.

„Ich? Was wird er auf mich geben?"

„Mehr als auf mich. Und wenn er's abschlägt, kränkt er mich nicht – und dich auch nicht."

Nathan Hirsch beriet sich mit seinen Söhnen; der Litauer verstand nicht, was sie sprachen. Endlich sagte Nathan: „Gut – ich will mit dir kommen, wenn du versprichst, mich vor Nacht wieder nach Hause zu bringen. Es kann mir ja auch nur lieb sein, wenn ich mein Geld bekomme in Frieden und eine kleine Provision für meine Gefälligkeit. Es ist vielleicht Torheit, daß ich mir für einen fremden Menschen Mühe gebe, den ich doch habe in meiner Gewalt. Der Moses hat recht. Aber ich will ehrlich an dir gehandelt haben und ruhig schlafen können. Komm!"

Nun beschäftigten sich Frau und Kinder um ihn, ihm einen langen Pelz anzuziehen, eine Pelzmütze aufzusetzen und warme Filzschuhe auf die Füße zu schieben und ihn auf den Wagen zu heben. Dann wurde zärtlicher Abschied genommen, die freundlichsten Worte begleiteten ihn. Lauronat hätte es lieber gesehen, wenn der Jude am anderen Tag mit eigenem Fuhrwerk gekommen wäre. Jetzt so neben ihm . . . Aber er bezwang sich und sagte nichts.

Erdenings war eine ganze Weile halsstarrig, und Urte bestärkte ihn darin. Zum Bitten konnte Pawils sich auch schwer entschließen. Er gab den Alten zwar ein paar gute Worte, aber als sie ihm nicht gleich den Willen taten, fuhr er ärgerlich auf: „Eh ich mir die Braunen verkaufen lasse, brech' ich euch das Haus über dem Kopf ab", und verließ das Zimmer. Busze hielt sich still, redete nicht zu und nicht ab. Endlich gelang es dem „weisen Nathan" doch, mit seinen guten Gründen durchzudringen. Es wurde nur noch über die Summe gehandelt, die Erdenings auf seine Forderungen von tausend Mark abbekommen sollte. Hirsch ging zu Pawils hinaus und brachte ihn wieder in die Stube zurück. Sie wurden auf zweihundertundfünfzig Mark einig. Das Geschäft sollte morgen auf dem Gericht glatt gemacht werden. Bis das geschehen sei, versprach Lauronat, nicht ohne heftiges Widerstreben, das gepfändete Fuhrwerk wieder bei Liebelt abzugeben. Hirsch bestand darauf. Dafür wollte er wegen der eigenmächtigen Fortnahme ein Auge zudrücken.

Die Angelegenheit wurde wirklich erledigt, wie verabredet. Lauronat war aber weit entfernt, dem Juden dafür besonderen Dank zu wissen. „Er hat ja nun doch seine tausend Mark", dachte er, „und kann lachen." Auch der Altsitzer hatte nach seiner Meinung ein gutes Geschäft gemacht, da er das bare Geld bekam. Die Absicht, seine anderen Schulden zu berichtigen, führte Lauronat nur zum Teil aus. Dreihundert Mark in Goldstücken und Silber brachte er eines Abends zu Lenke Kalbis und gab sie ihr in Verwahrung. „Bei dir vermutet keiner so etwas", sagte er, „und man muß für alle Fälle sorgen." Der Beutel wurde unter dem Herd eingescharrt und mit einem Stein bedeckt. Zugleich nahm er sein Gewehr wieder mit.

Jakubs Kalbis war ohne Weiterungen begraben worden.

Der Herbst brachte mancherlei recht unerfreuliche Ereignisse.

Da wurde Pawils Lauronat zunächst vor Gericht geladen, um sich wegen seines Verhaltens bei der Pfändung zu verantworten. Er hatte gemeint, davon dürfe nicht weiter die Rede sein, da Nathan Hirsch doch befriedigt wäre. Nun wurde er bedeutet, das habe miteinander nichts zu tun. Er habe Widerstand geleistet bei der Pfändung, den Exekutor tätlich angegriffen und mißhandelt, endlich den Pfandstall erbrochen und das Pfand entfernt. Das seien sehr strafwürdige Handlungen. Lauronat konnte die Tatsachen nicht bestreiten, außer daß er meinte, er habe den Exekutor nicht gestoßen, sondern nur fortgeschoben. „Aber das alles ist des Juden Schuld", sagte er. „Er hat mich verurteilen lassen, ohne daß ich ein Wort habe sprechen können, und dann hat er den Exekutor angestiftet, mir das Fuhrwerk fortzunehmen, gerade das Fuhrwerk, da doch Haus und Hof voll Sachen waren, die auch beim Verkauf etwas eingebracht hätten. Damit bewies er seine Bosheit. Und weshalb sonst hab' ich denn das Fuhrwerk fortgenommen, als zu ihm zu fahren und seine Schlechtigkeit aufzudecken? Er hat denn auch sein Unrecht eingesehen und mir noch mehr Geld angeboten und selbst mit Erdenings alles in Ordnung gebracht. Als er nun die schöne Hypothek hatte, ist er nun doch nicht still gewesen, sondern hat mich beim Gericht verschrien; und dafür soll ich nun unschuldig in Strafe kommen."

Der Richter sagte ihm, er sei im Irrtum: Nicht Nathan Hirsch, der Exekutor habe ihn seiner Pflicht gemäß angezeigt. Aber Lauronat blieb dabei, dies alles hätte nicht geschehen können, wenn ihm der Jude nicht die Braunen hätte fortnehmen wollen. „Dem ist's doch ein Leichtes gewesen, so einem den Mund zu stopfen", sagte er, „aber das hat ihm nicht gepaßt." Der Richter fuhr ihn an, er beleidige überdies noch den Beamten. Nun schwieg er wohl, aber er wußte doch, was er wußte.

Er wurde zu einigen Monaten Gefängnis verurteilt.

Zugleich schwebte gegen ihn die Untersuchung wegen des Jagdfrevels. Der Förster behauptete steif und fest, er habe ihn erkannt; wer der zweite Mann gewesen, wisse er nicht. Lauronat bestritt. „Wie will der einen erkannt haben?" rief er. „Es ist in jener Nacht finster gewesen, und der Nebel hat dicht auf der Erde gelegen. Er verschwört seine Seele."

Dem Richter selbst kam dieser Umstand verdächtig vor. „Wie nahe sind Sie den Wilddieben gekommen?" fragte er.

„Mindestens auf dreißig Schritt", antwortete der Förster. Sein Gehilfe hatte von vierzig bis fünfzig gesprochen.

„Und da wollen Sie in der nebligen Nacht ein Gesicht erkannt haben?"

„Ich sage nicht, das Gesicht. Aber an der ganzen Statur erkannt' ich den Pawils Lauronat. Er kann auch gar kein anderer gewesen sein."

„Also bloße Vermutung –"

„Ich nehm's auf meinen Eid."

„Haben Sie denn den einen von den Wilddieben wirklich getroffen?"

„Das muß ich annehmen. Nach dem Schuß war nur noch einer an der Stange."

„Sie meinten anfangs, Lauronat wäre umgefallen."

„Das konnt' ich so genau nicht wissen."

Der Richter schüttelte bedenklich den Kopf. Er vernahm auch Busze, auf die er Angeschuldigte sich mit der Behauptung berufen hatte, er sei die Nacht über in seinem Bett gewesen. Sie bestätigte das auch aus Furcht vor ihrem Mann, wurde aber vorerst nicht vereidigt. Sie habe geglaubt, sagte sie, daß Pawils am Morgen zum Termin gegangen sei. „Aber du hast den Termin nicht wahrgenommen", wendete der Richter sich an Lauronat.

„Nein", gab er zu.

„Weshalb nicht? Es handelte sich doch um eine große Summe."

Lauronat verzog spöttisch den Mund. „Ich wußte ja doch, daß ein Litauer gegen den Juden nicht Recht bekommt."

„Das ist dummes Gerede. Wie kannst du Recht bekommen, wenn du im Unrecht bist?"

Darauf schwieg der Angeschuldigte wieder trotzig.

Man hätte ihm nichts anhaben können, wenn sich nicht eine wichtige Zeugin gefunden hätte, durch deren Aussage die Untersuchung eine ganz unerwartete Wendung nahm. Lauronat hatte seine Magd geschlagen und aus dem Dienst gejagt. Eine große Unvorsichtigkeit. Denn sie war von ihm als Zeugin dafür benannt worden, daß er in der Nacht nicht fortgegangen sei. Nun beschwor sie zwar, daß sie ihn nicht fortgehen gesehen und gehört habe, sagte aber auch: „Es ist am Nachmittag jemand bei ihm gewesen."

„Wer?" fragte der Richter.

„Die Lenke Kalbis aus Iblauken."

„Was hat sie von ihm gewollt?"

„Das kann ich nicht wissen. Sie hat ihn heimlich sprechen wollen."

„Und hat ihn auch gesprochen?"

„Sie ist zu ihm in den Stall gegangen."

„Nun, und –?"

„Weiter weiß ich nichts, als daß Jakubs Kalbis, ihr Bruder, am anderen Morgen tot gewesen sein soll."

Der Richter verstand nicht sogleich den Zusammenhang. Er war aber an solche Querreden bei den Litauern gewöhnt, deren Bedeutung erraten werden mußte. „Was wollte denn die Lenke Kalbis von dir?" fragte der Richter den Angeschuldigten.

Lauronat hatte sich die Antwort schon zurechtgelegt. „Sie erzählte, ihr Bruder sei sehr krank geworden", antwortete er, „und sie wolle den Arzt holen. Als sie durch Gilguhnen kam, war das Wetter sehr schlecht geworden, und sie trat deshalb bei mir ein und bat mich um Fuhrwerk. Meinen Braunen war das Wetter aber auch zu schlecht, und ich schlug's ihr rund ab. Darauf ist sie ärgerlich fortgegangen."

Das ließ sich wohl hören. Nun verfolgte aber der Förster die Spur. „Der Kalbis wohnt am Moor“, sagte er, „und gar nicht weit von der Stelle, wo der Elch in den Graben geworfen ist. Wenn er nun am Morgen darauf tot war und Lauronat etwa mit ihm zusammen ...“

Der Richter gab ihm einen Wink zu schweigen. Er wollte den Angeschuldigten in der Meinung lassen, daß er auf diesen Verdacht nichts gebe. Dann aber wurde die Leiche ausgegraben. Die Schußwunden im Rücken konnten noch festgestellt werden, und der Physikus fand auch die Rehposten in der Lunge. Sie hatten genau die Größe wie die im Besitz des Försters befindlichen. Nun konnte es für gewiß gelten, daß Kalbis ein Wilddieb gewesen war.

Und der andere? Lauronat, der die Gefahr erkannte, hatte Lenke heimlich in der Nacht aufgesucht und unterrichtet, was sie sagen und verschweigen solle. „Das Geld unter dem Herd gehört dir und mir“, ließ er einfließen. Nun versicherte sie standhaft, sie wisse nicht, mit wem Jakubs gewildert habe. Er sei mit dem Schuß im Rücken nach Hause gekommen und bald darauf gestorben. Gesagt habe er nichts. Lauronat habe sie gar nicht gesehen.

Dann erschien es freilich sehr auffällig, daß Lenke am Nachmittag vorher bei ihm gewesen war und ihn um eine Arztfuhre für den Kranken gebeten hatte. „Jakubs war auch krank“, sagte sie auf diese Vorhaltung. „Ich hab' ihn mit vielen guten Worten gebeten, er möchte in der Nacht nicht fortgehen. Aber inzwischen war jemand bei ihm gewesen, und dem hatte er's versprochen. So krank er war, ging er aus. Ich glaube auch nicht, daß er von den paar Schrotkörnern gestorben ist, sondern weil er seine Krankheit nicht beachtet hat.“

Sie leistete den Eid, ohne mit der Wimper zu zucken. Lauronat warf ihr einen dankbaren Blick zu.

Nun sollte auch Busze schwören. Es blieb doch immer die Möglichkeit, daß er nicht der Mitschuldige war, und wenn man ihr glauben durfte, daß er die Nacht in seinem Bett zugebracht habe, war er's nicht. Davon hing jetzt viel ab – Lauronat selbst meinte, alles. Als sie vortrat, war sie kreidebleich. Warum hatte Lenke falsch geschworen, als weil sie ihrem Mann heraushelfen wollte? Und warum wollte sie ihrem Mann heraushelfen –? Es brannte ihr im Herzen wie höllisches Feuer. Die schlechte Person erwartete doch ihren Lohn! Sie wußte wohl schon, daß sie sich auf Pawils verlassen könnte. Und sie selbst sollte ihre Seele . . . Busze war fromm; sie glaubte an die Strafen des Jenseits, mit denen der Richter drohte. Als sie die Hand aufhob, flatterten die Finger. Sie sah zu ihrem Mann hinüber, ganz hilflos. Wenn er sie liebevoll angeblickt hätte –! Aber in seinen Augen blitzte es, die Lippen preßten sich zusammen, und die Faust war geballt. Du mußt!

schien er ihr zurufen zu wollen. Und da konnte sie nicht. Sie ließ die Hand sinken und sagte, kaum vernehmlich: „Ich will nicht – schwören, wenn ich nicht verpflichtet bin . . . will nicht . . .“ Sie brach in ein schluchzendes Weinen aus. Der Gerichtsbote führte sie aus dem Zimmer.

Pawils Lauronat wurde verurteilt. –

Seitdem empfand er gegen seine Frau etwas wie Haß oder Verachtung oder wie beides zugleich. Er wußte, daß er ihr zugemutet hatte, einen falschen Eid zu leisten, aber das entschuldigte sie in seinen Augen nicht. Sie war seine Frau und mußte für ihn einstehen – auch wenn er im Unrecht war, auch wenn sie nun sich selbst in die schwerste Seelennot brachte. Das war seine Empfindung, und sie sprach so deutlich, daß keine andere Stimme vernehmbar wurde. Busze hatte ihm selbst den Schwur gebrochen – feige und allein auf sich bedacht, hatte sie ihn im Stich gelassen. Ein treuer Gefährte wollte und konnte sie ihm nicht mehr sein. Es war aus zwischen ihnen.

Busze sah das auch ebenso ein. Er brauchte gar kein Wort zu sagen, sie verstand ihn. Sie machte ihm auch keinen Vorwurf – ein anderer hätte nicht anders darüber gedacht. Es war ja auch nicht Gottesfurcht allein gewesen . . . sie konnte sich nicht einmal ehrlich damit verteidigen. Wenn er sie geschlagen, mit den Füßen gestoßen hätte, sie würde den Schmerz verbissen haben. Aber so viel war sie ihm nicht einmal mehr wert, daß er sie züchtigte. Er sah über sie hinweg, als wäre sie für ihn nicht auf der Welt, und nachts schlief er im Stall bei den Braunen oder nahm das Gewehr und ging fort.

Das blieb so, bis er ins Gefängnis abgeführt wurde, die beiden Strafen zu verbüßen. Kurz vorher hatte er von seinem Königsberger Anwalt einen Brief erhalten, der ihm meldete, daß der Prozeß verloren sei. Er möge sich nun erklären, ob er in die zweite Instanz gehen wolle. Zu raten sei hierzu aber durchaus nicht, da die Beweisaufnahme für ihn ungünstig ausgefallen. Wisse er nichts Neues von Erheblichkeit vorzubringen, so werde das Ergebnis genau dasselbe sein. Eine lange Gebührenrechnung lag bei. „Du kannst warten!“ rief Lauronat höhnisch. Er war überzeugt, daß der Anwalt den Prozeß schlecht geführt, der Richter parteiisch geurteilt habe. In seiner jetzigen Stimmung hatte er aber auch kein besseres Vertrauen zu einem anderen Anwalt und zu einem anderen Richter. Sein Kopf faßte die Tatsache, daß er ohne erkennbare eigene Schuld sein Pferd und sein Geld verloren und obendrein alle die Kosten zu tragen haben sollte, nur unter der Beleuchtung, daß ein Litauer kein Recht bekomme – selbst nicht gegen die Juden. Keleiwis hatte vergeblich vor ihnen gewarnt! „Nun ist schon alles gleichgültig“, beschied er sich, „mag's gehen, wie's geht.“ Er antwortete dem Anwalt gar nicht. „Mag's gehen, wie's geht.“

Im Gefängnis hatte er lange Zeit, über seine Erlebnisse nachzudenken und sich die Zukunft zurechtzulegen. Klarer wurde er sich jedoch nicht. Im Gegenteil verbitterte sich nur noch mehr sein Gemüt, indem er sich vorstellte, wie immer ein Unglück sich ans andere reihte, bis die Kette ihn ganz niederzog. Alles, was ihn betroffen, nannte er Unglück, auch was ihn ins Gefängnis gebracht hatte. Wenn dies nicht gewesen wäre, würde auch das nicht gewesen sein – und so weiter zurück bis zu den ersten Ursachen durch alle Folgen hindurch. Stand da etwas im Wege, das sich so nicht einfügen lassen wollte, so stieß er es zur Seite fort. Es war ihm aber auch ein Leichtes, Dinge in nächsten Zusammenhang zu bringen, die in Wirklichkeit fernab voneinander lagen. Er verband sie durch die Personen, zu denen er selbst in Beziehung ganz anderer Art stand, und beurteilte diese Personen nun wieder aus seiner Stellung zu jenen Dingen heraus. So ergab sich ihm, je länger er in einsamen Stunden grübelte, ein Bild, in dem alle Linien schief und alle Farben verkehrt waren. Seine Frau, die Altsitzer, der deutsche Nachbar, der Förster, die Pferdejuden, Nathan Hirsch, die Richter, die Advokaten, alle hatten sie sich zu seinem Unglück verschworen. Er mußte sich gegen sie wehren und brauchte in den Mitteln nicht zaghaft zu sein. Wie sie ihm mitgespielt hatten, so meinte er's ihnen wiedergeben zu dürfen. Und zuletzt würde er doch obenauf bleiben! Daran richtete er sich auf. Es war sein einziges Vergnügen, sich auszudenken, wie er mit jedem einen besonderen Tanz aufführen könnte, wenn er erst wieder frei wäre. Ganz ohne Groll dachte er nur an Lenke. Sie hatte für ihn geschworen und sich dadurch auf Zeit und Ewigkeit mit ihm verbündet. Auf sie durfte er sich verlassen. Er wußte noch nicht, wie sie ihm ferner helfen könnte, aber seine Gedanken waren viel bei ihr. Von ihr konnte er fordern, was er wollte, das stand in seiner Überzeugung fest.

Als nun endlich der Tag seiner Entlassung herannahte, schrieb er an Busze, sie solle ihn mit den Braunen abholen lassen und die lange Peitsche mitschicken. Er wollte wie ein Herr vom Gefängnis abfahren und den lumpigen Kerlen von Beamten, die ihn so lange von obenher angesehen hatten, zeigen, wer er wäre.

Busze kam selbst. Sie sah krank und vergrämt aus – recht häßlich, fand er. Und sie war nicht mit seinem Fuhrwerk gekommen, sondern hatte einen schlechten Gaul, dem die Knochen heraussteckten, vor den alten Arbeitswagen gespannt.

„Wo sind die Braunen?“ herrschte er sie zornig an.

„Verkauft“, antwortete sie.

„Verkauft? Wer hat gewagt –“

„Der Exekutor hat sie verkauft. Er hat alles verkauft, was er fortnehmen konnte. Es sieht elend bei uns aus.“

„Das gilt nicht", rief er, feuerrot vor Wut. „Was? In meiner Abwesenheit! Während ich im Gefängnis ... Das gilt nicht."

Sie lächelte bitter. „Danach fragen sie nicht. Die Zinsen konnten nicht bezahlt werden und die Abgaben und die großen Kosten. Wovon sollte das alles bezahlt werden? Jeder griff zu."

„Und du hast mich ausplündern lassen! Warte, das will ich dir gedenken."

„Wie konnte ich ..."

„Mit dem Krüppelfuhrwerk fahre ich nicht", sagte er, sich mit Verachtung abwendend. „Steige nur allein wieder auf. Ich gehe lieber zu Fuß – ich komme nach. So kläglich soll man den Pawils Lauronat in Gilguhnen nicht einfahren sehen. Die Braunen – ich könnte weinen. Das ist mir zum Possen geschehen. Aber warte nur –! Es wird sich finden."

Busze versuchte, ihm gut zuzureden. Aber er hörte nicht auf sie und wurde nur noch wilder. Sie mußte sich allein aufsetzen; kein freundliches Wort hatte sie erhalten – nicht einmal nach den Kindern hatte er gefragt. Traurig saß sie auf dem Strohbündel, ganz zusammengesunken; die Leine hielt sie lose in der Hand, der magere Gaul lahmte weiter, wie es ihm gefiel.

Lauronat ging auf weitem Umweg nach Hause. Er sprach in Iblauken bei Lenke Kalbis an. Sie stand in ihrem Garten mit der Hacke in der Hand, guckte über den Strauchzaun, sah ihn kommen und jauchzte hell auf. „Nun wird's wieder gute Zeit!" rief sie ihm zu.

Er faßte sie unter die Arme und hob sie über die roten Fichtenbüschel.

„Mit dir möcht' ich einmal tanzen", sagte sie lachend.

„Das kann wohl noch geschehen", meinte er. Sie erfuhr, daß er eben aus dem Gefängnis komme.

„Du willst nun gewiß dein Geld holen", forschte sie.

„Ist es noch da?" fragte er.

„Was denkst du? Es liegt, wo du es hingelegt hast."

„So laß es liegen. Es läuft mir jetzt doch aus der Hand fort. Wer weiß, ob ich's nicht noch einmal nötiger brauche."

„Bist du hungrig?"

„Nein, aber durstig. Nach all dem Gefängniswasser ein Glas Branntwein –"

„Die ganze Flasche sollst du haben. Komm ins Haus."

Als er nach einer Stunde fortging, schien er nicht ganz sicher auf den Füßen. Er blickte über das Moor hin, blinzelte mit den Augen und sagte: „Nun soll der Förster bald wieder keine ruhige Nacht haben. Du wirst doch mit mir fahren?"

„Gewiß! Das Boot liegt im Schilf, und ich kenne alle Gräben. Klopfe nur dreimal ans Fenster, dann weiß ich, daß du's bist."

„Also auf Wiedersehen!"

Haus und Hof fand er wirklich ganz so elend, als Busze vorhergesagt hatte. Den lahmen Gaul hatte der Exekutor ihm gelassen und die schlechteste Kuh. Die Stube und die Kammern waren bis auf das notwendigste Mobiliar ausgeräumt, auch seine besten Kleider, selbst das Gewehr, verkauft. Darüber war er am meisten aufgebracht. Nun mußte er von Lenke Kalbis ihres verstorbenen Bruders Jagdzeug borgen, das sich freilich dem seinigen nicht verglich. Vorräte fehlten. Der Acker war schlecht oder gar nicht bestellt. Erdenings hatte nur notdürftig für sich und Urte gesorgt. Dabei waren die Schulden nicht einmal getilgt, die Hypotheken gekündigt, neue Klagen im Gang. Es ließ sich voraussehen, daß das Grundstück in wenigen Monaten zur Subhastation kommen mußte. Lauronat wußte gar nicht, wo er zuerst angreifen sollte, und gab's bald ganz auf, sich darüber den Kopf zu zerbrechen. Helfen konnte er sich doch auf die regelrechte Weise nicht mehr. Es kam nur noch darauf an, aus dem nahen Zusammenbruch möglichst viel für sich zu retten.

Der Krüger, mit dem er sprach, meinte, es werde ihm doch nichts übrig bleiben, als das Grundstück zu verkaufen. Könne das freiwillig geschehen, so lasse sich noch eher ein angemessener Preis erzielen, als beim Zwangsverkauf. Wo aber einen Käufer finden? „Danach wirst du dich bei dem weisen Nathan erkundigen müssen", meinte der Krüger, „der hat immer einige reiche Wirtssöhne an der Hand. Die Deutschen, die kaufen wollen, wenden sich auch an ihn."

„Ich will an einen Deutschen nicht verkaufen", sagte Lauronat. „Der Liebelt hat schon bei mir anfragen lassen, aber der wär' der letzte."

„Ja –" Der Krüger zuckte die Achseln. „Sprich doch mit Nathan Hirsch. Reell ist er, und was irgendeiner machen kann, das kann er."

Nathan Hirsch! An den wandte Lauronat sich ungern. Mit seinen großen klugen Augen sah der alte Mann ihm immer durch und durch. Er hatte das unbehagliche Gefühl, daß es nicht möglich sein könne, ihn zu überlisten. Macht er ein Geschäft, so weiß er ganz genau, daß es ihm nicht zum Schaden ausschlägt, und weiter geht er keinen Schritt. Würde er ihm jetzt helfen, irgendeinen Gimpel zu fangen? Lauronat kam sich selbst wie ein Gimpel vor, den der kluge Vogelsteller sich schon eingefangen hatte. Er war ihm im Innersten zuwider. Und doch – der Krüger hatte ganz recht.

Er entschloß sich also doch wieder, zu ihm zu gehen. Jedenfalls kostete es ja nichts, wenn er mit ihm sprach. Der alte Nathan empfing ihn aber diesmal mit sehr ernstem Gesicht. „Du hast mich in allerhand Ungelegenheit gebracht", warf er ihm vor, „weil du bist versteckt vorgegangen und mit der Wahrheit hast hinter dem Berg gehalten. Als ich dir die zweiten tausend Mark gab, hab' ich müssen glauben, es könnte dir geholfen werden. Hätt' ich sonst deine Schwiegereltern beredet, sie sollten zurücktreten, was ich doch für unschädlich hielt? Nun ist Erdenings zu mir gelaufen, wohl zehnmal, und hat sich beklagt, daß ich ihm Unrecht getan habe, und hat mich bei allen Leuten verschrien als einen Betrüger und Blutsauger. Der Mann aber, dem ich das Dokument zediert habe nach bestem Gewissen als gut und sicher, hat keine Zinsen erhalten und in meinem Hause gelärmt und von mir sein Geld haben wollen, da ich ihm doch nichts schuldig war. Und um mir in Tilsit die Kundschaft nicht zu verschlagen, hab' ich beißen müssen in den sauren Apfel und zurückkaufen das Dokument und selbst die Sache bei Gericht betreiben. Du bist ein leichtsinniger Mensch, mein guter Lauronat, auf den kein Verlaß ist. Gott gerechter, hätt' ich ahnen können, daß du ins Gefängnis wandern müßtest! Die Rebekka hat mir Vorwürfe gemacht und der Jakob und der Moses. Warum laß ich nicht meine Hand davon? Nun hast du's so weit gebracht als ein Verächter des Gesetzes. Die Augen aus dem Kopf schämen würd' ich mir an deiner Stelle. Du aber stehst da, als ob du nur zu kommandieren hast: Nathan, spring' mir auf! Was willst du von mir, frag' ich?"

„Du sollst mir das Grundstück verkaufen", sagte der Litauer. „Was schreist du mich an? *Dein* Geld ist ja doch allemal sicher."

„Ich kann froh sein, wenn ich herausbiete meine Hypothek", antwortete Nathan. „Wer kann mehr geben für ein verwahrlostes Grundstück ohne Inventar?"

Lauronat lachte auf. „So billig geb' ich's nicht, du wirst einen besseren Käufer finden."

„Meinst du? Und wenn einer etwas zulegt, das kommt dem Altsitzer zugut. Mit dem großen Ausgedinge kauft kein vernünftiger Mensch das Grundstück. Erdenings fällt aus. Verkaufst du aber, daß er nicht ganz leer ausgeht, so bleibt für dich doch unter allen Umständen nichts übrig."

„Es soll aber für mich etwas übrig bleiben", sagte Lauronat und trat dabei mit dem Fuß auf. „Wie du es machst, ist deine Sache. Für dich selbst nimm ab, soviel du willst."

Nathan Hirsch wiegte unmutig den weißen Kopf. „Bin ich ein Hexenmeister? Kann ich herausschlagen Gold aus Steinen? Soll ich dir zuliebe an einem anderen zum Spitzbuben werden? Geh' mir, geh'! Du bist schlecht. Für keinen Pfennig Vertrauen setze ich mehr in dich. Was einen Menschen heraufbringt, das ist Arbeitsamkeit – daß er über das Notwendige tätig ist – und Sparsamkeit – daß er auch von dem kleinen Gewinn etwas ablegt für die Zukunft – und Redlichkeit – daß er sein Wort hält, wie er es gegeben hat. Du aber bist auf der Jagd herumspaziert wie ein Junker und hast allemal mehr verbraucht als eingenommen und hast viel versprochen, aber wenig gehalten. Deshalb ist es mit dir gegangen bergab, bis ganz unten hin.

Wie willst du verkaufen mit Überschuß für dich selbst, wenn dir kein Strohhalm auf dem Dach mehr gehört?"

Diese Vorhaltung war dem Litauer offenbar sehr ärgerlich. „Du bist nicht mein Vormund", sagte er, „und auch nicht mein Seelsorger. Es wär' alles anders gekommen, wenn nicht . . ." Er schlug mit der Hand in die Luft. „Du bist klüger als ich. Soll ich dich belehren, wie man beim Grundstücksverkauf etwas herausschlägt? Du kannst meinetwegen parzellieren. In Stücken bringt das Land mehr ein. So hast du auch dem Kristups Klaputis und dem Endrik Klimkies geholfen und vielen anderen: Ein Stückchen ist noch für sie übrig geblieben."

„Die waren so tief nicht verschuldet", versicherte Nathan eifrig, „da ließ sich das Geschäft machen. Ich hab' ihnen Gutes getan, und nun hören sie doch auf schlechte Leute und meinen noch nicht genug gerettet zu haben und nennen mich verächtlich einen Güterausschlächter. Man tut euch, wenn ihr euch ruiniert habt, nichts zu Dank. Übrigens behalt' ich mir vor, dein Grundstück zu parzellieren, aber erst, wenn ich's habe annehmen müssen für mein Geld."

„Jude –!" rief Lauronat und ballte die Faust.

„Und ich will dir auch sagen warum und wozu, mein lieber Sohn. Für mich selbst will ich nicht mehr als mein Kapital und meine Zinsen und Auslagen. So viel zahlt jeder für das Grundstück – da bin auch ich ganz ruhig. Aber hinter mir steht ein alter Mann und eine alte Frau, die haben gehofft, gesichert zu sein bis an ihr seliges Ende, und sollen jetzt werden Bettler. Denn mit dem Altenteil kann Erdenings nicht mitbieten – die Gläubiger lassen ihm nicht stehen die Hypotheken, wenn er nichts hat in der Hand, die Wirtschaft wieder heraufzubringen. Deshalb denk' ich dran, das Grundstück zu verkaufen in Parzellen für einen besseren Preis und den Käufern aufzulegen einen angemessenen Teil der Last, oder für Erdenings und seine Frau das Haus und den Garten und ein paar Morgen Acker übrig zu behalten an Stelle ihres Ausgedinges. Das mag dann künftig ihre Tochter von ihnen erben."

Lauronat schien sehr beunruhigt; seine Finger zuckten und die Blicke wanderten im Zimmer herum. „Das also hast du im Sinn?" zischte er. „Für die Nichtstuer willst du sorgen, wenn deinen Worten zu trauen ist, mich aber, den Wirt, läßt du verderben! O pfui!"

„Sie sind alt, Pawils, sie sind alt", sagte Hirsch. „Wird dich Gott werden lassen alt, wird er dich lassen einsehen, daß die Jahre auch drücken. Jetzt bist du noch jung und kannst arbeiten und mit deiner Arme Kraft verdienen deinen Unterhalt. Wenn du willst, ich soll parzellieren mit demselben Effekt, daß für dich nichts bleibt und die Altsitzer den Rest nehmen, so will ich parzellieren vor dem Zwangsverkauf. Anders tu' ich's nicht." Er hob sein Samtkäppchen ab und setzte es wieder auf, als ob er sagen wollte: Adieu, das ist mein letztes Wort.

So verstand Lauronat ihn auch. „So mag alles gehen, wie's geht", rief er, „ich kann's nicht halten." An der Tür kehrte er sich noch einmal zurück. „Aber bilde dir nicht ein, daß ich dir glaube. Für mich willst du jetzt nichts tun, aber für Erdenings wirst du später auch nichts tun. Es kommt dir nur darauf an, daß keiner dich stört, billig zu kaufen. Hast du den Zuschlag, so bist du der Herr und treibst die alten Leute unbarmherzig aus. Sie wirst du so wenig schonen wie mich –" Er schüttelte die Hand über dem Kopfe. „Wenn du die Macht hast! Ja – wenn du die Macht hast."

Höhnisch lachend verließ er das Zimmer und warf die Tür hinter sich ins Schloß, daß die Fenster klirrten. Jetzt war es ihm gewiß, daß der Jude sein Verderben wollte.

Deshalb hatte der Jude, so meinte Lauronat, ihm das Geld auf Wechsel gegeben, deshalb noch mehr Geld aufgeschwindelt, deshalb die Altsitzer überredet, ihm das Vorzugsrecht einzuräumen! Jetzt kaufte er das Grundstück für ein Butterbrot. Pfiffige Berechnung war alles! Eine Schlange hatte ihn umringelt und schnürte ihm den Hals zu. „Aber so bald bin ich nicht wehrlos gemacht", rief er. „Ich kenne jetzt meinen Feind und nehme den Kampf mit ihm auf. Warte das Ende ab!"

Er hatte von Lenke Kalbis das Gewehr ihres Bruders geliehen und ließ sich nun kaum noch ohne dasselbe sehen. Es war immer geladen. Die Hausgenossen hatten Furcht vor ihm. Erdenings und seine Frau wagten sich nicht aus ihrer Kammer heraus, wenn er auf dem Hof war, und Busze behandelte er wie eine untreue Magd. Auch die Nachbarn schwebten fortwährend in Angst, daß er das Gewehr als Waffe gegen sie brauchen könnte, wenn sie ihm nicht in allem den Willen täten. Er fing an, die Zäune abzubrechen und die Bäume umzuhauen. Was sich irgend vom Grundstück entfernen ließ, machte er zu Geld. Er schloß Freundschaft mit allerhand übel beleumundetem Volk in den Ortschaften am Moor und am Fluß, traktierte mit Branntwein und schaffte sich so einen stets bereiten Anhang. Wenn der Schulze ihm schüchtern Vorhaltungen machte, lachte er und sagte: „Es kommt noch besser. Der Jude soll sich geschnitten haben, der Blutsauger, der Betrüger! Was mein ist, ist mein, und damit tu ich, was ich will! Nichts soll er haben, als das kahle Land!"

Der Termin zur Zwangsversteigerung des Grundstückes war anberaumt, Liebelt vom Gericht zum Sequestor bestellt. „Nimm dich in acht", drohte Lauronat, „daß ich dich nicht auf meinem Grund und Boden antreffe. Es könnte dir schlecht gehen. Ich dulde da keinen Deutschen über mir." Dabei schlug er an den Kolben des Gewehrs. Eines Abends, als es schon dunkel geworden war, rückten mehrere Fuhrwerke auf den Hof, Arbeitswagen mit langen Leitern zu beiden Seiten, wie sie zum Einfahren von Getreide und Heu gebraucht werden. Die Führer kamen schon halb betrunken an und tranken noch weiter aus einer Flasche, die Lauronat reihum gehen ließ. In dem Winkel zwischen dem Stall und der Klete standen sie eine Weile zusammen und schienen zu beraten. Dann schlug Lauronat in die Hände und rief: „Vorwärts!"

Die unheimlichen Gäste holten nun aus ihren Fuhrwerken Äxte, Hämmer und Sägen herbei, die unter den Strohsitzen versteckt gelegen haben mochten, kletterten auf die Dächer der Gebäude, setzten sich oben rittlings und begannen ein sonderbares Zerstörungswerk. Die als gezäumte Pferdeköpfe ausgeschnittenen Giebelbretter wurden heruntergeschlagen und polterten auf den Hof. Es folgten die hölzernen Dachreiter, die den Strohbelag festzuhalten hatten. Dann wurde das Stroh selbst abgerissen und in Bündeln hinabgeworfen, so daß bald die Sparren sichtbar wurden. Obgleich sicher der Befehl ausgegeben war, es solle dies alles möglichst still geschehen, riefen die betrunkenen Kerle einander doch laut zu, um nach kurzer Zeit aus dem Lachen und Johlen nicht mehr herauszukommen.

Der alte Erdenings, der schon hatte schlafen gehen wollen, hörte das Poltern und eilte ans Fenster. Er merkte sogleich, was im Werk war. „Was tut dein Mann?" rief er in die Stube hinein.

„Ich weiß nicht", antwortete Busze, am ganzen Leib zitternd. „Mit mir spricht er nicht."

„Ist er toll geworden?" schrie Urte mit ihrer schrillen Stimme. „Er bricht das Haus ab."

„Ja, er bricht es uns über dem Kopf ab", klagte der Alte, „und er scheint schnelle Helfer zu haben." Eben glitt dicht vor dem Fenster ein Dachreiter über das Strohdach nieder und schlug auf das Steinpflaster am Haus.

„Du darfst das nicht leiden", sagte Urte. „Das Haus darf er nicht abbrechen. Laufe zum Sequestor und zeig' es ihm an."

Erdenings kratzte sich den Kopf. „Pawils ist imstande, mich über den Haufen zu schießen, wenn er mich fortgehen sieht", jammerte er. „Mein Gott, mein Gott! Hast du uns denn ganz verlassen?"

„So will ich –" rief Urte. „So kann's doch nicht gehen, sonst schlafen wir diese Nacht unter freiem Himmel." Sie hüllte sich in ein großes schwarzes Tuch, das sie über den Kopf genommen hatte, und schlich hinaus.

Erdenings öffnete indessen das Fenster und schrie: „Fort da! Was wollt ihr? Herunter vom Dach! Ich lasse nichts anrühren – es gehört mir so gut wie dem Wirt. Fort, Räuber, befehl ich!"

Er wurde ausgelacht und verhöhnt. „Hört nicht auf den", sagte Lauronat, „der ist der Rechte! Er will mit dem Juden gemeinsame Sache machen. Ich weiß es von Nathan selbst."

Der Abbruch wurde fortgesetzt. Urte hatte aber doch während des Lärms auf einer Seite das Gehöft unbemerkt verlassen können. Sie fand Liebelt mit Anspannen beschäftigt.

„Ich kann da nicht einschreiten", sagte er, „sie schlagen mich tot. Geh' zum Schulzen – er wird dir aber auch nicht helfen können und vielleicht auch nicht einmal wollen. Sie stecken alle unter einer Decke."

„Und du fährst fort und bist doch der Sequestor?"

„Ja –", antwortete er ausweichend, „es ist besser, ich bin nicht zu Hause. Wenn man nach mir fragt . . . ich bin nach meinem Heu gefahren. Verstehst du?"

Er fuhr auch in der Richtung nach den Wiesen aus dem Dorf hinaus, wendete aber bald um und jagte den großen Weg entlang, so schnell die Pferde laufen konnten.

Urte ging von Haus zu Haus, die Nachbarn um Beistand in ihrer Not anzurufen. Es nützte ihr aber nichts, daß sie an Tür und Fenster pochte. Als sie zurückkehrte, umstanden schon viele Leute in Gruppen den Hof und freuten sich laut über das sonderbare Schauspiel. Die Frühlingsnacht war kühl und windig, aber nicht so dunkel, daß ihnen entgehen konnte, was am Haus geschah. Dort brannten auch Kienfackeln und warfen ein rotflackerndes Licht über die nächste Umgebung. Am Himmel stand die Mondsichel, aber sie leuchtete wenig, und meist zog finsteres Gewölk darüber hin. – „Hindere deinen Mann", sagte die Altsitzerin zu Busze, „er führt das Diebsgesindel an."

„Ich vermag nichts", entgegnete die Frau, „er hört nicht auf mich. Er achtet mich nicht mehr als sein Weib, weil ich nicht für ihn geschworen habe. Die Kinder, die armen Kinder!" Sie rang die Hände.

Das Zerstörungswerk wurde rastlos fortgesetzt. Schon war das Stroh des Daches zum größten Teil abgelöst und rundum hinabgeworfen. Die über die Sparren genagelten Querlatten wurden mit Äxten losgeschlagen, die Holzpflöcke und Riegel aus den Verbindungslatten der nun ganz kahl dastehenden Dreiecke mit Hämmern hinausgetrieben, die Sparren umgeworfen. Das war keine leichte Arbeit, denn der Bau stammte noch aus der guten alten Zeit, als man das festeste Holz verwendete und wie für die Ewigkeit zusammenfügte. Als man nun gar auf der Stallseite zum Gebälk gelangte, wuchs die Schwierigkeit, den Verband zu lösen, die vierkantigen Balken aus den Lagern zu heben und über die Giebelwand fortzuschieben. Es vergingen mehrere Stunden, bis die Holzwände selbst in Angriff genommen werden konnten. Ein Teil des Sparrenwerks nach dem Vordergiebel zu stand noch neben dem gespenstisch in die Nacht aufragenden Schornstein, als hinten am Stall und seitwärts an der Klete schon die Pfosten krachten. Die Hölzer lagen in wüsten Haufen auf dem Hof. Männer und Weiber schleppten sie dort auf die bereitstehenden Fuhrwerke. Fortwährend kreisten die Branntweinflaschen. Lauronat legte nicht selbst Hand an, kommandierte aber wie ein Unteroffizier die Arbeiter, von denen die meisten Soldat gewesen waren und ihn gut verstanden. Er ging auf dem Hof umher, die Flinte am Riemen über die Schulter gehängt, um einen halben Kopf die längsten überragend. Die Flasche ließ er nie an sich vorüber, ohne einen tiefen Zug zu tun. „Sputet euch", ermunterte er, „sputet euch, Kinder! Vor Sonnenaufgang darf kein Splitter mehr auf dem Platz sein."

Es war aber kaum Mitternacht, als von der Dorfstraße her Peitschenknallen vernehmbar wurde. Plötzlich erhoben die Zuschauer dort ein Geschrei und stoben auseinander. „Der Herr Gendarm – der Herr Gendarm!" Der Ruf setzte sich bis zum Haus fort. Die Arbeiter ließen einen Augenblick die Äxte ruhen, stellten sich aufrecht und schauten aus, was es gäbe. Nun fuhr ein Wagen im eiligsten Galopp auf den Hof und in den Stroh- und Holzhaufen hinein. „Licht aus!" rief Lauronat. Die Kienfackeln verlöschten.

Den Wagen kutschierte Liebelt. Neben ihm saß der Gendarm, den Säbel über den Knien. Den hinteren Sitz hatten Nathan Hirsch und sein Sohn Jakob eingenommen. Als die Pferde zum Stehen gebracht waren, sprang der Gendarm vom Wagen ab und zupfte seinen Rock zurecht. Nathan Hirsch aber erhob sich, streckte die Arme aufwärts und schrie so laut, wie seine dünne Stimme es erlaubte: „Halt – halt! Was tut ihr? Ihr vergreift euch an fremdem Eigentum! Das gehört mir – ich hab' Beschlag darauf gelegt. Gott gerechter, die Verwüstung! Sie bringen mich um mein Pfand. Fort! Keine Hand rührt sich mehr! Herr Gendarm, helfen Sie – bringen Sie das Gesetz zur Achtung. Diebe, Räuber!"

Einige von den schon halb beladenen Fuhrwerken setzten sich eiligst in Bewegung. „Niemand rührt sich von der Stelle", donnerte der Gendarm. „Im Namen des Königs steht! Wer seid ihr? Was habt ihr hier bei Nacht und Nebel zu schaffen? Jedes Stück Holz, jedes Bündel Stroh bleibt auf seinem Platz! Keiner entfernt sich, ohne seinen Namen genannt zu haben."

„Wir haben das Holz gekauft", ließen sich einige Stimmen murrend vernehmen, „es gehört uns."

„Noch ist es nicht vom Grundstück herunter", schrie Nathan, „es gehört zum Pfand und muß bleiben beim Pfand. Herr Gendarm, lassen Sie nicht zu ..."

Der Gestrenge winkte ihm rückwärts mit der Hand zu schweigen. „Wer hat euch angestiftet?" fragte er die Arbeiter.

„Ich!" antwortete für sie Lauronat, indem er einen Schritt vortrat und mit der Hand auf seine Brust schlug.

„Ich."

„Ja, er – er!" rief Nathan, immer noch auf dem Wagen stehend. „Er verdirbt das Grundstück – er verachtet das Gesetz. Tun Sie dem Verderben Einhalt, Herr Gendarm."

„Was willst du?" herrschte Lauronat ihn an. „Noch gehört das Haus mir, und ich kann damit tun, was ich will."

„Das kannst du nicht – das kannst du nicht!"

„Ich kann damit tun, was ich will. Und ich hab's an die Leute zum Abbruch verkauft. Sie können ehrlich nehmen, was ihnen gehört."

„Das können sie nicht! Herr Gendarm –"

„Das können sie. Der Gendarm ist nicht das Gericht. Das Gericht hat dir das Haus noch nicht zugesprochen. Ich bin der Wirt und tue damit, was ich will."

„Aber hast du denn keine Scham im Leib –"

„Kümmert euch nicht um den Juden", wendete Lauronat sich zu den Arbeitern. „Er hat mich ruiniert und will mich jetzt nackt ausziehen – aber das letzte soll er nicht haben."

„Ich – ich? Gottes Gerechtigkeit!"

„Vorwärts! Brecht die Bude herunter. Fahrt ab – ich erlaub's euch. Es hat hier niemand zu befehlen, als ich."

„Ist das der Dank dafür, daß ich dir Gutes getan habe?" schrie Nathan vom Wagen herunter.

„Vater –!" suchte Jakob Hirsch zu begütigen.

Aber der alte Mann schob seine Hand zurück. „Soll es mich nicht empören in meinem innersten Herzen, solche Schlechtigkeit anzusehen? Das Haus ist ein Trümmerhaufen. Und er will's noch weiter verwüsten, der Schurke!"

„Schurke –?" Der Riemen des Gewehres war von der Schulter geglitten, Lauronat hielt es oben am Lauf in der linken Hand und hob es ein wenig.

„Du bist verhaftet", sagte der Gendarm, der indessen herumgegangen war und sich die Gesichter der Leute in der Nähe angesehen hatte. „Was treibst du dich hier mit dem Gewehr herum?"

Lauronat lachte kurz auf. „Ich bin hier auf meiner Jagd", antwortete er grinsend. „Willst du meinen Jagdschein sehen? Ich schieße Hasen und Rehe, wie mir's gefällt, aber auch Hirsche, wenn sie sich in mein Gebiet verirren. Auf so einen hätt' ich wahrlich Lust . . ."

Er griff mit der rechten Hand hastig an das Schloß des Gewehres und hob den Kolben nach dem Kinn.

In diesem Augenblick stürzte sich Busze, rasch vortretend, ihm zu Füßen und griff nach seinem Arm. „Um Jesu willen", schrie sie, „tu's nicht, Pawils!"

Er stieß sie mit dem Fuß fort. „Ist dir der Jude mehr wert als dein Mann?" Der Schuß ging los – Blitz und Knall in eins.

Vom Wagen her ein jäher Aufschrei – kurz – schrill – markerschütternd. Der Mann mit dem schneeweißen Bart griff mit beiden Händen nach der Brust, taumelte, fiel hintenüber. Jakob suchte ihn aufzuhalten, aber der Körper entglitt ihm und stürzte auf die Erde. Da lag er neben den Rädern regungslos. Die großen Augen waren weit aufgerissen. Jakob warf sich jammernd über ihn.

In zwei Sekunden war alles geschehen. Nun kreischten die Weiber, durch die Reihen der Männer lief ein Gemurmel der Überraschung, des Unwillens. Noch hatte sich der Pulverdampf nicht verzogen, als der Gendarm Lauronat an der Gurgel faßte, Liebelt ihm das Gewehr zu entreißen suchte. „Mörder – Mordbube –!"

Der Litauer war selbst eine kurze Zeit lang wie vom Schreck erstarrt. „Ist er – tot?" lallte er. „Das hab' ich – nicht – gewollt. Weshalb kam das Weib . . ."

Die beiden Männer packten ihn fester. Nun aber schien er auch zu begreifen, um was es sich für ihn handelte. Ohne das Gewehr loszulassen, schlug er Liebelt zurück und schüttelte den Gendarmen ab. „Mir vom Leib, ihr Hunde! – Wer will etwas von mir?" Das war zu einigen Nachbarn gesagt, die Anstalt machten, dem Gendarmen zu Hilfe zu kommen. Man kannte seine Stärke und wich ihm aus. Rückwärts schreitend bahnte er sich mit den Armen den Weg durch die umstehende Menge und verschwand hinter der Ecke des Hauses.

Der Gendarm stürzte ihm nach, Liebelt folgte, auch andere setzten sich in Bewegung. Aber Lauronat hatte schon einen weiten Vorsprung. Die schattenhafte Gestalt huschte um den Zaun des Nachbarhauses, wurde durch das Weidengebüsch am Graben verdeckt, tauchte noch einmal auf, entfernte sich rasch über das Feld hin und war, als die Verfolger atemlos dort anlangten, wie in die Erde gesunken.

Nathan Hirsch war in die Stube getragen und aufs Bett gelegt, bis auf dem Wagen ein Lager zugerichtet sein würde. Sein Sohn Jakob kniete neben ihm und wehklagte laut. „Er war ein gerechter Mann, ein guter Mann! Seine Gerechtigkeit haben die Richter im Land anerkannt, und seine Güte haben die Armen gepriesen. Warum hat Gott verderben lassen den Gerechten?“ Der Bretterbelag über den Querbalken der Stubendecke war an der einen Seite schon fortgerissen worden. Durch die Lücke war der Himmel sichtbar – an der silberhellen Mondsichel jagten die Wolken hin.

Busze sah mit starrem Blick dahinauf. Es war ihr, als löse die Diele, auf der sie stand, sich vom Boden und gleite über schnellbewegtes Wasser schwankend fort. Ihre Gedanken taumelten – sie griff mit den Händen ins Leere nach einem Halt. Sie konnte nicht weinen, nicht jammern. All ihr Glück war zerstört.

Pawils Lauronat blieb verschwunden. Vergeblich spürte die Polizei ihm überall in den Häusern am Moor und in den Fischerdörfern am Haff nach. Die wenigen Gendarmen, über welche sie verfügte, reichten zu einer planmäßigen Verfolgung nicht aus. Meilenweit Wald und Sumpf. Wenn er dorthin geflüchtet war, wie konnte der Fang glücken, falls nicht der Zufall half?

An eine wirksame Unterstützung durch die litauischen Bauern und Fischer war nicht zu denken. Sie billigten nicht die Tat, aber sie hatten doch ihre besondere Meinung darüber. „Lauronat hat den Juden erschossen –“ ging es von Mund zu Mund; darin sprach sie sich zum Teil schon aus. Der Jude hatte für sie keinen Namen – er war eben der Jude schlechthin. Sie konnten dem alten Hirsch nichts Böses nachsagen, aber er war der Mann, der das Geld hatte, und sie waren die Armen, die es immer brauchten. Sie wußten, daß ihnen durch seinen Tod nicht geholfen werden konnte; aber es erschien ihnen doch wie eine Art von Vergeltung für allerlei eigene Unbill des Schicksals, daß einer den Mut gehabt hatte, die seinige blutig zu rächen. Es fiel ihnen kaum ein, zu untersuchen, ob Lauronat selbst sein Unglück verschuldet, ob der Jude ihm ein Unrecht zugefügt hätte, ob irgendeine menschliche Pflicht verletzt und eine Sühne herbeigeführt sei: Lauronat war ein Litauer, und der Jude ein Jude, und was geschehen war, war nun einmal geschehen. Es stand ja auch fest, daß Lauronat Haus und Hof verlieren sollte und daß ihm sogar verwehrt wurde, sein Eigentum zu zerstören und über das alte Holz nach Gefallen zu verfügen. „Jeder wehrt sich, wie er kann, und rettet, was noch zu retten ist.“ Darüber dachten sie gerade wie er. Auf einen Menschen mehr oder weniger kam es auch nicht viel an und nun gar auf einen Juden . . .

Etwas anders sah die Sache schon aus, als die Söhne des Ermordeten fünfhundert Mark für den zur Verfügung stellten, der Lauronat gefangen dem Arm der Gerechtigkeit überliefern würde, und der Staatsanwalt nun in allen Schankstuben ein Plakat anschlagen ließ, das diese Belohnung zusicherte. Fünfhundert Mark waren für jeden eine große Summe, für manchen armen Teufel ein Kapital, das ihn fürs Leben glücklich machen konnte. Schade um Lauronat, aber – jeder ist sich selbst der Nächste. Die Lockung war groß und die Versuchung nicht gering. Hätte man ohne Gefahr an ihn kommen können, diesem oder jenem, der noch nie so viel Geld in der Hand gehabt, würde das Gewissen nicht hinderlich gewesen sein. Aber man hatte es mit dem „Starken" zu tun. Ein einzelner war ihm nicht gewachsen, und wenn mehrere sich zusammentaten, minderte sich der Lohn. Auch dann konnte man noch nicht wissen, was geschah. Daß Lauronat seine Freiheit teuer verkaufen würde, konnte nicht zweifelhaft sein.

Aus der Welt war er nicht gegangen, nicht einmal aus dem nächsten Bezirk. Aber dieser nächste Bezirk war der meilenweite Ibenhorster Forst, der sogar dem Elch noch naturwüchsig genug erschien. Daß er dort hauste, nahmen die Förster als gewiß an; ihnen konnten die Spuren der Wilddieberei nicht entgehen, die jetzt ganz besonders schwunghaft und keck betrieben wurde. Alle Wachsamkeit nützte nichts; manchmal in der Nacht fielen Schüsse unweit der Forsthäuser. Bald glaubten sie sich zu überzeugen, daß eine ganze Bande tätig war, die wohl organisiert sein mußte und einem Oberbefehl gehorchte. Es lief auch überall das Gerücht um, Lauronat habe die verwegensten Wilddiebe an sich gezogen und kommandiere sie wie ein Räuberhauptmann. Sie hätten ein verstecktes Lager im Wald, das auch die Förster nicht zu finden wüßten, und wären entschlossen, jeden über den Haufen zu schießen, der sie anzugreifen wagte. Mitunter wurden in den Dörfern unter Drohungen Lebensmittel requiriert; an einer angezeigten Stelle sollte dafür Wild zu finden sein und fand sich stets auch.

Es kam auch vor, daß einem Kind ein Zettel in die Hand gesteckt war, auf dem geschrieben stand, was man brauchte und einzutauschen beabsichtigte. Das Verlangte wurde nach dem Versteck gebracht, wo sich der Empfänger nie blicken ließ, das Wild verheimlicht und weiter ins Land hineingeschafft. Der Polizei Anzeige zu machen, hielt niemand für geraten. Öfter als sonst kamen in der Gegend Brände vor, und man munkelte, das Feuer sei aus Rache angelegt. Blieb das auch unbewiesen, so mochte man doch Haus und Speicher keiner Gefahr aussetzen. Aber was geschah, war öffentliches Geheimnis, und im Landratsamt wurde ernstlich in Erwägung gezogen, wie diesem Unwesen zu steuern sei.

Eines Abends spät, als der Pfarrer mit der langen Pfeife in der Hand in seinem Garten auf und ab ging, die Predigt zum nächsten Sonntag vorzubereiten, trat unvermutet ein Litauer an ihn heran, der ihm seiner ungewöhnlichen Länge wegen gleich auffallen mußte.

„Du kennst mich doch?" fragte derselbe, ganz demütig seine Mütze abziehend.

„Lauronat!" rief der Pfarrer, indem er ängstlich zurückwich.

„Ja – Pawils Lauronat", bestätigte jener, „derselbe, der den Juden erschossen hat. Du weißt doch."

„Was willst du von mir?"

„Sei ohne Furcht, es geschieht dir nichts. Ich wollte dich nur fragen –"

Der Geistliche sah sich um, ob er jemand zur Hilfe herbeirufen könnte. Lauronat merkte seine Absicht und legte den Finger an den Mund. „Zu fangen bin ich nicht", sagte er, „aber einem, der's versuchte, könnt's schlecht gehen – das wäre dann seine Schuld und deine."

„So sprich."

„Ich wollte dich nur fragen, Herr Pfarrer, ob es wirklich eine so große Sünde ist, daß ich den Nathan Hirsch totgeschossen habe."

„Einen Menschen –!" rief der Geistliche verwundert.

„Doch nur einen Juden", fügte der Litauer hinzu.

„Ist ein Jude kein Mensch?"

„Ja – – aber die Juden haben den Herrn Christus ans Kreuz gebracht. Er hat schwer gelitten bis Sonnenuntergang."

„Und deshalb willst du befugt sein –"

„Der alte Nathan ist gleich auf der Stelle tot gewesen. Nicht eine Minute hat er sich gequält. Er hat nicht einmal –" er stockte und schüttelte sich ein wenig, wie von einem Schauer erfaßt – „er hat nicht einmal Zeit gehabt, die Augen zuzumachen."

„Soll dir das zur Entschuldigung dienen, Pawils? Du hast Menschenblut vergossen – vielleicht in der Erregung des Augenblicks, im Zorn, im Trunk . . . Ich weiß nicht, ob der Richter dein Verbrechen für todeswürdig erachten müßte. Aber eine schwere Sünde hast du begangen, und sie drückt auch schon schwer dein Gewissen, sonst kämst du nicht zu mir."

Lauronat starrte vor sich hin. „Es ist nicht so . . . Nein! Nur weil ich immer das Gesicht mit dem weißen Bart und den offenen Augen sehe – im Wachen und Schlafen . . . Es ist eine Krankheit. Und ich komme zu dir, um zu hören, ob du nicht ein Mittel dagegen kennst?"

„Reue und Buße, Pawils – ein anderes Mittel gibt's nicht", sagte der Pfarrer überzeugt.

„Das ist schlimm", sprach der Litauer leise vor sich hin, „es geht mir schon schlecht genug, und leid kann mir's doch nicht tun um so einen. Du hast selbst gesagt, Gott hat die Juden zur Strafe ausgestreut über alle Länder der Erde!"

Dem Pfarrer war längst die Tabakspfeife ausgegangen. Er hatte sie in der Mitte angefaßt und gestikulierte nun so lebhaft damit, daß die grünseidenen Troddeln um die Spitze schwenkten. „Ich habe aber auch gesagt", fiel er eifrig ein, „daß wir Gott das Gericht lassen sollen in Ewigkeit. Hab' ich das nicht gesagt?"

„Ja – das hast du wohl gesagt", antwortete Lauronat kleinlaut. Er stand noch eine Weile unschlüssig. „Du meinst also, daß der liebe Gott mir doch den Juden anrechnen wird – da oben?"

„Gewiß! Nach seiner Gerechtigkeit und Barmherzigkeit. Bete, Pawils, bete! Damit dich nicht einmal deine letzte Stunde unvorbereitet trifft."

Lauronat ergriff seinen Arm und bückte sich, einen Kuß darauf zu drükken, aber der Pfarrer zog ihn fort. „Laß das", verwies er, „du machst damit nichts besser."

Er zögerte noch. „Ich hab' ein Reh in deiner Küche abgegeben", sagte er, „nimm's zum Dank für deinen Rat, Herr."

Ehe der Geistliche noch darauf antworten konnte, war der Litauer seinen Blicken entschwunden. Sehr aufgeregt trat er ins Haus. Er gab sogleich Befehl, daß das Reh auf dem Amt abgegeben werde. In seinem Arbeitszimmer schrieb er dann einen umständlichen Bericht an den Staatsanwalt.

Lauronat ging über Feld dem Moor zu. Er vermied auch das Dorf Iblauken und gelangte in weitem Bogen zum Torfhause. Innen war's ganz dunkel. Er klopfte ans Fenster, dreimal mit kurzen Unterbrechungen und jedesmal mit zwei schnellen Schlägen, das war das verabredete Zeichen. Dann wartete er an der Tür, bis sie geöffnet wurde. „Bist du's, Pawils?" fragte Lenke.

„Ich bin's", antwortete er.

„So komm rasch herein. Die Nachtluft ist kalt."

Er bückte sich und trat durch die niedrige Tür, sie hinter sich zuziehend.

„Soll ich Licht anzünden?"

„Nein – ich gehe gleich wieder."

„Was willst du denn so spät?" fragte sie. „Mich friert. Ich muß mir ein Tuch umbinden. – Nun?"

„Ich hab' dieses Leben satt, Lenke." Er suchte mit der Hand nach dem Schemel und setzte sich. „Tag und Nacht keine Ruhe – gehetzt von den Förstern und Gendarmen . . . Wie lange dauert's noch, da fallen mir die Kleider in Fetzen vom Leib – ich kann dann nicht mehr fort. Lieber gleich. Der Jude gibt mir auch hier keinen Frieden – mit seinen großen Augen ist er überall, und der Pfarrer sagt . . . Das ist ein dummes Gerede. Aber bleiben kann ich nicht. Wer weiß auch . . . Es ist viel Geld auf meinen Kopf

gesetzt, und einem von den Schuften, die bei mir sind, könnt's doch einfallen . . . Ich will über das Wasser –"
„Nach der Nehrung?"
„Nein, nach Amerika."
„Ach –!"
„Da kennt mich keiner und ich kann arbeiten und meinen Kindern etwas schicken – und ich denke auch, die Augen des alten Juden reichen nicht so weit."
„Was sprichst du doch –? Du kannst einen graulich machen."
„Es ist nur nicht so leicht fortzukommen. Überall wird mir aufgepaßt. Und ich muß auch erst auskundschaften, ob von Memel ein Schiff abgeht. Das kann ich vielleicht in Ruß erfahren. Wir haben da gute Freunde. Jedenfalls komm' ich übermorgen um diese Zeit, dir zu sagen, wie's steht, und Abschied zu nehmen und das Geld zu holen –"
„Das Geld?"
„Ja. Es liegt doch noch unter dem Herd?"
„Gewiß – es liegt da. Du hast aber gesagt, es gehört mir so gut wie dir."
„Ich konnte doch nicht wissen . . . Und jetzt brauch' ich's nötiger als du. Wie soll ich ohne Geld nach Amerika kommen? Von dort schick' ich dir mehr als das."
Sie schien sich zu bedenken. „Übermorgen um diese Zeit?" fragte sie.
„Ja, dann kann ich reisefertig sein. Oder wenn du mir das Geld gleich geben willst –"
„Nein, nein! Wozu? Sie können es dir fortstehlen. Hole es nur, wenn du es wirklich brauchst. Ich denke, du besinnst dich noch anders."
Er schwieg und stand auf.
„Also übermorgen um diese Zeit."
„Ja. Ich klopfe wieder an. Halte das Geld bereit."
Lauronat tappte nach der Tür und verließ die Hütte.
Am nächsten Tag bald nach Mittag hatte Lenke Kalbis einen sehr merkwürdigen Besuch. Moses Hirsch kam zu ihr; sein Bruder Jakob hielt mit dem Fuhrwerk hinter dem Birkenwäldchen am Dorf. „Ich denke, du kennst mich", sagte er.
Das bestätigte sie lachend. „Willst du mir die Kate abkaufen?"
„Nein", antwortete er, „aber du kannst viel Geld verdienen, wenn du klug bist."
„Da wär' ich doch neugierig."
Moses Hirsch meinte, sie wisse wahrscheinlich noch nicht, daß er und sein Bruder und sein Schwager kürzlich den Lohn für den, der Lauronat gefangen einbrächte, verdoppelt hätten. „Tausend Mark sind zu verdienen."
Lenke stieß einen Laut der Verwunderung aus. „Tausend Mark –"

„Wenn du wolltest ..."

„Ich?"

„Du wirst es ja ableugnen, und bewiesen kann's nicht werden. Aber für uns ist kein Zweifel, daß du weißt, wo der Mörder steckt und wie man an ihn kann. Es ist auch sehr wahrscheinlich, daß er mitunter zu dir kommt – und jedenfalls wird er kommen, wenn du ihn lockst."

Sie sah ihn erschreckt an. „Aber wer kann das sagen?"

„Ich sag's, und es hört niemand. Warum willst du's bestreiten? Ich weiß doch, was ich weiß. Und ich weiß auch, daß tausend Mark sind für dich ein Reichtum. Weshalb soll sie ein anderer haben? Lange halten kann er sich doch nicht im Forst. Mir ist's gleich, wer ihn der Justiz überliefert; ich tu' nur, was ich schuldig bin meines Vaters Andenken und der Gerechtigkeit. Ich habe keinen Schlaf, bis die Mordtat ist gerächt nach dem Gesetz. Willst du mir dazu helfen, so verbürg' ich dir den Lohn. Was geht dich der Mann an? So hübsch und jung du bist – für tausend Mark kannst du dir einen aussuchen nach deinem Gefallen. Überleg's und entscheide zu deinem Besten."

Lenke war blutrot geworden und hatte dann wieder die Farbe verloren. Mit hastenden Fingern flocht sie an dem blonden Zopf, der ihr nach vorn über die Schulter gefallen war. Die Blicke hafteten am Boden und die Wimpern waren in flimmernder Bewegung. Sie überdachte blitzschnell, was zu tun sei. Sie war dem langen Menschen gut, recht gut – aber er wollte fort, weit fort außer Landes, und sie würde ihn nie mehr sehen. Und das Geld nimmt er mit ... Und sein Sinn ist schon verändert ... Wenn sie ihn fangen, ist's doch aus – und sie werden ihn fangen. Warum also nicht? Die Finger zuckten begehrlich. Nun fing aber auch das Herz zu pochen an, die Stirn krauste sich – sie schüttelte den Kopf. „Du irrst", sagte sie, „ich weiß von Lauronat nichts – ich sehe und spreche ihn nicht. Wahrhaftig, du irrst."

„Wie du willst", antwortete Moses Hirsch, sich abwendend. „Ich dachte, die tausend Mark wären dir ein lieberer Schatz als der. Helfen kannst du ihm doch nicht. Aber wenn du Bedenken hast ... ich will dich nicht überreden."

Er grüßte kurz und ging. Nach hundert Schritten sah er zurück. Lenke stand noch auf derselben Stelle. Sie hatte den Kopf gesenkt und den Daumen der rechten Hand zwischen die Zähne gesteckt. Soll ich – soll ich nicht? Sie ließ Moses Hirsch noch hundert Schritte weiter gehen. Dann – mit einem raschen Entschluß sich losreißend – eilte sie ihm nach. Er blieb stehen und wartete auf sie. „Du hast recht", zischelte sie ihm zu, „ich kann ihm doch nicht helfen. Morgen – zwischen zehn und elf – hat er versprochen, zu mir zu kommen. Wer vorher zu mir kommt, den will ich einlassen." –

Lauronat hielt Wort. Er klopfte dreimal wie verabredet ans Fenster und ging dann nach der Tür. Sie wurde nach einer kleinen Weile von innen her geöffnet. Kaum war er in den finsteren Raum getreten, als ihn rechts und links kräftige Arme packten. „Da haben wir den Schurken", rief eine männliche Stimme, „Licht – Licht!" Ein Streichhölzchen flammte hinten im Winkel auf. Lauronat sah, daß zwei Gendarmen ihn gefaßt hatten. Der das Licht auf dem Tisch anzustecken versuchte, war Moses Hirsch, und neben ihm stand sein Bruder Jakob. „Ha – verraten!" schrie er auf. Im Augenblick lähmte ihn die fürchterliche Gewißheit.

Der Docht faßte nicht sogleich. Es wurde wieder dunkler, bis das Flämmchen sich allmählich vergrößerte.

In dem engen Raum entstand ein wütendes Ringen. Die beiden sehr kräftigen Gendarmen faßten Lauronat am Hals und suchten seine Hände festzuhalten und aneinander zu bringen. Jakob Hirsch stürzte sich mit einem Strick auf ihn und war bemüht, ihm die Schlinge überzuwerfen. Nun aber wehrte sich der Litauer, der rasch die volle Besinnung wiedergewonnen hatte, mit aller Macht. Die Gefahr steigerte noch seine Kraft. Mit einer scharfen Drehung machte er seinen rechten Arm frei und versetzte damit seinem Gegner auf dieser Seite einen so heftigen Schlag gegen die Brust, daß er taumelte und nach Atem rang. Jakob Hirsch stieß er mit dem Knie zurück. Die freigewordene Hand griff nach der Kehle des anderen Gendarmen und drückte sie fest zu. Dieser mußte seinen Hals loslassen, um erst selbst den Angriff abzuwehren. Mit einem heftigen Ruck schüttelte Lauronat ihn gänzlich ab und warf ihn zu Boden. Er hätte jetzt entfliehen können, wenn die Tür nicht zugefallen gewesen wäre. Gegen diese wich er zurück; zugleich ergriff er den Schemel, der umgeworfen und über den Boden gerollt war, hob ihn drohend und schrie: „Wer mir in die Nähe kommt, ist des Todes!" Mit der linken Hand griff er hinter sich und suchte die Tür aufzuziehen; es gelang aber nicht. Nun hatte der erste Gendarm den Säbel gezogen, der andere sich aufgerafft, auch die beiden Juden gingen mutig vor. In wenigen Sekunden mußte der ungleiche Kampf mit der Niederlage des Litauers geendet haben. Er selbst konnte sich darüber nicht täuschen; was er noch zu seiner Verteidigung tat, war nur ein Gewaltstreich der Verzweiflung. Mit dem Schemel fing er den Säbelhieb auf, dann schleuderte er ihn mit furchtbarer Wucht gegen die Köpfe der Angreifer. So gewann er ein wenig freien Raum. Er wußte, daß der Türpfosten nur schwache Verbindung mit der Torfwand hatte. Mit der Schulter gegen die Tür anlaufend, drückte er ihn mitsamt derselben nach außen hinaus. Die Bretter brachen krachend zusammen. Er selbst fiel über sie hin, behielt aber Zeit, sich wieder aufzurichten. Mit einem gellenden Lachen stürzte er fort in das Dunkel. Die Gendarmen fluchten mit den Juden um die Wette hinter ihm drein.

Lauronat trieb sich die ganze Nacht in der Heide, im Moor und im Wald umher. Eine tiefe Traurigkeit befiel ihn. Lenke hatte er nicht gesehen; sie hielt sich hinter dem Bretterverschlag versteckt oder war fortgegangen. Aber er zweifelte keinen Augenblick an ihrem Verrat. „Die Bestie –" knirschte er, „sie hat mich verkauft! Das Geld unter dem Herd und das Geld der Juden – ah, du Hundsblut!" Auf sie hatte er sich verlassen, und sie zuerst verriet ihn.

Am Morgen fühlte er sich ganz mutlos, ganz gebrochen. Wohin – wohin? In Ruß hatte er an einer Mauerecke das Plakat gesehen, inhalts dessen für seine Ergreifung der doppelte früher versprochene Lohn zugesichert wurde. Wenn Lenke ihn verriet, wie konnte er den Wilddieben, die seine Gesellen waren, ferner noch Vertrauen schenken? Er hatte sich auch überzeugt, daß es nicht möglich sein würde, über Ruß nach Memel zu entkommen. Die Schiffer, denen er sich entdecken mußte, waren nicht zuverlässig. Über die russische Grenze zu gehen, schien ebenso bedenklich. Wie sollte er sich drüben ausweisen, wo jeder Litauer als Schmuggler verdächtig war? Wohin – wohin?

Todmüde setzte er sich auf einen Stein und stützte den Kopf in die Hände. Er schloß die Augen und ließ allerhand traumhaften Vorstellungen freie Bahn. Busze und die Kinder kamen ihm in Gedanken – die Altsitzer – die beiden Braunen – die Pferdehändler mit der schönen Stute – Keleiwis – die Kahnfahrt mit Jakubs Kalbis – die Elche . . . und wie alles so eins aus dem anderen entstanden war und sich doch nicht recht erklären lassen wollte. Und da lag wieder der Weißbart auf der Erde und starrte ihn mit den offenen, verglasten Augen an – der alte Jude ... aus der Brust sickerte ihm das Blut. Und hinter sich hörte er ganz deutlich den Pfarrer sprechen: „Reue und Buße – Reue und Buße!"

Er raffte sich auf und griff nach dem Gewehr. Es war geladen. Er überzeugte sich davon und hielt es eine Weile auf der linken Hand vor sich hin, die rechte am Schloß, wie auf dem Anstand. Dann schüttelte er den Kopf und lachte grinsend, setzte den Kolben auf die Erde und richtete den Lauf nach seiner Brust. Wieder schien ihm ein anderer Gedanke in die Quere zu kommen. „Schade um die tausend Mark", murmelte er, „soll die keiner verdienen?" Plötzlich ruckte er den Kopf zurück. „Ja – das kann geschehen."

Er stand auf und ging über das Feld auf Gilguhnen zu. Sein Haus fand er noch ungefähr in der Beschaffenheit, in der er es verlassen hatte. Das Dach war nicht wieder aufgesetzt; die Sparren und Balken lagen in großen Stapeln an der Wand, und das Stroh in einem Haufen mitten auf dem Hof. Die in die Stallwand gerissene Lücke war mit Brettern vernagelt; die im Gärtchen niedergeschlagenen Birken hatte man entästet und zersägt. Lauronat ging um das Haus herum und trat durch den Pfeilergang in den Flur ein, der keine Bedachung hatte, dann in die große Stube. Hier waren über die Deckbalken Bretter geschoben, um den Regen abzuhalten. Im Bett lag Stroh; in der Ecke nach den Fenstern hin stand der Tisch vor der in der Wand befestigten Bank.

Dort saß Busze mit den Kindern. Es war noch früh. Sie verzehrten ihr Morgenbrot und löffelten aus einer am Rand eingebrochenen Schale eine Suppe. Die Frau sah vergrämt aus und handhabte den Löffel langsam, kaum an das Nächste denkend. Als die Tür knarrte, blickte sie um und ließ ihn auf den Tisch fallen. „Pawils –" rief sie, „mein Gott – du? Kinder – der Vater!"

Sie liefen ihm entgegen. Er küßte sie und nahm sie mit sich zur Mutter. Ihr reichte er die Hand, die Augen waren ihm feucht. „Wie geht's Euch?" fragte er.

„Schlecht, schlecht", antwortete sie, „wir müssen froh sein, daß man uns noch nicht ausgetrieben hat. Dir aber geht's noch schlechter –" sie hielt nur mit Mühe das Weinen zurück.

„Sorge nicht um mich", sagte er. „Es kann sein, daß ich's verschuldet habe. Vielleicht ... Wer denkt im voraus an alles? Um die Kinder tut mir's leid. Wenn ich denen ..." Er setzte sich und hob sie auf seine Knie. „Habt ihr noch das Schreibzeug und ein Stück Papier?"

Es fand sich ein Schulheft mit einigen reinen Blättern vor, in einer Ecke des Wandschranks auch ein Fläschen mit Tinte, eine alte Stahlfeder und ein Stückchen Siegellack; der Winkelschreiber hatte die Sachen gebraucht, wenn er Eingaben anzufertigen kam. „Willst du schreiben?“ fragte Busze verwundert.

„Ja“, antwortete er, „darum komm’ ich nach Hause. Es ist etwas sehr Wichtiges und muß gleich fort. Mache dich zu einem Gang bereit.“

„Ich soll – weggehen“, wendete sie schüchtern ein, „und du ...“

„Ich bleibe hier, bis du zurückkehrst“, entgegnete er. „Aber es ist ein weiter Weg, du wirst ein paar Stunden brauchen. Dafür bringt er sich auch ein. Wenn du Glück hast, bringst du tausend Mark mit.“

Busze betrachtete ihn scheu. Sie fürchtete, es sei in seinem Kopf nicht richtig, aber sie sagte nichts, sondern zog die Jacke an, die an dem kahlen Bettpfosten hing, und knüpfte das schwarze Tuch um den Kopf zurecht.

Währenddessen schrieb der Mann am Tisch mit großen lateinischen Buchstaben in litauischer Sprache auf das Blatt: „Der Wirt Pawils Lauronatis, der den Juden erschossen hat, sitzt jetzt in seinem Haus zu Gilguhnen. Die Herren können ihn dort gefangen nehmen. Die Anzeige macht die Frau Busze Lauronatene, die es weiß. Sie erhält dafür die tausend Mark, die von den Juden auf seinen Kopf gesetzt sind. Warum sie’s tut, das geht keinen etwas an. Sie bekommt das Geld.“

Er schwenkte das Blatt, bis die Schrift trocken war, legte es klein zusammen und verschloß den Brief mit dem Siegellack, so daß die Kanten nur eben zusammenhielten. Obenauf schrieb er: „Pons Staatsanwalt.“ Dann reichte er ihn seiner Frau. „Der Herr Staatsanwalt wird auf dem Gericht sein“, sagte er ganz ruhig. „Geh’ zu ihm und laß dir den Brief nicht von einem anderen aus der Hand nehmen. Was darin steht, ist eine wichtige Sache, die soll kein anderer erfahren. Wenn er dich aber ausfragt, so sage nur: es steht alles richtig im Brief, und weiter nichts.“

Busze nickte. „Mir ist so angst“, sagte sie. „Bleibst du jetzt bei uns? Aber wie kann das sein? Sie suchen dich ja.“

Er reichte ihr wieder die Hand. Ihre Frage beantwortete er nicht. Nach einer kleinen Weile ließ er sie los und kehrte sich ab. Sie ging.

Mehrere Stunden waren verlaufen. Lauronat hatte von dem Brot, das noch auf dem Tisch lag, ein kleines Stück gegessen, sich dann auf die Bank gestreckt und geschlafen. Die Altsitzer waren aus ihrer Kammer hereingekommen, aber gleich wieder zurückgegangen, als sie merkten, welcher Gast eingekehrt war. Sie wollten für alle Fälle nichts gesehen haben. Dann, bevor Busze noch wieder zu Hause anlangte, trabten die beiden Gendarmen auf den Hof, sprangen ab und traten rasch ein. Die Kinder versteckten sich und weinten.

Lauronat erhob sich von der Bank und setzte sich aufrecht, die Schulter an die Wand lehnend. Die Gendarmen waren mit Karabinern bewaffnet und hielten sie schußfertig in der Hand. „Jetzt haben wir dich“, sagte der

Wachtmeister, „du sollst uns nicht wieder durchbrennen. Ergib dich – du bist unser Gefangener."

Der Litauer lächelte. „Ihr habt mich, weil ich mich selbst gefangen gebe", antwortete er. „Der Brief, den meine Frau überbracht hat, ist von mir geschrieben."

„Von dir?"

„Und sie hat nicht gewußt, was darin stand. Aber sie hat mich angezeigt und bekommt die Belohnung, wenn's nach dem Rechten geht."

Der Schulze, den die Gendarmen im Vorbeireiten instruiert hatten, kam mit einem Fuhrwerk. Lauronat erhielt den Befehl, sich fertig zu machen. „Wir müssen dich binden", sagte der eine. „Wer weiß, ob es dir nicht unterwegs leid tut."

Lauronat zuckte die Achseln. „Laßt mich nur noch von den Kindern Abschied nehmen", bat er. Er winkte sie heran, küßte sie und sagte ihnen dann, sie sollten der Mutter entgegengehen und sie grüßen und ihr bestellen, daß alles gut sei.

Die Kleinen machten sich eiligst aus dem Staub. Kaum konnten sie die Dorfstraße erreicht haben, als Lauronat unter die Bank griff und sein Gewehr hervorholte. Ehe die Gendarmen zuspringen konnten, hatte er den Kolben auf die Erde gesetzt und die Stirn auf den Lauf gebückt. „Nun braucht ihr mich nicht zu binden", rief er. Mit dem Fuß drückte er ab. Ein Knall erschütterte das Haus, Pulverdampf erfüllte den Raum. Ein schwerer Körper sank von der Bank auf den Fußboden.

Als die Gendarmen entsetzt zutraten, lag Lauronat mit zerschmettertem Schädel da. Es war kein Leben mehr in ihm.

Der Wachtmeister zog seine lederne Brieftasche unter dem Uniformrock vor und schrieb den Rapport. „Er behält recht", knurrte er. „Zu binden brauchen wir ihn nicht."

Jakob Julius David

Frühschein

Den 13. des Monats Julius 1662 haben sie auf der Gänseweide im Erdberg vier üble Weiber verbrannt. Es war ein groß Spektakel und ein sonderlich Ergötzen für das gemeine Volk, das johlend und mit Zuruf um den Stoß stand und für dessen Erlustigung sonst bei bösen Zeiten wenig geschah. Denn zwei von ihnen kannte die ganze Stadt. Die eine davon war des sehr edeln und ansehnlichen Ratsherren Petrus Lehningers Weib, die andere seine Tochter Barbara. Denn die Stiefmutter hatte, zu wiederholten Malen peinlich befragt, endlich bekannt, sie habe das Mägdlein, da es noch nicht zwölf Jahre alt gewesen, ob seiner ausnehmenden Schönheit dem höllischen Buhlen zugeführt. Torquieret, gab die Jungfer Barbara zu, sie habe durch sieben Jahre mit dem Bösen Gemeinschaft gehabt und schlimme Unzucht getrieben. Genossinnen nennen aber tat sie überall nicht. So heftig man ihr auch mit Worten und eindringlicheren Vermahnungen zusetzte, antwortete sie immer, sie hätte, wenn sie ausgefahren, bei ihrem sehr zurückgezogenen Leben niemanden erkannt, und insgemein sei der schlimme Feind als ein sehr säuberlicher und nur etwas hinkender Herr zu ihr auf die Stuben gekommen. Über eine solche Halsstarrigkeit eines so jungen Geschöpfes betrübten sich der Hexenrichter, Herr Ferdinand Riemenschneider, und der Beichtiger, der ihre Seele gerne gerettet, gar sehr. Denn das Treiben der Unholdinnen war nur zu schamlos und zu offenkundig, als daß ein Einsichtiger es hätte leugnen können, so daß das Holz unablässig im Preise stieg und zwar, so viel dessen auch zugewachsen, fast noch mehr ihrer Brandstöße halber als der vielen neuen Häuser wegen, die man nach dem großen Kriege überall aufzubauen begann, und daß niemand bessere Zeiten und ein lohnenderes Geschäft hatte als die Büttel samt dem Fronvogte. Der alte Lehninger aber, der sich wie ein Rasender benahm und sich weigerte, die Gerichtskosten für Weib und Tochter zu bezahlen, ward mit vielen Pfunden guter böhmischer Groschen gebüßt, und, weil er sehr lästerliche Reden führte, als ein Zweifler und als im Geruche geheimer Hinneigung zur Hexerei fortab suspekt gehalten.

Am 18. hujus, eben da es tagte und die Frau Katharina des sehr strengen Herren Ferdinand Riemenschneider sich erhob, fand sie in Küche und Haus noch gar nichts bereitet. Vielmehr alles lag und stand wie am Abend zuvor. In ihrem Bette aber fand sie die ungarische Magd, Terka geheißen, welche seit mehr denn einem Jahre bei ihnen im Dienste gewesen. Diese stöhnte erbärmlich und klagte, wie sie sich durchaus nicht aufrichten könne. Denn es sei ihr nicht anders, als hätte sie Blei in den Gliedern, und tue ihr alles weh. Bestürzt sandte man nach dem Chirurgus Sebastian Oberndorfer, denn das Mädchen war dem ganzen Hause wert ob seiner Anhänglichkeit und seines munteren Wesens. Herr Oberndorfer fand nichts und schied mit einigem Kopfschütteln, weil er an sich und seine Kunst glaubte. Und wie das etliche Tage so fortwährte, ohne daß weder die Terka an ihr Werk gehen konnte, noch es eigentlich schlimmer mit ihr ward, so entstand ein allgemeines Raunen. Denn man kannte das Mädchen um den Bauernmarkt, wo des Herren Riemenschneiders Haus stand, weil es sehr hübsch war: zierlich von Gestalt, mit gar kleinem Kopfe, mit munteren, schwarzen Augen darin, bräunlich von Angesicht und behend und wippend von Gang, wie eine Grasmücke, daß man immer meinte, sie werde jetzt verborgene Flügel spannen und fortpurren. Auch sang sie gerne und heimlich vor sich wie so ein Waldvogel und wollte von keiner Liebschaft wissen, ob ihr schon ansehnliche Herren auflauerten, wenn sie hinter ihrer großen, blanken, stattlichen Frau zum Markte ging, ihr nachstellten, wenn sie allein et-

was zu verrichten trippelte, und sie so etwa ein unversehenes Glück hätte machen können. Und, weil sie immerdar ganz gesund gewesen war, so munkelte man allerhand von Hexerei, und als man gar hörte, sie möge die Frau durchaus nicht mehr ansehen und kehre den Kopf nur zur Wand, wenn ihr diese tröstlich zuspreche, so gewann der Verdacht bald eine bestimmte Richtung. Man war der Frau Riemenschneider nämlich nicht hold, weil sie sich vom Verkehr mit anderen Frauen fernhielt und sie mied. Eine der Nachbarinnen erzählte, sie hätte sich einmal berühmt, sie wolle lieber des Teufels werden, als eines Kindleins genesen. Denn ihre Schönheit sei ihr zu wert, als daß sie durch Kindesnöte sie sich zerstören lassen wolle.

Es gab an den beiden überhaupt immer zu mäkeln. Wer den Blutbann in Händen hielt, wer schon durch sein Amt so vielen Leiden bereiten mußte, dem mußten manche gram sein. Es gab wenig Familien, die des Herrn Riemenschneiders Eingreifen nicht schon einmal verspürt hatten. Er tat seine Pflicht, ohne Besinnen, ohne Härte, ohne Rücksicht, wie man etwas erledigt, das nun einmal sein muß und das in eines anderen Händen läge, wäre es nicht diesen anvertraut. Er hatte im großen Kriege als ein sehr junger Hauptmann gedient und danach dies Amt anvertraut erhalten, das seinen Wünschen durchaus entsprach. Denn er war keiner Versuchung zugänglich, ruhig, erwägend und bei seiner großen Klarheit bald ein scharfer Jurist, an den man sich selbst aus Graz und noch weiterher in wichtigen Fragen um Gutachten wandte. Allerdings tat er sich darauf und auf seine gewandte Feder nicht wenig zugute, überhob sich gegen die Kollegen und träumte von einer höheren Laufbahn. Seine Frau war eines Obristen Tochter, der bei Jankau ohne Viktoria, doch nicht sonder Ruhm unter kaiserlichen Fahnen gefallen, streng klösterlich erzogen, selber zum himmlischen Bräutigam sich sehr hingezogen fühlend, und hatte auch darum nicht ohne Besinnen und Zweifeln sich dem älteren Manne verbunden. Nun hingen sie einander sehr an, mit einer heftigen Ausschließlichkeit des Begehrens, welcher die Jahre nichts anhaben konnten. Sie waren wohlhabend und vielleicht sogar mehr, ohne anderen Aufwand zu machen als für den Staat der Frau, daran ihr Herz nun einmal hing. Gesellschaft mieden sie nicht, noch fehlte sie ihnen, die jeder ungestörten Stunde froh waren, so wenig sie, als völlig gleicher Gedanken, auch in ihr sprachen. Beider Gottesfurcht war echt. Anfangs hatte man ihr Glück bezweifelt, späterhin es als etwas Unbegreifliches hingenommen, je fester es erwuchs, während um sie herum manches Blühen, wie eben erst das bei Lehningers, zunichte ward. Das Unbegreifliche aber schwebt über den Häuptern der Menschen wie eine drohende Wolke. Wann wird sie sich öffnen und irgendein ungeahntes Unheil enthüllen, das in ihrem Schoße schlief ...?

Nach einer Woche etwa, als es mit der Terka immer im gleichen blieb, ohne daß alles Salben und Schmieren von hilfreichen Frauen irgend nützte, vielmehr der Arm des Mädchens, wenn man ihn zur Höhe hob, als ein unnütz und kraftlos Ding niederfiel, gleich als wär' er in der Wurzel verdorrt, während doch kein Auge gegen früher eine Änderung gewahren konnte, sandte man nun einen Priester vom Orden Jesu, der im Geruche stand, Teufel besprechen und austreiben zu können. Er war Beichtiger und Seelenfreund des Hauses, wie in diesen sehr kummervollen wie andächtigen Tagen jedes bessere einen haben mußte. Er verweilte sich sehr lange bei dem Mädchen, und der Herr Riemenschneider, der sich derweilen aus rein menschlichem Anteil im Flur aufhielt, hörte den heiligen Mann mit starker Stimme der Magd zusprechen, sie vermahnen und beschwören, während sie entgegenschluchzte, beteuerte und ihrer Seele Seligkeit zum Pfande setzte. Als sich die Türe wieder auftat, trat der Priester mit sehr blassem und verstörtem Gesichte heraus. Wenige Worte und Herrn Riemenschneiders Antlitz ward nicht minder fahl. Er griff nach der Hand des Priesters und riß sie ungestüm an sich, als wollte er sie vom Arme trennen, küßte sie heftig, und er, an dem man niemals eine sonderliche Aufregung gekannt, schrie auf, stöhnte und flehte. Der andere zuckte mitleidig und hilflos die Achseln. Da er schied, taumelte der Richter ganz ohne Fassung in sein Gemach.

Am gleichen Abend war ein großer Rumor in der Stadt. Denn Frau Katharina Riemenschneider war, als der Hexerei bezichtigt und schwer gravieret, in die gemeine Prison eingeliefert worden. Von Stund' ab erholte sich die Magd, daß es ein Wunder und fast für sich ein Beweis war, und war bald wieder auf den Beinen.

Dieses war die Anklage, wie sie die Terka zuerst dem Beichtiger gemacht, danach vor dem Inquirenten, oft und eindringlich vermahnt, aufrecht erhalten, ohne alle Abweichung wiedererstattet und mit den teuersten Eiden bekräftiget. Und als einer ehrsamen und unbescholtenen Person christlichen Glaubens mußte man ihr wohl Gehör schenken und demnach mit der Inkulpatin nach dem gemeinen Recht und den Vorschriften des Hexenhammers gemäß verfahren.

Es sei ihr oftmals aufgefallen, wenn sie der Herrin beim Auskleiden habe helfen müssen, daß sie diese schleunigst weggeschickt und die Türe hinter sich sorgsamst verriegelt. Und als neugierig und ob die Frau nicht vielleicht eine geheime Unform vor ihr verberge, habe sie einmal durch das Schlüsselloch geluget und also gesehen, wie sich die Frau nackend ausgezogen und mit einer Salbe am ganzen Körper gesalbet, der aber ohne allen Fehl gewesen. Der Topf, aus welchem sie dieselbe Salbe genommen, stand hinter dem Bette in einem geheimen Schränkchen. Einmal habe sie fürwitzig ihren Finger darein getauchet. Es war ein starker und übler Geruch, und der Finger brannte sehr heftig. In der gleichen Nacht sei aber in ihre Kammer, die sie doch wie immer sorglich verschlossen, ein sehr wohlgekleideter Herr, den sie niemals vorher gesehen, gekommen, habe ihr das Köstlichste von aller Welt versprochen, wofern sie sich ihm zu eigen gäbe, und sie also sehr bedrängt, bis sie in ihrer Angst und sich keinen Rat mehr wissend, nachdem niemand ihr Schreien hörte, Gott und seine Heiligen angerufen. Alsbald sei der fremde Herr mit einem gräßlichen Fluche und einem bösen Dampf hinter sich, der ihr die Brust beklemmte, als ein angebrannter Schwefelfaden es tut, ohne Spur verschwunden.

Ob der Herr damals zu Hause gewesen?

Nein. Das wisse sie bestimmt. Er sei im Amte über Land gewesen.

Ob aber die Frau? Und wenn, ob sie ihr Schreien hätte müssen hören?

Ihr Rufen wäre laut genug gewesen dazu. Nur daß sie ganz allein im Hause wohnten. Ob aber die Frau in ihrem Bette gelegen, dies wisse sie nicht.

Was das wiederum nur heißen solle? Sie möge sich ihre Aussage wohl überlegen – es ginge um zweier Christenmenschen zeitlich und ewig Heil!

Sie könne nicht anders, bei der Mutter Gottes und ihrem einigen Sohn. Denn die Frau habe sich niemals gesalbet, wenn nicht der Herr just auf Reisen gewesen sei. Dies wisse sie als ganz bestimmt. Aber sie wisse nicht, ob die Frau dann im Bette geschlafen. Denn immer danach sei es ganz so gewesen, wie sie es zu Abend gemacht, und keinerlei Eindruck, als hätt' eine erwachsene Person darin gelegen, und sei die Frau sehr grämlich und übeln Aussehens gewesen.

Die Beisitzenden sahen einander an. Ein Species loci, auf gemein Deutsch ein Orts- und Augenschein ward angeordnet. Man konnte wirklich durch das Schlüsselloch zum Bette und dem Wandschränkchen dahinter blicken. Dieses ward geöffnet, und man fand neben allerhand Schmieren und Ölen, wie sie sonst Frauen haben, eine ansehnliche Dose darin, zum Teil noch gefüllt mit einer Salbe, welche, schmeckte man dazu, also in die Nase stach, wie die Terka dieses angegeben. Und wurden der Frau Katharina am gleichen Tage die strengen Eisen angelegt. Mit der Terka aber ward weiter inquiriert.

Warum sie also wohl dann über ein böses Treiben so lange geschwiegen?

Sie errötete sehr. Dann: Weil sie gewußt, der Herr hänge an seiner Frau mehr als an sonst allem.

Also: aus sonst löblicher, diesmal aber sträflicher Anhänglichkeit an den Herrn, und um ihn, dem sie sehr zugetan, nicht zu betrüben?

Die Terka kämpfte mit sich. Endlich: Ja, denn sie habe dem Herren immerdar zu Gefallen zu leben getrachtet. Freilich nicht weiter, als mit Zucht und Ehrbarkeit verträglich.

Mancher der Gestrengen schmunzelte und dachte sich seinen Teil. Denn das Mädchen war zu säuberlich. Alsdann: Und in welcher Weise sie demnach meine, daß sie von der Frau sei behext worden? Und sie möge ihrer Worte Hut haben!

Das sei sicher und gewiß in der übernächsten Nacht geschehen, nach der man die beiden Lehningers verbrannt. Denn sie hätte dabei zugeschaut und sich dabei sicherlich in Gedanken versündigt. Weil sie nämlich die Jungfrau Barbara oft und oft gesehen, und es sei sicherlich keine sittsamer, schöner und stolzer in Wien zu finden gewesen, so habe sie bei sich gedacht, ob man nicht unrecht getan habe an dieser, und durch solchen Zweifel dem Bösen Gewalt gegeben über sich. So meine sie heute. Und mit solchen Gedanken sei sie müde, nachdem sie nur das Notwendigste verrichtet und alles übrige auf den Morgen verschoben, zu ihrer Lagerstatt. Es sei ein mächtiger Schlaf auf ihr gelegen, so daß sie nicht anders vermeinte, als sie müsse augenblicklich ihre Ruhe finden. Dem sei aber nicht so geworden. Vielmehr sei sie mit halb offenen Augen dagelegen und hätte selbst die Totenuhr gehört, welche im Holze und wie unter ihrem Kopfe geticket. Immer schwüler und ängstlicher sei ihr geworden, und sie habe müssen aufstehen und ein Fenster aufgestoßen. Dies getan, sei eine sehr große, blanke Katze in die Kammer gehuscht, welche, sie wisse nicht wieso, der sehr edeln Frau absonderlich geglichen. Diese saß auf das Fensterbrett und sah sie, die Terka nämlich, mit gar grünen Augen und erhobenem Schweif bös und lange an, bis sie sich sehr vor dem Tiere gefürchtet und wieder in ihr Bett geschloffen. Alsdann tat die Katze einen Sprung darauf und hauchte sie an, und konnte sie sich darauf durchaus nicht mehr erheben, wie alle wüßten und ihr bezeugen würden, bis man eben die Frau Katharina Riemenschneider gefänglich und zur Haft genommen. Darauf habe die Katze wieder einen Satz getan. Sie hörte den Riegel klirren und sah mit staunenden Augen, wie ihre Frau leibhaftig und im blanken Nachtgewande zur Türe hinaus schritt. Beweis: man hätte in der Frühe zu ihr können, die sich, wie die Frau selber nicht bestreiten mögen werde, sonst und aus Ehrbarkeit immerdar eingeriegelt habe.

Inkulpatin, vorgerufen, bestätigt, daß die Terka sonst immer hinter sich zugeriegelt. Ob auch damals, könne sie natürlich nicht wissen. Sie wisse auch durchaus nichts von einer Salbe, habe niemals höllische Praktiken praktizieret. Wird gütlich vermahnt und schilt die Terka, die, aufgefordert, das Ganze ihr ins Gesicht wiederholt, ein teuflisch und verlogen Ding, das wohl der Böse selber zu solchem Unheil angestiftet. Wird verwarnt, sie möge nicht grundlos eine redliche Zeugin verdächtigen, die unter Eid aussage, und zum andern Male mit Glimpf vermahnt, sie möge doch des ewigen Heiles eingedenk sein, nachdem sie allem Scheine nach das zeitliche

freventlich verscherzet. Leugnet abermals und wird nun mit der scharfen Frage bedroht. Darauf erschrickt sie heftig, beharrt dennoch in ihrer Verstocktheit. Und dieses Protokoll ward dem Stadtrichter Herren Ferdinand Riemenschneider abschriftlich übermittelt, der ex humanitate legis, vermöge unserer Gesetze Mildigkeit, und über sein eigenes Ansuchen vom Amte der Untersuchung enthoben und sonst einer geheimen, aber scharfen Überwachung unterworfen worden war. Es schien nämlich allen undenkbar, daß ein so gewiegter Kriminalist von einem so ruchlosen Treiben, das doch nach der Terka Behauptung durch geraume Zeit, nämlich mindestens so lange als sie im Hause war, id est durch ein und ein halbes Jahr kontinuieret und unter seinen Augen getrieben worden war, nicht das mindeste sollte bemerkt haben, es sei denn, er wollte blind sein ...

Für sich, in vielen bitteren Stunden, studierte Herr Ferdinand Riemenschneider diesen Aktus. Er war vollkommen klar und unzweideutig, ließ nicht der mindesten Hoffnung, nicht dem dämmerigsten Zweifel einen Raum. Sichere Indizien, bündige, lückenlose Aussagen. Er selber, der nicht bloß von Amts wegen erfüllt war von allem Glauben seiner Zeit, der niemals an seinem Berufe sich geirrt, hätte unter diesen Umständen sein eigen Weib zum Holzstoße senden müssen, war ihm der Spruch anvertraut. Und wie, ohne daß er selber wußte, seine Einbildungskraft eben wegen ihrer Dürftigkeit ganz erfüllt war von den vielen Prozessen, in denen er des Rechtes oder dessen gewaltet, was ihm dafür gelten mußte, so fiel ihm jetzt ein Zeugnis wider sein Weib Katharina ein, das er nicht verhehlen hätte dürfen, wenn man ihn auf sein Gewissen darum befragt hätte. Denn er glaubte sich bestimmt zu erinnern, daß in derselben Nacht, in der die Terka verhext worden war, ein schwerer und rätselvoller Druck auf ihm gelegen, ein ganz unbändiger Schlaf. Mitten daraus erwacht' er: Es war ihm nämlich, als hätte eine ferne und klagende Stimme seinen Namen gerufen. Er hielt sich still; aber ein sehr banges Schweigen war um ihn und kein ruhiger Atemzug seines Weibes, dem er sonst so gerne horchte in schlummerlosen Nächten, rührte an seine Seele. Nur im Kamin saust' es heftig bei sonst windstiller Nacht. Er griff dorthin, wo sonst das liebe Haupt seines Weibes zu ruhen pflegte, denn große Liebe trägt in der ewigen Furcht vor dem Verluste ihren schärfsten Stachel in sich. Die Stelle war leer. ... Er tastete um sich. Alles war, so meint' er vor dem Kruzifix beschwören zu dürfen, gestanden wie sonst ... Da, zu seiner Rechten, das Nachtlicht, daneben ein Bündel mit Akten, darin er noch vor dem Einschlummern gesucht und gelesen; dann sein Gebetbuch – er fühlte die schweren silbernen Spangen und Beschläge, und es rieselte ihm kühl ans Herz. Und endlich der silberne Becher, ein ihm sehr wertes Erbstück von dem Obristen, seiner Frau Vater, der immer dastand, weil ihm sein Nachttrunk darin gereicht ward. Das alles sah er wieder und ganz bestimmt vor sich in diesem Augenblicke. Und wie er damals so einsam dalag, und das Rumoren im Schornstein ward immer lauter, und er rief nach ihr mit ganz leiser Stimme, und es kam kein Gegenruf, so überkam ihn erst eine unsägliche Bängnis und dann ein gar großes Entsetzen. Wo war sie? Er wollte nochmals rufen, und es schnürte ihm die Kehle. Er reckte den Fuß aus und zog ihn schauernd zurück. Denn ihm war, als sei er ins bodenlose Leere getreten; hob sich und sank zurück in die Kissen vor einem bleiernen, trägen Schlaf, der ihn befiel und nicht mehr losließ, bis es vollkommen Tag war und sein Weib neben ihm lag, friedlich und wangenrot, in ihrer blanken und wandellosen Schönheit, vor der ihn damals zuerst ein leises Grauen beschlichen hatte ...

Das also war es gewesen ... So erklärte sich ihre Ehrbarkeit, die ihn vordem mit solchem Stolze erfüllte ... Denn er wußte um manche Anfechtung, der sie, wie jedes schöne Weib in dieser Stadt, ausgesetzt gewesen. Oftmals, wenn er die verlorenen Werbungen adeliger und reicher Herren um sie mit gelassener Heiterkeit sah, hatt' er bei sich gedacht: der gewinnt kein Mensch was ab. Nein – ein Mensch nicht ... Aber schlimmer als das: der böse Feind aller Menschheit hatte es ihr und ihm abgewonnen. Und wenn er selber sich manchmal vordem ihrer Kinderlosigkeit gefreut, damit sich kein Drittes störend zwischen sie dränge, damit ihrem immer neuen Begehren keine Schranke gesetzt sei – um diesen Preis war das ein zu teurer Verzicht. Fast wollt' er nun, sie hätte ihn mit einem leibhaftigen Nebenbuhler hintergangen, nur mit diesem unfaßbaren nicht. Ein würgender Ekel war in ihm. Die ganzen langen Jahre seiner Ehe hatte sie ihn besudelt; der stolze, weiße Schwan, den er mit so hoher Freudigkeit gehegt, war ein unsauberer Nachtvogel, der in der Dunkelheit seine mausgrauen Fittiche spannte und dahinflog, wo sich nur hin zu denken den Reinen schauderte.

Sein eheliches Gemach hat er von dem Tage ab nicht mehr betreten, da er eine so traurige Erkenntnis der Wahrheit gewonnen zu haben glaubte. Es griff ihm nach der Kehle, gedachte er der unerhörten Lüge, die so lange Zeit es mit ihm geteilt, geheuchelter Liebe, deren Beweise er glücklich empfangen und die einem ganz anderen gegolten. In sein Arbeitszimmer schloß er sich ein. Er aß wenig und schluchzte viel und unbewußt, während er über dem Gutachten grübelte, das er aus freien Stücken dem hohen Kollegium zu überreichen gedachte. Denn einmal blieb ihm die dumpfe Gewohnheit, der es vollkommen widersprach, daß ein Fall so großen Belanges ohne ihn entschieden werden dürfte; alsdann war die Grausamkeit eines Enttäuschten, an seinem Liebsten Betrogenen in ihm. Sterben mußte sie, schon um die Pein dieser Tage, neben der alles Glück der Vergangenheit versank. Und während er sich dies selber glaubte und mit triftigeren und schulgemäßeren Gründen auch seinen Genossen von der Richterbank bewies, war neben dem ungestümen Schrei nach Rache doch schon auch eine mildere Stimme in ihm wach. Sterben – ja, aber einen Tod nicht, so grauenvoll, und nach Martern, die all diese Schönheit, daran er sich so oft ergötzt, zerstören mußten, bevor sie noch zu Asche ward ...

Dabei ging sein Hauswesen den ganz geregelten Gang weiter. – Die Terka sorgte um ihn, so daß er in diesem Belang des Fehlens seiner Frau kaum gewahr wurde. Nur ihm etwas zu häufig machte sie sich in seiner Nähe zu tun und suchte ein Wort an ihn zu bringen. Das war ihm leidig; und, er wußte nicht wieso, aber eine Abneigung gegen das Mädchen begann in ihm zu keimen, und er wunderte sich, daß er sie in seinem Hause litt, die doch die Hauptschuldige war an seines Weibes Verderben. Von selber aber war sie nicht gegangen, und er, in drängenderen Sorgen, hatte nicht daran gedacht, sie noch fortzuschicken und sich dann selber um einen Ersatz umzutun. Wiederum war ihm zu anderen Stunden das bekannte, frische Gesicht lieb und willkommen. Und so trieben sich die Gedanken rastlos in ihm um und ließen ihn zu keiner Stätte noch Einkehr kommen. Diese sprangen eilfertig vorwärts: ins Ungewisse, ziellos Unbestimmte. Andere drangen ihnen behend nach, aber nur, um sich plump und lastend an ihre Vordermänner zu hängen und sie also zu hemmen. Dazu fühlte er sich von unsichtbaren Augen bespäht, und das verstörte ihn vollends: Ihm war, als lauerte ihm hinter jeder Ecke ein Feind auf und ziele ihm nach dem Leben.

So schritt denn seine Arbeit stockend vor. Am 2. Augustus war sie beendet und sauber, in seiner schönen, klaren und etwas steifen Hand mundieret dem Richter übermittelt worden. Zu herandrohender Nacht war er ins Kühle gegangen. Denn die Tage waren gar heiß, daß man an ihnen vor Sonnenglut und vielem Staub kaum einen Atem zu gewinnen vermochte. Er war zunächst nach St. Stefan gegangen. Denn die Kirchen standen der Not der Zeiten wegen, der herantrotzenden, blutigen Türken und der unheimlichen Pest aus dem Morgenlande halber, den Gläubigen immerdar geöffnet. Viele Beter fanden sich im Münster, und er konnte mit seinem einsamen und ihm selber unklaren Leid keine rechte Andacht gewinnen inmitten der unruhigen und wechselnden Menge. Es waren nicht gar viele Schritte bis zu seiner Wohnung. Aber das Leben in den Straßen beirrte ihn, der in so kurzer Frist sich seiner fast entwöhnt hatte. Denn noch tat sich manchmal ein Stadttor mit dumpfem Klirren auf; oder man hörte den Zuruf der sparsamen Ronden auf den Basteien und das Rasseln ihres Gewehres, wenn sie's grüßend auf den Boden stellten. Adelige Herrchen gingen heim; vor ihnen der Fackelträger und hielt die Leuchte hoch, damit der Gebietende, der zierlich und im spanischen Gewande hinter ihnen einhertrippelte, auf dem unebenen Boden nicht zu Falle komme. Der Mond stand voll und hoch am Himmel, aber er kämpfte mit den gewölkten Nebelschwaden, und ein Hof, der teure Zeit und großes Sterben kündigen soll, umgürtete ihn farbig. Auf der Schranne brannten die Feuer der Rumorwachen, die da lagermäßig im Freien nächtigten. Nun sank die Flamme in sich, nun, unversehens und mit eins, erhob sie sich wieder und glühte kräftig die grauen und getürmten Giebelhäuser und den Schandpfahl in ihrer Mitten an. Dort würde sein Weib stehen, ehe es den letzten Pfad beschritt, einer frevelhaften Neugier und jeder Beschimpfung preisgegeben. Herr Riemenschneider wandte sich mit einem starken Entsetzen. Eine müde Karre humpelte mühselig vorüber; nun stand sie ganz im Lichten der Beiwacht, nun verschlang sie wieder das Dunkel. So würde sie gefahren werden – aus dem Hellen eines würdigen und angesehenen Lebens über einen finsteren Weg zu den Flammen eines unerwünschten, unwürdigen Todes und zur Pein der ewigen Nacht. Er wußte nicht, wie ihm all diese Bezüge auf einen Schlag so lebendig wurden. Er sann und säumte durch manche Stunden.

So kam er heim. Es war eine unbezwingliche Sehnsucht in ihm, dazu ein heißer Zweifel, dessen Stachel aber noch nicht wußte, wohin er sich kehren solle. Mit unsicheren Händen schlug er Feuer und das Licht in der Rechten, betrat er das Schlafgemach, das er nun schon so lange gemieden. Da stand das ungeheure Ehebett; darüber, steif und ebenmäßig aufgehangen und von schmalen Goldleisten umfangen, einen Spiegel zwischen sich, waren die Bilder der beiden Gatten, wie sie vor Jahren ein auf seine Kunst reisender Niederländer in Öl gemalt, das erste Ehepaar, das sich in dieser Stadt ihm anvertraut hatte: sie in ihrer ruhenden Schönheit, die seither durch die Fülle gewonnen, wie manche Blumen, denen erst aller Duft vergönnt ist, wenn sie sich ganz erschlossen, er schlank, fast hager, mit dichtem, braunem Haar, strengem Knebelbart und gelassenen, braunen, sicheren Augen in einem von der Sonne gefärbten und mutigen Gesicht. Er war anders geworden, in Tagen anders – wie verstört und fahl sah er sich selber aus dem Glase entgegen! Gleich einem Fremden, Kranken betrachtete er sich lange darin, mit einem Mitleiden zu sich und einer unbändigen Bangigkeit nach seinem Weibe in der Brust. Dann hielt er Umschau. Es verlangte ihn heftig nach einem Trunke aus dem Becher, den er in den Tagen eines sicheren Glückes so oft an die Lippen gesetzt. Und jählings und mächtig lief ein Zucken durch seinen Leib – der Becher fehlte, und überhaupt: alles stand anders, als er's im Gedächtnis zu haben glaubte. Und von zitternder Stimme rann ein Ruf durch die Nacht: „Terka!"

Sie stand neben ihm. So rasch, daß es eigentlich verwunderlich war, wollte man nicht glauben, sie habe schon lange und verlangend diesem Schrei entgegengeharrt. Wie sie eben das Bett verlassen: nur ein Tuch über der Brust, einen fliegenden kurzen Rock notdürftig umgeworfen, mit losen, reichen, schwarzen Haaren. „Was will der Herr?" und eine ungebändigte Erwartung lag in den Worten, wie sie sprach, den etwas harten und fast klagenden Tonfall der Ungarin in der Stimme.

Er beachtete sie nicht einmal. „Terka! Wo ist mein Becher, und warum ist alles im Zimmer anders als sonst?"

„Anders als sonst? Der hochmögende Herr wird sich da irren. Ist alles wie sonst. Mindestens, seit ich bin im Haus. Weil ich hab' alles geordnet, wie es der Herr gewöhnt ist und gerne hat, sowie erst die gestrengen Herren fort waren von der Kommission."

„Und mein Becher?"

„Das? Das ist schon gut zwei Monat oder noch länger beim Silberschmied. Weil es ist einmal gefallen und war verbogen, und der Dieb hat gesagt, er wird es bringen auf die Woche und wieder auf die Woche, und dann war auf einmal die Vergoldung schlecht inwendig, und er hat gesagt, er muß sie richten, und hat er mit so Ausreden das Becherl noch bis zu heute."

„Es ist gut."

„Soll ich morgen gehn, in der Früh' gehn um ihn?", und sie trat ganz an ihn heran.

„Nein, nein, geh' schlafen", und wie sie in einer unausgesprochenen Hoffnung immer noch zögerte, sah er sie mit einem eigenen Blick an, vor dem sie heftig errötete. Denn neben der Strenge des Herrn lag auch ein Erstaunen darin: das Erstaunen eines Mannes, der eines Weibes Geheimstes zu ahnen beginnt....

Herr Riemenschneider war allein. Er mußte sich besinnen und alles erst in sich ordnen. Denn das war von ungeheuerem Belang, was er eben erst erkundet. Das mußte nach seiner ganzen Wichtigkeit begriffen sein. Demnach also hatte sein Gedächtnis das Zimmer in einer Form in sich aufgenommen, die längst nicht mehr zutraf. Ein Bild aus der Vergangenheit, vielleicht noch der erste Eindruck aus seiner jungen Ehe, hatte das Gegenwärtige verdunkelt ... Was aber war es dann mit jenem nächtlichen Erlebnis, das mit solcher Bestimmtheit vor ihm gestanden, mit jenem grauenhaften Erwachen in der Einsamkeit, von dem ihm so jeder Umstand in der Seele eingegraben war, dabei ihm eines durch das andere verbürgt gewesen? Riß hier ein einzig Glied, so bestand die Kette nicht mehr; dann hatte er einen Traum für Wahrheit genommen. Ihm stand somit die Schuld seiner Frau nicht mehr fest. Er brach in die Knie. Das Angesicht verbarg er in den Kissen, und ein Krampf war in ihm. Es trieb ihn auf, in sein Zimmer. Dort saß er in Gedanken in der tiefen Fensternische. Und in die Wirrnisse, in denen seine Seele rang, tönte aus dem Nachbarhause ein leises Singen hinein: Er wußte, drüben, beim Lehninger, versammelten sich die Stillen im Lande, hielten ihre geheimen Andachten und riefen mit ihren Psalmen zu Gott. Vordem hatt' er oft aus Pflichtgefühl an Anzeige gedacht. Nun trösteten ihn die flehenden Menschenstimmen wundersam. Und so, wie die Verheißung einer Zukunft voll Klarheit, erhob sich über den Dächern der Frühschein, und er entschlummerte dabei ...

Der frühe Morgen weckte ihn mit einem Entschluß. Er wußte sich ergebene Menschen im Gefängnis, ihm verpflichtet um mehr als ein Ding. Und wenn alle Verschuldung und Guttat ausgelöscht sein sollte durch sein Unglück, so besaß er jene Springwurzel, die seit jeher bei uns zu Lande die festesten Schlösser aufsprengt: Gold. So warf er denn in fliegender Hast ein Zettelein hin und sandt' es durch einen Büttel seiner Frau. Sei sie schuldig, so möge sie's ihm gestehen, und er werde ihr ein Gift zuschanzen, das sie ohne alle Pein in die Ewigkeit führe. Begehre sie Aufschub der peinlichen Frage, so müsse sie sich als gesegneten Leibes bekennen, weil mit dieser Untersuchung ein Erkleckliches an Zeit gewonnen würde. Sei sie aber reinen Gewissens, so möge sie's um Gottes willen ihm sagen, und es gebe nichts, was er nicht zu ihrer Rettung wagte und unternähme. Dies getan, ging er als unfähig, mit sich selbst ins Reine zu kommen, zu einem Beichtiger und offenbarte dem alles, was sich in und mit ihm begeben. Zum erstenmal brachten ihm die Worte des sehr ehrwürdigen Mannes keinen Trost und keine Beruhigung. Denn er hatte den Beichtenden offenbar nicht verstanden. Er wollte ihn mit seiner Pflicht gegen die Obrigkeit beruhigen, die er getreulich erfüllt und die allein die letzte Verantwortung träfe. Seine Bedenken rügte er noch als sündhaft und sich auflehnend gegen Gott, der wohl wissen werde, warum er ihm und seinem Weibe eine solche Prüfung zugeschickt. Eine gelinde Buße legte er ihm auf. Die Erwägungen in ihm aber waren zu mächtig, als daß sie durch einen Fasttag oder von einigen Paternosters, gewohnheitsmäßig geleiert oder selbst mit aller Innigkeit gesprochen, gestillt hätten werden können. Sein ganzes Leben stand in Frage, und da schien es ihm nicht genug, einem anderen, und wenn's auch der höchste Willen war, alles zuzuschieben. Auf ganz die gleichen Inzichten und Indizien hin, nach denen nun sein Weib abgeurteilt werden sollte, hatt' er selber viele, so viele judiziert und justifizieren lassen. Geschah in diesem Falle Unrecht, so gewiß auch bei allen vorher. Und so arbeitete der Zweifel in ihm, ein fauststarker und flinker Bergmann, der sich durchs Dunkel seine Gänge gräbt und vor dessen Schlägel und Gezähe zu Schutt und Trümmern sinkt, was wie Felsen stark und gleich den Festen der Erde für Ewigkeiten gegründet erschien.

Zu Mittage heimgekehrt, fand er einen Gerichtsboten mit einem Brieflein seiner harrend und die Terka mit sehr erhitztem Gesichte. Der Severin erzählte ihm, das Mädchen habe ihm durchaus das Brieflein abnötigen wollen mit Bitten, Schmeicheln und Schöntun und sich dabei so erregt gehabt, daß sein Verdacht rege geworden und er, sich erinnernd, daß sie doch Hauptzeugin sei, und mit einiger Verwunderung, sie noch im Hause zu finden, lieber auf den Herren gewartet. Der Richter belobigte ihn dafür nach Gebühr und belohnte ihn darüber hinaus, dachte aber weiter nichts dabei und achtete in seiner Ungeduld nach dem Inhalte des Briefes nicht einmal darauf, was ihm sein Vertrauter noch zuwisperte. Erst gemach ward er aufmerksam und selbst gespannt. Denn ihm ward zugeflüstert, er möge wohl auf seine Sicherheit bedacht sein. Dies konnte ihn nicht überraschen. Wenn man gegen ihn noch nicht eingeschritten sei, so hofften ihm Wohlgesinnte auf seine Flucht, während die übrigen das Aufsehen scheuten, welches ein Einschreiten gegen einen Mann in solcher Stellung und so tadellosen Ansehens erwecken müsse. Er sei nämlich wegen seines allzu großen Eifers, bekundet durch sein höchst scharfsinniges und ungefordertes Gutachten, im Verdachte. Auch das entsprach vollkommen den Erwartungen des Richters; freilich, wenn er sich still verhalten, so hätte man ihn wieder sicherlich übler Gesinnung, des Zweifels in die Gerechtigkeit der Gerichte, endlich geheimer Hinneigung zur Hexerei bezichtigt. Das Verfahren gegen sein Weib nach Kräften zu beschleunigen stände aber in der Absicht der Gesamtheit. Und in jener Ratssitzung, in der vom Herren Riemenschneider und seinem Gutachten so viel die Rede gewesen, sei sogar darauf hingedeutet worden, ob derselbe nicht seiner allerdings und unbedingt überwiesenen Gattin überdrüssig gewesen und darum im geheimen Einverständnis mit der Magd Terka und mit ihr in jedem Sinne unter einer Decke spielend vorgegangen sei, sich so der Lästigen zu entledigen. Da lachte Herr Riemenschneider ein kurzes, böses Lachen; ein schlimmer und sträflicher Ausruf gegen die Majestät aller Gerichte rang sich von seinen Lippen. Er brach ihn ab. Denn im gleichen fiel ihm bei: nach der nämlichen Logik und aus eben solchen Gründen und Beweisen, die ihn nun, gegen ihn selber gekehrt, so sehr empörten, hatt' er sein Leben lang geschlossen, Anklagen erhoben, abgeurteilt. Und so griff er nach dem Blatte und las:

„Dem sehr gelehrten und edeln Herrn Ferdinand Riemenschneider, Richter der Stadt Wien, meinem Eheherrn!

Es tut mir aus der Maßen weh und Gott soll Euch Euren Zweifel an mir verzeihen und daß Ihr mir also offenbarlich nach dem Leben stellt, wie sie mir sagen. Tun es andere – und die Terka wird schon dafür in der Hölle brennen, das Lügenmensch, an welchem ich niemals anderes getan nur Gutes – so mögen sie meiner unwissend sein. Ihr aber kennt mich und wisset, daß ich gottesfürchtig war mein Leben und mich Euch so leicht nicht hingegeben, daß Ihr müßtet besorgen, als könnt' ich mich leichten Herzens mit einem anderen vergessen. Vom Hochmute meiner Lippen hat mein Herz niemals etwas gewußt, und hab' ich ihn als Gefangene schon zu tausenden Malen bereuet und vor Gott abgebeten. Torquieren aber und brennen sollen sie Euer Weib nicht: Da sorg' ich schon selber dazu. Könnt Ihr etwas für mich tun, so säumet nicht, und Ihr tut Gottes Werk und sein Wunder, um das ich schon so lange flehe. Denn ich bin so gar verlassen, und weiß ich nicht, warum.

Eure getreue und unglückliche

Katharina Riemenschneider."

Nachschrift. „Und den Grund, warum sie mich nicht sollten martern dürfen, den dürft' ich wohl vorbringen und brauchte keinerlei Untersuchung zu scheuen.

Dieselbe."

Da fiel ein großer Schrecken den Herrn Riemenschneider an. Das Herz in seiner Brust stand still vor Bängnis. Das Brieflein entfiel seiner Hand, und er brach in ein heftiges Schluchzen aus und weinte laut, ohne dessen zu achten, daß ein so viel Geringerer dabei stand. Er zitterte also, wie ein Baum, den der Sturm von allen Seiten gepackt, daß der Büttel Severin herzuspringen mußte und ihn halten. Und dann, kaum er sich ein wenig besonnen, klammert' er sich an den Fronboten. „Severin", sprach er heiser, „ich hab' dir dein Brot gegeben und war dir immer gut. Willst du mir's danken, auch wenn es gegen den Eid geht?"

„Gegen den Eid?" und der Severin spitzte höhnisch die Lippen und blies so wie mit einem Hauche den Eid von sich.

„Ich bin ein reicher Mann, Severin. Und ich will dir ein besser Brot geben, ein reichlicheres, und wo du nicht immer deine Hand bieten mußt zu Greueln, die unerhört sind und zum Himmel schreien."

„Zu Greueln, Herr? Was meint Ihr damit, Herr?" verwunderte sich der

Severin. „Aber Brot ist Brot, und kann es der Severin geschmiert haben statt trocken, so war der Severin niemals kein Esel. Aber – sicherstellen müßt Ihr mich!"

„Kannst du mich zu meinem Weibe lassen und uns danach aus dem Gefängnisse schaffen, wenn's sein muß? Noch weiß ich nicht, ob's geschehen wird. Denn ich weiß nicht, ob ich's darf, und meine Seele ist zwiespältig und weiß nicht, wohin sie sich wenden darf." Er wußte wohl, daß der Knecht nichts von seinen Kämpfen begriff, und hatte dennoch das Bedürfnis, einem andern, wem immer, Einblick darein zu gewähren.

Der Severin machte eine hohle Hand. „Mein Handgeld, Herr!"

„Da hast", und er zählte ihm eine Summe auf, über die sich der Büttel verwunderte. „Und heute oder morgen nacht. Sonst bist du deines Eides quitt, und das Geld gehört dennoch dir. Kannst du das richten?"

„Ich kann's richten, Herr. Und mein Wort gilt", und sie tauschten den Handschlag.

Herr Riemenschneider blieb wieder allein. Bis zur völligen Dunkelheit ganz allein. Die Terka, die öfter nach ihm fragen kam, sandt' er unwirsch weg. Und dennoch war es ihm auf einmal klar, wie gut es gewesen sei, daß er das Mädchen nicht fortgejagt. Von ihr erwartete er sich, obgleich ohne allen scheinbaren Grund, eine letzte Aufklärung. Zur gewohnten Stunde ging er abermals aus. Er fühlte sich schon eigentlich nur in der Dämmerung wohl, während ihm vordem der helle Tag allein gemäß gewesen war. Ein Gewitter mußt' in der Ferne niedergegangen sein, denn eine weiche Kühle atmete durch die Straßen, und aus einer grauen, rot vom Niedergange der Sonne durchflammten Wolkenbank zuckten häufige Blitze in das Blau und niederwärts. Etwas von der Süße des Hochsommerabends zog ein bei Herrn Riemenschneider, und ihm ward inmitten aller Pein, als sei sie nicht zu teuer für all die Erkenntnis bezahlt, die ihm dadurch geworden war, und als stünd' er an der Schwelle eines großen, lichten Saales voll ahnungsvoller Geheimnisse, die sich ihm in einem Frühschein entschleiern würden, dem gleich, der eben erst ihm nach der schwersten Nacht seines Lebens aufgeglommen war. Er saß in eine schlechte Kneipe, wo ihn gewiß niemand kannte, und trank sein Glas Wein. Um ihn war ein lautes Wesen. Man sang, man fluchte, man berühmte sich und scharmierte. So sicherer konnt' er sich in sich selbst versenken, und all der Tumult störte ihn nicht. Denn ihm war wie der Mutter, die ein junges Leben in sich fühlt.

Als dann die große Dunkelheit über der lauten Stadt lag, als schattenhaft graue Gestalten in den Hof des Lehninger huschten, fand sich unter ihnen auch Herr Riemenschneider. Niemand fragte ihn um den Zweck seines Kommens, und er, der nur noch nach geheimen Antrieben handelte, hätte keine Antwort gewußt; jeder verwunderte sich insgeheim darüber. Man versammelte sich in einem großen, ganz schmucklosen Zimmer; nicht einmal ein Bild des Gottessohnes war darin. Gegen Sonnenaufgang gewendet, wo man durch ein unverhülltes Zimmer ins nächtige Grauen sah, betete man deutsche Gebete mit vieler Andacht, die den Richter ergriff, mit sich riß, über sich erhob; denn es waren Gleichnisse und Sinnbilder darin und eine reine Betrachtung des Göttlichen, mit dem eins zu werden diese Geprüften und Schmerzhaften rangen, die an jedes Herz griff. Psalmen wurden gesungen, im Dunkeln, so daß keiner den Nachbarn recht gewahren konnte, mit vieler Inbrunst. Jeder schrie eben für sich zu seinem Gotte. Und dennoch überkam den Richter ein Grauen in dieser Versammlung, wo kaum einer war, dem er nicht weh getan durch eigenes Eingreifen oder Dulden, durch Anklage oder Spruch. Immer war ihm, als müßte sich einer erheben und ihn zornig fortweisen aus dieser Gesellschaft. Nichts dergleichen geschah; hier war eben, das sah er, jeder willkommen, der in sich Gram trug. So auch er. Eine Beruhigung überschlich ihn langsam. So lernt' er die Pein eines, der sich seines alten Lebens abtut und den dabei zugleich verheißend aus dem Weiten ein neues grüßt. Dann ward Gottes Wort ausgelegt. Aber der Preis der Prüfungen und der Heimsuchungen, welcher hier verkündigt ward, genügte ihm nicht. Es verlangte ihn immer noch nach dem Glück, und er glaubte daran. Endlich ward das Abendmahl in beiden Gestalten gereicht, denn in dieser Gemeinschaft fühlte sich jeder als Priester. Auch er empfing es, so sehr das mit seinen alten Gewohnheiten stritt, als müßte das so sein. Dann ward der Bruderkuß getauscht, und er schied sich von diesen Stillen im Lande, die unter beständiger Gefahr, den strengsten Gesetzen entgegen den Gott nach ihrer Art bekannten, der sich ihnen in Wettern offenbart, als ein Bruder von Brüdern, mit denen ihm tausend gemein ist und nur eines nicht, das ihn unwiderruflich und für immer von ihnen trennt. Denn er war noch nicht gewillt, gänzlich zu entsagen. Er glaubte an die Möglichkeit einer Rechtsordnung, die jedem das Seine zubillige, die nicht auf Gewalt und Unrecht sich aufbaue, und fühlte die Kraft in sich, anderwärts an ihrer Heraufführung mitzuwirken. Seine Kraft? Wozu hatte sie so lange gedient? Er war nicht gestiegen, er war geschoben worden. Nun fühlte er die Zeit nahe, da er auf sich und sie allein gestellt sein würde – und er gedachte, sie zu gebrauchen ...

In derselben Nacht hatte sich die Terka überhaupt nicht niedergetan. Sondern sie harrte seiner, ganz angekleidet in wilder Angst und in laut schreiender Verzweiflung ihres tiefsten Wesens.

Denn seit dem Tage, an welchem sie vor Gericht gestanden, hatten sie die Kameradinnen gemieden. Eine Magd, die eine solche Beschuldigung gegen ihre Herrin aufbrachte, die war nämlich dazumal noch etwas Unerhörtes, und das Volk scheut den Angeber und hat immer Neigung, gegen das

Recht und für seine Opfer Partei aufzuwerfen. Anfangs merkte sie's nicht, denn sie war ganz in sich, ganz mit einem geschäftig. Eine eigentliche Vertraute hatte sie niemals gehabt. Das Geheimnis in ihr, das wußte sie, war solcher Art, daß keines Menschen, nicht einmal des Beichtigers, der doch immer ein Mann war, Auge darein blicken durfte.

Langsam aber begann sie den Bann zu fühlen, der um sie lag, die Bürde des Schweigens zu schwer zu finden, die sie so allein tragen mußte. Der Herr hatte keinen Blick mehr für sie; die verödete Wohnung hielt sie, wie man sagt, daß der Anblick des Opfers den Mörder zwingt, und reizte sie dennoch zugleich auf und quälte sie. So war sie für eine Weile fort. Es schummerte. Um den Brunnen in der Nähe ihres Hauses standen die Mägde. Diese oder jene war von ihrem Schatz begleitet, der ihr die volle Wasserbütte auf den Rücken hob oder sie ihr gar, wenn er noch sehr verliebt war oder ernste Absichten hatte, bis zum Haustore nachtrug. Man tuschelte untereinander, man kicherte, wenn irgendein unterhaltsamer Handwerkgeselle dazu trat und ein feingedrehtes Schmeichelwort oder den jüngsten Schwank anbrachte, verstummte und duckte sich, wie die gockenden Hühner, über denen der Falk kreist, wenn ein grimmiger Reitersmann sporenklirrend einhertrat, äugelte dabei verstohlen nach ihm, und es war sehr vernüglich und eine Stunde der Erholung, die allen sehr wohl zu gönnen war nach der mannigfachen Plage des Tages.

Als aber die Terka vorbeiging, mit rauschenden Röcken und wippenden Ganges, schwiegen sie alle mit einem Schlage. Das ärgerte sie. Dann erhub sich ein Gewisper und Geraune. Das erregte sie noch mehr. Und mit einem Entschlusse blieb sie stehen: „Was wollt ihr von mir?“ Keine unmittelbare Antwort. Nur die Zeigefinger aller streckten sich ihr entgegen, und es ward ihr dabei nicht anders zumute wie dem andringenden Feinde, wenn die Landsknechte den Igel formieren und ihm allenthalben die Lanzenspitzen entgegenstarren. Und aus dem Gewalthaufen erhob sich eine sehr hohe Stimme, die so schrill war, daß sonst alle lachten, wenn sie im Eifer sprach, und gellte: „Da geht sie!“

„Ja, da geht sie!“ wiederholte der Chorus.

„Nun, und was geht das euch an“, entgegnete die Terka kampfbereit. Denn die Stimme gehörte ihrer besten Feindin, der blonden Maris, der sie aus landsmannschaftlicher Freundlichkeit aufgebracht, sie schiele. Sie tat's aber nur ganz wenig.

„Ja, da geht sie und fühlt sich schon als reiche Frau und hat kein Aug' für einen ehrlichen Dienstboten“, erklang's wieder.

„Das lügst du, scheele Gans mit gelben Federn; ihr habt weggeschaut“, berichtigte die Terka mehr der Wahrheit als der Höflichkeit gemäß.

„Und schimpfen tut sie auch noch, der Lügenhals“, rief's ihr wieder entgegen. „Statt Gott zu danken, daß man sie in Ruh läßt und nicht mit Steinen wirft. Und sie tut, als tät' sie nicht wissen, daß ihre Hausfrau heut' ist verurteilt worden, dort zu brennen, wo eigentlich sie hingehören tät. Weil sie alles gestanden hat, was ihr der Basilisk da aufgelogen hat, nur damit man sie nicht noch martern tut vor ihrem seligen End'. Und sie wird gut brennen, sagt mein Büttel, weil sie fett ist und nicht geweint hat, und die brennen am besten, sagt er. Und so was geht auf der Straße und nicht unter den Galgen, wo's allein hingehören möcht'."

„Wenn sie alles gestanden hat, so geschieht ihr doch kein Unrecht", bemerkte die Terka nicht ohne Logik und fühlte doch, wie sie heftig erschrak, nun ihr mit solcher Bestimmtheit und so nah das Schicksal ihrer Frau gewiesen ward. „Und überhaupt die Maris! Wo ihr einer Herr auf die Gant gekommen ist, und die's mit dem Büttel halten muß, weil sich kein anderer die Ohren will zerreißen lassen von ihr. Pfui!", und sie spie nachdrücklich vor sich hin.

„Sie spuckt auch noch! Die . . .!" Es war ein unerhörter Diskant, schrill wie der Ton eines Nagels auf Glas. „Und als ob ein Büttel nicht ein Ehrenmensch wär' und ein amtlicher und vereidigter Mensch und nicht besser wär' als eine böse Hexe oder gar der Teufel selber, wer ihr das eingeblasen hat! Und die weiß schon, warum sie sich vor dem Büttel fürchten tut, und wenn sie so schamlos ist und hingeht auf die Gänsweid' zuschaun, so soll sie nur schaun, was mit ihr geschieht. Die Kleider reißen wir ihr vom Leib vor allen Leuten, daß sie da steht wie eine, was gar keine Scham in sich hat. Das tun wir!"

„Ja, das tun wir!" wiederholte der Chorus, in dem diesmal schon drohend tiefere Männerstimmen mitklangen.

„Probiert's", rief die Terka mit dem letzten Rest ihrer Entschlossenheit. Aber das Herz schlug ihr in die Kehle, und ein Schlucken kam ihr.

„Willst vielleicht wieder verzündeln gehn? Noch Leut' ins Elend bringen wie Frau und Herrn? Oder weißt nicht, daß sie auf der Schranne das Urteil gegen den Herrn Riemenschneider auch schon so gut wie fertig haben? Und daß du dann von deinem Anzeigeteil leben können wirst als reiche Frau? Pfui, Judassin!"

„Den Herrn auch?" wollte die Terka rufen. Sie konnt' es nicht. Denn einmal klemmte sich's ihr plötzlich im Halse. Dann aber hatte sich der Haufen um den Brunnen aufgelöst. Sie sah sich umringt, vor dem Gesichte tanzten ihr Fäuste; man spie nach ihr, wüste Schimpfworte hagelten auf sie nieder. Sie, in halber Betäubung vor dem einen, davor sie sich so entsetzt, empfand es kaum. Und mit eins war der tolle Spuk wieder zerstoben. Gleichmäßig, im Takt klangen die Schritte der nahen Scharwache. Sie dachte nicht einmal daran, ihre Rache wegen der Unbill heraufzurufen, die man ihr angetan. Mühselig schleppte sie sich heim und kauerte sich in sich. „Den Herrn auch!“ Das warf sie nieder. Denn was zu Wien einmal auf der Straße ausgeschrien wird, das ist immer wahr und von oben besiegelt. Und ihr allgemeines Schuldbewußtsein, das sie so lange niedergekämpft, stieg tödlich groß aus der Finsternis, saß zu ihr und sprach ihr zu mit einer Stimme, heiser wie des Zügenglöckleins, das sie läuten würden, wenn man erst sie und dann ihn hinausführen würde den weiten Weg ins Erdberg. Und sie sah wieder den traurigen Zug vor sich, hinter dem sie selber, neugierig, so manchesmal gelaufen. Mit anderen Augen aber und erfüllt von Schauder. Denn, dem so die ganze Stadt das Geleite gab, den sie, freilich wider ihr Wissen, auf diesen Pfad, auf dem es keine Umkehr gab, gestoßen, den hatte sie seit langem und heimlich geliebt.

Und nun hielt auch die Terka Rückschau. Wie im Hause des Richters zuerst ein heimeliges Gefühl in ihr erwacht war, die von Kind auf so kein Behagen und kein Glück gekannt, die nichts vor sich gesehen, nur unter den Eltern Unfrieden und Not für alle. Wie hier die Zärtlichkeiten zwischen den Ehegatten, unverhohlen und ohne Scheu vor ihr getauscht, zuerst den noch unbestimmten Wunsch nach etwas Gleichem in ihr entfacht, bis sich dieser Wunsch immer bestimmter dieser einen Person zugedrängt. Wie ihr alles an ihm so gefallen, seine Ruhe, seine Stimme, sein ebener und gelassener Tritt, wie sie einzig das vor dem Falle bewahrt und alle Nachstellungen vergeblich gemacht, deren man ihr doch zur Genüge bereitet. Wie sie aufgegangen in dieser einen Sehnsucht, nun erzitternd vor einem Runzeln seiner Brauen, nun bei einem freundlichen Worte voll Hoffnung, freilich eines Hoffens, von dem sie niemals ahnte, wie es in Erfüllung gehen sollte. Bis sie nur noch begehrte, er möge sie an sich nehmen wie immer und sei's nur für eine Stunde und gleichviel, was immer daraus erfolge. Wie mit dieser Hölle in ihrem ungestümen ungarischen Blut zugleich in ihrem jungen Herzen eine maßlose Beschämung war, daß er so gar keinen Blick für sie hatte, die sich schön wußte und sich in tausend Dingen verraten zu haben meinte. Und dann und aus alledem erwuchs ein ungezähmter Haß gegen die, die allein sie sich im Wege glaubte. Und dann . . . Aber, was immer sich begeben, das schien ihr, sie dürfe es auf sich nehmen, wenn sie nur das dafür erlangte, wofür sie das alles getan, das sie verblendete und an sich zog, unwiderstehlich, wie nach dem Glauben des Volkes den Salamander das Feuer, das sein eigentliches Element ist. Denn Reue empfand sie auch in diesen bösen Augenblicken nicht. Was sie getan, das mußte sich begeben – sie hätt' es selbst wiederholt.

So, in Gedanken, die sie nicht zu prüfen noch zu bannen vermochte, unter Bildern, die sie leibhaftig vor sich zu sehen vermeinte, rann ihr eine Zeit sehr ungleichen Ganges vorüber. Sie hörte den Herren heimkommen und im Zimmer rumoren; ständig in der Erwartung, er werde ihrer bedürfen und nach ihr rufen. Denn ohne sein Geheiß vor ihn zu treten, davor empfand sie plötzlich eine ihr unerklärliche, dennoch unbezwingliche Scheu. Ein Weilchen verging also, bis ihr das Harren unerträglich war. Auch war hinter der Tür, an der sie verhaltenen Atems horchte, um nur ja gleich zur Hand zu sein, eine ängstliche Stille. Und mit einem Entschlusse schlug sie rasch daran, und ohne eine Antwort zu erwarten oder hinter sich zu schließen, trat sie ein ...

Es war ein halbes Licht im Gemach. Eine Kerze brannte; ihre matte Helle kroch mühsam zur spitzen Wölbung des Zimmers auf und stritt mit der Nacht, die noch in dem Garten saß, wie mit jener allerfrühesten Helle, die einem Nachglanz der Ampeln gleicht, die um das Schlafgemach der Sonne entzündet werden. Sie sah sich um. Alles war wie sonst. Nur ein dürftig Felleisen, das kaum einem armen Reisenden genügt hätte, hing über einem Stuhl. Er hob bei ihrem Eintreten das Haupt und sah sie mit roten Augen an. Denn er hatte wieder geweint. Sie erschrak; so gar verfallen war er, und das Zwielicht ließ ihn noch viel älter erscheinen. Es war in ihr ein sehnsüchtiges Mitleiden, von dem sie nicht begriff, wie sie's niederzwang. Und mit bebender Stimme begann sie: „Der gnädige Herr hat gerufen?"

Er schüttelte den Kopf und sah sie an, neugierig, fragend.

„Ich habe gedacht", fuhr sie fort, „der gnädige Herr wird mich brauchen."

Die gleiche Bewegung, der gleiche Blick, scheinbar nach ihr, in der Tat aber ins Leere. Ihr ward immer bänglicher zumute vor dieser Verlorenheit. Aber sie nahm ihren ganzen Mut zusammen. „Nämlich hab' ich gedacht, wenn der Herr packen wollen möcht' ..."

Er richtete sich langsam straffer: „Ich habe nicht gepackt. Ich habe Ordnung gemacht. Denn warum sollt' ich packen?"

„Nämlich", und sie trat ihm einen Schritt näher, „weil die Leute sagen, der hochmögende Herr Richter wird verreisen."

Er schwieg, besann sich, sah sie unverwandt an. Endlich: „Und warum denn?"

„Die Leute sagen, man will dem Herrn Richter an. Und so ein kluger Herr wird das doch wissen und nicht warten, bis sie ihn ergreifen. Und da müßt' er doch packen."

„So?" Er atmete tief. „Und wenn ich das wüßte und doch nicht ginge?"

„Um die Barmherzigkeit Gottes, um seine heilige Mutter und um meine ewige Seligkeit – so geht!"

In ihm war eine große Stille; er lauerte auf einmal auf etwas und verspürte das: „Was hat das mit deiner Seligkeit zu tun?"

„Weil nämlich die Leute sagen, ich hätt' den gnädigen Herrn ins Unglück gebracht, und ich hab' das nicht wollen, gewiß nicht und wie vor Gott nicht, und ich hab' niemals nichts wollen, nur das Glück vom hochmögenden Herrn."

„Was liegt dir daran, Terka? Wenn du die Wahrheit gesagt hast? Wahrheit muß ans Licht, gleichviel, was es sonst gilt!"

Ihr verschlug's die Rede. Und mühsam lenkte sie zurück. „Wenn aber der Herr reist, so hab' ich mir gedacht, muß doch wer mit ihm. Denn wer soll sorgen für ihn, wo er doch Bedienung gewohnt ist und sie haben muß als ein solcher Herr und von einem, der ihn kennt und seine Gewohnheiten und seine Bequemlichkeit? Und wer kennt sie so und alle wie die Terka? Und an einem andern Ort möcht' der Herr vergessen, was ihm hier geschehn ist, und mir wär' keine Mühe zu viel."

Er sah wohl, was sie bei jedem Worte litt. Aber in ihm war kein Erbarmen; nur eine große Klarheit, wie sie vor einem Gewitter jeden Grat und Zinken im hohen Gebirge umfließt, und eine unheimliche Ruhe, die ihn jedes Wort suchen und nach einem noch nicht bestimmt erschauten Ziele wenden ließ, wenn in ihr alles in Fluß und Gärung war.

„Und warum möchtest du dich so mühen um mich?"

„Muß ich's selber sagen?" Es war ein Aufschrei, wie ihn der Richter noch niemals vernommen. Und dann sehr leise: „Weil ich den Herrn lieb hab'."

Er hob sich, stand strack und ihr ganz nahe. Sie aber, nun das Lösungswort erst gefallen, fuhr fort, und die Farben kamen und gingen, nach flammender Röte Totenblässe: „Weil ich den Herren lieb hab', und wenn tausendmal die Verdammnis darauf steht. Und weil ich mir gedacht hab' und nicht einmal: sein Hund möcht' ich sein, weil man dem doch schön tut zuweilen, kann ich schon nicht mehr sein. Und weil ich nichts wüßt' für mich, keine Marter, die zu groß wär', wenn ich sollt' den Herrn gebracht haben um seine Ehr und sein Leben. Und weil ich mich gefreut hab' in mir, wenn der Herr einmal gezankt hat mit der Frau: Vielleicht wird er jetzt anschauen die Terka, oder, weil sie doch niemals hat nachgegeben: vielleicht werden sie sich ganz zertrotzen, und es wird kommen eine Zeit für mich, wo der Herr sieht, ich hab' ihn lieb und ich möcht' nicht recht behalten wollen gegen ihn, der doch klüger ist und es besser wissen muß. Und darum geht, Herr, und nehmt mich mit."

„Und die Frau, Terka?"

„Ach, die Frau! Und müssen denn beide umkommen? Euch möcht' ich nicht um die ganze Stadt auf der Seelen haben."

„Und die Frau möchtest du auf der Seelen haben?" Er tat einen raschen Schritt nach ihr hin und faßte sie mit hartem Griff an der Schulter.

„Jesus, Maria und Josef! Wo denkt der Herr hin?"

Jener Grimm war in ihm erwacht, der ein Zeichen und die Gewähr völliger Genesung und Befreiung der Seele ist. Unter dem harten Druck seiner Faust sank sie nieder, immer mehr, immer tiefer. Und mit tönender Stimme rief er noch einmal: „Und die Frau nimmst du auf deine Seligkeit?"

Sie lag ganz auf den Knien vor ihm. Mit verzerrtem, blutlosem Gesicht sah sie zu ihm auf. Die Kerze rang, siechte, verlosch. Und mit ihrem kahlen Lichte schwand ihr letztes bißchen Mut: „Ich hab' sie auf dem Gewissen, Herr."

„Und warum?"

„Ich hab' sie niemals mögen. Sie war hochmütig zu mir, und sie schlug mich, wenn ich ihr das Haar strählte und zog sie nur an einem. Nicht einmal schön war sie, ehe sie sich hergerichtet. Und ich bin's Herr und so viel jünger. Und da hab' ich gedacht so bei mir: es ist das beste auch für den Herrn, sie kommt weg. Und wie das machen? Das war der Gedanke. Und da vor den Lehningers ist mir's eingefallen und mich hat's gehabt."

„Und nun Terka? Was nun?"

„Weiß ich nicht, Herr! Nur kann ich nicht leben ohne den Herrn."

„So laß es sein. Und gutmachen kannst du gar nichts. Oder willst du bekennen und deine Strafe auf dich nehmen, Terka?"

„Will ich nicht, Herr!" Der Trotz flammte ein letztes Mal in ihrem bräunlichen Gesicht auf, saß finster zwischen den dichten, schwarzen Brauen.

Er stieß nach ihr, schlug sie, die von ihrer Schwachheit niedergezogen, völlig gestreckt vor ihm lag, in unbändiger Wut und wohin er sie traf. Sie litt's schweigend, zuckend, die bloßen Arme zum Schutz über den Kopf geworfen. „Du Tier, du Tier!" ächzte er. „Als hätt' ich an dich jemals gedacht! Spür's jetzt! Denn glaubtst du, du kannst was gutmachen? Nichts kannst! Denn wenn du schon kommst und gibst dich selber an – was nützt's? Sie nehmen nur dich auch und haben drei und sparen das Geld, das sonst dir zukommen wär', und das sie immer brauchen können und haben umsonst drei! Denn ihr Geständnis steht und nimmt ihr kein Gott; und der Verdacht gegen mich steht, und du bist ihnen von selber ins Garn. Ich weiß, wie sie schließen – ich!" Es war mit der Haß gegen seine ganze Vergangenheit, was sich so gewalttätig gegen sie ausließ. – Sie hob sachte den Kopf, wie der Sturm sich erschöpfte und gelinder ward: „Und ich Herr? Was soll's mit mir?"

„Was geht's mich an? Geh in die Donau. Vielleicht hat sie Wasser genug, den Brand zu löschen, den du entzündet hast."

Noch einmal sah sie verzagend zu ihm auf. Aber durch das Gewölk seines Zornes brach nicht ein Strahl der Erbarmnis. Und so, auf den Knien, die Hände vor die Ohren gepreßt, damit sie kein Wort mehr vernehme, die Ellenbogen weit abgespreizt, rutschte sie aus dem Gemache. Draußen hob sie sich mühsam auf unsichere und widerspenstige Beine und huschte aus dem Hause.

Es war um die dritte Stunde vor Tag. Herr Riemenschneider richtete sich zu seiner völligen Höhe auf und schüttelte sich stark. Dann verwahrte er an seinem Leibe, was er an gemünztem Golde, Kleinodien und Kostbarkeiten besaß. Dessen war eine ansehnliche Last; denn noch trachtete jeder seine Habe so zu halten, daß er sie im Falle der Not und einer Flucht mit sich nehmen konnte. Viel mußte immerhin zurückbleiben: Ein billig Opfer für die Sünden vergangener Tage schien's ihm jetzt. Was er aber an sich trug, das genügte reichlich, um wo immer es ihnen beliebte und ohne Furcht vor dem künftigen Morgen ein neues Leben zu beginnen. Er trat hinaus in den jungen Tag, der noch unsicher und ängstlich sein Haupt zwischen den wallenden Schleiern der Nacht vorzuschieben versuchte. Der Richter pfiff: Aus einer nahen Gasse tauchte ein Gespann auf, das er für heute und morgen für die währende Dunkelheit gemietet. „Warte." Am Tore des Gefängnisses harrte der Severin. Ein kurzes und behutsames Gehen durch dunkle Gänge: eine Tür, knarrend trotz aller Vorsicht, daß man erschrak und ein Augenblickchen mit Herzklopfen verzog. Die Gatten standen einander gegenüber. Sie war vollkommen wach. Kein Aufflammen der Leidenschaft – nur eine stille und große Innigkeit. Was in ihr von Vorwurf war, was in dieser Zeit der Leiden genug an ihr genagt, war ausgetilgt in der Freude des Wiedersehens, vergessen die heftige Rede, die sie für den gelegenen Augenblick sich ausgedacht, bei seinem Anblicke bis auf das letzte Wort. „Daß du nur noch gekommen bist! Ich wußt' es, du wirst mich nicht ganz verlassen", sprach sie immer wieder. Er aber küßte ihr unablässig die Hände, die roten Male, welche die Schellen um ihre Gelenke geprägt und sie ließ sich's gerne und wieder duldend gefallen. Und beiden fiel aneinander eines auf. „So gealtert bist du, Käthele!" Es war das erste Mal, daß er ihr gegenüber einen Kosenamen brauchte. Sie lächelte stumm und leise: „Dich hat's eben auch nicht jünger gemacht, Ferdinand. So müssen wir als alte Leute ein neues Leben probieren." „Und wollen's redlich", ergänzte er mit einem Schwur. Dann pochte der Severin. Sie tat rasch ein Knabengewand an, das er in seinem Felleisen mitgebracht. Ein eiliges Gehen durch Gäßchen, ein fluchtmäßig hastiges Biegen um Ecken. Wieder der gellende Pfiff, aus dem Schatten tauchte der Wagen, empfing die drei und es ging dem Stubentore zu. Das Paßwort fiel; das Tor tat sich klirrend auf. Und dann, erst langsam, dann immer eilender, an immer niedereren und verstreuteren Häusern vorüber jagte das Gespann, zum Strome, wo ihnen ein Eilschiff bereitet stand. Kein Blick galt dem Gewesenen. Nur ehe sie einstiegen, wandten sie sich rückwärts, wo über graue Mauern

und rote, steile Ziegeldächer St. Stefan aufstieg, Hüter und Wahrzeichen der Stadt. Sie saßen ins Boot, und der Severin legte sich mächtig in die Ruder, und die Strömung empfing sie und riß sie mit sich. Hinter ihnen aber war ein leises Rauschen, wie wenn ein satt getrunken Gewand durch die Flut streift, und sie ahnten nicht, daß da die Terka getriftet ward, ihrer ewigen Ruhe entgegen ...

Über der Flut lagen die grauen Nebel. Sie schimmerten silbern in der ersten Frühe, zerteilten sich, stiegen die flachen und bebuschten Ufer hinan, durchwoben die Kronen der Ulmen und Erlen. An schwarzen Wäldern vorüber ging's, an schweigenden und verworrenen Auen mit rätselvoll schimmerndem und zum ernsten Wasser hinübernickendem Rankenwerk, durch das große weiße Blüten leuchtend hindurchdrangen. Der Morgen erglomm. Der Reiher erhob sich mit schwerem Flügelschlage und heiserem Gierschrei und stieg der aufflammenden Röte entgegen; im Blauen schwamm mit gelassener Schwinge der Seeaar und rief mit gellendem Kreischen nach seinem Genossen. Der ahnungsvolle Frühschein wich der vollen Helle. Im Kiele lag die Frau und schlummerte, erschöpft von so vieler Aufregung, immer noch in ihrem Knabengewande, das der keimenden Hoffnung in ihrem Schoße so seltsam widersprach; der Severin schlug die Ruder mit starkem Schlage. Vorne aber, im Bug, stand der Richter und starrte in das Gold des Morgens und in das Unbekannte, das ihm, wie uns allen, als das Glück erschien.

Erläuterungen

Spieß, Marianne L.

kontrakt – gelähmt
Kanonikus – Mitglied eines geistlichen Kapitels, Chorherr
Actuarius – Gerichtsangestellter
Gerichtsrepositur – Repositur: Raum für Bücher und Aktengestelle
Inquisit – Angeklagter, Verhörter
projektieren – planen
Immoralität – Unmoralität, Unsittlichkeit
affektierte – heuchelte
Füsilladen des Collot d'Herbois – massenweise standrechtliche Erschießungen unter Collot d'Herbois (1750–1796), einem französischen Revolutionär, der als Richter in Lyon furchtbare Massenhinrichtungen anordnete
Rädern – Hinrichtungsart. Der Verurteilte wurde auf den Boden geworfen, Arme und Beine an Pflöcken festgebunden. Unter die Glieder wurden Holzpflöcke geschoben. Danach wurden dem Verurteilten mit einem schweren, halbmannshohen, mit einem Sporn versehenen Wagenrad die Gliedmaßen gebrochen. Beim Rädern „von unten herauf" fing der Henker bei den Schienbeinen an und brach zuletzt das Genick oder die Knochen des Brustkorbes in der Herzgegend; beim Rädern „von oben herab" war die Reihenfolge umgekehrt, dies war also die mildere Strafform.

Schiller, Der Verbrecher aus verlorener Ehre

Linnäus – Carl von Linné (1707–1778), schwedischer Botaniker, stellte das nach ihm benannte Pflanzensystem auf
Borgia – Cesare Borgia (1475 oder 1476–1507), Sohn von Papst Alexander VI., wegen seiner Verbrechen berüchtigt
Usurpation – rechtswidrige Aneignung
honett – rechtschaffen
Edikt – Erlaß, Verordnung
solenn – feierlich
Galliotendienst – Zwangsarbeit auf der Galliote, einer kleineren Form der Galeere
Kreditoren – Gläubiger
Exekution – Hinrichtung
Supplikant – Bittsteller
Pardon – Gnade, Begnadigung
Mandat – Vollmacht, Auftrag
Physiognom – jemand, der sich auf die Physiognomie versteht, d.h. aus dem Gesicht eines Menschen auf sein Wesen schließen kann
Observanz – Gewohnheitsrecht
Bouteille – Flasche
Jahnhagel – Pöbel
Nemesis – griechische Göttin der Vergeltung

Feuerbach, Die Mörder auf der Reise oder Dorothea Blankenfeld und die Familie Antonini

requirieren – beschlagnahmen
Postexpeditor – Abfertigungsbeamter
Patrimonialgericht – Grundherrschaftsgericht
extravasiert – ausgetreten
Konfrontation – Gegenüberstellung
Profession – Beruf, Gewerbe
Louisdor – alte französische Münze
Commisaire ordonnateur – Ordonnanzoffizier
feuille de route – Urlaubsschein, Passierschein
Rthlr. – Abkürzung für Reichstaler
Pretiosen – Kostbarkeiten, Geschmeide
Insurgent – Aufständischer
Chaise – Wagen mit Halbverdeck
Inquisit – Angeklagter, Verhörter
Appellationsgericht – Berufungsgericht

Hoffmann, Ignaz Denner

Welschland – Ausland
Felleisen – Ranzen, Reisesack
Stilett – kleiner Dolch
Terzerole – kleine Pistole
Arcanum – Geheimnis
Phiole – bauchiges Glasgefäß mit langem Hals
Liquor – flüssiges Arzneimittel
Ingredienzen – Zutaten
Livree – uniformartige Dienerkleidung
Oheim – Onkel
Kaufmannshabit – Kaufmannskleidung
Zertifikat – Bescheinigung
Legitimation – Beglaubigung
Legat – Vermächtnis
Tortur – Folter
Alchimist – jemand, der vermeintlich die Kunst des Goldmachens beherrscht
disputieren – Streitgespräch führen
Sbirre – früherer italienischer Polizeidiener, Scherge

Kleist, Michael Kohlhaas

Privilegium – Vorrecht, Sonderrecht
Roßkamm – Pferdehändler
Burgvogt – Burgverwalter
König Arthur – König Artus
Schindanger – Ort, wo der Abdecker dem toten Vieh die Haut abzieht

Resolution – Entschließung
Tribunal – Gericht
Insinuation – Mitteilung, Einflüsterung; Nachricht, die jemand ans Herz gelegt wird
Preßhafter – Bresthafter; jemand, der mit einem Gebrechen behaftet ist
Supplik – Zusatzschrift
Reskript – Antwortschreiben
stipulieren – durch mündliche Vereinbarung rechtswirksam machen
Konjektur – Vermutung
Muhme – Tante
Kastellan – Burgvogt (s. o.)
Elle – Längenmaß, zwischen 50 und 80 cm
instruieren – anweisen
Mandat – Auftrag
anplacken – ankleben
Magistrat – Stadtverwaltung
Palisade – Pfahl
Irritanzen – Reizmittel
Deklaration – Erklärung
Cherub – Engel, der das Paradies bewacht
Spezifikation – Einteilung in Untergruppen, Aufgliederung
Famulus – Gehilfe
Amnestie – Straferlaß
Generalissimus – Oberbefehlshaber
Oheim – Onkel
Präliminarmaßregel – einleitende, vorläufige Maßregel
Gubernium – Regierung
Deposition – Hinterlegung
peremtorisch – unverzüglich
requirieren – beschlagnahmen
Requisition – Beschlagnahmung
Okularinspektion – Augenschein
Trabant – Begleiter
Publikation – Veröffentlichung
Fragment – Bruchstück
rabulistisch – haarspalterisch, die Worte verdrehend
Edikt – Erlaß
Gubernial-Resolution – Regierungsentschließung
Gubernial-Offiziant – Regierungsbeamter
Levante – Mittelmeerländer östlich von Italien
reklamieren – fordern, beanspruchen
Landdrost – Landvogt
Statuierung (eines Beispiels) – ein warnendes Beispiel geben
Sibylle – Wahrsagerin
Konklusum – Beschluß

Brentano, Geschichte vom braven Kasperl und dem schönen Annerl

Lieutenant – Leutnant
Schwadron – Reiterabteilung beim Militär
Ulan – Lanzenreiter
Exzeß – Ausschreitung, Ausschweifung
homme de lettres – Literat
Parnaß – griechischer Gebirgszug, Sitz der Musen, Berg der Dichter
ihres glatten Spiegels wegen – ihres guten Aussehens wegen
auf Interessen legen – Geld auf Zinsen anlegen
Anatomie – Institut der medizinischen Fakultät; Ort, wo die Leichen seziert werden
bei meinem Recht – bei meiner Hinrichtung
Pardon – Gnade, Begnadigung
im schnellsten Karriere – im schnellsten Galopp
Revue – Heerschau, Parade

Grillparzer, Das Kloster bei Sendomir

Woiwodschaft – Amtsbezirk eines Woiwoden, eines polnischen Fürsten
Elenkoller – ärmelloses Lederwams aus Elchleder
Johann Sobiesky – (1624–1696), von 1674–1696 als Johann III. Sobieski polnischer König. Beteiligte sich 1683 an der Befreiung Wiens von den Türken, gilt als polnischer Nationalheld.
Konventuale – stimmberechtigtes Klostermitglied
Palatin – Pfalzgraf; Stellvertreter des ungarischen Königs
Starost – früher Kreishauptmann, Landrat in Polen

Alexis, Doña Maria Vicenta de Mendieta

Don, Doña – Herr, Frau; spanische Anrede, die entweder nur mit dem Vornamen oder zusammen mit Vor- und Nachnamen verwandt wird
Zelebrität – Berühmtheit
Mord des Fualdes – bekannter französischer Mordfall von 1817, wegen Mord an einem Mann namens Fualdes wurden mehrere Personen hingerichtet, später sollte sich das Urteil als Justizirrtum herausstellen
Fiskal – Staatsanwalt
fiskalisch – staatlich
Tribunal – Gericht
Advokat – Anwalt
Annalen – Jahrbücher
oratorisch – hinreißend, schwungvoll
Hidalgo – Mitglied des niederen Adels in Spanien
Assemblée – Versammlung
Aragonien – Provinz in Nordostspanien
Kabinett – kleines Zimmer
Buhle – Liebhaber

verlarvt – maskiert
Alkoven – Bettnische
Bureau – Schreibtisch
Unze – Gewicht, 31,104 g
Korporation – Körperschaft
Cinco gremios mayores – fünf Hauptzünfte
Heroine – Heldin
Kommis – Handlungsgehilfe
Legitimation – Ausweis, Beglaubigung
Alguacil – Gerichtsdiener, Amtsdiener, Gerichtsvollzieher
Kommissionär – Vermittler
Effekten – Wertpapiere
Defensor – Verteidiger
Garotte – Würgeeisen
Konfiskation – Beschlagnahme
Exekution – Hinrichtung
Real – alte spanische Münze
Plaza mayor – Hauptplatz, größter Platz einer Stadt

Temme, Ein Zweikampf

Rentemeister – Finanzverwalter
roter Hahn – Feuer
imbezil – schwachsinnig
Kabylen – Volksstamm der Berber in Nordalgerien
Buhle – Geliebter
Domäne – Staatsgut
Deputation – Abordnung
tumultuarisch – lärmend, erregt
Eskadron – Schwadron
Boskett – Gebüschpflanzung
inquirieren – untersuchen, verhören
Fant – unreifer junger Mensch
sekundieren – im Duell beistehen
Sekundant – Beistand, Zeuge bei einem Duell
Lieutenant – Leutnant
Mensur – Abstand der Fechter voneinander
Farce – Posse, Scheinhandlung
en bagatelle – geringfügig, geringschätzig
rappieren – fechten
Offizier du jour – diensthabender Offizier
Kretin – Schwachsinniger
Tête-à-tête – vertrauliche Zusammenkunft; zärtliches Beisammensein
Rezensent – Verfasser einer kritischen Besprechung

Halm, Die Marzipan-Liese

Szathmarer Frieden – am 29. 4. 1711 geschlossener Frieden, in dem die ungarischen Aufständischen die habsburgische Herrschaft anerkannten
Bunda – Schaffellmantel ungarischer Bauern
Balaton – Plattensee
Eszem adta! – Ei der tausend!
Welsch – Französisch
Advokat – Anwalt
serviert – gedient
Marmarosch – Beckenlandschaft am Oberlauf der Theiß in Rumänien und der UdSSR
Palatin – Pfalzgraf; Stellvertreter des ungarischen Königs
Szür – Pelz
Kamelott – Gewebe aus Wolle oder Kammgarn mit gezwirnter Kette
Registrant – Kanzleibeamter
Magistrat – Stadtverwaltung
Syndikus – Rechtsbeistand einer Körperschaft
Bettsponde – Bettgestell
in Gant verfallen – zur Versteigerung kommen
rekommandieren – empfehlen, einschärfen

Hebbel, Anna

Hypochondrie – Einbildung, krank zu sein
Kirmse – Kirmes, Kirchweih
Schindanger – Ort, wo der Schinder (Abdecker) dem toten Vieh die Haut abzieht

Theodor Fontane, Unterm Birnbaum

Oderbruch – Landschaft der Oderniederung nördlich von Frankfurt/Oder
Trumeau – Pfeilerspiegel; Ziermöbel
Claude Lorrain – französischer Maler (1600–1682), malte vor allem Landschaftsbilder
Knöcheln und Tempeln – Würfel- und Glücksspiel
sympathetisch – mystisch, geheim
Demagogie – Beeinflussung der Massen durch Beredsamkeit
relegieren – von der Universität verweisen
Springerin – Komödiantin, Angehörige des fahrenden Volkes
rekommandieren – (einen Brief) einschreiben
polnischer Aufstand – im November 1830 beginnender Aufstand der Polen gegen die seit dem Wiener Kongreß bestehende russische Herrschaft. Im Januar 1831 sprach der polnische Reichstag Rußland die polnische Krone ab. Nach blutigen Kämpfen eroberte der russische Oberbefehlshaber Paskewitsch am 8. 9. 1831 Warschau, Polen wurde als Provinz wieder der russischen Herrschaft unterworfen.

Insurrektion – Aufstand
verquient – kränkelnd
Polytechniker – Absolvent der höheren technischen Fachschulen
Konfederatka – hohe, perlzverbrämte Mütze mit viereckigem Deckel
Möckern – Schlachtort im Befreiungskrieg gegen Napoleon I. (1813) in der Nähe von Magdeburg. Gefecht zwischen den Preußen unter York und den Franzosen unter Vizekönig Eugen.
Table d'hôte – Gasthoftafel
Tambour – Trommler
Blachfeld – flaches Feld
kumpafel – dazu fähig
devot – unterwürfig
Montmirail – Schlacht (1814), in der Napoleon I. die Preußen unter Blücher und die Russen unter Sacken besiegte
fißlig – zerfahren
ad rem – zur Sache
Extraktion – Abstammung
Eklat – Aufsehen
Präliminarien – Vorbereitungen
ötepotöte – (eigentlich etepetete) geziert, zimperlich
Wocken – (Rocken) Gerät zum Spinnen von Flachs, Hanf oder Wolle
Fouragebeamter – Beamter, der für die Versorgung des Heeres zuständig ist
despektierlich – verächtlich, geringschätzig
Courmacher – Hofmacher, also jemand, der einem den Hof macht
Honneurs machen – Gäste bewillkommen
Chaise – Wagen mit Halbverdeck
Fastelabend – Fastnacht
Hücht – Höhe
antrecken – anziehen
Chasseur – Jäger (leichte französische Infanterietruppe)
Voltigeur – Plänkler (leichte französische Infanterietruppe)
multrig – faulig
Lieutenant – Leutnant
Kaiser Nikolaus – Zar Nikolaus I. (1796–1855)
Louis Philippe – französischer König (1773–1850), der nach der Pariser Julirevolution und der Abdankung von Charles X. 1830 den Thron bestieg, Beiname „Bürgerkönig"
Kretin – Schwachsinniger
Konstitution – Verfassung
Karl X. – Charles X. (1757–1836), seit 1824 französischer König, mußte nach der Julirevolution 1830 abdanken
glau – gerissen, schlau
distinguiert – vornehm
Eskadronchef – Rittmeister einer Schwadron
Angely – Berliner Komiker und Verfasser von Singspielen (1787–1835)
Holtei – Verfasser von Bühnenstücken (1798–1880)
Beckmann – Berliner Komiker (1803–1866)
Novität – Neuheit
Glaßbrenner- oder Brennglas-Zeit – bezieht sich auf den Berliner Humoristen

Adolf Glassbrenner (1810–1876), dessen Pseudonym „Brennglas" war
Destillationsgeschäft – Brannweinausschank und -brennerei
haute volée – vornehme Gesellschaftsschicht
Konvivium – gesellige Runde
Fidelite – Vergnügen
Kolter und Stiglischeck – Artisten und Seiltänzer, die in ganz Europa berühmt waren
Parole d'honneur – Ehrenwort
Anno-Dreizehner – Teilnehmer an den Befreiungskämpfen gegen Napoleon I. (1813)

Heyse, Andrea Delfin

Misericordia – Barmherzigkeit
Sbirre – früherer italienischer Polizeidiener, Scherge
präsentieren – vorlegen, vorzeigen
Doge – 697–1797 Inhaber der höchsten Gewalt in Venedig, Vorsitzender der Signoria (s. u.)
Inquisitor – Untersuchungsrichter
Rat der Zehn – ab 1310 oberste richterliche Behörde in Venedig
Signoria – höchste leitende Behörde der italienischen Stadtstaaten
Bleidächer – Gefängnis unter den Bleidächern des Dogenpalastes
Galant'uomo – Ehrenmann
Nobile (Plural: Nobili) – Adliger
Agraffe – Schmuckspange
Amphitheater – elliptisches, meist dachloses Theater, bei dem die Sitzreihen ansteigen
Terraferma – das norditalienische Festland (Verona, Vicenza, Padua, Brescia, Bergamo, Friaul, Ravenna, Cremona), das 1389 von Venedig unterworfen wurde
Bravo (Plural: Bravi) – Meuchelmörder, Räuber
Amnestie-Dekret – Begnadigungserlaß
Inquistition – Untersuchungsgericht
Protektion – Gönnerschaft
Faro – Kartenglücksspiel
inkarniert – fleischgeworden
Brunnen – Gefängnisse unter dem Meeresgrunde
Tarock – Kartenspiel
Zechine – alte venezianische Goldmünze
Estrade – Podium
Souverän – Herrscher
Nuntius – ständiger Botschafter des Papstes bei weltlichen Regierungen
Papalisten – Anhänger des Papstes
Procurazien – Palast der Prokuratoren (hohe Staatsbeamte)
Spezial – Busenfreund
Bora – Adriawind
Katafalk – schwarz verhängtes Gerüst für den Sarg bei Leichenfeiern
Kandelaber – Standleuchte
Hellebarde – Hieb- und Stichwaffe

Totenwurm – im Holz lebende Larve des Bohrkäfers
visieren – mit Ein- und Ausreisestempel, Visum versehen
Sorbett – eisgekühltes Getränk, Halbgefrorenes
Plebejer – Angehöriger der niederen Schichten
Triumvirat – Dreimännerherrschaft
Lido – Nehrung; insbesondere die von Venedig
Exequien – Begräbnisfeier, Totenmesse
amphitheatralisch – in der Art der Sitze eines Amphitheaters nach oben ansteigend
Introduktion – Einführung, Einleitung
Requiem – Toten-, Seelenmesse
Patrizier – vornehmer Bürger
Arsenal – Zeughaus, Geräte-, Waffenlager
Lakai – herrschaftlicher Diener
Barkarole – Gondellied, gewöhnlich im 6/8- oder 12/8-Takt
Feluke – Schiff, Küstenfahrzeug des Mittelmeerraumes
Chiozzoten – Einwohner der Stadt Chiggia

Wichert, Der Wilddieb

Schweiß – Blut des Wildes
Fuß – Maßeinheit zwischen 0,25 und 0,34 m Länge
Kanaille – Gesindel
Ausgedinge – Altenteil
Exekutor – Vollstrecker, Gerichtsvollzieher
traktieren – bewirten, freihalten
Baptist – Anhänger des Baptismus, der Lehre einer evangelischen Freikirche, die nur die Erwachsenentaufe zuläßt
Rotspon – Rotwein
kommandieren – bestellen
Mauschel – „Moses", armer Jude
Agentur – Geschäftsstelle, Vertretung
Jargon – Sondersprache einer Berufsgruppe oder Gesellschaftsschicht
Hufe – früheres deutsches Feldmaß, ca. 1700 Ar
Ökonomie – Wirtschaft
Morgen – altes deutsches Feldmaß unterschiedlicher Größe, in Preußen z. B. 25,532 Ar
Nimrod – Jäger
Usance – Brauch, Gepflogenheit
Kommission – Handel für fremde Rechnung
subhastieren – zwangsversteigern
Büdner – Kleinbauer
präsentieren – zur Zahlung vorlegen
Malheur – Unglück
Margelle – Mädchen, Magd
Kaldaunen – Eingeweide
Rehposten – grober Schrot
Scharpie – Verbandsmaterial aus zerzupfter Leinwand
Exempel – Beispiel
appellieren – Berufung einlegen
Physikus – Bezirksarzt
Subhastation – Zwangsversteigerung
zedieren – eine Forderung abtreten
Sequestor – Zwangsverwalter
requirieren – beschlagnahmen
Rapport – Bericht, Meldung

David, Frühschein

Spektakel – Schauspiel
peinlich befragen – foltern. Die peinliche Frage besteht aus fünf Graden der Folter, von der leichteren bis zur schwersten
höllischer Buhle – höllischer Liebhaber, Teufel
torquieren – peinigen
suspekt – verdächtig
Büttel – Gerichtsbote, Ordnungshüter
Fronvogt – Gerichtsbeamter
hujus – desselben (Monats)
fortpurren – davonflattern
Jankau – Ort im mittleren Böhmen, südöstlich von Prag. Bekannt durch den Sieg der Schweden unter Torstenson über die Kaiserlichen am 6. 3. 1645
Viktoria – Sieg
Rumor – Unruhe, Lärm
gravieren – belasten
Prison – Gefängnis
Inquirent – Verhörender
Inkulpatin – Angeklagte
Hexenhammer – 1487 erschienenes Werk, das eine Richtschnur für die Durchführung von Hexenprozessen gibt
inquirieren – untersuchen, verhören
geschloffen – geschlüpft, gekrochen
mit Glimpf – eindringlich
scharfe Frage – peinliche Frage (s. o.)
id est – das ist; das heißt
kontinuieren – fortsetzen
Aktus – Akte
mundieren – ins Reine schreiben
Ronde – Wache
Bastei – vorspringender Teil an Festungsbauten
Schranne – Getreidemarkt
Paternoster – Vaterunser
Inzichten – Anzeichen
judizieren – urteilen, richten
justifizieren – rechtfertigen
Schlägel – Bergmannshammer
Gezähe – Handwerkszeug des Bergmannes (Schaufel, Hammer, Bohrer)
Fronbote – Gerichtsbote
scharmieren – bezaubern, entzücken
schummern – dämmern
Basilisk – jemand mit bösem, stechendem Blick
Gant – Versteigerung
Zügenglöcklein – Sterbeglocke